KB236715

韓國國語國文學硏究

趙健相 編

국학자료원

▶ 賀詩

움직이는 한국 현대 문학사
- 斗溟 尹柄魯 先生 정년에 부쳐 -

강우식
(시인, 성균관대 교수)

조선 팔도의 수재들만 다녔다는
평양 고보의 똑똑한 이마
우뚝 솟은 자세가 모란봉 같습니다.

대학 강단에서는
움직이는 한국 현대 문학사답게
월탄 박종화 소설로, 빙허 현진건 소설로
그 강의가 늘 새롭고 구수했던 분.

문단에서는 원로 비평가로서
「엽전의 비애」부터 「비평의 쟁점과 문학의 안팎」까지
유려하고 날카로운 평필로 유명하셨던 분.

강론이나 문장이나
흐르는 대동강 물 같거나
일월성신 같으셨던 한 평생.

그 세월의 갈피에 저도 있습니다.
80년대 중반쯤이던가
관철동 낭만시절에
출판사에 있던 저를 이끌어

대학 강사로 서게 했던 저도 있습니다.
저와 같은 후학들도 많이 있습니다.

난초꽃 향기처럼
暗香浮動으로, 暗香浮動으로
은근하신 학덕과
시시비비가 대쪽처럼 굳고 바른
조선풍의 선비 같으신
斗溟의 인품이여.

淸福을 누리소서, 淸福을 누리시옵소서.

斗溟 尹炳魯

– 정년 퇴임에 부쳐 –

林 步

(시인, 충북대 교수)

斗南의 으뜸일세
溫柔敦厚 그 人品이며
溟漲도 누르리라
맑고 깊은 그 學風이여
尹門 百代에
우뚝 솟은 봉이로다
炳煥한 論著들은
後裔들을 일깨우며
魯論과 더불어
두고두고 世傳하리라.

▶ 賀詩

두명(斗溟) 스승 품, 푸르고 너르시다

신 진
(시인, 동아대 교수)

두명 선생님 가까이 뵙던 시절
성균관 길 은행나무 푸르렀고
선생님 넥타이엔
언제나 잘 닦인 은행잎 몇 잎
악보처럼 어우러져 소근거렸다.
선생님 모시고 길을 걸으면
길가에 구겨져 있던 풀잎도 세련되게 다시 돋고
X묻은 견공도 눈웃음으로
아는 체 하고 지나갔다.
앉은 모습, 선 모습 작으시지만
6척 넘는 육질의 제자
수백 번 안고도 품이 남으셨다.
아픔이 있을 때
쪼개어 남의 손에 묻히지 않고
기쁨이 있을 때
왼 손 모르게 나누셨다.
이산(離散)의 숨은 한도 다 삭여서
정갈한 유리잔에 풀꽃으로 나누셨다.
집필하시는 시간 훔쳐 뵈었더니

책상 위에 냇물 흘러 물고기 유영하는데
원고지도 책도 젖기는커녕
따라서 조용히 물살 가르고 있었다.
이제
선생님 성균관을 떠나실 때 되어서
반수골 소나무 한치씩 더 발돋움하고
잔가지 굵은 가지 있는 대로 몸을 뻗어 경례를 한다.
사철 푸른 솔길을
선생님 가시거나 아니 아니시거나
늘 푸른 솔이 되어 함께 할 것을
박수한다.
두명선생님, 작고, 단정하고
크고 여유로운 걸음 걸음
반수골 흙밑에서 잘 삭은 거름되어
흐르고 흐를 것을 박수한다.

▶ 賀詩

아름다운 소나무

- 斗冥 尹柄魯 선생님께 -

이지엽
(시인, 광주여대 교수)

고뇌라도 고봉으로 내리는 햇살처럼
슬픔도 讚頌으로 울리는 노래처럼
한자리 하늘을 우러러 선
조선 소나무
한 그루

더께의 욕망도 상처도
꿩이로 앉혀 두고
차르르 받아 넘기시는
욜랑욜랑 뒤집는,

깊은 山
그 아니라도 청명청명
조선 소나무 한 그루

침엽과 진리 사이
더러 꿈과 안개 사이
금가고 목 쉰 가락에도
쟁쟁 은빛 소리 세우는

오오, 그 오래된 환한 그늘

조선 소나무 한 그루

선한 눈웃음 한 눈금으로도
만강의 은빛 여울 다 일깨우시는가

우리 때로 허전하고 쓸쓸하여 마음의 빈 잔 채울 수 없을 때
金泥 한 잔 銀泥 한 잔 북악을 울리고
한강을 울리고 평양지나 신의주
회령까지 백두 죄다 울리고
어여 오라 송화가루 날리시는가
어여 가라, 가라고 손사레 치시는가

으늑한, 명륜동 골목길
가슴마다 유정의 쬐그만 등을 다시는가

斗溪과 『成大文學』

崔珍源

(성균관대 명예교수)

어느 분이 이발을 하고 있는데, 어떤 청년이 불쑥 나타나 "선생님 드디어 나왔습니다"라 하면서 책자를 내밀었다. 『成大文學』 창간호였다.

그 어느 분은 李明九교수이고, 그 어떤 청년은 국문과 졸업반의 尹柄魯학생이었다. 때는 1955년경.

그 창간호는 斗溪의 노력에 의해서 발간되었다. 등사版인데, 학우들이 나누어 등사하였으리라 여겨진다.

그 발간의 기쁨이 오죽하였기에 이발소에까지 달려가 알리는 것일까. 이 열정은 전통이 되어 成大 국문과의 학회지 「成大文學」은 뻗어나갔다.

30년 전에 어느 研究院에서 「成大文學」을 모으는데, 창간호를 구할 수 없다기에, 나는 완전한 전질을 기증하였다.

『成大文學』의 題字는 月灘 朴種和先生의 휘호다. 이 제호가 十년 전쯤인가 『成大語文研究』로 바뀌었다. 四十년을 『成大文學』과 더불어 살아 온 나로서는 서운하였다.

그러다가 몇 년 전에 본래의 제호가 부활하였다 한다. 반가운 일이다.

하버드대학의 법과생이, 學位證이 라틴어에서 영어로 바뀌었다 하여 수령을 거부한 적이 있다.

이것은 '保守의 고집'인가, '傳統의 존중'인가.

宋의 名宰相 韓琦는 功成身退하여 고향에 狎鷗亭을 짓고 閒適하였다 한다.

斗溪은 江南의 狎鷗亭洞에 살고 있으니 漢江변에서 그런 한적을 누리리라 생각한다.

성취와 도약의 길목

丘仁煥
(서울대 명예교수, 작가)

1.

　두명 윤병로 교수가 정년을 맞는다니 그것은 있을 수 없는 일이다. 아무리 뒤집어 보아도 홍안인 윤교수가 정년을 한다는 것은 믿어지지 않는다. 연부역 강하여 문학비평과 사회 활동을 누구 못지 않게 활발히 하고, 같이들 어울리면 자정 넘어서까지 맥주 잔을 기울이며 담소를 하여 젊은이 못지 않은데 정년이라니 어딘가 잘못된 것 같은 느낌이 앞선다. 하지만 그것이 사실로 다가오고 있으니 가는 세월 그 누가 막을 수 있으며 흐르는 물을 그 누가 거꾸로 돌려놓을 수 있겠는가. 윤교수의 정년이라는 사실이 우리를 놀라게 하면서 한편 흘러가는 세월을 탓하면서 인생 유전의 뒤안길을 바라보게 된다.

　세월은 강물과 같이 흘러가지만 그대로 흘러가기만 하는 것이 아니다. 세월은 그 흐르는 길목에 어떤 흔적을 남기고 유유히 흘러간다. 아무리 인생이 화살과 같이 빠르게 흐르고, 고호가 그의 그림 '우리는 어디에서 와서 어디로 가고 있는가'라고 되묻고 있지만, 세월 따라 인생은 흘러가게 마련이요, 인생은 흘러가면서 어떤 흔적을 남기게 된다. 명기인 황진이는 일찍이 '산은 옛 산이로되 물은 옛물이 아니로다. 주야에 흐르니 옛 물이 있을소냐. 인걸도 이와 같아야 가고 아니 오노메라.'라고 세월 속에 흘러간 인사를 탄하고, 선조 때의 시인인 임제(林悌)는 황진이의 무덤을 찾아가 '청초 우거진 곳에 자는다 누웠는다. 홍안은 어데 두고 백골만 묻혔나니, 잔 잡아 권할 이 없으니 이를 서러워하노라.'라고 덧없는 인생을 탄하고 있지만, 인생은 어차피 모험의 충동이요 고향에의 동경이니 세월은 흔적을 남기고 흐르게 마련이다. 그것이 바로 선인들이 남긴 작품이요, 문학이며 역사의 뒤안길이다.

윤교수는 이러한 인생의 뒤안길을 소요하면서 문학비평과 대학에서의 강의, 문단과 사회활동 등 전방위적으로 활동하여 제자에게 학문의 도를 전수하여 수많은 박사를 기르고 평단의 기둥으로 한국문학의 새로운 지평을 열어 성취의 금도(襟道)를 누리고, 원숙한 평필과 또다른 성취를 위한 도약의 길목에 서 있게 된 것이다. 윤교수는 종이 한 장과 같은 그 길목을 넘어서 앞으로 전진하는 새로운 모습으로 우리 앞에 우뚝 서서 천상천하를 바라보며 유유자적한 생활 속에 새로운 꿈을 키우게 될 것이다.

2.

윤병로 교수는 누가 보아도 홍안의 신사요, 웃음과 편안함을 선사하는 비평가이다. 그는 월탄 박종화 선생의 훈김에 젖어 그 일기를 중심으로 「박종화의 삶과 문학」을 상재하여 그 사제의 정과 소중한 받듦과 지킴의 장을 여는 자세로 일생을 살아가고 있다. 56년에 「빙허 현진건론」을 『현대문학』에 발표하여 평필을 들기 시작한 이후에 「엽전의 비애」(1964)로 세상을 떠들썩하게 하고, 「한국비평문학서설」(1974)로 비평문학의 터전을 마련하여 「현대작가론」(1980) 「한국 현대소설의 탐구」(1980) 「소설의 이해」(1982) 「한국현대비평문학론」(1985) 「민족문학의 모색」(1989) 「근대작가·작품연구」 등 많은 비평론집을 출간하여 그 연구와 비평을 응집하여 「한국 근·현대 문학사」(1991)로 집대성을 하고 한국 근·현대문학을 통시적으로 투시하여 한국 근·현대문학의 안내 역할을 하고 있다. 또한 이론이나 비평론의 접근을 토대로 실천비평을 적극적으로 펼쳐 「한국 현대 작가의 문제작 평설」(1996)과 「현대시의 현장을 찾아서」(2001)를 출간하여 한국소설과 시의 새로운 접근과 그 의미망을 구축하여 현대문학의 진로를 가늠하는 업적으로 그 열정을 과시하고 있다.

"저자는 그동안 소설의 비평 작업에 주력해온 셈인데 90년대 이후 약 10년간 시문학에 관련된 평설을 꽤나 많이 해온 것을 새삼 깨닫게 되었다. 그만큼 우리 문학의 주류가 시문학에 있었던 객관적 상황도 관련되겠지만 내가 자의든 타의든 많은 시집의 해설과 서평을 쓰게 되었음을 말해준다."

새천년의 신춘에 출판기념회까지 해서 주목되고 있는 「현대시의 현장을 찾아서」의 '책머리에서'에서 말하고 있듯이 윤교수는 원리적 이론의 정립과 현대소설과 현대시의 비평적 접근을 통하여 한국 근·현대문학의 통시적인 접근에 의한 총체적인 의미망을 구축하는 데 그 온 힘을 모아 많은 업적으로 우리를 압도하고 있다. 이런 업적은 「한국 근·현대 문학사」로 응집되어 한국 근·현대문학을 통시적으로 이해하는 길라잡이 역할을 하고 있다. 그 '책머리에'에서,

> 이 책은 우리문학의 흐름 가운데 거론하지 않을 수 없는 큰 줄기를 개관한 셈이다. 가능한 한 문학 자체의 맥락과 작품 상호간의 유기적 관계 관련, 그리고 문학의 사회적 맥락까지를 함께 염두에 두고 우리 문학사의 성과를 풍부히 담아 내려고 했다. 또한 비평사까지도 아울러 문단의 전체적 흐름과 창작상의 경향을 조화롭게 결합시킨 점이 이 책의 특징이라면 특징일 것이다.

라고 말하여 문학비평에 의한 한국 근·현대문학의 총체성을 정립하는 업적으로 우리를 압도하여 한국문학비평의 새로운 장을 열고 있다.

3.

두명 윤병로 교수는 언제 보아도 얼굴에 미소를 띠고 문학행사에는 거의 빠지지 않고 참석하는 문단의 지킴이 구실을 하고 있다. 그 성격이 온화한 것이나 다복한 가정에서 풍겨 오는 포용과 관용의 금도(襟道)는 누구나 친구로 선후배로 맞이하는 온고의 정에서 이루어진다. 문학비평가이기는 해도 그 누가 세미나 주제 발표나 사회를 부탁해도 특별한 사유가 없는 한 쾌히 수락해서 그 장을 빛내 주고, 작품집의 평설이나 월평을 부탁해도 거절하는 일이 없이 성실하게 작품을 읽고 또 정성을 다하여 집필을 한다.

사람은 나름대로 누구나 바쁜 일정을 보낸다. 그 사람만의 활동 무대에서 모두 눈코 뜰 새 없이 하루를 쪼개 쓰는 세상에 남의 일이나 청탁을 쾌히 들어주는 것은 그리 쉬운 일이 아니다. 더구나 대학의 강의와 대학원 학생의 연구 지도, 또한 연구 논문의 발표 등 대학 생활만도 벅찬 일인데 원고 청탁이나 축사 또는 모임에 참석하는 그 처리 능력과 부지런한 데 놀라게 된다. 부지런한 사람

은 언제나 여유가 있고 게으른 사람은 언제나 바쁘고 시간에 쫓긴다는 말을 윤교수에게서 느끼게 된다. 아마 평양의 평양고등학교나 월탄 선생님 밑에서 다년간 학문과 선비의 도를 전수 받아 오늘의 윤교수의 모습이 형성되었는지도 모른다. 비교적 많은 여류작가들이 윤교수를 아끼고 존경하는 이유도 바로 여기에 있다.

윤교수는 평소는 물론이요 술자리에서도 자세가 흐트러지는 경우가 별로 없다. 사람들이 술이 취해 오면 간이 부풀어 할 소리 안할 소리 마구 해대는데, 윤교수는 언제나 스스로 취한 것을 알면 주변의 분위기가 흐트러지지 않게 살짝 자리를 비우는 경우는 있어도 문인들이 삼삼오오 모여 소문난 집이나 시인통신에 모여 맥주나 소주를 기울이면서 방담(放談)을 할 때에도 윤교수는 언제나 교통 정리역이요 화두의 주인공이 된다.

또한 윤교수는 질서 안의 여유를 만끽하면서 삶을 살찌게 하고 널리 세상에 금도를 보여 준다. 해외 여행을 가면 으레 윤교수와 룸메이트가 되는데 전혀 다른 사람이 신경을 쓰지 않도록 배려를 하여 같은 방을 쓰는 데 전혀 불편이 없고 고향에 온 것 같이 안락한 분위기를 조성한다. 정한모선생을 단장으로 홍콩을 거쳐 광주 귀주에 가서 국제 비교문학회를 마치고, 상해, 소주, 항주, 계림, 북경에 이르는 14박 15일간의 긴 일정에도 잉꼬 부부 같다라는 말을 들을 정도로 상대를 편안하게 해준다. 언제나 중도의 입장에서 일을 처리하면서도 누수가 없는 것은 수첩에 까맣게 메모되어 있는 일정을 보아도 알 수 있다. 남들은 알아볼 수 없을 만큼 가득 적혀 있는 약속이나 일을 어떻게 처리하는지 거의 부도가 없고 보면 그 민첩한 능력에 놀라게 된다. 윤교수가 언제나 여유 있게 보이고 남들을 편안하게 하는 일도 다 이 부지런함에서 오는 이삭들일 것이다.

이렇게 윤교수는 다정다감하게 미소를 띠는 여유 있게 보이는 문사이면서 민첩하게 일을 처리하고 교통정리를 하면서 문단의 견인차 역할을 하고 있다.

4.

세월은 덧없이 흘러간다지만 윤교수는 학문과 문학비평으로, 교육과 사회활동, 그리고 내적 생활의 활성화로 비평과 학문의 한 첨탑을 이루고 원만한 사회생활로 복잡하고 다난한 현대사회에서 일가를 이루어 남들의 귀감이 되고 있다. 이제 성취와 도약의 길목에서 한 번 크게 뒤를 돌아보면서 고향에의 동경 속에 새로운 비약을 위한 자세의 정립과 도약의 날개를 펼치고 있다.

두명 선생님! 이제 너무 앞으로만 치닫지 말고 가끔 고향에의 향수를 느끼면서 모험의 충돌 속에 새로운 광장을 만들어 안식의 멋을 누리며 그 날을 위해 비약의 날개를 펴서 푸른 하늘 푸른 들을 마음대로 비상하여 황혼이 없는 호수 골을 비춰주는 하늘의 불빛이 되어 이 강산을 비추소서.

논총 간행에 부쳐

이번에 두명 윤병로(斗溟 尹柄魯) 교수께서 30년 가까이 봉직(奉職)해 오셨던 성균관대학교 국어국문학과에서 교수 정년을 맞으셨다. 이에 후학과 제자들이 두명 선생의 학문적 업적과 문필 생활의 발자취를 기리기 위해 정년기념논총과 평론선집을 간행했다.

회고해 보건대 그동안 「작은 거인(巨人)」·「움직이는 현대문학사(現代文學史)」 등의 애칭을 받을 만큼 왕성한 평론 활동과 열정적인 강의, 그리고 수많은 저술 활동 등으로 동분서주하시던 동안(童顔)의 두명 선생을 생각한다면 정년이란 말이 믿어지지 않지만 흘러가 버린 세월은 속절 없는 일인 것 같다.

그러나 두명 선생께서는 교수로서의 정년이 연구의 마감이나 학문과의 단절이 아니라, 후학들에게 교육 현장을 물려주고 일선(一線)에서 한 발 비켜서는 것일 뿐, 오히려 마음의 여유를 가지고 미진했던 연구와 평론 활동을 더욱 보람 있게 펼칠 수 있는 전기(轉機)가 될 수 있다는 사실을 누구보다도 잘 알고 계실 것이다.

따라서 우리는 정년을 맞으신 두명 선생에 대하여, 그 동안의 노고를 치하드리는 동시에 앞날에 대한 더 큰 기대로 오늘의 아쉽고 섭섭한 마음을 접어 두고 있다는 말씀을 드리고 싶다.

부디 건강하셔서 학문과 문필 활동이 더욱 빛나시고 보람찬 나날이 계속되시기를 빈다.

그리고 이번 정년기념논총과 평론선집의 간행을 위해 물심양면으로 격려와 도움을 주신 여러분께 간행위원장으로서 심심한 감사를 드리지 않을 수 없다.

특히 정년기념논총에 옥고(玉稿)를 보내주신 집필자, 하사(賀辭)로써 격려해 주신 임하 최진원(林下 崔珍源) 선생님과 운당 구인환(雲堂 丘仁煥) 선생님, 축화(祝畵)와 하서(賀書)를 주신 박연도·장윤우·진태하 선생님, 그리고 제자(題字)와 팔곡 병풍의 휘호를 쓰신 우산 송하경(友山 宋河璟) 교수와 책자의 발간에 협조해 주신 국학자료원과 새미출판사의 정찬용·김성달 선생께 이 자리를 빌어 뜨거운 사의(謝意)를 표하는 바이다.

2001년 8월 23일

두명 윤병로교수 정년기념
국어국문학논총 간행위원회
위원장 趙健相

斗溪 尹柄魯 敎授 年譜

※ 학력 및 경력

1936. 5. 28.(陰)	평안남도 중화군 풍동면 풍정리에서 부친 윤신순(尹信淳)과 모친 이숙녀(李淑女)의 장남으로 출생.
1950.	평양고 졸업.
1950. 12.	6·25 전쟁으로 인해 부친과 함께 월남하였으나 모친과 자매와는 헤어짐.
1953. 3.	성균관대학교 국어국문학과에 입학.
1957. 2.	성균관대학교 국어국문학과를 졸업.
1957. 3.	『현대문학』에 문학평론 「리얼리즘의 현대적 방향」이 추천 완료되어 등단.
1958. 4.~1961. 6.	동덕여고에서 교편을 잡음.
1961. 4.~1972. 2.	성균관대학교에 출강함.
1961. 5.	부인 이명희(李明姬)와 결혼.
1964.. 11.	첫 비평집으로 『엽전의 비애』(청조각)를 출판.
1969. 3.	경희대학교 대학원 국어국문학과 석사과정에 입학.
1970. 1.~1972. 12.	한국문인협회 평론분과회장 역임.
1971. 2.	경희대학교 대학원에서 국문학 석사학위 취득.
1974. 1.~현재	한국문인협회 이사.
1974. 2.	성균관대학교 국어국문학과 전임교원 조교수로 신규임용.
1974. 5.	『현대작가론』(선명문화사) 출판.
1974. 8.	『한국현대비평문학서설』(청록출판사) 출판.
1974. 11.~1978. 12.	국제펜클럽한국본부 이사.
1974. 11.	제9회 월탄문학상 수상.
1975. 3.	성균관대학교 대학원 국어국문학과 박사과정에 입학.

1977. 3.~1978. 8.	성균관대학교 국어국문학과 학과장 역임.
1978. 3.	성균관대학교 국어국문학과 전임교원 부교수로 승진.
1978. 3.~1978. 8.	성균관대학교 일반대학원 국어국문학과 주임교수 역임.
1978. 8.	성균관대학교 대학원 국어국문학과에서 국문학 박사학위 취득.
1978. 9.~1979. 8.	일본동경대학 대학원 객원연구원으로 일본 체류.
1980. 3.	『한국현대소설의 탐구』(범우사) 출판.
1980. 3.~1981. 2.	성균관대학교 교양국어주임실 주임교수.
1980. 12.~1983. 2.	성균관대학교 국어국문학과 학과장.
1980. 12.~1986. 2.	성균관대학교 일반대학원 국어국문학과 대학원학과장.
1982. 5.	『소설의 이해』(성균관대출판부) 출판.
1982. 9.~1984. 8.	성균관대학교 출판부장 역임.
1984. 1.~1989. 12.	한국문학평론가협회 부회장으로 취임.
1984. 7.~1986. 2.	성균관대학교 국어국문학과 학과장 재임.
1983. 4.	성균관대학교 국어국문학과 전임교원 교수로 승진.
1985. 7.	『한국대표명작-현진건』(지학사) 출판.
1986. 2.~1986. 8.	성균관대학교 인문과학연구소장 역임.
1986. 9.~1987. 7.	중화민국국립정치대학 객좌교수로 타이페이 체류.
1987. 1.~1991. 12.	비교문학회 출판이사로 활동.
1987. 4.	제6회 한국펜문학상 수상.
1988. 3.~1990. 2.	성균관대학교 교육대학원 국어교육 주임교수.
1988. 6.	『한국근대작가작품연구』(성균관대출판부) 출판.
1988. 12.	제25회 한국문학상 수상.
1989. 1.~1993. 12.	한국문학평론가협회 회장 역임.
1989. 11.	대한민국 문학상 평론부문 본상 수상.
1989. 3.	『민족문학의 모색』(범우사) 출판.
1990. 1.~1993. 12.	한국간행물윤리위원회 위원으로 활동.
1991. 6.	『한국근현대문학사』(명문당) 출판.
1991. 9.~1992. 2.	성균관대학교 교육대학원 국어교육 주임교수.
1991. 11.	제4회 성균문학상 수상.
1992. 2.~1994. 1.	성균관대학교 문과대학장 역임.
1993. 1.~현재	한국문학평론가협회 명예회장.
1993. 1.	『박종화의 삶과 문학』(서울신문사) 출판.
1993. 9	『한국근현대작가작품론』(성균관대출판부) 출판.
1993. 9.	성균관대학교 국어국문학과 전임교원 교수로 재임용.

1993. 10.	제42회 서울특별시 문화상 문학부문 수상.
1994. 1.	한국문예학술제작권협회 감사 및 섭외이사 활동.
1994. 1.~1995. 12.	일본 동경대 비교문학 비교문화연구실 객원연구원.
1994.~현재	학교법인 재현학원 이사.
1995.	'문학의 해' 조직위원회 위원으로 활동.
1995.	한국사회기초연구회 연구위원장.
1995. 9.~1996. 1.	성균관대학교 교육대학원 국어교육 주임교수 역임.
1996. 6.	『한국현대작가의 문제작 평설』(국학자료원) 및 『비평의 쟁점과 문 학의 안뜎』(국학자료원) 출판.
1996. 12.	한국현대소설학회 회장 취임.
1997. 2.~1998. 1.	성균관대학교 국어국문학과 학과장 재임.
1997. 3.~1998. 1.	성균관대학교 어문학부 국어국문학전공 주임교수.
1998. 1.~현재	국제펜클럽한국본부 부회장으로 활동.
1998. 10.	『문학비평의 언저리』(새미) 출판.
1998. 10.	제30회 대한민국 문화예술상 문학평론 부문 수상.
1998. 12.	성균가족상 본상 수상.
1999. 1.~현재	외솔회 이사.
2000. 3.~2001. 2.	성균관대학교 어문학부 비교문학 및 일본학 전공 주임교수.
2000. 3.	『한국근현대문학사-증보판』(명문당) 및 『한국근현대비평의 흐름』(성균관대출판부) 출판.
2000. 8.~현재	한국간행물윤리위원회 제1심의위원회 위원장으로 활동.
2001. 4.	『현대시의 현장을 찾아서』(영하) 출판.
2001. 8.	성균관대학교 국어국문학과에서 교수로 27년간의 학문 연구와 후진 양성을 다 하고 정년을 맞이함.

※ 평론 및 논문

「빙허 현진건론」, 『현대문학』15, 1956.
「리얼리즘의 현대적 방향」, 『현대문학』27, 1957.
「비평의 사명」, 『현대문학』29, 1957.
「휴머니즘의 역사적 이해」, 『현대문학』31, 1957.
「문학에 있어서의 연애문제」, 『현대문학』36, 1957.
「고착된 기성과 방황하는 신인」, 『한국평론』4, 1958.
「혈서의 내용-손창섭론」, 『현대문학』48, 1958.

「유교와 한국문학의 모랄」,『자유공론』4, 1959.

「전통의 문제점」,『자유문학』24, 1959

「6·25와 한국문학의 모럴」,『자유공론』, 1959

「비평의 디렘마」,『현대문학』60, 1959.

「지성의 비극」,『문예』, 1960.

「김유정론」,『현대문학』63, 1960.

「산문정신의 제문제」,『현대문학』69, 1960.

「혈관에서 솟구친 순수시－김소월론」,『현대문학』72, 1960.

「현대의 작가와 독자」,『현대문학』76, 1961.

「표현의 해방－모방에서 자율로」,『현대문학』83, 1961.

「문학자의 사회적 지위」,『현대문학』99, 1963.

「비평을 위한 각서」,『신사조』24, 1964.

「통속에의 탈피」,『현대문학』116, 1964.

「읽는다는 무목적 행위」,『현대문학』119, 1964.

「수필문의 개관」,『현대문학』124, 1965.

「비약과 환상의 천재 나도향」,『문학춘추』, 1965.

「손장순의 한국인론」,『현대문학』153, 1967.

「고개든 중편 붐」,『현대문학』159, 1968.

「비교문학 서설」,『현대문학』164, 1968.

「현진건론」,『월간문학』9, 1969.

「종교가 예술에 미친 영향」,『예술계』, 1970.

「참여문학의 한계」,『월간문학』25, 1970.

「안수길의 문학」,『월간문학』33, 1971.

「월탄 박종화」,『동아문화』, 1972.

「현진건론」,『창소』7, 1972.

「민족문학의 재검토」,『월간문학』47, 1972.

「민족문학론과 다양한 비평작업」,『월간문학』49, 1972.

「20년대 작가의 문학적 특징연구」,『한국문학』2, 1973.

「전통문학의 현대화 문제시론」,『인문과학』3·4집, 1974.

「50년대의 문학(文學), 그 향방(向方)」,『월간문학』74, 1975.

「활로 찾지 못한 채 방황」,『월간문학』82, 1975.

「한국현대수필문학 발달고」,『성대논문집』20, 1975.

「월탄 박종화의 역사소설론」,『대동문화연구』10, 1975.

「한국농촌소설의 사적 고찰」,『성대논문집』22, 1976.

「전쟁문학시론」, 『성대논문집』22, 1976.

「50년대 작가의 문학적 특징-후반기의 작가군을 중심으로」, 『대동문화연구』11, 1976.

「한국근대소설의 전개과정고」, 『대동문화연구』12, 1978.

「한국근대소설의 전개과정」, 『비교문학연구』36, 일본 동경대학, 1979.

「한국근대문학에 미친 일본근대문학의 영향-이광수의 유학시대를 중심으로」, 『성균관대논문집(인문사회계)』27, 1980.

「80년대 한국문학의 전망」, 『월간문학』133, 1980.

「상업주의문학논쟁과 다양한 세미나」, 『월간문학』142, 1980.

「낭만적 민족문학의 시종(始終)」, 『한국문학』88, 1981.

「기대되는 근대문학관의 창설」, 『문예진흥』70, 1981.

「한국근대문학에 영향(影響)한 일본근대문학-『창조』파의 김동인을 중심으로」, 『대동문화연구』14, 1981.

「전후 한국문화의 변모양상」, 『심상』95, 1981.

「낭만적 민족문학으로 시종(始終)-월탄 박종화의 인간과 문학」, 『예술원보』25, 1981.

「전통문화와 현대문학」, 『문예진흥』207, 1982.

「월탄의 초기 비평활동고」, 『대동문화연구』16, 1982.

「민족적 상흔의 소설화」, 『소설문학』, 1983.

「포구(浦口)의 달과 다락일기」, 『한국문학』118, 1983.

「식민 분단시대의 민족문학」, 『현대문학』347, 1983.

「한국문학에서의 전쟁과 평화의식」, 『대동문화연구』19, 1985.

「민족문화로서의 계승문제-창작분야」, 『예술계 』4, 1985.

「예술의 책임 한계」, 『예술계』6, 1985.

「분단의 아픔과 인간비정-주제」, 『동서문학』2, 1985.

「빙허 현진건의 생애와 비평」, 『대동문화연구』20, 1986.

「광복의 시대상황과 이념논쟁」, 『월간문학』204, 1986.

「민중문학론, 무엇이 문제인가」, 『예술계』10, 1986.

「월탄 박종화 연구-초기소설을 중심으로」, 『성대인문과학』15, 1986.

「참다운 민족문학의 정립」, 『한국문화예술의 현재와 장래』-심포지움발표, 1986.

「전환기의 민족문학 논의-87 문학 총 결산·평론」, 『월간문학』226, 1987.

「이광수의 무정론」, 『홍익어문』7, 1988.

「김동인 단편의 이원적요소」, 『대동문화연구』22, 1988.

「심훈-식민지 현실과 자유주의자의 만남」, 『동양문학』2, 1988.

「제3세계와 소수언어권에 있어서의 문학」, 제52차 국제펜대회 주제발표, 1988.

「1930년대 소설의 연구-「메밀꽃 필 무렵」·「땡볕」·「무녀도」를 중심으로」, 『대동문화연구』23, 1989.

「새 세대의 충격과 60년대 소설-한국현대문학사를 다시 쓴다」, 『현대문학』410, 1989.

「『메밀꽃 필 무렵』의 소설 미학」, 『송하 이종출박사 화갑기념 논문집』, 1989.

「문학·문학인의 민족 공동체정신」, 예술평론 한·중공동심포지움 발표(중국, 연길), 1989.

「이상의 「날개」 분석」, 『구인환교수 화갑논문집』, 1989.

「팔봉 김기진의 비평연구」, 『이선영교수회갑기념논총』, 1990.

「개방화시대의 우리소설의 위상」, 제12차 한국소설가협회 심포지엄 주제발표(서귀포), 1990.

「30년대 모더니즘론과 구 카프계의 논의」, 『김상선교수 화갑기념논총』, 1990.

「민족문학론의 쟁점과 평가」, 『이우성선생 정년퇴임논총』, 1990.

「근대한국의 신문학연구-개화시기와 서사문학을 중심으로」, 『세종학연구』5, 1990.

「한국근대문학의 성격과 특징-김억과 주요한을 중심으로」, 『인문과학』21, 성대인문과학연구소, 1991.

「1920년대의 민족적 정서의 시 연구」, 『겨레문화』5, 한국겨레문화연구원, 1991.

「1920년대 전반의 소설 양상」, 『대동문화연구』26, 1991.

「1920년대 민족문학적 소설연구」, 『봉죽헌 박붕배선생 정년기념 논문집』, 1992.

「정보화 시대의 문학과 문학인」, 한국과학저술인협회, 한국문인협회 국내 학술회의 발표, 1992.

「한국현대농민문학의 현주소와 전망」, 제3회 한국농민문학가협회 세미나 발표(충남 서산), 1993.

「문화민족의 꽃, 우리고전을 읽자」, 문화체육부, 국내학술회의 발표, 1993.

「1920년대 전반의 한국소설양상」, 국제한국학및 비교학회, 국제학술회의발표(벨지웅, 르벵), 1993.

「한국시에서의 기독교와 문학」, 『'94 제2회 국제세미나초록집』, 국제펜클럽한국본부, 1994.

「문학과 현실」, 『우리시대의 한국문학』35권, 계몽사, 1994.

「한국근대문학과 일본근대문학의 관련성-춘원 이광수의 일본유학 전후」, 동경대학 대학원 비교문학 비교문화연구실, 1995.

「구인환 소설론」, 『구인환교수 정년퇴임기념논문집』, 1995.

「수필과 평론의 관련성」, 『수필학』2, 한국수필학연구소, 1995.

「신문연재소설의 외설문제」, 한국신문윤리위원회, 일간신문 문화부장 세미나 주제발표, 1995.

「소설독자의 문학수용취향과 독자의 위상」, 한국현대소설연구회 제6회 정기연구발표
　　　　대회 공동주제발표, 1995.
「월탄 박종화의 「금삼의 피」론」, 『대동문화연구』30, 1995.
「기업 문화 창달과 문학의 역할」, 전국경제인연합회 한국기업문학 연구원, 1996.
「음란소설의 외설성에 대한 문학적 이해」, 한국예술평론가협회 제17회예술평론심포
　　　　지움 주제발표, 1996.
「한·중 문학 교류 추진 방안의 모색」, 제17차 한·중학자회의(대만 타이페이), 1996.
「2천년대를 향한 우리 문학의 본색」, 『호맥문학가협회 제5회 세미나』, 1996.
「심훈」, 『문화체육부』, 1996.
「정보화 시대의 우리 문학」, 한국신문학회 심포지움, 1996.
「인간성 회복을 위한 수필 문학의 전개」, 『성대문학』29, 1996.
「향토색 서정시인 박재삼의 삶과 문학」, 『순수문학』, 1997.
「21세기 우리문학의 새 지평」, 『문학21』, 1997.
「한국문단 반세기의 역정」, 『한국신문학』, 1997.
「1920년대의 한국 근대시의 연구」, 『국제비교한국학회』, 1997.
「새로운 문학에 대응할 작가의 자세」, 『해동문학』, 1997.
「박종화의 문학과 인간」, 『한국예술총집 문학편Ⅳ』, 대한민국예술원, 1997.
「조경희의 문학과 인간」, 『한국예술총집 문학편Ⅳ』, 대한민국예술원, 1997.
「애환담은 편지와 일기」, 『시대문학』, 2000. 3.
「한국문학에서의 전쟁과 평화의식」, 『문학과 문학교육』, 2000. 4.
「빙허 현진건의 삶」, 『한국소설』, 2000. 8.
「민족의 동질성 회복과 통일문학—평화통일을 위한 문학의 역할」, 『조선문학』, 2000.
　　　　12.
「1920년대 후반의 문학이념 논쟁」, 성균관대학교 『인문과학』, 2000.
「빙허 현진건의 문학과 인생」, 한국소설가협회 25차 정기세미나 한국소설가협회,
　　　　2000. 4. 15.
「김유정의 농민문학」, 김유정선양학술대회 김유정기념사업회, 2000. 5. 17.
「어린이에게 각인된 6·25전쟁의 상흔」, 박가일의 장편 『왕정골의 형제들』 해설, 청
　　　　조사, 2000.
「이무영과 그 문학」, 『이무영 문학전집』 2권, 국학자료원, 2000
「김동인론」, 반교어문학회편, 『근현대문학의 사적 전개와 미적 양상(1)』, 보고사, 2000
「삶의 뒤안길을 읊은 유랑의 에레지」, 『하계 정승하 고희 기념문집』, 하계 정승하 고
　　　　희기념문집간행위원회, 2000.

※ 저서

『엽전의 비애』, 청조각, 1964.
『한국현대비평문학서설』, 청록출판사, 1974.
『현대작가론』, 선명문화사, 1974.
『현대작가론』, 이우출판사, 1980.
『한국현대소설의 탐구』, 범우사, 1980.
『국문학입문』(공저), 성균관대출판부, 1981.
『소설의 이해』, 성균관대출판부, 1982.
『한국현대비평문학론』, 청록출판사, 1982.
『문학개론』(공저), 문학예술사, 1983.
『한국현대명작-현진건』, 지학사, 1985.
『한국현대소설의 탐구』」, 범우사, 1985 증보판.
『한국근대작가 · 작품 연구』, 성대출판부, 1988.
『민족문학의 모색』, 범우사, 1989.
『한국 근 · 현대 문학사』, 명문당, 1991.
『박종화의 삶과 문학』, 서울신문사, 1993.
『한국 근 · 현대작가 작품론』, 성대출판부, 1993.
『한국비평문학 대계』(공저), 문학평론가협회, 1994.
『한국 현대 작가의 문제작 평설』, 국학자료원, 1996.
『비평의 쟁점과 문학의 안팎』, 국학자료원, 1996.
『문학평론①②』, 명문당, 1996.
『문학비평의 언저리』, 새미, 1998
『한국근현대문학사-증보판』, 명문당, 2000
『한국근현대비평의 흐름』, 성균관대출판부, 2000
『현대시의 현장을 찾아서』, 영하, 2001.

斗溪尹柄魯教授定年紀念 國語國文學論叢

차 례

斗溪 尹柄魯 教授 近影

題字：友山 宋河璟

揮毫：月灘 朴鐘和, 淵民 李家源, 丘庸 金永卓, 淸凡 陳泰夏

祝畵：朴演島, 張潤宇

八曲 屛風：友山 宋河璟

賀詩：강우식, 林 步, 신 진, 이지엽

賀辭：林下 崔珍源, 雲堂 丘仁煥,

刊行辭：趙健相

斗溪 尹柄魯 教授 年譜

現代文學 일반론

現代文學 작가론

現代文學 작품론

古典文學

國語學

現代文學 일반론

근대시의 형식에 대한 일 연구

김병국[*]

1. 문제제기

이 연구는 중세의 정형시와 현대의 자유시의 어름에 있는 근대시의 한 형식을 탐구함에 그 목적을 둔다.

우리가 문학성을 논의함에 있어서 작가가 처한 당대 사회 현실을 고려해야 하고, 형식과 내용의 짜임을 통해 드러나는 미적 특질을 살펴야 한다. 그러나 전체적인 조망을 하기 위한 전 단계로 여기서는 시가의 형식을 중심으로 하여 논의를 전개해 나가고자 한다. 구체적으로는 시의 형식이 시인의 감성 내용을 얼마만큼 적절하게 드러내고 있는지에 관심을 갖는다. 그래서 이 자리에서는 굳이 근대의 개념을 밝히려 하지 않으며, 근대의 시점을 논의의 대상으로 삼지도 않는다. 주로 소월을 비롯한 몇 시인의 몇 작품이 그 논의의 주 대상이 된다.

2. 근대기 자유시의 두 지향

일반적으로 고전시가를 정형시라고 한다. 일정한 양식적 틀이 있기 때문이다. 이 틀은 율(律)로 결정되며, 이 율(律)은 나름의 일정한 형식을 갖는다.

---

* 건양대 교수.

> 落日은 西山에 져서 동해로 다시 나고
> ᄀ을에 이운 풀은 봄이면 플으건을
> 엇덧타 最貴한 人生은 歸不歸를 ᄒ는이(이정보)

이 작품은 4음보를 그 율(律)로 하고 있으며, 그 율이 3회 반복되는 것이 보다 큰 율(律)이다. 곧 4음보 3행의 형식을 가진 시조이다. 이 작품만이 이러한 형식을 갖는 것이 아니라, 시조라고 하는 모든 작품은 이러한 외형적 형식을 갖는다. 이러한 외적 형식의 속에서 작품 내적으로 독자적인 시상의 전개를 통해 내적 형식을 이루게 되는데, 이것은 작품의 주제와 긴밀한 관계를 갖는다.

이 시조는 초·중장과 종장의 이항 대립 구조로 이루어져 있다. 초장은 '하루'를 주기로 '지고, 나는' 운행을 계속하는 태양을 형상하고 있으며. 중장은 초장과 문장 구문상으로 동일한데, '일년'을 주기로 하여 지고 피는 자연의 이치를 반복하는 풀을 형상하고 있다. 즉 생명성에 있어서, 초·중장은 회귀성을 가진 자연물을 형상하고 있는 것이다. 그런데 종장은 가장 귀한 존재로 인식되고 있는 인생의 불회귀성을 형상화함으로써 이 시조 전체적으로는 이러한 유한한 인생에 대한 애상을 형상화하고 있다. 이러한 이항 대립구조가 만들어내는 평행선은 생명성에 있어서 이 두 부류(태양·풀—인생)가 영원히 합치될 수 없다는 주제를 드러내고 있으니, 이것이 이 시조가 갖는 내적 형식이다.[1] 작품의 내적형식은 개별 작품 속에서 작자가 나름대로 독창적으로 만들어 낼 수가 있는 것이다.

조선 후기에 일어난 동학과 중국을 통해 들어온 천주교, 그리고 다양한 경로로 이 땅에 들어온 서구 문명 등은 이 땅의 오랜 이념이었던 성리학에 새로운 충격을 준 세계관들을 지니고 있었다. 이들은 문학에 있어서도 변화를 주었으니, 특히 20세기 초에 들어온 서구의 문예사조는 기존의 문학에 큰 영향을 주었다.

정형시인 고전시가는 한편으로 새로운 시대의 시형식인 자유시[2]의 형성에

---

1) 외적구조와 내적구조에 대한 자세한 설명은 졸고, 「시조 품격론 서설」(『반교어문연구』 제4집, 1992) 참고.

일정한 영향을 준다.

이 당시 자유시로의 지향은 두 가지 방향에서 진행되었다고 본다. 자유시라는 말은 정형시에 대립하여 생겨난 것으로 이러한 의미에서 볼 때 자유시는 정형시의 형식으로부터 자유로워진 시라고 볼 수 있다. 그러나 자유시는 정형시의 형식을 파괴하면서 생겨난 것이긴 하지만, 그렇다고 하여 무형식의 시를 의미하는 것은 아니다. 각개의 작품들이 각각 자유로이 나름의 시형식을 만들어가는 시라는 보다 발전적인 의미를 외면해서는 안 된다.

우리가 자유시의 율격을 자유율(自由律)이라고 한다면, 이 자유율은 기존의 정형률에서 벗어나는 자유스러움을 의미하면서, 동시에 작품마다 자유로이 나름의 율격을 창조해 나가는 것을 의미한다. 우리의 근대기 자유시는 다만 정형률에서 벗어나 말 그대로 자유롭게 지어지는 방향과 이와는 달리 나름의 새로운 율격을 자유로이 창조해 나가는 방향, 이 두 가지 방향으로 진행되었음을 확인할 수 있다. 이 논문에서는 후자의 측면에서 논의를 진행해 나가고자 한다.

3. 새로운 율격의 창조를 위한 탐색

새로운 율격을 창조해나간 작가들로 최남선, 이광수, 주요한, 김억, 김소월 등을 들 수 있다. 이들은 자수율을 기본으로 하면서 조사(措辭)를 통한 이미지의 구축을 통해 나름의 시세계를 형상화해 나갔다.

최남선과 이광수는 새로운 시의 율격을 염두에 두면서 유독 자수에 매달린 경향을 보이고 있다. 여러 논자들이 언급했듯이, 최남선의 <해에게서 소년에게>(『少年』, 1908. 11. 1)를 보면 각 연에 있어서 각 행의 자수를 맞추고 있음을 볼 수 있다. 이러한 상황은 이광수도 마찬가지이다. <님나신 날>(『靑春』 4호, 1915. 1)을 보게 되면 육당의 <해에게서 소년에게>의 형식과 같다.

최남선과 이광수에 의해 시도된 신체시는 비록 그 시적 형식이 내면화되지

---

2) 근대시 또는 근대 자유시 형성과정에 대한 연구사는 정우택의 「한국 근대 자유시 형성과정과 그 성격」(성균관대 박사학위논문, 1998), 3~9쪽 참조.

는 못했지만, 그리고 실패한 시형식이라는 비판이 전혀 잘못이라고 할 수는 없지만 이들의 이러한 노력이 후일 진정한 자유시 형성에 이어졌다는 점에 있어서 나름의 시사적 의의를 갖는다고 할 수 있다. 창가와 신체시 이후 근대시의 경향에 대해 김용직은 다음과 같이 언급하고 있다.

> 김억과 주요한에 의해 담당된 초기 한국의 민요조 서정시에는 분명히 긍정적으로 평가될 수 있는 史的 의의가 내포되어 있다. 흔히 우리는 唱歌 · 新體詩 다음을 이은 한국 근대시의 국면을, 계몽주의 목적의식에서 탈피하고자 한 순수시의 자리라고 일컫는다. 아울러 이 무렵의 우리 시는 창가 · 신체시의 엇비슷한 정형성에서도 벗어나야 했다. 한 마디로 한국 근대시의 본격화로 제기된 두 개의 현안은 시 자체의 독자적, 미적 확보와 형태 해석에 있어서 정형성 · 자수율의 지양 · 극복이었다. 그런데, 초창기에 있어서 한국 근대시는 이와 같은 현안의 문제에 어느 정도 기능적으로 대처를 했다. 상징주의 시와 시론의 수입 · 수용을 축으로 한 시의 예술성 추구가 전자의 테두리에 속하는 일면이었다. 그리고, 후자의 단면으로 생각되는 것이 「泰西文藝新報」, 「創造」, 「廢墟」 등을 통해서 줄기차게 전개된 詩作의 산문화 경향이었다.[3]

김용직은 근대시의 경향 중에 하나가 정형성 · 자수율을 극복하기 위한 산문화의 경향이라고 말하고 있지만 나름의 자수율을 유지하면서 나름의 새로운 율(律)의 창조를 통해 시의 형식과 내용을 유기적 통일체로 엮어 독특한 시 세계를 구축하고자 하는 노력이 지속되고 있었던 것이다. 이러한 노력을 한 대표적인 이가 바로 안서(岸曙) 김억(金億)이다.[4] 안서는,

> 詩想만이 詩歌가 아니외다. 그것은 빗갈만이 꼿이 아닌 것이나 마찬가지외다. 꼿에는 色彩 이외에 잡을수도업고 볼수도업는 아름다운 芳香이 잇는 것을 니즐수가업습니다. 그와마찬가지로 詩歌에는 뜻밧게 뜻이잇고 말밧게

---

3) 김용직, 「<먼 後日>, 그 구조의 특성과 사적 의의」, 『김소월연구』(수정쇄, 새문사, 1986), 27쪽.
4) 안서 김억의 시론의 가치를 재발견하여 논의한 것으로 남정희의 「김억의 詩形論」 (『泮橋語文研究』 제9집, 泮橋語文學會, 1998)이 있다.

—『태서문예신보』, 1918. 11. 30.

이 시에서 김억은 각 연의 길이를 달리하면서도 각 연에서 행의 길이를 맞추고자 하는 의식적인 시도를 하고 있다.

그러나 주요한과 김억의 시는 최남선이나 이광수의 신체시가 보여주는 형식적 특성과는 다른 모습을 보여 주고 있으니, 시행이나 연을 구성함에 있어서 보다 세심한 시적 형상화의 면을 띄고 있다고 할 수 있다.

이들의 전통을 이어 나름의 독특한 시세계를 구축한 시인이 바로 김소월이다.

4. 소월의 시 형식

소월의 작품은 오랜 세월 동안 많은 독자를 확보해 오고 있다. 그 만큼 많은 우리나라 사람들의 정서에 공감을 주는 시세계를 구축했다고 보여진다. 소월은 정서의 내용만큼이나 그에 걸맞은 시의 형식을 창조하는 데 세심한 노력을 기울인 시인이다.[8]

여기에서는 소월의 세 편의 시를 대상으로 소월이 어떻게 새로운 율(律)의 시형식을 창조하였는지 그 구체적인 사실을 밝히고자 한다.[9]

우선 <먼 後日>, <진달래꽃>, 「山有花」 세 편의 시를 고찰의 대상으로 삼는다. 그 이유는 이들 세 작품들은 모두 3음보 2행을 기본적인 형식으로 하고

---

8) 김소월 시의 연구사적 검토는 심선옥, 「김소월 시의 근대적 성격 연구」(성균관대 박사학위논문, 2000. 6) 참조.

9) 권선아는 「김소월시연구」(성균관대 석사, 1992)에서 소월의 시를 대상으로 소월이 일정한 율격에 의지하면서도 의도적 띄어쓰기와 행구분을 통해 나름의 리듬을 생성하고 있는데, 그 리듬이 시의 내용과 긴밀한 연관을 갖고 있다는 사실을 치밀하게 규명하고 있다. 아울러 소월시에 있어서 행단위와 연단위의 구문병치와 양행걸침이 갖는 의미를 밝히고 있는데, 주목할 만한 성과를 얻었다고 생각한다.
   이 연구에서도 소월이 시도한 이러한 방법들—특히 의도적인 행구분으로 만들어진 리듬이 각각의 시에 있어서 의미와 어떻게 맺어지고 있는지(곧 시적 형식이 시적 내용을 어떻게 내면화하고 있는지) 하는 점을 밝히고 있는 것이나 도달한 결론은 서로 다른 것이다. 서로 한 영역을 밝혔다고 생각한다.

있지만 각각 한 연이 2행, 3행, 4행으로 나뉘어져 있는데, 이러한 행의 배열은
시인의 철저한 시의식에 의한 것이라고 보여지기 때문이다.
　　이 작품들은 다음과 같다.

　　<먼 後日>

　　먼훗날 당신이 차즈시면
　　그째에 내말이『니젓노라』

　　당신이 속으로 나무리면
　　『뭇척그리다가 니젓노라』

　　그래도 당신이 나무리면
　　『밋기지안아서 니젓노라』

　　오늘도 어제도 아니닛고
　　먼훗날 그째에『니젓노라』

—『開闢』8월호, 1922.10)

　　<진달내꼿>

　　나보기가 역겨워
　　가실째에는
　　말업시 고히 보내드리우리다

　　寧邊에 藥山
　　진달내꼿
　　아름짜다 가실길에 쑤리우리다

---

10) 이 작품은 1920년 7월에 나온『학생계』창간호에 처음 발표되었다가 1922년 8월에
　　나온『개벽』26호에 수정, 게재되었다. 김소월 자신의 최종적인 수정본이라는 점에서
　　이 작품을 대상으로 검토한다. 이하 같음.

가시는거름거름
노힌그곳츨
삽분히즈려밟고 가시옵소서

나보기가 역겨워
가실째에는
죽어도아니 눈물흘니우리나
—『진달래꼿』, 賣文社刊, 大正14年(1925).[11]

「山有花」

山에는 꼿픠네
꼿치픠네
갈 봄 녀름업시
꼿치픠네

山에
山에
픠는꼿츤
저만치 혼자서 픠여잇네

山에서우는 직은새요
꼿치죠와
山에서
사노라네
山에는 꼿지네
꼿치지네

---

11) 이 작품은 1922년 7월에 나온 『개벽』 2주년기념임시호에 처음 발표되었으며, 현재의
모습으로 개고되어 다시 실린 곳은 1925년 매문사에서 나온 자신의 시집 『진달내꼿』
이다.

갈 봄 녀름업시
쏫치 지네

— 『진달래꽃』, 매문사, 1925.

앞에서 언급하였듯이 <먼 後日>, <진달래꽃>, 「山有花」 이 세 작품은 한 연이 2행, 3행, 4행으로 나뉘어져 있지만, 다음에서 확인되는 바와 같이 이들 모두 3음보 2행을 기본적인 형식으로 하고 있다. <먼 後日>은 '잊었노라'에서, <진달래꽃>은 '보내드리우리다·뿌리우리다·흘리우리다'의 '우리다'와 '가시옵소서'의 '~ㅂ 소서'에서, 「山有花」는 '픠네·잇네·라네·지네'의 '~네'에서 그 '율(律)'의 기본을 확인할 수 있다.

　　<먼 後日>

먼훗날 당신이 차즈시면
그째에 내말이 『니젓노라』

당신이 속으로 나무리면
『뭇척그리다가 니젓노라』

그래도 당신이 나무리면
『밋기지안아서 니젓노라』

오늘도 어제도 아니닛고
먼훗날 그째에 『니젓노라』
(6·4조)

　　<진달래꽃>

나보기가 역겨워 가실째에는
말업시 고히 보내드리우리다

寧邊에 藥山 진달내꼿
아름 짜다 가실길에 쑤리우리다

가시는거름거름 노힌그꼿츨
삽분히즈려밟고 가시옵소서

나보기가 역겨워 가실째에는
죽어노아니 눈물흘니우리다
(7·5조를 주조/ 5·4조, 8·5조)

「山有花」

山에는 꼿피네 꼿치픠네
갈 봄 녀름업시 꼿치픠네

山에山에 피는꼿츤
저만치 혼자서 피여잇네

山에서우는 적은새요
꼿치 죠와 山에서 사노라네

山에는 꼿지네 꼿치지네
갈 봄 너름업시 꼿치 지네
(6·4조를 주조 / 4·4조, 5·4조, 7·4조)

위에서 보는 바와 같이 3음보 2행의 시를 각각 행 구분을 달리 해서 표현하고 있으니, <먼 後日>은 3음보 2행으로 그대로 드러냈고, <진달래꽃>은 3행으로, 「山有花」는 4행으로 행 구분을 하여 표현하였다. 이와 같이 기본적으로 같은 시 형식을 각각 달리 표현한 데에는 작가의 명확한 의도가 있다고 보아야 한다. 곧 그것은 그 시 속에 표현된 시인의 정감과 긴밀한 관계를 갖는다.[12]

「山有花」, <먼 後日>, <진달래꽃>의 순으로 살펴보겠다.

「山有花」는 '산에 핀 꽃'이란 의미의 4연으로 된 시이다. 그리고 이 시에서는 제목에서도 드러나듯이, 산과 꽃이 이미지와 의미 형성의 중심을 이루고 있다. 매 연의 처음에 '山'이라는 말이 반복적으로 드러나고 있다. 이 시는 제목에서도 그렇지만 시 속에 '山'이라는 말과 '꽃'이라는 말이 유독 많이 나타나고 있다. 시인은 이 말을 강조하고 있는 것이다.

이 시 속에서는 여러 가지 대립적인 요소들이 나타나 있다. 우선 꽃이 '피'고 '지'는 현상이 대립되어 있고, 꽃이 피고 지는 '갈 봄 여름'과 그런 현상이 없는 '겨울'이 대립되어 있으며, 또한 '갈 봄 여름 없이 피고 지는 많은 꽃들'과 '저만치 혼자서 피어 있는 꽃'이 대립되어 있다. 그리고 이러한 대립을 포용해주는 것이 바로 산이다. 이들은 모두 산 속에 있는 것이므로.

일반적으로 이 시는 계절의 순환을 나타내고 있다고 인식되고 있으나, '갈 봄 녀름업시 꼿치 피네'와 '갈 봄 녀름업시 꼿이지네'에서 알 수 있듯이 이 시에서는 꽃이 계절에 상관없이 피고 지는 현상을 나타내고 있는 것이다. 피었다가는 지는 수많은 꽃들 중에 시인은 '저만치 혼자서 피어 있는 꽃'에 유독 관

---

12) 안서는 자유시에 있어서 행 바꿈을 통해 감흥의 효과를 높일 수 있다는 생각을 하고 있었다. 아래는 그 내용이다.

한데 나는 이機會에 七五調의詩形이 破格으로 얼마나使用되어 적지아니한效果를나타내엇는가하는것을 보여드리겟습니다.

平壤에大洞江은
우리나라에
곱기로 웃듬가는가람이지요

三千里가다가다 한가운대는
웃득한 三角山이
솟기도 햇소

와가튼 것은 말할것업시七五調를여러가지形式으로利用하야輕快하게印象的感興을준것이외다. 이것을만일 그대로純全한七五調形에밧구어놋는다하면 반듯이 그러한感興은 적어질것이외다.(김안서, 「격조시형론소고(5), <동아일보>, 1930. 1. 16~26, 28~30, 앞 책 같은 곳)

심을 두고 있는 것이다. 그것은 "山에서우는 적은새요/ 꼿이 죠와 山에서 사노라네"로 나타난다.

그리고 소월이 '저만치 혼자서 피어 있는 꽃'에 유독 관심을 두는 이유는 그의 시론을 편 「시혼(詩魂)」에서 확인할 수 있다.

> 적어도 平凡한가운데서는物의正體를보지못하며, 習慣的行爲에서는眞理를ㅂ다더發見할수없는것이가장어질다ㄱ하는우리사람의일입니다 13)

이는 일상적으로 피었다가 지는 꽃들보다는 '저만치 혼자서 피어 있는 꽃'에서 꽃에 대한 바른 모습과 진리를 발견할 수 있다고 보기 때문이다. 그러면 '저만치 혼자서 피어 있는 꽃'에서 시인이 성찰한 것은 무엇인가? 그것은 '고독'이며, 거기에서 오는 '슬픔'이다.

> 都會의밝음과짓거림이그의文明으로써 光輝와勢力을다투며자랑할때에도, 저, 깁고어둠은山과숩의그늘진곳에서는외롭은버러지한마리가, 그무슨 슬음에겨윗는지, 수임업시울지고잇습니다, 여러분. 그버러지한마리가오히려더만히우리사람의情操답지안으며 난들에말라벌바람에여위는갈때하나가오히려 아직도더갓갑은, 우리사람의無常과變轉을설워하여주는살틀한노래의동무가안이며, 저넓고아득한난바다의쒸노는믈셜들이오히려더조흔, 우리사람의자유를사랑한다는啓示가안입닛가.14)

위의 글에서 알 수 있듯이 소월은 '도회의 밝음과 짓거림'보다는 '깊고 어두운 산과 숲의 그늘진 곳'에 있는 '버러지 한 마리'와 '난들에 말라 벌바람에 여위는 갈대 하나' '아득한 난바다의 뛰노는 물결들'에 더 관심의 시선을 보내고 있다. 그것들에서 '우리 사람의 정조'를 발견할 수 있고, '우리 사람의 無常과 變轉을 설워함'을 느낄 수 있으며, '우리 사람의 자유를 사랑한다는 계시'를 받을 수 있기 때문이다.

---

13) 김소월, 「詩魂」, 『開闢』 59호, 1925. 5.
14) 김소월, 「詩魂」, 앞책.

그러므로 '저만치 혼자서 피어 있는 꽃'은 인간 존재에 대한 소월 나름의 성찰의 결과이며, 이에서 이와 같은 감정을 느끼는 것이다. 그러면 소월이 이러한 '정조·서러움·자유'에 깊이 애착을 갖는 이유는 무엇인가.

> 우리는寂寞한가운데서더욱사뭇처오는歡喜를經驗하는것이며, 孤獨의안에서더욱보드랍은同情을알수잇는것이며, 다시한번, 슬픔가운데서야보다더거룩한善行을늣길수도잇는것이며, 어둡음의거울에빗치어와서야비로소우리에게보이며, 살음을좀더멀니한, 죽음에갓갑은산마루에섯서야비로소사름의아름답은 쌜내한옷이生命의봄두던에나붓기는것을볼수도잇습니다. 그럿습니다. 곳이것입니다. 우리는우리의몸이나맘으로는 日常에보지도못하며늣기지도못하든 것을, 쏘는그들로는볼수도업스며늣길수도업는밝음을지어바린어둡음의골방에서며, 사름에서는좀더도라안즌죽음의새벽빗츨밧는바라지우헤서야, 비로소보기도하며늣기기도한다는말입니다.15)

소월은 적막 속에서 환희를 경험하고, 고독 안에서 보드라운 동정을 인지하며, 슬픔 속에서 거룩한 선행을, 죽음에 가까운 곳에서 삶의 아름다움을 느낄 수 있겠기 때문이다. 이러한 점에서 "김소월의 시세계가 구현하고 있는 비극미는 일반적으로 말해지는 비관주의나 체념과는 구별된다. 님과의 이별에서 오는 상실의식 내지 결핍의식은 현실의 폐쇄된 구조와 한계를 넘어서고자 하는 동경과 갈망을 생성하기 때문이다. 김소월의 시에서 이러한 동경과 갈망은 님의 부재와 님의 상실로서의 현실의 한계를 넘어 님과의 합일을 실현하는 '위대한 사랑'을 지향하고 있다.16)"는 정우택의 지적은 적절한 것이다.

<산유화>에 있어서 꽃과 새, 고독과 슬픔, 그로부터 소월이 추구하는 환희와 부드러운 동정을 포용하고 있는 것이 바로 <산유화>에 나오는 '산'이며, 그러한 점에서 이 산은 이 시에 있어서 의미 형성의 중요한 기반이 된다. 그래서 <산유화> 이 시는 형태적으로도 산의 모양을 하고 있는 것이다.

---

15) 김소월, 「詩魂」, 앞책
16) 정우택, 「한국 근대 자유시 형성과정과 그 성격」, 성균관대 박사학위논문, 1998, 200쪽.

<山有花>

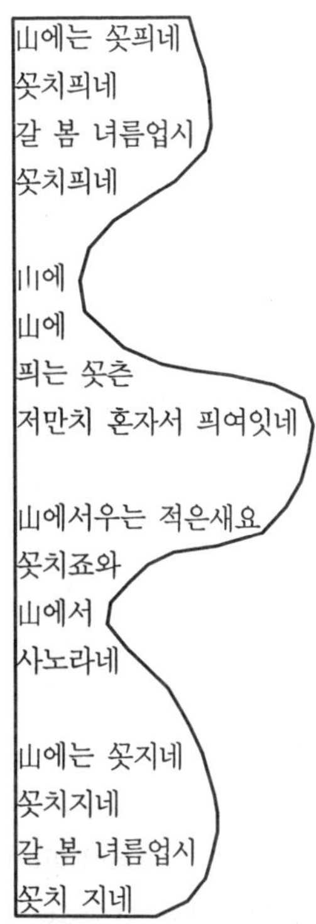

<산유화>가 3음보 2행의 기본 율조 속에 6·4조를 주조로 하고 있으나 2연과 3연에서 4·4조, 6·4조, 5·4조, 7·4조 등 다양한 음수율이 구사된 것은 이러한 시형태를 이루기 위한 소월의 의도된 배열이 아니었나 생각해 본다.

이러한 시각적 시형식의 추구는 뒤에 등장한 신동엽(申東曄)의 시에서도 나타난다. 그의 시 <껍데기는 가라>가 그렇다.

<껍데기는 가라>

껍데기는 가라.
四月도 알맹이만 남고

껍데기는 가라.

껍데기는 가라.
東學年 곰나루의, 그 아우성만 살고
껍데기는 가라.

그리하여, 다시
껍데기는 가라.
이 곳에선, 두 가슴과 그 곳까지 내논
아사달 아사녀가
中立의 초례청 앞에 서서
부끄럼 빛내며 맞절할지니

껍데기는 가라.
漢拏에서 白頭까지
향기로운 흙가슴만 남고
그, 모오든 쇠붙이는 가라.

(1967. 1)

이 시는 조선 후기 반봉건 반일제를 외치며 우리 것을 옹호하여 일어난 동학의 그 민중들의 순수한 마음을 읊고 있다. 즉 참여시인으로 활동하던 그는 그 당시 민중을 억압하는 모든 제약을 껍데기로 민중들의 순수한 마음을 알맹이로 인식하여 민중들의 그 순수한 마음을 기리고 있다. 시인은 이 시 속에서 드러내고 있는 이러한 감정을 시 형식을 통해서도 드러내고 있으니, 다음과 같다.

<껍데기는 가라>

| 껍데기는 |
| 가라. |

四月도 알맹이만 남고 → 알맹이

껍데기는
가라.

껍데기는
가라.

東學年 곰나루의, 그 아우성만 살고 → 알맹이

껍데기는
가라.

그리하여, 다시

껍데기는
가라.

이 곳에선, 두 가슴과 그 곳까지 내논

아사달 아사녀가

中立의 초례청 앞에 서서

부끄럼 빛내며 맞절할지니 ⎬ 알맹이

껍데기는
가라.

漢挐에서 白頭까지

향기로운 흙가슴만 남고 ⎬ 알맹이

그, 모오든 쇠붙이는 가라.

위에서 보는 바와 같이 1연에서 1·3행의 '껍데기는 가라'라는 말이 가운데 2행인 '四月의 알맹이'를 싸고 있으며, 2연에서도 1·3행의 '껍데기는 가라'라는 말이 가운데 2행인 '東學年 곰나루의, 그 아우성'을 싸고 있다. 즉 1연과 2

연에서는 시각적으로 '껍데기는 가라'의 구가 껍데기를 이루고 있고 '四月의 알맹이'와 '東學年 곰나루의, 그 아우성'의 구가 알맹이를 이루고 있는 것이다. 껍데기와 알맹이를 시의 형식을 통해서 표현하고 있음을 확인할 수 있다.

이러한 현상은 3연과 4연에서도 마찬가지이다. 비록 그 형태를 달리 하고 있지만 그 의도는 변함이 없다. 3연의 둘째 행과 4연의 첫째 행에 '껍데기는 가라'라는 말이 있다. 그러나 3연의 마지막 구에 이 말이 없다. 그러나 없는 것이 아니다. 그것은 4연의 마지막 행 '그, 모오든 쇠붙이는 가라'에 함축되어 있는 것이다. 여기에서는 '껍데기'가 '쇠붙이'로 대치되어 구체화되어 있다. 그리하여 '두 가슴과 그 곳까지 내놓고 혼례를 올리는 아사달 아사녀'와 '漢拏에서 白頭까지 향기로운 흙가슴'의 알맹이를 싸고 있는 것이다.

다음으로 <먼 後日>을 살펴보겠다. 이 시는 3음보 2행의 형식을 갖고 있다. 이 시에서 시인은 '니젓노라' '무척 그리다가 니젓노라' '밋기지 안아서 니젓노라'라고 말하고 있으나 그것은 '먼훗날'의 일이다. 즉 지금은 님과의 헤어짐이 '밋기지 안'으며, '무척 그리'워 하는 상황인 것이다. '오늘도 어제도 아니닛고' 있는 것이다. 뜻밖에 헤어진 님에 대한 진한 그리움을 여실히 드러내고 있다. 즉 이 시는 반어적 표현으로 이루어져 있다. 먼훗날 님이 나를 찾으면 잊었다고 말하겠다는 표현에는 서정자아의 주관이 강하게 작용하고 있다. 현재의 서정자아의 심정과는 달리 님은 먼훗날에도 나를 찾지 않을 수 있겠기 때문이다. <먼 後日>은 1연부터 3연까지 남의 행위와 나의 말이 병치되어 진행된다. 그러다가 4연에서는 님의 행위가 없어지고 나의 말만 남게 된다. 즉 마지막에 님의 존재가 없어진 것이다. 반어로 이루어진 이 시는 님의 부재가 상당 기간 또는 영원히 해소되지 않을 것이라는 느낌을 받게 한다. 그러기에 님에 대한 그리움은 더 강해지고, 그로 인한 슬픔은 더 깊어지는 것이다. 그리고 그러한 주제는 이 시가 갖고 있는 결코 서로 만나지 않는 2행의 형식 곧 '평행선'의 형식으로 나타나 있다. 이 시에 있어서는 이렇게 볼 수 있다.

<진달래꽃>은 3음보 2행의 형식을 3행으로 분단해 놓았다. 한 연의 행 길이를 보면, 3행이 제일 길고 그 다음은 1행과 2행 순이다. 형태적으로 1행이 2행보다 긴 불안정한 호흡은 3행의 긴 호흡으로 인하여 안정을 찾아간다. <진

달래꽃>의 이러한 형식은 작품의 불안정과 안정의 혼합적 정조(情調)를 반영하는 것이다. 흔히 <진달래꽃>의 정조를 '哀而不悲'라고 한다. '悲'는 아무 거침없이 드러나는 슬픔이고 '哀'는 마음 속에서 한 번 걸러서 나오는 슬픔, 전통적인 의미로는 지나치지도 모자라지도 않은 적절한 슬픔을 의미한다. 그러므로 <진달래꽃>의 이러한 3행 형식은 <진달래꽃>에 드러난 서정자아의 정조(情調)와 관련된다.

<진달래꽃>은 1연, 2연, 4연의 '기실'에서 알 수 있듯이 님과의 이별이 과거나 현재 상황이 아니라, 미래의 상황이다(그 시간적 거리는 분명하지 안치만). 사랑하는 님이 떠나 갈 때, "말업시 고히 보내드리우리다(1연)" "아름따다 가실길에 쑤리우리다(2연)" "삽분히즈려밟고 가시옵소서(3연)" "죽어도아니 눈물흘니우리다(4연)"에서 보이듯이, 시적 화자는 님을 말없이 고히 보내드린다고 한다. 눈물조차 흘리지 않는다고 한다.

그런데 과연 그럴까. 이 시적 화자의 이러한 태도에는 한 가지 전제 조건이 있다. 그것은 바로 1연의 제1행과 제2행이다. 바로 "나보기가 역겨워/ 가실째에는"이라는 말이다. 이 말이 성립될 때에만 뒤따라 나오는 시적 화자의 말이 효력이 있는 것이다. "나보기가 역겨워/ 가실째에는"이라는 표현은 1연과 4연에 걸쳐 두 번 나온다. 흔히 양괄식 또는 쌍괄식 구성이라고 한다. 그러나 같은 표현이라고 해서 그 표현이 담고 있는 의미가 같은 것은 결코 아니다. 4연의 표현에는 보다 간절함이, 두려움이 진하게 배어 있다. 첫 번째 시적 화자 자신이 한 전제의 말을 혹시 님이 주의해서 듣지 못하지는 않았는가 하는 염려로 인하여 마지막에 다시 그 말은 반복하고 있는 것이다. 그저 단순한 반복이 아닌 것이다. 여기에 '아니'는 시안(詩眼)이다. 이 말로 인하여 이 시는 생명력이 넘쳐나고 있는 것이다. 시 속의 모든 시어는 다 제 자리가 있다는 말은 바로 이와 같은 말을 두고 하는 것이다.

또한 이상의 세 편이 나아간 방식과는 다른 방향에서 소월은 새로운 율(律)을 창조해 냈는데, 그의 「가는 길」에서 이것을 확인할 수 있다.

　　「가는길」

그립다
말을 할까
하니 그리워

그냥 갈까
그래도
다시 더한番……

저산에도 가마귀, 들에 가마귀,
서산에는 해진다고
지저귑니다.

압강물, 뒷강물,
흐르는 물은
어서 짜라오라고 짜라가쟈고
흘너도 넌다라 흐릅듸다려.

―『진달내쏫』, 매문사, 1925.

이 시는 1연과 2연은 3음보 1행으로, 3연은 3음보 2행으로, 4연은 3음보 3행으로 점차적으로 행이 증가하는 구성을 이루고 있다.

이 시의 1연과 2연에 대해서는 송명희 교수의 탁월한 해석이 있다.

> 이 작품의 기본적 율격도 역시 7 · 5조의 3음보 율격인데, 그 연 처리가 특히 주목된다. 제1연과 2연에서의 3개의 행으로 해체, 분단된 3음보는 그리운 사람에 대하여 말하고 싶은 심정과 그냥 갈까 망설이는 주저의 심리를 보다 실감있게 나타내며, 운율상으로도 완만성을 보여 3음보를 한 행으로 처리하였을 경우보다 주저와 망설임을 나타내는 데는 훨씬 효과적이다. 그리고, 그 주저를 통하여 화자는 자신의 그리움을 보다 강렬하게 배가시킨다.[17]

즉 김소월은 1연에서 '그립다 말을 할까 하니 그리워'라는 의미적으로 이어

---

17) 송명희, 소월시의 운율과 의미,『김소월연구』(수정쇄, 새문사, 1986), I-63쪽.

진 행을 '그립다/ 말을 할까/ 하니 그리워'라는 방식으로 분단하여 행바꿈을 함으로써 '끊어질 듯 이어지는 호흡'을 만들어 내고 있다. 이는 2연도 마찬가지이다. 이러한 호흡의 율(律)은 님에게 사랑을 고백할까 말까라고 망설이는 시인의 내적 심리상태를 드러내고 있는 것이다. 3연의 산과 들의 까마귀의 지저귐과 4연의 강물이 연달아 흐르는 모습은 시간의 빠른 흐름을 나타내고 있어 의미적으로 시인의 망설임으로 인한 불안한 심리상태를 증폭시키고 있는데, 3연과 4연에서의 점층적인 행의 증가는 이러한 시인의 증폭된 불안심리를 형식으로 보여주는 것이다.

고전의 품격용어에 '청신(淸新)'이라는 말이 있다. 이것은 보통 사물에 대한 객관적 인식을 바탕으로 새로운 형상 방법을 통해 지어진 시를 두고 이른 말이다.18) 소월의 <산유화>, <먼 後日>과 <진달래꽃> 그리고 「가는 길」은 고전적 품격용어를 빌어 평한다면, '청신(淸新)'이라고 하겠다.

5. 맺음말

이상에서 김소월의 몇 편의 시를 위주로 하여 시의 내용이 어떻게 시의 형식에 반영되고 있는지, 또는 시의 형식이 시의 주제를 어떻게 내면화하고 있는지를 살펴보았다.

이와 같이 근대기의 몇 시인들은 시를 창작함에 있어서 자기 나름대로의 새로운 시의 율(律)을 찾으려고 노력하였고, 아울러 시의 형식을 탐구하려는 정신이 매우 치열했음을 확인할 수 있다. 오늘날의 시인들은 근대기 시인들의 새로운 '시의 율(律)'을 창조하고자 하는 지향보다는 율(律)로부터 자유로워지고자 하는 지향을 계승한 듯하다. 새로운 '시의 율'을 창조하고자 하는 모습이 현대 시인들에게서는 쉽게 눈에 띄지 않는다고 한다면 너무 섣부른 판단인가?

---

18) 김병국, 품격 淸新灑落의 미적 특질, 『도남학보』(도남학회, 2000.12) 제18집 참조.

▶ 참고문헌 ◀

김열규·신동욱 편,『김소월 연구』, 새문사, 1986.

김열규·신동욱 편,『최남선과 이광수의 문학』, 새문사, 1986.

최진원,「송강단가의 풍격」,『한국고전시가의 형상성』(증보판), 성균관대 대동문화
　　　　연구원, 1996.

심선옥,「김소월 시의 근대적 성격 연구」, 성균관대 박사학위논문, 2000. 6.

정우택,「한국 근대 자유시 형성과정과 그 성격」, 성균관대 박사학위논문, 1998. 6

조창환,「김소월시의 운율론적 연구」, 서울대 박사학위논문, 1986

권선아,「김소월시연구」, 성균관대 석사학위논문, 1992.

남정희,「김억의시형론」,『반교어문연구』제9집, 반교어문학회, 1999

김병국,「품격 청신쇄락의 미적 특질」,『도남학보』제18집, 도남학회, 2000.12

'서술의 억제'를 통해 본 시의 서정성*

— 소월 시를 중심으로 —

남정희**

1. 머리말

　우리는 시를 읽고 감동을 느낀다. 이 감동은 주로 시인이 시를 통해서 말하고자 한 바의 의미내용, 율동감을 자아내는 시어, 서정성 등에서 오는 것이라고 할 수 있다. 그 중에서 시의 서정성은 어디서 오는가 하는 점을 밝히는 것은 시를 이해하는 데 있어서 매우 중요한 문제라고 생각된다. 왜냐 하면 시는 그 장르적 속성이 서정이기 때문에 그 시가 우수한가의 여부는 사실상 서정 장르의 본질을 구비하고 있느냐 하는 문제와 연결되기 때문이다. 먼저 기존의 연구들이 서정의 문제를 어떻게 다루고 있는가를 살펴보고 본고의 연구방향을 설정하는 것이 논의의 올바른 순서라고 생각된다.

　디이터 람핑[1]은 서정시의 개념을 본질로서가 아니라 외적으로 규정하여야 한다고 하였다. 따라서 가창성, 감성·감정의 문학, 주관성 등으로 서정시의 본질을 거론하는 것을 거부한다. 그리고 서정시의 진술 방식이 서사나 극 장르와는 달리, 발화가 예속되어 있는 모든 제약으로부터, 또한 최소한 다른 문학의 주요 장르가 종속되어 있는 제약으로부터 자유로운 발화를 가리키는 것이라고 규정하고, 이를 개별발화라고 이름지었다. 따라서 서정시는 대화적 발화가 아닌 독백발화, 상황과 결부되어 있지 않은 절대적 발화, 구조적으로

---

　* 이 글은 「'서술의 억제'를 통해 본 시의 서정성」(『성균어문연구』 제33집, 1998. 12)을
　　수정 보완한 것임.
** 성균관대 강사.
　1) 디이터 람핑(장영태 옮김), 『서정시 : 이론과 역사』, 문학과지성사, 1994, 91~158쪽.

복합적인 발화와는 구분되는 단순한 발화의 성격을 갖게 된다고 보았다. 서정적 발화의 구조적 단순성은 비유, 상징, 이미지 등의 심미적 복합성을 통해서 보상받을 수 있다고 하였다. 또 개별발화의 구조는 서정시의 시적인 자유를 보장해주기 때문에 모호한 표현을 써서 의미론적·통사론적으로 심하게 규범을 벗어나는 언어를 사용하고, 부분이나 전체에 연결되지 않는, 즉 논리적으로 체계화되지 않은 발화 형태를 가질 수 있는 특권을 부여받게 되었다고 보았다.

우리 시의 연구에 있어서 비유, 상징, 이미지 등의 심미성이나 율격에 대한 연구는 기왕에도 많이 있었다고 생각된다. 그러나 모호성, 비논리성, 축약과 같은 시적 자유가 왜 서정장르에만 존재하는가 하는 문제를 해명했다는 점에서 보면 람핑의 의견은 상당히 중요한 지적이라 할 수 있다.

이를 한 단계 더 발전시켜 성무경2)은 문학의 장르를 논의하면서 서정장르의 특색을 '서술의 억제'라고 규정하였다. '서술의 억제'는 시행발화가 개별발화라는 외적 특징과 함께 심미적 직관으로서의 '서정성'을 아울러 수용하는 개념이라고 하였다. '서술의 억제'는 일상적 언어의 통사의미 구조를 차단하는 기능을 가지고, 심미적 직관에 의해서 생기는 시적 긴장, 즉 서정성이라는 서정적 양식의 본질적 특성이 이 지점에서 획득된다고 하는 주목할 만한 의견을 제시하였다. 의미구조가 아닌 통사구조의 강제성으로 서술된 시구는, 실재하지 않는 그 무엇을 상정하고 그것을 이해하려는 노력 속에서 비논리적 의미구조가 극복되면서 감동적 심미체험을 하게 된다는 것이다. 이 용어는 실제로 시문학이 다른 장르에 비해 길이가 짧다는 것을 드러내는 데 적절하다고 생각된다.

'서술의 억제'는 러시아 형식주의 이론가들이 말하는 '낯설게 하기[make strange]의 다른 표현이라고 생각된다. 그들은 시의 은유가 미학적 효과를 강화하는 수단이며, 시적 이미지는 습관적인 것을 새로운 견지에서 표현하거나 또는 그것을 예기치 않은 문맥 속에 넣음으로써 낯설게 만든다고 설명한다. 또 대상을 새로운 인식영역으로 이동시키는 것, 비유가 가져다 주는 의미론적 전

---

2) 성무경, 『가사의 시학과 장르 실현』, 보고사, 2000, 66~79쪽.

환은 시의 근본적 목적이며 존재이유라고 주장한다.3) 이는 필립 휠라이트가 말하는 '긴장언어'와도 서로 통한다고 생각된다. 휠라이트는 "표현의 적정성을 기하고자 하는 언어는—실용적인 의사 전달이나 관용적 용법으로서의 언어 기호 혹은 어휘가 아닌—어느 정도는 어떤 형태로든지 긴장성을 띠게 마련"이라고 하였으며, "시는 어떻게 살아있는 긴장감의 이모저모를 형상화할 수 있는 적절한 어휘의 배합을 찾"느냐 하는 것이 바탕이 된다고 하였다.4)

낯설게 하기나 긴장언어로서의 '서술억제'의 예는 자아와 세계와의 갈등을 인위적으로 극복하여 합일의 경지를 몽상하게 한다는 서정장르의 특징을 가능케 하는 방법인 동화(assimilation)나 투사(projection)에서 뿐만 아니라, 이제까지 우리가 시의 요소나 표현 기교라고 생각했던 이미지, 은유, 상징, 역설, 아이러니, 양행 걸침, 말놀이(pun), 공감각 등을 포함할 수 있다. 김준오가 『시론』 제1판5)에서는 서정시의 장르적 특징을 동일성으로만 보았다가, 제4판6)에서는 많은 현대시들에서 자아와 세계의 동일성을 찾기 어렵고 오히려 대립·갈등이 지배적이라고 하면서 세계의 자아화가 서정시 장르이론의 불충분함을 시사한다고 말한 데서 보더라도, 시의 요소나 표현기교들이 서술억제이며 서술억제가 서정장르의 본질이라고 본 점은 시사하는 바가 크다. 왜냐하면 우리의 근대 자유시가 가창으로 성립되었던 전통적인 시가 양식(노래하는 시)에서 벗어나 읽는 시로 변화되는 과정에서 발견한 여러 미학적 구조를 '서술의 억제'라는 개념으로 설명해도 큰 무리가 없다고 여겨지기 때문이다.

실제로 '서술의 억제'가 시의 서정성을 확보해주고 시를 시답게 하는 기교가 될 수 있는가, 또 이외에도 다른 요소들이 시의 서정성을 창출해내고 강화시킬 수 있는가 하는 문제를 주로 소월 시를 중심으로 살펴보고자 한다. 소월은 우리 시문학에서 강한 서정성을 확보하고 있는 시인이라고 알려져 있다. 그의 시가 갖고 있는 서술 억제의 요소들을 음악적인 요소로서의 율격, 자아와

---

3) 빅토르 어얼리치,(박거용 옮김),『러시아 형식주의—역사와 이론』, 문학과지성사, 226쪽.
4) 필립 휠라이트(김태옥 역),『은유와 실재』, 문학과지성사, 1993, 43~44쪽.
5) 김준오, 『시론』(제1판), 문장, 1982, 28쪽.
6) 김준오, 『시론』(제4판), 삼지원, 1997, 42쪽.

세계를 동일화하는 원리로서의 동화와 투사, 시의 심미적 요소나 표현기교로 알려진 이미지·은유·상징·역설·아이러니·말놀이·공감각·도치·양행 걸침 등을 통해서 알아보고, 이러한 것들이 실제로 서정성을 유발하고 있는 점들을 검증하여 소월만의 개성적인 서정성도 밝혀보려 한다. 어떤 항목은 소월이 즐겨 쓰지 않았다고 생각되면 다른 시인들의 시로 대신하려 한다.

2. 서술의 억제 방법

우리가 시를 감상하거나 쓸 때에, 다른 문학 장르와는 달리 시만이 가지고 있는 독특한 형식적 특징을 미리 예상하고 들어간다. 이 형식적 특징을 나열해 보면, 시는 대체로 짧으며, 시행으로 이루어지고, 이미지·비유·상징 등의 심미적 복합성을 가지며, 모호한 표현을 써서 의미론적·통사론적으로 심하게 규범을 벗어나는 언어를 사용하고, 논리적으로 체계화되지 않은 발화형태를 취하고 있다는 것 등이다. 이들 중에서 시행은 율동과 관계되는 것이며, 시행 발화와 산문발화를 가르는 매우 중요한 요소이다. 양행 걸침은 통사론적 구성이 문법적으로 오류를 범하면서 복합적인 이미지를 나타내어 심미성을 높이는 요소이며, 동화와 투사·역설·아이러니·비유·말놀이·공감각 등은 문장의 통사론적 구성이 문법적으로는 오류를 발견할 수 없으나 의미론적으로는 의도적으로 오류를 발생시켜 새로운 차원의 의미를 발생시키는 요소들이며, 이미지와 상징은 통사론적 문장구성이나 의미론에는 어떤 오류도 발견할 수 없으나 시어가 지시적 의미 외에 생생한 감각적 이미지를 드러내거나 어떤 것을 암시하는 요소들이다. 이들을 차례로 통사론적 오류의 원리, 의미론적 오류의 원리, 심미적 원리라 이름하고자 한다. 이제 소월 시 중에서 통사론적 오류의 원리, 의미론적 오류의 원리, 심미적 원리가 두드러진 시를 중심으로 서술의 억제가 가져오는 시적 긴장으로서의 서정성을 살펴보겠다.

1) 통사론적 오류의 원리

통사론적 오류의 원리는 통사론적 문장 구성이 문법적으로 오류를 범하면서 율동감을 창출하고 아울러 새로운 차원의 의미를 발생시키는 요소들인데, 이 예로는 시행과 양행 걸침, 도치를 들 수 있다.

(1) 시행

시행은 시문학이 다른 상르와 다르다는 점을 나타내는 데 가장 확실한 형식이다. 그래서 성기옥은 신문기사를 시행으로 배열했을 때 읽힘에 있어서 차이가 발생한다고 하였다. 시행은 율격과 관계 있으며 이는 시의 관습적 산물이라고 보았다.[7] 디이터 람핑도 시의 개념 규정을 '시행을 통한 발화'라고 하였으며[8], 시행은 산문시를 시가 아니라 시적 텍스트일 뿐이라고[9] 단정하게까지 한 형식적 특징이다.

산문과 달리 시행의 분절은 정상 언어적 발화를 벗어나고 있다. 이는 문장의 통사론적인 분절을 통해서는 요구되지 않는 휴지가 특별히 설정되기 때문이다. 그래서 시행은 리듬의 단위가 되고, 시행발화와 산문발화의 차이는 결국 율동화에 있게 된다.

새로운 차원의 의미를 발생시키는 점은 시행의 배열에 따라 매우 상징적인 의미를 감각적으로 지각케 해준다는 뜻인데[10], 「가는 길」을 통하여 살펴보자.

그립다
말을할까
하니 그리워

그냥 갈까

---

7) 성기옥, 『한국시가율격의 이론』, 새문사, 1986, 14~17쪽.
8) 디이터 람핑, 위의 책, 38쪽.
9) 디이터 람핑, 위의 책, 60쪽. 필자는 산문시도 시라고 생각한다. 율문으로 쓸 때와 산문으로 쓸 때 리듬이 달라지며, 산문 형태를 취했을 때 시의 주제에 더 부합되는 리듬을 가질 수 있기 때문에 시인이 산문 형태를 취했다고 생각한다.
10) 디이터 람핑은 이를 의미 잉여라고 하였다. 위의 책, 87쪽.

그래도
다시 더한番……

저山에도 가마귀, 들에 가마귀,
西山에는 해진다고
지저겁니다.

압江물, 뒷江물
흐르는물은
어서 따라오라고 따라가쟈고
흘너도 년다라 흐릅듸다려.

―「가는길」 전문11)

위의 시의 1연과 2연은 한 음보를 한 행으로 짧게 배열하여 시적 화자의 심리적 변화가 감지되게 만들었다. 이는 행말 휴지(行末休止)에서는 보통 더 오래 쉬어주기 때문에 발생되는 현상인데, 2연 3행의 줄임표는 시적 화자가 길을 가다 말고 멈추어 서있는 느낌을 준다. 시적 화자는 떠나야만 하는 상황이지만 한 번 더 님을 보고자 하는 욕망을 갖고 있어서 갈등을 일으키고 망설이고 있는데, 소월은 이런 배행으로 시적 화자의 망설임을 효과적으로 표출시키고 있다.

(2) 양행 걸침

양행 걸침(enjambment)은 소월이 상당히 많은 시에서 애용하고 있는 기법이다.12) 이는 일차적으로는 리듬의 문제이며 이차적으로는 통사론적 어순의 문제인데, 시구의 음보론적인 분석과 시적 의미론 연구간의 결합을 자연스레 이끌어내었다. 즉 시행이 리듬충동과 구문 패턴이라는 두 개의 별개의 힘이 함께 운동하여 만들어지는데, 이 두 체계 간의 불일치는 불가피하여, 한 문장이 시행이 끝나기 전에 완결되거나 다음 시행으로 이어지는 형태로 나타난다. 즉

---

11) 특기하지 않는 경우 앞으로 인용되는 김소월의 시는 『진달래꽃』(매문사, 1925)에서 취하였다.
12) 권선아, 「김소월시연구」, 성균관대 석사논문, 1992, 85~92쪽.

일상적 구문의 형태가 통사론적 긴밀도에 따라 한 시행에 배열되는 것이 아니라, 의도적으로 분절되어 두 행에 걸치는 것을 일컫는다. 이렇게 해서 생겨난 양행 걸침은 리듬과 구문 간의 잠재적 긴장을 돋보이게 하며, 리듬 변주가 이룩한 것과 비슷한 기능을 수행한다.[13] 이는 일종의 낯설게 하기라고 할 수 있으며, 시행을 일상적인 구조로 읽으려는 충동과 시인이 배열한 방식으로 읽어야 하는 강제 사이에서 오는 긴장을 일으킴에 따라 기계적인 율격에 변화를 주고 복합적인 이미지를 낳게 하여 서정성을 강화한다.

> 軟粉紅저고리, 빩안불부튼
> 平壤에도 이름높흔將別里,
> 金실銀실의 가는비는
> 비스름이도 내리네 쑤리네.
>
> —「將別里」1연, 『개벽』 25호

여기서 ‘빩안불부튼’은 軟粉紅저고리와 將別里 둘 다에 걸리는 말이다. 즉 비통사론적 구문이다. 통사론적으로 ‘軟粉紅저고리 빩안불부튼’이라는 구문과 ‘軟粉紅저고리/ 平壤에도 이름높흔 빩안불부튼 將別里’라는 구문으로 읽힐 수 있는 가능성을 갖고 있다. 그러나 소월은 ‘軟粉紅저고리’ 뒤에 반점을 두어 ‘빩안불부튼’이라는 말을 같은 시행에 배열함으로써, 독자들이 연분홍저고리의 빨간색과 이별하는 곳이라는 뜻을 지닌 장별리라는 말에서 오는 사랑의 색이라는 두 이미지를 함께 떠올리게 한다.

> 퍼르스럿한달은, 성황당의
> 데군데군허러진 담모도리에
> 우둑키걸니윗고, 바위우의
> 가마귀한쌍, 바람에 나래를펴라.
>
> —「찬저녁」 1연

---

13) 빅토르 어얼리치, 위의 책, 283쪽.

앞의 시를 통사론적 긴밀도에 따라 다시 배열하면 다음과 같다.

　퍼르스럿한달은,
　성황당의 데군데군허러진 담모도리에
　우둑키걸니윗고,
　바위우의 가마귀한쌍,
　바람에 나래를펴라.

소월처럼 비통사론적으로 시행을 배열하면서 가지게 되는 효과는 우선 율동감이다. 3음보격의 시로 읽히게 함으로써 율동감이 강화된다. 또 '퍼르스럿한, 데군데군허러진, 우둑키걸니윗고, 가마귀한쌍이' 등이 시행의 첫머리에 놓임으로써 이들 시어의 이미지를 강조하는 효과가 있으며, 이 이미지들은 찬저녁이라는 시제에 아주 잘 어울린다.

이와 같이 양행 걸침은 비통사론적으로 여겨지는 구문을 시행에 배열하면서, 리듬을 강화시키고 새로운 차원의 의미와 이미지를 얻게 하는 시의 기법으로서 시의 서정성을 배가시킨다는 것을 알 수 있다.

(3) 도치

도치는 문장성분의 정상적인 배열을 뒤바꾸어 놓음으로써 내용을 두드러지게 하는 표현 방법이다.

　꿈? 靈의 혜적임. 서름의故鄕.
　울쟈, 내사랑, 꼿지고 저므는봄

—「꿈」전문

　어룰업시지는꼿츤 가는봄인데
　어룰업시오는비에 봄은우러라.
　서럽다, 이나의가슴속에는!
　보라, 놉픈구름 나무의푸룻한가지.

그러나해느즈니 어스름인가.
애달피고혼비는 그어오지만
내몸은꽃자리에 주저안자 우노라.

—「봄비」 전문

「꿈」의 2행은 도치되어 있다. 우리말의 어순은 서술어가 문장의 제일 뒤에 오는 것이 원칙이다. 그러나 '울자'라는 서술어를 시행의 첫머리에 두어 울고 싶은 마음을 강조하고 있다.

「봄비」의 3, 4행도 서술어가 다른 문장 성분보다 앞에 배열되어 도치되었다. 3행은 서러움을 강조하고, 4행은 강하게 명령하는 효과가 있다.

2) 의미론적 오류의 원리

통사론적 문장 구성이 문법적으로는 오류를 발견할 수 없으나 의미론적으로는 의도적으로 오류를 발생시켜 새로운 차원의 의미를 발생시키는 의미론적 오류의 원리 요소들로는 동화와 투사, 역설, 아이러니, 비유, 말놀이, 공감각 등을 들 수 있다. 이들을 차례로 살펴보자.

(1) 동화

객관세계의 상실과 자아상실의 위기감 속에서 살고 있는 사람들에게 내적 세계와 외적 세계를 상호 연관시키는 능력이 서정시의 가장 중요한 특징이라고 생각했던 연구자들은, 자아와 세계의 갈등을 인위적으로 극복하여 합일의 경지를 몽상하는 방법으로 동화와 투사를 제시하였다. 이들 각각을 실제로 적용하여 쓴 시를 읽으면서 동화와 투사가 가지는 서술억제로서의 서정성을 살펴보자.

동화란 시인이 실제로는 자아와 갈등하는 세계를 자아의 욕망, 가치관, 감정에 적합한 것으로 만들어 동일성을 이룩하는 작용이다.[14] 이러한 세계의 자아화는 의미론적으로 오류일 수밖에 없다. 그런데 이 동화의 방법으로 쓰인 소월 시는 발견할 수 없을 뿐만 아니라 현대시인들이 즐겨 사용하는 방법이라고 볼

---

14) 김준오, 『시론』(제1판), 28쪽.

수 없다. 동화의 방법으로 세계를 자아화하여 세계의 횡포를 막아낼 수 없다는 엄연한 사실을 충분히 인지하고 있기 때문일 것이다. 이 예는 황진이의 시조에서 찾아 볼 수 있다.

冬至ㅅ 달 기나긴 바믈 한허리를 버혀내어
春風니블 아래 서리서리 너헛다가
어룬님 오신날 밤이여든 구븨구븨 펴리라.

님이 오시는 밤은 봄밤처럼 짧은데, 님이 아니 오시는 밤은 동짓달 밤처럼 길게 여겨진다. 이러한 자아와 세계의 갈등을 해소하기 위하여 상상으로나마 님 안 오시는 긴 밤을 베어내어 님 오시는 짧은 밤에 펴겠다는 의지를 내보이고 있다. 이는 현실 세계에서는 있을 수 없는 것을 상상하는 것이므로 새로운 의미 생산의 시적 긴장을 가져온다고 할 수 있다.

(2) 투사

투사에 의한 동일성의 획득은 자신을 상상적으로 세계에 투사하는 것, 곧 감정이입에 의해서 자아와 세계가 일체감을 이루는 것이며, 세계 속에서 자아를 발견하는 방법이다.[15] 일종의 의도론적 오류를 범하게 되는 투사에 의한 문장 진술의 목적은 통사적 의미구조를 넘어서는 새로운 의미생산에 있으며, 심미적 직관에 의해 발견되는 시적 긴장이다.[16]

봄가을업시 밤마다 돗는달도
「예전엔 밋처몰낫서요.」

이럿케 사뭇차게 그려울줄도
「예전엔 밋처몰낫서요.」

---

15) 김준오, 『시론』(4판), 39~42쪽.
16) 성무경, 위의 글, 49쪽.

달이 암만밝아도 쳐다볼줄을
「예전엔 밋쳐몰낫서요.」

이제금 져달이 서름인줄은
「예전엔 밋쳐몰낫서요.」

— 「예전엔 밋쳐몰낫서요」 전문

하늘의 달이 설움이라는 것은 실재의 달과 상관없는 시인의 투사된 정서이다. 시인은 이제 사랑의 아픔이 주는 성숙을 통하여 늘 존재하였던 하늘의 달을 인지하였고, 쳐다보며 그리움을 달랠 정도로 서로 교감하게 되었다는 고백이다. 소월의 시는 자연을 소재로 한 것이 많고, 그 자연이 실재하는 자연물이 아니라 시인의 정신과 감성이 투사된 것으로서 나타난다.

살기에 이러한세상이라고
맘을 그럿케나 먹어야지,
살기에 이러한세상이라고,
쏫지고 닙진가지에 바람이 운다.

— 「樂天」 전문

위의 시는 낙천적으로 살려고 해도 되지 않는다는 진술을 '쏫지고 닙진 가지에 바람이 운다'라고 표현함으로써 자신의 감정을 바람에 투사하였다.

이외에도 '서산에 해진다고 지저귀는 가마귀'·'어서 따라오라고 따라가자고 흐르는 강물'(「가는 길」), '저만치 혼자서 피어 있는 꽃'·'꽃이 좋아 산에서 사는 새'(「山有花」), '어둡게깁게 목메인하눌'(「悅樂」), '山새는 왜우노, 시메山골/ 嶺넘어 갈나고 그래서 울지(「산」) 등에 나오는 가마귀, 강물, 꽃, 새, 하눌, 산새 들은 다 시인의 감정이 투사된 자연물이다. 물론 이렇게 투사할 수 있는 힘은 바로 상상력이다.

우리가 소월 시를 두고 민요시, 전통적·서정적·주관적이라고 평가하는 것은 그의 시에서 투사된 자연물을 발견하기 때문이다. 소월은 「시혼」에서 벌레의 울음소리가 사람다운 정조를 드러내고, 바람에 흔들리는 갈대가 사람의 무상과 변전을 설워하여 주고, 바다의 물결은 사람의 자유를 사랑한다는 게시이며, 이른 아침 이슬은 고인의 높고 맑은 행적의 거룩한 첫 한 방울의 기도라고 하여 자연을 인간이 지닌 아름다움이나 설움을 표현하는 하나의 매체로 이용하고 있음을 알 수 있다. 이렇게 인간의 정서와 정신이 투사된 자연은 우리 고전 시가의 내용적 특질의 하나이다.[17)

(3) 역설

아이러니와 역설은 구분되면서도 흔히 혼동되기도 한다.[18) 아이러니는 진술 자체에는 모순이 없으나 진술된 언어와 이것이 지시하는 대상·숨겨진 의미 사이에 모순이 생기는 반면, 역설은 진술 자체가 모순이면서 그 속에 진리가 숨어 있는 경우이다.[19) 논자에 따라서는 역설을 강조·설의·과장·풍자·기지·욕설·언어유희·패러디·어조의 모순 등과 함께 아이러니의 하위 기법으로 분류하기도 하지만[20) 아이러니와 역설은 대등한 층위에서 다루는 것이 타당하다고 생각한다. 역설은 단어간, 시행간, 시의 구조 사이의 논리적 모순을 드러내는 양상을 띠고 있다.

먼저 단어간의 역설의 예를 살펴보면 소월은 작위적인 모순형용(oxymoron)[21)은 거의 사용하지 않았음을 알 수 있다. 다만 '튼튼치 못한몸을 튼튼이 쓰랴합니다'(「節制」)나 '죽지못해산다는 말이잇나니'(「어버이」) 등이 있는데, 이런 말들은 우리가 일상생활에서 자주 쓰는 것들이며 소월이 일상어를 시구에 많이 갖다 썼다는 것을 알게 한다.

다음의 시는 단어간에 역설이 일어나면서, 그 역설이 내포하고 있는 진실이 너무 심각해서 고민하는 작품이다.

---

17) 남정희, 「한국근대민요시연구」, 성균관대 박사논문, 1997, 19~20쪽.
18) 남정희, 「역설과 반어」, 『반교어문연구』11집, 2000.
19) 김준오, 『시론』(제4판), 318쪽.
20) 김삼주, 『김소월 시의 연구』, 인문당, 1990, 161~171쪽.
21) 서로 명백하게 반대되는 두 단어를 결합시키는 수사. 예를 들면 '소란스러운 침묵', '부드러운 침묵' 같은 것.

사랏대나 죽엇대나 갓튼말을 가지고
사람은 사라서 늙어서야 죽나니,
그러하면 그亦是 그럴듯도한일을,
何必코 내몸이라 그무엇이어째서
오늘도 山마루에 올나서서 우느냐.

―「生과死」 전문

살았다와 죽었다는 서로 모순되는 말이다. 그러나 소월은 같은 말이라고 한다. 이 역설적 진술이 포함하는 진실은 무엇일까? 바로 인생에 대한 허무감이다. 남들은 인생이 허무하다는 것을 알면서도 살다가 늙어서 죽는데, 자신은 왜 그 허무감에 예민하게 반응하며 괴로워하는가 라는 질책이다. 이 시는 일찍간 소월의 내면을 대하는 것 같다.

다음은 시행간의 역설의 예이다.

세월은 물과가치 흘너가지만
가면서 함께가쟈 하든말슴은
당신을 아주닛든 말슴이지만
죽기前 쏘못니즐 말슴이외다.

―「님의말슴」 4연

님이 떠나면서 '함께 가자'고 한 말이 "당신을 아주닛든 말슴"이면서 "죽기前 쏘못니즐 말슴"이라는 것은 서로 모순되는 구절이다. 이는 님을 따라갈 수 없기 때문에 님을 영영 잊어버려야 하는 말이면서, 다른 한편으로는 나를 사랑한다는 말이기 때문에 죽기 전에는 잊을 수 없는 말이라는 의미가 내포되어 있다.

다음으로 시적 역설을 살펴보자. 시적 역설은 진술 자체가 앞 뒤 모순되는 것이 아니라 진술과 이것이 가리키는 상황 사이에 명백히 모순이 나타나는 경우다. 물론 이 모순은 모순으로 끝나는 것이 아니라 진리를 함축하고 있는 것이다.22) 시적 역설은 작품 전체를 하나의 통사적 문장으로 읽어주기를 요구한

다. 그래서 통사론적 구성은 문법적이나 의미론적으로는 오류를 의도하고 있
어, 새로운 차원의 의미를 발생시킨다고 볼 수 있다. 클리엔스 부룩스는 이런
시들이 역설적 상황에 기초하고 있다고 설명한다. 예를 들면 어떤 연인들이
삶을 배척함으로써 실상은 가장 강렬한 삶에 도달하는 경우 같은 것이다.[23]
이러한 시적 역설을 나타내는 시를 몇 편 살펴보자.

소월은 사랑하고 이별하는 사람끼리만 수수될 수 있는 은밀함을 드러내기
위해 심층적 역설을 이용하고 있다. 님이 하신 말씀을 문면에 드러난 말로만
해석하지 않고 역설적 의미를 헤아리는 깊이를 보여준다.

당신은 무슨일로
그리합니까?
홀로히 개여울에 주저안자서

파릇한 풀포기가
도다나오고
잔물은 봄바람에 해적일째에

가도 아주가지는
안노라시든
그러한約速이 잇섯겟지요

날마다 개여울에
나와안자서
하염업시 무엇을생각합니다

가도 아주가지는
안노라심은
구지닛지말라는 부탁인지요

—「개여울」 전문

---

22) 김준오, 『시론』(제4판), 321쪽.
23) 클리엔스 브룩스(이명섭 옮김), 「역설의 언어」, 『잘 빚은 항아리』, 종로서적, 1984, 16쪽.

이 시는 두 사람의 문답으로 되어 있다. 먼저 한 사람이 날마다 개여울에 홀로 나와 앉아 있는 이유가 무엇이냐고 물어본다. 가도 아주 가지는 않노라던 애인을 기다리고 있는데, 아직도 돌아오지 않는 애인을 기다리며 생각해보니 그 말은 곧 돌아오겠다는 뜻이 아니라 잊지 말라는 부탁이었다는 것을 깨달았다는 답변이다. 상황은 애인이 떠남으로써 배신한 것인데도, 그 배신을 원망하지 않고 잊을 수 없는 괴로움을 토로하는 진정성이 큰 울림을 주는 시이다. 이러한 유형의 시가 한 편 더 있다

당신님의 便紙를
바든 그날로
서러운 風設이 돌앗습니다.

물에 던저달나고 하신 그뜻은
언제나 꿈꾸며 생각하라는
그말슴인줄 압니다.

흘려쓰신 글씨나마
諺文글자로
눈물이라고 적어보내섯지요.

물에 던저달나고하신 그 뜻은
쓰거운 눈물 방울방울 흘리며,
밤곱게 읽어달나는 말슴이지요.

— 「孤寂한 날」 전문, 『개벽』25호

당신이 내게 편지를 준 것은 내게 큰 기쁨이었는데, 바로 그것이 기쁨이 아니라 슬픔이라는 것을 풍설로 알게 된다. 아마도 당신이 영영 자기 곁을 떠나게 되었다는 사실을 알게 된 듯하다. 편지를 "물에던저달나"던 당신의 말이 언제나 꿈꾸며 생각해 달라는 뜻이며, '눈물'이라고만 적힌 그 편지는 뜨거운 눈물 흘리며 맘곱게 읽어 달라는 역설임을 알고 있다는 내용이다. 당신의 말이 역설이라는 것을 알 수 있는 사람은 서로 진정으로 사랑하는 사이이다. 그런데도 그들은

헤어져서 서로 그리워만 하고 있어 독자들에게도 그 애틋함이 전해지고 있다.
소월의 시가 서정성을 가지고 있는 것은 역설을 효과적으로 사용하기 때문이다.
역설은 숨기거나 반대로 행동하기 때문에 진실에 더 강하게 접근하는 기법이다.
이제 소월 시의 백미라고 할 수 있는 「진달래꽃」의 역설을 살펴보자.

> 나보기가 역겨워
> 가실때에는
> 말업시 고히 보내드리우리다
>
> 寧邊에藥山
> 진달내꼿
> 아름짜다 가실길에 뿌리우리다
>
> 가시는거름거름
> 노힌그꼿츨
> 삽분히즈려밟고 가시옵소서
>
> 나보기가 역겨워
> 가실째에는
> 죽어도아니 눈물흘니우리다

—「진달내꼿」 전문

이 시의 화자는 이별이 가져다 주는 아픔을 한껏 참아내고 있다. 이 인내는
시행의 배열이 각 연마다 동일한 구조를 하고 있는 것과도 연결된다. 시행 배
열의 동일함은 긴장을 풀어주지 않는 반복이다. 또한 자신이 떠나는 그를 얼마
나 사랑하고 있는지 보여주기 위해 사랑의 상징인 진달래꽃을 그의 가는 길
위에 뿌려주어 그가 그 꽃을 밟고 갔을 때 짓이겨진 붉은 꽃물이 바로 자신의
아픔을 드러내는 색임을 알려준다. 상황은 이렇게 절절한 아픔인데 죽어도 눈
물 흘리지 않겠다는 다짐은 그 상황과 모순된다. 그래서 독자는 죽어도 눈물
흘리지 않겠다는 말이 역설이며, 그 말이 끝나기가 무섭게 오열을 토하는 화자
를 상상할 수 있다. 이러한 역설은 숨기려고 발버둥쳐도 드러날 수밖에 없는

이별의 고통이 숨기려 하기 때문에 더 절절하게 느껴지도록 하는 효과를 유발시킨다. 즉 이 시에서의 이별의 고통은 역설을 통해서만 이렇게 힘있게 전달될 수 있다고 할 수 있겠다.

여기서 우리는 소월 시의 시어도 함께 살펴볼 필요가 있다. 우리의 관심을 끄는 것은 바로 ‘寧邊에 藥山/진달내꽃’이다. 산에 들에 핀 진달래꽃이 아니고 왜 하필 영변의 약산에 핀 진달래꽃인가? 우리는 서도잡가에 보이는 영변 약산 동대라는 구체적인 공간과 관련된 진달래꽃이라는 전통성을 생각하게 된다.24) 즉 진달래꽃으로 유명한 영변 약산은 우리에게 향토성을 부각시키고 있는 것이다. 또 만약 진달래꽃이 아닌 장미였다면 우리에게 환기시키는 전통성은 완전히 사라지고 이 시가 주는 맛은 상당히 달라졌을 것이다. 우리는 소월 시어가 환기시키는 이미지의 심미성을 여기서 깨달을 수 있다.

다음 시도 시적 역설의 효과를 충분히 활용한 시이다.

> 한째는 만흔날을 당신생각에
> 밤짜지 새운일도 업지안치만
> 아직도 째마다는 당신생각에
> 축업은 벼개까의꿈은 잇지만
>
> 낫모를 짠세상의 네길쩌리에
> 애달피 날져무는 갓스물이요
> 캄캄한 어둡은밤 들에헤메도
> 당신은 니저바린 서름이외다
>
> 당신을 생각하면 지금이라도
> 비오는 모래밧테 오는눈물의
> 축업은 벼개까의꿈은 잇지만
> 당신은 니저바린 서름이외다
>
> — 「님에게」 전문

----

24) 남정희, 「한국근대민요시연구」, 34~35쪽. 서도잡가 중 「영변가」에 “영변에약산니동 더야/……/남산을바라를보와라진달화초는만발하얏난디/”라는 구절이 보인다.

이 시의 화자는 아직도 때마다 당신을 생각하고, 당신을 생각하면 눈물이 나고, 그 생각을 벗어나려고 들을 헤매는 고통을 겪고 있다. 그 고통이 얼마나 큰지 효과적으로 드러내기 위해 소월은 3음보 4행시를 3연으로 중첩시키는 갑갑한 정형률을 유지하고 있다. 그런데도 당신은 잊어버린 설움이라고 선언하고 있다. 상황은 전혀 잊혀지지 않은 설움임을 충분히 나열해 놓고 말로만 잊었다고 함으로써 못 잊는 고통을 부각시키고 있다. 상황과 진술이 연결되지 않고 차단됨으로써 긴장을 유발시키는 서정성을 얻게 되는 것이다. 또 '당신은 서름이다'에서 A는 B이다 형태의 은유가 나타난다. 앞으로 은유 항목에서 자세히 살펴보겠지만 은유 또한 서술억제가 일어난다. 그러므로 시의 서정성은 시의 요소라고 여겨지는 여러 요인들이 복합적으로 일으키는 미적 체험이다.

소월의 시 「먼 후일」은 시제의 불일치에서 오는 긴장으로 여겨진다. 시제의 불일치는 언뜻 보면 단순한 모순어법으로 표층적 역설로 여겨지는데 시의 구조가 그렇게 단순하지 않다.

먼훗날 당신이 차즈시면
그 때에 내말이 「니젓노라」

당신이 속으로 나무리면
「뭇척그리다가 니젓노라」

그래도 당신이 나무리면
「밋기지안아서 니젓노라」

오늘도어제도 아니닛고
먼훗날 그 때에 「니젓노라」

—「먼後日」 전문

이 시는 처음에는 '니젓노라, 뭇척그리다가 니젓노라, 밋기지안아서 니젓노라'라고 말함으로써 '내'가 사랑을 배반하고 '당신'에게 변명하는 것처럼 여겨진다. 그러나 ‘먼훗날 당신이 차즈시면’이라는 가정의 말이 있기 때문에 아직 ‘당신’이 오지 않았고, 만약 당신이 먼훗날 언젠가 온다면 이렇게 말할 것이라는 ‘나’의 다짐이라는 사실을 알게 된다. ‘내’가 이런 다짐을 하게 되는 것은 ‘당신’이 원망스럽기 때문인데, ‘뭇척 그리다가, 밋기지안아서’ 등의 구절이 님이 나를 너무 오래 버려두고 있어서 원망하게 되었다는 것을 알려 준다. 먼 훗날 그때에 잊었다는 시제의 불일치는 당신이 언젠가 오는 그때에 잊었다는 말이므로, 아직 당신이 오지 않아서 못 잊고 있다는 뜻이며, 오지 않는 당신이 미워서 잊고자 하나 잊을 수 없다는 괴로움을 토로하고 있다. 따라서 문면에서 나무라고 있는 사람은 당신이지만, 실제로 나무라고 원망하고 있는 사람은 나라는 것을 알려주는 역설이 성립하는 시이다.

그리고 이 시의 4연이 시제의 불일치로 여겨지는 것은 사실은 문장을 생략했기 때문에 생기는 문제이다. 생략하지 않고 그대로 쓰면 다음과 같이 된다.

> 오늘도어제도 아니닛고
> 먼훗날 그 째에 「니젓노라」고 말하겠어요.

위에서 살펴보았듯이 소월은 역설을 즐겨 사용하였는데, 모순형용 같은 작위적 기교보다는 일상어로 익숙히 사용하여 자연스럽게 느껴지는 역설이나, 상황과 진술이 모순되어 진실에 더 접근하는 상황의 역설을 주로 썼다고 볼 수 있다.

(4) 아이러니

아이러니는 표현된 것과 의미된 것의 상충(언어적 아이러니), 현실과 이상·유한한 것과 무한한 것·유한아와 절대아·자연과 감성 등 이원론적 대립의식(낭만적 아이러니), 상충·대립되는 요소의 수용을 아이러니로 넓게 해석하여 플롯의 역전 또는 반전·주인공의 행위가 그가 의도한 것과는 정반대의 결과를 낳는 경우·주인공은 모르고 있으나 독자는 알고 있는 경우(구조적 아이러니 혹은 극적 아이러니) 등으로 나눌 수 있다.[25]

아이러니의 시적 긴장은 주로 개인의 주관적 정서와 정신이 그밖의 것과 대응하면서 생긴다. 이러한 대응의 서정성은 모든 서정시에서 얼마든지 찾을 수 있다. 정선아라리 같은 두 줄짜리 민요26)에서부터 선경후정(先境後情)의 구조를 지닌 한시도 이 대응의 양식을 지니고 있다. 대응은 서로 다른 것들끼리 비교·대조되면서 교감하는 것이다. 단순한 민요와는 달리 현대시에서는 대응만 시키고 왜 대응시켰는지 설명하지 않음으로써 의미의 차단이 생겨 독자를 긴장시키고, 이해하려는 긴장 속에서 새로운 의미를 발견해내는 미적 체험을 하게 된다.27) 물론 이때의 대응은 의미상으로는 긍정적인 대응도 있을 수 있고

---

25) 김준오, 『시론』(제4판), 311~316쪽.

26) 예를 들면 "참나무/ 장작이/ 두동강세동강나/도// 당신하고/ 나하고/ 맘변치를말/ 자//" (강등학, 『정선아라리의 연구』, 집문당, 1988, 271쪽) 같은 노래말은 참나무 장작이 쪼개지는 것과 우리 사이가 쪼개질 수 없다는 것을 대응시키고 있다.

27) 예를 들어「선운사에서」(최영미)와 「빛」(전봉건)은 낭만적 아이러니의 묘미를 알지 못하면 시감상이 제대로 되었다고 할 수 없다. 「선운사에서」는 꽃은 피기는 어려워도 지기는 쉬운데 '나'의 사랑은 피기는 쉬워도 헤어져 잊기는 어렵다는 대조를 하여 이별의 고통을 노래하였고, 「빛」은 회와 후식은 먹을 수 있는데 보석은 먹을 수 없다는 통렬한 아픔을 대조한 것이다. 물론 이때의 보석은 그녀가 끼고 있는 결혼반지이며, 먹을 수 없다는 표현은 사랑할 수 없다는 말의 또 다른 표현이다.

꽃이
피는 건 힘들어도
지는 건 잠깐이더군
골고루 쳐다볼 틈 없이
님 한번 생각할 틈 없이
아주 잠깐이더군

그대가 처음
내 속에 피어날 때처럼
잊는 것 또한 그렇게
순간이면 좋겠네

멀리서 웃는 그대여
산넘어 가는 그대여

꽃이
지는 건 쉬워도
잊는 건 한참이더군

부정적인 대응도 있을 수 있다. 부정적 대응이 객관적 질서와의 이질감에서 얻어지는 갈등의 정서라면, 긍정적 대응은 객관 세계와의 일체감에서 오는 조화의 정서다.[28]

영영 한참이더군

　　　　　　　　　　　　　　　　　　　—「선운사에서」 전문

짐심때
우리는
나무저를 쪼갠다.

전복
민어
삼치
홍합
문어
회를 먹는다.
생오이
토마토
참외가 곁들인다.
점심때
나무저를 움직이는
네 손에는
네 살빛하고
같은 빛깔의
보석.
그건
먹지 못힌다.

(그런데
나는 먹고 있었다.) 그
보석하고
같은 빛깔
네 입술을 살아서
움직이는 빛깔을 먹고 있었다.

여름날
점심 때에

　　　　　　　　　　　　　　　　　　　—「빛」 전문

28) 김대행, 『한국시의 전통연구』, 개문사, 1980, 93~102쪽.

못니저 생각이 나겟지요,
그런대로 한세상지내시구려,
사노라면 니칠날잇스리다.

못니저 생각이나겟지요,
그런대로 세월만 가라시구려,
못니저도 더러는 니치오리다.

그러나 쏘한긋 이러치요,
「그립어살틀히 못닛는데,
어쌔면 생각이 써지나요?」

―「못니저」 전문

이 시는 사노라면 잊히는 인간만사지만 순간순간 밀려오는 그리움을 이길 수 없다는 안타까움을 노래한 시다. 사노라면 잊힌다는 보편적 흐름과 지금 이 순간의 그리움을 대응시켜 놓고, 못 잊어 괴로운 심사는 숨겨놓았다. 이에 독자들은 사실 시인이 말하고자 한 바가 못 잊어 괴로운 심사를 표현하려는 것이었다는 것을 찾아내면서 강한 서정성을 체험하게 되는 것이다. 「 」안의 말을 의문문으로 끝냄으로써 괴로움은 더욱 감춰지고 독자에게 주는 울림이 한층 더 커질 수 있는 것이다. 이 시가 삶의 일반적 흐름보다는 개인의 아픔을 부각시켰다면 다음의 시는 누구나 그 보편적 흐름을 따르게 마련이라는 생각을 드러낸다.

곳燭불켜는밤, 깁픈골방에 맛나라.
아직절머 모를몸, 그래도 그들은
『해달같이 밝은맘, 저저마다 잇노라』
그러나 사랑은 한두番만 안이라, 그들은모르고.

곳燭불켜는밤, 어스러한 窓아래 맛나라.

아직압길 모를몸, 그래도 그들은
『솔대갓치 구든맘, 저저마다 잇노라.』
그러나 세상은, 눈물날일 만하랴, 그들은 모르고.
—「쯧燭불 켜는밤」 전문

사랑할 때의 두 젊은이의 마음은 해달같이 밝고 솔대같이 굳지만, 사랑은 인생에서 한두 번만 하는 것도 아니며 변하기 쉬운 것이라는 생각을 대응시켰다. 이 대응을 통하여 인생에서 사랑의 문제가 왜 그렇게 심각한 것인가를 보여 준다. 1연과 2연의 구조를 반복시켜 단순한 대응이지만 사랑의 문제를 나열하여 강조하는 효과를 주고 있다.

위의 두 시는 대응이 한 번만 나타나는 단순한 구조인데, 「無心」은 여러 가지가 대응되면서 복합적인 양상을 띠기도 하며, 또 대응되는 것이 무엇인지 알기 어려운 시이다. 이 경우에 시의 의미를 파악하기가 어려워지기 마련인데, 이외에도 양행 걸침, 감각적 이미지 창출, 신조어 등의 다양한 기법을 동원하고 있어 기교적인 시로 여겨진다.

싀집와서 三年
오는봄은
거츤벌난벌에 왓습니다.

거츤벌난벌에 피는쯧츤
졋다가도 피노라 니릅듸다
소식업시 기다린
이태三年

바루가든 압江이 간봄부터
구뷔도라휘도라 흐른다고
그러나 말마소, 압여울의
물빗츤 예대로 푸르럿소

쉬집와서 三年
어느째나
터진개 개여울의여울물은
거츤벌난벌에 홀넛습니다.

—「無心」 전문

여기서 대응되는 것은 '오는봄'과 '소식없는 남편', '바루가던 압강'과 '간봄
부터 구뷔도라휘도라 흐르는 압강', '거츤벌난벌에 젓다가도 피는 꼿'과 '거츤
벌난벌에 흐르는 예대로 푸른른 물빛' 등이다. 이 대응에서 차단된 뜻을 찾아
내자면 삼 년 동안 봄은 매년 돌아왔으나 남편은 소식도 없이 돌아오지 않아
괴로웠고, 그 괴로움 속에서 인생이 직선으로 흐르는 것이 아니라 굽이돌아
휘돌아 흐르는 것이라는 것을 깨달았으며, 그럼에도 불구하고 좋은 시절을 찾
아 피었다 지는 꽃처럼 살지 않고 늘 푸르른 물처럼 옛 빛을 잃지 않고 살고
있다는 것이다. 시집와서 몇 년 동안[29] 남편이 떠나 소식이 없지만, 거칠고 넓
은 벌에 봄이 오고 꽃이 피었다 지는 세월을 겪으면서 물의 흐름은 그만큼 유
장해진 것이다. 그 기다림의 시간은 그냥 정체된 시간이 아니라 안으로 겪어낸
인내와 절제의 세월이었다. 그래서 곧게만 바라보던 인생길도 굽이돌아 휘돌
아 흐르는 곡절을 이해하는 것이다. 그렇다고 물빛의 푸르름을 잊은 것이 아니
다. 그 푸르름을 견지하였기 때문에 우리는 이 시에서 성숙의 의미를 찾을 수
있다.

이 시의 율동 표출 기법을 살펴보자 이 시는 전체적으로 3음보격의 시이기
때문에 규칙적인 율격이 가져오는 강한 리듬이 있다. 그러나 소월은 3음보격
을 유지하면서 약간의 변화를 주어 새로운 의미생산을 노리고 있다. 예를 들어
'쉬집와서 三年/오는봄은'과 '소식업시 기다린/이태三年', '쉬집와서 三年/어느
째나' 등의 시행은 모두 기다린 세월을 가리키고 있는데, 3음보격의 시행을 나
누어 놓아 강제로 쉬게 함으로써 기다린 세월의 아픔을 강조하고 있다. 또 '그

---

29) '시집와서 삼년'이라는 구절은 민요에 자주 보이는 관용구이지 꼭 3년이라는 의미는
   아니다. 조동일, 『서사민요연구』, 계명대학교출판부, 1979, 112쪽. 예) 울도담도 없느
   난 집에 시집 삼년을 살고나니.

러나 말마소, 압여울의'에서는 양행 걸침의 기법이 쓰였다. 이는 3음보격의 율격을 맞추려는 의도와 물빛이 예대로 푸르다는 의미를 강조하고 있다. 즉 통사적 구조로 보면,

> 그러나 말마소
> 압여울의 물빛은 예대로 푸르럿소

가 될 터인데, 이렇게 쓰면 리듬감도 죽어버리고 '압여울'이 시행의 첫머리에 놓여버림으로써 물빛이 푸르다는 의미가 약화되기 때문이다. 그래서 '압여울의'를 '말마소'다음에 놓고 그 앞에 반점을 찍어 쉬게 함으로써 다른 문장이 시작된다는 것을 알려주고 있다. 그가 고안해낸 통사론적 오류의 원리인 양행 걸침이 리듬과 시의 의미를 만들어내는 데 얼마나 효과적인지, 시에서 문장부호 하나가 얼마나 중요한지를 알려주는 부분이다.

또한 이 시에서 시의 의미를 감각적으로 생산해내는 방법의 하나인 심미적 원리로서의 표현기법을 생각할 수 있다. 4연의 '터진개 개여울의여울물은/ 거츤벌난벌에 흘넛습니다'라는 표현은 마치 끝말이어가기를 하는 듯한데, 이는 물이 장애를 만나 소용돌이치며 구비돌아 휘돌아 흐르는 모습을 연상시킨다. 간단히 '터진 개여울물은'이라고 표현했을 때와 시각적인 이미지의 차이를 보여준다. 이는 소월이 시의 리듬과 이미지를 함께 고려하면서 생각해낸 표현기교이다.

이 시에서 득이한 시어는 '거츤벌난벌'이다. '난벌'은 국어사전에는 없는 소월의 조어이다. '난바다'라는 말이 넓은 바다라는 평북 방언인데 여기서 연상하여 난벌이라는 말을 만들어낸 듯하다. '거츤벌난벌'은 '거츤벌넓은벌'의 의미로 쓰였지만 '그츤벌넓은벌'에 비해 리듬감을 주고, 함축적이며 새롭다.

소월의 아이러니는 주로 낭만적 아이러니 기법을 쓴 것들만 볼 수 있다. 이는 다른 기법의 아이러니들이 실제의 세계를 분석하고 비판하는 산문정신이며 서사적 비전인데[30] 반하여, 낭만적 아이러니는 유한한 인간이 이상 세계를

---

30) 김준오, 『시론』(제4판), 306쪽.

무한히 동경하는 어리석음을 비웃고 슬퍼하는 어조를 지니기 때문이다.

(5) 비유

비유는 일종의 비교인데, 그 이유는 비유가 반드시 이질적 두 사물을 결합하는 양식이기 때문이다. 비유는 두 사물의 동일성과 차이성을 필요충분 조건으로 하고 있다. 왜냐 하면 비유는 차이성 속의 유사성 찾기이기 때문이다. 그러므로 비유는 현실의 복잡성을 관조할 수 있는 성숙한 마음인데, 이는 모순 충돌을 피하거나 배제하지 않고 수용해서 오히려 하나의 새로운 통일체로 조화시키는 마음에서만 가능하다.[31]

비유가 두 사물 간에 존재하는 차이성 속의 유사성 찾기이기 때문에 모든 비유는 본질적으로 서정성을 유발시킨다고 할 수 있다. 서정성이라는 미적 체험을 하게 되는 이유가 서술의 억제에서 생기는 시적 긴장미라고 규정할 때, 비유한 두 사물 간의 차이성은 의미의 차단을 가져오며, 두 사물 간의 유사성은 의미 차단을 극복하고 새로운 차원의 의미를 만들어내는 단서가 되기 때문이다. 비유 중에서도 은유는 특히 의미 차단이 크다고 할 수 있다. 은유는 비유되는 이미지인 원관념이 매개어 없이 비유하는 이미지인 보조관념과 직접 연결되기 때문이다.

> 희멀씀하여 쩌돈다, 하늘우헤,
> 빗죽은半달이 언제 올낫나!
> 바람은 나온다, 저녁은 칩구나,
> 흰물짜엔 쑤렷이 해가 드누나.
>
> 어둑컴컴한 풀업는들은
> 찬안개우흐로 쩌흐른다.
> 아, 겨울은 깁펏다, 내몸에는,
> 가슴이 문허져나려안는 이서름아!
>
> 가는님은 가슴엣사랑까지 업세고가고

---

31) 김준오, 『시론』(제4판), 174~175쪽.

젊음은 늙음으로 밧구여든다.
들가시나무의 밤드는 검은가지
닙새들만 저녁빗헤 희끄무려히 꼿지듯한다.

—「半달」 전문

    2연 3행에 나오는 "내몸에는"은 비통사론적 강제 원리인 양행걸침의 수법을 쓰고 있다. 통사적 긴밀도로 보면 "내몸에는 가슴이 문허저나려안는 이서름 아"로 붙여써야 한다. 그러나 소월은 양행걸침의 방법을 씀으로써 이 이미지 말고 "아, 겨울은 깁펏다, 내몸에는"이라는 이미지도 함께 떠올리게 하여 그 울림을 크게 하였다. 사람의 몸에 겨울이 깊었다는 것은 읽자마자 곧바로 이해되는 일상어로서의 서술이 아니라, 은유이다. 이는 겨울의 삭막하고 추운 이미지가 사람의 몸에 병처럼 깊어진 것으로 여겨지게 함으로써 사랑의 아픔이 눈에 보이도록 선연하게 하는 효과가 있다. 양행 걸침은 겨울이 곧 설움이라고 은유함으로써 한번 더 의미를 차단시켜 복합적인 이미지를 유발시켰다.

왜안이 오시나요.
映窓에는 달빗, 梅花꼿치
그림자는 散亂히 휘젓는데.
아이. 눈 싹감고 요대로 잠을들쟈.

저멀니 들니는 것!
봄철의 밀물소레
물나라의玲瓏한九重宮闕, 宮闕의오요한곳,
잠못드는龍女의춤과노래, 봄철의밀물소래.

어둡은가슴속의 구석구석……
환연한 거울속에, 봄구름잠긴곳에,
소솔비나리며, 달무리둘녀라.
이대도록 왜안이 오시나요. 왜안이 오시나요.

—「愛慕」 전문

1연에서 "매화옺치"는 2행과 3행에 걸쳐있어 비통사론적 강제원리인 양행 걸침의 기법을 쓰고 있다. 그래서 영창의 달빛과 매화꽃이 어우러진 아름다움과, 영창에 비친 매화 그림자가 산란하게 휘젓고 있다는 두 이미지를 보여준다. 그 중에 영창에 비친 매화 그림자가 산란히 휘젓고 있다는 이미지는 님을 기다리는 마음이 산란하게 흩어지고 있음을 은유하고 있다. 2연의 "물나라의 玲瓏한九重宮闕, 宮闕의오요한곳"에서 그 오요한 곳은 님을 기다리는 나의 "어둡은가슴속"을 은유하였다고 할 수 있다. 宮闕을 한 번 더 쓴 것은 4행과 같은 시간으로 읽혀져서 생기는 율동감과도 관계있으며, 궁궐이 원래 오요하기도 하지만 그 중에서도 더 오요한 곳이라는 점을 강조하는 효과가 있다. 또 '봄철의 밀물소래'는 '용궁에서 잠못드는 용녀의춤과 노래'라는 은유는 님을 애모하는 자신의 마음을 표현한 것이다. 용궁에 봄철의 밀물소래가 들리는 것과 마찬가지로 내 가슴 속에는 봄구름이 잠겨있고, 달무리가 둘러쳐졌으며 소솔비도 나린다고 표현하여 애모의 감정을 매우 환상적으로 처리하였다. 이 시는 전체적으로 동격형은유[32]를 쓰고 있어서 그 차단된 의미, 즉 환상적인 애모의 감정을 찾아내기가 쉽지 않다.

(6) 말놀이

잡가나 민요, 판소리, 탈춤과 같은 우리의 고전문학에는 재담(才談)이라고 불리는 말놀이가 많다. 이는 동음이의어나 비슷한 발음을 이용하여 사물의 이름을 재해석하는 유희이다.[33] 이는 통사론적 구성으로는 문법적이나, 의미론적으로는 일상적인 의미 말고 다른 의미로 재해석할 수 있는 가능성을 상기시킨다. 다음의 시는 왕십리라는 지명과 그 실제의 말뜻인 '십리를 간다'를 이용하여 시상을 전개하고 있다.

---

32) 은유가 A는 B이다라는 일반적 형태와 달리 병치시키는 것을 일컫는다. 예를 들면 '꿈, 靈의 혜적임. 서름의 고향'(「꿈」)이 그것인데, 꿈은 영의 혜적임이며, 설움의 고향이다라는 은유이다(김삼주, 위의 책, 131~132쪽). 휠라이트는 은유의 일반적 형태를 외유라 하고 병치형태를 교유라 하였다(위의 책, 69~93쪽).
33) 남정희, 「한국근대민요시연구」, 53~57쪽.

비가 온다
오누나
오는비는
올지라도 한닷새 왓스면죠치.

여드래 스무날엔
온다고 하고
초하로 朔望이면 간다고했지.
가도가도 往十里 비가오네.

웬걸, 저새야
울냐거든
往十里건너가서 울어나다고,
비마자 나른해서 벌새가 운다.

天安에삼거리 실버들도
촉촉히저젓서 느러젓다데.
비가와도 한닷새 왓스면죠치.
구름도 山마루에 걸녀서 운다.

—「往十里」 전문

　이 시에서 말놀이에 해당하는 부분은 "가도가도 往十里 비가오네"와 "往十
里건너가서 울어나다고"이다. 왕십리라는 말의 원래의 뜻은 십리를 간다는 뜻
인데, 아무리 멀리서 와도 왕십리에 온 사람들은 십리밖에 못 온 것이고 돌아
갈 때도 십리만 가면 된다고 재해석함으로써 듣는 사람들에게 웃음을 주고 있
다. 그렇다면 이런 말놀이가 이 시를 이해하는데 어떤 긴장성을 유발시키고
있을까. 이 시의 화자는 비가 많이 오는 왕십리[34]에 살고 있고, 비가 계속해서
한 닷새쯤 오기를 바란다. 왜냐 하면 비가 오면 누군가가 천안삼거리 실버들처

---

34) 『한겨레』 1997. 6. 19. 왕십리 네거리 성동 우체국 앞에 소월시 「왕십리」를 기념하는
　　시비를 세운다는 기사에 의하면, 그 기념비는 "왕십리에 비가 많이 내렸던 점을 고려
　　해 초가 지붕과 바람의 이미지를 형상화했다"고 한다.

럼 촉촉히 늘어져서 못 갈 것이기 때문이다. 그는 누구일까? 2연에서 여드레 스무날에 온다고 했다가 초하루 삭망이면 간다고 한 사람일 것이다. 그는 아마도 친구일 수도 있고 사랑하는 사람일 수도 있을 것이다. 그가 친구든 애인이든 와서 오래 머무르기를 바라고, 그가 온 거리가 십리이기 때문에 돌아가는 거리도 십리만 가면 되니까 왕십리에 비가 많이 오면 급히 갈 것 없이 좀더 머물렀다 가라는 말이다. 그래서 3연에서는 비맞아 나른해진 벌새에게 왕십리 건너가서 울라고 말한다. 벌새가 울어서 날이 개고 비가 그치면 안 되기 때문이다. 그리고 그의 바램은 이루어질 듯도 하다. 구름도 산마루에 걸려서 우니 비가 한 닷새쯤 올 수도 있기 때문이다.

또 1연의 '온다, 오누나, 오는비, 올지라도, 왓스면' 등은 오다 라는 말이 어미가 변형되면서 다섯 번이나 쓰였다. 이 말놀이의 예는 일종의 반복인데, 비가 한 닷새쯤 오기를 간절히 바라는 마음을 지루하지 않게 내세우는 효과가 있다.

> 山새도 오리나무
> 우헤서 운다.
> 山새는 왜우노, 시메 山골
> 嶺넘어 갈나고 그래서 울지.

—「山」1연

이 시에서 산새는 왜 하필이면 오리나무 위에서 우는가? 그것은 오리나무가 五里와 동음이의어이기 때문이다. 산새가 오리나무 위에서 우는 것은 영 넘어가는 길의 거리감을 표현하기 위한 것이다.

(7) 공감각

공감각은 어떤 대상에 접하여 촉발된 한 감각이 다른 감각으로 전이되는 것을 의미한다. 이는 시인이 어떤 사물에서 느낀 예민한 감수성을 제대로 전달하기 위해서 두 개의 다른 감각을 결합시키는 방법이다. 이는 통사론적 구문 구성에는 문제가 없으나 의미론적으로는 차단이 일어나면서 독자를 긴장시켜 새로운 차원의 의미를 발생시키는 좋은 예이다. 소월은 공감각적 표현을 쓰지 않았는데, 이는 상당히 작위적인 기법이기 때문에 일상어를 자연스럽게 구사한 소월이 쓰지 않았으리라 여겨진다.

공감각의 좋은 예는 김광균에서 볼 수 있다. "분수처럼 흩어지는 푸른 종소리"(「외인촌」)에서 공감각적 표현은 '푸른 종소리'이다. 종소리는 청각인데, 푸르다는 시각으로 수식하였다. 이는 언뜻 이해가 되지 않으나, 천천히 음미해 보면 맑고 시원한 종소리를 표현하려는 의도를 짐작할 수 있다.

3) 심미적 원리

심미적 원리는 통사론적 문장구성이나 의미론에는 어떤 오류도 발견할 수 없으나, 시어가 지시적 진술을 하지 않고도 생생한 감각적 이미지를 드러내기도 하고, 상징처럼 어떤 것을 암시하기도 하는 원리이다. 이는 시가 추구하는 심미성과 깊은 관계가 있다.

(1) 이미지

이미지는 시가 불러일으키는 시각적 대상과 장면이다. 특히 근대시에서 이미지는 더욱 중요한 시의 요소가 되었는데, 그것은 이미지가 회화성과 관계되고 회화성은 근대성을 획득하는 기준으로 논의되었기 때문이다. 그러나 필자는 시의 핵심적인 요소라고 할 수 있는 이미지를 서술의 억제라는 측면으로 논의하는 것에 상당한 어려움을 겪었다. 통사론적 문장 구성과 의미론과의 관계에서 보았을 때 어떤 의도적 오류를 발견해낼 수 없었고, 시 이외의 일상회화의 의사소통에서도 우리는 얼마든지 이미지를 떠올릴 수 있기 때문에 서술억제로서의 시적 이미지가 가지는 특질을 논의할 수 있는 방법을 찾아내기 어려웠던 것이다.

그런데 시적 이미지는 의사소통으로서의 이미지에 비해서 상당히 의도적으로 관습적인 이미지를 배반하고, 새로운 이미지를 환기하는 매력도 커서 예술적인 심미성과 관계가 깊다는 사실을 중시하였다. 또 지시적으로 진술하지 않으면서 특정 이미지를 만들어내고 있었다. 특히 소월의 시 중에서 끝말이어가기를 이용한 시행에서는 일상회화에서는 잘 쓰지 않는 기교를 부림으로써 상당히 생동하는 이미지를 발견할 수 있었다. 앞에서 소월의 시 「무심」을 논의하면서 "터진개 개여울의여울물은/거츤벌난벌에 홀넛습니다"라는 표현이, 간단히 '터진 개여울물은'이라고 표현했을 때보다 물이 장애를 만나 소용돌이치며 구비돌아 흐르는 모습을 이미지화하는데 효과적이라는 사실을 이미 논의하였다. 끝말이어가기의 기교는 다음의 시에서도 잘 나타난다.

밤은 막갑퍼, 四方은 고요한데,
이마즉, 말도안하고, 더안가고,
길까에 우둑허니 눈감고 마주섯서.
먼먼山. 山멸의멸鐘소래. 달빗츤 지새여라.

—「합장」 3연

4행의 "먼먼山. 山멸의멸鐘소래."가 그것이다. 이런 기법은 멀리 있는 절에서 종을 칠 때마다, 들리다 끊기다 하며 은은히 들려오는 느낌을 준다. 이런 기교는 시외의 일상생활에서는 거의 쓰지 않는 시적 기교이며, 따라서 시적 이미지는 일상생활에서 일어나는 이미지에 비해 심미적일 수 있다.

이외에도 시적 이미지는 배행에 따라 생동감을 더할 수 있다. 소월은 「금잔듸」에서 '잔듸 잔듸 금잔듸'라고 한 행에 쓸 수 있는 것을 굳이 다음과 같이 3행으로 배행하였다.

잔듸,
잔듸,
금잔듸,
深深山川에 붓는불은
가신님 무덤까엣 금잔듸.
봄이 왔네, 봄빗치 왔네.
버드나므끗터도실가지에.
봄빗치 왔네, 봄날이 왔네.

深深山川에도 금잔듸에.

—「金잔듸」 전문

이 시는 시의 화자가 님이 죽고 그 무덤가에 찾아갔을 때, 봄이 되어 온 산천에 돋아나는 새순이 주는 생동감을 앞세워 살아 돌아오지 않는 님에 대한 서러움을 극복하는 내용으로 되어 있다. 따라서 '잔듸,/ 잔듸,/ 금잔듸,'라고 3행에 걸쳐 배행한 것은 새순이 돋는 모습을 시각화하는 심미성을 획득하는데 기여한다.

(2) 상징

상징은 이미지의 일종으로서 이미지가 구체적 감각적 사물과 장면을 환기시키는 말이라면, 상징은 그런 사물을 가리키는 외에 또다른 의미영역을 암시하여 나타낸다. 이렇게 되려면 어떤 이미지가 우리의 지각 경험 가운데 지속적이며 반복적인 요소가 되어야 하며, 지각 경험 자체만으로 충분히 전달되지 않는 관습적·문화적 의미를 지니고 있어야 한다. 지속적·반복적 요소가 없는 창조적 상징은 사실은 은유로 된 이미지라고 할 수 있으나, 그 이미지가 작품 전체에 걸쳐 무언가 암시적으로 시를 주도하고 있어야 한다. 이를 서술억제에서 야기되는 서정성이라는 심미감에서 보자면 지시된 말이 주는 이미지 외에 또다른 암시성을 찾아내면서 느끼는 울림이라고 할 수 있다. 일반적으로 이미지나 은유가 작품의 한 부분에서만 나타나지만 상징은 작품 전체를 지배하고 암시한다.

그누가 나를헤내는 부르는소리
붉으스럼한 언덕, 여긔저긔
돌무덕이도 음즉이며, 달빗헤,
소리만남은노래. 서러워엉겨라,
옛祖上들의記錄을 무더둔그곳!
나는 두루찻노라, 그곳에서,
형적업는노래 홀너퍼져,
그림자가득한언덕으로 여긔저긔,
그누구가 나를헤내는 부르는소리
부르는소리, 부르는소리,

내넉슬 잡아쓰러헤내는 부르는소리.

—「무덤」 전문

이 시에서 무덤의 이미지는 단순한 무덤이라는 이미지 말고 색다른 어떤 것을 암시하는 창조적 상징이다. '옛조상들의 기록을 묻어둔 곳'으로 한 개인의 무덤이 아님을 알 수 있다. 그 무덤에서는 소리만 남은 노래가 서럽게 엉기고, 형적없는 노래가 흘러퍼져 나를 자꾸 부르고 있다. 그 소리는 내 넋을 잡아 끌어매어 나를 흔들고 있다. '부르는소리'가 다섯 번이나 나오는 것은 나의 이 끌림이 강렬하다는 것을 보여준다. 그 무덤은 무엇이며, 거기서 들리는 노래와 소리는 무엇을 상징하고 있는가? 우리는 여기서 나라 잃은 소월의 정신적 지향을 엿볼 수 있다.[35] 내 넋을 흔드는 조상의 자취가 나라를 잃어버림으로써 무덤 속에 갇혀 있음과 같다는 사실을 암시하고 있으며, 그래서 언표하지는 않았지만 나라를 찾아야 한다는 점을 표현하고 있다.

어제도하로밤
나그네집에
가마귀 가왁가왁 울며새엿소.

오늘은
쏘멧十里
어듸로 갈까.

山으로 올나갈까
들로 갈까

---

35) 계희영, 『내가 기른 소월』, 장문각, 1969, 154쪽. 소월은 한국사람은 한국 고유의 옷을 입어야 하며 한국말과 한국글을 사랑해야 한다고 강조했다고 한다.
　　김홍균, 「이것이 소월의 진짜 얼굴」, 『월간중앙 WIN』, 1998. 12. 북한의 『문학신문』에서 1966년 5월 10일부터 7월 2일까지 <소월의 고향을 찾아서>라는 글을 실었는데, 그의 사인은 일제의 폭압에 의한 자살로 규명하였다고 한다. 1934년 구성군 경찰서의 호출을 받고 돌아와서 "참 이런 수모를 다 겪으면서 살아 무엇해. 차라리 죽는게 낫지. 그렇지 않으면 만주로 가야겠는데…… 여보, 당신은 아이들을 데리고 살겠소?"라는 말을 하였는데, 이튿날 아침에 일어나 보니 그는 약을 먹고 이미 숨을 거두었다고 한다.

오라는곳이업서 나는 못가오.

말마소 내집도
定州郭山
車가고 배가는곳이라오.

여보소 공중에
저기러기
공중엔 길잇서서 잘가는가?

여보소 공중에
저기러기
열十字복판에 내가 섯소.

갈내갈내 갈닌길
길이라도
내게 바이갈길은 하나업소.

—「길」 전문

흔히 길은 인생항로를 가리키는 관습적 상징이다. 이 시가 암시하는 것은 소월 자신이 열십자 복판에 서서 갈곳 몰라 방황하는 한 마리 가마귀 같은 존재였다는 것이다. 그는 나그네 집에서 울며 세웠다고 표현함으로써 개인적 방황을 드러내고, 정주곽산이 자기집이며 차가고 배가는 곳이라 길 수 있고 가서 살 수 있어도 열십자 복판에 선 듯하다고 표현하여 민족적 현실을 타개할 길이 없음을 함께 암시하였다.

3. 맺음말

서술의 억제가 야기하는 시적 긴장이 서정성이라고 보고, 서술을 억제하는 여러 기법들을 '통사론적 오류의 원리'·'의미론적 오류의 원리'·'심미적 원리'로 설명의 편의상 나누어 살펴보았다. 이중에 통사론적 오류의 원리와 의미론적 오류의 원리는 언어학의 통사론과 의미론을 원용하였고, 심미적 원리는 예술의 심미성과 관련시켜 논의하였다. 따라서 우리가 흔히 시의 요소나 표현기법으로 생각하였던 시행, 양행 걸침, 도치, 역설, 아이러니, 비유, 상징, 이미지, 말놀이, 공감각 등이 공통적으로 서술의 억제의 결과라는 사실을 밝혀보았다. 이들은 일반적으로 시의 서정성을 느끼게 하는 요소들이지만, 이 글에서는 주로 소월 시를 통해서 살펴보았으므로 그만의 개인적인 성향을 짚고 넘어가지 않을 수 없다.

다른 시인들에 비해 소월이 역설의 기법을 많이 썼다는 사실을 알 수 있었다. 그가 즐겨 쓴 상황의 역설은 자신의 진심을 숨기거나, 그에 반대로 행동하면서 진실에 더 강하게 접근하는 기법으로서 우리 민족의 은근함과도 관련된다고 할 수 있다. 소월이 민족 정서를 잘 표현했다는 평가를 받는 이유 중의 하나가 바로 역설의 미학을 잘 구사하였기 때문이라고 여겨진다.

다른 시인들이 흉내낼 수 없는 소월만의 서정성은 또 그의 시어와 리듬창조가 도와주고 있다. 그는 외래어나 외국어를 전혀 쓰지 않았으며, 평북 방언에 서울의 문학어를 가미하고 신조어를 많이 써 전혀 새로운 느낌의 우리말을 구사하였다는 연구는 기왕에도 많다.36) 또한 그의 리듬창출방법은 전통적 율격을 변형시키는 방법37)에서부터 끝말이어가기, 양행걸침이라는 기법을 이용하여 리듬과 구문의 자연스러운 결합을 만들어내기까지 아주 다양한 면모를 보여준다. 리듬은 시의 음악성을 창출할 뿐만 아니라, 서정성을 강화하고 개성적으로 만들어 준다는 점에서 소홀히 다룰 수 없는 시의 요소이다. 소월이 그가 살던 당대에는 민요시인으로, 오늘날은 우리의 터주시인38)으로 불리고 있는 까닭은 여러 가지가 있지만, 그가 구사하는 시어의 우리말다움과, 전통적인 율격의 이용과 그 변형에서 오는 전통성이 아주 중요한 구실을 하고 있다. 또 시의 요소와 표현기교를 유감없이 활용하여 근대적인 기교의 시인으로서도 평가받고 있다.

---

36) 이기문, 「소월시의 언어에 대하여」, 『김소월』(김학동 편), 서강대학교출판부, 1995.
37) 성기옥, 「소월시의 율격적 위상」, 『한국시가 율격의 이론』, 새문사, 1986.
38) 유종호, 「우리의 터주시인」, 『진달래꽃』, 미래사, 1991.

시조에 나타난 唯心思想

이경영[*]

1. 최초의 근대자유시 한용운의 「心」

만해 한용운은 1918년 9월 서울 계동 43번지에서 월간지 『惟心』을 창간한다. 이 창간호에 「朝鮮靑年과 敎養」 등의 논설과 아울러 「心」이라는 詩를 발표한다. 이 「心」이라는 詩를 인용하면서 논의의 실마리를 풀고자 한다.

심(心)은 심(心)이니라
심만 심이 아니라 비심(非心)도 심이니, 심외(心外)에는 하물(何物)도 무(無)하니라.
생(生)도 심이요, 사(死)도 심이니라.
무궁화도 심이요, 장미화도 심이니라.
호한(好漢)도 심이요, 천장부(賤丈夫)도 심이니라.
신루(蜃樓)도 심이요, 공화(空華)도 심이니라.
물질세(物質界)노 심이요, 무형세(無形界)노 심이니라.
공간도 심이요, 시간도 심이니라.
심이 생(生)하면 만유(萬有)가 기(起)하고, 심이 식(息)하면 일공(一空)도 무하니라.
심은 무의 실재(實在)요, 유의 진공(眞空)이니라.
심은 인(人)에게 누(淚)도 여(與)하고 소(笑)도 여하느니라.
심의 허(墟)에는 천당의 동량(棟梁)도 유(有)하고, 지옥의 기초도 유하니라.

---

* 광주여대 교수, 시인.

심의 야(野)에는 성공의 송덕비(頌德碑)도 입(立)하고, 퇴패(退敗)의 기념품
도 진열하느니라
심은 자연 전쟁(自然戰爭)의 총사령관이며 강화사(講和使)니라
금강산의 산봉(山峰)에는 어하(魚鰕)의 화석(化石)이 유(有)하고, 대서양의
해저에는 분화구가 유하느니라.
심은 하시(何時)라도 하사 하물(何事何物)에라도 심 자체뿐이니라.
심은 절대적 자유며 만능이니라.

— 심(心) 전문

지금까지 알려진 우리나라의 최초 근대 자유시는 주요한의 「불노리」로 알
려져 있다. 그러나 이보다 앞서 주요한은 1919년 1월 발간된 『學友』라는 잡지
에 「에튜우드」라는 큰 제목 아래 '눈'과 '샘물이 혼자서'라는 작품을 발표하는
데 이 작품들이 우리나라 최초의 근대 자유시이며 이들 작품들은 동시에 각각
사설시조와 시조의 영향을 받았음을 주장한 것까지를 감안한다 하더라도[1]
1919년을 벗어나지는 못하였다. 그런데 인용한 작품 「心」은 이보다 앞선 작품
이다. 장르적 특성을 담당층과 내용, 자유로운 형식면으로 그 요건을 살펴 볼
때 근대 자유시는 각각 일반인이라는 담당층과 집단의 서정이 아닌 개인의 서
정을 분출하는 내용, 형식 등으로 규정지을 수 있다. 「心」이라는 작품은 서정
자아의 시각으로 본 마음의 실체를 비유와 상징으로 나타낸 17행 자유시이다.
시 군데군데 나타난 약간의 문어체적 표현이 문제될 수 있으나 이러한 문어체
적 표현이 당시에는 어렵지 않게 통용된 점을 감안한다면 큰 문제라고 보기
어렵다. 「心」은 물론 『惟心』이라는 잡지의 성격을 대변하는, 그리고 만해 자신
이 생각했던 唯心觀을 잘 드러낸 작품이라고 할 수 있다. 이 작품이 삼분의
구조를 취하고 있음이 주목된다.

① 1행 心은~2행 無하니라
② 3행 生도~15행 분화구가 유하니라
③ 16행 심은~17행 만능이니라

---

1) 이지엽, 「시조가 근대자유시에 미친 영향」, 『수선논집』, 성균관 대학원, 1992. 3.

①은 도입에 해당된다. 心은 心뿐만 아니라 非心도 심이라고 한다. 말하자면 시인의 해석적 진술이 앞서고 있다. 그러므로 ②는 非心도 심이라는 시인 스스로의 독특한 해석의 근거를 제시하는데 기여한다. 이에는 은유와 상징, 열거와 대비, 점층법 등의 수사법이 동원되고 있다. 만해의 시적 상상력은 여기에서 유감없이 발휘된다. 3行부터 8行까지는 心의 일반론적인 나열이다. 생물(4행)이나 사람(5행), 무형(6행)이나 유형(7행)의 것이나 생과 사(3행), 시공을 초월하여(8행) 心이 존재한다는 것이다.

9행부터 14행까지는 心의 탄생과 소멸, 역할을 그려주고 있다. 9行은 원효대사가 의상대사와 함께 당나라에 구법의 길을 떠났다가 도중에 얻은 생각과 상통하고 있다. 마음이 일어나면 갖가지 법(현상)이 일어나고 마음이 사라지면 불단과 무덤이 둘이 아님을(心生故種種法生 心滅故龕墳不二) 깨달으니 삼계가 오직 마음이요 만법은 오직 인식일 뿐이며 마음밖에 법이 있는데 어찌 따로 구할 것이 있겠느냐(三界唯心 萬法有識 心外無法 胡用別求)[2]는 것이다. 마음의 있고 없음에 따라 만가지 생각이 있고 단 하나의 여백도 있을 수 없는 것이니(9행)없는 것의 있음이요, 있는 것의 진공상태인 것이다.(10행) 그의 터전에는 천당과 지옥이 따로 없으며(12행) 바깥에는 명예도 욕망도 함께 하며(13행) 전쟁과 평화를 주관하게 된다는 것이다(14행).

15행은 이를 더 확장하여 산과 바다가 한몸일 수 있음을 보여주고 있다. 유의 진공, 무의 실제와 자연전쟁 총사령관, 강화사 산봉－어하의 화석, 해저－분화구의 양극단을 대비하는 것에서 시인의 언어를 다루는 솜씨와 상상력을 유감없이 살펴볼 수 있다. ③의 16~17행은 ②의 열거된 내용을 총괄하여 정리하는 기능을 수행하고 있다.

심(心)은 절대적 자유며 만능이라는 것은 『님의 침묵』 서문에 부친 만해의 자서에도 드러나고 있다.

연애가 자유라면 님도 자유일 것이다. 그러나 너희는 이름 좋은 자유에

---

2) 대정신수대장경 권 50, 729쪽 上. 해골물을 먹고 득도한 내용은 송고승전의 唐新 羅國 義相傳 내용 참조할 것.

알뜰한 구속을 받지 않느냐. 너에게도 님이 있느냐. 있다면 님이 아니라 너
의 그림자니라 3)

절대적 자유의 마음은 '님'으로 존재하지만 그것을 좇는 대부분은 자신의
그림자만 밟고 있음을 지적한 것이다. 이렇듯 만해에게 있어 '심'은 '님'으로도
해석될 만큼의 중요성을 지니고 있다고 판단된다. 그러기에 그는 '心'에 거의
모든 초월적인 힘을 실어 『惟心』의 창간호에 실었던 것이다.

지금까지 살펴본 ①, ②, ③의 삼분구조가 장형시조의 보편적 구조임을 우리
는 잘 알고 있다. 더욱이 중장에 해당되는 ②에서 열거, 반복, 대조, 점층의 전
개가 사슬적 엮음으로 드러나고 있음이 주목된다. 요컨대 「心」은 우리나라 최
초의 근대자유시이며 동시에 이 작품은 장형시조의 구조적 특징을 잘 활용하
고 있는 것으로 평가해 볼 수 있겠다.

2. 唯心사상의 전개

세상의 모든 이치가 오직 마음에 달렸다는 것을 유감없이 잘 보여주고 있는
「心」에 나타난 唯心思想은 만해의 대표작인 「님의 침묵」을 관통하는 중심사
상이기도 하다. '아아 님은 갔지마는 나는 님을 보내지 아니하였습니다'라는
역설적 표현은 '마음'의 실체를 인정하지 않고는 해석이 불가능하기 때문이다.
자유시 이외에도 그는 적지 않은 시조 작품을 남겼는데4) 이 작품들에서도 마
음의 들고 낢에 따라 변화되는 심상의 무늬를 미세하게 그려내고 있다.

산(山)집의 일없는 사람 가을꽃을 어여삐 여겨
지는 햇빛 받으려고 울타리를 잘랐더니

---

3) 만해사상 실천선양회 편, 『한용운 시전집』, '군말', 도서출판 장승, 1998년, 제17쪽.
4) 한용운 시 전집에 의하면 그의 작품은 『님의 침묵』의 88편과 그동안 발견된 18편,
　시조 32편, 동시 3편, 한문 禪詩 163편이다. 『한용운 시전집』, 만해사상실천선양회 편,
　1998. 9월, 도서출판 장승.

서풍(西風)이 넘어와서 꽃가지를 꺾더라
—「추화(秋花)」 전문5)

따슨 빛 등에 지고 유마경(維摩經) 읽노라니
가볍게 나는 꽃이 글자를 가린다.
구태여 꽃 밑 글자를 읽어 무삼하리요.

봄날이 고요키로 향을 피고 앉았더니
삽살개 꿈을 꾸고 거미는 줄을 친다.
어디서 꾸꾸기 소리 산을 넘어 오더라.
—「춘주(春晝)」 전문6)

　「추화(秋花)」와 「춘주(春晝)」의 작품에는 서로 다른 마음의 교차가 흥미롭게 읽어진다. 「추화」에는 마음의 움직임에 따라 外物을 움직여주는 서정적 주인공이 있고, 「춘주」에는 外物의 움직임을 그대로 수납하는, 부동의 마음을 지닌 서정 자아가 있다.

시인의 자세는 분명 후자를 따르고 있다. 그러므로 전자의 작품은 서정 자아가 아닌 '산(山)집의 일없는 사람'을 서정적 주인공으로 내세울 필요가 있었던 것이다. 서정 자아가 전자의 작품에 개입되었다면 울타리를 자르지 않았을 것이다. 시인은 '산(山)집'과 '일없는 사람'의 설정을 통해 순박함과 우매함의 마음씀을 우의적으로 그려내고 있는 것이다. 순박함에는 '산(山)집'에 나타나듯 당대의 시대를 아랑곳하지 않는 순수한 마음이 있고, 우매함에는 '일없는 사람'에 나타나듯 세상의 이치를 쓸데없는 물리적 힘에 의존하는 아둔한 마음이 있다. 그런 의미에서 「추화(秋花)」는 알레고리 성격이 짙은 작품이라 할 수 있다.
　그렇지만 「춘주(春晝)」라는 작품은 마음의 유로를 그대로 따라가는 자연스러움이 있다. '가볍게 나는 꽃이 글자를 가'리는데 서정 자아는 그 꽃을 그대로 둔다. 꿈을 꾸며 조는 삽살개를 해코지하지도 않고 거미줄을 걷어내지도 않는다.

---

5) 3의 책, 159쪽.
6) 3의 책, 157쪽.

여기에도 마음에 따라 움직이는 자아가 있긴 있다. 고요한 봄날에 향을 피우는 것이 그것이다. 그러나 향을 피우는 것은 울타리를 자르는 것과는 다르다. 향은 고요를 상승시키지만 울타리를 자르는 것은 꽃을 어여삐 여기는 것에 대한 올바른 방법이 아니다.

'꽃 밑 글자를 읽어 무삼하리요'에는 욕구를 버린 <순수의 자아>를 지향하는 마음이 있다. 꽃을 치우고 읽어보고 싶은 <욕구의 자아>를 초탈하는 마음이 있다. 이것이 『화엄경』에서 말하는 삼계유심조(三界唯心造)와 상통하는 것은 아닐까. '삼계에는 다른 법이 없다. 오로지 일심(一心)이 지어낸 것이다'라는 구절을 지눌은 다음과 같이 해석하고 있다.

> 만약 우리가 무명(無明)은 일어남이 없음을 알아차리고 상에 집착하지 않으면, 과거의 업은 죄다 없어지고 새로운 업은 다시 만들어지지 않는다. 이것이 곧 병을 끊는 지름길이다. 그러므로, 한 생각의 마음이 병의 근본이며, 또 동시에 도의 근원임을 알아야 한다. 실(實)에 집착하면 그르치게 되고, 공(空)임을 깨달으면 과실이 없게 된다. 따라서, 깨달음은 마음의 한 순간에 있으며, 거기에는 앞뒤가 없다. 이러하므로 마땅히 알아야 한다. 깊이 헤아려서 분명히 결단을 내리면 이치에 도달함이 매우 가깝게 되기 때문에, 비록 말세의 중생일지라도 그 마음이 넓고 깊은 자는 역시 마음을 비워 스스로 비추어 볼 수 있고, 일념(一念)의 연기(緣起)가 본래 생겨남이 없다는 것을 믿을 수 있다. 그리고 이것이 아직 친증(親證)은 아닐지라도 도에 들어가는 기본이 되는 것이다.[7]

꽃이 좋아 햇빛을 더 쬐게 하려고 하는 '한 생각의 마음이 병의 근본'이 된다는 것이다. 꽃이 글자를 가린다고 해서 그것을 걷어내고 헤아릴려고 하는 것이 '새로운 업'을 만든다는 것이다. 거미가 줄을 치고 꽃이 햇빛을 좀 덜 받더라도 그 상에 집착하지 않는다면 과거의 업은 없어진다는 것이다. 실(實)에 집착하는 것이 「추화」에 나타난 마음이라면 공(空)을 깨닫는 것이 「춘주」에 나타난 마음일 것이다.

---

7) 한국고승전집, 고려편 제1권(HKC-K1, 760~761쪽), 심재룡, 돈점론(頓漸論)으로 본 보조선의 위치, 『동양의 지혜와 禪』, 세계사, 1992, 51쪽 재록.

3. 마음을 찾아가는 길

이 마음은 어떻게 얻어지는 것일까. 이것은 선을 통하여 가능하다고 불교에서는 보고 있다. 禪은 마음을 가다듬고 정신을 통일하여 무아적정(無我寂靜)의 경지에 도달하게 하는 정신집중의 수행을 말한다.[8]

禪에서 흔히 十牛圖라 부르는 조그만 텍스트가 있다. 소를 잃어버린 목자가 야성(野性)으로 돌아가 있던 그 소를 다시 찾아내 길들임으로써 소와 하나됨을 실현해 나간다는 연속된 그림이다. 十牛圖는 열장의 그림과 각각의 그림에 대한 게송으로 짜여져 있다.[9]

> 잃을 소 없건마는 찾을 손 우습도다
> 만일 잃을 시 분명하다면 찾은 들 지닐소냐
> 차라리 찾지 말면 또 잃지나 않으리라.
>
> ―「심우장(尋牛莊」 전문

이 작품에서 '잃을 소'는 무엇을 의미하는가. 잃어버린 참된 자기 혹은 본 마음이라 볼 수 있을 것이다. '찾을 손'은 소를 찾으러 나선 나그네가 머무는 곳이라는 '尋牛莊' 이라는 공간 설정에서 비롯된 것이며, '손'은 다름 아닌 시인 자신이라는 것을 알 수 있다.[10] 심우도에서 자신은 '나는 누구인가?'에 대해 묻는 것으로 시작된다. 나에 대해 묻는 것이 참된 나 혹은 나의 본 마음을 알 수 있는 출발이 된다.

---

8) 한국민족문화대백과사전 12권, 1991년, 한국정신문화 연구원, 172쪽.

9) 오늘날 회자되는 십우도라는 명칭은 거의 곽암선사의 십우도를 가르킨다. 하지만 곽암 십우도 이전이나 이후에도 소에 의탁해 선의 지름길을 제시한 작품들이 있었고, 코끼리에 의탁한 티벳 十牛圖 역시 이와 상통하고 있다고 보여진다. 『선이란 무엇인가』, 장순용 엮음, 세계사, 1992년, 29쪽과 283쪽 참조.

10) 한용운은 56세 때인 1935년 尋牛莊을 짓고 그곳에 기거하였다. 총독부의 건물을 마주하기 싫어 북향으로 지었다고 하는 점에서 그의 결곡함을 미루어 짐작해 볼 수 있거니와 그 집 역시 자기가 주인이라는 의식보다 '손'이라는 의식을 가지고 있었음이 확인된다.

일반적으로 나는 알 수 있는 나와 알지 못하는 무수한 나로 이루어져 있다. 그러나 우리 자의식은 늘 과잉상태라서 자기이해(自己理解)는 일단 자기오해(自己誤解)로 변질되어 있으며, 자각력 역시 일단은 무자각이라는 결핍 상태 속에 있다.[11] 그러나 시인은 '잃을 소가 없'으며 '찾을 손 우습'다고 말한다. 십우도는 소를 찾아 집에 돌아와, 결국 소도 잊고(到家忘牛), 사람까지 모두 잊는(人牛俱忘) 단계까지 나아가 근원으로 돌아가는(返本還源) 구조를 가지고 있으므로 결국 참된 자기를 얻어내는 것이 용이하지 않음을 얘기하고 있다.

그러나 사람들은 모두다 자신들이 '소'의 존재를 가지고 있다고 생각한다. 참된 자기. 본 마음이 내게 있었던가. 시인은 그것을 다시 한번 되짚어 묻고 있는 셈이다. '잃을 소가 없'다는 것은 그런 마음조차 처음부터 가지고 있지 못했음을 지적한 것이다. 그러나 시인을 포함한 대부분의 사람들은 없는 그 맘을 찾고자 무진 애를 쓴다. 그러니 우스울 수밖에 더 있겠는가. 설사 그 참된 자기가 있어서 잃어버린 것이 분명하다고 가정하여 보자. 그것을 찾는다 하여도 지니고 다닐 수 있겠는가. 지닐 수 없다고 시인은 말한다. 무슨 이유에서인가. 애시당초 그것은 존재하지 않았기 때문이다. 아니 잃어버릴 것이 분명하기 때문이다. 이 역설적 묘미를 보라. 시인은 마지막으로 '찾지 말면 또 잃지나 않으리라'고 말한다.

찾지 않는다는 것은 초장에서 보듯 '잃을 소'가 없기 때문이니, 결국 잃지 않는 것이 된다. 그러나 여기서 다시 생각해보자. 그것은 정말 있어서 잃지 않은 것인가. 그런 것이 아니다. 왜냐하면 '잃을 소'가 애초에 없었기 때문이다. 결국 이 「심우장」은 초·중·종장이 연쇄고리를 물고 역설적으로 연결되어 독특한 묘미를 불러일으키고 있는 작품이다.

4. 무산심우도(霧山尋牛圖)

만해의 「심우장」은 십우도에 얽힌 처음부터 끝까지에 얽힌 내용을 대표적

---

11) 심재룡, 「참다운 나에 이르는 길」, 7의 책 293~294쪽.

인 단시조로 압축하여 보여주고 있다. 십우도를 소재로 한 대표적인 작품으로 「무산심우도」를 들 수 있다. 무산 조오현은 1978년 시조집 『심우도』를 펴냈거니와 「무산심우도」는 십우도의 각 단계에 맞추어 10수의 연시조로 구성되어 있어 주목해 볼만하다. 첫 단계의 「심우(尋牛)」와 두 번째 단계인 「견적(見跡)」에서 찾아가는 나와 본래의 나의 관계 설정이 자못 흥미롭다.

누가 내 이마에
좌우 무인을 찍어 놓고

누가 나로 하여금
수배하게 하였는가

천만금 현상으로도
찾지 못할 내 행방을

—「1. 심우(尋牛)」 초반부12)

나는 죄인이며 동시에 죄인을 검거해야 하는 이중적인 성격을 지니고 있다. 그러므로 죄인의 마음은 「견적」에서 보듯 '명의, 진맥으론 / 끝내 알 수 없는 도심(盜心)'이 된다. 현상 수배범을 쫓는 나는 '천개'의 눈을 가지고도 '팔이 무릎까지 닿아도 잡지 못'하는 화살처럼 그 흔적을 발견하지 못한다.

이 시의 부제에 보이는 소는 법신(法身), 진여(眞如), 불성(佛性), 각체(覺體), 본심(本心), 한 손바닥의 소리, 부(無), 진아(眞我) 등 다양한 의미로 해석이 가능하다. 그러나 실제로는 문자를 가지고 쉽게 개념화할 수 없는 것이 마음소(心牛)이다. 현상에 대해 실제로도 보이고, 나에 대해 무아(無我)로도 보이고, 현실의 자기에 대해 이상의 자기로도 보이는 신령한 소(靈牛)이다. 끝내는 天·地가 한 손가락인 흰 소이다.13) 「무산심우도」의 소 역시 궁극적으로는 같은 의미를 지닌다. 그러나 시인은 일차적으로 그것을 도심(盜心)으로 설정하고

---

12) 조오현, 『산에 사는 날에』, 『우리시대현대시조100인선 · 32』, 태학사, 36쪽. 이하 같은 책의 인용시는 제목 뒤 ( )안에 쪽수를 표시하는 것으로 대신함.
13) 장순용, 「보명선사 목우도에 대하여」, 9의 책, 115쪽.

있는 것이다.

명의, 진맥으론
끝내 알 수 없는 도심(盜心)

그 무슨 인감도 없이
하늘까지 팔고 갔나

낭자히 흩어진 자국
음담 속으로 음담 속으로

—「2. 견적(見積)」 전반부(36~37쪽)

'도심'이라면 구태여 찾을 필요가 없는 것이고 오히려 버려야 할 것인데 어찌하여 그것을 찾겠다는 것인가. 여기에 시인의 독특한 인식이 있다. 그 마음은 본래 그런 것이 아니라 누군가에 의해 좌우 무인을 찍어 수배하게 한 만들어진 마음인 것이다. 그러니 그것은 표면상 '도심'에 해당된다. 그렇지만 본래는 흰 소였을 것이다. 세상의 '음담'은 그를 도심으로 만들었지만 본래의 흰 소를 찾아가는 것이다.

어젯밤 그늘에 비친
고삐 벗고 선 그림자

그 무형의 그 열상을
초범으로 다스린다?

태어난 목숨의 빚을
아직 갚지 못했는데

—「3. 견우(見牛)」 전반부(37~38쪽)

삶도 올거미도 없이
코뚜레를 움켜 잡고

매어둘 형법을 찾아
헤맨 걸음 몇 만보냐
죽어도 한뢰로 우는
생령이어, 강도여.

과녁을 뚫지 못하고 돌아오는 명적이다
짜릿한 감전의 아픔 복사해본 살빛이다
이 천지 돌쩌귀에 얽혀 죽지 못한 운명이어.
—「득우(得牛)」 전문(38~39쪽)

「3. 견우(見牛)」와 「4. 득우(得牛)」에서 그것은 더 명징하게 드러난다. ‘그 무형의 그 열상을 / 초범으로 다스린다(?)’의 설의법 안에는 그 소는 죄도 없이 무고를 당한 자이며 피해자라는 인식이 놓여 있으며, ‘매어둘 형법을 찾아 / 헤맨 걸음 몇 만보냐’는 물음에는 그 소가 애초부터 죄를 짓지 않았음을 보여주고 있다. 그렇다면 그 소를 ‘도심’으로 구태여 그리고자 한 시인의 의도는 죄인으로 몰릴 수밖에 없는 세상의 추잡함을 드러내고자 하는 데 있음을 시사해 주고 있다.

돌도 풀도 없는
그 성부의 원야를

쟁기도 또 보삽도 없이
형벌처럼 다 갈았나

이제는 하늘이 울어도
외박할 줄 모르네.
—「5. 목우(牧牛)」 전반부(39쪽)

「5. 목우(牧牛)」에는 다시 그 소를 기르는 것이 형벌처럼 원야를 가는 것으로 그려져 있다. 쟁기도 보삽도 없는 암담한 공간이어도 밖으로 도망치지 않는 순응의 자세가 놓여 있다. 이 순응에는 곽암 십우도 화송(和頌)[14] 중의 하나에 보이는 '완숙하게 길들여져 절로 몸에 밴다면(通身) 티끌 속에 있더라도 오염되지 않으리'(牧來純熟自通身 雖在塵中不染塵)라는 인식과도 상통하고 있다.[15)]

「6. 기우귀가(騎牛歸家)」에는 '한 웃음 만발하여 실고 가는' 한때의 평화로움이 있다. 맑고 깨끗한 날을 배경으로 사람과 소가 하나이고(人牛一如), 자기와 타자가 평등(自他平等)와 주체와 객체가 둘이 아닌(主客等位) 상태를 나타내고 있다. 그러나 시인은 여전히 '죄적' 속에 시달리고 있다. '매혼'과 '도매할 삶'에서 보듯 진여의 자기에 이르지 못하고 있다.

「7. 망우존인(忘牛存人)」과 「8. 인우구망(人牛俱忘)」에서는 집에 이르른 후의 소를 잊어 가는 과정을 얘기하고 있다. 곽암의 서문에는 올가미와 토끼, 통발과 고기의 관계를 소와 사람의 관계로 비유하고 있다.[16)] 토끼와 고기를 잡으면 올가미와 통발은 잊는 것과 같이 '소'라는 방편이 더 이상 필요 없는 것이고, 결국에는 소와 사람 모두 비어 푸른 허공만 아득히 펼쳐져 있으리라는 것이다. 이에 대해 시인의 해석은 다소 색다르다.

> 과태료 백 원 있으면
> 침 뱉아도 좋은 세상
>
> 낚시를 그냥 삼킨들
> 무슨 걸림 있으리까
>
> 살아온 생각 하나도
> 어디로 가 버렸는데……
>
> — 「7. 망우존인(忘牛存人)」 전반부(41쪽)
>
> 약없는 마른 버짐이 온 몸에 번진거다
> 손으로 짚는 육갑 명씨 박힌 전생의 눈이다

---

14) 화송은 곽암의 게송에 화답하는 게송으로 같은 운자를 사용한다. 전하는 곽암 화상 십우도는 서문, 게송, 화송으로 되어 있다.

15) 장순용 엮음, 십우도송, 9의 책, 56쪽 재록.

16) 위의 책, 63~64쪽. ……喩蹄兎之異名顯筌魚之差別(올가미와 토끼가 명칭이 다른 것과 같고, 통발과 고기가 구별되는 것과 마찬가질세).

한 생각 한 방망이로 부셔버린 삼천대계여.
— 「8. 인우구망(人牛俱忘)」 후반부(42쪽)

「7. 망우존인(忘牛存人)」의 종장에 나타난 인식은 마음소를 잊어버렸다고 보는 보통의 경우와 동일하다. 그러나 '과태료 백원 있으면 침 뱉아도 좋은 세상'과 '한 생각 한 방망이로 부셔버린 삼천대계여'에서 보듯 시인의 생각은 비판적이며 상당히 과격하다. 과격함은 '忘'이라는 것에서 연유하고 있다. 잊혀진다는 것은 옆에 둘 필요가 없어지는 것에서 연유하고, 필요가 없다면 최소한 존재로 남아있기 마련이다. 7에서 소는 잊혀졌지만 사람만이 존재하므로 사람을 통제할 최소한의 법만이 필요한 것이다. 세상의 집으로 돌아왔지만 세상은 조금도 나아지지 않았다. 침을 뱉고 싶을 정도이다. 생각도 마음의 소도 가버린 세상은 '좌우무인을 찍어 놓고' 나를 '수배하게 하였'던 곳과 같다. 그러나 다시 도둑의 누명을 써서는 안된다. 침을 뱉고 싶은 세상이 요구하는 과태료 정도는 지녀야 하는 것이다. 세상에 대한 비판은 한 걸음 더 나아가 사람마저 잊어버린 단계에 이르르면 '방망이로 부셔버린 삼천대계'에서 보듯 중생·국토·오음(五陰)의 세상 모든 것을 한 순간에 날려보내는 이탈의 정점에 서게 된다.

일거에 한 방망이로 삼천대계를 부수는 시인의 의식은 분명 과격한 구도의 포기처럼 보인다. 그러나 이는 이탈과 포기가 아니다. 생각(마음)과 사람(몸)마저도 잊어버림으로써 비로소 얻는 '자유'에 초점이 모아져 있기 때문이다. 어느 것에도 매이지 않는 자유 정신의 현현은 <무산심우도>를 관통하는 정신이다. 이점은 마지막 단계에서 더욱 분명하게 나타난다.

생선 비린내가 좋아
견대 차고 나온 저자

장가 들어 본처는 버리고
소실을 얻어 살아볼까

나막신 그 나막신 하나
남 주고도 부자라네.

일금 삼백 원에 마누라를 팔아먹고
일금 삼백 원에 두 눈까지 빼 팔고
해돋는 보리밭머리 밥 얻으러 가는 문둥이어, 진문둥이어.

—「10. 입전수수(入廛垂手)」 전문(43～44쪽)

「무산 심우도(霧山尋牛圖)」의 대미는 어떤 것에도 연연하지 않고 표표하게 흐르는 자유의 삼매를 보여준다. '마누라'와 '두 눈'으로 대표되는 속세와 물질과 연을 끊으며 부상(扶桑)의 출발지에서 새롭게 떠나는 구도자로 그려지고 있다. 참에의 도달은 끝이 아니라 시작임을 보여주고 있다. 그리고 중요한 것은 그것이 산 중 홀로 그윽한 곳에 존재하는 것이 아니라, '견대 자고 나온 저자'의 삶과 탁발의 고행 속에 있음을 보여주는 것이다.

5. 唯心思想의 의미와 계승

과연 시조작품에 唯心思想은 어떻게 나타나고 있는가. 시조가 갖는 관념의 미학적 측면은 유심사상이 자연스레 녹아들 수 있는 공간을 확보하기에 충분하며 실로 다양하게 나타나고 있다. 그 다양한 측면을 일일이 계량화한다는 것은 의미가 없는 일이므로 그 대표적인 몇 작품을 통하여 그 의미를 짚어보도록 하겠다.

어려서 눈밭에다
오줌발로 낙서 했지

간밤 내린 눈에
삼성반월(三星半月)* 쓰려터니

사방에 먹물이 튀어
얼룩지는 마음심(心)

— 장순하, 『얼룩지는 마음심자』 전문[17]
(* 삼성반월(三星半月) :『心』자의 형상 표현)

뎅그렁 바람따라
풍경이 웁니다.

그것은, 우리가 들을 수 있는 소리일 뿐,

아무도 그 마음 속 깊은
적막을 알지 못합니다.

만등(卍燈)이 꺼진 산에 풍경이 웁니다.

비어서 오히려 넘치는 무상의 별빛.

아, 쇠도 혼자서 우는 아픔이 있나 봅니다.

— 김제현, 『풍경(風磬)』 전문[18]

산은 높아 갈수록
골짜기를 비우는데

나는 올라 갈수록
사방 경치에 빠져들어

내 마음 구석구석까지
산을 다 담는구나.

하찮은 돌부리에
힘없이 넘어지는 순간

귓전을 후려치는
산의 크나큰 말씀

뭣하러 무거운 산을

---

17) 장순하 『이삭줍기』, 『우리시대 현대시조100인선 · 15』, 태학사, 2001. 1월, 23쪽.
18) 김제현, 『도라지 꽃』, 『우리시대현대시조100인선 · 23』, 태학사, 2001. 1월, 14쪽.

마음에 담아 오르느냐.

— 김원각, 『심법(心法)』 전문[19]

「얼룩지는 마음 심자」는 오줌발로 낙서하는 기억을 빌어와 깨끗한 마음을 갖는 것이 힘든 일임을 얘기하고 있다. 오줌발의 욕구적 행위와 마음의 정신적 행위 사이의 합일은 이루기 어려운 것임에 분명하다. 더욱이 절제가 되지 않는 젊음의 방기 앞에서 마음은 '얼룩'과 상처로 처연할 수밖에 없는 것이리라.

김제현의 「풍경(風磬)」은 풍경을 통해 그 깊이에 이르지 못하는 자아의 아픈 성찰이 보이는 작품이다. 풍경이 울려내는 소리는 단순히 소리가 아니다. 바람 따라 바람의 길을 따라 마음의 길을 열어주는 빛이기 때문이다. 시인은 이 '빛'의 의미를 '만등(卍燈)이 꺼진 山'과 대비하여 '별빛'으로 구체화시키고 있다. 그 별빛은 비어냄으로써 오히려 넘치는 무상이라고 얘기하고 있다. 이 무상은 사람들이 마음을 찾아나서서 결국 얻어내는 길과도 상통하고 있는 것은 아닐까.

십우도에서는 비어 있음을 인우구망(人牛俱忘)의 단계로 나타내고 있다. 인우구망의 서문에 있듯 이는 '범속한 생각(凡情) 탈락하고 거룩한 뜻(聖意)도 모두 비어 있다.' (凡情脫落聖意皆空)라고 볼 수 있다. 여기의 비어 있음은 그러나 허무의 상태가 아님에 유의해 볼 필요가 있다.

> 그러나 <성위의 부정>이라고 하든 <성위도 모두 공하다>고 하든 이 부정이나 공은 소위 단순한 공무(空無 : 허무)는 아니다. 차라리 지양되면서 드러나지 않는 내용이며, 성위를 부정함으로써 현전하는 '격식을 벗어나 자유로우니 자취마저 없어라'의 묘경(妙境)이 갖는 기초적 내면적 요소인 걸림없음(無碍), 자취없음, 확연함, 드러나지 아니함의 일면을 묘사한 데 불과하다. 그리고 다른 요소를 상즉적(相卽的)으로 내포하고 있는 것은 말할 나위도 없다. 밖으로 대립 없고 안으로 차별 없는, 격식 초월의 자유로운 작용의 일면을 추출해서 그 성격의 특징에 따라 원상으로 표현하고 있는 데 불과하다.[20]

---

19) 김원각, 『어느 날의 여행에서』, 『우리시대현대시조100인선 · 41』, 태학사, 2001. 1월, 14쪽.

20) 장순용, 「곽암선사 십우도에 대하여」, 9의 책, 206쪽.

　　결국 이것은 격식을 벗어나 자유로운 존재와 안·밖의 평등을 그려낸 것이라 볼 수 있다. 그러니 비어있어도 그것은 오히려 넘쳐난다. 넘치면서도 그것은 '무상의 별빛'이 된다. 보명선사의 목우도 풀이에 보이는 순박의 무심이다.21) 이 무심은 '아, 쇠도 혼자서 우는 아픔이 있나봅니다.'의 종장으로 이어지면서 사람과 풍경의 관계를 지운다. 말하자면 '사람 절로 무심한데 소 또한 그러하네'에서 사람과 소가 주·객의 구분 없이 평등한 지위의 법성을 지니고 있듯 사람도 풍경도 동등한 법성으로 '달이 흰 구름 속을 투과하'며 드나드는 것처럼 순수와 참의 세계를 드나드는 평등한 관계로 설정되고 있는 것이다.

　　김원각은 「心法」이라는 시를 통해 산이 지니고 있는 본래적 속성과 사람의 욕망 사이에 존재하는 간극을 자연스러우면서도 재미있게 짚어내고 있다. '산'과 산의 '골짜기'는 '사람'과 '마음'의 관계에 대비된다. 산은 정상으로 오를수록 골짜기를 비우며 단아하게 하늘로 날아오르는데, 사람은 보이는 것에 눈이 팔려 마음을 가득 채우고 욕망을 더 크게 부풀린다. 마음을 비우려는 것이 아니라 새 것으로 채우려 한다. 버려지지 않는, 비우지 못하는 속물의 인간을 희화하고 있다.

6. 통일문학의 기반을 위한 제언

　　지금까지 시조에 나타난 유심사상을 살펴보았다. 만해와 무산의 경우는 스님이라는 특수한 신분이기는 하지만, 유심사상은 불교와 깊은 관련을 맺고 있

---

21) 보명선사의 8단계는 상망(相忘)이다. 보명선사송에는 다음과 같이 적혀 있다(9의 책, 104쪽).

　　흰 소(白牛)는 늘 흰구름 속에 있고
　　사람 절로 무심(無心)한데 소 또한 그러하네.
　　달이 흰구름 속을 투과하니 구름 그림자 하얗고
　　흰 구름 밝은 달은 동으로 갔다 서로 갔다.

　　白牛常在白雲中　人自無心牛亦同
　　月透白雲雲影白　白雲明月任西東

다. 따라서 본 발표문에서는 만해와 무산의 시조를 통하여 추구하고자 하는 문학적 지향을 살펴보았다. 만해가 보수적이고 수동적인 입장을 취했다면, 무산은 진보적이고 적극적인 입장을 취했다고 볼 수 있겠다. 그 진보의 적극성이 궁극적으로 나아간 방향은 살핀 바와 같이 자유정신의 현현에 놓인다. 지면상 시조문학 전반에 걸친 유심사상의 전개를 폭넓게 살펴보지 못했다. 이 점 과제로 남긴다.

유심사상이 결국 참 자아를 찾아 떠나는 과정이라 본다면 특정 종교에 상관없이 혹은 특정종교를 초월하여 실존적 문제에 부딪힐 때 보다 의미 있는 창작 에네르기를 형성할 수 있으리라 판단된다.

또 하나의 분단의 현실에 직면하여 얘기를 하자면 원효(617~686년)의 '일심사상(一心思想)'22)에 뿌리를 둔 민족의 동질성 회복운동 같은 것을 예로 들 수 있다. 경제·사회·정치의 유대 협력도 중요하긴 하지만 보다 정신적 공동체로서의 민족성 회복 노력은 간과해서는 안될 중요한 초석이다. 일심의 원천으로 돌아가는 귀일삼원(歸一三源)의 정신은 결국 우리가 한 뿌리에서 시작된 동일민족이고 그것을 회복하는 것이 곧 통일의 토대를 닦는 가장 현실적인 대안이 될 수도 있을 것이다. 파계 이후 오히려 대중화의 토대를 닦은 원효의 정신에는 어느 것에도 거칠 것 없는 무애(無㝵)23)의 표표함이 있다. 제도와 사상의 속박으로 벗어나려는 일심의 회복이 남북 통일의 가장 큰 전제일 수 있으며 동시에 많은 문제를 풀어낼 수 있는 중요한 열쇠가 될 수 있음을 강조하고 싶다.

---

22) 원효의 일심사상은 『금강삼매경론』, 『대승기신론소』 등 그의 모든 저술에서 철저하게 천명되고 있다. 인간의 심식(心識)을 깊이 통찰하여 본각(本覺)으로 돌아가는 것, 즉 귀일심원(歸一心願)을 궁극의 목표로 설정하고 육바라밀(六波羅密)의 실천을 강조하고 있다. 한국민족문화대백과사전·16, 763쪽 참조.

23) 삼국유사 권 5 의해(義解)의 원효불기(元曉不羈) 條 참조, "『화엄경』에서 '일체 무애인(無㝵人)은 한 길로 생사에서 벗어난다'(一切無㝵人 一道出生死)라는 구절을 따다가 무애(無㝵)라 이름하고는, 노래를 지어 세상에 퍼뜨렸다"고 기록되고 있다.

20년대 초 김동인－염상섭 논쟁

― 비평사에서 논쟁사적 접근의 문제 ―

임규찬[*]

1. 들어가는 말 : 논쟁에 대한 기존의 인식

1920년에 시작되어 약 1년간 지속된 김동인－염상섭 간의 논쟁은 여러모로 흥미를 끄는 문학사적 사건이다. 물론 이 논쟁이 프로문학논쟁이나 해방 직후 순수문학논쟁, 혹은 60년대 이후 순수－참여논쟁처럼 문학적 경향이나 사상·이념논쟁으로까지 확대되지는 않아서 하나의 비평사적 시대로 명명할 수는 없지만, 근대문학이 본격적으로 형성되던 시기에 처음 전개된 규모있는 논쟁이었고(1920년 5월부터 1921년 5월에 걸쳐 세 차례 공방을 주고받는 7편의 글[1]이 직접적으로 논쟁을 형성하고, 여기에 각종 회고담이 보조자료로 참조될 수 있다), 또 논쟁 당사자가 근대문학을 본무대에 올린 장본인들이자 또 당시 동인지시대의 『창조』와 『폐허』의 대표주자들이라는 점에서 자연 관심대상이 될 수밖에 없는 논쟁이었다. 더구나 관념적인 주의·주장을 가지고 진행된 것이 아니라 구체적인 작품에 대한 평에서 촉발된 점도 논쟁의 성격상 주목할 만하다.

---

[*] 성공회대 교수.

1) 김동인－염상섭 논쟁 관련 글은 다음과 같다. ① 염상섭의 「백악(白岳)씨의 「자연의 자각」을 보고」(『현대』2호, 1920. 2), ② 김동인의 「제월(霽月)씨의 평자적 가치를 논함」(『창조』6호, 1920. 5), ③ 염상섭의 「여의 평자적 가치를 논함에 답함」(『동아일보』 1920. 5. 31~6. 2), ④ 김동인의 「제월씨에게 대답함」(『동아일보』 1920. 6. 12~13), ⑤ 염상섭의 「김군께 한 말」(『동아일보』 1920.6.14), ⑥ 염상섭의 「월평」(『폐허』2호, 1921. 1), ⑦ 김동인의 「비평에 대하여」(『창조』9호, 1921. 5), ⑧ 김유방의 「작품에 대한 평자적 가치」(『창조』9호, 1921. 5)

실제로 지금까지의 평가도 위의 사실들과 관련지어 의미있는 비평적 성과로 지적되었다. 그 구체적 내용을 간략히 살펴보면 크게 4가지 정도로 정리할 수 있다.[2]

1) 논쟁의 발단이 되는 염상섭의 작품평 「백악(白岳)씨의 「자연의 자각」을 보고서」는 근대 비평문 가운데 처음으로 독립된 작품론의 성격을 지닌 글이다(전기철, 김영민 등).

2) 이에 대한 김동인의 반박과 이어지는 염상섭과의 논쟁은 '변사설(김동인) 대 판사설(염상섭)'이나 혹은 '비평의 공정성과 그 범주 및 역할에 관한 논쟁'으로 정리될 수 있다(김윤식, 한형구, 김영민 등).

3) 논쟁을 촉발시킨 김환이 『창조』 동인이었고, 염상섭과 김동인 역시 『폐허』와 『창조』의 동인이었다는 점에서 동인지시대 <창조파>와 <폐허파>의 대립 측면을 가진다(김윤식, 김영민 등).

4) 그런데 이 논쟁이 갖는 제반 측면은 더 넓은 각도에서 보면 본격적으로 근대비평이 성립되었음을 입증해주는 강력한 근거가 된다. 즉 사회적 공공영역의 장에서 발표되고, 실제비평으로서 사회적 공리성의 요건을 갖추었으며, 또한 근대적인 문학 장의 독립이라는 조건 위에서 한 걸음 더 나아가 비평 장의 독립이라는 문화사적 의의를 함축한 사회적 계기로서 사건이라는 점에서 근대 비평사의 원점에 해당하는 사건이라 할 수 있다(한형구 등).

2. 논쟁사적 접근의 일반적인 문제

그러나 사실 이 논쟁은 내용 자체로 볼 때 여러모로 무리가 있는 논쟁이었다. 이후 자세히 밝혀지겠지만 논쟁의 전체적 양상은 가장 부정적 병폐로 간주되는 인신공격적 성격을 강하게 내보이고 있는 논쟁이었다. 그 후에 이루어지는

---

2) 기존의 대표적 연구물로 여기서 정리자료로 참고한 것은 다음과 같다. ① 김윤식의 『김동인연구』(민음사, 1987), ② 김윤식의 『염상섭연구』(서울대출판부, 1987), ③ 김영민의 『한국문학비평논쟁사』(한길사, 1992), ④ 전기철의 『한국현대문학비평입문』(느티나무, 1999), ⑤ 한형구의 「한국근대 (문예)비평(사)의 원점론(2)—1920년대 초 염상섭—김동인 논쟁의 비평사적 의의 재음미」(『한국근대문학연구』 3호, 태학사, 2001).

내용·형식 논쟁 등과 대비해 보면 확실히 구별되는 양상이다. 내용·형식 논쟁은 평가의 객관성 문제와 별개로 카프의 지도노선으로 스스로 분화·선택되는 결과를 낳는다. 그러나 김동인—염상섭 논쟁은 사실상 뚜렷한 결과 없이 종지부를 찍는다. 말하자면 짧은 시기의 일회적 성격을 지닌 것으로 마감된다.

일반적으로 뚜렷한 쟁점이 부각되고 그것이 다수의 사람들에게 의미있는 토론거리로 다가올 경우는 곧 사적 성격이 최대한 배제되고 집단화되고 사회화된 형태로 논의가 이루어지면서 당대의 문학적 흐름을 한눈에 읽을 수 있는 잇점을 제공해준다. 그래서 비평사에서, 그리고 문학사에서조차 일종의 논쟁사에 기반하여 사적 체계화를 시도한 경우가 적지 않다. 이런 접근법이 가지는 유효한 측면은 다음과 같은 설명에서 잘 드러난다.

> 모든 역사 기술이 나름대로 질서화의 원리를 갖는 것은 불가피하고 당연하다. 말하자면 선택과 배제, 그리고 중심화와 계열화라는 (의미)질서화의 원리가 모든 역사 기술 속에는 작동하기 마련인 것이다. 그렇다면 한국 근대 문예 비평사 기술에 있어서 질서화의 원리는 어떤 것일 수 있을까. 여기서 필자는 한국 근대의 문예 비평사를 '언설사'의 각도에서만 보지 말고, '사건사'라는 일반적 역사 기술의 관점 역시 채택할 필요가 있다는 것을 환기시키고 싶다. 대개의 문학사 기술들이 '문학'을 언설체로 간주하여 '언설의 역사'로만 기술하는 시각에 빠지기 쉽다고 할 때, 이러한 기술 관점의 약점과 한계를 보완하는 유력한 방법, 관점이 '사건사'의 관점일 수 있음을 상기하고자 하는 것이다. 의미의 덩어리인 언설의 틀 속에 갇힐 때 의미를 발생시키는 근본 존재 차원의 의미 비중이 쉽게 간과되거나 분간되기 어려운 사정에 빠지기 쉽다는 점을 염두에 둠으로써 역사 기술의 가장 일반적이고 기초적인 의미 단위인 '사건'의 개념을 보다 적극적으로 도입할 필요가 있다고 여겨지는 것이다.3)

그러나 모든 논쟁이 '역사적 단위'에 합당할 만한 사건적 속성을 가지는 것은 아니다. 더구나 '사건'으로 '논쟁사'를 바라볼 때 빠지기 쉬운 함정은 논쟁에 참여하지 않은 사람들을 배제함으로써 그 자체가 역사적 공정성에 위배된

---

3) 한형구, 상동, 190쪽.

다는 점이다. 유종호는 그것이 갖는 한계와 문제점을 다음과 같이 날카롭게
지적한 바 있다.

> 비평의 궤적을 과도하게 논쟁 위주로 포착함으로써 비평에서 가치있는
> 것과 그렇지 않은 것을 사실상 역전시켜 놓았다는 혐의에서 자유롭지 못하
> 다. 논쟁이 당대 주요 관심의 전투적 노출이기 때문에 그런 대로 의미있으
> 며 또 많은 관심을 유발시킨다는 것은 사실이다. 그러나 협소한 신문 지면
> 에서의 옥신각신이 실천하는 것은 대개 말꼬리 싸움이거나 센세이셔널리
> 즘이다. 논쟁 참여자의 이름을 친숙하게 해주기는 하겠지만 논의되는 쟁점
> 에 대한 성실한 모색과 조명은 찾아지지 않는다. 비평사 기술에서 논쟁 궤
> 적을 추적하는 것은 의미 있기는 하나 그로 인해 정작 읽을 만한 이차 문서
> 가 가려지는 것은 역사적 공정에 대한 반칙이라 하지 않을 수 없다. 논쟁
> 위주의 편의주의적인 기술은 비평사를 단순히 저널리즘의 분야사로 변모
> 시키게 된다.[4]

따라서 논쟁이란 이런 극단적인 양면적 속성을 내장하고 있는 셈이다. 물론
논쟁의 사안에 따라 그 구체적 양상이 다르고 또 그 속에서 어느 한 측면으로
대략 수렴되겠지만, 일반적으로 볼 때 그러한 양면성이 뒤섞여 있음을 간과해
서는 안될 것이다. 그러므로 논쟁을 바라보는 데 있어서 논쟁 자체의 언술뿐만
아니라 여러 배후적 조건과 주변요소를 두루 살펴보는 일이 중요해진다. 가령
논쟁의 가장 부정적인 형태를 낳기 쉬운 개인간에 이루어지는 논쟁에서 개인
간에 전개되는 공개적인 싸움 형태이므로 더욱 직설적이고 인신공격적인 형
태를 취하기 쉽고, 또한 글 하나하나에 집중됨으로써 말꼬리잡기식 비판이 될
공산이 커져서 초점이 흐트러질 여지가 많다. 그렇다고 개인간의 논쟁을 의미
있는 비평논쟁사에서 제외시켜야만 할까. 어느 경우든 순수하게 사적인 차원
에서만 전개되는 논쟁은 매우 드물 뿐만 아니라 '논란' 정도로 치부되기 쉽다.
비록 개인간의 논쟁이라 할지라도, 그래서 인신공격적 속성이 짙을지라도 논
쟁당사자들이 일정한 사회적 형태 속에 있기 마련이라 여러 요소들이 뒤섞여

---

4) 유종호, 「비평 50년」, 『한국현대문학 50년』, 유종호 외 저, 민음사, 1995, 251쪽.

져 그만큼 혼란스러울 여지가 많다는 점을 오히려 주목할 필요가 있는 것이다.

여기서 다루고자 하는 염상섭 – 김동인 논쟁이 그에 대한 적절한 예로 판단된다. 그래서 이른바 논쟁사적인 관점에서 고려해 볼만한 여러 측면을 이 논쟁을 통해 살펴보고자 하는 것이 본 발표의 목적이다.

3. 김동인 – 염상섭 논쟁의 성격과 주목할 점

1) 논쟁과 관련된 의문과 『창조』『폐허』의 대립 문제

우선 이 논쟁은 그 출발부터가 쉽게 이해되지 않는 측면이 있다. 이미 지적했다시피 이 논쟁은 염상섭이 쓴 작품론 「백악씨의 「자연의 자각」을 읽고」를 김동인이 반박하면서 시작된다. 염상섭이 비판했던 「자연의 자각」이 『창조』 동인이었던 김환의 작품이라는 점에서 김동인의 반박은 충분히 있을 수 있다. 또한 작품의 독해가 다르다면 누구든 그에 대해 반론을 펼 수도 있다. 그러나 염상섭과 거의 같은 시기에 김동인 역시 이 작품을 혹평했다는 점에서 왜 반론을 폈을까 하는 의구심을 가질 수밖에 없다. 두 사람 다 소설 이전의 작품에 가깝다는 식의 혹평을 했던 것이다.

> 대패질 안한 문장으로 그린, 소설의 중심생명이라고 할 만한 개성 – 개성이란 말은 인물에만 한한 것이 아니다. – 의 암시없는, 평범한 P와 K, O와의 교제사, 더 심하게 말하면, 소설 중 인물인 K의 노골적 자아광고(自我廣告)라고 하는 것이 씨의 「자연의 자각」을 평가하는 나의 부르는 최고액이다. 물경(勿驚)하라, 그리고 소설을 통관(通貫)한 모든 미문(美文)은, K에게 대한 찬사는, 전혀 백악씨 자신이 백악씨 자신에게 대찬송가이니, 이에서 더 철저한 자아광고가 어데 있을까. 자기 자신을 소설의 주인공으로 함은 물론 가(可), 자기 자신을 송영(頌榮)함도 역(亦) 가(可)나, 소설을 쓰는 목적이 자기광고에 있을 때, 그의 예술은 타락의 심연으로 따로 최촉(催促)하는 운명 밖에 없음을, 나는 그 작자를 위하여 슬퍼하고 그 문단의 기풍을 위하여 통곡하는 바이다.5)

한마디로 소설로서 개성이 없는 일기장과도 같아 소설 이전의 작품이라는 것이 염상섭의 분석이었다. 실제로 소설을 읽어보면 염상섭의 분석이 매우 뛰어났음을 충분히 감지할 수 있다. "사실의 개념만을 추상하여 묘사하는 것이 사실주의의 본령도 아니오, 또 그래가지고는 예술품과 역사나 상용일기와의 구별이 없어질 것이다"라는 염상섭의 말처럼 형상의 기본요소인 묘사나 표현을 통한 인물의 심리, 행동, 성격이 거의 없이 단순한 일기체 설명문으로 시종하고 있는 작품이다. 그래서 염상섭의 이 평론을 기존 연구에서도 상당히 높이 평가했다. 작품평으로서도 모범이 될만한 수준의 글이고, 더구나 우리 신문학사상 독립된 작품론으로 효시가 되는 글이기도 하기 때문이다.

그런데 김동인 역시 같은 달에 나온 『창조』5호에서 다음과 같이 혹독한 비판을 가했다.

> 백악(白岳)군의 「자연의 자각」(『현대』1월). 군 자기도 언제 말한 바와 같이 *だめ*(실패-인용자)이다. 통일이 없고 묘사까지 허투로 되어 있다. 주인공의 성격도 모르겠고, 또 주인공 P의 심리를 직접으로 묘사하여 나오려던 군은 'P는 여사여사하였다 한다' 'P는 무엇하는 듯하다'로 어느덧 제3자로 되고, 편지의 '자연을 자각하였다' 하는 그 자연까지 똑똑치 않고, 또 내용의 조화는커녕 주지(主旨)까지 어떤 철리(哲理)를 표현함이련지 어떤 인생관을 표현함이련지 알 수 없다. 인도주의와 이기주의의 범벅이다.[6]

김동인의 이 글은 바로 전 시기에 발표된 여러 소설들을 개별적으로 짧게 평가해 나가는 월평 형식의 글이다. 짧은 지면이지만, 이 작품이 갖는 제반 문제점을 압축적으로 잘 지적한 글이라 할 수 있다.

그런 김동인이 왜 염상섭의 글에 반론을 폈을까? 이 지점에서 오히려 논쟁의 부정적 병폐로 지적한 말꼬리잡기식 행동을 뒤쫓아볼 필요가 있다. 김동인이 염상섭의 글 가운데 유독 물고 늘어진 지점이 위에 인용한 대목이다. '작품의 조화된 정도를 논한 것보다 백악씨에게 대한 이유없는(?) 인신공격뿐'이라

---

5) 염상섭, 「백악씨의 「자연의 자각」을 보고서」, 상동, 43쪽.
6) 김동인, 「글동산의 거둠」, 『창조』5호, 1920. 3, 97쪽.

는 것이 김동인의 주장이었다.

그리고 여기에 기반하여 김동인은 비평가의 비평태도를 문제삼기 시작한다. 사실 이 글에서는 '사원(私怨)이 있는지 모르지만'이라는 식으로 살짝 연막을 피우지만, 논쟁이 경과되면서 이어지는 글에서, 혹은 추후 회고에서 '사원(私怨)'을 구체적으로 폭로한다.

> 염상섭의 비평문 가운데는, "내가 이전에 무슨 소설을 써서『학지광』(동경유학생 기관지)에 기고하였더니 그『학지광』편집위원인 김환이 내 소설을 몰서하였기에 김환은 얼마나 소설을 잘 쓰는 사람인가 했더니 이번『현대』에 난 것을 보니 이꼴이다" 하는 서두로 김환의 소설을 욕하였다.
> 그 서두문은 즉 감상문이라 편집원 최승만이 애전에 삭제하고 그 원문만을『현대』에 실어주고 그 사정을 내게 편지로 알리었다.
> 나는 그때 문학에 대하여 청교도 같은 결백을 가지고 있던 사람이라(그러니만치 김환의 소설은『창조』지상에 싣지 못하게 한 것이다) 염상섭의 이 개인공격적 비평을 문학의 모독이라 보아 성냈다.[7]

말하자면 염상섭이 사원(私怨)을 가지고 집필했다는 것을 반론의 근거로 삼고 있다. 김환, 최승만이 모두『창조』동인이라는 점에서, 그리고 무엇보다 김동인 자신이 그 중심인물이라는 점에서 염상섭이 사원(私怨)을 가지고 집필했다는 사실 자체에서 이른바『창조』에 대한 공격으로 받아들였음을 짐작할 수 있다. 그리고 이러한 점을 중시하여 이 논쟁을『창조』와『폐허』의 대립으로 받아들이는 연구결과도 자연스럽게 생겨났다.

그러나 논쟁의 한 당사자인 염상섭은 이에 대해 "개인간의 문제를 단체의 이름에 부회하여 모가 모 단체에 반감이 있으니 혹은 창조와 폐허의 대치니 하는 등설을 구외(口外)함은 큰 오류"[8]라고 말한 바 있다. 물론 염상섭 역시 자신에게 공격해 들어오는 부류를『창조』전체로 보고 있었음은 분명하다. 그리고 김동인의 이런 행동에서 당연히 그것을 느낄 만했다.

---

7) 김동인, 「문단 30년의 자취」, 상동(『김동인평론전집』, 삼영사, 1984, 427~428쪽).
8) 염상섭, 「월평」, 상동, 98쪽.

> 나는 어떠한 친구의 주의로 김군의 그 글을 읽어가며 한없는 미소를 금
> 치 못하였다. 내가 처음에 백악군의 소위 「자연의 자각」이라는 작에 대한
> 평을 발표한 후 혹은 창조사 동인이 총공격을 하리라는 소문도 듣고 혹은
> 백악군 자신이 반박문을 기초하여 모지에 기고하였다는 소식도 알고 있어
> 서 기분간 호기심과 기대를 가지고 격사(激射)의 일탄(一彈)이 정면으로 날
> 아오는 시간을 기다렸다.9)

그러나 김동인 역시 창조사 동인들의 반감에서 비롯된 설전이 아님을 밝힌
바 있다. 이 논쟁에 두 사람 외에 유일하게 개입한 김유방의 글에서도 어느
정도 그 점을 유추할 수 있다. 김유방은 『폐허』의 동인이었다가 『창조』로 옮긴
인물인데, 『창조』9호(1921년 5월)에 「작품에 대한 평자적 가치」를 발표한 바
여기서 김동인과 염상섭은 서로 다른 비평방식에 입각해 있기 때문에 분쟁의
해결이 불가능하다고 다소간 절충적 입장을 취한다. 더구나 이 글이 김동인의
재반론인 「비평에 대하여」와 함께 실려 있다는 점에서 <창조파>가 이 문제
를 조직적 차원의 문제로 보지 않았음을 보여준다.

그런 만큼 김동인 개인적 차원에서 『창조』의 관계를 고려치 않을 수 없다.
그리고 각종 회고에서 우리는 ·김동인의 『창조』에 대한 편집증적인 자기옹호
를 떠올리지 않을 수 없다. ‘민족 4천년래의 신문학운동의 봉화인 『창조』’라는
데서 알 수 있듯이 『창조』를 최고 정점에 놓고 이 시기의 문학을 보고 있었던
것이다. 그래서 <폐허파>의 존재는 인정하면서도 『폐허』보다 훨씬 상위에
『창조』를 두고, 심지어 『동아일보』 창간 당시에도 이 신문을 마치 동생 대하듯
바라보는 자세를 취하기도 한 것이다. 물론 한 회고(「조선문학의 여명 『창조』」,
『조광』 1938년 6월)에서는 동인지가 무명작가가 득명하기까지의 과도 도정물
(道程物)이라고 한 바 있지만, “이인직의 독무대를 지나서 춘원의 독무대, 그
뒤 2, 3년은 필자의 독무대에 다름없었다”10)라는 관점에 가장 철저했던 시기
가 바로 이때였다. 따라서 논쟁의 실질적인 출발은 『창조』와 연관된 인물에

---

9) 염상섭, 「여의 평자적 가치를 논함에 답함」, 상동, 1920. 5. 31.
10) 김동인, 「근대조선소설고」, 『조선일보』 1929. 7. 28~8. 16(『김동인평론전집』, 상동, 72
　　쪽).

대한 비판을 김동인이 개인적 차원에서 묵과하지 않고 공세를 취한 데서 비롯되었다고 보아야 할 것이다.

논쟁의 출발이 작품론이기에 상식적으로 판단할 때 그 반론은 당연히 상대방과 다른 작품론의 성격을 취해야만 했다. 그러나 그렇지 않고 새로운 문제로 방향을 바꿔서 그로부터 논쟁이 본격화되고 논쟁의 성격이 변하게 되는 점부터가 이 점을 잘 입증해준다.

2) 김동인-염상섭 비평논쟁의 성격과 본질

그렇다면 김동인은 염상섭을 비판하면서 새로운 문제를 어떻게 제기하고 있는가. 앞서 이야기한대로 김동인은 염상섭의 작품론 중에서 그 일부를 구성하고 있는, 작품 창작의 동기로 내세운 작가의 '노골적 자아광고' 대목을 집중적으로 거론하면서 비평가의 태도문제를 제기한다. 김동인의 비판 요지를 간단히 정리하면 이렇다. 비평가는 작품 자체를 떠나 작가에 대한 비평을 해서는 안된다. '작품의 조화된 정도를 논하는 것이 비평'이라는 견지에서 한 개 작품을 비평하는 작품비평가는 그 작품의 작가인 인물에 대한 비평가가 될 권리가 없다는 것이다. 더 나아가 김동인은 후속되는 재반론의 글에서 이른바 당시 소설 창작론에서 그 자신이 이름 붙여 이후 비평사에서 그 특유의 명칭으로 널리 불려지는 '인형조종술'처럼 '판사와 변사설'로 비평가의 형태를 유형화한다.

> 제월씨에게 말하노라. 작품 평자란 활동사진 변사(辯士)와 같은 것이고 결코 판사(判事)와 같은 것이 아니다. 변사는 그 사진의 설명에만 주의하여야지 그 사진의 선악은 평할 권리가 없다 하는 말이다.[11]

사실 이런 식의 비평 유형화는 근대비평이 성립된 이후 지금까지 계속해서 이어지는 원론에 해당되는 쟁점으로서 의미를 갖는다. 어떤 점에서는 끊임없이 되물어지는 질문이기도 하다. 물론 김동인은 그것을 극단적으로 단순 도식

---

11) 김동인, 「제월씨에게 대답함」, 상동, 1920. 6. 1.

화시켰기 때문에 여러 문제의 소지를 가지고 있지만, 어쨌든 비평이 가지는 본질적 위상과 관련된 문제 자체를 제기했다는 차원에서 근대비평의 원점으로서 역사적 의미를 갖게 된다. 그러나 이런 '첫, 신(新)'이란 의미를 지나치게 과대 평가하는 것도 문제가 없지는 않다. 알게 모르게 이 논쟁에서 문제제기자가 김동인이기에 김동인 우위의 의미를 부여하는 것도 이와 연관이 깊다. 염상섭의 논의를 '판사설'에 결부짓는 것도 그 한 예이다. 사실 비평가는 평론이라는 문학텍스트를 생산한다는 점에서는 창작자와 마찬가지로 생산의 영역에 속하지만, 텍스트의 내용이 어디까지나 독자로서의 반응을 정리한 것이라는 점에서 수용의 영역에 귀속되기도 하는, '양다리를 걸친' 또는 '박쥐 같은' 존재라 할 수 있다. 비평가 스스로 흔히 겪게 되는 '정체성의 혼란'이 여기서 비롯하며 비평을 둘러싼 복잡한 논의, 거기에 관한 숱한 오해나 정당한 질타도 이런 모호한 상황에서 연유되기 때문에 더욱 치밀하게 탐사될 필요가 있다.

그 점에서 김동인의 논의는 다분히 독선적이다. 그는 비평가의 평은 작가에게 아무런 영향을 줄 수 없다고 단언한다. 즉 비평이란 작가를 위하여 존재하는 것이 아니고 오직 독자만을 위하여 존재한다는 것이다. 이해력이 없는 일반 독자에게 이해력을 주는 것, 독자를 지도하는 것이 비평이라는 생각이었다.

더구나 두 번에 걸쳐 이어지는 김동인의 반론은 매우 감정적이었다. 이른바 논쟁의 최대 약점이자 한계라고 여겨지는 말꼬리잡기식 논리 전개에 인신공격적 비판을 마다하지 않는 공격적 글쓰기를 전형적으로 보여준다. 염상섭이 김환의 소설을 비판하면서 마치 일상적인 일기문을 써나가듯이 했기 때문에 소설로서의 예술성이 떨어진다는 비판에 일기문이 예술품이 될 수 있는가 없는가로 몰고 가는 것이나, 개념만으로는 작품이 될 수 없다라는 대목을 문제삼아 개념만으로도 예술품이 될 수 있다라는 식으로 대응하는 단순논리도 그렇고, 그런 논리에 덧붙여 "여기 우리는 제월씨의 평자적 상식과 인격과 자격의 극하열(極下劣)함을 발견치 않을 수 없다"는 식으로 몰아 부친다.

오히려 이런 김동인의 공격에 대해서 염상섭은 매우 차분하게 대응하여 비평의 객관성과 비평이 담지해야 할 비판적 속성을 설득력있게 제시해준다. 그것을 간단히 요약하면 다음과 같다.

첫째, 비평가에게 작가의 인격을 비평의 대상으로 삼지 말라고 한 것은, 마치 재판관에게 범인의 신분을 조사하지 말라고 한 것과 같다. 자신이 「자연의 자각」에 대한 평을 하면서 작가 김환의 인격에 대해 평을 했는지 안 했는지는 별개로 하더라도, 작가의 인격은 당연히 작품에 드러나는 것이므로 작품을 평할 때에 작가의 인격을 음미하는 것은 당연하다. 따라서 평론가가 작품을 평하고자 할 때에는 반드시 그 작가의 집필 당시의 경우·성격·취미·연령·사상적 경향 등을 면밀히 고찰할 필요가 있다.

둘째, 인신공격이라고 하는 것은 공인(公人)을 비판할 때에 사적(私的) 행위, 더욱이 그의 파렴치한 방면을 적발하여 수치를 폭로케 함을 말하는 것이니, 김환의 창작 동기에 대한 평가는 여기에 해당되지 않는다. 따라서 작품 속에 나오는 인물 K에 대한 광고가, 작가 김환 자신에 대한 광고라고 지적한 것은 사실을 밝히는 것일 뿐 인신공격이라고 할 수 없다.

셋째, 김동인은 자아광고라는 말과 자아표현이라는 말의 의미 차이, 그리고 목적과 자연적 결과의 차이에 대해 분명히 구별하고 있지 못하며, 예술가의 양심이라는 말에 대해서도 오해를 하고 있다.

넷째, 김동인이 말하는 '상용일기(常用日記)도 완전한 예술품이 될 수 있다'는 주장은, 마치 역사 연대표도 우수한 예술품이 될 수 있다는 궤변에 지나지 않는다.

다섯째, 일정한 사실을 표현할 경우에는 거기에 맞는 적절한 언어를 찾아 쓰는 일이 중요하다.

여섯째, 작품에 대해 칭찬은 하지 않고 일방적으로 공격만 했다고 해서 그것을 곧 인신공격이라고 보는 논법은 성립될 수 없다.[12]

따라서 논쟁의 실질적인 내용을 다루는 대목에서도 이런저런 형식적 명명보다 내용 자체의 타당성에 대한 평가에 주안점을 두어야 할 것이다. 그렇다고 상대방에 대한 공격이 인신공격이라고 간단히 비판하는 것만으로 족하지 않음을 이 논쟁은 말해준다. 김동인에게서 보여지는, 배후에 잠재된 의식형태 또한 흥미로운 역사적 현상이기 때문이다. 지금까지 연구에서 비평의 공정성과 그 범주 및 역할에 관한 논쟁으로 주로 보거나(김영민), '변사설과 판사설'이라는 비평의 유형논쟁으로 보는 것(김윤식, 한형구)은 현상에 대한 진단 차원에

---

12) 염상섭, 「「여의 평자적 가치를 논함」에 답함」, 상동, 참조.

서는 어느 정도 의미를 갖지만 단순히 형식적으로 유형화하는 측면이 강할뿐
더러 논쟁의 배후에 도사린 근본지점까지는 미치지 못한 셈이다.

사실 논쟁이 본격화되면서 김동인이 내세운 근본적인 잣대는 '작가 대 비평
가' 혹은 '작품 대 비평'에 대한 상대적 위상 문제였다. 한마디로 작품을 통해
작가는 신의 위치에 있기 때문에, 그리고 그것의 적나라한 표현이 '인형조종
술'로 표현되는 데서 알 수 있듯이 비평은 '작품'에 예속될 수밖에 없는 열등
한 위치에 자연 놓여지게 된다. 즉 「자기의 창조한 세계관」이란 글에서 김동인
은 톨스토이를 전범으로 들어 작가는 '한 인생을 창조'하여 "그 인생을 자유자
재로, 인형 놀리는 사람이 인형 놀리듯 자기 손바닥 위에 올려 놓고 놀렸다.
꺼꾸러도 세워 보고, 바로도 세워보고, 웃겨도 보고, 울리워도 보고, 자기 마음
대로 그 인생을 조종하였다"면서, 작가는 "자기가 창조한 자기의 세계를 자기
손바닥 위에 올려 놓고, 자기가 조종하며, 그것이 가짜건 진짜건 거기 만족"하
는 신과 같은 위상이다.[13]

추후 회고에서 김동인이 다음과 같이 발언한 것도 바로 그러한 생각과 직결
된다.

> 생각건대 상섭은 당시에 비평가로서 자임하고 있었지 이 후에 소설 작가
> 로 출세할 자기를 예상치 않았기에 이런 비평가 만세적(萬歲的) 비평론을
> 주장하였으리라.
> 이러던 상섭이 1922년 말에 『개벽』 지상에 「표본실의 청개구리」라는 소
> 설을 발표하였다. [……] 강적이 나타났다는 것을 직감하였다. 이인직의 독
> 무대를 지나서 춘원의 독무대, 그 뒤 2,3년은 필자의 독무대에 다름 없었다.
> [……]
> 필자는 상섭의 출현에 몹시 불안을 느끼면서도 이 새로운 햄릿의 출현에
> 통쾌감을 금할 수가 없었다.[14]

결국 김동인 자신은 소설가이고 염상섭은 아직 소설을 쓰지 않아 비평가로

---

13) 김동인, 「자기의 창조한 세계관」, 『창조』 7호, 1920. 7(『김동인평론전집』, 상동, 23쪽).
14) 김동인, 「근대조선소설고」, 상동(『김동인평론전집』, 상동, 72쪽).

만 자임하여 '비평가 만세적 비평론'을 피력했다는 분석인데, 이 지점에서 그의 본심이 '작가 대 비평가의 대립'에 있음을 은연중 드러내고 논쟁 당시 자신이 창작자로서 우위에 있음을 암묵적으로 주장하고 있는 셈이다.

4. 마무리

논쟁의 추이를 이렇게 분석해 보면 다음과 같은 몇가지 사실을 새로이 추정해 볼 수 있다. 사실 염상섭의 작품론 자체가 가지는 내용을 볼 때 이 논쟁은 논쟁거리가 될 수 없는 것을 논쟁화시킨 예이다. 그 점에서 그 배경에 대한 탐색이 필요하다. 우선 논쟁의 성격을 김동인이 다른 곳으로 몰고 간 점에서 이 점은 입증된다. 특히 추후 회고에서 김동인이 <창조파>와 <폐허파>의 대립이 있긴 했지만, '조선의 문학을 건설함에 서로 많은 힘을 내려 공명을 다툰데' 불과하다고 진술한 대목은 동인지시대가 확고한 문학적 견해로 차별화되면서 이루어지지 않았다는 점을 감안하면 '김동인'과 '염상섭' 개인간의 논쟁 측면이 더 본질적이라는 점을 유추할 수 있다. 거기에 김동인의 『창조』에 대한 편집증적 애착이 가미되면서 두 파의 대결처럼 비춰졌다고 보아야 할 것이다. 여기서 자세히 언급할 수 없지만, 동인지 시대는 김동인의 지적대로 본격적인 근대문학 형성기에 나타나는 과도적 단계의 산물이기 때문이다. 그런 만큼 개인간 논쟁의 성격을 이 논쟁 역시 두루 보여준다. 개인간 논쟁이 일종의 공개된 진쟁이기에 서로 승리하고자 하는 욕구가 팽배할 수밖에 없고, 그에 따라 자신에게 유리한 쪽으로 방향을 끌고 가려는 속성은 당연히 나타날 수밖에 없어 나름대로 약점이 될만한 꼬리잡기로 나가면서 인신공격적인 형태를 취하기 때문이다.

다음으로 꼬리를 물고 공격적으로 치고 들어가는 다분히 인신공격적인 논쟁 형태 속에서도 면밀히 그 내용을 고찰해보면 논쟁 당사자의 기본적인 문학관을 어느 정도 구성해낼 수 있다. 이 시기 김동인이 보여준 '인형조종술'이나 그의 문학세계에서 보여지는 예술지상주의적 성격은 이 논쟁에서도 여실히 엿보인다. 또한 염상섭 역시 이후 그의 문학론에서 중심 표지가 되는 '개성론'에 대한 단초들을 나름대로 내보인다. 따라서 이 논쟁은 논쟁 자체에서도 의미를 구성해야겠지만, 창작과 비평을 양립했던 두 사람이기에 각자의 다른 작업, 특히 창작과 관련해서 논쟁 자체를 연계시키는 연구가 필요함을 말해준다.

또한 동일하게 비판한 작품을 가지고 서로 대립된 노선으로 대치될 수밖에 없는 논쟁의 형태 속에서 당시 동인지를 매개로 하여 상호 경쟁의식이 그 나름대로 치열했음을 짐작할 수 있다. 그러나 이 점은 논쟁의 결과와 관련시켜 당시 동인지 시대가 이후 시기에서 보여지는 문학적 분화와는 구별되는, 과도적 양상이라는 틀 내에서 바라보아야 한다는 생각이다. 실제로『폐허』의 일부 동인(김안서, 김유방, 김탄실 등)이『창조』동인으로 옮겨가는 것 등에서 볼 수 있듯이 문학적 이념이나 세계관의 차이에서 그 구성이 이루어진 것이 아니라 출신지역이나 출신학교 혹은 연고 중심으로 동인지 시대가 이루어졌기 때문이다.

그리고 구체적 작품론이 나오고 비평의 위상에 대한 논의가 이루어졌다는 것 자체가 근대문학이 본격적으로 형성되고 그 속에서 비평이 서서히 자기 자리를 잡아가는 과정임을 말해주는 역사적 지표이기도 하다. 아울러 지금까지 상대적으로 공세를 취했던 김동인 위주로 이 논쟁을 바라보는 것이나 단순히 병렬적으로 나열하는 식의 접근법도 문제가 많다는 것이 드러났다. 이 점에서 오히려 비평의 근대적 확립이라는 면을 눈여겨 본다면 염상섭의 논의에 더 큰 관심을 두고 그 논리를 체계화해 나갈 필요가 있다. 일반적으로 근대문학의 정립과 관련하여 시나 소설 등 창작에 비해 뒤늦게 비평이 자기자리를 잡아나간다. 근대문학이 하나의 제도로서 정립되는 것은 창작물을 수용할 만한 매체나 학교, 그리고 그런 매체를 수용할 만한 물적·인적 조건이 가능해질 때인데, 그때 비로소 그 중간자로서 비평의 자리와 역할도 형성되기 때문이다.

1920년대 동인지 시대의 종언, 『조선문단』

이경돈[*]

1. 머리말

1920년대 초반 문학을 이해하는 데 있어 '동인지(同人誌)'와 '동인제(同人制)'는 가장 분명한 규정적 이해의 범주에 속하는 개념들이다. '동인지 시대'라는 명명 자체가 그 단적인 예라 할 것이다. 실제로『창조』를 비롯,『백조』,『폐허』등 문예운동의 선두에 위치한 흐름은 '동인지'라는 매체적 특성과 '동인제'라는 조직적 성격을 벗어나지 않았으며, 그들에 대한 이해가 곧 20년대 초반 문학에 대한 이해로 평가되고 있다는 점에서, '동인'이라는 특성은 이 시기를 이해하는 가장 결정적 문제임에 틀림없다.

통상 '동인'은 문학적 지향을 공유하는 소규모의 집단을 지칭하는 개념이지만, 20년대 초반에는 조직상의 특징을 넘어서 당대의 문학적 지형과 작가들의 활동 방식까지도 규정짓는 전위적 문예운동의 양식이었다고 할 수 있다. 익히 알려진 바대로 20년대는 전통적인 문학 양식들이 거부되고 서구와 일본으로부터 전래된 새로운 양식이 실험되었던 시기였다. 수많은 문학 양식들, 이를테면 신소설을 비롯한 창가와 신체시 등이 잠시 선보였으나, 이들의 생명은 과히 길지 못했고, 결국 서구적 의미의 소설과 자유시가 한국 근대문학의 대표적 양식으로 자리잡게 된다.

20년대 초반, 전근대적 전통과의 완전한 단절을 주장하며 새로운 양식을 만들어 가던 일군의 작가들이 등장했고, 이들이 운영한 조직의 형태가 '동인제'

* 세명대 강사.

였다. 지배적인 문학 양식을 거부하고 새로운 양식이 제시되던 근대 문예운동의 초기, 동질적 목표를 가진 집단의 폐쇄적 교류로서 '동인제' 또는 '동인지'는 매우 유력한 것이었거니와, 문예운동의 전위를 자칭하던 이들의 이상과도 잘 어울리는 것이었다. 그리고 '동인제'는 당대의 가장 유력한 문학활동의 형태가 되어 한 시대를 풍미하게 된다.

이렇게 본다면 '동인'은 다만 우발적으로 선택된 조직이 아니라, 근대 문학의 형성과 관련된 필연성 안에서 조직된 것이라 할 수 있을 것이다. 또한 역으로 '동인제'라는 조직 형태와 '동인지'라는 매체의 형식 속에는 당대 문학의 일정한 흐름과 지형적 변화가 내포되어 있는 셈이다.

직접적 연구의 대상이 되지는 못했지만, '동인'의 출현과 관련된 이러한 대강의 해석은 20년대 초반 동인지 문학의 연구에서 이미 공유된 인식이라고 할 수 있다. 대중을 배제한 예술성의 주창이나, 서구 근대문예를 본격적으로 수용한다는 것은 그 전위성으로 인해 '동인제'와 '동인지'라는 조직·매체가 아니면 어려웠기 때문에 '동인제' 혹은 '동인지'의 성격에 대한 이해는 동인지 시대를 설명하는 가장 뚜렷한 범주의 하나가 된 셈이다. 그러나 이 범주는 그리 중시되지 못했다. 이미 언급한 바처럼 '동인'이라는 문학 외적 양식은 예술성 주창의 시대를 설명하기 위한 보조적 수단으로 엉성하게 공유될 뿐 그 특성과 소멸에 과정은 논급되지 않았던 것이다.

다시 말해 '동인제'의 출현에 대한 대략적 이해의 공유를 제외한 문제, 즉 당대 작가들은 '동인제'에 대해 어떤 생각을 가졌는지, '동인제'는 왜 소멸되었는지, '동인제'를 대체한 문예운동의 새로운 양식은 무엇이었는지 등의 의문은 여전히 논의조차 되지 않고 있다. 결국 '동인지' 출현의 필연적 이유는 공유되었지만, 이 후의 특성과 전개, 소멸과 대안 양식에 대해서는 아는 바가 없는 것이다. 이는 '동인지 시대'라는 명명을 무색하게 하는 외면이라 하지 않을 수 없다.

'동인제'의 출현이 당대의 문학적 지형을 설명해 주는 작품 외적 단서라 한다면 그 붕괴와 소멸의 과정 역시 문학사적 인식의 변화를 해명해 주는 실마리가 될 수 있다. '동인'의 소멸과정은 오히려 동인제의 성격과 분리되는 또 다른 문학적 질서가 성립되는 시기임을 말해주는 것이기 때문이다.

창조사가 주식회사로의 전환을 시도했다는 사실은 널리 알려진 것이지만, 그것이 '동인제'의 능동적 파괴를 시도한 것이었다거나, 그 시도가 실현되었던 실체가 『조선문단』이었다는 것, 그리고 그 변화의 동력으로는 대중 속에서 자신의 정체성을 실현하려는 시대의 요청이 크게 작용했다는 것 등, 작품의 담지체로서 조직과 매체가 가진 성격 대한 해명이 필요한 것이다. 이 글은 이러한 의문에서 출발한다. 즉 동인제에 대한 당대의 인식, 동인제의 소멸 원인, 대안적 양식의 출현은 어떤 과정을 밟아 왔는가 하는 것이다.

이 때, 동인지의 출현 원인이 근대 문학 형성의 지형적 조건으로부터 추출되듯이, 동인지의 변화 추이 역시 근대 문학의 형성과정과 함께 논의되지 못한다면 매체 변천 혹은 조직 변천에 관한 단조로운 조명에 머물게 될 것이다. 따라서 이 논의는 '동인'의 출현보다는 그 소멸의 과정과 대안적 매체의 탄생에 초점이 맞추어질 것이며, 또 다른 한편으론 근대 문학의 양식적 변모라는 심층을 지향하게 될 것이다.

2. 동인제의 특성―『창조』, 『폐허』, 『백조』의 경우

익히 알려진 바와 같이, 1919년 2월 『창조』의 출범을 신호탄으로 하여 『폐허』, 『백조』, 『장미촌』, 『영대』, 『금성』 등이 연이어 간행되었고, 비록 『창조』를 제외하고는 3호를 넘기지 못했음에도 불구하고 문학사의 의미있는 족적으로 기록되어 왔다. 이 동인지들은 뜻을 같이 하는 동인들이 자신들의 문학에 대한 견해를 표명하고 그에 입각한 작품을 내보임으로써 신문학의 저변을 확보하고자 한 문학운동 또는 문예운동의 대표적 형태였다고 할 수 있다. 즉 이들의 목적은 상업적 이익이 아니라 신문학을 선전하는데 있었다는 것이다. 따라서 상업적 이익에 연연하지 않고 십 수인의 동인만을 위한 폐쇄적 형태로 운영하게 된다.

동인지의 특징 중 가장 분명한 것은 이들에게는 공통의 분명한 목적이 있었고 목적에 동의하는 사람들 간의 폐쇄적인 집단을 형성하고 있었다는 것이다. 『창조』의 목적을 확인할 수 있는 내용이 창간호의 「남은말」에 실려 있는데, 동인의 대표격으로 쓴 글에서 주요한은 『창조』의 목적을 '속에서 우러나는 막을 수 없는 요구'를 표현하기 위한 것으로 규정하였다. 그 요구란, '통속소설의 평범한 도덕'을 부정하고 '우리의 생각하고 고심하고 번민한 기록'을 보여주고자 하는 것이었다.[1] 『창조』는 이 목적에 동의하는 문인들로 동인을 구성하고, 투고문의 수록에 동인들의 추인을 거치도록 했다.[2] 그러나 투고문을 싣게 되었다고 해서 모두 동인이 되는 것은 아니었다. 투고문을 냈던 김엽[3]은 동인이 되지 못했던 반면, 투고조차 하지 않았지만 『학지광』 등에서 활동했던 친분으로 이광수[4]와 이일, 박석윤[5]이 동인이 되었다는 점에서, 『창조』의 동인은 투고와 추천에 의한 발탁보다는 친분관계 등을 통해 이미 검증이 된 사람들 중 기존 동인들의 동의를 거친 자에 한정되었음을 간접적으로 보여주는 예라고 하겠다.

『창조』의 경우보다 더욱 분명하게 자신들의 목적을 기록하고 있는 것은 『폐허』이다. 남궁벽은 '우리는 살기 위하야, 우리의 욕망을 만족하기 위하야, 이 『빈터』에다가, □□□건설하고, 무엇을 부활하고, 무엇을 이식하지 안으면 아니 되겠다. 『폐허』의 목적은 곳 여기에 잇다.'[6]고 하였고, '무엇'이라고 한 대목의 대답은 김억에 의해 기록되어 있다. '새시대가 왓다. 새사람의 불으직임이 니러난다. 들어라. 여긔에 한 불으직임과, 저긔에 한 불으직음이 니러나지

___

1) 주요한, 『창조』창간호, 「남은말」, 81쪽.
2) 창간호 「남은말」에서 편집자는 지면의 부족으로 독자투고를 싣지 못한다면서 우송료를 동봉하면 첨삭은 해주겠다고 했다. 또 '或其中' 특출한 작품은 '동인의 추인'으로 지상에 올린다고 기록했다.
3) 김엽, 「江戶에서 洞庭湖까지」, 『창조』3호(67~76쪽)·4호(52~58쪽) 연재.
   김환, 「나믄말」, 『창조』3호, 77쪽.
   '김군은 비록 우리 동인이 안이지만은 특별히 우리 창조를 사랑하셔서 진귀한 작품을 보내주신 고로 우리는 김군의 호의를 감사하는 동시에 큰 영광으로 생각하여 그 작품을 본지에 발표하나이다.'
4) 김동인, 「나믄말」, 『창조』2호, 59쪽.
5) 김환, 「나믄말」, 『창조』3호, 77쪽.
6) 남궁벽, 「想餘」, 『폐허』창간호, 125쪽.

안앗는가. 나죵에 우리의 불으직임이 울어낫다. 새 사상과 새 감정에 살랴고 하는 우리의 적은 불으직임7)……'. 이 글에서 「폐허」의 목적은 폐허의 구시대 속에서 새로운 시대를 열어나갈 새 사상과 새 감정을 부르짖는 것에 있었던 것이다. 더군다나 이는 현재 자신들의 견해가 소수의 그것에 불과하지만 언젠가는 '우리의 불으직임' 즉 문예대중 전체의 견해로 성장할 것이라는 믿음을 보여준다.

『폐허』의 경우는 발행 호수가 2호에 불과해 동인들의 신상에 대한 기록이 극히 적고, 동인의 변동은 황석우가 동인을 탈퇴한 것 외의 특별한 변화는 없었던 것으로 보인다.8) 그러나 염상섭이 황석우의 탈퇴와 『폐허』에 대한 비판을 재비판하면서 『폐허』의 동인제를 설명하는 대목이 있어 주목된다.

> 우리에게는 동인의 탈퇴를 강박밧은 자가 업슴과 가티 강박한 사실도 업거니와 비록 사실이라 할지라도 조금도 기이한 열외의 사(事)가 안일가 한다. 원래 동인조직은 그 대체의 사상경향이 유사한 자가 일종의 문예운동을 이르킴으로써 출현의 이유가 잇고 기분의 통일, 의기의 혼융투합(渾融投合)으로써 존속의 가능성을 멱출(覓出)하는 바이다. 하고보면 혹시에 이합산중(離合散衆)가 잇음은 피차의 개성을 존중하고 공동 목적을 위함에 부득이한 바이 안인가. 만일 우리가 이해와 의리우정으로써 결속된 세속적 상업적 실무적 혹은 협객배 간에 통용되는 일종의 도덕적 의미로 단결됨이앗더면 한심타함도 용혹무괴(容或無怪)로되 우리는 우리의 사업의 성질상 정신적 공명과 기분의 묵합(默合)을 가장 중요시 안을 수 업다.9)

이 글에서 동인 조직은 '사상경향이 유사한 자가 일종의 문예운동을 이르킴'으로 지칭되며 공동의 목적, 정신적 공명, 기분의 묵합이라는 세 가지 기준으로 규정하고 있다. 그 기준에 따라 동인의 이합집산은 오히려 당연한 것이 된다. 황석우의 탈퇴는 개성의 존중과 공동 목적을 위한 부득이한 사정이 될 수

---

7) 김억, 「상여」, 『폐허』 창간호, 121~124쪽.
8) 염상섭, 「樗樹下에서」, 『폐허』2호, 55쪽.
  염상섭은 W군의 퇴사와 관련한 발언을 하는데, 여기서 'W군'은 황석우를 지칭한다.
9) 염상섭, 「저수하에서」, 『폐허』2호, 55쪽.

있는 것이다. 이 때 '정신적 공명'과 '기분의 묵합'이라는 기준은 매우 모호한 표현이지만 오히려 그것은 동인 조직의 폐쇄성과 배타성을 설명해주는 단서이기도 한다. 공통의 목적이나 목표를 함께 하더라도 친분이나 분위기마저 어울려야만 동인이 될 수 있었다는 것이다. '오즉, 「갓튼 자만 갓튼 자를 이해하는 것이다」. 우리는, 그 「갓튼 자」의 출현을 혼구(欣求)하며 전진할 뿐이다'[10]고 까지 할 수 있었던 것은 이러한 동인제의 성격을 단적으로 보여주는 것이라 하겠다. 따라서 『폐허』의 동인조직은, 대중은 물론 문예운동가들에게도 대단히 폐쇄적인 형태를 취하고 있었다고 할 수 있다.

『백조』의 경우는 특유의 시적 정서로 인해 명징한 표현을 찾기는 힘들다. 다만 '우리 예술동산에 한낫의 밝음을 볼까하야'라는 언급으로 신문학 건설이라는 공통의 목표를 희미하게 나마 보여주고 있다. 그러나 동인제의 폐쇄성은 상당히 강하여 동인으로 추천되기 전까지는 투고마저 실어주지 않았다.[11]

『창조』와 『백조』, 『폐허』의 언급을 통해 당대의 '동인'에 대한 인식을 살펴본 결과, '동인'의 특징은 몇 가지로 요약될 수 있을 것으로 보인다. 동인지는 첫째로 문학에 대한 공통의 문학적 견해를 견지하는 사람들로 구성되었으며 그 구속력은 상당히 강했다. 둘째, 공통의 의지는 물론 친분관계와 분위기, 정서적 공감까지를 요구하였다. 셋째, 현재의 전위성과 미래의 대중성을 견지하고 있었으며 그 믿음이 상당했다. 넷째, 이로 인해 그들은 상당한 배타성과 폐쇄성을 지니고 있었다.

신문학 운동 초기, 이러한 폐쇄적 조직 형태는 전통적 문학 양식이 둘러친 옹벽의 일부를 붕괴시키는데 상당한 효과를 발휘한다. 그것은 대중적이지 못했지만 자신들의 신념과 견해를 지키는데 유용했고, 다수 동인지의 출현은 구문학에 홍미를 느낄 수 없었던 선진적 문예대중들의 관심을 집중시킬 수 있었기 때문이다.

---

10) 남궁벽, 「폐허잡기」, 『폐허』2호, 152쪽.
11) 홍사용, 「六號雜記」, 『백조』2호, 152쪽.
　　경향(京鄕) 각지에서 기고하신 분이 만흐섯는데 사랑으로 보내신 뜻은 감사합이다. 그러나 본지는 동인제(同人制)임으로 미안하오나 동인으로 추천되기 전에는 지상에 올릴 수는 업습니다.

그러나 동인지는 당대의 '작은 부르짖음'을 미래의 '우리의 부르짖음'으로 만들기 위한 임시 거처로서의 성격이 강했고 이들의 최종적 목표는 자신들의 견해를 대중화시키는데 있었다. 따라서 대중들의 호응이 일정한 수준에 올랐다고 판단되는 시점에서 '동인'은 새로운 지평으로 나아가게 된다.

『창조』7호 「株式會社 創造社 發起 趣旨文」[12]에는 '우리는 문예의 발달을 위하야 잡지, 서적의 출판과 인쇄 기타 부대사업을 목적으로 하는 주식회사 창조사(創造社)를 말기하노니 우리와 삿든 뜻, 삿든 열(熱)을 가시고 공명하는 세씨는 찬동하여 주심을 희망하노라.'라는 문구가 실려 있다. 이 글은 '동인지'의 한계와 그것을 타파할 계책으로서의 주식회사 설립의 의지 뿐 아니라, 그들의 의지가 여전히 '동인'적 범주 속에 놓여 있음을 보여주는 부분이다.

애초 『창조』의 동인들은 재정상 원조를 위하여 한성도서주식회사와 합병을 꾀하였으나, 완전한 편집권을 주장하는 창조사와 재정상 원조를 이유로 편집에 관여하려는 한성도서주식회사와의 관계 악화로 결국 실패하고 만다.[13] 창조사는 독자적인 주식회사 설립을 시도하였던 것이다. 물론 실패로 끝나기는 했지만, 이들의 시도는 『창조』를 동인지의 범주에 묶어 두면서 기타 서적과 출판을 통해 대중적 기반을 얻고 자금난도 해결하려는 목적하에 행해졌다고 할 수 있다.

이에 비추어 볼 때, 『창조』는 주식회사로의 전환에 성공했다 하더라도 '동인'을 포기하지 않았을 것이며, 그 폐쇄적 성격을 유지했을 것이라는 추측이 가능하다. 왜냐하면 그들은 여전히 '갓튼 뜻, 갓튼 열(熱)'을 요구하고 있고, 편집권을 침해당하자 오랜 원조를 제공하던 한성도서주식회사와의 관계를 청산했기 때문이다.

주식회사로의 전환을 모색하면서도 동인제를 유지하려 했던 것은 한성도서

---

12) 『창조』7호, 「株式會社創造社發起趣旨文」, 71쪽, 1920. 7. 28.
13) 『창조』6호, 「남은말」, 74쪽, 1920. 5. 25.
　　『창조』7호, 「急告」, 앞면 표지 광고, 1920. 7. 28.
　　이 두 글에는 한성도서주식회사와의 합병 시도와 그 실패의 이유가 적혀 있다. 성사되지 못한 이유는 편집권과 발행권에 대한 한성도서주식회사 측의 부당한 간섭과 사원으로 인식하는 데 대한 모욕감에 기인한 것으로 설명되었다. 또 이 글은 향우의 진로를 밝혔는데, 「창조」의 동인제를 유지하면서 주식회사로 전환한다고 했다.

주식회사와의 합병과 마찬가지로 이질적인 두 체제를 통합하려는 시도였다. 상업적 이익을 본령으로 하는 주식회사와 이익을 불문하고 이념을 앞세운 동인지가 당대의 출판 상황에서 조화롭게 공존할 수는 없었다. 그럼에도 불구하고 이들이 무모한 시도를 감행하게 된 것은 대중성에 대한 포기할 수 없는 지향과 극심한 자금난을 동시에 해결하기 위한 고육지책이었을 것이다.

어쨌든 『창조』의 시도는 실패하고 결국 이 실패를 계기로 종간을 맞게 된다. 그러나 이 시도는 신문예운동이 나아가야 할 바에 대한 일종의 청사진을 제시한 것으로 평가할 수 있다. 주식회사로의 전환이 비록 '동인'의 범주를 벗어나지 못하고 형식만을 추구함으로써 실현조차 되지 못했지만, 극심한 자금난을 해소하기 위해서라도 대중 속으로 들어가지 않으면 안 된다는 교훈을 남긴 셈이다. 본격적으로 동인지가 아닌 대중 잡지의 형태로 신문화운동을 전개되었던 것은 4년이 흐른 뒤 창간된 『조선문단』에 이르러서였다.

3. 『조선문단』의 매체 실험과 동인지의 종언

『조선문단』은 1924년 10월 1일부터 소화 11년 1월 1일[14])까지 통권 26호를 발행한 20년대 중반의 대표적 문예지이다. 근대 초기 대부분의 동인지와 문예잡지들이 단명한 것에서 충분히 유추할 수 있듯이, 비교적 오랜 기간 유지했던 『조선문단』도 그리 순탄한 과정을 겪었다고 할 수는 없다. 10년 여의 기간을 두고 『조선문단』의 편집 겸 발행인은 방인근에서 남진우로, 다시 남진우에서 이학인(城路)로 바뀌면서 휴간과 속간을 반복하게 된다.

휴간과 속간의 과정을 좀더 자세히 보면, 1925년 11월호를 발행하고 3개월을 휴간하였으며, 1926년 6월호(통권 17호)를 발행하고 다시 휴간했다가, 『조선문예』라는 이름으로 잡지를 계획하던 남진우에게 인수되어 6개월만에 속간하게 된다.[15]) 그러나 통권 20호를 마지막으로 남진우 역시 손을 떼자, 근 10년

---

14) 통권 26호(신년호)는 표지의 발행일자(소화 11년 1월 1일)와 판권간기의 발행일자(소화 10년 12월 27일)가 다소 차이를 보이지만 표지의 기록인 '매월 1회 1일 발행'이라는 발행 방침에 근거해 소화 11년 1월 1일로 본다.

의 공백기를 갖는다. 『조선문단』이 다시 속간된 것은 1935년 2월 이학인에 의해서인데, 이 역시 통권 26호를 넘기지 못한다.[16)

저간의 사정이 이러하다 보니, 『조선문단』을 규정할 때 무엇을 기준으로 삼을 것인가라는 문제부터 고민하지 않을 수 없다. 명칭과 도서의 분류, 정도를 기준으로 삼을 경우, 휴·속간은 문제가 되지 않을 수도 있다. 그러나 편집의 방향과 동시대성의 범주, 집필 작가 등을 고려한다면 단순한 명칭의 연속성을 근거로 동일한 문예지로 평가할 수만은 없다는 결론에 다다른다. 이것은 휴·속간의 과정을 면밀히 살펴 그 서지의 특징을 논해야 하는 이유가 된다.

첫 휴간의 경우는 자금난으로 인한 일시적인 중단으로, 그 공백이 짧을 뿐 아니라, 편집인이 유지[17)되고 편집 경향도 달라지지 않는다는 점에서 연속성을 인정하는데 문제가 없는 것으로 보인다. 최초 간행될 때부터 『조선문단』은 방인근이 경영을 담당하고 이광수가 내용을 총괄하는 형식을 취하고 있었다. 이에 따라 발행 및 편집인을 방인근이 담당했고, 주재(主宰)였던 이광수를 위시한 주요한, 전영택 등이 공동으로 편집 내용의 감수를 맡았던 것이다.[18) 그러나 이광수와 주요한, 전영택은 투고된 원고의 선별과 집필을 담당했을 뿐, 실제적인 편집에는 관여하지 않았다.[19) 따라서 이들의 비중과 역할에 다소 변

---

15) 남진우, 『조선문단』 통권18호(4권 1호), 「편집후기」.

16) 『조선문단』의 휴간은 주로 자금난이었던 것으로 보인다. 방인근이 경영을 담당했던 초창기는 그가 고향의 전답을 정리한 자금으로 근근히 유지되기는 하였으나 자금이 고갈되면 무기한 휴간에 들어갔던 것이다. 일례로 지방 서점의 대금 수납을 요구하는 글이 사고(社告)를 통해 자주 보이나, 급기야 13호의 경우처럼 지방에서 주문하는 모든 도서의 구입, 우송을 대신하는 도서소매를 계획하거나(14쪽), 대금 수납이 되지 않는 지방 서점에 대해 잡지 발송을 중단하는 방법(98쪽)을 도모하기도 한다. 방인근의 회고에 따르면 『조선문단』을 휴간하고 경영에서 퇴진한 이유도 이 자금난을 감당하지 못한 때문이라고 한다(「『조선문단』시절」, 『조광』 32호, 1938).

17) 5호를 발행할 즈음부터 편집에 합류한 것으로 보이는 최서해가 퇴사하고(13호 「편집여언」, 98쪽), 신민사와의 관계를 맺었다(15호 「편집여언」, 93~94쪽). 따라서 잡지 운영상에는 변화가 있을 수 있으나, 휴간을 전후로 한 13호와 14호의 편집 내용은 별다른 변화를 보이지 않는다.
    자금난으로 3개월을 휴간하게 되자 조선 총독부와 관계하고 있던 신민사와 관계를 맺게 되었고 최서해 역시 이 이유로 퇴사한 것으로 추정된다.

18) 방인근, 「『조선문단』과 그 시절」, 『조선문단』 통권22호, 130~131쪽.
    방인근, 「『조선문단』시절」, 『조광』32호, 1938.

동이 생겼다 하더라도 전체적 편집 내용에 큰 영향을 끼치지는 않았다고 할 수 있다.

이광수가 겉으로는 와병과 '재미없다'는 이유 — 문단의 비난을 의식한 것으로 보임 — 를 들어 중도에 주재를 사퇴하고 『조선문단』과의 직접적 관계를 끊었지만[20] 편집의 방향과 필진 모두 변하지 않았다. 주요한의 경우도 상해의 호강(滬江)대학에 유학했지만[21] 우편을 통해 투고 선자(選者)와 집필진으로서의 역할을 계속하는 등 이들의 공백은 편집에 별 영향을 미치지 않았다고 할 수 있다.

이에 비해 세 번째 속간 즉 이학인 발행 『조선문단』의 경우는 20년대 중반과 30년대 중반이라는 시대적 격차를 통일적으로 해명하기 어렵다는 난점을 지녔고, 『조선문단』이라는 제명을 사용하고는 있지만 편집인과 집필자 모두 큰 폭의 변화를 보이고 있어 그 연속성을 인정하기 어려운 경우라고 할 수 있다. 다시 말해 이름만 『조선문단』을 사용했지, 『조선문단』이라고 하기에는 어려운 경우라 하겠다.

두 번째 속간으로 발행된 남진우 편집의 『조선문단』은 휴간의 기간이 6개월로 비교적 짧고, 20년대 중반이라는 동시대성도 인정될 수 있을 것으로 생각된다. 물론 발행 겸 편집인이 교체되었고 편집방향도 신경향파적 색채가 짙어졌지만, 집필 작가의 변동이 소수에 불과해 기존 집필 작가들이 여전히 참여하고

---

19) '나는 춘원 댁에서 동거하면서 잡지를 발행하고 '이광수 주재'라는 것을 표지에 박았다. 일부 문인들 사이에서는 비난과 반대도 있었으나 한편으로는 그것이 또 인기였던 것도 사실이다. 편집 동인으로는 춘원, 요한, 늘봄 세분이 있으나 나는 편집과 영업을 혼자 보게 되어 모든 것이 불완전하고 감당하기 어려웠다.' (『『조선문단』시절」, 위와 같음)는 회고는 대부분의 편집을 방인근이 담당했음을 보여준다. 또 통권 2호에서는 방인근 외에 이광수와, 전영택이 함께 「편집여언」을 작성했으나, 3호부터 17호까지의 모든 「편집여언」이 춘해 방인근의 글로 채워져 있다는 점에서 『조선문단』의 편집은 방인근의 주도하에 이루어졌음을 알 수 있다. 물론 5호부터 12호까지의 편집에 최서해가 참여했다고는 하나 편집 방향과 내용, 집필진은 변화를 보이지 않아 사실상의 편집권은 창간호부터 17호까지 방인근에게 있었음을 알 수 있다.

20) 이광수, 「病床에서」, 『조선문단』 통권13호, 214쪽.
    방인근, 「李光洙主宰에 對하야」, 『조선문단』 통권13호, 214쪽.

21) 전영택, 「편집여언」, 『조선문단』 통권2호.
    일기자(방인근), 「문사소식편편」, 『조선문단』 통권10호.

있다는 점에서 연속성을 훼손시키지는 않는 것으로 보인다. 특히 편집진에는 방인근과 함께 편집에 관여했던 최서해가 포함되어 있고 연재가 중단되었던 주요섭의 「첫사랑값」을 재연재한 점 등으로 미루어 보면 이는 더욱 분명해진다.[22]

『조선문단』은 창간 초기 최소 2000부를 상회하는 판매 실적[23]을 올렸으나, 권당 가격이 30~40전에 불과했고 이마저도 체납되어 상당한 자본의 압박을 받았던 것으로 보인다.[24] 실제 1919~1920년에 동인지 『창조』가 30~40전의 가격으로 2000부를 팔지 못했고[25], 이로 인해 주식회사로의 전환 등을 시도[26] 하다가 종간된 사실과 비교할 때, 공황기의 물가 상승을 고려하지 않는다 하더라도 『조선문단』의 정상적인 경영은 불가능했다고 할 수 있다. 더군다나 지방 서점의 대금 체납으로 『조선문단』은 거의 빈사상태에 빠지고 결국 휴간을 맞게 되었던 것이다. 근대 초기 동인지, 문예지의 경영난이 비단 『조선문단』만의 경우는 아니지만, 다른 동인지들이 종간을 고할 때 『조선문단』은 휴간과 속간의 반복이라는 나름의 생명력을 지속했다는 것은 주목할 만한 지점이다.

『조선문단』이 자금난으로 인한 종간의 위기에 처할 때마다 『조선문단』을 인수하거나 동일 제명의 문예지가 등장했다는 것은 역설적으로 『조선문단』의 문학사적 의미가 상당했었음을 보여주는 것이기 때문이다. 뒤에 다시 논하겠

---

22) 「편집후기」, 『조선문단』19호.
23) 방인근, 「편집여언」, 『조선문단』통권2호.
  방인근, 「편즙후에」, 『조선문단』통권3호.
  통권 1,2호의 경우 각각 1500부, 2000부를 찍었으나 두 번 모두 재판에 들어갔다고 했고, 대한일보의 회고 「『조선문단』시절」에는 '고작해야 4,5천부요 그렇잖으면 2,3천 부'라고 해 방인근이 발행하던 『조선문단』은 최저 2000부에서 최대 5000부에 이른 것으로 보인다.
24) 「社告」, 『조선문단』통권13호, 26쪽.
  「編輯餘墨」, 『조선문단』통권13호, 98쪽.
  방인근은 당시 고향의 토지 전부를 정리해 예금해 놓고 착수하였으나, 지방 서점의 대금 체납과 원고료, 교제비의 지속적 지출을 감당하지 못해, 결국 전화와 집까지 팔아 16, 17호를 발행했다고 회고한다(「『조선문단』시절」, 『조광』32호, 1938).
25) '이천부를 팔지 못하는 창조를 그래도 지지안코, 우리 글벗의 힘으로만 향상시키려는 그 노력'(김동인, 「남은말」, 『창조』9호, 96쪽).
26) 「株式會社創造社發起趣旨文」, 『창조』7호, 71쪽.

지만, 백철이 언급한 바 '新文學史上 첫번의 문단 저어널리즘誌'라는 상징성은 대중문예잡지를 계획하는 사람들에게 적지 않은 매력을 가졌던 것이다.

동인지로 출발한 『창조』가 주식회사로의 전환을 꾀하여 문예잡지로의 재출발을 시도했다는 사실은 『조선문단』과 비교해 볼 때 무시 못할 의미를 지니고 있음이 드러난다. 『창조』, 『백조』, 『폐허』, 『장미촌』, 『영대』 등 짧은 생명력에도 불구하고 지속적인 동인지들의 출현이 보여준 것은 새로운 문학 작품을 산출할 수 있는 창작층이 두터워졌다는 것이다. 물론 창작층의 증가에 비해 수용자층의 증가 속도는 그들의 기대에 미치지 못했지만 그들의 문학에 대한 열의는 김동인이 사재를 터는 과정에서 보여주듯이 부족한 수용자층에 대한 부담을 뛰어넘고 있었다. 더군다나 이들에게는 2000~1만 정도로 추산되는 조선의 독자보다는 2십만에서 3십만에 육박하는 일본을 모델로 삼고 있었기 때문에 일본의 독자 수를 따라잡는 것은 시간이 해결되어야 할 문제로 보고 있었던 것이다.27)

따라서 동인지의 동인들이 자금난에 봉착하게 되는 것은 필연이었으며, 이 문제를 해결하기 위한 시도가 『창조』의 주식회사 전환이었다고 볼 수 있다. 즉 동인지들의 문예잡지로의 전환은 유일한 생명 유지책이자 이상적 전망이었던 셈이다.

한편, 종합 잡지인 『개벽』의 성공적 경영은 간접적으로나마 문예잡지의 성공 가능성을 확인시켜준 경우였다. 『개벽』은 매호 평균 9000부를 발행해 7000~8000부를 판매하고 이를 기반으로 자체적인 운영이 가능한 수준의 구독료와 광고료를 획득하고 있었다.28) 『개벽』을 통해 확인된 잡지의 성공가능성은 문예잡지의 탄생에 없어서는 안될 또 하나의 조건을 구비하게 하였던 것이다. 즉 문학 담당층의 요구와 잡지의 생존 가능성 그리고 이상적 전망이 갖추어진 것이다. 이 세 방면의 가능성은 문예잡지의 성공 가능성을 말하는 것이고 그 최초의 시도가 『조선문단』이었던 셈이다.

『조선문단』 역시 적은 구독자와 대금체납의 벽을 넘지 못해 만성적 적자에

---

27) 방인근, 「『조선문단』일주년감상」, 『조선문단』 통권12호, 179쪽.
28) 최수일, 「『開闢』의 출판과 유통」, 『민족문학사연구』 제16호, 152~167쪽.

시달리다 결국 휴간에 들어가게 되지만, 동인지와 잡지를 통틀어 문예전문지
로서는 가장 오랜 발행기간과 발행 호수를 보유했던 만큼, 문예잡지의 성공
가능성이라는 매력은 여전히 유효했다고 할 수 있다. 따라서 조선 최초의 문예
잡지로서 2년간 통권 17호, 4년간 통권 20호를 발행한『조선문단』은 그 명성과
상징성을 업고 고정 독자의 유지 및 신규 독자의 확보에 상당한 이점을 제공
했고 이것이『조선문단』의 생명력을 연장시킨 동력이 되었다고 할 수 있다.

4. 대중문예잡지 시대의 출범

동인지와 비교할 때,『조선문단』은 편집과 운영을 주도하기 위한 편집진의
형태로 동인이 존재했을 뿐 동인지의 대표적 특징인 폐쇄성을 보이지 않는다.
오히려 더 많은 문학 대중 ― 엄밀하게는 구독자 ― 을 확보하기 위해 지방에
지사 설립을 시도하고, 독자들에게 투고를 개방하여 추천과 입선 등으로 작품
을 실어 줌으로써 더 많은 대중들을 확보하기 위해 노력한다. 그것은 '신문학
사상 최초의 문단 저어널리즘誌'라는 백철의 회고적 평가에 비추어 볼 때, 동
인지라는 형식을 버리고 본격적인 대중문예잡지를 시도했던 것이라고 할 수
있다.

『조선문단』의 목적에 대한 언급이 처음 등장하는 것은 2호의 「편집여언」이
다. '참된 문예, 건전한 문학'으로 정리되는 방인근의 발언은 이후에도 지속되
는『조선문단』의 자기 정체성이었다. 창간기념호인 통권 12호의 「조선문단일
주년감상」에서도 '조선문단의 색채는 여러 가지로 보시겠지마는 다만 건전한
조선민중예술을 목표로 삼고 나갑니다.'라고 재삼 확인한 '참된 문예', '건전한
문학', '조선민중예술'은 사실상 '신문학'이라는 개념과 다르지 않은 언급이다.
「조선문단일주년감상」의 후반부는 경제적 사정이 극히 어려움에도 불구하고
'신문학운동'만큼은 포기할 수 없다는 내용이 실려 있고, 그 맡은 바 책무를
『조선문단』이 헤쳐나가고 있다는 논지의 끝에 '건전한 조선민중예술'을 목표
로 한다는 언급이 결어로 붙어 있는 만큼, '참된 문예', '건전한 문학'이라는

것은 신문학운동과 동의어로 보아도 무방하리라 본다. 이 때 동인지들이 내걸었던 신문학운동의 의미와 『조선문단』이 주창한 신문학운동은 질적 차이를 갖는다. 동인지들의 신문학운동은 명백히 구문학을 대타항으로 설정, 근대적 문학을 세우고자 했던 생성적 의미의 운동이지만, 『조선문단』에 있어 신문학운동이란 확산적 의미의 운동이었다는 점이다. 이는 『조선문단』의 대타항이 이미 구문학이 아닌 프로문학이었다는 점에서도 확인된다. 따라서 『조선문단』에 있어 신문학운동이란 좋은 문학 정도의 매우 일반적인 의미를 벗어나지 않는다.

더불어 '조선민중예술'이라는 개념도 조선의 전 민중을 대상으로 『조선문단』이 발행되는 것이라는 극히 보편적인 대중잡지로서의 역할을 지칭하고 있다고 할 수 있다. 민중이라는 개념이 계급문학의 성격을 띠지 않았던 시대라는 점에서도 그렇지만 『개벽』을 중심으로 한 프로문학이 엄연히 대타적으로 존재하는 상황에서 계급문학적 성격을 자신의 정체성으로 갖지는 않았을 것이라는 점에서도 그렇다. 작품의 성격을 보더라도 계급문학을 자신의 본령으로 삼지 않았음은 쉽게 인정될 수 있다. 따라서 『조선문단』은 신문학운동의 일환이라는 범주 이외의 구체적인 목적과 목표는 사실상 없다고 하는 것이 타당할 것이다. 즉 신문학으로 간주될 수 있는 작품이면 어떤 경향의 작품도 『조선문단』의 포괄 범주를 벗어나지 않았으며, 작품 활동은 오직 작품의 질에 따른 것이었다고 할 수 있다.

다른 한편으로 조직의 문제에 있어서도 『조선문단』은 동인지들과 상당한 거리를 가지고 있었다. 물론 『조선문단』에도 '동인'이라는 표현이 등장한다. 애초 『조선문단』도 4인의 동인으로 출발하는 것이다. 이광수는 '우리 동인도 보수업시 돈과 시간을 내는 것이니……'라고 해 『조선문단』이 동인에 의해 운영됨을 말하였고, 방인근도 '우리 동인의 주장삼는 것은 오직 「진실」입니다.'라고 해 동인의 존재를 인정하고 있다. 그러나 3호 이후 '동인'이라는 명칭은 전혀 사용되지 않았다. 또 통권6호의 「조선문단합평회」에서는 방인근과 최서해가 기자로서 참여하기도 해, '동인'이라는 인식은 1, 2호를 낼 당시 이광수, 주요한, 전영택, 방춘해 4인이 주도적으로 했다는 정도의 인식으로만 보인다.

위에서 『조선문단』이 전 민중을 대상으로 했다는 점을 언급했거니와 창간호부터 종간호까지 『조선문단』은 폐쇄적 동인제를 취하지 않는다. 창간호의 경우, '동인'으로 언급된 4인의 글이 다수 실려 있는 것은 사실이지만 최서해의 「고국」이 추천소설로 실린 것을 비롯해 입선작품이 적지 않고[29], 2호부터 입선작은 물론 정식기사의 많은 부분도 동인 외 문인들이 차지하고 있다. 이는 동인제도를 철저히 고수하며 투고문을 아예 거부하던 동인지와는 사뭇 다른 태도라고 할 수 있다. 방인근의 회고는 『조선문단』이 동인지와는 다른 대중잡지로서 기획되었음을 더욱 분명히 보여준다.

> 그때 잡지로는 『개벽』이 있었고 문예지는 하나도 없었으며 일반이 문예지의 출현을 고대하던 판이요, 그야말로 문학열은 심한데 그 고갈을 면하게 할 만한 것이 없던 때라 『조선문단』이 나오자 크게 환영을 하였던 것은 사실이다. 기성문인으로도 발표 기관이 없었고 더구나 문학 청년으로서 헤매는 이가 많았는데 이 『조선문단』으로 그들은 쏠려 들게 된 것이다. 특히 문단 등용문이라는 미명하에 독자 문단을 모집하고 추천을 하여 신진을 많이 골라낸 것도 사실이다.[30]

『조선문단』은 창간 당시부터 뜻을 같이 하는 동인들의 폐쇄적인 잡지가 아니라 기성문인은 물론, 신진을 골라냈다는 말과 같이 문학 청년들까지 문재만 있다면 자유롭게 투고할 수 있는 구조를 갖추고 있었다고 할 수 있다. 따라서 주재 이광수를 비롯한 전영택, 주요한, 그리고 발행 겸 편집인 방인근의 역할은 편집과 집필을 주도하는 일종의 편집진에 머물렀음을 알 수 있는 것이다. 즉 잠시 등장하는 '동인'이라는 표현은 동인지시대의 잔재일 뿐, 사실상 이들은 오랜 기간 문단을 휩쓸었던 동인제를 폐기하고 대중문예잡지를 기획했다고 하겠다.

물론 동인지로부터 대중문예잡지로 탈바꿈한다는 것은 다만 선언의 문제에

---

29) 최학송 「고국」(추천소설), 전준 「황혼의 째」(추천시), 정태연 「바람에나붓기는갈대를, 볼째」(추천시) 외 입선시 8편, 가작 7편이 실렸다.
30) 방인근, 「『조선문단』 시절」, 『조광』 32호, 1938.

국한되지 않는다. 주되게는 조직과 지향에 있어서 그리고 경제력에 있어서의 변화를 의미하는 것이다. 만일 이 문제들이 해결되지 않는다면 『조선문단』은 말뿐인 대중문예잡지로 남았을 것이다. 따라서 그들은 대중에게 지면을 할애하고 작품이 좋을 경우에는 지속적인 활동이 가능하도록 뒷받침해 주었다. 또 다양한 기획 기사를 통해 대중들의 호기심과 욕구를 만족시키기 위한 시도를 멈추지 않았던 것이다.

하지만 새로운 가능성에의 도전이 성공하는 예가 되지는 못했다. 『조선문단』이 문학대중들의 요청이나 잡지의 상업적 성공 가능성 그리고 모델이 보여주는 전망을 대중문예잡지의 성공을 가능하게 하는 여건들로 받아들였다고 하더라도 대중문예잡지의 상업적 성공은 최소한의 경제적 수급관계에 의한 유지가 불가결하기 때문이다. 문제는 문예대중의 창작열이 높다 하더라도 창작열의 고조와 구독자의 증가가 꼭 비례한다고는 할 수 없으며, 혹 비례한다고 하더라도 잡지의 성공은 보장받을 수 없다는 점이다. 왜냐하면 잡지를 발간비용과 원고료, 기타 운영비 등의 수급을 맞추기 위해서는 일정한 수 이상의 구독과 대금의 수납이 갖추어져야 하게 때문이다.

『개벽』의 경우, 천도교의 자금 동원력, 유통에 있어서의 천도교 조직, 평균 7000부에 이르는 판매부수와 10%에 육박하는 상업광고 유치 등에 의해 상업적인 성공31)을 이룰 수 있었던 반면, 『조선문단』은 방인근 개인의 재산, 대금 수납이 되지 않는 지방 서점, 보통 2,000~3,000부 밖에 안 되는 판매고와 극히 적은 상업광고32) 등 경제적인 문제에 있어서는 비교도 할 수 없는 열악한 상황에 빠지게 된다.

이 같은 상황은 창간 1주년을 기념하는 글에서 방인근으로 하여금 '문예운동에도 무에니무에니해도 돈이 외다. 사상으로도 되겠지마는 돈이 있어야 합

---

31) 최수일, 「『개벽』의 출판과 유통」, 『민족문학사연구』제16호, 152~167쪽.
32) 본격적인 상업광고는 창간호 3편, 2호 1편, 3호 2편, 신년특대호인 4호의 경우에도 4편에 불과했으며 10호의 경우에는 특대호인데도 상업광고는 한편도 실리지 않는다.
  • 이러한 광고 실적은 이후에도 거의 변하지 않는다. 평균적으로 2~3편, 특대호의 경우도 5편을 넘지 못하는 실정이며, 대부분을 자사 판매 혹은 판매 서점의 서적 광고로 채우고 있다.

니다. 우리 문예계에도 돈이 없어 아모 것도 못합니다.'라는 자조 섞인 발언을 하게 한다. 결국 자금 문제로 인한 비관적 전망은 현실화되어 사무실의 전화기를 팔고, 방인근이 집까지 내놓고도 휴간에 들어가야 하는 상태에 이르게 된다. 이는 조선 최초의 대중문예잡지 『조선문단』이 적어도 경제적 문제에 있어서는 실패했음을 보여주는 예라 할 수 있다.

그러나 비록 『조선문단』이 발행인이었던 방인근을 파산으로 몰고 가긴 했지만 그 수명은 조선의 문예지 사상 추유의 기록을 세웠다. 당시로서는 최장의 기록을 보유하던 『창조』가 고작 9호로 마감했다는 사실이 이를 증명하는 것이라 하겠다. 물론 이를 근거로 대중문예잡지가 경영에 있어서도 성공했다는 주장을 하는 것은 아니다. 다만 실패라고는 해도 그 실패의 의미가 『조선문단』이 축적한 또 다른 측면의 성공을 잠식하지는 않을 것이라는 것을 말하고 싶을 뿐이다. 상업적 문제를 제외하면 『조선문단』을 실패했다고 규정할 수 있는 이유는 거의 없다. 동인지의 형식으로는 불가능했던 대중 지향의 가능성을 확인했다는 점이 그것을 확인시켜 줄 뿐 아니라 새로운 세대의 신진 작가들이 대거 등용되는 역할을 『조선문단』이 해냈기 때문이다.

신진작가의 등용문으로서 『조선문단』이 기여한 문학사적 공적은 자못 커다란 것이지만, 대중문예잡지로 평가받기 위해서는 편집과 내용에 있어 대중성을 보장할 수 있어야 한다는 점을 간과할 수 없다.

『조선문단』 창간호의 표지 맨 앞줄에는 지금까지의 동인지들에서는 볼 수 없었던 '主宰 李光洙'라는 문구가 새겨져 있다. 방인근이 회고했듯이 이 문구는 독자들의 관심을 유발시키려는 목적하에 이광수가 가진 지명도를 이용한 것이다. 특정 작가의 유명세를 이용하여 잡지의 홍보에 이용하는 것은 당대로서는 암묵적 금기였기 때문에 상당한 비난을 받았음은 오히려 당연하다. 그러나 이러한 주변의 비난에도 불구하고 '주재 이광수'라는 문구는 결국 이광수가 주재를 사퇴하기 전까지 계속된다. 여하간 이는 지극히 상업적 발상에 속하는 것으로 『조선문학』의 상업적 의도를 분명히 보여주는 상징적 표식이라 할 수 있다.

이러한 발상은 편집의 경향에 다수 드러난다. 「文士들의 이 모양 저 모양」33),

「處女作 發表 當時의 感想」(6호), 「諸作家의 쓸 때의 氣分과 態度」(8호), 「諸家의 戀愛觀」(10호)이란 제목으로 유명 작가들의 감상문, 생활문을 기획 기사로 다루어, 그들의 문학 외적 활동, 외모와 근황, 관심사와 사생활에 이르기까지 문학 자체와는 관계없이 독자들의 흥미를 충족시키려는 의도를 들어낸다. 물론 이런 기사에는 나름의 문학성을 갖춘 부분이 없지 않고, 또 당시 수필과 생활문, 논문까지도 문학의 범주를 벗어나지 않았다는 점에서 재고해야 할 여지는 남겠으나, 작품보다는 작가들의 지명도에 더 의지하고 있음을 부정하기는 힘들다. 즉 작품과 더불어 작가를 흥미유발의 대상에 포함시키고 있는 것이다.

비록 실패하기는 했으나 「조선문사투표」[34]를 계획했다는 점에서 대중 지향적 의지는 더욱 분명해진다. 「조선문사투표」는 『조선문단』의 독자들이 '가장 조화하는 現代朝鮮文士를 한사람이 한사람식을 투표'함으로써 작가들의 인기도를 조사하고 이를 공개한다는 기획이었다. 하지만 '처음 생각에는 독자 諸位의 재미스 거리가 될가하고 무심히 시작한 것'이었지만 '문사 諸位의게 미안'하고 '여러분의 異議도 다소간 잇서 부득이 발표를 중지'하게 된다.[35]

더불어 「여자부록」(4호)을 기획해 상대적으로 소외되어 있던 여성 작가들에게 기회를 제공하는 한편 여성 문예 대중의 관심을 자극하기도 하고, 「최남선론」(6호), 「김동인론」(9호) 등 대중적 작가들에 대한 인상기와 활동 내역 등을 소개하는 등 작품 자체를 통해 독자들의 욕구를 충족시키는 방식을 넘어 다양한 기획을 통해 독자들의 흥미와 관심사를 지속적으로 자극하려는 의도를 드러내고 있다.

이러한 대중 문예지에서의 새로운 편집의 의도를 가장 적절하게 실현한 것이 「조선문단합평회」(이하 「합평회」)이다. 「합평회」는 이광수, 김동인, 염상섭, 현진건, 나도향, 박종화, 김억, 양건식, 박영희, 김기진 등이 평자로 활동하고

---

33) 창간호부터 7호까지(6호 제외) 매호 작가들의 동정을 소개한 짧은 글. 창간호에는 '바다生'이라는 필명을 사용하여 편집을 담당한 방인근이 정리한 글임을 확인할 수 있다. 이후 「문사소식편편」(10, 11호)이라 제목을 바꾸어 게재됨.

34) 「社告」, 『조선문단』 통권 4호, 판권간기 앞쪽.

35) 「社告」, 『조선문단』 통권 5호, 판권간기 앞쪽.

방인근과 최서해가 사회와 기록을 맡기로 했으나, 박영희는 참가하지 않고 김기진 역시 단 1회 참석하는데 그친다. 또 이광수와 김동인, 김억 역시 참석율이 저조했다. 따라서 사실상의 합평은 염상섭, 현진건, 나도향, 박종화 그리고 양건식에 의해 이루어졌다고 할 수 있다. 이들은 6호에서 11호까지(10호 제외) 총 5회에 걸쳐 진행되다가 『개벽』과의 갈등36)을 계기로 중단되게 된다.

제1회 「합평회」의 기록에는 논의에 앞서 합평의 긍정점과 우려되는 점, 논의의 방식 선택, 작자의 참여여부 등이 논의되는 것으로 보아 애초 기획은 매우 단순한 의도에서 시작되어 치밀한 계획은 없었던 것으로 보인다. 이 준비 부족은 평자들에게도 공히 드러나 작품을 읽지 않은 이들이 많고 그 평가의 기준도 '감흥', '기교' 정도에 국한되어 주요한 비판의 대상이 된다. 어쨌든 이 논의를 거쳐 합평의 긍부정점은 후일에 다시 평가하기로 하고, 논의는 회화체로 하되 작자는 참여하지 않는 것을 원칙으로 하였다. 이 논의에서 주목되는 것은 나도향의 발언과 최서해의 기록 방식이다.

나도향은 회화체로 평가를 하자는 주장에 동의하면서 '좀 재미잇는 말도 석거가면서'라는 발언을 하게 된다. 이 언급은 우발적인 것으로 간주되기 쉬우나 이후 합평의 운영 방식을 규정하는 매우 중요한 의미를 갖고 있다. 합평회의 분위기와 평자들의 행동까지 마치 희곡을 쓰듯 기록된 최서해의 필기 방식은 이를 뒷받침하고 후에 『개벽』의 비판에서 이 희화된 특징에 착목해 '문인 비평극'이라고 한 이익상의 지적 또한 「합평회」의 의도를 보여주는 대목이라고 할 수 있다. 즉 「합평회」의 목적은 발표된 제 작품에 대한 집단적 비평을 조직함으로써 전무하다시피 한 비평 문화를 정착시키고 작품에 대한 평가를 문단 전체가 공유할 수 있는 규준점을 마련하는데 있었지만, 다른 한편으로는 작가들의 평가와 토론 자체를 흥밋거리로서 제공하는데 있었음을 말해주는 것이다. 이렇게 볼 때, 일본의 유행(일본신조사의 「소설합평회」, 부인잡지의 부인문제 합평회 등)을 쫓고 있다는 지적이나 '판매정책상'이나 '페이지 보충책'으로 좋다는 백기만의 비판은 일면 적확한 사실 확인을 해주고 있는 셈이다. 즉 「합평회」는 작품과 작품에 대한 평가를 중심으로 대중들의 관심과 흥미를 유

---

36) 「조선문단 「합평회」에 대한 소감」, 『개벽』 60호, 101~108쪽, 1925. 6. 1.

발시키고 이를 통해 대중 문예지의 정착을 기도한 노력의 산물이었던 것이다.

물론 『개벽』과의 논란 이후 「합평회」는 파탄을 맞게 된다. 염상섭과 현진건이 「합평회」를 옹호하고 『조선문단』의 비당파성을 주장[37]하지만 기초적인 인식상의 공유와 방식의 합의, 치밀한 계획이 모두 부족했던 「합평회」는 『개벽』의 단 1회 공격에 무너지고 만다. 그러나 「합평회」를 공격했던 『개벽』 역시 「개벽합평회」를 준비했었다는 김기진의 말[38]과 같이 「합평회」는 대중들과의 교감을 필요로 하던 시대적 요구 속에서 새로운 비평의 형식을 시도함으로써 비평문화의 확산에 기여해, 이후 『개벽』을 중심으로 한 비평문화의 비약적 발전을 예비한 기획이었다고 할 수 있다.

5. 맺음말

『조선문단』은 1920년대 중반 동인지 시대의 종언을 고하고 대중문예잡지 시대의 서막을 알린 문예지였다. 동인지의 폐쇄적 정체성이 일반을 이루던 당시, 대중들과 함께 호흡하기 위해 다양한 기획 기사를 시도하고 다시 대중 속에서 새로운 작가들을 발굴해냄으로써 대중 속의 정체성을 실현했던 것이다.

『조선문단』의 출범은 소수의 문학 엘리트 집단의 자족적인 소통 수단이었던 동인지를 혁파함으로써 문학사의 전개에 일 획을 긋고 신문예운동을 대중과 함께 정착시키고자 한 각고의 산물이었던 것이다.

『조선문단』의 그 대중적 기획에 걸맞는 상업적 이익을 확보하지 못하고 극심한 자금난에 시달리다 결국 종간을 맞게 되지만, 그 시도만큼은 한 시대를 구획하는데 부족함이 없을 것이다. 물론 신경향파 문학의 출현과 프로 문학의 성립이 당대를 대표하는 문학적 흐름으로 평가받고 있으나, 최서해 등의 예로

---

37) 염상섭, 「조선문단 밋 그 합평회와 나」, 『조선문단』 통권10호.
　　빙허, 「조선문단과 나」, 『조선문단』 통권10호.
38) 염상섭, 「조선문단 밋 그 합평회와 나」, 『조선문단』 통권10호.
　　염상섭은 『개벽』이 합평회를 열었다면 도왔을 것이라고 하면서, 개벽도 합평회를 준비했었다는 김기진의 발언을 공개한다.

볼 때 그 흐름 역시 『조선문단』을 포함한 커다란 흐름 속에 포함될 수 있는 대중성의 견지에서 재고해야 할 문제로 판단된다.

『開闢』의 대중성

― 편집체계를 중심으로 ―

최수일[*]

1. 머리말

『개벽』의 대중적 성공에는 천도교의 조직기반을 이용한 유통체계가 지대한 공헌을 한 것이 사실이지만[1] 이를 근거 삼아 『개벽』을 천도교잡지로 선규정 하는 것은 옳지 않다. 그것은 대상을 빨리 규정짓고자 하는 조급함의 산물로 『개벽』이 가진 '대중성'의 실체에 접근하는 것을 방해하기 때문이다. 다시 말해서 『개벽』의 사회·역사적 위상과 정신사적 의의(역사·정치, 철학·종교, 문학·예술에 끼친 영향 등등)를 해명하는 핵심고리로서 '대중성'에 대한 진지한 접근이 이루어져야 하며, 이런 접근을 방해하는 선규정적 태도는 일단 보류될 필요가 있다는 것이다.

실제로 『개벽』의 성공에는 천도교의 조직기반으로 설명할 수 없는 사실들이 산재해 있다. 가령 제천의 한 농부가 소작농의 처지를 보고하는 글을 보내오고[2], 평양에 『개벽』의 이름을 딴 상회가 생기는 상황[3], 어려운 살림에도 불구하고 시대의 요청에 따라 『개벽』을 신청했으나 요금을 연체해서 강제집행을 당하게 되었으니 제발 집행일자를 연기해 달라는 호소문까지 나오는 상황은[4] 『개벽』이 종교적 테두리를 넘어서 여러 계층에 두루 호응을 얻고 있었다

---

* 세명대 강사.

1) 졸고, 「『개벽』의 출판과 유통」, 『민족문학사연구』16호, 소명, 2000.
2) 최중갑, 「금일 조선의 노자관계」, 附 「소작인 만길의 생활」, 『개벽』15호, 1921. 9. 1(39쪽)
3) 『개벽』16호(1921. 10. 18)에는 개벽상회광고가 실려 있다(20~21쪽 사이 광고).

는 사실을 말해주고 있다.『개벽』의 조직적 유통체계가 대중적 성공의 기반임에는 틀림없지만, 독자들을 사로잡아 지속적으로 잡지를 구독하도록 한 것은 종교가 아니라는 것이다.

> 이것 저것을 다―後日로 延期하고 곳 來意를 말하는 同時에 K君의 後援을 要求하엿습니다. […] 「C군…… 後援이 다 무엇이오 自己가 보고 싶으면 볼 것이지 남이 보란다구 보기 실흔 것도 볼가 나는 실혀요」 […] K君은 甚히 貴치 아니한 얼굴로 「他人이 왓스면 도저히 應할 수 업지만 C君이 왓스니 C君을 보아서 나나 한 冊 사지 後援은 못해요」 하고 三個月 先金을 내면서 「雜誌는 아니 보내도 關係 업서요」한다. […] 그러나 아니 바들 수가 업다. 첫재는 親舊의 誼요 둘재는 雜誌가 二三個月 가고만 보면 自然 읽게 되리라 아즉 우리의 맛을 모로니까……하고 밧고 십지 아니한 돈을 恭遜히 바드면서 感謝하다는 […][5]

인용문은『개벽』의 인기비결이 어디에 있었는지 분명하게 지시한다. 새로 설립된 지사의 독자를 모집하기 위해 먼길을 달려가 친한 친구에게 후원을 요구했으나 거절당한 직원이 삼개월 선금을 내면서 '잡지는 안 보내도 상관없다'는 친구의 말에 '잡지가 이삼개월 가고만 보면 자연 읽게 되리라 아직 우리의 맛을 모르니까'라며 돈을 받아왔다는 것인데, 잡지내용에 대한 주체들의 강한 자신감을 그대로 드러내 주는 기사이다. 지사의 일개 직원이 이런 자신감을 가질 정도로『개벽』의 내용이 대중에게 호소력을 지닌 것이었다면 우리의 관심은 당연히 그것으로 모아져야 한다. 필자가『개벽』의 내용, 편집체계에 관심을 갖게 된 이유는 바로 이 때문이다.[6]

2. 종합잡지와 개방성

주지하다시피『개벽』은 종합지를 표방했는데, 이는 생존을 위한 필연적 선

---

4) 목춘학인, 「개벽사동인 제형」, 『개벽』4호, 1920. 9. 25(133쪽 참조).

5) 추원생, 「독자를 얻고저 지방을 순회하는 동안의 소감」, 『개벽』18호, 1921. 12. 1.(문예면 103~104쪽 참조)(강조―인용자)

6) 이 글은 1~30호(『개벽』영인본, 박이정, 1999)까지를 대상으로 했음을 밝힌다.

택으로 보인다. 『개벽』 주체들이 이런 선택을 한 것은 무엇보다도 대중의 욕구 때문이었다. 이 시기 대중들, 특히 잡지구독이 가능한 청년들과 지식층의 욕구는 자신들이 모르는 것, 즉 '새로운 것'이라는 내포로 단순화될 수 있는 것이면서도 그 외연은 사상, 종교, 천문, 지리, 문예, 제도, 기술 등을 아우르고 있었으며, 유통되는 상품 내지 근대문물 전체에 뻗쳐 있었다. 단순하고도 복잡한 이런 대중의 욕구가 1920년대 초반 조선사회의 과도기적 성격에서 비롯된 것임은 물론이다

당시 조선사회는 봉건적 제관계의 잔존으로 인해 상품-화폐관계의 확산이 지체되고, 지식·산업기반의 미비로 인해 사회의 자본주의적 분화가 지연되고 있었다. 특히 이 시기 제국주의 일본의 식민정책은 "일본 자본주의를 위한 식량 기지화에 중점을 두었기 때문에" 식민지적인 '반봉건적' 지주-소작관계를 온존 강화하는 경향을 갖고 있었다.[7] 그 결과 인구 1700만[8] 중 대다수는 농민이었고, 노동자의 수는 극히 미미했다.[9] 즉 사회분업화의 척도라고 할 수 있는 직업에 있어서 자본제적 분화와 전문화를 기대하기 어려운 실정이었던 것이다.

사회를 선도한다고 할 수 있는 지식층 내부에서조차 전문인의 탄생은 극도로 제한되어, 대부분의 지식인들은 두 개 이상의 직업을 갖고 있었다. 문인들의 경우 창작을 하면서 언론사나 출판사에 출근하거나, 교사나 강사로 출강하는 경우는 무척 흔한 일이었고, 강의를 하더라도 자신의 본업과 관련이 먼 역사나 어학 등의 과목을 맡는 경우도 많았다.[10] 이는 지식층의 형성 자체가 엷은 데다 지식인이 한 분야의 전문지식만으로 생존할 수 없는 상황의 필연적인 결과였다.[11]

---

7) 서울사회과학연구소 편, 『한국에서 자본주의의 발전』, 새길, 1991.(61~62쪽 참조).

8) 총독부의 통계에 따르면 1922년 조선의 인구는 약 17,400,000명 정도였으며, 이중 외국인이 400,000명을 차지하고 있었다(『개벽』30호, 1922. 12. 1. 권두언 참조).

9) "이 시기 노동자 계급은 임시고나 일고 등의 미숙련 단순육체노동자가 큰 비중을 차지하였고, 광범한 반농반노군으로 인해 그 계급적 경계가 불분명하였"는데 1920년대 중반까지 공업부분 노동자의 수는 73,000여명, 1928년에는 약 10만명 가량 되었다(서울사회과학연구소 편, 『한국에서 자본주의의 발전, 새길, 1991. 55쪽 / 강만길, 『한국현대사』, 창작과 비평사, 1985, 61쪽 참조).

10) 대표적 문인이라고 할 수 있는 춘원도 이 시기 최린이 원장으로 있는 종학원에 강사로 출강했는데 그 과목은 철학, 윤리학, 심리학, 종교철학, 논리학 등이었다(김윤식, 『이광수와 그의 시대』 3권, 한길사, 1986, 763~764쪽 참조).

그만큼 지식층을 받치고 있는 사회 경제적 제반 조건이 미약했다는 것을 의미한다. 조선사회는 자본주의적 분업에 기초한 전문화사회가 아니었던 것이다.

따라서 불투명한 미래를 개척하고, 복잡한 과도기 조선의 환경에서 살아남기 위해서 다양한 제분야의 지식들이 종합적으로 개인에게 요청되었고 독서대중의 흥미와 관심은 다양성을 띨 수밖에 없었다. 한편으로 독서대중의 다양한 지식욕구가 있고, 다른 한편으로 박물적 지식인들이 공존하는 상황에서 대중잡지의 생존방식은 당연히 종합지일 수밖에 없다. 물론 전문성을 내세운 문예지들은 그런 의미에서 시대를 앞섰다고 할 수 있지만 바로 그 이유 때문에 조기명멸할 수밖에 없었다. 어쨌든 『개벽』이 종합지를 표방한 것은 이런 사회상황과 맞물린 조치였으며, 대중의 다양한 욕구를 수렴하는 방안이었다.

물론 『개벽』이 대중잡지로서 종합성 · 다양성을 표방하는 데 어려움이 없었던 것은 아니다. 일차적으로 평균 190쪽에 달하는 지면을 독자들의 다양한 욕구를 충족시킬 만한 기사들로 채우는 일이 쉽지 않았다.[12] 사내기사(社內記事)만으로는 불가능한 일이었고, 사회기사(社外記事)를 받는다고 해도 간단한 일이 아니었다.[13] 이는 당대 잡지들이 공히 겪었던 어려움으로 수준있는 글을 쓸 만한 문사가 절대적으로 부족했기 때문에 발생하는 필연적인 문제였다. 『개벽』이 잦은 압수와 삭제에 따른 경영압박에도 불구하고 다른 잡지나 신문에 비해서 상대적으로 높은 원고료를 지급한 것도 독자의 흥미를 끌 만한 글들을 게재하기 위한 방편으로 보아도 무방하다. 또한 『개벽』이 독자투고를 적

---

11) 문인들의 경우 원고료만으로 생활하기는 사실상 어려웠다. 원고료가 얼마 되지 않았기 때문이다. 물론 상대적으로 원고료가 후한 경우도 있었으나(개벽사의 경우 시 한 편에 10원, 산문은 1장에 1원을 주었다.) 대다수 신문, 출판사는 시 한편에 3원, 단편소설 한편에 5원 정도를 원고료로 지불했다(윤병로, 『박종화의 삶과 문학』, 성균관대학교 출판부, 1992, 59~62쪽 참조). 1920년 문홍사에서 정한 공식 원고료는 문사 · 일반인의 구별없이 1페이지(원고지 4매)당 '50전이상 1원 이하'로 김동인의 분노를 사기도 했다(김동인, 「글동산의 거둠」(附雜評), 『창조』5호, 1920. 3. 31. 98쪽).

12) 여기서 평균 쪽수 190쪽은 32호까지의 총쪽수 6,120쪽을 호수(32)로 나눈 것으로 기념호와 특집호를 모두 포함시켰다.

13) 당시에는 원고수집이 쉽지 않은 일이었다. 원고를 얻으려면 작자를 일일이 찾아가서 부탁을 해야 했고, 또 삼사차 찾아가 독촉을 해야 했기 때문이다. 엽서나 편지로 하는 원고수집은 상호간 특별히 친한 경우가 아니면 예의에 벗어난 것으로 인식되었다(박영희, 「신흥문학의 대두와 개벽시대회고」, 『조광』32호, 1938, 59~60쪽 참조).

극적으로 수용한 것도 같은 문맥으로 이해할 수 있다. 그 결과 30호까지 765개 기사 중 423개가 사외기사였고, 342개만이 직원들이 작성한 사내기사였다. 기사의 50% 이상이 사외기사였던 셈이다.14)

　『개벽』이 보인 이런 개방성은『창조』를 비롯한 문예 동인지의 폐쇄성 내지 배타성과 여러 모로 대비가 되는 사항이다.『백조』와『폐허』는 동인이외의 글은 거의 게재하지 않았으며,『창조』의 경우 외부인사의 글이나 독자투고를 인정하였으나, 글이 게재되기 위해서는 동인들의 추천이 있어야만 했다. 특히 『백조』는 "경향각지에서 기고하신 분이 만흐셧는데 사랑으로 보내신 뜻은 감사합니다. 그러나 본지는 동인제임으로 미안하오나 동인으로 추천되기 전에는 지상에 올리 수는 업슴니다"라고 그 배타성을 공개적으로 천명하기까지 했다.15) 이런 배타성은 동인지 상호간에도 그대로 이어져 동인지간 몰서(沒書)는 흔한 일이었다. 그런데 문예 동인지의 폐쇄성은 스스로의 다양성을 제약하고 나아가 잡지의 대중성 획득을 어렵게 만들었다. 특히 독자투고를 배제하는 것은 독서대중의 자발적인 흥미와 관심을 부정하고 스스로 대중으로부터 멀어지는 결과를 낳았다. 이런 점에서『개벽』이 가진 개방성은 종합성을 위한 필수적인 사안이며, 독서대중의 지속적인 흥미를 유도하는 수단이었다.

　그러나『개벽』이 종합성을 표방하고, 대중성을 확보하는 데 있어 가장 큰 걸림돌은 종교색이었다.『개벽』은 종교조직에서 발행하는 잡지였고, 유통이나 동인들의 면면에서 종교색을 감추기 어려웠기 때문이다.『개벽』주체들이 편집 지침을 세우는 데 있어 이 문제가 가장 큰 골칫거리였음은 분명해 보인다. 『개벽』편집체계의 일차적인 특징이 이 문제와 관련이 있다는 것은 흥미로운

---

14) 여기서 사내기사는 개벽사 직원명단에 오른 11명과 그외 창간동인이었던 박사직(3개), 조기간(2개), 차상찬(2개) 등이 작성한 기사를 말한다. 342개 기사중 작성자를 확인할 수 있는 것은 236개로 강인택이 5개, 김기전 47개, 노수현 4개, 이돈화 48개, 민영순 7개, 박달성 49개, 박용회 4개, 방정환 8개, 현철 56개, 이두성 1개, 창간동인들이 7개의 기사를 작성했다. 나머지 106개는 여러 면에서 사내기사임이 분명하지만 '편집실, 아무개, 일기자' 등으로 정확한 작성자를 확인할 수 없는 기사들이다. 필명이 확인되지 않은 경우는 모두 사외기사로 처리했기 때문에, 필명 확인 작업이 보다 진전될 경우, 사내기사의 비율이 높아질 가능성이 크다.

15) 「六號雜記」,『백조』2호, 1922. 5. 25(164쪽, 홍사용의 말 참조).

일이 아닐 수 없다.

3. 종교 · 비종교 기사의 절충

『개벽』 편집상의 첫번째 특징은 종교적인 글이 별반 실리지 않은 것이다. 『개벽』1호부터 30호까지 실린 전체 기사수 765개에서 종교 기사는 모두 31개, 그중 천도교와 직접적인 관련이 있는 기사는 15개이다. 천도교 교리에 대한 일종의 해설서인 이돈화의 「인내천 연구」 시리즈 9편이 그 전부에 해당하는 셈이다. 나머지 734개의 기사는 문예나 논설, 시사잡문, 과학, 의학, 인물 등에 배분되어 있는 것이다. 이런 기사배치 상황을 표로 정리하면 아래와 같다.

호수	1호	2호	3호	4호	5호	6호	7호	8호	9호	10호	11호	12호	13호	14호	15호
기사수	37	28	29	30	28	22	38	27	24	21	21	22	38	21	17
종 교	2	1	1	1	1	1	4	2	3	1	1	1	1	1	1
문 학	12	9	10	11	13	12	16	12	9	9	9	7	17	5	6
논 설	11	8	9	5	7	4	8	6	5	7	5	4	6	6	5
잡 문	2	6	5	8	4	3	7	3	4	2	5	9	11	4	4
시 사	·	·	·	·	·	·	·	1	1	·	·	·	·	2	1
과 학	3	2	2	4	1	·	1	1	·	·	·	·	·	·	·
기 타	7	2	2	1	2	2	3	2	2	2	2	1	3	2	·

호수	16호	17호	18호	19호	20호	21호	22호	23호	24호	25호	26호	27호	28호	29호	30호	계
기사수	23	21	22	29	24	22	24	18	23	31	23	23	21	29	29	765
종 교	·	·	·	·	1	1	·	2	2	2	·	·	1	·	·	31
문 학	11	12	10	13	13	10	11	7	12	15	12	10	11	12	11	327
논 설	3	4	3	7	3	4	7	5	4	6	3	5	2	7	2	161
잡 문	5	2	4	4	5	4	4	2	2	1	4	4	2	·	3	125
시 사	2	·	2	3	1	1	1	1	1	3	2	2	3	8	12	45
과 학	·	·	·	·	·	·	·	·	·	1	·	·	·	·	·	15
기 타	2	3	3	2	1	2	1	1	2	3	2	2	2	2	1	61

* 표는 목차에 기재된 기사를 기초로 했는데, 일제에 의해 삭제된 경우는 목차에 없더라도 통계에 반영했다. 단 목차에 기재되지 않은 쪽기사나 공고들은 제외했다. 잡문(보고, 인물, 역사, 일화, 언어, 지방소식, 통신 등), 과학(천문학, 의학 등), 기타(구회, 부록, 권두언 등), 문예(문학, 음악, 미술, 사진, 만화 등), 시사(정치담, 시사평, 국제정세, 시국사건 등). 각 기사에 대한 분류는 김근수의 선행작업을 참고했고, 착오로 누락되거나 기사내용과 분류내용이 큰 차이를 보일 때는 필자의 판단을 따랐다.

앞장에서 보았듯이 창간과정부터 유통체계에 이르기까지 천도교와 밀접한 연관을 가진 『개벽』에 정작 천도교에 관련된 기사가 적다는 사실은 다소 의외이다. 『개벽』이 천도교의 기관지가 아니라는 점이나16), 종합지를 표방하고 있었다는 점을 감안하더라도 사정은 마찬가지다. 그렇다 하더라도 매호마다 한 편 정도는 천도교 관련 기사, 예를 들면 교리와 경전의 내용을 쉽게 풀이하는 식의 기사가 충분히 실릴 법도 한 상황이기 때문이다. 30호 이후에 가서도 상황은 달라지지 않는다. 10호부터 시작된 이런 현상은 1924년까지 지속되는데17) 이런 현상이 당대 독자의 눈에도 이상하게 보였음은 물론이다.

> 開闢은 出生以來로 月刊雜誌로서는 我邦에서는 覇者의 態度를 維持한 듯 합니다. [……] 또 開闢은 天道敎의 源力과 支配를 바드면서도 基督敎後援 或은 經營의 雜誌와 달라 宗敎的 臭味를 씌지 아니하고18)

천도교 관련 기사에 대해서는 일정한 편집지침, 구체적으로는 배제의 원칙 내지는 가급적 싣지 않는다는 내부 지침이 마련되어 있었다는 것이 필자의 생각이다. 『개벽』이 독서대중에게 두루 읽히게 하기 위해서는 일차적으로 종교적인 벽을 허물 필요가 있었고, 제목이나 유통상황체계에서 드러나는 종교색을 지우려고 했을 것이다. 물론 처음부터 배제의 원칙을 적용할 수는 없었다. 『개벽』의 대중적 성공을 위해서 천도교는 없어서는 안 될 동력이었기 때문이다. 따라서 잡지가 어느 정도 궤도에 오를 때까지 천도교 관련 내용을 절충하는 방안이 모색되었다. 21호에 실린 '조선농학사상의 성체」19)를 제외하면 나

---

16) 천도교의 공식기관지는 『천도교월보』(1910. 8. 15∼1937. 5. 15 통권 295호로 종간)이다.

17) 손병희의 사망(1922. 5. 19) 이후인 24호와 25호에 그의 영정과 그를 추모하는 몇편의 글(24호에 권두언 「명호손의암선생」, 김기전의 「손선생의 최후에 대한 여의 인상」, 일기자의 「민중의 거인 손의암선생의 일대기」와 25호에 박달성의 「손의암선생의 묘를 배관함」 등)이 실려 있을 뿐이다.

18) 통명산인, 「개벽에 대한 소감」, 『개벽』37호, 1923. 7. 1, 58쪽(강조는 인용자).

19) 이글은 '조선 십대위인 소개'의 하나로 이루어진 20호의 「人乃天主義의 唱導者 崔濟愚 先生」의 부속글로 「천도교서」와 「동경대전」의 일부를 발췌 기록한 것이다. 즉 전호에서 부족한 부분을 보충하는 의미에서 들어간 글이지 어떤 구체적 편집지침에 따라 기재된 기사는 아니라는 것이다.

머지 천도교 관련 글들이 1호부터 9호까지에 집중되어 있다는 사실이 이것을 증명한다. 즉 9호까지 연속적으로 게재된 이돈화의 「인내천 연구」는 『개벽』을 천도교 교구와 신도들 사이에서 원활하게 유통시키기 위한 편집진의 고육책이었던 셈이다. 천도교 관련 기사를 상황에 따라 조절하는 절충성의 원리는 다른 종교를 가진 독자들의 거부감을 희석시켰고, 상대적으로 늘어난 여타 지면을 통해 각계 계층의 다양한 욕구들을 반영할 수 있었다. 이 절충성의 원리가 『개벽』이 종합지를 표방하고 있다는 사실과 직접적인 관련이 있음은 물론이다. 다시 말해서 종합성(다양성)을 얻기 위한 절충이었다.

4. 계몽과 대중지향의 절충

『개벽』 편집상의 두번째 특징은 문예에 대한 지면 할애가 두드러진다는 점이다. 1호부터 30호까지 전체적으로 가장 많은 327개 기사가 실려 있으며, 또 이를 호별로 살펴보더라도 가장 많은 기사수를 보인다. 이것을 쪽수로 따지면 "每號 三分之一 乃至 二分之一의 紙面을 文學에 提供"하고 있는 셈이 된다.[20] 그 구체적 내역을 살펴보면 시가 90회 게재에 총 202편 (시조 5편, 한시 45편), 소설이 59회 게재에 36편 (번역 11편), 희곡이 33회 게재에 5작품(번역 4편), 수필이 56회 게재에 45편, 문학론이 43회 연재에 27편(번역 1편), 비평이 15회 게재에 15편, 기타로 취급된 동화나 독자투고가[21] 31회(번역 4회) 게재되었다.[22]

---

20) 성엄학인(김근수), 「개벽지에 대하여」, 『개벽』 영인본1, 개벽사, 1969, 8쪽.

21) 동화는 모두 4번 연재에 3작품(번역2편)이 실렸고, 독자투고는 5호부터 시작되어 12호까지 8회가 실렸다.

22) 연재횟수와 작품수가 차이를 보이는 것은 한 제목 아래 여러 편의 시가 실려 있거나, 한편의 소설이 여러 호에 걸쳐 연재되는 경우가 많기 때문이다. 작품수의 경우 시는 각 작품을 모두 개수에 포함시켰고, 소설은 여러 번 연재되었다고 하더라도 한 작품으로 취급했다.

호수	1호	2호	3호	4호	5호	6호	7호	8호	9호	10호	11호	12호	13호	14호	15호
문예	12(3)	9(1)	10(3)	11(2)	13(1)	12(1)	16(1)	12(1)	9(1)	9(2)	9(2)	7(1)	17(2)	5(3)	6(1)
시	5(1)	3	2(1)	4	5	2	1	3	2	1	1	1	6	1(1)	1
소설	2(1)	1	1(1)	1(1)	1	1	4	2	2	2	1(1)	3(1)	6(1)	2(1)	1
희곡	1(1)	1(1)	1(1)	1(1)	1(1)	1(1)	1(1)	1(1)	1(1)	1(1)	1(1)	·	1(1)	1(1)	1(1)
수필	3	3	3	3	2	3	3	1	·	2	1	·	2	·	·
문학론	1	1	2	2	2	2	3	2	3	·	·	1	1	·	3
비평	·	·	·	·	1	2	2	2	·	·	3	·	1	·	·
기타	·	·	1	·	1	1	2	1	1	3(1)	2	2	·	1	·

호수	16호	17호	18호	19호	20호	21호	22호	23호	24호	25호	26호	27호	28호	29호	30호	계
문예	11(2)	12(1)	10(1)	13(1)	13(1)	10(1)	11(2)	7(1)	12(1)	15(9)	12(3)	10(4)	11(3)	12(4)	11(1)	325(60)
시	2	4	2	3	6	2	4(1)	1	4	6(2)	3	4	2(1)	4	4	90(7)
소설	1	2	2	3	2	2	2	1	2	4(4)	2(1)	1(1)	1	2(1	2	59(14)
희곡	2(2)	1(1)	1(1)	2(1)	2(1)	1(1)	1(1)	1(1)	1(1)	2(2)	1(1)	1(1)	1(1)	1(1)	1(1)	33(31)
수필	3	3	3	1	2	2	2	2	3	1	4	·	2	1	1	56
문학론	2	1	2	3	1	2	1	·	1	1	1(1)	1(1)	2(1)	2(1)	·	43(4)
비평	1	1	·	1	·	·	·	1	·	·	·	·	·	·	·	15
기타	·	·	·	·	·	1	1	1	1	1(1)	1	3(1)	2	2(1)	3	31(4)

* ( )는 번역글의 게재 횟수.

또 『개벽』에 글을 올린 작가나 평자들을 살펴보면, 김동인·김석송·김소월·김억·김유방·나도향·노자영·방정환·변영로·양건식·염상섭·오상순·이광수·이익상·문일평·임장화·주요한·주요섭·최남선·한용운·현상윤·현진건·현철·황석우 등 우리 귀에 익은 작가들의 이름이 대거 목록에 올라 있다. 그중에서도 특히 김석송(18회)·김소월(8회)·김억(32회)·염상섭(13회)·현진건(12회)·현철(56회)·황석우(6회) 등의 활동이 두드러진다.23)

이것만 보아도 『개벽』이 종합지이면서 동시에 문학지였다는 평가가24) 과장이 아님을 알 수 있다. 더욱이 『개벽』은 창간 초기부터 별도로 문예부장(학예부장)이 있어 문예면을 담당했고, 「독자교정란」안에 「文林」이란 독자 작품란

---

23) 이들의 활동을 구체적으로 살펴보면, 김석송은 모두 58편(번역시 1편)의 시를 발표했고, 김소월은 38편의 시와 1편의 소설을, 황석우는 3편의 시와 3편의 비평문을, 김억은 42편의 시(번역시 10편)를 발표하고, 「근대문예」를 8차례에 걸쳐 연재하였고, 로덴바흐와 플로베르를 소개하였으며, 로맹로랑의 「민중예술론」을 번역하여 연재하였다. 또한 염상섭은 4편(번역 1편)의 소설을 발표하였고, 현진건은 9편(번역 4편)의 소설을 발표하였으며, 현철은 가장 많은 게재 횟수를 기록하며 희곡 3편(번역 2편)과 다수의 문학론을 발표하거나 혹은 번역하였다.
24) 김근수, 「개벽지에 대하여」, 『개벽』영인본1, 1969, 8쪽.

을 두어 투고된 작품을 가려 실었으며 현상문예를 통하여 신인발굴에도 기여를 하고 있었던 것이다.[25] 그 밖에 외국문학작품을 번역 소개하거나 해외문단 특집을 내기도 하였다.

그러나 무엇보다도 『개벽』 편집진의 문예에 대한 특별한 관심을 단적으로 증명하는 것은 19호(1922. 1. 10)부터 문예면이 따로 독립된다는 사실이다. 이전까지 문예작품이나 비평들이 잡지의 뒤쪽에 몰려 있었지만 전체적으로 볼 때 논설이나 시사 잡문들과 뒤섞여 있는 형국이었다. 하지만 19호부터 문예기사와 여타의 기사와 확실하게 나누어져 『개벽』은 흡사 종합지와 문예지가 합본된 듯한 모습을 갖게 되었다. 그런데 문예면이 분리되기까지의 과정을 면밀히 살펴보면 한 가지 흥미로운 점이 발견된다. 핵심부터 말하면 『개벽』의 편집진들은 다양한 경향의 문예작품들을 지면을 통해 소개하면서 문예가 무엇인지 모르는 독자들을 위해서 문예에 대한 개론적 지식을 제공하는 데 초점을 맞추고 있었다는 것이다. 다시 말해 『개벽』은 독자들을 나름대로 교육시키는 계몽적 관점에 서 있었다는 말이다. 실제로 1호와 2호에 실린 「소설개요」나 3호와 4호에 실린 「현당독폐」(소설연구법)는 소설에 대한 일반적 지식을 개론적으로 설명한 글이며, 5호부터 7호까지의 「현당독폐」는 희곡에 대한 대강의 지식을, 그리고 8호와 9호의 「현당독폐」는 문학과 감정의 관계를 설명하는 글이다. 아울러 이 지면을 맡았던 학예부장(문예부장) 현철의 다음과 같은 진술은 문예를 다루는 편집진의 의도가 어디에 있었는지를 분명히 보여준다.

> 記者의 元意는 이 文學上에서 取扱하는 感情問題를 죰음 더 豫想하고 이 原稿를 일으켯더니 다시 생각하니까 이 우에 한 層 더 깁히 들어가면 넘우 專門的에 가깝고 또 一般讀者에게는 文學을 전공하는 이가 아니면 그처럼 必要도 업겟기 大綱 이마만 하고 붓을 노키는 노핫스나 자못 充分치 못한것은 記者도 遺憾이 업지는 아니하지마는 이는 또한 普通雜誌라는 形式上 不得已한 일이다. 그러치마는 이것만 하여도 우리 愛讀者諸氏는 文學上에 表現되는 感情이 어쩌한 것이라고 하는 그 大意는 斟酌的하엿슬 듯하다.[26]

---

25) 인권환, 「開闢誌의 文學史的考察」, 한국사상연구회편, 『崔水雲研究』, 원곡문화사, 1974, 478쪽 참조.

인용문을 정리하면 자신이 지금까지 이야기한 것에서 더 깊이 들어가면 너무 전문적이어서 문학을 전공하는 사람이 아니면 필요가 없을 것 같아 그만둔다는 것인데, 이것이 보통잡지라는 형식상 부득이한 일이라고 부연하고 있다. 즉 현철은 자신의 글들이 일반 독자들을 겨냥해서 쓰여졌음을 분명히 하고 있으며, 나아가 『개벽』이 문예동인지와는 다른 수준에서 문학을 설명하고 있다는 것을 밝히고 있다. 만약 현철이 자신의 문학관련 글들을 전문가 내지 고급독자를 대상으로 쓰려고 했다면 황석우의 글 뒤에 시의 정의에 대해 간단하고 초보적인 쪽기사를 넣지는 않았을 것이며, 황석우와의 논쟁도 일어나지 않았을 것이다.27) 현철과 황석우와의 시논쟁은 현철이 쓴 위의 글들이 일반 독서대중을 대상으로 한 범박한 차원의 문학소개였음을 방증하는 것이다.

한편 현철의 「현당독폐」가 연재를 마치자 김억이 기획기사로 「근대문예」를 12호부터 21호에 걸쳐 총 8회 연재하는데 이전과 양상이 조금 다르다. 이 글은 근대문예의 출발인 문예부흥과 고전주의 낭만주의, 자연주의 신낭만주의 등 다양한 문예사조에 대한 개괄적 해설인데, 현철의 기획기사들과 비교하면 좀 더 전문적인 글이고 글의 내용상 난이도가 높아지는 것은 당연했다.28) 그렇다 하더라도 이 글들이 전문지식인을 주로 겨냥했다고 보긴 어렵다. 무엇보다도 문체가 이해하기 좋을 만치 평이하며, 이미 『개벽』에는 햄릿이 번역되고, 퇴폐주의 시인 로덴바흐가 소개되고 있는 상황이어서 전혀 낯선 대상은 아니었기 때문이다. 독서대중의 수준차이를 고려한 이 같은 조치는 문예를 일반독자들

---

26) 현철, 「현당독폐, 문학에 표현되는 감정」, 『개벽』9호, 1921. 3. 1, 122쪽 참조(강조는 인용자).
27) 황석우와 현철의 시논쟁은 황석우의 기사 「최근의 시단」(월평)의 말미 여백에 현철이 시의 정의에 관한 초보적이고 사전적인 기사를 삽입함으로써 발단이 되었다(『개벽』5호, 94쪽 참조).
28) 전체적으로 『개벽』의 수준이 평이하지만 문예면 같은 곳에서는 난이도에 차이를 보이는 기사들이 혼재했다는 것은 통명산인의 글을 통해서도 확인된다. "開闢은 編輯者의 手段인지 或은 投稿家及 執筆者의 幼稚한 까닭인지는 모르나 何如間 우리 民衆에게 對하야는 한 常識的 言論時事文藝雜誌로 하야서는 適當하달 수 잇스니 可히 일로써 長點이라 할수 잇습니다. 그러고 文藝方面에는 高尙한 것과 幼稚한 것을 兼並한 것 가트니 趣旨로 해서 그런지 編輯者의 無理鮮로서 그런지 나는 推測할 수 업습니다."(「개벽에 대한 소감」, 『개벽』37호, 1923. 7. 1. 58~59쪽 참조).

에게 이해시키는 편집진의 치밀한 계산의 산물로 보인다. 즉 조금씩 난이도를 높여 독서대중을 흡입하는 대중전략일 가능성이 높다. 그리고 바로 이런 계몽전략, 대중보다 높은 자리에서 대중을 향해 사상과 지식을 설파하되 대중에게 다가가고, 대중을 견인하려는 태도를 잃지 않는 편집원리야말로 『개벽』의 대중적 성공의 중요한 기반이라고 할 수 있다.

『창조』를 비롯한 문예 동인지들이 경영악화로 단명할 수밖에 없었던 것은 그것이 계몽적이지 않았기 때문이 아니다. 그들은 충분히 계몽적이었다.

> 白岳兄(김환-인용자)
> 「創造」를 길너갈 方針, 其他는 別信에 올리거니와 다만 우리의 文化의 向上을 爲하야, 우리 思想生活의 水準을 놉피기 爲하야, 우리 衰殘한 藝術의 復興을 爲하야라는 啓蒙的 色彩는 어듸까지던지 維持하여야 할 줄 압니다.[29]

문화의 향상과 사상생활의 수준을 높이는 것은 『개벽』의 주체들의 생각과 다르지 않다. 문학과 예술의 부흥을 위한다는 생각도 앞서 살펴보았듯이 『개벽』 편집진이 많은 지면을 문학에 할애하고, 문예면을 독립시켜 꾀하고자 한 바와 크게 다르다고 볼 수 없다. 즉 문학에 관한 한 '계몽'의 내용에 있어 두 잡지에 근본적인 차이가 있다고 말하기 어렵다. 다른 점이 있다면 그것은 계몽의 태도다. 동인지마다 차이는 있지만 대체적으로 『창조』, 『폐허』, 『백조』의 동인들은 대중을 계몽하되, 대중으로부터 자신을 스스로 소외시킴으로써 존재의 근거를 마련했다. 그리고 예술을 이해하지 못하는 대중들과 자신들의 예술적 행로를 방해하는 사회현실, 즉 조선적 상황에 분노했고, 예술과 문학의 전위부대를 자처하게 되었다.[30] 그런데 전위부대의 주요무기는 격렬한 돌격과 선언이지 차분한 어조의 설득이나 상호교감에 의한 교화가 아니다. 그들은 독

---

29) 주요한, 「장강어구에서」, 『창조』4호, 1920. 2. 23, 59~60쪽.
30) 동인지 문학이 가진 예술 운동적 성격과 그 운동의 담당자인 동인들의 전위적 성격에 관해서는 황호덕, 「1920년대초 동인지 문학의 성격과 미적 주체 담론」, 성균관대학교 석사논문, 1997, 4장 참조.

서대중의 입장에서 문학을 생각할 수 없었으며 대중에게 다가서거나 대중을 부축하여 올라서려는 노력을 보이지 못했다. 계몽과 대중지향 사이의 절충점을 발견할 수 없었던 것이다.

어쨌든 『개벽』 편집체계의 또 하나의 특성인 계몽과 대중지향의 절충은 『개벽』의 대중적 성공의 열쇠였음에 틀림없다. 아울러 이런 절충성이 문예 분야만이 아니라 과학과 의학분야 그리고 논설과 시사잡문에 두루 나타난 현상임에 주목할 필요가 있다. 특히 과학·의학분야의 경우, 글을 싣는 것 자체가 계몽성을 띤 것인데, 과학 분야에는 흥미소를 가미하고, 의학분야에는 실용성을 중시하여 대중성을 잃지 않고 있다. 즉 「태양열의 연구」·「구라파멸망설」·「남극탐험대의 대비극」·「화성에 서식하는 칠동물」·「아불리가주는 제2의 월」 등의 제목에서 알 수 있듯이, 딱딱해지기 쉬운 과학분야에 독자의 흥미를 끌만한 기사들을 배치하여 세계에 대한 관심을 자연스럽게 유도하고 있는 것이 전자의 경우라고 한다면, 「위생안으로 본 2대 해악」·「米人 신쑤레열 씨의 단식요법」·「민세학상으로 보는 조선민족」·「과학상으로 본 생로병사」 등의 의학관련 기사를 통해 독자들의 일상적 삶과 밀접한 음주와 성욕, 단식요법, 출산과 사망 등에 대한 실용적 지식을 제공하는 것은 후자에 해당한다고 볼 수 있다.

5. 개벽사상과 개조론의 결합

『개벽』 편집상의 세번째 특징은 논설이 많다는 것이다. 이들 논설은 『개벽』이 가진 계몽적 성격을 가장 극명하게 드러내는 것으로 30호까지 모두 161개의 기사가 실려 있다. 이것을 부문별로 정리하면 사상이 81개로 가장 많고, 경제문제 20개, 농촌문제 13개, 여성문제 6개, 노동문제 4개, 교육·정치문제가 각각 4개와 5개, 그리고 기타분야에 대한 것이 28개 실려 있다.

호수	1호	2호	3호	4호	5호	6호	7호	8호	9호	10호	11호	12호	13호	14호	15호
기사수	11	8	9	5	7	4	8	6	5	7	5	4	6	6	5
사상	5	5	5	3	2	2	3	2	5	3	2	4	4	4	1
경제	1	·	·	1	·	·	2	3	·	·	·	·	·	·	2
여성	·	1	2	·	1	·	·	·	·	·	·	·	·	·	·
노동	1	1	·	·	·	·	·	·	·	1	·	·	·	·	·
농촌	·	·	·	1	1	·	·	·	·	·	·	·	·	·	1
교육	1	1	·	·	1	·	·	·	·	·	·	·	·	·	·
정치	·	·	·	1	·	·	·	·	·	1	·	·	·	·	·
기타	3	·	2	·	2	1	3	1	·	2	·	·	2	2	1

호수	16호	17호	18호	19호	20호	21호	22호	23호	24호	25호	26호	27호	28호	29호	30호	계
기사수	3	4	3	7	3	4	7	5	4	6	3	5	2	7	2	161
사상	3	3	2	6	1	1	2(1)	3	2	12	·	4	·	1	1	81(1)
경제	·	·	·	·	1	1	1	·	1	1	·	·	1	1	1	20
여성	·	·	·	·	1	·	1	·	·	·	·	·	·	·	·	6
노동	·	·	·	·	·	·	·	·	·	1	·	·	·	·	·	4
농촌	·	·	·	·	·	·	1	·	·	2	2	·	4	·	·	13
교육	·	·	·	·	·	·	·	1	·	·	·	·	·	·	·	4
정치	·	·	·	·	·	·	·	·	·	·	1	1	·	1	·	5
기타	·	1	1	·	·	2	2	1	1	·	·	·	·	1	·	28

 * 정치(시사·시평·계급운동·정치운동·국제정세·계급론 등), 기타(도덕·수양론·소년
   운동 등), ( )는 번역글의 게재수.

그중 가장 비중이 높은 사상관련 논설은 그 대부분이 개조론에 입각해 있다
고 할 수 있으니, 창간호의 논설「세계를 알라」는 이를 단적으로 함축하고 있다.

우리는 들엇노라. 날마다 날마다 우리의 耳膜을 打動하는 改造改造의 聲
—그 소리야 매우 興趣잇고 意味잇고 그리하야 힘잇고 精神잇도다. 이소
리가 가는 곳에 우리의 幸福이 目前에 쏘다지는 듯하도다. 改造改造 그 무
엇을 意味함인가 世界라 云하는 이 活動의 機械를 뜨더 고쳐야 하겟다함이
로다. 過去 여러 가지 矛盾이며 여러가지 不合理 不公平 不徹底 不適當한
機械를 修繕하야 圓滿한 活動을 엇고저 努力하는 中이엇다. [……] 이를 抽
象的으로 말하면 正義人道의 發現이오, 平等自由의 目標라 하겟고 具體的
으로 말하면 强弱共存主義, 病健相補主義라 하리라. 强者의 겻혜 弱者가 잇
지만은 둘이다 權利의 調和를 엇고저. 富者의 겻혜 貧者가 잇지만은 둘이다
經濟의 平均을 엇고저. 優者의 겻혜 劣者가 잇지만은 두리다 價値의 權衡을
얻고저. 獅子의 노는 곳에 小洋도 놀고 猛鷲가 나는 곳에 小雀도 나래를 펼
時代가 돌아 오도다.31)

1차대전 이후 제국주의 열강의 침략주의 군국주의에 대한 전인류적 비판의 목소리가 높아지는 한편, 파리강화회의가 열리고 국제연맹이 결성되는 세계정세를 바탕으로 일어난 개조론 내지 개조주의는 당대 세계 사상계에 강력한 영향력을 끼치고 있었다. 일본의 다이쇼데모크라시 운동의 배경이 된 것이 이 '사회개조' 사상이었으며, 일본과 같은 문화권에 속하는 조선도 예외는 아니었다. "1920년대 초 문화정치의 시작과 함께 새로이 발간하기 시작한 각 신문, 잡지의 지면에서는 '개조'라는 용어가 하나의 유행어가 되고" 있을 정도였다.[32] 더딘 근대화 과정으로 인해 여전히 힘을 발휘하고 있던 낡은 사상과 사회제도 속에서 새로운 것을 갈망할 수밖에 없었던 식민지 지식인들에게 개조주의는 하나의 세계사적 추세로 거부할 수 없는 흡인력을 가진 존재였던 셈이다. 창간사를 비롯한 『개벽』의 사상관련 논설들은 이런 경향으로부터 『개벽』이 예외가 아니었음을 말해준다.

그런데 『개벽』의 개조론 수용에는 다른 이유가 있었던 듯하다. 앞서 말한대로 종교색 배제의 원칙이 문제가 되었을 수 있다. 손병희가 교육사업 등에서 종교색을 내비치기를 꺼려하거나 의도적으로 배제하였듯이[33] 後進에 속하는 이돈화나 김기전 등이 敎主의 그런 경향을 하나의 모범으로 삼았을 가능성도 크다. 더구나 종합잡지의 대중적 성공에 종교색이 하나의 장애가 될 수 있다는 판단도 편집원칙에 적지 않게 영향을 끼쳤을 것이다.[34] 그들은 자신들의 종교이념을 포장할 무엇을 찾았고 개조론이란 더 없이 좋은 대상을 발견할 수 있

---

31) 미상, 「세계를 알라」, 『개벽』창간호, 1920. 6. 25, 6~7쪽 참조(강조는 인용자).

32) 박찬승, 『한국근대정치사상사연구』, 역사비평사, 1992, 176쪽 참조.

33) 손병희는 3·1운동을 주도하면서도 결코 교색을 노출시키지 않았으며, 보성전문학교를 인수해 운영하면서도 추호도 학교운영이나 교육내용에 종교적 색채를 내세운 일이 없었다고 한다. 인권환, 「개벽지의 문학사적 고찰」, 한국사상연구회 편, 『최수운연구』, 1974, 475쪽 참조.

34) 이처럼 자신들의 종교이념을 표면에 내세울 수 없었던 좀더 근본적인 이유는 동학(천도교)의 역사에서 찾아야 할 것이다. 즉 천도교는 개교(1860년) 이래 끊임없이 조선의 현실문제에 관여해 왔고(갑오농민전쟁, 삼일운동 등), 그때마다 혹독한 대가를 치러야 했다. 1, 2대 교주가 처형당하고 수많은 교인이 관의 탄압과 수탈의 대상이 되어왔던 역사적 경험은 자연스럽게 손병희나 그 후진들로 하여금 종교색을 감추게 만들었을 것이다.

었다. 이 둘의 결합은 무엇보다도 천도교의 종교이념이 개조론의 핵심과 무리 없이 결합할 수 있는 체계와 특성을 갖고 있었기 때문인데, 천도교의 '후천개 벽'사상은 주지하다시피 이돈화에 의해 정신개벽, 민족개벽, 사회개벽의 3대 개벽설로 체계화된 것으로, 정의, 인도, 평등과자유의 원칙에 입각하여 강자와 약자, 부자와 빈자가 조화롭게 공존하는 세상을 건설하자는 개조론과 마찬가 지로 이상주의적 성격이 짙은 것이었다.

> 開闢雜誌의 主義는 開闢이라 하는 「열임」이 이 곳 그 主義가 되는 것이니 物質을 열며 精神을 열며 過去를 열며 現在를 열며 未來를 열며 乃至 萬有 의 正路를 열어 나아감이 그 主義인지라. 그럼으로 開闢은 어대까지든지 現 象을 否認하고 現象以上의 新現象을 發見하야 新進의 正路를 開拓함이 그 둘이며, 開闢의 事業에는 스스로 嚴正한 批判을 要하는 것이라. 不偏不黨, 公正嚴明한 考察로 邪를 破하고 正을 顯하야 社會를 整頓하며 新運動을 助 長하야 正見과 正思, 正言, 正立의 道를 振興함이 그 셋이며 開闢은 具體的 으로 社會運動 農村啓發運動 等의 正面에 立하야 스스로 新社會建設의 全 責任을 負擔함이 그 넷이다. [……]35)

더욱이 그것은 물질계와 정신계의 구별을 넘어서고 과거와 현재 미래까지 를 포괄하는 사상이었던 바, 일차대전 후 자본주의의 병폐에 대한 비판의 소리 로 제기된 개조주의를 감싸안기에 충분한 것이었다.36) 개조론과 개벽사상이 섞여 혼재하는 것은 당연한 결과다.

> 왼 世界는 燦爛한 光의 世界로다. 平和의 소리가 높도다. 改造를 부르짖 도다. 왼 人類는 新鮮한 自由의 人類로다. 運이 來함이냐? 時가 到함이냐? 아니 이것이 開闢이로다.37)

---

35) 미상, 「돌이켜보고, 내켜보고」, 『개벽』37호, 1923. 7. 1, 3쪽 참조(강조는 인용자).
36) 이 같은 맥락에서 『개벽』에는 개조론의 주창자인 러셀이나 카펜터를 소개하는 글이 여러 번 게재된다(김기전, 「사상계의 거성 뻐츄랜드 러셀씨를 소개함」, 『개벽』11호, 1921. 5. 1. / 박사직, 「개조계의 일인 에드와드 카펜타아를 소개함」, 『개벽』12호, 1921. 6. 1).
37) 미상, 「개벽」, 『개벽』창간호, 1920. 6. 25, 1쪽 참조(강조는 인용자).

> 사람은 神의 進化한 者로 萬物을 代表하야 漁獵을 始하며 農業을 營하며 商工業을 起하야 進化에 進化를 加하는 中 오늘날 이 **世界大改造라하는 革新의 氣運**을 맛보게 되엇나니, 이 곳 開闢의 開闢이엇도다.[38]

> 世界의 今日은 이러틋 浮散한 中에 잇도다. 過渡하면서 잇는 今日이엇다. **改造하는 道程에 잇스며 進一步 向上進步하는 中**에 잇나니 우리는 이것을 보고 黎明이라 하며 開闢이라 하도다.[39]

그런데 이런 개조론은 사상관계 논설들에 한정해서 검출된다기보다 여타의 다른 분야의 논설들 까지도 포괄하면서 사실상 『개벽』의 계몽담론을 규정짓는 것이기도 하였다. 왜냐하면 여성문제, 노동문제, 농촌문제, 교육문제, 경제문제 등은 개조론이 제기한 사회개조의 각 분야들이며 세부들이기 때문이다. 강자와 약자, 부자와 빈자가 **평화롭**게 공존하는 사회 건설이 약자를 보호하고 그들의 권익을 옹호함으로써 가능한 것이라고 할 때, 개조론에서 말하는 약자란 일차적으로 식민지로 전락한 조선민족 전체를 의미했다. 하지만 현실적으로 민족문제 내지 정치문제를 제기하는 것이 허락되지 않았던 상황에서 『개벽』 주체들의 관심이 조선내 사회적 약자인 여성과 어린이, 그리고 노동자와 농민에게 쏠리는 것은 당연했다. 그리고 이들의 계몽을 위해서 교육이 필요하고, 그들의 경제적 풍요를 위해서 산업발전이 필요하다는 데 생각이 미쳤던 것이다. 『개벽』에 등장하는 사회제반 현상들(노동, 농촌, 여성, 교육, 경제분야)에 대한 문제제기와 대안제시는 이런 맥락에서 도출되었던 것이다.

『개벽』의 계몽담론이 개조론에 입각해 있다는 사실은 『개벽』의 대중성과도 무관하지 않다. 물론 얼핏 보면 『개벽』의 대중적 성공과 논설이 깊은 상관관계를 가지고 있다고 생각하기 어렵다. 논설이란 장르 자체가 대중을 아래 두고 설교하고 훈화하는 계몽 방식의 전형인 이상, 선험적으로 그런 딱딱한 소통방식을 좋아할 독자는 많지 않아 보이기 때문이다. 그런데 『개벽』의 경우는 그런 소통방식상의 한계가 몇 가지 이유에서 문제가 되지 않았던 것 같다. 무엇보다

---

38) 미상, 「창간사」, 『개벽』창간호, 1920. 6. 25, 2쪽(강조는 인용자).
39) 미상, 「세계를 알라」, 『개벽』창간호, 1920. 6. 25, 7쪽(강조는 인용자).

도 설교와 훈화의 소통방식이 당대인에게는 오히려 익숙한 것이었다는 점을 지적할 수 있다. 애국계몽기는 물론이고 1910년대와 1920년대까지 가장 흔한 대중교화 수단은 연설이나 강연이었으며, 언론사나 단체들 특히 청년회 주최의 연설회는 정기적이고 일상적인 풍경이었다.[40]

한편『개벽』의 계몽담론이 식민지로 전락한 조선의 민중들과 지식인들에게 우호적으로 받아들여질 수 있었다는 내용적 측면을 지적할 수 있다. 앞서 보았듯이 개조론의 핵심이 민족간 문제에 있어서 약소민족의 권익을 옹호하는 것이고, 한 사회 안에서 대접받지 못하는 노동자, 농민, 여성과 아이들의 권리를 보호하고 교육과 산업을 발전시켜 약자들의 생활과 나아가 민족 전체의 삶의 질을 개선해야 한다는 것인 이상 식민지 조선의 민중들이 그것을 거부할 이유는 없어 보이기 때문이다. 하지만 이것은 논리의 차원에서 그렇다는 것이지 생활의 차원, 즉 장사하고 농사짓고 혹은 사업하는 차원, 장보고 빨래하고 가족들의 의식주를 준비하는 차원에서 실감되는 것은 아니었을 것이다. 즉 정말 못살겠다는 실감이 먼저고 논리는 이에 수반되는 과정에 불과하다는 말이다. 독서대중들에게『개벽』을 읽게 하고 나아가『개벽』주체들의 계몽담론에 공감하게 했던 것이 식민지 조선의 일상적 삶과 여기서 비롯되는 실감이라고 할 때 무엇보다도 이 시기가 금융공황기였다는 사실은 주목할 필요가 있다.

> 四月 中의 通貨 流通高
> 四月中旬傾 朝鮮內의 通貨流通高를 聞한 즉 總額 一億 二百九十二萬 七千 七百四十二圓이며 少額紙幣가 二百三十三萬 四千一百五圓이며 朝鮮銀行券이 九千二百十九萬 七千二圓인데 前年同期에 比하면 合計 四千六百四十一萬 五千五十圓의 減少를 示하였다.[41]

---

40) 동경유학생들의 조직체인 '학우회'나 각 종교 청년회(특히 천도교청년회), 그리고 언론사들은 자체적으로 연설・강연회를 열었을 뿐만 아니라 정기적으로 조선 각지를 돌며 순회강연회를 열곤 하였는데, 여기에는 국내외 각 학교들도 동참했다. 1921년의 경우 경성에서는 매월 몇차례씩 명사들의 강연이 빠짐없이 있었고(강인택, 「강연월단」,『개벽』17호, 1921. 11, 55쪽 참조), 7월 한달 동안에 모두 51개의 순회강연단이 조선내에서 활동하고 있었으며(김기전, 「청천 백일하에서」,『개벽』14호, 1921. 8. 14쪽 참조), 그로 인해 각 지역청년회는 수십차례에 걸친 순회강연단의 방문으로 몸살을 앓았다(박달성, 「회고하로 칠천리」,『개벽』16호, 1921. 10, 44쪽 참조).

經濟界의 不況도 이제는 그만

한창 째에는 一億八千萬圓 通貨의 流通高를 見하든 우리 朝鮮이 近來에
는 減縮又減縮되어 單九千萬圓의 流通高를 見하기에 至하였다. 通貨가 이
만큼 縮小되엇스니 朝鮮經濟界가 어찌 말성이 아니리오. 京城 大街路에 競
賣鐘이 亂鳴하는 것도 免할 수 업는 일이오. 一般의 人氣가 문득 消沈된 것
도 이에 原因됨이 컷슬것이다.[42]

한때 1억 8천 만원이던 통화량이 1920년대 초 2년간 절반으로 감축될 정도
로 금융공황이 심했다면 이것은 단지 산업계와 상업계의 문제만은 아니었을
것이다. 회사가 도산하고 곳곳의 상점들이 철시하는 상황에서 사람들이 겪은
생활상의 곤란은 심각한 것이었다. 어린아이들조차 굶주림에 지쳐 일본으로
고용살이를 떠나야 했을 정도다.

四十一名의 可憐한 兒童 ― 먹기에 窮하야 日本으로

釜山港 出帆 聯絡船을 기다리는 十四歲 十五歲 假量의 어썬 兄弟 四十一
名의 一隊가 잇섯다. 그 아이들은 모다 자기 집 살림의 困難으로 얼굴빗은
甚히 蒼白하고, 全身은 瘦瘠하야 [……] 그들은 모다 東京市에서 琉璃製造
業하는 日本人 高淸次廊君의 琉璃工場에 職工으로 募集되어 東京으로 向하
는 것이엇는데 그 中에는 十三四歲 未滿의 幼兒도 잇섯스며 雇傭으로 팔려
가는 期間은 滿 三個年이며 雇金은 日給 六十錢이엇섯다.[43]

『개벽』은 바로 이런 시기에 유통된 잡지였으며, 바로 그런 대중들의 어려움
을 개조론 속에서 수렴하였던 셈이다. 이런 『개벽』의 시의 적절성이 성공의
또 다른 공신이었다. 한편 경제나 노동 혹은 여성분야나 농촌분야에 관계된
논설들은 독서대중의 삶 속으로 밀착해 들어가는 모습으로 논설의 거리감을
조절했다. 우선 제 분야의 문제점을 파악하고 구체적 실증을 통해 대안을 제시
하는 방식으로 기사를 작성하는 것이다. 구체적 실증을 보이는 데는 주로 통계

---

41) 미상, 「우리 사회의 실상과 그 추이」, 『개벽』11호, 1921. 5. 1, 79쪽 참조.
42) 세검정인, 「도선암중의 만필십육제」, 『개벽』27호, 1922. 9. 1, 8쪽 참조.
43) 일기자, 「社會의 聲」, 『개벽』8호, 1921. 2. 1, 80쪽 참조.

조사나 체험담이 이용되었는데 특히 통계조사는 삶에 대한 밀착감을 높이고 있다. 선우전의 「조선인 생활문제의 연구」시리즈가 그 대표적인 경우인데[44], 조선인의 생활지수를 계층별로 분석하면서, 의복비, 거주비, 오락비(문화비) 등등을 세분화해 통계를 제시하고 있다.

결국『개벽』의 주체들은 자신들의 계몽담론을 독서대중에게 효과적으로 전달하기 위해 치밀한 전략을 세웠고, 이 대중화전략이 잡지성격·유통·편집 등에 반영되면서 대중적 호응을 얻게 되었다고 할 수 있다. 다시 말해서 독서대중에게 다가서려 했기 때문에 성공할 수 있었다.

6. 맺음말

이글은『개벽』의 대중적 성공이 천도교조직기반을 이용한 유통망과 아울러 그 편집체계에 기댄 바가 크다는 전제에서 출발하여,『개벽』편집체계의 특성을 '대중성'이라는 측면에서 분석하려 하였다. 크게『개벽』이 종합지를 표방하고, 문예동인지와 달리 '개방성'을 원칙으로 삼은 것은 물론이고, 구체적으로 '종교·비종교기사의 절충'이나 '계몽과 대중지향의 절충' 나아가 개벽사상과 개조론을 결합시킨 것 등은 모두『개벽』이 대중화라는 시대적 흐름을 타고 있었음을 입증하는 것이다. 근대성이란 상품―화폐관계의 진전에 따른 '상품화'이자 동시에 이를 위한 필연적인 '대중화'를 자체에 함축하는 과정이라고 할 때, 문학과 예술은 물론이고 지식과 사상, 종교와 철학까지도 이로부터 자유로울 수 없었고 바로 이런 것들을 주요 내용으로 포섭했던 잡지들이 상품화와 대중화의 과정에 긴박됨은 필연적인 결과였을 것이기 때문이다.

따라서『개벽』의 대중적 성공은 결과적으로 상업적 성공을 의미하는 것이 사실이다. 하지만 엄밀히 말해 대중화와 상업화는 같은 개념이 아니다. 철학이나 종교에 있어 대중화가 상업화를 의미하는 것이 아님은 물론이거니와 문학과 예술에 있어서도 곧바로 통속성 내지 상업성으로 이해되어서는 곤란하다.

---

44) 이 글은『개벽』20호와 21호, 그리고 22호와 24호에 걸쳐 4회 연재되고 있다.

이런 시각들은 『개벽』을 종교잡지로 선규정하는 관점과 마찬가지로 『개벽』이 가진 '대중성'의 실체에 접근하는 것을 방해할 뿐이다. 우리가 정작 관심을 기울여야 할 지점은 이런 '대중화'의 방향 속에서 조선의 문학과 예술, 종교와 사상 그리고 철학이 보여준 구체적 지향들이다. 예를 들면 문학에 나타난 현실중시의 경향이나, 천도교의 철학화 내지 현실화, 『개벽』 논자들에게 나타나는 주체적 자기발견의 양상들(전통과 역사에 대한 재인식), 문화운동과 계급운동의 상호관계 등등이다.

　이 글은 『개벽』의 대중적 성공이 어떻게 가능했는지를 조명하는 데 집중하여, 그 대중지향의 편집경향이 각 부문에 관철되는 방식을 개괄적으로 조명했을 뿐이다. 따라서 문학, 논설, 종교, 사상 등 각 부분에서 이루어진 지향이나 그 변모양상을 구체적으로 문제삼기 어려웠다. 더구나 1~72호까지 전체적인 통계와 내용파악이 이루어지지 못했기 때문에 『개벽』의 성격을 규정하는 것도 불가능했다. 이는 추후과제로 남긴다.

향토적 서정소설과 식민지 반봉건성

박헌호[*]

1. 문제의 소재

우리 소설사에는, 20년대에 발흥하여 30년대 중반에 확고하게 정착된 일군의 흐름이 존재한다. 향토적이고 토속적인 배경과 사건을 바탕에 깔고 근대화에 뒤쳐진 민중적 인물들을 주인공으로 하여 서정적인 분위기를 창출하는 소설들이 그것이다. 이른바 '향토적 서정소설'이라 범칭할 수도 있는 이러한 경향의 소설들은 대부분의 경우 당대의 역사적 전개방향인 근대화의 방향과 궤를 달리하며 전통 지향적인 모습을 보여준다는 점에서도 주목할 만하다. 이들 중 많은 작품들이 30년대 중반에 활발하게 전개되었던 '조선주의 문화운동'과의 연관 속에서 논의돼왔다는 사실이 이를 반증한다.

이들 작품의 문학사적 의의는 여기에 그치지 않는다. 향토적 서정소설들은 많은 경우 해당 작가의 대표작의 반열에 올라, 해방 이후의 문학사 연구나 문학교육에서 중요한 대접을 받았고, 그 결과 교과서뿐만 아니라 여러 '선집' 종류에 단골메뉴로 등재되어 대중들에게도 널리 알려져 있는 작품들이다. 이는 향토적이며 전통 지향적인 작품들이 단지 한 시기를 대표하는 역할에 그치는 것이 아니라, 우리 민족의 '심미적 경향'[1])에 부합하는 작품으로, 혹은 심미적

---

* 고려대 연구교수

1) 이때의 '심미적 경향(審美的 傾向)'이란, 예술작품의 창조와 향유의 과정에 작용하는, 아름다움을 인식하는 특정한 경향으로 풀이될 수 있겠다. 이것은 작가와 향유자에게 각각 존재할 수 있으며, 시대나 공동체 단위에서 공통적으로 추출할 수도 있다. 따라서 '식민지 시대를 통과하며 역사적 경험을 공유한 민족 구성원들에게서 일반적으로

경향을 조장하는 작품으로 자리잡아 왔다는 사실을 말해준다.

몇몇 작품을 예로 들어보자. 나도향의 「벙어리 삼룡」(1925. 7), 「뽕」(1925. 12), 이태준의 「달밤」(1933. 11), 「불우선생」(1932. 4), 계용묵의 「백치 아다다」(1935. 9), 주요섭의 「사랑손님과 어머니」(1935. 11), 김유정의 「봄·봄」(1935. 12)이나 「동백꽃」(1936. 5), 김동리의 「무녀도」(1936. 5), 「황토기」(1939. 5), 정비석의 「성황당」(1937. 1), 이효석의 「메밀꽃 필 무렵」(1936. 10), 「산」(1936. 1) 등등의 작품을 예시할 수 있겠다.

이 글은 이러한 작품들이 어떠한 역사적·미학적 배경 아래서 뚜렷한 흐름을 형성할 수 있었는지를 탐색하려는 의도로 쓰여졌다. 물론 30년대 중반 이후 활발하게 전개된 '조선주의 문화운동'이 직접적인 계기라는 사실은 강조될 필요가 있다. 그러나 본고는 향토적 서정소설이 30년대 중반뿐만이 아니라 이후에도 많이 창작되며 대중들의 문학적 감수성을 형성하는데 지속적으로 미학적 준거였다는 사실에 더욱 주목한다. 그리고 그러한 현상이 가능하게 된 이면에는 분단 이후의 문학교육제도의 문제2)와 함께, 식민지 근대화 과정의 파행성이 관여하고 있다고 판단한다. 향토적 서정소설의 형성배경을 논하면서 '식민지 반봉건성'의 문제를 중심에 내세운 까닭이 이 때문이다.

2. 타율성과 두 개의 근대성

그렇다면 식민지 경험은 한국 근대문학에 어떠한 영향을 끼쳤는가. 그것은 다양한 층위에 걸쳐서 폭넓은 자장을 형성하고 있는 것이기에 간략하게 논의되기 어렵다. 또한 이러한 논의는 쉽사리 근대성 논의의 보편성과 특수성에

발견되는 문학적 아름다움을 인식하는 기본 자질'을 뜻한다. 박헌호, 「한국 근대 단편양식과 김동인(2)」, 구중서 편, 『한국근대문학연구』, 태학사, 1997, 3장 참조.

2) 남한 단독정부 수립 이후 김동리, 조연현 등으로 대변되는 소위 '문협정통파'의 문학 이념이 문학사와 문학교육에 미친 영향은 중대하다. 향토적 서정소설이 주요한 흐름을 형성하고 계속해서 재생산될 수 있었던 데에는 이러한 제도적, 이념적 문제 역시 간과할 수 없는 본질적인 문제이다. 다만 여기서는 다루지 않고 추후에 다루고자 한다.

관한 논란을 불러일으킬 수 있다. 식민지로서의 특수한 경험, 식민지화와 근대화가 병행하면서 발생하는 근대성의 왜곡된 양상들을 강조하다 보면, 역사적 현상으로서의 근대화 과정이 지니는 보편적인 양상을 무시하기 쉽다. 거꾸로 근대성의 보편적인 맥락을 강조하다 보면 식민지 반봉건 사회였기에 봉착해야 했던 수많은 역사적 맥락들을 평가절하 하는 어리석음을 범할 수도 있다. 그러므로 우리가 취해야 할 자세는 식민지성(植民地性)과 근대성(近代性)이 이 항대립적 관계로 동떨어져 있는 것이 아니라, 때로는 충돌하고 모순을 형성하면서도 본질적으로는 서로 간에 긴밀한 관계를 맺고 있으며, 그러한 관계의 역동성이 한국의 '현재'를 형성하게 만들었다고 보는 관점이다. 그랬을 때 한국 근대사에서도 일관되게 관철되고 있는 근대성의 보편성과 한국 역사만의 특수성을 발견할 수 있을 것이다.

 봉건적인 사회가 식민지화를 거쳐 타율적으로 근대에 접근했다면 거기에는 서구적인 의미의 근대성과는 다른 맥락들이 도사리고 있을 수밖에 없다. 역사의 진행과정이란 보편적인 계기와 아울러 주체의 조건과 인식, 역량에 의해 규정되게 마련이다. 그것은 식민지 반봉건 사회의 규정력 때문에 엉뚱한 과정을 거치기도 하며, 의외의 난관에 부딪치기도 하고, 예상치 못한 결과에 봉착하기도 하는 것이다. 이점을 간과할 경우 한국 근대사에 대한 해석은 자칫하면 서구적 관점에 의한 재해석과 재단으로 머물고 말 수도 있다. 그러나 그러한 독특함이 근대화의 일반적인 성격을 벗어난 것이라는 비약도 성립하기 어렵다. 비록 반봉건적인 주체의 대응과 식민지성에 따른 굴절에 의해 식민지 조선의 근대화 양상이 특수한 면모를 띤다 하더라도, 그것이 근대 사회 전반의 보편적인 흐름과 동떨어져 있다고 판단하기는 어려운 것이다. 식민지 근대화 과정 역시 본질적으로는 근대화 과정의 일부에 속하며, 근대성의 일반적인 속성을 구현하는 것으로 귀결되기 때문이다.

 이러한 전제 아래 식민지성이 한국 근대사에 미친 영향을 살펴보고자 했을 때, 무엇보다 '타율성'에 관한 논의가 첫머리를 장식할 수 있을 것이다. 타율성이란 근대화 과정을 우리 스스로가 조절하지 못했다는 것, 즉 자발적으로 근대에 도달하지 못했다는 것을 의미한다. 조선의 근대화 과정은 서구 열강의 문호

개방 요구에 직면하면서 비롯되었고, 일제의 식민지로 귀결되면서 그 타율적 성격을 극대화하였다. 이 때의 타율성이, 단지 우리가 근대 문명의 발상(중심) 지가 아니었고, 따라서 중심지에 비해 늘 뒤쳐질 수밖에 없었다는 사실에 국한 되지 않는다. 그것은 근대화가 하나의 역사적 과정이라 할 때, 그러한 과정에 자발적으로 동참하고 속도와 방향, 방법과 목표를 우리 민족 스스로가 능동적 으로 조절하지 못했다는 사실을 의미한다. '식민지'란 무엇이겠는가. 무엇보다 도 바로 그러한 능동성의 박탈을 의미하지 않겠는가?

근대화란 정치·경제·사회·문화 모든 영역의 변화를 포괄하는 전방위적 (全方位的) 과제를 수반한다. 이 같은 과제 수행에 필수적인 것은 정치적인 주 권이다. 서구의 경우 근대적 국민 국가의 형성과 더불어 근대화가 본격화되었 다는 사실은 일반적으로 인정될 수 있는 대목이다. 그런 점에서 근대화와 식민 지화가 병행했던 제3세계의 근대화 과정은 서구의 그것과 기본적인 차이를 갖 는다고 볼 수 있다. 식민지 조선의 경우에도 사정은 동일하다. 독자적인 주권 이 존재해야 근대화의 제반 과제에 대한 능동적인 참여방식을 산출할 수 있으 며, 속도와 방법을 주체적으로 조절할 수 있다. 그러나 식민지란 곧 정치적 주 권의 상실을 의미한다. 주권의 상실은 근대화 과정에서 주체(우리 민족)의 의 사와 이익이 무시되었음을 의미한다.

언뜻 유사한 듯 보이는 한국과 중국·일본의 근대화 과정도 이점에서 각기 다른 양상을 보여준다. 일본은 아시아에서 가장 빠르게 서구적 근대화를 도입 했으며, 결국 제국주의에까지 이르렀다. 실질적으로는 국토의 절반을 서구열 강과 일본에게 내주었던 중국도, 그러나 주권을 잃지 않은 상태에서 근대화에 매진하였다. 그러나 조선은 후발 근대화 국가인 일본에 의해 완전히 식민지가 됨으로써 이들과는 또 다른 양상을 보여주게 된다. 조선이 역사상 유례가 없을 만큼 가혹한 식민통치에 시달렸던 것은 식민지 종주국인 일본의 취약성을 반 영하는 것이지만, 그만큼 조선의 근대화 과정에 역사적 파행성을 강화시키는 결과를 가져다 주었다.

토지조사령을 통해 근대적인 토지 소유관계를 확립하는 한편으로 지주—소 작인의 봉건적 관계를 강화한 것을 예로 들 수 있다. 근대적인 토지 소유관계를 확립한 것은 분명 근대화에 부합한다. 그러나 일제(日帝)는 소작인을 땅에 묶어두고 지주를 통해 대리 통치함으로써 식민지배의 용이함을 꾀할 뿐만 아니라, 민족 내부의 계급갈등을 조장하였다. 지주는 소작인에 대한 절대적인 권리를 보장받는 대신, 계급적 이익 때문에 식민통치에 순응적일 수밖에 없다. 소작인들의 불만은 일차적으로 지주에게 향해질 수밖에 없었으며, 그 결과 갈등의 본질이 손쉽게 위장될 수 있었다. 당연히 식민지 기간 내내 소작인들은 지주에 대해 여전히 봉건적인 신분의식에서 벗어나지 못한 채 과거 봉건 시대의 평민이 양반에 대해 착취당한 것 이상의 착취를 감수하며 살아야 했다.[3] 이런 상황에서 인구의 80% 이상의 비율을 차지하고 있던 농민들이 근대적 시민으로 재탄생하기를 기대한다는 것은 거의 불가능한 일이다.

심부름꾼으로 부려먹을 만한 하급직원을 배출하기 위해 초등교육을 장려했던 일제가 조선인의 고등교육에 대해서는 촉각을 곤두세웠던 사실도 마찬가지다. 염상섭이 『만세전』에서 웅변적으로 보여주고 있듯이, 일본 유학생들은 귀향 길에 오를 때마다 모멸적인 감시에 시달렸고, 도착해서도 상시적으로 일제관헌에게 자신의 동향을 신고해야만 했다. 지식인들은 식민 통치에 저항할 가능성이 높은 잠재적인 위험인물들이기 때문이었다. 일제는 한일합방을 감행하면서 조선인들이 근대 문명에 어두워 자신들이 보호통치를 할 뿐이라는 명분을 내걸었었다. 그러나 그들은 조선인들이 '똑똑해지는 것', 근대적 지식으

---

3) 연구에 따르면, 식민지 시대 소작인의 사회적 권리와 처지는 그전 시대보다 현격하게 악화되었다고 한다. 그 이전에는 현실적으로 지주—작인의 관계였다 하더라도 작인의 '경작권'은 일정하게 보호되었다. 지주는 작인이 일부러 농사를 망치는 것이 아닌 한 함부로 경작권을 뗄 수 없었고, 경작권은 관습적으로 상속되었다. 그러나 이 시기에 이르러 소작인의 지위는 약화되어 경작권을 담보로 지주에게 예속되었으며, 더욱 가혹한 착취에 시달렸다. 지대(地代)는 지속적으로 상승되었으며, 봉건시대로부터 존재했던 여타의 부역행위도 사라지지 않았다. 소작인들의 저항이 식민지 경찰에 의해 번번이 좌절되었으면서도 계속된 것은 그만큼 이들이 고통 속에서 살았음을 반증하는 것이다. 실제로 20~30년대의 신문지상을 장식하는 것은 소작쟁의에 관한 기사이다.
토지조사사업에 대한 연구는 상당한 분량이 축적되어 있다.
사계절 편집부 편, 『한국근대경제사연구』, 사계절, 1983.
강재언 외편, 『식민지시대 한국의 사회와 저항』, 백산서당, 1983.
정태헌, 「일제가 토지조사사업을 시행한 이유」, 『내일을 여는 역사』4호, 신서원 참조.

로 무장하는 것을 두려워하였다. 채만식의 수작 「레디 메이드 인생」의 핵심이 여기에 있다는 것은 우리 모두 익히 아는 사실이다.4)

대한 제국 말기에 의병투쟁으로 일본을 괴롭혔던 유림(儒林)에 대한 정책도 동일한 선상에 있다. 일제는 의병투쟁의 보복으로 유교의 상징인 '성균관'을 폐쇄하고 그 자리에 '경학원'을 개설하였다. 그리고 몇몇 친일 유림들에게 허울뿐인 관직을 주고, 봉건적 윤리를 확대재생산하는 데 부려먹었다. 충효의 논리는 지배자에 대한 복종과 봉사의 논리로 교묘하게 포장되어 일제에 대한 충성을 강요하는데 사용되었다. 유교적 '분(分)의 논리'는 '명분론(名分論)'의 합리적 핵심을 사상한 채 직분의 논리로 전환되어, 직업과 직책에 대한 무비판적 충실성을 강조하는데 사용되었다.

그 결과 식민지 조선 사회는 한편으로 보면 근대적 제도가 성립되고, 사회의 기본적인 구성 원리가 근대적인 것으로 변모된 것처럼 보였다. 철도가 다니고 근대적인 각종 제도들이 시행되며, 자본주의적 상품경제가 발달하고 있었던 것이다. 그러나 다른 한편으로 사람들은 여전히 봉건적인 인간관계 속에서 기존의 사유원리와 행동양식을 고수하고 있었다. 이미 시대적 헤게모니를 상실한 전통적인 인식체계와 행동양식들이 현실에서는 여전히 강력한 영향력을 지니고 있었던 것이다. 이를 '식민지 반봉건성(半封建性)'이라 하겠는데, 식민지에서의 근대화 과정이 많은 부분에서 봉건적 성격을 유지 혹은 강화하면서 진행되었음을 뜻한다. 이처럼 분열된 사회상은 식민지 조선의 구성원들에게 근대성에 대한 파행적인 인식을 심어주는 본질적인 계기가 된다.

흔히, 다른 시대와 구분되는 근대의 특성을 설명하기 위해 두 가지의 범주영역을 설정한다. 하나는 대의(代議) 민주주의라든지, 자본주의, 근대 국가로서의 여러 체제(법·행정·군대·교육·의료 등등)를 포괄하는 것으로 이를 '사회적 근대성'이라 명명한다. 다른 하나는 그러한 사회 체제에 부응하는 정서적·관념적인 대응방식의 체제로서 '문화적 근대성'이라 부를 만한 것이다. 인간과

---

4) 일제는 조선인들에 의해 거세게 전개되던 '민립대학 운동'도 저지하였다. 일제는 '민립대학'이 민족적이며 자주적인 의식을 전파시킬 것을 두려워하였으며, 그 타협안으로 '경성제국대학'을 건립하였는데, 이것은 고등교육을 자신의 통제 속에 두어야만 했기 때문이다.

사회에 대한 기본적인 감각을 비롯하여 가치판단의 체계, 그리고 예술과 미적인 것에 대한 판단기준들이 이에 해당할 것이다.[5]

두 영역의 근대성은 상호간에 밀접하게 조응한다. 상식적으로 말해도 사회제도의 근대적 변모없이 근대화에 도달했다고 보기 어려우며, 인간과 사회에 대한 감각의 변화 없이 근대성을 성취했다고 말하기 어렵다. 더 근본적으로 본다면, 문화적 근대성은 근대화의 내용과 형식을 충족시키는 핵심 기제라고 할 수 있다. 인간이 주체적인 욕구를 갖지 못한 상태에서, 말하자면 근대적인 감각과 인식의 틀을 소유하지 못한 상태에서 근대적 세계와 대면할 때, 그것은 세계와의 마찰과 불협화음을 증폭시키는 것으로 귀결될 가능성이 크다. 봉건적인 완고함으로 똘똘 뭉친 인간은 사회의 근대적 변신이 탐탁하게 보일 리 없으며, 오히려 강력한 반발의 대상이 되지 않겠는가. 따라서 문화적 근대성의 성취 없이 진행되는 사회적 근대성의 도정은 자칫 비극과 타락의 과정이 될 가능성이 큰 것이다. 하지만 다른 측면에서 보자면 문화적 근대성의 궁극적인 지향은 사회적 근대성에 조응하는 것, 이를테면 사회의 전반적인 근대화 과정에 개인을 통합시키는 것이기도 하다. 예컨대 삼성 그룹의 총수 이건희가 '마누라와 자식을 빼고는 모두 바꿔라'고 요구했을 때, 그것은 개인에게 세계에 대한 사고의 혁신을 요구하는 것처럼 보인다. 하지만 그것은 본질적으로는 자기부정을 핵심으로 하는 자본주의의 원리에 개인이 융합되기를 바라는 것이다. 자본주의의 원리를 개인이 내면화할 때 제도로서의 자본주의는 삶의 원리로까지 고양될 수 있기 때문이다.

이처럼 문화적 근대성과 사회적 근대성은 상호간의 우열관계를 부과할 수 없을 만큼 긴밀한 관계를 형성하고 있다. 그런데 조선은 식민지적 근대화의 타율적 성격으로 말미암아 두 영역의 근대성이 긴밀한 관계를 형성하기 어려웠다. 이러한 현상은 근대화가 급속하게 이루어졌다는 사실에서 일차적인 원인을 찾을 수 있지만, 식민지 종주국의 이익에 의거한 왜곡된 근대화가 문제를

---

5) 이에 대해서는 M.칼리니스쿠, 이영욱 외역, 『모더니티의 다섯 얼굴』(시각과 언어, 1993)과 위르겐 하버마스, 이진우 역, 『현대성의 철학적 담론』(문예출판사, 1994) 참조.

심화시켰다고 보아야 한다.

서구의 경우에도 근대화 과정에서 전통적인 것과 근대적인 것이 병존했던 시기가 한동안 나타난다. 자동차와 마차는 함께 길을 활보했으며, 귀족적 생활양식은 속물화된 채 부르주아들에 의해 반복되고 있었다. 과학과, 이성(理性)이 지고의 가치로 등극하는가 하면, 전통적인 세계관과 인간관의 저항 역시 만만치 않았다. 이를 '비동시성(非同時性)의 동시성(同時性)'이라 하거니와, 역사의 전변(轉變)이 두부 자르듯 딱 부러지게 이루어지지 않는 한 당연한 현상이라고 할 수 있다. 그러나 문제는 시대적 층위를 달리 하는 다양한 현상들이 섞여 있으면서도 그러한 각 현상들을 통제하며 집약하는 합리적 지향이 존재하는가 하는 점이다.

식민지 근대화의 궁극적인 목표가 종주국의 이익에 있다고 할 때, 식민지 사회에 현상적으로 존재하는 근대적 장치들은 궁극적으로 자기정당성을 가질 수 없다. 이것의 적나라한 표현이 바로 식민지 조선의 사회적 근대성이 일본의 제국주의적 지배와 맞물려 있다는 사실이다. 식민지에서 전개되고 있는 근대성의 구현을 찬양하면 그것은 궁극적으로 제국주의의 지배논리를 수긍하는 것으로 귀결될 가능성이 높다. 근대화는 역사의 대세이다. 당연히 그것은 민족적 과제로서 추구되어야 한다. 그러나 근대화는 또한 일제에 의해 주어졌던 것이다. 눈앞에 전개되는 매력적인 근대 문명의 산물을 찬양하면서 그 밑에 도사리고 있는 일제의 식민지 지배의 논리를 외면할 수는 없다. 기차와 전기, 백화점과 카페, 효율적인 제도와 정비된 사회를 찬양하는 순간, 그것을 가능케 하며, 그것들로부터 식민통치의 명분을 끊임없이 재생산해왔던 일제의 모습을 빠트릴 수는 없는 것이다. 민족을 근대화시키고자 하는 열망 아래 열정적으로 전개돼왔던 근대적 계몽에 대한 주장이, 종종 친일의 논리로 귀결되었다는 역사적 사실이 이를 생생하게 보여준다. 우리가 번뇌 없이는 떠올릴 수 없는 이름, 춘원(春園) 이광수는 그래서 한국 근대 문학사의 한 상징인 것이다.

달리 표현하면 이것은 부분의 정당성이 전체의 정당성을 담보하지 못했다는 것이다. 사회 각 부문에서 벌어지는 근대화의 양상은 그 자체로는 정당성을 인정받을 수 있을지도 모른다. 그러나 부분의 근대화가 엮어지며 산출하는 사회, 부분의 근대화가 지향하는 궁극의 목표는 정당성을 인정받을 수 없다. 식민지인 까닭이다. 근대 문명의 산물과 제도들이 결국에는 식민지 종주국의 이익을 구현하기 위한 수단으로 작용하기 때문이다. 토지조사사업이 근대적인 토지소유제도를 확립했다는 일정한 의의가 있다고 해서 그것이 일제의 토지 수탈과 일본인의 식민(植民)정책의 근간을 이룬다는 사실을 덮어둘 수는 없다. 그렇기 때문에 사회적 근대성에 관한 논의들은 궁극을 지향하지 못한 상태에서 중도반단(中道半斷)되고 만다.

한일합방 이전, 이른바 애국계몽기 동안 열정적으로 전개됐던 계몽의 담론들은 한일합방 이후 현격하게 잠수한다. 당연히 검열에 따른 결과이다. 하지만 이것은 또한 전체적인 사회상과 궁극적인 지향을 설정하는 논의들이 더 이상은 존재할 수 없었다는 것을 의미하기도 한다. 그 결과 식민지 시기 동안 전개되는 계몽의 담론들은 대부분 일반적이거나 부분적이 된다. 다시 말해서 근대화의 당위성을 거듭 반복하거나 부분의 근대화에 주력한다. 그런 만큼 파편적이다. 부분의 정당성을 합리화시켜주는 궁극의 핵심, 곧 민족 국가 건설을 전제하지 않은 논의란 파편적이며 파행적일 수밖에 없다.

여기에서 우리는 삶의 총체성을 지향하는 서사문학이 한국 근대사에서 본질적인 억압과 한계 속에 놓일 수밖에 없는 사정을 이해할 수 있다. 근대성의 핵심은 정치 경제이다. 물론 문학과 예술이 정치 경제에 직접적으로 종속되는 것은 아니지만, 그것이 상상력의 기반으로 삼는 제반 현실의 현상들은 본질적으로 여기에 기반을 두고 있다. 따라서 총체적인 시야를 확보할 가능성이 적은 곳에서 총체적인 사회상을 제시하는 서사의 전개를 기대하기 어려운 것은 어찌 보면 당연하다 하겠다. 이러한 사정을 김우창은 다음과 같이 요약한 바 있다. "식민지 작가에게 좁게든 넓게든 총체적인 합리성, 총체적 상상력은 금기 사항인 것이다. 일제 하의 소설에, 직접적으로든 간접적으로든, 현실의 조건을 결정하는 근본적 권력의 문제를 다루는 작품이 없는 것은 바로 이러한 상황을 가장 손쉽게 드러내 준다."[6] 이광수의 『무정』이 보여주는 유치할 만큼 직설적

---

6) 김우창, 「감각, 이성, 정신」, 이문열 외편, 『한국문학이란 무엇인가』, 민음사, 1995, 36쪽.

인 계몽의 열정은, 궁극의 지향을 괄호치고 있다는 점에서 일제가 수용할 수 있는 영역의 폭을 보여주는 증거이기도 하다.

비단 식민지 시대뿐만이 아니라 해방 이후에도 이러한 상황은 지속된 것으로 보아야 한다. 분단에 의한 이데올로기의 억압과 비정통적인 권력에 의한 반민주적 상황의 지속, 게다가 군부 쿠데타에 이은 30여 년 간의 군사독재 기간은 한국 사회를 이끌어 가는 근본적인 동력에 대한 작가들의 상상력을 제한해왔다. 일상의 부조리를 탐색하는 작가의 시선은 그것의 궁극적인 원인을 형상화하지 못한 채 개별적인 것을 개별적인 것으로 다루거나 상징과 비유의 언어로 암시할 수 있을 뿐이다. 분단문학의 거봉이라 일컬어지는 최인훈의 『광장』이 4·19 직후 잠시 존재했던 자유로운 분위기의 산물이라는 점, 그 이후로는 오랫동안 거기에 버금가는 작품을 만나기가 어려웠다는 점은 이를 반증한다. 때문에 작가는 자신의 사회 인식을 '빗대어' 표현하는데 익숙해져야 했으며, 종종 역사소설에 의탁하여 자신의 현실인식을 드러내곤 하였다. 식민지 시대 말기로부터 7,80년대에 이르기까지 작가들의 현실인식을, 많은 경우 그들의 역사소설로부터 추출하곤 하던 관행의 근거가 여기에 있다.

이러한 지적은 단지 정치적인 차원의 문제, 혹은 정치적인 내용을 다룬 소설에 국한하는 것이 아니다. 강조하려는 것은 합리적 지향을 거세당한 사회는, 또한 그러한 구조에 의해 현실적인 검열과 자발적인 내적 검열에 빠져들 수밖에 없는 인간들은, 사회 전반에서 목도하는 현상에 배어있는 근대성을 총체적으로 파악하기 어렵다는 점이다. 근대화의 방법과 정도를 통제하고 추슬러 나갈 합리적 지향이 존재하지 않는 상태에서, 개인들은 현실 속에 존재하는 다양한 양상들이 지니는 의미의 총체를 감지하기 어려운 것이다. 그 결과 현실 속에서 일정하게 관철되고 있는 근대적인 변화가 지니는 긍정적인 의미와 부정적인 의미도 종합적으로 파악되지 못한다. 부분은 부분으로서 파악되며, 양상은 양상으로서 판단될 뿐이다.

그는 미술이라는 말도 잘 알지 못하거니와 대체 그림 같은 것이 무슨 필요가 있는가 한다. 더구나 조각 같은 것은 아마도 그의 오십 년 생활에 생각

해 본 적도 없을 것이다. 그러므로 서양 사람들이 종교와 같이 귀중히 여기
는 예술도 그의 눈에는 거의 한푼 어치 가치도 아니 보일 것이다. [……]
실로 문명인사치고 예술을 모르는 사람은 없다. 김장로는 방을 서양식으로
꾸밀뿐더러 옷도 양복을 많이 입고 잘 때에도 서양식 침상에서 잔다. 그는
서양 그 중에도 미국을 존경한다. 그래서 모든 것에 서양을 본받으려 한다.
[……]

　더구나 자기가 외교관이 되어 미국 와싱톤에 주재하였으므로 서양 사정
은 자기보다 더 자세히 아는 이가 없거니 한다. 그러므로 서양에 관하여서
는 더 들을 필요도 없고 더 배울 필요는 물론 없는 줄로 생각한다. 그는 조
선에 있어서는 가장 진보한 문명인사로 자인한다. 교회 안에서와 세상에서
도 그렇게 인정한다. [……]

　그가 종교를 아노라 하건마는 그는 조선식 예수교의 신앙을 알 따름이요,
예수교의 진수가 무엇이며 예수교와 인류와의 관계 또는 예수와 조선 사람
과의 관계는 물론 생각도 하여 본 적이 없다.

　문명이라 하면 과학, 철학, 종교, 예술, 정치, 경제, 산업, 사회제도 등을
총칭하는 것이다. 서양의 문명을 이해한다 함은 즉, 위에서 말한 내용을 이
해한다는 뜻이니, 김장로는 무엇으로 서양을 알았노라 하는고. 서양 선교사
들은 이러함을 안다. 그러므로 그네는 김장로를 서양을 흉내내는 사람이라
한다. 이는 결코 김장로를 비방하여서 하는 말이 아니라, 김장로의 참 상태
를 말하는 것이다. 서양사람의 문명의 내용은 모르면서 서양 옷을 입고, 서
양식 집을 짓고, 서양 풍속을 따름을 흉내가 아니라면 무엇이라 하리요.[7]

　다소 긴 것을 무릅쓰고, 『무정』에서 작중 화자가 김선형의 아버지인 '김장
로'를 평가하는 대목을 인용한 것은, 식민지 근대화 과정의 특성을 집약적으로
설명하기 위해서이다. 김장로의 근대에 대한 인식은 '겉개화'에 머물러 있다.
집에 서양식으로 유리창을 내고 딸을 미국 유학시킬 만큼 '깨어 있는' 인물이
지만, 그림이라면 종교화나 '옛날 산수풍경이나 지란매죽 같은 그림'의 가치만
을 인정할 뿐이며, 부모의 권위로 자식의 결혼을 추진하는 인물이다. 그에게
근대화란 현상과 제도의 변화로 다가오는 것이지, '문명의 내용'과 정신, 본질

---

7) 이광수, 『무정』, 이광수전집 1권, 삼중당, 1972, 139쪽.

로 다가오는 것은 아니다.

이러한 사실 자체를 강조하는 것도 중요하다. 그러나 사태의 핵심은 그로 말미암아, 사회 구성원들이 '왜곡된 근대적 양상'들을 근대성의 실질적인 내용으로 인식하게 되었다는 사실이다. 김장로는 서양(미국)을 추종하기 위해 예수교 신자가 되었다. 그러나 예수교의 진수를 알 리 없다. 단지 '조선식 예수교'(샤머니즘과 결합한 기복신앙?)를 신봉할 뿐이다. '예수와 인류의 관계'를 묻는 일은 사라지고 그 자리에 '조선식 예수교'가 근대의 상징으로 등극한 것이다. 비단 종교만이 아니라 철학과 정치, 경제, 예술에 이르기까지 이러한 경향은 사회 모든 영역에서 풍미하고 있었다. 반봉건적인 인식에 젖어 있던 구성원들과 식민지 현실이 근대성의 본질을 왜곡시켰고, 그것이 도리어 근대성의 실질적인 내용으로 둔갑해 가는 과정, 이것이 식민지 근대화 과정의 기본적인 작동방식이었다.

더욱이 김장로가 미국 공사까지 지낸 인물로 자타가 공인하는 문명인사라는 점을 고려할 때 문제의 심각성은 보다 분명해진다. 그는 기본적으로 근대화에 동조하는 인물이며, 당시로서는 보기 드물게 근대적 삶에 대한 경험이 있는 사람이다. 이러한 설정은 곧, 근대성의 구현이란 그가 서구적 삶에 어느 정도 노출되었었다고 해서 이루어지는 것이 아니라는 점을 분명히 보여준다. 그러므로 현상으로서의 근대화를 추종하면서도 다른 한편으로는 '속개화'에 이르지 못하고 여전히 반봉건적인 인식체계를 고수하고 있는 김장로의 형상은, 사회적 근대성과 문화적 근대성이 긴밀한 관계를 맺지 못한 채 파행적으로 전개돼왔던 한국 근대화 과정의 한 상징으로 읽힐 수 있다.

이상의 논의는 식민지 시대 한국인들이 근대성을 어떻게 받아들이고 체질화했으며, 이로부터 삶에 대한 제반 감각을 어떠한 방식으로 구축해갔는가 하는 문제, 곧 '근대성의 경험양식'을 선명하게 보여준다. 한국 근대문학의 특수성과 그 귀결로서의 향토적 서정소설의 부각을 제대로 이해하기 위해서는 이와 같은 근대성의 경험양식을 올바르게 파악해야만 한다. 왜냐하면 향토적 서정소설은 바로 이와 같은 근대성의 경험양식의 반영이며, 이러한 경험양식이 문학적·미학적으로 구현된 것이기 때문이다.

예컨대 정치적 상상력의 한계는 일상생활과 현실의 총체상과의 분리를 야기한다. 일반인들이 매일매일 되풀이되는 일상의 경험을 총체적인 맥락 속에서 파악하기는 어렵다. 서사문학은 일상 속에 퍼져 있는 의미를 질서화하여 제시함으로써 독자로 하여금 현실의 총체성을 감각케 하는 역할을 담당한다. 그러나 총체성을 제시할 수 없는 정치적 상황과 그러한 상황에 의해 내면적으로 자기검열에 익숙해진 작가들에게 있어 현실의 총체성을 제시한다는 것은 불가능한 일이다. 가능한 것은 상황에 대한 단편적인 기록이나, 일상에서 명멸하는 인간적으로 가치 있는 일들에 대한 형상화이다. 이는 곧 상상력에 있어서의 분열을 조장하며, 상상력과 미적 인식에 있어 특정한 분야의 우세로 구현된다. 향토적 서정소설의 탄생은 일차적으로 이로부터 비롯된다. 서정적 떨림을 지닌 채 우리의 가슴을 잔잔하게 울려주는 향토적 서정소설의 탄생은 그 '특정한 분야의 우세'가 현실화된 현상이다. 해방 이후 분단과 군부독재를 맞이하면서 그 분열의 골이 메워지기는커녕 더욱 악화되면서 향토적 서정소설이 선사했던 특정한 심미적 경향은 문학적인 것의, 한국적인 소설의 대세를 점령하였다.

또한 식민지 현실이 합리적 핵심을 지향하지 못한 것이라 할 때 이는 곧 합리성이 사회의 기본적인 행동원리가 되지 못하며, 개인의 중심적인 사유원리가 되지 못했다는 것을 의미한다. 식민지란 본질적으로 합리성의 반대편에 존재한다. 게다가 '김장로'의 경우에서 보았듯이 식민지 반봉건성은 근대적 합리성을 철저하게 왜곡된 방식으로 재해석(?)하도록 조장하고 있지 않은가. 21세기가 시작된 오늘날의 현실에서조차 한국 사회의 각 부문이 합리성의 논리로 일관되게 작동하지 않는 것이 현실이다. 사실을 말하자면 비합리적적인 인식(지역주의, 연줄과 빽(!), 체면과 정(情)의 논리 따위……)들이 합리적인 논리보다 더 강력한 힘을 지니고 있는 것이 한국 사회의 현실이 아닌가? 하물며 근대 초기, 식민지 시대에 있어 개인이 행동과 사유의 원리로 합리성을 고수한다는 것은 불가능한 일이다. 새로운 삶은 시작되었지만 그것은 여전히 모순 속에 존재했다. 사회가 합리적이지 않았으므로, 그 사회 구성의 원리와 작동의 동력이 합리적인 것이 아니었으므로, 개인은 자신의 생생한 삶의 체험을 통해 비합리성을 삶의 중심원리로 파악한다. 만일 합리성에 대한 믿음을 지닌 자아가 사회에 대해서 자신의 방식과 동일한 합리적인 대응을 요구했을 때 그는 패배하게 마련이다. 따라서 합리성의 패배와 그로 인한 피해를 겪으면서 개인은 비합리성이 지배하는 사회에 적응하기 시작한다. 그의 적응이 성공적인 것이 되면 될수록 비합리성은 삶의 기본적인 경험양식이 되고, 내면화되어 세계를 인식하는 기본틀을 형성한다.

내면화된 비합리성, 이로부터 향토적 서정소설의 미학적 핵심을 찾아내는 일은 그리 어렵지 않다. 물론 향토적 서정소설은 비합리성에 대한 저항으로부터 출발한다. 그것은 일상적인 삶에서 작은 진실을 찾아내어 이것으로 비합리적 세계에 저항하려 한다. 현실이 비합리적인 만큼 작품 속에 드러나는 인간적 진실들은 빛이 난다. 그것은 정치, 이념, 사상과 같은 거대담론들이 간과하고 있는 삶의 진실을 그려냄으로써 현실의 부정성을 애써 눈감아보려는 감상적 휴머니즘의 경향을 창출한다. 삶의 비합리성을 체감하고 있는 독자들 역시 자연스럽게 이를 받아들인다. 그러나 다른 한편으로 그것은 이러한 작업을 통해 비합리성을 삶의 근본적인 원리로 내면화하는데 기여한다. 쉽사리 일반화될 수 없는 인간적 진실 속에서 출구를 마련함으로써 향토적 서정소설은 자신이 비합리성을 내면화하고 있음을 역설적으로 증명한다. 「메밀꽃 필 무렵」과 「사랑손님과 어머니」를 관통하는 것이 우연과 운명의 논리라는 사실은 굳이 분석을 필요로 하지 않는 사실이다. 작가가 우연과 운명의 논리로 삶을 그려낸다는 것은 그러한 논리에 의해 작동되는 현실의 반영이기도 하지만, 그 논리가 작가에 의해 내면화되어 삶을 바라보는 관점으로 승격되었음을 말해주는 증거들이다. 사회 현실의 비합리성에 저항하려는 몸짓이 비합리성을 내면화하는데 이르렀다는 역설이 한국 근대문학사의 모순을 극명하게 반영한다.

3. 문학'만'의 근대화와 순수문학

개항 이래 한국 근대문학사의 과제는 한국문학을 근대화하는 것, 곧 한국

문학의 근대성을 성취하는 것이라 할 수 있다. 문학은 오래 전부터 인류와 함께 해왔지만 그러나 그것이 창조되고 향유되는 방식이 늘 같았던 것은 아니다. 그런 점에서 문학의 근대성이란, 문학이 여러 측면에서 근대적인 면모를 획득하는 것을 의미한다. 가령 그것은 제도로서 확립되어 있을 것을 요구한다. 등단(登壇)제도라든지, 교육과정에서의 위치, 잡지·신문처럼 근대적 매체를 통한 발표, 문화상품으로서의 유통, 하다 못해 인세와 원고료를 통한 재생산 기반의 조성과 같은 시스템의 구축을 필요로 한다. 또한 문학에 대한 인식상의 변화를 요구하는데, 이는 곧 과거 문·사·철(文史哲)을 통합적으로 사유하던 시기의 재도이문(載道以文)적 사고나 문학을 여기(餘技)로 여기던 사유와의 결별을 의미한다. 작가는 일개 '쟁이'에서 인간 정신을 그려내는 오묘한 마법사로 재탄생하며, 대우받는 지식인으로서 사회적 위치도 새롭게 부여받는다. 더욱 중요한 것은 작품이 드러내는 바, 곧 예술적 감흥의 내용과 방식이 달라진다는 것이다. 그것은 형태상의 변화뿐만 아니라 아름다움의 내용과 태도마저 이전과 다른 모습을 띠게 된다. 근대 문학은 이처럼 근대적 현실 속에서 그에 부응하는 새로운 미학을 건설해나가며, 이를 통해 때로는 소극적으로 때로는 적극적으로 사회와 조응하게 되는 것이다.

근대문학사가 출발하려는 시점에 우리의 현실은 매우 열악했다. 문학에 대한 일반인들의 인식은 봉건적인 것에서 그리 크게 나아지지 않았다. 여전히 '활자본 고소설'과 '신소설'이 독서시장을 장악한 채 대중들의 반봉건적인 문학 취향을 달래주고 있었다. 식민지 기간 내내 대중들이 즐겨 찾았던 읽을 거리는 『장한몽』이니, 『추월색』이니, 『춘향전』이니 하는 것들이었다. 게다가 제도적 기반도 취약했으며 미적 근대성에 대한 인식은 더욱 허술하기 짝이 없었다. 미적인 것에 대해 말한다면, 새로운 미학을 주창했던 작가들은 언제나, 철저하게 외로움 속에 방치돼 있었다고 말하는 편이 보다 많이 사실에 부합할 것이다. 자신의 새로움을 대중의 환호 속에서 펼쳐 보일 수 있었던 작가는 아마도 『무정』시절의 이광수를 제외한다면 찾아내기 쉽지 않다. 그러므로 근대 문학을 이룩하려는 당대의 작가들은 사회로부터 섬처럼 고립되어 있었다고 표현하는 것이 좋을 듯하다.

이로부터 한국의 근대문학은 출발하였다. 여기에서 문학이, 곧 문화적 근대성을 이루는 일 또한 사회적 근대성과의 긴밀한 관계 속에서 형성되며 의미를 규정받는다는 앞서의 논의를 상기하도록 하자. 지금까지 살펴봤던 것처럼 식민지 조선은 두 영역의 근대성이 파행적이며 왜곡된 양상을 보여주었다. 그렇다면 문학의 근대성을 성취하려는 노력이, 그 자체로 파행적으로 전개되리라는 예상을 충분히 할 수 있을 것이다. 이제 이 점을 설명하기 위해, 자기 입으로 또 문학사가들에 의해 한국 근대문학을 본격적으로 출범시킨 인물로 평가받아 온 김동인이 최초의 동인지『창조』를 창간하게 된 동기를 살펴보도록 하자. 한국 근대문학사의 출발이 어떠한 모습이었는지를 가늠하는 데에 그만한 적임자는 없을 것이기 때문이다.

1918년 12월 25일 크리스마스 저녁, 동경 유학생 청년회관에서 집회를 마치고 돌아온 김동인과 주요한은 커피 시럽을 마시면서, 아직도 흥분이 생생하게 남아 있는 집회 이야기를 하고 있었다. 그 집회는 한일합방의 울분에서 벗어나지 못한 젊은이들이, 민족의 선각자를 자임하는 유학생들이, 월슨의 민족자결주의 선언에 자극되어 크리스마스 축하를 평계로 민족의 독립을 위해 자신들이 나서야한다는 결의를 다진 집회였다. 2·8 독립 선언, 나아가 3·1 운동의 씨앗이 배태된 집회였다.

> 처음에는 우리들 새에는 아까의 집회의 이야기가 사괴어졌다. 그 집회에서는 서춘(徐椿)이 우리(요한과 나)에게 독립선언문을 기초할 것을 부탁했었지만, 우리는 그 임(任)이 아니라고 사퇴(그 뒤에 그것은 춘원이 담당했다)했었는데, 사퇴는 하였지만 내 하숙에 마주 앉아서는 처음은 자연 화제가 그리로 뻗었었다. 처음에는 화제가 그 방면으로 배회하였었지만 요한과 내가 마주 앉으면 언제던, 이야기의 종국은 '문학담'으로 되어버렸다.
> "정치운동은 그 방면 사람에게 맡기고 우리는 문학으로 —"8)

흔히 김동인은 이광수의 계몽적인 문학에 반대하여 '순수문학'을 주창한 사람으로 알려져 있다. 그런데 위의 인용문을 읽다보면 무언가 묘한 분위기를

---

8) 김동인,「문단 30년의 자취」, 김치홍 편,『김동인평론전집』, 삼영사, 1984, 422쪽.

감지할 수 있다. 김동인은『창조』의 창간이 유학생들의 독립운동 열기와 더불어 시작되었음을 은근히 내비치고 있는 것이다. 우리는 굳이 타임머신을 타고 되돌아 가보지 않더라도 그 집회의 열기가 어느 정도였을지 충분히 짐작할 수 있다. 그들은 식민지 백성이었고, 젊은이였으며, 자칭 선각자를 자임하는 지식인이지 않았던가. 김동인과 주요한에게 그 열기가 지속되었다는 것은 오히려 당연한 일이다. 밤새 동인지 창간을 논의한 두 사람은 이튿날 김동인의 어머니에게 돈 이백 원을 보내달라고 전보를 치고 점찌어두었던 동인들을 포섭하는 데 성공한다. 빠른 작업을 거쳐『창조』창간호는 1919년 2월 8일(바로 동경유학생들의 2·8 독립선언의 날이다)에 발행되어 그 역사적 상징성을 극대화하는데 성공하였다.

　『창조』의 창간이 독립운동의 열기와 무관하지 않다는 이 같은 암시는 실제로 조연현으로 대표되는 해방 이후 문학사에서 '순수문학'의 정통성을 강조하기 위한 근거로 이용되기도 하였다. 이른바 순수문학의 의의야 식민지 시대부터 거듭 강조된 바이지만, 거기에 민족주의적 성격까지 첨가된다면 이는 금상첨화가 아니겠는가! 이래저래 김동인류의 '순수문학'은 한국 근대문학사의 정통으로 인정받을 수 있었던 것이다. 그러나 조금 삐딱하게 볼 수도 있다. 이 글이 해방 이후에 쓰여진 사실을 고려하면, 이것은 김동인이『창조』창간의 의미를 미화하기 위해 들씌운 것이라고 판단할 수도 있다. 그럴 수도 있다. 김동인은 식민지로부터 벗어난 상황에서『창조』창간의 의의가 문학에 국한된 것이 아니라 민족 전체의 발전과 관계된 것이라는 주장을 펴고 싶었을 수도 있다.

　그렇다면 어떠한 해석이 옳은 것인가. 우리는 두 가지 관점을 포괄하는 보다 깊이 있는 안목을 가질 수 있다. 우선 1918년 크리스마스 저녁에 그러한 집회가 있었으며, 김동인이 그것을 의식하고 있었다는 것은 인정할 수 있다. 그 역시 자신의 작업을 민족의 근대화라는 대의명분과의 관련 속에서 파악하고 있었던 것이다. 이 점은 인용문의 마지막 대목, "정치운동은 그 방면 사람에게 맡기고 우리는 문학으로"라는 구절에 집약되어 있다. 정치 방면에서 민족을 위해 일하는 것과 문학 방면에서 민족을 위해 일하는 것이 동일한 위상을 갖는다는 것, 김동인의 진술이 담고 있는 뜻은 이런 것이었다. 논리는 다음과 같이 이어진다. 근대화가 전방위적 과제라 했을 때, 사회의 각 영역은 모두 근대화되어야 할 대상이다. 비록 정치적 주권을 상실하여 근대화의 방향과 방식이 조절될 수 없다 하더라도, 사회의 각 부문이 근대화되어야 한다는 지상명령에는 변화가 있을 수 없다. 그러므로 신문학운동을 일으키는 것, 곧 문학의 근대화를 추진하는 것은 민족 근대화의 일 영역을 담당한다는 점에서 민족적으로 가치 있는 일이며 정치운동에 비견될 만한 의미를 지니는 것이다, 라고. 김동인의 자신만만함과 자기 정당성은 여기에 근거를 두고 있다.

그렇다면 김동인이 염두에 둔 문학의 근대화란 무엇인가. 그가 표나게 내세웠던 사실들은 대략 다음과 같은 것들이었다. 평서문 종결형 어미 '−다'를 도입했다, 3인칭 대명사 '그'를 보편화시켰고, 과거시제 '았/었'을 확립했다, 시점의 통일성을 주도했다…… 등등. 이것이 모두 형식에 관한 것임을 유의할 필요가 있다. 형식의 근대화는 문학이 근대화되는데 결정적인 준거로 작용한다. 그러나 그것만으로 만족할 수 없다는 사실도 명확하다.

물론 내용에 대한 언급도 있다. 우리는 김동인이 이광수의 계몽적 문학을 비판하며 문학의 독자성을 천명했으며, 예술지상주의적 입장을 지녔다는 얘기도 외울 만큼, 많이 들었지 않았던가. 그런데 여기서 얼핏 모순이 감지된다. 독립운동의 열기 속에서 창간되었다는 『창조』가, 그리고 그것을 주도했던 김동인이 이광수의 계몽적 문학을 비판했다는 것은 앞뒤가 안 맞는 것처럼 보인다. 더욱이 김동인 역시 데뷔작인 「약한 자의 슬픔」과 「마음이 옅은 자여」에서 주체성을 확립해야 한다는 사실을 계몽하고, 쾌락에 눈이 멀어 여성을 성욕의 대상으로만 보면 안 된다고 가르치고 있다는 사실을 고려하면 문제는 더 복잡해진다. 어디 김동인 뿐이던가. 초기 동인지(同人誌) 문학을 읽어가노라면 많은 작가들이 '예술'을 이해하지 못하는, '미'의 고귀함을 이해하지 못하는, 무식한 조선 사회와 사람들에 대해 분노를 늘어놓으며 그들을 계몽하려 애쓰는 모습을 종종 발견할 수 있다.

그러므로 우리는 '계몽하려는 자세'로부터 김동인과 이광수의 차이를 읽어내서는 안 된다. 그들 모두는 나름대로 계몽가였던 것이다. 차이의 본질은 '계몽의 내용'에 있다. 즉 이광수의 계몽이 사회적 내용과 지사(志士)적 태도, 그리고 대중적 지향을 갖는 것이라면, 김동인 식의 계몽은 개인적·예술적 내용과 예술가적 자세, 엘리트적 지향을 갖는 것이다. 이를테면 김동인은 전문적 예술가를 표방하면서 사회 현실의 내용을 거세한 문학이 진정한 근대적 문학이라 상정하고 이를 통해 자신의 '새로움'을 천명할 수 있었던 것이다. 민족의 근대화라는 대의명분에 연관되어 있으면서도 계몽적 문학을 비판하는 것이 모순이 아닌 것은 이 때문이다.

김동인은 문학 역시 근대화되어야 할 대상이므로 이 부분에서 근대성의 수준을 향상시키는 것이야말로 바로 당대 조선민족에게 절대절명의 과제였던 근대화에 기여하는 일이라고 생각했다. 정치운동이 민족의 근대화에 기여하는 것처럼 문학의 근대화 역시 민족의 근대화에 기여하는 것이다. 그는 이러한 인식을 통해 식민지 시대 지식인이라면 누구나 가질 법한 민족적 양심의 문제 (민족의 독립에 기여해야 한다는!)를 비켜갈 수 있었다. 그의 노력 역시 민족적 의의를 지니기 때문이다. 문제는 그가 생각한 근대적 문학의 실상이다. 즉 그는 당시 일본문학을 통해 배운 근대적 징후들을 수입해오면 한국 문학이 근대화될 수 있다고 판단한 것이다. 문학의 근대화가 사회 전체와의 유기적 관계없이 고립적으로 추진되면서 문제가 발생한다.

전체와의 연관 없이 부분이 독자성을 천명할 때, 그것은 수단과 목표에 있어서 고립적인 기준을 지닐 수밖에 없다. 문학의 근대화는 문학'만'의 근대화로 탈바꿈하며, 그것도 특정한 의미의 근대화만을 주장할 가능성이 높기 때문이나. 김동인이 형식석 지표를 그토록 상조했던 이유가 이 때문이다. 뿐만 아니라 우리 문학사에서 형식의 새로움을 통해 자신의 새로움을 증명하려는 시도들을 심심치않게 만날 수 있는 것도 이로부터 비롯된다. 이것은 흡사 『무정』에서 '김장로'가 유리창을 달고 침대에서 잠을 자며 조선식 예수교를 신봉하는 것으로 근대성의 징표를 삼은 것과 비견될 수 있는 일이다. 자신이 파악한 부분적 근대의 표상으로 근대성 일반을 대체했던 것, 이야말로 식민지 반봉건성의 현실적 구현이다. 그 결과 독립운동의 열기 속에서 탄생했다고 은근히 자부했던 신문학운동의 첫걸음은, 역설적이게도 현실을 배제하고, 추구해야 할 미학의 내용을 협소하게 만드는 것으로 귀결되고 말았다.

이 대목에서 이른바 순수문학을 옹호하는 주된 근거인 문학의 독자성 내지는 미적 자율성 개념에 대해 검토하고 넘어가도록 하자. 문학이 사회의 여타 영역으로부터 독립하여 독자적인 영역을 확보하는 것은 문학의 근대화에 필수 불가결한 조건이다. 서구의 경우에도 문학예술은 16세기 후반으로부터 18세기 후반에 이르는 기간을 통해 중세적인 잔재로부터 이탈해 나옴과 동시에 과학이나 종교, 정치 등 근대의 다른 영역에 대해서도 차별성을 분명히 드러낸다. 예술은 데카르트적 의미의 '이성' 개념과 대비되는 '감성'을 자신의 표현영역으로 굳히면서, 미의 판단기준도 집단적이며 철학적인 이상(理想)의 표현보다는 개인의 주관적인 정서의 표현으로 옮겨가게 되었다. 이러한 과정을 거치면서 예술은 사회의 다른 영역과 대비되는 자신의 고유한 특성을 발견하고 대타적으로 자신을 정립하게 된다.

여기에 18세기 후반의 낭만주의 운동과 점점 그 부정성을 전면에 드러내던 자본주의적 현실은 예술이 독자성의 차원을 넘어 타 영역과의 고립을 천명하게 만드는 원인으로 작동한다. 인류를 구원해 줄 것으로 믿었던 계몽의 이상은 붕괴하고, 현실은 탐욕과 투쟁만이 판치는 속악한 세계로 변질되었다. 계몽의 변증법은 인류를 주술적이고 신화적인 세계로부터 구원해 주었지만, 동시에 인류가 지켜왔던 모든 가치를 파괴시키고 오직 속된 욕망만이 날뛰는 환멸의 세계를 탄생시킨 것이다.[9] 서구의 예술사조에서 이른바 '예술을 위한 예술'의 탄생은 이로부터 비롯된다.[10] 말하자면 예술지상주의적 태도는 예술 속에 나타나는 조화와 고귀함, 미의 완전성을 통해 그와 대비되는, 물질에 대한 탐욕만이 판을 치는 속악한 현실에 대한 철저한 경멸과 부정을 수행했던 것이다. 미적(문화적) 근대성이 사회적 근대성에 대해 비판적인 위치를 정립하게 된 데에는 이러한 역사적 맥락이 깔려 있다.

사정이 이러하다면, 명칭을 무엇으로 부르든지, 미(예술)적인 것을 특화시키

---

9) 호르크하이머/아도르노, 김유동 외역, 『계몽의 변증법』(문예출판사, 1995)는 이와 같은 계몽의 변증법에 대한 탁월한 분석서이다.

10) 아놀드 하우저, 염무웅·반성완 역,『문학과 예술의 사회사―근세편 下』, 창작과비평사, 1981, 제6장 참조.

려는 태도가 의미를 지니는 것은 그것이 비인간적이며 동화될 수 없는 현실 세계에 대한 인식과 그에 대한 비판의 계기로 작동할 때이며, 지배적인 현실에 대하여 전체적인 부정성이 될 수 있을 때라는 사실을 알 수 있다. 다시 말해서 그것은 자본주의의 전개와 함께 상실된 삶과 세계의 조화, 고귀한 것과 일상적인 것의 통일성을 회복하려는 강한 열망의 소산이며, 예술의 총체성에 의해 현실의 소외와 비인간성을 고발하려는 의도의 산물이었던 것이다.[11]

이런 점에서 식민지 조선에서 김동인을 시조로 하여 전개돼 온 고립적 예술의 추구는 출발부터 파행적 성격을 내포하고 있었다고 보아야 한다. 식민지 현실은 예술지상주의가 비판하고자 하는 사회적 근대성이 전면화되지 못한 공간이다. 식민지 기간 내내 존재했던 계몽적 문학의 존재를 통해 알 수 있듯이, 보다 우선시 되었던 것은 사회적 근대성의 추구였다. 작가들은 현실 속의 반봉건성에 의해 더 많이 좌절했으며, 속물적인 근대화를 비판한다 하더라도 그와 더불어 근대화에 대한 열망을 간직하는 모순적인 상태에 놓여 있었다. 『창조』의 창간을 독립운동의 열기와 연관시키려는 김동인의 진술은 이러한 모순의 반영이다.

한국의 근대문학사에서 일종의 '현실강박증'을 흔히 발견해낼 수 있는 것도 이 때문이다. 이것은 카프처럼 이념을 생경하게 작품에 드러냈던 작가들만을 지칭하는 것은 아니다. 이른바 순수문학을 표방했던(정확히 말하면 후대의 문학사가들에 의해 순수문학자로 규정되었던) 작가들에게서도 현실에 대한 강박관념은 쉽게 발견할 수 있다. 열정의 로맨티스트 이상화의 「빼앗긴 들에도 봄은 오는가」와 김소월의 「우리에게 보습 대일 땅이 있었더면」이 너무 잘 알려져 있는 예라면, 한국어의 음악성을 한껏 드높인 김영랑에게 「독(毒)을 품으며」라는 비장한 시가 있으며, 김유정 역시 병상에서 "크로포트킨의 상호부조론이나 맑스의 자본론이 훨씬 새로운 운명을 띠이고 있"[12]고 토로한 바 있다. 파시즘에 맞서 문화 옹호를 위한 국제작가대회가 파리에서 열렸을 때 가장 흥

---

11) 박현수, 「김동인 초기 소설 연구」, 『현대소설연구』제13호, 한국현대소설학회, 2000. 12 참조.
12) 김유정, 「병상의 생각」, 『조광』 1937. 3, 전신재 편, 『원본 김유정 전집』, 한림대출판부, 1987, 449쪽.

분한 것이 이상(李箱)이었다는 김기림의 회고도[13] 동일한 맥락 속에 있다. 뿐만 아니라 '한국 근대 단편소설의 확립자'로 평가받는 이태준이 장편에서는 여전히 춘원의 아류로 평가받는 계몽적인 작품을 창작한 것이나, 이효석이 경향문학에 동조하는 '동반자 작가'로 작가생활을 시작했었다는 것 등이 증거로 첨가될 수 있다.

그럼에도 이들이 자신의 주된 창작의 공간에서는 이와 같은 현실인식을 피력하는 것을 피해왔다는 사실에 주목해야 한다. 김유정은 궁핍한 농촌 현실을 주요 취재대상으로 삼았으면서도, 잘 알려져 있듯이 특유의 골계와 해학으로 비극적 상황을 감싸안았고, 이태준은 자신의 예술을 보려거든 단편에 주목해 달라고 공개적으로 주문하였으며, 이효석은 자연과 인간의 생리적 욕구를 긍정함으로써 동반자 시절의 문학을 스스로 부정한 바 있다. 이것은 식민지 지식인으로서 그들도 현실에 대한 강박관념이 존재하지만, 그것이 예술과는 다른 차원에 존재해야 한다고 믿었던 인식의 표현이다. 요컨대 이들이 파악한 문학의 독자성이란 사회 현실에 대한 비판적인 인식과는 별개의 영역에 존재한다는 것을 의미한다. 그들은 양심적인 지식인으로서 현실을 도외시하거나 부정적인 현실의 추세에 동조하지 않았다. 그러나 또한 그러한 현실과 정면 대결하는 것이 문학예술이 가야할 정당한 길이라는 인식에도 동의하지 않았다. 식민지 조선에서 문학의 근대성을 구현하는 과정이 왜곡되었다는 사실을 이보다 더 웅변적으로 보여주는 사례는 없다.

존재의 심원에서 식민지 반봉건적 현실을 의식하지 않을 수 없었던 작가들은, 그러나 자신의 예술적 공간에서는 현실로부터 독립된 미의 절대성을 신봉하였다. 식민지 권력의 검열과 미성숙한 현실은 이러한 경향을 더욱 부추기는 근원이었다. 이로부터 한국 근대문학사를 관통하는 문학에 대한 엄숙주의가 탄생한다. 현실을 의식하면서도 현실과 절연된 미학을 추구했던 작가들은 자신의 작업에 청교도적인 결벽성을 부여함으로써 예술의 사회적 정당성을 확보하려 노력한다. 예술의 고귀함이 의심받는다면 문학의 근대화를 통해 미개한 식민지 현실을 타개하고자 했던 그들의 노력 전체가 무화될 가능성이 존재

---

13) 김기림, 「고 이상의 추억」, 『조광』, 1937. 6.

하는 것이다. 우리 모두는 기억하고 있다. 통속소설이 융성할 때마다 보여주었던 범문단적 알레르기 반응을. 또한 욕망을 적극적으로 긍정한다든지 인간 본성에 깃든 악(惡)에 대한 존재론적 천착을 감행하는 작품들이 우리 문학사에는 빈곤하다는 사실을. 문학에 대한 지나친 엄숙주의는 현실을 의식하면서도 현실을 초월하는 곳에서 미적 대상을 탐구했던 한국 근대소설사의 역사적 유산이다.

문학의 근대성이 사회 현실과의 의식적인 단절을 통해 형식적인 몇몇 지표를 중심으로 시작되었다는 사실은 근대성에 대한 내면적 성찰이 한국 근대소설사에서는 전면화되어 있지 못하다는 사실로도 표현된다. 사회적 근대성에 대한 미적 근대성의 비판이란, 곧 근대적 자아의 감각이 예술적 총체성을 매개로 하여 현실의 지배적인 질서를 비판한다는 것을 의미한다. 개인의 감각은, 표면상으로는 합리적인 것으로 파악되는 현실 속의 질서가 비인간적인 것임을 증명하는 근원적인 원천이다. 그것은 근대적 이성에 대비되면서도 이성을 비판하는 기제이며, 궁극적으로 이성으로 수렴되는 근대성의 영역이다. 따라서 그러한 개인의 감각과 인식에 대한 성찰은 개인에게 내면화된 근대성에 대한 자기점검이자, 사회적 근대성에 대한 비판의 정당성을 되새기기 위한 중심 과제가 된다. 개인은 자신의 정신을 탐색함으로써 자신에게 내면화된 근대성의 작동원리를 파악할 수 있으며, 이를 통해 현실비판의 방향과 방식을 찾아갈 수 있다.

그런데 식민지 근대화 과정에서 근대성이란 이미 주어진 가치이며 마땅히 가야 할 역사적 방향으로 존재한다. 그것은 내면적 성찰을 통해 비판받아야 할 것이라기보다는 의심할 수 없는 절대가치로 작용한다. 게다가 근대화의 파행성은 미적 근대성의 현실 비판적 맥락을 축소·부분화시킨다. 따라서 지식인들은 자신들이 배워 온 근대적 인식체계를 통해 현실의 반봉건성을 비판할 뿐, 자신의 내면화된 근대성을 탐구하거나 검색하려 하지 않는다. 우리 근대소설사가 집요한 심리묘사의 전통을 지니지 못한 것, 개인의 부조리한 정신을 탐색함으로써 근대성의 본질적인 모순을 드러내지 못한 것, 나아가 인간 존재의 보편적인 문제들과 치열하게 대결하는 작품들을 갖지 못한 것도 이러한 상황과 깊은 관계를 갖는다. 한국의 근대 작가들은 많은 경우 탐험가라기보다는 현실 속에서 어정쩡하게 내적 망명을 감행한 국외자였던 셈이다. 이상(李箱)으로 대변되는 모더니즘 문학이나 이른바 자유주의 문학, 그리고 지적이며 관념적인 작품들이 대중의 애독작품 목록에 오랫동안 등장하지 못했던 까닭도 이와 무관하지 않을 것이다.

이 같은 상황에서 천명된 예술의 고립화란, 근대적 예술의 가치를 알아주지 못하는 반봉건적인 사회에 대한 인정투쟁의 의미가 더 클 수밖에 없다. 현진건의 유명한 작품 「빈처」를 보자. 거기에서 반봉건적인(따라서 예술의 가치를 정신 깊숙이 감각하고 있지 못하는) 아내는 옷이나 세간을 맡기며 생계를 꾸리려 안간힘을 쓰는 데도, 남편은 오직 예술의 고귀함이라는 가치에 의존하여 자신의 정당성을 강변하고 있다. 예술은 고귀한 것이므로 고귀한 것이라는 동어반복적 상황이 연출되는 것이다. 당연히 그가 맞서고 있는 것은 예술의 가치를 몰라주는 미개한 현실이다. 그는 예술의 가치를 존중해주는 서구적 근대의 가치체계는 감지했으나, 그것이 왜, 어떠한 내용으로 자신의 가치와 정당성을 획득해 갔는지를 사유하지 않는 것이다.

더구나 현실의 총체성을 간파할 수 없었던 작가들로서는 근대적 현실에 대한 비판의 맥락 역시 부분적일 수밖에 없다. 예술이 지배적인 현실에 대하여 전체적인 부정성에 도달하지 못했다는 것은, 그러한 예술이 추구했던 미적 근대성 또한 파편적이며 불구적이라는 사실의 근원적인 증거이다. 앞에서도 서술했듯이 부분은 부분으로 인식되며 양상은 양상으로 파악될 뿐이다. 따라서 부분에 대한 비판은 부분적 비판으로 종결되며, 부정적 양상에 대한 인식은 표면적인 부정성을 감지하는 선에서 그치고 만다. 식민지 시기 소설에서 현실에 대한 비판적 인식을 찾아내기란 어렵지 않다. 그러나 그러한 인식이 부분적이며 표면적이란 사실을 발견하는 것도 어렵지 않다.

그럼에도 불구하고 작가들은 자기 정당성을 의심하지 않았다. 현실 속에 만연한 반봉건성이, 식민지 근대화의 타락한 모습이 그들의 우월성을 역설적으로 증명해주었기 때문이다. 그들은 그 이름도 찬란한 예술의 세계에서, 속물화에 저항하는 정신의 영역에서 자신이 정당성을 거듭 확인할 수 있었다. 반봉건

적인 현실이 작가들의 미숙한 인식에 정당성을 부여해주는, 하여 그들이 근대
성의 깊은 심연을 탐색하지 않고서도 근대적인 작가로 자부할 수 있게 만들어
주었던 방파제였던 셈이다.

4. 맺음말

이상과 같은 분석에 의지하여 본고는 향토적 서정소설의 형성과 융성은, 한
국 근대소설사에 투영된 식민지 반봉건성에 기반을 두고 있다고 주장한다. 식
민지적 근대화 과정은 사회적 근대성과 문화적(미적) 근대성의 파행적 전개를
특징으로 한다. 여기에 일제에 의한, 또한 해방 이후 독재권력에 의한 억압이
개입하면서 한국의 작가들은 현실에 대한 총체적 상상력을 작동할 가능성을
근본적으로 박탈당한다. 부분적으로 파악한 근대화의 정당성, 혹은 부분적으
로 파악한 근대화의 부정성이 저마다 자신의 정당성을 주장하며 현실의 파행
성을 문학적으로 반영한다. 특히 식민지 근대화 과정이 본질적으로 지닐 수밖
에 없는 비합리성은 한국 사회와 한국인의 내면에 삶의 중심원리로 확고하게
자리잡는다. 이러한 내면화된 비합리성은 향토적 서정소설의 미학적 기반으로
서 강조되어 마땅하다.

식민지 근대화 과정이 파행적이라 함은 그것이 제도로서의 근대와 정신으
로서의 근대가 융합하지 못했다는 사실을 의미한다. 제도로서의 근대는 개항
이래 한국 사회가 열광적으로 추진해온 역사적 헤게모니였다. 그러나 정신으
로서의 근대화에 이르지 못했다는 것은 한국인이 근대화를 내면으로부터 꿈
꾸지 않았다는 사실과 무관하지 않다. 여기에 일제에 의한 왜곡이 덧붙여지면
서 근대화에 대한 양면적 감정이 도출된다. 즉 제도로서의 근대는 추구되어야
한다. 그러나 삶의 원리로서의 근대는 미심쩍은 대상으로 인식된다. 전통 지향
성으로 묶어낼 수 있는 향토적 서정소설의 특성은 이처럼 정서적 보완물 없이
전개돼 온 근대화에 대한 감성적 완충물로서의 의미를 지닌다. 근대는 구현되
었으되 감성의 해방구를 만들지 못했고, 이러한 제도와 정신 사이의 간극을

‘미적인 것’으로서의 향토적 서정소설이 충족시켜왔다고 파악할 수 있는 것이다.

여기에 이른바 순수문학으로 불려지는 한국 근대소설사의 주류적 경향이 지닌 불구적 속성도 중요한 역할을 담당하였다. 순수문학은 현실을 괄호치면서도 현실 강박증을 지닐 수밖에 없었다. 이들은 문학의 근대성을 드높인다는 명분을 통해 시대적 과제에 동참했고, 이것은 순수문학이 인간에 대한 깊이 있는 천착으로 확장되지 못하고 문학적 엄숙주의, 혹은 청교도적 결벽성과 연관된 이유를 설명해준다. 한국 근대소설사에서 惡에 대한 천착이나 인간 본성에 대한 집요한 추적이 드물다든지, 지적이고 관념적인 작품이 빈약한 이유는 이러한 맥락에서도 설명 가능한 것이다.

향토적 서정소설은, 본고가 전제하고 있는 것처럼 한국 근대사가 치러낸 근대성의 경험양식과 밀접한 관련이 있다. 그리고 그러한 경험양식이 본고가 논의한 영역에 국한된 것이 아니라는 점은 자명하다. 탐구되어야 할 대상은 많고, 깊이 있는 안목의 필요성은 절실하다. 본고는 이에 대한 시론적인 접근으로서 그 첫 걸음의 역할에 만족하고자 한다.

국민연극에 관한 일고찰
─ 대동아공영 이념의 현실적 수용과 식민성 ─

이승희[*]

1.

1930년대 중후반에 사실주의극에는 많은 변화가 일어났고, 그것은 애초에 사실주의에 기대되었던 바를 무색하게 만들었다. 체념을 미학화하고 혈연에 집착하여 가부장적 이데올로기를 강화하는 보수화의 흐름은 사실주의적인 재현으로 진보적인 문제 제기를 던져 인간의 조건을 바꿀 수 있다는 개혁의 의지와는 정반대로 흘러가고 있었다. 응당 기대되는 재현의 대상들은 텍스트에서 찾아볼 수 없었고, 기껏 역사·설화의 공간에 기대어 현실에 대한 낭만적·비관적 탄식으로 만족해야 했거나 불투명하기만 한 막연한 전망에 의지할 수밖에 없었다. 더욱이 전망의 불투명성을 여실히 보여주는 데서 한걸음 더 나아가려고 할 때는 반드시 왜곡이 발생이 발생할 수밖에 없었다. 단막극에서 낭만적 계몽주의가 보수성과 결탁하는 대목도 그러하고, 가령 김송의 <앵무>(1941, 3막)[1])는 '낡은 것'에 묶여 있는 것으로부터 벗어나 '새로운' 도덕과 이상의 추구라는 주제를 제시하는데, 그 새로운 모랄은 새로운 문명의 도래와 滅私奉公의 시대에 따르는 것으로, 다분히 파시즘적 기운에 침윤된 양상을 보였다. 이제 현실을 뚫고 나갈 힘은 더 이상 없는 것처럼 보였고, 보수적이면서 관념적인 휴머니즘이 파시즘과 충돌하지 않는 채 공존하면서 왜곡된 사실주의 모랄을 '운명'으로 수락하는 것처럼 보였다.

---

* 광운대 강사.
1) 김송, 『춘추』 1941. 7.

여기에 1930년대 말은 신극 단체의 전반적인 부진으로 사실주의극이 공연화되는 일이 극히 희소해졌다.[2] 사실 신극 운동의 부진이 어제오늘이 아니었고, 그때마다 객관적 정세의 불리함과 관객들의 저속한 취미와 그에 영합하는 대중극단의 득세 그리고 극장을 소유하지 못했다는 것이 거론되었으며, 재능 있는 인재를 양성하는 것이 시급하다는 나름대로의 타개책을 제시하기도 하였다. 그러면서도 대중극과는 차별되는 신극의 정체성을 구축하는 것은 기본 과제였다. 극연의 극연좌로의 개편이나 중앙무대의 조직은 바로 이런 맥락 속에 이루어진 것이라 볼 수 있었다. 그러나 1940년에 임박하도록 문제는 하나도 해결되지 않았으며 오히려 사실주의의 존재 기반 자체가 위태로운 상황이었다. 이러한 상황에서 신극인들은 그 타개책으로 일본 당국의 보호와 지원을 기대하기 시작했고, 근대극 초창기에 사용된 신연극 개념과는 그 내포를 달리하는, '건전하고 명랑한 오락'으로서의 연극을 포괄하는 '신연극'론이 국민연극론의 본격화 이전부터 신극인들에게 주장되었다.[3]

이렇게 사실주의적 재현에의 욕망이 굴절되어온 양상과 당시 신극인들의 행보는 1940년대 전반기의 '비약적인 전환', 즉 친체제적 목적극으로의 변화가 단순히 일제의 강요만은 아니었음을 보여준다. 창작이나 공연 실천면에서도 무력했던 신극인들은, 일본의 지배 정책에 편승함으로써 '저급한' 대중극을 淨化하고 건전하면서도 교양적인 연극을 보급하겠다는 욕망을 보상받고자 했다. '위정자의 관대한 이해'를 바라는 가운데 연극상 제정과 조선연극인협회와 같은 조직의 결성 그리고 연극콩쿨 개최를 희망했던 것[4]은 바로 그런 맥락에서 제출된 제안서에 해당된다. 물론 막상 일본이 단체의 통폐합 등 강압적인 연극 정책을 시행하고 국민연극론이 구체화되면서 강도 높은 요구에 부응해야 하는 국면에 직면하기는 했지만, 신극인들의 허약성은 어렵지 않게 파시즘 기류에 편입되어 갔다.[5] 대다수의 연극인들은 일본의 대동아공영이 처음부터 자신들

---

2) 임화는 '극연좌의 침묵, 중앙무대의 해산, 낭만좌의 침체, 협동예술좌의 산만' 등으로 요약되는 1939년도의 신극계를 진단하면서 고협의 활동에 적지 않은 기대를 걸고 있었다(「신극의 새 활로 (상)—고협 중앙공연을 보고」, 『조선일보』 1939. 12. 28).
3) 양승국, 『한국근대비평사연구』, 태학사, 1996, 403~414쪽 참조.
4) 안영일, 「극계전망」, 『조광』 1940. 1.

이 견지해온 신념이었던 것처럼 열렬히 그에 부응하였다. 작중 현실이 한국인
지 아니면 일본인지도 구분이 가지 않을 만큼 내선일체는 성공적인 듯이 보였
고, 일본의 정책을 적극 선전 옹호하는 언어들이 난무했다. 조선연극협회와 조
선연극문화협회에도 등록하여 연극활동을 멈추지 않았으며 세 차례의 국민연
극 경연대회에도 참가하였다.[6] 유치진은 해방이 된 바로 그날에도 <비둘기>
라는 친일극을 공연하고 있었던 것이다.

　사실주의자로서의 모랄은 자유주의적 · 개인주의적이었던 과거에 속하는
것이 되었고, 이제 신체제에 '翼贊'하는 연극인의 모랄이 요구되었다.[7] 국민연
극은 바로 그 정수인 셈이다. 그러면 국민연극이 어떤 것인지 그 대표적인 논
자 함대훈의 정의를 들어보도록 한다.

　　그러기에 첫째로 국민연극은 건전한 국민정신 또는 국민도덕이 정당화
　　하게 된 연극이여야 할 것이다. 어떤 연극이든 '모랄'이라는 것이 있으나
　　금일에 있어서 우리의 최고의 도덕이란 것은 자유주의, 개인주의와 사회주
　　의를 지양한 전체주의의 국민도덕인 것이다. 즉 국민전체를 한 개의 국민정
　　신으로 결합하는 연극이다.
　　　둘째로 우리는 예술지상주의 연극이 아니오 국가목적을 달성하는 목적
　　의식이 있어야 할 것이다. 그러나 국가 목적 달성이란 이 정신만이 무슨 표
　　어나 포스타처럼 드러내놓고 예술 속에 용해되지 않으면 이것은 결국 연극
　　이 아닌 것이다. 그러기에 첫째 연극은 연극으로서 고도의 연극이 구성이
　　되고 여기 국가정신이 용해되어야 할 것이다.[8]

<hr>

5) 국민연극 형성과정에 있어 연극인들의 '자발적' 참여가 결부되어 있다는 점은 박영정
　에 의해서도 지적된 바 있다. 유치진을 그 예로 들고 있는데, 유치진의 「신체제하의
　연극」(『춘추』 1941. 2)에는 조선연극협회 결성에 대해 시국적 요구에 대한 대응 외에
　도 연극부진을 타개하기 위한 적극적 지원 · 장려의 기회로까지 인식하고 있어 당시
　총독부 당국보다 한발 앞서 나가는 인식을 보여주고 있는 것이다(「일제하 연극통제
　정책과 친일연극인」, 『역사비평』 1993년 겨울, 152~153쪽 참조).
6) '국민연극' 혹은 친일극의 전개과정과 작품의 줄거리는 이미원, 『한국근대극 연구』
　(현대미학사, 1994. 347~372쪽), 서연호, 『식민지 시대의 친일극 연구』(태학사, 1997)
　참조할 것.
7) 김영수, 「전환기의 1년」, 『문장』 22, 1940. 12.
8) 함대훈, 「국민연극의 현단계-현대극장 결성과 금후진로」, 『조광』 67, 1941. 5.

즉 국민연극은 '국민전체를 한 개의 국민정신으로 결합하는 연극'이며 이는 연극적인 예술성을 통해 용해되어 드러나야 하는 연극인 것이다.9) 여기에 1940년대 전반기 연극이 멜로드라마적 구조를 띨 수밖에 없었던 이유가 있다.10) 첫째는 국민전체를 하나로 통합하는 '대의명분'은 절대적인 진리이자 도덕적 정의이기 때문이다. 대동아공영의 실현이라는 '결코 훼손될 수 없는' 도덕적 명분에 의해 일제의 제국주의적 침략과 전쟁 도발은 정당화되었고, 군입대를 자원하고 후방의 지원은 '국가에 충성'하는 절대 善이었다. 이는 텍스트를 구조화하는 정신적・형식적 기본 원리가 되었다. 따라서 사건전개는 소소한 갈등과정을 통해 전시체제에 적극 찬동하는 낭만적 행복한 결말로 맺어지게 되고, 인물들은 천편일률적인 도식성을 반복하면서 '신체제적인 인물'의 유형성을 보여주었던 것이다. 이제 이성보다는 신념의 과잉이 텍스트에 흘러 넘치게 되었던 것이다. 둘째로, 주제는 극적 사건이라는 육체를 필요로 했고 이를 위해 그와는 필연적 관계에 놓이지 않는 인물들간의 관계와 사건이 극적 계기로 채택되었기 때문이다. 이는 물론 당대 관객들에게 계몽 효과를 보기 위해 그들이 선호했던 멜로드라마 양식을 취택하였음을 의미한다. 종종 남녀의 애정이나 삼각관계가 주제를 위해 차용되었던 것도 그런 맥락에 놓인다.

그런데 바로 이러한 성격 때문에 1940년대 전반기에 쓰여진 희곡이 일제의 대동아 공영 이념에 맹신하여 완전히 자신의 것으로 체화하였다거나, 기득권을 유지하기 위한 지적인 허위의식이었다11)고 단정지을 수 없다. 텍스트의 공

---

9) '국민연극론'에 관해서는 양승국(1996), 앞의 책, 398~435쪽 참조할 것.

10) 기왕의 연구에서도 이미 이 시기의 연극이 낭만주의극 혹은 멜로드라마라고 지적된 바 있다. 김성희는 이상화된 인간상, 실제보다 더욱 용감하게 과장된 인물들, 일본의 승리로 인해 다가올 더 나은 세계에 대한 추구 등이 낭만주의적 성향을 띤다고 지적하였고(「국민연극에 관한 연구」, 『한국연극학』, 한국연극학회 편, 새문사, 1985, 211쪽), 서연호(1997)는 감각적인 자극, 과격한 행위, 아기자기한 줄거리, 감미로운 멜로디, 화려한 치장, 눈물과 웃음, 권선징악, 행복한 결말 등을 꼽고 있다(앞의 책, 162~163쪽).

11) 김성희(1985)는 "삶과 세계에 대한 일체의 인식과 자기검증을 포기함으로써 작가의 기만과 허위의식을 드러내는 부정적 측면만을 지녔다"고 보았으며, 박영호의 희곡을 논하는 자리에서 멜로드라마 수법의 사용이 "주제로서 부여된 목적의식이 작가의 사상이나 작가정신에서 우러나온 내면적인 필연성에 의한 것이 아니고 지배체제의 강압과 통제에 의해 수용된 것이기 때문에 새로운 예술적 구조와 상상력의 결합이 이

식성과 도식성이란 신념의 과잉이 지닌 관념성을 지시하는 것이며, 그런 형식적 구조화만을 가지고는 그로부터 누수되어 은폐되어 있는 창작주체의 또 다른 주체화 과정을 설명할 수 없기 때문이다. 흔히 기왕의 연구에서 이 시기 친일극을 하던 연극인들이 해방 후에 좌익극계로 투신하는 것에 대하여 친일적 행위에 대한 상쇄 행위로, 혹은 사상성과는 무관한 사람이지만 친분관계나 상황에 의해 '얼떨결에' 투신하는 것으로 설명되어 왔다. 그래서 그런 변신에 대하여 회의적이거나 불신의 시선으로 평가되어 왔다.[12] 어느 정도 그런 문제가 작용했을 수는 있지만 그것으로 환원되어 설명될 수는 없다. 텍스트의 공식성 표면에 드러난 것만으로 창작주체의 '동일성'을 채취한다는 것은 애초부터 부질없는 시도이기 때문이다. 그러나 그렇다고 해서 은폐되어 있는 주체화가 곧 저항서사를 이룩할 만한 또 다른 것을 준비하고 있으며, 텍스트 자체를 허위의식의 산물로만 간주할 수는 없다. 왜냐하면 창작주체들이 연극인으로서의 정체성을 포기하지 않으면서 신극의 부진을 극복하고자 적극 附日한 과정 자체가 일정하게 그 세계를 변화시켰기 때문이다. 창작주체에게 때로는 합리화가 필요했으며 스스로가 그것을 진실이라 믿어야만 했고, 일본의 제국주의적 논리에 동조하지 않으면서도 그 논리의 구조를 물려받기도 했던 것이다.

일견 명확해 보이는 이 시기의 희곡들에 대한 접근이 어려운 것도 바로 그런 이유들 때문이다. 공식적으로 표면적으로 드러난 것 裏面의 주체화 과정을 여기서 검토하기는 실로 어려운 일이다.[13] 그래서 본고는 텍스트 표층에 드러

___

루어지지 못한 것과 관련이 있을 것"이라고 보았다(앞의 논문, 221~222쪽). 서연호(1997) 역시 국민연극을 "군국주의시대의 극작가들이 정치적으로 경제적으로 득세하기 위해서 혹은 현실을 도피하면서 기득권을 유지하기 위한 지적인 허위의식으로 만들어낸 멜로드라마"라고 하였다(앞의 책, 162쪽). 두 견해는 모두 국민연극이 '허위의식'의 산물이라는 관점에 서 있다고 할 수 있다.

12) 그에 반해 친일극을 하던 인사가 해방 후에 '우익'으로 변신한 것에 대해서는 보다 너그러운 입장을 취해 왔다.

13) 이 점에 대해서 기존 연구는 함세덕론에 있어서 만큼은 그 가능성을 열어두고 있는데, 이는 '이중성'으로 설명된다. 유민영은 <추장 이사베라>를 '묘한 이중성'으로 설명하였고, 장혜전은 표면적인 친일과 내면화된 저항성의 '이중성'으로 보았다(유민영, 『한국현대희곡사』, 1982, 320쪽; 장혜전, 「함세덕의 희곡연구」, 『이화어문논집』, 1983). 이도 그 하나의 방법은 될 수 있겠지만, 이와 같은 접근 방법은 아전인수격으로 해석되거나 후일 행적의 보완적 읽기로 자칫 객관성을 잃기 쉽기 때문에 좀더 면

난 대동아공영 이념에의 적극적 찬동을 '현실적 수용'이라고 보고, 이 수용과 정에서 바로 이전 시기로부터 진행되어온 보수화의 흐름과 어떻게 맞물려 '식민성의 내면화'가 일어나는가를 중점적으로 살펴보려고 한다. 이 식민성의 문제는 비단 일제하의 문제만이 아니라 지금까지도 잔존하고 있는 청산의 대상이라 점에서 검토되어야 하리라 본다.[14]

물론 이 시기 희곡이 일본의 대동아공영 이념의 선전을 어떤 내용으로 전달하고 있는가를 일일이 분류한다는 것은 무의미한 일일 것이다. 노골적으로 선전하지 않으면서 '새로운 국민성'을 표방한 희곡도 있지만 대체로는 내선일체, 증산, 공출, 군입대 지원, 일본어 배우기, 反서양, 만주개척 등의 주제가 독립적으로 혹은 여러 개가 섞인 채 도식적인 양상을 보이기 때문이다. 정도 차이는 있을지라도 일본은 서양 제국주의에 대항하여 동양[조선]을 보호하는 존재로 그려지며, 이에 복무하는 것만이 이상적인 대동아 공영권을 건설할 수 있다는 입장을 공통적으로 드러내고 있는 것이다.[15] 그러면 1940년대 전반기 희곡에 드러난 식민성의 문제를 크게 세 가지 측면에서 살펴보기로 한다.

2.

첫째는 反서양 담론과 인종 담론의 관계이다. 일본의 '역전된 오리엔탈리즘'

밀한 분석을 통한 접근이 필요하다.

14) 이와 같은 관점에서 국민연극이 논의되어온 적은 거의 없었다고 해도 과언이 아니다. 국민연극은 그 친일성으로 말미암아 부정적인 평가 대상, 반성해야 할 역사로 제시될 뿐이었거나, 아니면 이를 전제로 하되 부차적이기는 하지만 긍정적인 평가 요소를 덧붙이는 정도였다. 이미원(1994)은 그간 연극사에서 누락되었던 여러 편의 친일극을 소개하면서, 국민연극이 치욕의 역사임은 분명하지만 그 부차적인 의의를 교량적인 역할, 기획력이 높아진 점, 장막극의 활성화, 극작술의 발전, 구성전개의 흥미를 유지한 목적극이었다는 점 등에서 찾고 있다, 앞의 책, 370~372쪽 참조.

15) 아직 원본을 볼 수 없는 희곡은 이미원(1994)의 줄거리 소개와 희곡을 더 추가하여 줄거리를 좀더 상세하게 밝힌 서연호(1997)의 소개를 참조로 하였다. 그러나 줄거리만으로는 그 한계가 명백하기에, 전면모가 확인된 희곡을 중심으로 논지를 전개하였음을 밝혀둔다.

이 서양과 동양의 관계를 전도시키고, 다시 일본이 동양의 다른 민족을 타자화함으로써 헤게모니를 구축하려 했던 것은 주지의 사실이다. 따라서 일본의 '恩人 이미지'의 부각은 일반적인 양상이었고 전시체제였던 당시에 反서양 감정을 고취시킴으로써, 대동아 공영권 건설을 정당화하려고 했던 것은 너무나 자연스러운 일이라 할 수 있다. 일본과 경쟁적 관계에 놓인 국가들의 잔혹성을 부각시키면 시킬수록 상대적으로 일본의 대동아공영론의 '도덕성'을 돋보이게 하였다. 함세덕의 <酋長 이사베라>(1942)[16]는 네덜란드령의 빌리 섬을 무대로 피압박 민족의 무력함을 부각하는 동시에 일본의 태평양전쟁의 도덕적 정당성을 선전한 희곡이다. 발리 섬 사람들은 토산물 무역상인 사리강(네덜란드인)의 횡포에 시달려 왔는데, 추장 이사베라는 큰아들을 벌써 잃었고 작은아들 상기라마저 어떻게 될지 모르는 상황이다. 상기라가 사리강의 횡포에 불만을 품고 그의 집에 불을 지른 혐의로 감옥에 붙잡혀 있기 때문이다. 이런 상황에서 그들이 자신들의 목숨만큼 소중히 하는 풍습마저 사리강이 짓밟자 더 이상 참지 못하고 봉기를 일으키려고 한다. 이때 그곳에 열대병을 연구하러 온 후지끼가 지금 어차피 무력하니 때를 기다리고 조금 있으면 일본군이 도와주러 올 것이라 하면서 만류한다. 이전에 후지끼로부터 들은 바 있었던 이사베라가 납득하고 동요하는 부락민들을 진정시키고 대동아 전쟁의 의미를 설명한다.

> 이사베라 : (沈鬱히) 여러분 우리는 藤本センセイ의 말을 따릅시다.
> 장　　로 : 가만이 앉아서 죽으라는 사람 말을 어떻게 따르란 말이요?
> 이사베라 : フジキセンセイ 한 분을 믿자는 것은 아까 말씀한 거와 같이, 선생의 고국이요, 세계 제일의 강국인 일본을 믿자는 것입니다.
> 장　　로 : 밑도 끝도 없이 일본을 웨 믿는단 말이요?
> 이사베라 : 일본이, 우리를 식민지에 있는 동양민족들을, 오란다와 영국 미국의 마수에서 건저, 영원한 평화와 안식을 주고저, 대동아 전쟁을 니르켰다 합니다.
> 장　　로 : 전쟁을?
> 군 중 들 : 일본이 오란다하구?

---

16) 함세덕, 「추장 이사베라」, 『국민문학』 5, 1942. 3.

이사베라 : 그렀오. 그 사람들은 오란다 사람같이 폭학지 않고, 잔인치 않을
    뿐 아니라, 우리들에게 긁어서 본국에서 배불리 살려는 야심도 없습니
    다. 모두가 フジキセンセイ 같이 진실하고 희생적이라 합니다.

서양이 자신을 한 덩어리로 동질화시켜 나머지를 배제시켰듯이, 일본은 동
양을 "쌀밥 먹고사는 동아 사람"으로 묶어 자신들에게 전폭적인 지지를 '호소'
하면서 반서양적인 입장을 분명히 취한다. 그 중 특히 反美 감정은 두드러진
다. 김태진의 <그 전날 밤>(1943, 4막5장)[17]은 국내에 들어와 있는 미국인 사
업가를 통해 반미 감정을 고취시키고 일본의 대동아공영 정책을 선전한 희곡
이다. 홍덕광업회사 사장 브라운은 농한기를 빌어 사금을 채취하기 위해 이곳
농민들을 고용하였는데, 농민들은 농토에는 아무런 피해가 없을 것이라는 말
이 사실과 다르다는 것을 알고 기만당했다며 분노를 느끼고 보상금 문제로 대
책을 논의하게 된다. 그런 와중에 그 회사의 사환으로 일하고 있던 정길이 실
종되고, 그의 실종이 금 밀반입과 관련되었다는 것이 알려진다. 결국 김사민이
라는 청년에 의해 모든 것이 드러나며, 브라운은 일본 경찰에 넘겨진다. 이 희
곡은 브라운의 기만성과 폭력성을 통해 미국을 비난하고 있으며, 국어강습소
소장인 김사민을 통해 반미 주제를 뚜렷이 부각시키고 있다. 1920~30년대 반
체제적인 계몽적 지식인이 '야학'이라는 공간에 거주하고 있었다면, 이제 친체
제적인 계몽적인 지식인은 일어를 국어로 가르치는 '국어강습소'라는 공간에
거주하기에 이른 것이다.

박영호의 <좁은문>(1943, 4막)[18] 역시 일본이 동양에서 패권을 쥐고 서양
과 대결하고자 하는 전도된 욕망이 기독교를 매개로 서양 제국주의와 문명을
동양의 관점에서 비판하는 것으로 드러난다. 그 비판은 동양중심주의적 관점
에 서 있는 신학생 최인석과, 동양과 한자옥을 사랑하나 결국 자살하고 마는
피터 목사를 통해서 드러난다. 최인석의 서양에 대한 비판적 근거는 인종주의
적 관점에 있다. 피터 목사가 아무리 두루마기를 입고 다닌다 할지라도, 결국

---

17) 김태진, 「그 전날 밤」, 『신시대』 3권 8호, 1943. 8~9.
18) 박영호, 「좁은문」, 『조광』98~99, 1943. 12~1944. 1.

그는 '미국을 위해서 작용할 피'를 지닌 미국인이며 학자금을 지원하는 대가로 사랑을 청구하는 서양인일 따름인 것이다. 피터 목사의 모든 행위는 서양 제국주의가 기독교를 무기로 동양의 영토를 침탈하는 것과 등가로 놓여 비판된다. 최인석의 인종주의적 관점을 지원하고 있는 것은 서양의 물질과 형식보다 우위에 있는 동양 정신의 우월성에 있다. 그리고 예수, 석가, 공자 모두가 동양인이라는 사실을 환기시키며 동양주의 기독교의 재건을 웅변한다. 이와는 달리 피터 목사는 최인석에 의해 비난을 받을지라도 자신이 미국을 경멸하고 동양을 얼마나 사랑하는가를 보여줌으로써, 결과적으로 최인석의 관점을 강화한다. 피터 목사가 보기에 미국은 자유주의, 민주주의, 화장품, 허풍선이 인기, 매춘부, 재즈, 술, 도박, 음란한 일이 발달된 나라이자, 용병을 고용하는 불쌍한 나라이다. 그는 다시는 미국에 가지 않기를 원하며 한자옥과 결혼하여 조선에 정착하기를 희망한다. 그러나 최인석을 사랑하는 한자옥으로부터 청혼을 거절당하고 그 사이에 일본과 미국간에 전쟁이 터진다. 피터 목사는 마지막으로 한자옥에게 청혼을 하지만, 한자옥은 이미 그가 적성국가인이며 사랑 때문에 모국을 버리는 것은 비겁하다고 비난한다. 결국 피터 목사는 자살하는데, 한자옥과 동양을 버리고 경멸하는 미국을 위해 사는 것보다는 그것이 善이라고 생각했기 때문이다. 그래서 피터 목사의 자살은 일본의 대동아 공영 논리와 인종주의에 도덕성을 부여한 최종 마무리인 셈이다.

反서양관을 보여준 일련의 희곡들은 이 밖에도 많다.[19] 이 희곡들의 기본적 논점은 동양이 서양에 의해 착취·억압당해 왔으며, 이제 이로부터 해방하여 독립적인 수체로서 자립해야 한다는 것, 그리고 이를 위해 일본이 앞장선다는 것으로 요약된다. 이를 지원하고 있는 근거는 바로 동양중심주의, 인종주의다. 따라서 지금까지 친일성에 대한 비판은 서양 제국주의를 전도시킨 일본 제국

---

19) 靑葉薰의 「歲月」(1943, 3막5장)의 예를 들면, 동경에서 공부하던 3인이 친우로 지내다가 전쟁이 터지자 중국인 진영이 모국으로 돌아가 전쟁에 참여하고 결국 일본측으로 돌아서는 과정을 보여줌으로써, 反서양 동양연대를 제시한다. 그리고 이 외에도 유치진의 「黑龍江」(1941), 임선규의 「氷花」(1942, 4막7장), 이원경의 「해적 プリイヘズ」(1943, 4막), 박영호의 「물새」(1943), 함세덕의 「黃海」(1944, 4막), 조천석의 「開化村」(1945, 4막5장) 등은 그 줄거리를 보건대 반서양관을 뚜렷이 보인다고 할 수 있다.

주의의 기만성에 적극적으로 찬동한 부일 행위에 모아졌다고 볼 수 있다. 가령 발리 섬의 부락민들이 착취당하는 현실은 곧 한국인들이 처한 현실과 동일한 데도 불구하고, 일본을 '은인 이미지'로 미화하는 것은 명백히 자기 기만 행위에 지나지 않는 것이다. 서양 제국주의와 일본 제국주의가 근본적으로 동일할 뿐만 아니라, 일본 제국주의는 서양보다 훨씬 폭력적으로 식민지인의 주체성을 거세하는 방향으로 지배해왔기 때문이다.

그러나 연극인들이 허약하고 무력한 상황에서 이를 강요받았다 할지라도, 그들이 대동아공영 이념을 주장하기 위해서는 최소한 이를 정당화할 수 있는 자기 논리를 가지고 있어야만 그것이 가능하다. 이는 대동아공영 논리적 근거인 인종주의가 이 시기에 갑자기 출현한 것이 아니라, 적어도 19C 말로 거슬러 올라가 그 이후로 동아시아를 지배해온 중요한 이념 중의 하나라는 사실에 있다. 19C 말 이후로 동아시아는 민족, 인종, 계몽주의적 역사관이라는 세 가지의 중요한 범주가 서로 긴밀히 연관될 수밖에 없는 상황에 놓여 있었다. 이 상황은 서양 열강의 '근대'와 대면하면서 한편으로는 우승열패·적자생존의 진화론에 기대면서 서양으로부터 배워야 할 것을 찾았지만, 다른 한편으로는 민족과 인종적 동질성으로 서양으로부터 자신을 지켜내고자 했던 근대화 방향으로부터 비롯했던 것이다. 러일전쟁이 백인종과 황인종의 싸움으로 비춰지고 안중근의 이토 히로부미 저격이 황인종 연대의 신의를 어긴 데에 대한 응징의 의미가 강했다는 것은, 적어도 19C 말, 20C 초의 동아시아에서 타자는 '다른 민족'이라기보다는 '인종적 타자'였다는 점을 말해준다.[20] 이렇게 보자면 일본의 '역전된 오리엔탈리즘'은 이미 19C 말엽부터 진행된 동아시아 담론의 극단적이고 부정적인 양상인 셈이다. 그런데 한국의 경우, 중국과 일본과는 달리 식민지를 경험하게 되었다는 점에서 좀더 다른 양상을 보일 수밖에 없었다. 정치적 주권이 상실됨으로써 민족적인 정체성은 괄호 쳐지고 혈연적인 것으로 고착되어 갔으며, 장기화되는 식민지 현실에서 계몽주의적 역사관은 일본의 인종주의에 흡수되어 갔던 것이다. 이 시기 反서양을 통한 동양인의 규합

---

20) 장석만, 「한국근대성 이해를 위한 몇 가지 검토」, 『현대사상』 1997년 여름, 민음사, 134쪽.

이라는 명분으로 대동아공영이라는 기만적인 제국주의적 논리에 순응할 수 있었던 것은 바로 이러한 전개과정의 귀결이었던 것이다.

둘째는 일본적 근대구성과 파시즘의 성격이다. 주지하는 바와 같이 한국의 근대는 '일본적 근대'와 '미국적 근대'에 의해 일정한 영향을 받는 가운데 구성되어 왔다. 일본적 근대구성이 과학과 기술 그리고 국가주의와 결합된 것이라면, 미국적 근대구성은 과학과 기술 그리고 개인주의가 결합된 것을 의미한다.[21] 한국 사실주의 희곡이 근대의 문턱에 들어섰을 초창기에, 개인주의에 대한 열렬한 지지를 표명했던 것은 곧 미국적 혹은 서양적 근대에 대한 선망이 깔려 있었기 때문이다. 그러나 타율적인 근대화와 식민지 현실은 '근대적 개인의 자각'조차 민족의 운명을 되돌려 놓고자 하는 계몽주의적인 역사관 안에 놓이게 하였다. 개인이 국가와 민족으로부터 결코 분리된 單子일 수는 없었던 것이다. 그렇다고 해서 이것이 근대의 문턱에서 벌어진 새로운 현상은 아니었다. 동아시아에서 公私개념은 서양에서와 같이 명확히 구분되지 않았으며, 이러한 혼재양상은 일본에서 더욱 두드러졌다.[22] 대립과 지양의 관계가 아닌, 합일을 지향하는 동양적인 세계관에서 개인은 세계의 운명과 같이 하는 것이었으며, 조선의 지배이념인 유교는 '忠孝一致'를 기반으로 정치적 질서를 공고히 할 수 있었다. 이런 전통에서 벌어진 타율적인 근대화와 민족 존립의 위기는 '전체―국가―민족―사회'를 중요시하는 전통적 모랄을 강화하는 방향으로 진행될 수밖에 없었다. 1920년대 초반을 경과하면서 개인에서 사회로 자연스럽게 선회하였던 것도 그 때문이며, 전기 양식에서 근대적 주체가 한편으로는 근대적 가치를 옹호하면서도 다른 한편으로 여성에 대해서는 보수적인 입장을 취했던 양가적인 태도도 이런 상황에서 빚어진 것이다. 따라서 한국의 근대는 민족과 사회와 같은 거시적인 패러다임을 중시할 수밖에 없었던 상황, 그리고 한국을 일본화하려는 전체주의적 식민지 지배와의 갈등 속에서 구성된 것이라 할 수 있다.[23]

---

21) 송두율, 「우리에게 근(현)대는 무엇을 의미하는가」, 『현대사상』 1997년 여름, 민음사, 104~109쪽 참조.

22) 정진성, 「동아시아의 공사개념과 성―근대국가와 민족·성 : 한국과 일본의 비교를 중심으로」, 『발견으로서의 동아시아』, 문학과지성사, 2000, 191~194쪽 참조.

그래서 1940년대 전반기에 대동아공영권 건설을 위한 '국가적 사업－전쟁'
에 개인이 귀속·소거되는 양상은, 마치 反서양 담론이 19C 말 이후로 널리
퍼져 있던 인종담론에 기대었던 것과 마찬가지로, 전통적인 모랄에 기대어 있
는 것이다. 비록 괄호 쳐지긴 했지만 일본적 근대구성에 저항하는 담론으로서
의 '민족'이라는 기호는 현저히 후퇴·약화되었기 때문에, 애국계몽기로부터
1930년대 초반까지 유지되어온 민족의 독립을 위한 개인의 소거는 이제 일본
을 위한 것으로 탈바꿈하였다. 즉 일본의 강력한 통제에 사적 영역은 완전히
장악되었던 것이다.

　가장 일반적인 양상은 모든 '국민'이 전쟁에 적극 참여하는 것이 모든 것에
우선하는 것으로 드러난다. 건장한 남자는 군 입대를 자원하며, 여성은 후방에
서 금욕적인 생활을 하면서 전방을 위해 물심양면으로 적극 지원하는 것이며
더 좋은 것은 간호부로 입대를 자원하는 것이다. 남녀간의 사랑도 이제 전쟁보
다 중요하지 않으며, 곡식과 광물을 생산하고 학문을 연구하는 것도 모두 전시
체제에 종속된다. 왜냐하면 그/그녀에게는 '싸우는 나라의 백성'이자 '동양인'
이라는 정체성만이 요구되기 때문이다. 앞서 <좁은문>을 살펴본 바 있지만,
피터 목사는 피터라는 '개인'과 그의 사적 영역은 이미 존재하지 않으며 그는
단지 '미국의 국민' '서양인'으로 존재할 따름이다. 그리고 그 逆도 역시 마찬
가지이다. 이 시기 희곡들은 일일이 열거할 필요도 없이 국가와 인종에 기초한
개인의 소거라는 도식성을 드러내는 것이다.

　이때 종종 동원되는 것이 '충효일치'라는 이데올로기이다. 통념화된 견고한
전통적 모랄을 내세워 대동아공영 이념의 설득과 자원입대를 장려하는 데 이
를 이용하는 것이다. 박영호의 <혈서>(1944)에서는 부모에게 효도하는 것과
'나랏님'께 충성하는 것은 하나라는 점을 들어 전시체제에 역행하는 한 인물
을 참회하도록 한다. 민소천의 <촛불>(1943)에서, 공군 지원을 염두에 두고
있으나 어머니와 집안을 걱정하여 조심스럽게 말을 꺼내는 아들에게 어머니

---

23) 송두율이 "일본의 현대구성과 구별되는 미국적 현대구성이 우리에게 하나의 모범으
　　로 우리의 의식에 속에 자리잡고 있지만 정치 문화의 현격한 차이 때문에 일본보다
　　는 일반적으로 보아 그래도 역시 멀게 느껴지고 있다"(앞의 논문, 109쪽)고 언급한 것
　　도 결국은 이 같은 사적 맥락에 놓인다고 할 수 있다.

는 다음과 같이 말한다.

> 어머니 : 내가 신학문만 너이들처럼 못배웠지, 구학문은 어려서 너이 외조
> 부님에게 많이는 못배웠어두 배울 만큼은 배운 줄을 너이들두 들어서
> 알지? 고금을 막론하고 사나이 났던 보람은 그 나라의 일이 있을 때에
> 호반이 되어 칼을 들구 싸움터에 나가는 것밖에 더 없어. 아주 충성을
> 다하면 그게 효도지. 또 효성이 지극한 사람일수록 충성두 지극한 법이
> 니까…… . 네 효성만 했으면 충성두 남에게 못지 않으리라.
> [……]
> 어머니 : 얼마나 고마운 분부시냐? 총을 메구 땅위루 싸우러 나가게 되는 걸
> 가지구두 그처럼 좋와하던 내가 아니냐? 이번에는 비행기를 타구 싸우
> 러 나간다. 젊어서 홀로된 몸이 너이 둘을 금이라 옥이라 길러낸 보람
> 여기서 더 할 데가 어듸 또 있단 말이냐? 이젠 정말 너이가 금이구 옥이
> 다(『작품자료집』 10, 355~356쪽).

한편, 군수물자와 식량보급을 위해서 후방에서는 필연적으로 금욕적인 생활을 요구받을 수밖에 없었다. 박영호의 <혈서>(1944)[24]는 그 문제를 중점적으로 다루고 있다. 시골에 사는 자작농 최련은 선산 문제로 동생 최성의 집에 상경하였는데, 그에게 서울사람들과 최성의 살림은 전시체제에 어울리지 않는 사치스런 생활이라 여간 못마땅한 것이 아니다. 그가 보기에 서울사람들은 "백주대로에 뻑뻑 담배 피어물고 댕기는 염체라든지 바지가랑일 풀어놓고 태평성대처럼 휘적거리고 댕기는 배포"를 지녔고, 동생은 부정이익을 일삼고 작첩하며 "남들은 인선에서 얼어 죽구 굶으면서도 나라를 위해서 싸우는 마당에 전기풍노를 찾구, 밀가루 배급을 타박하구 야미쌀을 한차판식이나" 기다리는 파렴치범인 것이다. 결국 아들이 혈서를 쓰고 전선과 혼인하겠다는 것을 보고, 최성은 지난 과오를 뉘우치고 후방에서의 도리를 다하겠다는 다짐을 한다. 금욕주의가 부각되는 이런 맥락에서 보자면 <좁은문>에서 기독교가 그 매개가 된 것은 짐작할 만한 일이다. 기독교가 기본적으로 종교적 신념에 기반하여

---

24) 박영호, 「혈서」, 『신시대』 4권7호, 1944. 7. 조선연극문화협회 위촉 육군기념일 상연극본.

금욕주의를 권장하고 대의를 위해 개인의 희생을 장려한다는 점에서, 일본의 파시즘이 지향하는 것과 닮아 있기 때문이다. 그래서 이 희곡은 서양 종교로 생각되어온 기독교에 대한 관념을 해체하면서 일본의 정책과 그 방향을 같이 하는 속성을 부각시키기 위해, 파시즘과 닮은 이란성 쌍생아로서 기독교를 끌어들인 것으로 이해될 수 있다.

이처럼 국가주의를 중요 요소로 삼는 일본적 근대구성은 일제 말기에 이르러 그 극한을 드러내고, 사적 영역을 진공상태로 만들어버린다. 일본은 이제 가장 강력한 권력을 쥔 '아버지'이며, 조선은 '아버지'를 위해 충성하고 복종하는 '자식들'인 것이다. 그리고 그 '아버지'는 전쟁을 성공적으로 수행하기 위해 '자식들'에게 금욕적인 생활을 하도록 명령한다. 일본의 파시즘이 전체주의적·가부장적·금욕주의적인 성격을 띠는 이유가 바로 여기에 있다. 식민성은 바로 이러한 지반 속에서 구성되었던 것이다.

셋째는, 내선일체의 역사화에 관한 것이다. 내선일체는 한국의 주체성을 완전히 거세하고 황국신민화하고자 하는 지배정책의 골간이다. 그런데 문제는 동아시아 담론이 대동아 공영 이념을 자기 정당화 논리로 삼을 수 있도록 그 근거가 되어주었고 일본적 근대구성이 한국의 公私 개념의 혼재성을 이용하고 있던 데 반해, '내선일체'의 명분은 그만큼 뚜렷하지 않았다는 데 있다. 비록 민족이 회복되어야 할 '상상적 주체'로서 그 성격이 극히 약화되고 있기는 했지만, 그 내선일체를 자명한 절대 진리로 수용하기는 힘들었으리라 여겨진다. 그러면 먼저 내선일체의 '역사화'를 시도하고 있는 몇몇 희곡을 살펴봄으로써, 그것의 의미와 평가를 시도해보기로 한다.

이석훈의 <泗泚樓의 달밤>(1941)[25]은 백제의 古都 부여를 배경으로 한 현대물로, 남편이 이미 기혼자라는 사실을 알고 자살하러 온 이애라와 이를 만류하는 시인 김문학의 대화가 중심을 이루는 희곡이다. 그래서 이 희곡은 이애라로 하여금 절망을 운명으로 받아들이도록 하기 위해, 부여라는 공간이 환기하는 과거 백제와 일본의 숙명적인 관계를 동원한다. 이애라의 현실과 부여의 과거간에는 어떠한 유사성도 발견되지 않건만, 이 희곡은 작중 배경이 부여라

---

25) 이석훈, 「사비루의 달밤」, 『문장』 3권 4호, 1941. 4.

는 사실에 크게 의미 부여하여 양자를 운명 혹은 숙명이라는 지점에서 기계적으로 결합시킨다. 이는 백제와 일본의 숙명적인 관계를 부각시키기 위해 이애라의 현실이 삽입해 들어온 결과이다. 그 내용인즉 백제멸망 당시 일본군이 먼 수로로 백제를 도와주려 했던 것, 백제가 일본에 문화를 전파한 것, 오늘날 扶蘇山에 부여신궁을 건설하기 위한 큰 공사가 진행되고 있는 것, 이런 것들을 보면 양자간의 숙명이란 것에는 어떤 필연성이 있다는 것이다. 결국 그 '필연성'은 현실을 운명으로 수락하기 위해 동원된 기호이며, 이는 내선일체의 합리화에 잇닿아 있다.

함세덕의 <어밀레종>(1943, 5막)26)은 '어밀레종'이라 알려진 봉덕사종에 얽힌 설화를 소재로 한 역사물로, 여기에는 내선일체를 비롯하여 전시체제로 전환된 당시의 국책이 적극적으로 반영되어 있다.27) 이는 함세덕의 창작 의도에서도 확인된다.

> 문화를 통한 내선일체의 역사적 고찰을 해볼려고 했다. 신라시대에 문물이 백제와 함께 大和에 수입된 것이 1,000년 후 아국이 대동아공영권의 맹주로 나서게 되는 한 素因이 되지 않았을까?
>
> [……]
>
> 봉덕사는 효성왕 개원 26년 戊寅에 성덕왕을 위하여 창건한 절이다. 종은 신라가 당의 예술을 수입하야 그 정교의 극치를 다한 것으로 현금 고고학

---

26) 「어밀레종」의 판본은 세 가지가 전한다. ① 1942년 작가의 초고 「어밀레종」, ② 1943년 1~2월에 『국민문학』에 연재되었으나 2월호에 제4막만 빈재되어 있고 1944년 『신반도문학선집』에 전5막이 재수록된 희곡 「エミレエの鍾」, ③ 1943년 4월 현대극장과 성보악극대의 합동 공연시의 대본 「어밀레종」(연출 서항석) 등이다. ①은 함세덕 자신이 쓴 해설로 그 줄거리만 전해지고, ②의 『신반도문학선집』본은 양승국에 의해서, ③은 박영정에 의해서 1992년도에 발굴 소개되었다; 박영정, 「함세덕의 「어밀레종」에 관한 일 고찰」, 『한국극예술연구』 2, 한국극예술학회 편, 태동, 1992. 3 참조. 그리고 이 학회지에 『신반도문학선집』에 실린 일어본과 공연대본이 부록으로 실려 있고, 본고는 이를 분석대상으로 삼았다.

27) 당시 국책에 부합하는 대목으로, 박영정(1992)은 神鍾의 주조가 국가적 대역사로 되어 있고 그 사상적 배경이 호국불교의 정신을 근간으로 한 것이기 때문에 당시 국가주의적·전체주의적 사상과 부합하며, 특히 어린아이를 국가사업에 바친다든지 전국적으로 유기 헌납운동을 추진하는 것 등은 전시체제의 정책방향에 직접적으로 부응하는 성격을 가지고 있다고 지적하였다; 위의 논문, 119쪽.

자들을 瞠目케 하는 일품인 것은 주지한 바이지만 이제껏 그 신비한 鍾聲
이 어떻게 나올 수 있을가를 해명치 못한 채 있다. 전설과 같이 어린애를
끌여 넣엇기 때문에 어린애가 어미를 원망하고 '어밀레 어밀레' 운다는 것
이지만 나는 이 종성의 신비함은 당시 鑄工의 기술도 좋았거니와 그 자재
의 우량함에도 있다고 생각한다. 史記에 銅과 眞鍮와 木炭을 어데서 구했다
는 것은 일절 없으니 알 바 없으나, 나는 당시 銅은 내지 九州(당시의 太宰
府)의 부근 철산에서 가저 왔으리라고 생각한다. 현재 조선서 銅을 생산하
는 곳은 함북 갑산뿐이다. 물론 약간의 산출은 각처에 있었겠으나 48만근을
소비하고 이어서 12만근이니 60만근이 당시의 신라 국내에서 수요됐을 리
가 없다. […] 혜공왕 5년 11월 級湌 金初正이 일행 187명을 끌고 筑紫 太
宰府에 니르러 일본 원외 우중변 대반숙 彌伯麻呂와 引見하고 돌아올 때
銅의 하사를 받았다. 이 銅을 금강산 산출의 참나무 숫으로 끌였기 때문에
그 소래가 그렇게 청정하고 평화와 안식을 주게 한 것이리라 해석하고 극
을 짰다. 즉 내선 자재의 융합에 민족의 혼이 합치됐으니 오늘날 내선일체
의 한 방울이 于今 1천년 전부터 흘렀다고 믿는다.28) (밑줄-인용자)

　즉 함세덕은 '아국'이 대동아공영권의 맹주로 나서게 된 소인을 1천년 전으
로 거슬러 올라가서 찾고자 했는데, 그 소재로 채택된 것이 봉덕사종이었으며
그 소리의 신비함은 바로 內鮮 자재의 융합으로부터 나왔을 것이라는 추정 하
에 내선일체의 역사화를 시도했던 것이다. 여기서 내선 자재의 융합은 두말할
필요도 없이 내선일체를 상징하며29), 그로부터 '내선일체의 한 방울'이 흐르기
시작하여 작금에 이르렀다는 것이다. 이는 불분명한 역사적 사실의 빈 공간을
현재적인 요구에 의해 윤색함으로써 의미화하는 것이며, 낭만적 상상력이라는
자율성으로 일본의 지배 이데올로기를 생산해내는 것에 다름 아니다. 여기에
서 일본의 존재가 어떻게 그려지고 있는가를 주목할 필요가 있다. 텍스트에서
일본은 신라와 우호적인 관계를 맺고 있을 뿐만 아니라 신라보다 선진적인 위
치에 있다. 우호적인 관계는 당의 '번속국'일 따름인 신라의 당에 대한 반감과
반비례하여 드러나고 있는데, 당과는 달리 일본은 대등한 국가간의 교류 대상

---

28) 함세덕, 「어밀레종」, 『대동아』 1942. 7(『한국극예술연구』 2, 477~478쪽).
29) 박영정(1992), 앞의 논문, 117쪽.

인 것으로 그려진다. 구리의 부족함은 일본의 협조 아래 충족되며, 일본의 한 석학의 딸인 무라사끼가 신라에 유학을 올 정도로 교류는 자연스러운 현상이었고 그녀가 시무나 공주와 절친한 사이임을 통해 신라와 일본의 우호적인 친선관계를 드러낸다. 그런데 양국간의 관계는 이에서 멈추지 않고 일본이 신라보다 선진적임을 암시하고 있다. 어린아이를 바친 이화녀의 저주 때문인지 미추홀이 눈이 멀게 되자 일본인 의사의 뛰어난 의술로 완치 가능성을 보여주고, 봉덕사 종이 완성되자 미추홀과 시무나가 유토피아=일본으로 이민을 가기로 하는 것은 일본의 우월성을 예시하는 것이라고 할 수 있다. 이처럼 <사비루의 달밤>이 백제와 일본의 '숙명적인 관계'를 언급하고 있다면, <어밀레종>은 신라와 일본의 '숙명적인 관계'를 보다 적극적으로 드러냄으로써 내선일체를 역사화하고 있다.

그런데 백제와 신라 시대를 다루면서도 보다 가까운 과거인 조선시대를 다룬 희곡이 없다는 사실에 주목할 필요가 있다. 이는 조선시대가 일본의 크고 작은 침략에 의해 고통을 받았다는 역사적 기억이 아직은 생생한 까닭이며, 창작주체 입장에서도 이를 정당화하고 미화할 만한 근거를 찾지 못했던 것으로 보인다. 좀더 먼 과거에 있었을지도 모를 개연성에 기대어 '낭만적 상상력'을 펼칠 수는 있어도, 임진왜란이라는 명백한 역사적 사실의 두께가 조선시대의 '일본'을 환기하는 이상 그 시도는 무모할 수밖에 없었던 것이다.[30] 그러나 근대로 접어드는 격동기, 즉 대한제국 시대로부터 한일합방이 일어나기 직전의 좀더 가까운 과거는 사정이 달랐다. 서양 제국주의 열강과 중국과 일본의 역학관계의 중심에 놓였던 한국이었던 만큼, 이를 일본의 입장에 유리하게 해석하는 것이 가능했던 것이다. 그래서 유치진의 <北進隊>(1942)[31]는 동학도

---

30) 1931~1932년에 崔允秀의 5막물 <將軍 李舜臣>(『신생』35~38, 1931. 10~1932. 2. 『작품자료집』4권)이 발표된 적이 있었다. 소재 자체가 反日 감정을 환기한다는 점은 분명한데, 이순신과 원균의 갈등에 주안점을 두고 있어서 '왜놈' '왜군' 등으로 여겨지는 용어들이 모두 ×표로 처리가 된 것을 빼놓고는 그 당시에 발표하는 데에는 크게 무리는 없었던 것으로 보인다. 그 당시로 잡지에 전5막이 5회에 걸쳐 연재된다는 것은 매우 드물었던 상황임을 감안한다면『신생』사에 특별한 배려로 기획된 것이 아닌가 싶다.

31) 1942년 4월 현대극장의 공연작.

였던 이용구와 그 문하생의 친일 행위를 노골적으로 애족적인 행위로 둔갑시킬 수 있었다. 그러나 이보다 교묘한 사례는 박영호의 <金玉均의 死>(1944, 5막9장)[32]이다. 개막하자마자, 제1막 제1장은 실험적인 무대 구성으로 매우 강렬한 효과를 낸다. 객석을 어전으로 하여 상소하는 장면에 이어, 紗幕 뒤의 개혁당원들이 비추어지면서 김옥균은 이들을 한 명씩 호명하고 다음과 같은 문답을 주고받음으로써 김옥균에 대한 해석이 친일적 관점에 서 있음을 명백히 보여준다.

김옥균 : 대체 이 요술사가 누구요?

影一同 : 민비.

김옥균 : 그리고?

영일동 : 수구당(守舊黨)

김옥균 : 또?

영일동 : 원세개(袁世凱)

김옥균 : 그렸소. 민비정권을 업새는 거이요. 한방에 수구당을 무찌르고 원세개의 주둔병을 북방으로 모라내는 것이요. 그리고 병든 조선을 새 일꾼에게 매끼는 것이요.

영일동 : 그렸소.

김옥균 : 그 새 일꾼이란 누구요?

영일동 : 우리.

김옥균 : 우리란 누구요.

영일동 : 개혁당.

김옥균 : 개혁당의 근본이 무엇이오?

영일동 : 친일(親日)

박영효 : 그렸소. 친일이오. 일본과 악수하는 일이오. 지도(地圖)상으로 보면 비록 적으나 쓸데없이 판국만 크게 갖고 피가 식고 혼이 말라붙은 청국과는 달소. 일본병정은 훈련이 있소. 규율이 있고 거국일치의 담뽀가 있소.

홍영식 : 그리고 의리가 있소. 임오군란(壬午軍亂)을 보시오. 제물포조약(濟物浦條約)을 보시오. 그러나 일본은 상금(償金) 오십만원을 다시 조선정

---

32) 박영호, 「김옥균의 사」, 『조광』 101~103, 1944. 3~5, 『작품자료집』 10권.

　　　부로 돌려보냈소. 이같은 의리가 청국에 있었소?
　　영일동 : 없소.

　이렇게 초반부터 그 친일적 구도를 명백히 드러낸 <김옥균의 사>는 갑신정변과 김옥균의 이후 행적 모두에 친일적 관점을 부여하였다. 특히 갑신정변의 실패를 '일본을 믿지 않은' 때문으로 해석하고 "이조사백년(李朝四百年)의 헌집을 버리고 한 번 호령하여 압록강을 건느고 두 번 호령하여 만주를 찾고 세 번 호령하여 동양천지를 협화(協和)하자면 먼저 대승한 담膽"를 가져야 한다고 강변한다. 이는 1929년 金振九가 <大舞臺의 崩壞>(3막6장)[33]에서 김옥균을 통해 민족의 독립과 동양삼국의 공영의 문제를 균형 있게 다룬 것과는 커다란 차이를 드러낸다. <대무대의 붕괴>에서 김옥균은 극동에서 벌어지는 세계의 역학관계를 민족의 자존과 결부지어 비교적 객관화하고 있으며 독립적·주체적인 韓日淸 삼국공조의 필요성을 역설하지만, 김옥균의 이런 이상이 현실에 의해 좌초될 수밖에 없는 이상주의였기에 그 결과는 비극으로 끝나고 말았던 것이다. 그러나 15년여의 세월이 흐른 후 김옥균의 '위로부터의 근대화'를 추구한 정치가로서의 면모와 그의 동아시아적 관점은 일본에 대한 전적인 신뢰에 바탕으로 대동아 공영 이상을 선구적으로 실현한 것으로 둔갑해 있는 것이다.
　이상에서 살펴본 것처럼 1940년대 전반기에는 내선일체의 역사화를 요구했고 이에 부응하는 희곡들이 창작되었다. 그렇다면 내선일체의 역사화 양상을 어떻게 평가할 것인가. 역사를 왜곡하고 적극 부일한 행위에 대한 비판은 응당 따르는 것이겠지만, 이 정도에서 비판하는 것으로 멈춘다고 해서 식민성은 청산되지 않는다. 문제는 프로이트식으로 말하자면 '억압된 것의 귀환'이며 그 귀환이 식민성의 본질을 이룬다는 점이다. 텍스트에는 은폐되어 있지만, 과거 역사의 왜곡은 창작주체에게 있어서는 신념의 결정체라기보다는 오히려 반일 감정의 억압을 의미한다. 저항하지 않을 것이라면, 주체가 동의하지 않는 모든 인식과 감정은 매우 깊숙한 곳으로 억압해두는 도리밖에 없기 때문이다. 그런 점에서 조선시대를 형상화하지 않는 것은 창작주체가 취할 수 있었던 최소한

---

33) 김진구, 「대무대의 붕괴」, 『학생』 1권3~5, 1929. 5·7·8. 『작품자료집』 3권.

의 양심이었다고 해석될 수 있다. 그러면서도 이것이 단순히 허위의식이거나 기만적이지 않은 것은 합리화하는 과정에서 한국과 일본의 관계가 그 객관성을 포기한 情緒의 문제로 재구성되기 때문이다. 억압은 객관성의 균형을 깨뜨리고 주관성으로 경사되도록 만드는데, 이는 억압이 해제되는 순간 그 모습을 드러낸다. 해방 후 일제 잔재를 청산하자는 구호와 함께 미래에 대한 청사진을 그렸던 유토피아주의는, 일본에 대한 극도의 경멸과 환멸로 억압적이었던 과거를 대체시키고 망각하길 원했던 결과였던 것이다. 김영민의 표현을 빌어 말하자면 그것은 "다가올 복병에 대한 아무런 예비조처도 없이 근대의 신작로로 한꺼번에 몰려 나"온 것이며[34], 료타르의 말대로 따르자면 그것은 "과거를 극복하는 방식이 아니라 반복하는 방식"인 것이다.[35] 즉 식민 체험이 가져다준 억압은 그것이 제도적으로 해제된 순간일지라도 결국 과거를 억압함으로써 포스트식민성 안에 갇히는 것이다. 따라서 내선일체의 역사화는 확고한 신념이 설혹 있다 할지라도 역사를 왜곡하면서 스스로를 합리화한 결과이고, 다른 한편으로 이에 대한 부정의식을 억압할 수밖에 없도록 하였다. 결과적으로 이 과정은 일본과 과거 식민지 체험에 대한 객관화를 어렵게 할 뿐만 아니라, 식민성의 또 다른 얼굴로 이후 현대사에 노정할 수밖에 없는 계기를 제공하였다고 볼 수 있다.

3.

이상에서 대동아공영 이념을 현실적으로 수용하고 이를 내면화하는 과정에는 단순히 '附日'이라는 평가만으로는 족하지 않음을 알 수 있었다. 1930년대 후반에서부터 그 보수화 조짐이 분명하게 드러나면서 동아시아에서 공통적이었던 公私 개념의 혼재성, 그리고 근대화 과정에서 반서양 인종담론을 폭넓게

---

34) 김영민, 『지식인과 심층근대화』, 철학과현실사, 1999, 88쪽.
35) Leela Gandhi, 『포스트식민주의란 무엇인가 *Postcolonial Theory : a critical introduction*』(NY : Columbia Univ. Press, 1998), 이영욱 역, 『현실문화연구』, 2000, 21쪽에서 재인용.

받아들일 수밖에 없었던 역사적 상황이 놓여 있었던 것이다. 근대화 초기, 동아시아는 공통적으로 서양의 '근대'라는 위협적인 현실 앞에서 민족, 인종, 계몽주의적인 역사관이 중요하게 부상하였지만, 일본은 이미 그 시기에 동아시아의 공영 이념에 이반한 '대동아공영'을 꿈꾸기 시작했고, 한국은 일본에 의해 식민지로 전락하여 보다 복잡한 근대성을 경험해야만 했다. 개인주의가 뿌리를 내릴 수 없었던 것도 바로 그와 같은 상황이 가로 놓여 있었기 때문이다. 그렇다면 국민연극은 이처럼 한국이 동아시아적인 특성을 유지하면서도 구별되는 근대성 구조에서 민족적 범주와 이념의 약화로 초래된 결과라고 할 수 있을 것이다. 한편으로는 일본 파시즘의 폭력적인 강제 아래 놓여 있었지만, 민족의 독립이 요원해 보이는 그 시기에 창작주체에게 대동아공영은 유혹적이었던 것이다.36) 공사 개념의 혼재성, 인종주의적 요소는 일본에 부일하는 합리화의 기제로 가동되었으며, 내선일체라는 극한에 이르는 상처를 경험해야만 했던 것이다. 1940년대 전반기 국민연극은 일제하 사실주의 양식의 최종단계이자, 해방이 된다고 해도 결코 쉽게 치유되지 않을 식민성의 흔적이라고 할 수 있다.

---

36) 베니타 패리는, 권력의 논리가 근본적으로는 강제적이지만 권력이 행사하는 캠페인은 종종 유혹적이라고 말한다.; Leela Gandhi, 앞의 책, 28쪽 참조.

해방공간의 문학과 詩 인식

― 鄭芝溶 · 金起林 · 薛貞植의 경우 ―

한영일*

1. 시적 인식의 대면성

개화기 문학을 살펴봄에 있어 해방 이후 40년 문학을 문학사적 인식의 대상
으로 세울 경우, 우리는 두 가지 측면에서 문학사의 연속성 문제를 일단 규정
해 두어야 할 필요가 있다.

그 하나는 식민지 시대의 문학과 해방 이후의 문학의 지속성에 대한 인식이
다. 이 문제는 해방이라는 실체적 사실이 분단시대의 시초에 해당되기 때문에
민족과 국토의 분단과 이념적 대립이라는 상황적 요건의 제약성이 해방 이후
문학에 크나큰 영향을 미치고 있다는 점에서 연유되는 것이다. 역사를 이야기
할 수 없다는 것과, 이야기 할 필요가 없다는 것은 엄청난 차이가 있다고 본다.
이야기할 필요가 없는 것은 역사의 지평에서 끝내는 사라지게 마련이며, 필요
에서 이야기해야 할 것은 언제나 살아남게 마련이다.

두 번째는 해방 이후 40년의 문학 자체 내에서도 그 문학의 흐름의 기복이
일목요연하게 파악되어야 한다는 점이고, 이 경우 문학의 역사적 흐름 자체의
파악이 다양한 요소들의 충돌과 그 변화에 대한 의미 있는 질서화의 과정으로
이어져야 한다는 점이다.

8 · 15의 광복과 해방은 한민족에 있어 형언할 수 없는 혼란과 파국으로 인
식될 수 있다. "8 · 15 해방은 도적처럼 온 것이다. 이를 미신이라 하는 자는
조선에서 그림자도 없어져라"[1]라고 말해지는 것도 그러한 규정의 하나라 할

---

* 성균관대 강사.

수 있다. 8·15의 해방공간에서는 이러한 민족해방투쟁의 중심세력들은 그 정당한 힘의 중심을 잃고 새로운 상황 앞에 힘의 재편성을 정비하지 않으면 안 되었다. 그러한 힘의 재편성 과정이 곧 혼란이라 할 수 있으며 그 혼란의 기간이 이른바 해방공간 3년에 걸쳐 있었던 것으로 미소점령군과 한민족 사이에 벌어진 혼란과 갈등을 직접적으로 보여주는 지표 중의 하나가 문학이다. 그 중에서도 체험의 직접성과 호흡의 급박성에서 시 장르가 일층 직접적이고 대면적이었다고 할 것이다.

2. 민족의식과 문학인식

해방 이후 40년의 문학사적 인식에 있어 해방된 지 5개월만에 간행된 『해방기념시집』(중앙문화협회, 1945. 12)은 비록 민족주의 문학단체에서 엮은 것이긴 하나 해방으로부터 그 동안 각 지면에서 발표된 각종 시편들을 비교적 광범하게 모은 첫 번째 앤솔로지였다는 점에서, 그리고 좌우익 이데올로기상의 대립이 아직도 첨예하게 드러나지 않은 단계에 해당된다는 점에서, 해방공간(1945. 8. 15~1948. 8. 15)의 시단을 논의할 때 빠뜨릴 수 없는 항목으로 꼽을 수 있다. 8·15 이전까지의 약 5년간의 암흑기에 시인들이 침묵함으로써 웅변 이상으로 우리 시와 민족정신을 지켜온 영광의 전사라 규정하고 해방된 이 마당에 시인의 사명을 규정한 이 앤솔로지의 서문 속에는 이러한 구절을 내포하고 있어 인상적이다. 민족문학 건설의 과제는 그 자체가 나라만들기에 다름 아니었는데, 이 사실만큼 해방공간 전체를 울리는 힘찬 목소리는 달리 들을 수 없는 실정이었다. 일제 강점기가 '민족해방투쟁기'로 불리는 의미, 그것은 '나라찾기'에 온 힘이 기울여진 것이었는 바, 이것은 '나라만들기'를 최우선의 목표로 삼았던 것이며, 문학에의 그것은 곧 '민족문학건설'의 형태로 나타난 것이었다. 조직상의 과제를 도식적으로 파악한다면 해방공간에서는 다음 4가지 문학노선을 에워싸고 조직이 이루어졌는데, 그것은 각각 나름대로의 이데

---

1) 함석헌, 『성서적 입장에서 본 조선역사』, 성광문화사, 1950, 280쪽.

올로기적 성격을 말해 주는 것이기도 하였으며 문학노선별 내용[2]은 아래와 같다.

1) 북로당 문학노선

이는 북조선 예술총동맹을 구체적으로 가리키는 것으로, 소련군정 문화담당관 꾸세프 준좌와 김창만에 의해 구성된 것인데, 문학에 있어서의 당파성을 근간으로 하는 것이어서 민족문학을 직접적으로 규정할 필요까지는 없었던 것으로 볼 것이다.

2) 남로당 해주본부

박헌영이 월북한 것은 1946년 10월인데, 그는 평양에 머물면서 해주 제일인쇄소에 그 선전본부를 두고 있었으며, 임화가 여기에 합류한 것은 1947년 가을이었다. 남로당의 초기 이론적 거점은 당파성에까지 나아간 것이 아니고 이른바 인민성의 수준으로 봄이 타당하다.

3) 서울의 조선문학가동맹

문학가동맹의 이데올로기적 성격을 규정하는 일은 해방공간의 성격파악에 무엇보다도 중요한 항목이라 할 것이다. 지금까지의 연구 결과로는 그 나름의 독자적 노선을 편 것으로 평가되고 있다.

4) 전국 문필가협회

이 단체는 민족주의노선을 띤 문인단체의 총칭이며 그 외곽단체의 하나인 조선 청년문학가협회가 그 이데올로기적 성격을 분명히 하는 것이었다.

---

2) 앞의 책, 287쪽.

이상에서 살펴본 네 가지 문학노선이 해방공간 속을 걸쳐 전개된 것이거니와 이 중에서 민족문학을 인식하는 준거로는 민족의식으로서의 민족문학이라 할 수 있다.

3. 매체개념의 부재형태

1) 정지용의 경우

우리가 통상적으로 말하는 문학이란 현실에 기반을 두면서도 때로는 이상적인 것을 추구하는 측면을 강하게 지닌 것이며 논리적 측면 못지 않게 심정적인 것에 뿌리를 두고 있다. 따라서 해방공간의 시단에서 정지용과 김기림 등 시적 사유의 변이를 짚어보는 일은 불가피한 사항이라 할 것이다. (정부는 1987년 10월 19일 조치 및 1988년 3월 31일 조치를 발표함으로써, 김기림, 정지용의 해금을 단행하였음)

『문장』의 시적 정신을 대표하던 정지용의 해방직후의 작품 중 그의 내면 풍경을 잘 드러낸 것은 「조선시의 반성」(1948)이다. "시를 써 내놓지 못하고 시를 논의하는 것이 퍽 부끄러운 노릇"이라고 토로하며 시작되는 이 글은 단순히 시를 쓰지 못한 변명에 멈춘 것이 아니라 일제강점기에서 해방공간에로 이행했을 때의『문장』지로 대표되는 지식인의 정신사적 흐름을 엿볼 수 있다는 점에서 그 의의가 크다고 할 수 있다. 이 글의 요점은 일제 강점기에서의『문장』지의 시사적 위치 및 「백록담』(1941)을 쓰던 무렵의 자신의 내면풍경을 드러내었다는 점이다. 정지용은 먼저 이러한 순수성이 당시로서는 최상의 시적인 가능성으로 인정되어야 한다는 점을 강조할 필요가 있었는데, 그것은 해방공간 속의 비순수한 정치적 편향성으로 나아가기 위한 자신의 인식과 깊은 연관이 있다고도 할 수 있다. 그가 다음과 같이 언급해 놓은 글은 단순한 자기변명이기보다는 일제강점기의 시적 유산이 해방공간에서 어떻게 수용되어야 하는가를 보여 주었다는 점에서도 평가될 수 있다.

가사 일제시대에 비저항 비협조적 태도를 일관하야 고고일로의 문학을 사수하여 왔다면 8·15 이후의 제작태도와 실적으로써 분연히 비약 발전이 있어야 할 것인데 마침내 고양이 꼬리를 3년으로 보장하여도 표범의 꼬리가 되지 못함이 아닌가. 일제 말기까지의 양심적 문학도는 소시민층 민족정서의 최후 처여성만을 고수하기 위하였던 것이므로 다분히 개성적이요 주관적이요 고립적인 것이었다. 따라서 지극히 소극적인 우울, 비애 아니면 까닭 없는 명랑, 쾌활의 비정기적인 신경질적 발작의 예술적 형상화에 정진하였던 것이었다. 표현기술에 있어서는 다정다한을 주조로 하는 봉건시대 시인문사의 수법적 모형에 위로적 감각 색채 음악성을 착색하여 무기력하게도 미묘한 완성으로서 그친 것이므로 이를 차대(次代) 민족문학에 접목시키기에는 혈행력(血行力)이 고갈한 것이다. 이러한 문학유산을 계승한다면 종장(宗匠)과 도제 사이의 전수와 모방 이외에 다른 창의와 개척이 있을 수 없는 것이다.3)

위의 글에서 언급한 대목은 정작 정지용 자신과 김기림을 포함한 모더니즘 계열의 시적 업적을 비판한 것으로 볼 수 있으나 그것은 또 당시의 상황으로서는 어쩔 수 없는 한계성이었음도 지적된 것으로 볼 수 있다. 그러나 8·15를 계기로 시의 대방향전환이 불가피하게 되었는데, 그것을 시인이 갖는 천분에다 돌리고 있음은 인상적이다. 해방공간에서 그는 시를 거의 쓰지 않았는데 그것은 그의 논법대로라면 시인의 천분이 발휘될 수 없지 않았었나 할 수도 있다. 그가 해방공간에서 말만 앞세웠지 정작 시를 쓰지 못한 참된 이유일 것이다.

8·15 해방을 '일체를 포기하고 일체를 획득하는 혁명적 성능'으로 본 시인이나 작가는 아무 것도 할 수가 없었을 것이며 또한 무엇이든 할 수가 있었을 것이다. 이를 두고 역사를 진공 속의 실험장으로 보는 비과학적 태도라 한다면, 그런 것에 몸을 담은 시인은 시를 쓸 수가 없었을 것이다. 그가 만일 시를 쓴다면 한정된 자기 거짓의 소리이거나 빈 울림에 지나지 않을 것이다. 일급의 시인 정지용이 해방공간에서 거의 시작품을 낳지 못했던 것은 이로써 조금은 설명될 수 있을 것이다. 적어도 시에 관한 한 그는 정직했던 것이다.

---

3) 정지용, 「조선시의 반성」『문장』 속간호, 1948. 10, 116~117쪽.

2) 김기림의 경우

매체개념의 부재로 해방공간의 시 및 정신사적인 문제를 논의할 때, 정지용 못지 않게 언급되는 시인은 「기상도」, 「오전의 시론」의 모더니스트 김기림이다. 김기림의 시에 대한 태도는 해방전의 논문 「모더니즘의 역사적 위치」(1939)에서 잘 볼 수 있다. 1939년의 시점에서 시단의 나아갈 방향을 "그 전대의 경향파와 모더니즘의 종합"(『인문평론』창간호, 85쪽)이라 규정하고 이를 다르게는 전체시론이라 부른 바 있다.[4)]

매체개념이란 무엇인가. 이에 대한 김기림의 분명한 견해는 없으나 모더니즘의 공적이 언어를 중시한 점에 있다고 본 점으로 미루어, 시란 언어의 조직물 또는 언어의 구성물이라는 입장에 그가 서 있음을 인지할 수 있다. 해방이 되었을 때 김기림은 전국문학자대회 시분과에서 「우리 시의 방향」(1946. 2)을 발표하였으나, 역사에 대한 그 나름의 전망은 매우 상식적인 선에 멈추어져 있었는데, 그가 쓴 『시의 이해』(1949) 서문이 이를 잘 말해 주고 있어 인상적이다.

> 시를 한 개의 사실이거나 형식이거나 존재로만 보지 않고, 한 능동적인 기능의 면에서 본다면 그것은 그 자체의 기능을 발휘하는 저의 역학적 영역으로서 두 개의 장소를 가지고 있어 보인다. 그 두 개는 기실은 한 통일된 장소의 전체와 및 기기 연달은 유기적 부분과의 관계에 서 있는 것이다. 그 장소의 하나는 개인의 심리요 다른 하나는 사회인 것이다. 그리하여 새로운 과학적 시학은 주로 시의 경험으로서의 면을 밝히는 시의 심리학과 그 사회적 관련 및 기능을 캐내는 시의 사회학이라는 두 기둥 위에, 아니 차라리 그 두 분야의 종합 위에 서게 되리라는 것은 저자의 연래의 소견이다.[5)]

물론 이 저서는 리챠즈의 심리학적인 시론을 상세히 소개 비판한 것일 뿐 시의 사회학 쪽에 관해서는 전혀 다루지 않고 시를 언어의 유의적 조직체로 보는 입장이다. 시란 무엇인가라고 이쪽에서 물을 때, 리챠즈의 『문예비평의 원리』에서 적힌 대로하면, 흰 종이에 검은 잉크가 묻혀 있는 것에 지나지 않는

---

4) 김윤식, 『한국근대문학사상사』, 한길사, 1984, 85쪽.
5) 김기림, 『시의 이해』, 을유문화사, 1949, 2~3쪽.

다. 그러니까 시의 사회학과 심리학의 종합을 그가 내세운 것은 일종의 추상적인 것에 지나지 않았고 그 사이의 매체개념을 결국 도출해내지 못한 것으로 이 점에서 그는 정지용과 맥을 같이 한다.

3) 설정식의 경우

8·15 해방을 두고 혁명이라 파악, 해방공간을 그대로 '혁명공간'으로 인식하고 이 점을 철저히 드러낸 시적인 경향을 우리는 설정식에서 살펴볼 수 있다. 그가 8·15 이전에 두각을 드러낸 시인이 아니었고, 따라서 그의 시적인 처지를 확인할 길이 없으나 요컨대 그가 해방공간에서는 '혁명시인'이라는 점에서 가장 문제적이었음을 지적할 수 있다.[6] 시인으로서의 그의 울림의 폭이 얼마나 활동적이었던가는 이 시집 『종』(1947), 『포도』(1948), 『제신의 분노』(1948)에서 찾아볼 수 있다. 이 세 시집에서 시적 인식의 공통분모를 찾는다면 종래의 시를 평가하는 안목에서 볼 때 '非詩的인 것'을 내세웠다는 점이다. 말을 바꾸면 해방공간에서의 시적인 특이성을 대표하는 존재가 설정식이고, 그 성향은 '비시적인 것'으로 규정될 수 있는 것으로, 시적인 것과 비시적인 것을 판별하는 기준은 물을 것도 없이 자의적이다.

설정식의 이러한 비시적 성격은 그가 살아온 문화적, 지적체험과 분리되지 않을 것이다. 중국에서 배우고, 국내의 미션계 전문학교에서 영문학을, 그리고 미국내의 대학 및 대학원에서 셰익스피어를 전공한 지식인이란 그 자체가 특이한 존재라 할 수 있다. 그에게는 다른 지식인이 갖고 있는 일방통행적인 것에서 어느 정도 자유로웠다고 할 수 있으며 그 위에 그에게는 강렬한 엘리트의식이 작용했음도 지적될 수 있다. 해방이 되었을 때 그는 33세였으며, 그 열정이 얼마나 주체할 수 없을 만큼 강렬했는가는 그가 낸 시집들의 제4부가 중국·만주 체험을 담은 장편소설 『청춘』 속의 「범람하는 너희들의 세대」의 일절로 요컨대 해방 공간에서의 설정식은 한 마리의 까마귀 같은 복장과 목소리로 시단에 군림한 것으로 적어도 설정식의 그 목소리 속엔 구약의 예언자적 목소리와 함

---

6) 김윤식, 「설정식론」, 『한국현대소설비판』, 일지사, 1981, 58쪽.

께 미국문명을 지탱한 예지적인 빛깔이 섞여 있었다고 할 수 있다. 그런데 그 예지적 빛깔이 과잉된 열정에 짓눌리는 경우를 사람들은 가장 민족시다운 것이라 하여 기렸는데 그런 유형의 시가 「붉은 아가웨 열매를」(1946)이다.

　　　푸른 하늘보다
　　　더 푸른 잎새보다
　　　더 푸른 청춘을
　　　어찌하여 모란 모란 모란도 아닌 것을
　　　모란보다 더 붉은
　　　피로만 적셔야 하며

　　　　[……]

　　　가자
　　　가자 이렇게 푸르고 또 뜨겁게 하며
　　　꿀과 노래로 청춘과 총알 사이로 가자
　　　뻐근하게 살아갈 보람있는
　　　삶을 조상(弔喪)하며 또 꿀범벅 피범벅
　　　붉은 아가웨 열매를 삼키면서
　　　남조선으로 가자[7]

긴 서정시에서 시인이 드러내고 있는 사상은 오직 '청춘'이라는 한 단어 속에 집약된다. 그 청춘은 바로 열정 자체로서 해방공간에서의 그 열정의 특이성은 뚜렷한 방향성을 가졌다는 점에 있다. 그것은 남조선에 '뜨거운 것을 조직하라'는 방향성으로 나타나는데 '아가웨의 빨간 열매'라는 이미지와 남조선의 푸른 벌판을 대비시킨 점에서 그 나름의 시적 긴장력을 형성하고 있다. 그 이유는 아가웨 열매라는 썩 지적이고도 선명한 이미지를 창조할 수 있었음에서 찾을 것이다. 이러한 설정식의 시적인 업적은 일종의 혁명적 로맨티시즘으로 규정될 수 있을 것인데 그것은 현실의 가혹함에 비례하여 고조되는 것이며 그

---

7) 설정식, 「붉은 아가웨 열매를」, 『조광』 증간호, 1946. 8, 60~64쪽.

결과란 허무주의에로 치닫게 된다는 것도 당연한 논리적 귀결임을 제시하고 있다. 설정식의 시에서 주목되는 것은 혁명적 로맨티시즘의 그 나름의 특이한 처리방식으로 혁명의 좌절에서 오는 허무주의 극복방식을 저 구약의 예언자의 목소리 속에서 인용, 대체되었다는 점이다.

묵시록적 공간이란 무엇인가. 그것은 우리 문학의 민족적 정서에 닿는 것으로 평가받는 샤머니즘적인 늪과 맞먹는 것으로 기독교적인 신의 자리에 역사의 신을 민족이란 이름으로 대치시킨 것이라 할 수 있다. 그 때뮤에 해방공가은 그 자체가 역사의 공간이자 민족의 공간으로 등질화된다. 그것은 민족이라든가 역사가 그 자체로 기독교적인 신의 자리를 차지하는 공간으로, 그의 시에서 제일 확실한 것이었다. 이로써 해방공간은 '묵시록의 공간화'로 변질되고 논리는 밀려나 역사도 민족도 신의 모습으로 멀어져 갔는데 이러한 멀어짐은 본질과 현상의 분열의 형태라 할 것이다. 본질은 그 나름으로 숨어버리고 그 현상과 본질 사이의 합일은 절대자인 신의 관여 없이는 거의 아득한 상태에 빠진 것이다. 아가웨 열매로 푸른 들판을 물들이겠다고 외치는 그의 시적 운용방식이란, 일종의 혁명적 낭만주의 수준에서 결코 벗어난 것은 아닐 터이다. 그는 관념론의 신봉자에 지나지 않는데 이러한 관념론자가 해방공간에서 소재 및 주제의 적극성으로 평가받고 혁명시인으로 행세한 사실이야말로 해방공간의 특수성이라 할 것이다. 설정식의 시에서 이 열정을 뺀다면 그의 정신구조는 의외에도 민족주의시인으로 평가받는 생명파의 시인 유치환과 거의 동질적이라 할 수 있다. 그 때문에 역사의 생성이라든가 민족의 형성발전의 논의는 빛을 잃고 인간 영원불멸성이 모든 것의 윗자리에 올라앉게 된다. 이로 인해 해방공간의 죄의식이 거미줄처럼 일층 심화될 것인가, 강풍에 일시에 날아가 버릴 것인가를 묻는 일이 6·25 사변이오 전쟁이었다.

4. 현상과 본질의 괴리작용

이상과 현실, 본질과 현상, 과학과 윤리, 논리적인 것과 심정적인 것이 분리되어 합일점을 찾지 못하고 이 단절 사이에 매개항조차 찾지 못하거나 애매모호한 상태에 놓인 세계를 두고 분단현실이라 부를 것이다. 현상과 본질이 매체항을 찾지 못하고 물리적인 충돌로 빚어질 때, 시인의 죄의식은 분노의 내면화로 또는 허탈감으로 또는 자책감으로 나타난다.

시인들도 냉전체제의 구축에 이 전쟁이 결정적인 몫을 했다는 이른바 세계사적 시각을 조금씩 알아차릴 수 있게 된 것이다. 그러한 시각을 얻는 결정적인 계기가 휴전회담이었다. 이것이 본질에 관련된 인식행위이자 시적 달성이라 규정된다. 곧 현상과 본질이 모더니즘과 리얼리즘이란 이름으로 분리되어 비록 그 표층적인 것이 병리학적인 생리를 내포하였음에도 불구하고 시는 그 아픔의 시적 매력을 가졌던 것이다. 해방공간의 모더니즘이란 물론 제한적인 것이었는데 6·25로 말미암아 그 제한은 일거에 무너져 표층적인 현상이 유엔군과 더불어 범람해왔던 것이니 본질이 숨어버린 시대의 한쪽 기둥을 모더니즘이 떠맡을 수 있는 계기가 주어진 셈이었다. 그렇지만 본질이 숨어버린 마당이어서 그리고 6·25 전쟁의 참상이 하도 엄청난 살육의 마당이어서 명랑성을 선천적으로 갖게 되어 있는데, 이러한 문명에의 낙천주의란 6·25를 두고는 발휘될 수 없었다. 6·25는 전쟁이자 동족상잔이라는 이른바 내전형식을 또한 갖고 있었던 만큼 이 이중성을 포착하기엔 물을 것도 없이 철학이 필요한 법이다. 가령, 한잔의 술을 마시고 버지니아 울프의 생애와 목마를 타고 떠난 숙녀의 옷자락을 얘기하는 일이라든가, '검은 분열의 시대'라고 부르면서 전쟁을 노래했다 해도 사정은 크게 달라지지 않는다. 그러니까 후기모더니즘이 본질과 분리된 현상을 노래했다 해도 그것은 거의 추상적·관념적인 것이어서, 6·25에 대한 현상묘사에도 미치지 못하는 것이다. 시적 경향성은 6·25의 현상을 포착함에 큰 공헌이 인정되지만, 전쟁이란 엄연한 현실이며 거기에는 다른 어떤 곳에서와는 다른 메카니즘이 작용하고 있는 만큼 이 기계론적 현실의 시적인 형상화는 그것에 상응하는 기교랄까 새로운 언어를 당연히도 필요로 한다.

5. 본질과 현상의 나약성

이처럼 해방공간에서의 시적 특질을 정신사적 시각에서 바라보았을 때, 6·25란 내적 형식의 충돌로 파악될 수 있을 것이다. 그렇지만 6·25의 사상적 내면풍경을 문제삼을 경우 거기에는 과학적 사고가 거의 전무한 상태였으므로 본질과 현상이 분리되어 또 하나의 특이한 내적 형식을 만들어낸 것이다. 본질은 탐구되어야 하나 현재로서는 그 탐구가 희박한 상태인 바, 바로 이러한 사실을 소재로 하여 만들어지는 것이 있을법한 허구(소설) 형식이었다.[8]

과학이 사라진 곳에 본질은 그 몸둘 곳을 잃었고 그 때문에 본질은 과학의 부스러기인 현상과 겨우 맞서는 형국이어서 본질도 현상도 제 나름의 가치관을 형성하지 못한다. 시인은 적군 묘지에서 서로의 어리석음을 탄식해야 하고 (구상), 원죄의 거리라고 하여 포탄 떨어진 자국을 읊어야 하고(박남수), 간고등어 썩는 냄새에 한숨 쉬어야 하며(조지훈), 낮에는 태극기가 밤에는 인공기가 펄럭이는 동해안 작은 마을을 아무 느낌없이 바라볼 수도 있었다(유치환). 한편, 현상을 노래한 시인들의 경우도 사정은 마찬가지였다.

이와 같은 본질의 쇠약함, 현상의 엷음에서 한 쌍의 극단론이 탄생하였는데 60년대에 오면 그것들을 선명히 볼 수 있어 인상적이다.

> 겨울하늘은 어떤 불가사의의 깊이에로 사라져가고
> 있는 듯 없는 듯 무한은
> 무성하던 잎과 열매를 떨어뜨리고
> 무화과나무를 나목으로 서게 하였는데,
> 그 예민한 가지 끝에
> 닿을 듯 닿을 듯 하는 것이
> 시일까,
> 언어는 말을 잃고
> 잠자는 순간,

---

8) 루카치, 『소설의 이론』, 심설당, 1971, 108쪽.

무한은 미소하며 오는데
무성하던 잎과 열매는 역사의 사건으로 떨어져가고,
그 예민한 가지 끝에
명멸하는 그것이
시일까[9]

역사와 사건(과학)이 밀려나고 없는 공터란 숨쉴 수 있는 공간이 아니다. 무한이 소리 없이 다가오는 그 곳은 생명의식이란 깃들 수 없다. 그것은 과학적 사고가 전무한 빠져나간 상태에서 생겨난 필연적인 현상이다.

6. 맺는말

해방공간의 문학적 시(詩)인식(현실)을 살펴보았을 때 정지용은 우리 현대 시사(詩史)에서 <언어에 대한 자각>을 각별하게 드러낸 최초의 시인으로 기억된다. 언어에 대한 각별한 배려는 정지용의 시에서 일관되는 특성이지만 그의 시세계가 그리는 궤적은 몇·가지 구분 가능한 변모과정을 이루고 있다. 첫째, 1925년경부터 1933년경까지의 감각적인 이미지즘의 시, 1933년 「不死鳥」 이후 1935년경까지의 카톨릭 신앙을 바탕으로 하는 종교적인 시, 그리고 「玉流洞」(1937), 「九城洞」(1938)이후 1941년에 이르는 동양적인 정신의 시 등이 그것이다.[10] 그가 30년대 후반에 나름대로 각고의 방향모색을 시도했으며 「玉流洞」, 「九城洞」등에서 그 실마리를 찾으려 했고, 1939년의 「長壽山」, 「白鹿潭」 등에서는 한층 더 정신주의에의 침잠을 시도하면서 현실의 고통스러움을 견인의 정신으로 극복하고자 했다고 추정할 수 있다. 이런 시적 방향은 30년대 중반 이후부터 40년대 초에 전시체제에 돌입한 일제의 폭력적인 억압을 극복하고자 하는 노력으로 해석될 수 있다. 친일도 배일도 하지 못한 문사(文士)가 나아갈 길은 무엇이었을까. 아마도 그것은 현실을 버리고 산수에 숨거나 들에

---

9) 김춘수, 「나목과 시 서장」, 『김춘수 시선』, 민음사, 1974, 50쪽.
10) 최동호, 「정지용과 山水詩의 고전적 세계」, 『향수』, 미래사, 1991, 139쪽.

나가 일을 하는 시였을 것임에 틀림없다. 여기서 지용이 들에 나가 호미를 잡
는 시보다는 산수에 숨어 정신적 극기로 자신의 고난을 감내하려는 산수시의
방향으로 나아갔다는 것은 어쩌면 자연스럽기까지 하다. 자연으로 돌아가되
그 속에서 타락한 현실에서의 좌절을 정신적으로 치유하였던 것은 한국의 문
사들이 즐겨 선택해 온 삶의 방식이었기 때문이다. 신변의 위험을 느끼면서라
도 조선시를 쓴다는 것이 그를 이와 같은 무심한 은일의 세계에 자연스럽게
젖어 들게 만들었던 것이다.

　지용은 서구 추수적인 아류의 이미지즘이나 유행적인 모더니즘을 넘어서서
우리의 오랜 시적 전통에 근거한 산수시의 세계를 독자적인 현대어로 개진함
으로써 한국 현대시의 성숙에 결정적인 기틀을 마련할 수 있었다고 볼 수 있
다. 김기림의 1930년대 초 모더니즘 운동은 한국시의 현대적 전개라는 점에서
주목된다. 1920년대 전반기 시의 감상주의에 대한 철저한 반역이자, 시적 구조
(명징한 지성)에 대한 새로운 욕구다. 김기림에 의해 강조된 이른바 모더니즘
운동은 이렇듯 낭만주의의 병적 감상성과 경향파의 정치적 관념성의 부정에
서 비롯한다. 그로 인해 시의 건강성, 명징성, 조소성을 시의 현대성을 위한
'시적 징표'로 내세웠다. 이런 의미에서 김기림은 그야말로 한국 모더니즘의
기수이자 당대의 가장 전위적인 이론가[11]였던 셈이다. 시인으로서 또한 이론
가로서의 활동 못지 않게 그의 시작은 한결 더 정력적이고 생산적이었다.

　그의 시는 <새로운 생활>에 대한 지칠 줄 모르는 동경에서 비롯한다. 1930
년 9월 6일자 『조선일보』에 G.W.의 필명으로 발표된 그의 첫 작품 「가거라 새
로운 생활로」부터 그의 서구문명에 대한 동경과 심취는 압도적이다. 그만큼
그의 초기시, 특히 시집 『태양의 풍속』을 특징 짓는 새로운 생활에 대한 현실
안(眼)은 철저히 서구지향적이며 문명지향적이다. 이러한 서구지향, 문명지향
이 그가 처음에 생각한 모더니즘에 틀림없다. 『태양의 풍속』의 시편들은 한결
같이 <태양>, <아침>, <바다>의 이미지를 구심점으로 해서 모든 시작품에
메아리로 남아있다.[12] 이렇듯 그에게 있어 시는 노래이기보다 인식이며 또한

---

11) 박철희, 「모더니즘의 한국적 전개」, 『태양의 풍속』, 미래사, 1991, 141쪽
12) 앞의 책, 142쪽.

인식의 기호론이다. 시는 스스로 지어지는 것이 아니라 인식되는 것이라고 할 때, 시는 당시 감상주의에 절망하고 있었던 것이다. 20년대 전반기 시가 감상에 집착했을 때 그는 단연코 시의 건강성으로서 지성을 강조한 것이다. 이러한 감상과 지성의 대립은 다시 운율과 이미지로 대체된다. '현대의 교향악을 기획했다'고 스스로 표방한 장시 「기상도」는 시집 『태양의 풍속』의 시편이 보여주듯이 현실과 유리된 시의 관념적 세계에 대한 스스로의 반성이자 현실의 적극적 관심에 부응한 구체적 표현이다. 「기상도」는 그동안 그가 시도한 어떤 시보다 크고 넓은 세계이며 현대문명의 상황을 비판한 의욕적이고 실험적인 시적 구조물이다.[13] 현기증 나는 시의 제목이 암시하듯이 「기상도」는 현대사회의 기상을 진단, 비판한 자본주의 문명의 기상도이자 현실의 기상도이다. 서구 현대문명의 내습을 태풍에 비유하고 그것으로 인한 세계의 붕괴와 그 재생을 주로 다루고 있는 매우 의도적이고 의욕적인 문명비평시다. 문제는 이러한 풍자와 기법이 전통적 형식보다 서구적 형식이 크게 작용한 점에 있다. 하지만 「지혜에게 바치는 노래」 등 8·15 광복을 노래한 「바다와 나비」의 시편 등의 일부와 「새노래」의 시편들은 이와는 다르게 개인적인 감수성이나 경험은 문제가 되지 않는다. 개인적인 경험보다 광복 후의 감격과 환희에 전적으로 의존하고 시는 개인적인 것보다 '우리'라는 공동체 언어를 지향한다. 비록 이러한 시편들이 새로운 시대의 새로운 주제로 나타나 있다 하여도 그것은 내면의 필연성에서 오는 시인의 표현의지가 아니라 외부의 시대적 요청에서 제작된 것으로, 광복 후의 시대적 분위기에 대한 지도자적 모습으로서의 참여와 부응이다.

　설정식의 시는 작품 경향상 두 가지 대조적인 성격을 띤다. 단적으로 이야기하자면 서정성과 정치적 사상성이다. 1930년대에 발표된 불과 몇 편의 시는 서정성의 특징을 띠고, 1947년에 간행된 시집 『鐘』과 1948년의 시집 『포도』에 수록된 대부분의 작품은 정치적 경향성이 짙다고 할 수 있다. 그가 천부적으로 지니고 있었던 서정성과 낭만적 일탈성이 고도의 지적 체험(문학교육)과 8·15 이후 사상적 혼돈 속에서 스스로 선택한 이데올로기적 리얼리즘 정신과 내밀한 갈등을 빚으면서 일관된 주체성을 확립하지 못한 채 비극적 운명(처형)을

---

13) 앞의 책, 144쪽.

맞은 시인이라 할 수 있다. 이처럼 해방공간의 문학적 시 인식은 다른 여러 면의 중요한 신진들을 제대로 취급하지 않고서는 당시의 시운동의 전모를 알기가 그렇게 단순하지는 않을 것이다. 모더니즘적인 시들이 당시 현실을 어떻게 반영하고 그 상황에 대응해 나갔는가 하는 문제도 결코 리얼리즘의 문제를 다루는 데 있어서 빠뜨릴 수 없는 문제라고 생각된다.

1950년대 비평의 근대성과 특수성

강경화[*]

1. 문제 제기

50년대 비평 연구는 여전히 문제적인 영역으로 남아있다. 그 동안 사조나 유형별 연구의 단계를 지나 개별 비평가들의 비평 세계를 전면적으로 검토한 연구들이 있어 왔다. 하지만 50년대 비평의 근대성 문제에 대한 연구는 거의 전무한 실정이다. 최근 수년 동안 근대문학 초기와 1930년대 문학(비평)의 근대성에 관한 집중적인 연구가 있어 왔으며, 60년대 비평의 근대성(현대성)에 대해서도 이미 논의되고 있는 실정이다. 이러한 연구사적 추세에 비춰보면, 50년대 문학이 근대성 연구의 공백지로 남아있다는 사실은 의외의 현상이라고 할 수 있다.

그 이유는 무엇보다도 50년대(문학)가 지닌 특수한 역사적 상황에서 기인한다고 보여진다. 50년대는 모든 것이 폐허가 된 상황, 그럼에도 아직 본격적인 근대화의 물길이 터지지 않은 시대, 그러니까 이미 사라져 버렸으나 아직 오지 않은 시대로 요약할 수 있다. 문학의 경우, 그것은 1930년대 문학의 근대성이 보여준 치열함과 가시적인 성과에 미달되는 동시에 60년대 문학의 성숙함에도 도달하지 못한 독특한 역사적 공간으로 자리한다. 그러나 모든 것이 그러하듯 하루아침에 돌연 생성되는 것이란 없다. 한국 문학 비평이 '60년대 후반부터 활짝 꽃피어 날 수 있었던 심리적 자부심 혹은 그러한 자부심의 결과'[1]의

---

* 성균관대 강사

1) 김현, 「비평의 유형학을 향하여」, 『김현문학전집』(7), 문학과지성사, 1992, 231쪽.

근저에는 50년대 문학이 놓여 있다는 점을 놓쳐서는 안 된다.

1950년대 비평은 전후의 삶과 떼어놓고는 생각할 수 없다. 전쟁 체험은 경험의 총화였으며, 전후의 참혹한 현실은 전후 세대들의 삶의 조건이었다. 그들은 생존의 우연에 안도를 느낄 사이도 없이 죽음에 버금가는 생활의 가혹한 무게를 짊어져야만 했던 것이다. 1950년대 비평의 인식 구조는 그러한 체험과 조건의 민감한 수용과 반응 속에 놓여 있다. 이 과정에서 그들은 새로운 시대와 삶의 조건을 창출하려는 열정적인 노력을 보여준다. 이 글은 근대성(모더니티)의 중요한 몇 가지 의미 국면을 통해 문학과 사회 모두의 영역에서 '새로움'을 희구했던 1950년대 비평의 근대성의 성격을 살펴보고자 한다. 다만, 전쟁과 전후라는 특수한 상황이 50년대 문학과 당대인들의 전반적인 의식을 원천적으로 규정하고 있다는 점을 고려하여 1950년대 비평을 있게 한 담론 공간과 그들의 모더니티 지향성에 초점을 맞추게 될 것이다.

2. 1950년대 비평의 근대성의 모습

1) 전통부정과 자립적 주체화

1950년대는 민족어의 재편성, 문학 의식의 변모 그리고 인적 구성의 세대 교체 등 여러 측면에서 우리 문학의 새로운 편성기라고 할 수 있다. 새로운 세대가 전면적으로 등장하고 교체되는 대목에서 이 점을 특징적으로 볼 수 있다. 이러한 현상은 물론 분단, 전쟁, 민족의 대이동 등으로 문단 전체가 새롭게 재편될 수밖에 없었던 외적 상황을 일차적인 요인으로 꼽을 수 있다. 그러나 되짚어 보아야 할 것은, 여기에 단순히 외적 요인만이 작용하고 있지 않다는 사실이다. 새로운 세대들이 문단의 전면으로 포진되는 저류에는 그들의 강렬한 대타의식과 자기 정립의 욕망이 작용하고 있다. 다시 말해서 1950년대 평단의 재편 과정에는 모더니티의 중요한 변별적 표지라 할 수 있는 자립적 주체화의 문제가 담겨 있다. 따라서 1950년대 비평의 근대성은 우선 그들의 비평적 주체화의 과정에서 살펴보아야 한다. 모든 것을 자신으로부터 시작하기 위한 1950

년대 비평가들의 자립적 주체화와 긴밀한 연관관계가 있는 것이 전통단절론과 기원의식이다.

> 6·25 동란은 [……] 나의 사랑하는 어머니와 누나 그리고 집과 생활과 理想할 것 없이 나의 알몸둥이를 제외한 모든 것을 빼앗아 갔다. 그 때 나는 값싼 비극과 체념보다도 나의 현실이 가장 자유스러운 고아처럼 자각했고 보이지 않는 눈물로서 「인생노트」의 첫페지를 다음처럼 기록하기 시작한 것이었다.4)

> 보통 때 같았으면 담과 벽 때문에 똑바로 갈 수 없었던 길을 우리는 자유롭게 넘어 다녔지요. 폭격으로 부서져 설계 도면처럼 구획만 남아있는 남의 집 부엌과 화장실과 거실을 가로질러 [……] 드나들 때의 그 역설적인 자유로움.3)

위의 인용문에서 1950년대 비평가들의 내면 의식을 엿볼 수 있다. "자유스러운 고아", "역설적인 자유로움" 등의 구절은 전통의 하중을 짊어지지 않아도 되었던 그들의 자유롭고 몸 가벼운 행보의 다른 표현이다. 전통의 중하(重荷)에서 허덕이는 일이 없다는 "괴로운 자유"와 처음부터 백지 상태에서 출발해야 한다는 "백지(白紙)의 공포"4)는 역설적으로 그들에게 자신들이 글쓰기의 새로운 기원이라는 '시조의식(始祖意識)'으로 현상된다. 1950년대 문학인들의 의식을 지배하고 있었던 전통의 부정 의식과 도도한 자부심은 이 같은 '기원의식─시조의식'에 바탕을 두고 있다. 자신들의 문학적 작업을 '먼 그날에 올 위대한 서사시의 한 서곡'으로 의의를 강조한 장용학, '처녀지 개간의 기초작업'이라 한 유종호, 전쟁으로부터 가능성을 찾는 정창범, '화전민의 작업으로 피운 신비한 꽃'의 개간이라는 이어령 등은 모두 이 같은 자부심을 드러내 보여준다. 그렇게 전통은 선언적 의미와 함께 지양되고 새로운 지향으로 대체되었던 것이다.

---

2) 윤병로, 「나의 문학수업」, 『현대문학』, 1958. 6, 254쪽.
3) 이어령과의 대담, 「1950년대와 전후문학」, 『작가연구 4』, 새미, 1997. 10, 171쪽.
4) 유종호, 「현대시의 50년」, 『사상계』, 1962. 5, 305쪽.

신세대들의 인식 구조에는 전통이 자신들의 규범으로 작용하고 있지 못하다는 판단이 깊이 각인되어 있었다. 그들의 전통 부정은 의식적인 측면과 실제적인 측면 모두를 포함한다. "여기는 풀 한 포기 없는 황량한 전야(戰野)다. […] 모든 것은 나에게 있어 무(無)다."[5]라는 정신적 공황 속에서 "우리들에게 전통이라는 사상의 표준어가 존재하였던가?"[6]로 요약할 수 있는 전통 부정이 의식의 측면이라면, 다음과 같은 경우는 실제적인 측면이라 할 수 있다.

> 한 단어나 귀절은 그 배후에 역사적 맥락을 지니고 있다. 그러니까 한 국어의 낱말이나 어귀에는 보이지 않는 무수한 인용부가 걸려 있는 셈이다. 그리하여 보이지 않는 이 무수한 인용부는 한 낱말이나 어귀를 후광처럼 싸고 돌면서 하나의 연상대를 형성한다. 한 단어나 어귀를 읽으면서 보이지 않는 이 무수한 인용부를 의식한다는 것, 이것이 전통을 의식한다는 것이다.[7]

> 우리들은 그러한 고전에서 우리의 문학적 유산이나 문학정신이나 또는 문학적 영향이나 하는 것을 조금도 물려받은 적이 없다는 것이다.[8]

과거의 문학을 창작의 모범으로 삼지 않고 그 소양 없이도 얼마든지 문학 행위가 가능하다는 것이 전통 부정의 실제적인 측면이다. 오늘의 문학과 창작에 실질적으로 작용하고 규제하는 역사적 맥락을 없다는 것, 그래서 오늘날 아무런 창조적인 힘을 발휘하지 못하고 있다거나, 서구의 전통에 비견될 우리의 전통이 없다고 파악하였던 것이다. 그럴 수밖에 없는 것이 그들이 발 딛은 경험의 세계는 초라했고, '서구문학에 대한 정확한 지식과 이해 능력의 결핍에서 기인하는'[9] 후진적이고 낙후된 문학을 우리 문학의 '전통' 혹은 '한국적인 것'으로 받아들일 수는 없었다. 이러한 인식이 당대에는 매우 드물게 토착어의

---

5) 이어령, 「현대시의 UMGEBUNG와 UMWELT—시비평방법서설」, 『문학예술』, 1956. 10, 171~172쪽.
6) 이어령, 「우리문화의 반성—신화없는 민족」, 『경향신문』, 1957. 3. 13~15.
7) 유종호, 「공감의 분실」, 『사상계』, 1959. 10, 281~82쪽.
8) 이봉래, 「전통의 정체」, 『문학예술』, 1956. 8, 151쪽.
9) 송욱, 「작가의 형성과 환경」, 『사상계』, 1957. 6, 210쪽.

가능성과 그 문학적 성과를 예리하게 묘파해 내면서도 '전통'에 대해 다음과 같은 싸늘한 시선을 만들어 내고 있다.

> 토착어가 환기하는 고유정서만이 한국적이고 또 그것만이 <전통적>이라면, 우리에게 있어 <전통적>이란 <후진적>이란 말이 수식된 미사여구에 지나지 못할 것이다. [……] 이것만이 전통적이라고 우긴다면 참으로 눈물겨운 자기 수치가 아닐 수 없다.[10]

유종호가 본 토착어는 전쟁의 폐허 위에서 위태롭게 빛을 발하고 있었다. 그러나 모든 것이 한 줌의 재가 된 현실에서 다시 새롭게 창조하고자 할 때 토착어 역시 이제 곧 새롭게 창조될 세계, 새로운 근대적 물상과 감각으로 대체되어야 할 운명에 지나지 않았다. 물론 그는 뒤에 그 누구보다 명민하게 토착어의 미학적 가치를 발견하게 되지만, 창조적인 열망에 불탔던 당시에 그가 보고, 또 보고자 했던 것은 화려하게 개화되어야 할 근대화의 물결이었다. 낡은 것에 대한 혐오와 새로운 것에 대한 희구로 표상되는 1950년대 비평가들의 전통 부정은 그들이 전통과의 철저한 단절을 실행하고 실행할 수 있다는 근대의 요구에 대한 수락이자 응답이라고 할 수 있다.[11] 스스로 자기 자신의 근거 됨을 부정한 것도, '한국적'이라 운위되는 공동체적 체험과 본원적 정서의 문학화에 충분히 공감하면서도 그것은 결국 극복·소멸해야 할 대상으로 설정한 것도 바로 이 때문이다. 전통아 없는 그들에게 더 이상 돌아 갈 근거는 없으며, 이제 자신의 근거는 자신으로부터 찾아야 하는 것. 그것은 새로운 기원으로 다시 서는 일이다.

> 근대성은 종전의 모든 것을 쓸어버리려는 욕망의 형태로 존재한다. 근대성은 종국적으로는 진정한 현대라 불리울 수 있는 어떤 지점, 달리 말하자면 새로운 출발을 표시하는 기원의 지점에 도달하고자 하는 희망으로 존재한다.[12]

---

10) 유종호, 「토착어의 인간상」, 『비순수의 선언』, 신구문화사, 1962, 235쪽.
11) 위르겐 하버마스, 이진우 옮김, 『현대성의 철학적 담론』, 문예출판사, 1995, 26쪽.

역사를 원점으로 돌려버린 전쟁과 전후의 폐허 위에 선 그들에게 준거가 될 규범이나 척도가 없다면, 그들의 선택은 명확해진다. 다만 자신들 힘으로 창조해야 할 운명을 스스로 짊어지는 방법이다. 자기 근거를 원천적으로 차단하고 백지화하려는 근대의 요구를 받아들임으로써 그들은 강력한 세대 의식을 공유할 수 있었으며, 어떤 의미에서는 자신들 존재의 정당성과 당위성을 입증하는 일이기도 했다. 자신들과 과거의 전통을 경계지으려는 1950년대 비평가들의 작업은 자신에 반대하는 전통으로 특징 지워지는 근대성을 함유하다.13) 근대성은 언제나 가장 새로운 시대로 경계 지우려는 경향이 있다. 그것은 하나의 분리이자 자신의 정체성을 상실하지 않으면서 자신을 부인하는 갱신능력을 의미한다.14) 이러한 작업을 통해 그들은 비로소 새로운 시대의 주체로서 주체화하게 된다.

그 때 나는 22세라는 젊음의 재산밖에는 아무 것도 가진 것이 없었다. [……] 가진 것이라고는 분노와도 같은 자기(自棄)와도 같은 광기(狂氣)와도 같은 젊음의 반역뿐이었다. 홀몸이었다. [……] 친구들 가운데는 이미 전쟁의 참호 속에서 죽은 사람도 있었고 미쳐버린 사람도 있었고 소위 망명유학을 떠나 이방으로 자취를 감춰버린 사람도 있었다. [……] 생존하기 위해 문관노릇을 하던 교수님들 밑에서 우리는 반세기전 증권문서같이 낡아버린 노오트의 학설을 베끼며 인생을 배웠다. [……] 그런데 사람들은 다방에서 커피를 마시며 문학들을 하고 있었다. 내가 몇몇 문인들, 노대가들을 만나보고 기절할 정도로 실망해버린 곳도 그런 다방에서였다. [……] 구세대의 작가나 비평가는 그 어려운 시절에 직무유기를 하고 있다는 생각이 들었다. 불이 붙은 집에서 바둑을 두고 포탄이 터지는 전선에서 자장가를 노래하는 사람같이 보이기만 했다.15)

---

12) Paul de man, *"Literary History and Literary Modernity"*, Blindness and Insight(2nd ed., Methuen, 1983), p.148. 이 글에서는 김동식, 「1930년대 후반 지성론에 대한 고찰」, 『작가연구』 4, 새미, 1997, 265쪽에서 재인용.
13) M. 칼리니스쿠, 이영욱 외 역, 『모더니티의 다섯 얼굴』, 시각과 언어, 1994, 79쪽.
14) M. 칼리니스쿠, 앞의 책, 91쪽.
15) 이어령, 『저항의 문학(증보판)』, 예문관, 1965, 338~339쪽.

이 글에서 한 인식 주체가 놓인 세계, 그가 대면한 문학과 문단의 자기 방기(自己 放棄)로부터 비평적 글쓰기의 현실성을 획득하고 있음을 볼 수 있다. '기절할 정도'로 실망해 버린 '다방'이란 무엇인가. 그것은 다름 아닌 구세대의 문학 공간이다. 그들은 이 부정의 공간에서 새로운 세대의 글쓰기를 시작한다. '맨 정신으로는 도저히 살아갈 수 없었던'[16] 질식 상태의 그들에게 '숨쉬고 싶다'는 호흡의 문제[17]로 다가선 것이 전통 부정이고 기성 세대에의 공격이었다. '질식의 공간'과 '호흡의 문제'는 자기 근거됨을 부정하는 세계, 곧 '부성(父性)의 원리'를 원천적으로 차단시키려는 의식을 낳았다. 이로부터 그들은 전세대 문학을 일거에 부정의 대상으로 밀어 부치면서, 스스로 새로운 글쓰기의 '아비' 즉 시조이자 기원이고자 했던 것이다. 그러니까 세계와 접촉하기 시작한 한 인식 주체의 '아비 되기(始祖 意識)'를 향한 욕망이 타락하고 혐오스런 아비의 세계를 부정하고 그 세계로부터 떠나 자립적 주체로서 터 잡고자 하는 것이다.

'살부상징'이라 불리 수 있는 이러한 의식으로부터 그들의 비평은 추동되고 있다. 이미 내부에 자기 모순, 자기 부정과 비판을 담고 있는 근대성은 이른바 '아비 죽이기'를 통해 문학적 새로움을 추구하는 것이다. 따라서 지금은 낡고 퇴색해버린 우상과 그 권위의 암벽을 향해 마지막 거룩한 항거의 일시(一矢)를 쏘면서[18] 자립적 주체를 정립한다. 그렇다면 구세대야말로 1950년대 비평가들을 주체로 정립시킬 수 있도록 했던 진정한 타자였던 셈이다.

이처럼 새로운 근대성을 향한 그들의 도정은 아비를 죽여야만 주체로 설 수 있다는 점에서 그들은 태생적으로 '배덕아'[19]의 운명을 안고 있다. 하지만 근대성에서 주체란 무엇인가. 주체는 한 개인이 행동하려는 의도이며 동시에 다른 사람들로 하여금 자신이 행위자라는 것을 인식시키려는 의도이다.[20] 그것

---

16) 이어령, 「1950년대와 전후문학」, 『작가세계』(4), 새미, 1997. 10, 171쪽.

17) 이어령, 「1950년대와 전후문학」, 앞의 책, 176면. 1950년대 비평가들에게 이러한 '질식'은 두루 발견된다. 이에 대해서는 유종호, 「비속의 미학」(『현대문학』, 1960. 8-9)과 윤병로의 「혈서의 내용」(『현대문학』, 1958. 12) 참조.

18) 이어령, 「우상의 파괴」, 『지성의 오솔길』, 동양출판사, 1960, 127쪽.

19) 이어령, 앞의 책(1960), 137쪽.

20) 알렝 투렌, 정수복·이기현 옮김, 『현대성 비판』, 문예출판사, 1996, 263쪽.

은 자신의 존재론적 지평을 펼치는 것이자 타자와의 변별적 표지이다. 주체성을 새로운 시대 원리로 파악한 헤겔의 통찰이나 "주체의 형성 없이는 현대성은 존재하지 않는다."[21]는 알렝 투렌의 언급처럼, 주체화야말로 근대성을 가늠하는 척도가 아닐 수 없다. 그들에게 아비 없이 세계와 마주쳐야 할 자립적 주체화는 '배덕아'의 운명을 넘어서는 지향가치였다. 모든 것이 일시에 무로 환원되는 순간 그들은 이제 새롭게 세계와 삶의 주체로서 주체화되어야 한다는 절박함과 자기 욕망이 개입하기 시작했던 것이다. 이것이 '시조—기원' 의식의 인식적 근원이다. 이러한 장면은 비평적 근대성이 자립적 주체화의 과정과 연결되는 모습을 보여준다.

　구세대 문학에 대한 1950년대 비평가들의 입장은 자기 의식적인 호전성으로 보면 아방가르드적이다. 이것 역시 모더니티 의식이라고 할 수 있다.[22] 1950년대 비평가들은 그들이 꿈꾸었던 대지의 푸르름을 위해 마치 잔해처럼 남겨진 전세대의 형해를 제거해야 했다. 이러한 의욕적인 시도가 부정과 비판의 담론으로 구체화되었던 것이다. 모든 것을 원점으로 돌려버리고자 했던 전복적이고 비판적인 많은 담론 속에서 우리는 문학적 새로움을 정립하고자 했던 의욕과 열정을 볼 수 있다. '우리에게 신화가 없다'라는 50년대 비평가의 한탄에는 부재를 통하여 부정의 대상으로부터 벗어나 새로운 신화를 창조하려는 역설적 안간힘이 배어 있다. 또한 "과연 앞으로 우리는 어디로 갈 것인가."[23]라는 조바심과 기대는 그들의 절박함을 보여주는 동시에 그들이 구세대라는 '권위의 암벽'을 파괴하는 작업에 그토록 열정적이었던 내면 의식을 압축적으로 담고 있다.

---

21) 알렝 투렌, 앞의 책, 258쪽.
22) 아방가르드는 예리한 호전적 감각, 비타협적인 찬미, 용감한 선구적 탐험, 그리고 더 일반적 차원에서는 영원하고 불변하며 선험적으로 결정된 것처럼 보이고자 하는 전통에 대한 시간 및 내재성의 궁극적 승리에 대한 확신 등과 같은 광범위한 모더니티 의식에 빚지고 있다. 모더니티의 다섯 얼굴, 125쪽.
23) 유종호, 「한국의 페시미즘」, 『비순수의 선언』, 126쪽.

2. 새로운 가치 척도의 설정

　1950년대 비평가들은 자립적 주체화의 과정에서 새로운 미적 영역을 개척하려는 기획 의도를 가지고 있었다. 새로운 문학적 모더니티를 열망하는 도전적이고 개척자적인 면모는 두 가지 측면에서 확인할 수 있다. 하나는 새로운 가치 척도를 설정하려는 시도이고, 언어적 자의식 혹은 매체에의 확인이 다른 하나이다. 그들은 서구의 문학이론과 인식틀, 그리고 현대적 감수성을 바탕으로 구세대와는 다른 새로운 가치 척도를 추구했던 것이다. 새로운 가치 척도의 설정이란 기존 가치 척도의 폐기를 전제로 한다. 이것은 그들이 구세대의 문학 세계와 가치 척도를 폐기되어야 부정의 대상으로 간주했음을 뜻한다. 다음과 같은 한 50년대 비평가의 도전적인 질문은 바로 구세대 문학에 대한 그들의 입장을 명확하게 보여준다.

　　　당신은 아직도 춘향이의 그네를 매고 있는가? 베개모에 그려진 원앙새의 노래를 찾고 있는가? 아직도 뻐꾸기와 진달래의 교향곡인가? 한마리 학이 춤을 추듯이 죽음의 잿(灰) 속을 날으려 하는가? 레스트랑의 배부른 식탁 위에서 향내로 꽂아진 한 폭의 꽃이 되려하는가? 아직도 당신은 천년이나 되풀이한 묘혈의 언어를 선택하는가?24)

　1950년대 비평가들이 비평적 주체화를 정립하기 위한 필연적인 작업은 새로운 척도를 마련하는 일이었다. 그것 없이는 '새로움'도 담보될 수 없는 것이다. 그들이 본 전세대의 문학은 '신라천년의 하늘을 다스리는 성주들의 꿈' 혹은 '소금장수 이야기 같은 것'25), 아니면 운명론적인 페시미즘이나 패배의 미학이었다. 1950년대 비평에서 구세대의 문학에 가장 신랄하고 공격적이었던 사람은 이어령이었다. 그는 '시는 표어에서 끝나고 소설은 야담에서 또한 평론

────────────

24) 이어령, 「그날 이후의 문학—6 · 25를 기억하는 메니페스트」, 앞의 책, 1960, 119~120 쪽.
25) 이어령, 앞의 책, 1960, 125쪽.

은 정실과 파당의 의전문으로 귀결된 한국문학의 침체'26), 또는 "영원·도주·자연·도취·그리고 춘향·신라 그리고 순수라는 이름 밑에서 학을 부르고 꽃을 말하는 패배주의자의 문학이었다."27)고 비판하면서 다음과 같이 세대적 종언을 선언한다.

> 우리들의 앞에서 하나의 문장이 끝났다는 이야깁니다. 우리들의 앞에는 거대한 피리어드, 전세대의 역사가 종식된 그 흔적의 피리어드가 있고, 그래서 다음 문장은 우리들에게서부터 시작된다는 이야깁니다.28)

위 인용은 전세대를 종지부(終止符)로 보고 있음이 명백히 드러낸다. 그의 세대적 종언에는, 새로운 시작은 자신들 세대의 몫이라는 도도한 역사적 견인력과 자립적 주체화의 열망이 강렬하게 담겨 있다. 음풍영월과 산수한망, 온갖 전근대적인 생활양식과 감정이 빚어낸 세계, 이른바 토속적 샤머니즘의 성황당 문학29), 인상 비평이나 이념 비평, 그리고 당파와 정실로 얼룩진 전대의 비문학적인 비평에 대한 비판 등은 1950년대 비평가들이 구세대의 종언을 꾀하면서 자립적 주체화를 현실화하려는 시도들이다. 그것은 새로운 문학, 즉 문학적 모더니티를 이루려는 비판적 담론이었다. "아비는 「표절」하고 자식은 「모방」하는 우리들의 가련하고 비굴한 문학을 누구의 허물이라고 말해야 됩니까."30)라는 질문에 내재되어 있었던 의식 역시 전승의 권위주의적 구속으로부터 벗어나려는 욕망의 표현이다. 이를 위해 그들은 자신들의 가치 척도를 스스로 창조하는 일에 몰두한다. 한편에서는 언어의 마술성(주술성)을 배제한 언어적 명징성을 강조하면서 다른 한편에서는 분석적 비평 방법의 적용과 논리적 엄밀성을 주장한다. 그들의 등장과 활동을 전후하여 정실비평의 문제가 문단 전체에 중요한 화두로 떠올랐던 현상이 사뭇 의미심장한 것도 이 때문이다.

---

26) 이어령, 「화전민 지역」, 『저항의 문학』, 경지사, 1959, 11쪽.
27) 이어령, 「풍란의 문학」, 앞의 책, 1960, 122쪽.
28) 이어령, 「주어없는 비극」, 앞의 책, 1959, 17쪽.
29) 고은, 『1950년대』, 청하, 1989, 14쪽.
30) 이어령, 앞의 책, 1960, 124쪽.

분석 비평만 하더라도 30년대 모더니스트들에 의해 수용되어 비평의 중요한 축을 이룬 바도 있으나, 이 시기에 다시금 소개되기 시작했다는 것은 또 다른 의미를 담고 있다. 분석 비평의 소개와 수용 과정에서 누구보다 발빠른 행보를 보였던 백철의 언급을 들어보자.

> 우리 문단의 비평에 대한 하나의 구체적인 현상에서 재출발을 해보자. 우리가 지금까지 흔히 작품평을 하는데 있어서, 이 작품은 대단히 아름답다든가 소월의 시는 서정적이라든가, 橫步의 소설은 리얼리스틱하다든가, 이상의 작품이 심리적이라든가, 잠재의식을 그렸다든가, 누구의 소설은 병적인 심리를 그렸다든가 하는 막연한 이야기는 현대비평으로선 이 낡아빠진, 아무런 비평적 효과를 내지 못하는 19세기적 낡은 비평이다.[31]

‘낡은 비평’에 대한 백철의 자기 반성적 측면은 곧 구세대에 대한 신세대 비평가들이 비판과 동일한 맥락이다. 예를 들어 이어령이 ‘정실과 파당의 성명문’이라고, 유종호가 ‘의지할 만한 가치의 기준이나 반발할 규범이 없다’고, 김우종이 ‘비평의 기본적인 자세’를 촉구한 것 등은 구세대의 독단적인 이념 비평이나 안이한 인상 비평에 대한 부정과 반성적 자세의 소산이다. 이러한 부정 의식에서 그들이 새로운 비평 방법을 모색한 것 중의 하나가 분석 비평이었다. 말하자면 ‘분석’과 ‘논리’라는 새로운 방법을 통해 앞 세대 비평의 전복을 시도하고 있는 셈이다. 물론 그들의 적용 수준은 아직 얕아서 ‘분석이란 허망한 마술을 통과한 인상주의’[32]로 평가받을 만큼 주관적 독단성이 개입된 수준의 것이었다.

하지만 본격적인 적용에 앞서 그들은 이미 대학의 학문적 분위기에서 체득하고 있었으며, 문학의 언어적 조건에 대해서도 깊은 관심을 기울이고 있었다. 이어령의 비유법, 김우종의 은유법, 유종호의 언어의식, 고석규의 언어·비유·상상력 등이 이에 해당한다. 또한 분석 비평의 중요한 모토 중의 하나가 ‘작품의 의미란 이상적인 독자가 그 속에서 발견한 한도 내에서의 모든 것’이라

---

31) 백철, 「분석비평의 의의」, 『문학의 개조』, 신구문화사, 1959, 305~306쪽.
32) 유종호, 「비평의 반성」, 『현대문학』, 1958. 5, 228쪽.

는 명제에 있다고 할 때[33], 이 명제는, 작품의 가치란 비평가에게 발견된 가치만이 그것이 지니는 전부라는 생각이나[34], 작가의 의도나 경험과는 무관하게 자기에게 이용될 수 있는 최대한도의 가치가 곧 그 작품가치의 전부라는 인식과 흡사함을 알 수 있다.[35] 50년대 비평에서 분석적 방법은 새로운 비평 방법의 요구와 미의식의 창출을 의미한다. 이 점에서 그것은 그들에게 매우 유효하며 긴요한 것이었다. 왜냐하면 그것은 우선, 구세대 문학과의 차별화를 통해 자신들 세대의 정당성을 확보할 수 있기 때문이며, 비평의 객관성을 요구하는 문단의 요구가 드세지는 상황에서 전세대의 이념 비평이나 인상 비평과는 다른 비평적 권위를 갖추는 데에도 유효하게 작용하였기 때문이다. 그들의 심리적 혹은 지적 자부심의 일단도 이 같은 '새로움'에 대한 자부심에서 연유한 측면이 크다.

　새로운 척도의 설정과 관련하여 그들이 체계화 혹은 법칙화에 노력을 기울였던 사실도 주목할 사항이다. 이에 대해 우리는 적지 않은 예증을 볼 수 있다. 과거의 인상비평과 객관비평의 방법론적 오류를 지적하면서 새로운 비평의 기준을 제시하려는 「현대시의 UMGEBUNG와 UMWELT」(『문학예술』, 1956. 10)나 「기초문학함수론」(『사상계』, 1957. 9), 독특한 해석과 다양한 이론들에 의해 뒷받침된 야심찬 기획의 「카타르시스 문학론」(『문학예술』, 1957. 8~12), 미학의 기본 범주인 골계의 여러 하위 범주들을 분류·규명한 「해학의 미적 범주」(『사상계』, 1958. 11)와 「상징체계론」(1960. 3) 등을 썼던 이어령의 경우나, 은유의 형성 과정과 양상 및 그것의 문학적 가치를 제고하려는 김우종의 「은유법논고」(『현대문학』, 1957. 3), 또한 우리 비평 문학에서는 이례적으로 이른바 에세이 형식을 창출했던 고석규가, '현대시의 제반 이론과 보조학설들을 총체적으로 파악하여 체계화하려는 비평적인 시도'[36]의 하나로 「모더니티에 대하여」, 「시적 상상력」, 「문체의 방향」 등의 글을 통해 문학의 이론적 검토와

---

33) 김윤식, 『근대한국문학연구』, 일지사, 1983, 493쪽.
34) 김우종, 「은유법논고」, 『현대문학』, 1957. 3, 221쪽.
35) 김우종, 「비평의 원칙문제」, 『현대문학』, 1958. 9, 243쪽.
36) 고석규, 「시적 상상력」, 『현대문학』, 1958. 6~11. 이 글에서는 『여백의 존재성』, 지평, 1990, 271쪽.

해명에 골몰했던 점도 빼 놓을 수 없는 대목이다.

　이러한 사실은 그들이 이론적 체계화를 매우 중요한 작업으로 인식하고 있었음을 말해준다. 이론적 해명이나 체계화란 무엇인가. 그것은 생래적 체득이나 정실 혹은 인상주의적 접근과는 다른 객관적 논리화의 과정이다. 또한 이성의 논법에 준거한다는 점에서 모더니티의 전형적인 시도라고 할 수 있다. 이성의 논법은 모더니티의 중요한 인식틀을 이룬다. 실제 고대 옹호론자와 근대 옹호론자 사이에 벌어졌던 신구논쟁에서 근대 옹호론자들이 범주화한 것 중의 하나는 바로 이성의 논법이었다. 그것은 미의 법칙에 대한 정식화와 탐구를 의미한다. 이성의 논법에 의한 규범화는 미학적 모더니티에서 중요한 논의를 함축하고 있다. 왜냐하면 이것은 비로소 합리성이 권위를 압도하기 시작했다는 하나의 표현을 담고 있기 때문이며, 근대 옹호론자들이 자신들의 우월성을 주장할 수 있는 길을 열어주었기 때문이다.[37]

　1950년대 비평가들 역시 새로운 문학적 규범과 척도의 설정으로 자신들 세대의 정당성을 주장하고 입증하고자 했던 것이다. 특히 그러한 작업들이 야심적인 기획 의도였다는 것은 새로운 규범과 척도의 창출에 대한 그들의 밀도와 열정을 대변해준다. 그뿐 아니라 현대성의 개념을, 전통질서의 파괴와 객관적이고 도구적인 합리성의 승리라는 관점에서 파악한다면[38], 전통을 부정하고 자신의 규범성을 스스로 창조하려 했던 그들의 비평적 노력은 근대성에 입각해 있다고 판단된다. 자신의 척도를 더 이상 다른 시대의 모범으로부터 차용할 수 없으며, 자신의 규범성을 자신으로부터 스스로 창조해야만 하는 '현대성'[39]의 뚜렷한 징후를 담고 있기 때문이다. 따라서 과거의 미적 규범에 대적하기 위해 자신들의 미의 척도를 만들어내고자 했던 것, 이를 통해 스스로를 새로운 시대의 시작으로 파악하고자 했던 것 등에서 1950년대 비평의 근대성을 확인할 수 있다.

---

37) M.칼리니스쿠, 이영욱 외 옮김, 『모더니티의 다섯 얼굴』, 시각과 언어, 1994, 37~40쪽.
38) 알랭 투렌, 정수복·이기현 옮김, 『현대성 비판』, 문예출판사, 1996, 20쪽.
39) 위르겐 하버마스, 이진우 옮김, 『현대성의 철학적 담론』, 문예출판사, 1995, 26쪽.

3. 자기 반영성 혹은 언어 의식과 비평적 자의식

새로운 가치 척도의 창출과 함께 1950년대 비평가들이 가졌던 중요한 관심
사의 하나는 언어에 대한 다각적인 관심과 깊은 인식이다. 이어령은 「비유법
논고」(『문학예술』, 1956. 11~12)에서 현대 수사학의 재건을 모토로 언어의 변
형성과 창조성에 주목하여 비유 생성의 내외적 조건, 그 결합 방식 및 언어적
표현의 방법론적 구명을 세밀하게 천착하고 있으며, 고석규도 사정은 마찬가
지이다. 그는 과학적 언어와 시적 언어의 차이를 화제로 삼아 언어, 의미, 비유,
상징, 존재 등을 전체적으로 조망한 「현대시와 비유」, '역설'을 비평의 방법론
적 원리로 삼은 「시인의 역설」 등 여러 비평문에서 언어에 관한 중요한 통찰
을 보여주고 있는데, "언어를 명징화하는 방법이란 언어사실을 검증하는 방법
이 아니라 다수의 언어관계 즉 언어의 상태를 지어 가는 언어의식의 비판에서
부터 시작되어야만 할 것이다."[40]는 언급에서도 그의 언어 의식을 볼 수 있다.
또한 김우종이 은유의 형성과정과 양상을 분석한 「은유법 논고」로 등단했던
것도 언어 예술로서의 수사법에 대한 관심의 결과라고 할 수 있다.
　이러한 글들을 검토해 보면, 언어의 창조성과 조직 방법, 그리고 자족적 완
성도에 대한 문제 의식이 폭넓게 반영되어 있음을 알 수 있다. 여기에는 1950
년대 비평가들이 고도의 언어적 구조물로서의 문학과 언어의 새로운 세계 창
조성에 대한 미학적 자의식이 개입되어 있다고 할 수 있다. 그러나 50년대 비
평의 언어적 자의식을 가늠하기 위해서는 유종호를 빼 놓고는 논의하기 어렵
다. 언어에 관한 한 그는 누구보다 예민한 자의식을 보여준다.

> 나는 언어에 대한 자의식이란 말을 썼다. [……] 언어에 의존하고 언어를
> 유일한 도구로 삼는 작가 시인들이 언어에 대한 자의식을 강렬하게 경험한
> 다면 그것은 그만큼 언어와 자기와의 심각한 괴리를 의식한다는 것이다. 언
> 어에 절망한다는 것이다. [……] 내가 이러한 유곡에의 고독한 여행을 시도

───────────

40) 고석규, 「언어의 명징성」, 앞의 책, 148쪽.

한 것은 […] 문학자들의 비평정신이라고 하는 문학에 대한 자의식의 구조의 심저에서 내가 저들의 언어에 대한 정밀한 자의식을 보았기 때문이다.[41]

  한국문학에서는 매우 이례적으로 언어의 존재론적 조건과 한계를 예민하게 자각하고 그 탐구를 시도한 「언어의 유곡」에서 유종호는 언어에 대한 자의식의 내면을 드러내고 있다. 특히 이러한 자의식을, "비평정신이란 무엇이냐? 한마디로 말하면 그것은 문학에 대한, 혹은 자신의 문학 행위에 대한 자의식이다."[42]고 밝힌 「비평의 반성」의 한 대목과 관련시키면, 유종호의 비평 인식이 문학 행위에 대한 언어적 자의식으로 환치되고 있음을 어렵지 않게 포착할 수 있다. 언어의식으로 외화된 그의 비평 인식은 매우 중요한 의미를 갖는다. 비평 역시 언어적 작업인 까닭에 사고와 표현의 매체인 언어에 대한 의식이 각별하지 않을 수 없고, 또한 비평가로서의 자신에 대한 자각적 인식이라는 점에서도 그러하다. 따라서 유종호의 "비평에 대한 자의식은 자신의 근거에 대한 질문을 던지는 현대성의 흔적을 담고 있다"[43]고 할 수 있다.
  또한 「비평의 반성」에서 유종호는 당대 비평의 비판적 개괄을 통해 자기 극복을 모색하려는 방법론을 개진한다. 그런데 이 글 자체가 "비평의 반성을 시도해 봄으로써 나의 비평 방법을 구체적으로 설계하고 정리"하려는 욕망으로 씌어진 것이다. 비평가로서 욕망이란 무엇인가. 그것은 자기 정체성의 확인에 대한 욕망과 다르지 않다. 요컨대 '비평 정신은 언어적 자의식이다.'로 정리할 수 있는 유종호의 언어적 자의식은 비평 정신 혹은 비평적 자의식의 다른 이름이었던 셈이다.
  그러나 유종호의 언어 의식은 문학 일반의 언어에 머물지 않는다. 「토착어의 인간상」에서 그는 경험적으로 우리 몸과 정서에 체득된 삶의 언어, 즉 토착어에 대한 각별한 관심을 보여준다. 이는 그의 남다른 면모가 아닐 수 없다.

---

41) 유종호, 「언어의 유곡」, 『문학예술』, 1957. 11. 이 글에서는 『비순수의 선언』, 신구문화사, 1962, 139 · 148쪽.
42) 유종호, 「비평의 반성(상)」, 『현대문학』, 1958. 4, 245쪽.
43) 권성우, 「1960년대 비평에 나타난 '현대성' 연구」, 『한국학보』, 1999. 가을, 23쪽.

이 땅 위에서 영위하는 비평 주체에게 비평과 문학이 이루어지는 실제 공간은 모국어이다. 따라서 모국어의 문학적 가능성과 한계는 절실한 문제가 아닐 수 없는데, 유종호는 언어 일반의 보편성과는 다른 한국어의 특수성과 개별성까지 탐색하고 있는 것이다. 이러한 사실은 그가 우리말의 고유한 가치와 활용, 그 가능성과 한계에 대해서도 민감하게 반응하고 있다는 것을 의미한다. 이렇게 본다면 유종호의 언어적 자의식은 언어를 다루는 비평가의 자의식, 보편성의 공간으로서 언어 일반, 그리고 언어 활동의 구체적 공간인 토착어의 세계를 겹겹으로 감싸안고 있다.

이처럼 1950년대 비평가들은 자국어의 고유한 가치와 활용, 언어 일반의 본질적인 문제와 그것의 미적(문학적) 가공 방법, 언어를 통한 세계 창조성과 현대적인 적용 등 다양한 이론과 입장을 피력하면서 새로운 미학적 기반을 마련하려는 의욕을 보여준다. 이러한 사실은 50년대 비평가들이 자신들이 작업하고 있는 매체에 대해 깊이 인식하고 있었음을 뜻하는데, 그것은 모더니티의 중요한 미학적 발현 형태이자 언어적 자기 반영성이라고 할 수 있다.

50년대 비평가들의 자기 반영성은 비평의 자기 인식에 대한 발언이 폭 넓게 발견된다는 사실에서도 확인된다. 김우종의 「은유법 논고」도 '비평의 일방법론으로서'라는 부제처럼 비평의 한 방법론을 시험해 본 글이었다. 실제로 김우종은 「비평의 원칙문제」(『현대문학』, 1958. 9), 「비평의 자유」, 「비평문학의 존엄성」 등의 글을 통해 비평이란 작품의 해석이나 가치 판단보다 "훨씬 고결하고 위대한 기능을 갖는다."[44]고 주장하면서 비평의 자족성과 자기 창조성 나아가 비평 주체의 자기 완성을 일관되게 강조한다. 아울러 "비평가들이 문학을 한다는 것은 결국은 자기의 생명을 형성해 나가는 창조과정이다."[45]는 그의 언급은 비평이 다른 장르의 종속이나 복무가 아니라 비평 자체의 고유한 기능과 역할에 대한 입장을 표명한 것이라 하겠다.

또한 언어적 자의식이 실은 비평적 자의식의 다른 얼굴이었던 유종호나 '비평의 기준은 모더니티여야 한다'는 이어령, 그리고 「비평가의 위치」(정태용),

---

44) 김우종, 「비평의 자유」, 『현대문학』, 1958. 10, 237쪽.
45) 김우종, 「비평문학의 존엄성」, 『자유공론』, 1959. 3, 264쪽.

「비평의 태도와 방법」(이영일), 「비평의 방법」(천상병), 「비평의 위치」(손우성), 「비평영역의 이동」(정창범), 「비평가의 문체」, 「비평가의 교양」, 「비평의 모랄과 방법」(고석규), 「비평의 문학성과 현대성」(최일수), 「비평가 사명」, 「비평의 디렘마」, 「월평의 비평적 의미」(윤병로), 「문학비평의 위치」(홍사중) 등 비평 자체에 관한 자기 성찰과 문제를 제기하는 많은 비평 담론들의 존재를 확인할 수 있다.

우리 문학사에서 보기 드문 이러한 현상은 무엇을 의미하는가. 그것은 이들이 비평가로서 자기 영역에 대해 내적으로 성찰하기 시작했다는 것, 비평의 고유한 역할과 가치를 인식하고 동시에 비평의 권위와 정체성을 확보하고자 했다는 것을 의미한다. 그러니까 이제 이들은 비평이란 장르에 대한 분화된 인식과 비평가로서의 자기 의식을 보여주고 있는 것이다. 이와 같이 전문가로서 비평가, 작품에 종속되지 않은 고유 영역으로서 비평에 대한 그들의 비평적 자의식은 자기 정체성의 확보라는 모더니티와 깊이 관련되어 있다.

근대문학은 외적인 어떤 가치나 영역으로부터 개별적 자유를 획득하려는 이른바 자기 영역에 대한 의식과 확보를 통해 문학의 근대성을 성취해 왔다. 종교적 삶, 국가와 사회, 과학, 정치, 도덕, 예술 등이 주체성의 원리가 구체화된 수많은 형태의 제반 가치 영역들로 분화되면서 스스로의 경계 안에서 정당화하고, 이를 통해 자율적이자 배타적이며 특수한 타당성을 부여받는다.[46] 요컨대 제영역들이 개별적인 영역으로 분화되면서 고유한 가치와 역할을 담당하는, 다시 말해서 내부의 독자적인 질서와 법칙에 준거하게 되는 것이다. 모더니티에서 기법이나 기교 등의 방법론적인 측면이 무엇보다 중시되는 이유 역시 여기에 있다. 따라서 비평에 대한 담론이 이 시기에 증폭되었다는 것은 비평과 비평가의 고유한 존재 방식과 가치에 대해 자기 의식이 작동하고 있었다는 것, 자기 반영성에 의한 비평 주체의 자족적인 그리고 내재적인 욕망의 발현이었다고 할 수 있다.

---

46) 위르겐 하버마스, 앞의 책, 38~40쪽.

4. 맺음말 : 1950년대 비평의 특수성과 근대성의 동시적 체현

전통부정과 기원의식, 상대적인 규범과 척도의 마련, 자기 반영성으로서 언어 의식과 비평적 자의식 등은 새로운 문학적 모더니티를 성취하려는 1950년대 비평가들의 열정적인 의식의 소산이다. 그러나 주목할 것은 이러한 비평 담론의 한편에 이와는 성격이 다른 문학의 정치·사회적인 담론 역시 중요한 위치를 차지하고 있다는 사실이다. 더욱이 외견상 상호 모순된 이러한 글쓰기가 동일한 비평가에게 공존하고 있다는 점에서 더욱 주목된다.

이에 관해서 우리는, 카타르시스 문학론과 비유법 논고의 한편에서 역사와 현실에 참여하기를 격정적으로 펼쳤던 이어령, 언어적 자의식을 예민하게 자각하고 섬세한 비평적 안목과 애정 어린 공감을 보여주었던 유종호가 문학의 현실 관련성을 주장하고 계도적이고 규범적인 요청을 했다거나, 현대시의 모더니티 혹은 시적 언어의 현대성을 요구하면서도 분단 극복을 위한 문학의 역할과 문학자의 책무를 제일의적 조건으로 삼았던 최일수나, 언어의 수사적인 측면을 부각시키면서 비평의 창조성을 강조했던 김우종이 50년대 후반부터 문학의 사회적 참여로 전환한다던가, 그리고 윤병로가 문단과 사회를 향한 비판적 기능과 문단의 정치적 관심을 촉구한 것들을 들 수 있다.

이러한 사실들은 1950년대 비평이 문학적 근대성에 대한 깊은 관심과 함께 삶과 현실의 조건을 개선하려는 사회적 근대성의 면모가 개별 비평가의 담론에 한 몸으로 공존하고 있었음을 보여준다. 그러니까 한편에서는 문학적 근대성이, 다른 한편에서는 사회적 근대성이 운위, 생산되고 있었다. 때로는 오히려 후자가 전자를 압도하는 형국으로 나타나 그것이 지배적인 담론이기도 했다. 이는 그들이 문학을 사회적 실천 행위이자 방향 설정을 위한 중요한 방편으로 삼고 있었다는 것을 반증한다. 이처럼 문학적 영역과 현실적 영역이 한 몸으로 엉켜있었다는 것이야말로 50년대 비평이 갖는 특수성이다. 바로 이 때문에 문학과 비평에 관한 많은 글들이, 문학이든 현실인식이든 사회적 현실이든, '미숙'에서 '성숙'을 향한 계몽적 담론을 담고 있었던 것이다.

사실 현실의 전쟁과 의식의 전쟁을 동일한 인식적 지평 위에 올려놓고 이를 상황의식으로, 문단과 문학의 황무지 의식으로 예각화시킨 이어령의 '화전민 의식'만 하더라도, 자연에 대한 인간의 도전과 이용가치라는 측면에서 이미 근대적 기획의 전형적인 모습이 아닌가. 물론 현대성의 기획은 객관적 과학을 발전시키고, 도덕과 법, 자율적 예술의 보편적 지평을 넓히고, 생존 조건의 합리적 개선을 위해 인식력을 작동시키는데 있다.[47] 또한 "사회의 표현인 예술은 최고도로 비상했을 때, 가장 선진적인 사회적 경향들과 교류한다. 그것은 선구자이며 예언자이다. [……] 휴머니티가 어디를 향해 가고 있는지 그리고 우리 인류의 문명은 무엇인지를 이해해야 하는 것이다."[48]는 라베르당의 견해에 따르자면, 현실과 삶의 조건을 개선하기 위한 그들의 계몽적 담론은 현대성의 기획이자 문학인의 합당한 책무라고도 할 수 있겠다.

그러나 미학적(문학적) 모더니티와 사회적(부르조아) 모더니티는 같은 자리에서 서로 다른 곳을 지향하는 두 얼굴의 타자로 존재한다. 미적 근대성은 진보, 과학과 기술, 교환적 시간, 이성 숭배 등 중산층에 의해 수립된 부르조아 모더니티의 가치 척도에 역겨움을 표시하면서 철저한 거부와 부정적 열정을 견지한다. 이른바 속물근성에 대한 증오와 멸시가 그것이다. 그런데 1950년대 비평에서는 이와 달리 문학적 모더니티와 사회적 모더니티가 분리되지 않고 있었던 이유는 무엇인가. 여기에는 서구와 50년대 우리 현실 사이에 가로놓인 사회적 기반과 의식상의 현격한 편차를 꼽지 않을 수 없다.

50년대 전후 현실에서 당대의 문학인들이 지녔던 당면 과제는 무엇보다도 사회 제반 영역에서의 새로운 건설의 문제였다. 분단과 전쟁의 소용돌이를 거치면서 문학도 현실도 남은 것은 부서지다만 잔해였고 구세대의 퇴물적 문학뿐이었다. 그들에게 문학과 비평은 낡은 유물인 앞 세대 문학을 일신하는 것, 동시에 삶의 터전을 재건하기 위해 당대인들의 의식과 정신을 가다듬을 유력한 수단이었다. 다시 말해 전후 현실은 그들에게 삶과 문학, 즉 사회적·문화적 기획 담론의 실천 공간이었고, 문학의 사회적 실천을 통해 어떤 방식으로든

---

47) 김현, 「계몽주의·현대성·성숙」, 『김현문학전집』(10), 문학과지성사, 1992, 227쪽.
48) M.칼리니스쿠, 앞의 책, 137쪽.

새로운 건설을 수행해야 한다는 역사적 과제를 부여했던 것이다. 새로운 문학의 건설과 전후 현실의 복구는 오히려 그들의 세대적 정체성이자 동시에 역사적 사명이기도 했다.

그럴 수밖에 없는 것이 근대적 생활 세계가 여지없이 부서진 상황, '엉겅퀴와 가시나무 그리고 돌무더기로 표상되는'[49] 폐허의 세계에서 구보의 산책, 최명익의 승차, 이상의 다방 경영 등 근대문명의 휘황한 경험 공간이었던 도시는 '강간당한 여자'[50]처럼 알몸을 드러내고 있었던 것이다. 경험공간(과거)과 현실상황(현재) 사이가 벌어진 그만큼 그들의 기대지평(미래) 속에서 이 둘을 합치시키려는 의식은 강렬해질 수밖에 없다. '계몽'과 '진보'로 표상되는 근대는 '새로운 시대'의 도래를 기약하는 것이며 미래지향적인 방향을 설정한다. 그것은 미래가 벌써 시작되었다는 확신의 표현이며, 미래를 향해 살고, 미래의 새로운 것에 개방되어 있는 시대[51]라는 점에서 그러하다.

따라서 그들에게 문학은 '문학하는 일'만이 아니라 '삶을 견디는 일'이었다. 나아가 새로운 비젼을 갖는 일이기도 했다. 이것은 그들에게 예술가로서의 존재와 생활인으로서의 존재를 다함께 세워야 하는, 다시 말해 문학과 삶이 일종의 생존투쟁의 기획이었음을 의미한다. 미적인 영역과 사회적인 영역을 결합하는 것, 아니 두 영역이 분리되지 않은 채 하나의 인식 속에 한 몸을 형성한 것이 바로 그것이다. 삶의 조건을 개선할 수 있는 문학의 정립만이 누추하고 어두운 시대를 이끌 유일한 불빛이었다. 사정이 이렇기에 그들은 그 불빛을 좇아 현실과 상황에 대해 무심할 수 없었다. 이 '무심할 수 없음'이 문학을 통한 상황에의 참여와 현실 개선의 기치를 들도록 했으리라. 그들의 '문학—언어' 인식의 심저에 놓인 비평적 준거는 다름 아닌 절박한 현실 감각이었던 것이다. "필연적인 언어의 조직"과 "역사적인 전투에 참여하라"[52]는 이질적인 지향과 과제의 동시 공존도 바로 이 때문이다.

이처럼 50년대의 현실은 자본주의적 근대성이 자리잡을 수 없는 상황이었

---

49) 이어령, 「화전민 지역」, 앞의 책, 1959, 9쪽.
50) 고은, 앞의 책, 124쪽.
51) 위르겐 하버마스, 앞의 책, 24쪽.
52) 이어령, 「시비평 방법서설」, 앞의 책, 1959.

다. 여기에 미학적 근대성과 사회적 근대성 사이에 역전 불가능한 균열이 일어날 기반 자체가 없었다. 폐허의 상황에서 시급한 과제는 오히려 모든 영역에서 사회적 근대성을 이룩하는 일이었다. 서구에서도 둘 사이의 거부와 부정은 과학과 기술의 진보, 산업혁명, 그리고 자본주의에 의해 야기된 광범위한 사회 경제적 변화의 산물이다. 꿀꿀이죽과 공중변소로 대변되는 열악한 삶 속에서 혹 지적 자부심이라면 모를까 속물근성을 비판할 정신적 귀족주의 혹은 댄디즘(Dandyism)이 형성될 수 없었음은 자명한 일이다. 요컨대 어떤 영역의 선택, 그리고 그 영역의 독특한 자기 확인에 앞서 두 영역 모두를 동시에 추구해야 했던 것, 여기에 사회적 영역과 예술적 영역이 분리될 수 없는 50년대 비평의 특수한 성격이 놓여 있다. '비평(문학)이란 무엇인가'라는 물음이 곧 '삶이란 무엇인가'라는 물음과 등가였던 상황, 곧 예술적 영역에서의 근대성과 사회적 영역에서의 근대성을 동시에 추구하면서 미적 실존과 사회적 실존이라는 두 가지 인식 구조를 한 몸으로 형성하고 있었던 점이야말로 50년대 비평의 특수성을 이룬다.

이렇게 보면, 1950년대는 미학적 근대성과 사회적 근대성이 동시적으로 체현될 수 있었던 유일한 시대였다. 50년대 비평의 가능성과 한계도 바로 이 부분에 내장되어 있다. 미학적(문학적) 영역과 사회적(자본주의적) 영역의 유기적인 통합을 통해 사회 제반 영역의 합리적인 발전을 모색할 수 있었다는 점에서 그것은 하나의 가능성이다. 그러나 두 영역이 한 몸으로 엉켜있었다는 것은, 이러한 미분화된 인식이 어느 영역에서도 본격적인 성과를 거두기 어려웠을 것이라는 점이 그 한계이다. 개별 비평가들마다 차이는 있지만, 50년대 비평 전반을 하나의 단위로 묶어 놓고 보면, 사회적 근대성과 미학적 근대성이 뚜렷하게 의식화되었다고 보기는 어렵다. 따라서 그들은 문학적 근대성과 사회적 근대성 사이의 연결점과 경계선을 어떻게 분리시킬 것인가에 대해서도 의미 있는 모색과 성찰은 보여주지 못했던 것이다. 그러나 이러한 가능성과 한계가 역설적으로 "사회적으로나 미학적으로 '현대성'의 양상들이 한국 지식 사회에 본격적으로 내면화된 문제적 시기라고 할 수 있"[53]는 60년대 비평의

---

53) 권성우, 앞의 글, 6쪽.

태반(胎盤)으로 작용하고 있다는 점에서, 또한 우리 문학의 근대성이 지닌 특수성을 되돌아보게 한다는 점에서도 중요한 선례라고 할 수 있다. 50년대 비평을 되짚어보아야 할 이유가 여기에 있다.

60년대 소설의 형식적 변별 요인과 심미적·탐구적 주체의 문제
— 책과 혁명 —

황호덕[*]

1. 전후문학과 60년대 소설 간의 변별 요인

1) 역사성의 문제 – 무(無)와 환멸, 자기의식이라는 지표

　60년대 소설의 소설사적 결락과 연속성을 따지기 위해서 반드시 논구하지 않으면 안 될 논제 중의 하나가 전후문학과 60년대 소설 일반이 갖는 본질적인 대별점이다. 하지만 종래의 논의는 이러한 변별 요인을 정치 사회적인 맥락, 즉 한국동란과 4월 혁명으로부터 연역적으로 구성함으로써 이러한 변별 요인의 심층들을 본격적으로 논구하는데 이르지는 못한 측면이 없지 않다. 이를테면 손창섭과 전봉건의 문학과 최인훈, 김승옥의 소설을 4·19를 통해 결락짓고 그 변별성을 "광장"이라는 상징적 기호로 추렴하는 논의[1]나 한국현대문학사의 시대구분을 일단의 사회학적 요인으로부터 확인하는 논의[2]들이 이러한 경우에 해낭한다. 이러한 논의는 시내적 결락의 내표직 지짐으로 하나의 역사적 사건이나 시대적 상징을 취하는 경우로서 다소 필연적인 측면이 없는 것은 아니지만, 문제설정 자체의 정합성에 있어서 문학 텍스트를 외삽(外揷)적인 요인으로부터 연역하는 방식이라는 비판도 있다. 이에 비해 60년대 문학의 일종의 세대성과 언어의식이라는 지표로 논하려는 경향이 있는데 이는 그 세

---

* 성균관대 박사과정 수료.
1) 김윤식, 「60년대 문학의 특질—김승옥론」, 『김윤식선집4 : 작가론』, 1996, 176쪽 이하 등.
2) 권영민, 『한국현대문학사』, 민음사, 1994 등.

대의 대표적인 평론가인 김현, 김병익 등의 평문3)으로부터 단서와 비판점4)을 얻었다고 보여진다. 따라서 이 글에서는 이러한 정치 사회적 지표를 일단 하나의 범주화의 가능성으로 놓고 그 범주화 안에 놓인 텍스트의 구체적인 단절, 특히 서술 주체와 작가의 발화 방식 등 형식적 변별 요인을 점검하려고 한다. 이러한 형식적 발견을 통해 60년대 소설이 갖는 주제적인 요인—"심미적·탐구적 주체화"의 측면을 부각시킬 수 있으리라 보기 때문이다. 그리고 여기에 더하여 많이 이야기되어 온 4·19 혁명의 문학적 개입 양상을 "책"이라는 범주, "책"에 대한 태도를 통해 해명해 보고자 한다.

어쨌든 50년대 소설을 규정하는 절대적 지표는 한국전쟁이었다. 소설의 문면(文面)에 드러나는 사건과 플롯이 그렇고 인물의 성격화(characterization)를 좌우하는 작가적 체험들이 또한 그렇다. 그런 까닭에 1950년대 전후문학을 해명하려는 시도들, 특히 그러한 작업을 통해 문학사적 연속성과 근대 시민문학의 기원을 증명·소급해보려는 시도들은 그 마디마디에 개입해오는 전란(戰亂)과 그 대응 의식으로서의 무의미의 표면·심층화된 절망으로 인해 길을 잃기 십상이다. 손창섭과 김성한으로 상징되는 무의미의 표면과 알레고리화된 신념, 풍자화된 현존들은 '가능성−출구'로서의 전망 독법에 익숙해진 독자들에게는 거의 난독(難讀)에 육박하는 악조건이 아닐 수 없다. 격앙된 감정의 한가운데서 구조화되는 문장들은 지나치리만치 정태적이며, 인물들의 행위는 지극히 우연적인 한에서 신념 혹은 의미를 구축하려 들지 않는다. 숭고 미학의 나선을 그려 보이는 '실천하는 행동형 인간'으로 이야기되고 있는 「바비도」의 행보는 감관을 압도해오는 더없이 큰 신념에 의해 지지되기도 하지만, 많은 경우 차라리 이 세계에 대한 저주 섞인 환멸에 의해 지탱된다. 따라서, 신념의 인간형인

---

3) 한글 세대론이 이러한 세대의식과 언어의식이 개입된 논의의 대표적인 사례이다.
   김병익, 「4·19와 한글 세대의 문화」, 『열림과 일굼』, 문학과지성사, 1991.
   김   현, 「60년대 문학의 배경과 성과」, 『김현문학전집』7, 문학과지성사, 1992.
4) 4·19 세대의 한글 의식과 문체에 대해 비판적인 견해를 제시하는 논자들의 경우 이들의 한글세대론이 실상 번역투와 오문, 서구식 통사론에 의지한 것일 수 있음을 지적한다. 또 그 세대적 결락이 한글 세대라는 측면에 집중되어 있다는 사실이 오히려 그 '4·19 세대'='60년대문학'이라는 등치가 불가능한 반증이라고 비판한다(장영우, 「소설의 운명, 소설의 미래」, 새미, 1999).

바비도의 최후변론조차 "인간 폐업" 그것이다. 역시, 알레고리화된 신화와 현실 간의 상호 지시를 형식화했던 박상륭의 「열명길」, 「장끼전」과 비교해보면, 또 신념 자체의 이중성과 현실과 신념 간의 배반을 부정적으로 지시해나가던 이청준의 「소문의 벽」과 대조해보면 우리의 이야기는 좀더 대조적이 된다.

특히 손창섭, 김성한, 장용학을 비롯한 대부분의 전후세대 작가들의 경우, 전쟁이 남기고 간 상흔은 서사의 표면에 나타나는 방식이 아니라 서사의 진행 과정 곳곳에 개입하는 화인(火印)으로서 작용하고 있다. 전쟁이란 의식의 심층으로부터 '가능성—출구'의 존재를 회의하게 하는 강한 원체험으로 작용하고 있다. 소설들은 손창섭이 말한 바, "언어가 지니는 무거운 우울"(손창섭, 「생활적」)과 김성한·장용학이 보여주는 바, 난독의 알레고리에 의해 즉자적으로 던져지는 무의미, 암호화된 절망을 우선적으로 전경화한다. 그것이 보여주는 세계 내적 인간들은 깨어진 신념 혹은 모호한 신념의 노동 속에서 무의미 혹은 승산 없는 싸움에 직면한 무모한 정열로 존재한다. 이 세대에게는 프로메테우스적 분투의 차용 자체가 절망적 신념에 관여한다. 바비도가 회심을 요구하는 사교(師敎)에 대해 "산 송장이죠, 구더기가 이물이물하는5)"(김성한, 「바비도」)하고 말하는 순간, 여기서 심층화되는 것은 신념이지만, 그 표면을 가득 채우고 있는 것은 저주스러운 세계의 풍경들이다. 손창섭 소설 「생활적」에서 옆방 소녀 순이의 사타구니에서 기어나오던 구더기의 이미지는 전후의 음산한 풍경을 단적으로 드러낸다. 이를테면 "파 토막이 떠 있는 된장국에는 조그만 구더기새끼들이 수없이 헤엄치고 있기도 했다"(「생활적」)라는 구절이 암시하는 바, 살아 남은 인간은 <잉여로서의 인간>이다. 무의 표백으로 표현되는 소설은 이 때, 스스로의 글쓰기를 정당화할 수 없는 불운한 세대성의 징표가 된다. 흔히 문장들은 형식충동·미문(美文) 이 제거된 아이러니·풍자에 의존하고 있거나, 결구(結句)의 의지가 약화된 비문과 관념화된 실존의 중압에 의해 교란되고 있으며 그 와중에서 묘사되는 소설의 장면 장면들은 그로테스크하다. 표면의 극단성과 심층의 회의주의 — 제시 상황의 극단성으로부터 도출되는 것은 무의미이거나 절망 속의 의지이지만 그 결과가 어떤 것이든 거기에

---

5) 김성한/류주현, 『무명로·장씨일가 : 한국소설문학대계』32, 동아출판사, 1995, 157쪽.

서 우리가 산견하는 것은 세계 인식의 지배적 기조로서의 '근대 허무주의의 전후적 양상'들이다.

2차 세계 대전이 끝난 후, 사무엘 베케트는 극한적 전쟁 체험에 의한 전후의 회의주의에 대해 "평생 지속되는 사형"이라는 말을 쓴 적이 있다. 그렇다고 할 때, 한국 전후문학의 일반적인 서사적 결말 역시 「미해결의 장」이거나 더 이상 아무 것도 존재하지 않는 상태 — 무에의 기도일 때가 많았다. 이 시기 작가들의 지배적인 성향은 전후의 생존을 '실존 일반의 원리'로 감내하려는 충동이다. 전후의 암울한 상황들을 인간 보편의 생존 조건으로 일반화함으로써, 창조된 세계는 근본적으로 악한 세계이며, 그것에 대한 부정이야말로 아직 존재하지 않는 다른 세계의 가능성이라는 식의 절대적 자기 부정으로 빨려 들어가게 되는 것이다.

물론 무의 의미, 허무주의의 권능은 그것이 "어떤 것으로서의 무" — 오직 현존재·현세계의 탐구와 부정을 통한 무일 때 하나의 가능성으로서 긍정될 수도 있다. 허무주의는 무에서 출발하지만, 오직 부정적인 현상과 환멸의 세계를 무로 놓는 '어떤 것에 대한 무'이고 그 환멸을 통해, 다른 세계의 가능성을 비명(悲鳴)의 형식으로 들려준다. 어떤 경우 "허무주의로서 비난받는 것을 옹호하는 일은 사상의 영예이다"6). 그러나 과연 한국 전후 소설이 보여준 무(無)의 의식이 '가능성'으로서의 허무주의였던가 하는 물음을 던져볼 때, 우리의 옹호가 그렇게 적극적이기는 힘들 것 같다. 그도 그럴 것이, 그 어떤 것에의 부정을 담당할 주체 자신, 작가 자신의 자기 인식이 극한적인 자기 부정에 온전히 침윤되어 있기 때문이다. 그것은 차라리 자기 부정이라기보다 많은 경우 자기 망실에 가깝다.

예컨대 '우연히 살아 있는 인간'(손창섭, 「혈서」), 「잉여인간」, '인간'이라는 박테리아(손창섭, 「미해결의 장」), '썩은 사람, 산 송장'(김성한, 「바비도」)으로 표현된 인간 주체의 의미 규정이 그렇다. 살아 있는 인간 주체를 규정하는 언어의 이만한 부정성은 극단에 있어 희열과 의미 부여가 삭제된 소설 쓰기로 이어지게 되며, 이들 세대의 작가의식을 '실천/탐구'라기보다는 수축적인 '반

---

6) 아도르노, 『부정변증법』(홍승용 옮김), 한길사, 1999, 490쪽.

응’에 머무르게 하는 주요 동인으로 작용하고 있다.

2) 4월 혁명과 그 소설적 내면화

한가지 분명한 것은 수세적인 역사결정론과 큰 차이를 두고, 흔히 60년대의 소설은 4 · 19 혁명에 의해 공세적으로 규정지워지고 있다는 점이다. 중요한 것은 그 4 · 19가 5 · 16에 의해 살해된 4 · 19라는 사실이다. 혁명은 생성하는 지속이 아니라 하나의 섬광처럼 존재했다. 그렇다고 할 때, 이 세대군들의 창조 영역은 능동적이고 현실적인 정치력이 아니라, 좌절된 신념에 대한 탐구와 내재화된 실천이 될 수밖에 없었고, 4월 혁명에 대한 소설의 표면 역시 우선은 절망의 형태로 드러날 수밖에 없었다. 예컨대 뻘밭을 뒹구는 「환상수첩」의 절망에 4월 혁명은 어디까지 해명적인가 하는 질문을 던질 경우, 우리는 다소 놀랍게도 소위 4 · 19 세대의 소설에 ‘혁명의 기억’이 은폐된 채 방어(防禦)되고 있다는 사실을 깨닫게 된다. 이청준의 자유와 소문 간의 변증 속에 발생학적 고려, 혁명에 관한 역사적 원체험이 빠져 있는 정황을 상기해보면 쉬울 것이다. 자유와 혁명은 탐구이면서, 그 좌절의 체험에 있어서 방어기제(defence mechanism)로 작용한다. 이러한 억압을 가능하게 한 것, 이러한 억압이 귀환하는 방식을 생각하지 않는 한, 50년대 소설과 60년대의 그것과의 변별 요인은 어느 정도 연역적인 규정성으로 머물 수밖에 없다고 생각된다. 이를테면 손창섭 소설과 김승옥 소설의 절망의 깊이를 가늠하는 일은 표면의 독해만으로 구별될 수 없는 ‘자기 모멸’을 공유한다. 그와 마찬가지로 김성한 · 장용학과 박상륭은 유장한 탈공간화 · 탈시간화의 알레고리 혹은 서사 책략의 상당 부분을 공유하는 면이 없지 않다.

  1960년대 4월 혁명으로부터 시작한 연대기의 형식논리는 현실에서는 터무니없는 것인지 모른다. 이런 경우 1960년대는 곧 5 · 16 군사 쿠테타로부터 시작하고 있다는 강요된 현실 설정의 어느 가장자리에도 4월혁명의 그 선열한 청춘의 의미가 허용되지 않았다. 말하자면 현실이 낳은 체제는 그 이전의 혁명적인 각성까지도 바로 낡은 시대의 가치로 몰아 붙이는 힘으로

군림했다.7)

요컨대 60년대 문학의 표면에 드러나는 것은 자유의 체험이 아니라 그것으로부터의 절망이다. 전후문학의 무(無)가 죄의식과 자기부정의 그것이었다면, 60년대의 환멸은 좌절과 그것을 통해 비로소 발견되는 자기의식의 장이다. 자신이 갱신해낸 정치적 장으로부터의 축출이 역설적으로 자기의식의 발생론적 근거가 되었던 셈이다. 그런 의미에서 우리가 양 시기의 유사성과 변별요인에 대한 접근에서 물을 수 있는 질문은 그러한 표면적인 유사성이 갖는 서로 다른 층위에 대한 것일 터이다.

키에르케고르는 절망과 죄의식으로 표현되는 근대의 존재론적 질병들을 다룬『죽음에 이르는 병』의 한 대목에서 <절망>을 다음의 세 유형으로 나눈 바 있다.8) 키에르케고르는 우선 절망이란 것이 종합·삶의 총체가 <자기 자신이 관계하는 그 관계>로부터 온다고 전제한다. 따라서 무와 환멸에 관한 세계 인식에서 규정적인 것은 세계라기보다는 자기의식이다. 그렇다고 할 때, 절망의 유형에는 세 가지가 있게 된다. 인간의 정신이 절망 속에서 자아를 갖고 있음을 의식하지 못하는 경우, 절망하여 자기 자신이기를 원하지 않는 경우, 절망하여 자기 자신이기를 원하는 경우. 이 중 두 번째와 세 번째의 경우가 근대에 있어 특징적이고 문제적인 유형에 속하며, 그 각각에 대응하는 것으로 우리가 놓고자 하는 것이 바로 전후문학과 60년대 문학의 어떤 측면인 것이다.

그러니까 서기원과 이호철의 초기 소설들과 손창섭의 전 작품에 걸쳐 나타나는 무의지적 자기 부정의 인물군들, 특히 손창섭이 그려내는 인물군들은 흔히 "운명적인 표정"(「혈서」)9)을 하고 있는 주체들로서, 대부분의 경우 '절망하여 자기 자신이기를 원하지 않는 경우'에 적실하게 대응되고 있다. 그들에게는 유한한 인간의 추악한 속성들로부터 도약할 수 있는 무한(無限)의 개념이나 초

---

7) 고은,『나의 청동시대』1, 민음사, 1995, 16쪽.

8) 키에르케고르,『공포와 전율·철학적 단편·죽음에 이르는 병·반복』(손재준 옮김), 삼성출판사, 1982, 273~274쪽.

9) 손창섭,『잉여인간 : 한국소설문학대계』30, 동아출판사, 1996, 88쪽(이하,『잉여인간』: 88).

월기제들이 제거되어 있다. "울음과 웃음이 반반씩 섞인 그 비극적인 표정"(『잉여인간』 : 185)과 "외계의 힘을 빌리지 않고는 적극적으로 자신을 움직여보지 못하는 위인"(『잉여인간』 : 70)와 같은 표현들은 세계에 의해 완전히 수동화된 '반응'의 인간들, '반응'의 화법에 상응하는 구체적 사례이다.

김승옥을 비롯한 많은 이후 세대 작가들의 소설에서 소설적 기조에서 빼어 놓을 수 없는 요소인 "자기 세계" 즉 "혼자만의 세계와 시간"(『잉여인간』, 「공휴일」 · 19)을 이야기하는 순간에조차 그 이조는 지극히 비꼰적이다. 예컨데 손창섭은 주인공의 중대한 결심에 대해 "그 동안은 속으로만 다짐해 오던 것이나 오늘이야말로 파혼을 선언할 용기가 있다고 제딴에는 자신하고 집을 나선 도일"(「공휴일」 : 25, 강조 필자)하고 비꼬듯 말해 놓고 있는 것이다. "무능하다는 것은 주체성을 상실한 인간"[10]을 지칭하는 바, <절망> 속에 자기 자신의 의미조차 제거해나가는 작가에게 근대적 주체의 항해라는 과제는 버거운 것이 아닐 수 없었던 것이다. 이 '자기 세계'와 <절망> 간의 결합이 하나의 가능성이자 과제로 존재하는 곳에 바로 손창섭과 김승옥의, 전후소설과 60년대 소설 간의 그 어떤 연속성과 변별성을 설명하는 단서가 있다는 것이다. 김승옥의 자기세계의 의미는 여러 논자에 의해 파악된 바, 수세적인 받아들임에서조차, 그 받아들임 자체는 감내보다는 적극적인 수락에 가까운 '자기의식'으로 표현되고 있는 것이다. 동세대 평론가의 진술처럼 "자기의 상황을 수동적으로 받아들이지 않고, 오히려 그것을 수락함으로써 극복하려는 인간을 김승옥은 '자기 세계를 가진 사람'이라고 부르고 있다"[11]는 것이다. 이들에게 절망한다는 것은 환상 원칙을 지킨다는 것을 의미하며, 자기 자신이 된다는 것, 이념적 염결성(鹽潔性)의 징표가 된다.

그런 의미에서 50년대 소설의 <절망>은 흔히 주체화의 거부, <닫힌 절망>이며, 소설의 공간 역시 세계와 상황이 규정적인 공간이다. 전후 세대의 대표 작가 중 한 사람인 손창섭이 허무주의 — 무라는 가능성을 끝까지 밀고 나간,

---

10) 윤병로, 「손창섭론」, 『현대작가론』, 이우출판사, 1985, 166쪽.
11) 김현, 『현대 한국문학의 이론/사회와 윤리 : 김현문학전집2』, 문학과지성사, 1991, 384쪽.

어떠한 초월도 시도하지 않은 채 극단의 현실과 무를 등치시킨 거의 유일한 한국 근대 작가라는 사실은 새로운 주목을 요한다. 이 "절망하여 자기 자신이 기를 원하지 않는" 허무주의는 주체 자신까지를 제거해나가면서, 그 극단에 이르러 허구의 구축물 ─ 소설 자체를 죄악시하는 데에까지 도달한다. 그러나 손창섭 식의 이러한 절망은 '어떤 것에 대한 무'인지를 적시할 수 없는 지극히 모호한 형태인 까닭에, 또 지극히 운명론적인 효과에 의존하고 있다는 사실로 인해 그 가능성 역시 모호한 채로 남게 된다. <닫힌 절망>이라는 표현, 무와 환멸 사이의 거리는 그런 맥락에서 제기되며 전후 소설을 해명하는 한 지표가 바로 여기에 있다는 생각이다. 그에 비해 60년대 소설은 '자기 자신이 된다는 것'의 의미와 주체와 사회 간의 대자적 관계성을 하나의 완성되어야 할 '책', 탐구적 실천으로 감행한 경우라 할 수 있다. 2장과 3장에서는 이 부분을 각 연대기 간의 대조되는 언어 의식과 심미적 주체, 탐구적 주체라는 논제를 가지고 해명해보려 한다.

2. 언어 의식의 두 양상

김현·김병익의 한글세대론[12]을 어느 정도 수용하는 한에서 4·19 세대의 가장 특징적인 성격은 "한글로 사유하고 한글로 쓴 세대"라는 사실에 있다. 적어도 해방 이후라는 조건을 달 경우는 더욱 그러하다. 여기에 비해 전후세대 작가군들에 대한 가장 기본적인 비판점들은 적어도 그 형식에 있어 한글 구사의 높낮이에 모아지고 있는 형편이다. 그렇지만 여기서 우리가 살펴려고 하는 것은 그 표면적 함량 차이라기보다 화법(話法)과 세계 인식, 문체와 세계관 사이의 대응관계이다. 손창섭의 정태서술과 세계에 대한 무관심성, 김승옥의 수세적 주체화가 갖는 의미는 그런 의미에서 새로운 주목을 요한다.

---

12) 김병익, 「4·19와 한글 세대의 문화」, 『열림과 일굼』, 문학과지성사, 1991.
　　김　현, 「60년대 문학의 배경과 성과」, 『김현문학전집』7, 문학과지성사, 1992.

1) 정태 서술과 세계인식 — 손창섭의 경우

손창섭의 소설은 작가 내면의 투사체로서의 주체, 가면의 인격personae을 사용하지 않는다. 그는 철저히 인물들에 대해 무관심한 태도를 견지하며, 어떤 인격에도 동일화의 시선을 부여하지 않는다. 그의 인물들에게 하나의 과제처럼 주어지는 '행동'조차 그것이 시행될 때에는 즉시, "제깐에는", "어둠 속으로의 사라짐"으로 표현된다. 다음은 손창섭 소설의 마지막 문장들이다.

동식의 머릿 속에, 줄기가 마르거나 열매가 물면 결국은 떨어지고 말 듯이, 정숙은 그렇게 죽을 수 있었으리라는 동감과 함께, 고인이 남기고 간 두 어린 것의 슬픈 운명을 자기는 책임져야겠다고, 속으로 중얼거리는 것이었다. (「사연기」)

이놈, 네가 동옥을 팔아먹었구나, 하는 흥분한 소리가 까마득히 먼 곳에서 자기를 향하고 날아 오는 것 같은 착각에 오한을 느끼며, 원구는 호박넝쿨 우거진 밭두둑길을 옳고 난 사람 모양 허전거리는 다리로 걸어나가는 것이었다. (「비오는 날」)

그것만은 자기가 확신할 수 있는 단 하나의 '장래'라고 생각하며, 동주는 주검의 얼굴 위에 또 한번 입술을 가져가는 것이었다. (「생활적」)

준석은 한쪽 다리 대신 사용하는 지팡이로 언땅을 울리며 어둠 속으로 사라져 가는 것이었다. (「혈서」)

병준은 모든 것을 단념한 듯이 눈을 감아 버린 것이다. (「피해자」)

위에서 알 수 있듯이 그는 종결형으로써 상당히 많은 비율로 '것이다', '~라는 것'과 같은 표현을 상용하고 있다. 이러한 종결형을 이해하는 방법에는 두 가지가 있을 수 있겠다. 하나는 해방 후 문법적 혼란의 과정에서 발생한 일본어의 영향이다. 소설의 초입부터 시선을 붙들고 마는 "휴일이라서 별로 좋을 일도 없지만, 그렇다고 또한 안 좋을 것도 없"다(수사와 세계 모두에 있어서의

아무래도 좋은 상태)는 교란된 호응관계는 이 혼란의 징표일 수 있다. 그 자신 오랜 기간 일본에서 수학하고 일본으로 망명한 바, 이 "하는/는 것이다"는 우선적으로 일본어에서 흔히 쓰이는 상황제시 형태의 종결형인 "(という) こと(です)"의 번역투 문장이라고 파악된다. 그러나 보다 본질적인 것은 그러한 문투가 왜 지속적으로 쓰이고 있는가, 어떤 의미를 가지는가 하는 것이다. 단적으로 말해 그에 대한 답변은 그의 반인간주의, 닫힌 절망으로부터 도출되어야 한다. 무의미에 충돌하는 허망한 의미들—"다만 '즐겁게 살 수 있는 터전을 닦아 보겠다'는 한마디만이 귀에 귀지처럼 걸리"(「생활적」 : 79)는 상황에서, "산다는 것의 무의미와 우울이 꽝꽝 소리를 내어 다지는 것처럼 전신을 내려 누르는 것"이라는 진술처럼 그는 타자를 포함한 세계, 자기 자신마저도 버거워하는 충격적 인간형을 보여주었다. 그 과정에서 그는 그 절망을 극단까지 밀어붙이는 서술형태, 그 절망을 휴머니즘적 제스처와 구별하는 방편으로써, 그의 반인간주의의 반영으로써 무관심하고, 정태적인 "것이다"의 종결을 선택했던 셈이다. 그것은 가장 비참한 상황에서조차 감정적 동화(同化)와는 거리를 둘 수 있는 서술법으로서 진저리치도록 절망적인 상황을 지속적으로 제시하는데 있어 작가가 현실과 견지하는 거리를 보여준다. 그는 그 상황—현실이라는 제한된 공간 내부에 있으면서, 마치 그것과 무관하다는 듯이 쓴다. 손창섭 소설의 발화자는 소설 세계의 외부에 위치한 냉담자에 가깝다. 그리고 그 무관심한 정태 서술, 상황 제시 중심의 소설 전개를 이끌어 가는 것이 바로 이 "—것이다" 형의 문장들이다. 말한 내용과 발화자, 상황과 진술은 단적으로 분리된다.

2) 심미적 주체, '나'라는 기표[13] — 김승옥의 경우

햇빛의 신선한 밝음과 살갗에 탄력을 주는 공기의 저온, 그리고 해풍에 섞여 있는 정도의 소금기, 이 세 가지만 합성해서 수면제를 만들어 낼 수 있다면 그것은 이 지상에서 모든 약방의 진열장 안에 있는 어떠한 약보다

---

13) 여기에 대해서 「60년대식 자기세계와 그 문체」, 『문학사상』 1999년 7월호.

도 상쾌한 약이 될 것이고 그리고 나는 이 세계에서 가장 돈 잘 버는 제약
회사의 전무님이 될 것이다. …… 그런 생각을 하자 나는 쓴웃음이 나왔다.
동시에 무진이 가까웠다는 것이 더욱 실감되었다. 열려진 차창으로 들어와
서 나의 밖으로 드러난 살갗을 사정없이 간지럽히고 불어가는 유월의 바람
이 나를 반수면 상태로 끌어넣었기 때문에 나는 힘을 수고 있을 수가 없었
다. 바람은 무수히 작은 입자(粒子)로 되어 있고, 그 입자들이 할 수 있는
한, 욕심껏 수면제를 품고 있는 것처럼 내게는 생각되었다.14)

「무진기행」의 한 대목인 위 인용에서 보이듯이, 김승옥은 '나'라는 기표를
거의 강박증에 가깝도록 구사하며, 이 기표를 중심으로 각기의 이미지·상황
들을 내포시킨다. 심미화된 음성적 질서를 통해, 글쓰기의 주체와 씌어지는 화
자를 착각하고 동일시하도록 적극적으로 유도하는 이 소설이 그렇다는 것은
의미심장하다. 한 시기의 문학적 주체, 소설의 주인공들은 어떻게든 '자기 세
계'를 가진 실체가 되고 싶어하며, 이 '나'라는 서술 주체는 따라서 강한 증오
와 더한 애정의 대상이 된다. '나'라는 성분에 대한 집착만큼 이것을 잘 보여주
는 것도 없다. 그런데 이 '나'는 행위의 주체이기를 난감해하며, 대상들의 속성
에 의해 훼손되는 '나'이다. 다시 말해 "나의 밖으로 드러난 살갗"에 "나를 반
수면 상태로 끌어 넣"는 바람이 작용한다고 표현하는 것이다. 그의 서술법은
항상 '나에게 무엇인가'를 따져가면서도 나라는 시야의 한계, 단자(單子)화된
자기동일성을 완강하게 고집한다. '때문에', '의해서', '(느껴)—지다', '(실감,
생각)—되다', 라는 피동형 서술15)과 그 주변의 인과관계 호응들이 그렇다. 화
자는 "무진에서는 내가 무엇을 생각하고 어쩌고 하는 게 아니라 어떤 생각들
이 나의 밖에서 제멋대로 이루어진 뒤 나의 머릿속으로 밀고 들어오는 듯 했
다"(1 : 127)고 느낀다.

한결같이 주체를 향해 오는 각각의 대상의 이미지들은 이 반복적으로 등재
된 주체의 주변에 포진하며, 주체의 기표들에 의해 논리적으로 의미 분할되어

---

14) 김승옥, 『김승옥문학전집』1, 문학동네, 1995, 127쪽.
15) 우리말의 피동형 서술은 인구어적(印歐語的)인 중립피동과 달리 비행동성 내지는 탈
　　행동성 혹은 상황의존성이 두드러진다(이익섭·임홍빈, 「국어피동의 특이성」, 『국어
　　문법론』, 학연사, 1983, 201쪽).

있다. 각 성분간의 분명한 의미관계, 읽기의 율동감, 공감을 유도하는 유려한 장문의 형성도 이 '나'라는 기표의 개입과 연계적이다. 문제는 지속적으로 등장하는 '나'라는 기표가 꼭 행위의 주체인 것은 아니라는 사실이다. 이들의 말투는 하나같이 비행동적이고 상황 의존적이다. 유력한 문체의 결정 요인 또한 의도에 있다기보다 상황에 있다. '나'와 '생각(대상)' 간의 자리 바꾸기가 그렇다. 김승옥 식의 안고 안긴 복문, 연속된 중문 따위는 이 행위 주체의 흔들림, 수동적인 것과 능동적인 것간의 교란을 그대로 드러낸다. "나는 무진에 대한 그 어두운 기억들이 그다지 실감나게 되살아 오지 않았다"(1 : 128)라는 표현은 이러한 교란의 전형적 사례이다. 우리는 이 문장을 "나는 되살아 오지 않았다"로 추릴 수 없다는 사실을 통해 '나'와 '기억들'이 서로 행위자를 사임하려 한다는 사실을 발견하게 된다. 김승옥 소설 「건」과 김원일의 일관된 문제의식 중 하나인 '무시무시한 기억'의 문제가 또한 여기에 개입된다. 역사의 강렬함에 대해 가해자이자 동시에 피해자일 수밖에 없는 개인은 주어라는 발화 주체를 노리지만, 행위의 주체로부터는 축출된다. 양자의 벡터가 이루는 운동에 따라서 인용문과 같은 피동형 서술과 장황한 수식 관계, 원인 접속들이 나타나며 앞의 문장과 같은 교란된 비문(非文) 또한 발생한다. 이것은 주체의 정립이라는 명제가 상당 부분 외재적인 가치들(자기의식, 주체로 달려드는 대상, 자유와 책임의 결합)에 의해 규정되어 가는 '서구화의 상황'에까지 연관될 수 있다. 이러한 '나'의 개입 특히, 1인칭 소설에 있어서의 주격 조사의 필연적인 개입들은 이청준이나 여타의 동세대 작가들에게 있어서도 공히 나타나는 현상이다.

3) 신화와 방언(方言) – 60년대식 갈등 구조

박상륭을 신화적·밀교적 관점에서 읽어보려는 시도는 파우스트를 성경 혹은 악마의 문화사와 연결시키는 시도만큼 무모하고 비생산적인 일이다. 오히려 주목되는 것은 그 화법이다. 「심청이」, 「장끼전」 등의 경우에서 우리는 지극히 탈역사적인 소설의 공간이 방언과 지역성의 개입에 의해 완전히 구체적인 공간으로 탈바꿈되는 것을 경험한다. 예를 들어 "고 엔니 히었던 말로서나는, 자기는 산 지픈 디서 와서 갯가 찾아간담시나, 원지나 산으로 또 돌아갔이면 싶다고 히었었소이"16)하고 시작하는 「심청이」의 경우 이 문자와 공간의 생경함과 그 리듬과 방언의 구체성은 신비스럽게 뒤섞여 공존한다. 탐구의 형이상성과 소설의 감각성을 혼융시키는 이러한 시도 — 언어의 주변성/구체성과 탐구의 보편성 간의 결합은 이 세대의 특징적 경험과 개인사에 관계한다고 보여진다. 이러한 사정을 이청준은 이렇게 설명하고 있다.

> 시골나기 글장이들이 대도시의 조직적인 생활 질서에 접하면서 대개 다 겪게 되듯 박상륭도 필경 그의 소설에서 자기 내부의 비이성적 충동과 혼돈의 세계를 논리적 이성으로 질서화함으로써 그것을 극복하려는 욕망을 드러낸다. 그리하여 그는 자연히 이성의 실체격인 <말>의 기원과 본질·기능들에 깊이 탐색하고 그럼으로써 적지 않는 성과도 거둔다. 그러나 한편 그는 끝끝내 자신의 피 속에 녹아 흐르는 생래적 정서의 충동, 혼돈스럽고 주술적이기까지 하면서도 보다 근원적인 생명력이 꿈틀대는 원형적 체질까지를 아주 바꿔 버릴 수는 없다. 그는 이성과 논리를 꿈꾸면서도 그가 소설로써 지향해 가고 있는 질서의 세계에 대해 본능적인 복수심을 억누르지 못한다. …… 박상륭의 문장이 짓궂게 꼬이고, 그러면서도 그것이 몸이 떨릴 만큼 아프게 찔러 오는 것도 그의 그런 복수심과 갈등 때문이 아닌가 생각된다.17)

이청준의 표현대로라면 "혼돈스러우면서도 아름답던 유년 시절의 향수와 질서·조화·자기 학대 따위의 공리적 이성적 문학 욕망 사이"에 이들이 놓여 있었던 것이며, 그것이야말로 이 세대의 태생과 지향 사이의 갈등인 셈이다. 이청준은 마치 스스로를 향한 결론처럼, 박상륭 소설의 서문을 다음과 같이 맺고 있다. "그리하여 그 자기 복수심과 갈등에 못 이겨 끝내는 그가 또 한편의 소설을 써들고 다시 한번 날 살려라 허겁지겁 숨이 차서 내달려 오기를." 소설이 어떤 식으로든 현실의 질서화라고 할 때, 전(前)이성적 향수와 이성적 문학은 필연적으로 길항관계에 놓이며, 글쓰기란 일종의 자기 구제·잠정적

---

16) 박상륭, 『아겔다마』, 문학과지성사, 1997, 448쪽.
17) 이청준, 「다시 만날 박상륭」, 『열명길』(박상륭) 서문, 문학과지성사, 1986, vi~vii.

화해의 구축을 의미하게 된다. 김승옥의 「무진기행」에서 무진이 갖는 의미는
바로 이 전(前)이성, 미개발, 혼돈의 도가니 그 자체였으며, 이성적 긴장이 풀려
나고 책임으로부터 놓여나는 공간을 의미했다. 여기서 이 세대를 해명하는 특
징적인 지표가 드러나는데, 그것은 바로 이들 세대가 좌절한 혁명 세대이면서,
근대화 세대라는 사실이다. 근대화의 야만성을 비판하는 70년대 작가들의 '근
대성과의 거리'를 이들은 충분히 확보하고 있지 못하다. 그럴 수밖에 없는 것
이, 거개의 이 세대 작가들에게 미개발된 태생의 공간은 향수와 구축(驅逐)의
이중 감정으로 존재했기 때문이다. 그것은 미개발지의 혼돈이면서, 근대화의
시기에 있어 도회적 욕망과 같은 방식으로 작동하는, 그러면서 책임은 면제되
는 특이한 공간으로 인식된다. 무진에 대한 주인공 윤희중의 양가감정 — 책임
으로부터의 면제, 참을 수 없는 안개와 삶의 빈곤 등이 또한 그렇다. 일기를
쓰고, 편지를 거듭 쓰는 「무진기행」과 「환상수첩」의 주인공처럼, 또 개인의 진
실과 사회적 동력학의 사이의 갈등 — 「언어사회학 서설」을 오직 소설이라는
경험의 언어로밖에 표현할 수 없었던 이청준의 경우처럼 이들에게 이러한 모
순과 갈등은 글쓰기라는 탐구법, 봉합술을 통해 해소되었다.

4) 문명과 자유 – 허위의식의 기원

이청준의 경우 이러한 부정적 근대화와 그에 대한 부정 간의 변증 관계는
다음과 같은 순서를 거쳐 인식된다.

> ⅰ) 이곳은 부정적인 곳이다.
> ⅱ) 이곳은 부정되어야 한다.
> ⅲ) 그러나 그 부정을 감행해야할 의식은 충분히 성장하지 않았다. 따라서,
>   우선은 그 부정적인 문명 자체를 모방해야 한다.
> ⅳ) 그러나 그렇게 해서 문명화된 의식은 허위의식이며 이것 역시 부정되어
>   야 한다.

결국 계몽된 의식, 문명화된 자기의식과 그것이 노출하는 허위의식에 대한

부정은 동시적인 과정을 거쳐 서로를 부정한다. 문명화된 인간은 문명을 거부하게 되어 있는 것이다. 오직 두뇌만을 가진 채 아무 것도 없는 단신으로 대학 교정에 놓인 상경 지식분자가 서울에 살면서 느끼는 감정은 서울에 대한 강한 증오·부정이면서 <이 도시의 자랑스러운 시민>이 되자는 강렬한 욕구[18]이다. 김수영의 표현대로라면 "문명에 대항하는 비결은 당신 자신이 문명이 되는 것"(「미스터리」 중에서) 뿐인 까닭이다. 이것은 김승옥이 극단까지 보여준 자기세계를 형성하는 일이면서, 최종적으로는 자유로운 의식, 스스로의 이성을 남의 도움 없이 사용할 수 있는 진정한 근대인이 되기 위한 일차적 조건이다. 문명과 싸운다는 것은 그것을 가능하게 하는 기술적 근대와 근대 지상주의 간의 결합—어떤 형태의 절대주의와도 맞선다는 것이며 이청준에게 있어 이 과제를 담당할 수 있는 매체는 오직 소설밖에 없었다.

이청준의 의식이 갖는 이러한 변증법은 지극히 헤겔적이다. 그러나 탈마법화를 통해 이성의 법칙을 기술적 지식으로 생산하고 완벽한 기술적 처리의 체계를 통해 이성의 성과를 남김없이 외화(外化)시키는 가운데 얻어진 것은 부정적 자동화를 포함하는 자유의 박탈이기도 했다. 근대화와 자유는 대부분의 경우 대립적이기 쉬웠다. 계몽의 이상은 어떤 의미에서 이성의 전일화—기술화로부터 모든 것 일체가 따라오는 그런 체계이다. 여기서 이청준은 이성의 발달로 가능해지는 세계가, 가능하다고 약속된 세계가 인간의 '생존 자체'의 지복(至福)에만 관계한다면 그때도 자유는 보장가능한가 하는 질문을 던져 본다. 근대화와 산업화를 등가로 놓는 한국 근대 안에서 지성의 신장(자유주의)과 야만(절대주의)의 배제를 동시에 수행해야 했던 세대의 유능함과 불행함이 아마 여기에 있을 것이다. 이청준은 이 과제를 내면화함으로써 그 싸움을 「내 허위의식과의 싸움」이라고 결론 짓는다.

---

18) 이청준의 이러한 이중적 감정에 대한 분석으로는 한상규, 「멈추지 않는 자유의 현상학」, 『작가세계』, 1992년 가을호, 29~30쪽 참조.

3. 진행형의 혁명과 책으로서의 혁명, 4·19세대론의 함의

1) 세대의 재편과 재해석되는 4·19 — 혁명의 수준과 의미

4·19 세대의 문학의 경우 대부분의 핵심 논점은 완성형이 아닌 진행형으로서의 혁명에 대한 것이다. 김승옥과 같이 당대에 한 시대, 세대성을 대변하고, 소위 "감수성의 혁명"이라는 헌사에 도달한 경우, 또 최인훈과 같이 전 시대와의 연속성 속에 해명되어야 할 작가들이 없는 것은 아니다. 하지만 이청준, 박태순, 남정희, 서정인, 박상륭, 천승세, 김현, 김병익, 김치수, 정진규, 정현종 등 많은 동세대 문인들의 문학이 4·19를 하나의 원체험으로 간직하고 있었다는 사실, 그리고 그들의 문학이 4·19 그 시점이 아니라 훨씬 이후에 하나의 절정, 혹은 주목할 만한 수준에 도달했다는 사실은 중요한 시사점을 제공한다. 말하자면 적어도 4·19 당시에 있어서 문학에서의 혁명, 혁명 문학은 존재하지 않았다는 것이다. 이러한 사정은 『4·19혁명기념시집』과 같은 당대의 문학 산물들을 검토해 볼 때 좀더 분명히 드러난다. 요컨대 그 대부분이 일단의 추도와 이념형으로서의 자유에 관한 것이고, 현실적 희생에 대한 즉각적 반응이었던 감이 없지 않은 것이다.[19] 당시의 정진규, 주돈문, 정현종, 이건청 등이 써 놓은 4·19 자체, 그 시들 안에 존재하는 혁명은 오직 직시적으로 드러날 뿐, 매개된 형태는 아니었던 것이다. 조심스러운 부분이 없지 않지만, 자유, 민주주의, 민권, 민족주의 등의 형태로 표방되는 당대의 혁명 지시 체계들 자체가 이미 이 혁명의 한 성격—"책"으로서의 혁명에 대한 중요한 단서를 준다.

4·19는 이상과 현실 간의 불일치가 명백한 타락—3·15 부정선거를 기화로 폭발했다는 점에서 명백한 혁명이었지만, 그것이 주어진 이상에 명백한 타락이 부딪힌 정치적 수준에서의 혁명이었다는 점, 그 발생 기반이 자유나 민주주의 같은 외래적 이념형의 구호에 의탁하고 있다는 점에서 의식의 혁명이라

---

19) 여기에 대해서는 졸고, 「소박한 추도에 그친 혁명문학」, 『문학과창작』 2000년 1월호 참조.

고는 보기 어려운 부분이 있다. 단적으로 말해, 혁명과 그 이념은 그 때부터 시작되었고, 하나의 완성되어 가야 할 것의 형태로 개인 내부에 하나의 질문으로 던져졌다. 예컨대 개인에게 던져진 질문을 개인성의 차원에서, 개인으로부터 시작하는 인식론적 활동을 통해 해명하려 한 축이『산문시대』혹은『문학과지성』써클 같은 경우일 것이다. 하지만 이들에게 있어 '자유'라는 이념의 내면화 과정 자체는 이청준 소설에 대한 거개의 비판점처럼 실천 이성과 동시적이지 못한 부분이 없지 않았다고도 할 수 있다.

그런 의미에서 순수 참여 논쟁과 박태순, 백낙청, 구중서의 노력은 이 4·19와 '자유'라는 카테고리가 갖는 약간은 막연한 측면들을 '활동으로서의 이념', '활동 주체로서의 민족·민중'으로 넘어서려고 했다는 점에서, 그리고 그러한 생각들이 소설사의 진전과 함께 가게 된다는 점에서 주목된다. 반면 좀더 위 세대인 김우창과 유종호와 같은 경우는 그 원칙들을 세대성이나 자기주석적 활동보다는 이념적 수준에서, 보다 심오한 형태로 밀고 나간 편이라고 할 수 있는데, 그 진전이 이 세대들과 조응 관계에 있다는 의미에서 60년대 이래의 성과로 새로운 주목을 요한다. 이를테면 하나의 시장으로서 세계를 보고 오직 그 안에서의 초월 가능성을 따지는 김우창의 논의들은 자유민주주의의 가능성 속에서 물질적 고려들을 따져나가는 방식으로 새롭게 주목되어야할 부분이라고 생각된다.

흥미로운 것은 바로 이러한 이념 자체가 혁명 세대들에게 내면화, 혹은 외면화되는 과정이다. 타자성의 극단적 배제를 통해 드러나는 '자기 세계'에 대한 김승옥의 집착이라든가, 한 개인의 내면으로 잠행해 들어가는 액자 구조·탐구의 형식을 통해 의식의 변증을 감행하는 이청준의 소설 쓰기 방식 같은 것은 당대에 이루어지지 않았던 일종의 분자혁명(分子革命)이면서, 혁명이 개인성을 통해서 밖에 지속될 수 없었던 현대사의 굴절을 생각하게 한다. 만약 4·19가 섬광이라고 했을 때, 그 섬광은 하나의 한계이겠지만 개인성 내부에서 지속적으로 명멸하는 섬광이라는 점에서는 서사의 추동력이었다고도 말할 수 있다. 스스로 자신을 전개하고 완성해가는, 확신이 아니라 의심으로서의 주체는 이 시기 소설의 인물군들의 대표적 모습들이다. 바로 이 부분이 미묘하면서도 쟁점적인 부분이다. 왜냐하면 4·19는 이러한 '주체로서는 개인'을 탄생시켰던 것과 꼭 마찬가지로 일종의 집단성·운동성을 탄생시키기도 했기 때문이다.

거시적으로 볼 때 4·19 세대를 하나의 거대한 '옳은' 집단의 탄생, 이를테면 '시민'이나 '민중'과 같은 것으로 파악하는 백낙청이나 박태순의 생각[20]은 4·19가 갖는 실천적 의의 — 그러니까, 4·19 이념의 완성 과정을 또 다른 측면에서 담보하고 있다. 개인과 집단의 혁명을 동시에 맹목적 질문으로 전면화시키되, 그것 자체는 단지 하나의 발화점으로만 존재하는 혁명이 바로 4·19라는 것이다. 어떻게 보면 정치적 동력에서 시작했으나 그 동력을 빼앗긴 4·19 세대들에게 남은 것이라고는 문학 — 글쓰기밖에 없었던 것은 아닌가, 그리고 그것이 주체와 자유의 이념에 대한 탐구와 함께 가는 것은 아닌가하는 생각도 해보게 된다.

그런 의미에서 이들의 혁명은 개체 안에서 지속적으로 감행되어야 할 혁명이었고, 이것이 이 세대의 유능함의 하나일 수 있을 것 같다. 승리하자마자 그 승리를 도둑질 당한 세대인 셈인데, 결국은 그것이 개인 안에서 끊임없이 질문하게 하고 스스로를 진전시키는 까닭에 동시에 유능한 세대라는 것이다. 그런 의미에서 새롭게 주목하게 되는 것이 바로, 쓰기와 읽기 혹은 "책"에 대한 이 세대의 관념들이다.

2) 책과 혁명, 언어사회학적 접근의 조건들 — 이청준의 「마기의 죽음」

이청준이 쓴 최초의 미래 소설·가상 공간 탐구라고 할 수 있는 것이 바로, 비의적(秘意的) "책"을 발견한 한 미래 인간의 갈등과 죽음을 그린 「마기의 죽음」(1967)이다. 소설의 배경은 에덴이라는 콘크리트 벌판이다. 이 시기, 인간의 두뇌는 극히 퇴화되어 있으며, 쾌락의 수단인 둔부만이 극단적으로 발달해 있고 다리는 상당 부분 왜소화되어 있다. 이들 각자에게 말이란 '자기 혼자만의

---

20) 여기에 대한 대표적 저작물, 박태순·김동춘, 『1960년대의 사회운동』, 까치, 1991. 학생집단이 가지는 한계, '정신'의 승리로 표현되는 혁명정신의 관념성, 위상과 이후의 발전적 진전에 대한 언급들.

노래'21)이다. 여기서는 자유, 행복과 같은 추상어가 존재하지 않는다. 이곳을 지배하는 것은 검은 제복을 입은 사람들인데, 마기는 그들에 의해 버려져 죽어가고 있다. 마기가 버려진 이유는 그가 책을 가졌고 또 읽었기 때문이다. 그 책은 어떤 시대, '천 구백 육십 몇 년'이라고 하는 어떤 때에 관한 것이다. '천 구백 육십 몇 년'의 말은 대화였으며 그래서 복종이기도 하고 신앙이기도 한 권위였다. 그 책에는 앞으로 닥칠 말의 운명("내면 표백, 노래", 『별』: 193), 언어의 퇴화와 함께 하는 정신적 · 문화적 퇴행, 감각적 향락과 쾌락의 비대화, 양심의 소멸 등이 예감되어 있고 그것을 읽는 과정에서 마기는 "자유라는 독소"(『별』: 194)에 의해 병에 걸리고 만다. 책은 에덴이라는 콘크리트 벌판이 감옥임을 알게 하는 까닭이다. 벌판은 사고의 질료가 사라진 공간에 다름 아니다. 이청준은 이 가상 세계가 무서운 혁명, 혁명군에 의해 시작되었다고 말한다. 그리고 그 규제의 원리가 완전히 내면화되어 "규제가 아니면 죽음을 달라!"라는 구호가 되지 않을까 근심한다. "번호 붙고 줄지은 집, 그 무위의 평화, 쾌락"이 자유를 악덕으로 만드는 상황을 알아 버린 것이다. 예언은 결론처럼 "자유와 인간의 안일을 함께 말하지 마라. 자유는 우주의 평화와 인간의 행복의 이유가 아니라 그 생성의 원력(原力)인 것이다"(『별』: 206)라고 쓰고 있으며, 주인공 마기는 '책'을 끼고 죽어간다. "자유가 아니면 죽음을 달라"는 '천 구백 육십 몇 년'을 선택한 것이다.

이 소설은 지극히 알레고리화되어 있지만 그 알레고리의 명확한 대응성으로 인해 한국 현대사에 본질적인 갈등으로 존재하는 자유와 근대화 간의 살해 관계를 명확히 드러내주고 있다. 여기서 자유는 '책'으로 근대화는 '혁명군' 혹은 '콘크리크 벌판'으로 표현되며 쾌락원리에 의해 작동되는 것으로 간주된다. 최인훈의 『회색인』에 나오는 독고준의 책에 대한 물신주의처럼 도무지 책은 이상성, 환상 원칙의 대유물처럼 표현되고 있거나, 그 허위까지를 포함하는 '앎'의 총체로 상정되고 있다. 4 · 19의 지적 기반 자체가 갱신된 실천 원리라기보다 책으로서의 이념이었듯이 이들에게 책만큼 별문제인 상징은 없다.

그러니까 4 · 19를 가능하게 한 것은, 4 · 19가 가능하게 한 것은 단적으로 말

---

21) 이청준, 『별을 보여드립니다』, 1992, 중원사, 185쪽(이하, 『별』: 185).

해 '책'이었다. 그것은 세 가지 이상의 의미를 갖는다. 그 하나는 <책의 파산>
이다. 좌절된 책과 그로 인해 좌절된 신념은 학교를 그만둔 채 뻘밭을 뒹굴고,
또한 소설을 써서 남기는 자기 고백의 형태로 책의 파산을 표현한다. 김승옥
소설에서 우리가 보는 것이 바로 이것이다. 따라서 그 절망의 깊이도 가장 깊
으며 궁극적으로 자기 자신을 향한다. 두 번째 <탐구의 책>이다. 책과 현실을
대조하고 현실을 책을 다루듯이 하나의 분석되어야 할 텍스트로 간주하는 관
점이 이 경우이다. 절망하여 말·책을 포함한 현실의 운행 원리를 탐구하게
되는 것인데, 이 경우의 대표격이 바로 액자화된 형식을 통해 탐구로서의 소설
을 써나간 이청준이다. 이것을 다루는 소설은 적어도 표면적으로는 타자에 대
해 말한다. 이청준의 관심은 "누구나 자기 나름으로는 진실을 주장하고 있"
(『별』: 163)다는 데에 있다. 마지막 경우는 <책이 된 세계>이다. 알레고리로
세계를 다루는 태도, 현실을 신화·원형으로 치환하여 그 변조된 신화로 현실
과 자기 자신에 접근하는 환원과 우회가 여기에 속한다. 우리는 박상륭의 경우
를 염두에 둘 수 있다. 이 경우 소설은 '다른 세계'에 대해 이야기한다. 박상륭
의 관심은 현실을 초과하는 세계가 현실로 역진한다는 데, 현실을 초과하는
소설이 축생(畜生)과 인간을 구별짓게 한다는 데 있다. 좀더 면밀한 분석이 필
요한 대로, 이러한 책에 대한 태도와 그 소설화 방식은 이들 세대의 한계성에
대한 중요한 단초들을 제공할 수 있으리라 본다.

4. 심미적·논구적 주체와 그 언어—결어

근대성이 개인 안에서 실현되는 방식을 의미하는 주체화의 의미는 더 나은
생존을 위해 일하는 정신이 보여주는 '자기자신의 확실성의 진리'에 다름 아
니다. 소박한 추도의 혁명기 문학, 혁명 이념의 관념성·학생 혁명으로서의 발
생과 같은 4·19의 태생적 한계를 생각할 때, 어쩌면 4·19를 치러낸 하나의
역사성이 온전한 형태의 어떤 신념 체계와 동시적이었던가 하는 질문에는 많
은 이견이 있을 수 있고, 그 비판적 근거점으로 '책으로서의 이념'이 제기될

수도 있다. 하지만 분명한 것은 당시의 시민·학생들이 자신들도 힘을 갖고 있다는 자부심 속에서, 적어도 자기의식적이었다는 사실이다. 말하자면, 4월이 밝혀놓은 것은 생존의 터전을 움직이는 주체가 바로 자신이라는 인식이며, 더 나은 생존의 조건을 일궈갈 힘이 자신들에게도 있다는 확신이었다. 그러나 완성되어야 할 혁명은 이 혁명의 주 담당층이 생활세계와의 폭넓은 관계 속에 놓이기도 전에 제압되었으며, 이들이 원했던 최선의 생존에 대한 여러 지표들은 지극히 물화(物化)된 형태의 근대화 모델로의 수렴을 강요받았다. 혁명군이 불사른 책은 그런 의미에서 상징적인 서사이다. 그리고 그 자신 근대인이기 위해서 또한 문명화 자체는 감내하는 동시에 비판되어야 할 이중적 모습으로 나타나게 된다. 생활세계는 돌봐야 할 무엇이면서 대적하고 견뎌야 할 것의 총합이 되었다. 탐구되고 질서화되어야 할 혼돈인 것이다. 그리고, 많은 경우 여전히 '의식'적이었던 자기의식은 저 '주체화'의 원리를 자기동일적이며, 관념적인 형태로 단련하여 왔다고 보여진다. 어떠한 형태의 개별화도 허용되지 않은 채 남김없이 물화된 근대화 모델과 깨어진 자기의식의 방향성을 대조하는 고통스러운 인간, 그에 더하여 여전히 '의식'적이되 오직 스스로만을 가리키는 <내면화> 속에서만 '자기'인 정신은 이때의 소설들을 심미적 주체, 탐구적 주체의 문제로 확인케 한다. 또한 그 내면화를 통해 성숙된 의식을 가지고 하나의 역사적 역동성으로 집단화되고 당파화되는 일군의 각성이 또한 논쟁과 모순의 틈바구니에서 생성된다. 이들 1960년대 세대들은 글쓰기 행위의 질서화 능력, 실천력을 가지고 자신을 좌절시킨 사회적 함의들에 대항해왔고, 그 대항의 기록을 통해 하나의 '자유의 신화'가 되어 있다. 하지만 이 신화는 이 세대의 문인군들이 현재 생존해 있다는 정황과 문단의 중심축이 되었다는 연구 외적 정황으로 인해 그 세대 자신들의 자기 규정을 반복하고 있는 느낌도 없지 않다. 따라서 앞으로의 연구의 핵심적인 관건은 이들의 비평적 평문과 구별되는 역사적 문제 설정과 이들의 문학을 현상학적으로 해명할 수 있는 엄밀한 형식적 지표의 확립이라 할 것이다. 그런 의미에서 이들과 전후 세대 간의 형식적 변별 요인과 언어 의식상의 차이는 이러한 과제를 수행하는 한 분석틀이 될 수 있다. 왜냐하면 정치사적으로 외삽된 규정이나 자기 주석을 극복할 수 있는 이해는 바로 이러한 구체적인 '형태'와 발화법들 속에 녹아 있는 까닭이다. 시준적 의미에서의 이 글은 따라서 각개의 작가군들의 연구나 통괄적인 세대성·역사성 분석의 저변에 있어서의 형식상의 지표들에 관한 것이다.

60년대 중후반기 참여론의 모색과 지평

— 3대 본격논쟁을 중심으로 —

한강희[*]

1. 머리말

이 글은 1960년대 중에서도 순수-참여논쟁이 본격, 심화단계에 돌입한 중·후반기 논쟁을 당시 비평론의 내적 맥락과 특징적 성격 등 구체적인 고찰을 통해 이들 비평 각론이 전후 비평사적 구도와 맞물려 어떤 의미를 갖는지 살펴보는 것을 목적으로 한다. 일반적으로 이 시기 순수-참여론에 대한 고찰은 초기 참여론의 대두 및 이에 대한 반대론의 비등을 바탕으로 하여 그 배경 및 전사, 논의의 속성(본질)과 방향, 논전 양상 등이 다양하게 개진돼 온 것으로 이해할 수 있다. 본고는 기본적으로 기존의 성과에 힘입어 고찰대상인 '앙가주론', '불온시 논쟁', '상상력과 리얼리즘 논쟁' 등의 세부를 구체적으로 더듬어보는 데 주안을 두기로 한다. 잘 알다시피 이들 세 가지 논쟁은 비슷한 시기에 다발적으로 제기돼 초기 순수 대 참여, 참여 대 순수 일방의 논쟁을 새로운 단계로 진입시키는 데 일정하게 기여하고 있다.

30년대 일제의 무단통치 이후 김동리에 의해 촉발된 순수문학론 및 그 일련의 후속적 흐름, 그리고 해방 이후 필연적일 수밖에 없었던 순수론에 대한 경사는 1960년 4·19를 겪으면서 비로소 순수-참여 양론으로 균형을 이룬다. 4·19는 자유와 권리에 대한 자각, 파행적인 근대사에 대한 깊은 반성, 변혁요구에 대한 개인 및 사회의 인식적 자각의 계기를 마련하면서 60년대를 일대 정신사적 전환기로 만들기에 충분했다. 이 시기 역사적 현실에 관한 증폭된

---

* 남도대학 교수.

관심은 비평가 개인에게도 참여와 순수 어느 한쪽의 길을 추동, 강요하는 형국이었다. 60년대 초반 작품해석을 둘러싼 몇몇 논쟁, 신구세대간 논쟁, 전통론 등 우리 문학의 제반 문제에 관해 폭넓은 의견이 개진되는 등 점차 문학의 사회참여 문제로 초점이 모아진 것은 이를 대변하는 것이라 할 수 있다.[1]

　60년대 순수-참여논쟁은 50년대 일부 비평가들에게 비평론의 쟁점으로 대두되었던 전통론과 세대론의 연장선상에서 제기된다. 50년대 비평가를 대표하는 이어령·유종호 등이 극단적인 전통부정론을 펼치며 문협정통파의 순수론을 비판하는 것도 이 두 가지 논의에 맥락이 맞닿아 있다. 전후비평 논의의 주요 쟁점이 전통론과 세대론에 기반하고 있다면 순수-참여논쟁은 이러한 논의가 4·19 체험을 통해 한 단계 심화된 형태로 변모하면서 나타난 것이라 볼 수 있다. 때문에 그 내용은 기성세대·구세대들에게 심각하게 제기되지 않았던 현실인식에서 출발하고 있다. 그 의문은 '문학인으로서 현실정세에 대해 어떻게 대처해나가야 하는가', '구체적인 방법론은 어떻게 수립해야 하는가', '문화와 정치의 상관관계는 어떻게 규정해야 하는가' 등으로 요약된다. 그 대체적인 양상은 참여론자들의 순수문학 비판과 그에 대한 순수론자들의 반격으로 나타난다. 다시 말해 순수론에 비해 참여론이 우위를 점해가는 과정이라 할 수 있다. 참여론의 입장에 선 김우종·홍사중·최일수·장일우·신동한·장백일·김병걸·임중빈·천이두 등은 예술지상주의의 허구성을 지적, 비판한다. 이들은 현실적 부조리를 고발, 비판하는 문학의 정신을 리얼리즘과 연결시키기도 하고, 역사의식에 바탕을 둔 작가의 사회적 태도와 그 책임을 강조하기도 한다. 이와 반대편인 순수론 쪽에 가담해 문학의 본질적 순수성을 옹호하

---

1) 50년대 말부터 63년 이전까지 거론된 순수-참여에 관한 논의는 다음과 같다. 이 논의들은 대체로 순수, 혹은 참여의 본질이나 의미를 천착하거나 본격적인 비평적 논쟁의 성격은 아니다. 이어령, 유종호가 50년대 후반에 보여줬던 바와 같이 기성 문학 풍토에 대한 '저항'·'도전'·'반항' 등의 개념이 주류를 차지하고 있다. 순수 쪽의 입장으로 김양수(「生命第一主義의 文學」, 『현대문학』, 1958. 4), 김상일(「純粹文學論議」, 『현대문학』, 1958. 5), 원형갑(「앙가즈망과 文學의 神秘的 體驗」, 『현대문학』, 1959. 3)(「現實과 文學의 構造」, 『자유문학』, 1960. 11), 이형기(「장님의 榮光」, 『현대문학』, 1963. 2) 등이 있고 참여 쪽의 입장으로 정창범(「現代와 叛逆精神」, 『자유문학』, 1960. 11), 김우종(「逃避와 參與의 倒錯」, 『현대문학』, 1961. 6) 등이 있다.

고 나선 비평가로는 이형기 · 김상일 · 원형갑 · 김양수 등을 꼽을 수 있다. 50년대 후반부터 60년대 초반에 취했던 비평적 입장과 60년대 후반에 접어들면서 그 입장이 변모한 비평가도 있었다. 대다수의 비평가들이 원래의 입장을 고수했으나 이어령이 참여주의 문학 입장에서 순수주의 문학 쪽으로 변모하고 염무웅 · 원형갑 등은 순수주의 입장에서 참여주의 쪽으로 방향을 선회하고 있다.

60년대 순수-참여논쟁 제1기에 해당하는 '정세대처론'은 문학의 본질적 국면이 순수문학에 있느냐, 참여문학에 있느냐를 둘러싸고 있다는 점에서 문학의 본질론에 관한 규정이라 할 수 있다. 4 · 19 이후 자연발생적으로 이루어진 이 논쟁[2]은 60년대 초기의 순수-참여에 관한 비평담론이 아직은 저차원에 있음을 대변하고 있거니와 문학의 본질에 대한 진지한 비평적 성찰이라기보다는 4 · 19 이후 분출된 다양한 사회적 이념이 문학-비평계 내부에 여과 없이 나타나고 있음을 반증한다. 이러한 논쟁이 4 · 19의 이념성이 문학내부로 자리하게되는 시점인 65년을 기점으로 보다 구체적인 모습을 드러내게 된다.

본고에서 다루게 될 60년대 중 · 후기, 참여 쪽에 우위를 두고 진행된 논쟁은 이전의 논쟁, 이를테면 30년대 말 처음 시작된 유진오-김동리 논쟁, 해방기 좌 · 우익간에 벌어진 논쟁에 비해 문예의 본질에서 작가의 사회참여까지를 묻는 등 범 문단적으로 광범위하게 걸쳐있다. 한편으로 이 논쟁들은 짧은 시기에 다양하게 변주되면서, 때로는 단순논리 혹은 인신공격성 감정비평이 개입하기도 하고, 여타의 논의와 맞물리면서 매우 복합적인 양상을 띠고 있다. 특히 단순히 비평가 개인의 이데올로기적 분파(分派)를 따지거나 사회상황과 대비되는 현상 추수주의적인 논쟁에 머무르는 것이 아니라 창작의 원리와 형상

---

2) 이는 장일우의「시대정신과 한국문학」(『한양』, 1965. 4, 486쪽) 참여론이 4 · 19 이후 자연발생적 · 필연적인 비평담론이라는 심증을 굳히는 단적인 증거다. "4 · 19 이후 참여문학의 특성은 분노와 저항, 고발과 비판을 통하여 이 땅에서 자유를 수호하자는 데 있었다고 말해야 할 것이다. 4 · 19 이후 대두한 참여문학은 현실과 작가의 피의 유대를 회복하고 천사가 아니라 지상의 인간들, 우주인간이 아니라 구체적인 한국인을 묘사하여 세계적 존재로서의 인간조건을 주체적 인간으로서의 생의 창조를 노래하며 공허한 자유가 아니라 참된 인간의 권리를 선언한다. 이리하여 다름 아닌 한국 사람들의 삶의 노정에 도표를 세우는 것이다."

화에 관한 구체적인 방법을 문제삼는 등 미학적 측면이 강하게 드러나는 점에서 주목할 필요가 있다.

2. 순수 · 참여론의 본격화 — 앙가주론

김우종과 이형기, 서정주와 홍사중 사이에 오갔던 순수-참여논쟁은 1965년 후반기에 접어들면서 잠시 주춤하다가 1967년 10월 12일 서울 메트로 호텔에서 「작가와 사회」라는 주제로 열린 <세계문화자유회의 한국본부 주최 원탁토론>세미나를 계기로 2차전에 돌입, 한층 심화된 양상을 보인다. 이 토론회에는 김붕구 · 김승옥 · 남정현 · 박희진 · 선우휘 · 서기원 · 이근삼 · 홍사중 · 임중빈 제 씨 등이 참여해 열띤 토론을 벌인다. 이 세미나에서 발제를 맡은 김붕구는 참여의 개념과 유형을 총괄적으로 제시함으로써 이 시기 초미의 관심사가 되고 있는'문학인의 현실참여'에 관한 이른바 '앙가주 논쟁'의 물꼬를 튼다.

김붕구가 이 세미나에서 펼친 방법론은 대체로 네 가지 논점으로 집약된다. 첫째, 작가의 사회관은 필연적으로 그 인간관 · 대타관(對他觀) · 사회관 · 외계관(外界觀)과 연결되어 있으므로 이 단면을 고찰하기로 한다. 둘째, 작가의 인간관과 대사회관을 가장 강력하게 이론화 한 작가가 싸르트르인 까닭에 그를 모든 대비(對比)의 기점과 척도로 삼는다. 셋째, 넓은 의미의 사회참여태도는 인게이지먼트(Engagement)와 파티시페이션(Participation)의 양극으로 갈라진다. 전자는 싸르트르가, 후자는 생텍쥐페리가 대표하고 있으므로 이 양자의 대비가 필요하게 되며, 이와 아울러 이광수와 심훈에 의해서 대표되는 한국문학에 있어서의 사회참여의 두 유형을 서양의 그것과 비교한다. 넷째, 서술방법에 있어서의 일체의 편견과 독단, 저자의 주관적인 가치관을 배제하며 그런 뜻에서 원문을 풍부하고 충실하게 인용한다. 「작가와 사회」는 이러한 방법론의 제시를 통해 참여문학 논의의 시각을 정립하려 하고 있다.3) 이러한 논점을 전제로 이 논문이 핵심적으로 다루고자 하는 내용은 작가가 가진 두 가지 속성인 '사

---

3) 정명환, 「文學과 思想과 體驗」, 『문학과 지성』, 일조각, 1973. 가을, 648~649쪽 요약.

회적 자아'와 '창조적 자아' 중 '창조적 자아'가 보다 우위에 있음을 입증하는 것이었다. 그 내용은 방법론의 요점과 같이 다섯 가지로 요약할 수 있다. 첫째, 작가로서의 자아는 사회적 자아와 창조적 자아로 나뉘며 작가를 포함한 모든 시민은 공동체의 사업에 적극 참여해야 하지만, 예술에 관한 한 혹은 작가의 창조적 자아에 관한 한 어떠한 가치판단을 강요하는 것은 인정할 수 없다. 둘째, 작가가 이론화된 앙가주망이나 참여문학을 표방할 때 그것은 필연적으로 프롤레타리아 혁명으로 귀착된다. 셋째, 사르트르의 앙가주망론에는 허구성이 드러나는데 그의 논리는 언어적 차원의 선언적 표명에 불과하다. 이에 비해 앙드레 지드나 카뮈는 양심의 소리에 의해 자연발생적으로 현실참여를 한 경우다. 다시 말해 앙가주망에 대한 선언적 표명이 되기보다는 한 시민으로서의 양심에 의한 현실참여가 중요하며 앙가주망론은 결국 창조적 자아를 구속할 뿐이다. 넷째, 작가로서 현실참여라는 측면에서 실지로 중요한 점은 정치적 참여가 아니라 시대의 윤리적 질서 및 가치관의 정립·옹호와 함께 사회·정치면의 비판자적 구실로서의 현실참여다. 다섯째, 작가는 이데올로기의 구속 없이 한 인간으로서의 전 인격적 개성과 창조적 자아에 충실함으로써 작품 속에 나를 송두리째 투입시키는 성실성이 중요하다.4) 앙가주망론이 총체적으로 가장 잘 집약돼 있는 첫 번째 요지를 좀 더 구체적으로 살펴보자. 그는 우선 작가를 작가이게 하는 요소로 성격(기질)과 환경, 그리고 자아 등 세 가지 요소를 들며 이 세 가지 요소 가운데서도 고정적인 성질이라 할 수 있는 성격과 환경에 비해 능동적인 변화를 가져올 수 있는 자아의 중요성을 강조하고 있다. 즉 자아가 사회에 어떻게 대처하느냐에 따라 문학가로서의 사회참여가 결정된다고 밝히고 있다. 즉 '창조적 자아'가 작품과의 연관을 긴밀히 하는 것으로 파악한다.

　　"작가가 무엇보다도 '사회적 자아'를 앞세우고 강조함이 작가로서의 특

---

4) 이 논쟁은 순수─참여의 입장을 구체적으로 묻고 있다는 점에서 초기적 형태의 논쟁이 본질론, 작가의 정세대처론으로 기록된 데 비해 순수─참여에 관한 구체적인 방법 논쟁, 본격논쟁이라 할 수 있다(김붕구, 「作家와 社會」, 『세대』, 1967. 11; 「作家와 社會 再論」, 『아세아』, 1969. 2, 238~251쪽 요약).

권 또는 그의 명예가 되는 것일까? '사회적 자아'는 한 생활인으로서 다른 모든 시민과 공유하는 영역에 속하며 창조적 자아야말로 일개 생활인을 작가로 만들어주는 본질임이 자명한 일이다. [……] '사회적 자아'가 얼마나 강렬하게 사회를 투시하고 또는 이와 대결하는가 하는 그 강도는 곧 '창조적 자아'를 거쳐 작품 속에 침투되지 않을 수 없다."[5]

그는 '사회적 자아'가 패배한 사례로 사르트르의 문학적 패배를 지적한다. 사르트르가 보여준 앙가주망은 필연적으로 프롤레타리아 혁명의 이데올로기로 귀착한다고 주장하면서 정치적인 이데올로기 속에 들어가 '사회적 자아'의 주장만을 되풀이하기보다는 창조적인 나를 송두리째 작품 속에 투입시키는 작가 특유의 성실성을 가질 것을 권유한다. 결국 작가의 앙가주망이란 무용한 것으로 '창조적 자아'와 맞닿아 있는 작가의 성실성이 중요하다고 주장한다.

"작가의 앙가즈망이란 마치 10대의 반항처럼 정신적 윤리적 타락에 영합하거나 또는 그것을 고의적으로 끌어들이는 무책임한 곳으로 달리는가 하면, 그 반면에는 작가의 이상주의적이며 관념적인 경향은 또한 쉽사리 인간 부재의 19세기적 이데올로기(또는 그 재·삼탕)로 기울어지기 쉬운 허점을 지니고 있다. 그러나 이데올로기가 현실적인 정치세력으로 되어 갈등의 마당에 설 때 그것이 요구하는 정략과 작가의 양심과는 끝내 양립될 수 없게 마련이다."[6]

김붕구가 제시한 '창조적 자아'와 '사회적 자아'의 구분법은 문학에 관한 인식태도와 비평적 속성을 어떻게 이해할 것인가를 두고 이 세미나에 참여한 비평가는 물론, 참여하지 않은 비평가까지도 큰 관심을 갖기에 충분했다.

이를 긍정적으로 받아들인 비평가는 백철·조연현·선우휘·김양수·원형갑이었고, 이를 비판적으로 본 비평가들은 김순남·임중빈·이호철·임헌영·박태순·최일수·김병걸·장백일·백낙청 등이었다. 그리고 정명환·김현은 절충적 입장을 취했다. 그 논쟁은 선우휘·박태순·원형갑이 『아세아』지

---

5) 김붕구, 위의 글, 241쪽.
6) 김붕구, 위의 글, 250쪽.

를 통해서 지식인의 현실참여논란으로, 김병걸·최일수·김양수 등이『현대
문학』지를 통해서 문학의 자율성 논쟁으로, 선우휘와 백낙청이 대담형식으로
참여의 문제를 다루고 있다.

　김붕구의 소론에 공감을 표시한 비평가는 우리 사회, 우리의 문학적 풍토에
서 싸르트르식의 앙가주망이란 별로 의미를 가질 수 없다는데 초점이 모아지
고 있으며, 이를 비판하는 비평가들은 이 논의가 구체적인 방법으로서 이론적
인 하자는 없으나 양자는 독립항으로 분리될 수 없는 헌신태 — 여동저 실체이
면서 동시에 상호보완적 존재라는 점에서 일정한 간극이 있는 것으로 파악하
고 있다. 즉 '사회적 자아'는 '창조적 자아'를 통해, '창조적 자아'는 '사회적
자아'와의 긴밀한 관계를 통해 변증법적 지양 과정을 거쳐 작품으로 형상화하
거나 비평담론이 수립된다는 사실을 간과하고 논자는 '창조적 자아'만을 지나
치게 강조한 측면이 있다는 것이다.

　한편 문학에서 무시해서는 안될 가장 중요한 지표로 시대조류·시대정신이
강조되어야 하거니와 '창조적 자아'보다는 적어도 현금에서는 '사회적 자아'가
중요하다는 의견도 제출되고 있으며 김현은 김붕구의 의견에 동조하면서도 두
자아의 구분을 가능케 하는 토양인 서구 시민사회가 과연 우리의 경우에도 똑
같이 적용될 수 있느냐에 의문을 표시하는 등 절충적 입장을 보인다.[7]

　김붕구의 발제가 있은 후 선우 휘는 '비공산주의적 사회체제에 있어서라는
것과 싸르트르를 추종할 때에라는 전제를 붙여서 그 의견에 찬성'한다며 "시
백편의 선동성은 군중대회의 한마디 구호를 당하지 못한다", "문학은 문학 이
외의 다른 무엇에 써먹는 것이 아니다"[8]는 등의 소론을 펼쳐 가장 먼저 동감

---

7) 김현, 「參與와 文化의 考古學」,『동아일보』, 1967. 11. 9.
8) 선우휘, 「文學은 써먹는 것이 아니다—社會參與 問題의 再擡頭를 계기로」,『조선일
　보』, 1967. 10. 19(홍신선, 앞의 책, 109~111쪽). 하지만 선우휘는 이런 문제제기적인
　글을 게재한 후 많은 비평가로부터 이견과 질타를 받는 등 곤혹스러움을 겪고 있다.
　이러한 일단의 심정은『아세아』지로부터 청탁 받은 소설집필을 유보하는 것으로 나
　타난다. 그런데 선우휘는 오히려 '상당수의 지식인이 지니고 있는 미신, 스스로가 무
　지하면서 남을 무지하다고 탓하는 불손, 뒤떨어진 생각을 앞지른 것으로 착각하는
　고집, 겉멋의 지성을 내세워 현실을 왜곡하려는 기만' 등 잘못된 사회문화풍조를 해
　결하는 일이 소설을 쓰는 일보다 먼저라고 생각하고 반지성론, 반문화론, 반진보론을
　전개할 것을 스스로 결의하기에 이른다. 이는 지성, 문화, 진보에 반대 역행해서가 아

을 표시한다. 그는 임중빈·이호철·임헌영 등 비판론자들의 의견에 대해 이후에도 「역시 문학은 써먹는 것이 아니다 ─ '문학은 써먹는 것이 아니다' 논평에 대한 답변」, 「작가와 평론가의 대결」(『사상계』, 1968. 2)「현실과 지식인」(『아세아』, 1969. 2)등을 내놓아 일관된 입장을 보이고 있다.

이러한 '창조적 자아' 우위론에 대해 임중빈은 「반사회 참여의 모순 ─ 김붕구 교수의 소론에 이의 있다」에서 참여는 창조 행위의 방편임을 전제로 하면서 "역사의 암담한 벽과의 필연적인 씨름이며 생존을 위한 구체적인 언어활동"이라고 반론을 제기한다.9) 이어「한국 문단의 현황과 그 장래」에서도 "참여의 "개념이 극도로 혼란된 나머지 결국 순수문학에의 집념을 확인하는데 불과했다"며 민족성과 세계성, 집단의식과 개인의식, 사회구조적 인식과 미학적 방법의 중요성을 역설, 참여문학의 실체를 규명하고 있다. 그는 창조적 작가라 하더라도 사회와의 유기적인 관계는 피할 수 없으므로 집단사회와의 관련을 통하여 인간실체를 증명하는 도전방법이 곧 참여문학에 대한 문제제기이며, 예술성을 상실하지 않는 전제하에 집단의식과 자아의식의 결합작용으로써 문학의 변증법적 발전 요인을 찾아야 한다고 말한다. 뿐만 아니라 참여문학론이 리얼리즘론으로 심화, 확대되기 위해서는 사회 구조적 방법과 함께 미학적 방법의 동시적 검토가 요청되며 민족문학론의 지평이 예의 리얼리즘 논의의 구축에서 비롯된다고 보고 있다.10)

이호철 역시 지상(紙上)을 통해 참여론 쪽의 입장에 동조한다. 그는 「작가의 현장과 세속적 현장 ─ 김붕구·선우휘의 소론에 대한 의견」에서 김붕구·선우 휘의 의견에 안타까움을 표시하고 "작가들의 현장에 '세속의 현장논리'를 함부로 뒤섞지 말고 좌파든 우파든 이데올로기라는 고식적이고 생경한 악마가 끼어드는 것을 작가들은 완강히 배제, 거부해야 할 것"이라고 의견을 피력

나라 가짜의 형태에서 진짜를 주장하고 옹호하려는 의도라며 여러 반론에 대한 체계 있는 답변이 될 것이라며 연작소설 유보의 변으로 내놓고 있다(선우휘, 「執筆保留의 辯」, 『아세아』, 1969. 5, 245쪽 참조).

9) 임중빈, 『대한일보』, 1967. 10. 17(홍신선, 앞의 책, 112쪽).

10) 임중빈, 「韓國文壇의 現況과 그 將來」(홍신선, 앞의 책, 125~127쪽), 이 외에 「參與文學의 再認識」(『정경연구』, 1968. 5)도 그의 참여론을 엿볼 수 있는 글이다.

한다.11)

　이철범은 작금의 앙가주망에 관한 이해를 한국적 상황에 대비시켜 파악하고자 한다. 그는「한국적 상황과 자유 ─ 문제설정부터 올바르게」에서 김붕구가 사르트르의 앙가주망을 마르크스주의 계급투쟁과 일맥상통한 것으로 오해하고 있는데 사실은 사르트르는 공산주의자가 아니라 상호주관을 통해 인간과 자유를 믿는 실존주의자로 이해해야 한다고 반박한다. 이러한 맥락에서 "앙가주망을 리얼리즘과 혼동해서는 안되며 그 점만이라도 철저히 파악하는 일이 참여문학에 대한 오해를 해소할 수 있고 참여가 오도하는 리얼리즘 문학을 올바로 인식할 수 있다"며 사르트르 문학에 대한 기존의 입장을 수정할 것을 주장한다.12)

　이미 살펴보았듯이 김현은 "창조적 자아와 사회적 자아의 구분을 가능케 해 준 서구 시민사회의 예가 과연 우리 사회현실에 그대로 적용될 수 있을 것인가" 강한 의문을 표시하고 "지금의 우리에게는 참여라는 공허한 개념보다 현세대의 혼란상을 밝히는 고고학적 노력이 필요하다"13)고 주장한다. 김붕구와 같이 강단학파로 분류되는 불문학 전공의 정명환은「문학과 사회참여」를 통해 참여문학을 다면성의 한 측면으로써 집단의식과 자아의식의 결합관계로 규정한다. 참여문학이란 분명히 문학의 한 경향이며, 참여의 개념 자체를 이단시할 것이 아니라, 집단의식과 자아의식의 결합관계로 규정해야 한다는 것이다. 그는 문학의 정치적 효능이란 역사적 현실 속에서 역사를 넘어서는 무엇인

---

11) 이호철,『농아일보』, 1967. 10. 21

12) 이철범,「韓國籍 狀況과 自由─問題設定부터 올바르게」,『경향신문』, 1967. 11. 22. 이 비평문에 앞서 그는 이미「앙가주망의 文學的 用語─속, 文學과 現實의 斷面」(『자유문학』, 1960. 9),「文學과 狀況意識─實存意識과 韓國의 歷史的 狀況」(『현대문학』, 1967. 8)등을 제출한 바 있다.

13) 김현,「參與와 文化의 考古學─김붕구 교수를 둘러싼 글을 읽고」,『조선일보』, 1967. 11. 9(홍신선, 앞의 책, 122~124쪽). 이어서 그는 이듬해 참여론에 관한 반성적 성찰을 촉구하는「다시 한번 參與論을」(『사상계』, 1968. 2)을 내놓는다. 그의 의견을 구체적으로 요약하자면 △ 작가의 성격형성이라는 것이 선험적으로 존재하는 성격에 의해서 강력한 지배를 받는다는 것이 사실인가 △ 창조적 자아와 사회적 자아의 구분을 가능케 해 준 서구 시민사회가 과연 우리의 경우에도 적용될 수 있는가. △ 문학적 언어의 문제, 즉 언어와 표징과의 거리가 있는가 등이다. 그러면서 이철범과 마찬가지로 우리만의 특수성을 감안해야 한다는 의견을 덧붙인다.

가를 밝혀내는 일이라 파악, 정치에 대한 문학의 무조건 항복을 빚어내는 열등
감을 지양하고 정치와 대중을 가치의 세계로 끌어당겨 인류에 봉사하는 길을
모색해야 한다며 참여론과 비참여론의 대안으로 가치론적 참여론을 주장한
다.14)

　참여론의 이론적 지평을 리얼리즘론으로 심화하는데 앞장섰던 김병걸은
「참여론 백서」(『현대문학』, 1968. 12), 「고발문의 연발」(『현대문학』, 1969. 7) 등
에서 참여론의 시대적 당위성을 역설한다. 그는 특히 참여론의 부당성과 폐해
를 강력히 제기한 김양수의 「참여문학의 자기미망」(『현대문학』, 1971. 5〜6),
「참여문학의 문학학살」(『현대문학』, 1971. 8), 「사회참여, 그 악몽의 문학」(『비
평문학』, 1971. 7)에 대한 반론으로 「사회성과 의식의 상상」을 통해 "참여문학
은 상상력이 없는 비문학이 아니라, 모든 좋은 문학이 그러하듯, 상상력을 필
연적으로 지닌 문학이며, 다만 상상력의 거점을 역사적 현실에 두고 있다"고
역설한다.15) 임헌영은 「현실동면족」, 「도전의 문학」(『사상계』, 1969. 12) 등에
서 '창조적 자아' 우위론이 현실과는 동떨어진 허상임을 부각시키고 있다. 그
는 김붕구의 의견에 대해 "작가의 현실참여란 작품으로서의 참여를 말하며,
앙가주망이 사르트르식 좌경뿐이라는 독단론은 가장 졸렬한 거짓 문학"이라
주장한다. 선우휘의 「문학은 써먹는 것이 아니다」란 의견에 대해서도 "씨의
의견은 논리적 모순은 없어 보이나 문학 그 자체를 오해하고 있다고 파악하고
문학은 써먹는 것이 아니라 쓰이도록 해야 한다"고 밝힌다.16)

　67년 10월 이후 문학의 현실참여를 놓고 진행된 앙가주망 논쟁은 68년 2월
『사상계』에서 「작가와 평론가의 대결」이라는 표제 하에 백낙청과 선우 휘의
좌담형식으로 이어진다. 이 좌담은 이미 선우 휘가 제기한 참여문학의 불합리
성을 해명하는 과정에서 문학을 장난으로 규정하고, 그러면서 현실적으로 우
리 사회를 자본주의로 바라보는 등 앞뒤가 맞지 않은 논리를 보이기도 했으나
기존의 메타비평 일변도에서 실제 작품비평을 시도하고 있다는 점에서 의의

---

14) 정명환, 「作家의 政治參與」, 1968. 4(홍신선, 앞의 책, 511〜518쪽).
15) 김병걸, 「社會性과 意識의 想像」, 『현대문학』, 1968. 12(홍신선, 위의 책, 230〜232쪽).
16) 임헌영, 「現實冬眠族」(홍신선, 위의 책, 128〜130쪽).

를 가진다. 이 대담은 문학은 도구성, 문학인의 보편성과 독자성, 참여와 도피의 한계 등 문학인의 현실참여문제를 폭넓게 취급, 60년대 후반 우리 평단의 현주소를 드러내 주목을 끌었다. 특히 선우 휘가 언급한 다음 대목은 논란의 빌미가 되었다.

> "말하자면 인간의 생존의 기본적인 의식주로 따질 때에는 역시 문학이라는 것은 그 다음에 가는 문제가 아니냐 그런 식으로 보면 배부른 후의 문제라고 할까, 먹고 입고 난 뒤에 인간이 필요로 한 것이다 할 때에 이것을 장난이라 할 수 있을지 모릅니다. 또 이 장난이라고 하는 것은 인간의 기본적 생존조건이 갖춰진 연후에는 오히려 그것밖에 할 것이 없다고 보는 그런 뜻의 장난입니다. 그렇게 볼 때 문화전반의 활동을 장난이라고 할 수도 있습니다. 한 사회의 이상상태(理想狀態)는 문학의 사회참여를 논하지 않아도 되는 상황이어야 합니다. 장난으로만 문학을 할 수 있는 상황 말입니다."[17]

이 좌담을 접한 김순남은 「순수와 참여의 대결」에서 어쩔 수 없는 대세인 "한국적 현실에 정면으로 대결하여 이 사회의 모순을 파헤치는 '현실참여'의 문학이 시대와 문학의 양심들 속에서 차츰 움트기 시작한 상황에 배치된다"[18]며 매우 못마땅하게 비판한다.

> "문학을 장난으로 해볼 만하다 한 선우휘씨가 어떻게 '자본주의가 지닌 모순, 여기에 대해서도 반항'하는 것을 찬성하고 나설 수 있을까. 인간의 기본 문제(먹는 것)를 해결한 후에 문학을 장난으로 하자는 그의 논법과 현 사회의 모순에 대하여 반항하자는 그의 논법은 서로 빙탄불상용(氷炭不相容)의 상극(相剋)이다. 어떻게 같은 시간, 한 혀끝에서 전연 상반된 이론을 마구 토할 수 있을까."[19]

그러면서 그는 참여에 대한 방법론으로 '침묵과 반항'을 하든지, 아니면 '민

---

17) 선우휘·백낙청, 「文學의 現實參與」, 『사상계』, 1968. 2(김현 외, 『4·19와 한국문학』, 269쪽).
18) 김순남, 「純粹와 參與의 對決」, 『한양』, 1968. 11(홍신선, 앞의 책, 128쪽).
19) 김순남, 위의 책, 129쪽.

중 속에 들어가 힘을 기르는 것'이라며 우리의 풍토에서 참다운 의미의 참여
문학이란 "한국적 현실의 모순을 파헤치고 특권세력의 전횡과 치부에 반항하
여 새 생활, 새 질서, 새 사회의 미래를 전망하며, 민중이 벗이 되는 것"이라
규정한다. 그러므로 문학이란 "장난으로 할 수 없으며, 현실의 본질을 상상력
을 통하여 자의적으로 변경하고 왜곡할 수 없으며, 어떤 통찰력으로도 가치기
준을 변경할 수 없다"고 덧붙이고 있다.[20] 김현 역시 선우휘와 백낙청의 대담
에 대해 "부제에서 암시하듯 이 대담의 성격이 대결이 아니라 참여론의 성격
을 규명하고 한정 지으려는 노력"으로 실체개념이 아니라 관계개념임이 입증
됐다고 밝히고 있다.[21] 원형갑은 「지식인과 지적 마조히즘」에서 김붕구와 선
우휘의 사르트르식 앙가주망론에 대해 도입 당시의 상황을 감안하면 충분히
공감이 가지만 한편으로 지나친 것으로 평가하고 있다.

　이러한 논쟁은 2차 단계로 진입, 김붕구는 이미 발표해 앙가주 논쟁의 물꼬
를 튼 「작가와 사회」의 후속 논의인 「작가와 사회 재론」을 통해 자신의 입장
이 처음의 논의에서 일보도 후퇴할 뜻이 없음을 분명히 한다. 그는 "다만 뜻밖
의 커다란 파문이 뒤따랐고 발표 시에 말해둔 의구심이 그대로 현실로 나타났
기에 곳곳에 보충설명"을 보탠다며 "필자는 문학(예술에 관하는 한), 참여문학
이건 무엇이건 어떤 원칙을 설정하고 그것으로 작품의 가치판단 기준으로 삼
고, 남에게 강요하는 따위 주장을 인정할 수 없다. 외부권력의 압력은 두 말할
것 없고 문학내부에서 스스로 구속을 촉구한다는 것은 결국 보다 철저한 외부
권력의 탄압, 통제를 맞아들이는 준비작업과 마찬가지이기 때문"이라며 분명
한 결론을 맺는다.[22]

　백낙청과 선우휘의 대담에 이어 주로 순수 측의 입장을 지지하고 있는 비평
가가 참가하고 있다는 점에서 이 시기 참여문학에 관한 주목할 만한 문건으로
1968년 7∼8월에 『신동아』 주최로 열린 연석 심포지엄이 있다. 「근대소설·전
통·참여문학」이라는 표제 하에 이뤄진 이 심포지엄에는 김동리·백낙청·백

---

20) 김순남, 위의 책, 130쪽.
21) 김현, 「다시 한 번 參與論을」, 『현대문학』, 1968. 4(홍신선, 위의 책, 312쪽).
22) 김붕구, 위의 글, 238∼251쪽.

철·전광용·선우휘 등이 사회참여 문제에 대해 입장을 표명하고 있는데 활발한 난상토론이 개진되었다기보다는 자신의 문학관에 대한 이전의 논의를 확인하는 수준에 머무르고 있다. 이 대담에서 사회참여에 대해 백철은 '휴머니즘'으로, 김동리는 '인간성 탐구', '인간성 옹호'로 규정, 이전의 논리를 재확인한다.

김붕구의 사회적 자아와 창조적 자아를 둘러싸고 그 핵심개념인 앙가주망과 관련해 벌어진 '앙가주망 논쟁'은 문학인이 취해야 할 현실참여에 관한 자세가 어떠해야 하는가를 묻는, 참여론의 하위범주 중 가장 많은 비평가가 참가한 본격적인 논쟁으로 기록된다. 이러한 점은 김붕구의 발제 이후 70년대 초반 김양수·최일수 등에 의해 논의가 마감될 때까지 한번도 참여문학 그 자체를 부정하거나 폄하한 비평가가 없었다는 점에서도 확인된다. 오히려 대다수 비평가들이 참여론에 대한 내포와 외연을 어떻게 통일시켜 나갈 것인지에 대해 관심을 쏟고 있다. 요컨대 이 논쟁은 문학인의 현실참여에 관한 구체적이고 실천적인 관심과 함께 비평의 미적 창조성, 문학주의에 대한 각성을 촉구하며 이후 리얼리즘론 형성의 계기를 가속화한 계기로 평가된다. 이 논쟁은 김수영의 작품을 중심으로 이어령과 벌인 '불온시 논쟁'으로 그 중요한 고비를 넘기면서 70년대로 이어지고 있다.

3. 문학과 정치의 경계—불온시 논쟁

'앙가주망 논쟁'이 일어난 시기를 전후하여 김수영과 이어령 사이에 60년대 참여론의 대미를 장식한 '불온시 논쟁'(1967. 12. 28~1968. 3. 26)이 벌어진다. 문학과 정치의 경계(境界)를 규정하는데 초점을 두고 있는 이 논쟁은 대중적 지명도가 높은 비평가 이어령이 문화계의 창조력이 극도로 위축된 이유를 문화인 스스로의 정치개입 등 의식의 타락에서 비롯된 것으로 지적하자, 참여파를 대표하는 시인 김수영이 이에 맞서는 의견을 제시함으로써 발단된다. 이어령이 5회, 김수영이 3회로 총 여덟 차례의 공방이 오간 이 논쟁은 '불온성'을 문화의 본질로 해석해야 하는가, 아니면 정치사회적인 의미로 보아야 하는가, 그리고 문학의 자유와 정치현실의 역학관계는 어떻게 규정해야 하는가에 초점이 두어져 있다. 이 논쟁은 구체적인 작품의 예시를 통해, 일과성으로 끝나지 않고 몇 차례의 화답형식으로 이루어지고 있다는 점에서 60년대 초기의 소모적인 비평논쟁과 일정한 차별성을 가진다.

'앙가주망 논쟁'이 모든 비평가들이 동원될 만큼 광범위한 논쟁이었다면 '불온시 논쟁'은 두 비평가간의 공방이 정점에 달했던 논쟁이다. 두 논쟁은 현대문학사에서 가장 치열한 논쟁으로 기록되는데 이후 있었던 김수영 대 전봉건의 소위 '사기(詐欺)논쟁'도 크게 보아 '불온시 논쟁'의 파장권 내에서 이뤄진 것이다.23) '불온시 논쟁'의 발단은 이어령이 신문의 문화시평(文化時評)란을 통해 「'에비'가 支配하는 文化－韓國文化의 反文化性」(『조선일보』, 1967. 12. 28)을 발표하자, 김수영이 「知識人의 社會參與－일간신문의 사설을 중심으로」(『사상계』, 1968. 1)로 응수한다.24)

---

23) 이 논쟁은 전봉건이 김수영의 1964년 시 연평인 「難解의 帳幕」을 읽고, 시인의 참여란 말과 행위가 일치하지 않는 한 사이비일 수밖에 없다는 언명에서 발단돼 양씨가 공방을 벌이는 형태로 진행된다. 김수영이 특히 문제를 야기시킨 대목은 "시의 기술은 양심을 통한 기술인데 작금의 시와 시론에는 양심은 보이지 않고 기술만 보인다. [……] 양심보다 기술을 우위에 둔 시, 양심 없이 기술만을 구사하는 시를 주지적이고 현대적이라 오인한다며 사기를 세련된 현대성으로 오해"하고 있다는 구절이었다. 이에 대해 전봉건은 「詐欺論－김수영 시인에게 부쳐」를 통해 김수영의 시평이 황당무계하다고 공박하고 그 반증으로 산문성・비속성・사상성・현실의 문제・스타일문제・한국어와 리리시즘과 환상과 상처의 문제・시인의 양심 등 7개 항목을 들어, 그의 시평이 어떻게 어긋나고 있는가를 장황하게 분석하여 증명하려 한다. 이에 김수영은 다시 「文脈을 모르는 詩人들－詐欺論에 대하여」를 통해 "시인이나 소설가가 비평을 할 때 책임지는 것은 작품이 아닌 비평 뿐"이라고 응수한다. 이후 전봉건의 「參與라는 것」, 「土臺 없는 參與의 詩」(『세대』, 1967. 8), 이유식의 「參加詩에의 關鍵」(『현대문학』) 등으로 이어진다(홍신선, 「존재인가, 의미인가」, 앞의 책, 560쪽 참조).

24) '불온시 논쟁'은 총 여덟 차례의 공방으로 이어진다. 첫 논쟁 이후 그 순서는 다음과 같다. △이어령, 「서랍 속에 든 '不穩詩'를 분석한다－知識人의 社會參與를 읽고」(『사상계』, 1968. 3)와 「누가 그 弔鐘을 울리는가?－오늘의 韓國文化를 위협하는 것」(『조선일보』, 1968. 2. 20), △김수영, 「實驗的인 文學과 政治的 自由－文藝時評 '오늘의 韓國文化를 威脅하는 것'을 읽고」(『조선일보』, 1968. 2. 27), △이어령 「文學은 權力이나 政治理念의 侍女가 아니다－'오늘의 韓國文化를 威脅하는 것'의 解明」(『조선일보』, 1968. 3. 10), △김수영 「不穩性에 대한 非科學的인 臆測」(『조선일보』, 1968. 3. 26), △이어령, 「不穩性 與否로 文學을 評價할 수는 없다」(『조선일보』, 1968. 3. 26)

오늘날의 정치권력이 점차 문화의 독자적 기능을 침해하고 있다고 할지라도 그 '문화의 침묵' 원인은 문화인 자신들의 소심증에서 기인하는 것이라고 이어령이 진단한 데 대해 김수영이 반론을 내놓으면서 논쟁은 시작된다. 이어령은 당시의 문화계를 두고 예언자적 기능으로서의 창조력이 극도로 위축되거나 퇴행된 시기라고 진단하고 "치졸한 유아 언어의 '에비'라는 상상적 강박관념에서 벗어나 다시 성인의 냉철한 언어로 예언의 소리를 전달할 것"을 주장하고 있다.[25] 이에 김수영은 「지식인의 사회참여」에서 어린애들처럼 존재하지도 않는 막연한 '에비'를 멋대로 상상하고 스스로 창조의 자유를 제한한다고 전제하고 언론의 애매성·안이·무기력, 보수적이며 방관적인 타성을 비난한다. 김수영은 이것을 정치의 기상지수(氣象指數)에 순응하는 언론의 무골성(無骨性)이라 비꼰다. 그러면서 문화와 예술의 자유의 원칙을 인정해야 한다고 주장한다.

그는 이어령의 '에비론'을 문학인의 양면주의로 파악, "창조의 자유가 억압되는 원인을 지나치게 문화인 자신의 책임으로만 돌리는 것 같은 감을 주는 것이 불쾌하다"고 반격하고 "오늘날의 문화의 침묵은 문화인의 소심증과 무능에서보다도 유상무상의 정치권력의 탄압에 더 큰 원인이 있다고 본다. 그리고 그 怪獸 앞에서는 개개인의 문화인은커녕 매스미디어의 거대한 집단들도 감히 대항하지 못하고 있는 것이 현 실정"이라고 못박는다. 요컨대 최근에 써놓기만 하고 발표를 못하고 있는 자신의 작품이나 신춘문예 응모작품 속에 끼어 있는 '불온한' 시들이 거리낌없이 방출될 수 있는 사회가 되어야 한다고 역설한다.[26] 김수영의 반론에 이어령은 「서랍 속에 든 不穩詩를 分析한다」에서

---

25) 이어령, 「'에비'가 支配하는 文化—韓國文化의 反文化性」, 『조선일보』, 1967. 12. 28, 5쪽.

26) 김수영, 「知識人의 社會參與—日刊新聞의 最近 論說을 중심으로」, 『사상계』, 1968. 1 (『김수영전집』 2—산문, 민음사, 1981). 선우휘는 김수영이 죽은 후 김수영과의 생전 대담을 회고하며 이 때 김수영이 말한 '불온'은 정치적인 뜻이 아니라 '전위'라는 사실과 함께 당시 "지식인이 사회 참여한다고 할 때 그것을 좁혀서 현실에 반항한다고 할 때 우리 지식인이 설정하는 현실을 휴전선 이남에 국한하고 있다"고 밝혀 김수영도 남한 지식인으로서의 어쩔 수 없는 한계를 가질 수 밖에 없었다고 평가한다(선우휘, 「現實과 知識人」, 『아세아』, 1969. 2 참조).

"참여론자들은 영광된 사회가 와서 서랍 속에 보류된 자신의 불온한 시를 해방시켜 줄 것을 원하고 있는 예술이 아니라, 거꾸로 그 '불온한 시가 영광된 사회'를 이루도록 행사시키는 데서 그 의의를 발견하는 일종의 전사(戰士)인 것이다. 그러므로 영광된 사회가 왔을 때는 이미 그러한 불온시는 발표되지 않아도 좋을 것이다. 발표가 허락된 순간 이미 발표할 만한 가치를 상실해 버리는 것이 바로 '참여시의 운명'이기도 하다"며 문학의 실천행위는 무용한 것이라는 일관된 입장을 취한다. 이와 함께 '불온시=명시'의 공식에 의문을 제기하고 참여시나 어용시는 같은 핏줄의 쌍둥이이며, 시가 아무리 독립운동에 참여한다 하더라도 시는 시의 한계를 가진다며 경직된 도구주의로서의 참여시를 경계한다. 심지어는 참여시인이라고 부르기보다는 역사의 전리품을 가로채는 동물원의 사냥꾼이라고 부르는 편이 정확할 것 같다며 오늘날의 문학인은 관의 검열자와 문학을 정치도구로 착각하여 문학자체를 부정하는 사이비 시인과 비평가들의 협공을 당하고 있다고 공세의 고삐를 늦추지 않는다.27) 그는 이러한 논리를 보다 구체화한 「누가 그 弔鐘을 울리는가—오늘의 韓國文化를 위협하는 것」은 참여문학이 대중에 영합하는 시류문학이나, 또는 곧 정치주의 문학이라는 주장으로 요약된다. 그 마지막 구절에 의하면 결국 문화란 정치권력에 의해 타살되는 경우보다는 8·15 직후나 4·19 직후처럼 자살하는 경우에 심각한 위기에 봉착하는 것으로 무한한 자유 속에서는 문화창조의 깃발이 아니라 정치의 깃발이 판을 친다는 것이다.28) 이어령은 사회적 현실의 효용성을 추구하려다 문학예술을 이데올로기에 팔아 넘기는 일을 경계해야 하고, 문화를 정치사회의 이데올로기와 동일시하는 문화인 자신의 문예관이 부당한 정치권력으로부터 받고 있는 문화의 위협보다도 위험하다고 경고하고 있다. 이어령은 50년대 중·후반, 60년대 초반의 이전세대를 부정하고 그들과의 차별성을 부각시키며 저항과 반항, 부정과 도전의 목소리를 외치며 스스로 화전민임을 자처하던 때와는 사뭇 다르게 문학의 현실 참여성을 정치적 구속

---

27) 이어령, 「서랍 속에 든 불온시를 분석한다」, 『사상계』, 1968. 3(홍신선, 위의 책, 256쪽).

28) 이어령, 「누가 弔鐘을 울리는가」, 『조선일보』, 1968. 2. 20(홍신선, 위의 책, 240~245쪽).

으로 폄하한다.

이어 발표된 김수영의 「實驗的인 文學과 政治的 自由—오늘의 韓國文化를 威脅하는 것을 읽고」는 이어령의 「누가 그 弔鐘을 울리는가—오늘의 韓國文化를 威脅하는 것」에 대한 반론으로 문학의 전위성(前衛性)과 문학인의 정치적 자유에 대한 해명의 성격을 담고 있다. 특히 이 글은 "모든 전위문학은 불온하다. 그리고 모든 살아 있는 문화는 본질적으로 불온하다"는 유명한 시적 에피그램을 남겼다. 이 반론은 현실적·정치적인 금제를 깨고 꿈이나 불가능을 이상적으로 추구하는 것이 문학의 본질적 속성임을 재확인한다. 그 골자는 문화를 이데올로기와 결부시키는 것이 아니라 단 하나의 이데올로기로 동일시하려는 것에서 문제를 발견한다. 때문에 '질서는 위대한 예술'이라는 것은 정치권력의 시정구호로서는 적격이지만 문학 백년대계를 세워야 할 전형적인 평론가가 내세울 만한 기발한 아이디어는 되지 못한다고 일갈한다.29) 이에 다시 이어령은 관의 문화검열자들에게 나쁜 작품이란 그들의 정치권력에 해로운 것들을 뜻하며 좋은 작품이란 정치권력에 도움이 되는 것을 의미한다고 역공한다.

> "문학작품을 문학작품으로 읽으려 하지 않는 태도 그것이 바로 문학을 가장 직접적으로 위협하고 있는 현상이다. [……] 문학을 정치 이데올로기로 저울질하고 있는 오늘의 오도된 <사회참여론자들>이 그런 것이다. 문학작품을 문학자품 자체로 감상하려 않는다는 점에서 그들은 관(官)의 문화검열자와 조금도 다를 것이 없다."30)

이어령은 참여론자들은 "자기 이데올로기의 자(尺)에 맞으면 삐라 같은 글도 명작이라고 추켜세우고 그 경향에서 조금이라도 이탈되면 어떤 작품이라도 반동의 낙인을 찍고 있다"면서 "오늘의 과제와 우리의 사명은 문학의 순수성을 파괴시키는 것이 아니라, 그 순수성을 여하히 이 역사에 참여시키는가에

____

29) 김수영, 「實驗的인 文學과 政治的 自由」, 『조선일보』, 1968. 2. 27(홍신선, 위의 책, 264~266쪽).
30) 이어령, 위의 글(홍신선, 위의 책, 240~245쪽).

있"고 "정치화되고 공리화된 사회에서 꽃을 꽃으로 볼 줄 아는 유일한, 그리고 최초의 증인들이 바로 예술가이다. 그 순수성이 있으니 비로소 그 왜곡된 역사를 향한 발언과 참여의 길이 값이 있는 것"이라고 말해 자기의 논점이 순수에 있음을 분명히 한다. 한편 관의 검열론이란 문학적 차원을 정치적 차원으로 하락시키는 일이며, 진보=불온이고, 불온=전위이며, 전위=훌륭한 예술이라는 등식은 산술적인 이데올로기만을 강요하는 행위라고 재확인한다.[31]

이 두 사람의 논쟁은 「參與論爭의 決算」이라는 제목 하에 김수영의 「不穩性에 대한 非科學的인 臆測」과 이어령의 「不穩性 與否로 文學을 評價할 수는 없다」가 동시에 『조선일보』(1968. 3. 26)에 실리는 것으로 마감된다. 두 가지 평문 역시 당시의 진보적인 의미를 내포하는 문학·문화에 대한 실질적인 억압이 있었느냐 하는 정치권력과 문학적 자유의 함수관계에 대한 것으로 불온성과 오독 시비의 연장으로 이어지고 있다. 김수영은 자신이 주장한 불온성이 정치적 의미로 제한되는 한 이 논쟁은 무의미한 것이라고 선언하고, 이어령은 바로 그와 같이 불온성을 문화의 차원이 아닌, 정치의 차원으로만 이해하는 문화인들이 있으며 이들이 결국 창조의 자유를 위축시킨다고 선언하는 것으로 결론을 맺는다.[32]

이러한 '불온시 논쟁'의 결산을 두고 임중빈은 양측 모두에 문제성이 있음을 지적한다. 김수영의 '불온' '전위문학'도 넌센스이며, 이어령의 '순수한 참여'도 어불성설이라 싸잡아 비판한다. 그에 의하면 참여문학은 '집단관계 속에서의 사실의 추구방법이며 위험을 무릅쓴 이성의 표현'이 되어야 하는데 방법론적 진척도 없고 한국문학 발전의 실질적 계기도 만들지 못하고 있다는 것이다.[33] 이 논쟁이 일단락 된 듯 하면서 김수영은 급작스런 교통사고로 죽음을 맞게 되는데 백낙청은 애도문인 「抒情의 成長과 克服」에서 비평가로서의 김수영의 태도에 대해 "그는 좁은 의미의 참여시를 위해 싸웠다기보다 정직하고 책임 있는 문학의 자세를 옹호하고 양심과 이성을 지닌 지식인으로서의 그의

---

31) 이어령, 「文學은 權力이나 政治理念의 侍女가 아니다」, 『조선일보』, 1968. 10(홍신선, 위의 책, 267~271쪽).
32) 홍신선, 위의 책, 559쪽 참조.
33) 홍신선, 위의 책, 559쪽 참조.

진면목은 이른바 존재의 탐구와 연구와 사회참여, 그리고 그에 대응하는 언어와 형식의 쇄신을 하나의 통일된 작업으로 파악·추구한 데 있었고, 그렇기 때문에 그는 한국 시단의 가장 예민하고 온당한 비평가였으며 문학에 국한되지만도 않는 훌륭한 평론가였다"라고 긍정적으로 평가하고 있다.[34]

원형갑 역시 「知識人과 知的 마조히즘」에서 김수영의 "불온이란 표현은 아주 드물게 보는 시인의 재치라고 하겠다. 우선 놀라게 하는 신기성이 의미에서 재미있다. 그리고 이'불온'처럼 예술 용어로서의 전위의 의미와 성격을 훌륭히 전달해 주는 말도 없을 것이다. 왜냐하면 전위란 곧 기존 질서에 대한 부정이며 반발이며 반성·회의를 내포하는 것이고 새로운 질서에의 창조적 희망인 것이기 때문이다. 문학예술은 그 본래의 정신적 생리에 있어서 기존 질서에의 도전이며 새로운 질서에의 창조적 열정에서 비롯된다"며 불온이란 개념의 전위성에 대해 상당히 호의적인 반응을 보인다.[35]

김수영의 입장에 부정적인 태도를 보인 비평가는 이어령과 같이 조선일보의 필진으로 있었던 선우휘와 줄곧 순수 쪽의 입장을 고수해 온 이철범이었다. 이철범은 「68년 上半期 評論」에서 김수영이 한국에서 자유가 억압되고 나치문화와 같은 획일성이 자행되고 있다고 염려하지만, 그의 시가 관의 검열 때문에 발표되지 않은 일이 없다고 주장한다.[36] '불온시 논쟁'은 구체적인 문화적 상황에 대한 인식의 차이에서 출발하여, 특히 김수영의 시 작품과 시 비평에 대한 태도를 문제삼음으로써 단순히 논쟁 자체의 발전적 지평만이 아닌 작품론을 수반한 비평론으로의 가능성을 기대할 수 있었지만 결국 시의 불온성을 가지고 문화의 정치적 입장을 확인하는 메타비평적 수준에서 머무르고 말았다.

이처럼 여느 논쟁에 비해 작품을 근거로 한 논쟁이 되고 있다는 점에서 본격논쟁으로서의 가능성이 높았지만 그 기대지평에 이르지 못한 것은 아무래도 더 이상 논의를 확대할 수 없었던 정치적 상황이나, 김수영의 뜻밖의 교통사고로 인한 죽음 때문이었다. 선우휘와의 대담에서 보여주다시피 김수영 자

---

34) 백낙청, 「抒情의 成長과 克服」, 『한국일보』, 1968. 6. 25.
35) 원형갑, 앞의 글(홍신선, 위의 책, 560~565쪽).
36) 이철범, 「68년 上半期 評論」, 『월간문학』, 1968. 7.

신이 문화에 대한 정치적 해석의 범위를 민족적 차원으로 확대하지 못하고 남
한 현실 속에서만 찾으려 한 점은 그 좋은 예다. 그리고 작품론을 동반하고
있다 하더라도 작품론 자체보다는 문화론, 정치론에 가려 기실 작품을 대상으
로 하는 평문은 이어령의 「서랍 속에 든 不穩詩를 分析한다」정도로 미미하게
언급되고 있는 사정도 본격논쟁으로서의 입지를 약화시킬 수밖에 없었던 근
원적 한계로 지적된다.

4. 문학주의와 현실주의의 견인―상상력과 리얼리즘 논쟁

1970년 4월 『사상계』가 주최한 「4·19와 한국문학」좌담회에서 김현이 리얼
리즘 문제를 '상상력'과 결부시켜 구중서와 의견이 대립되면서 순수―참여론
은 심화된 국면으로 반전되기에 이른다. 흔히 '상상력과 리얼리즘' 논쟁이라
불리는 이 논쟁은 70년대 리얼리즘 논쟁의 계기로 작용한다.[37] 이 좌담회에서
리얼리즘 논쟁의 계기를 마련한 것은 김현과 구중서의 의견이 대립하면서 시
작되었다. 김현은 리얼리즘 발생의 가능성을 사회계층의 형성 여부와 관련시
키면서 4·19 이후의 리얼리스트들이 최소한의 자기계층(그것이 봉건보수적
쁘띠부르주아였다 할지라도)을 가졌다는 점에서 사회계층이 학생측에 의해 유
도된 4·19 이후의 리얼리스트들이 리얼리즘이란 자기계층의 부재라는 쓰디
�쓴 확인을 의미한다고 평가하고 있다.[38] 이에 대해 구중서는 리얼리즘과 자연

---

37) 백하현은 구중서(「한국문학의 반성과 재출발」, 『대한일보』, 1967. 8. 9), 백낙청(「한국
소설에서의 리얼리즘 전망」, 『한국일보』, 1967. 8. 12), 조동일(「리얼리즘 재고」, 『현대
문학』, 1967. 10)등이 리얼리즘에 관한 평문을 제출하고 있는 것과 함께 소시민 문학
론과 시민문학론을 주장하는 『68문학』 동인과 『창작과비평』 그룹간의 문학에 대한
첨예한 대립의식에서 리얼리즘 논쟁의 불씨를 찾고 있다. 그는 60년대 후반에 보여주
는 이러한 논쟁의 주된 대립적 양상을 첫째, 서구문학사에서의 리얼리즘과 내추럴리
즘을 어떻게 규정·인식할 것이며, 그 잣대로 한국문학의 전통을 어떻게 평가할 것인
가, 둘째, 리얼리즘의 한국적 수용이란 면에서 시대상황과 문학적 방법의 관계에 대
한 문제 등 크게 두 가지 관점으로 분류하고 있다(백하현, 「1970년대 리얼리즘 문학
논쟁의 연구」, 136~137쪽 참조).
38) 유종호·염무웅 편, 『한국문학의 쟁점』, 전예원, 1977, 170쪽.

주의의 차이를 사회나 인간생활에 대한 '객관적 묘사' 이상의 역사의식이라든
가 미래에 대한 전망제시의 유무로 두고 김현이 리얼스트라 평가한 현진건 ·
염상섭 문학에 대해 "사회 또는 인간생활의 현상을 객관적으로 묘사하는 데
그쳤고, 또 어떤 역사의식의 지향이라든가, 또는 이상주의적 요소를 작품 속에
담아서, 또 창조해 나가는 그런 의식작업을 못했기 때문"에 19세기 프랑스의
왕당파이면서 보수주의자인 발자크 류의 리얼리즘 소설과 구별되는 자연주의
문학이라 규정, 반론을 제기한다.39) 이에 반해 김현은 염상섭의 「삼대」나 채만
식의 「탁류」는 투철한 분석력과 저항정신을 가진 좋은 리얼리즘 작품에 해당
한다며 발자크가 위대한 리얼리스트가 된 것은 신흥계급에 대한 지독한 혐오
에서 기인하는 것이라고 밝히고 "그것은 현실을 냉정하게 직시한 데서 얻어진
것이라기보다는 '망할 놈의 현실' 하는 조소에서 얻어진 것"이라고 반박한
다.40) 이후 구중서는 좌담회에서 밝혔던 견해를 보완하여 「한국 리얼리즘 문
학의 형성」에서 리얼리즘의 시작을 발자크의 「인간희극」 서문에 두고 이후 엥
겔스 · 루카치를 거쳐 30년대 소련의 사회주의 리얼리즘에 이르기까지 폭넓게
개괄한 다음, 이미 좌담회에서 언급한 염상섭 · 현진건 · 채만식 등에 대해 "그
들은 인간과 자연과 사회를 있는 그대로 묘사하고 재현했다. 그들이 사회적
부조리의 문제에 갈등을 느끼고 비판을 했지만, 그것이 사회의 전모에 대한
충실한 객관적 묘사를 거친 창조적 결실로 발전하지 못했다"41)며 이전의 태도
를 재확인한다. 이에 덧붙여 30년대 자연주의 문학은 한국 리얼리즘 문학의
예비적 수련(修鍊)의 성격을 띨 뿐이며 한국사회의 시민의식과 역사의식을 성
숙시킨 4 · 19 혁명에 이르러서야 리얼리즘 경향이 촉진되었다고 판단한다. 그
는 결론으로 한국문학이 근대적인 체질과 능력을 갖추려면 한국적 리얼리즘
의 형성이 원만히 성취되어야 한다며, 이러한 것이 한국 현대문학의 창조적
실재와 문학사의 전진에 토대가 될 것이라 주장하고 있다.42)

　김현도 좌담회를 보완하여 「한국소설의 가능성—리얼리즘론 별견」43)을 내

---

39) 유종호 · 염무웅 편, 위의 책, 169쪽.
40) 유종호 · 염무웅 편, 위의 책, 169쪽.
41) 구중서, 「한국 리얼리즘 문학의 형성」, 『창작과비평』, 1970. 여름, 345쪽.
42) 구중서, 앞의 책, 347쪽.

놓아 이전과 마찬가지로 우리 소설이 리얼리즘과는 무관한 방향에 있다는 입
장을 분명히 한다.『문학과 지성』창간호에 실린 이 글에서 김현은 "리얼리즘
의 승리라는 도식적인 요청이 현재의 한국문학에 주어지고 있는 것은 새로운
각도에서 새것 콤플렉스의 발로"로 "조금이라도 민중을 선동하는 기색이 있으
면 그것은 리얼리즘이며, 그렇지 못하면 내추럴리즘"이라고 정의한다며 자신
의 견해와 문학적 입장을 달리하고 있는 일부 리얼리즘 논자들을 공박한다.44)
이어 김현은 우리의 사회주의 리얼리즘과 1920~30년대 카프의 김기진의 프
롤레타리아 문학이론을 검토하고 우리의 경우, 현실의 예술에 대한 우위성을
지나치게 강조한 나머지 예술을 말살해 일제하 카프가 단 한편의 우수한 작품
도 내놓지 못했다고 강변한다. 이러한 리얼리즘의 도식주의는 상상력을 통해
서만 극복할 수 있다고 결론 맺는다. 몇몇 작품이 성공적일 수 있었던 것도
도식성이 짙은 리얼리즘과는 다른 문학에 대한 작가 자신의 직관에 의한 투시
력과 상상력의 산물이라는 것이다.45)

"여러 가지 여건들 때문에 나는 도식적 리얼리즘이 한국에서는 불가능하
다고 생각한다. 한국에서 가능한 문학기술 방법은 오히려 리얼리즘의 허위
성을 밝혀 주는 비평적, 혹은 상징적 기술방법 뿐이다. 한국사회의 구조적
모순을 리얼리즘적인 수법으로 드러낸다는 것은 이중의 위험성을 지닌다.
하나는 소시민적 영웅주의에 빠질 위험성이며, 또하나는 소시민적 패배주
의에 빠질 위험성이다. 그 둘 어느 것도 예술로서는 치명적이다. 예술이 정
신적 고문이라면, 소시민적 영웅주의는 모순을 감정적으로 해소시키며, 소
시민적 패배주의는 모순을 심리적으로 수락·체념해 버림으로써 예술의
본래적 목적을 상실시켜 버린다. 그래서 삶의 의미와 가치에 대해서 아무런
성찰도 필요로 하지 않는 문학이 생겨난다. 문제의 제기와 해답이 뚜렷하게
주어지기 때문이다. 그러나 진정한 예술은 도식적인 해답을 제공하지 않는
다. [……] 그 기술 형식은 시대에 따라 다양할 것이 틀림없다. 과연 염상섭

---

43) 김현,「한국소설의 가능성-리얼리즘론 별견」,『문학과지성』창간호, 1970. 가을(『김
    현문학전집』 2, 문학과지성사, 1991, 70~94쪽).
44) 김현, 위의 책, 70쪽.
45) 김현, 위의 책, 86쪽.

의 「삼대」, 채만식의 「태평천하」, 최인훈의 「회색인」「서유기」, 김승옥의 「60
년대식」, 박태순의 「낮에 나온 반달」 등의 몇몇 작품을 생각할 때, 그 질문
과 대답의 변증법이 빚어내는 다채로운 구조를 다시 한번 느끼지 않을 수
가 없다. 중요한 것은 한국 현실의 모순을 직관으로 파악하는 작가의 놀라
운 투시력, 그리고 그것을 가능케 하는 상상력이다. 어느 시대에서건 위대
한 인물이 맡았던 몫은 언제나 개방되어 있다. 도식화하지 말라, 당신의 상
상력으로 시대의 핵을 붙잡으라. 내가 할 수 있는 충고는 이것 뿐이다.”[46]

김현과 구중서의 『사상계』 좌담은 비평론 자체의 발전적 모습을 기대하기보
다는 자기 나름의 문학적 입장을 천명, 확인하는 수준에 머물렀지만 이 논의를
1970년대로 진입시켜 리얼리즘 논의를 본격화하는데 촉매역할을 한다. 김현의
소론에 대한 반론은 염무웅에 의해 제기 되었다. 염무웅은 「리얼리즘의 심화시
대」에서 “문학의 탁월성은 한 작품에 참된 정직성과 철저성이 결여되어 있거나
손상되어 있을 때 필연적으로 그것이 예술적 결함으로 나타나고야 만다는 데
있다”[47]고 전제하고 리얼리즘의 발생학적 속성을 특정한 시대의 예술 이데올로
기에 국한되는 것이 아닌 통시적인 보편성에서 찾아지는 것이라 주장한다.

“그 의미의 다양성과 복잡성은 리얼리즘이란 어휘 자체에서 유래하는 것
이라기보다 그 어휘가 거쳐온 각 시대적·역사적 현실의 다양성과 복잡성
에서 발생하는 것이기 때문이며, 또한 그럼에도 불구하고 리얼리즘은 세계
에 대한 태도에 있어서 그리고 대상(인생, 자연 등)을 표현하는 예술적 방법
에 있어서 제종(諸種)의 아이디얼리즘과 확연히 구별되는 미학적 일관성을
보여왔다.”[48]

한편 그는 리얼리즘이 특정한 시대의 예술운동과 그 경향을 지칭한 역사적
개념에서 출발하여 예술 일반의 어떤 보편적 원리를 밝히는 포괄적 개념으로
발전하고 있음을 상기시키며 “리얼리즘을 특정한 시대의 예술 ‘이데올로기’로

---

46) 김현, 위의 책, 94쪽.
47) 염무웅, 「리얼리즘의 역사성과 현실성」(홍신선, 앞의 책, 444쪽).
48) 염무웅, 위의 글(홍신선, 앞의 책, 445쪽).

묶어 둔다면 그것은 개념의 부당한 축소가 될 뿐더러 인간과 예술을 위해서 그 개념이 열어 주는 지평을 고의적으로 폐쇄하는 일"[49]이라고 의미를 확장시켜 이해할 것을 주장한다. 구중서와 김현이 프랑스 작가 발자크를 두고 이해를 달리했던 부분에 대해서는 '의도된 왜곡'이라고 파악하면서, 정치적으로 왕당파로 보수적이며 반동적 세계관을 가졌던 발자크가 예술적 진보성을 이룩해 낸 모순적인 현상에 대해 해명한다. 즉 발자크의 정치적 반동성과 예술적 진보성 사이의 모순에 대해 이른바 세계관(의식 또는 상상력)이란 고정불변의 실체가 아닌 현실과의 관계 속에서 부단히 변화하면서 발전해 나가는 것으로 규정한다. 때문에 발자크의 세계관과 예술적 성과 사이의 모순은 세계관과 예술 사이의 '직접적' 모순이 아니라고 파악한다. 요컨대 발자크의 모순은 발자크가 처해 있던 당대의 사회적 현실에 있는 것으로, 발자크 문학의 모순은 이러한 현실 모순의 예술적 반영에 지나지 않는다는 것이다. 발자크 소설은 그 개인의 주관적 편견과 정치적 반동성에 대한 리얼리즘의 승리라 의미를 부여, 구중서의 의견에 동조하는 태도를 보인다.[50] 즉 염무웅은 리얼리즘과 상상력은 별개항이 아니라고 파악한다. 상상력이란 예술가가 현실을 관찰하고 분석하여 그것을 형상적으로 재구성하는 감성적 능력으로 결코 현실 초월적인 것이 아니라, 그 자체가 현실 규정적인 것이며 현실과의 상호관계 속에서 형성되어진다는 것이다. 김현이 「한국소설의 가능성」에서 밝힌 '상상력의 구조는 無'라는 점에 대해 "시대적 현실에 의해 규정되는 상상력의 구조가 단순히 無라고 보는 것은 바로 그 상상력이나 시대적 현실이 경험과 문화의 오랜 축적이라는 사실을 도외시한 것이며, 마치 작가의 상상력이 유아적 백지상태에서 현실을 조명하는 것처럼 생각하는 것은 논리적 오류"[51]라고 반박한다. 그는 리얼리즘은 본질적으로 반도식적인 성격을 지닌다고 보면서 리얼리즘의 당위적 성격에 대해 정의한다.

---

49) 염무웅, 위의 글(홍신선, 앞의 책, 376쪽).
50) 염무웅, 위의 글(홍신선, 앞의 책, 453쪽).
51) 염무웅, 위의 글(홍신선, 앞의 책, 454쪽).

 "참된 리얼리즘은 이처럼 작가의 세계관이 현실 속에서, 즉 그의 모든 사
회적 실천 속에서 부단히 변화되는 것을 인정하며, 작가의 상상력이 객관적
현실과의 긴장 속에서 기성화된 상투형들과 팽배한 허위의식을 부단히 폭
로·파괴할 것을 요청한다. 그러나 리얼리즘은 작가의 상상력이 추상적 예
술형식들과의 무절제한 유희에 빠지거나 현실과 동떨어진 자기목적속으로
비약하는 것을 현실의 일면적·피상적 묘사에 의해 트리비얼리즘으로 떨
어지는 것에 대해서와 마찬가지로 단호히 배격한다.52)

 염무웅의 이러한 리얼리즘에 대한 인식은 기법과 정신이 합일된 개념이라
볼 수 있다. 다시 말해 그의 리얼리즘론은 '디테일의 충실성'이라는 소박한 모
사론적 기법으로서가 아니라 '전형적 상황에서의 전형적 인물의 재현'이란 예
술적 통일의 원리에 다름 아니다. 그의 리얼리즘은 예술의 일반적 원리로 리얼
리즘을 상정하면서도 발자크의 리얼리즘을 전범으로 내세워, 당대 부정적 현
실에 대한 개혁적 세계관으로서의 리얼리즘을 부각시키고 있으므로 사회주의
리얼리즘론의 초기단계로 이해할 수 있다는 평가도 있다.53)

 김병걸은 참여론의 연장선상에서 리얼리즘을 이해하면서 "문학의 자율성을
인정하면서, 작품에서 형상화된 세계가 어느 만큼 인간의 본질적인 파토스를
보편적 가치의 차원으로 승화시키고 있는가가 중요하다"54) 고 주장하면서 "리
얼리즘 역시 객관적 사실의 르포르타주가 아닌 상상력에 근거한 것이며 상상
력 창조는 의식의 선험적 본성과 맺어져 현실부정의 계기를 필연적인 조건으
로 요청하는 것"55)이라는 주목할 만한 의견을 제출한다. 상상력 창조가 의식
의 선험적 본성과 맺어진다는 대목은 논리의 지나친 비약이거나, 아니면 지극
히 원론적인 견해에 지나지 않을 수 있으나 리얼리즘에 의거한 작품이 결국
상상력과 객관적 현실에 대한 변증법적 통합에 의해 형상화한다는 논리는 설
득력이 있어 보인다. 이에 덧붙여 "새 것에 대한 콤플렉스 때문에라든가 혹은
카타르시스적 효과를 얻으려는 것과 같은 즉흥적인 정감에서 한 짓은 아니다.

---

52) 염무웅, 「리얼리즘론」, 『민중시대의 문학』, 문학과 지성사, 1979, 114쪽.
53) 백하현, 「1970년대 리얼리즘 문학논재의 연구」, 『문학과 지성 비판』, 143쪽.
54) 김병걸, 「리얼리즘을 왜 曲解하는가」(홍신선, 위의 책, 428~432쪽).
55) 김병걸, 위의 글(홍신선, 위의 책, 428~432쪽).

문학에 있어서의 딜레땅티스의 범람을 막아내고, 대신에 정말로 인간을 위한 진실의 모습을 추구하자는 사명감에서 제기된 것”이며 이것은 “인간과 사회의 삶을 바깥에서 방관하거나 관찰하지 않고, 직접 그 삶 속으로 투신하여 우리가 정직하게 성심껏 검증한 바를 적나라하게 꺼림 없이 표현하는 것은 예술의 사명인 동시에 모랄의 사명인 것”56)이라고 밝혀 리얼리즘 논의의 보편적 타당성을 주장한다. 특히 최일운의 「사회주의 리얼리즘」을 의식, 비판적 리얼리즘으로 방향을 정한다. 이는 인간을 소외시키는 사회적 정치적 현상을 밝혀내며, 자기 사회의 구조적 맹점을 들춰내며, 사회악에 대해선 가차없는 비판을 던지며, 그리고 한편 사실의 왜곡·궤변·자포적인 환상감을 막아내는 데 문학적 정열을 쏟는 것이라 부연한다.57)

임헌영은 “리얼리즘은 참된 미학의 결정체요, 이것이야말로 인간이 가질 수 있는 예술의 극치이며 휴머니즘의 대변자이기 때문이다. 예술이 있는 한 리얼리즘이 있으며 그 외의 모든 미학은 허위임을 이는 명백히 알려 주고 있다”58)며 ‘리얼리즘은 휴머니즘’이라는 전제에서 출발한다. 그러면서 그는 리얼리즘적 전통이란 민족문학에서의 리얼리즘의 맥을 잇는 연암→홍길동→춘향전으로, 조선시대 내방가사(여성해방운동을 방해한 현실마취제)나 홍길동전(이조의 봉건질서에 순응한 작품)과는 차원을 달리한다고 부연한다.

임헌영은 김현의 소론에 대해서도 작가의 자세가 아닌 기법에 의존하는 판단으로 자연주의와 혼동할 우려가 있다고 의문을 표시한다. 그는 “글의 전반부는 바로 리얼리즘에 대한 이론이 아니라 자연주의의 불합리성을 논한 것에 불과한 것이다. 리얼리즘에서 가장 주요한 인식론을 잊고 존재론을 운운하는 것은 리얼리즘의 초보도 모르는 소리다. 이처럼 참된 미학으로서의 리얼리즘

---

56) 김병걸, 「리얼리즘을 왜 曲解하는가」(홍신선, 위의 책, 429쪽).
57) 김병걸, 앞의 글(홍신선, 위의 책, 431쪽) 이후에도 김병걸은 「리얼리즘 문학의 가능성」(『시문학』, 1973. 11)을 발표해 신경림의 「농무」, 김지하의 「비어」 등을 리얼리즘 관점에서 평가했고, 이에 대해 원형갑이 「反리얼리즘의 可能, 대체 그들은 무엇을 말하려는가」(『시문학』, 1974. 1), 「續 리얼리즘, 現實參與論이 갈 길」(『시문학』, 1974. 3)을 발표한다.
58) 임헌영, 「한국문학의 과제─민족적 리얼리즘에의 길」, 『현대문학』, 1971. 3(임헌영, 앞의 책, 324쪽).

을 체계적으로 모르는 사람들이 저지르는 예술적 죄악은 무척 크다. 리얼리즘 하면 소설(social)리얼리즘만을 상기하거나 아니면 기법상의 문제를 생각하기 쉽다."59)고 지적한다. 우리 풍토에서의 리얼리즘은 도식주의를 면할 수 없다는 지적과 그 대안으로 상정한 상상력에 대한 임헌영의 비판은 어투가 지나치게 단정적이어서 다소 의식의 편향을 드러내고 있음에도 불구하고 기본적으로는 온당한 것으로 받아들여진다.

최일수는 리얼리즘이 방향이 "오늘의 민족적 현실은 분단이며, 또한 이를 극복하고 통일로 지향하는 의지와 행동의 추구"에 있다며 임헌영의 민족적 리얼리즘에 동조하는 것을 전제로 해 그 방법론을 내세운다. 즉 그의 리얼리즘론은 분단극복과 통일지향으로 요약된다.60)

한편 김양수·최일운과 같이 당시 반리얼리즘론의 편에 섰던 논자들은 리얼리즘을 기법이나 정신의 문제 등 그 자체의 본질을 밝히기보다는 안이한 상황논리로 빠지고 있다는 점을 지적한다. 남쪽의 불합리한 현실적 모순만 들춰내지 말고 북쪽도 함께 비판하라는 이러한 논리는 반공일변도의 시대적 상황과 지적 폐쇄성에서 기인한 것으로 보인다.

1970년대 초기 리얼리즘 논쟁은 1972년 12월 『문학사상』에 실린 염무웅(이미 살펴본 「리얼리즘의 역사성과 현실성」)과 김병익의 소론(「리얼리즘의 기법과 정신」)에 이르러 절정을 이루며 마감된다. 리얼리즘과 상상력에 대한 답변 항목을 제외한 위의 요지를 살펴보면 대체적으로 김현이 『사상계』에서 밝힌 소론과 궤를 같이하고 있다. 그는 리얼리즘의 범위를 지나치게 확장하여 현실 자체를 추상화시키거나 자연주의 내지 소극적 의미의 리얼리즘을 리얼리즘의 전체 모습으로 그 의미를 축소, 해석하고 있다.61) 특히 '상상력'에 내해서도 김현의 논리를 보완하는 선상에 있다.

　　"'현실과 재현'이라 하지만 그것이 묘사가 아니고 창조라면 그 재현은 상

---

59) 임헌영, 위의 글, 위의 책, 336쪽.
60) 최일수, 「민족적 리얼리즘」, 『현대문학』, 1971. 4, 373쪽.
61) 김병익, 「리얼리즘의 기법과 정신」(홍신선, 앞의 책, 434~438쪽 요약).

상력의 작용이지 문자로 옮겨진 현실일 수는 없다. 아무리 객관적인 사회묘
사라 할지라도 거기에는 작가의 선택과 직관 및 구성력이 작용하며 극도의
의식의 흐름의 작품이라 할지라도 거기에는 현실에 대한 체험과 관찰의 결
과가 포함되게 마련이다. 따라서 창작은 순수한 주관만으로, 또는 인식이
결여된 객체만으로 구성되는 것이 아니라 상상력 자체의 논리적인 힘과 생
명력 있는 흐름을 갖고 전개된다.62)

그는 상상력을 동원하여 소박한 현실의 재현을 포기하는 대신, 현실의 근원
을 포착하고 그것의 핵심을 탐구하는 근대 리얼리즘의 정신을 실현하고 있는
우리 작가로 최인훈·이청준·서기원을 들고 한국의 리얼리스트들이 서민의
삶, 농촌의 현실을 중시하는 소재주의를 주장한다고 해서 그것을 사회주의 리
얼리스트와 같은 것으로 몰아붙이는 것은 지나치게 위험하다면서 리얼리스트
작가와 사회주의 리얼리즘을 구분할 것을 제시하는 것으로 글을 맺는다.63) 이
밖에 이 시기 리얼리즘과 상상력을 둘러싸고 진행된 논의로 최일운·김순
남·홍사중 등을 들 수 있다.64)

60년대 말부터 70년대 초반의 리얼리즘 논쟁은 앞서 개괄한 바와 같이 주로
'상상력'이라는 관계항을 둘러싸고 초기에 관심축이 된 개념확정 문제와 중·
후기를 통해 그것의 한국적 적용문제가 논쟁의 핵심축을 이루고 있다.

특히 이 논쟁은 60년대 순수·참여논쟁이 비평적 돌파구를 찾지 못하고 소
모적인 논쟁만을 되풀이하고 있다는 비난에서 벗어나 당대 현실에 부응하는

---

62) 김병익, 위의 글(홍신선, 앞의 책, 439쪽).

63) 김병익, 위의 글(홍신선, 위의 책, 441쪽).

64) 최일운은 「사회주의 리얼리즘」에서 분단된 국가에 사는 시인·작가들로서는 국토의
통일도 시급하지만 선행되어야 할 것은 정치적·이데올로기적으로 대립된 현실을
보다 뚜렷하게 인식하는 일이며 그러기 위해서는 자유세계의 비합리적인 면을 고발
하는 동시에 "공산주의 사회의 현실을 있는 그대로 리얼하게 고발해야 한다"고 주장
한다(최일운, 「사회주의 리얼리즘」, 『우리문학의 논쟁사』, 홍신선 편, 어문각, 1985).
김순남은 일본에서 발행된 『한양』(1972. 1)에 「리얼리즘 소고」에서 임헌영의 기조에
찬동하며 김현과 김양수의 입장을 "생활의 미학인 리얼리즘을 비판하는 소시민 — 순
수문학파는 관념과 망령의 미학에 서 있다"(김순남, 「리얼리즘 소고」, 『한양』, 1972.
1, 128쪽)고 비판하였고, 홍사중은 임헌영의 '민족적 리얼리즘' 중 '민족적'이란 용어
는 이념적이므로 이의 폐기를 주장한다.

미학적 입장과 창작방법론을 감안한 문예미학적 방법론으로 민족문학론의 계기를 마련하고 있다는 점에 의의가 있다. 그러나 리얼리즘이라는 개념이 워낙 다양하고 복잡해 지나치게 개념확정이라는 부분에 관심이 편중되어 있고, 또한 서구식 잣대의 리얼리즘을 한국적 상황에 그대로 대입하려는 우를 범하고 있다. 또한 지배이데올로기로서의 반공이데올로기의 폭압 아래서 현실의 복잡성과 그에 따른 모순구조의 역사적 단계에 기초한 리얼리즘의 구체화, 과학화는 현실운동과 그 역량의 한계와 더불어 서구에서의 리얼리즘의 초보적인 수준에 머무르고 있다는 지적이 있다.[65] 하지만 문학과 현실의 관계를 문제 삼으면서 순수−참여 논쟁의 연장으로 60년대 후반에 제기돼 70년대 내내 진행된 리얼리즘 논쟁은 민족문학론 수립이라는 새로운 단계로의 진입을 의미한다. 요컨대 4·19의 현실변혁 욕구에 대한 내적 필연성이 구체화한 비평담론으로서 70년대 중·후반에 본격화하는 민족문학론의 전사(前史)가 되고 있다. 한편 이 논쟁은 순수−참여론을 결산할 만한 비평적 진전이나 문학적 공과를 소망스럽게 거두지는 못했다 할지라도 문학의 현실연관성을 방법적 차원으로 공고히 하면서 진보적 문학이 약진할 수 있는 계기를 마련했다는 점에 일정한 의의가 있다.

5. 맺음말

1930년대 김동리에 의해 촉발된 '순수논의' 이후 다시 등상한 1960년대 순수−참여논쟁은 문학과 예술 일반의 본질에 대해 작가의 입장을 묻는 초기적 형태의 논쟁에서 시작하여 창조적 자아와 사회적 자아 중 어느 것을 우위에 두느냐의 구체적 방법론으로서의 '앙가주론', 문학과 정치의 경계를 규정하는 데 초점이 모아진 '불온시 논쟁', 민족문학의 방법적 원리를 찾는데 주력한 70년대 초의 '상상력과 리얼리즘 논쟁'으로 이어지고 있다. 특히 문학인의 사회적인 입장을 묻는 참여론에 관한 3대 본격논쟁은 4·19 이후 본격화된 개인

---

65) 임규찬, 「70년대 이후 사실주의」, 『한국근현대문학연구입문』, 한길사, 1990.

및 사회의지가 문학 내부에 심화된 모습으로 굴절, 투영된다는 점과 70년대 문학비평의 자장을 형성하고 있다는 점에서 비평사적으로 주목할만한 것이었다.

순수－참여논쟁이 소모적인 공방에서 벗어나 자체내의 논리를 갖기 시작한 것은 김붕구의 사르트르 류의 앙가주망의 이념적 편향에 대한 비판적 문제제기에서였다. 그 반론은 창조적 자아의 우위성에 대해 사회적 자아의 시대적 당위성, 혹은 두 자아의 절충적인 입장으로 나타난다. 이 논쟁은 김수영과 이어령간에 벌어진 '불온시' 논쟁으로 비화된다. 김수영이 문학의 전위적 실험성이 억압당하고 있는 현실을 개탄하자, 이어령은 그 책임을 참여론의 입장에서 문학활동을 하고 있는 문인에게 전가시킨다. 그는 문학의 위기를 문화 자체의 응전력과 창조력의 고갈에서 찾아야 한다고 주장하면서 시대적 변화에 추수하는 문학인들의 자세를 비판한다. 본격적인 심화단계는 민족문학의 방법적 원리인 리얼리즘론이 현실과 순수의 척도로 자리하면서부터다. 구중서와 김현의 좌담에서 비롯된 '상상력과 리얼리즘 논쟁'은 문학과 현실의 유기적인 관련을 놓고 문학적 진실을 문제 삼는 방법론으로 문학의 대사회적 관심을 환기, 확대시키는 등 민족문학론의 태반으로 자리한다.

순수－참여논쟁의 진상을 살피고자 할 경우, 어느 일방의 공격내용을 중심으로 문제에 접근하거나 합목적적으로 이해하는 것은 문학의 기본정신에 위배된다는 다음과 같은 지적은 당시 비평론의 본질적 국면이 어디에 놓여 있는지를 짐작할 수 있어 시사하는 바가 크다.

> "순수쪽은 참여론자들에 대해 도식주의 · 소재주의 · 편내용주의라고 비판한다. 그런가하면 참여쪽은 순수문학론자들을 향해서 형식주의 · 문법주의 · 도피주의 · 소아주의 · 이기주의 등등의 혐의를 건다. 이러한 양측 사이의 공방전을 보면서 흔히 말하는 절충의 논리, 조화의 논리를 내거는 것은 이론상으로는 쉬워 보이는 일이지만 실제로는 그리 효과적일 것 같지는 않다. 문학적 상상력을 어떤 측면에서 파악하느냐의 문제, 또 문학하는 행위를 어떤 행동방식의 연장선으로 보느냐 하는 문제 등은 원칙상 개인의 자유로운 선택에 맡길 수밖에 없기 때문이다. 그러나 문학적 상상력의 활용범

위를 넓히고 문학하는 행위에 내재된 의미를 더욱 무겁게 한다는 명분아래
문학에 관한 이제까지의 통념들과 법칙들을 근본적으로 파괴하거나 부정
한다면 그는 별로 바람직스러운 것은 아니다. 진정한 의미의 문학은 개개인
의 의견을 최대한 살려주려는 표현양식이기 때문에 이렇게 보는 것만이 옳
다라든가, 문학은 이러이러해야 한다라든가 하는 따위의 독선이 있게 되면
그는 문학의 기본정신에 위배되는 것이라 할 수 있다.[66]

위의 지적에 기댄다면 이 논쟁은 순수—참여라는 이분법으로 문학의 범주
를 규정하고 있기 때문에, 문학이 본질적으로 지니고 있는 복합적·포괄적인
의미와 다양성을 보지 못하는 한계를 지닌다. 이러한 이분법은 순수—참여 어
느 한 쪽의 문학적 가치 판단에 매달림으로써 실제 작품을 분석, 해석하는데
있어서도 편향을 드러낼 우려가 있다. 남한의 문학사에서 분단이 빚은 가장
심각한 문제로 제도권 문학과 비제도권 문학이라는 이분법적 도식을 보다 굳
건하게 만든 것처럼 순수—참여논쟁은 현실참여의지와 미학적 완성도를 비평
론의 잣대로 들이대는 이분법이 통념화하는데 직·간접적으로 기여하고 있다.
그 결과 이 논쟁은 순수—참여라는 이분법적 도식으로 문학의 범주를 규정,
문학이 본질적으로 가진 장점인 개연성과 다양성을 폭넓게 천착하지 못하고
제한적인 가치판단에 머무르는 난점을 안고 있다. 이와 더불어 비평가 개인의
문단 내의 분파적 입장에 의한 추수비평이나 상호비방식 단선적 논리의 동어
반복이라는 역기능도 드러내고 있다.

한편 상호간에 인신공격과 사상시비가 그치지 않는 등 60년대 내내 전개된
공방 속에서 문학의 본질과 작가의 세계관에 대한 전 문단적 성찰의 계기를
만들고 있으면서도 우리 문학 자체의 비평이론부재라는 한계 때문에 추상적
이고 관념적인 논지로 일관, 분명한 결론을 도출하지 못한 점도 아쉬움으로
남는다.[67] 일부 비평가들은 논쟁다운 논쟁으로 발전하지 못한 점을 들어 쟁점

---

66) 조남현, 「순수·참여론의 표리」, 『지성의 통풍을 위한 문학』, 평민사, 20~21쪽.
67) 전승주, 앞의 글, 앞의 책, 279쪽. 전승주는 이러한 원인을 문학의 본질규정 자체의
    어려움, 즉 예술적 기능과 인식적 기능 중 그 어느 것만을 선택할 수 없는 어려움과
    관련이 있으며, 한편으로 논쟁을 합리적으로 진행할 만한 사회적·문학적 여건의 미
    비 때문으로 보고 있다.

자체가 잘못 설정된 데서 오는 오류라는 지적도 한다.

이 논쟁의 한계로 지적되는 이념적 편향성, 도식성은 논쟁의 과정에서 논자들이 보인 매카시즘적 공격과 그에 대한 격렬한 반박에서 충분히 증명되고 있다. 요컨대 "순수-참여논쟁은 시대적 현실에 대한 인식으로부터 제기된 논쟁이면서 바로 그 시대적 현실로 인해 생산적인 토론이 불가능한 논쟁이 되었던 것"이다.[68]

하지만 순수-참여논쟁은 근본적으로 가질 수밖에 없었던 몇몇 한계에도 불구하고 1930년대 식민지시대 이후 한동안 단절되었던 문학논쟁의 전통이 한국전쟁의 체험을 거치면서 그에 대한 반작용으로서 복원되었다는 점과 함께 문학비평사의 내적 발전에 새로운 계기를 마련하고 있다는 점에 의의를 가질 수 있다. 기존의 순수일변도의 문학 풍조에 대해 일대 각성을 촉구하며 사회역사적 현실의 맥락을 점차 민족적 현실로 상승시키는 문학적 의지의 표현으로 자리한다는 점이다.

다시 말해 순수-참여논쟁의 한 성과는 전쟁체험과 4·19 이후 문학이 좌절, 침체된 상황에서 문학 뿐만 아니라 모든 문화활동에 역동적인 활력을 불어넣고 있다는 점이다. 즉 전쟁과·분단, 혁명의 좌절이라는 배제의 담론으로 출발한 이 논쟁은 의도나 실제수준 이상의 포괄적인 영향을 미치고 있는 것으로 판단된다.[69] 주지하다시피 순수-참여논쟁의 발생은 문인 개인의 문단 내부적 입지와 제도권 밖의 역학 관계, 그리고 새로 등장한 힘에 의한 외부적 강제 등 여러 요인에서 작용한 측면이 있으나 기본적으로는 4·19 이후 다양화한 문학적 관심 속에서 문인 자신의 문학에 대한 반성과 성찰을 포함한 문학적 입지를 묻는 것으로 나타난다. 즉 1950년 이후 순수문학 쪽으로 기울어지다시피 한 문단에 문학의 사회성에 대한 관심을 고조시켜 비평의 다른 한 축을 형

---

68) 류양선, 「1960년대 순수-참여논쟁」, 『한국현대문학과 시대정신』, 박이정출판사, 1996, 263쪽.

69) 우찬제, 「배제의 논쟁, 포괄적 영향―60년대 순수·참여논쟁의 맥락」, 『한국문학 50년의 회고와 전망』, 『문학사상』, 1995. 8, 66~67쪽 참조. 우찬제는 포괄적 영향력의 정도를 가늠해 볼 수 있게 하는 구체적인 사례로 70년대 이후 주요 담론이 되고 있는 리얼리즘론·농촌소설론·민족문학론·민중문학론 등을 거론한다.

성하고 있다. 한편으로 전후문학 이래 절망과 불안, 무기력에 빠져 있던 문단 풍토에 자신감과 극복의지를 불어넣고 있으며, 그 하위개념으로 비평론의 틀을 세우는 과정이라 이해할 수 있다. 그러면서 민족이 처한 구체적인 상황과 민중현실에 대한 문단의 관심을 불러일으키며 20~30년대에 보여준 리얼리즘의 풍부한 방법론적 전통을 되돌아 볼 수 있도록 만들기도 했다.

염무웅은 1960년대의 순수론보다는 참여론에 무게를 실어 이를 민족문학의 이념적 원리를 모색하기 위한 논의로 보고 그 비평사적 의의로 "1950년대의 강압적 냉전논리와 이념적 맹목상태로부터 벗어나기 위해 치러야 할 일종의 이론훈련과정"이었으며 "사르트르 같은 서구 사상가를 매개로 전개되기는 하였으나 민족의 현실에 본격적으로 눈을 돌리게 만든 단초를 제공하였다. 그런 점에서 순수—참여논쟁은 일부 논자들이 주장하듯이 잘못 설정된 쟁점을 둘러싼 무의미한 말싸움이 결코 아니고 1970년대 리얼리즘론과 민족문학론의 구성을 위해 반드시 거쳐야 했던 이론적으로 성숙할 수 있는 밑거름 발전의 불가결한 직전 단계"[70] 위의 언급 중에서 참여론의 가장 큰 성과로 여겨지는 대목은 리얼리즘론과 민족문학론이 이론적으로 성숙할 수 있는 밑거름이 되고 있다는 점이다. 순수냐, 참여냐의 문제는 문학이 가지고 있는 이원론에서 오는 불가피한 현상으로, 이는 문학의 자율성과 사회적 기능성에 대한 인식의 차이를 노정함으로써, 문학 자체의 가치에 대한 판단 기준도 이에 따라 달라진다. 특히 사회적 기능성에 바탕을 둔 참여론은 문학적 양심과 문학적 진실의 구현을 놓고, 리얼리즘을 구현하는 방향으로 나가면서 심정적이고 상투적인 태도에서 벗어나 문학의 자율성과 사회성에 관한 의식과 논리를 심화할 수 있었다.

순수—참여논쟁은 기본적으로 4·19의 성과를 문학내부의 논의로 끌어들이며 문학의 현실연관성과 함께 리얼리즘의 개념을 도출, 그 방법적 원리로 작용케 하는 등 새로운 민족문학의 이념 수립을 위한 전사(前史)로서의 역할을 한 것으로 평가될 수 있다. 특히 이 논쟁의 와중에서 그것의 극복과 새로운 모색을 도모하는 젊은 비평가들의 등장은 우리 현대문학비평의 이론의 질적 전환

---

70) 염무웅, 「50~60년대 남한문학의 민족문학적 위치」, 『창작과 비평』, 1992. 겨울, 62쪽.

과 도약을 가져온 것으로 평가되고 있다. 백낙청의 시민문학론을 중심으로 탄생한 『창작과 비평』 그룹이나 또 다른 한 축으로 후일 『문학과 지성』 그룹의 전신이라 할 수 있는 『산문시대』·『사계』·『68문학』 등을 통해 활동한 4·19세대 젊은 비평가들의 참신한 비평론을 수다하게 제출케 했다.

특히 중후기 순수-참여에 관한 3대 본격 논쟁은 문학과 현실의 상관관계를 단순히 수단이나 기능적인 측면에서 이론적으로 문제 삼은 것이 아니라 목적적이고 구조적인 현실인식을 바탕으로 문예미학의 방향까지 문제삼고 있다는 점에서 같은 시기 여타 논쟁에 비해 가장 문학적인 논쟁으로 기록되며 현대문학비평사의 질적 성장을 촉발하는 데 결정적인 역할을 했다는 데 그 의의가 있다.

1970년대 연작소설 연구
— 이문구·윤흥길·조세희 작품을 중심으로 —

구자황[*]

1. 문제제기

오늘날 우리가 맞이하고 있는 정신적·문화적 상황에 대하여 우려하는 눈길들이 있다. 인간적인 것의 가치와 의미가 자본의 힘 앞에서 묵살되고, 인간을 위한 정신문화적 구상(構想)이 '속도'와 '시장'의 논리에 함몰되고 있기 때문이다. 흩겹의 자기정체성만으로 뿌리 채 뒤흔드는 이 현실의 광풍에 맞서는 인문학의 고투는 안쓰럽다 못해 처절할 지경이다.

우리는 이러한 '우려와 위기 혹은 정체성'이란 화두가 인간의 존엄과 신비에 대한 자기 질문 속에서 나온 것이라 믿으며, 몇몇 의식 있는 연구자들을 넘어 우리 사회 전반에 광범위하게 인식될 필요를 느낀다. 그리하여 이러한 화두가 자기 갱신을 위한 성찰의 계기로 삼아지는 동시에 우리의 미래를 모색할 가늠자가 되었으면 한다.

문학도 예외는 아니다. 필자는 이러한 문제의식이 문학의 자기 갱신이라는 과제로 고스란히 수렴되어야 한다고 믿는다. 그렇다면 21세기를 지탱할 한국문학 갱신의 주춧돌은 무엇인가? 필자는 오늘날에도 '근대'와 '민족'에 대한 성찰이 여전히 중요하며, 이 문제에 관한 진지한 반성에서부터 문학은 제 갈길을 찾아야 한다고 본다. 다시 말하자면, 민족문학에 대한 반성과 전망이 그어느 때보다 절실하다는 판단인 것이다.[1]

---

* 부천대 강사.
1) 사실 우리의 민족문학(론)은 오랜 전통과 특수한 성격에도 불구하고 그것이 면밀히

　　1970년대 문학을 연구하는 의미도 이러한 맥락에서 찾을 수 있다. 우리 역사상 근대의 명암이 가장 급속하고 광범위하게 번져가기 시작한 때는 1970년대일 것이다. 1970년대는 분단 이후 남한의 자본주의가 어느 정도 자리잡아 가는 시기로 볼 수 있다. 이는 무엇보다도 유신체제를 정치적 상부구조로 하고 있다는 데에서 극명하게 드러난다. 유신체제는 세 가지의 이데올로기에 의해 지탱되었다. 반공주의, 권위주의, 성장주의가 그것이다. 그런데 이 시기 남한의 자본주의가 '한강의 기적'으로 비유되는 압축 성장을 이루어 낸 것은 인정되지만 동시에 역기능을 극대화한 것도 사실이다. 바로 여기에서 70년대가 필연적으로 광범위한 소외와 저항을 불러일으킨 연대라는 점이 부각된다.

　　결국 70년대는 분단구조를 전제로 한 남북한 체제의 상호경쟁 속에서 남한 자본주의가 급속히 성장한 시기인 동시에 민중민주운동이 성장한 시기인 셈인데, 70년대 문학이 이러한 양상을 가장 적극적으로 끌어안았다는 점은 우리 문학사가 증명하는 바다. 즉 70년대 민족문학이 보여준 놀라운 예술적 역동성은 사실상 이러한 소외와 저항 — 농민운동, 도시빈민운동, 노동운동 등 — 을 통해 발현될 수 있었던 것이다. 그리하여 민족문학(론)은 1970년대 이래로 한 국문학의 이념과 실천을 실질적으로 견인해왔다.

　　그러므로 70년대 문학을 살펴보는 것은 사실상 민족문학의 전개와 심화과정을 점검하는 일과 맥락을 같이 한다. 아울러 이것은 당시 '민중적 민족주의'와 '반동적 민족주의'2) 간의 대립을 연원으로부터 고찰하는 의미도 있을 터인

　　탐구되기도 전에 중단된 감이 없지 않다. 특히 1990년대 이후 신자유주의가 전면에 나서면서부터 민족담론은 급격히 쇠퇴하기 시작하였다. 그도 그럴 것이 신자유주의란 자본주의의 전지구화를 이데올로기로 하고 있기 때문이다. 즉 자본과 노동의 효율적인 관리·조정이 민족국가 존립의 가장 핵심인데, 자본주의의 전지구화는 국가간의 경계를 허물고 자본과 노동의 자유로운 이동을 주요한 생존전략으로 삼고 있기 때문이다.
　　한편 이러한 흐름과 별도로 민족문학론에 대한 근본적인 문제제기가 행해지고 있는 것도 사실이다. 일부 소장학자들(황종연, 이광호, 김철 등)을 중심으로 다양하게 제출된 이들의 이론은 상당부분 타당한 지적에도 불구하고 대체로 문화주의적 접근에 의존하고 있으며, 80년대 비판에서 보듯, 세세한 분석과 설명이 결여된 채 개별적 사항을 일반화하거나 정태적으로 분석한다는 점에서 적지 않은 문제가 있다.
　2) 이것은 반공적이고 반민중적 성격을 양 날개로 하고 보나파르트적 민족주의를 몸통으로 하는 당시 지배 이데올로기를 통칭하는 용어이다.

데, 이로부터 오늘날 진정한 민족주의와 민족문학을 정립하는 데에도 기여할 수 있을 것이다.

혹자는 오늘날의 삶과 그리 멀지 않은 70년대 문학이 객관적으로 평가될 수 있을 지에 대해 의문을 제기하기도 한다. 그러나 그 동안의 근현대문학 연구가 현실연관성을 소홀히 하거나 비교적 가까운 시기의 주제를 비평의 영역에 떠넘기고만 감이 없지 않다. 극히 한정된 시기나 대상에 머물렀던 연구 경향은 더 이상 의미를 확대재생산하지 못한 채 '현대 속의 고전'을 만들고 그 주위만을 맴돌았던 것이다.

물론 최근 몇 년 사이에 1970년대 문학에 대한 연구가 아예 없었던 것은 아니다.[3] 그러나 그간의 연구가 특정의 문학이념 혹은 작가의식이 텍스트 속에 스며들어 있는 다양한 구성요소들을 면밀히 읽어냈는가? 하고 물었을 때, 미흡한 부분이 적지 않다. 즉 거칠게 잡아낸 목적론적 이념과 진리내용을 추출하는데 급급했지 그러한 이념과 진리내용이 텍스트 사이를 어떻게 교류하고 길항(拮抗)하였는지에 대해서는 소홀히 한 측면이 있다.

이 글은 위와 같은 문제의식을 가지고 70년대 문학을 고찰할 것이다. 특히 연작소설의 양상과 그 특질에 주목하려 한다. 일차적으로, 이것은 70년대 문학에 실재했던 다수의 연작소설에 대한 분석을 요하는 것이다. 그러나 이 글은 연작소설의 양상만이 아니라 그것의 발생론적 배경과 각각의 주요한 특징 및 구성원리에까지 관심을 두고있다. 대체로 특정한 시대가 그 시대를 관통하는 징후적 핵심을 갖는 것은 당연한 일이다. 그러나 그러한 상황에 대한 문학적 응전 '양식'은 고정되거나 단일하지 않다. 따라서 실재 양상에 대한 체계적 정리도 필요하시만 기존의 난편·중편·상편이라는 양식(혹은 분류) 이외에 어째서 연작소설이라는 양식(혹은 실험)이 대두하게 되었는가? 그리고 그러한 양식이 유독 1970년대 문학에서 경향적으로 나타나는 것은 무엇을 의미하는가?

---

3) 현재까지의 문학사 가운데 권영민의 『한국현대문학사』(민음사, 1993)는 70년대를 가장 적극적으로 평가하고 있다. 가장 최근의 연구로는 민족문학사연구소가 펴낸 『1970년대 문학연구』(소명출판, 2000)가 있으며, 『작가연구』7·8호(새미, 1999)에서도 1970년대 특집을 다룬 바 있다. 문학사와 비평연구회가 펴낸 『1970년대 문학연구』(예하, 1994)는 이 분야의 선구적 시도였다.

하는 각도로 접근해보려는 것이다.

아마도 이러한 관심은 작게는 1970년대 문학 연구의 대상과 범위를 확대시
킨다는 점에서 의미 있을 것이다. 나아가 문학사와 비평의 적극적인 의사소통
에도 기여하는 바가 있으리라 생각된다. 이로부터 오늘날 소설의 위상과 방향
이 가늠될 수 있다면 더할 나위가 없을 것이다.

2. 연작소설의 개념과 1970년대 연작소설의 형성 배경

연작소설(連作小說, Roman-cycle)이란 '독립된 완결 구조를 갖는 일군(一群)의
소설들이 일정한 내적 연관을 지니면서 연쇄적으로 묶여있는 소설 유형'[4]을
가리킨다.

우리의 경우, 연쇄적인 관계를 이루는 일군의 소설들은 대개 단편인 경우가
흔하다. 하지만 널리 알려진 외국 작품 가운데 발자크의 『인간희극』이나 에밀
졸라의 『루공 마카르 총서』는 장편으로 이루어진 연작소설이다. 장편소설과
달리 연작 소설은 연작을 이루는 각 작품들이 각각의 독립된 제목과 이야기
구조를 가지고 있으며, 그 자체로도 작품으로서의 독립성과 단일성을 지니게
된다. 그러나 각 작품에서 작중 인물들은 그 일부, 또는 전부가 중복되어 나타
나는 경우가 많으며, 대부분 한 작품에서 주변적 역할을 맡은 인물이 다른 작
품에서는 중심인물로 나타나는 형태를 취하고 있다.

예를 들어, 매우 상징적이며 가상적인 공간을 배경으로 한 『난장이가 쏘아
올린 작은 공』은 난장이 일가와 주변인물들이 번갈아 주인공으로 등장하면서
다양한 계급 혹은 계층의 관점이 서술되고 있다. 『아홉 켤레의 구두로 남은
사내』 역시 이제 막 형성된 위성도시 '성남'을 주된 소설적 공간으로 하여 그
곳으로 들어와 살게 된 평범한 소시민의 수난과 전락과정을 보여주고 있다.
이 연작은 주인공이라 할 수 있는 중심인물 혹은 그의 주변인물들이 번갈아
담당하는 소설 안의 화자 역할을 통해 이중적 소시민의 삶을 다각적으로 드러

---

4) 한용환, 『소설학 사전』, 고려원, 1992, 309~310쪽.

난다. 다양한 작중인물들의 일부 또는 전부가 중복되면서 농촌공간의 세태와 풍속을 엮어낸 『관촌수필』·『우리동네』 또한 빼놓을 수 없는 70년대의 대표적 연작이다. 통틀어 이들의 작품은 동일한 공간 속에서 살아가는 인물들을 차례로 각 이야기의 주인공으로 등장시킴으로써, 인간의 삶과 그 관계 양상을 다각적으로 조망할 수 있는 이점을 보여주고 있다.[5]

따라서 연작소설을 좀더 구체적으로 정의할 경우, 첫째, 연작소설의 성격 규정과 그 기준에 있어 우선적으로 고려될 사항은 각각의 개별 작품들이 갖는 상호관계성, 즉 '계기적 연속성'이 전제되어야 한다. 둘째, 연작이 장편과 다른 이유를 각각의 '독립적 완결구조'에 있다고 할 때, 각각의 개별 작품들이 '독립적 분절성'을 갖추고 있어야 한다. 마지막으로 각각의 개별 작품들이 아무런 계기 없이 나열될 경우 일종의 시리즈물과 구분되지 않으므로 이를 매개해 줄 의식적 장치, 즉 독립된 단편을 관통하는 동일한 주제, 유사한 배경, 중복되는 등장인물 따위의 '매개항'이 있어야만 한다.

이렇게 되면, 연작소설의 개념은 좀더 분명해질 뿐만 아니라 다수의 연작소설들을 유형으로 구분하는 것도 가능하다.

> 그런데 잘 살펴보면 같은 연작소설이면서도 하나의 주제나 배경 또는 등장인물을 매개로 여러 개의 독립적인 삽화를 병렬적으로 등치시키는 이문구의 『관촌수필』 같은 방식(nebeneinander형)이 있는가 하면, 조세희의 『난장이가 쏘아올린 작은 공』처럼 연작의 각 편마다 일정한 독자성을 가지면서도 그것들을 시간적 순서에 따라 제시함으로써 장편소설에 좀더 근접하는 방식(nacheinander형)도 있다.[6]

---

5) 그러나 각 작품이 완전히 다른 인물들과 공간적 배경을 취하고 있으며, 이야기 구조 자체만으로는 표면상 어떠한 내적 연관도 없는 것처럼 보이는 연작소설들도 있다. 이 경우 독립적인 작품들이 개별성을 뛰어넘어 하나의 연관성 있는 유대로 묶여지는 것은 같은 제목 혹은 제재나 주제상의 동일성 때문이다. 그런데 이와 같은 '변이형'까지 포함시킬 경우 연작소설의 외연은 굉장히 넓어질 수밖에 없다. 즉 어떤 작가의 초기 몇 부작이나 무슨무슨 시리즈까지 연작의 범위 안에 수용하기는 아무래도 무리다. 이 글의 분석 대상이 세 작가의 작품으로 한정된 이유도 이들의 작품이 70년대를 대표하는 것이기도 하지만 연작의 개념에 가장 충실한 작품들이기 때문이다.

6) 염무웅, 「'배반'당한 역사의 희생자들, 그리고 쇠잔해진 희망의 빛—유시춘의 소설집

염무웅이 설명하고 있는 연작의 유형과 작품 구분은 대체로 동의할만한 것이다. 비록 구체적인 작품 분석을 수반한 것은 아니지만 연작개념을 제재, 주제, 인물상의 공통성에 한정하지 않고 각각의 차이점까지 주목함으로써 '병치(竝置), 나란히'의 <nebeneinander형>과 '연속, 잇달아'의 <nacheinander형>을 분명히 구분하고 있다.

그러나 염무웅의 이러한 구분은 각각의 차이점에 치중한 나머지 그것을 관통하는 동일한 문제의식을 놓치고 있는 것 같다. 이는 작가들이 기존의 주류적 양식인 단편을 놔두고 어째서 연작소설이라는 새로운 양식에 관심을 두게 되었는지, 또 이러한 연작 양식이 1970년대 문학에서 경향적으로 나타나는 것인지, 또 그 의미가 무엇인지에 대해서는 묻지 않고 있기 때문이다.

사실 연작의 유형 구분은 연작의 원리를 설명하는 것과 밀접하게 관련되는 문제다. 앞서 살펴본 유형 구분은 연작을 구성하는 방식에 따라 다시 '직렬적 방식'과 '병렬적 방식'으로 나누어 설명할 수 있다. '직렬적 방식'은 독자적 분절성보다는 내적 연관을 더욱 중시하는 경우로 조세희의 『난장이가 쏘아올린 작은 공』이 전형적인 작품이다. 이 작품의 논리적 구조에 대해서는—그것이 단절과 비약이 존재한다고 보든, 논리적 완결성을 가진 것으로 보든지 간에—이미 다수의 연구자가 지적한 바 있거니와 아마도 이러한 연작의 내적 연관 및 논리적 구조란 기실 다양한 시각과 입장을 통해 총체성을 구현해보려는 작가의 정신에서 일차적으로 비롯되었다고 할 수 있다. 그러므로 조세희의 연작은 직렬적·구심적 방식으로 단편을 심화시킴으로써 장편을 도모하려는 경우라고 할 수 있다. 윤흥길의 『아홉 켤레의 구두로 남은 사내』 역시 작가의 문제의식이 하나의 초점으로 모아지는 경향을 띤다.

이에 비해 '병렬적 구성방식'은 내적 연관보다는 독자적 분절성에 치중하는 것으로서 자연스레 개별 작품의 나열적 성격이 강해지는데, 여기에는 이문구의 『관촌수필』·『우리 동네』가 적합한 사례다. 『우리 동네』의 경우 연작을 가능케 하는 '일정한 틀'이란 동일한 공간에 있으며, 그 안에 펼쳐 놓은 고만고만

『안개너머 청진항』」, 『혼돈의 시대에 구상하는 문학의 논리』, 창작과비평사, 1995, 175쪽.

한 무게의 독립된 이야기가 다양하게 진행된다. 따라서 이 병렬적 방식이 규정하는 틀이란 사실상 지극히 느슨한 편이다. 이문구의 연작은 병렬적·원심적 방식으로 단편의 확대를 통해 장편을 지향하고 있는 경우라고 할 수 있다.

그런데 여기서 한 가지 중요한 점은 이들이 전개하는 각각의 연작 방식은 동일한 문제의식에서 나온 '한 뿌리의 두 가지'라는 사실이다. 애당초 이들은 현실의 복잡다단한 성격을 인정하고 이를 다양한 각도에서 조명하고자 하였다. 즉 이들이 지향하는 현실의 입체적 형상을 소설적으로 구현하는 과정에는 직렬적·구심적 방식과 병렬적·원심적 방식을 택했던 것이다. 이들의 상이한 연작구성의 원리와 그 양상은 동일한 문제의식을 각각의 방식으로 해결하고자 했던 모색의 결과였던 것이다.

그렇다면 이러한 연작이 유독 1970년대에 두드러지게 된 이유는 무엇인가? 서두에서도 언급하였다시피 우리에게 70년대란 근대의 명암이 가장 극명하게 교차하던 시기로 70년대 문학은 이러한 현실을 반영함으로써 특유의 역동성을 갖게 된다. 대개 이러한 양상은 60년대 후반부터 눈에 띄게 나타났는데, 실제로 김정한(「인간단지」, 1970), 박태순(「단씨의 형제들」, 1970), 이문구(『장한몽』, 1970. 12~1971. 9), 황석영(「객지」, 1971) 등의 작품은 신화가 되다시피 한 '성장(成長)', 즉 지배체제의 개발 이데올로기에 의해 점점 소외되고 밀려난 이른바 '뿌리뽑힌(uprooted) 삶'에 초점을 맞추고 있다.

박태순의 초기소설은 '방황'과 '야성(野性)'으로 요약된다. 그의 초기 소설의 한 축은 지식인의 관념성이 용해되지 않은 작품들이다. 하지만 다른 한 축은 '외촌동'이라는 공간탐구를 통해 도심의 주변으로 밀려난 밑바닥 인생의 허구와 패배를 주목한 바 있다. 『장한몽』으로 대표되는 이문구의 초기소설 역시 최서해를 연상시키는 처절한 궁핍 묘사와 이기심 가득한 변두리 노동자들의 개개 이력을 적나라하게 보여주고 있다. 뒤이은 『관촌수필』의 근원은 이들이 잃어버린 것을 '관촌'을 통해 환기하고자 하는 작가의 노력에 다름 아니다. 한편 황석영의 「객지」가 열어 놓은 노동문학의 지평은 조세희를 거쳐 더욱 확장되었다. 애초 『난장이가 쏘아올린 작은 공』 연작에서 화자의 시선은 난장이를 보는 중산층의 입장, 즉 '신애'와 '수학교사'가 본 현실과 그들의 윤리의식에 맞춰져 있었다. 하지만 이후 일관된 작가의 문제의식은 난장이의 아이들로 하여금 '은강'에서의 생활을 통해 본격적인 노동문제를 제기하기에 이른다.

이상에서 살펴본 바와 같이 대체로 이들이 다루고 있는 대상이 단편적이고 단일한 구조나 성격이 아니라는 것은 두말할 필요도 없겠지만, 보다 중요한 것은 이들이 천착한 대상이야말로 당대 모순의 핵심적 결절점인 노동자, 도시 빈민, 농민 문제라는 데 있다. 또한 각각의 문제가 동떨어진 것이 아니라 연관된 것이라는 인식에 이르게 됨으로써 이들의 일관된 문제의식이 당대의 사회 변동을 전면적·총체적으로 인식하려는 방향으로 맞춰지게 된다는 사실이다. 따라서 연작소설을 장편으로 가는 '중요한 중간단계'로 볼 수 있는 근거가 여기에서 주어진다.[7] 70년대 연작소설이 문학사적 의미를 갖는 대목도 바로 이 지점이다. 즉 70년대 연작소설이란 사회현실에 대한 전면적·총체적 인식을 도모하는 실험적 양식이자, 그러한 인식이 성숙하였음을 반증하는 소설적 증거가 되는 것이다.[8]

여기에는 좀더 특별한 70년대적 상황을 고려하면 훨씬 이해가 쉽다. 흔히 현실에 대한 총체적 인식이랄지 소위 '과학성'에 대한 요구는 80년대의 구호처럼 인식되고 있지만 사실은 70년대부터 면면히 이어져온 흐름이었고, 특

---

7) 이러한 견해는 일부 논자들의 공통된 지적이다(염무웅, 「최근 소설의 경향과 전망— 77년 작품·작품집을 중심으로」, 『창작과비평』, 1977, 가을, 정호웅, 「연작소설의 몇 가지 양상」, 『한국문학』, 1986. 9, 하정일 「민중의 발견과 민족문학의 새로운 도약」, 『민족문학사 강좌』(하), 창작과비평사, 1995). 그러나 이들의 견해는 주요 연작을 본격적으로 분석한 것이 아니라는 점 이외에도 대체로 연작의 소설사적 의미와 성과를 논하고 있어 개개의 연작 구성 원리와 그 한계에 대해서는 언급이 없는 형편이다.

8) 앞서 예로 들었던 외국의 경우에 비춰보면 이 같은 사실은 더욱 분명해진다. 비록 발자크의 리얼리즘에 대한 평가는 논자에 따라 다를지언정 그의 『인간희극』이 20여 년 간에(1842~1848) 걸쳐 쓴 96편의 소설로서 개개의 작품을 서로 연관시켜 하나의 거대한 작품으로 형성하였다는 점, 역사적으로는 대혁명 직후부터 2월 혁명 직전에 이르는 프랑스 50년 간의 풍속·정치·경제·사회에 대한 정밀한 관찰이라는 사실 자체에는 이론의 여지가 없다. 또 에밀 졸라의 20여 권의 소설로 구성된 『루공 마카르 총서』 또한 발자크의 『인간희극』에서 착상을 얻은 것으로, 부제가 말해주는 것처럼 제2제정시대(1852~1870) 한 가족의 자연적·사회적 역사를 종합적으로 묘사한 것이다.

히 사상의 흐름이나 사회과학의 발전과 밀접한 관련이 있다. 실제 70년대까지만 해도 사회과학은 학문적 분석대상이라고 할 수 없을 정도로 그 역할이 미미했다. 이러한 사정으로 말미암아 70년대의 문학은 유신체제가 확립된 이후에도 사회과학의 역할까지 감당하였을 뿐만 아니라 광범위한 대중적 영향력을 가지고 있었는데, 따라서 70년대 후반부터 사상사적 전환을 이루는 '제3세계'의 시각과 방법이 포착되기 시작한 곳도 사회과학이 아니라 문학에시었다.9)

이러한 흐름 속에서, 70년대 후반으로 접어들면서 출판 시장이 활기를 띠고 다양한 매체와 지면이 생겨나게 됨으로써 작품·작품집이 쏟아져 나오게 된다. 민족문학론, 제3세계문학론, 문학사회학 등이 융성하였던 것도 이즈음의 일이다. 바야흐로 현실에 대한 전면적·총체적 인식과 이를 문학적으로 구현하기 위한 장편소설에의 대망이 이루어졌고 그러한 실험과 중간단계로서 연작소설이 나올 수 있었던 것이다.

그러나 연작소설이 장편으로 가는 '중요한 중간단계'로 인정된다는 것은 이미 그 안에 당대 연작의 '한계'를 포함한 말이기도 하다. 이것은 70년대 연작소설의 경우, 결국 장편의 세계로 나아가지 못했다는 엄연한 문학사적 사실과 관련된다. 실제로 이문구, 윤흥길, 조세희의 이후 문학적 행로가 이를 증명한다.10)

그렇다면, 연작소설에서 시도된 실험들이 장편의 세계로 연착륙(軟着陸)하지 못하고, 중간단계의 의미로 한정되는 이유는 무엇인가? 이제 이러한 의문을 갖고 구체적인 작품을 살펴보기로 하자.

---

9) 윤건차, 『현대 한국 사상의 흐름』, 당대, 2000, 35쪽.
10) 오히려 대다수의 작가와 비평가들이 대망하던 장편은 다소 엉뚱한(?) 방향에서 나온다. 이것은 황석영의 『장길산』(1975~1984)이나 박경리의 『토지』(1969~1989)를 염두에 두고 하는 말인데, 이 말의 진정한 의미는 『장길산』이나 『토지』의 가치를 폄하하려는 것은 결코 아니다. 다만 70년대 상황에서 장편을 모색한 연작소설들이 스스로 소망했던 대로, 그리고 다수의 비평가들이 대망했던 대로 진정한 의미의 장편을 산출하지 못했을 때, 역사소설로서의 『장길산』이나 식민지시대와 해방 전후로 거슬러 올라간 『토지』의 장편적 성격과 관련된 말이다.

3. 1970년대 연작소설의 양상과 특징

1) 이문구의 경우 : 『관촌수필』· 『우리동네』를 중심으로

이문구의 『관촌수필』은 70년대 연작소설의 가능성을 제일 먼저 보여준 작품이다.[11] 그러나 이 글의 주된 관심사로 볼 때, 연작의 첫 번째 작품인 「일락서산」을 비롯해서 총 8편의 단편으로 구성된 『관촌수필』은 이야기 구조만으로는 표면상 어떠한 내적 연관도 없는 것처럼 보인다. 따라서 『관촌수필』의 연작 구성은 병렬적·원심적 방식에 기초하고 있다.

널리 알려진 대로 이 연작의 백미는 「행운유수」의 '옹점이', 「녹수청산」의 '대복이', 「공산토월」의 '신현석'(신석공), 「관산추정」의 '복산이' 등 유년시절 화자인 '나'(이는 동시에 작가 본인이기도 하다)를 거의 기르다시피 한 이들의 탁월한 형상화에 있으며, 이러한 자전적 기록이 개별 작품의 뼈대를 이루고 있다. 물론 화자인 '나'가 이들을 만나고 기억을 불러내기 위한 가족사(「일락서산」)가 연작의 맨 앞에 놓여있긴 하다. 그러나 연작으로서의 『관촌수필』이 독립적인 작품들의 분절성을 뛰어넘어 그 작품들을 내적으로 연관시켜주는 것은 '관촌'이라는 동일한 공간적 배경과 여기에서의 유년 추억을 매개해주는 화자의 서술방식(혹은 패턴), 그리고 주제의 유사성 정도다.

그럼에도 불구하고 『관촌수필』은 아래에서 보는 바와 같이 연작 전체를 관통하는 하나의 뚜렷한 의도를 가지고 있다.

세월은 지난 것을 말하지 않는다. 다만 새로 이룬 것을 보여줄 뿐이다.

---

11) 많은 이들이 알고 있는 것과는 달리, 엄밀히 말해 『관촌수필』은 농민소설로 보기는 어렵다. 산업화로 인해 사라져버린 농촌공동체를 그리워하고, 그 속에서 변치 않은 심성의 소유자들을 불러내는 작가의 작업은 차라리 자전적 성장소설에 걸맞는 것이고, 『관촌수필』을 억지로 농민소설의 관점으로 해석한다면 작품의 독특한 개성과 풍부한 의미는 사상(捨象)되기 쉽다. 이와 달리 70년대 연작소설의 하나로 『관촌수필』을 보게 되면 매우 흥미로운 점을 발견할 수 있는데, 그것은 파편화된 총체성을 과거로부터 그러모으는 작가의 시각과 그러한 낭만적 근대부정이 갖는 70년대적 성과에 관한 부분이다.

> 나는 날로 새로워진 것을 볼 때마다 내가 그만큼 낡아졌음을 터득하고 때
> 로는 서글퍼하기도 했으나 무엇이 얼마만큼 변했는가는 크게 여기지 않는
> 다. 무엇이 왜 안 변했는가를 알아내는 것이 더 중요하겠기 때문이다.[12]

　작가는 근대화의 물결이 시대적 대세라는 것을 부정하지는 않는다. 그러나 그는 나날의 변화, 급격한 변화 속에서도 변치 않거나 변치 않아야 할 것들, 그래서 더욱 소중한 것들의 의미와 가치를 중요하게 여긴다. 이것은 두 가지 점에서 '낭만적 근대 부정'과 관련된다. 첫째는 『관촌수필』의 궁극적 시선이 농촌공동체에 대한 '향수'나 과거에 대한 '회고'의 정서를 향하고 있다기보다는 그 이면에 놓인 변화의 구체적 정체를 밝히고 있다는 점, 그러면서 느끼는 화자의 정서, 즉 일련의 분노와 그리움을 향해 좀더 열려있다는 점이다.

> 나는 한 동안 두 눈을 지릅뜨고 빗발무늬가 잦아가던 창가에 서서, 뒷동
> 산 부엉재를 감싸며 돌아가는 갈머리 부락을 지켜보고 있었다. 마음이 들뜬
> 것과는 별도로 정말 썰렁하고 울적한 기분이었다. 내 살과 뼈가 여문 마을
> 이었건만, 옛 모습을 제대로 지키고 있는 것이라곤 아무 것도 없었던 것이
> 다. 옛모습으로 남아난 것이 저토록 귀할 수 있을까?[13]

　따라서 『관촌수필』은 단지 반상적(班常的) 질서를 회고하거나 유기적 농촌공동체를 추억하는 것에 그치지 않는다. 화자의 시선은 파편화된 현실의 대안적 총체로서 해체되기 이전의 '고향'과 그러한 공동체를 이루는 삶의 본원적 가치를 향하고 있으며, 이를 통해 작가는 부정적 근대를 환기시킨다. 이 점이야말로 화자의 잃어버린 고향이 화자만의 고향이 아니라 부정적 근대를 체험하고 있는 우리 민족 모두의 고향상실로 받아들여지는 근거일 뿐만 아니라 낭만적 근대 부정이 도달할 수 있는 70년대적 감동의 근거이기도 하다.

　낭만적 근대 부정의 두 번째 근거는 『관촌수필』 연작이 수필적 글쓰기로 구사된다는 점과 관련된다. 이 연작 안의 개별 작품들은 거의 전부가 사건의 전

---

12) 이문구, 「관산추정」, 『관촌수필』, 문학과지성사, 1991, 237~238쪽.
13) 이문구, 「일락서산」, 『관촌수필』, 문학과지성사, 1991, 8쪽.

개 과정을 필연적 인과관계로 구성하고 있지 않다. 오히려 화자의 성장과정과 삶의 체험을 자유롭게 직접 말하는 형식을 취하고 있다. 이처럼 보고들은 것을 삽화적으로 구성하는 방식, 긴밀한 통일을 의도적으로 배제하는 글쓰기방식은 기존의 '60년대적 글쓰기' 혹은 '긴밀하고 건축적인 이야기 구성'으로 대변되는 서양적 소설관에 대한 일탈 혹은 저항을 의미하는 것으로 보인다. 그럼에도 불구하고 우리 소설사의 맥락에서 볼 때, 이러한 글쓰기방식이 결코 간단치 않은 의미를 띠는 이유는 판소리계 소설 이후 채만식, 김유정의 서술전통을 현대적으로 계승·실험하였다는 점 때문일 것이다.

한편 『우리동네』의 연작 구성 역시 기본적으로는 『관촌수필』과 같은 '병렬적 나열' 원리에 의존하고 있다. 우리나라의 대표적 성씨로 제목이 붙은 총 9편의 작품에서 작중 인물들은 그 일부 또는 전부가 중복되어 나타나는데, 대부분 한 작품에서 주변적 역할을 맡은 인물이 다른 작품에서는 중심인물로 나타나는 형태를 취하고 있다. 다만 전작인 『관촌수필』에 비해 동일한 공간인 '동네' 안의 다양한 모습은 인물 그 자체에 대한 묘사보다는 세태 및 풍속의 편편을 보여주는 데 주력하고 있다.14) 따라서 『우리동네』는 연작소설 가운데서도 가장 이완된 구조를 가진 셈인데, 이는 마치 우리의 전통극 중 하나인 탈춤이 하나의 독립된 과장(마당)으로 구성되었던 것과 마찬가지로 어느 것을 먼저 읽어도 전체 이야기의 맥락에는 지장이 없는 형태인 것이다.

이제까지 『우리동네』는 70년대 농촌의 가장 풍부한 보고서로 일컬어졌다. 그도 그럴 것이 변모된 당대 농촌의 세태와 풍속을 '다채로운 저인망'으로 끌어내다시피 하는 작가의 삽화는 매우 방대한 분량에 달하기 때문이다. 하지만

---

14) 『관촌수필』은 주제의 초점과 화자의 서술 시점을 기준으로 전반부(A : 1~5)와 후반부(A : 6~8)로 나눌 수 있다(표1 참조). 『관촌수필』의 전반부는 어린 화자의 시선으로 주로 과거의 고향이 서술되고 있으며 자신의 유년시절에 지대한 영향을 미친 인물들을 형상화하고 있는데 반해, 후반부의 작품들은 성년이 된 화자가 현재의 고향에 들르면서 발생한 일과 감회에 대해 주로 서술하고 있다. 그런데 이러한 구분이 유의미한 이유는 『관촌수필』의 후반부가 『우리동네』의 여러 특징적 면모들, 즉 소설적 공간이나 시간으로도 유사할 뿐만 아니라 와살스런 대화 및 풍자적 요설, 특히 농민과 관(官)의 대립이 주를 이루고 있어 『우리동네』의 전사(前史)로서의 의미가 있기 때문이다.

이 연작의 이완된 구조는 삽화의 병치(並置)가 거듭될수록 중첩되는 부분이 생기고, 연작의 주제 자체도 심화되지 못한 채 밋밋한 변주로 끝나고 마는 감이 있다. 따라서 작가는 이러한 한계를 극복하기 위해 '풍자적 서술'로 나아간다. 농촌의 현실을 더 이상 순종적 국민이 아닌 '다른 국민', 즉 왁살스럽게 내뿜는 이문구식 댓거리와 어깃장은 지배체제의 엄숙한 현실을 여지없이 풍자하는 데까지 이른다.

이와 같은 『우리동네』 연작의 양상 및 특징은 「우리동네 황씨」의 분석을 통해 좀더 뚜렷하게 드러난다. 애초 「우리동네 황씨」는 「으악새 우는 사연」(1977. 12)으로 발표되었던 것인데, 연작을 염두에 두고 단행본으로 묶이면서 제목이 바뀐 작품이다. 연작의 첫 작품인 「우리동네 김씨」(1977. 11)가 이보다 한달 전에 발표되었으니 실질적으로 연작의 두 번째 작품인 셈인데, 내용적으로만 보면 「우리동네 황씨」는 이 연작 전체를 관통하는 주제를 가지고 있을 뿐만 아니라 완성도에 있어서도 여타의 작품을 수용하고도 남을 상징성까지 담고 있다(가). 특히 「우리 동네 황씨」에서 보여주는 해결책은 농민의 각성과 자주성을 강조하는 한편 부정적 인물을 감싸안는 화해의 결말을 유도함으로써 풍자적 서술의 성과를 한층 성숙된 차원에서 수용하고 있어 주목된다(나).

> (가) 둠벙은 무시로 자고 이는 마파람 결에도 물너울을 번쩍거리고, 그 때마다 갈대와 함께 둠벙을 에워싸고 있던 으악새 숲은, 칼을 뽑아 별빛에 휘두르며 서로 뒤엉켜 울었다. 으악새 울음이 꺼끔해지면 틈틈이 여치가 울고 곁들여 베짱이도 울었다. 김은 그것을 밤이 우는 소리로 여겼다. 하늘은 본디 조용한데 으례 땅이 시끄러웠었다는 것도 더불어 깨우치면서, [……]

> (나) 그러니께 결과적으로 우리 스스로 보호허지 아니허면 아니되겠더라 — 이게 결론여. 내 맘만 같으면 당신이구 오두바이구 죄다 남대문표 빤쓰에 싸서 둠벙 속에 쳐늫겄어. 또 그래야 옳어. 그러나 워쨌든 간에 당신은 우리게 사람여. 우리는 아직두 이웃을 보살피구 동네 사람을 애끼구 싶다 이게여. 그리고 당신 빤스 아니더래두 수재민들이 홑바지는 안입는답디다. 부디 니열 새벽 빤스버텀 걷어 가슈. 당신 손으루, 동트기 전에.15)

70년대 농촌 근대화의 상징이던 '새마을 운동'은 애초의 의도에도 불구하고 차츰 관창민수(官唱民隨)운동으로 변질되어 오히려 농촌공동체의 자율성을 약화시킨 측면이 있다. 이는 재래의 농촌이 가지고 있던 공동체적 전통의 해체가 순전히 서양 문물과의 대립 속에서가 아니라 지배 이데올로기의 인위적 파괴와 부정에 의해 행해졌던 것임을 감안하지 않을 수 없는 대목인데, 어쨌든 이문구는 「우리동네 황씨」의 결말을 통해 전근대/근대를 이분법적으로 분리하고 그럼으로써 흔히 놓치곤 했던 '전통의 지혜'를 농민들로 하여금 스스로 복원해내고 있었던 것이다.

그럼에도 불구하고 이후 발표된 후속 연작은 「으악새 우는 사연」의 상징성을 좀더 직접적인 형태, 그러나 엄혹한 현실을 비껴 가는 풍자적 서술의 방향으로 나아갔을 뿐인데, 결국 이것은 파편화된 현실인식의 산술적 총합이 총체성에 도달하는 자연적 경로가 아님을 반증하는 것이라고 할 것이다. 더욱이 이문구의 경우, 그의 연작스타일의 고수와 집착은 창작적 취향을 극대화시키는 방법이 되는 듯하다. 즉 그가 삽화적 구성과 고유의 서사적 전통을 체득하면서 그의 스타일은 더욱 공고해지고 끝내는 이러한 결과 장편에 연착륙(軟着陸)하지 못하는 결정적 원인을 제공하고 있는 셈이다.

2) 윤흥길의 경우 :『아홉 켤레의 구두로 남은 사내』를 중심으로

1970년대 급격한 사회변동의 실제 양상은 무엇보다도 인구이동과 공간 조직에서 확인할 수 있다. 주지하다시피 70년대 '개발과 성장'의 구호 아래 진행된 도시화는 한마디로 농촌의 와해 위에 이루어진 '농민의 도시화'였다. 이로 인해 고향을 떠나 무조건 도시로 향하는 농촌 탈출(rural exodus)현상이 나타나게 되었으며, 이렇게 해서 올라온 이들과 도심에서 밀려난 사람들이 모여 도시 변두리에 대규모 산업예비군 단지를 형성하면서 도시빈민의 문제가 대두되었다.

윤흥길의 『아홉 켤레의 구두로 남은 사내』(이하 『아홉 켤레』로 줄여 부름)

---

15) 이문구, 「우리동네 황씨」, 『우리동네』, 민음사, 315~316쪽.

연작은 이러한 모순이 폭발하여 대규모 소요사태로까지 번졌던 '광주(廣州)대단지 사건'(1971. 8)을 다루고 있다. 그러나 『아홉 켤레』 연작이 이 사건의 중심을 본격적으로 다룬 것은 아니며 '안'으로부터 접근한 작품이라고 보기는 어렵다. 왜냐하면 연작의 주된 관심은 개발의 모순 및 그로부터 뿌리뽑힌 철거민의 삶, 또는 철거의 폭력성을 다루고 있다기보다는 이 사건에 본의 아니게 연루된 한 소시민의 변모과정에 초점을 맞추고 있기 때문이다. 즉 『아홉 켤레』 연작은 처음부터 평범한 소시민인 권씨의 의식과 행동을 천착하고 있으며, 그가 소시민을 만들어내는 환경을 구체적으로 경험하고 그 속에서 변모하는 의식적 양면성에 관심을 두고 있는 것이다. 그러므로 이 연작이 노동현실이나 노동자 의식을 다루지 않는 것은 아니지만 그것은 어디까지나 중심인물인 '권기용'의 주변적·관찰적 환경에 지나지 않으며, 서사의 기본 축은 중심인물의 소시민적 의식과 그 변모에 놓여져 있다고 보아야 한다.

엄밀히 말하자면 윤흥길의 『아홉 켤레』 연작은 총 9편 중 4편(B : 6-9)만 해당된다.16)(표1참조) 그럼에도 불구하고 4편만을 대상으로 할 경우, 작가의 문제의식이 하나의 초점으로 뚜렷이 모아지는 경향으로 인해 연작의 구성원리는 앞서 살펴본 이문구의 그것과 구별된다.

『아홉 켤레』 연작의 핵심이자 사실상 첫 작품이기도 한 동명(同名)의 단편 「아홉 켤레의 구두로 남은 사내」는 '권기용'의 이력, 즉 평범한 소시민의 수난과 전락과정을 주변인물인 오선생을 통해 서술하고 있다. 오선생의 집에 세들어 살게된 '권기용'은 애초 성남의 원주민이 아니라 편법을 통해서나마 새로운 터전을 마련하고자 했던 평범한 가정의 가장이었다. 그러나 권씨의 소박한 꿈은 정부의 일방적 철거작업이 시작되고 이에 반대하는 시위에 참여하면

---

16) 윤흥길의 『아홉 켤레』는 내적 연관을 지니는 4편의 연작 이외에 다소 이질적인 작품들로 이루어져 있다. 그러나 「嚴冬」(현대문학, 1975. 3)만은 『아홉 켤레』 연작으로 이어지는 주목할만한 대목이 있다. 그 이유는 이 작품 또한 『아홉 켤레』의 소설적 공간인 '성남'을 배경으로 하고 있으며, 여기에 등장하는 중심인물들(박선생과 정양)이 '성남'이라는 공간을 '변두리로 밀려난 자신들의 삶'과 동격으로 취급하고 있을 뿐만 아니라 하루 속히 벗어나고자 하는 소시민적 욕망을 드러내고 있기 때문이다. 특히 관찰자로 등장하는 박선생의 대체적 이력은 『아홉 켤레』의 오선생과 겹쳐지는 부분이 많다.

서 여지없이 깨지고 마는데, 이로 인해 회사에서 쫓겨나고 당국의 요시찰 인물
이 된 권씨는 이후 소심한 성격 때문에 감시를 견디지 못하고 직장을 전전하
면서 점차 무능력한 가장으로 전락하고 만다. 그는 아내의 출산을 앞두고 병원
비를 마련하지 못하게 되자 급기야 주인집인 오선생의 안채로 뛰어들어 어설
픈 강도행각을 벌인다. 그러나 이마저 성공을 거두지 못하자 속절없는 가출을
단행하고 그런 권씨의 행방불명을 화자인 오선생은 안타까워한다.

「아홉 켤레의 구두로 남은 사내」는 연작의 첫 작품이면서도 감동과 여운에
있어서 만큼은 연작의 정점에 서 있다. 그 이유는 연약하고 소심한 주인공이
세상과의 정면대결에서 뿜어내는 진정성에 기인한다. 비록 그러한 진정성을
자각하는 과정에 다소간의 과장과 감상이 개입되는 것은 흠이지만 평범한 소
시민인 권기용의 입장에서는 이것을 매우 절실하게 받아들인 것으로 보인다.

> 그런데 잠시 지켜보고 있는 사이에 장면이 휘까닥 바꿔져 버립디다. 삼륜
> 차 한 대가 어쩌다 길을 잘못 들어 가지고는 그만 소용돌이 속에 파묻힌
> 거예요. 데몰 피해서 빠져나갈 방도를 찾느라고 요리조리 함부로 대가릴 디
> 밀다가 그만 뒤집혀서 벌렁 나자빠져버렸어요. 누렇게 익은 참외가 와그르
> 르 쏟아지더니 길바닥으로 구릅디다. 경찰을 상대하던 군중들이 돌멩이질
> 을 딱 멈추더니 참외쪽으로 벌떼처럼 달라붙습디다. 한 차분이나 되는 참외
> 가 눈 깜작할 새 동이 나 버립디다. 진흙탕에 떨어진 것까지 줏어서는 어적
> 어적 깨물어 먹은 거예요. 먹는 그 자체는 결코 아름다운 장면이 못 되었어
> 요. 다만 그런 속에서도 그걸 다투어 주워먹도록 밑에서 떠받치는 그 무엇
> 이 그저 무시무시하게 절실할 뿐이었죠. 이건 정말 나체화구나 하는 느낌이
> 처음으로 가슴에 팍 부딪쳐 옵디다. 나체를 확인한 이상 그 사람들하곤 종
> 류가 다르다고 주장해 나온 근거가 별안간 흐려지는 기분이 듭디다. 내가
> 맑은 정신으로 나를 의식할 수 있었던 것은 거기까지가 전부였습니다.[17]

후속작인 「직선과 곡선」은 서두에서부터 전작(前作)과의 관련성을 확연히
제시하고 있다. 전작에서 사라졌던 권씨가 다시 나타나 저간의 사정과 자신의

---

17) 윤흥길, 「아홉 켤레의 구두로 남은 사내」, 『아홉 켤레의 구두로 남은 사내』, 문학과지
   성사, 1977, 184~185쪽.

입장을 독백의 형식으로 밝히고 있기 때문이다. 그 주된 내용 가운데 하나는 전편에 보였던 구두에 대한 집착을 '얼굴에서 잃은 체면을 엉뚱하게 되찾고자 기를 쓰던 내 병적인 자존심'으로 규정하면서 이를 반성하는 것이고, 다른 하나는 '죽는 연습을 통해 역설적이게도 결코 죽어서는 안되며 어떻게든 살고 봐야 한다는 사실', 즉 자살 직전 작부와의 만남을 통해 얻은 깨달음에 관한 다소 장황한 서술이다. 이를 통해 재기를 결심하게 되는 권씨가 보여주는 위와 같은 의식의 변모 논리가 「직선과 곡선」의 대략적 줄거리이기도 하다. 하지만 이 작품이 연작에서 중요한 이유는 '산속'(세상 밖)으로 도망갔던 그가 '들판' (세상 속)으로 돌아오는 입사의식(入社意識)을 보여준다는 점이며, 이로부터 후속 연작과의 결절점을 마련한다는 데 있다.

> 오선생은 보름 안에 자기 손으로 집을 지어 본적이 있습니까? 배고프다 고 시위하다말고 엎어진 트럭에 벌떼같이 달겨들어서 참외를 주워먹는 인 생들을 본 적 있습니까? 죽었다가 살아난 경험은요? 그리고 생명만큼이나 아끼던 자기 구두를 태우는 아픔은요? 이건 결코 자랑이 아닙니다. 내가 모 자란 탓에 자업자득으로 그런 거니까 뒤늦게나마 좀 넉넉해 보자는 겁니다. 보기 나름이고 생각하기 나름입니다. 후회를 하더라도 아주 나중에 하겠습 니다. 오선생더러 박수를 쳐 달라고 그러는 게 아닙니다. 산속으로 끝까지 가 봐도 길이 없으니까 이제부터 되돌아서 들판 쪽으로 나와 보려는 것뿐 입니다.18)

「아홉 켤레의 구두로 남은 사내」는 오선생의 입장에서 본 권씨의 행적이었 다. 따라서 오선생의 관찰자적 시점으로 서술되었던 것이 「아홉 켤레의 구두 로 남은 사내」였다면, 「직선과 곡선」은 화자가 권씨로 옮겨진다는 점에서 결 정적으로 시점이 뒤바뀐 경우다. 그리고 전작이 권씨의 행방불명 혹은 도피로 끝났던 반면, 「직선과 곡선」은 가출했던 권씨가 돌아오면서부터 이야기가 전 개된다는 점에서 이 두 작품은 일련의 상황을 상대적 입장에서 인식해보려는 작품으로 읽을 수 있고, 이 둘간의 긴밀한 내적 연관성도 파악할 수 있다.

---

18) 윤흥길, 「직선과 곡선」, 『아홉 켤레의 구두로 남은 사내』, 문학과지성사, 1977, 248쪽.

하지만 「직선과 곡선」에서 권씨는 재기 후, 이전까지 그의 처지를 이해하고 전적으로 후원하던 오선생과 멀어지게 된다. 왜냐하면 권씨가 택한 재기의 길이 '직선'이 아닌 '곡선'의 길이였기 때문이다. 개인과 사회의 역학관계 속에서 개인의 이해만이 관철되는 길, 즉 윤리적 파탄을 감수하고 생존의 논리를 좇고 말기 때문이다. 이처럼 「직선과 곡선」에서 자동차사고를 계기로 곡선의 행로를 택하면서 의식과 행동의 변모를 겪게 된 권씨는 회사에 의해 교묘히 이용되는 존재로 다시 한번 전락하고 마는데, 권씨의 바람과는 달리 공장의 생산직 노동자들과 교류하기는커녕 오히려 그들의 오해를 사게 되고 '기묘한 구타'를 통해 자신의 정체성을 자각하게 되는 과정이 「창백한 중년」에 잘 드러나고 있다.

「날개 또는 수갑」은 '기묘한 구타'로 정체성을 자각한 권씨의 또 한번의 변모가 드러나는 작품으로서 사실상 연작의 마지막에 해당된다. 그러나 이 작품에서 권씨는 매우 주변적인 인물로 등장할 뿐만 아니라 새로이 등장하는 '민도식'이라는 사무직 노동자의 시선에 의해 포착되고 있기 때문에 연작의 균형이 급격히 상실되고 어정쩡한 결과를 초래하고 만다. 좀더 자세히 말하자면, 『아홉 켤레』 연작은 중심인물과 주변인물이 서로 겹쳐 가는 상대적 시선을 통해 권기용이라는 인물의 의식을 파고 들어가는 직렬적·구심적 방식에 의존하고 있었다. 이러한 역할은 오선생과 권씨가 분담해 가면서 작품의 균형을 유지하고 있던 터였다. 그런데 「날개 또는 수갑」에서 권씨는 더 이상 중심인물이 아니다. 이것은 단순히 중심인물과 주변인물간의 전도된 위상에 그치지 않는다. 여기서 중심인물은 사무직 노동자 '민도식'인데, 그의 왼편엔 이기적 출세와 엘리트의식으로 똘똘 뭉친 '우기환'이 있고, 그의 오른편엔 '사복이라는 이름의 수갑'을 채우려는 체제상징격의 회사가 있다. 여기서 민도식은 엉뚱하게도 권씨의 생산부 공원 복장을 주목하면서 복잡한 심경의 변화를 겪게 되는데, 이것은 「창백한 중년」에서 보여준 권씨의 콤플렉스가 민도식에게 옮겨가 있는 형국이다.

따라서 「날개 또는 수갑」은 연작을 관통하는 작가의 기본적인 문제의식, 즉 권씨의 의식과 행동을 정리하지 않은 채 그의 행적은 지극히 주변적 삽화로 처리되고, 오히려 새로운 인물을 통해 권씨의 모습을 드러내 보이려 한다. 하지만 이쯤 되면 이미 연작은 구성상의 원리가 헝클어지고 만 것이며, 더욱이 민도식의 의식이라는 것도 「아홉 켤레의 구두로 남은 사내」의 오선생과 별반 다를 바 없는 정도라는 점에서 단순한 '인물 바꾸기'에 지나지 않는다.

결국 연작의 마지막에 해당된다고 할 수 있는 「날개 또는 수갑」은 연작 첫 작품의 시선과 인식으로 되돌아가는 듯하다. 하지만 이 같은 결과는 「아홉 켤레의 구두로 남은 사내」에서 연약한 주인공이 보여준 세상과의 정면대결 및 그로부터 빚어낸 예리함에 미치지 못하는 것으로서 오히려 퇴행적인 결과로 비춰질 수 있다. 따라서 『아홉 켤레』 연작의 이러한 파행 경로는 더 이상 연작을 지탱할 힘이 소진(消盡)되었을 때, 연작이 보여주는 구성적 파탄과 내용적 일탈의 사례라고 할 수 있겠다.

3) 조세희의 경우 : 『난장이가 쏘아올린 작은 공』을 중심으로

조세희의 『난장이가 쏘아올린 작은 공』(이하 『난장이』로 줄여 부름) 연작은 이문구의 연작 원리와 대조적이며 윤흥길의 그것과도 많이 다르다. 우선 『난장이』 연작은 각각의 독립된 제목과 이야기 구조를 가지고 있는 개별 작품이 계기적 연속성을 띠고 있다는 점에서 직렬적·구심적 방식으로 구분된다. 이러한 계기적 연속성은 프롤로그격에 해당되는 작품(「뫼비우스의 띠」)과 에필로그의 배치로 인해 훨씬 짜임새 있는 구조를 만드는데, 동시에 개별 작품이 다양한 계급과 계층의 시각으로 구성된 탓에 작품 간의 독특한 긴장감마저 유발시킨다. 또한 연작 안의 작품에서 중심인물과 주변인물이 거의 고정되어 있거나 갑작스런 역할 변환으로 구성적 파탄을 야기했던 윤흥길의 연작과 달리 『난장이』 연작의 작중 인물들은 그 일부, 또는 전부가 중복되어 나타나는 경우에도 대부분 한 작품에서 주변적 역할을 맡은 인물이 다른 작품에서는 중심인물로 나타나는 형태를 견지하고 있어 가장 장편다운 면모에 근접한 경우라고 할 수 있다.

그럼에도 불구하고 『난장이』가 연작소설로서 갖는 문제적 성격은 연작내의 '단절과 비약'이라고 할 수 있다. 이 연작을 설명하는 기존의 대체적 방식, 즉 대립적 세계관과 개별 작품들의 미학적 방법론에 대해서는 김병익의 탁견19) 이후 연구 성과가 적잖이 축적되었다. 그러므로 이 글에서는 '직렬적 대립'의 연작원리가 초래하는 연작 구조상의 문제를 중점적으로 다루어보고자 한다.

그런데 여기서 한 가지 전제하고 가야할 것은 연작이 갖는 내적 연관성의 문제에 올바로 접근하기 위해서는 별도의 '독법(讀法)'이 필요하다는 점이다. 앞서 연작의 기본적 특성상 개개의 작품이 갖는 독립성 이외에 전체 구조와의 연관성을 거론한 바 있다. 하지만, 이때 연작으로 묶이면서 발생하는 작품들간의 내적 연관과 긴장의 핵심은 그것을 중심적으로 매개하는 작품에 대한 이해, 즉 연작으로 들어가는 '포탈적(portal) 작품'을 이해하는 것에서 비롯된다고 할 수 있다.

이는 달리 말하면 연작의 벼리(綱)에 해당되는 작품이 있다는 뜻이다. 물론 전체 연작의 실마리가 되거나 핵심적 매개고리가 되는 작품이라 해서 반드시 발표순서와 관련되는 것은 아니다. 애초부터 계획된 연작이 아니더라도 벼리(綱)에 해당되는 작품은 존재할 수 있지만, 이것의 있고 없음은 사실상 연작소설의 성패를 좌우하기도 하는 매우 중요한 요소라고 생각된다. 따라서 연작 안의 개별 작품들은 그 자체로도 작품으로서의 독립성과 단일성을 가진 것이니 만큼 따로 떼어내서 읽는 것이 가능하겠지만 연작의 의미를 충분히 살리기 위해서는 '포탈적(portal) 작품'에 대한 이해가 선행되어야 한다는 의미이다.

『관촌수필』 연작에서 관문이 되는 작품은 「일락서산」이라고 할 수 있다. 「일락서산」은 작품 전체의 순서나 발표시기로도 포탈적 성격을 보이지만 더욱 중요한 것은 화자인 '나'의 일가(一家)가 어떻게 가족과 고향을 잃게 되었는가 하는 일련의 과정을 서술하고 있다는 점이다. 그러므로 이후에 연속되는 고향 체험, 즉 변모된 고향을 보며 나를 키워주었으나 지금은 사라진 사람과 공간 등을 끄집어내는 아픈 작업들, 또 그와 동시에 대비되는 부정적 근대의 환기는 「일락서산」의 비극적인 가족사를 전제하지 않고는 감동이 반감될 수밖에 없는 것이다. 실제로 『관촌수필』의 정점은 「공산토월」로 보여지는데, 이 연작의 기본적 성격을 무시하고 「공산토월」을 단독으로 읽은 경우와 『관촌수

---

19) 김병익, 「대립적 세계관과 미학」, 『문학과지성』, 1978, 겨울.

필』안의 작품으로, 즉 「일락서산」을 읽고 나서 「공산토월」을 읽은 경우 감동의 폭은 비교하기 어려울 만큼 차이가 나게 된다.

마찬가지로 『우리동네』의 핵심적 매개 고리는 「우리동네 황씨」로 보아야 한다. 이 경우 흥미롭게도 『관촌수필』의 배치와 정반대의 현상을 발견할 수 있는데, 「우리 동네 황씨」가 애당초 「으악새 우는 사연」으로 발표되었다가 『우리 동네』의 연작이 단행본으로 묶어지면서 자리를 바꾸게 된 사정은 앞서 이야기한 바 있다. 그런데 이 작품이 연작의 맨 끝으로 자리하게 된 것은 단순히 출판과정에서의 재배치가 아니라 「우리동네 황씨」가 가지고 있는 상징성과 완결성을 『우리동네』 연작의 전체적 결론으로 받아들이고 있다는 의미이며, 이점을 작가 또한 인정하였다고 볼 수 있는 것이다.

한편 『아홉 켤레』 연작의 열쇠는 동명(同名)의 단편 「아홉 켤레의 구두로 남은 사내」에 있다. 왜냐하면 이미 「아홉 켤레의 구두로 남은 사내」에서 권씨의 소시민 의식과 그 양면성은 적나라하게 드러나고 있기 때문이다. 이후 연작이 권씨의 변모를 보여주고는 있지만 계속되는 그의 전락과 소극적 패배에 의한 정체성의 확인은 「아홉 켤레의 구두로 남은 사내」를 넘어서는 것이 아니다. 따라서 이 작품은 권씨의 수난과 전락과정인 동시에 연작의 원형에 해당되는데, 엄밀히 말해 다른 작품들은 그 변주에 불과하거나 일종의 퇴행 경로를 보여준다고 할 수 있다.

이러한 맥락에서 볼 때, 『난장이』 세계로 들어가기 위한 연작의 관문은 「난장이가 쏘아올린 작은 공」(이하 「난쏘공」으로 줄여 부름)이라 할 수 있을 것이다. 그 이유는 연작이 「난쏘공」을 정점으로 전반부(C : 1-4)와 후반부(C : 5-12)가 확연히 구별된다는 점과(표1 참조), 이때 나누어진 두 부분사이에 일정한 '단절과 비약'이 존재한다는 점에서 찾아진다.

『난장이』 연작의 프롤로그에 해당되는 작품은 「뫼비우스의 띠」(C : 1)이다. 그러나 이 작품의 발표시기는 1976년 2월로 연작 구성상 다음 작품에 해당되는 「칼날」(C : 2, 1975년 12월)보다 나중이다. 이러한 사실은 애초 발표순서와 달리 연작을 구성할 당시 체계적인 내적 연관을 위하여 순서를 조정하였다는 것을 의미한다. 이와 비슷한 사정은 연작의 마지막 부분에서도 나타난다. 연작의 마지막에 위치한 「에필로그」(C : 12)는 1978년 3월 발표되었는데, 연작 구성상 그 앞 작품인 「내 그물로 오는 가시고기」(C : 11)가 발표된 것은 1978년 6월이다.

실제로 이러한 구성상의 문제가 여느 단행본이 출판되는 과정에서라면 그다지 특이할 것은 없다. 하지만 연작의 경우에는 좀더 색다른 의미가 있다고 보아야한다. 물론 『난장이』 연작의 계기적 연속성 혹은 내적 연관은 위와 같은 재배치로 인하여 훨씬 짜임새 있는 구색을 갖추게 된다.

연작의 실질적 첫 작품에 해당되는 「칼날」은 중심인물인 '신애'의 깨어있는 '정신'에 관한 보고서다. 그녀가 느끼는 피로와 불안의 정체는 대체로 앞뒷집의 속물적 근성과 세태를 통해 드러나지만 이 모든 것이 가장 집중적으로 드러나는 곳은 다음과 같은 대목일 것이다.

> 신애는 인공조명을 받고 있는 닭장 속의 닭들을 생각했다. 달걀 생산을 늘이기 위해 사육사들이 조명 장치를 해놓은 사진을 어디에선가 보았었다. 닭장 속의 닭들이 겪는 끔직한 시련을 난장이도, 저도, 함께 겪고 있다고 생각했다. 다만 알을 낳는 닭과는 달리 난장이와 자기는, 생리적인 리듬을 흐트려 놓고 고통을 줄 때 거기에 얼마나 적응할 수 있을까, 그리고 어느 정도에서 병리 증상을 일으키게 될까 하는 실험용으로 사용되고 있다는 생각뿐이었다. [……]
> 신애는 낮게 말했다.
> "저희들도 난장이랍니다. 서로 몰라서 그렇지. 우리는 한편이에요."[20]

극단적으로 말한다면 「칼날」은 마지막 이 한 줄을 위해 쓰여졌는지도 모른다. 이 작품의 중심인물인 신애는 40대 중반의 평범한 중산층을 상징하는 인물이다. 그녀는 「육교위에서」(C : 5)라는 작품에서도 잠깐 등장하지만 보다 가까이 놓인 「뫼비우스의 띠」에서 수학교사의 역할과 비슷하다. 난해한 비유에도 불구하고 「뫼비우스의 띠」에서 수학교사가 강조하는 것은 비교적 뚜렷한 편이다. '안과 겉을 구별할 수 없는 곡면'인 뫼비우스의 띠를 통해 우리가 살고

---

20) 조세희, 「칼날」, 『난장이가 쏘아올린 작은 공』, 문학과지성사, 1978, 44~45쪽.

있는 이 시대가 결코 선악(善惡)을 간단히 판별할 수 없는 사회이고,(그것은 '우주'에서나 가능하다는 점을 또한 그는 암시해준다) 이럴 때일수록 강조되는 것이 지식인의 역할인 바, 바야흐로 지식인 계층으로 신분 상승이 예정(?)된 학생들을 상대로 지식인 혹은 중산층에게 주는 메시지를 전달하고 있는 것이다.

> 교사는 두 손을 교탁 위에 얹었다. 그는 제자들을 향해 말했다.
> 끝으로 내부와 외부가 따로 없는 입체는 없는지 생각해 보자. 내부와 외부를 경계지을 수 없는 입체, 즉 뫼비우스의 입체를 상상해보라. 우주는 무한하고 끝이 없어 내부와 외부를 구분할 수 없을 것 같다. [……] 차차 알게 되겠지만 인간의 지식은 터무니없이 간사한 역할을 맡을 때가 많다. 제군은 이제 대학에 가 더 많은 것을 배우게 될 것이다. 제군은 결코 제군의 지식이 제군이 입을 이익을 위해 맞추어 쓰여지는 일이 없도록 하라.21)

결국 『난장이』 연작의 프롤로그가 연작 전체의 기본 시선을 가늠한다고 보았을 때, 그것은 「칼날」의 '신애'나 「뫼비우스의 띠」에서 보여준 '수학교사'의 시선, 즉 중산층의 시선에 포착된 삶과 입사의식(入社意識)의 상징인 셈이다.

그런데 이러한 시선은 「난쏘공」에 이르러 난장이와 그의 가족들의 시선에 좀더 가까워진다. 즉 애초 신애와 수학교사가 본 기형적 소외의 상징, 즉 난장이가 실제 당사자가 되거나 그의 가족들(영수, 영호, 영희)의 시선으로 포착되기에 이른 것이다. 그리하여 「난쏘공」 이후의 시선은 '윤호'와 같은 중산층의 시각을 반영하거나(C : 6, 7), 영수와 같은 노동자의 시각(이것은 노동자 개인의 시각이라기보다는 집단적 노동자가 형상화되는 과정이기도 하다)이 표출되거나(C : 8, 9, 10), 은강그룹 총수의 아들인 자본가의 시각이 좀더 적극적으로 드러나게 된다.(C : 11) 그러므로 「난쏘공」은 연작의 이러한 분화를 예비하고 이전의 시선을 모아 둔 저수지와 같은 역할을 하고 있다.

『난장이』 연작은 「난쏘공」을 기점으로 현저하게 어두워지고 환상적 분위기도 강화되는 것을 느낄 수 있다. 가장 분명한 대비는 「뫼비우스의 띠」와 「에필로그」의 결말이다. 즉 「뫼비우스의 띠」에서 앉은뱅이와 꼽추의 행동은 소기의

---

21) 조세희, 「뫼비우스의 띠」, 『난장이가 쏘아올린 작은 공』, 문학과지성사, 1978, 23쪽.

목적 달성에도 불구하고 꼽추의 회의적 태도가 뒤따르고 있으며, 이는 또 다른 문제를 제기하는 것이었다. "무슨 해결이 나야 말이지" 오히려 "내가 무서워하는 것은 자네의 마음"이야 라고 하며 꼽추는 인간의 본성에 대한 의문까지 포함하는 듯했다. 그런데 「에필로그」에 오면 "죽을 힘을 다해 일하고 그 무서운 대가로 먹고살아"가는 것이 좌절된 꼽추가 난장이와 그의 큰아들에 이어 죽게 됨으로써 연작은 대단히 비극적인 결말을 맞이하고 마는 것이다.

> (나) 꼽추는 분리대를 향해 뛰어가고 있었다. 달려온 것은 연료 공급차였다. 앉은뱅이는 그 차를 세우기 위해 불빛 속으로 몸을 굴려 넣으며 손을 번쩍 들었다. 연료 공급차의 운전기사는 순간적으로 눈을 감고 급브레이크를 밟다가 놓았다. 그는 차를 급히 세울 수도, 어느 한쪽으로 몰아붙일 수도 없었다. 그는 공정했다. 연료 공급차는 다시 속력을 내어 달렸다. 두 친구는 움직이지 않았다. 벌레들도 울지 않았다. 그들이 다시 울기 시작했을 때 앉은뱅이가 몸을 일으켰다. 자동차 불빛에 몸을 드러냈던 친구를 향해 그는 한 손으로 기어갔다. "보라구!" 꼽추는 분리대 앞에 모로 쓰러져 있었다. 그가 손을 들어 가리켰다. 꽁무니에 반짝이는 불을 단 한 마리의 작은 반디가 바른쪽 숲을 향해 날아갔다.[22]

이와 같이 개별 작품은 물론이고 연작 전편을 관통하고 있는 현실의 대립·단절적 인식, 그리고 그 반영으로서의 서사의 단절과 비약이 70년대 후반의 폭압적 상황과 무관하달 순 없을 것이다. 즉 조세희가 훗날의 회고에서 밝혔던 것처럼 거미줄처럼 얽혀있는 제약들을 극복하기 위한 우화적·환상적 수법이었다고 감안하여야 한다. 그러나 소설책이라기보다는 70년대 후반 우리 시대의 서글픈 자화상으로 불리울 만한 『난장이』 연작의 분위기, 즉 서정적 문체와 상징적 구조, 환상적 수법 속에서 우리는 조세희 자신의 목적이 정작 현실에 대한 충분한 분석과 철저한 비판 너머에 있다고 생각해볼 수는 없는 걸까?[23] 왜냐하면 시의 세계에서는 현실에 대한 객관적 분석·비판보다 초월의 세계

---

22) 조세희, 「에필로그」, 『난장이가 쏘아올린 작은 공』, 문학과지성사, 1978, 243쪽.
23) 이런 의미에서 조세희 소설은 '소설이라는 형식을 빈 시(詩)'라고 한 김종철의 지적은 시사하는 바가 있다(김종철, 「산업화와 문학」, 『창작과비평』, 1980. 봄, 91쪽 참조).

에 대한 동경이 보다 일반적인 것이라고 할 때, 조세희의 소설은 이러한 동경에 보다 많이 기울이고 있기 때문이다.

요컨대『난장이』연작의 '단절과 비약'은 주제의식을 둘러싼 작가의 시적 지향과 세련된 감수성의 충돌이 빚어낸 것으로서 총체적 인식을 위한 다양한 관점의 확보에도 불구하고 서사의 본령을 비껴 가는, 즉 장편으로의 도정(道程)을 가로막는 스스로의 장애가 되고 있는 셈이다. 그렇기 때문에 이 같은 '직렬적·구심적 대립'의 구성 원리로부터 연작의 기본적 한계 또한 주어지는 바, 조세희 연작은 현실 속에서 그 '구심점'24)에 도달하기란 요원(遙遠)하였음으로 '은강'이라는 가상의 공간을 설정할 수밖에 없었으며 대립적 세계인식만으로는 구심점에 도달한 방법이 없었기 때문에 현실을 초월해서 이상(理想)에 다다르기 위한 기제, 즉 '환상'적 수법도 필요했던 것이다.

표 1. 연작의 전반부는 고딕, 후반부는 명조체로 구분하였으며,
각 연작의 벼리(綱)에 해당되는 작품은 고딕 강조로 처리하였다.

	A : 관촌수필(77)	B : 아홉 켤레(77)	C : 난쏘공(78)	D : 우리 동네(81)
[1]	일락서산(72.5)	하루는 어떤 일이(73.2)	뫼비우스의 띠(76.2)	우리 동네 김씨(77.11)
[2]	화무십일(73.1)	양(74.1)	칼날(75.12)	우리 동네 이씨(78.5)
[3]	행운유수(73.2)	엄동(75.3)	우주 여행(76.9)	우리 동네 최씨(78.6)
[4]	녹수청산(73.9)	그것은 칼날(77.2)	난쏘공(76.9)	우리 동네 정씨(78.9)
[5]	공산토월(73.12)	빙청과 심홍(77.3)	육교 위에서(77.2)	우리 동네 류씨(79.11)
[6]	관산추정(76.12)	**아홉 켤레(77.6)**	궤도 회전(77.6)	우리 동네 강씨(80.3)
[7]	여요주서(76.12)	직선과 곡선(77.10)	기계 도시(77.6.20)	우리 동네 장씨(80.6)
[8]	월곡후야(77.1)	날개또는 수갑(77.9)	은강 노동 가족(77.10)	우리 동네 조씨(81.1?)
[9]		창백한 중년(77.10)	잘못은 신에게도(77.12)	**우리 동네 황씨(77.12)**
[10]			클라인씨의 병(78.3)	
[11]			내 그물로 오는(78.6)	
[12]			에필로그(78.3)	

24) 사실 이 '구심점'이란 선과 악, 죽음과 고독, 사랑과 증오 따위의 존재론적 문제에 육박할만한 수위를 가진 것이며, 이 '구심점'을 둘러싸고 있는 층위가 노동자로 한정된 것이 아니라 교육, 환경, 중산층의 문제까지를 포함하고 있으며, 이와 같은 복잡한 양상이 상징의 옷을 입고 나타난다.『난장이』연작이 당대는 물론이고 70년대이래 꾸준히 읽혀지고 있는 이유는 아마 이러한 점에서도 찾아질 수 있을 것이다.

4. 1970년대 연작소설의 의미와 그 한계

이상으로 70년대 연작소설의 형성배경과 각각의 양상을 살펴보았다. 이 과정에서 우리는 이문구, 윤흥길, 조세희의 연작소설이 '개발'이라는 구호가 마치 신화처럼 통용되던 당대의 음영(陰影)을 정밀하게 관찰하고 이를 현실 전체의 부면(部面)과 연결시키려는 총체성에 대한 열망, 즉 현실에 대해 전면적·총체적으로 인식하려는 작가의식을 공통적으로 확인할 수 있었다. 뿐만 아니라 그 실험으로서의 연작이 갖는 의미와 각각의 구성원리, 그리고 나름의 한계에 대해서도 간단히 정리할 수 있게 되었다.

이러한 맥락에서 볼 때, 연작소설의 개략적 의미는 70년대 문학의 계승과 발전이라는 측면에서 민족문학의 튼실한 육체를 부여한 셈이고, 오늘날에도 여전히 육체를 형성하고 있는 현재형으로 그 의미를 추출할 수 있다고 본다. 그러나 좀더 엄밀한 의미에서 70년대 연작소설이 기여한 중요한 소설사적 의미는 우선 '집단적 주인공의 설정 및 민중적 주체의 발견'에서 찾아져야 할 것이다.

사실 우리가 『난장이』 연작을 통해 집단적 주인공을 만나게 된다는 것은 매우 의미심장한 일이다. 「객지」를 필두로 한 70년대 초반의 노동소설들은 대개 부랑노동자들의 삶이라는 한계 안에서의 성과였으며, 노동자들의 집단적 의식과 현장성이 결여된 것이었다. 따라서 이전의 노동문학이 개인적 저항이나 노동현장의 애환에 머물렀던 한계를 『난장이』 연작은 일거에 뛰어 넘고 있는 것이다. 아울러 종래의 70년대 대부분의 소설이 한 사람의 주인공을 채택하고 작중의 다른 인물들에 비하여 배타적인 중요성을 부여하여 온 점에 비하면 커다란 진전이라고 하지 않을 수 없다.[25] 이것은 노동 현실의 건강한 발전이 개

---

25) 비슷한 문제의식으로 70년대 새로운 문학의 지평을 열었다고 평가받는 황석영의 「객지」, 혹은 그것보다 조금 강도는 약하지만 「야근」의 경우에 있어서도 특정 주인공이 존재하였고, 그 결과 특히 행동적인 사건과 관련하여 영웅주의적 요소가 암시되었다는 점과 비교해보면 더욱 그러하다. 물론 조세희의 소설에서도 난쟁이와 그의 아이들이라는 주인공 격의 인물이 없는 것은 아니지만, 보다 방계적인 인물들도 그들에 못

인주의적 노력에 의해서가 아니라 오직 집단적 연대에 의해서만 창조될 수 있다는 점을 감안할 때 더욱 그러하다.

한편, 아이러니컬하게도 경제성장은 일반적으로 대중들의 사회적·정치적 태도에서의 적극성을 증대시키기도 한다. 어느 정도 빈곤을 극복하는 경험 속에서 대중들은 마치 절대적인 빈곤이 영원한 자신들의 운명이 아님을 자각하였듯이 사회적 비정의(非正義)를 더 이상 운명적인 태도로 받아들이지 않게 된 것이다. 이러한 예는 상대적 박탈감을 경험한 농민의 저항으로, 자주성으로 발전하여 『우리동네』의 곳곳에 드러난 바 있다.

> 농사꾼은 호적 파갖구 물 근너온 의붓국민인감. 다른 물건은 죄다 맹그는 늠이 기분대루 값을 매기는디 워째서 농사꾼만 남이 긋어 준 금에 밑돌어야 혀? 마눌 한 접이 금가면 버리는 푸라스틱 바가지만두 못허니 이래두 갱기찮은겨? 드런 늠덜. 암만 초식장사 제 손 끝에 먹구 산다지만 해두 너무 헌다구. 꼭 이래야 발전헌다는 겨?[26]

한 사회학자의 표현을 빌리자면, 70년대 한국에서는 새로운 '국민'이 생겨나기 시작했다. 그것은 바로 자본주의적 산업화와 더불어 형성된 농민, 노동자, 빈민이라는 집단이다. 이들에게 '국민'은 어쩌면 '강요된 공동체'에 가까운 것이었는지도 모른다. 비록 봉건시대의 백성에서 식민지시대의 신민(臣民)을 거쳐 해방 이후 비로소 국민이라는 명칭을 부여받았지만 사실상 국가 내의 다른 국민으로, 의붓 국민으로 존재해왔기 때문이다. 이들은 양각된 긍정적 측면 뒤에 숨어 있는 숱한 음영들이었던 바, 70년대 문학은 시대적 징후의 핵심으로 그들의 집단적 서향 및 주체적 모습을 적극적으로 수용하였다. 이러한 맥락에서 볼 때, 『우리동네』를 비롯한 주요 연작들은 70년대 농민, 노동자의 언술 속에 등장하는 국민에 대한 의심과 '다른 국민'의 성립, 즉 민중의 원형을 발견하고 있었던 것이다.[27]

______

지 않게 조명을 받고 있다.
26) 이문구, 「우리 동네 강씨」, 『우리동네』, 민음사, 1981, 191쪽.
27) 졸고, 「근대 체험으로서의 '고향'과 '다른 국민'의 성립」, 『한국문학평론』, 2000. 가을,

70년대 연작의 두드러진 성과 가운데 또 하나는 당대의 사회·문화적 핵심을 관통하는, 그러나 지극히 당연한 '공간 탐구'라고 말할 수 있을 것이다. 사실 앞서 살펴본 70년대 대표적 연작들은 그리 특별한 대상이나 특이한 소재를 다룬 것이 결코 아니다. 아래의 지적처럼 오히려 그들이 갖은 관심은 지극히 자연스럽고 당연한 것이었다고 할 수 있다.

> 돌이켜 볼 때, 지난 십여 년에 걸쳐 우리는 급격한 산업화의 소용돌이를 경험하였고 그러한 과정에서 갖가지 인간적·사회적 문제에 직면하여야 했다. 그러나 사회 전체적으로 볼 때, 산업화에 의한 충격은 농촌과 도시의 노동자들의 생활현실에 가장 집약적으로 표현되었다. 산업화는 대대적인 사회적 이동을 강요하였고, 그 과정에서 수많은 농촌 사람들이 도시의 공장노동자로 탈바꿈하였으며, 농촌에 잔류한 영세농민들은 많은 경우 농업노동자로 전락하게 되었다. 농촌 및 도시의 노동자들이야말로 우리 사회의 기층(基層)을 구성하는 대다수 민중인 한, 이들의 생활현실의 건강여부는 사회 자체의 존속과 발전에 결정적인 것이다. 따라서 급격한 변화를 경험하게 된 이러한 노동자들의 운명에 대하여 문학적 상상력이 민감하게 반응한다는 것은 당연한 일이었다.[28]

이문구의 『관촌수필』은 이미 사라져버린 원형의 공간, 즉 '관촌'을 기억으로부터 불러내고 있는데, 이는 화자가 산업화의 영향을 과거의 방향으로 투사한 결과 나타난 곳이다. 『우리동네』는 이렇듯 농촌공동체가 해체된 공간을 '동네'라고 하는 보다 현실과 가까운 시간대로 옮겨 놓은 축도(縮圖)에 불과하다. 윤흥길의 『아홉 켤레의 구두로 남은 사내』는 70년초 '광주대단지 사건'으로 널리 알려진 '성남'을 배경으로 하고 있으며, 조세희가 『난장이가 쏘아올린 작은 공』에서 먼저 주목한 공간은 도심 한 켠의 달동네였다. 당시 소외된 민중을 문학적·기형적 상징으로 담지하고 있던 '난장이'와 그의 가족들이 타고난 성실에도 불구하고 끝내 정착하지 못하고 '집'을 떠날 수밖에 없는 과정을 작가는 세련된 감수성으로 면밀히 드러내고 있거니와, 난장이의 죽음 이후 그의

269~272쪽 참조.
28) 김종철, 「산업화와 문학」, 『창작과비평』, 1980. 봄, 75쪽.

자식들을 통해 '은강'이라는 가상의 공간을 배경으로 본격적인 노동문제기를
제기하였다. 이 때 '은강'이란 비록 가상의 형태로 드러나지만 당시 한국적 개
발모형에서 흔히 볼 수 있는 전형적인 공간이었다.

하지만 이들 연작소설이 보여준 '공간탐구'의 성과는 동시에 70년대 연작소
설의 한계를 지적할 때에도 상기될 필요가 있다. 이것은 달리 말하면, 역사적
시각의 미숙함에 대한 지적이다. 우리에게 있어서 70년대는 산업화의 일반이
론으로써는 설명되기 어려운 우리 현대사 자체의 모순을 배경으로 하고 있다.
그런데 이러한 역사적 연관에 있어서의 고려가 위 연작들에서는 부족하다는
것이다. 예컨대, 난장이 일가의 계보 파악에서 보듯 이 소설이 고려하는 역사
적 차원은 지나치게 형식적인 듯하다. 이러한 접근방식은 결과적으로 작중인
물들이 역사적 깊이를 가진 살아있는 구체적 인물들이 되게 하지 못하고, 상징
적인 역할을 맡은 기호로 존재하게 만든다. 이문구가 『관촌수필』에서 보여준
반상적(班常的) 질서에 대한 문제 역시 그것이 부정적 근대를 환기시키려는 의
도는 실현했다 할지라도 그러한 전통사회가 가지고 있었던 억압적인 구조에
대해서는 언급하지 않았다는 점 때문에 역사적 상상력의 문제가 남는다.

물론 이것은 작가의 한계로만 돌려질 문제가 아니다. 무엇보다도 당대 사회
가 파편화된 총체성을 직접적으로 반영하게끔 하는 격렬성을 가지고 있었고,
이것은 주관적 의지, 즉 총체성에 대한 열망만으로는 벅찬 시대적 한계였으며,
오히려 낭만적 시대인식이 근대 부정의 효과적 비판을 감당하는 실정이었다.

그럼에도 불구하고 결국 이러한 역사적 인식의 문제는 보다 소설적인 문제,
즉 서사의 문제에까지 이어지는 게 아닌가 싶다. 루카치에 의하면, 삶의 총체
적 반영, 즉 총체성을 가능케 하는 문학의 방법은 이른바 '서사'다. 그런데 그
에게 있어서 진정한 의미의 서사란 "인간의 본질이, 즉 인간의 사회적 존재에
전형적인 것이 행위로 표현되는 줄거리와 상황"[29]을 구성하는 것이다. 다시
말해서 이것은 "일련의 자연상황들, 인간적 제도, 도덕, 풍속 등을 하나의 인간
적 줄거리 바꾸어 놓는"[30]것을 의미한다. 그럼에도 불구하고 엄밀한 의미에서

---

29) 김혜원 옮김, 『루카치 문학이론』, 세계사, 1990, 131쪽.
30) 이영욱 옮김, 『역사소설론』, 거름, 1987.

총체성의 구현은 현실의 객관적 조건과 더불어 작가의 주관적 조건이 반드시 마련되어야 한다고 루카치는 강조한 있는데, 전망의 문제가 대두되는 것도 바로 이 대목에서다.

이러한 점을 감안하여 연작과 관련해 볼 때, 분명한 것은 위 연작소설에서 보듯 장편적 서사 혹은 총체성은 이를 도모하는 작가의 의지만으로 구현되는 것이 아니라는 점, 또한 '병렬적 나열' 방식으로 구성된 파편적 현실의 양적 총합이나 '직렬적 대비'로 이루어진 대립적 현실의 단절·비약만으로는 총체성이 구현되기는 어렵다는 사실이다. 이로써 우리는 70년대 대표적 연작소설들의 장편지향이 소시민성 혹은 소시민적 의식의 한계와 그 낭만성으로 인하여 굴절·왜곡되거나 파편화되는 서사적 경로를 동시에 확인하게 된다.

1970년대의 민족문학론에서 인식되는 제3세계문학론

고명철[*]

1. 민족문학론의 갱신과 제3세계문학론

1990년대 이후 현장비평과 문학연구에서 지속적으로 전개된 민족문학론의 '위기'와 '갱신'에 대한 논의는, 급변해가는 나라 안팎의 현실에 대응하려는 이론적 실천과 실천적 이론을 모색하는 일환이다. 무엇보다 전지구적 자본주의 세계체제 아래 작동되는 초국적 자본은, 종래 민족국가 단위의 경제활동의 경계를 자유롭게 넘나들면서 민족국가가 지닌 정치경제학적 문제틀의 유의미성을 무화시키기에 이르렀다. 이러한 가운데 민족문학의 안팎에서 "<민족>이라는 단위로 묶여져 있는 인간들의 전부 또는 그 대다수의 진정으로 인간다운 삶을 위한"[1]다며 제기된 민족문학론의 실효성을 문제삼는 것은 정당하다. "민족해방의 물질적 조건들과 민족해방을 고무했던 전망은 전지구적 경제·정치 관계가 변형되고 이러한 변형에 따라 민족국가의 지위가 변화하면서 증발해버"[2]린 엄연한 현실에 놓여 있음을 간과해서는 안되기 때문이다.

그런데 여기서 우리가 분명히 짚고 넘어갈 문제는 작금의 현실 속에서 '민족'을 둘러싼 담론의 지형도가 변화되고 있는 게 '민족문제'에 대한 논의를 폐기처분하자는 것과, 급변하는 현실 속에서 능동적으로 대응하기 위해 그 문제

---

* 광운대 겸임교수.

1) 백낙청, 「민족문학 개념의 정립을 위해」, 『민족문학과 세계문학』1, 창작과비평사, 1978, 125쪽.
2) 아리프 딜릭, 설준규, 정남영 공역, 『전지구적 자본주의에 눈뜨기』, 창작과비평사, 1998, 164쪽.

를 새롭고 정교한 시각으로 인식하자는 것과는 전혀 별개의 입장이라는 점이다. 전자의 경우 겉으로 볼 때 타당성이 있는 것 같지만, 기실 민족문제 자체를 탈각시키려는 그 심층에는 전지구적 자본주의 세계체제 중심부의 이데올로기가 자리하고 있다. 초국적 기업을 매개로 한 초국적 자본의 유연성은 종래의 물리적 힘(정치적·군사적 강제력)을 동원하지 않고 새로운 시장을 식민화하기 위해 그 걸림돌로 작용되는 민족국가의 민족문제를 소거하려고 한다. 그러나 그러면 그럴수록 민족국가의 민족문제가 새로운 양상으로 부각되고 있는 것 또한 엄연한 사실이다.3) 따라서 후자의 경우는 이러한 현실에서 더욱 중층적으로 포개져 있는 민족문제를 다각적으로 진단하고 그에 대한 처방을 강구함으로써 악무한의 자본주의를 위반·전복시킬 수 있는 생산적 계기를 모색하고자 한다.

이렇듯이 민족문제는 아무리 탈민족을 전략화하는 담론 속에서도 여전히 중요한 해결 과제이다. 특히 아직도 분단체제의 모순을 안고 있는 우리의 특수한 현실에서 "탈민족국가적 새로운 정체성을 지구화 논의와 연결한다면, 이러한 지구화는 우리의 현실을 잃게 하는 최면제에 지나지 않을 것이다."4) 바로 이러한 점이 민족문학론의 위기에 직면한 가운데 민족문학론의 모든 것을 폐기할 게 아니라 보존과 폐기의 변증법적 관계를 거치면서 민족문학론의 갱신을 도모하게 한다. 그리하여 최근 민족문학론의 갱신에 대한 논의는 1990년대 초반부터 지속적으로 탐구되고 있는 근대성 문제와 함께 활발하게 논의되고 있다. 개별적 탐구 영역은 서로 다를지라도 연구자들의 연구에서뿐만 아니라 비평가들의 비평에서 근대성의 문제는 심화·확장되고 있다. 그런데 필자의 속단일지 모르겠으나, 민족문학론의 갱신에 대한 논의는 지속적으로 제기되고

---

3) 전지구적 자본주의 세계체제는 중심부의 신자유주의라는 이데올로기의 미명 아래 탈민족(국가)의 문제를 주류담론으로 적극화한다. 하지만 반(半)주변부와 주변부의 정치경제학적 문제는 여전히 민족문제와 동떨어진 게 결코 아니다. 특히 아시아, 아프리카, 라틴아메리카, 옛 소련과 발칸반도에서의 정치경제학적 문제의 뿌리에는 바로 해당 특유의 민족문제가 자리하고 있음을 알 수 있다. 이에 대해서는 미셸 초스도프스키(이대훈 역), 『빈곤의 세계화』, 당대, 1998 참조.

4) 송두율, 「'지구화' 물결 속에서도 민족국가의 정체성은 있다」, 『민족은 사라지지 않는다』, 한겨레신문사, 2000, 75쪽.

있음에도 불구하고 어딘지 모르게 논의가 답보상태에 빠져있어 공전하고 있는 듯한 인상에서 자유로울 수 없다.[5] 물론 이러한 데에는 앞서 잠깐 살펴보았듯이, 민족문제가 여전히 민감한 사안임에도 불구하고 현상적으로 볼 때 민족문제가 구체적 현실성을 잃은 채 점차 문제적 현실에서 탈각화되는 것과 무관하지 않다. 그러다보니 민족문학론은 "민족문학이라는 이름이 거머쥐고 있는 제도적 권력에 연연하면서 문학이 세계의 중심이고 민족문학이 문학의 중심이라는 '지당한 말씀'만을 동어반복하고, 자기영속화를 위한 전술적인 고려만을 재생산한다"[6]는 비판을 감수할 처지에 놓이게 되었다.[7]

여기서 필자는 민족문학론의 갱신을 위한 일환으로 1970년대부터 본격적 문제틀로 정립되기 시작한 민족문학론 중 하나인 제3세계문학론을 살펴보기로 한다. 사실, 제3세계문학론은 1970년대 후반에 논의되기 시작하여 1980년대

---

5) 필자 역시 민족문학론의 갱신에 지속적인 관심을 기울이고 있다. 그리하여 필자는 1990년대 이후 민족문학론의 갱신을 위해 부단히 열정을 쏟은 젊은 민족문학론자(임규찬, 신승엽, 김명인)를 비판적으로 검토하면서, 민족문학론의 현주소와 갱신에 대한 지형도를 살펴본 바 있다. 졸고, 「'90년대 젊은 민족문학론자'의 갱신, 어디에 와 있는가?」, 『비평과전망』 창간호, 1999. 11.

6) 이광호, 「민족문학의 역사적 범주에 관하여」, 『실천문학』, 1994년 가을호, 175쪽.

7) 이광호뿐만 아니라 민족문학을 비판하는 논자들 대부분의 논의는 민족문학을 어떤 문학적 순결주의 내지 염결주의에 사로잡힌 것으로 비판한다. 그리하여 이광호가 지적했듯이 민족문학은 자기만의 영속성의 굴레에 갇혀있어 어느덧 민족문학이란 제도권력에 안주하려고 하는 것인 양 비판받는다. 물론 이러한 비판이 어떠한 맥락에서 생성되었는지 모르는 바 아니다. 문제는 이러한 비판이 민족문학의 갱신이 아닌, 민족문학의 분열과 해체를 전략화하고 있다는 점이다. 민족문학이 역사성을 띠고 있는 이상 이러한 주장이 일리가 없는 것은 아니다. 민족문학의 소명이 다하였다면, 당연히 민족문학의 역사성은 소멸해야 할 것이다. 그런데 이 글의 앞머리에서도 거칠게 살펴보았듯이 민족문학이 짊어지고 있는 소명은 다하기는커녕 새로운 방법과 전술을 그 어느때보다 강하게 요구하고 있다. 근대성이 완성되고 근대 너머에 또다른 무엇인가가 도래한다면 모를까, 근대성을 추구하고 동시에 근대성을 극복하려는 이중의 과제에 매달리는 현실에서 이 과제를 붙잡고 씨름하는 주체는 적어도 인류가 멸망하지 않는 한 '민족'이라는 점을 결코 간과해서 안될 것이다. 본론에서 상술하겠으나, 필자가 생각하기에 민족문학을 비판하는 논자들 대부분은 은연중 '민족문학'과 '민족주의 문학'을 착종시키는 가운데 민족문학을 단순화의 오류에 입각해 비판하고 있는 것으로 판단된다. 민족문학이 가장 경계한 게 민족주의 문학이라는 사실을 상기할 필요가 있겠다. 민족문학과 민족주의 문학의 명확한 구분에 대해서는 하정일, 『20세기 한국문학과 근대성의 변증법』, 소명출판, 2000, 47~49쪽.

에 들어서면서 활발하게 논의된 것인바, 1970년대 민족문학론의 범주보다 1980년대 민족문학론의 영역으로 포함시켜 살펴봄으로써 제3세계문학론의 내포와 외연이 확연히 규명될 수 있다. 그럼에도 불구하고 필자가 제3세계문학론을 1970년대 민족문학론으로 국한시켜 논의를 펼치고자 하는 데에는, 이것이 1970년대 민족문학론을 성숙시키기 위해 대두된 리얼리즘론, 농민문학론과 함께 민족문학론의 중요한 문제의식을 구성하기 때문이다. 특히 리얼리즘론, 농민문학론이 국내의 민족적 현실에 초점을 두면서 민족구성원의 인간다운 삶을 추구했다면, 제3세계문학론은 이와 같은 문제의식을 확장시켜 우리와 같은 현실에 놓여 있는 제3세계 민족의 현실에 애정을 갖고 그들과 민족적 연대감을 형성하는 가운데 전인류적 과제를 해결하고자 하였다. 이것은 '민족문학'이 자칫하면 편협한 '민족주의 문학'으로 매몰될 것을 스스로 경계한 자기성찰의 문제의식의 소산이다. 그렇다면 제3세계문학론의 어떠한 측면이 민족문학의 자기성찰적 특질을 지니며, 그것이 곧 '민족주의 문학'과 갈라서는 지점인지 그 구체적 양상을 살펴보기로 한다. 필자는 이러한 논의를 통해 민족문학론의 문제의식이 단순히 담론의 층위에서가 아니라 우리가 직면한 특수한 현실은 물론, 우리의 문제의식과 공유하고 있는 다른 민족의 현실에 뿌리를 두는 가운데 이론과 실천이 분리되지 않는, 생동하는 문학론에 대해 성찰의 계기를 갖고자 한다.

2. 민족문학론의 제3세계문학에 대한 각성

　1960년대의 순수/참여 논쟁을 거치면서 참여문학론의 성숙한 비평 토양을 맞이한 1970년대의 비평은 『사상계』(1970. 4)에서 마련한 4·19 10주년 기념 특집 문학좌담('4·19혁명과 한국문학'이란 주제)을 계기로 리얼리즘 논쟁을 촉발시키면서 '민족문학론'을 정립시켜 나간다. 민족문학에 대한 관심은 문단의 보수진영과 진보진영 모두 각별한 것인 바8), 1970년대 비평사의 주요 쟁점

---

8) 이 글의 목적이 1970년대에 대두된 문단의 진보진영의 민족문학론을 구성하는 제3세

은 민족문학을 둘러싼 것이라 해도 지나치지 않다.

　이러한 민족문학론의 논의가 진행되는 가운데 구중서는 그 동안 전개되어
온 1970년대 비평의 현황을 검토하는 자리에서 백낙청으로 대별되는 민족문
학론의 현주소를 다음과 같이 진단한다.

　　　백낙청의 일련의 민족문학론은 한국 근대문학사의 정통적 흐름 안에 자
　　리를 잡았으며, 세계적 시야와 리얼리즘의 방법을 갖추었다. 어기에서 더
　　보완되어야 할 것이 있다면 민족문학의 전통적 유산에 대한 보다 체계적인
　　가치평가의 작업과 제3세계 문학론에 있어서의 보다 균형 있는 검토라고
　　말할 수 있을 것이다.9)

　구중서는 백낙청의 「민족문학이념의 신전개」(『월간중앙』, 1974. 7) 이후 민
족문학론을 정립시키기 위한 그의 비평적 탐구를 긍정적으로 평가하면서, 백
낙청의 민족문학론이 자칫하면 간과하기 쉬운 점을 언급하고 있다. 그것은 위
인용문에서도 읽을 수 있듯이 두 가지이다. 하나는 민족문학의 전통적 유산에
대한 체계적인 가치평가의 작업이며, 다른 하나는 제3세계문학론에 대한 관심
이다. 그런데 이렇게 두 가지로 구분할 수 있으나, 이들 문제의식의 공통분모
는 백낙청의 민족문학론이 제3세계문학적 시각을 갖고 있어야 된다는 것으로
파악할 수 있다. 여기에는 백낙청의 「새로운 창작과 비평의 자세」(『창작과비
평』, 1966년 창간호) 및 「시민문학론」(『창작과비평』, 1969년 여름호)에서 노정
되는 백낙청 비평의 내재적 한계에 대한 비판적 성찰이 지리히고 있다. 이 두
비평이 백낙청 개인은 물론, 우리 비평사에서도 문제적인 것은 새삼스러운 게
아니다. 무엇보다 1960년대 내내 문단의 뜨거운 쟁점이었던 순수/참여 논쟁에
일대 전기를 마련해주었다는 점에서 이들 비평이 갖는 비평사적 의의는 중요

　　계문학론에 초점을 두는 만큼 민족문학론의 문제틀을 정립시키는 과정에 대한 상세
　　한 논의는 생략하기로 한다. 다만 민족문학론의 대두와 그 전개 양상을 문단의 보수
　　진영과 진보진영으로 나누어 그 구체적 실상을 꼼꼼히 검토해보는 데는 김영민, 『한
　　국현대문학비평사』, 소명출판, 2000, 378~399쪽 참조.
　9) 구중서, 「70년대 비평문학의 현황」(『창작과비평』, 1976년 가을호), 『분단시대의 문
　　학』, 전예원, 1981, 145쪽.

하다. 문제는 참여론의 지평을 성숙시키는 과정에서 백낙청의 초기비평은 서구의 시민의식에 기반한 참여론을 주장하는데, 그의 이러한 비평적 입장이 자칫 외국문학도가 무의식적으로 지닐 수 있는 서구추구수의, 즉 유럽중심주의 세계관으로써 그가 비판하고 있는 모국의 순수문학뿐만 아니라 모국의 문학 전반을 향한 평가절하로 해석될 여지를 남긴다는 사실이다. 물론 이러한 문제점은 「시민문학론」에서 보이는 반성적 성찰을 토대로 하여, 1970년대의 민족문학론에서 극복되고 있다.

하지만 백낙청은 외국문학도로서의 태생적 한계를 본질적으로 벗어나지 못한다. 시민문학론에서 민족문학론으로 급선회한 그의 비평적 입장이 나날이 악화되는 민족의 현실 속에서 민족문학운동의 이념적 기반을 제공해주는 이론을 체계적으로 정립시켰다는 데 이견을 갖는 것은 아니다. 그러나 그의 이론을 뒷받침해주는 민족문학적 전통에 대한 비평 작업은 뒤따르지 못하고 있다. 1970년대에 활동하고 있는 작가와 시인에 대한 실제 비평은 존재하되, 그의 이념과 이론을 검증해낼 수 있는 과거의 민족문학적 전통에 대한 비평은 상대적으로 소홀한 것이다. 구중서는 바로 백낙청 민족문학론의 이러한 태생적 문제점을 지적하고 있다. 이것은 근대전환기와 일제 식민지를 경험한 민족사에 축적된 반제국주의·반봉건주의를 내면화한 민족문학을 주체적 시각으로 우리의 구체적 역사현실에 밀착하여 체계화시킬 것을 요구하는 셈이다. 달리 말하자면, 이러한 주장은 곧 이어지는 제3세계문학론에 대한 문제의식과 동일한 맥락을 형성한다. 여기서 문제의 성격을 분명히 해두어야 할 점은 그렇다고 백낙청의 민족문학론이 제3세계에 대한 문제의식을 배제시키고 있는 것은 결코 아니다.

바꾸어 말해 서양문명의 침략성과 비인간성을 구체적인 역사로서 다수 대중들과 더불어 겪은 제삼세계의 작가는 자기 사회의 일상현실에 대한 관심이나 제 나라 민중과의 연대의식을 희생함이 없이 서구문학의 한계를 넘어선 작품을 쓸 수 있지 않겠는가 하는 것이다. 아니 실제로 바로 그러한 관심과 연대의식을 견지함으로써만 진실로 새로운 작품의 창조가 가능하다는 복된 짐을 지고 있는 것이다. 오늘날 제삼세계의 문학이 서구문학을

포함한 전세계 문학의 진정한 전위(前衛)가 될 수 있는 소지가 바로 여기
있는 것이다.10)

백낙청은 제3세계문학의 전위성에 대해 적극적인 의미를 부여한다. 그리하
여 그는 같은 글에서 "주체적 생존을 위한 제삼세계의 투쟁이 바로 새로운 인
류역사 창조의 핵심적 과업이라는" 프란츠 파농의 주장은 "한국문학을 위해서
도 많은 교시와 격려를 주지 않을 수 없다"11)고 덧붙인다. 백낙청도 분명히 인
식하고 있는 것처럼 우리 민족의 주체적 생존을 위해서는 제3세계적 시각을
겸비해야 하는 것이다. 문제는 그의 이러한 주장이 구중서에 의해서도 지적된
바처럼 "제3세계문학론에 있어서의 보다 균형 있는 검토"가 요구된다는 점이
다.

사실, 이 같은 구중서의 요구에는 여러 가지 문제의식이 내포되어 있는 것으
로 볼 수 있다. 이후 제3세계문학을 다루고 있는 구중서의 글12)에서도 읽을
수 있듯이 아시아, 아프리카, 라틴아메리카의 문학을 객관적으로 검토해보면
서 반제·반봉건의 문학적 실천을 위한 우리 민족문학의 현주소를 냉철히 진
단해보고, 진전된 민족문학론의 지평을 모색해보려는 데 있는 것이다.

이러한 구중서의 문제의식은 민족문학론이 자민족중심주의에 빠진 편협한
민족주의 문학론과 엄연히 변별되는 것임을 뜻한다. 비록 우리의 특수한 역사
현실과 다를지라도 민족구성원의 복지를 위협하는 제국주의 식민성을 경험한
제3세계의 민중과 연대감을 형성함으로써 우리 민족이 당면한 민족모순의 해
결 과제야말로 제3세계 민중의 그것과 동일성을 확보하는 것이며, 따라서 이
는 자본주의 중심부가 조장하는 온갖 구조악(構造惡)과 행태악(行態惡)에 저항
하는, '인간해방의 서사'를 실천하는 길이다. 이것은 1970년대의 민족문학론에
서 성찰해낸 중요한 비평적 입지점이다. 민족문학론이 민족주의 문학론과 결단

---

10) 백낙청, 「현대문학을 보는 시각」(『문학과 행동』, 태극출판사, 1974), 『민족문학과 세계
　　문학』1, 159쪽.

11) 백낙청, 위의 글, 162쪽.

12) 「제3세계의 문학론」, 『씨올의 소리』, 1979. 9; 「제3세계와 라틴아메리카」, 『창작과비
　　평』, 1979년 가을호; 「제3세계 민족문학에의 전망」, 『실천문학』 1권, 전예원, 1980; 「
　　제3세계로서의 아랍문학」, 『신동아』, 1980. 12 등

코 동궤에 놓여 있는 게 아님을 시사하는 부분이다. 이것에 대해서는 백낙청이
제3세계와 제3세계문학을 논의한 일련의 문제적 비평을 통해서도 확인된다.

① 한국문학이 제3세계문학의 일부이고 그 나름의 어떤 사명이 있다고 할
때에는 그냥 막연히 우리가 한국어로 한국사람들이 시를 쓰고 소설을
쓰고 그래서 좋은 작품만 내면 된다 하는 데에 그칠 것이 아니고, 물론
좋은 작품을 쓰는 것이 중요하지마는 구체적으로 그렇게 하기 위해서는
우리나라가 소위 제3세계의 일부를 이루고 있다는 사실, 옛날엔 일본의
식민지였고 오늘날 일제하에서 벗어났다고는 하지만 민족이 통일국가
를 이루질 못하고 분단상태에 있고 또 경제적으로나 문화적으로나 정치
적으로나 외세의 큰 영향을 입고 있는 이러한 상황을 우리가 인식해서,
이러한 민족의 역사적 현실을 우리나름으로 투철하게 인식을 해서 문학
을 해야겠다, 그리고 제3세계 다른 나라들과의 연대성·연대의식을 다
져나가야겠다, 그렇게 하는 것이 비록 우리가 경제적으로나 정치적으로
군사적으로는 제1세계나 제2세계에 뒤떨어져 있을망정 도덕적으로나
문화적으로는 오히려 더 떳떳한 위치에 서서 세계역사에 올바르게 기여
하는 것입니다. 그런 뜻에서 '한국문학'이란 좋은 용어가 있음에도 불구
하고 '민족문학'이란 개념을 추가해서 사용하고 있읍니다.13)

② 제3세계의 여러 민족과 민중에게 안겨진 현단계 인류역사의 사명에 부
응하는 문학만이 그 나라의 진정한 민족문학이요 우리가 더불어 손잡아
야 할 제3세계문학이며 훌륭한 세계문학의 일원인 것이다.14)

③ 세계를 셋으로 갈라놓는 말이라기보다 오히려 하나로 묶어서 보는 데 그
참뜻이 있는 것이며, 하나로 묶어서 보되 제1세계 또는 제2세계의 강자
와 부자의 입장에서 보지 말고 민중의 입장에서 보자는 것이다.15)

---

13) 백낙청, 「한국문학과 제3세계문학의 사명」, 『민족문학과 세계문학 2』, 창작과비평사,
1985, 264쪽. 원래 이 글은 1978년 11월 7일 서울 명동 카톨릭회관에서 행한 강연 내
용이다.
14) 백낙청, 「제3세계와 민중문학」(『창작과비평』, 1979년 가을호), 『민족문학과 세계문학』
1, 48쪽.
15) 백낙청, 위의 글, 50쪽.

④ 그러므로 민중의 입장에서 근거한 제3세계론은 본질적으로 세계를 하나
로 보는 이론이면서도 후진국 및 피압박민족의 해방운동과 민족주의적
자기주장에 일단 절대적인 가치를 부여한다. 하지만 그와 동시에 각 국
가·민족의 독립과 자주성은 어디까지나 전세계의 민중이 하나로 되는
과정의 일부지 그 자체가 목표가 아님은 더 말할 것도 없다.[16]

우리는 ①~④를 통해 백낙청의 민족문학론이 제3세계문학과 어떤 관계를
맺고 있으며, 그러한 판세 속에서 그가 추구하는 민족문학론이 지향하는 바를
전체적으로 조망할 수 있다. 무엇보다 백낙청은 우리의 민족모순을 제3세계적
시각으로 분명히 인식하고 있다. 그리하여 제3세계의 민중과 연대의식을 다져
야 한다는 생각을 지니는데, 여기에는 제3세계의 다른 나라들과의 연대를 통
해 "각 국가·민족의 독립과 자주성은 어디까지나 전세계의 민중이 하나로 되
는 과정" 속에서 의의를 갖고, 바로 이러한 "인류역사의 사명에 부응하는 문학
만이 그 나라의 진정한 민족문학이요 우리가 더불어 손잡아야 할 제3세계문학
이며 훌륭한 세계문학의 일원"이라는, 이후 백낙청 비평의 문제의식(분단체제
론)으로 심화·확대될 징후를 발견할 수 있다. 요컨대 제3세계의 개념이 세계
를 하나의 체제로 보려는 의도의 산물이라는 주장에서 세계체제론의 맹아를
발견할 수 있거니와 세계를 하나로 보되 민중의 입장에서 보자는 발상은 백낙
청의 제3세계론의 정수이다.[17]

---

16) 백낙청, 위의 글, 52쪽.
17) 허정일, 「시민문학론에서 근대극복론까지」, 위의 책, 76쪽. 그런데 하정일에 의하면
    백낙청의 민족문학론이 제3세계론과 분단체제론으로 전개되고 있으며, 전자가 민족
    문학론의 확산이라면, 후자는 민족문학론의 심화에 해당한다고 한다. 물론 그의 이러
    한 논의가 백낙청의 민족문학론을 구성하는 두 문제의식을 유기적으로 연결시키고
    자 하는 의도에서 파악된 것에는 필자 역시 이견의 여지가 없다. 문제는 제3세계론과
    분단체제론을 각각 독립 변수처럼 파악한 나머지 민족문학론의 확산과 심화로 구분
    해서 파악할 필요가 있느냐 하는 점이다. 필자의 생각으로는 분단체제론이야말로 백
    낙청이 1970년대 이후 전개시켜온 민족문학론을 체계적으로 심화 확대시켜온 것으
    로 인식하고 있다. 아직까지 제3세계론은 분단체제론에서 보이는 세계체제론적 시각
    을 정교하게 보이지는 않으며, 분단체제론의 문제틀을 구성해주는 세계체제론적 시
    각이야말로 제3세계론의 문제의식을 심화 확대시킨 것으로 볼 수 있기 때문이다. 말
    하자면 제3세계론은 분단체제론을 심화 확대시켜주기 위한 민족문학론의 하위 범주
    이지, 민족문학론을 확산시킨 독립 변수로서의 역할이 주어지지 않는다는 점이다.

 이러한 맥락에서 우리가 쉽게 지나쳐서 안될 것은 백낙청의 제3세계문학론은 제1세계문학과 제2세계문학으로 분리된 제3세계문학 나름대로의 특수성에 가치를 부여하려는 '구별짓기'의 비평적 전략을 통해 민족문학론의 외연을 확장시키려는 게 결코 아니라는 점이다. 위의 인용에서도 읽을 수 있듯이 제3세계문학론은 제3세계에 대한 인식과 분리되어 별도로 존재하지 않는다. 백낙청에게 "후진국 및 피압박민족의 해방운동과 민족주의적 자기주장", 그것의 문학적 실천은 제3세계의 민중뿐만 아니라 전인류의 인간다운 삶을 실현시키기 위해서도 중요한 당면 과제이다. 따라서 제3세계문학론의 이러한 절대절명의 소명은 곧 성숙한 세계문학의 지평을 개척하는 데 배제되어서는 안될 성질의 문제인 것이다. 이것은 유럽중심주의적 세계관에 의해 내밀히 작동하고 있는 오리엔탈리즘을 부정하는 백낙청의 비평을 방증(傍證)하는 것이기도 하다. 여기서 부연하자면, 백낙청의 제3세계론은 제3세계의 특수성에 매몰되지도 않을 뿐만 아니라 지금까지 오리엔탈리즘에 의해 맹목화된 보편주의에 빠져 있지도 않다. 백낙청은 보편주의 자체를 부정하는 것은 결코 아니다. 다만 그가 경계한 보편주의는 제3세계에 대한 문제의식에서 명징하게 파악할 수 있는 것처럼 서구의 민족주의가 제국주의의 외피를 입고 약소 민족국가를 식민지화면서 식민지 지배전략을 때로는 유연하게 때로는 강압적으로 구사하는 가운데 형성된 보편주의일 뿐이다.18) 그리고 이러한 보편주의 아래 이데올로기화한 세계문학을 경계한다. 그러기에 백낙청에게만 한정된 게 아니라 이와 같은 비평적 입장을 견지하고 있는 민족문학론자에게 유의미한 문학은 '한국문학'이 아니라 '민족문학'이다. '한국문학'은 개별 민족국가의 정체성을 주장하는 문학이기는 하되, 자칫 오리엔탈리즘의 부산물에 지나지 않게 되며, 더욱 간과할 수 없는 문제점은 한국문학의 특수성을 이데올로기화함으로써 다른 민족국가의 문학을 배타적 입장에서 인식하게 될 수 있기 때문이다. 이것이야말로 진정한 세계문학의 길로 동참하기는커녕 세계문학의 패권을 차지하려는 또다른 제국주의 문학의 외양으로 변질될 수 있는 것이다.

---

18) 제3세계의 민족주의와 서구의 민족주의 차이에 대해서는 에드워드 사이드(김성곤, 정정호 공역), 『문화와 제국주의』, 창, 1995, 369~386쪽.

3. '분단의식의 극복'과 '탈식민성'으로서의 제3세계문학론

이제 민족문학론에 내포된 제3세계문학론의 본질적 성격이 이럴진대, 그렇다면 정작 우리에게 중요한 것은 이러한 제3세계문학론의 실천적 과제가 우리 민족의 특수한 현실에서 어떻게 발현되는가 하느냐이다. 이것은 제3세계적 시각에서 민족문학론을 어떻게 인식하고 있느냐 하는 문제와 밀접한 관계를 맺는다. 백낙청은 『씨올의 소리』 창간 5주년 기념 강연(1975. 5)에서 "오늘날의 우리 민족문학이 민주회복과 남북통일을 기다리는 문학이라는 전제하에"[19] 민족문학의 실천적 과제가 궁구(窮究)됨을 역설한 바, 1970년대의 폭압적 유신 체제 아래 자행되는 반민주적인 민족현실과 이러한 악무한적 현실을 더욱 고착시키는 분단시대의 제반모순을 극복하는 것이야말로 제3세계문학이 짊어진 과제를 해결하는 민족문학론의 과제임을 강조한다. 특히 제3세계문학론과 관련하여 백낙청의 비평에서 주목해야 할 점은 '분단의식의 극복'을 그의 주요한 비평의 문제틀로 포착하고 있다는 사실이다.

> 오늘날 민족문학의 논의가 통일의 문제에 집중되기에 이른 것도 그만큼 우리의 논의가 점점 과학적으로 돼가고 있다는 증거로 보고 싶습니다. 왜냐하면 우리의 민족문학이 제삼세계 문학의 일원으로서 세계문학의 선진적 대열에 설 수 있다는 데에 이미 어느 정도의 합의가 이루어졌다고 하지만, 이것을 좀더 구체적으로 이야기하자면 우리가 제삼세계의 다른 나라들과 공통점이 많으면서도 우리의 모든 문제는 분단의 극복이라는 특정한 문제에 집중적으로 얽혀 있다는 사실로 돌아가게 되는 것입니다. 따라서 통일문제를 젖혀놓고 제삼세계 민중을 논하고 민족문학을 논해봤자 추상적인 이야기에 머물 수밖에 없는 거지요.[20]

분단의식의 극복인 "통일문제를 젖혀놓고 제삼세계 민중을 논하고 민족문학을 논해봤자 추상적인 이야기에 머물 수밖에 없"다는 백낙청의 문제의식은

---

19) 백낙청, 「민족문학을 통해 본 기다림의 참뜻」, 『씨올의 소리』, 1975. 5, 13쪽.
20) 백낙청, 「좌담 : 내가 생각하는 민족문학」, 『창작과비평』, 1978년 가을호, 52쪽.

우리의 모든 민족모순의 뿌리에는 바로 분단모순이 자리하고 있으며, 이 분단
모순을 해결하는 민족문학이 곧 우리의 구체적 현실에서 추구해야 할 제3세계
문학의 실천적 과제라는 것이다. 물론 이러한 백낙청의 비평은 1970년대 후반
인접 사회과학의 제3세계에 대한 문제의식의 자장으로부터 자유롭지 않은 만
큼21) '분단의식의 극복'이라는 과제를 당위론적 차원에서 제기하고 있다는 문
제점을 낳는다. 우리는 여기서 백낙청의 비평에서 보이는 분단의식의 극복의
문제가 새삼스러운 논의가 아니라는 점을 상기해야 한다. 이미 이러한 분단의
식의 극복과 통일문학을 지향하자는 민족문학의 문제의식은 1950년대의 전후
신세대 비평가 최일수에 의해 주창된 바 있기 때문이다.22) 다만 최일수의 경우
백낙청과 달리 6·25 전쟁 이후 당면한 분단시대의 민족사적 질곡을 해결하기
위한 측면에서 분단의식의 극복을 담론화하였다면, 백낙청의 경우는 지금까지
살펴본 대로 제3세계적 시각에 기반한 분단의식의 극복을 역설하였다는 점에
서 변별된다.

그런데 정작 중요한 문제는 분단의식을 극복하는 데 제3세계적 시각의 소유
여부가 아니라 분단의식을 극복하는 구체적 비평 행위이다. 사실 이것은 최일
수와 백낙청의 비평뿐만 아니라 다른 민족문학론자들에게서 곧잘 발견되는
문제점이다. 현실에 대한 정치(精緻)한 사유로 현실의 부정한 국면을 타개하려

---

21) 이 문제와 관련하여 이영희의 『8억인과의 대화』(창작과비평사, 1977)은 1970년대의
   주요한 필화사건으로 1970년대의 제3세계적 논의의 불합리성을 적나라하게 드러낸
   다. 이영희는 이 책의 발간을 계기로 법정에 구속되어 징역 및 자격정지 각 3년의 평
   결을 받게 된다. 이 사건은 비적성국가와 수교를 맺을 수 있다는 정부의 제3세계 비
   동맹 정책을 고려해 볼 때 대단히 모순되는 사건인바, 외무부 당국자들은 중공에 관
   한 호칭을 중화인민공화국이라고 지칭하면서 중공과의 관계 개선 입장을 보이면서
   정작 사회과학자가 중공의 객관사실을 전달하고자 편역한 저서에 대해 반공법을 위
   반하였다는 명목으로 법정 구속한 것은 그 당시 제3세계에 대한 논의가 쉽지 않았다
   는 사실을 입증하는 역사적 사례이다. 이러한 정부의 법정 구속의 모순에 대한 그
   당시 변호인들의 변론의 요점을 소개하면 다음과 같다 : "피고 이영희교수는 이런 역
   사적 현실(대 공산정책의 변경 – 인용자)에서 우리가 외면할 수 없이 필연적 관계를
   가져야 하는 중공을 보다 객관적으로 정직하게 잘 알자는 입장에서 『8억인과의 대
   화』를 번역한 것이다."(한국기독교교회협의회 인권위원회 편, 『1970년대의 민주화운
   동』 2권, 1986, 1,658쪽)
22) 강경화, 「분단현실의 비평적 소명의식과 민족문학」, 『1950년대 문학의 이해』, 조건상
   편저, 성균관대출판부, 1996.

는 민족문학론자인 경우 거시적 문제 사안에 대해서는, 민족문학론 특유의 '인식적 지도 그리기(cognitive mapping)'가 탁월하지만, 일상생활의 미시적 사안에 대해서는 촘촘한 분석과 해석에 충실하지 못하다. 때문에 거대 담론이 갖는 현실에 대한 실재감은 상쇄된다. 다시 말해 현실을 이루는 일상성의 미세한 천착이 없는 거대한 논리 구축은, 그 비평 논리의 정당성과 타당성을 떠나 현실과 유리된 이론의 누각으로 남을 뿐, 실제 그 거대 담론이 겨냥하고 있는 바, 모순된 현실에 대한 비판 혹은 변혁의 성격을 띤 비평적 실천과 자연스레 거리가 멀어지는 아이러니를 겪게 되는 것이다.[23]

물론, 이러한 문제점을 백낙청이 몰각하고 있는 것은 아니다. 그는 1970년대의 민족문학론을 정리하고 1980년대의 민족문학론을 전망하는 글에서 "먼저 다짐할 것은 민족문학에서 강조되는 분단의식은 어디까지나 분단 '극복'의 의식이며 따라서 그것은 단순히 '의식'으로 그치는 게 아니라 효과적인 분단극복운동으로 이어지는 의식"[24]이어야 함을 강조하고 있다. 이는 자신이 담론화한 제3세계적 시각에 기반한 분단의식의 극복이 맹목적 당위성에 그칠 게 아니라 민중의 구체적 일상성 속에서 실현될 때 가시화될 수 있음을 자기성찰한 것이다.

이렇듯 제3세계문학론이 백낙청에 의해 '분단의식의 극복'이란 문제로 제기되었다면, 염무웅[25]과 김종철[26]에 의해서는 '탈식민성'이라는 민족문학적 과제로 제기된다. 특히 염무웅의 경우 탈식민의 과제는 곧 '민족문학관의 모색'

---

23) 졸고, 「전후 신세대 비평가에 의해 인식되는 1950년대 비평」, 『성균어문연구』 34집, 1999, 122쪽.

24) 백낙청, 「80년대 민족문학론의 전망」(『실천문학』 1권, 1980), 『민족문학과 세계문학 2』, 53쪽.

25) 염무웅은 탈식민성을 민족문학의 주된 관심사로 삼으면서 1970년대의 비평사에서 이 문제에 대한 지속적인 비평을 제출한다. 주요 비평으로는 다음과 같은 것을 들 수 있다. 「민족문학관의 모색」, 『창작과비평』, 1978년 가을호; 「근대문학과 항일의식」, 『씨올의 소리』, 1977. 1; 「식민지시대 문학의 인식」, 『신동아』, 1974. 9; 「30년대 문학론」, 『한국문학대사전』, 문원각, 1973 등.

26) 김종철은 영문학도로서 프란츠 파농과 말콤 엑스 등 제3세계의 탈식민주의 문학을 국내에 소개하는 글을 중심으로 제3세계문학론을 구성한다. 이 문제와 관련하여 1970년대의 주요 비평으로는 「식민주의의 극복과 민중」, 『창작과비평』, 1979년 가을호; 「흑인혁명과 인간해방」, 『창작과비평』, 1978년 가을호 등이 있다.

과 동전의 앞뒷면을 이룬다. 염무웅에 의하면 "오늘 우리 문학의 목표는 한 마디로 건강하고 풍성한 근대적 민족문학의 수립"인데, 이것을 위한 "시급한 과제로서 식민지적인 문학관을 극복하는 작업이 여전히 커다란 문제로 부각"[27] 되고 있다는 사실을 강조한다. 그리하여 그는 이처럼 탈식민성의 민족문학적 과제를 실천하기 위해 무엇보다 일제 식민지로 병합되기 이전 근대전환기 무렵인 19세기 민족문학적 전통에 대한 올바른 문학사적 인식을 정립할(「민족문학관의 모색」) 뿐만 아니라 일제 식민지에서 굴절된 민족문학적 전통을 명확히 응시하고(「식민지시대 문학의 인식」), 일제 식민지에 저항한 민족문학의 성과를 발견하는(「근대문학과 항일의식」) 데 비평의 초점을 두고 있다.

우리는 염무웅의 이 같은 일련의 비평에서 제3세계적 시각에 기반한 민족문학론의 또다른 중요한 비평적 성찰에 이르게 된다. 제3세계의 대부분이 제국주의의 식민지를 경험했듯이 비록 제3세계가 현상적으로 볼 때 종래의 제국주의로부터 독립했으되, 이것은 어디까지나 제도화된 형식적 독립에 그칠 뿐 식민지를 경험한 제3세계 민중의 경우 그 무의식 깊숙한 곳에는 여전히 식민성의 잔재가 침전되어 있다. 이 침전된 식민성의 잔재를 말끔히 청산하지 않는 한 제3세계는 정치·군사적 독립을 쟁취했을지라도 제3세계의 일상성을 지배하고 있는 문화의 식민성으로 인해 또다른 문화식민지로 전락하게 되는 셈이다. 따라서 염무웅의 비평은 이 같은 제3세계 탈식민성의 본질적 문제의 맥락에 와 닿는다. 때문에 그는 "식민 과거를 다시 방문하여 기억하고, 특히 따져 물으려는 학문적 임무"[28]에 매진하고 있는 것이다. 이것은 필자가 이 글의 앞장에서 백낙청의 비평을 비판하는 부분을 상기해볼 때 중요한 의미를 띤다. 구중서도 지적한바 백낙청의 민족문학론이 우리의 민족문학적 전통에 대한 체계적인 접근을 소홀히 한 점이 있는 반면, 염무웅의 경우 민족문학론의 모색은 바로 식민지 이전의 근대전환기와 식민지를 경험한 구체적 문학지평 속에서 식민성의 기억을 복원하고, 그 기억으로부터 탈식민의 문학적 과제를 해결하고자 한 것이다. 그리하여 염무웅에게 이러한 제3세계 탈식민성의 민족문학

---

27) 염무웅, 「민족문학관의 모색」, 『민중시대의 문학』, 창작과비평사, 1979, 13쪽.
28) 릴라 간디(이영욱 역), 『포스트식민주의란 무엇인가』, 현실문화연구, 2000, 17쪽.

론의 실천 과제는 '근대의식 혹은 근대성'의 추구와 밀접한 관계를 맺는다.

> 과거의 봉건적 모순을 극복하려는 과정에서 성장한 '근대적 원칙'과 일
> 제 식민주의를 청산하려는 과정에서 체득된 '민족적' 원칙은 우리 문학사
> 의 전개과정을 이해·평가하는 데 있어서도 기본적인 가치관으로 작용되
> 어야 한다.[29]

염무웅에게 일제 식민지 문학관의 극복은 일제 식민지를 잉태케 한 봉건적 모순에 대한 저항의 과정이나 다름이 없다. 즉 반봉건주의와 반제국주의는 우리 민족의 근대성을 추구하는 데 쌍생아이다. 왜냐하면 "식민지성은 근대성의 본질인 주체의 해방, 자아에 관련된 문제라고 인식함으로써 식민지 상황을 극복하려 하는 노력 자체에 이미 근대성이 내재해 있다고 보"[30]기 때문이다.

요컨대 우리는 염무웅의 민족문학론의 뼈대를 구성하고 있는 문제의식이 식민지문학관을 극복하는 탈식민성의 민족문학적 과제를 실천하는 데 수렴되고 있음을 알 수 있다. 비록 그의 1970년대의 비평에서 '제3세계'라는 기표가 명확히 드러나 있지는 않지만, 그가 견지하고 있는 예의 비평적 문제의식은 제3세계문학론의 기저에 자리하고 있는 탈식민주의와 동궤에 놓여 있다고 볼 수 있다.

4. 맺음말

필자는 이 글의 앞머리에서도 언급했듯이 민족문학론의 위기에 직면한 엄연한 현실을 외면하지 않고, 민족문학론을 갱신하기 위한 일환의 하나로 1970년대 민족문학론의 한 축을 형성하고 있는 제3세계문학론을 살펴보았다. 글을 마무리할 즈음에 이르러 그 동안의 논의를 살펴보건대, 애초 필자의 의도와는 다르게 주로 백낙청의 민족문학론을 중심으로 제3세계 문제의식에 기반한 제3

---

29) 염무웅, 「근대문학과 항일의식」, 위의 책, 54~55쪽.
30) 윤건차, 장화경 역, 『현대 한국의 사상과 흐름』, 당대, 2000, 273쪽.

세계문학론에 초점을 두고 말았다. 이는 이번 필자의 글이 지닌 한계임을 시인하지 않을 수 없다. 좀더 폭넓은 시야에서 제3세계문학론을 다룬 자료들을 검토했어야 함에도 불구하고 의욕만 앞섰을 뿐이지 정작 논의 과정에서는 제한된 자료를 중심으로 논의를 펼친 문제점을 안고 있다. 이것은 여러 이유가 있겠으나, 우선 1970년대의 현실 속에서 문학은 논외라 할지언정 인접 사회과학 영역에서마저 제3세계에 대한 다양하고 심도 있는 논의가 없는 점과 무관하지 않다. 비록 정부 측에서는 '6·23 평화통일선언'(1973. 6. 23)을 계기로 비적성 국가와의 수교를 제안하는 등 제3세계 비동맹국가와 관계 개선 노력을 보이지만, 이것은 어디까지나 관 주도의 제3세계적 시각에 의한 것일 뿐, 제3세계와의 진정한 연대감을 모색하는 것과는 전혀 관계가 없다. 이것은 민족문학론에서 가장 경계하는 편협한 민족주의적 시각에 의해 인식되는 제3세계의 문제의식과 다를 바 없는 것이다. 따라서 이영희의 『8억인과의 대화』 필화사건에서도 알 수 있는 바 제3세계에 대한 인식은 철저히 지배체제의 이데올로기 자장권 안에서 허락될 뿐, 이러한 학문적 분위기 속에서 제3세계 문제의 본질이 왜곡되고 심지어 무화되는 것은 불을 보듯 뻔한 일이다.

이처럼 제3세계에 대한 접근과 이해가 열악한 현실 아래 민족문학론에서 제기한 제3세계문학론의 가치는 자못 큰 것이다. 우리의 민족모순의 해결에만 집착함으로써 자칫 국수주의로 전화되는 민족주의를 경계하고 제3세계의 민중뿐만 아니라 전세계의 민중이 직면한 문제적 현실에의 응전을 지향한 게 바로 제3세계문학론의 정수이다. 여기서 우리 민족이 당면한 '분단의식의 극복'은 구체적인 실천의 과제로 대두된다. 그런가 하면, 일제의 식민지 문학관을 극복하기 위해 식민성의 기억을 복원하고, 그러한 과정에 내재해 있는 근대성을 추구하는 것 또한 제3세계문학론의 중요한 문제로 제기된다. 반봉건주의와 반제국주의는 탈식민성을 추동시키는 동력으로 작동하기 때문이다.

돌이켜보면, 1970년대의 민족문학론, 특히 제3세계문학론에서 제기된 '분단의식의 극복'과 '탈식민성'의 과제는 1970년대 이후 지속적으로 탐구되며 실천되고 있는 민족문학론의 핵심적 그것이라 해도 과언이 아니다. 아직도 남과 북이 분단된 이래 인접 열강과의 미묘한 국제관계 아래 형성된 분단체제는

1970년대 제3세계문학론에서 제기된 과제가 미완으로 남아 있다는 사실을 웅변해주고 있다. 민족문학론의 위기를 돌파하려고 저마다 지혜를 모으는 시점에, 어쩌면 우리에게 필요한 것은 민족문학론의 초발심(初發心)을 되새겨보는 것일지도 모른다. 이것은 과거로 퇴행하자는 게 결코 아니다. 갱신하되 갱신의 근원을 망각하지 않으면서 진전된 내일의 지평을 개척하자는 것이다. 1970년대의 제3세계문학론이 오늘의 비평에 던져주는 것이 있다면, 바로 이러한 갱신의 근원에 대한 자기확신이며, 이것에 기반한 민족문학론의 갱신일 터이다.

시와 에로티시즘

진순애[*]

1. 머리말

문학 속에, 보다 구체적으로는 시속에 내재된, 혹은 시가 노래하는 에로스와 노래된 에로스의 역사는 인류사의 변화를 매개해주는 상징체로 보아도 무방할 것이다. 희랍시대에 사랑의 신으로서 에로스를 비롯하여 인류가 공통적으로 취하는 포괄적인 욕구의 형태, 즉 자신에게 부족한 어떤 것에 대한 갈망으로서 에로스[1]라는 인식, 그리고 지식에 대한 사랑뿐만 아니라 아름다운 몸에 대한 사랑을 포함한 플라톤적 의미의 에로스, 특히 플라톤에게 있어서 에로스는 순수에 대한 철학적 집착을 낳음으로써 에로스의 비에로스화를 낳기도 했지만, 이상의 에로스에 관한 역사적 고찰만 보아도 에로스는 인류사를 움직이는 중심적 동력이었음이 확인된다.

에로스와 비에로스화라는, 즉 철학적 이성적 인식지향과 이에 대한 부정태로서 에로스와의 대립적 관계는 이성과 감성을, 남성성과 여성성의 대립을 낳으면서 동시에 양자의 융합을 위한 결합의 원리로서 에로스는 규정되기도 했다. 자연적 존재로서 인간이 그 자연의 부정에 기초하여, 그리고 인간의 동물성에 대한 부정과 더불어 시작된 문명사회의 존재로서 교육되어져 왔고, 따라서 문명사회의 인간은 사회 부정과 근본 회귀라는 이중성을 에로티시즘을 통하여 성취시키고자 하였다. 즉 에로스를 통한 에로티시즘 표출은 문명사회의

---

* 성균관대 강사.
 1) 로빈 메이 쇼트, 『인식과 에로스』, 이대출판부, 1999, 32쪽.

규칙위반을 포괄하여 사회에 대한 부정의 정신을 반영하는 인식구조의 역할
을 한다.

근원적으로는 이러한 개념의 에로티시즘이 문학작품 속에 구현된 양상은
시대에 따라, 혹은 개인에 따라 다르게 나타나는데, 크게 개인적 에로티시즘에
입각한 문학작품과 사회적 에로티시즘, 즉 개인적 에로티시즘이 해체된 사회
반영의 문학작품으로 나타난다. 개인적 사랑은 주체와 대상간의 결합이라는
의미로서 육체적 에로티시즘의 다른 말2)이기도 하면서, 또 개인적 사랑은 인
간이 동물과 구분되는 순간부터 가능해진다3)고 바타이유는 지적한다. 그러면
서 바타이유는 개인적 사랑의 영역을 역사의 테두리 밖에 두고, 이는 동물과는
다르지만 역사에 포함되지도 않는다는 측면에서 개인적 사랑을 가장 순수한
에로티시즘의 형태로 보고 있다. 신적인 사랑 역시 개인적 사랑에서 출발한다
고 볼 때 이러한 인식은 플라토니즘과 다르지 않는데, 가령 육체의 사랑이 정
신적인 사랑으로 상승해 가는 것을 플라톤적 의미에서 에로스의 운동이라면,
거꾸로 정신적인 사랑이 육체의 사랑으로 하강해 가는 경우도 있는데, 이 경우
는 물론 역플라토니즘4)이다. 이러한 에로스의 상승곡선, 하강곡선의 구조는
성에 대한 시대적 지배관념과 비례해서 빚어지는 것으로 보인다. 따라서 에로
스의 상승곡선 및 하강곡선의 구조는 순수지향의 개인적 에로티시즘으로써 30
년대의 서정주 시세계와 60년대의 강우식 시세계를 지배하는 지배소에 해당
한다.

그런데 문명사회의 인간을 탄생케 한 부정의 정신이 그 한 매개체를 에로스
에 두고 있음을 인류사에서, 또는 에로스의 역사에서 찾을 수 있듯이, 현대사
회에 와서 부정의 정신반영으로서 에로스는 상승곡선도 하강곡선도 상실하고
해체적 에로스의 양태를 보이고 있다. 소비중심사회와 세기적 종말이라는 시
대적 위기감과 더불어 그 위기감과 불안감 때문에 추구하는 이때의 에로티시
즘은 부정의 정신을 반영하지도 않으며, 역사적인 연속성을 깨뜨리고 원초적

---

2) 조르주 바타이유, 『에로티즘의 역사』, 민음사, 1998, 222쪽.
3) 바타이유, 앞의 책, 219쪽.
4) 시부사와 타츠히코, 『몸 쾌락 에로티시즘』, 바다출판사, 1999, 45쪽.

인 낙원의 이상을 단번에 실현하고자 하는 욕망의 발현으로 에로티시즘을 구가하게 된다.[5] 이때 에로티시즘은 사랑의 모체로서 에로티시즘이 아니라 하나의 매커니즘[6]으로 환원될 뿐이다.

에로티시즘의 주체로서 몸은 특히 현대사회에 와서 개인의 자아정체성과 사회정체성 구현 및 이 관계를 조정하는 매개체로 간주되듯이[7], 몸에 관한 담론이 현대성의 특질을 이루는 것으로서도 에로스의 매커니즘은 확인된다. 현대사회의 몸은 사회생활에 참여함으로써 비로소 형성되는 미완성의 실체일 뿐만 아니라 사회계급의 상징적 담지체[8]로 나타나는데, 몸은 물질적인 몸이면서, 물리적이며 의사소통하는, 그리고 소비적이고 의학적인 몸이며, 개인적이고 사회적인 몸, 또 의료화되고 성별화되고 훈련되고 말하는 몸[9] 등 그 기능의 다양성으로도 현대적 정체성을 반영한다. 부정적인 양태로서 현대사회의 상품화된 몸은 사회적 의미의 생성체라기보다는 수용체라는[10] 전제에 입각해 있으며, 몸을 통한 개인은 안정된 존재가 아니라 잠깐 동안 존재하는 덧없는 현상으로서 유전자들을 위한 생존기계로서 활동하는 것이 주요한 목적이 되고 있는[11] 현실인 것이다. 이러한 부정적 사회현실을 매개하는 에로티시즘은 30년대의 오장환의 시와 80년대의 황지우의 시에서 해체를 대변하는 지배소로 기여한다.

2. 개인적 에로티시즘

개인적 사랑에 그 토대를 두고 있는 육체적 에로티시즘은 근원의 상실을 대가로 이룩된 문명사회 속의 인간이 근원으로의 회귀를 꿈꾸는, 혹은 잃어버린

---

5) 시부사와 타츠하코, 앞의 책, 206쪽.
6) 시부사와 타츠하코, 앞의 책, 230쪽.
7) 크리스 쉴링, 『몸의 사회학』, 나남출판, 1999, 115쪽.
8) 크리스 쉴링, 앞의 책, 190쪽.
9) 크리스 쉴링, 앞의 책, 65~69쪽.
10) 크리스 쉴링, 앞의 책, 109쪽.
11) 크리스 쉴링, 앞의 책, 81쪽.

나의 일부를 찾기 위한 갈망행위 구현으로 나타난다. 특히 시대적, 사회적 위기감 속에서 그 극복을 위한 기제로서 나타나는 에로티시즘은 개인적 사랑이라는, 즉 가장 순수한 에로티시즘의 형태로서 개인적 사랑에 의해 근원회복의 방향으로 나타나기도 하지만, 반대로 위기적 시대의 위기적 인간상을 반영하는, 즉 사랑의 모체로서 에로티시즘 구현이 아니라 매커니즘적 사회상 반영으로 나타나기도 한다. 그러나 이원적이며 대립적으로 구현되는 에로티시즘의 태도이지만, 문명사회에서의 에로티시즘은 개인적이든 사회적이든 부정적 문명사회를 토대로 탄생하여, 그 사회 부정의 정신에 입각한다는 점에서 동일한 의미구현태이다.

한국 현대시사에서 30년대 서정주의 시와 60년대 강우식의 시에 사회적 에로티시즘보다는 개인적 에로티시즘이 지배되고 있는데, 비록 개인적 에로티시즘이 순수의 지향이라는 이유로 역사 테두리의 밖에 있다는 바타이유의 지적이 있기는 하지만 이는 에로티시즘의 성격 구분에서 비롯된 인식이라면, 성의 기제가 시문학사 속에서 차지하는 위치는 비역사적이지만은 않음은 순수지향의 개인적 에로티시즘 역시 문명비판이라는 현대사회 비판의 기제, 즉 규칙위반의 기제로 사용되고 있음에서 찾을 수 있다. 또한 인간의 역사와 시의 역사는 일치하기도 하지만, 또 반드시 일치하지는 않기 때문이기도 하다. 시의 역사는 장르의 변모로서, 혹은 구조적이며 해체적 변모상 등에 의해서 주도되기 때문에 시에서의 에로티시즘의 시사적 위치는 그 민족의 시문학사 속에서 차지한 위치로서 파악해야 한다는 의미이다.

1) 성적 주체로서 여성 – 서정주

麝香 薄荷의 뒤안길이다.
아름다운 베암……
을마나 크다란 슬픔으로 태여났기에, 저리도 징그라운 몸둥아리냐

꽃다님 같다.
너의할아버지가 이브를 꼬여내든 達辯의 혓바닥이

소리잃은채 널룽그리는 붉은 아가리로
푸른 하눌이다. ……물어뜯어라. 원통히무러뜯어,

다라나거라. 저놈의 대가리 !

돌 팔매를 쏘면서, 쏘면서, 麝香 芳草ㅅ 길
저놈의 뒤를 따르는 것은
우리 할아버지의안해가 이브라서 그러는게 아니라
石油 먹은듯……石油 먹은듯……가쁜 숨결이야

바눌에 꼬여 두를까부다. 꽃다님보단도 아름다운 빛……

크레오파투라의 피먹은양 붉게 타오르는 고흔 입설이다……슴여라 ! 베
암.

우리순네는 스믈난 색시, 고양이같이 고흔 입설……슴여라 ! 베암.
　　　　　　　　　　　　　　　—서정주, 「花蛇」 전문

　화사란 꽃뱀이라는 보다 선정성으로 다가오는 우리말의 이미지처럼 유혹의
화려한 매개주체로서 그 상징성이 인류사적이다. 아름다운, 크다란 슬픔, 징그
라운, 꽃다님, 붉은 아가리, 크레오파투라의 피먹은양 붉게 타오르는 고흔 입
설 등 정열의 화신으로 이미지화되는 꽃뱀은 꽃뱀의 흉칙한 외관과 의인화된
내관이 이율배반저 구조처럼 수식어 역시 역설적이다. 이율배반적인 뱀의 묘
사에만 기댈 때 위 시는 순수의 시대가 인간 시대로 타락하는 경과의 상징태
로만 읽힐 수 있다. 그러나 마지막 연에서 '우리순네는 스믈난 색시, 고양이같
이 고흔 입설……슴여라! 베암'이라는 뱀의 타락적 상징태에서 머물지 않고
'스믈난 색시인 우리 순네의 고운 입술에 스며라'라고 육체적 에로티시즘의
순수지향으로 나아가고 있다. 입술에 스미는 유혹의 구체상을 순네와 순네의
입술을 통해 상상케함으로써 에로스의 상태를 강화하는데, 서정주 시에서 지
배소 역할을 하기도 하는 신체어[12]들은 특히 에로티시즘 구현의 시에서의 신
체어들은 사랑의 자연적 조건들, 가령 얼굴의 매력, 육체의 아름다움, 목소리

의 질13) 등을 부각시켜 남자와 여자가 다시 하나로 결합코자 하는, 잃어버린 통일에 대한 향수를 불러일으키는 기능을 한다.

개인적 에로티시즘을 추구하는 시에서 구체적 시대상을 만날 수는 없다. 화사를 매개로 하여 서정주가 지향하는, 혹은 꿈꾸는 전일적 세계를 내포시킴으로써 동시대의 어둠을 초월했거나 시인의 내면에 내재화하여 시는 오로지 화사에 대한 예찬의 태도만을 반영하고 있는 것으로 보인다. 그럼에도 비록 구체적 역사상은 부재하다 해도 순수의 시대가 거세된 비순수의 시대에서 순수를 꿈꾸는 역사적 인간상조차 부재하다고 볼 수는 없을 것이다. 에로스의 추구는 곧 분리에 의해 생겨난 불안감을 벗어나기 위한 노력의 시도로서 인간과의 연속성을 향하여 열려있는, 즉 나체를 통한 커뮤니케이션으로써 단순화의 이상을 추구하는 태도로 보아, 역사적 존재의 불안의식 표출조차 부재한 것은 아니란 의미이다. 육체는 정신적인 것을 표현한다는 타츠하코의 지적에서도 확인되듯이 말이다.

　　따서 먹으면 자는듯이 죽는다는
　　붉은 꽃밭새이 길이 있어

　　핫슈 먹은 듯 취해 나자빠진
　　능구렝이같은 등어릿길로,
　　님은 다라나며 나를 부르고……

　　强한 향기로 흐르는 코피
　　두손에 받으며 나는 쫓느니

　　밤처럼 고요한 끌른 대낮에
　　우리 둘이는 웬몸이 달어…….

— 서정주, 「대낮」 전문

---

12) 진순애, 「서정주 시의 상징시학 연구―신체어를 중심으로」, 『한국 현대시와 정체성』, 국학자료원, 2001.
13) 시부사와 타츠하코, 앞의 책, 41쪽.

黃土 담 넘어 돌개울이 타
罪 있을 듯 보리 누른 더위—
날카론 왜낫(鎌) 시렁우에 거러노코
오매는 몰래 어듸로 갔나

바윗속 山되야지 식식 어리며
피 홀리고 간 두럭길 두럭길에
붉은옷 닙은 문둥이가 우러

땅에 누어서 배암같은 게집은
땀홀려 땀홀려
어지러운 나—르 업드리었다.

—서정주, 「麥夏」 전문

　'붉은 꽃밭사이 길로, 능구렝이같은 등어릿길로 님은 다라나고, 다라나면서 나를 부르고, 향기로 흐르는 코피 두손에 받으며 나는 쫓고, 밤처럼 고요한 끌른 대낮에 둘이는 웬몸이 달은' 상태란 '핫슈 먹은 듯 취해 나자빠진' 상태나 다름없다. 붉은 꽃밭, 붉은 코피처럼 끌른 대낮에 웬몸이 달은 둘이는 핫슈 먹은 듯 취해 나자빠져 자는 듯이 죽는 상태를 꿈꾸는 지도 모를 일이다.

　'돌개울이 타고, 보리 누른 더위, 바윗속 산되야지 식식 어리며 피 홀리고 간 두럭길에 붉은 옷 닙은 문둥이가 우러, 배암같은 게집은 땀홀려 어지러운 날 업드리었다'고 붉은 옷과 피 홀리고 가는 두럭길, 배암같은 게집의 땀 등 모든 언술은 원초적 공간과 함께 하는 지시어들로 짜여져 있다. 시는 단지 '대낮'의 현상, '맥하'의 현상을 붉은 색 현상으로 이미지화하고 있다고 해도 웬몸이 달은 둘이나, 배암같은 게집과 업드려 있는 나는 그 붉은 색의 이미지와 일체를 이루는 현상이다. 때문에 육체적 에로티시즘의 극미를 이루는 위 시는 대낮이라는 시간대와 맥하속의 시간대에서 욕망의 에로스를 보다 강화하고 있다.

　나체적 순수를 꿈꾸는 시인의 열정은 그러나 때로는 뱀으로 상징되는 원죄적 인간상조차 거세시키지는 못하고 있어서, 비록 사회적 에로티시즘에 비하

여 구체적이며 특수한 역사 밖에 있는 육체적 에로티시즘의 상태라고 해도 문
명사회에서 잃어버린 순수의 인간상 지향을 통해 근원 회귀를 지향하고 있는
것이다.

특히 서정주의 초기시에는 위와 같은 붉은 색 이미지에 의한 육체적 에로티
시즘을 구현하는 시가 주류를 이룬다. 가령 「입마춤」에서도 '가시내두 가시내
두 가시내두 가시내두 / 콩밭 속으로만 작구 다라나고 / 울타리는 막우 자빠트
려 노코 / 오라고 오라고 오라고만 그러면'처럼 전라도 방언에 의한 원초적 성
의 표현은 에로스의 순수성을 보다 더 순수하게 드러나게 하는 데 기여한다.
성인 남녀의 에로스가 아니라 가시내로 지칭되는, 갓 성에 눈 뜬 순수의 상징
태로서 가시내이기 때문에 원형세계 지향을 잘 담지하고 있는 것이다. 그러나
마지막 연에서 '즘생스런 우슴은 달드라 달드라 우름가치 / 달드라'라고, 비록
순수의 에로스가 달드라도 '우름가치 달드라'라는 패러독스적 비유속에 문명
사회에서의 잃어버린 순수의 비극성 역시 놓치지 않고 있다.

'복사꽃 피고, 복사꽃 지고, 뱀이 눈뜨고, 초록제비 무처오는 하늬바람우에
혼령있는 하늘이어. 피가 잘 도라……아무病도없으면 가시내야. 슬픈일좀 슬
픈일좀, 있어야겠다.'(「봄」)에서도 복사꽃 피는 생명의 봄이지만, 그 생명은 동
시에 뱀의 눈도 뜨게 하여 슬픈 일을 가능케 하는, 즉 이율배반적인 인간의
생명현상을 그려내고 있다.

따라서 서정주의 개인적 에로티시즘은 단순히 육체적 에로스의 찬미에만
있는 것도 아니고, 또 육체적 에로스에서 정신적 에로스로 승화하는 플라토니
즘에 있는 것도 아니다. 서정주 개인의 실존적 비극의 존재태를 위하여 에로스
는 매개되어 있으며, 신화시대에서 버림받은 인간의 비극적 실존상 구현으로
인하여 서정주 시에서 성적 주체, 즉 유혹의 주체는 여성으로 나타난다. 아담
신화 시대가 이브의 유혹 앞에서 타락한 경과에 시의 토대가 있는 것이다. 여
성이 유혹의 주체라면 남성은 그 여성을 뒤쫓는 구조로서 수동적 남성상을 보
이고 있다. 이 점이 육체적 에로티시즘에 의한 서정주 시의 특징이다.

2) 성적 주체로서 남성 ─ 강우식

내외여, 우리들의 房은 한알의 사과속 같다.
아기의 손톱 끝에런 듯 해맑은 햇볕속
누가 이 순수한 싸界의 안쪽에서
은밀하게 짜올린 속살속의 우리를 알리.

─ 강우식, 「四行詩招, 하나」 전문

순이의 혓바닥만한 잎새 하나
먼 세상이나 내다보듯
초록의 큰 물구비를 넘어와
짝진 머슴애의 얼굴을 파랗게 쳐다보네.

─「四行詩招, 둘」 전문

화사한 잔치로 한 마을은
온통 불길로 휩쓸 것 같은 노을이 타면
그 옛날 순이가 자주 얼굴을 묻던
내 왼쪽 가슴팍에 새삼 괴어오르는 쓰린 눈물이여.

─「四行詩招, 셋」 전문

계집년들의 뱃때기라도 올라타듯
달이 뜬다. 젖물같이 젖어오는
저 빛살들은 내 어머님의 사랑방 같은 데서
얼마나 묵었다 시방 오는가.

─「四行詩招, 넷」 전문

落葉은, 한 여자가 生理日에 꾸겨버린 색종이로
나무가지 끝에 매달려 있다, 가을날
무덤속 같이 생각이 깊어버린 여자 곁에서
사랑이여, 우리가 할 일이라곤 하나도 없다.

─「四行詩招, 다섯」 전문

에마 융은 여성은 남성보다 무의식에 대해 한충 더 열려 있기 때문에 자연 존재로서의 아니마는 본질적으로 여성적인 면이라고 한다.[14] 더불어 여성과 똑같이 아니마는 에로스에 의해, 즉 결합의 원리와 관계의 원리로 규정된다고 하면서, 남성은 일반적으로 구별하고 질서를 부여하는 로고스의 원리로서 이성에 의무를 부담하고 있다고 한다. 에로스 혹은 성이라는 지시어는 여성에 대한 다른 이름이기도 함을 남성지배에 의한 역사적 담론은 명명해왔다. 물론 여성성은 부드러움에 의해 에로티시즘의 대상을 매혹적인 부드러운 형태로 환원시킨다는 바타이유의 지적이 아니더라도 여성성의 자연적 속성은 보다 부드러움에 있을 것은 자명하다. 문제는 여성성과 여성은 다르며, 남성성과 남성 역시 다름에도 불구하고 이 양자를 하나로 보는 사회적 인식에 있다. 강우식의 시에서는 남성에 의한 성적 질서화의 양상을 만날 수 있는데, 특히 서정주가 원죄의 실체로서 여성을 매개하여 비극적 인간의 실존성을 구현했다면, 강우식은 남성 주체에 의한 개인적 에로스를 매개하여 비록 남성지배 질서의 사회일지라도, 그 주어진 사회구조 속에서의 건강한 핵으로서 육체적 에로티시즘을 말하여 남성질서 우위의 구조를 보이고 있다.

따라서 서정주의 관념적 에로티시즘과 다른 강우식의 그것은 우선 언어의 차이에서도 나타나는데, 서정주는 에로스에 의한 인간의 근원회귀의식을 보임으로써 동시대인의 실존적 불안과 고뇌를 담아냈다면, 강우식은 추상적이기보다는 구체적 삶의 수레를 움직이는 성의 역할과 그 의미를 보여주고 있다. 가령, '내외, 순이, 어머니' 등과 같이 삶의 구체적이고 주체적인 실상을 통해서 에로스의 존재구조 및 존재의미를 발현한다. 그럼으로써 강우식의 에로티시즘은 에로스적 상상력에서 보다 빛을 발한다.

'내외의 방은 한알의 사과속 같다'라거나, '순수한 외계의 안쪽에서 은밀하게 짜올린 속살속의 우리들', '옛날 순이가 자주 얼굴을 묻던 내 왼쪽 가슴팍', '달이 뜬다 젖물같이 젖어오는 저 빛살들은 내 어머님의 사랑방 같은 데서 얼마나 묵었다 시방 오는가', '낙엽은 한 여자가 생리일에 꾸겨버린 색종이로 나무가지 끝에 매달려 있다' 등, 에로티시즘이 생물학적 개념이 아니라 심리학적 개념에서 지배적이듯이, 강우식의 에로틱한 상상력이 보다 에로티시즘의 세계

---

14) 에마 융, 『아니무스와 아니마』, 문예신서, 1995, 73쪽.

로 깊게 유인한다. 그의 에로티시즘은 허구나 꿈의 세계가 아니라 보다는 일상 속에 묻혀있는 성의 순수성에 있기 때문인 것으로 보인다. 바타이유가 성관계는 교환을 본질로 하며, 그 때문에 그것은 트임과 넘침의 충동을 부른다고 하는데[15], 개인적 에로티시즘으로서 에로스의 육화는, 특히 강우식 시에서 '순이, 내 어머니의 사랑방, 우리들 내외, 짝진 머슴애, 계집년' 등의 지시어에 의해 인간의 자연적 상태와 동시에 우리의 문화의 상태를 아우르고 있어서 서정주와 다른 강우식의 에로티시즘의 특징을 이루고 있다. 관념의 세계가 철저히 배제되어서 강우식의 에로티시즘은 보다 나체적 순수의 열림을 구축한 것이다.

3. 사회적 에로티시즘

　인간의 성 행위가 모두 에로틱한 것은 아니며, 오직 동물적이지 않을 때만이 인간의 성 행위는 에로틱한 것일 수 있다[16]고 바타이유는 말한다. 이는 곧 인간의 에로티시즘과 동물적 성행위의 대립으로써 에로틱한 인간의 성행위에 대한 방향성을 말한다. 즉 인간이 주어진 세계에 대한 부정과 자신의 동물성에 대한 부정의 정신 반영으로서 에로티시즘은 보다 건강한 에로티시즘, 즉 에로스라는 사랑의 욕망에 그 토대가 놓인다. 그러나 이와 같은 에로티시즘의 인간정신 반영태로서보다는 그 한 극단적 양태로서 전통사회에 대한 부정적 반영 및 부정적 사회성 반영으로 문학작품 속에 구현되기도 한다.

　에로티시즘의 정신이 규칙위반에 있다고 해도 개인적 사랑은 사회와 대립적이지는 않지만, 기존 질서와 대립적인 에로티시즘의 경우는 극단적 사회 질서 및 규칙 위반의 양태인 비건강한 성 행위에 의해 비건강한 사회성 반영의 기제로 사용되고 있다. 그럼에도 이와 같은 태도 역시 금기와 위반의 주제로서 에로티시즘의 한 양상임을 부인할 수는 없다. 현대시문학사에서 사회질서 위반 및 해체된 사회질서 반영으로서 에로티시즘의 양상은 사회의 혼란이 보다

---

15) 바타이유, 앞의 책, 53쪽.
16) 바타이유, 앞의 책, 31쪽.

가중되는 시점에서 주로 등장하고 있는데, 이를 30년대 오장환의 시와 80년대 황지우의 시에서 구체적으로 만날 수 있다.

1) 성의 주체로서 남성 – 오장환

성을 매개로 하여 당시의 부정적 시대상 및 사회상에 반격을 가하고자 한 오장환의 시는 1937년 간행한 그의 첫 시집 『성벽』에서 주로 나타난다. 특히 이 시기는 오장환의 시적 양상 중에서 전통 부정에 의한 부정된 정체성[17]을 극명히 보여주고 있는 시기이기도 한데, 이러한 시적 특성은 오장환의 후기 시세계에 비하여 그의 모더니즘적 위치를 보다 돈독히 하는 데 기여하고 있다. 이와 같은 양상은 또 포스트모더니즘의 문예사조와 더불어 후기현대산업사회를 진단하는 기제로써 주로 사용되는 성의 기표가 한국 시사에서 모더니즘의 중심 시점이기도 한 30년대의 모더니즘에서 이미 등장했다는 문학사적 계보를 확인시켜주고도 있다. 또 모더니즘의 성격 중에서도 퇴폐적 성의 양상과 더불어 오장환의 부정된 사회질서 반영 및 부정적 정체성 구현의 시는 곧 해체라는 현대성의 특성으로 연계됨을 확인시킨다.

> 오랑주 껍질을 벗기면
> 손을 적신다.
> 향내가 난다.
>
> 점잖은 사람 여러이 보이인 중에 여럿은 웃고 떠드나
> 妓女는 호을로
> 옛 사나이와 흡사한 모습을 찾고 있었다.
>
> 점잖은 손들의 전하여오는 풍습엔
> 계집의 손목을 만져주는 것,
> 기녀는 푸른 얼골 근심이 가득하도다.
> 하얗게 훈기는 냄새

---

17) 진순애, 「오장환 시의 정체성 양상」, 『한국 현대시와 정체성』, 국학자료원, 2001.

분 냄새를 지니었도다.

옛이야기 모양 그짓말을 잘하는 계집
너는 사슴처럼 차디찬 슬픔을 지니었고나

한나절 태극선 부치며
슬픈 노래, 너는 부른다
좁은 보선 맵시 단정히 앉어
무던히도 총총한 하로하로
옛 기억의 엷은 입술엔
포도물이 젖어 있고나.

—「月香九天曲」 일부

위 시의 장황한 서술형의 시적 구조는 『성벽』에 게재된 오장환의 다른 시에 비하여 형상화가 다소 미흡하게 보이는데, 이와 같은 결과는 '인생을 위한 시'를 쓰고자 했던, 즉 시를 위하여 시가 존재하는 문학 자율성에 입각한 관점이 아니라, 시를 통하여 오장환이 의도한 말을 전달하고자 한 목적적 태도 반영에서 나타나는 결과이다. 전통의 가치가 사회 및 시대 중심태로 기여하지도 못할 뿐더러 밀려오는 현대적 문물의 부정적 양상에 의하여 일그러져가는 당시의 과도기적 시대상을 수용할 수 없었던 오장환의 고민이 보다 직접적으로 나타난 것으로 보인다.

이러한 퇴폐적 사회상을 드러내는 매개로서 성은 그 중심의 위치를 점하고 있는데, 그것은 인간의 문명사가 인간의 본능세계인 성의 억압 및 성의 부정을 토대로 하여 비롯됐기 때문에 있다. 성의 부정은 인간이 자신의 동물성에 대한 부정의 행위로서 자연인 상태에서 문명인이 되기 위해 치러야 했던 대가인 것이다. 따라서 일상적 규칙을 위하여 억압된 성의 욕망이 현대에서 예술작품에서 뿐만 아니라 사회현실 속에서도 예술작품 못지 않게 그 부정적 양태가 나타나고 있음을 오장환의 시는 반영하고 있다. 비록 성의 욕망 표출이 부정적 양태일지라도 시에서의 그와 같은 태도 구현은 전위적 태도 구현이며 해체적 태도에 의한 시대비판의 기제로 작용한다.

성을 매개로 한 부정적 시대상을 위하여 오장환은 주로 기녀를 등장시키고 있다. '점잖은 손들의 전하여오는 풍습엔 계집의 손목을 만져주는 것'이지만, 즉 점잖은 손들과의 만남이지만, 그럼에도 불구하고 '기녀는 푸른 얼골 근심이 가득하도다'라는 언술에서 점잖은 신분이 아닌 기녀임에도 '점잖은' 신분의 손들과의 만남을 반기지 않는다는 역설적 태도를 보이고 있다. 물론 기녀의 존재성은 단순히 현대적 의미의 성적 욕망의 기제로서 이해하는 데 그칠 일은 아니지만, 기녀는 현대적 매춘부에 대한 과거적 상징태이기도 할 것이기 때문에 성적 욕망의 표출 기제로 보아도 무리가 없을 것이다. 시에서 기녀의 존재 의미는 기녀의 삶을 말하기 위한 기제가 아니라, 비록 종속적 존재성으로서 비극적 인생의 한 양상을 표출하고자 한 기녀에 관한 오장환의 개인적 의미부여라 해도, '방탕한 귀공자'와 어우러진 기녀이기 때문에 퇴폐적 성의 표출이며 부정적 정체성 및 부정적 사회상의 표출인 것이다. 특히 오장환 시에서의 성적 주체는, 비록 해체된 양상으로서 성이지만 그 주체는 남성주도로 나타난다. 오장환이 전통을 부정하고 있지만, 아직은 전통의식이 지배했던 당대의 의식구조를 읽을 수 있다.

　　온천지에는 하로에도 몇 차례 은빛 자동차가 드나들었다. 늙은이나 어린 애나 점잖은 신사는, 꽃 같은 계집을 음식처럼 싣고 물탕을 온다. 젊은 계집 이 물탕에서 개고리처럼 떠 보이는 것은 가장 좋다고 늙은 상인들은 저녁 상머리에서 떠들어댄다. 옴쟁이 땀쟁이 가진 각색 더러운 피부병자가 모여 든다고 신사들은 투덜거리며 가족탕을 선약하였다.

—「溫泉地」 전문

　　푸른 입술. 어리운 한숨. 음습한 방안엔 술잔만 훤하였다. 질척척한 풀섶 과 같은 방안이다. 顯花植物과 같은 계집은 알 수 없는 웃음으로 제 마음도 속여온다. 항구, 항구, 들리며 술과 계집을 찾어 다니는 시꺼믄 얼굴. 윤락 된 보헤미안의 절망적인 心火. ……퇴폐한 향연 속. 모두 다 오줌싸개 모양 비척어리며 얇게 떨었다. 괴로운 분노를 숨기어가며…… 젖가슴이 이미 싸 늘한 매음녀는 파충류처럼 포복한다.

—「賣淫婦」 전문

온천지라는 유흥지적 공간을 배경으로 '은빛 자동차', 그리고 '꽃 같은 계집을 음식처럼'이라고 계집을 음식에 비유한 점 등으로 성의 상품화에 의한 성의 현대적 메카니즘 양상을 보여주고 있다. 정신적 사랑이 육체적 사랑으로 하강해 가는 단순히 역플라토니즘의 측면에서 멈추는 것이 아니라, 사랑을 표현하는 매개가 성이라는, 즉 에로스의 건강한 측면은 거세된 채 맛있는 음식과 같은 사랑의 상품화에 의한 시대적 양상을 대변하는 기제로서 퇴폐적 성인 것이다. 물론 그 퇴폐익 성을 주도하는 위치는 남성이다.

꽃을 식물의 기능으로 보자면 식물의 생식기에 해당한다고 하듯이, '현화식물'과 같다는 계집에 대한 오장환의 비유는 오직 성의 상품으로서 존재하는 '매음부'를 반추하여 당시의 부정적 사회상을 잘 보여준다. 사회질서 위반과 금기 파기의 가장 중심적 매개고리인 성은 남성이 아니라 여성의 성적 상품화로서 주로 그 질서위반 및 퇴폐성이 반영되는데, 이는 아담신화가 인간의 시대로 탈바꿈되는 기제가 이브의 유혹이라는, 즉 죄의 화신이라는 여성에게 부여된 서양적 의식반영의 한 측면이기도 하다. 그러나 오장환의 시에서는 단지 여성의 성적 상품화에 그치는 것이 아니라, '술과 계집을 찾어 다니는 윤락된 보헤미안', 혹은 '늙은이나 어린애나 점잖은 신사', 그리고 '늙은 상인의 젊은 계집 취향' 등의 언표에서 성의 퇴폐적 양상을 사회 총체적 측면에서 반추시키고 있다. 오히려 오장환의 인간적 의식이 반영된 성의 중심은 남성에 있는 것이 아니라 남성지배 사회에서 수단화되고 있는 여성의 비극적 상품성에 있는데, 이는 곧 과거로부터 이어져 온 남성중심 사회에서 여성이 입는 피해에 대한 오장환의 전통사회 거부의식을 표출시키고도 있다. 즉 오장환 시에서 성은 단지 여성적 성의 상품화에 의한 현대적 사회의 한 양상을 대변하는 기제로서 등장된 것이 아니라, 전통사회와 연결된, 즉 사회구조 속에서 희생적 존재로 부각된 여성의 삶, 여성의 성적 삶에 대한 오장환의 온정이 내재되어 있는 것으로도 보인다. 그럼으로써 오장환은 과거의 정체성을 부인하는 인식과 함께 변화되어져야 할 현재의 사회상 역시 부정적 면모 제시에 의한 간접적 태도로 구현함으로써 궁극적으로 되어져야 할 사회상을 함축시키고 있는 것이다.

몸의 사회학은 개인이 자기정체성을 발현하는 기제로서의 중심이 몸에 있다는 입장으로 현대사회를 특징짓고 있지만, 오장환의 시에서 몸은 자기정체성 발현으로서 몸이 아니라, 즉 몸 전체가 아니라 몸의 성별을 구분짓는 성에 의하여 비건강하고 무질서한 정체성 해체의 사회상 및 시대상 발현의 기제로서 성을 보이고 있다. 즉 성의 기제에 의해 왜곡된 사회상 제시의 한 면모를 보이지만, 현대적 정체성 구현의 매개로서 몸이라는 인식의 단계에는 미치지 못하고 있는 것이다. 따라서 문제적 시대에 직면하기 시작한 한국의 현대상을 오장환의 시는 보여주고 있고, 이와 같은 파괴적 성에 의한 왜곡된 역사 및 삶의 양상을 80년대 황지우의 시가 그 계보를 잇고 있다. 이러한 시세계의 특징은 시적 주체로서 시인의 자아구현보다는 주체가 주체일 수 없는 부정적 사회를 제시하는, 그럼으로써 사회를 비판하는 시인의식을 담지한 태도의 발현인 것이다.

2) 성의 주체로서 여성 – 황지우

張萬燮氏(34세, 普聖物産株式會社 종로 지점 근무)는 1983년 2월 24일 18 : 52 #26, 7, 8, 9······., 화신 앞 17번 좌석버스 정류장으로 걸어간다. 귀에 꽂은 산요 리시버는 엠비시에프엠 '빌보드 톱텐'이 잠시 쉬고, '중간에 전해드리는 말씀,' 시엠을 그의 귀에 퍼붓기 시작한다.

쪼옥 빠라서 씨버주세요. 해태 봉봉 오렌지 쥬스 삼배권!
더욱 커졌씁니다. 롯데 아이스콘 배권임다!
뜨거운 가슴 타는 갈증 마시자 코카콜라!
오 머신는 남자 캐주얼 슈즈 만나줄까 빼빼로네 에스에스 패션!

보성물산주식회사 종로 지점 근무, 34세의 장만섭씨는 산요 리시버를 벗는다. 최근 그는 머리가 벗겨진다. 배가 나오고, 그리고 최근 그는 피혁의류 수출부 차장이 되었다. 간밤에도 그는 외국 바이어들을 만났고, '그년'들을 대주고 그도 '그년들 중의 한 년'의 그것을 주물럭거리고 집으로 와서 또 아내의 그것을 더욱 힘차게, 더욱 전투적이고 더욱 야만적으로, 주물러주었다. 이것은 그의 수법이다. 이 수법을 보성물산주식회사 차장 장만섭씨의 아내 김민자씨(31세, 주부, 강남구 반포동 주공아파트 11325동 5502호)가 낌

새 챌 리 없지만, 혹은 챘으면서도 모른 체 해주는 김민자씨의 한 수 위인 수법에 그의 그것이, 그가 즐겨 쓰는 말로, "갸꾸로, 물린 것"인지도 모르지만, 그가 그의 아내의 배 위에서, '그년'과 놀아논 '표'를 지우려 하면 할수록, 보성물산주식회사 차장 장만섭씨는 영동의 룸살롱 '겨울바다'(제목이 참 고상하지. 시적이야. 그지?)의 미스 췬가 챈가 하는 '그년'을 더욱더 실감으로 만지고 있는 것이다.

아저씨 아저씨 잇짜나요 내일 나제 아저씨 사무실 아프로 나갈게 나 마시는 거 사줄래

커 죠티(보성물산주식회사 장만섭 차장은 '일간스포츠'의 고우영 만화에 대한 지독한 팬이다)

잇짜나요, 그리구,

어쩌구 저쩌구 해서 오늘 장만섭씨는 미스 췬가 챈가 하는 여자를 낮에 만났고, 대낮에 여관으로 갔다. 그리고 1983년 2월 24일 19 : 08 #36, 7, 8, 9……., 그 장만섭씨는 화신 앞 17번 좌석버스 정류장에 늘어선 열의 맨 끝에 서 있다. 1983년 2월 24일 19 : 10 #51, 2, 3, 4……..장만섭씨는 열의 중간 쯤에 서 있다. 1983년 2월 24일 19 : 15 #27, 8, 9……先進祖國의 서울 시민들을 태운 17번 좌석버스는 안국동 방향으로 떠나고 장만섭씨는 그 열의 맨 앞에 서 있다. 그의 손에는 아들, 장일석(6세)과 딸, 장혜란(4세)에게 줄 이티 장난감이 들려져 있다. 보성물산주식회사 장만섭 차장은 무료했다. 그는 거리에까지 들려 나오는 전자 오락실의 우주 전쟁놀이 굉음을 무심히 듣고 있다.

송송송송송송송송송송송송송송송송송
따리릭 따리릭 따리리리리리리릭
피웅피웅 피웅피웅 피웅피웅피웅피웅
꽝! ㄲㄴㅏㅇ !
PLEASE DEPOSIT COIN
AND TRY THIS GAME!
또르르르륵
그리고 또 다른 동전들과 바뀌어지는
송송과 피웅피웅과 꽝!

그리고 송송과 피웅피웅과 꽝!을 바꾸어주는, 자물쇠 채워진 동전통의 주입구(이건 꼭 그것 같애, 끊임없이 넣고 싶다는 의미에서 말야)에서,

그러나 정말로 갤러그 우주선들이 튀어나와, 보성물산주식회사 장만섭

차장이 서 있는 버스 정류장을 기총 소사하고, 그 옆의 신문대를 폭파하고,
불쌍한 아줌마 꽥 쓰러지고, 그 뒤의 고구마 튀김 청년은 끓는 기름 속에
머리를 처박고 피 흘리고, 종로 2가 지하철 입구의 戰警 버스도 폭삭, 안국
동 화방 유리창은 와장창, 방사능이 지하 다방 '88올림픽'의 계단으로 흘러
내려가고, 화신 일대가 정전되고, 화염에 휩싸인 채 사람들은 아비규환, 혼
비백산, 조계사쪽으로, 종로예식장 쪽으로, 중소기업협 동조합중앙회 쪽으
로, 우미관 뒷골목 쪽으로, 보신각 쪽으로 그러나 그 위로 다시 갤러그 3개
편대가 내려와 5천 메가톤급 고성능 핵 미사일을 집중 투하, 집중 투하!

———————————

———————————

———————————

짜　자　잔

GAME OVER

한다면,

—「徐伐, 셔불, 셔블, 서울, SEOUL」 전문

오장환 시의 성은 매춘부를 주 대상화하여 구현되어 있는데, 그것은 전통적
으로 남성지배 사회구조에서 희생당하는 역할로서 여성상 및 매춘이라는 행
위에 의해 생존을 이어가는 여성상이라는, 즉 사회구조에서 희생당하는 존재
로서 여성이라는 오장환의 인식이 투여되어 있기 때문에, 그의 시에서 성의
기제는 불균형적인 사회구조로부터 성적 균형 및 인간의 자유를 지향하는 태
도가 담겨있는 것으로 보인다. 비록 그 시적 태도는 해체에 의한 허무의식의
시적 주체를 그리고는 있지만 말이다. 그러나 황지우의 시에서 성은 위반 혹은
사회전복을 위한 기제라기보다는 쾌락원칙에 의해 주도되는 현대사회의 메카
니즘적 양상을, 즉 퇴폐조차도 아닌 이미 플라토니즘적 에로스가 해체된 상태
에서 그 해체상이 전형화 되어 가는 사회상 반영을 위한 매개고리로 나타난다.
동물성 부정으로 출발하여 인간이라는 이름을 부여받았지만, 오히려 해체사회
속에서 인간은 동물의 위치로 추락하고 있음을 황지우의 '서울' 및 'SEOUL'은
말하고 있다. 아니 동물적 순수성조차도 상실한, 상실된 순수위에 전투적이고
비하적이며, 자기기만적이고 비속적인 에로티시즘의 부정적 양상만이 실감있

는 현실상을 말한다.

육체적 에로티시즘에는 플라토닉한 에로스를 지향하는 지향의식이 존재하지만, 사회적 에로티시즘은 플라토니즘도 아니며, 역플라토니즘의 단계도 해체된 메커니즘의 단계로서 쾌락원칙이 현실원칙과 일치하고 있는 현상이다. 시에서 성의 기표는 사회규칙 위반의 기제일 뿐만 아니라, 개인적 사랑의 해체상 및 그에 의한 사회상 제시의 기제로서도 중심적 현대성이다. 정체성 구현태로서 성이 아니라, 해체된 개위의 정체성 및 해체된 사회의 정체성 반현태로서 성인 것이다. 때문에 현대사회에서 성은 더 이상 사회위반적 태도구현의 의미도 잃었을 뿐만 아니라, 지루한 도시적 일상성의 거울로서 발현되고 있을 뿐이다. 나아가 남성중심의 지배사회도 해체일로를 걷고 있음을 '아저씨 아저씨 잇짜나요 내일 나제 아저씨 사무실 아프로 나갈게 나 마신는거 사줄래'라는 '미스 최'의 유혹적 언표에서 은유하고 있다. 성을 유인하는 주체는 아담이 아니라 이브였기에 '미스 최'의 유혹은 원초적 성의 양태를 반영한다고도 할 수 있지만, 그렇게 볼 수 없는 것이 황지우의 시는 현대사회를 배경으로 하고 있기 때문이다. 문명사회의 역사적 존재로서 인간사회는 특히 성의 질서에 있어서 남성이 유인의 주체였지만, 이제 현대사회에 이르러 은폐된 성의 대상으로서 여성이 그 은폐성을 폐기하게 함으로써 쾌락원칙과 현실원칙이 일치해버린 매카니즘적 시대성을 반영하고 있는 것이다.

'장만섭씨'의 하루를 구경하는 견자로서 시인의 위상이지만, 그 위상 역시 장만섭씨와 다르지 않다. 장만섭씨의 입을 통하여 시인은 자신의 하루를, 혹은 서울의 하루를 말하고 있는 것이다. 에로티시즘은 에로스적 행위에서 비롯되는 것이 아니라, 에로스를 꿈꾸는 의식에 내재하는 심리적 상태라고 타츠하코가 말하듯이, 에로스적 행위 그 자체는 이미 에로티시즘과는 무관하다고 한다. 즉 의식 속의 에로스적 행위에 의해서 에로티시즘이 그 생명성을 지닌다고 할 때, 오장환의 성은 퇴폐적 상태일지라도, 비록 여성이 상품으로든, 남성의 지배적 위치로든 퇴폐적 에로티시즘을 상기시키는 기능을 하지만, 황지우의 성은 시의 기표에 의해 세상 밖으로 돌출됨으로써 퇴폐적 에로티시즘조차도 제거시키고 만다. '간밤에도 그는 외국 바이어들을 만났고, 그년들을 대주고 그도 그년들 중의 한 년의 그것을 주물럭거리고 집으로 와서 또 아내의 그것을 더욱 힘차게, 더욱 전투적이고 더욱 야만적으로, 주물러주었다. [……] 김민자 씨의 한 수 위인 수법에 그의 그것이, 그가 즐겨 쓰는 말로, 갸꾸로, 물린 것인 지도 모르지만, 그가 그의 아내의 배 위에서, 그년과 놀아난 표를 지우려 하면 할수록, 보성물산주식회사 차장 장만섭씨는 영동의 룸살롱 겨울바다의 미스 친가 챈가 하는 그년을 더욱더 실감으로 만지고 있는 것이다'에서 보여지듯이, 미스 최와의 행위에서나, 아내와의 행위에서나 그에 따른 의식의 차이는 없다. 오장환의 시에서는 미스 최와 아내와의 차이성이 엄연히 구별되었을 것임을 유추할 수 있지만, 황지우의 서울은 성에 관한 한은 그 구별이 무의미해진 상 황임을 말한다. 역설적으로 신분의 차이 및 성적 차이는 오장환의 서울에 비하 여 평등화라는 발전된 양상이라고 말할 수도 있을 것이다. 오로지 수동적 위치 로서의 여성의 상품화 및 성적 위치가 아니라, 자기표현의 능동적 태도에 의한 쾌락지향의 태도를 장만섭씨나 미스 최나 한 방향으로 드러내고 있기 때문이 다. 그러나 여성의 자기표출은 원죄의식이 반영된 원초적 성의 기제로서 표출이 아니라 현대사회에서의 불안한 현대인이 그 불안의식 해소를 위해 왜곡된 방편 으로서 채택된 욕망의 발현태임을 황지우의 해체된 에로스는 말할 뿐이다.

4. 맺는말

에로티시즘이 시문학 속에서 정상을 지향하는 에로티시즘과 비정상을 지양 하는 에로티시즘으로 나타난 것으로 보았다. 정상 지향과 비정상 지양의 차이 에도 불구하고 이 양자의 시적 태도는 동일하게 문명사회의 비순수성 속에서 잉태되었다는 사실이다. 정상지향의 에로티시즘은 비순수의 시대 속에서 불안 의식의 극복으로, 즉 합일된 근원의 공간으로부터 고립되고 분리된 실존적 한 계성을 초월하고자 한 의식에서 출발한 경우 서정주의 시에서 이를 만날 수 있었고, 동일하게 순수의 지향태를 보이지만 강우식의 경우는 소박한 일상에 서 개인적 에로스의 탐미를 추구하는 시세계로 보았다. 서정주 시에서의 성적 주체는 유혹적 주체로서 이브처럼 여성에 의해 주도됐으나, 강우식의 시에서 성적 주체는 남성지배 사회의 전형적 모습을 반영하듯이 남성 주체에 의해서 주도된 면모를 보인다.

반면 오장환과 황지우의 시는 비정상의 사회풍경 및 시대상을 지양하는 에로티시즘 구현으로 보았는데, 오장환은 남성중심의 사회구조에서 빚어진 여성의 성적 존재태 및 성의 상품행위에 대한 비난 및 비판적 태도를 제시하고 있다. 특히 오장환은 타락한 성의 사회상을 여성주체보다는 남성에 의해 주도된 왜곡된 사회구조에 있다는 인식을 보이고 있어서, 그의 시에서 여성은 피해자의 위치로 설정되어 있다. 때문에 성의 주체는 남성에게 있다. 반면 황지우는 오장환과 물론 시대적 차이가 있지만, 성적 억압의 현실원칙이 거세되고 성의 쾌락원칙이 방만한 사회상을 반영하여 비정상적 성의 양태를 지양하는 의도를 감추고 있다. 전통의 가치 및 전통의 사회구조가 다방면에서 해체되는 상황에서 쾌락원칙의 성의 기제 역시 해체구조를 반영하는 매개고리로 사용되고 있다. 따라서 황지우 시에서의 여성은 성적 피해자로서의 위치가 아니라, 남성과 동일한 위치반영으로 나타나는데, 이는 곧 종말론적 위기감과 불안감의 극대화 양상구현이며, 일상적인 세계 밖의 엑스터시를 희구하는, 즉 역사적인 연속성을 깨뜨리는 에로티시즘으로서 규칙위반의 가장 극명한 양상을 보인다. 시의 기표에 의하듯이 전투적 에로티시즘에 의한 사회위반의 표출인 것이다.

現代文學 작가론

現代文學 작가론

담원 鄭寅普 시조의 정서 세계와 그 정체성

김학성[*]

1. 머리말

담원 정인보(1883~1950)는 암울한 일제 강점기 시대에 올곧은 지조를 지키며 꿋꿋한 삶을 산 대표적인 민족지사의 표상으로 남아 있다. 담원은 양명학과 한학, 사학 등 국학에 두루 조예가 깊었으며, 상해에서 신채호, 박은식, 신규식, 김규식 등과 함께 동제사(同濟社)를 조직, 광복운동에 종사하였다. 해방 공간에서 조선문필가협회장, 국학대학장, 남조선민주의원 의원과 초대 감찰위원장 등을 역임하기도 했고, 6·25 전쟁 발발 직후에 북으로 피랍, 절거(折去)했다.[1]

일반인들에겐 혹, '흙 다시 만져보자 바닷물도 춤을 춘다'로 시작되는 「광복절노래」나 '기미년 삼월 일일 정오'로 시작하는 「삼일절노래」, 또 「제헌절가」, 「개천절가」 등의 작사자가 바로 담원이라는 말을 건네면 좀더 친숙해할지도 모르겠다. 정식으로 칭하는 호는 담원이지만, 그를 기억하는 많은 사람들은 위당(爲堂)이란 호를 더 애호(愛號)한다.

담원, 아니 위당의 많은 저작 가운데 시조 시인으로서의 면모와 다감한 내면 세계를 엿볼 수 있게 하는 한 권의 책이 『담원시조집』이다. 『담원시조집』은 1948년 을유문화사(乙酉文化社)에서 간행한 시조집으로, 대표작 「자모사(慈母思)」 40수를 비롯하여 294편의 시조를 수록했다. 위당 삶의 편폭이 넓어서인지

시조시인으로서의 위당과 그의 시 세계에 대한 기존 논의는 그리 많지 않다. 몇 안 되는 논의에서도 위당에 대한 평가는 평자에 따라 매우 상반된 의견이 제시되어 있다. 처음 위당을 평한 김태준(金台俊)은 그를 '봉건귀족의 일문'이라 몰아 부치면서, "그의 모든 문화적 행위는 무위(無爲)로 끝났거나 시대착오적 행사로 끝나버렸다."고 폄하(貶下)하였으나2), 홍효민(洪曉民)은 위당을 "우리 나라 문학을 가장 문학답게 쌓아올린 작가"라고 하고, 송강(松江)과 담원의 시조를 '문학사적 모범이 될 백미(白眉)의 존재'라 예찬한 바 있다.3) 김태준의 경우는 '이데올로기적 알레르기 현상'이 다분히 느껴지고, 홍효민의 경우는 '친분적인 찬사에 경도된 언급'이란 생각을 지울 수 없다. 위당의 작품세계에 관심을 보인 근래의 글 중에도 상반된 비평적 언급4)이 나타나는데, 텍스트와 컨텍스트 사이의 상호 이해에 바탕을 둔 객관적 평가에 이르렀다고 보기는 어려울 것 같다. 최근에 위당의 시조 세계에 대한 본격적인 논의가 나오면서 문학인으로서의 위당의 면모가 새롭게 조명5)되는 것은 매우 다행스런 일이라 생각된다.

이 글은 그 동안의 논의를 참작하여 평가적 언급은 가급적 자제하고, 『담원시조집』을 대상으로 위당의 정서 세계를 더듬어보면서, 문학인으로서의 위당의 시조문학적 정체성을 이해하는 데 목적을 두기로 한다.

2. 곡진한 인정

위당 시조는 곡진한 인정을 읊은 것이 대부분이다. 위당은 시조를 짓는 것에 특별한 작가 의식을 지녔던 사람은 아니었던 것으로 보인다. 그저 생활 체험에서 우러나온 다감한 정을 시조라는 절제된 시형에 담담하게 담아냈을 따름이

---

2) 김태준, 「정인보론」, 『조선중앙일보』, 1936. 5. 5~5. 19.

3) 홍효민, 「정인보론」, 『현대문학』, 1959. 12.

4) 원용문, 「정인보 시조에 대하여」, 『배달말』 8호, 1983. 12.; 박을수, 앞의 책; 박철석, 「1930년대 시인론」, 『현대시학』, 1981. 12를 참조.

5) 임선묵, 『근대시조집의 양상』, 단국대학교출판부, 1983.; 김석회, 「담원시조론」, 『국어교육』 51 · 52호, 1985.; 오동춘, 「정인보론」, 『한국시조작가론』, 국학자료원, 1999 등을 참조.

다. 시조부흥에 관련된 논쟁이 무수히 쏟아질 때도 이에 관해 별다른 언급 없이 덤덤히 시조를 창작했을 뿐이다. 그렇다고 위당이 시조 부흥운동이라는 흐름에 전혀 관련이 없었다고 볼 수는 없다. 2·30년대에 육당(六堂) 최남선과 노산(鷺山) 이은상, 가람(伽藍) 이병기 등의 시조집 출간과 시조부흥과 혁신에 관한 논쟁6)뿐만 아니라, 당시 신문 잡지의 시조 현상공모 및 일련의 행사들은 위당의 시조 창작 및 『담원시조집』 발간에 상당한 문화적 배경으로 작용했을 것이란 점은 자명해 보인다. 특히 최초의 개인시조집인 육당이 『백팔번뇌』에 위낭이 발분을 쓰고 있다는 점7) 하나만으로도 위당의 시조사적 위치가 가늠된다.

1936년 1월 18일자 동아일보에는 「부인(婦人) 척사(擲柶)의 밤」이나 「가투(歌鬪)의 밤」을 개최한다는 광고문이 실려있는데, 이 「가투놀이」는 '시조가투(時調歌鬪)'라 하여 전통적인 시조 가투놀이를 조선일보, 동아일보 등에서 행사화한 것으로 당시 성황을 이뤘던 것이라 한다. 광고문에 의하면 이때 가투에 사용할 100수의 고시조는 노산 이은상이 뽑았다고 한다. 위당은 이때 사학에 관심을 기울이던 시기였는데, 당시 동아일보 논설위원으로, 1935년 11월에 동아일보 강당에서 『신동아』 주최, '조선역사 강좌'를 진행하고 있었던 것으로 나타난다.8) 이런 점들로 미루어 위당의 시조 창작은 이러한 문화적 배경 아래 놓여있었으나, 문단의 시조부흥운동이라는 분위기에 들뜨거나 편승하지는 않았던 것이라 생각된다.

위당 시조의 문학적 심연은 '님' 곧 '어머니'라고 할 수 있을 듯하다. "내 생·양가 어머니 두 분이 다 거룩한 어머니다"로 시작되는 「자모사」 서문에서 위당은 "생어머니는 높고 어머니는 크다"라고 했다. 여기서 '생어머니'는 대구 서씨이고 '어머니'는 월성이씨로 위당이 두 어머니를 모시게 된 것은 '예법 유난한 가문'에 태어나 양가에 입적했기 때문이다.9)

　　바릿밥 남주시고 잡숫느니 찬것이며

─────────────

6) 이혜순, 「시조부흥론」, 『한국문학사의 쟁점』, 집문당, 1986 참조.
7) 주1)과 같은 책. 제2권, 333쪽, 「'백팔번뇌' 비평에 대하여」 참조.
8) 주1)과 같은 책, 「연보」 참조.
9) 「자모사」, 서문 참조.

　　두둑키 다입히고 겨울이라 열분옷을
　　솜치마 조타시더니 보공되고 말어라

— 「자모사」 12번

　「자모사」의 12번째 작품인 이 시조는 한때 고등학교 교과서에 실리기도 하여 우리에게 친숙한 작품이기도 하다. 위당의 「자모사」가 친근한 것은 위당의 자모를 떠올려야 이해되는 특수한 체험 없이도 공감이 가능한 까닭이다. 우리 모두의 어머니가 이렇듯 자식에 대한 헌신과 사랑을 베풀다가 당신은 정작 입지도 못하고 아끼던 솜치마 한 자락을 관속에 담아 가시질 아니했던가. 어머니를 떠나보낸 이는 평생을 어머니를 가슴속에서 부르다가 또 그렇게 떠날 것이다.

　　어머니 부르올제 일만잇서 부르리까
　　젓먹이 우리애기 웨또찻나 하시더니
　　황천이 아득하건만 혼자불러 봅내다

— 「자모사」 19번

　‘젓먹이 우리애기 웨또찻나’에서 웃음을 머금은 어머니의 표정이 그려지는데, 이제는 아무리 불러도 아무 대답이 없으시다. 이럴 때 우리네 마음은 오죽하랴 싶다. 위당의 「자모사」는 우리 모두의 ‘자모사’이기는 하나, 위당의 자모를 떠올려야 이해되는 위당 체험의 특수한 내용을 지닌 작품도 적지 않게 섞여 있다.

　　북단재 뾰죽집이 전에우리 외가라고
　　자라신 경눗골에 밤동산은 어대런가
　　님눈에 비취던무산 그저열둘 이려니

— 「자모사」 23번

　‘북단재’는 종현(鐘峴)의 옛 이름이며, ‘뾰죽집’은 천주교당으로 명동성당을 가리킨다. 위당은 이곳에 있던 외가에서 태어났다. 중장의 ‘경눗골’은 자당(慈堂)의 외가가 있던 정릉동이며, 내외종 형제자매가 뒷동산에 올라 밤을 주웠다는 자당의 말씀을 표현한 것이고, 종장의 내용은 '어머니 소시(少時)에 외조(外祖) 성천임소(成川任所)에 가서 강선루(降仙樓)에 올라가 무산십이봉(巫山十二峰)을 보았다고 늘 말씀하셨다'는 각주를 통해 이해되는 위당의 '자모사'라 할 수 있다. 이런 작품에 대한 교감은 가족사적 배경을 필요로 하나, 위당은 이럴 경우 각주를 달아 이해를 돕고 있다.[10]

1920년대 '님'의 형상은 우리 문학의 한 특징으로 나타나는데, 그 님의 실체가 곧 조국과 민족이란 점은 주지의 사실이다. 육당의 '님'이 띠과 없는 '조선'이요, 만해의 '님'이 '절대자를 통한 민족'이라면, 위당의 님은 '어머니를 통한 민족'이라 할 수 있을 것이다. 위당은 1926년 「가신 님」을 처음 『계명』에 실은 이후, 「자모사」, 「님 그리워」 등의 시조를 1936년까지 『신생』, 『한빛』, 『문예공론』 등에 발표하였는데, 이 모두가 '어머니'와의 사별에 대한 애통한 심정을 그린 것으로, 위당은 민족 또는 조국을 돌아가신 어머니에 대한 그리움으로 치환해 형상한 것으로 보인다. 어머니에 대한 그리움 또는 간절함의 강도가 일반적 수준을 넘어, 굳이 그렇게 읽게끔 유인하는 힘이 있다. 다음 작품을 통해볼 때, 그렇게 읽는 것도 그리 틀린 독법은 아닐 것이라 생각된다.

>이강이 어느강가 압록이라 엿자오니
>고국 산천이 새로이 설워라고
>치마끈 드시려하자 눈물벌써 굴러라
>
>―「자모사」 37번

1912년 임자년 위당은 생어머니를 모시고 안동현(安東縣)으로 건너간 적이 있는데, 압록강을 건널 때 어머니는 위당을 불러 "나라가 이 지경이 돼야 내가 이 강을 건너는구나"하고 눈물을 흘렸다 한다. 위당의 친모 서씨부인의 월강(越江)은 '여러 아낙네들 틈에 섞이어 땀과 진흙으로 짓이겨진 감발과 버선을

---

10) 시조집에 각주가 달린 경우는 육당의 『백팔번뇌』에도 있었고, 더 거슬러 올라가 『가곡원류』 편찬자의 한 사람인 안민영의 개인창작 시조집 『금옥총부』를 들 수 있다. 개인 창작의식으로부터 출발한 시조작품이 지닌 한 특징으로 지목해 볼 수 있는 현상이라 생각된다.

빨아대기에 어떠했었다'는 등의 증언[11])으로 미루어 안동현과 통화현(通化縣) 등지의 독립군 기지 건설과 인재 양성의 뒷바라지에 관련된 것이었다고 짐작된다. 위당이 신채호, 박은식, 신규식, 김규식 등과 함께 상해에서 독립운동 단체인 동제사를 조직한 것도 바로 이 해였다. 당시 벽초(碧初) 홍명희가 지어준 밥이 제일 고소했다는 서씨부인의 회고담에서는 고난과 역경에 처한 당시 정황에서도 든든한 힘이 되어주었던 온화한 자모의 얼굴이 떠올려지기도 한다.

위당이 굳건한 민족지사 면모를 갖고 있으면서도 다정다감한 인정의 소유자였다는 점은 「자모사」이외에도, 「사종수(四從嫂) 이씨회갑(李氏回甲)」에 10수, 「종수조씨(從嫂趙氏) 육십생신(六十生辰)」에 10수, 「벽초(碧初)딸 삼형제(三兄弟)를 강정리로 보내면서」 18수, 「둘째 딸 경완생일(庚婉生日)에 인절미 대신으로 보냈다」 11수, 「첫정」 10수 등 그의 대부분의 시조 작품에서 확인된다. 또한 호암(湖巖) 문일평의 죽음에 부친 「문호암애사(文湖巖哀詞)」 8수, 위당 자신의 유모인 강씨의 죽음에 부친 「유모강씨(乳母姜氏)의 상행(喪行)을 보내면서」 10수, 남강(南岡) 이승훈 선생, 만해(卍海) 한용운 선생 등 12인의 고인을 애도한 「십이애(十二哀)」 12수 등 여러 지인의 죽음에 대하여 애통한 심정을 토해놓은 시조들 모두 다감한 심문(心紋)을 수놓은 작품이라 하겠다.

> 풍란화 매운향내 당신에야 견줄손가
> 이날에 님계시면 별도아니 더빛날까
> 불토(佛土)가 이외없으니 혼아돌아 오소서
> — 「만 만해선사(挽 萬海禪師)」

만해 한용운의 절거에 즉한 이승 사람으로서의 위당의 안타까운 부름이다. 만해가 '풍란화 매운 향내'로 우리의 기억에 남아 있는 것 또한 위당의 이 시조 덕분은 아닐는지 모르겠다. 죽음 앞에 초연해 할 수 있는 사람은 없을 것이다. 그 표현이 아무리 성글다해도 그리움은 어쩔 수 없는 그리움이다.

「첫정」은 첫 부인인 성씨(成氏)(휘(諱)는 계숙(癸淑))에 대한 남편으로서의 심

---

11) 주1)과 같은 책, 민영규, 「위당 정인보 선생의 행장에 나타난 몇 가지 문제」 참조.

정을 노래한 것이다. 위당이 상해에 있을 때, 큰딸을 낳고는 산고로 죽었다고
한다.

> 그그별 듯던밤에 온하늘이 별이더니
> 꿈이면 어서깨자 꿈아니면 엇지할꼬
> 배떠나 바다넓으니 곳미칠듯 하여라
>
> —「첫정」 1번

　위당은 상해에서 부인 성씨의 죽음을 전해듣고 황망히 귀국 길에 오른다.
위 시조는 그 당시 위당의 심정이 어떠했는가 여실하게 보여준다. 이역 만리
밖에 나와 민족의 독립을 위해 동분서주하던 어느 날 밤 위당은 젖먹이를 옆
에 두고 떠난 산모의 죽음을 전해 들었다. 허허로이 하늘을 쳐다 볼 수밖
에…… 온 하늘에 펼쳐진 별들은 위당의 눈물이자, 조용히 지사의 뒷바라지를
하던 부인의 가슴에 흘러내린 눈물이었을 것이다. 그가 허무한 심정을 안고
오른 귀국 길에서 안동현 어느 여관 앞에서 춘원(春園) 이광수와의 상봉이 이
루어진다. 춘원은 그를 '유명한 젊은 한학자'로 부르고 있는데,[12] 서울 벽초 홍
명희의 집에서 한번 만났던 것 이외에는 안면이 없었다고 했다. 이 극적인 상
봉에서 여비가 떨어져 궁색한 처지에 놓인 춘원에게 중국 돈 삼십 원을 건네
고 말없이 귀국 길에 올랐다는 데서 위당의 인물됨을 가늠해볼 수 있을 것이
다. 춘원은 당시 위당의 사정을 전혀 눈치채지 못했다고 한다.
　「유모 강씨의 상행을 보내면서」에 나오는 유모 강씨는 '집조차 못지니고 나
늙기에 곁방신세'였던 위당의 젖엄마라 한다. '못 참아 왝왝하기 잘하고도 유
명지인'이라 한데서 유모의 괄괄한 성격이 잘 표현되었는데, '두어라 다 밉다
해도 나는 구수하여라'라고 끝 맺었다. 그러던 유모였는데, '숨질 때 날 찾다가
고만 감아버렸다'고 한다. 유모의 죽음에 느껴하는 위당의 목소리에는 인간에
대한 깊은 정과 그리움이 겹겹이 배어있다.

---

12) 이광수, 「上海 이일 저일」, 『삼천리』 10호, 1930 참조.

3. 영사와 기행

한편 위당 시조에서 또 하나 주목되는 시작(詩作)의 경향은 기행(紀行)을 읊은 시조가 많다는 점일 것이다. 여행을 통해 역사를 회고하는 영사(詠史)가 함께 이루어지기도 하는데, 기행의 감흥과 느낌을 서정적으로 표현한 시편이 압도적으로 많으니, 영사는 부수적인 감회에 머문다.「백마강(白馬江) 뱃속에서」11수,「박연행(朴淵行)」8수,「금강산(金剛山)에서」72수,「여수 옥천사(麗水 玉泉祠)」1수,「여수(麗水)에서 목포(木浦)까지」6수,「진주의기사영송신곡(晋州義妓祠迎送神曲)」2수 등이 이에 속할 것이다.

> 낙화암 저석벽아 너만엇지 남앗는다
> 강풍에 날린홍상 백제번화 마지막을
> 자최나 직혀보랴고 무된드시 잇소라

—「백마강 뱃속에서」 4번

백마강을 배를 타고 오르면서 백제의 마지막을 장식한 삼천 궁녀의 전설을 간직한 낙화암을 바라보고 지은 작품일 것이다. 초장은 나그네의 물음으로, 중장과 종장을 낙화암의 대답으로 처리해 화자 전환을 통한 독특한 장 배분을 이루었으며, 기행과 영사가 함께 이루어진 예라 하겠다.

> 산허리 드믄단풍 성거관이 저기로다
> 그림에 몸이드니 꿈이란들 안조흐냐
> 운전수 차몰지마소 내흥겨워 하노라

—「박연행」 1번

> 광풍을 부러내고 되불리어 이리저리
> 어느덧 수정발이 덩이덩이 눈이로다
> 골안에 때업는안개 비나리듯 하여라

—「박연행」 4번

절경에 절로취코 술집에 거저안저
성귈사 나무그림 온하늘이 물갓고나
어즈버 달아니신가 야폭구경 가리라

—「박연행」 7번

「박연행」은 송도의 박연폭포를 구경하는 흥겨움이 있다. 1번의 종장에 '운전수 차몰지마소 내흥겨워 하노라'하는 표현에서는 여행의 설렘까지 담겨있는 듯하다. 4번은 실제 박연폭포를 직접 묘사한 연(聯)인데, 바람에 이리저리 흩어지는 물줄기와 골 안에 가득 피어오르는 물안개의 묘사가 실감을 자아낸다. 7번은 주막집에 앉아 객고를 달래며 달빛 아래 야폭을 구경하러 가겠다는 내용이다. '폭포 구경의 제맛이야 야폭에 있다'는 고인들의 취미가 마지막 수인 8번의 "천상천하 물소리뿐"이란 구절에서 충분히 감지되는 듯 하다.

「금강산에서」는 연시조의 거편(巨篇)이라 할 수 있는데, 만폭동 11수, 매월당석각 3수, 마하연암 5수, 표훈사 7수, 정양사 8수, 소광암 2수, 내수첨 3수, 효운동·유점사 2수, 칠보암 3수, 사선교 2수, 비로봉 9수, 마의태자능 6수, 구룡연 5수, 비봉폭 3수, 옥류동 3수 등으로, 여행 과정에 따른 소단락이 완결된 연시조를 이루고 나아가 「금강산에서」라는 거편의 연시조로 다시 집합된 것이다.

사벽을 덥흔수목 싸이다못 덩이덩이
고흘사 일홍징담 초록색을 위드린고
신나무 처진가지기 빈쯤물에 삼겨라

—「만폭동」 7번

바람은 업다마는 입새절로 흔들리고
냇물은 흐르렷만 거울아니 움즉인다
백룡이 허위고들어 감깐들석 하더라

—「만폭동」 11번

「만폭동」에서 '한구비 도라드니 향로봉이 푸르럿다 / 청학은 어대가고 대만 홀로 놉핫는가 / 암벽이 좌우로벌려 나래편듯 하여라'(5번)라는 호방한 시취(詩趣)를 보여주기도 하지만, 위에 든 7번, 11번에서 잘 나타나듯 정물(靜物)의 순간적 포착이 더 돋보인다. 징담(澄潭)에 반쯤 물에 잠긴 '신나무 처진 가지'라든가, 고요한 수면 위에 '백룡이 허위고들어 감깐들석 하더라'하여 꿈틀거리는 징담의 순간적 동태를 섬세하게 표현하는 데서 위당 시조의 묘미가 발견된다. 「칠보암(七寶菴)」 3번의 '만학(萬壑)의 부는바람 올로다가 도로나려 / 쪽물푼 하늘거긔 삐죽뾰죽 옥봉(玉峰)이라 / 저바위 올라맛이랴 바라아니 조흐니'라 한 곳에서는 금강산 일만 봉우리를 관상하는 여유가 감지되기도 한다. 특히 이 작품의 종장은 송강이 「관동별곡」에서 비로봉을 바라보며 '오르디 못ㅎ거니 ㄴ려가미 고이ㅎ올가'라고 표현했던 절제 있는 느긋함이 연상되기도 한다.

> 임해전 등지시고 알천수 건느실제
> 버리고 간다마소 못버리어 가노매라
> 이젯것 산소어름을 릉안이라 하더라
>
> ─「마의태자능」 1번

비로봉에서 구룡연으로 가는 길목에 있는 마의태자능을 지나면서 읊은 작품이다. 경주 안압지 서편에 있던 전각의 이름이 '임해전'이다. 알천수는 '경주 남천(南川)의 고명(古名)'이란 주를 달아 놓았다. 마의태자가 경주 왕성을 떠나는 심정을 1번에 노래하고 2번에서는 마의태자가 죽을 때도 의(義)를 가슴에 안고 눈을 감았다고 했다. 4번에서는 깊은 산골을 지나는 '심메꾼 영구드림(심마니의 제사)'를 대제(大祭)인 줄 안다고 하여 무상감의 여운을 남기고 있다. 「금강산에서」의 한 편 한 편은 그대로 하나의 완결된 시형이면서, 장소에 따른 독립적 연시조 완결을 지니고, 전체가 금강산 기행의 감회로 엉긴 연작시조라는 맥락에서 음미해야 할 것이다.

위당의 「금강산에서」는 춘원 이광수의 금강산 기행시조 52수(『신생활』, 1922, 3~6월호)와 노산 이은상의 『노산시조집』에 실린 금강산을 그린 여러 편의 시조와 대비해 읽어볼 필요가 있을 것이다.

> 성불사(成佛寺) 깊은밤에 그윽한 풍경소리
> 주승(主僧)은 잠이들고 객(客)이홀로 듣는구나
> 저손아 마자잠들어 혼자울게 하여라
> — 이은상, 『노산시조집』, 1933.

「성불사의 밤」이라는 노래로 잘 알려진 노산의 시조이다. 댕그렁거리는 산사의 풍경 소리의 여운만큼이나 은은한 서정적 공명을 갖춘 작품이라 하겠다. 어쨌거나 우리 문학에서 시조로 금강산을 노래하게 된 것은 이 시기에 와서야 비로소 시작되는 바, 이 시기에 신문과 잡지 등에 명사들의 기행에 대한 기고(寄稿) 글이 유행했던 정황이 참작되긴 하나, 이 점 또한 주목되어야 할 매우 독특한 현상이라 생각된다.

한편, 「고곡애(古曲哀)」 같은 작품은 「존폐악」이나 「수제천지곡」 등의 고악(古樂)을 들은 느낌이지만, 영사(詠史)의 여운이 감돈다 할 것이다.

> 들고만 있는것대 잊은듯한 북채로다
> 쟁(箏)안고 더듬는손줄 행여나 울릴세라
> 이윽고 박(拍)소리나니 꿈일혼들 하여라
> —「고애곡」―수제천지곡―

느려도 한참이나 느린 고악의 음모(音貌)를 '들고만 있는 젓대'와 '잊은 듯한 북채'로 그려냈고, '쟁을 더듬는 손줄이 행여나 울릴까 안타깝게 바라보고 있다'는 식으로 표현했다 이윽고 '쪄악!'하고 치는 박(拍) 소리에 화자는 꿈을 잃은 듯 하다고 했다. 위당은 이 작품의 주에 수제천지곡(壽躋天之曲)을 '신라 고곡(新羅 古曲)'이라 하였으니, 화자는 이 곡(曲)을 들으며 천년 전 신라를 꿈꾸었던 셈이라 하겠다.

4. 교육자적 풍모

끝으로 주목되는 일군의 작품들은 위당의 교육자적 면모를 살필 수 있는 시조들이라 할 수 있다. 「배화여학교 반화사(培花女學校 班花詞)」 24수, 「연전(延專) 앞뜰에서 육상경기(陸上競技)를 보고」 5수, 「동구여학교 교실(東邱女學校 敎室)에)」 5수, 「경기여자중학교 교실(京畿女子中學校 敎室)에)」 6수 등이 이에 속할 것이다.

「배화여학교 반화사」는 이화(梨花), 연화(蓮花), 행화(杏花), 근화(槿花), 도화(桃花), 란화(蘭花), 국화(菊花), 매화(梅花) 각 3첩씩으로 총 24수를 읽었다. 학교명에 어울리는 반화(班花)를 정하여 그에 해당하는 꽃의 의미를 표현하였는데, 이 작품들은 작품을 지은 목적이 배제된다면 영물(詠物)에 관한 작품인 「매화 7장(梅花 七章)」에 견주어 봄직도 하다.

> 쇠인양 억센둥걸 암향부동(暗香浮動) 어인꽃고
> 눈바람 분분(紛紛)한데 봄소식을 외오가져
> 어즈버 지사고심(志士苦心)을 비겨볼까 하노라
>
> ──「배화여고반화사」 매화사 3첩, 1번

> 눈펄펄 나는새벽 분(盆)소식이 엇더한고
> 이제껏 겨우희끗 하로밤에 붉엇는가
> 향긔야 어느새리만 마치는듯 하여라
>
> ──「매화칠장」 2번

「반화사」에서의 '매화사'나 「매화칠장」이나 매화를 대상으로 작시(作詩)한 것은 같다. 작품의 창작 동인이 다르다는 것 외에 지향하는 바 정서적 세계는 같다. 이런 점에서 위당의 경우 영물에서의 의미지향은 다분히 상징성 짙은 관념적 형상으로 나타나고 있다고 해야 할 듯 싶다. 「반화사」가 갖는 기능에서 여성이 꽃으로 비유되는 전통적 문학관습이 되풀이되었다 할 것이고, 또 개별 꽃의 의미가 반화로서의 교육적 상징에 머물렀다 할 것이지만, 이 역시 위당이 지녔던 지사적 교육 정신의 한 단면이라 생각된다.

> 범가치 사나운채 나븨가치 가벼워라
> 오십리 희염치던 넷날어룬 저러것이

무궁화 봉트랴하니 미첫단들 엇더리
> ―「연전 앞뜰에서 육상경기를 보고」 1번

위당은 민족의 장래를 짊어진 젊은이들을 보며 희망을 찾을 수 있었던 모양이다. 이리 뛰고 저리 뛰는 약동하는 젊음을 『삼국사기』에 나오는 장보고(張保皐)와 정년(鄭年)의 용장(勇壯)을 다투던 이야기에 빗대어 놓았다. '무궁화 봉트랴 한다'는 것의 의미는 굳이 부연할 필요가 없을 줄로 안다.

배올제 배올것이 아니배고 어이하리
넙혼산 어엽분물 옵바만의 짐이올가
배우고 또배우시오 압길머도 소이다
> ―「동구여학교 교실에」 2번

개화기 창가 풍의 어법과 내용이긴 하나, 여학생에게 주는 배움에 대한 살뜰한 훈계라 보면 각별한 교육자적 풍모가 감지되기도 할 것이다. 위당 시조가 지닌 교육자로서의 목소리는 교훈적 어법이 농후하게 나타나지만 그것이 격정적이고 고무적인 어법으로 나타나지 않고, 위당의 여느 시조와 마찬가지로 섬세하고 내향적인 어조를 잃지 않는다는 점이 특징이라 할 만하다. 한편으로 다음 작품은 당시 위당의 여성 교육에 대한 생각이 어떠했는가를 엿볼 수 있게 해 준다.

소혜후 내훈뒤엔 규합총서 이르것다
일백년 전후에는 각시들도 배웠나니
오늘날 새활발속에 뼈좀느어 어떠리
> ―「경기여자중학교 교실에」 2번

위당은 당대 새로운 기운의 여성생활을 '새 활발'이라 이른 것 같다. 그 '새 활발' 속에 교육적 '뼈'가 빠져있었음인가. 곧잘 봉건 여성의 질곡으로 치부되는 『내훈』과 『규합총서』의 내용을 위당은 현대여성교육이 갖추어야 할 '뼈'라

하여 이를 교육 속에 넣어보면 어떻겠느냐는 주문을 하고 있다. 한학자로서의 보수적 취향으로 돌려버릴 수도 있겠으나, 위당의 충고는 반드시 그렇게만 들리지는 않는다.

5. 맺는말

무애(无涯) 양주동은 『담원시조집』, 「서문」에서 위당의 시조세계를 다음과 같이 표현했다.

> 님의 시조(時調)는 섬세(纖細)한 채 단단하고, 집숙한 채 들날리며, 고아(古雅)하되 사무치고, 정서적(情緒的)인 대로 사상적(思想的)이니 얼른 말하자면 살과 뼈가 있는 강유(剛柔)를 겸비(兼備)한 작풍(作風)이다.

또한 무애는 이 「서문」에서 시조 창작에 요구되는 네 요소, 즉 '정(情)·재(才)·식(識)·혼(魂)'을 들면서, 위당이 이 네 요소를 골고루 또한 심각하게 갖추었다고 했다. 무애의 이와 같은 지적은 위당의 시조세계에 대한 매우 적절한 평이었다고 판단된다. 특히 위당의 시조집 전편에 흐르는, '자모'로 대표되는 육친과 고인(故人)과 지우(知友) 등, 사람에 대한 다정다감한 목소리는 위당의 내면세계를 고스란히 음미하게 한다. 흔히 올곧은 지사의 풍모가 '내유외강'으로 표현되듯, 위당의 시조세계는 바로 지사적 풍모와 풍격으로 다가선다고 생각된다. 그러나 대개 지사는 '재(才)'에 현란하지 않듯이 그의 시어에 대한 조탁은 다소 성기다는 느낌을 지울 수 없다. 위당의 시조에는 '도리어 서러워라'라는 표현이 '되서워라'로, '쌓이다 못해'라는 표현이 '싸히다못'으로, '마지막으로 여의고'라는 표현이 '맛여의고' 등으로 무리가 따른다는 점이 흔히 발견된다. 이는 네 개 음절을 하나의 음보로 인식하는 규범적이고 고정적인 율격 고수에 고심한 결과일 것이다.

전체적인 시형에서 볼 때 묵직하지만 낭랑하게 그리고 섬세하게 아로새긴 위당의 시편들은 대체로 연시조 형태로 표현되었고, 시조 형 또한 예외 없이 전형적인 평시조의 율격을 고수한 것으로 파악된다. 이는 굳건한 민족지사의 절제된 세계관이 선비의 절제된 시형이었던 시조형에 합치했던 결과가 아닐까 생각된다. 비록 그의 시조들에 한시 취가 남아 있고, 개인적 체험에 국한된 정서가 다분히 있다 손치더라도 그것은 우리가 애정 어린 시신으로 감싸안아야 할 몫이라고 생각한다. "나라가 이지(肥)고 내 몸이 여위(瘠)면 여윈 속에 광휘가 있다."13)라고 하면서 일생을 올곧은 민족지사로서 살다간 담원을 생각하면 더욱 그렇다.

---

13) 주1)과 같은 책 2권, 「마음의 節制」, 329쪽.

春城 盧子泳 초기 시 연구

심선옥[*]

1. 생애와 문학 활동

노자영은 1899년 황해도 송화군 상리면 양지리에서 태어났다. 아버지는 그가 어릴 때 돌아가셨으며 어머니, 누나와 함께 살았다. 집안 형편은 그다지 어렵지 않은 편이었다. 그는 고향에서 소학교를 마친 뒤 1913년 평양의 숭실중학교에 입학하였다. 학교를 다니던 중 어머니가 돌아가시고 2년 뒤에는 유일한 혈육인 누나마저 세상을 떠났다.

> 어머니가신지 여덟해만이오
> 누나죽은지 여섯해만에
> 저달을저달을 쏘다시보니
> 어머니생각 누나의생각······
> 눈물은눈물은 어데서흘너서
> 새하얀그달을 흐리는구나!
>
> ──「보름달」(1924. 1)[1] 부분

일찍 가족들을 여의고 혼자된 현실은 그를 경제적인 실리에 밝은 한편, 매우 감성적인 성격으로 만들었다. 노자영은 1918년 숭실중학교를 졸업한 뒤 고향으로 내려와 풍천의 사립 양재중학교에서 교사생활을 하였다. 하지만 아이들

---

* 성균관대 강사.
1) 노자영, 『내 魂이 불탈 째』, 청조사, 1928, 118~119쪽.

을 가르치는 일에서 그다지 즐거움을 느끼지 못하였다. 당시에 쓴 일기를 보면
그의 생각과 생활을 짐작할 수 있다.

> 생명 없는 생활은 오늘도 계속하였다. 내가 교육가의 포부가 없는 이상에
> 이러한 생활을 계속하는 것은 죄악이 아닌가? 빵을 위하여 이 생활을 계속
> 한다면 나는 여러 어린 천사들에게 고개를 들 수 없는 아쉬운 사람이 아닌
> 가? 그렇다. 과연 그렇다. 나는 교육가의 소질을 가지지 못하였으며 그게
> 아무 이상과 아무 취미도 가지지 못하였다. 빵을 위하는 이 생활, 자기의
> 이상을 흙칠하는 이 생활, 나는 하루 속히 이 생활을 떠나야 하겠다.[2]

노자영의 괴로움은 교사생활의 어려움보다 불투명한 미래에 대한 초조함에
서 오는 것이었다. 그는 현실적인 생계를 해결하기 위한 직업으로서 교사가
아니라 자신의 포부와 이상을 펼칠 수 있는 세계를 동경하였다. 그리고 그것은
시인의 삶으로 구체화되었다. 1918년 『기독신보』에 투고한 장시 「무화과보다
도 더 속히 쩌러지는 생명」이 게재되었는데, 이 일은 그를 매우 홍분시켰다.
소학교를 졸업할 무렵 춘원의 『무정』을 읽고 크게 감동한 이후, 고향에 내려와
서도 早稻田大學의 문학강의록과 新潮社에서 발행한 문장강의록을 탐독하면
서 문학에 대한 열정을 키워왔기 때문이다.

> 文學! 文學. 그렇다. 사람이 찾아야 할, 유토피아다. 영원의 진리가 숨은
> 아름다운 동산이다 — 하고 부르짖기를 마지아니하였다. 아 얼마나 철없는
> 기쁨이랴. 그 시를 읽고 읽고 몇 십 번이나 외우며, 무슨 광명의 무지개나
> 잡은 듯이 생각하였다. 詩人이다. 文士다 — 철없는 가슴을 착실히 울리었
> 었다. 그 시를 친구들에게 뵈이고, 학생들에게 읽히고 — 자랑의 마음은, 쉬
> 기를 마지아니하였다.[3]

이 일을 계기로 노자영은 문학에 자신의 전 존재와 생명을 바치기로 결심하
였다. 이듬해 1919년 8월 25일 『매일신보』의 현상문예에 투고한 시 「月下의 夢」

---

2) 1919년 5월 26일자 일기, 이성교, 「노춘성연구上」, 『시문학』, 1972. 12 재인용.
3) 노자영, 「처녀작 발표 당시의 감상—철업는 깃붐」, 『조선문학』, 1925. 3.

이 2등으로 당선된 뒤 본격적으로 시인의 길에 들어선다. 그는 『매일신보』의 현상문예란인 <每申文壇>에 4개월 동안 무려 9편의 시를 당선시켰다. 10월 6일의 <매신문단>에 「愛友를 일코」를 발표하면서 처음으로 和蘭春城을 줄여서 쓴 '春城'이라는 호를 사용하였다.

1920년 봄에는 오랫동안 열망해오던 문사의 꿈을 펼치기 위해 교사생활을 그만두고 서울로 올라왔다. 『매신문단』을 통해 文名이 알려졌던 그는 한성도서주식회사의 편집부에 어렵지 않게 취직할 수 있었다. 한성도서주식회사에서 발행하고 있던 『학생계』와 『서울』의 기자를 겸하면서 이 잡지들에 시를 발표하였다. 당시 『창조』의 동인들이 서울에서 동인지를 발간하기 위해 한성도서주식회사와 재정 협력을 모색하고 있었던 인연으로 『창조』에 첫 평론 「문예에서 무엇을 구하는가」를 발표하였다. 그리고 『개벽』과 『서광』에도 시와 평론, 수필, 소설을 발표하는 등 다양하고 활발하게 창작에 몰두하였다. 1921년 『장미촌』 창간호에 시 「피어오르는 薔薇」와 「밤하날」을 발표하였으며, 1922년에는 『백조』 동인으로 참가하여 시와 소설, 수필을 발표하였다.

1922년 동아일보의 사회부 기자로 자리를 옮겼다. 그리고 1923년 한성도서주식회사에서 기획하고 노자영이 편집한 『연애서간집』이 대중적인 인기를 얻자, 이에 고무되어 靑鳥社라는 출판사를 직접 설립하고 운영하기 시작하였다. 청조사에서 자신의 소설집 『反抗』(1923), 『無限愛의 金像』(1925), 『의지할 곳 없는 靑春』(1927)과 시집 『處女의 花環』(1924), 『내 魂이 불탈 때』(1928), 그리고 수필집 『靑春의 曠野』(1925), 『荒野에서 우는 小鳥』(1927), 『유수낙화집』(1935) 등을 발간하였다. 청조사에서 출판한 노자영의 작품집들은 청소년과 여성 독자들로부터 큰 인기를 얻었으며, 그로 인해 출판사는 한동안 호황을 누렸다.

실제로 노자영은 1920년대의 가장 인기 있는 시인·소설가이자 베스트셀러 작가로 손꼽혔다. 그의 첫 시집 『處女의 花環』은 발행된 지 5년만에 재판을 찍을 정도였다. 아래의 글은 당시 노자영의 인기를 증명해주고 있다.

> 어느 때 나는 경부선 차 중에서 한 놀라운 현상을 보게 되었다. 그때는 마치 봄이라 그러한지 각처 학교의 수학여행이 빈번히 왕래하던 터이다. 내가 탄 차 중에는 마침 개성○○여학교 생도의 수학여행단이 있게 되어서

나는 그들과 함께 뜻하지 않은 동행을 하게 되었다.

얼마쯤 가는 중에 그들은 무슨 의논이나 하였는지 백여 명이나 되는 학생들이 일제히 버들 바스켓 속에서 연분홍색의 책을 한 권씩 꺼내서 들고 읽기를 시작하였다.

나는 무슨 책들인가 하는 일종의 호기심으로 그들이 들고 있는 책의 表裝을 들여다 볼 때에 뉘라서 미리 뜻하였으랴? 그것은 각각 題名은 다를망정 거의 다 노자영 군의 작품이었던 것이다. [······] 시내에 있는 남녀학생 중에 옥편은 한 권 없을망정 노자영 군의 작품 한 권씩은 거의 다 있다 하니[4]

위의 글은 "年前에 某店에서 수집한 文士 투표에 盧君이 제1위를 점한" 사실도 함께 알려 주고 있다. 하지만 노자영은 독자들로부터 큰 인기를 얻은 반면, 문단 내에서는 적지 않은 비판과 공격을 받았다. 특히 그의 시와 소설들이 대부분 청춘 연애담을 다루고 있어 나이 어린 학생들에게 악영향을 준다는 비판이 제기되었으며, 또한 외국의 작품을 표절하였다는 폭로성 비판도 있었다. 표절 문제는, 염상섭이 『폐허 이후』에서 1924년 1월 동아일보에 노자영의 이름으로 발표된 시 「잠」을 지적하여 김억의 역시집 『오뇌의 무도』에 실린 베를렌의 시 「검고 끗업는 잠은」의 표절이라고 주장한 데서 시작되었다.[5] 이에 대해 노자영은 즉시 해명기사를 실어, 그것이 편집실의 잘못이었음을 밝혔다.[6] 비록 사실은 밝혀졌지만 이 일로 인해 노자영에 대한 문단의 인식과 신뢰도는 급격히 떨어졌다. 이후에도 그의 소설이 일본 작품의 표절이라는 주장이 계속 제기되었다.[7] 노자영에 대한 이러한 비판의 이면에는 당시의 독자들이 본격문

---

4) 김을한, 「인생잡기」, 『조선일보』, 1926. 8. 12.

5) 염상섭, 「筆誅」, 『폐허 이후』, 1924. 1.

6) "월요란 편집교정일에 평북 양시 公普의 김모라는 이름으로 베르렌의 그 시를 「잠」이라 제목하고 자기의 이름으로 도도히 투고하였더이다. 이에 아우는 그 교정 읽는 소리를 듣고 그 「잠」이라는 시는 베르렌의 시로 김억 군이 번역한 일도 있고 아우도 번역한 일이 있은 즉 그 투고자는 남의 시를 도적한 것이라고 말하였습니다. 그런데 월요란 편집자는 편집상 관계인지! 그 시를 빼지 아니하고 그만 그 김모라는 이름을 지운 후 아우도 알지 못하게 春城이라는 이름을 넣었더이다. 그 다음날 월요란을 본 즉 아우의 이름이 써있기로 아우는 놀래어 교정을 하려고까지 하였습니다."(노자영, 「오해한 상섭형에게」, 『동아일보』, 1924. 1. 7).

7) 조중곤, 「노자영군을 駁함」, 『조선일보』, 1926. 8. 22.

학보다 청춘남녀의 연애담, 연애서간집, 戀詩 등에 매료되는 현실에 대한 문인들의 위기감과 비판적인 의식이 적지 않게 작용하고 있었다.

한편 노자영은 1924년 이화여전 음악과에 다니는 이준숙과 결혼하여 가정을 이루었다. 두 사람의 연애담은 1922년 『백조』에 발표한 소설 「漂迫」의 소재가 되기도 하였다. 1925년부터 작품의 구상과 집필을 위해 함경남도 안변군 설봉산의 석왕사에 주로 머물면서 두만강과 동경 등지를 漂浪하였다. 출판사가 어느 정도 안정을 찾게 되자 그는 오랫동안 꿈꾸어 왔던 동경 유학을 늦은 나이에 실행하여, 1926년 日本大學 文科에 입학하였다. 동경 유학 중에도 자주 귀국하여 서울과 석왕사, 낙동강, 해인사 등을 돌아다녔다. 그러나 1928년에는 폐질환으로 학업을 중단하고 돌아와야 했다.

> 내가 동경서 돌아온 후 시름시름 앓기를 시작하다가 의사의 '위험하다'는 선고를 받고 경성 시외에 있는 C寺로 향하여 가기는 바로 昭和 3년 6월 7일이었다. [……] 절대안정! 이것은 의사가 나에게 내린 엄명이었다. 백년을 가든지 천년을 가든지 신열이 내리지 않는 한에는 절대로 움직이지 말라는 것이었다. 그러나 하루에 서너 번 檢溫해 보아도 신열이 언제든지 38도 45분을 내리지 않는 것을 어찌하랴! 아, 무서운 고열이었다. 송장처럼 볕 위에 누워서 그날 그날을 보낼 밖에 별 수가 없는 것이다. 천장에 붙은 파리나 헤이고 처마 끝에 울리는 풍경소리나 들으며 길고 긴 여름날을 보내려니 그야말로 一日이 如三秋이다.[8]

노자영은 절에서 1년 정도 휴양을 한 뒤 성북동에 집을 얻어 가족들과 함께 생활하였다. 하지만 계속된 고열과 약해진 몸으로 인해 문밖 출입은 불가능했으며 대부분의 시간을 누워서 지냈다. 그런 그에 대해 동네사람들은 천주학자라니 정신병자라니 쑤군거렸고, 집안 형편은 점점 나빠졌다. 다행히 부인의 지극한 사랑과 간호로, 병상생활을 한 지 5년 만에 몸이 완쾌되었다.

건강을 되찾은 노자영은 문학에 대한 새로운 열의로 차 올랐다. 1934년 8월에 그의 재산을 모두 털어서 『新人文學』을 창간하였다. 『신인문학』은 제목 그

---

8) 노자영, 「병상 5년기」, 『신인문학』, 1935. 8.

대로 신인들의 작품을 중심으로 실으면서, 평소 그와 친분이 있던 필자들에게 글을 청탁하고, 또 부족한 지면은 노자영 자신의 작품으로 채우면서 격월간의 형태로 3년 동안 발간되었다. 그러나 경제적인 어려움을 견디지 못하여 1936년 10월 통권 13호를 마지막으로 『신인문학』은 폐간되었다. 노자영은 한동안 친구와 동업하여 동소문에서 册肆를 내기도 했다가, 1937년 조선일보사의 출판부에 취직하여 단행본 출판에 주력하는 한편 『朝光』지의 편집을 도왔다. 생활의 안정을 되찾으면서 십 년만에 세 번째 시집 『白孔雀』(1938)을 출판하였고, 수필집 『人生案內』(1938), 『永遠의 夢想』(1938), 『나의 花環』(1939) 등을 발간하였다. 그리고 1937년 『조선일보』에 소설 「人生特急」을 석 달간 연재하여 대중적인 인기를 재확인하였다. 1940년 8월 조선일보가 강제 폐간되자 사원들이 전원 퇴직할 때 함께 그만두었다. 이후 丁來東과 명성출판사를 운영하면서 서간집의 출판을 기획하고 동료 문인들에게 원고를 청탁하는 등 바쁘게 지내다가 10월 1일 갑자기 발병하여 10월 6일 사망하였다.

한국 근대문학사에서 노자영은 시인이자 소설자, 수필가였으며 또한 출판업자로서 다양한 면모와 활동을 보여주었다. 그의 문학작품들은, 비록 동료 문인과 비평가들로부터 높이 평가받지 못했으나, 독자대중들에게는 엄청난 인기를 누렸다. 이광수의 『무정』 이후 노자영은 1920년대 전반기 최고의 베스트셀러 작가였다.

본고에서는 노자영의 초기 시, 구체적으로는 1919년 「매신문단」에 발표한 시에서 첫시집 『처녀의 화환』까지를 연구 대상으로 삼는다. 이 시기는 대중작가로서 그의 면모가 확정되기 전으로, 습작기의 미숙함이 어느 정도 남아있지만 노자영 문학의 바탕과 그 지향을 잘 드러내주고 있기 때문이다. 또한 논의과정에서 한국 근대 자유시의 형성과정에서 노자영의 초기 시가 지닌 의미를 규명해보고자 한다. 이러한 검토를 통해, 지금까지의 한국 근대시사 연구가 주요 시인들, 특히 동경 유학생 출신의 신지식인들의 의식과 작품세계를 중심으로 이루어진 점에 비추어 국내의 기층 문학인들의 의식과 작품세계로 연구의 시야를 확장하고 토착화하는 데 본고의 목표가 있다.

2. 〈每申文壇〉과 자유시 창작의 의미

1919년 6월 22일자 『매일신보』 1면에 다음과 같은 <소품문예 현상모집> 광고가 게재되었다.

小品 文藝 懸賞募集
  반도 신문학의 발달을 조장ᄒ며 문예의 취미를 일반에 보급케 ᄒ기 위ᄒ야 매주 1차 본지에 <문예 페지>를 設ᄒ야 내월브터 此를 실행코져 ᄒᄂ 바 其 지면의 일부를 공개ᄒ야 독자에게 제공코져 左記의 조건으로 계속ᄒ야 원고를 모집홈
  一, 작품의 종류ᄂ 단편소설, 詩調, 신체시, 일기 及 기행 기타 수필 등 小品 文藝
  一, 상은 甲(이원), 乙(일원), 丙(오십전)으로 정원을 設치 안이ᄒ며 입상 이외라도 秀逸로 채용ᄒᄂ 時ᄂ 약간의 상을 증정
  一, 매주 계속ᄒ야 모집홈으로 투고의 기한은 定치 안이ᄒ얏스며 단편소설은 一行 약 20字 一篇 一白行을 超치 안이홈을 要홈
  一, 원고의 封皮에ᄂ 반다시 <懸賞文藝 原稿>라 朱書홈을 要홈

이 광고를 낸 지 보름 정도 지난 7월 7일 월요일자 『매일신보』의 4면에 처음으로 <매신문단>이 그 모습을 드러냈다. 첫 회에 발표된 당선 작품들은 서간문 「여름동산」(2등), 시 「新婦의 셔름」(2등), 단편소설 「불힝ᄒ 싱명」(3등)과 「人情」(선외가작), 평론 「文藝風의 조선」(선외가작)이었다. 이후 특별한 사정이 없는 한 매주 월요일자 신문의 4면에 고정적으로 <매신문단>이 실렸다.

<매신문단>의 문학사적 의의를 김영철은 이렇게 평가하고 있다. "<매신문단>은 일반 민중의 문학적 자각에 충격함으로써 대중의 문학 참여와 인식을 고양하여 초창기 문단 형성의 필수 요소인 문학 기층의 형성에 기여하고 있다. 『매일신보』가 당대의 유일한 신문이었음을 고려할 때 <매신문단>의 문학적 파급효과는 지대했으리라 짐작된다. 『태서문예신보』, 『창조』를 중심으로 진행된 1918∼1919년대의 문학적 자각이 전문적인 작가층에 의해 이루어진 데에

비해 <매신문단>은 일반 민중의 문학 참여와 문학의식을 고양하여 민중 수용적 측면에 기여하고 있다."[9] 이러한 평가를 통해, 1920년대 시문학에서 일본 유학생 출신의 전문적인 작가들과 함께 <매신문단>에 작품을 투고한 기층 문학청년들의 대중적인 역량이 중요한 축을 형성하였다는 사실을 알 수 있다.

1919년 8월 25일자 <매신문단>에 노자영의 시 「月下의 夢」이 2등으로 당선되어 발표되었다. 앞서 <매신문단>을 통해 발표된 시들은 대부분 7・5조, 6・4조, 5・4조 등의 음수율을 맞춘 정형시거나, 비정형시라도 자신의 생각이나 주장을 직설적으로 표현한 산문에 가까웠다. 그런데 「월하의 몽」은 비유와 암시, 감각적인 이미지 등을 통해 시인의 정서를 표현하고 있으며, 형식상으로도 완전한 자유시를 실현하고 있다.

一. 半金半玉의 고흔 달
  水晶빗 맑은 하날에서
  소리업시 웃는다 오날 밤도
二. 孤獨의 쓸쓸흔 회포를 가삼에 품고
  고요흐게 삽분삽분 거려가는 니 그림자
  純銀色속히려는 白沙地 우에
  슯흠을 呼訴흐며 가늘게 셧다
三. 玉流 우로 걸어서 날 챠쟈오는 微風
  홧홧 닷는 니 쌤을 씻거주랴고
  무거운 니 가삼을 가비업게 흐랴고
  사르르 웃는다 愛人의 우숨갓치
四. 靑灰色 장막 속에 잠자는 自然
  근심업시 걱정업시 슯흠업시
  神秘의 깁은 꿈 安靜히 꾸니
  幽遠의 숨쇼리가 가느려졋다
五. 玉물밧을 홀니우는 맑은 月色이
  가지가지 물듸린 林檎나무 아리
  두다리 턱 쌧치고 閑暇히 안지니

---

9) 김영철, 「<매신문단>의 문학사적 위상」, 『한국근대시론고』, 형설출판사, 1992, 115쪽.

       過去의 푸른 꿈 번쩍지나며
       現在의 붉은 한숨 휘휘 나온다
   六. 나는 눈의 쎠압흔 눈물을 담고
       힘업는 고기를 가만히 들어
       치여다 본다 치여다 본다
       입분 情이 가득흔 별들의 눈을
       <피쓸는 니 事情 알아줍시사>ㅎ고
   七. 江물은 츌넝츌넝 노리를 ㅎ고
       풀빗은 반짝반짝 微笑를 ㅎ것만
       웨 셔른고 웨 셔른고 나 혼쟈 이러케
       웨 외로운고 웨 외로운고 니 몸만 이러케
   八. 에라 모르겟다, 우러나 보쟈
       무겁게 고여잇든 셔름의 눈물로
       <니 사랑 어디로 갓소, 아아—>
       <보고십허, 우슴만흔 님의 얼골을>
   九. 모르겟다, 아 世上 情이 업도다
       아침에 곱게 피든 사랑의 숫도
       아침에 날기치든 입분 나븨도
       어늬듯 시러지고 이졔는 업도다
   十. 아, 半金半玉 고흔 달아
       쥬렁쥬렁 열미 믜진 이 나무야
       記念히다고, 속 티우던 나를
       슯흐다 나는 오날 밤과 갓치
       죽는 날쓰지 이러홀는지—

                    —「月下의 夢」10) 전문(띄어쓰기-인용자)

   이 시의 전체적인 구조는 1~5연과 6~10연으로 뚜렷하게 나누어진다. 시의
전반부는 주로 자연의 아름다운 풍경을 감각적인 이미지와 비유를 통해 묘사
하였으며, 후반부에서는 사랑을 잃고 슬픔과 고독에 잠긴 시적 화자의 감정을
표현하고 있다. 또한 전반부는 시적 화자의 감정과 자연 풍경의 묘사가 균형을
이루며 일정한 긴장관계를 형성하고 있지만, 후반부에 오면 양자의 긴장감이

____

10) 『매일신보』, 1919. 8. 25, 4쪽.

깨지고 시적 화자의 직설적인 감정 토로와 感傷이 주를 이룬다.

이 시는 비록 1에서 10까지 번호를 붙여 매 연을 구분하고 있지만, 이외의 외형적인 구속을 완전히 벗어나 비유와 정조, 이미지만으로 시의 내적인 긴장 감과 통일성을 구현하고 있다. 또한 계몽적인 주장을 펴거나 대상에 대해 즉물 적으로 표현하는 단계를 넘어, 시인의 주관적인 감정을 시적인 비유와 감각적 인 이미지를 통해 보편적인 정조로 고양시키고 있는 점에서도 주목된다.

한국 근대시문학사에서 자유시의 창작이 일반화된 것은 1914~15년 동경유 학생 기관지인 『학지광』에 발표된 김억, 김여제, 최승구, 김찬영 등의 시에서 였다. 자유시의 창작은 정형적인 형식의 파괴를 통해서 근대적인 개성을 표현 하고, 또한 애국계몽기 시가의 집단 정서를 벗어나 개인 서정시로 전환하는 문학사적인 의미를 지닌다. 『학지광』에 발표된 자유시의 문학사적 의미가 여 기에 있다. 하지만 대부분의 작품들이 시인의 격렬한 주관적인 감정을 통제되 지 않은 언어로 표현한 산문시에 가까웠으며, 이는 자유시 형성과정에서 일종 의 과도기적인 형태에 해당하는 것이었다.

「매신문단」에서 처음으로 발표된 자유시는 石松生(김형원)의 「사나히냐?」이 다. 이 시는 매 연의 1~2행에 동일한 구절을 반복·변형함으로써 시의 전체적 인 통일성을 유지하는 불완전한 형태의 자유시이다. 즉 매 연의 도입부가 "사 나히냐? / 거든, 웃어라, 氣ㅅ 것, 정직하게"(1연) "사나히냐? / 거든, 울어라, 맘 ㅅ 것, 씨원ᄒ게"(2연) "사나히냐? / 거든, 살어라, 限ㅅ 것, 사람답게"(3연) "사나 히냐? / 거든, 죽어라, 願ㅅ 것, 쾌활하게"(4연) "사나히냐? / 거든, 알아라, 才ㅅ 것, 철저하게"(5연) "사나히냐? / 거든, 들어라, 靈ㅅ 것, 투명ᄒ게"(6연)로 시작 되고 있다.[11] 이러한 방법은 시의 내재율을 형성하는 리듬과 어조, 정조, 비유, 이미지 등으로 시의 통일성을 유지하기 어려운 데서 온 것이다.

이에 비해 「월하의 몽」은 맑은 밤하늘, 달빛 비치는 강가, 林檎나무 아래, 반 짝이는 강물과 별빛, 풀빛 등의 심미적인 풍경을 창조함으로써 비유와 정조의

---

11) 石松生, 「사나히냐?」, 『매일신보』, 1919. 8. 4. <매신문단>에 발표된 모든 작품들이 選者에 의해 1등, 2등, 3등, 선외 가작과 같은 등수가 매겨져 있는 것과 달리 석송이 발표한 시들(「사나히냐?」, 「'不平'의 主人公에게」)은 등위를 표시하지 않았다. 이러한 사실은 석송이 일반 투고자들과 다르게 대우받았음을 짐작케 한다.

전체적인 통일성을 유지하고 시적인 정취를 고조하고 있다. 특히 이 시에는 색채의식이 뚜렷하게 드러나는데, 아름다운 자연의 형상을 '半金半玉' '水晶빗' '純銀色' '玉流' '玉물' 등과 같이 투명하게 반짝이는 보석(금, 은, 수정, 옥)들의 색채에 주로 비유하고 있다. 이러한 색채의식은 시인의 내면에 잠재해 있는 순수함과 이상향에 대한 동경을 드러낸 것이다. 이후 색채의식은 노자영의 초기 시에서 개성적인 형상화방법으로 자리잡게 된다.

노자영의 이 시가 발표되었을 때 독자들에게 저지 않은 반향을 불리일으겼다. 그 실례로 2주 후의 <매신문단>에 步星의 「너의 발자국소리 — 子泳 君에게」라는 시가 실렸다.

> 홰불들어 暗黑을갈느고 갓가이와
> 彷徨ᄒᄂ 니魂을 빗최랴ᄒ며
> 니가슴에 깁히뭇친 무근 거문고
> 헛터진줄 다시골나 울니여쥬니
> 寂寞ᄒᆫ 古木에 생명의불이붓고
> 죽음ᄀ혼 沈默의 宮殿에
> 그윽ᄒᆫ共鳴의 鍾소리 일어나네
> 너의발ᄌ국소리점점갓가히올졔
> 하날의별도 步調맞츄어쥬며
> 壓迫과殘忍과 卑屈에厭症나셔
> 쉬엿던나의心腸 다시북치네
> 너의두다림에 씨여진나의魂
> 英雄도업고 征服者도업ᄂ
> 幸福이滿滿ᄒᆫ그世上으로
> 詩의나비타고ᄭ치가랴나
>
> — 보성, 「너의 발자국소리」[12] 부분

보성은 1920년대 초에 공산주의 계열 잡지인 『공제』, 『대중시보』, 『신생활』의 중심 필자로 활동한 사상운동가이자 시인이다. 이 시를 쓸 무렵 아나키즘에

---

12) 『매일신보』, 1919. 9. 8.

경도되어 있었으며, <매신문단>에 詩論을 발표하고 있던 황석우와 친밀한 관계였다.[13] 이처럼 사상적인 지향을 뚜렷하게 지닌 보성이, 잃어버린 사랑의 슬픔과 고독을 노래한 노자영의 시에 깊이 공감한 까닭은 무엇일까. 그 이유는 두 가지로 짐작해 볼 수 있는데, 하나는 자유시 형식을 통해 드러난 시인의 근대적이고 개성적인 면모에 대한 공감이며, 또 하나는 순수와 이상향을 憧憬하는 시인의 낭만적 정신이 주는 감동이었다. 보성은 노자영의 시에서, 공포와 암흑, 압박과 잔인과 비굴 속에 고목처럼 침묵하고 죽어있는 자신의 가슴을 뒤흔드는 신비의 다른 세계를 보았다고 고백한다. 그것은 그에게 "英雄도업고 情服者도업는 / 幸福이滿滿흔그世上"으로 다가왔던 것이다.

3. 노자영 초기 시의 특징

1) 감각적 이미지의 활용

노자영 초기 시의 특징과 시적 지향이 잘 드러나는 작품으로 <매신문단>에 발표한 「永遠의 憧憬」을 들 수 있다.

　一. 물듸린다 물듸린다
　　　粉紅빗으로 軟紫色으로
　　　고요흔 村落을 푸른 山野를
　　　西天의 시러지는 붉은 히빗이
　　　우수면서 츔츄면서
　二. 아, 반갑다 妙흐다
　　　오렌지빗 西便하날에
　　　萬朶의 櫻花갓치

---

13) 이러한 인연으로 2년 뒤 황석우가 주도한 『장미촌』 창간호에 노자영이 시를 발표했던 것으로 보인다. 한편 조영복은, 보성이 『폐허』 창간호(1920. 9)에 발표한 시 「네 발자국 소래」와 『공제』 창간호(1920. 9)의 「그가 뉘냐」와 「배암에 물린 참새」, 『대중시보』 4호(1922. 6)의 「盲의 少女」와 「赤雪」을 분석하면서, 步星이 李赫魯일 가능성을 제기하였다(조영복, 「1920년대 초의 문학과 사상운동의 관계」, 『문학사상』, 2001. 3.).

　　어여부게 짝뛰는 黃金구름이
三. 아, 쏘아준다 쏘아준다
　　서늘ᄒ게 시원ᄒ게 씨끗ᄒ게
　　美人의 우슴갓흔 가벼운 바람이
　　綠玉빗 나무입을 산들산들 흔들면셔
四. 淨化케ᄒ고 美化케ᄒ다 나의 神經을
　　푸르고 어여쑨 풀과 나무에셔
　　아지 못ᄒ게 풀풀 시여 나오ᄂᆞᆫ
　　그립고 사랑스러운 시러운 香氣가
　　달콤ᄒ고 쌋듯혼 愛人의 키쓰갓치
　　[……]
八. 아— 품고십다 나의 졂문 가삼의
　　이 永遠의 사랑을 깃쏨을 씨긋홈을
　　나도 亦是 남을 사랑ᄒ랴고
　　나도 참말 남에게 시 깃붐 시 感化를 쥬랴고
九. 아— 품어다고 안아다고
　　無限부터 無限ᄭᅡ지
　　너의 사랑의 가삼을 헤쳐서
　　그리워ᄒᄂᆞᆫ 나의 젹은 몸을
十. 아— 너는 너의 愛人이다
　　나ᄂᆞᆫ 너와 融和ᄒ고 同化하
　　너의 사랑과 生命과 理想으로
　　永遠의 시 아달을 나흐리라
　　神聖ᄒ게 거륵게 어엽브게
　　　　　　　—「영원의 동경」14) 부분(띄어쓰기—인용자)

　이 시도 「월야의 몽」과 같이 자연 풍경을 비유와 감각적 이미지로 묘사한
전반부(1~5번)와 시적 화자의 주관적인 서정을 표현한 후반부(6~10번)로 크
게 나누어진다. 전반부에서 해질 무렵 풍경의 아름다움을 표현하기 위해 시인
은 온 몸의 감각을 총동원하고 있다. 視覺(분홍빛, 연자색, 푸른 산야, 오렌지빛
서편 하늘, 황금 구름, 연옥빛 나뭇잎)과 觸覺(미인의 웃음같은 가벼운 바람),

____

14)『매일신보』, 1919. 10. 13.

嗅覺(그립고 사랑스러운 새로운 향기), 聽覺(적은 새들의 어여쁜 찬미), 味覺(달콤하고 따뜻한 애인의 키스)의 오감이 모두 사용되었다. 이 중에서 핵심이 되는 감각은 시각과 후각, 특히 색채와 향기이다.

앞서 「월하의 몽」에서 색채의식이 주로 반짝이는 보석의 이미지에 근거해 있으며, 그것이 순수함과 이상향에 대한 시인의 동경을 드러내고 있음을 살펴본 바 있다. 이러한 보석의 이미지와 순수함에 대한 동경은 이후 노자영의 시에서 '장미'와 '처녀'의 이미지로 변환되면서 구체화된다.

또한 노자영의 초기 시는 이러한 보석의 이미지와 더불어 황색과 적색 계열의 색채를 선호하는 경향이 두드러진다.

　　　모래는 히고 꽂은 붉고
　　　그리고 해발은 金빗인데
　　　微風에 불니는 모래가루가
　　　꽂의 목을 얼싸안으며
　　　銀빗 煙氣를 날니고 보면

　　　　　　　　　　　　　　—「金砂 우에 海棠花」15) 부분

이 시는 흰 모래, 붉은 해당화, 금빛 햇살의 대비가 마치 한 폭의 선명한 채색화를 보는 듯한 느낌을 준다. 이 시의 색채 이미지는 황색과 적색이 중심을 이루고 있다. 황색은 잘 알려져 있다시피 神性을 상징하는 색깔이다. 그리고 적색은 청색과 대비되어 따뜻함 : 차가움, 여성적 : 남성적, 땅과 지옥 : 天上을 의미한다.16) 실제로 노자영의 시에는 "暗灰빗 무거운 하날" "쎠압푼 시퍼런 꿈" : "나의 붉은 微笑" "薔薇色 고흔 하날"(「雨天」17))과 같이 청색과 적색의 대비를 통해 암울한 현실과 시적 화자의 이상을 표현하는 방법이 자주 사용되고 있다.

『장미촌』 창간호에 발표한 「피여오는 薔薇」는 오로지 감각적인 이미지와 비유에 의존하여 쓰여진 작품이다.

------

15) 노자영, 『處女의 花環』, 청조사, 1924, 76쪽.
16) 만리오 브루사틴, 정진국 역, 『색채 : 그 화려한 역사』, 까치, 2000, 31쪽.
17) 『매일신보』, 1919. 10. 20.

아참은 부드럽고
이슬은 희다
蓮못(池) 가에 端正히 안진
한포기 薔薇에
방것히 입버린 어엽분 꼿송이!
이슬은 방울방울
해 ─ㅅ 발은, 밝으시럼!
한줄기 바람에
軟한 우슴은 아지도 못하게
오! 四面에 헛허저 바려라!

銀色 해(日)는 나리고
花香의 빗은 흔들닌다
오! 貴여운 봄날의
아립다운 寵愛를 혼자 占領하고
眞珠의 玉爾를 입에 다물고 잇는
오! 피여오는 薔薇의 榮華여!?
金실 아지랭이!
蜃氣樓갓치 네 압헤 떠오르고
微風의 소래!
밤 宮의 저(笛)갓치 네 귀에 운다
그리하고 스윗, 하 ─트(Sweet-heart)의
나(年)어린 나븨와 벌은
가삼에 품은 愛의 宮殿을
네 몸 압헤 밧치려 한다.

─「피여오는 薔薇」18) 전문

 이 시는 봄날의 아침 햇살을 받아 막 피어나고 있는 장미(이미 피어있는 장
미가 아니라)의 형상을 표현하기 위하여 감각적인 이미지를 적극적으로 활용
하고 있다. 「영원의 동경」과 마찬가지로 시각(흰 이슬, 붉은 해, 금실 아지랭
이), 청각(미풍의 소리), 촉각(부드러운 아침), 후각(흔들리는 花香) 등의 감각이

─────────────
18) 『장미촌』 창간호, 1921. 5.

다양하게 나타난다.

또한 이 시에 나타난 풍경들이 모두 미세하나마 動的인 시선으로 포착되고 있는 것도 특징이다. 아침은 부드러우며, 햇발은 아지랑이처럼 내리고, 흰 이슬은 방울방울 떨어지고, 바람은 흩어지며, 花香은 혼들린다. 이러한 봄날 아침의 미세한 움직임들은 연못가에 단정히 앉은 한 포기 장미로 집중되며, 그 속에서 아름다움과 사랑과 순수의 상징인 장미가 피어난다.

이러한 감각적 이미지의 구사는 근대 자유시의 형성과 관계가 있다. 황석우는 <매신문단>에 발표한 「詩話」에서 시의 회화적 요소의 중요성을 강조하였다.

> 색채 향 形의 造粧 선택 조화 등은 固히 기교의 중요 항목이나 이는 僅히 그 外律 곳 그 장식형식에 불과ᄒ다. '시는 회화적이 되지 안어셔는 안이된다'함은 곳 이곳에 그 중ᄒ 근저를 둔 말이다. 회화성은 시의 필수요소의 一일다. 그러나 單히 장식으로의 하이카라라적의 회화적 가공이어셔는 안이된다. 그 색채 그 향 그 형이 곳 시의 혈액의 색 향 쏘는 이것에 適ᄒ 自然形이 되지 안이 ᄒ여셔는 고귀ᄒ 가치를 占ᄒ기 불능ᄒ다[19]

시에서 색채와 음, 향을 중시하는 태도는, 보들레르로부터 영향받은 것이다. 위의 평론에 앞서 김억은 보들레르의 시세계를 언급하면서 "現實의 音, 色, 香, 形이 — 이들은 靈魂을 無限世界에 잇끌어가는 象徵이 아니고 그것들 자신이 곳 靈魂이며, 그것들 자신이 곳 無限이라고 생각하였다"[20]라고 말한 바 있다. 근대시에서 색과 향과 음과 형이 조화를 이루는 시에 대한 지향은 보들레르의 시 「相應correspondances」에 나타난 형상화방법과 또 그것이 상징적인 의미와 긴밀하게 관련된다.

> 대자연은 하나의 寺院이니 그 속에서
> 살아 있는 기둥들이 때로 알 수 없는 말들을 새어 내보내니
> 사람은 낯익은 눈길로 자기를 지켜보는
> 상징의 숲을 가로질러 가네

---

19) 황석우, 「詩話―시의 初學者에게」, 『매일신보』, 1919. 9. 22.
20) 김억, 「要求와 悔恨」, 『학지광』 10호, 1916. 9.

어둠처럼, 광명처럼 광대하며
컴컴하고도 깊은 통일 속
저 멀리서 혼합되는 긴 메아리들처럼
향기와 색채와 음향이 서로 화답하네.

— 보들레르, 「상응」 부분

보들레르는 이 시에서 향기와 색채, 음향 등의 감각이 정서적 공통성을 갖는 공감각으로 결합될 수 있음을 보여주었다. 그리고 여러 가지 감각들은 사물 자체에 대한 감각을 넘어 어떤 욕망이나 후회와 같은 시인의 마음 속 풍경을 표현하고 구성하는 상징이 되며, 이로써 시인은 일종의 범우주적인 交合의 상태에 도달할 수 있게 되었다.[21] 김억과 황석우가 시론에서, 노자영이 시에서 색·향·음·형의 결합을 추구한 것도 이러한 의미를 지닌다.

또한, 감각적 이미지의 적극적인 활용은 근대 자유시가 추구하는 주관적인 서정과 개성적인 표현의 한 방법으로서 중요하다. 1910년대 자유시에 나타난 '내 마음' '나의 가슴' '나의 영혼' '나 자신'과 같은 표현은 주관적인 감정의 표출이라는 차원을 넘어 새로운 시대정신의 등장을 의미한다. 이것은, 개개의 인간이 자신의 정열과 영혼의 감동을 바탕으로 보편적인 권위와 집단 정서, 전통적인 제도와 풍습에 반항하는 토대가 마련되었음을 뜻하는 것이다. 주관적 서정시의 출현은 문학작품의 창조와 감상에 있어서 개인의 독자적인 감정과 경험을 핵심적인 요소로 자리잡게 하였다. 근대 자유시 형성에 나타난 이러한 변화과정 속에서, 다양한 감각적인 이미지의 구사는 현실을 개성적으로 체험하고 표현하는 중요한 방법이 되었다.

2) 낭만적 憧憬과 感傷主義

노자영의 시 「영원의 동경」을 다시 보면, 이 시는 사랑과 생명과 이상에 대한 뜨거운 열정과 동경을 노래하고 있다. 사랑과 생명과 이상은, 시의 전반부(1~5연)에 표현된 자연의 아름다움을 통해 그 모습을 드러냈으며, 후반부(6~

---

21) 마르셀 레몽, 김화영 역, 『프랑스 현대시사』, 문학과지성사, 1983, 26~27쪽.

10연)에서 인간이 본원적으로 지닌 영원한 것에 대한 동경으로 확장된다. 이 시에서 동경은 마지막 연 "나는 너와 融和ᄒ고 同化ᄒ야 / 너의 사랑과 生命과 理想으로 / 永遠의 시 아달을 나흐리라"에서 절정에 이른다.

憧憬은 낭만주의의 精神的 基調이며 '永遠한 生成'은 낭만주의의 본질적인 특징이다.[22] 지명렬은 낭만주의 문학에 나타난 동경의 특징을 다음과 같이 규정했다.

> 동경은 과거를 지향하기도 하고 그 반대로 미래를 지향하기도 하지만 현실로서 포착할 수 있는 것을 증오한다. 이와 같은 憧憬 방향의 유동성은 기성세계에서 다른 세계로, 불확실한 세계로, 생성과정의 세계로 이동 비약할 수 있는 원동력이 되는 것이다. 예를 들어 「미뇽Mignon」의 이탈리아 동경과 같은 것이다. 그것은 경험세계가 아니라 상상의 세계에 대한 동경이다. 동경에 의하여 구체적 외형적 形象은 止揚되고 애인이 그 대상일 때 외형, 육체는 승화해 버린다. 낭만주의는 감각적이면서 超官能的인 求婚者이다.[23]

이상의 설명에서 알 수 있듯이, 낭만적 동경은 기본적으로 속악한 현실과 이상, 과거와 미래, 암흑과 광명 등의 이분법적인 세계인식을 바탕에 깔고 있다. 속악한 현실에서 오는 고통이 심해질수록 이상세계에 대한 지향이 강해지며, 그에 따라 낭만적 동경도 더욱 강렬해진다.

「영원의 동경」은 현실의 고통을 배제한 채 영원한 사랑과 생명과 이상에 대한 동경을 강렬하게 표현하고 있다. 하지만 시의 전체적인 구조에서 자연의 아름다움을 노래한 전반부와 시적 자아의 주관적인 정서를 표현한 후반부의 뚜렷한 분리는 이상적인 자연미 대 현세적인 인간의 삶과 정서라는 이분법적인 세계인식을 드러낸다.

「破夢」에는 현실과 이상의 이분법적인 세계인식과 낭만적 동경이 좀더 분명하게 나타나 있다. 이 시의 시적 화자는 "아름답고 짯듯ᄒ / 靑春의 그리운 꿈을 / 어린 感情 속에셔 / 달콤ᄒ 希望 아러셔" 줄기던 때를 벗어나자 "꿈을 씨인 나의 눈에는 / 곳도 업고 愛人도 업고 / 神도 업고 道德도 업고 / 시검ᄒ

---

22) 지명렬, 「낭만주의와 憧憬의 문제」, 김용직·김치수·김종철 편, 『문예사조』, 문학과 지성사, 1977, 48쪽.
23) 지명렬, 위의 글, 69쪽.

窟 속썐"인 인생의 현실에 직면하게 되었음을 고백한다.

> 十一, 나는 고요흔 <現實墓>에 몸을 감츄고
> 　　　孤獨의 시맛을 讚美ㅎ면셔
> 　　　져 죽은 屍體를 불노 살우고
> 　　　시 生命 춤츄는 百花의 園이
> 　　　하로 速히 建設되기를
> 　　　빈다 빈다 <미유쓰>에게
> 十二, 나는 現在의 無情을 歎息ㅎ면셔
> 　　　두 손으로 悲哀를 다거안고
> 　　　눈을 감으며 沈默을 사랑흔다
> 　　　速히 무삼 靈聲이 들일가 히셔
> 　　　그러나 아직도 冷落흔 뜰우에
> 　　　枯木을 울이는 바람소리썐이다
> 十三, 오오 나는 讚頌ㅎ리라
> 　　　彼岸의 光明이 오기까지
> 　　　이 나의 어두운 무덤 속에셔
> 　　　소리도 업시 고요히 안져
> 　　　괴롭고 무셥고 깜깜흔
> 　　　靑春의 피를 그리ㅎ고 눈물을

—「파몽」24) 부분

이 시는 꿈과 현실, 과거와 현재, 현재와 이상의 이중적인 대립 구조를 보여
준다. 즉, 청춘의 단꿈을 꾸던 어린 시절 : 시커먼 굴 속 같은 현실, 無味하고
악하고 답답한 인생과 세상 : 새 생명 춤추는 피안의 광명이 대비되어 있다.
그런데 과거에서 현재의 변화는 나이를 먹는 자연의 순리에 따라 이루어졌지
만, 현재에서 이상으로의 변화는 시적 자아의 주체적인 의지를 필요로 하는
것이다. 그것은 고독과 비애와 침묵, 청춘의 피와 눈물을 요구하며 구체적으로
는 뮤우즈(Muse, 詩神)을 통해 실현된다. 위의 시에서 시적 화자는 어두운 무덤
같은 현실에서 오는 고통을 호소하며, 그를 벗어나 이상세계에 도달하고자 하

---

24) 『매일신보』, 1919. 11. 3.

는 강한 열망을 표현하고 있다. 이것은 1921년의『장미촌』과 1922~3년의『백조』에 나타난 속악한 현실에 대한 격렬한 부정과 낭만적인 동경을 앞질러서 보여준 것이다.25) 이러한 낭만적 동경의 선취는, 이후 노자영이『장미촌』과『백조』의 동인으로 참여할 수 있었던 이유가 된다.

<매신문단>에 발표한 시에서 노자영이 보여준 강한 현실 부정의식과 낭만적 동경은 그가 현실적으로 직면해있던 상황에서 자연스럽게 도출된 것이었다. 당시 노자영은 평양의 숭실중학교를 졸업한 뒤 고향의 사립중학교에서 원하지 않는 교사생활을 하고 있었다.

> 오늘은 여전히 산 송장의 몸으로 교실에 파묻혀 있었다. 교편을 들고 아이들을 가르치면서 더없는 설움을 느꼈다. (1919년 5월 10일의 일기)
> 여전히 학교에 가서 맛없는 敎授를 하고 돌아왔다. 살기가 싫다. 죽었으며 좋겠다. (1919년 5월 20일)26)

위의 일기는, 교육가로서의 아무런 이상이나 사명감도 갖지 않은 채 오직 생계를 해결하기 위해서 아이들을 가르쳐야 한다는 현실이 그를 견딜 수 없이 괴롭혔음을 보여준다. 이처럼 현실 생활에서 느끼는 불만족과 고뇌, 그 현실을 벗어나고 싶은 강한 열망이 그의 시에서 분출된 것이었다. 생활의 무게가 실려 있는 현실 부정의식과 낭만적 동경은 노자영의 시에서 긴장감을 유지하는 힘이 되었으며, 보편적인 공감을 불러일으키는 바탕이 되었다. 이 점에서 노자영의 시세계가 <매신문단> 발표 시부터 "슬픔과 고독의 pathos, 安價한 감정의 과잉토로, 청춘과 사랑의 고뇌, 눈물의 미학"과 "서구 취향적인 데카당스의 입김이 서리어 애상의 미학이 더욱 병적으로 표출"된 '센티멘탈 로맨티시즘의 시세계'를 보여준다는 비판27)은 옳지 않다.

---

25) 예를 들면,『백조』창간호에 실린 박종화의 시「密室로 도라가다」에서 "퍼런 곰팡내 나는 낡은 무덤 속에 / 썩은 해골과 갓혼 / 거리거리마다 즐비하게 느러슨 그것이 / 삶의 질검이 흐르는 곳이릿가 / 아 — 나는 도라가다, 캄캄한 내 密室로 도라가다"라는 구절에서도 노자영의 영향을 感知할 수 있다.
26) 이성교, 앞의 글, 재인용.
27) 김영철,「<매신문단>의 문학사적 위상」, 앞의 책, 106쪽.

하지만 1920년 그가 고향을 떠나 오랫동안 소망해오던 文士로서 서울생활을 시작한 뒤부터 이러한 긴장감은 점차 사라져 버린다. 낭만적 동경을 지탱하는 현실과 이상의 팽팽한 긴장감이 느슨해지면서, 노자영의 시는 급격하게 感傷主義로 기울어졌다.

저녁 한울의 바다가에
흰모래는 쌀렷는데
<키쓰>에 붉어진 處女의 쌤가튼
甘柑의 잔물(漣)은 춤을 춘다

모래 우에 두 발을 쩌치고
힘업시 안저 눈을 감으니
感傷에 넘친 내 마음바다(心海)에는
새쌜간 불물결 쒸어 오른다

불물결 끌허오르는
水平線 저 끗에는
紫紅色 노을이, 겹겹히 둘렷다
그 노을 가으로 면장을 빗내며
말업시 홀러가는
一葉片舟여!
아! 어대로 가랴나!

끗업시 흐르자!
未知의 나라로
粉紅빗 가득한 그곳을 차지려
거츠른 世上에 얄미운 虛僞!
그리고, 羊의 옷 입은, 일희(狼)가 사는 곳,
不平과 醜惡이 쉼틀거리는
시컴한 <소돔>의 짜우에
咀呪의 불을 살나 노코서.

虛僞의 水平線 뒤로 두고
불물에 쩌가는,
憧憬의 배는
꿈으로 바라본, 未知의 나라에
<에덴>의 꼿봉오리 썩글 째까지
흐르리라
아! 꿋업시 흐르리라

— 「未知의 나라에」[28] 전문

위의 시는 현실을 부정하고 이상향에 대한 낭만적 동경을 노래하고 있는 점에서 이전의 시들과 맥을 같이 한다. 그러나 그의 현실 파악은 "거츠른 世上에 얄미운 虛僞! / 그리고, 羊의 옷 입은, 일희(狼)가 사는 곳, / 不平과 醜惡이 꿈틀거리는 / 시컴한 <소돔>의 짜우"라는 표현에서 보듯이 매우 피상적이다. 더욱이 시의 전체적인 문맥과 정조를 벗어난 성서적인 비유는 이러한 피상적 현실 인식을 상투적인 수준으로 떨어트리고 있다. 또한 "말업시 흘러가는 / 一葉片舟여! / 아! 어대로 가랴나! // 꿋업시 흐르자! / 未知의 나라로"에서도 상투적인 표현과 감정 과잉이 나타난다.

1922년 이후 노자영의 시에 나타난 큰 변화는 '사랑'과 '애인'이 표현 그대로의 '연애'와 '연인'의 의미로 사용되고 있는 점이다. 이와 달리, 이전의 시에서 '사랑'과 '애인'은 이상세계에 대한 동경을 표현하고 있었다. 즉, 애인은 "<꼿>과 <香氣>와 <힘>과 <노래>와 <빗>이 가득한"(「愛人의 그림자」)[29] 이상향을 드러내기 위한 비유적인 의미로 존재하였다.

김흥규는, 1920년대 초기의 한국 시문학에서 감상주의적 기만과 그것의 관습화가 하나의 경향으로 나타났다고 지적한 뒤, 그 대표적인 작가로 노자영을 들고 있다. 김흥규는 감상주의의 특징을 다음과 같이 정의하였다.

절망의 경험에서 오는 비애나 번민을 스스로의 양식으로 삼아 슬픔이 일종의 자기위안적 경험으로, 나아가서는 자기현시적(自己顯示的) 삶의 방식

<hr>

28) 『개벽』, 1923. 1.
29) 『개벽』, 1922. 1.

으로 변질할 때 절망은 타락하여 감상으로 화한다. 감상은 그러므로 진정한
가치에의 추구를 포기하고 스스로의 번민이나 심적 태세를 쾌락의 질료(質
料)로 삼는 감정의 타락이다. 감상주의자들은 이러한 도취를 위해 흔히 자
신의 감정을 과장하고 일정한 감정과 절망적 몸짓을 관습화한다. 그리하여
타락한 감정으로서의 감상은 진정한 가치에의 열정에서 독립하여 경험 일
반을 관습화된 감정의 도식에 적합한 것으로 왜곡하고 추상한다.[30]

김흥규의 글에 따르면, 절망이 현실에 대한 깊은 이해나 강한 열정을 지탱하
는 힘으로 전화하지 못하고, 자기위안과 자기현시적인 도구로 전락할 때 감상
주의가 된다. 감상주의는 감정을 과장하고 절망적인 표현과 몸짓을 관습화한
다는 점에서 문제가 된다. 감상주의를 노정하고 있는 노자영의 시에서도 상투
적인 표현, 관습화된 절망과 찬미 등이 쉽게 나타난다.

한편 노자영의 시가 감상주의로 빠져든 또 다른 원인으로, 시에 대한 장르적
인식의 분화를 들 수 있다. 노자영은 1922년부터 여러 편의 수필을 발표하였으
며, 1923년에는 『연애서간집』을 출판하여 대성공을 거두었다. 그리고 1922년
1월 『백조』 창간호에 소설 「漂迫」을 발표하였다. 「표박」은, 앞에서 밝힌 것처
럼 이화여전 음악과에 다니던 이준숙과 자신의 연애 체험을 소설화한 미완의
작품이다. 이 소설은, 연애감정을 느끼는 청춘 남녀의 미묘한 심리 변화를 중
심 축으로 삼아 그들의 꿈과 이상, 여자의 동경 유학과 이별, 경제적인 문제로
고통받는 청년의 현실, 그의 직장 내 풍경 등을 주변적인 이야깃거리로 배치하
고 있다. 주인공 영순의 과장된 감정 표현과 실현성 없는 장밋빛 미래의 설계,
현실 문제에 대한 방관자적인 태도 등에서 감상주의적인 요소를 발견할 수 있
다. 하지만 인물과 환경, 성격, 사건과 갈등의 창조라는 면에서 소설은 시에
비해 구체성과 현실성을 필요로 하는 장르이다. 따라서 노자영이 소설과 수필
창작을 통해 나름대로 시와 소설, 수필에 대한 장르적 인식을 새롭게 정립하였
고, 그 결과 소설에 대비하여 시의 주관적인 성격을 강화하는 방향으로 창작태
도를 수립했을 가능성이 있다.

---

30) 김흥규, 「1920년대 초기시의 역사적 성격」, 『문학과 역사적 인간』, 창작과비평사,
    1980, 243~244쪽.

4. 맺음말

지금까지 노자영의 초기 시에 나타난 특징과 의미를 살펴보았다. 그가 1919
년 <매신문단>에 발표한 자유시 9편은, 국내에 거주하는 기층 문학청년들의
자유시 창작과 그 성과를 선구적으로 보여주는 것이었다. 노자영의 자유시는
주관적인 감정을 직설적으로 표현하거나 산문적인 형태에 빠져들지 않으면서,
또한 시의 외적 형식에 의지하지 않고 내적 형식 — 비유, 색채 이미지, 정서
등을 매개로 전체적인 통일성을 유지하고 있다는 점에서 주목된다. 실제로 노
자영의 시들은 <매신문단> 選者와 투고자들의 자유시에 대한 의식을 변화시
키는 계기로 작용하였다. 이러한 성과는, 동경 유학생들에 의해『학지광』을 중
심으로 시도되었던 자유시 창작과 함께 한국 근대 자유시 형성과정의 중요한
축이 되었음을 알게 한다.

노자영 초기 시의 특징적인 형상화방법으로써 감각적 이미지가 활용된 양
상을 살펴보고, 근대 자유시의 개성적 표현이라는 관점에서 그 의미를 해명하
였다. 그리고 노자영의 초기 시의 특징으로 '낭만적 동경'을 제시하고 그 성격
을 규명한 뒤, 이후 '낭만적 동경'이『장미촌』과『백조』로 이어지면서 1920년
대 초기 시의 특징적인 경향으로 자리잡게 된 과정을 살펴보았다. 이와 함께
1922년 이후 노자영의 시가 낭만적 동경에서 감상성으로 기울어지게 되는 과
정과 그 원인을 몇 가지로 살펴보았다. 하지만 이 문제를 포함하여 노자영의
시 세계를 좀더 분명하게 해명하기 위해서는, 수필과 소설작품들을 함께 검토
함으로써 그의 문학세계 전반에 대한 연구가 요청된다.

현진건 소설에 나타난 사실의 문제

박현수[*]

1. 논의의 시각

 이 글은 현진건 초기 소설의 변모 양상과 그 의미를 구명하는 데 목적이 있다. 이는 우리 근대소설사의 전개에서 현진건 소설이 차지하는 위상에 관한 검토와 같은 궤에 놓이는 작업이다. 실제 우리 근대소설의 형성과 전개라는 시각에서 현진건 소설의 위상에 관해 접근할 때 논점은 하나로 집약된다. 그것은 사실주의의 성취 여부다. 같은 시기의 다른 작가, 곧 김동인, 염상섭, 나도향 등에 관한 기존 논의가 일정한 편차를 두고 있는 데 반해, 현진건 소설에 관한 연구가 사실주의의 성취라는 일정한 지점에 놓여있는 것 역시 이를 반증한다.

 기존 논의는 크게 둘로 나뉜다. 먼저 일군의 논의들은 현진건 소설을 사실주의로 규정하고 있다. 이들은 현진건의 소설이 자아의 투지와 세계의 횡포가 정면으로 대결하는 양상을 그리고 있다고 하고, 대표적 예로 「운수 좋은 날」, 「불」 등을 든다. 또 그 의의를 사실주의 근대소설의 확립이라는 데서 찾는다. 요컨대 현진건이 사실주의적 성취를 통해 소설다운 소설, 곧 근대소설을 확립한 작가라는 평가다.

 다른 일군의 논의들은 소설에 나타난 사실에 관한 접근을 인정하면서도 그것이 사실주의적 성취에는 이르지 못했다는 결론을 도출시키고 있다. 이들 역시 현진건의 대표작들인 「빈처」, 「술 권하는 사회」, 「운수 좋은 날」, 「불」 등이

---

* 성균관대 강사.

당대 현실의 모순과 부조리를 그리고 있다는 것을 인정한다. 하지만 모순과 부조리가 어디서 오는가를 확실하게 깨닫지 못하고 쉽게 재단하여 소설은 거기에 저항하는 혹은 포기해버리는 인물들로 가득 차 있다고 본다. 현진건 소설이 현실을 그리고 있음에도 그 본질에 제대로 접근하지 못하고 있음을 지적하고 있는 것이다.

그 외 현진건 소설의 특징으로 기교나 기법의 탁월성, 단편소설의 확립 등이 논의되지만, 이는 실제 앞선 논의의 연장선상에 있다. 기교나 기법에 관한 언급이 사실주의적 성취와 상치되는 자리를 차지하고 있기 때문이다. 다시 말해 현진건 소설의 기법적 탁월성에 대한 평가는 단순히 그것만의 강조가 아니라 사실주의적 성취가 이루어지지 못한 것을 우회적으로 지적하는 성격이 강하다는 것이다. 또 단편 양식에 대한 관심 역시 몇몇의 형식주의적 접근을 제외하면, 현진건의 소설이 현실의 일부분을 그리지만 그것을 현실 전체와 관련시키지 못한 보상물이라는 의미의 평가가 대부분이다.

이렇듯 현진건에 대한 기존 논의의 중심은 사실주의적 성취에 놓여 있음을 알 수 있다. 평가에 나타난 두 가지 경향은 결국 현진건 소설에 나타난 사실이 당대의 본질에 육박하고 있는가 라는 문제에 대한 긍·부정과 연결되는 것이었다. 여기에서 이 시기 현진건 소설을 정당하게 구명하기 위해서는 소설에 나타난 사실에 대한 엄밀한 접근이 선행되어야 할 필요가 제기된다. 그것이 현실의 본질에 육박해가든 혹은 현실의 일 부분이든 우선 현진건 소설의 일차적 중심은 사실의 묘사에 놓여있기 때문이다. 따라서 이 글은 현진건 소설의 전개 과정을 중심으로 소설에 나타난 사실의 양상에 관해 검토하고 그 의미에 접근하고자 한다. 논의는 우리에게 있어 근대소설이 형성되는 도정이자 사실이라는 근대적 개념이 주조되는 과정에 대한 파악과 맞물리는 작업이 될 것이다.

2. 자기 경험의 소설화

앞서 언급한 것처럼 현진건 소설에 관한 기존의 평가는 사실주의에 초점이

맞추어져있다. 특히 「빈처」나 「술 권하는 사회」 등의 초기작은 '신변체험소설'
이라 불리는 데서 알 수 있듯이 자신의 경험을 기반으로 하고 있어, 사실의 재현
에 충실을 기한 소설이라는 데에는 별다른 이견이 없을 듯하다. 이 장에서는 철
저히 자신이 체험한 실생활에 대한 객관적 응시의 산물이라는 「빈처」와 「술 권
하는 사회」를 중심으로, 소설에 나타난 사실의 의미에 관해 접근해 보겠다.

「빈처」1)는 잘 알려진 대로 가난한 작가 K(나)의 아내가 겪는 생활의 어려움
을 그린 소설이다. K는 작가가 되기 위해 창작과 독서에 매진하는 인물로 생
활에는 무신경하다. 그의 아내는 이런 K를 믿고 정신적 위안을 주지만 현실적
곤경에는 어쩔 수 없어 가끔씩 속내를 드러내기도 한다. 반복되는 갈등과 화해
속에 결국 소설은 K와 아내 둘의 사랑과 정신적 가치의 추구를 통해 생활의
어려움을 이겨낸다는 것으로 끝난다.

> 아직 아무도 인정해주지 않은 무명작가인 나를 저 하나가 깊이깊이 인정
> 해 준다. 그러길래 그 강한 물질에 대한 본능적 욕구도 참아가며 오늘날까
> 지 몹시 눈살을 찌푸리지 아니하고 나를 도와준 것이다. '아아, 나에게 위안
> 을 주고 원조를 주는 천사여!' 마음 속으로 이렇게 부르짖으며 두 팔로 덥
> 석 아내의 허리를 잡아 내 가슴에 바싹 안았다. [……] 그의 눈에도 나의
> 눈에도 그렁그렁한 눈물이 물 끓듯 넘친다. (『전집』4, 53쪽)

「빈처」의 결말이자 흔히 주제로 파악되는 부분이다. 하지만 이러한 결말은
부차적인 것이다. 물질적 풍요를 대변하는 처형을 등장시켜 오히려 정신적 행
복을 강조하는 결말을 설정했지만, 이는 실제 아무런 해결 없이 작품이 종결되
는 데 대한 형식적 배려, 곧 의무적 장면(obligatory scene)으로 보는 것이 정당하
다.2) 소설에서 중심에 놓인 문제는 오히려 작가 생활에 따르는 가난 그 자체라
할 수 있다.

중요한 것은 오히려 가난의 원인, 다시 말해 왜 가난이라는 문제에 처했는가

---

1) 『개벽』, 1921. 1. 이 논문에서는 『현진건전집』(문학과비평사, 1988)을 텍스트로 했다.
  이하의 인용은 이 책을 텍스트로 해 권수와 쪽수만을 밝힌다.
2) 구인환, 『한국근대소설연구』, 삼영사, 1977, 233쪽.

하는 점이다. 그것은 소설의 주인공이 '문학'을 하기 때문이다. 2년 가까이 '보수 없는 독서와 가치 없는 창작'에 몰두한 결과로 아내가 시집올 때 가져온 세간이나 의복을 잡혀가며 생활하는 데 이른 것이다. 그런데 여기에서 주의할 점은 이렇듯 어려운 생활임에도 불구하고 소설 속에서 문학은 당위적이자 절대적인 가치를 지니고 있다는 것이다. 이는 T가 보여 준 양산 때문에 투정을 부리던 아내가 '저 따위가 예술가의 처가 다 뭐야!'라는 말에 '에그…….' 한마디만 한 채 눈물을 흘리는 것에서 잘 나타난다.

이렇듯 「빈처」는 문학이라는 정신적 가치와 또 거기에서 따르는 가난이 빚어내는 갈등을 그리고 있다. 갈등은 소설에서 아내를 통해 잘 드러나고 있지만 실제 그 갈등은 K 나아가 현진건 자신의 것이라고 보아도 무리가 없다. 같은 시기의 소설인 「술 권하는 사회」도 그 연장선상에 있다.

「술 권하는 사회」[3] 역시 남편과 아내를 중심 인물로 한다. 「술 권하는 사회」는 마치 「빈처」의 남편이 사회로 나와 자신의 능력을 펼쳐 보이려는 데서 겪는 장애를 다룬 소설로 보인다. 「술 권하는 사회」에서 남편은 일본에 유학을 가 대학까지 졸업하고 돌아온 인텔리다. 조선에 돌아온 처음에는 무언가를 해 보려 애쓰지만 제대로 되지 않자 근심에 사로잡혀 집에만 붙어 있다. 또 그로부터 얼마 후에는 분주히 돌아다니며 늘 술에 절어 있다. 결국 술 마시는 일로 하루하루를 소일하는 인물로 타락하고 만 것이다. 이 소설에서도 중심은 남편이 왜 술을 마셔야만 하는가에 놓여 있다. 왜 그렇게 술을 마시느냐는 아내의 질문에 남편은 다음과 같이 대답한다.

> 이 사회란 것이 내게 술을 권한다오. 이 조선 사회란 것이 내게 술을 권한다오. [……] 되지 못한 명예 싸움, 쓸데 없는 지위 싸움질, 내가 옳으니 네가 그르니, 내 권리가 많으니 네 권리가 적으니…… 밤낮으로 서로 찢고 뜯고 하지, 그러니 무슨 일이 되겠소. 회뿐 아니라, 회사고 조합이고…… 우리 조선놈들이 조직한 사회는 다 그 조각이지. (『전집』4, 63~64쪽)

인용문에서 알 수 있듯이 남편이 술을 마시는 이유는 사회가 속악하기 때문

---

3) 『개벽』, 1921. 11.

이다. 민족을 위해, 사회를 위해 목숨을 바치기 위해 모인 사람들이 실제는 명예 싸움, 지위 싸움에나 몰두하고 있기 때문이다. 이에 남편은 자신이 배운 바를 또 자신의 능력을 펼쳐 보이고 싶지만 속악한 세계에서 그 일을 하는 것은 용납되지 않는다. 자신 역시 속악하게 되기 때문이다. 여기에서 남편에게 할 수 있는 남은 일은 술을 마시는 것뿐이다.

이렇듯 「빈처」와 「술 권하는 사회」가 말하고자 하는 바는 '가난을 겪으면서도 문학을 해야한다는 것'과 하지만 '조선 사회의 속악성에 의해 제대로 할 수 없다는 것'으로 정리될 수 있다. 이는 작중 인물에 투영된 작가의 경험이라 할 수 있어 의문시할 수 없는 사실로 다가온다. 하지만 과연 이것이 의심할 수 없는 사실 그 자체일까?

먼저 「빈처」에서 사실로 그려진 부분을 살펴보자. 온갖 어려운 물질적 어려움을 겪으면서도 문학을 해야한다는 것이다. 그렇다면 여기에서 하나의 질문을 제기할 수 있다. 우리에게 문학이 현실적 어려움을 감수하면서까지 추구해야 하는 가치로 떠오른 것은 언제부터일까? 문학이 '저 따위가 예술가의 처가 다 뭐야!'라는 말에 '에그…….' 한 마디만 한 채 눈물을 흘릴 정도의 가치를 지닌 것은 언제부터일까? 이는 우리에게 문학이 현실에 대해 독자적이고 배타적인 가치를 지니게 된 때를 묻는 것과 동일한 질문이다.

여기에서 간과해서는 안 될 점은 우리에게 있어 문학이 그런 가치를 지니게 된 것이 바로 이 시기, 곧 1920년대 초기라는 점이다. 이 때에 이르러 문학은 현실에 있어 물질적 풍족함과는 무관하면서도 매진해야만 하는 고결한 가치로 부각된 것이다. 이는 문학사에서 1920년대 초기를 국가나 민족의 개량 혹은 교화의 수단으로 파악되던 문학이 그 자체의 특수성을 발현한 시기로 지적하는 것과도 연결되는 부분이다. 작금에 있어서 이는 자명한 사실에 불과하지만, 그것은 이 시기 만들어진 사고가 지금까지 계속되어 오기에 그렇게 느껴질 뿐이다.

또 「술 권하는 사회」에서 나타난 조선인에 대한 모멸 역시 당시 수용된 사상적 조류를 기반으로 한다. 그것은 문화주의다. 문화주의는 사회와 유리된 개인을 상정하고 그 정신적인 완성을 위해 충성, 지능, 품성, 체력 등의 계발을 구체적 방법으로 제시하는데, 실제 이는 식민지라는 상황 속에서 출발부터 성취의 가능성이 차단된 것이라 할 수 있다. 이러한 논리의 필연적인 결과로 1922년경부터 실천적 사업들이 개량화되거나 사실상 와해되는 상태에 이르자, 그것의 원인을 다시 개인의 소양, 성질에서 찾게 되고, 이는 궁극적으로 민족성 열등론·개조론으로 나아가게 된다.[4] 「술 권하는 사회」에서 남편이 비판한 주된 대상이 조선 사회가 지닌 명예욕, 당쟁열임을 상기할 때 비판의 논리적 근원 역시 쉽게 파악할 수 있다.

이렇듯 「빈처」와 「술 권하는 사회」에서 흔히 사실로 파악되는 내용은 실제 이 시기에 만들어진 것임을 알 수 있다. 그것들은 현진건이 자신의 경험, 곧 자신이 직접 본 것을 소설화했다는 데서 당연한 사실로 인정되지만, 실제 그것은 단순히 본 것이 아니라 이 시기에 이르러 보이게 된 것이라는 점이다. 여기에 관해서는 '시선(regard)'의 문제로도 접근할 수 있다. 시선은 단순한 지각인 '시각(vision)'과는 달리 주체와 대상의 관계 속에서 설정된다. 곧 시선 속에는 주체의 지향이나 타자의 지향이 담겨 있으며, 이는 그 지향에 의해 특정한 방식으로 보고 보지 못하게 될 수 있다는 것을 의미한다.[5] 이 시기 현진건 소설에서 사실로 파악되는 것 역시 당대의 사유적 기반에 의해 보이게 된 것 혹은 드러나게 된 것이라는 점이다.

여기에서 현진건 소설에 제대로 위해서는 시각의 전환이 요구됨을 알 수 있다. 현진건 소설에 그려진 사실이 당대의 일정한 사유적 기제에 의한 것이라고 할 때, 이는 현진건 역시 다른 작가들과 동일한 지반 위에 서 있음을 의미한다. 그런데 염상섭이나 나도향, 또 김동인 등이 각자의 지향을 '관념'에 실어 드러내거나 혹은 그것과의 괴리를 '고뇌'를 통해 드러내 보이는 데 급급했던 반면 현진건은 구체적 형상을 통해 소설로서 성취해 내고 있다. 실제 사실을 그렸다거나 사실주의적 성취를 이루었다는 평가 역시 여기에 근거하는 바 크다. 그렇다면 현진건 소설에 관한 논의의 초점은 사실을 그렸다는 데 맞추어지기보다

---

4) 이에 관해서는 졸고, 「1920년대 초기 소설의 근대성 연구」, 성대박사학위논문, 1999 참조.

5) 이진경, 「근대적 시선의 체계와 주체화」, 『근대성의 경계를 찾아서』, 새길, 1997, 249~260쪽 참조.

오히려 같은 기반을 지니면서도 구체적 성취를 얻을 수 있었던 이유에 천착하는 것이 바람직하다고 할 수 있다.

그렇다면 그 이유는 무엇일까? 이는 일차적으로 기존 연구에서도 지적되듯이 자신의 경험을 그렸다는 데 기인한다. 작가로 대표되는 개인으로 시선을 한정시켰다는 데서 지향의 구체적 형상화가 가능했다는 것이다. 실제 「빈처」, 「술 권하는 사회」, 『타락자』, 「할머니의 죽음」 등 대개의 초기작은 자신의 경험에 기반하고 있다. 여기에서 당시의 문학적 지향은 작가 자신으로 대표되는 개인에 한정될 때, 곧 시선이 자신을 향할 때에만 구체성을 확보하게 됨을 지적하고 넘어가자.

그런데 이 문제에 보다 엄밀히 접근하면 가정 혹은 집이라는 존재를 발견하게 된다. 정신적 가치의 상징으로서 문학을 위해 매진하는 일, 또 그것을 사회로 확대하는 일 등 문화주의적 지향은 실제 당대 현실 속에 기반을 지니지 못하는 일이었다. 염상섭, 나도향 등이 정신적 자기 완성, 또 그 매개로서 사랑이라는 지향을 지니고도 실제 소설에서는 관념을 그리는 데 머물 수밖에 없었던 이유 역시 여기에 있었다. 지향이 대화나 사건을 통해 구체적 형상으로 드러나기 위해서는 그것이 외화될 수 있는 공간을 필요로 한다. 현진건에게 가정 혹은 집은 그런 공간이었다.

이상에서 이 시기 현진건 소설이 문화주의라는 당대의 사유적 자장 속에 위치하면서도 구체적 형상을 얻을 수 있었던 이유를 살펴보았다. 그것은 먼저 자신의 경험에 기반하고 있었다는 점 특히 그것이 자신의 지향이 사건화될 수 있는 가정이란 공간을 설정하고 있었다는 점에 기인하는 것이었다. 이는 지향 자체가 시선을 자신으로 향할 때만 또 안쪽을 향할 때만 소설적 형상을 얻을 수 있음을 의미하는 말이기도 하다. 여기에서 초기작에 대한 기존 논의 곧 사실의 문제에 대해서도 새롭게 정리할 필요가 있다. 요컨대 초기작에 나타난 사실은 현진건의 지향이 그것이 허용되는 공간 속에서 구체성을 확보한 것이라는 점이다.

3. 하층민을 향한 시선의 이동

이후 현진건 소설은 일정한 변모를 보인다. 변모에 관한 언급은 기존 연구에서도 나타난다. 신변 내지 체험 소설에서 본격적인 순수객관소설로의 도정이라는 평가가 그것이다. 곧 변모 이후의 소설들은 작가로 대변되는 지식인의 갈등과 좌절을 그린 초기작과는 달리, 사회에 적극적으로 대응하면서 모순을 탐구해 나가 단면에 한정되기는 하지만 민중의 삶을 생활의 논리에 따라 묘사해 사실주의적 성취를 획득한 작품으로 파악된다. 여기에서는 논의의 일관성을 위해 「운수 좋은 날」과 「불」 등 변모 이후 소설에 그려진 사실에 초점을 맞추고 그 의미에 천착해 보고자 한다.

주지하다시피 「운수좋은 날」[6]은 인력거꾼 김첨지를 중심 인물로 해 가난에 의한 불행을 그린 소설이다. 김첨지는 근 열흘 동안 돈 구경도 못하다가 오랫만에 닥친 운수에 많은 손님들을 태우고 삼십 원이란 큰돈을 벌게 된다. 하지만 이어지는 운수를 기뻐하면서도 김첨지를 떠나지 않는 생각이 있는데, 그것은 병든 아내에 대한 생각이다. 아내는 열흘 정도를 굶다가 급히 먹은 조밥에 체해 위중한 상태다. 여기에서 김첨지를 둘러싼 비애의 원인에 접근할 수 있다. 그것은 가난이다. 가난 때문에 인력거꾼 노릇을 하며, 특히 그날은 앓는 아내의 나가지 말라는 애원마저 뿌리치고 나오게 된 것이다. 결국 하루 종일 인력거일에 지친 김첨지가 아내가 먹고 싶다고 한 설렁탕을 사들고 갔을 때, 그를 기다리고 있는 것은 이미 죽은 아내의 시체와 그 젖을 빨던 개똥이의 울음소리였다. 이렇듯 「운수 좋은 날」은 한 인력거꾼의 비애를 그리고 있으며, 그것의 원인이 가난 때문임을 분명히 하고 있다. 또 다른 소설인 「불」 역시 여기에서 크게 벗어나지 않는다.

「불」[7]은 시집 온 지 한 달 남짓한 열다섯의 순이가 겪는 조혼과 시집살이에 따르는 고통을 다루고 있다. 순이는 물긷기, 절구질, 물방아 찧기, 논에 밥 나

6) 『개벽』, 1924. 6.
7) 『개벽』, 1925. 1.

르기 등 계속되는 시집살이가 괴롭다. 하지만 더욱 괴로운 것은 일에 지쳐 쓰러진 자신에게 밤마다 주어지는 남편의 성행위이다. 원하지 않는 부부 관계이지만 계속되는 노동에 지친 몸은 깨어나고자 하는 의지마저 마비시킨다.

> 그는 복날 개와 같이 헐떡거렸다. 그러자 허리와 엉치가 뻐개내는 듯, 쪼개내는 듯, 갈기갈기 찢는 것같이, 산산히 바수는 것 같이 욱신거리고 쓰라리고 쑤시고 아파서 견딜 수 없었다. [……] 이렇게 아프면 적이하면 잠이 깨이련만 온종일 물이기, 절구질하기, 물방아찧기, 논에 나간 일군들에게 밥 나르기에 더할 수 없이 지쳤던 그는 잠을 깨랴 깰 수 없었다. (『전집』4, 188쪽)

조혼에 따른 성적 고통과 시집살이로 인한 육체적 고통이 결합되어 순이를 괴롭히고 있음을 가리키는 부분이다. 심지어 어떤 날은 일꾼들에게 점심을 내어가다가 정신을 잃고 쓰러졌는데도 점심을 못 먹게 만들고 그릇을 깨뜨렸다는 이유로 시어머니에게 두들겨 맞기까지 한다. 저녁밥을 준비하다가 또 밤이 찾아왔음을 두려워하던 순이는 '원수의 방'을 없앨 궁리를 한다. 결국 그날 밤 집에 난데없는 불이 나고 순이는 기쁨에 못 이겨 모로 뛰고 세로 뛰는 것으로 소설은 결말을 맺는다. 이렇게 볼 때 소설의 제목이자 결말에서 나타난 '불'은 벗어나고 싶지만 벗어날 수 없는 비극의 탈출구를 상징한다고 할 수 있다.

이상에서 검토한 바와 같이 「운수 좋은 날」과 「불」은 김첨지나 순이의 비애나 고통을 그리고 있다. 여기에서 변모의 양상으로 먼저 지적할 수 있는 점은 작가의 시선이 하층민을 향하고 있다는 것이다. 「운수 좋은 날」의 김첨지는 인력거꾼이며, 「불」의 순이는 가난한 농가의 나이 어린 며느리다. 이는 변모를 계기로 현진건이 작가 자신의 경험을 그리는 데서 벗어나 하층민의 세계를 다루고 있음을 의미한다. 그리고 그것의 중심에는 돈이나 봉건적인 유제가 놓여 있다.

> 김첨지는 취한 중에도 돈의 거처를 살피는 듯이 눈을 크게 떠서 땅을 내려다보다가 불시에 제 하는 짓이 너무 더럽다는 듯이 고개를 소스라치자

> 더욱 성을 내며, "봐라 봐! 이 더러운 놈들아, 내가 돈이 없나, 다리빽다구를
> 꺾어놓을 놈들 같으니."하고 치삼의 주워주는 돈을 받아 "이 원수엣 돈! 이
> 육시를 할 돈!"하면서, 풀매질을 친다(『전집』4, 183쪽).

「운수 좋은 날」에서 김첨지가 치삼이와 함께 선술집에서 술을 마시다 돈을
벽에 집어던지는 장면이다. 여기에서 김첨지가 좋은 운수에 돈을 많이 벌었지
만 자신의 인력거일, 또 아내의 병, 그리고 앞으로 닥칠 불행의 원인을 돈으로
파악하고 있음을 알 수 있다. 「불」에서 고통의 원인은 조혼이라는 봉건적 질곡
이다. 그것은 어린 순이에게 성적·육체적 모순이 결합된 존재로 작용한다. 하
지만 「불」에서도 순이나 남편에게 끊임없이 제기되는 노동 등을 살펴볼 때 모
순의 한 축은 가난에 있음을 알 수 있다. 여러 정황을 미루어 볼 때 순이는
「감자」의 복녀와 같이 가난에 의해 돈에 팔려 온 존재임을 짐작할 수 있기 때
문이다.

결국 두 소설은 돈 혹은 가난을 중심에 둔 하층민의 비애나 고통을 그리고
있음을 알 수 있다. 이는 현진건이 변모를 계기로 자신의 경험을 사실로 보는
데서 벗어나 하층민의 고통을 그것으로 파악했다는 것과 맞물린다. 이렇게 볼
때 현진건의 변모는 일정하게 당대 문학의 중심에 위치했던 프로문학의 영향
을 받았음을 알 수 있다. 물론 「불」에서 모순의 근저가 봉건적인 데 위치한다
는 데서 다소 이질적인 점이 드러난다. 하지만 봉건적인 질곡이 가난과 결합되
어 있다는 점, 또 당대 마르크시즘의 두 가지 과제가 계급적 모순과 봉건적
모순의 타파라는 데서 이 역시 프로문학의 자장에서 크게 벗어나지 않는 것으
로 보인다.

현진건은 「계급문학시비론」이나 『조선문단』이 주최한 「조선문단합평회」
등에서 프로문학에 적극적인 찬성을 표하지는 않지만, 예술에만 숨어서 인생
을 알려고 않는 작가는 상아탑 속에 숨어서 은피리를 불고 있는 셈이라고 해
프로문학의 필요성을 인정한다.8) 실제 당대의 프로문학 나아가 그 기반인 마

---

8) 『개벽』, 1925. 2.
　　『조선문단』, 1925. 4~5.

르크시즘은 대부분의 비프로문학 작가들도 찬동하는 것이었으며, 그것은 프로문학이나 마르크시즘이 또 다른 더 정확히는 보다 새로운 근대문학 혹은 근대로 유입된 데 기인하는 것이었다. 결국 현진건 역시 지배적인 흐름에서 벗어나 있지 않았다고 파악할 수 있다.

이렇듯 현진건의 변모 이후 소설은 돈을 중심으로 한 하층민에 초점을 맞추고 있으며 그것은 당대 프로문학의 영향에 의한 것이었다. 그리고 김첨지나 순이의 불행이나 고통은 당대의 지배적인 모순이라는 데서 소설은 당대 현실의 재현에 충실해 있음을 알 수 있다. 그렇다면 이 시기 현진건의 소설은 마르크시즘의 영향을 통해 당대 현실을 있는 그대로 재현한 소설로 정리될 수 있겠다. 하지만 여기에서도 사실의 문제를 논의하는 데는 조금 더 섬세한 접근이 요구된다.

먼저 소설에 드러난 사실은 하층민을 중심으로 한 당대의 현실에 육박하고 있다고는 하지만 그것이 단면에 한정되고 있음을 지적할 필요가 있다. 현진건의 시선이 자신에게서 벗어나 사회 나아가 당대 현실로 확대되었다고 할 때, 그것을 진정한 확대로 파악할 수 있는가 하는 점이다. 이 문제는 「운수 좋은 날」의 김첨지나 「불」의 순이가 자신의 불행이나 고통을 돈이나 고된 시집살이에 기인하는 것으로 생각하면서도 그 근본적인 원인에 접근하지 못하는 것과도 연결된다. 기존 연구에서 인력거꾼 김첨지나 민며느리인 순이는 모두 무지하여 자신들의 불행이 '운수'나 '방' 탓이라고 생각하는 데 머무르고 있다고 지적하는 것[9] 역시 이와 연결된다.

여기에서 변모 이후 현진건의 시선이 그 초점을 하층민에게 맞추었을 뿐 확대된 것은 아니라는 점을 알 수 있다. 「운수 좋은 날」이나 「불」에서 서술자 나아가 작가의 시선을 검토할 때도 확인이 가능하다. 「운수 좋은 날」에서 시선은 김첨지에 고정되어 있다. 물론 인력거라는 기제를 통해 몇몇의 인물들과 교호하고 있지만 그것은 철저히 손님이라는 의미에 한정된다. 또 「불」의 시선 역시 순이의 그것에 갇혀 있다. 남편이 험상궂은 얼굴에 어울리지 않게 보드라운 표정과 불쌍해하는 빛이 역력히 드러나는 결코 부정적인 인물이 아님에도

---

9) 김재용·이상경 외, 『근대민족문학사』, 한길사, 1992, 305쪽.

자신의 원수가 되어야 하는 이유를 알 수 없는 것은 여기에 기인한다. 이렇듯 김첨지나 순이는 시선이 안으로 향하고 있음에 따라 자신에게 가난을 강요하는 또 노동과 성적 학대를 강제하는 근원에 접근할 수 없게 된다.

이와 연결해서 기존 연구에서 지적되는 단편 양식의 문제를 검토해 보자. 일반적으로 현진건은 우리 소설에 있어 단편소설 양식의 확립을 이룬 소설가로 파악된다. 하지만 이 문제도 시선이 개인을 중심으로 하는 것과 연결시켜 접근할 필요가 있다. 장편 양식이란 중심 인물이 다른 인물이나 환경과의 역동적인 교호를 통해 사건을 제기하고 또 그것이 일련의 흐름, 곧 구성을 이룰 때 가능한 산물이다. 여기에서 장편 양식 또 그것을 가능하게 하는 서사적 긴장력은 단지 작가적 역량이나 기교만으로 해결되는 문제가 아님을 알 수 있다. 그것은 작가의 시선이 개인의 영역을 벗어날 때 곧 사회나 전체 속에서 개인의 문제를 견인해 낼 때 가능한 문제이다. 이러한 시각에서 현진건 소설이 단편 양식에서 그 본연적 모습을 드러내었음을 고려할 때, 그것이 시선의 수축과 동전의 양면임을 부정할 수 없다.

이상에서 변모 이후 현진건 소설에 관해 살펴보았다. 변모를 계기로 현진건은 자신의 경험을 벗어나 하층민의 세계에 초점을 맞추었다. 이는 작가의 시선이 자신에 한정되지 않고 당대의 현실에 맞닿아 있음을 의미한다. 하지만 소설을 검토한 결과 변모 이후의 소설 역시 개인을 중심으로 하고 있음을 확인할 수 있었다. 실제 「고향」에서 당대의 현실이 폭넓게 나타났지만 청년의 입을 통해 직접 서술되는 점, 또 장편인 『적도』에서 나타난 서사적 긴장력의 이완 역시 이를 반증하고 있다. 결국 변모 이후 현진건 소설에 나타난 사실 역시 시선을 개인을 중심으로 할 때만 또 안쪽을 향할 때에만 획득될 수 있었음을 알 수 있다.

4. 사실의 의미

이상에서 현진건 소설의 중심에 위치하고 있는 사실에 관해 검토해 보았다.

초기작에서 흔히 사실로 파악되는 가난을 견디며 문학을 해야만 하는 것, 조선 사회는 속악하다는 것 등은 이 시기 사상적 기반인 문화주의에 의해 드러난 것임을 확인할 수 있었다. 변모 이후 소설에서 현진건의 시선은 자신을 벗어나 하층민의 세계에 위치했으며, 김첨지나 순이의 비애나 고통이 사실이 자리에 위치했다. 이는 일정하게 당대의 중심에 위치한 문학 조류인 프로문학 나아가 마르크시즘에 기반한 것이었다. 하지만 초기작의 그늘에 의해, 변모 이후의 소설에서도 시선은 개인의 영역을 벗어날 수 없었다. 이 장에서는 앞장에서 검토한 바를 중심으로 현진건 소설에 나타난 사실의 의미에 관해 접근해 보겠다.

먼저 '사실'이라는 개념의 문제부터 천착해 보자. 이 문제에 정당하게 접근하기 위해서는 인식의 전환이 필요하다. 사실을 단지 주어진 것, 보이는 것으로 파악하는 시각에서 벗어날 필요가 있다. 사실을 '대상의 실제와의 일치성'이라 할 때, 사실은 흔히 진실, 진리라는 개념과 같은 의미가 된다. 또 현실이라 불리는 것 역시 동일한 의미다. 사실이 인간의 인위적 탐구의 대상이 된 것은 근대부터다. 주지하다시피 근대는 인간이 모든 가치의 중심이었던 신으로부터 벗어나는 데서 출발한다. 또 그것은 인간이 신에 의해 조화를 이루었던 세계로부터 분리되는 것과 맞물리는 것이었다.

여기에서 하나의 문제가 발생한다. 인간을 주체 또 그것과 분리된 세계를 대상이라 할 때 주체가 대상을 어떻게 인식하는가 하는 문제이다. 사실에 대한 천착은 주체와 대상이 분리되고 또 그 상황에서 주체가 대상을 인식해야 하는, 하지만 그 안에서는 결코 해결될 수 없는 문제였다. 이는 인식하는 주체와 대상이란 두 개의 항만으로는 인식한 것이 실제와 일치하는지 아닌지 곧 사실인지를 확인할 수 없다는 데 기인한다. 그런 의미에서 이는 근대철학 더 정확히는 근대인식론의 딜레마라 할 수 있다. 이후 사실에 대한 인식은 근대 철학의 궁극적 목표가 된다. 근대 인식론은 대상의 실제와의 일치를 보장받기 위한 고투였으며, 그 전개는 이를 위해 일련의 틀을 만들어 내는 과정이었다고 할 수 있다. 데카르트에서 흄, 칸트, 헤겔을 거쳐 마르크스에 이르기까지 나타난 철학의 중심 기제들 곧 '명증판단', '경험', '선험적 조건', '역사', '계급' 등은 대상과 실제의 일치를 보장하기 위한 준거들이라 할 수 있다.10)

하지만 사실 또 그것들의 집합이라 할 수 있는 현실은 일정한 틀에 의해 해석될 만큼 그리 단순하지 않다. 또 흔히 우리가 사실이라고 여기는 것 역시 각각의 시기에 조응하는 틀에 의해 해석된 것일 뿐이다. 근대소설 역시 그것 자체가 근대 인식론에 기반하고 있다는 점에서 이 연장선상에 있다. 여기에서 소설에 그려진 양상을 사실로 규정하기보다는, 그것을 사실로 인식하는, 또 사실로 그려내는 틀의 의미를 묻는 것이 정당한 접근 방법임을 알 수 있다.

사실주의 역시 이러한 측면에서 접근할 수 있다. 사실주의는 크게 두 가지 의미로 나누어 접근할 수 있다. 하나는 넓은 의미의 그것으로, 근대소설 일반의 특징을 가리키는 용어로 보는 것이다. 다른 하나는 좁은 의미의 그것으로 주로 19세기 초기에 한정되는 문예사조를 규정하는 것이다.

먼저 전자 곧 넓은 의미의 사실주의는 루카치나 바흐친 또 이안 와트에 이르기까지 폭넓게 나타나는 접근이다. 이들은 이전의 서사물과 근대의 그것을 구분하는 특징 자체를 사실주의로 본다. 근대가 주체와 대상 혹은 인간과 세계의 분리를 전제로 한다고 할 때, 그것을 가장 전형적으로 드러내는 장르가 근대소설이라는 것이다. 이에 근대소설은 인식론적 과제의 문학적 투영이라 할 수 있으며, 개인이 자신와 분리된 세계의 본질 곧 사실을 찾아 떠나는 여행이 된다. 근대인식론이 주체가 대상을 인식하고자 하지만 그것 자체가 분리를 전제로 하고 있는 데서 인식이 불가능했던 것처럼, 근대소설 역시 결코 도달할 수 없는 목적지를 향한 여행이라 할 수 있다. 하지만 근대소설 자체는 근대의 아이러니를 여실히 드러낸다는 데서 사실주의의 성격을 지니게 된다.[11]

하지만 이 역시 역사적 전개를 소홀히 하지 않는다. 근대소설 자체가 개인을 주인공으로 해 세계와의 관계를 드러내는 것을 공통적 지반으로 하지만, 그 관계는 각각의 시기에 따라 다양한 양상을 지닌다는 것이다. 근대소설의 발생

---

10) 이진경, 『철학과 굴뚝청소부』, 새길, 1994, 25~63쪽 참조.

11) 게오르그 루카치, 반성완 역, 『소설의 이론』, 심설당, 1985, 89~106쪽.
　　　　　　　　　, 김혜원 역, 「소설의 이론」, 『루카치문학이론』, 세계, 1990, 117~173쪽.
　　미하일 바흐친, 전승회역, 「서사시와 장편소설」, 『장편소설과 민중언어』, 창작과비평사.
　　이안 와트, 전철민 역, 『소설의 발생』, 열린책들, 1988, 17~47쪽 참조.

기에 관계의 중심은 개인에 놓여 있었다. 이는 개인의 감각들에 의해 인식된 대상만이 사실이며, 그것 외에는 사실이 존재하지 않는다는 당대의 인식론적 사유를 기반으로 한다. 소설의 형식 역시 개인을 중심으로 한 자서전적인 것이 된다. 이후 근대소설의 전개에 따라 세계가 관계 속으로 틈입하게 되며, 그것은 구체적 시·공간, 역사·사회를 거쳐 계급에 이르게 된다. 이에 따라 소설의 형식 역시 개인과 세계가 맺는 관계의 구체적 발현이라 할 수 있는 행위의 문제에 초점을 두게 된다.[12] 이렇듯 사실주의를 근대소설 전반을 지배하는 특징으로 볼 때, 이는 앞서 언급한 근대 인식론과 궤를 같이 한다는 데서 각각의 시기에 조응하는 사실 또 그것을 그려내는 틀이 구체적으로 어떠한 의미를 지니는지 지적하는 것이 필요하다.

  다음 후자는 사실주의를 하나의 시기에 조응하는 산물로 파악하는 시각이다. 곧 사실주의를 19세기 초기 더 정확히는 프랑스의 1830년 7월혁명에서 1848년 2월혁명이라는 시기에 산출된 문예사조로 파악하는 것으로, 아놀드 하우저의 주장은 여기에 기반한다. 7월 혁명을 통해 부르주아는 귀족계급을 몰락시키고 독자적인 지배권력을 형성해 거기에 기반한 통치형태를 보이지만, 그 시기상 부정적 속성을 노골화시키기보다는 긍정적 측면을 유지한다. 이는 혁명 자체가 이미 속악함의 결정으로 드러난 귀족계급에 대한 반향의 성격을 지녔다는 점, 또 다른 한편에서 세력화되는 프롤레타리아의 견제 역시 존재했다는 점등에 기인한다. 이러한 시기를 기반으로 발자크와 스탕달 같은 작가에 의해 구현된 당대 현실의 폭넓은 재현을 사실주의로 규정하는 것이다.[13]

  여기에서 사실주의가 부르주아의 시각에 기반하고 있다는 것, 또 이 시기

---

12) 이와 같은 소설 내적인 특징은 언어상의 변화를 그 전제로 한다. 근대인식론에 있어서 근대적 주체에 의한 대상의 인식은 항상 언어를 결과물로 가진다. 근대인식론에서 언어는 인식의 산물인 대상과의 일치성을 전제로 요구받는다. 이에 따라 소설의 언어 역시 대상과 일치할 것이 요구되었으며, 그것은 사물을 드러내는 수단으로서 음성 중심의 평이한 문자를 만들어내는 것이 전제가 되어야 했다.
이에 관해서는 이안 와트, 앞의 책, 39~43쪽.
가라타니 고진, 『일본근대문학의 기원』, 민음사, 1997, 48~56쪽 참조.
13) A. 하우저, 『문학과 예술의 사회사』(현대편), 창작과비평사, 1982, 3~57쪽.
김명인, 「리얼리즘·모더니즘, 민족문학·민족문학론」, 『창작과비평』, 창작과비평사, 1998 겨울, 248~258쪽 참조.

부르주아가 그때까지 노골화되지 않은 계급적 속성에 의해 역사와 사회의 중심에 서 있었다는 것 등을 환기할 필요가 있다. 곧 부르주아가 당대의 계급적 위치에 조응해 역사와 사회의 중심에 선 자신들의 양태, 또 그것에 기반한 구귀족과 노동자의 형상을 표현했다는 것이다. 이렇게 볼 때 좁은 의미의 사실주의에서 사실은 역사적·사회적 그것임을 알 수 있다. 사실주의 소설에서 총체성이 운위되고 그 근거로 역사화된 개인·사회화된 개인이 전형으로 중시되는 것도 이와 연결된다.

이렇듯 좁은 의미의 사실주의에서 사실 곧 대상을 실제와 일치시키는 기준은 역사나 사회다. 다시 말해 사실주의는 역사나 사회 속에서 대상의 본질 곧 사실을 보증받았던 시기의 산물이라는 것이다. 여기에는 헤겔로 대표되는 독일 고전주의라는 철학적 기반이 존재한다. 주체와 대상, 현상과 본질, 개인과 사회의 변증법적 통일 속에서 사실을 파악하고자 하는 시도가 그것이고, 결국 헤겔에게 있어 사실을 보장하는 기제는 절대정신 곧 역사였다. 이는 보다 근원적으로 앞서 언급했듯이 부르주아가 긍정적 근대 이성의 최대치 또 그에 따른 역사의 주체로서 위치할 수 있었던 당대의 토대에 기인한다고 할 수 있다.

이러한 점을 고려해 현진건 소설의 사실주의적 성격에 관해 접근해 보자. 실제 기존의 논의에서 현진건 소설에 나타난 사실에 주목하고 그것을 사실주의와 연결시킬 때 사실주의는 후자의 개념에 가깝다. 일정한 시기에 조응하는 당대 현실의 진실한 혹은 핍진한 재현을 사실주의로 본다는 것이다. 실제 그 근저에도 낭만주의에서 사실주의로 이어지는 서구 근대문예사조의 흐름을 잣대로 해 그것과의 유사성 속에 가치를 인정하려는 준거틀이 위치하고 있다. 하지만 앞선 지적대로 현진건 소설에 나타난 사실은 역사와 사회 속에 위치한 그것이라기보다 개인에 한정되는 것이었다. 여기에서 현진건 소설은 사실주의와는 일정한 거리를 지니고 있음을 알 수 있으며, 기존 논의가 지닌 한계 역시 지적할 수 있다.

현진건 소설에 관한 정당한 접근은 오히려 소설에 드러난 사실 자체의 연원을 밝혀주고 또 그 의미를 구명하는 것이라 할 수 있다. 먼저 초기작에서 나타난 작가의 지향은 문화주의에 기반하고 있음을 살펴본 바 있다. 이는 사회나 역사를 중심에 두는 경향과는 반대로 오히려 사회와는 단절된 개인을 단위로 한 것이었다. 따라서 현진건은 지향을 자신의 경험을 중심으로 할 때만 구체화시킬 수 있었던 것이다. 그리고 그것이 사건을 통해 소설화될 수 있었던 데는 지향이 외화될 수 있는 공간 곧 가정을 기반으로 한 데 따른 것이었다.

이 문제에 보다 엄밀히 접근할 때 현진건 소설에서 가정은 자신을 대상화시키는 공간으로 작용하고 있음을 알 수 있다. 위에서 근대소설이 주체와 대상의 분리를 전제로 하는 근대인식론을 기반으로 함에 따라 근대소설 역시 주체와 대상의 분리를 투영한다고 했다. 이는 소설 내적으로 보면 인물과 환경의 거리로 나타나게 되고, 서술자와 이야기의 층위에서 보게 되면 이야기가 서술자와 대상화된 거리를 지니고 나타나게 됨을 의미한다. 이에 근대소설에는 서술자 혹은 작가 자신이 등장하더라도 그것은 대상화된 자기여야 하는 것이다. 현진건은 그 공간으로 가정을 설정하고 있다.

후기작에서 현진건의 시선은 김첨지나 순이 등 하층민을 향한다. 시선의 이동에는 당대의 주류였던 프로문학 나아가 마르크시즘의 영향이 작용하고 있음은 이미 지적한 바 있다. 이는 후기작에서 가난이나 착취에 시달리며, 또 그 때까지 잔존했던 봉건적 멍에에 고통받아야 한 하층민의 삶이 사실로 등장했음을 의미한다. 실제 후기작에서 그려진 사실은 당대를 억압하는 질곡이었다는 점에서 소설적 성취로 인정받을 수 있다. 그런데 여기에서 후기작의 인식론적 기반이라 할 수 있는 마르크시즘에 대해 다시 한 번 생각해 볼 필요가 있다.

실제 마르크시즘에서 하층민 더 정확히는 프롤레타리아트에게 초점을 맞추는 것은 근내라는 자본주의의 생산양식에서 한 인간이 그것과 맺는 사회적 관계의 총화가 계급이라는 점에 따른다. 이는 계급이라는 것이 근대라는 시대 속에서 살아가는 인간의 의식이나 관념 나아나 실천의 지배적 근거라는 것과 연결된다. 이에 모든 의식이나 실천은 계급적인 것이 되고, 정당한 의식이나 실천을 추동할 수 있는 것은 오로지 진보적인 계급이라는 논리의 연장선상에서 프롤레타리아트 계급이 그 담당자로 제기되는 것이다.14)

---

14) 이에 관해서는 이진경, 「마르크스주의와 근대성」, 『모더니티란 무엇인가』, 민음사, 1994, 79~115쪽 참조.

이는 마르크스주의 인식론으로 연결되어 프롤레타리아트는 사실을 가능하게 하는 보편적 계급이며 진리의 존재론적 근거가 된다. 앞서 살펴본 대로 데카르트의 코기토(Cogito)로부터 이어져 내려온 사실의 근거에 계급을 위치시킨 것이라 할 수 있다. 곧 마르크시즘 역시 대상과 실제의 일치를 보장받기 위한 노력의 하나였으며, 여기에서도 사실이 일정한 틀에 의해 해석될 만큼 그리 단순하지 않다는 점은 유효하다는 것이다. 하지만 보다 중요한 것은 마르크시즘의 영향을 통해 나타난 후기작에서 그것의 본연적 발현조차 이룰 수 없었다는 데 있다. 곧 후기작에서 그려진 사실 역시 비록 하층민의 세계를 통해 드러난 것이기는 하지만 그 대상은 개인에 한정되고 있다는 것이다. 여기에서 후기작의 사실 역시 한정된 공간 내에서 작가 자신의 경험을 그릴 때에만 제대로 형상화될 수 있었던 초기작의 그늘이 작용한다고 할 수 있다.

이제 현진건 소설에 나타난 사실이 지니는 의미에 관해 살펴보자. 먼저 사실에 관한 추구 역시 근대적 표지의 하나임을 지적할 필요가 있다. 근대에 이르러 사실이 인위적 탐구의 대상이 된 것과 맞물려, 있는 그대로를 그린다는 명제 역시 근대소설의 지배적이고 당위적인 요구로 부각된다. 여기에서 현진건이 추구한 사실도 에피스테메(episteme)의 전도와 맞물려 등장한 것임을 알 수 있다. 다시 말해 당대의 가치로서 사실이 제기된 것 역시 서구 혹은 일본을 기반으로 하는 준거를 통해 우리 스스로를 바라보게 된 데 따라 대두된 것이라는 점이다. 또 이러한 의식상의 전도의 한편에는 그들 내부에서 나타난 배제와 차별의 압력을 우리에게 투사하는 의도가 잠재되어 있다. 이를 통해 서구 혹은 일본을 준거틀로 하는 사실은 주체의 자리에 서게 되고, 거기에 내포되지 못하는 존재는 비정상적이고 열등한 것으로 전락하고 만다. 배제와 차별의 논리는 우리 내부에서도 작용하게 된 것이다.

전도를 통해 사실을 그린다는 명제는 1920년대 초기 당위적 요구로 제기되었다. 문제는 요구를 실현시킬 수 있는 공간이 한정되어 있다는 점이다. 당대의 작가들에게 사실이란 당대의 핵심적 사유틀이라 할 수 있는 문화주의에 의해 인지된 것이었다. 그런데 당시 조선에는 문화주의를 근저로 한 개인적·추상적 지향을 사실로서 대상화할 수 있는 공간은 극히 제한되어 있었다. 현진건은 이와 같은 난제를 해결하기 위해 가정이라는 공간 속에서 자신의 경험을 그리게 되었던 것이다. 그것은 자신의 지향을 대상화해 소설로 드러내기 위한 유일한 공간이라는 측면에서 앞선 요구를 해결하기 위한 불가피한 선택으로 보인다.

이 문제는 근대 인식론의 측면에서 접근 가능하다. 앞서 근대적 인식은 인식의 중심에 인간이 위치하는 것에서 출발한다고 했다. 인간이 자신을 중심으로 다른 세계 혹은 대상을 관찰, 판단하게 되었다는 것이다. 근대소설의 전제로 대상화된 시선이 필요한 것 역시 여기에 기인하는 것이었다. 그런데 대상을 관찰하고 판단하는 시선의 중심에 인간이 위치하는 것과 맞물려 등장한 근대적 시선의 체계가 흔히 '원근법' 혹은 '투시법'이라고 불리는 기제다.

원근법은 대개 르네상스를 전후로 해 나타난 시선의 체계로서, 주지하다시피 가까운 것은 크게 그리고 먼 것은 작게 그리며 그 단축의 정도에 직선적인 일관성을 부여하는 체계이다. 하지만 원근법에서 보다 중요한 것은 그것을 가능하게 하는 일정한 위치의 설정이다. 흔히 소실점 혹은 투시점이라고 하는 것으로, 거기에 설 때만이 평면에 깊이를 부여할 수 있게 된다. 요컨대 원근법은 일정한 소실점이나 투시점을 설정하고 그 점에 설 때만 대상을 정확히 포착하고 전유할 수 있는 기제라 할 수 있다. 실제 작금에 있어 원근법은 누구도 의심하지 않는 습속이요 관습이지만, 이 역시 근대에 만들어진 하나의 제도와 규범이다.15)

여기에서 한 가지 가능성을 제기할 수 있다. 근대적 시선의 체계에서 제대로 보기 위해서는 아무렇게나 보고 생각하고 판단하는 것이 아니라 제대로 볼 수 있는 자리, 바꾸어 말하면 대상을 정확하고 과학적으로 영유할 수 있는 유일한 중심점에 서야 한다는 점이다. 그리고 일정한 지점에 섰을 때만이 그것이 가능하다고 했을 때 그 지점을 조종함으로써 특정한 방식으로 보고 보지 못하게 만들 가능성이 있다. 보이는 세계의 뒷면에는 보이는 세계에 기준을 부여하고 있는 일정한 체계가 존재하고 있다는 것이다.

현진건 소설에서 그려진 사실도 이와 연결해서 생각할 수 있다. 사실은 시선

---

15) 고사카 슈헤이, 『현대철학과 굴뚝청소』, 새길, 1998, 178~186쪽 참조.

이 개인을 향할 때만 또 소설 자체가 개인을 대상으로 설정할 때만 구체적 형상으로 나타날 수 있었다. 작가로 대표되는 개인만이 근대소설이라는 자신의 지향을 구체화시킬 수 있는 유일한 공간이었던 것이다. 그리고 우리에게 있어 사실을 바라보고 형상화할 수 있는 지점의 설정은 당대의 문화주의에 의한 것이었으며, 궁극적으로는 식민 정책의 일환에서 파악할 수 있다. 사실의 소설적 구현을 위해서는 사회와는 유리된 개인의 문제에 천착해야 했으며 그 영역을 벗어나서는 안 되는 것이었다. 결국 현진건의 소설에 나타난 사실 역시 보다 근원적으로는 식민지화와 맞물린 우리의 근대가 지닌 역설 속에 위치한다는 것이다. 이는 우리에게 있어 근대적 사실이 등장하는 것이자 근대적 시선이 체계화되는 과정이라 할 수 있다.

마지막으로 현진건에 관한 기존 연구의 한편을 차지하고 있는 기교나 기법의 문제를 검토하고자 한다. 앞선 검토대로 현진건 소설의 기교나 기법에 관한 강조는 사실주의적 성취가 이루어지지 못한 점을 우회적으로 언급한 것, 곧 사실을 그리기는 했지만 현상이나 부분에 머물러 현실의 본질에는 이르지 못했다는 평가의 보상물과 같이 주어진 것이었다.

실제 현진건은 당대의 다른 작가보다 뛰어난 기법적 완성도를 보인다. 이는 현진건이 평론을 통해 중심적으로 강조했던 소설 자체의 완결성과 연결된다. 현진건은 소설이 예술인 이상 그것이 갖추어야 할 완결성을 요구했고, 그것을 가능하게 하는 것이 안상하고 섬세한 묘사와 소설 흐름의 자연스러움이라고 했다. 여기에서 현진건이 요구하는 소설적 완결성 혹은 기법의 중심에 묘사와 인과성이 위치하고 있음을 알 수 있다. 실제 이는 현진건이 다른 작가의 작품을 평가하는 기준이자 자신에게 요구하는 잣대이기도 했다.16)

그런데 묘사와 인과성은 사실을 그리는 데 가장 기본적인 전제 조건임을 환기해야만 한다. 개별화된 인물과 구체적 시·공간을 드러내기 위한 기본적인 기법이 개개의 표상을 그려낸다고 하는 묘사이며, 또 개별화된 인물과 근대적

---

16) 「조선문단합평회」(4), 『조선문단』, 1925. 6, 123쪽.
　　「조선문단합평회」(5), 『조선문단』, 1925. 7, 148쪽.
　　현진건, 「설 때의 유쾌와 낳을 때의 고통」, 『조선문단』, 1925. 5, 111~112쪽 참조.

시·공간이 조우하는 지점에서 나타나는 것이 인과적 플롯이다. 이렇듯 현진
건에 관한 평가의 양쪽 끝을 차지하고 있는 기교와 사실은 실제 서로 연결되
어 있는 것이라 할 수 있다. 오히려 현진건의 경우 묘사와 플롯 등 기법을 통해
한정적이나마 사실의 구체적 형상화를 이루고 있다고 보는 것이 정당하다. 그
리고 현진건의 기교에 대한 평가의 근저를 이루는 논지, 곧 폭넓은 현실의 재
현에는 이르지 못했다는 문제는 다른 층위의 문제라 할 수 있다.

심연수 시인의 시사적 의미와 위상

엄창섭[*]

Ⅰ. 글 머리 — 소중한 삶과 시인의 집짓기

현대 한국시문학사에 있어 일제 강점기의 대표적 민족 저항시인으로는 북간도 동명 출신의 윤동주(1917~1945)가 지칭된다. 근간 중국 연변의 문화·예술 등 학술단체에 의해 또 한 명의 저항시인에 대한 시문학적인 조명이 다양하고 심도 있게 다루어지고 있다. 논의의 대상이 되는 인물은 일제 점령기 만주에서 발행되던 『滿鮮日報』에 중학생의 신분으로 다섯 편의 시를 발표한 후 족적을 찾아 볼 수 없던 심연수(沈連洙, 1918~1945)[1]의 많은 시문들이 그의 동생 심호수(沈浩洙, 78·연변 용정시 광신향 길홍 8대)에 의해 55년간 항아리 속에 보관되었다가 뒤늦게 세상에 공개됨으로써 그의 문학성과 문학사적 가치가 비로소 세인의 주목을 받게 된 작금의 현상이다.

『20세기 중국조선족 문학사료전집』[2]제1집 『심련수문학편』이 <연변인민출판사>에 의해 2000년 7월 출간된 바 있다. 이 방대한 도서출판 기획은, 『20세기 중국조선족 문학사료전집』이라는 전 50권의 방대한 규모를 갖춘 대하적인

---

* 관동대 교수.
1) 『광주매일신문』, 「또 하나의 저항시인 용정의 심련수」, 2000. 7. 10.
2) 『중국 흑룡강신문』, 「20세기 조선문학총결산」, 2000. 6. 6, 3쪽.
   『중국 흑룡강신문』, 「제1집 『심련수문학편』 출판」, 2000. 9. 5, 1쪽.
   『중국 길림신문』, 「20세기 중국조선족문학사료집―출판기획」, 2000. 6. 6.
   『중국 연변의 창, TV신문』, 제24호, 2000, 3쪽.
   『중국 朝鮮文報(료녕신보)』, 「한세기 중국조선문학을 위한 대검열」, 2000. 9. 15.
   『조선일보』, 「잊혀진 시인 沈連洙 발굴……연변 홍분」, 2000. 8. 1, 19쪽.

계획으로 지난 100년 동안의 중국 조선족문학에 대한 전면적이고도 과학적인 총화와 문화 유산정리를 그 취지로 하고 있다.

제1집 출판기념 행사는 용정 현지에서 2000년 8월 15일에 치루어졌다. 여기서 논의의 대상이 되는『심련수문학편』에는 8·15 광복 전 중국에서 생활한 천재적 시인의 작품이 수록되어 있다. 27세로 삶을 마감하였기에 그의 작품 절대 다수가 미발표작이었으나, 광복 55년을 맞는 해에 세상에 그 전모를 들어내는 의의는 새롭다.

본고의 텍스트가 되는 제1집의 편집은 50여만자의 편폭에 6개 부분, 제1부 시편(174편), 제2부 기행시초편(64편), 제3부 소설 수필편(단편소설 4편, 만필 4편, 수필 2편, 평론 1편), 제4부 기행문편(1편), 제5부 편지편(26편), 제6부 일기편(310편), 부록(「희생」(2막), 강영희 작, 심련수 베낌)으로 구성되어 있다. 앞으로 이 자료집의 간행은 전면적으로 심연수 시인의 문학성과 시문학사적 위상을 새롭게 조명하여 민족 시인으로 자리 매김을 하는 인자로서의 계기를 열어줄 것이다.

이 같은 점을 중시할 때, 일제가 1939년 조선어 말살정책을 수립하여 창씨개명(1940),『文章』폐간(1941), 정신대 근무령 공포(1944) 등의 식민지 정책으로 친일문학을 양산하여 우리 민족의 혼을 말살한 시간대인 1945년에 이르기까지 '일제 암흑기의 부끄러운 문학은 묵살하자, 우리 문학사에서 지워 버리자' 는 일부 학자들의 주장에 문제가 있음을 확증시켜 주는 여지가 남는다. 지난 8월,『20세기 중국조선족문학사료전집』의 출판기념식에 참석한 이들의 고증을 통하여 다양한 의견이 피력된 점도 감안할 필요가 있다.

연변의 인민출판사 발행의『20세기 중국조선족문학사료집』제1집을 중심으로 하여 심연수의 삶과 문학세계의 깊이와 넓이 그리고 다양성에 대하여 일차적으로 검색하는 작업은 의미가 크다고 할 것이다. 따라서 본 논고의 서술 목적은, 작게는 그의 문학사적 의미를 확장하여 우리 문학사에 있어 상징적인 민족 시인으로서의 족적을 고찰하여 선행 연구의 토대를 구축하는 데 있다.

2. 심연수 시인의 문학과 시적 층위

1) 생애와 약전

우리 시문학사에 있어 대표적 민족 시인으로 각광받기에 충분한 문학적 자료가 저서로 간행되어 세상에 그 실체를 들어낸 심연수는 1918년 5월 20일 강원도 강릉군 난곡리 399번지에서 삼척(三陟) 심씨인 심운택(沈雲澤)의 3남으로 출생하였다. 그의 위로는 진수와 면수라는 누이와 학수, 호수, 근수, 해수라는 남동생이 있다.

조부 심대규(沈大奎 : 執奎)는 강원도 강릉군 일대에서 나름대로 명성이 있는 인물로 비교적 다소의 학식이 있는 유학자였다. 그는 선천적으로 성격이 호방하고 의협심이 강해서 주위에서 억울한 일을 당한 이들이 있으면 자신의 일처럼 발을 벗고 나서는 의혈인이였다. 빈한한 여건 속에서도 주위의 사람을 위해서는 사재를 털어서 도와주는 인물이어서 대인 관계는 좋은 편이었다. 가난한 농민들을 위하여 권세가들과 대결하여 주재소에 수차 불리어 가기도 한, 조부의 호방하고 의협심이 강한 일면은 훗날 심연수 시인의 강직한 성격의 축이 되었다.

1910년 한일 합방 당시, 그의 가족은 이 땅에서 농업에 종사하는 이들처럼 어려운 소작인의 삶을 영위하였다. 2천 평이 남짓한 땅은 척박하여 소작료를 물고 나면 일곱 식구가 삼 개월을 먹을 식량이 부족한 형편으로 가족의 생계를 위해, 조모와 모친은 길쌈을 하였다.

이 같은 현실 상황에서 조부인 심대규는 온 가족을 이끌고 1924년에 러시아의 블라디보스톡으로 이주하기에 이르렀다. 당시 동행한 심연수 시인의 삼촌 심우택(沈友澤)은 그 곳에서 반일 단체에 가담하여 항일운동에 나서기도 하였다. 1931년 9·18 사변이 터지던 당시에 러시아 정부는 1차 5개년 경제계획을 실시하면서 조선인들을 먼 내지로 집체 이주시키는 정책에 의해 그의 가족은 처소를 중국으로 옮기게 된다.

중국에 이주하여 밀산, 신안지에서 살다가 1935년에는 용정 길안촌(지금의 길흥촌)으로 이사를 하였다. 당시의 간도 지역은 특이한 이방감과 유난한 향수, 그리고 민족의식으로 한글문학이 왕성한 곳이었음은 감안할 필요가 있다. 신안진에서 소학교를 다니던 심연수는 용정으로 이사온 후, 용정소학교에 입학하였고, 1937년 소학교를 졸업한 후, 동흥중학교에 입학하여 1940년 12월 6일에 졸업한다. 동흥중 재학시엔 교무주임 장하일(張河一)의 부인인 강경애(姜敬愛)와 가까이 교유하는 인연을 맺는다. 중학교 졸업 후, 한 동안 고민 속에서 방황하다가 1941년에 도일하고, 마침내 1943년 말 일본 유학을 마치게 된다. 다음의 인용을 통해 그의 착잡한 심정의 토로와 유학 당시 가정의 분위기를 파악할 수 있다.

> 가난한 가정 형편에서 어떻게 또 일본 류학을 가겠다는 말을 꺼낸단 말인가. 모진 고민 끝에 그는 끝내 자기의 고충을 부모님들 앞에 털어 놓는다. 심련수의 부모는 굶어 죽는 한이 있더라도 공부는 끝까지 시키겠으니 아무 걱정 말고 일본으로 가라고 아들을 고무 격려하였다. 동생들도 자기네가 뒤를 섬길테니 꼭 일본으로 류학을 가라고 권고하였다.[3]

패기에 찬 23세의 심연수는, 가족들의 따뜻한 애정을 확인하며 마침내 1941년 4월에 일본 유학의 길에 오르게 된다. 당시 그의 가족들은 의지할 곳 없이 떠돌며 살아가는 처지로, 소작할 땅은 작고 가족의 수는 많아 살아가는 것 자체가 눈물겨운 상황이었다. 부친 심운택은 부지런히 황무지를 개간하였으며, 이른 새벽에 일어나 일몰 후에 집에 돌아오는 처지였다. 부친은 강한 힘의 소유자로 70~80kg 되는 나무도 지게로 져서 나르는 인물로 아들의 일본 유학을 위하여 한 푼이라도 절약하려고 즐기던 술과 담배까지 끊었다. 그의 부친은 기독교 집사인 김기숙과 교분이 두터워 도움을 받기도 하였다.

심연수는 일본대학 예술학원 문예창작과에서 고학으로 유학을 했다. 가난한 형편은 동흥중학교 발행의 고학증을 통해 확인된다. 그는 가정의 어려운 형편

---

3) 『연변 TV신문』, 「룡정에서 솟아난 또 하나의 별」, 2000, 제24호, 24쪽.

을 피부로 절감하여 대학 재학시에도 짐을 나르고 밀차를 미는 일에도 열중하였다. 온 집안 식구들은 그가 대학을 졸업할 수 있도록 불평이나 원망함이 없이 노동 현장에서 땀을 흘렸다. 부친은 아들에게 가족과 돈 걱정은 하지 말고 오로지 공부를 열심히 하여 성공하여 줄 것을 소망하였다. 다음과 같은 편지와 일기문을 참고하면 곤란한 가정 형편이 입증된다.

> 부주전상서(父主前上書)
> [……] 집이 그토록 바쁜줄을 알면서도 급한 전보를 여러번 쳐서 얼마나 심려하셨습니까. 오늘 아침 받아서 얼른 물어줬습니다.
> 눈물 엉킨 돈을 절대 허수히 쓰지 않을 것입니다. 은혜에 보답하기 위해 노력하겠나이다.
> 4월 18일 불초식 련수 배상4)
> (이 서간문은, 심련수가 일본에서 공부할 때 집에다 보낸 편지 중의 한통이다. 근 200여 통의 편지 중 95%가 이와 유사한 내용이다.)

> 5월 8일 수요일 맑음
> 오늘 호수로부터 돈을 받았다. 손이 떨리고 가슴이 떨린다. 집에서 꾼것일가 쌀을 판것일가. 편지에는 번번이 아무 걱정 하지 말라고 하나 내 어찌 걱정하지 않을 수 있으랴. 몸이 고달프지만 래일저녁엔 또 공장에 가서 구루마를 밀어야겠다. 5)[……]

그는 대학을 졸업한 후, 일본의 학도병 징병을 피하여 흑룡강성 신안진 진성 소학교에서 교도 주임 겸 6학년의 담임을 맡는다. 이 때도 학생들에게 반일 사상과 독립의식을 깨우친 것으로 두 차례 유치장에 구속되기도 한다. 1945년 5월 22세인 백보배와 결혼하고, 같은 해 8월 8일, 광복을 불과 일주일 눈앞에 두고 심련수는 흑룡강성 신안진에서 도보로 용정으로 귀가하는 길에 왕청현(汪淸縣) 춘양진(春陽鎭) 부근에서 피살(일본군에 의한 학살로 추정)되어 불행한 생을 마감한다.

---

4) 『20세기중국조선족문학사료전집』 제1집, 연변인민출판사, 2000, 389쪽.
5) 상게서, 625쪽.

피살 소식을 접하고 용정에서 달구지를 몰고간 부친은, 허술한 트렁크 고리를 잡은 채 풀밭에 쓰러져 있는 비참한 현장을 목격한다. 그 트렁크 안의 유작이 무려 55년 간을 심호수에 의해 항아리 속에 숨겨져 보관되어 왔다. 1946년 3월, 시인의 시신은 수습되어 용정 선영에 매장되었으며 그 뒤 유복자인 심상룡(沈相龍)이 출생한다.

심연수의 유작이 발굴된 후 연변 사회과학원의 『문학과 예술』 잡지사에서는 '심련수문학작품연구소'를 세우고 그의 작품 전반에 대하여 총체적인 정리, 연구작업에 착수하기에 이른다. 이들의 해석에 의하면 그는 능히 일제 강점기의 우리 시문학사에 있어 윤동주와 쌍벽을 이룰 뿐만 아니라, 윤동주의 시가 부끄러움의 미학에 뿌리를 둔 여성적이며 비장성에서 뛰어나다면 그의 시는 보다 남성적이며 거창함과 정신적 빈곤에서 생산된 불안의식과 심각성이라는 다양함을 지닌 것으로 평가된다.

2) 심연수 시인의 시사적 의미

중국 용정의 통신원 김문혁의 지적처럼 '용정이 낳은 또 한 명의 저항시인 심련수, 그의 이름과 청춘의 뜨거운 피로 쓴 주옥같은 시편들은 윤동주와 마찬가지로 이제 우리 민족의 마음 속에 깊이 자리잡을 것이다.' 또한 연변작가협회의 김호근이 '자신의 피와 목숨을 바쳐 중국조선문학을 위해 씨를 뿌린 심연수 시인'이나 '민족문학의 명맥이 이어지고 일제 암흑기 우리 문학의 한 줄기 빛이라.'는 김홍의 역설은 문학사적 의미가 자못 크다.

> 5년 전에 제 시선집이 연변에서 출간된 것을 계기로 연변에 갔던 길에 그 쪽 사정이 매우 어려운 것을 알고 그곳 문인들에게 '당신들을 도울 길을 찾겠다'고 약속했습니다. 그 뒤 1998년부터는 남북한과 중국 조선족 문인들이 함께 참여하는 연간지<한마당> 발간을 지원하고 있습니다. <20세기 중국 조선족 문학 사료집> 발간에 대해서도 무조건 지원을 약속했습니다.[6]

---

6) 『한겨레신문』, 「심련수 존재에 우리 정부도 관심 기울였으면」, 2000. 8. 15, 11쪽.

우리 현대시문학사에 있어 심연수 시인의 발굴은 이상규(한국 중국조선족문화인후원회 회장)의 업적으로 평가된다. 원로 시인으로『몽양 여운형 평전』을 집필한 이기형은 그의 예술학원 동기생으로 당시의 정황을 술회하고 있다. '신문배달이 끝나고 나면 매일 서로 습작한 시를 놓고 토론했다.'[7] 이처럼 심연수 시인은 '1941년 늦여름 어느 일요일, 몽양을 모시고 동경 스가모(巢鴨) 유원지와 그 일대 무사시노(武藏野)를 찾으며 조국의 미래를 걱정하기도'[8] 하였다.

'심련수는 일본 모더니즘의 세례를 받은 시인이다. 대책 없는 탐미주의나 현실 도피주의는 결코 아니다. 남성적 강건함과 현실 타개 의지를 담은 시를 쓴 그는, 윤동주와 더불어 암흑기 우리 문학을 지탱한 시인으로서의 재평가가 필요하다.'는 것은 대다수 중국 조선문인들의 집약된 현장의 여론이다.

일제 강점기의 용정은 항일 투사와 저항 문사들의 처소로, 민족문화와 얼의 산실이기도 하다. 뒤늦게 민족 시인으로 새롭게 조명될 심연수의 실체는 중국 조선족의 자긍심을 일깨워 주는 계기가 될 뿐 아니라, 남북 화합의 지평을 열어 가는 7천만 우리 민족의 올곧은 지사적 정신의 들어냄이라고 할 것이다.

모름지기 인간은 자기 흔적을 남기는 존재이기에 한 시대를 당당하게 살아가며 예술 혼을 꽃 피운 심연수 시인에 대한 검색은 의미 있는 정신적 작업으로 해석된다. 비록 문화의 세기를 살아가는 우리에게 생소한 존재이기는 하지만, 우리 문학사에 있어 저항시인으로 입증된 윤동주 시인과 가까운 시일에 그의 문학에 대한 심도 있는 검증작업이 이루어지면 쌍벽을 이루게 될 것이다. 이 점에 대하여 임헌영은 다음과 같이 윤동주와 대조[9]하고 있다.

같은 점	다른 점
만주에서 소년기 보냄	동주는 부농, 연수는 소작농
습작품 많음	동주는 용정 출생, 연수는 강릉 출생
유작으로 남기고 죽음	동주는 서정시, 연수는 모더니즘의 길로
8 · 15 직전에 죽음	동주는 기독교인이나 연수는 무종교

---

7) 『강원도민일보』, 「55년만에 이국 땅서 재조명」, 8 · 15 문화 특집, 2000. 8. 16, 11쪽.
8) 이기형, 『여운형 평전』, 실천문학사, 2000, 231~233쪽.
9) 임헌영, 「심연수의 생애와 문학」(민족시인 심연수 학술심포지움), 2000. 11, 10쪽.

이 같은 시점에서 다행스럽게도 그의 둘째 동생 심호수에 의해 원고의 보존에 힘입어 연변사회과학원『문학과 예술』잡지사의 발굴, 연변인민출판사의『심련수문학편』간행은 실로 충격적인 사건이다. 물론 새로운 민족 시인에 대한 문학사적인 검색을 통한 작업이 수행되기까지 각고의 노력이 요청되는 엄연한 현실이지만, 누군가의 고통이 주어진 자리한 사실의 확증은 이를 반증하여 준다.

중국의 문화혁명 때 심연수 시인이 일본에 유학한 지식인이라는 것을 기억하고 있는 반란파들은 '심련수를 무조건 일본 특무대의 인물로 단정하고 심호수의 집에 침입하여 그가 죽을 때 남겨 놓은 유작들을 내놓으라고 협박하고 나중에는 린치를 가하기도 하였다.' 심연수의 아들 심상용도 홍위병들이 부친의 유고 시문을 내놓으라는 가혹한 폭행과 등살에 못 이겨 1966년 북한으로 피신하고, 현재 평양에서 거주하고 있다.

심호수가 시대의 조짐을 간파하여 반우파 투쟁 때, 심연수의 시문들을 항아리에 넣어 땅에 묻어 버렸기에 홍위병들이 몇 십번 그의 집을 발칵 뒤집었지만, 끝내 그 혼란을 견뎌낼 수 있었던 것은 천만다행이다. 그것은 27세의 젊음으로 비극적인 삶을 마감한 심연수의 문학작품을 통해 통시적으로 그의 예술적 생애와 문학에 대하여 그나마 족적을 논할 수 있기 때문이다.

여기서 하나의 참조로, 현재 심연수 시인의 형제 자매 중 유일하게 호수만이 생존해 있다. 당시 그가 도일한 후 얼마 안되어 일본의 특설부대에서 그의 아우인 학수더러 참군하라고 강박한 바 있다. 조부와 부친의 영향을 받아 일본인을 극도로 증오하는 학수는 깊은 밤에 용정을 떠나 삼강성(오늘의 흑룡강성) 벌리현으로 피신하여 김일성의 이종사촌인 반일투사 박관순과 사귀었고 후에는 동서지간이 되었다. 학수는 박관순을 통해 김일성의 부인 김정숙을 수차에 걸쳐 접한 바 있으며, 윤동주 시인의 동생 광호와 친분이 두터운 점은 고려할 필요가 따른다.

본고에서는 심연수 시인의 시편을 중심으로 그의 성장 배경과 성격 형성에 관하여 검토하는 과정에 있어 비교적 가난한 가정 형편을 시화한 것이 많음은 주목할 일이다. 그의 시편에는 삶에 대한 어두운 그림자와 고뇌가 자리해 한

편의 시라기보다 추도문을 연상하게 하는 단점을 드러내기도 한다.

> 돌아가시던 그날 식전까지 / 수고를 모르시고 도우시다가 / 자손을 위하
> 여 길바닥에서 / 놈들의 총에 맞아 / 객사하신 나의 할아버지시여 [……] 막
> 일에 다슬어 이지러진 손톱 / 찬물과 흙물과 서리바람에 / 터갈라진 손등과
> 팔목 / 닳아터진 열손가락, 찢어져 펄럭이는 흰옷. / 진흙투성이된 헌 버선
> 과 짝고무신…….
>
> ―「돌아가신 할아비지」에서

애써 '한 시대의 정신적 산물인 시를 그 시대의 그물망으로 건져 올리거나
잣대로 계측하는 것이 타당하다.'는 지론을 고집할 필요는 없다. 여기서 우리
는 하소연과 공허한 삶의 넋두리, 그리고 비분을 절제된 감정 없이 토해낸 심
연수 시인의 시편을 대하게 된다. 그러나 이 같은 삶의 고뇌이며 흔적인 그만
의 시편을 통해 파악되는 것은 가정 형편과 핏줄의 끈끈한 층위, 그리고 정신
적 기후이다.

그의 가정도 대다수 조선의 소작인들이 겪는 빈곤에서 예외 일 수 없다. 그
러나 우리는 삶의 진실한 흔적인 일기나 편지를 통해 그의 가족들이 오로지
그를 유학시키기 위해 참담할 정도로 고통을 감내하는 감동적인 서사시와 따
뜻한 가족애를 확인하게 되고 투명한 눈물을 흘릴 수밖에 없다.

시편 「돌아가신 할아버지」에서 '할아버지'는 평생을 가난 속에 살다간 단순
한 실존적 인물로만 명정되는 것이 아니다. '펄럭이는 흰옷'이 상징하는 슬픈
조선의 얼굴이며 '놈들의 총에 맞아 / 객사하신 나의 할아버지시여' 라는 시행
처럼 상상력의 자유로움 마저 상실한 불행하고 병약한 우리네 역사의 편린이
라고 할 수 있다.

부친은 장남인 심연수에게 큰 기대를 걸고 온갖 뒷바라지를 해주었음은 물
론, 다른 자녀들에게도 배움에 게으르지 말 것을 항상 일깨워 주었다. 그 같은
가정 분위기에서 큰 누이인 심면수는 학생 글짓기 콩쿨에서 1등으로 입상하였
다. 막내 심해수는 해방 후 수차 소설을 발표하여 연변작가협회 회원으로 활동
하다 뒷날 반우파 투쟁 때 우파로 몰려 북한에 피신하기도 하였다.

가난과 생애를 함께 한 심연수 시인이 비교적 노동자 찬미와 가난한 자의 동정, 정의의 추구와 사악을 증오한 것은 거짓의 꾸밈이 아니라, 그가 살아온 총체적 삶을 통한 자연적인 발상이다.

특히 그의 시편에 유년의 그리움이라고 단정지을 수는 없지만, '강과 호수, 그리고 바다'가 연계된 변전(變轉)의 표징인 물이 많이 수용된 것은 항구와 같은 고향인 강릉이 항상 의식 속에 잠재하고 있었음을 부정할 수 없다. 심연수 시인의 시적 표징이 되는 고향의 개념은 하나의 정지된 공간에 머물지 않은 정서적 양감(量感)일 뿐 아니라, 일제에게 강탈당한 한국적 공간이기에 이국에 몸담고 있으면서도 『기행시초편』이나 『시편』에 수록된 다수의 작품이 이를 명증하여 준다.

이 같은 정신적 지리나 환경은, 그의 심성이나 문학관 형성에도 커다란 영향을 미쳤기에, 자신보다 일년 선배인 용정 출신의 저항 시인인 윤동주와 '왜 친밀한 인간 관계를 맺고 교류를 하지 않았을까?' 라는 의문의 제기나 층위도 꼬인 실타래가 풀리듯 이해될 것이다.

『만선일보』에 「려창의 밤」, 「대지의 여름」 을 포함한 5편의 시를 발표한 후, 족적을 감추고 젊은 나이에 불행한 생을 마감하고 사라졌던 심연수가 민족의 시인 윤동주와 쌍벽을 이룰 만큼 시성이 되어 우리 앞에 부활하여 그 실체를 들어내고 있다. 뒤늦은 감이 있으나 다행스럽게도 연변의 현지 문단은 "1940년대 문학사가 결코 암흑기가 아니었음이 이번 심련수 문학의 발굴로 입증됐다"[10]고 평가하고 있다. 비교적 김기림 시의 영향을 받은 그는 남성적인 힘을 빌어 모더니즘적 성향의 시어로 동시대의 어떤 시인보다 빼어난 시편을 생산하였다.

<문학과 예술사>의 김룡운은 "심련수 시의 특징은 유연성과 거창성"[11]이며 "간도문학의 경우 향수와 조국애, 민족적 정서가 시의 주조였는데, 이번 심연수의 유작에서는 모더니즘 경향을 새롭게 발견했다."고 설명하고 있는 점은

---

10) 『조선일보』, 「잊혀진 시인-심련수」, 2000. 8. 1, 19쪽.
11) 김룡운, 「문단에 솟아난 또 하나의 혜성」, 『20세기중국조선족 문학사료전집』 제1집, 621~642쪽.

간과하지 말아야 할 것이다.

작금에 연변 현지에서는 윤동주 시인과의 비교 작업도 다양하게 이루어지고 있다. 윤동주보다 1년 연하인 그는 용정에서 비슷한 시기에 중학교를 다녔고, 광복 직전에 젊은 생을 마감한 일, 또 다수의 유고가 빛을 보게 된 것들이다. 임헌영은 "일본 유학 이후 모더니즘의 세례를 받은 작품들은 윤동주 못지않게 우수하다. 역사적 격변과 부담이 주는 충격을 미학적인 위안으로 치유해 냈다."고 심연수 시인의 작품세계를 총체적으로 지적하고 있다.

> 형님의 소중한 유물이고 또 보기에도 귀중한 글들이라 비닐천에 꽁꽁싸서 오지독에 넣은후 땅속 깊숙이 파묻었댔지요. 그때(<문화대혁명>) 반란파들이 일본특무물건을 내놓으라고 악착스레 달려들어 두들겨패고 했지만 입을 꾹 다물고 있었지요. 형님의 유복자로 태어난 조카놈은 매를 견디지 못해 조선으로 도망쳐 간 것이 지금도 거기서 살고있어요. 그때 못참고 내놓았더라면…….12)

그의 창작활동은 심호수의 지적처럼 '책을 사서 읽느라고 돈을 너무 쓰니 어느 날엔가 아버지께서 엉뎅이를 발길로 툭 차면서 책망하는 것을 목격한 적이 있다. 최서해의 글이랑 즐겨 읽던 기억이 있다.' 심연수 시인은 자신의 일기에 "나는 문인이 부럽다. 문인들은 자기가 하고 싶은 말을 글로써 나타낼 수 있으니 얼마나 행복하랴."13)라고 적고 있다. 어려운 형편 속에서도 소설과 시집, 그리고 잡지와 영화를 무척 즐겨 보며 문학에 대한 꿈과 저력을 키우고 다져 갔음을 알 수 있다. 『滑入中脫出』, 『常綠樹』, 『마귀의 섬』, 『路鳥山의 調集』, 『朝鮮三國時代詞華集』, 『님의 沈默』, 『흙』, 『靑空洗心記』, 『순애보』, 『無影塔』, 『新生』, 『鐵假面』, 『조선문학전집 단편』, 『金色夜叉』 등은 이를 뒷받침하는 확증이 된다.

심연수의 시인의 시력(詩歷)은 두 시기로 구분된다. 시작(詩作)의 과정은 동

---

12) 『연변일보』, 「27세 꽃나이에 요절, 룡정이 낳은 또 하나의 시성 심련수」, 문화면, 2000. 6. 2.
13) 전게서, 『20세기중국조선족문학사료전집』, 430쪽.

홍중학 재학시로, 이 무렵에 창작된 시편들은 시상의 진실성이 체현되고는 있으나, 비교적 시적 기교가 유치하고 시어의 선택의 미숙성, 시구조의 단순성과 감정의 절제미가 없는 것이 단점으로 지적된다. 두 번째의 시력은 일본 유학시절부터 1945년, 피살되기까지의 변모된 시편들의 틀과 시어의 다양성이다. 시적 구조가 보다 복잡해지고 언어밀도가 정치하고 사유 공간이 확장되고 시적 시각 또한 초기 시편에 비해 보다 수평에서 상승으로 이양된 점이 상대적으로 감지된다.

첫 단계의 시편들은 빼앗긴 조국 상실의 비분, 소외된 계층에 대한 애상을 담담한 빛깔로의 채색을 시도하면서 언덕이나 시내, 실향민의 슬픔과 비교적 자연을 감상적으로 표출하고 있다.『심련수문학편』제1부의 "시편"에 편집된 174편 중에 주로 그 시적 대상은, '자연(80여 편)', '시간−밤(10여 편)', '심상(20여 편)'으로 구분된다. 그러나 시적 이론이 보강된 유학시절의 시편들의 글감은, '삶의 문제(10여 편)', '사람에 관한 것(20여 편)', '일상적인 것(30여 편)'을 축으로 윤무(輪舞)하면서 시정신의 성숙과 예술성의 드러냄을 보이고 있다.

무엇보다 심연수 시인이 지닌 시적 특성으로 시적 긴장미를 통한 '유연성과 호방성, 그리고 거창성, 모호성' 등을 지적할 수 있다. 그러나 여기서 확인하고 넘어가야 할 것은 심연수 시인의 시적 품격은 어디까지 새로운 시의 지평을 열어 보이며 미적 주권이 확인된 눈부신 서정성을 지니고 있는 점이다.

> 초저녁 하늘에 / 북쪽으로 떨어진 / 하나의 그 별은 / 어떤 일이냐! / 그어놓은 별찌도 / 망막(網膜)에 비쳐지기전 / 영영 없어진 / 이름 모를 한 개의 별. //
> —「운성(隕星)」 전문

> 아귀벌레 움켜쥐는 한얌 분(粉)모래 / 흐를가 샐가봐 아무리 애써도 / 가락새로 스며새는 얄미운 존재 / 쥐면 새고 새면 다시 움키면서 //
> —「한줌의 모래」 전문

> 기울어진 하늘 / 반짝이는 별무리 / 북으로 틀어진 천하의 머리에 / 위치 잃은 별들 / 빛을 찾아 헤매는 / 천사의 옷고름에 / 싸락별들이 반짝이더라.//
> —「성좌(星座)」 전문

위의 시편을 통해 우리는 맑고 투명한 시인의 정감과 눈동자를 만나게 된다. '이름모를 한 개의 별', '가락새로 스며새는 얄미운 존재', '싸락별들이 반짝이더라'는 시구를 통해 확인되는 것은 때 묻지 않은 순수한 영혼이다. 심연수 시인의 초기 시편에는 우리 민족이 겪는 총체적인 현상이 애상과 결부되어 있는 연유로 감상적인 면에서 일탈할 수 없다는 논리가 성립된다. 그의 시정신의 시각이 지적으로 응시되고 있음을 중시할 필요가 있다. 뿐만 아니라, 힘의 논리에 의해 '자유와 선, 그리고 옳음'이 파괴되고 고통 당하는 참담함으로부터 우주의 질서를 바로 잡아야 한다는 상상력의 자유로움으로 시적 차원의 비상을 시도하려고 고뇌한 사실을 접할 수 있음은 그의 시적 세계를 한 단계 끌어올리는 계기가 된다.

우리는 작가의 분신인 시문을 통하여 얼마나 그 자신이 인간 정의와 진리를 집요하게 추구하고 불의와 사악을 극도로 증오하는 인물인가를 발견할 수 있다. 당시 일본 제국주의의 침략으로 주권을 착취당하고, 멸시와 천대를 받는 조선 민족의 비극적인 삶은 고통으로 채색되었다. 이 같은 시대적 환경 속에서 시인이 자신의 문학과 사상을 갈마들며 그토록 추구한 정의와 진리는 상실된 조국을 회복하기 위한 적극적인 행위의 들어냄으로 분석된다. 여기서 대표시로 논의되는 「빨래」를 보기로 하자.

> 빨래를 생명으로 아는 / 조선의 엄마 누나야 / 아들 오빠 땀 젖은 옷 / 깨끗하게 빨아주소 / 그들의 마음 가운데 / 불의의 때가 있거든 / 사정없는 빨래방망이로 / 뚜드려주소
>
> —「빨래」 전문

시에 내재된 순수와 정의, 진리를 주장하는 시정신과 시의미는 담백하게 단시적으로 처리되어 있다. 여기서 '불의의 때가 있거든 / 사정없이 빨래방망이로 / 뚜드려주소.' 라는 의지의 표출은 심연수 시인에게 있어 신념의 노래로 인간적인 참됨과 조국 광복의 징표로 해석되어진다.

> 스스로 칼을 들어 / 가슴팍을 푹 찌르라 / 주먹같은 랭덩이가 쑥 빠지게

／ 빛잃은 죽은 피가 쭉 빠지게 ／ 사정없이 감행하라.

—「벙어리」에서

벗으라 무거운 신을 ／ 뒤축높은 군떡개를 ／ 끊으라 죄이는 들메 ／ 그 발목
에 피가 돋으리라.

—「맨발(2)」에서

위에 인용한 두편의 시를 통하여 울분과 증오에 집착한 시인의 심성이 발견
된다. '사정없이 감행하라.'는 투쟁적인 표현이나 '벗으라 무거운 신을'에서 접
할 수 있는 인위적 제도와 구속으로부터의 진정한 자유를 위한 그만의 저항적
인 시세계를 감정의 절제 없이 격하게 표현되고 있는 피가 뜨거운 시인의 형
상임이 확인된다.

3. 심연수 시의 특성과 경향

1) 시의 유연성과 병폐성

일반적으로 심연수 시인의 초기 시편에서 접하게 되는 것은 유아기적인 유
연성과 세기말적인 시대적 분위기에서 오는 낭만주의의 병폐성이 흔적처럼
자리해 있다. '죽음, 병실, 절망, 동굴' 등으로 제시되는 문예사조적인 일면은
이 시대의 모든 시인들이 뛰어 넘고 건너야 할 하나의 불가피한 과제이다.

때물에 함빡 젖은 살림 ／ 번화를 자랑하는 뒤골목에는 ／ 말못할 비극이
도리질하고 ／ 탄력 잃은 창백한 혈관으로 ／ 죽은 피가 찔룩거리나니

—「가난한 거리」에서

기대룬 이 하루도 ／ 보람없이 가버린다 ／ 띠잉……띠잉…… ／ 음향은 굵게
길게 ／ 이 땅의 모든 설음 ／ 모아 울어주려무나.

—「이역의 만종(晩鐘)」에서

위의 시편에서 접하게 되는 '때물에 함빡 젖은 살림'이나 '이 땅의 모든 설움 / 모아 울어주려무나.'라는 시행은 일제 강점기 당시, 조국을 상실한 민족의 불행과 참담함을 '가난'에 결부시킨 시작(詩作)이다. 또한 민족이 하나 같이 겪는 고통과 비극적 삶을 절감하며 그 질고를 감내하겠다며 '통곡'할 수밖에 없는 안타까운 자신의 정감을 토로한 그의 시편에는 눈물이 묻어 있다.

> 미음에 티는 불길 / 하늘에 닿거늘 / 다 탄 뒤 이 자리를 / 어느 뉘가 보려고 / 그 무엇이 남을는고.
>
> ―「불탄 자리」에서

우리는 시인의 깊은 정신세계에서 '활활 타는 불길'이 민족애인지, 조국에 대한 사랑인지는 모른다. 그러나 '그 무엇이 남을는고.' 라는 마지막 행에서는 한없는 절망감에 고뇌하는 민족 시인의 젊은 날의 초상을 접할 수 있다.

심연수의 시나 기타 글을 분석하여 보면 조국과 겨레를 무척 사랑하는 피가 뜨거운 시인으로 주목된다. 그러한 사상이 시에서는 비교적 담담한 색깔로 채색되어 있으나, 기행문과 일기문에서는 의분이 분출되고 있어 인간 심연수를 이해하는데 자못 의미가 크다. 또 「滿洲」는 시상이 아주 소박한 순수한 서정시로 조국을 상실한 조선민족의 애한이 내재되어 있다.

> 서글퍼 가없던 부모형제 / 헐벗고 주림을 참던 일 / 금도 뼈아픈 눈물의 기록 / 잊지 못할 척사(拓史)이 혈흔이었다
>
> ―「만주」에서

인용한 시편에서 '척사의 혈흔' 이라는 시어는 조국을 상실한 민족의 설움과 고통, 그리고 증오가 치유되지 못한 그대로의 깊은 상처이다.

> 바람은 서북풍 / 해질무렵 넓은 벌판에 / 싸르륵 몰려가는 눈가루 / 칼날보다 날카로운 이발로 / 눈덮친 땅바닥을 물어뜯는다.
>
> ―「눈보라」에서

광복전 중국에서 생활한 또 하나의 詩聖 심련수의 신상과 유작들이 일전 세인들 앞에 형체를 드러냈다. 심련수의 시들은 높은 예술성과 문학사적 가치로 중국조선족문학예술계를 놀라게 하였으며 권내인사들은 그의 성과를 윤동주와 쌍벽을 이룰 수 있다고 높이 평가하고 있다.14)

심연수 시의 사상성을 일차적으로 고찰하면 초기에는 '망국의 설음, 민중에 대한 사랑'이, 후기에는 '인생의 哲理와 眞理에 대한 追求'가 초현실적으로 시화되고 있다. 여기서 우리가 그의 시적 재능의 우수성을 지적할 수 있는 것은, 우리의 현대시가 아직도 극복하지 못한 철학과 사상성의 깊이와 빈곤 문제를 심도 있게 다루고 있는 예감의 시인이라는 점이다. 따라서 신선한 충격으로 우리 앞에 실체를 들어낸 '별과 같은 시인'의 시편이 우리 시문학사에 있어 새롭게 조명되고 관심을 끄는 것은 독자적인 가치와 의미를 지니기 때문이다.

> 갈자리틈눈에는 / 뭇손의 려지이 절어있고 / 칼자리 난 목침에는 / 려수
> (旅愁)가 천백번 배여졌구나
>
> ―「려창(旅窓)의 밤」에서

「려창의 밤」은, 운명처럼 심연수 시인에게 있어 고향을 등진 강한 애수가 설음으로 채색된 초기의 시편이다. 시상이나 표현 수법은 평이하여 미적 주권을 확보하지 못하고 있다. 물론 이것은 당시의 시적 환경이 조국을 상실한 민족의 증오로 일관되어 있기에 정신작업에 종사하는 시인이라면 또 다른 시 「이역의 만족」에 있어서도 피맺힌 한스러움을 노래할 수밖에 없는 보편성을 지닐 것이다.

2) 전통의 인식과 고향 회귀성

강릉 출신의 초허 김동명(超虛 金東鳴, 1900~1968) 시인이 '자신의 부끄러운 시집'이라 일컬은 처녀시집 『나의 거문고』(1930)를 간행하여 민족의 혼을

---

14)『흑룡강신문』,「역사의 긴 터널을 지나 경이롭게 현신하는 광복전 재중국조선인 문학의 또 하나의 산맥―심련수」(문화림), 2000. 7. 11.

일깨워 주었다. 여기서 국문학 장르에 있어 민족의 얼과 생명이 살아 있는 전통 양식인 시조의 틀에 담긴 『紀行詩抄』에서 접할 수 있듯이 강원도적인 것을 대상으로 노래한 "전통의 인식과 고향 회귀성"은 심연수 시인의 담백한 시정신을 떠 받들고 있는 축이며 동력이다.

앞에서 지적한 바 그의 초기 시창작 형식에 있어 하나의 특이할 바는 시조가 많은 부분을 차지하고 있다. 물론 300여편의 시편들 중 지극히 단시적인 것에서부터, 장시적인 것들이 시조와 함께 다양하게 쓰여지고 있으나 하나 같이 시적 대상은 한국적인 자연이다. 바로 '한국적인 자연' 그것은 그의 정신에 내재된 고향에 대한 간절하고 절박한 그리움의 표징이다. 17일간의 수행 여행 길에서 시화된 『기행시초편』이 이를 입증하여 준다.

> 승경(勝景)을 그려와서 취해서 돌아가는 / 금강의 구경군이 되었던고/ 울고픈 사람도 다시 웃으며 가더라우.
>
> —「외금강역」에서

> 리상향 찾는 사람 이리오 온정리로 / 이 아니 극락이냐 이곳이 에덴이라 / 사람도 집도 나무도 다같이 어짐이여.
>
> —「온정리(溫井里)」에서

수십 편에 달하는 그의 시조들은 대부분 평시조 구조를 지닌 연시조이다. 특이하게도 『기행시초편』에 수록된 64편이 올곧게 시조 형식을 유지하고 있는 사실은 우리 시조를 연구하는데 있어 비중 있게 다루어져야 할 문제의 여지가 있다. 내용면에 있어 자연을 시적 대상으로 하여 슬픔과 기쁨이 교차된 초기의 시편들은 대체로 여성적인 나약성이 유연성을 지니고 있어 심연수 시의 특징으로 지적된다.

> 대옆의 묵은 솔아 학이 간지 오래였지 / 그러나 네 푸름은 그 때와 똑 같으리라 / 학은야 간다더라도 유사(游士)는 찾아오소서.
>
> —「경포대」에서

정앞에 자라있는 버들아 마른 풀아 / 잉어가 서서 잔 곳 네 품 안 그곳이
지 / 자다가 깨서 가는 것 그냥 보고 두었더냐.

—「경호정(鏡湖亭)」에서

이처럼 여섯 살 어린 나이로 동해와 호수(鏡浦湖)와 접한 고국을 떠나 이국
에 몸담고 있으면서도 그토록 「경포대」, 「경호정」, 「형제암」, 「새바위」, 「죽도」
등을 자신의 시편에 담고 있는 것은 고향에 대한 자신의 간절한 그리움을 명
백하게 밝혀주는 계기가 된다.

3) 시의 호방성과 거창성

후기에 접어들며 심연수 시의 여성적인 분위기에서 오는 유연성은 점차 무
산되고 시의 톤이 강해짐과 남성다움이라는 변모된 시의 양상을 접하게 된다.
종전까지 자연을 대상으로 낮은 언덕이나 여울을 이야기하던 섬세한 감성의
시인이 공간을 달리하고 '우리' 라는 작은 대상으로부터 인류로 확장하여 우
주와 대화하려는 지난한 몸짓을 시도하는 실상의 확인이다. 이것은 대다수 삶
을 관조하던 이 땅의 시인들의 단순 시각에 비하여 복합적인 시각으로, 평면
시각에서 입체적인 시각으로 수평 시각에서 상승 시각으로의 놀라운 변전, 새
로운 시적 인식이며 실험정신인 것이다.

김룡운의 역설처럼 '심련수 시의 호방성과 거창성은, 윤동주 시에서 찾아볼
수 없을 뿐만 아니라 한반도를 포함해 광복전 어느 시인에게서도 찾아볼 수
없는 것이다.' 유연성으로부터 거창성으로 이양하는 과정에서 교량적 역할을
수행한 시편은 일본에서 창작한 「추락한 명상」이다. 이 시편을 통해 우리가
감지할 수 있듯이 그는, 아득한 명상의 심연으로 떨어지는 찰나 문득 오도의
경지에 오르고 진정한 시의 정원에 이르는 과정을 시사해 주고 있다.

억만년 묵고 쩔어 / 조충(潮風)에 검은 살이 / 성상보다 거룩하다 / 추락의
찰나 / 그러나 명상은 지속한다.

—「추락한 명상」에서

「추락한 명상」을 통하여 피상적으로 보아오던 삶의 괴로움을 심층으로부터 느낄 때 비로소 숭엄한 고독, 절벽의 고정 같은 것을 새롭게 인식하는 계기가 된다. 그후 「패물」, 「우주의 노래」, 「세기의 노래」, 「소지」 등의 시편들은 다소 중후한 경향과 색채를 지닌다.

퇴색한 도금처럼 / 찢기고 벗겨진 자취 / 상막(想幕)의 생채기에 / 천진한 락서가 오늘따라 그립다 / 광상이 식었으므로 / 줄늘여놓은 패물의 쪽맞춤 장난 / 싸늘한 상머리에 / 오려놓은 칼흔적에다 / 마음대로 휘젓고싶은 심사 / 깨여진 쪼각속에 / 알뜰한 예술이 숨어있으리니 / 할복(割腹)한 예술가여 / 사기(史記)에 꽃을 새기며 / 먼 나라 오랜 옛날 / 영원히 빛내일 / 생명아 깃들여라

—「패물」 전문

이 시편은 시인의 '생명, 대결, 파괴, 전위' 의식을 강하게 표출하여준다. 나름대로 그는 이 세상과 인생 내지 예술적 대결을 자처하고 있음을 유추할 수 있다. 때로는 삶의 제현상을 패물과 연계지어 도로(徒勞)를 하고 상머리(즉 인간 세상)에다 칼의 흔적을 남기며 낙서를 연상하기도 한다. 심연수는 바로 그 같은 작업 후에야 불멸의 혼(생명)이 주어진다고 확신하고 있다. '깨여진 쪼각 속에 알뜰한 예술이 숨어있으리니'라는 표현은 적절한 시적 처리로 지적된다.

이 시의 표제인 '패물'과 '할복한 예술가'는 서로 조응하면서 시의 주제를 심화시키는 효과를 보여준다. 우리는 찢어진 그물의 코를 깁듯 찬찬히 주시하면 「패불」의 시적 분위기나 내용면에서 '호방성과 거창성, 그리고 비중 있는 哲理'라는 시적 특이성을 확인하게 된다. 또한 이 시편을 통해 그 시인이 당시의 부조리한 사회에 큰 불만을 품고 시라는 자신의 유일한 도구로 대결하며 저항하려고 애쓴 예술의 혼불을 발견하게 되면 우리의 피도 끌어 오를 것이다.

혹자에 의해 「우주의 노래」, 「추락한 명상」, 「패물」을 그의 대표작으로 분류하기도 하지만, 심연수 시인의 시 전반에 걸쳐 충분한 시간을 갖고 총체적으로 심도 있는 검색작업은 지속적으로 주어져야 한다.

복잡한 스렉트롬의 분광색(分光色) / 좁다란 구멍에 모남 프리즘들만이 /
알지 못할 전설을 속삭이며 / 운석(隕石)의 함유광(含有礦)을 분해한다.
　　위성의 궤도를 침범한 혹성 / 륜리를 자랑하던 철칙의 과실(過失) / 전복
과 탈선에 발이 상해 / 동그란 주기를 연착한다.
　　몹시도 대담하던 가설의 학자가 / 신을 모독했다는 혐의를 입고 / 죽음의
도살장에 마지막 서서 / 독배(毒杯)의 법정을 노려본다.
　　명왕성밖에 천왕성이 울어 / 은하의 범람에 눈물이 질제 / 뭇별이 또다시
부서져서 / 나머지 운행을 계속한다.
　　태양의 흑점이 옮아가면 / 인력(引力)의 바줄이 빨라지고 / 태음(太陰)의
차광(借光)이 밝아지는 밤 / 군성(群星)의 근육이 경련한다.

— 「우주의 노래」에서

　　이 시의 표제가 암시하듯 「우주의 노래」는 대상을 바라보는 열린 시인의 거
대한 안목을 통해 전율을 느끼게 된다. 여기서 하나의 반문이 주어진다면, '우
리 한국시문학사에서 이처럼 거대한 시적 구조를 시도한 시인이 있는가? 라는
물음일 것이다. 우주를 인간사회로 상징하면서 낡은 것은 소멸되고 닭이 홰를
치는 새날이 밝아올 것이라는 예감을 암시하고 있는 이 시편은 '함축성, 난해
성, 철리성, 거창성'을 지니고 있어 세인의 주목을 받기에 부족함이 없다. 삶과
예술에 대한 전위 의식은 시 「우주의 노래」에서도 현현된다. 이 시는 우주 전
반을 인간 사회로 상징하고 메타퍼로 처리되어 있다. 이 시는 문예사조적인
측면에서 접근하면 초현실주의적인 성격 또한 지니고 있다.
　　특히 그는 자동기술법을 동원하여 광활한 우주를 시적 공간으로 삼고 그 넓
은 공간을 상상력을 통해 자유로이 비행하면서 혼돈의 논리에 지배받는 인간
사회의 모순을 역설적으로 노래하고 있다. 초현실주의의 핵심이 반란이고 혁
명이듯이, 오류를 범하고 있는 시행착오와 모든 전통규범, 원칙과 윤리가 파괴
된 공간에 새로운 질서가 바로 서야 한다는 것을 그는 자신의 신념에 담아 노
래하고 있다.
　　여기서 무엇보다 자명한 것은, 이상화의 「빼앗긴 들에도 봄은 오는가」와 대
조를 보여주는 소화 18년에 쓰여진 「소년아 봄은 오려니」는 조국 광복을 예감
한 시적 영감을 너무 선명하고 확신있게 천명하고 있는 점이다.

봄은 가까이에 왔다. / 말랐던 풀에 새움이 돋으리니 / 너의 조상은 농부
였다 / 너의 아버지도 농부였다 / 전지(田地)는 남의 것이 되었으나 / 씨앗은
너의 집에 있을게다
　[……]
　겨울은 가고야 만다 / 계절은 순차(順次)를 명심하자 / 봄이 오면 해마다
생명의 환희가 / 생기로운 신비의 씨앗을 받더라

앞으로 심연수 시에 대한 연구는 보다 다각적이고 총체적으로 수행되어야
한다는 것이다. 특히 유학시절에 현지에서 집필된 반일적 색채가 강한 다수의
자료가 발굴 보완된다면 민족시인 윤동주보다 선이 굵고 다양한 예술인식을
지닌 문인으로 새롭게 가치 평가를 받게 될 것이다.

임헌영이 모더니즘적 계열에 우수한 시편을 남긴 심연수 시인에게 있어 '이
시기 모더니즘이란 현실도피가 아니라 엄청난 역사적 격변과 부담감이 주는
충격을 미학적인 위안으로 치유하려는 형식으로 이루어진 것 같다. 남성적 모
더니즘 성향에다 의지의 시가 특색을 이룬다.'는 지적은, 한국시사에 있어 찬
연히 빛날 민족의 별로 자리 매김할 것이라는 가능성의 예견이기도 하다.

4. 마무리 — 문제의 제기

생을 마감한 이후, 반세기 동안 실체를 파악할 수 없었던 심련수 시인의 문
학자료는 대다수 미발표작으로 그 유고들은 8·15 광복 전에 창삭된 것이다.
때문에 해방 후 중국의 사회적 환경에서는 그의 유작을 발표할 수 없는 현상
임은 재론할 필요가 없다.

일단, 확인하고 넘어갈 사항은 심호수가 항아리 속에 간직해 두었던 심연수
의 시인의 작품을 몇 편씩 베껴서 여러 잡지의 편집부에 보냈지만 기대감을
예측할 수 없었다. 다행스럽게도 1999년에 60여수의 시고(詩稿)를 『문학과 예
술』 편집부에 보내고 또 몇 달 후, 육필 원고를 확인시킨 것이 연유가 되어
연변인민출판사 문예편집부와의 긴밀한 연계가 이루어지게 되었다.

심연수의 문학작품연구는 발굴로부터 출판, 연구에 이르기까지 연변인민출판사와 『문학과 예술』편집부, 한국중국조선족문화예술인후원회의 공동 주최로 『20세기 중국조선족문학사료전집』 출판기획소식 공개발표회에서 심연수 문학작품 및 심연수 개인의 경력이 비교적 상세하게 공개되기에 이른다. 그후 『문학과 예술』, 『연변문학』, 『도라지』, 『은하수』 등 잡지에서 그의 작품을 발표하고 『연변일보』와 『흑룡강신문』, 『연변라지오 텔레비죤신문』 등에서 그의 기사와 작품을 보도 발표하고 있는 점은 중시할 필요가 따른다.

조금 큰 틀에서 접근하면 『심련수문학편』의 간행은 중국내 활동한 조선족 문학연구의 밑그림을 그리는 기초작업이기도 하다. 김룡운의 역설처럼 '중국 조선족문단에서 우리 중국조선족 시인인 심연수에 대해 투철히 연구함으로써 동양, 나아가서는 세계적인 차원에서 중국조선족문학에 대해 정확한 자리 매김을 하는데 기여를 하게 될 것'은 무론하고, 문화의 세기에 있어 중국조선족의 위용을 새롭게 확인하는 시대적 소임과 역할을 또한 엄숙하게 수행하여야 할 것이다.

단, 시편을 중심으로 본고를 정리하며 '민족의 시인'이라는 시각에 접근하면서 그의 '시의 특성과 경향'을 '시의 유연성과 병폐성, 전통인식과 고향 회귀성, 시의 호방성과 哲理性'으로 결론을 지어 보았다. 그러나 무엇보다 그의 시편이 어디까지 감미로운 서정성을 지니고 있음은 수긍할 필요가 있다. 특히 그는 아직도 한국의 현대시가 뛰어 넘지 못한 철학과 사상성의 빈곤 문제를 그 나름으로 비중있게 다루어준 예감의 시인이다.

필자는 지속적으로 수행되어야 할 문제를 다음과 같이 제기한다.

하나는 심연수 시인의 생가터가 심씨 문중에 의해 누차 확증되었기[15]에 가까운 시일에 복원하고, 심도 있게 논의되고 있는 조형미를 갖춘 문화관광 차원의 문학 공원의 조성.

둘째는 매년 한국과 중국의 학자나 문인들에 의한 국제 학술 심포지움이 개최되어야 한다는 것이다. 시인의 폭 넓은 예술세계 작게는 문학세계에 대한 보다 지속적이되 심층적인 검색.

---

15) 『강원도민일보』, 「저항시인 심련수 '생가터 찾았다'」, 2000. 8. 21.

셋째는 지역의 예술인들이 중심 축이 되어 참여할 "심련수 문학제"와 지역성을 탈피한 전국 규모의 "심연수문학연구소"의 설립이다. 차지에 지역 축제로서의 문학제 행사 기일은, 가급적 심연수의 생일(5월 20일)이나 기일(8월 8일)에 맞추되 지역 출신 문학인들이 참여할 수 있도록 기획하는 것이 바람직할 뿐 아니라,

넷째는 자료의 발굴이 끝나 '민족의 시인, 시성(詩聖), 시의 산맥(山脈)' 등으로 지칭되며 재평가 작업이 이루어지고 있는 현실에서, 지방행정 기관에 의해 예산이 확보되어야 한다. <심연수 문학상> 제정과 <심연수 문학자료관> 설립 등의 문제도 긍정적으로 평가되어 창조적이되 동적인 인자(因子)로 발상을 전환시키고 문화관광 차원에서 심연수 시인의 고향을 아름다운 <시향(詩鄕)>으로 가꾸어 가는 지평 또한 열어야 할 것이다.

김동리 초기소설에 나타난 '두꺼비 설화'의 상징성 연구

최택균[*]

1. 들어가는 말

김동리는 문학창작과 비평을 동시에 지속해온 한국문학사의 예외적 존재에 해당된다. 그는 비평을 통하여 자신의 문학적 세계관과 창작 지침을 드러내는 동시에 이를 문학창작의 길을 통해 실천함으로써 창작과 비평을 하나의 유기적 세계로 일치시키고자 노력하는데, 그것이 그의 문학의 본질적 요소에 해당되는 '구경적 생'의 문학에 해당된다.

김동리의 초기소설의 세계는 그가 말하는 '구경적 생'의 문학에 이르는 일련의 모색과정을 드러내고 있다. 그에 의하면 '구경적 생'이란 신명의 발견을 통한 '한 있는 인간의 한없는 자연에의 융화'의 길로, 이는 생의 현실성과 초월성이 변증법적으로 종합된 세계를 의미한다.

따라서 김동리 문학은 현실에 대한 관심과 더불어 이러한 현실을 초월한 영원성의 세계에 대한 관심을 두루 포괄할 수 있는 문학원리의 구현에 초점을 맞추게 되는 바, 이는 김동리 문학의 변화와 지속의 원리를 구명하는 문학적 단초에 해당된다고 여겨진다.

김동리는 전형기의 새로운 주조탐색의 과정 속에서 그만의 독특한 리얼리즘 인식을 제기함으로써 당대 '세대논쟁'을 야기하게 된다. 그런데 그는 이러한 세대논쟁의 과정을 통하여 자신의 문학적 세계관의 거점을 보다 공고히 하는 한편, 당대 문단의 새로운 주조탐색의 모색을 드러낸다. 그러므로 이 시기

---

* 천안 북일고 교사.

그의 문학은 당대 카프의 근대적 문학에 대항하는 초근대적 문학경향의 선편을 이루는 문학적 의의를 드러낸다 할 수 있다.

김동리의 초기소설의 세계는 이러한 자신의 문학적 세계관의 거점을 보다 확고하게 드러내는 문학적 단초에 해당된다. 그는 대상과의 일정한 '거리두기'를 통한 문학적 관찰을 거쳐 당대상황을 포회할 수 있는 '조선의 심볼'의 발견을 추구하는 한편 더 나아가 이러한 '조선의 심볼'의 상황이 야기하는 당대 상황극복의 상징화의 원리를 추구하는데, 이는 그의 내면에 잠재된 '권력에의 욕망'을 드러내는 문학적 단초에 해당될 뿐 아니라 동시에 그의 정치적 감각을 드러내는 것이었다.

주지하다시피 상징이란 "개인적 신비의 한가운데서 초월의 존재를 확인하는 데 있는 그 미덕에 있는 것이라면" 그의 소설 속에 나타난 이러한 상징화의 원리란 샤를르 모롱이 말하는 '개인적 신화'의 영향에서 비롯하여, 당대 현실 극복과 초월성의 발견에 이르는 다양한 문학적 의미를 동시에 내포하는 것이라 할 수 있다.

그러므로 김동리의 초기 소설에서 '두꺼비 설화'의 의미망을 검토하는 것은 그의 '개인적 신화'의 영향과 동시에 그의 문학의 지향성을 구명해 볼 수 있는 문학적 단초에 해당되는 것이라 할 수 있다.

본고는 김동리의 초기소설에 나타난 '두꺼비 설화'의 상징화의 문맥을 분석해 봄으로써 그의 문학의 지향원리와 현실 초극원리의 문학적 원천의 거점을 해명하는데 그 목적을 둔다.

2. '두꺼비 설화'의 발견과 현실극복의 맥락

김동리의 초기소설의 전개과정은 그가 말하는 '구경적 생'에 이르는 일련의 모색과정으로 나타난다. 그는 일제강점기 당대 시대상황에 대한 문학적 관찰을 통해 이를 포회할 수 있는 '조선의 심볼'을 발견하는 한편 이러한 '조선적 심볼'의 상황이 야기하는 당대의 불모성 극복의 과제에 천착하게 되는데, 그러한 과정에서 현실극복의 상징화의 문맥으로 작용하는 것이 '두꺼비 설화'이다.

「화랑의 후예」에서 처음으로 그 문학적 단초를 드러내기 시작한 '두꺼비 설화'의 상징화의 문맥은 「팥죽」, 「두꺼비」, 「동구 앞길」을 거치면서 일제강점기의 불모적 시대극복의 역사적 전망으로 점차 자리매김하게 된다. 더 나아가 이러한 상징화의 문맥은 해방공간 「윤회설」에서 불교적 '윤회사상'을 통해 좌우익의 이념대립과 갈등에서 야기된 당대 카오스 상황에 대한 부정과 현실 극복의 문학적 의미망으로 다시금 등장하게 된다.

그런데 이러한 '두꺼비 설화'의 상징성은 그의 소설 속에서 단순한 설화적 인용을 벗어나 새 생명을 잉태하는 모성의 '핏줄의식'을 상징함으로써 당대 현실극복의 맥락을 의미할 뿐 아니라 이를 초월하여 공동체적 삶의 지향을 통한 생의 순환과 지속의 영원성의 세계를 지향해 나간다는 점에서 그가 말하는 '구경적 생'의 길로 나아가는 문학의 논리적 거점을 보여준다는 점에서 그 문학적 의의를 갖는다.

1) 「화랑의 후예」 – '조선의 심볼'찾기와 현실극복의 역사적 전망

「화랑의 후예」에 대한 기존의 논의는 일반적으로 처녀작에 대한 관심정도에 머물거나 상허, '이태준의 亞流作'수준으로 貶下시키는 박태원의 경향에 대체로 동조하는 수준에 머문다.[1] 그것은 「화랑의 후예」가 '朝鮮的 上古美'에 대

---

[1] 김동리, 「자전기」, 402쪽(김윤식, 『김동리와 그의 시대』, 민음사, 1995, 10쪽 재인용).
"「화랑의 후예」가 당선되었을 때 심사위원이었던 김동인씨로부터 격찬에 가까운 말을 들엇지만, 그 달 월평에서 박태원으로부터 이태준의 불우선생의 냄새가 난다는 말을 들었던 것이다. 물론 박태원도 칭찬을 한 끝에. "다만……" 하고 덧붙인 말이긴 하지만 나로서는 여간 화가 나지 않았다. 문체나 주제의 문제 같으면 모르지만 소재의 공통점을 가지고 신인의 작품에 흠을 붙일 까닭이 이 무어란 말이냐 하는 불만도 있었지만, 하여간 그러한 불만이 제삼자의 솔직한 고백이라면 소재면부터 전인미답의 새로운 경지를 개척해 보이리라 다짐했던 것이 「숯구이」였던 것이다."
김동리는 자신의 「화랑의 후예」가 이태준의 아류작이란 사실을 부인하고 있다. 그러나 진정석은 김동리의 최초의 비평이 「이태준론」인 점, 근대사회로부터 탈락한 주변적 인물들을 향수어린 시선으로 보는 소설 미학을 다루고 있다는 점에서 이태준의 아류작이라는 박태원의 견해에 동조하고 있다. 진정석, 「김동리 문학연구」, 서울대석사, 1992, 22쪽 참조

한 묘사에 치우친 「불우 선생」과 유사성을 보인다는 점에서 비롯된 것이다. 그러나 정작 김동리가 이 작품에서 주목하는 문제는 '조선의 심볼' 찾기이며, 이는 현재의 자신의 '분열된 모습'에 대한 확인인 동시에 민족적 동일성(national identity) 회복에 대한 상징적 문학원리의 발견이라는 점에서 보다 새로운 의미의 주목을 요하는 작품이라 할 수 있다.

소설 속의 내포작가이며, 서술자인 '나'는 숙부의 말에 이끌려 '조선의 심볼'을 만나기 위해 '관상소'를 찾는다. 그곳에서 나는 숙부의 소개로 '황진사'를 만난다. 그러나 그는 정작 내가 생각하는 '조선의 심볼'과는 거리가 먼 인물이다. 나는 실망을 하며, 곧 집으로 돌아오고 만다. 그런데 얼마 후 집으로 찾아온 황진사에게 오히려 내가 반가움을 느낀다는 것은 '조선의 심볼'에 대한 나의 인식이 보다 성숙되어 있음을 반증하는 것이다. 그것은 그의 비상하고 괴이한 행위를 바라보는 나의 시각이 단순히 현상적 인식에만 머물지 않고 보다 근본적이며, 본질적인 인식으로 성숙되었음을 보여주는 단초에 해당되기 때문인 것이다.

서술자인 내가 발견한 황진사의 모습이란 "소란한 차마 소리와 아우성과 입김과 먼지와 기계의 비명이 주야로 쉬지 않는 도심의 심장 속에서 자리잡고 있는" 관상소에서 욕망에 찬 눈으로 "살아갈 지모를 얻기 위해 六爻를 뽑고 있는" 인물이다. 이러한 황진사의 모습은 그가 끊임없이 현실과 이상의 분열을 경험하고 살아가야 하는 상징계의 실존적 인간상임을 말해주는 것이다.

그러나 그는 이 암담한 시대를 극복할 수 있는 '욕망(desire)'에 집착하는 인물이라는 점에서 살아 있는 인간정신을 상징하는 인물이라 할 수 있다. 현실 속에서 그는 한끼의 양식을 해결하기 위해 '소똥 위에 개똥 눈 흙가루'를 명약이라고 떼를 쓰며 팔려고 하고, '달아빠진 헌 책상'을 사라고 애걸복걸하기도 한다. 그럼에도 불구하고 그것은 단순히 그의 현상적 모습에 불과 할 뿐이다. 오히려 그는 현재의 욕망의 좌절감을 극복할 수 있는 새로운 욕망의 대상 찾기[2]에 집착하는 인물이다. 따라서 그의 가벌에 대한 긍지와 늘 몸에 지니고

---

2) 라캉은 주체가 가진 욕망의 공식을 ≰ ◇ a를 통해 주체의 욕망의 실현이 이루어질 수 없음을 설명하고 있다. 라캉은 상징계적 인간들은 근원적 욕망을 좌절을 경험한

다니는 『주역』은 그의 삶을 지속시키는 욕망의 기표로 작용한다.

> 그는 화로에서 이러 서더니 두루막 자락을 뒤로 넘기고 저고리 선을 위
> 로 들시고 손을 너어 무엇을 찾는 모양을 했다. 나는 속으로 옷에 이를 숫불
> 에 잡어 너흐려는가 하고 잇스니 그는 나를 힐깃 보며 배에 들으고 잇는
> 때무든 전대를 하나 끄내엇다. 나는 입도 떼지안코 그의 하는 양만 직히고
> 잇섯다. 그는 그 오래된 때와 먼지가 오른 전대를 들고 털었다. 전대 속에서
> 네 귀가 이즐어진 모필, 사채 한 권과 휴지쪼가 멋장과 자그만 문서 책이
> 나왓다. 그는 극히 대중한 듯이 휴지쪼각을 추려 문서책과 함께 도로 전대
> 에 너헛다. 이즈러진 귀마다 넙쩍넙쩍한 쾌가 글여 잇는 것으로 보아 그것
> 이 주역사책임에 틀림이 업슴을 짐작햇지만 더 알어 볼려고 그것이 무슨
> 책이냐고 물은 즉 「아! 주역 책이지 그랴!」하고 나를 홀계보앗다.3)

이러한 분열된 인간의 모습이란 황진사의 모습이자, 더 나아가 당대 시대상
황에 대한 김동리적 인식4)에 해당되는 것이다.

『주역』을 읽어 언제나 '聖의 영역'으로 들어갈 기회가 올 것이라는 황진사
의 욕망은 현실과의 부조화 속에서 '諷刺와 同情의 視線'을 교체하게 하는 인
물상으로 그를 비쳐지게 만든다. 인물과의 '비판적 거리설정'에서 나타나는 것
이 풍자(satire)의 원리라면, 대상과의 감정의 교류를 통해 얻어지는 주관적 인
상의 표현이란 인물에 대한 感情移入으로 나타나는 동정과 연민에 대한 정서
표출로 나타난다.

황진사에 대한 나의 감정이 초반의 '풍자'에서 작품의 후반으로 간수록 점

사회적 자아로서의 주체이며, 이들은 자신들의 근원적 욕망의 좌절을 실현시켜줄 새
로운 대상을 찾는다. 이 때 욕망의 충족실현이 가능할 것 같이 보이는 대상, 즉 대체
가 가능하다고 믿는 단계가 은유(프로이트에 있어서는 '압축')이요, 충족시키지 못하
고 다시 다음단계로 자리를 바꾸는 것(프로이트에 있어서 '전이')이다. 그러므로 욕망
은 언어구조 즉 은유와 환유의 구조로 짜여 있다는 것이다(라캉, 권택영 외, 『욕망이
론』, 문예출판사, 1994, 18~19쪽 참조).

3) 김동리, 「화랑의 후예」, 조선중앙일보, 1935. 1. 3~4.
4) 라캉에 의하면 인간은 여전히 상상계의 충만함에 대한 욕망을 무의식 가운데 숨기고
   상징계의 세계에 접어 들기 때문에 인간의 무의식은 생성된다고 한다. 따라서 인간은
   상상계와 상징계의 기로에 선 존재이며, 주체의 원초적 분열은 필연적으로 이루어
   질 수밖에 없다고 한다(라캉, 『욕망 이론』, 위의 책, 참조).

차 '동정과 연민'으로 나아감은 그가 단순한 나의 관찰의 대상에만 지나지 않음을 傍證하는 것이다. 그것은 작품 초반 그토록 부정하려 했지만 결국 그는 '조선의 심볼'이며, 현재의 작가자신과 동일시된 모습임을 스스로 자각한데서 기인하는 것이다.

한편 황진사의 "고약 때 오른 두루마기"는 그의 현실적 질곡의 모습을 단적으로 들어내는 상징적 모습에 해당된다. 이 표현 속에는 김동리가 표나게 주장했던 '白民과 神明의 원리'가 잠복되어 있다. 그는 최남선의 『고사통』을 인용하면서 우리민족이 흰빛을 숭상하게 된 연원을 밝히고 있다.[5] 그에 의하면 우리민족은 일찍이 태양을 天主로 숭배하고 光明을 신성시했다는 것이다. "흰빛은 生命의 빛깔이요. 道의 빛깔"인 것이다. 그러므로 황진사의 '때묻은 두루마기'란 신명의 훼손이자, 몰락한 白民의 상징인 것이며, 황진사가 집착하는 욕망이란 곧 생명의 회복이자, '道'의 구현이라 할 수 있다.

그런데 이 작품에서 황진사는 이러한 자신의 분열된 자아상을 회복할 수 있는 대안으로 '핏줄에의 욕망'으로 욕망의 轉移를 감행한다. '핏줄에의 욕망'이란 가족주의로 대표되는 공동체적 세계에의 욕망으로 확장되며, 이를 통해 현재의 단절감과 분열에서 베르그송이 말하는 '時間持續'[6]을 경험케 함으로써 실존적 존재의 한계를 극복할 수 있는 계기를 발견해 낼 수 있게 하는 단초에 해당된다.

늘 "자식이 없는 것을 한탄하는" 황진사에게 숙모는 돈 많은 젊은 과부를 주선한다. 그러나 황진사는 자신의 상대가 젊은 과부라는 말을 듣고 모멸감에 어쩔 줄을 몰라한다.

---

5) 김동리, 「흰나비」, 『한국삼대작가전집』, 삼성출판사, 1970, 306~307쪽 참조.
6) 마이어 홉은 베르그송의 시간지속을 사용하면서, '시간 지속'이란 간단히 말하면 시간을 연속적인 것으로 경험하는 것을 의미한다고 정의하고 있다. 마이어 홉에 의하면 시간의 연속적 흐름이나 지속성은 <전도서>나 헤라클리투스부터 조이스 엘리어트, 토마스 울프에 까지 문학작품의 영원한 주제가 되어 왔다고 한다. 이러한 시간 지속을 드러내기 위해서 강 바다와 같은 상징, 비약, 흐름과 같은 감각적 심상들이 일반적으로 상징되고 있는데 이들이 공통적으로 추구하고 있는 것이란 시간의 영속성을 추구하는 무시간성에 대한 탐구라는 것이다. 「화랑의 후예」에서 피의 상징성이란 인간의 유한적 삶의 시간적 한계성을 극복하고 영원성을 추구하는 '시간 지속'의 의미로 볼 수 있다(H. 마이어 홉, 김준오 역, 『문학과 시간 현상학』, 삼영사, 46~116쪽 참조).

"장가를 못 갓스면 못 갓지. 그래 어데라구 과부한테 가겠수? 홍 차라리 누군데 그랴?"

모진 상처에 다흔 것처럼 목을 뽑아 외치드니 금시에 딴판으로 음성을 나추어 "황후암의 칠대종손이유!" "황후암 종손이 남의 가문에 출가햇든 사람한테 두벌 장가를 들기는 천지도 무심하우! 정말이지 황후암 칠 대 후손이 되구 넘우나 억울한 말슴 유!" 그는 애걸하는 어조로 숙모님을 쳐다 보앗다.7)

위 지문은 황진사가 욕망하는 세계가 이미 상실되어 버린 과거에 고착된 상상계의 영역임을 반영한다. 그는 자신이 처한 상징계의 분열된 현실을 애써 거부하며, '族譜와 周易'으로 상징되는 과거세계에 시선이 고착되어 있다. 따라서 그는 과거를 훼손하는 모든 시도를 거부하는 '보수주의적 환상'에 사로잡히게 되는 것이다.

역사 속에는 두 가지 요소, 즉 그것 없이는 역사가 불가능한 바의 두 가지 요소가 결합하고 있다. ― 보수적 요소와 창조적 요소이다. 역사적 과정은 이 양자의 결합 없이는 불가능한 것이다. 보수적 요소라는 말을 할 때 ,필자는 그것에 의해서 정신적 과거와의 연관성, 내적인 전통, 그리고 과거에 있어서 가장 신성한 것의 수용을 의미한다. 그러나 동시에 또한 동력학적이며, 창조적 요소가 없이는, 역사적 진행과 경과가 없이는 역사의 수용이란 불가능하기 때문이다. 그러므로 과거와 내적 연관성, 과거의 기념물에 대한 가장 깊은 지향과 동시에 창조적 시작의 모험이 따르지 않으면 안 된다.8)

이러한 '보수주의적 환상'은 결국 역사의 수용을 거부하며, 과거와의 ,조상과의, 모든 신성한 것들과 연관성을 가지며, 고착된 정적 시간의식을 낳는다. 이러한 인식은 더 나아가 근대에 대한 전면적 거부로 이어지고, 현재를 극복되어져야 할 카오스의 공간으로 규정케 한다.

이 작품에서 이러한 카오스의 상황 극복논리는 '생명에의 상징'으로 나타난

---

7) 김동리, 「화랑의 후예」, 『조선중앙일보』, 1935. 1. 5.
8) N. 베르자예프, 이신 역, 『노예냐 자유냐』, 인간, 1979, 49쪽.

다. 그런데 이러한 '생명에의 상징'은 김동리 나름의 '準備論的 歷史意識'이 표명되어 있는 것이다. 그런 관점에서 본다면 이 작품에서 김동리는 분열된 현재의 카오스 극복을 위한 '기다림의 미학'을 '핏줄에의 욕망'으로 상징화하고 있는 셈인 것이다.

이 작품에서 황진사는 자신의 '순수혈통'을 얻음으로서 현재의 분열된 모습에서 자아동일성을 확보할 수 있다고 믿고 있다. 이는 '피'의 상징적 의미[9]가 공동체적 세계질서의 회복으로 확장될 수 있는 단초를 의미한다. 따라서 그에게는 현실의 일시적 호구의 해결, 에로티시즘(erocitism)의 욕구의 실현이란 자신의 원대한 정신적 욕망과의 괴리만을 가져오고 모멸감만을 주는 것이다.

황진사는 자신의 이룰 수 없는 정신적 욕망을 대체할 수 있는 새로운 욕망의 대상 찾기에 골몰한다. 이는 그의 삶을 지속시키기 위한 일종의 환유화된 욕망[10]의 표현이다. 이러한 삶에 대한 욕망은 자신이 '화랑의 후예라는 발견'을 통해 일시적 성취감을 얻게 된다. 그러나 이러한 환유화된 욕망의 성취란 과거에 국한된 것이며, 겨울로 상징된 당대적 삶을 극복할 수 있는 구체적인 해결책이 될 수는 없는 것이다.

그러기에 그의 욕망은 언어구조처럼 기표와 기의 사이에 끊임없는 미끄러짐과 어긋남을 경험하며, 삶을 지속시켜 나갈 수밖에 없는 것이다. "푸른 인조견 쪼끼에 검은 유리 안경을 쓴데다가 빨아 말린 두루막을 왼쪽 팔에 걸고 땀저른 누런 맥고모자를 뒷통수에 갓겨 쓴" 戲畫化되고, 부조화된 모습은 그의 분열된 모습을 상징하는 것이다. 즉 '화랑의 후예'라며, 가벌을 자랑하던 그의 정신적 세계는 현실적 삶과의 분열 속에 '거리의 약장수'로 그를 전락되게 만

---

9) 피의 상징적 의미는 죽음과 재생이라는 양면성을 동시에 가지고 있다. 여기서는 생명의 원천으로써 핏줄의식과 가족 공동체의 循環論的 世界에 대한 욕망으로 표명됨으로써 인간의 실존적 한계성을 극복하는 의미의 확장이 이루어지고 있다고 본다(김정숙,『현대소설에 나타난 상징성 연구－김동리 작품을 중심으로』, 중대 박사학위논문, 1989, 27쪽 참조).

10) 환유화된 욕망이란 주체가 욕망을 채울 수 있다는 환상 속에서 기표는 환유의 유희를 계속한다. 이 때 주체가 가진 근원적 욕망은 은유에 의해 기표 속에 감춰져 있다. 그러나 이러한 환유화된 욕망이란 인간의 근원적 욕망의 결핍을 완전히 충족시킬 수 없다. 죽음만이 욕망을 실현시킬 수 있다는 라캉은 말은 상징계 인간의 삶의 실존적 한계성을 말하는 것이다.

들며, 노점 단속에 걸려 유치장에 갇히는 처량한 모습으로 그 실체를 드러내고 있는 것이다.

그러나 김동리는 '조선의 심볼'의 모습을 이처럼 비극적으로만 묘사하는 것이 아니라 이를 극복할 수 있는 대안을 모색한다. 그것은 황진사가 長廣舌을 통해 역설하는 '두꺼비기름' 속에 그 실체를 음험하게 드러내고 있다.

> ,거저 누구헌데엔 독물을 빼고 버레가 먹는데는 버레를 내고 깁히 깁히
> 감춰두면 반드시 한 번씩 찾게 되는 약 사서 두기만 하면 언제나 보배가
> 되는 약. 자 두꺼비 기름! 이 두꺼비가 얼마나 무서운 힘이 잇는가 지금 단
> 단히 보시오 하고 그는 병에 물을 들고 실험을 했다.[11]

자신을 "뱀에게 먹힘으로써 생명의 지속을 담보하는 두꺼비 설화"의 상징성[12], 이는 김동리에게 당대의 불모성과 카오스를 동시에 극복할 수 있는 유일한 대안이자, 그의 문학적 핵심이 결국 '생명에의 탐구'에 있음을 단적으로 드러내는 것이다.

그러므로 「화랑의 후예」는 비정치적 정치성의 논리가 은연중에 드러나며[13], 비역사적 태도를 통해 역사적 가치를 역설적으로[14] 은연중에 드러내는 소설이라 할 수 있다.

또한 이 작품에서 황진사의 모습은 김동리의 '개인적 신화'속의 의식, 무의식 사이에 잠재된 '어두운 분신'의 모습을 반영하고 있다. 즉 황진사와 숙부의 모습이란 실상 분열된 자아의 모습이 반영되어 있는 것이다.

정신적 아비상실을 경험한 김동리에게 대상화 된 타자로서 아비의 역할을 담당하던 범부의 모습은 당대 거리의 철학자[15]로 자신의 역량을 제대로 발휘하지 못한 채 소외된 삶을 살아야 했고, 범부로부터 문사로 인정을 받은 자신

---

11) 김동리, 「화랑의 후예」, 『조선중앙일보』, 1935. 1. 6.
12) 김동리, 「두꺼비 설화의 정신」, 『조광』(5권 11호), 1939, 187쪽.
13) 이보영, 「식민지 조건의 극복」, 『식민지 시대의 문학론』, 필그림, 1984, 457쪽.
14) 김윤규, 「「화랑의 후예」에서 바라보는 김동리 소설」, 유기룡 편, 『김동리』, 살림, 1996, 47쪽.
15) 김윤식, 『김동리와 그의 시대』, 민음사, 1995, 47쪽.

역시 "여의주를 얻지 못한 이무기"로 우울한 잠행을 해야 했던 당대의 분열감이 결국 황진사와 숙부의 어긋남과 구속의 상황으로 나타나 있게 한 것이다.

이 작품에서 이러한 혐의의 단초는 여러 곳에서 발견할 수 있다. 즉 완장(阮丈)이 광산의 일로 집을 떠났을 때 황진사가 집을 찾아와 밥을 얻어 먹고, 장광설로 자신의 욕망을 드러내며, 완장이 감옥에 구속된 상황에서 황진사는 자신의 조상이 신라시대 화랑임을 발견하고 의기양양해 한다는 것 등이다.

그러므로 이 두 인물의 이와 같은 엇갈림은 김동리의 분열된 의식의 표현이며, 이는 동일한 인물의 내면과 외면이며[16], 김동리가 지향하는 성(聖)과 속(俗)의 부조화된 당대 상황의 카오스를 형상화한 것이라 여겨진다.

2) 「두꺼비」, 「팥죽」, 「동구앞길」 — 모성의 발견과 생의 재생과 순환의 원리

「두꺼비」(『조광』, 1939. 8)의 '종우'는 삼촌의 대승주의적(大乘主義的) 사고의 허구성을 신랄하게 반박하는 행위로 '각혈'을 한다. 이는 「솔거」 연작에서 '재호'의 대승적 구원이 결국은 '자기구원'의 차원에서 나타난 일종의 허위의식에 불과할 뿐임을 보여준다는 점에서 이와 동궤를 이루는 것이라 할 수 있다.

또한 이 작품은 30년대 후반 문단에 나타난 '전형기'의 세태 속에서 전향자의 논리를 비판하는 입장에 선다는 점에서 그 문학적 의의를 찾을 수 있다. 전향소설이란 "전향한 작가의 작품 중에서 전향문제를 다룬 작품 또는 전향문제를 주요 제작 동기로 한 작품"[17]으로 정의될 수 있는 소설로 인간으로서의 삶의 원리와 태도, 즉 세계관의 문제를 천착한다는 점에서 그 어느 소설보다도 '소설다운 소설'이라는 점과 김동리의 문학적 세계관이 보다 직접화된 언술을 통해 잘 표출된다는 점에서 그 문학적 의의를 찾을 수 있다.

그런데 이 작품에서 '인류의 구원'을 이상으로 삼는 삼촌의 '대승주의 사상'이란 기실 삼촌 자신의 전향을 합리화하는 구실이며, 자기구원의 소승적 태도

---

16) 조회경, 「김동리 소설 연구」, 숙명여대 박사학위논문, 1996, 12~31쪽.
17) 김윤식·정호웅, 『한국소설사』, 예하, 1993, 152쪽.

를 은폐하기 위해 내세운 일종의 명목에 불과할 따름이다. 그렇기 때문에 '종우의 각혈'이란 이에 대한 일종의 히스테리컬한 반응으로 이는 은폐된 비판의식이며, 자기소멸의 논리에 해당되는 것이다.

따라서 "능구렁이에게 먹히는 두꺼비의 이야기를 듣는 날 '종우'는 처음으로 각혈이란 것을 하게 되었다."로 시작되는 이 작품은 김동리의 감춰진 '권력에의 욕망'이 은폐된 각혈의 논리를 통해 표출되는 지극히 "정치적 감각이 민감한" 작품18)에 해당된다.

> 인류의 행복! 어떻게 해야 인류 전체가 행복할 수 있느냐! 이것이라야 하느니 우리의 대덕 석가모니는 그 대자대비가 곤충 미물에까지 미쳤거니와 예수 그리스도 역시 그의 유대 민족이란 소승적 견지를 버리고 전 인류의 구원이란 대승적 이상을 세웠기에 그것이 만고의 진리가 된 것이 아니냐. 이점에 있어서는 특히 우리의 사표가 됨직 하니라. 너도 알다시피 나도 옛날엔 그러한 민족주의자요 또 [……] 이 때 별안간 종우는 어떤 예감으로 입에다 얼른 수건을 갖다 데었다. 이윽고 모진 기침과 함께 수건이 붉게 젖어졌고 이것을 그의 삼촌도 보았다.19)

위의 지문에서 나타난 것처럼 삼촌으로 대표되는 전향자들의 내세운 대승주의의 논리란 기실 자기기만의 친일의 논리에 지나지 않는다. 이에 대해 대항하는 종우의 반응은 히스테리컬 한 각혈을 이끌고 있으며, 이는 종우에게 '야릇한 즐거움'을 준다는 것이다. 그런데 이러한 표현은 김동리가 당대적 상황을 바라보는 임담한 질망감의 표현인 동시에 사신의 정체성을 유지해 가는 일송의 소극적 저항의식의 변형된 표현에 해당되는 것이다.

"외적 상황에 대한 발언이 철저하게 배제된 전형기의 상황"에서 김동리가 당대의 문단 신세대의 기수로 등장했던 것은 유진오의 '신인 행복론'에 대한 전면적 거부20)와, 30년대 카프가 주도한 당대 리얼리즘 인식에 대한 비판에서

---

18) 김윤식, 「주인과 노예의 변증법－헤겔의 시선에서 본 김동리 문학」, 『한국문학』, 1995. 가을호, 78쪽.
19) 김동리, 「두꺼비」, 『조광』, 1939, 346쪽.
20) 유진오, 「순수에의 지향」, 『문장』, 1939. 6, 김동리, 「순수이의」, 『문장』, 1939. 8.

제기된 것이라면, 그것은 김동리 나름의 내적 분열과 문학적 형상화의 원리에 대한 자기정체성 수립의 과제를 남기는 것이었다.

그러므로 '종우의 각혈'이란 그 나름의 당대 세계인식의 표출로 인식되어 질 수 있는 문학적 단초에 해당되는 것인데, 그러한 관점에서 본다면 이는 자기소멸적 행위를 통한 일종의 자기비판과 성찰의 자세에 해당된다고 할 수 있다.

따라서 카페 여급인 '정희'를 구해내겠다는 그의 무모한 욕망 역시, 일종의 자기실험과 성찰의 변형된 표현으로 나타난 것이다. 즉 종우는 삼촌이 내세우는 인류구원이라는 표어의 기만성에 대한 자기실험의 일종으로 정희를 선택하고, 그 허망함과 정체성을 낱낱히 드러냄으로써 자기비판을 행한다. 그러나 정희를 선택하는데, 종우의 센티멘털리즘도 작용하고 있음을 염두에 둘 때 「두꺼비」에는 김동리가 품었던 문학의 고귀한 이상과 구원에 대한 자기반성의 의미 역시 담겨있음을 알 수 있다. 그러므로 김동리의 문학적 의도는 종우의 도덕원칙마저 정희의 현실원칙에 패배할 뿐 아니라 나아가 인간이 품는 도덕원칙의 허구성까지도 고발하는데 있음을 보여준다.

그런데 '종우'가 '정희'를 술집에서 구해낼 때 정희에게 "일즉이 어떤 의미의 애착이나 야심 같은 것을 가져본 적이 없었다"는 표현에서 드러난 것처럼, 종우의 정희에 대한 구원이란 "정희를 위해 그 신변의 모든 것을 죄 긁어 보태어 정히 하나쯤 조용히 늙을 수 있을만한 그만한 돈을 몽뚱그려서 경상도 어디 저희 고향이란 데로 내려보내었던 것"처럼 지극히 막연하고 추상적인 동정론에 불과한 것이며, 기껏해야 애정이 결핍된 감상적 시혜의식에 지나지 않는 것이었다.

유진오는 이 글에서 신인들이 제기한 「신진작가 문단 호소장」(『조광』, 1939. 4)에 대하여 언어불통설, 신인행복설, 순수의 정의 등으로 요약하여 비판하고 있다. 이에 맞서 신세대의 대표적 논객으로 등장한 김동리는 유진오의 언어불통설, 표어시비, 순수에의 결론등 세 항목에 걸쳐 자신의 입장을 정리하고 유진오 등의 기성문단에 비판적 견해를 들어낸다. 특히 신인행복설 부분에 대해서 "오히려 진정한 작가일수록 인간적, 문학적으로 자기분열을 가지는 법인데", 유진오는 신인은 행복하다는 논조로 신인들을 모욕하고 있다고 반발한다. 그러나 결국 그는 유진오의 '인간성 옹호'와 순수정신에 대해서 일정한 정도 영향을 받고 있음을 알 수 있다. 그것은 해방 이후 문맹 측의 물질중심 대신 인간중심의 문학론으로 나타나고 있기 때문이다.

「솔거」 연작에서 재호의 애정 없는 구원이 결국 자기구원의 의미를 벗어날 수 없었던 것처럼, 「두꺼비」의 종우의 구원 역시 똑같은 실패를 답보할 수밖에 없는 것이었다. 왜냐하면 정희가 진정으로 종우에게 원한 것은 그의 "사랑과 관심에 의한 보살핌"이었지, 금전적 선심이 아니었기 때문이다. 애정이 없는 인간의 구원이란 결국 정희로 하여금 이전의 삶으로 퇴행할 수밖에 없는 상황을 또다시 유발하는 것이다.

삼촌의 대승주의와 종우, 자신의 센티멘털리즘의 허구성이란 애정의 실천이 결여된 한낱 구두선에 불과한 것으로 동궤의 것임을 깨닫는 순간, 종우가 선택한 행동은 정희의 수준에 이르기까지 타락하기이다. 그것이 구체화된 행위가 결핵균을 방출해내는 '각혈병'을 앓는 것이다. 그런데 문제는 「두꺼비」에서 종우의 '각혈'이란 단순치 않은 의미망을 내포하고 있다는 것이다.

> 그의 머리 속에 왕래하는 것은 정히도 삼촌도 누이동생도 아무도 아니요. 눈에 보이지 않는 검은 수레바퀴였다. 수레바퀴에는 문득 붉은 피가 묻어 도라 갔다. 그 피에서는 결핵균을 가득이 갖인 두꺼비 새끼들이 무수히 준동하고 있었다.
> 벌언 능구렁이를 코 끝에 드려대며 "이제 이놈 죽어서 마디마디 두거비 새기가 나는 뎁쇼."하든 강서방의 목소리를 지금도 귀에 들으며 그는 그 질고 캄캄한 골목에서 정히의 감정치마만 보고 질질 미끄러지는 것이다.[21]

위 지문의 묘사는 「화랑의 후예」의 '두꺼비 설화'가 보다 에로틱(erotic)한 성적 표현을 통해 강한 생명의 상징적 의미로 구체화된 것이다. 김동리가 말하는 '두꺼비 설화'의 정신이란 강인한 생명의 지속성을 드러내는 매개물이다. 그런데 김동리의 소설 속에서 '두꺼비 설화'는 '피'의 상징성을 통해 시간지속으로 확장되면서 그 상징의 의미역을 점차 확대해 간다. 이재선은 이를 '핏줄의 식'[22]이라 명명하고 있으며, 이동하는 이를 '가족주의'[23]라는 용어를 사용하

---

21) 김동리, 「두꺼비」, 위의 책, 356쪽.
22) 이재선, 『한국현대 소설사』, 홍성사, 1982, 457쪽.
23) 이동하, 위의 책, 참조.

여 그것의 의미를 정의하고 있다.

이런 관점에 의거한다면 '두꺼비 설화'의 상징성은 이 소설 속에서 당대 상황극복에 대한 그의 역사적 전망으로 암시되어 있는 표현이라고 할 수 있다. 즉 이 때의 '정희'란 김동리가 그토록 찾던 '조선의 심볼'이자, 동시에 생명의 원천으로서의 '근원적 모성'이라는 이중적 속성을 담지하는 인물에 해당된다. 그런데 김동리가 자신의 '개인적 신화' 속에서 발견한 어머니의 강인한 생명력은 당대 절망적 상황 속에서 현실극복의 문학 내적 논리의 모색을 발견하는 문학적 단초에 해당된다는 점이다.

그의 문학적 출발이 대상과의 일정한 거리설정에서 출발하며, 그가 이러한 '거리두기'를 통해 발견하고자 하는 모습이란 결국 '조선의 심볼', 즉 당대적 삶의 발견과 그것의 극복의 논리라 한다면, 종우가 '조선의 심볼'에 해당되는 인물, 정희를 통해 눈에 보이지도 않는 '검은 수레바퀴'를 감지한다는 것은 강한 상징성을 암시하고 있는 것이라 할 수 있다.

주지하다시피 상징이란 개인적 신비의 한가운데서 초월의 존재를 확신하는데[24] 있는 그 미덕이 있는 것이라면, '수레바퀴의 상징'은 원형적 상징으로 나아가는 단초를 보여주는 것이다.

> 원형상징 가운데 가장 철학적으로 성숙된 상징은 아마 원과 그 가장 흔한 이미지 구현체인 바퀴이다. [……] 원이 차바퀴로 구현되었을 때 두 가지 특질이 부가되는데 차바퀴에는 살이 있고 또 이는 회전한다는 것이다. 차바퀴의 살은 심상적으로 태양광선을 상징하고 살과 광선은 둘이 다 중앙에 자리하는 생명력의 원천에서 우주만물을 향해 창조적 영향력을 발사하는 상징성을 갖는다.[25]

"원은 생명의 유일. 지상의 중요한 측면 — 말하자면 생명의 궁극적인 전체성을 가리킨다. 또한 '禪宗'에서는 원은 깨달음을 나타낸다."[26] 이런 견해를 수

---

24) 질베르 뒤랑, 진형준 역, 『상징적 상상력』, 1994, 43쪽.
25) 필립 휠라이트, 김태옥 역, 『은유와 실재』, 문학과지성사, 1982, 126~127쪽.
26) 아니엘라야페, 「미술에 있어서의 상징성」, 권오석 역, 『C.G 융 심리학 해설』, 홍신문화사, 1993, 154~157쪽 참조.

용한다면 종우가 정희를 통해 발견한 것은 이중적 의미를 내포하고 있는 셈이다. 그것은 당대적 암담함과, 죽음 등의 생의 불모성에 대한 인식과 더불어 당대상황 대한 극복 논리를 그녀를 통해 발견해내고 있다는 점이다. 다시 말하면 정희란 모성의 잠재자이며, 이는 생의 불모성을 극복할 수 있는 생명의 원천적 모습, 즉 '두꺼비 새끼'를 품을 수 있는 어머니라는 자각과 깨달음이다. 때문에 종우의 '각혈'이란 당대 현실극복의 내적 논리의 모색이자, 김동리 나름의 역사적 전망이 상징적으로 은폐되어 있는 행위라 할 수 있는 것이다.

즉 지금은 암담하고 불모적인 상황에 처한 정희이지만, 언젠가 생명을 잉태하여 '두꺼비 설화'를 재현하는 그 순간 정희는 생명의 원천이며, 새로운 생명 탄생의 모성으로 자리할 것이라는 김동리식의 생명 극복의 논리인 셈이다.

그러므로 「두꺼비」에서 김동리의 '각혈'의 행위란 당대적 삶의 고통에 대한 동참의식의 표출과 자기소멸을 통한 극복의 논리라는 이중적 의미가 내포된 행위라고 보아진다. 왜냐하면 자신의 현실적 욕망을 철저하게 은폐시킴으로써, 위장된 파멸의 형태를 띠지만, 이것이 내포된 역설적 현실극복의 논리는 당대적 상황에 대한 조소와 저주의 모습으로 간접화되어 나타나며, 당대의 불모성 극복의 의미를 동시에 함의하기 때문이다.

「팥죽」(『조선문학』, 1936. 11)의 주인공은 여섯 살 난, '맹랑이'다. 맹랑이는 늙은 아버지와 힘겹게 살아간다. 그러나 이 작품에서 김동리가 정작 주목하는 문제는 당대 민중의 삶의 궁핍상의 재현에 있는 것이 아니라 맹목적 삶의 의지에 가득 찬 맹랑이가 지닌 '내적 생명력'에 대한 묘사이다.

> 낮이 되어 지붕마다 푸른 연기가 올랐다. 하늘도 좀 가벼워진 듯 하였으나 달콤한 팥죽 냄새는 연기를 타고 온 동네에 퍼졌다.
> 「인저 팥죽이다!」
> 맹랑이는 그 아버지의 어깨를 잡고 흔들었다.
> 「으—ㅁ」
> 하더니 아비는 또다시 코를 드렁드렁 골기 시작하였다.
> 「팥죽이라니……아배……」
> 「저녁시란데……멀었어」

「낫시래, 낫시!」

그러나 아비는 듣지 않고, 누렁 외투와 헌 왜(倭)이불 조각을 맞추어 만든 누더기 이불을 끌어올려 덩겅한 동강 다리를 싸며 또다시 코를 고는 것이었다.27)

아버지의 영락(零落)되고, 무기력한 모습은 당대 조선의 불모적 삶의 모습을 상징한다. 욕망하는 주체에게 욕망의 거세란 결국 삶의 의지상실을 의미하기 때문이다. 그러나 아버지의 불모적 삶의 곁에 천진난만하고 발랄한 '맹랑이'의 세계가 존재한다.

맹랑이의 모습은 리비도가 충만된 생명력 그 자체이다. 생명에 대한 아이의 맹목적인 의지는 팥죽냄새에도 무관심하게 잠을 잘 수 있는 아버지의 불모적 삶과 달리, 팥죽을 얻기 위한 구체적인 행동을 드러내는 '욕망하는 인간'의 삶의 모습을 드러낸다. 그러므로 맹랑이가 보여주는 삶의 의지란 당대 불모성과 카오스를 극복할 수 있는 대안으로 김동리에게 모색된다.

작품 결말 부분 다시 한번 아버지와 딸의 모습을 부각시켜줌으로써 김동리 나름의 '기다림의 미학'을 극적으로 암시하고 있다.

맹랑이는 한참씩 엎어져 죽을 먹다가는 고개를 들어,
「으아아」
하고 소리를 질러 울고, 한바탕 울다가는 도로 엎어져 팥죽을 빤다. 아비가 곁에 와 서도 아는지 모르는지 본 채도 않고 팥죽이 처 발린 조그만 얼굴만 수없이 젖히며 울음을 뽑다가는 또 팥죽 위에 엎어지곤 할 따름이다. 쌍지팡이는 아득한 하늘가까지 풍정스레 내리 덮인 흰 눈을 바라보며 혼잣말같이 중얼거렸다.
「맹랑아 일어 나려문」28)

죽을 얻어 오다 눈발에 넘어진 맹랑이의 모습은 고난에 찬 당대 민중의 삶의 모습을 상징한다. 그러나 맹랑이는 끝끝내 자신의 생의 의지를 포기하지

---

27) 김동리, 「팥죽」, 『김동리 전집1권』, 민음사, 1995, 147~148쪽.
28) 김동리, 「팥죽」, 위의 책, 149쪽.

않는다. 넘쳐나는 '생의 의지'는 끝내 식욕을 참지 못한 채 깨진 '죽 사발'을 빤다. 아비의 시선은 엎어져 우는 딸의 모습을 발견한다.

이 작품의 결말부분에서 아비의 달려오는 모습을 김동리가 또다시 '두꺼비'로 묘사한 것은 '두꺼비 설화'의 상징성이 이 작품 속에서 생명에의 집착과 현실극복의 논리로 나아감을 말해준다. 때문에 '아비의 안타까운 시선'이란 결국 김동리의 아이들에 대한 관심의 정도를 반영한 표현인 것이다.

따라서 눈 속에서도 굴하지 않는 맹랑이의 식욕 넘치는 모습은 모든 고난과 불모성을 극복하고 내일로 나아갈 수 있는 베르그송이 말하는 '생명의 약진력'에 해당된다. 겨우내 눈 사이로 봄의 파릇한 보리 싹이 피어나듯이, 맹랑이의 충만된 생명력 속에서 김동리는 현실적 삶의 불모성을 극복할 수 있는 힘이 잠재되어 있는 단초를 발견하고 있는 것이다. 그것은 이 작품의 계절적 배경인 겨울 뒤의 봄의 생성력처럼 그의 낙관적 믿음과 신념에 기초한 것이다.

「동구앞길」(『문장』, 1940. 2)은 여성의 수난과 고난의 모습을 다루고 있다. 이 작품에 대하여 유종호는 페미니즘 소설의 가능성을 암시하며, 이 소설의 의의를 "리얼리즘의 승리"라고 평가하고 있다. 그러나 정작 김동리가 이 소설에서 천착하고 있는 문제는 '恨 있는 여성의 삶'의 수난 상에 대한 고발의 차원이 아닌 당대의 불모성 극복과 영원성 확보에 대한 문학적 전망의 모색에 있다고 할 수 있다.

이 작품에서 '순녀'의 삶이란 철저한 봉건적 인습과, 질곡에 처한 삶이다. 그녀는 가족의 생계를 위하여 아들을 못 낳는 양주사의 씨받이가 되어 아들을 셋이나 낳았다. 그러나 그녀가 "내리 나은 두 형제는 이미 본처에게 빼앗겼고, 이제 막 나은 셋째 아이마저 빼앗길 위기"에 처하게 된다.

따라서 순녀의 삶이란 당대 '조선의 심볼'에 다름 아니다. 그녀의 유일한 소원인 '핏줄에의 욕망'마저 실현될 수 없는 사회란 무의식적 생의 리비도가 확보될 수 없는 불모적 사회의 모습인 것이다. 그런데 이러한 불모적 세계에서 그녀만이 유일하게 생명력의 잉태를 할 수 있으며, 이 생명력은 그녀에게 강한 '에로스의 욕망'을 부여하여 맹목적 생의 의지를 갖도록 한다는 것이다.

그러나 이제와 순녀에게 있어 제일 목마른 문제는 친정도 아니요. 살림도
아니요. 다만 한 가지 제가 낳은 자식 셋뿐이다. 어떻게 하면 제가 낳은 자
식을 제 자식이라 부를 수 있고 그 자식들을 위하여 마음껏 어머니 노릇을
해볼 수 있는가 하는 것이다. 라기 보다도 우선 어떻게 해야 그 그리운 자식
들의 얼굴을 한 번이라도 더 볼 수 있을까 더 적실한 소원이다.[29]

그래서 "자기가 낳은 어린 자식에게 어미노릇을 하고 싶은" 그녀의 욕망은,
그녀에게 부여된 모든 한계적 상황마저 잊게 할만큼이나 맹목적 생의 의지로
그녀를 이끈다. 결국 온갖 방법을 동원한 끝에 본처에게 빼앗긴 아들 '영준'을
만나게 되고, 그 아이에게 어머니로서 기억되게 하고자 하려는 그녀의 행위는
작품말미 본처에게 발각되어 가혹한 행패와 폭행을 당하게 된다.

네에 이년, 순녀야, 이년, 너는 서방 있구나, 나는 서방 없단다, 너는 자식
있구나, 나는 자식 없단다. 나는 내 혼자뿐이다! 네에 이년 순녀야 일어나거
라! 너는 서방있고 자식 있는 년이구나, 나는 서방도 자식도 없는 년이다!
네에 이년 일어나거라![30]

그러나 위의 지문을 통하여 순녀의 현재의 삶의 질곡이란 일시적 '통과제의'
의 공간에 지나지 않음을 알 수 있다. 즉 현재의 질곡과 고난이란 일시적인
것이며, 언젠가는 극복의 가능성이 있음을 암시받을 수 있다는 것이다. 그것은
이 작품에서 순녀가 생명의 원천인 모성으로 형상화되고 있기 때문이다. 따라
서 본처의 울분과 외적 폭력과 탄압 속에서도 순녀가 꿋꿋하고 의연한 삶을
지속할 수 있는 저력이란 순녀를 통해 형성된 '핏줄의식'에 있음을 작가는 웅
변적으로 암시하고 있는 것이라 할 수 있다.

이는 작품의 결말부분 순녀가 친정을 향해 '새빨알간 숫 닭'을 안고 가는 모
습을 통해 작가는 순녀의 삶에 의연한 생의 의지가 깃들어 있음을 다시금 암
시한다.

---

29) 김동리, 「동구앞길」, 『김동리전집1권』, 민음사, 1995, 285쪽.
30) 김동리, 「동구앞길」, 위의 책, 292쪽.

> 그런지 한 보름이 지난 뒤다.
> 푸른 버들(수양)개지는 아침 햇볕에 젖어 흐르고 제비들은 서로 부르며
> 어지러이 나는 동구 앞길 위에 역시 그 낡은 흰 고무신에 새빨간 수탉을
> 안고 가는 것은 한 보름 전보다 좀더 해쓱해진 순녀의 얼굴이다. 다만 성준
> 이를 업고 그 뒤에 따라야할 옥남이만은 보이지 않았다.[31]

그것은 순녀의 '핏줄에의 욕망'이 결코 좌절된 것이 아니라 극복될 수 있는
전망이 담겨 있음을 의미하는 것이다. 왜냐하면 이 작품 속에는 자신을 희생시
킴으로 생명력을 확산시켜 가는 '두꺼비 설화'의 현실극복의 상징논리가 순녀
의 수난과 참상에서 도도한 생명력으로 자리하기 때문이다. 비록 지금은 순녀
의 욕망이 좌절되는 불모적 시대이지만, 그 안에 잠복된 생명의 화신으로서의
아이들은 끊임없이 자라고 있다는 사실은 순녀의 기다림처럼 언젠가는 현실
적 고난은 극복될 수 있다는 작가의 낙관적 전망을 그곳에서 찾아낼 수 있기
때문이다.

3) 「윤회설」 - 이념지향과 상징화의 문맥

「윤회설」(『서울신문』, 1946. 6. 26)은 해방 후 지어진 김동리의 최초의 작품
으로 일제 강점기에 지어진 「두꺼비」의 '후일담 소설'에 해당되는 작품이다.
일제강점기 「두꺼비」가 당대 불모적 시대현실 속에서 '두꺼비 설화'를 통
한 상황극복의 역사적 전망과, 전향자에 대한 소극적 저항의식을 표출하고 있
다면, 「윤회설」은 해방공간의 '벅찬 기쁨과 환희'도 잠시일 뿐 여전히 극복되
어야 할 하나의 카오스의 양상에 지나지 않는다는 김동리의 내적 절망감을 상
징적으로 형상화한 작품이다.

> 두꺼비를 잡아먹은 능구렁이는 과연 죽었다.
> 그러나 그 죽은 능구렁이의 뼈마디마다 생겨난 그 수많은 두꺼비의 새끼
> 들은 그 형제들은 또 서로 싸우고 서로 미워하기 시작했다고 생각하였다.[32]

---

31) 김동리, 「동구앞길」, 위의 책, 293쪽.

일제강점기 "뱀에게 잡아먹혀서 그 안에 두꺼비 새끼들을 키운다"는 두꺼비 설화의 기다림의 미학은 그대로 적중하여 드디어 벅찬 해방은 찾아오고야 말았다. "눈부신 햇살과 가슴 설레던 순간으로 영원히 기억되는 해방의 벅찬 기쁨"[33]은 그러나 김동리가 꿈꾸던 그대로의 이상적 현실로 온 것이 아니었다. 그것은 좌우이념의 대립과 갈등을 야기하며, '이데올로기 편들기'라는 보다 절박한 현실로 그의 앞에 다가와 이념선택을 강요하고 있는 상황인 것이다.

> 이틀 뒤에 사천 청년회의 창립대회를 열었다. 그런 일에 별로 경험이 없는 사람들 뿐이었으므로 나는 처음부터 의장이 되어서 회의를 진행시키지 않을 수 없었다. 그 결과로는 또 거의 만장일치로 내가 회장에 당선이 되고 말았다. 나는 그곳이 나의 본 고향이 아니기 때문에 미리 간부들(준비위원)을 통하여 사양을 해 두었지만, 그들이 내 뜻을 받아들이지 않고 그냥 회장으로 밀어버린 모양이었다.[34]

이러한 좌우익 이념의 대립과 갈등은 해방공간이라는 정치화의 광기적 시대현실 속에서 어느 편이고 그 정체성을 드러내지 않을 수 없는 작가적 현실을 반영한 것이다. 김동리는 당연히 좌익에 맞서는 우익의 기수가 되어, 문단 전면에 그 위상을 드러내게 된다. 그런데 그가 좌파의 이념을 배격하고 우파에 가담하게 된 원인에는 그의 생리에 좌파의 문학적 이념이 부합되지 않는 것도 사실이지만, 그의 '개인적 신화'속에 좌파에 대한 선입견이 일정한 몫을 차지한 것도 사실이다.[35]

"그들이 일단 한번만 집권한다면 우리는 그냥 거리에서 인민재판이란 이름

---

32) 김동리, 「윤회설」, 『김동리전집 2권』, 민음사, 1995, 13쪽.
33) 김동리, 「해방, 폭포같이 쏟아지는 그 햇빛」, 『김동리전집 8권』, 민음사, 1997, 215쪽.
34) 김동리, 「해방, 폭포같이 쏟아지는 그 햇빛」, 위의 책, 216~217쪽.
35) 사회주의자에 대한 반감은 김동리의 경우 유년기적 체험 속에 나타난다. 김동리는 중씨와 매형으로부터 마르크스라는 것이 공산주의를 말하는 것이며, 공산주의는 가난한 사람도 없이 꼭 같이 재산을 가지는 재산을 가지는 제도를 가지는 것이라는 정도의 이야기를 듣고 그들이 말하는 <모든 사람이 꼭 같이>라는 말에 반감을 느낀다. 또한 종교에 대한 그들의 부정, 그리고 삼인조의 비극적인 모습은 그가 사회주의의 사상에 대한 부정적 인식을 갖게 하는 체험적 요소들로 작용하고 있다(김동리, 「어떤 사회주의자의 선물」, 위의 책, 81~85쪽 참조).

밑에서 쓰러지거나 잘해야 시베리아 유형을 각오해야할 상황"이라는 그의 절박함이란 기실 그 문맥자체에 좌파에 대한 일정한 감정적 배격이 내포된 논리인 것이다. 1945년 12월 27일 채택되어진 '모스크바 의정서'는 남과 북의 이념적 대립을 찬탁과 반탁으로 양분하면서, 상호간의 목숨을 건 혈전의 상황을 예고하고 있었다. 「윤회설」은 이러한 당대 절박한 역사적 상황 속에서 김동리 나름의 정치적 감각이 문학적으로 형상화되어 나타난다.

주인공인 '종우'는 '혜련'을 사랑하지만 '거룩한 미래의 아내'라고 여기는 혜련의 인간적 자존을 지켜주기 위해 결혼을 미루고 있다. 그러나 그것은 표면적 이유에 불과할 뿐 정작 혜련과 결혼을 하지 않는 보다 근본적 이유는 나이 "설흔 하나에 혜련과 맺은 부끄러운 육체적 결합"에 대한 자책감과 "폐결핵으로 인한 병약한 몸"과, "고독한 청춘을 불사르고 싶은 정신적 갈등" 때문이다.

'중 사주'를 가지고 태어난 종우는 금욕적이며, 고독한 삶을 살아가면서 마흔을 앞두고 독신자이다. 그는 모든 일에 적극적으로 행동하기보다는 사색하고, 회의에 젖는 철학자이며, 관념적 인물형으로 묘사되어 있다. '혜련'과의 결혼문제 역시 구체적 결단에 이르지 못한 채 금욕적인 자세에 머무르고 있다.

이러한 종우의 애매하고 우유부단한 태도에 대하여 직접적인 반발을 드러내는 인물이 누이동생 '성란'이다. 성란은 종우를 철저한 '정신적 금욕주의자'로 매도하며, 반감을 드러낼 뿐 아니라 혜련에게도 종우와 일제강점기 카페 여급인, '정희'와의 연애관계를 상기시키며, 혜련에게 그를 포기하도록 종용한다.

그런데 성란의 종우에 대한 감정이 이처럼 갑자기 돌변한 이유는 "병 수발을 오랜 동안 감당해온 누이의 불행을 덜어 주려고, 마침 윤군이 서울에 상경한 것을 기회로" 종우가 성란을 집에 떼어놓고, "혜련과 해운대 여행을 떠나는 바람에 성란과 윤군이 결혼을 한 데서" 온 것이다. 따라서 그것은 "자신의 평생을 바치려는" 성란의 사랑을 종우가 받아주지 않았다는 데서 온 일종의 애정의 배신감의 표현이며, 더 나아가 성란 부부가 좌익에 가담하여 나타난 이념적 갈등에서 야기된 것이다.

그러므로 종우가 느끼는 당대 카오스의 현실이란 형제간의 감정의 대립과

연인 사이의 애정의 갈등에서 나타난 것처럼 지극히 감정적이며, 일시적인 혼돈에 지나지 않는 것이다. 그렇기 때문에 그에게는 당대 이념적 대립 역시 새로운 '질서의 신화'36)를 이끌기 위한 일시적 카오스의 양상에 지나지 않는 것이다.

이러한 종우의 인식은 더 나아가 당대 세계의 사상선택과 결부된 '전향'의 문제 역시 시류에 편승된 지극히 개인적이고, 사소한 차원의 문제로 국한시키는 한계를 드러낸다. 즉 누이 성란의 전향이란 기껏 '다른 사람의 말 부화뇌동한 것'에 지나지 않으며, 애인인 혜련과 박선생의 이념적 경도, 역시 오랫동안 부자연스러운 금욕생활에서 기인한 일시적이며, 개인적 문제에서 야기된 것에 지나지 않는다는 식으로 전향자체가 부여하는 세계관이나 전향자들의 내면풍경 등에 관한 진지한 성찰이 고려되지 않는다.

따라서 좌익으로 전향하려는 혜련에 대하여 좌익의 이데올로기의 한계성을 비판하고 있는 종우의 좌익에 대한 인식 역시 좌익사상에 대한 철저한 이해나 비판의 차원에서 제기된 것이 아니라 위장된 우익의 시각에서 나타난 지극히 감정적이고 관념적인 이데올로기 비판의 차원에 지나지 않는다.

> "우리가 진보적이니 퇴보적이니 민족주의니 공산주의니 하는 그런 문구를 가지고 다툴 필요가 어디 있단 말유? 오늘날의 이 땅의 민족주의자들이 과연 공산당 측에서 비방하는 것처럼 자본주의와 결탁을 하고 있다면 그것은 개혁시켜야 할 것이고 또 공산당이 민족진영을 비난하는 것처럼 소련식 전위가 된다면 이것은 용인할 수 없을 것이오." [……]
> "인간성의 자유와 정신적 존엄! [……] 이것을 부인한 데서, 아니 저주하고 맑스 사상의 체계는 성립되는 게니까……. 소위 맑스주의의 형이상학적 체계를 담당한 것이 저 유물 사관이란 게지만 유물사관의 물질이란 유심철학의 소위 정신이란 거나 꼭 마찬가지로 하나의 완고한 관념인데 이것으로써 인간생활의 진보를 규정하려 한 것이 근본적 오류겠지……."37)

---

36) N. 프라이, 위의 책, 38~63쪽 참조.
37) 김동리, 「윤회설」, 위의 책, 23쪽.

지극히 중간파[38]적 시선인 듯 진술하는 종우의 주장이란 실상 위장된 우익의 시각에서 펼치는 좌익 이데올로기 비판에 불과한 것이다. 그는 '혜련'에게 굳이 좌익 우익을 따지지 말자고 거론하면서도 실제로는 우익 진영의 시각에서 좌익 이념의 한계를 비판하고 있다. 결국 그의 말에 의하면 좌익의 논리란 소련의 전위에 불과하며, 인간의 자유와 존엄성을 저주·비판하는 완고한 관념체계에 불과하기 때문에 민족주의적 시각에서 결코 수용할 수 없다는 것이나.

그러기에 해방공간이라는 정치적 격동의 현실 속에서 작가인 김동리 역시 벗어날 수 없었고, 그것은 좌파에 맞선 우파의 이념을 드러내는 지극히 공리주의적이며, 정론적인 문학성을 드러내는 자가당착의 상황을 야기할 수밖에 없었다. 여기에서 일제강점기라는 카오스 상황을 벗어나기 위해 그가 선택한 자기 소멸의 '두꺼비의 설화'의 맥락이 다시금 해방의 카오스 상황에서 재현되는 순간인 것이다.

> 그러나 지금도 나의 모든 계획과 기대는 이루어진 것이 없다. [······] 이것은 어쩌면 당연한 것인지도 모른다. 우리는 처음부터 목적을 위해 사는 것이 아니니까. '위대한 정오'에 나무 그늘을 찾아들어 낮잠을 늘어지게 자고 난 짜라투쉬트라의 말을 빌면 '인생이 다행한 것은 목적이 아니고 교량인 때문'이라는 것이다.[39]

위 지문은 목적을 쟁취하기 위한 수단으로 전락할 수밖에 없는 것이 '문학'이라는 것으로, 이러한 궤변의 논리는 당대 상황을 일시적 카오스로 간주하고 이를 극복하려는 김동리적 세계인식이 간접적으로 표현된 것이다.

---

38) 해방공간의 중간파의 논리란 문학의 사회적 정치적 실천을 거부하지 않으면서도 예술성을 벗어난 정치적 구호화를 거부했다는 점이고, 이들은 문학의 본질적인 자유를 내세워 좌파의 '정치주의'와 우파의 '순수주의'도 일종의 이론적 통제로 보고 양쪽 모두를 비판적으로 본다는 점에서 이들은 중도의 논리를 바탕으로 한 중간파라 지칭할 수 있다. 신형기, 『해방직후의 문학운동론』, 제3문학사, 1989, 173쪽 참조. 안한상, 「해방기의 문단 조직과 문학론 연구―소위 중간파의 입장과 문학론을 중심으로」, 『전농어문 연구 8집』, 서울시립대학교, 1995, 49쪽 참조.
39) 김동리, 「8·15의 햇빛」, 『한국삼대작가전집 12권』, 삼성출판사, 1970, 355~356쪽.

따라서 일제강점기 욕망의 좌절감이 해방공간의 정치적 상황과 만나면서 '권력에의 욕망'으로 전이되어 나타난 것이 「윤회설」이라면40), 그것은 지극히 정치적 이념성이 표출된 정치소설41)일 수밖에 없는 한계를 드러내는 것이다.

한편 「윤회설」에는 좌우익의 인간적 면모와 사상이 대립적 인식을 통해 나타나 있다. 즉 우익에 해당되는 인물들이 영웅적 인물로 묘사되는 반면, 좌익에 해당되는 인물들은 대부분 부화뇌동자거나 반인륜적 인물들로 철저히 매도되고 있는 것이다. 때문에 좌익의 유물론 역시 "모두 대학에서 주워 모아 놓은 노트나 팜플릿"정도로 평가절하되며, 사회주의 운동가들 역시 "팜플렛 이상 수준의 어떠한 창조적 의견도 낼 수 없는 무능력한 인물"들로 평가되고 있다. 이러한 인식의 기초에는 좌익이념이란 전혀 무가치하고, 비윤리적인 것으로 무화시키려는 김동리의 욕망이 내재해 있다.

그러므로 이 시기 김동리의 소설 속에서는 사상, 주의 등에 대한 작가의 혐오와 비판이 종횡무진 나타나 있다. 그러나 이러한 비판은 좌익에만 한정되는 것이 아니라 이에 무비판적으로 추수하는 무지한 당대의 지식인들에 대한 비판의식으로 확대된다. 그렇기 때문에 그들은 비록 당대의 저명한 인사들이지만 '팜플렛 이상의 창조적 견해'를 피력할 수 없는 그런 무지한 군중들에 불과한 것이다.

또한 김동리는 「윤회설」 마지막 부분에서 '독립 전취 국민대회'의 상황과 민족의 단결고취에 문학적 초점을 맞추고 있다. 이는 당대 카오스를 극복하기 위해서는 무엇보다도 민족의 단결고취가 우선되어야 한다는 그의 정치적 인식에 기초를 둔 것이다.

　　　左右의 개념을 左右間 그 목적이 독립과 해방에만 있다면 우리는 서로

---

40) '권력에의 욕망'이란 A.에릭슨이 주장한 이론이다. 그에 의하면 '권력에의 욕망'이란 타인에 대한 인정의 심리와 타인에 대한 우월감을 기표로 '상승'하고자 하는 인간의 욕망을 지칭한다. 본고에서는 김동리의 유년기의 욕망의 좌절감을 극복하는 심리적 기제로 이 용어를 사용한다. 즉 일제 강점기 김동리의 문학적 욕망은 은폐된 일종의 '권력에의 욕망'으로 나타난다면 해방 후 그는 문단의 주도권을 잡으며 자신의 좌절된 욕망을 전면에 내세워 좌익에 대한 비판의 거점으로 삼고 있다.

41) 김윤식, 「김동강, 『문학과 인간』의 사상사적 배경」, 위의 책, 14쪽.

감정적 대립을 버리고 호양 관용의 길을 택해야 한다. 좌우간 뭉쳐야 되겠
기 때문이다.[42]

작품결말 민족주의자인 종우 아버지의 위일(諱日)에 종우와 혜련은 그 동안
의 모든 갈등에서 벗어나 결혼식을 올리게 되며, 곧바로 '독립 전취 국민대회'
에 참가한다. 그런데 그가 소설의 리얼리티를 상당부분 훼손하면서도 이렇게
작위적 결말구조를 설정한 이유는 무엇인가? 이는 이 작품의 창작 의도가 민
족적 대단합을 촉구하려는 당대 우익이념의 문학적 형상화에 있음을 단적으
로 말해 주는 것이다.

또한 이러한 그의 문학적 의도는 작품의 에필로그에 해당되는 구절에 칠 팔
년 전 종우가 처음 각혈하던 날 환기했던 '두꺼비 설화'의 정신이 다시금 상기
되고 있다는 데서 보다 자명한 단초를 찾아 낼 수 있다.

> "이제 이놈 죽어서 마디마디마다 두꺼비 새끼가 나는 걸입쇼. 아주 불개
> 미 떼 같이 까맣게 나는 뎁쇼."[43]

김동리 소설에 있어서 '두꺼비 설화'의 상징화 된 문맥이란 당대 현실에 대
한 극복논리를 제시하는 것이다. 그것은 '독립전취 국민대회'에 모인 수많은
군중들의 모습을 "새 생명을 가지고 태어나는 두꺼비 새끼들"에 비유한 사실
과도 연관된다. 문제는 좌익에 해당되는 인물인 누이 '성란 부부'만이 식장에
참석하지 않았다는 사실에 있다. 그것은 이들은 민족적 단결을 통한 새로운
질서를 이끌어 가는 역사의 주체적 흐름에 거역하는 반동적 사상을 가진 좌익
인물들이기 때문이다.

이상에서 볼 때 「윤회설」은 불교적 '윤회사상'을 토대로 당대 카오스 상황
을 야기하는 좌익사상에 대한 비판의식과 당대 상황극복의 역사적 전망을 김
동리 나름의 정치적 감각을 통해 형상화한 작품이라 할 수 있다.

한편 「윤회설」에서 당대의 좌익에 무비판적으로 추수하는 창조적 견해가

---

42) 김동리, 「좌우간의 좌우」, 『백민』, 1946. 10, 22쪽 .
43) 김동리, 「윤회설」, 위의 책, 36쪽.

결여된 지식인들에 대한 비판의식은 그것이 보다 이념성을 담지하게 될 때, 좌익사상의 골자를 형성하는 프롤레타리아에 대한 비판적 태도로 확장되며, 이는 일정한 '영웅주의적 역사관'[44]으로 변질될 소지가 있음을 보여준다. 왜냐하면 민중을 역사의 주체로 파악하는 좌익의 프롤레타리아 문학론에 맞선 김동리의 논리는 민중의 우매함과 어리석음의 정체성을 폭로, 풍자하는 차원으로 확장되어 나아가기 때문이다.

3. 맺음말

이상에서 본고는 김동리의 초기소설에 나타나는 상징화의 원리의 하나로서 '두꺼비 설화'의 상징적 의미를 살펴보았다. 김동리 초기소설은 일제강점기 당대적 시대 현실을 상징적으로 포회할 수 있는 '조선의 심볼'찾기의 노력에서 비롯된다. 그는 이를 통하여 조선의 불모적 시대 현실을 발견함과 동시에 이러한 '조선의 심볼'이 부여하는 당대 카오스적 현실을 극복할 수 있는 대안을 모색하는데, 그것이 그의 '두꺼비 설화'에 해당된다. 따라서 '두꺼비설화'의 상징화의 논리는 당대 현실극복의 의미와 동시에 그의 문학이 지향하는 '구경적 생'의 원리와도 통할 수 있는 문학적 원리의 발견에 해당되는 것인데, 그것이 김동리의 소설에서는 모성의 생명력을 통한 생의 영원성에 대한 욕망의 표현으로 나타난다.

결국 "자신을 희생시킴으로써 생명을 확보해 가는" '두꺼비 설화'의 상징화의 문맥은 당대 불모적인 '조선의 심볼'의 상황을 극복하는 그의 역사적 전망에 해당되는 것이며, 또한 모성을 통한 생의 영원성 확보를 통한 '구경적 생'의 확보라는 문학적 의미망으로 점차 그 의미역을 확산시켜 나간다 할 수 있다.

---

44) 정혜영, 위의 논문, 88쪽 참조
　　정혜영은 김동리의 영웅사관을 니체의 초인사상과 연관지어 설명하고 있다. 즉 그에 의하면 초인적 인물이 현실적 맥락으로 들어와 역사적 영웅으로 변모된다는 것이다. 그러나 본고에서는 일제강점기 그의 좌절된 욕망이 이시기 문학이라는 매체를 통해 우월과 상승을 기표하는 '권력에의 욕망'으로 전이되며 그것이 다시 당대 카오스 상황극복의 과제를 천착하기 위해 영웅대망론에 대한 인식으로 전이된 것으로 본다.

그러나 이러한 일제 강점기의 '두꺼비설화'의 문맥은 이후 해방공간 불교의 윤회사상을 통해 새로운 현실극복의 상징화의 문맥으로 작용한다. 그것은 김동리의 해방공간에 대한 인식이 여전히 부정적임을 보여주는 문학적 단초에 해당된다.

김동리가 생각하는 '눈부신 햇살과 가슴 설레이던' 해방의 감동과 의미는 그의 이상과는 달리 이념의 대립과 갈등 그리고 여기에서 야기된 카오스의 현실 상황을 야기함으로써 또 하나의 극복되어야 할 부정적 모습으로 나타난 것이다. 그러나 당대 이러한 그의 현실인식은 문학적 전형성을 확보하지 못한 채 일정한 이념편향적 모습을 보여준다. 그것은 이시기 그의 작품이 우익의 입장에서 좌익에 대한 매도의 차원으로 나타남으로써 역사적 객관성을 벗어나 있기 때문이다. 따라서 이시기 그의 '두꺼비 설화'의 상징적 문맥은 일정한 역사적 전망을 함의하는 현실극복의 문맥으로 나름의 문학적 타당성을 부여받기보다는 일정한 이념성을 바탕으로 한 정치소설의 범주에 머무는 한계를 보여준다고 할 수 있다.

김동리 소설에 나타난 신라정신

이진우[*]

1. 작가의식의 근원

모든 문학 장르 가운데에서도 특히 소설은 그 작가의 전기적 생애와 가장 밀접한 함수관계를 지니고 있다. 한 작가가 창작해 낸 작품은 그가 살아온 개인적 삶과 그로부터 얻어진 경험이 토대를 이룬 가운데 발효되는 정신적 생산물일 수밖에 없는 것이다. 그러므로 한 작가의 작품세계를 들여다본다는 것은, 그 작가가 개인적 삶의 도정을 통한 사색의 바탕 위에 어떤 새로운 세계를 창조해 냈는가를 살핀다는 정의와 동의어가 된다.

따라서 '비평은 예술작품 자체뿐만 아니라 창작의 과정 및 영감을 받은 작가의 정신 상태에도 응분의 관심을 기울여야 한다'[1)]는 허버트 리드의 지적은, 한 작품의 성과 그 자체에만 집중적으로 관심을 기울인 나머지 그 작품의 배경이 되는 작가의 내면적 움직임과 영향에 대한 관찰을 놓쳐서는 안된다는 경구로 이해될 수 있을 것이다.

리드는, 프로이트에 의하여 자아(ego) 초자아(super-ego) 무의식(id)으로 구분된 인간정신의 구조를 바탕으로 예술작품이 정신의 각 영역과 긴밀한 관계를 맺고 있음에 주목하였다. 예술가는 그런 정신의 에너지와 부조리성(irrationality)과 그 신비한 능력을 무의식(id)으로부터 얻어 작품을 창작해내게 된다는 주장이다.

예술작품이 가진 바 가장 명백한 원인은 그 창조자, 즉 작가이다. 그러므로

---

* 대전대 교수.

1) Herbert Read, *Collected Essay in Literary Criticism, London* : Faber, 1951, 23쪽.

작가의 개성과 생활에 의한 설명은 문학연구의 최고(最古) 및 최량(最良)의 확립
된 방법의 하나로 되어 있다.2) 이러한 관점에서 본다면 김동리는 자신의 창작물
과 더불어 이와 연관되는 많은 글들을 남겨놓음으로써, 문인으로서 작가 자신과
호모사피엔스로서의 자신의 모습을 치밀하게 정립시켰음을 발견하게 된다.

미하일 바흐친은 이러한 작가와 작품과의 관계를 '창조과정의 일부' 또는
작품이 지니게 되는 '생명의 일부'로까지 확대 해석하고 있다. 즉, 작품과 작품
에 재현된 세계는 실제 세계로 침투해 들어가 그 세계를 더욱 풍요롭게 만들
어 주며, 실제 세계와 작품에 재현된 세계는 서로 분리할 수 없게끔 얽힌 채
끊임없이 작용을 하여 상호연관 관계에 놓이게 된다는 것이다. 그는 작품의
창조자인 작가의 중요성에 대하여 다음과 같이 그 의미를 부연하고 있다.

> 우리는 작품 밖에서 자신의 전기적 삶을 살아가고 있는 인간인 저자를
> 만난다. 또 저자를 작품 자체의 창조자로서도 만난다. 비록 그가 자신의 작
> 품 속에 재현되어 있는 시공소(時空素; chronotope)들의 밖에 자리 잡고 있어
> 서, 마치 시공소들에 접해 있는 것처럼 보인다 하더라도 그렇다. 우리는 무
> 엇보다도 작품의 구성과정 속에서 그를 만난다. 말하자면 비록 재현된 시공
> 소들을 직접 반영하지는 않지만 말할 것도 없이 일종의 외적인 표현형태를
> 취하는 부분들로 작품을 분절하는 것은 바로 저자다. …… 그러나 현대문학
> 작품을 분할하는 데에서는 작품의 독자와 창조자의 시공소뿐만이 아니라
> 재현된 세계의 시공소도 알아내게 된다. 말하자면, 우리는 작품에 재현된
> 세계와 작품 바깥의 세계 사이에서 벌어지는 상호작용을 알아채게 되는 것
> 이다.3)

이러한 관점에서 본다면 김동리는 우리의 근 · 현대문학사를 장식한 수많은

---

2) 르네 웰렉 · 오스틴 워어렌, 백철 · 김병철 공역, 『문학의 이론』, 신구문화사, 1981, 94
쪽.

3) Mikhail M.Bakhtin, 박인기 역, 「저자와 작품의 관계」, 『작가란 무엇인가』, 지식산업사,
1997, 17~18쪽.
여기서의 시공소(時空素)는 텍스트에 재현된 시간과 공간 범주들의 비율과 성질에 의
거하는 분석상의 단위를 일컬음. 즉 소설속에서의 시간과 공간이란 상호의존적이어
서, 시공소는 소설을 구성하는 이야기들의 근본적인 사건을 조직하는 중심을 이루게
되어 소설의 '장면'이 펼쳐지는 중요한 지점으로 작용하는 의미를 갖는다는 것이다.

작가 가운데 끊임없이 작품을 발표하고 그 작품에 얽힌 배경과 삽화들을 설명
하고 자신의 문학관을 세워 몇 차례의 불꽃같은 문학논쟁을 이끌어낸, 자기노
정(自己露呈)의 공격적인 길을 걸어온 작가임을 확인할 수 있게 된다.4)

> 나의 문학에서 기본적인 세 가지 요소를 들면, 신과 인간과 민족이다. 나
> 의 주요 작품은 대부분 그 주제(theme)에 있어 인간과 신의 관계를 다루고
> 있고 그 상황적 조건에 있어서는 대개 민족이 관여하고 있다. 그러면 어떠
> 한 동기와 원인에서 신과 인간과 민족이 나의 정신적 핵심으로 파고들게
> 되었는가. 여기엔 나의 출생과 성장과 가정환경과 그리고 독서내용에 대한
> 해명이 필요할 것이다. …… 첫째, 신(神)에 대해서. 내 나이 다섯 살 나던
> 해 이른봄이었다. 나의 소꿉동무이던 이웃집 선이가 죽었다. 나는 그날 아
> 침 선이 엄마의 간장이 녹아나는 듯한 울음소리와 거적에 싸인 채 지게에
> 얹혀 나가던 선이를 잠시도 잊은 적이 없다. …… 이것은 나의 소년시절을
> 고독과 우울 속에 몰아넣었다. …… 둘째, 인간에 대하여. …… 이렇게 세계
> 문학이란 것을 대체적으로 다 훑고 났을 때 나의 머리 속에 크게 부각된
> 것이 '인간'이었다. 인간의 근원과 기능이 자연에 있고 그 무대가 현세[이
> 승]라는 것도 알게 되었다. …… 여기서 인간은 나에게 다른 문제를 제기해
> 왔다. 그것은 르네상스에서 출발한 근대 인간주의란 것이 어디까지나 신본

---

4) 김동리(1913∼1995)는, 1935년 데뷔작 「화랑의 후예」 이래 1978년 필생의 역작인 장편
  소설 「을화」를 발표할 때까지 40여 년에 걸쳐 약 60여 편의 단편소설과 10여 편에
  이르는 장편소설 그리고 각종 문학평론, 시, 수필, 논설 등의 방대한 작품량을 갖고
  있다. 1967년 삼성출판사에 의해 『김동리 대표작 선집』이 간행되었으며, 1995년 민음
  사에 의해 『김동리 전집』의 1차분 8권이 출간되었으니 그는 자신의 전집을 대하지
  못한 채 타계하였다. 편집위원들에 의해 쓰여진 전집의 서문은 다음과 같이 작가를
  정의하고 있다. '김동리 문학은 우리 근대 소설사에 있어서 시금석의 의미를 지닌다.
  일제 강점기의 순수 문학을 거쳐 해방 이후 이른바 <구경적 생의 형식> 또는 <문협
  정통파>로 이어지는 우리 소설의 가장 유력한 흐름을 대표하는 존재가 바로 김동리
  이기 때문이다. 한편으로는 비평적 논쟁이라는 형식으로, 다른 한편으로는 왕성한 문
  단 활동과 후진 양성을 통해, 그리고 무엇보다 기념비적인 작품 자체의 성과를 통해
  그는 한국 문학의 독자적인 미학을 수립하기 위한 혼신의 노력을 기울인 바 있다.
  그 결과 토속적이고 지방적인 소재를 완벽한 소설 미학으로 재구성하여 보편적인 차
  원으로 승화시킨 김동리의 소설 작품은 이제 한국 소설의 수준을 대변하는 것으로
  널리 인정되고 있다. 그의 문학과 인간적인 면모가 때로 논란에 휩싸이기도 했고 한
  때는 비판의 대상이 되기도 하였지만, 그 누구도 한국 소설의 독자적인 미학을 확립
  한 김동리 문학의 뚜렷한 업적에 대해서는 이의를 제기할 수 없을 것이다'.

주의에 대한 반정립(안티테제)으로서의 인간인 만큼 저승[사후세계]에 대한 보장이 없다는 점이었다. …… 이리하여 나는 드디어 새로운 인간주의, 동양적인 인간상을 찾아야 한다는 결론에 이르게 되었던 것이다. 셋째, 민족에 대하여. 내가 태어나던 1913년은 일제의 가혹한 총독정치가 시작된 지 4년째 되던 해다. …… 6학년 때였다. 선생님이 교지를 내겠다고, 시 · 소설 · 논문을 지어 오라 했다. 나는 이틀 동안에 시 · 소설 · 논문을 써 가지고 갔다. 모두가 실렸고 선생님과 친구들의 칭찬을 받았다. 그런데 며칠 뒤 경주경찰서 고등계에서 호출장이 나왔다. 선생님과 친구들이 걱정을 했다. 필시 내 논문 <돛대 없이 배 탄 백의인> 때문이리라 했다. 그 무렵 내 주위에는 그런 일로 경찰에 끌려가 반주검이 되도록 매를 맞고 나오는 사람들이 허다했다. …… 이 사건으로 하여 나는 경주지방의 민족주의자 사회주의자들의 많은 사랑을 받게 되었으며 장차 훌륭한 문인이 될 거라는 촉망과 기대의 대상이 되었다.5)

우리나라 근 · 현대문학의 중심축을 이룬 문인들 — 신소설의 이인직이나 춘원 이후의 김동인을 위시한 수많은 작가들이 일본 유학 등을 통하여 문학에 입문하고 자신의 문학적 역량을 심화시켜 나간 것에 비하면, 김동리의 문학적 출발은 유년시절 까지를 포함하여 근본적으로 차별화를 이룬다.6) 1913년 음력 11월 경주의 성건동(일명 무당촌)에서 5남매의 막내로 태어난 김동리는 아명이 창봉(昌鳳)이었으며 호적명은 창귀(昌貴) 자(字)는 시종(始鍾)이었다.

그러나 우리 문학사에 최초로 '김동리'라는 작가의 이름과 작품이 선보인 것은, 1936년 1월 4일자 동아일보의 신춘문예 당선작품 특집을 통해서이다. 그는 이미 1934년 조선일보 신춘문예에 시「백로」가 입선된 바 있었고 이듬해인 1935년 중앙일보 신춘문예에「화랑의 후예」가 당선된 바 있었으나 이 때는 동

---

5) 김동리,「신과 인간과 민족」,『한국일보』, 1983. 11. 6.
6) 김동리는 소년시절부터의 치열한 독서열에 비하여, 학교와의 인연은 없었던 듯하다. 대구 계성학교를 거쳐 서울의 경신학교 3학년에 편입했으나, 17세가 되던 이듬해 4학년을 마지막으로 동교를 중퇴하고는 더 이상 학교에 진학하지 않았다. 해방이 될 때까지 단 한번도 일본 땅을 밟아본 일이 없는 그가 20대 후반의 나이에 일본유학파이며 당대의 논객인 유진오 등과 팽팽한 '세대론' 논쟁을 벌여 문단의 핵심으로 등장한 것으로 보아, 그가 독자적으로 익힌 동서양을 막론한 방대한 독서량이 문학적 역량의 깊이를 짐작케 한다.

리라는 필명을 사용하지 않고 김창귀 또는 김시종으로 소개되고 있다.

> 동리(東里)란 무엇인가. 당초 그는 동허(東虛, 동방의 허무)라 하였으나 맏형(金凡夫)의 권유에 따라 동리로 정해졌던 것. 평범하나 속되지 않고 흔한 듯하되 귀하다는 것이었다. 삼국사기에 나오는 백결 선생의 별명이 동리(東里)선생인데, 경주 남산 및 햇빛 드는 동리에 그가 산 까닭이다. 또한 논어에도 동리자산(東里子産)이 나온다. 공자가 존경하는 정나라 대부들 이름이었다. 과연 동양철학지 김범부의 안목이 거기 번뜩이고 있었던 셈이다. 그의 필명은 동리로 굳혀졌다.[7]

그러나 작가 김동리가 이름을 드러낸 1930년대 후반은 일제강점기 가운데에서도 가장 극심하게 시국적 사변이 중첩되고 있던 혼란기였다. 1931년의 만주사변과 1937년의 중일전쟁을 거쳐 1941년의 태평양 전쟁으로 이어지던 무렵이었으므로 일제의 식민지인 조선반도 역시 전쟁의 화마로부터 자유로울 수는 없는 처지였던 것이다.

그의 첫 소설인 「화랑의 후예」에는 당시의 이런 허무한 시대상이 주인공 황진사를 통하여 희화적으로 묘사되고 있다. 조선의 심벌이라고 내세운 황진사는 늘 명문 대가의 후예임을 자랑하며 부질없이 과거에 매달려 살고 있는 위인이다. 그러나 이러한 위세나 조상에 대한 자부심과는 별도로 그의 현실은 피폐하고 궁상맞기만 하고 추위와 굶주림을 면할 대책이 없다. 급기야 황진사는 가짜약 사기사건에 연루된 나머지 순사에 연행되어 유치장으로 들어가고 만다.

이 작품이 갖는 의미는 '지난날에만 연연하여 당면한 현실에서 밀려난 한 낡은 조선의 심벌을 목격하면서 동시에 이제는 자꾸 퇴색해 가는 낡은 조선에 대하여 비판과 연민의 기묘한 감정에 사로잡히는 1930년대의 한국 지식인의 생태를 목격하게 되는 것'[8]에 있다. 황진사는 단지 한 작품의 주인공이기만 한

---

7) 김윤식, 『김동리와 그의 시대』, 민음사, 1995, 65쪽.
8) 천이두, 「허구와 현실」, 『동리문학이 한국문학에 미친 영향』, 중앙대 문예창작학과, 1979, 165쪽.

것이 아니라 당시 한국 지식인들의 정신적 공황과 현실적 궁핍을 대변하는 또 다른 의미의 조선의 심벌로 그려지고 있으며, '특히 이러한 그의 특성은 그의 작품세계의 밑바탕을 형성하는 허무의식과 결합함으로써 당시의 시대적 분위기와 다각도로 연결되어 암흑기 문단에 그 매력을 마음껏 발산'9)하였다는 평가와 함께 비슷한 무렵에 등장한 여러 신인 작가 가운데 특별히 문단의 조명을 받는 신인으로 우뚝 설 수 있었던 것이다.

1930년대에는 동아·조선·조선중앙일보 등 신문과 「조선문단」·「문장」 등 문예지를 통해 많은 신인들이 등장한 시기였다. 이는 1910년대 말 현대문학이 싹튼 이래 10수년 사이에 독자와 함께 작가의 저변도 확대된 데서 온 결과였다. 10대의 나이로 염상섭의 「표본실의 청개구리」나 김동인의 「감자」를 읽은 문학소년들이 이 때에는 이미 20대가 되어 작가적 역량을 발휘하는 사람이 나타나기 시작한 것이다. 그 중에서 김동리는 1930년대 신인시대의 선두주자가 됐다.10)

그러나 이렇듯 화려하게 문단의 각광을 받은 것에 비해서, 당시의 어두운 시대상은 전혀 별개의 것으로 그에게 다가왔던 듯하다. 김동리는 당시 서울 사직동에 있었던 장형 김범부의 집에서 기식하고 있었는데 민족운동을 하던 김범부가 더 이상 서울생활을 견디지 못하고 다솔사로 내려가 은신하자 그 역시 서울에서의 의지처를 잃고 말았다.

당시 신인작가 김동리는 그 누구보다 각광을 받았고 발표 분량도 많았으나, 그것으로는 하숙비도 충당할 수 없었다. 취직할만한 학력도 재능도 없는 그에게 서울이 그대로 낯선 고장으로 육박해 왔다. 문학절대주의자 청년 앞에 1936년의 서울은 또 다른 절망의 땅이었다.11)

이와 같은 일련의 과정으로 미루어 볼 때 작가 김동리의 유·소년·청년기는 물론 문단에 데뷔한 신인작가 시절까지를 포함하여, 행복에 취해본 시기가 특별히 없었음을 알 수 있다. 융의 심리학 이론에 따르면, 인격의 발달을 돕기

---

9) 윤병로, 『한국 근·현대문학사』, 명문당, 1991, 284쪽.
10) 장양수, 「1930년대 소설경향의 몇 가지 흐름」, 『한국현대문학사』, 『현대문학』, 1989, 216쪽.
11) 김윤식, 『김동리와 그의 시대』, 민음사, 1995, 189~190쪽.

도 하고 저해하기도 하는 중요한 요소로서 환경의 영향을 들고 있다. 성장기의 부모의 역할과 교육의 영향이 성격형성에 미치는 영향을 제시하였는데 이러한 요인들이 분화와 통합을 거치면서 인격의 발달을 도모하게 된다는 것이다.[12]

2. 소설적 접신(接神)과 고향

풍수사상은 한국, 중국 등 동부 아시아 여러 민족의 지형과 기후, 풍토 등 넓은 의미에서의 지리관, 토지관이자 자연에 대한 해석 방법[13]을 이르는 말이

---

12) 어린 시절 김동리의 부친은 주사(酒邪)가 심했으며 모친은 남편의 험악한 행동에 맞서기 위해 기독교인이 되었다. 모친은 예수 믿기를 결심하자 집안의 신주단지[農神]를 박살내어 남편에게 선전포고를 했고 처음엔 이웃집에 있는 전도부인네 집에서 지내다가 남편의 분노가 조금 수그러들면 집으로 들어오고 형수와 누나들마저 교회로 인도하였으므로 김동리가 초등학교부터 계속 미션스쿨로만 옮겨다닌 것도 우연만은 아니다(『인생수상 : 밥과 사랑과 영원』, 사사연, 1985, 71~72쪽). 학교에 진학은 하였으나 김동리는 학업 자체를 대수롭게 여기지 않았다. 학업을 계속한다는 것은 지식을 얻기 위해서인데 그 지식은 독서로써 다 해결된다고 믿었으며 그 지식 이외에 세상에서 공인하는 자격이란 룰이 있다는 것을 전혀 생각하지 못했던 것이다. 그리하여 작가로 입문할 때까지 동서고금의 명저를 거의 다 독파하고 내용에 대해서까지 나름대로 일가견을 갖게 되었다고 자부하였으나 결과적으로 진정한 교육의 영향을 받을 기회는 잃어버리고 말았다(『꽃과 소녀와 달과』, 제3기획, 1994, 18~19쪽). 장형 김범부가 낙향한 곳으로 내려간 김동리는 다솔사 절 내에 있던 광명학원을 확장 이전하면서 교사로 임용된다(1937년). 그러나 민족 정신이 강한 김동리는 일본말을 일어로 조선어를 국어라고 통지표에 썼다가 학원이 폐쇄되는 고난을 겪는다. 장형 김범부마저 수배중인 몸이어서 불시에 가택수색을 빈곤 하였는데 1943년 10월 이느날에는 형사 40여명이 해인사의 말사(末寺)에 지나지 않는 다솔사를 포위한 채 수색을 하기까지 했다. 마침내 김범부가 경기도 경찰국에 검속되던 날부터 김동리는 화병을 앓게 되었는데, 부친처럼 의지하며 따르던 장형 김범부의 구속과 광명학원의 폐쇄는 그에게 큰 충격을 주었고 그의 소설 작품들이 일경의 검열로 발표가 불가능해진 것과 함께 우리말 잡지의 폐간사태는 청년 김동리의 내면공간을 황폐하게 만들었다. 광명학원 폐쇄와 아울러 작품활동의 길마저 막힌 김동리는 문득 생활태도를 바꾸어 막걸리, 색주가, 유행가, 화투, 장기 따위의 잡기에 휩쓸려 반년의 세월을 보낸다. 이때 그에게 닥친 불행은 이미 결혼하여 가정을 이룬 가장이 집안을 돌보지 못하는 것이고 이 시기에 자신의 분신처럼 아끼던 장남을 잃은 일이다. 사천 양곡 배급소의 서기로 해방을 맞을 때까지 그는 불운과 악영향 속에서 살고 있었던 것이다(이남호, 이광호 편, 『문학앨범 김동리』, 웅진출판, 1996, 46~47쪽).
13) 한국문화역사지리학회, 『한국의 전통지리사상』, 민음사, 1991, 59쪽.

다. 이 풍수설에 의하면 우주의 삼라만상은 모두 그 하나하나마다 고유의 이 (理) 기(氣) 상(像)을 갖고 있으므로 한 물체의 외형에는 그 형상에 상응하는 기상과 기운이 내재되어 있다고 보는 것이다. 지역의 풍수는 그 고장의 운세는 물론 그 지역의 인물의 운명과도 무관하지 않다는 것이 풍수사상의 기본일진대, 김동리의 작품 가운데는 이러한 전통사상을 줄기차게 형상화 시켜나간 흔적이 쉽게 발견된다. 김동리의 고향인 경주는 고조선 이후의 무속적 분위기에 통일 신라의 불교가 접목되어 형성된 독특한 전통을 지니고 있는 곳이며, 특히 그의 출생지에 얽힌 얘기는 한 작가의 배경을 연구하는 데 있어서 중요한 역할을 한다.

> 동리는 서울 연건동 시절에 다솔사 지역에서 취재해 온 문둥이에 관한 이야기(「바위」)와 무속에 대한 이야기를 소재로 작품을 쓰기 시작했다. 동리에게 있어서 이때의 서울 생활은 그렇게 중요한 의미는 없다. 이 당시의 서울 생활에서 동리가 얻은 것은 서정주를 비롯한 『시인부락』동인들과의 친분 정도이며 동리의 의식 대부분은 유년시절을 보낸 경주와 청년기를 보낸 사천시절이 차지하고 있었다. 동리가 당시 서울에서 집필에 들어간 작품들이 이를 잘 말해 주는데, 이때 집필한 작품이 「무녀도」, 「바위」였는데 이는 주로 경주 성건동과 사천 시절의 체험에서 옮겨온 소재들을 작품화한 것이다. 경주 성건동은 일명 '무당촌'이라고 불릴 만큼 무당이 한 집 건너 살고 있었고, '바위' 역시 개울에서 읍내로 들어가는 어귀에 실제로 있었다. 이런 경주 성건동 지역의 무당 이야기(「무녀도」)를 소재로 작품을 쓰기 시작하여 …… 우리나라 토속신앙이 제일 오래된 곳이 바로 이 다솔사 지역인데, 원시시대의 놀이나 해(태양) 숭배의 풍습 같은 것이 다솔사 지역내에 많이 남아 있다고 한다.[14)]

위의 예문에서 드러난 바와 같이 김동리는 이미 운명적으로 우리 민족의 혈통 속에 흐르는 무속적 분위기를 풍수사상에 맞춘 듯이 생래적으로 타고난 작가인 셈이다. 특히 그의 고향이 '무당촌'으로 불리는 곳일 뿐더러 한 집 건너마다 무당이 살고 있었다는 것은, 「무녀도」를 위시한 수많은 샤머니즘 계열 작품

---

14) 김정숙, 『김동리 삶과 문학』, 집문당, 1996, 165~166쪽.

들을 — 국내의 그 어느 작가보다 많이 생산해낸 것과 무관하다고 할 수 없다. 김동리는 문단 데뷔 직후 해인사의 말사인 다솔사에 내려가 광명학원의 교사를 했었는데 이 때에 취재해 온 소재들이 후일 서울 생활에서의 작품 소재의 주류를 이루고 있었다는 기록으로 보아 김동리의 정신적 배경에는 이렇듯 항상 고향이 각인되어 있었던 것이다.

한 인간의 삶을 크게 4단계로 구분한 융(Carl Gustav Jung)은 1) 아동기 2) 청년기 및 젊은 성인기 3) 중년기 4) 노년기에 걸쳐서, 인간의 정신은 각각 진화의 과정 속에서 그 가치를 찾을 수 있음을 강조하였다. 즉 인간이라는 생물학적 존재는 자신의 어렸을 때의 과거뿐만이 아니라 인류 역사상 존재했던 호모 사피엔스의 먼 옛날의 과거와도 연결이 되어 있다는 것이다.

이 가운데 아동기의 후반단계가 되면, 어느 정도 기억이 연장되고 또 어느 정도 자아 콤플렉스의 주위에 자기 동일성의 감각인 '나'라는 것과 결부된 지각이 쌓여 자아 콤플렉스가 에너지의 공급을 받아 개성화 되기 때문에 자아가 형성되기 시작15)한다는데, 「우물 속의 얼굴」에 보면 아동기의 초반단계에 겪었던 소꿉 친구 선이의 죽음이 얼마나 리얼하게 한 작가의 의식에 자리잡고 있는가를 확인할 수 있다.16)

> 삽짝 설주와 담장 사이 두어 뼘 되는 울타리 틈바구니에 눈을 박고 서 있는 선이(仙伊)는 창수(昌洙)가 그쪽으로 몇 걸음 다가오기만 하면 이내 제 집으로 휭하니 달아나곤 했다. 살빛이 희고 이마가 한데 같이 넓고, 굵고 검은 두 눈이 양쪽 가로 멀찌감치 박혀, 그런대로 훤한 얼굴인 선이는 창수네 집의 무엇을 보려고 그렇게 날이면 날마다 그 좁은 울타리 사이에 붙어 서 있는 겐지 알 수 없었다. 창수네 집은 선이네 집보다 훨씬 넓고 큰 편이었지만, 그렇다고 그녀가 집 구경을 하고 있는 것이라고 볼 수는 없었다. 그녀의 나이는 겨우 여섯 살. 여섯 살배기 계집아이가 남의 집 구경에 그렇게 날이면 날마다 넋을 팔고 섰을 리 없는 일이었다. …… 창수는 선이보다도 한 살 아래인 다섯 살배기 어린이였지만 동네에서는 술 잘 먹는 아이, 무서운 아이 따위 별명들로 불리고 있었다. 창수가 술을 먹기 시작한 것은

---

15) Calvin S. Hall, 최 현 역, 『융 심리학』, 범우사, 1985, 115쪽.
16) 「우물 속의 얼굴」은 김동리가 67세 되던 1979년 6월호 『한국문학』에 발표한 단편임.

첫돌 무렵부터이니까 두 살 때의 일이었다.[17]

이 작품은 김동리의 유년시절이 완벽할 정도로 재현된 소설이다. 김동리의 본명인 창귀(昌貴)가 창수(昌洙)로 바뀌었을 뿐 '선이의 나이가 한 살 더 많은 여섯 살인 것이나 갓난 아이 때부터 술 잘 먹는다고 소문난 다섯 살 난 사내아이인 것이나, 그 이듬해 봄 선이가 죽어버리는'[18] 스토리 라인이 김동리의 유년시절 고백과 완전히 일치하고 있다. 한 작가가 아동기의 체험을 노년기에 이르러 작품으로 형상화 했다는 것은 '잊혀지지 않는, 잊혀질 수 없는' 장기기억[19]을 통한 자아찾기와 동일한 의미를 갖는다.

데뷔초기에 쓰여진 「허덜풀네」는 실제로서의 고향과 소설로서의 허구가 첫 머리부터 노골적으로 함께 어울려 나타난다. "고도(古都) 경주의 서쪽과 북쪽에만 K읍의 옛성은 긴 돌무더기처럼 누워 있었다 [……] 성문이 없어진 지는 오래 되었지만 문이 있을 때 내어진 길은 옛 모습 그대로였다. 그러나 사람들은 대개 남쪽(본래 남문이 있던 쪽)으로 돌아다녔고 이 서문 거리는 늘 한산해 있었다. 그것은 개화 이후, 경주의 시가가 남문 거리를 중심으로 발전도 하였거니와, 이 서문 거리 부근의 형언할 수 없이 쓸쓸한 풍경이 사람의 발길을 뜨게 하는 점도 있었다. [……] 이러한 서문 거리 일대에 인가가 들어서 있을 리도 없었고 잡초와 돌무더기 곁에 쓰러져 가는 오두막이 한 채 있을 뿐이었다."[20] 이와 같은 묘사는 흡사, 제임스 죠이스(James Joyce)의 「율리시즈」 한 권

---

17) 『김동리 전집』④. 민음사, 1995, 58~59쪽. 김동리의 대표작선집은 1967년 삼성출판사에 의해 간행된 바가 있다. 그러나 김동리는 1980년까지 꾸준히 작품활동을 거듭 하였으며 『김동리 전집』은 그가 타계한 지 1개월 여만인 1995년 7월 간행되었다.

18) 김동리, 『생각이 흐르는 강물』, 갑인출판사, 1985, 11~15쪽.

19) "우리가 쓰는 기억이라는 말은 장기기억(長期記憶)을 말하는 것이지 단기기억을 말하는 것은 아니다. 과거에 있었던 사실을 잊었다는 것은 곧 장기기억 되어 있지 않음을 의미한다. 자아(自我)라고 하는 개념도 곧 장기기억에서 파생된 것이다. 장기기억, 다시 말하면 지난날 자기가 생각했던 것, 또 했던 것을 다 잊어버리면 자아의 개념은 존재할 수가 없다. 장기기억이라는 기능은 하나의 기본적 인지과정으로서 우리들의 일상생활에 꼭 필요한 기억과정이다."(이현수, 『심리학의 원리』, 우성문화사, 1984, 347쪽).

20) 「최치원」, 『김동리 전집』④, 민음사, 1995, 150~151쪽.

만 있으면 더블린이라는 도시를 완성해낼 수 있다는 지지소설(地誌小說)을 연상시키기도 하지만, 김동리 소설의 특징이 일단 현실적인 공간으로부터[21] 벗어 나와 상상의 세계를 향하여 도약하고 있음을 「허덜풀네」는 보여주고 있고, 「허덜풀네」보다 40여 년 뒤에 쓰여진 「만자동경(卍字銅鏡)」도 이러한 패턴과 유사하게 시작된다.

> 내가 고향에 갔을 때 이미 그 성은 없어진 뒤였다. 옛날 성이 있었던 자리는 반반히 닦여진 채 깨끗한 상가로 바뀌어 있었다. 나는 두 어깨가 아래로 축 쳐지는 듯했다. 어깨뿐 아니라 머리도 아래로 늘어뜨린 채 나는 그 새로 난 상가를 덧없이 터덜터덜 걷고 있었다. 무어라 형언할 수도 없는 울분과 허망과 설움 같은 것이 뒤엉켜서 머릿속을 하나 가득 메우고 있는 듯했다. 내가 고개를 들었을 때 나는 옛날의 서문 거리까지 와 있었다. 서문 거리의 외딴 오두막, 옛날부터 전설처럼 내려오던 그 쓸쓸한 오두막도 물론 없어졌고 그 자리엔 새로 지은 양기와 집 한 채가 <경주 양조장 서부출장소>라는 함석 간판을 이마에 붙이고 서 있었다. 서문 거리에서 남쪽으로 한 마장 쯤 나가면 성 안쪽으로 오두막 두 채가 성가에 붙어 있었었다. 보통 오두막 두 채로 불리긴 했지만, 앞에 앉은 좀 큰 편인 오두막은 방 한 칸을 가운데 두고 조그만 부엌과 헛간이 붙은 찌그러져가는 낡은 기와집이었고, 거기서 다시 여남은 발 뒤에 엎드린 작은 오두막도 방 한 칸에 부엌이 따로 붙어 있었다. 앞의 큰 오두막엔 석씨 성의 홀아비가 살고 있었고 뒤의 것은 무당 연달래가 쓰고 있었다.[22]

김동리의 작품 가운데 고향 경주의 기억과 관념은 이들 작품 이외에도 많은 곳에서 드러난다.[23] 이러한 기억이나 관념을 과거의 경험에 대한 심상으로 해

---

21) "서문거리란 경주성의 서문이 있던 곳으로 길가엔 쓰러져 가는 오두막이 한 채 있었고, 그 오두막의 앞 뒤로 긴 돌무더기(옛 성이 무너진 채 돌무더기를 이룬)가 뻗쳐 있었고, 그 돌무더기 밖으로 반쯤 메워져 가는 개천이 돌무더기를 에워싸고 있었던 것이다. 그리고 그곳이 바로 「허덜풀네」라는 제목의 소품과 「성문거리」란 소설의 무대랄까 소재로 취해지기도 했던 데다"(「허덜풀네」는 1936년 12월 『풍림』에 발표할 당시의 제목이었으나 『성문(城門) 거리』로 개작하여 1956년 6월 『사상계』지에 게재되었는데 1978년 『꽃이 지는 이야기』라는 작품집 속에 다시 「허덜풀네」라는 원제목으로 실었음). 위의 책 ⑧, 345쪽.
22) 위의 책 ④, 69~70쪽.

석하는 프로이트는 무의식의 개념을 전의식(preconscious)과 본래의 무의식 (unconscious)으로 나누고 있는데 '전의식적인 관념이나 기억은 저항이 약하기 때문에 쉽게 의식화될 수 있지만 무의식적인 사고나 기억은 대립하는 기억이 강하기 때문에 결코 의식화될 수 없는 기억이 있는가 하면, 다른 끝에는 생겨 날 듯 말 듯한 기억이 있다'[24]고 풀이하고 있다. 이 논리에 따르면 김동리는 전의식과 더불어 '생겨날 듯 말 듯한 기억'인 본래의 무의식까지도 동원하여 고향을 복원시키고 있는 것이다.

김동리 소설에 등장하는 거의 모든 소설의 주인공들의 고향이 '경주'라는 것은, 그의 문학적 출발인 어린 시절의 기억이 모두 경주라는 곳에 집중되어 있기 때문이다. 심지어 삼국유사 등에서 소재를 채취하여 쓴 여러 역사물 가운 데 한 작품인 「석탈해」에서는 그 주인공이 옛날 서라벌 시절의 인물임에도 불 구하고 다음과 같이 현대적인 기법으로 서두를 시작하고 있다.

> 나이 들수록 다시금 고향이 그리워진다. 옛날부터 잊지 못할 고향 산천이 란 말이 있지만, 나이 육십 줄에 들고 기억력마저 희미해진 오늘에 와서도, 내 고향 경주의 산과 내와 들과 수풀과 그리고 여기저기 흩어져 있는 고적 들이 지금도 눈에 선하다. 생각 같아서는 한 달에 한번씩은 내려가고 싶다. 그리하여 며칠이고 푹 쉬며 어릴 때 찾아다니던 남산(南山－금오산)이고 반 월성 같은 데를 샅샅이 살펴보고 싶다. 그러나 이것은 생각뿐이다. 한 달에 한 번은 커녕 한 해에 한번, 아니 삼 년에 한번도 어려울 지경이다. 이것은 내가 삼 년 전 경주에 갔을 때의 이야기다.[25]

김동리의 소설적 연원이 경주라는 것은 이상과 같은 경로를 추적해볼 때 자

---

23) 「달」에서는 <예기소>에서 합친 서천(西川)과 알천(閼川) 두 갈래의 물이 금장(金丈)나 루를 지나 다시 합쳐지는 경치로 시작하고 있고, 「눈 내리는 저녁 때」는 고향 경주에서 올라온 청년과 '나'가 만나 고향 얘기를 나누면서 풀어나가고, 「선도산」에서는 경주 오 릉, 「유혼설」에서는 경주 서북편에 있는 예기청수(藝妓淸水)라는 소(沼)를, 「원화」「회 소곡」을 위시한 많은 작품들은 아예 무대를 신라의 설화시대 경주 인근으로 옮겨 놓 고 있다.
24) Calvin S. Hall, 황문수 역, 『프로이트 심리학 입문』, 범우사, 1977, 77쪽.
25) 「석탈해」『김동리 전집』④, 민음사, 1995, 296쪽.

명한 일로 드러나고 있다. 작품(fiction) 못지 않게 수상·수필류를 많이 남긴 김동리는 고향 성건리의 추억이거나 경주 또는 경주 일원에 대한 지문을 꼼꼼할 정도로 일체화시켜 왔다. 그러나 김동리의 작품이나 혹은 수상·수필류에 등장하는 고향 경주가, 마냥 포근하고 정다운 어미 품같은 고향만은 아니라는 점이다.26) 김동리의 고향에 대한 회고 가운데 유난히 자주 등장하고 있는 성(城)에 대한 추억이 이를 반증하고 있는데 그의 작품이나 수상·수필류에 등장하는 성은 온전히 보존되어 있는 그런 성이 아니라 지금은 폐허가 되었거나 형체를 찾기 어려운 돌무더기를 이른다. 바로 이 성은 김동리에 있어서 잃어버린 고향의 상징으로 자리한다.

> ……그러면 경주에서 나고 자라난 나에게 있어 잃어버린 고향은 무엇무엇인가. 그 첫째가 성(城)이다. 내가 나서 자라던 마을을 성건리(城乾里)라 불렀는데 아마 성 서북쪽의 마을이란 뜻이었으리라. 사람 이름에 별명이 있듯이, 마을 이름에도 별명이 있어, 성건리란 본명 이외에 성서리(城西里), 성외리(城外里), 성밖동네 따위로 부르기도 했다. 모두가 성에다 붙이는 이름들이었다. 왜냐하면, 그 무렵 성이란 이름의 긴 돌무더기나마 전체 위치대로 남아 있는 데가 그 한 군데 뿐이었기 때문이다. 당시의 성이라면 으레 동서남북의 사각(四角)으로 되어 있었는데, 경주의 경우 그것이 서쪽의 것만 전체 길이대로의 긴 돌무더기로 남아 있었다는 뜻이다. 돌무더기가 아닌 성(城)의 본디 모습 그대로 북쪽에 남아 있었지만, 그것은 '전체 길이대로'가 아니고, 몇 군데만 띄엄띄엄 잡초를 이고 서 있었던 것이다.27)

김동리는 이처럼 자신의 고향에 대한 추억을 많은 작품의 배경으로 등장시키고 있다.28) 한 작가에 있어서 고향을 통한 성장배경의 중요성은 이미 상식에

---

26) "그 당시 우리 집은 성건리에 있었기 때문에 나는 아침 저녁 그 긴 돌무더기 같은 옛 성을 넘어 다니거나 돌아다니곤 했었다. 성갓으로는 개천이 성을 에워싸고 있었는데, 개천 바닥에는 군데군데 잡초가 우거져 있거나, 웅덩이가 파여져 있거나, 혹은 썩은 물로 수렁이 져 있곤 했었다. 나는 그 우울한 개천 바닥을 들여다 볼 때마다 어린 가슴을 까닭 모른 눈물로 적시곤 했었다(김동리, 『밥과 사랑과 영원』, 사사연, 1985, 192쪽).

27) 김동리, 「잃어버린 城」, 『문학사상』, 1986년 7월호, 151쪽.

28) '아들은 어미의 손을 잡고 걸음을 옮기었다. 장터에서 조금 나가면 무너진 옛 성터가

가까운 일이지만 김동리에 있어서 그 유별남은 도의 지나침을 넘어서 치열한 경지에까지 이르고 있다. 단편 「선도산」(『한국문학』, 1976. 11월)에는 작가 자신이 실명의 화자(話者)로 등장하면서 고향 경주에 대한 회포를 풀어놓는다. '나'는 고향 경주에서 개최되는 <신라 문화제>의 문학부문 심사위원으로 초빙되어 고향에 내려와 반월성 아래 거행된 시상식장에서 자연인인 작가 자신의 애향심을 적나라하게 드러낸다.

"……경주란 데는 산에서나 물에서나 들에서나 수풀에서나, 그리고 언제 어디서고, 여러분들이 진실로 구하고 원한다면 시와 소설과 그림과 음악이 물 솟듯 푹푹 솟아나는 고장입니다……" 했을 때 수많은 청중들이 박수로 호응해 주었다. "……나는 그것을 믿습니다. 나는 그것을 체험했기 때문입니다. 나의 「화랑의 후예」, 「산화」 등이 연이어 조선중앙일보와 동아일보에 당선되고 할 무렵 경주의 산과 들은 어디서나 예술과 문화를 뿜어내는 듯했습니다. 여러분, 그 산과 들은 지금도 저기 그대로 있습니다. 여러분이 가

있고 그 옆으로 오래된 지름길이 있었다. 길은 가을 풀로 덮이고 지나 다니는 사람의 그림자도 보이지 않았다.' — 「바위」
'……성밖하고도, 서쪽 동네 사람들이 성안 출입을 하려면 남쪽으로 돌든지 그렇지 않으면 서문거리를 통해야 했다. 옛날 성문이 있던 데라 성문 거리라고도 하고, 성문이자 서문이래서 서문거리라고도 불렀었다.' — 「허덜풀네」
'저쪽 묵은 성 모퉁이를 돌아 이쪽으로 개천을 끼고 돌아 들어올 선이는 아직 보이지 않는다.' — 「동구앞길」
'……「여기가 바로 성터 아이가? 그런데 성을 와 없앴노 카먼 여기 상가 사람들이 좋다 안했나? 그뿐만 아니라 그 바람에 경주가 비약적으로 개발이 됐다고 좋아 죽는 사람들이 얼매나 많은 줄 아노?」「그렇지만 성을 그대로 보존하고 개발할 수도 있었 잖아?」「문화인 같은 소리 하네. 그런 생각하는 사람, 자네하고 나하고 또 몇 사람 더 있을 끼다」「그렇지만 나는 분해 죽겠어. 고향이 없어진 거 같잖아? 중요한 것이. 그리고 성 가에 붙어있던 오두막은 어떻게 됐나?」「홀애비 영감하고 무당네 집 말이제」……' — 「만자동경」
'을화가 자주 다니는 술집은 <모과집> 또는 <성밑집>이라고 불리는 보잘 것 없는 조그만 주막이었다. <모과집>이라고 하는 것은 안주인의 얼굴이 모과같이 생겼다고 하여 붙은 이름이었고, <성밑집>이라고 하는 것은 그 위치가 <긴 돌무더기>같은 옛성 바로 아래 있다고 해소 <성밑집>이라고 불렀다.' — 「을화」
이상의 예문들은 김동리의 작품들에서 인용한 대화문이지만, 이 가운데는 고향의 유실을 안타까워하는 작가의 마음이 작품 속에 그대로 감정이입(empathy)되어 나타나고 있다. 김동리는 성이 없어진 것에 대하여 마치 고향이 없어진 것과 같은 등가치(等價値)의 무게를 부여한다.

서 흙을 움켜쥐어 보십시오. 여러분이 원하는 시와 소설이 쏟아져 나올 겁니다."29)

　살펴본 바와 같이 김동리는 그의 소설에서나 소설외적인 글에서나 의도적으로 고향 경주를 노출시키고 옹호하였다. 이러한 예술가의 의도를 선입관적인 것이거나 또는 내적 형식의 드러냄으로 보고 있는 관념주의적 입장에서는 이 의도를 '특정한 예술가가 자기시대의 주도적인 예술 규약 안에서 자신의 위치를 결정짓고 자신을 주장하는 데 사용했을 외부 조건, 또는 권한을 강조하는 개념으로 종종 대치된다'30)고 보는데, 김동리는 과감히 고향을 연원(淵源)으로 삼고 문학활동을 펼쳐나갔던 것이다.

　김동리의 샤머니즘이나 민족주의, 특히 그의 역사소설에 중점적으로 드러나 있는 화랑정신이나 신라주의의 뿌리는 바로 이 향토애에서 기인하는 것이다. 김동리는 '나의 학창생활은 고향 산천만을 생각하는 향수병으로 멍들었으며 선생님의 강의에 귀를 기울이려고 하지 않았고 고향집 주소 같은 것이나 몇 백 번이든지 노트에 꺼적거리며 하학 종소리가 나기만을 기다리는'31) 중학생활을 보냈고 문단에 데뷔하자마자 틈만 나면 작품 속에 경주의 산천과 풍물을 그대로 재현시킴으로써 자신의 편집광적인 향토애를 드러내었다. 그의 대표작 중의 하나로 꼽힐 수 있는 장편 「을화」의 다음 지문을 보면 이는 명백한 사실로 나타난다.

　……이 서부리 성외리 하는 동네는 읍내 동네의 하나이긴 했지만, 읍외(邑外)의 어느 농촌과도 크게 다를 것이 없었다. 그것은 온 동네가 거의 농가였기 때문만도 아니었다. 그보다도 어쩌면 이 동네와 성내(城內)동네들과의 사이에, 허물어지긴 했어도 옛 성이 뚜렷하게 남아 있었기 때문인지도 몰랐다. 얼른 보면 긴 돌무더기 같은 옛 성이, 이 고도(古都)의 서쪽과 북쪽엔 그냥 남아 있었던 것이다. 성뿐이 아니라, 성의 외곽인 개천까지 엄연히 성을 따라 에워져 있었던 것이다. 그리하여 성내에서 이 동네로 내왕하는 길은, 남문 거리 — 남문터의 거리 — 에서 개천은 끼고 밖으로 돌며 서쪽으

---

29) 「선도산」, 『김동리 전집』③, 민음사, 1995, 427∼428쪽.
30) Anabel Paterson, 박거용 역, 『Critical Terms for Literary Study』, 한신문화사, 1994, 167쪽.
31) 김동리, 『운명과 사귄다』, 휘문출판사, 1984, 27쪽.

로 빠져, 동네의 동남 어귀로 통하는 길과, 서문 거리를 지나 개천을 가로지른 긴 돌다리(몇 개의 긴 돌로 다리를 놓은)를 건너 동네의 동북 어귀로 들어오는 두 길이 있었다. 이 동네의 이름이 성밖 동네, 서문밖 동네, 성외리, 성서리, 서부리, 성건리, 심지어는 성밭 동네라고까지, 사람에 따라, 형편에 따라 종잡을 수 없이 여러 가지로 불리는 까닭의 하나는, 이와같이 그 위치의 특수한 성질에도 있었다. 청년이 찾아온 길은 남문 거리 쪽이었다.[32]

김동리는 바로 자신의 고향인 경주 즉, 옛 서라벌에 신들려 있고자 한 ‘작가무당’을 자인하였음을 알 수 있다. 그는 문학을 통하여 과거의 고향과 접신하면서 그 혼을 자신의 작품 속에 현현(顯現)시켜 놓았다. 두서 너 살 때부터 술을 가까이 하고 다섯 살 때 소꿉 친구 선이의 죽음을 통하여 이승과 저승에 대하여 사색을 하고, 학창 시절에는 학업보다 향수병에 멍들어 고향집 주소나 노트에 몇 백 번씩 끼적거리고, 문단에 데뷔해서부터는 대부분의 글들에 (소설이건 비소설이건을 막론하고) 고향을 묘사했을 뿐만 아니라 그의 마지막 발표작이 된 「만자동경(曼字銅鏡)」의 — 외딸을 데리고 사는 무당이 영험한 꿈(선덕여왕이 몸주마님으로 나타나는)을 꾼 뒤 성(城)밑에 가서 신라 선덕여왕 시절임을 알리는 만(曼)자가 새겨진 동경을 찾아낸다는 스토리 라인에 이르면, 김동리에게 있어서의 고향은 보통 사람들의 평범한 고향인 것이 아니라 끊임없이 작품의 소재를 길어 올리는 모티프의 샘인 동시에 소설적 발상의 근원지였음을 알게 되는 것이다.

3. 화랑과 서라벌의 재현

김동리의 문학적 일생을 조명해 볼 때 최초의 데뷔작이 1935년 조선중앙일보에 당선된 「화랑의 후예」였음이 결코 우연의 일치라고만 할 수 없다. 김동리는 「화랑의 후예」가 당선되기 이전인 1934년 이미 조선일보의 신춘문예에 시「백로」로 입선한 사실이 있을 뿐만 아니라 소설 4편 희곡 3편 신시 시조 민요

---

32) 「을화」, 『김동리전집』⑥, 민음사, 1995, 22쪽.

등 17·8편을 각 신문사에 응모하여 고배를 마신 경험[33]이 있었다. 비록 백로가 당시 왜정치하에서 압제받고 있는 백의민족의 넋과 이념의 표상을 그린 것이었다 할지라도 문학청년 김동리의 기개를 다 담아내기에는 시(詩)라는 형식은 그에게 알맞는 그릇이 아니었다.

　　그 이듬해 「화랑의 후예」(단편소설)가 중앙일보에 당선되었다. 김동인 박태원 씨 등이 격려해 주던 것을 기억한다. 그 이듬해 「산화」(동아일보)가 또 당선되었다. 나의 소설수업(습작)이란 상기 두 작품을 전후하여 본격적으로 시작된 셈이었다. 창작의 즐거움, 창작의 괴로움, 창작의 어려움이 골수에 사무치기 시작한 것도 이때부터다. 시와 희곡과 기타 일체잡문을 버리고 오로지 소설로만 들어서기 시작한 것도 이때부터다. 그러자 곧 자기의 문학적 행로 위엔 자못 중대한 문제 하나가 그 윤곽을 내놓았다. 그것은 곧 자기의 생명 자체로서 파악한 한 문학적 세계가 자기의 앞에 그 윤곽을 드러내는 것이었다.[34]

　일제 강점기의 암울한 민족 현실 속에서 김동리가 최초로 내어놓은 소설이 「화랑의 후예」였다는 사실만으로도 '문학적 행로 위엔 자못 중대한 문제 하나'로서의 윤곽과 실체를 내놓았던 것이다. 당시의 정치상황은 특히 이 땅의 젊은 이들에게는 질곡 그 자체였다. 나라는 빼앗겼고 말과 글은 물론 겨레의 얼마저 쇄락해 가고 있었다. 그러므로 청년작가 김동리의 데뷔작인 「화랑의 후예」는 더 큰 의미를 갖는다. 일제 강점기의 식민지 통치 아래서 추구된 중요한 목표 가운데의 하나가 바로 한국인들에게서 한국인으로서의 정체성을 박탈하는 것이었던 만큼 김동리처럼 작품 속에 한국인으로서의 정체성을 지키는 데 주력하는 작가는 그러한 노력 자체로써 이미 뚜렷한 저항의 의미는 획득할 수 있었기 때문이다.[35]

　그러나 「화랑의 후예」는 제목처럼 신라정신의 뿌리이기도 한 '화랑'을 정공법으로 파고 들어간 작품은 아니다. 오히려 이 작품에서 보여주는 화랑의 후예

---

33) 김동리, 「나의 소설수업」, 『문장』, 1940년 3월호, 173쪽.
34) 위의 책, 173쪽.
35) 김윤식, 『한국현대소설비판』, 일지사, 1981, 271~272쪽.

즉 황진사는 화랑도와는 거리가 먼 패배자와도 같은 인물이다. 그는 화랑의 기백은 커녕 지렁이·오줌·쥐의 똥 같은 것으로 만든 가짜 환약을 만들어 팔다가 순사에게 붙들려 일장기가 붙어 있는 파출소로 끌려가는 파락호같은 존재이지만, 자신의 뿌리가 누구인지는 확실히 알고 있는 인물이다.

> …… 그는 나를 한쪽 구석에 불러놓고 지극히 중대한 사실을 발견했노라고 한다. 나는 사정이 전과 다른 형편에 있던 터이라 혹시나 이런 데서 무슨 자세한 내용이나 알게 되나 하며 두근거리는 가슴을 누르며 긴장한 낯으로 그를 쳐다보고 있는 것인데, 그는,
> "아, 내 조상께서도 모르고 지낸 윗대 조상을 근일에 와서 상고했구랴"
> 이런 엉뚱한 소리를 하였다.
> 나는 너무 어이없어 어리둥절해 있노라니,
> "왜 그루, 어디 편찮우"
> 한다. 괜찮으니 얼른 마저 이야기하라고 하니,
> "아, 이럴 수가 …… 온, 내 조상이 대체 신라적 화랑이구랴!"
> 하고 혼자 감개해서 못 견디는 모양이었다. 그건 또 어떻게 알아냈느냐고 한 즉, 근일에 여러 가지 서적을 상고하던 중 우연히 발견하게 된 것이라 하였다.36)

이 인용문이 품고 있는 알레고리(allegory)는, 그가 초등학교 6학년 시절 조숙하게도 일찍 겪었던 <돛대없이 배 탄 백의인> 필화사건과 연결해보면 김동리의 이런 역설적 표현이야말로 당시 일제의 압정에 숨죽인 채 세뇌되어가던 우리 사회에 던지는 경종이었음이 쉽게 드러난다. 초등학교 6학년에 불과했던 소년 김동리가 경주경찰서 고등계 호출장을 받고 다녀온 뒤 경주 지방의 민족주의자들의 사랑을 받게 되고 그들로부터 장차 훌륭한 문인이 될 거라는 촉망과 기대의 대상이 되었던 사실은, 그의 소설 데뷔작이 「화랑의 후예」라는 점과 완벽하게 일치하는 것이다. 경주출신임을 늘 자각하고 이를 긍지로 여기고 있는 김동리는, 화랑의 뿌리를 화백에서 찾고 있는데 다음의 예문을 참조하면 그가 왜 그토록 화랑에 대하여 집착하는가를 이해하게 된다.

---

36) 「화랑의 후예」, 『김동리 전집』①, 민음사, 33쪽.

A) 지금 타계한 시인 목월과, S대 교수 J씨와 그 밖에도 한 두 사람이 더 있는 자리에서 술을 하러 가자는 제의가 나오자 그 중 한 사람이 자기는 약을 먹는 중이 돼서 빠져야 되겠다고 나왔다. 그러자 J씨가 가려면 다 같이 가고, 한 사람이라도 빠진다면 그만 두자고 나왔다. 그 때 내 머리 속으로 문득 화백(和白)이란 말이 생각나, "이거 화백이로군" 했더니 모두가 웃었고 복약중이라 빠지겠다고 했던 친구도 자기 때문에 술자리가 깨어져서야 되느냐고 번의를 해서 함께 술자리로 향했던 것이다. 술이 언큰했을 때였다. 목월이 나에게 술잔을 권하며 "김형, 화백에 대해서 어떻게 생각합니까?" 하고 물었다. "그거 나도 수수께끼야. 그렇지만 막연히 그거 화랑하고 같은 뿌리가 아닐까 생각하고 있어요" 그러자 목월이 두 눈에 광채를 가득 담으며, "그거 참 그렇겠군"하고 자기의 무릎 위를 툭 쳤다. 다른 친구들도, "하긴 같은 신라시대 산물이니까"하는 따위로 수긍적인 반응들이었다. 목월이 나에게 다시 물었다. "그거 범부 선생37)한테 들었어요?" "형님 강좌에 참석한 적이 너무 적어서 미처 듣지 못했었는데, 그렇지 않아도 한번 물어 본다는 게 자꾸 잊어버리고 해서……" 그 자리에 있었던 화백 이야기는 이것으로 끝났다.

B) 화백 회의의 구성원은 <진골(眞骨)이상의 귀족이나 벼슬아치>였다. 처음은 <육촌(六村)의 사람>이라 했지만 사실은 육촌의 촌장들이었다. 국왕추대나 기타 국가 중대사를 결정하는 회의라면 왕실의 원로들이나 귀족의 대표자들로 되었으리라 볼 수밖에 없다. 그렇게 아주 늙은이들이나 중늙은이들 쯤으로 구성되었다고 볼 수밖에 없는데, 왜 도성(都城)안의 어느 전당이나 고대광실이 아니고 동서남북의 영산영지를 찾아가야 했던가. 문제의 핵심은 바로 이것이라고 나는 생각했다. 왜냐하면 그들이 도성을 떠나 영산영지를 찾은 것은 결코 관광이나 유흥목적이 아니

---

37) 범부(金凡夫)선생은 김동리의 맏형으로서 김동리에게는 형이라기보다는 아버지 이상의 가외(可畏)스러운 존재였다. 일찍이 경주 고을의 신동이었던 범부는 일본 경도대학의 유학시절은 물론 귀국하여 우국지사들과 교유하며 민족정신을 일깨웠으며, 김동리에게는 이인(異人) 초능력자를 뛰어넘어 반신(半神)과도 같은 우상이기도 하였다. 범부가 지나가는 길에는 늘 사람들이 그의 이야기를 들으려고 모여 들었는데 범부는 늘 소크라테스 같은 문답식으로 이야기를 했다. 한번 이야기를 시작하면 한 시간이고 두 시간이고 그칠 줄을 모르고 이야기를 했다고 한다. 그에 대한 소문은 널리 퍼져 그를 찾는 문객들의 수가 하루에 30여 명이나 될 정도였다고 한다(김정숙,『김동리 삶과 문학』, 집문당, 1996, 46쪽).

었기 때문이다. 국가의 중대사를 논의 결정하기 위해서는 도성보다 신
성한 곳, 신령(神靈)한 곳을 찾아가야 한다고 믿었던 것이다. 신성한 곳
신령한 곳은, 곧 신령이 깃든 곳이었고, 그것이 곧 영산영지란 이름의
산 속이었던 것이다.

○ 불교 이전의 신라인의 고유한 원시종교, 소위 제정일치 시대의 제의(祭
儀)로 있었던 것이 샤머니즘이란 것은 위에서 이미 언급한 바이다. 사람
이 인력 이상의 힘을 빌려면 신을 찾게 마련인 것은 동서고금의 통례다.
당시의 화랑들도 인력 이상의 슬기와 무용(武勇)을 빌기 위해서는 신을
찾을 수밖에 없었던 것이다. 그리고 당시 그들에게 있는 신은 자연의 정
기로서 자연 속에 내재돼 있던 샤머니즘의 그것 뿐이었던 것이다. 그들
이 명산대천을 순례한 것은, 등산대나 유산가(遊山家)들의 산놀이가 아
니요, 제의를 닦기 위해 신이 있는 명산대천 영산영지를 찾았던 것이다.
요즘도 불교인이나 기독교가 아닌 일반 사람으로서 소원성취를 위하여
빌려고 할 때엔 으레 산을 찾고 산을 찾을만한 힘이 못될 때는 별이라도
보며 축수를 한다는 것도 위에서 이미 언급한 대로다. 따라서 화랑의 춤
과 노래는 풍류나 오락을 위한 것이 아니고 산을 찾고 신과 만나기 위한
제의에 지나지 않았던 것이다. 무교의 제의행위가 가무로써 행해진다는
것은 무격(巫格)의 굿을 통해 오늘날까지 내려오고 있지 않은가. 뿐만 아
니라 화랑의 본고장이었던 경주지방에서는 오늘날도 남무(男巫)를 박수
라 하지 않고 옛날 그대로 화랑이라 부르는 것이다. 화랑과 그 낭도들은
명산대천에서 가무제의를 통하여 신과 만나고 신과 접하고 신과 통했던
것이다. 화랑의 각별한 무용과 뛰어난 충성심은 신과 접하고 신과 통함
으로써 얻어진 생사초월의 무아지경의 산물이었던 것이다. 38)

　　위 인용에서 A)는 의사결정 수단으로서의 전원 합의제였던 화백 제도에 대
해 — 현대의 시점에서 대과거를 거슬러 오르내리는 담론을 나누고 있다. 이
장소에서 애기되고 있는 것은 비단 신라 초기의 건국 설화같은 애기에만 국한
되는 것은 아니다. 한 사람이라도 이의가 있으면 폐기된다(一人異則罷)는 제도
는 현대에 있어서의 ‘one for all, all for one‘과 같은 민주정신이면서 화합정신에

---

38) 김동리, 「화백과 화랑」, 『생각이 흐르는 강물』, 갑인출판사, 1985, 100~110쪽.

대한 원망(願望)이 담겨져 있는 것이다.

인용문 B)는 화백회의의 구성원들의 지위나 자격을 소개하는 듯 보이지만 사실은 이들이 국가의 중대사를 논의할 때 도성의 궁궐이 아닌, 영산영지를 찾아다닌 뜻에 초점을 맞추고 있다. '우리나라에는 이미 삼국 초기에 땅의 물질적 소여(所與)뿐만이 아니라 본질적 지기(地氣)에 대한 이해'[39]가 있었다는 기록이 있는데 화백회의의 구성원들이 찾아 나선 신령스러운 장소야말로 신령이 깃들고 신령이 존재히는 장소라는 주장을 도출해내기 위하여 김동리는 굳이 육촌의 촌장시대로 거슬러 올라갔던 것이다.

이러한 주장은 예문 C)에 이르러 완연히 그 본색을 드러낸다. 즉 샤머니즘이야말로, 우리나라에 있어서 최초로 도입된 완성된 종교형태인 불교보다도 앞선, 우리 민족의 종교적 유전자임을 내세우기 위함이었던 것이다. 신라시절의 화랑정신 원류에, 영산영지에서 기를 충전하는 샤머니즘이 자리잡고 있으며 이것이 오늘날까지 자신의 고향인 경주에서 남무(男巫)를 화랑이라고 부르는 이유임을 강변하고 있다.

이러한 흐름으로 볼 때 김동리의 데뷔작이 「화랑의 후예」라는 것은 특별한 의미를 지닌다. 첫째로 생각해볼 수 있는 것은 「화랑의 후예」는 그의 작가적 존재 의의에 대한, 스스로의 선언이었다는 점이다. 화랑정신이 샤머니즘에 그 바탕을 두고 있다는 소신이 「무녀도」를 쓰게 하였고 여러 차례의 개작 끝에 이를 장편소설 「을화」로 확대재생산 해냈다는 문학사적 기록보다는, 한 작가가 20대 중반에 이르러 장편소설로 발표하고 이것이 바로 자신의 필생의 대표작임을 천명한 데서 그 의의를 분명하게 찾을 수 있다.[40] 김동리는 그것이 자

---

39) 한국문화역사지리학회, 『한국의 전통지리사상』, 민음사, 1991, 60쪽.

40) 김동리가 자신의 수많은 작품 가운데 단 한편만을 골라 필생의 대표작임을 다음과 같이 밝힌 것은 특이한 일이다. '나의 대표작 운운하고 자주 거론되는 작품이, 단편으로 「등신불」·「무녀도」·「황토기」·「늪」·「까치소리」 등이요, 장편엔 「사반의 십자가」·「을화」 등이다. 「을화」를 취하기로 한다. 「을화」와 「무녀도」는 같은 소재다. 단편 「무녀도」를 처음 쓴 것은 1936년이다. 그러나 샤머니즘과 기독교의 충돌이랄까, 대결이랄까 하는 거창한 주제를 단편으로 쓴다는 것은 무리였다. 특이한 소재에다 거창한 주제를 담았었기 때문에 처음부터 줄곧 거론의 대상이 되어 왔던 것은 사실이다. 그러나 그것을 그림으로 말하면 데생에 지나지 않았다. 소설로서 제대로 형상화되었다고 볼 수는 없었다. 내가 이 소묘를 다시 캔버스에 옮기겠다고 약속한 것은

신의 작가 생애 가운데 43년에 걸친 결사적인 작업이었음과 함께 '샤머니즘을 통하여 한민족의 정신의 뿌리를 소설세계에서나마 담아두려 한 것'[41]이, 자신이 그토록 이 작품에 매달려 온 소이(所以)임을 밝히고 있다.

그러나 이렇듯 샤머니즘을 필생의 화두로 삼은 김동리에 있어서의 「화랑의 후예」는 ― 작가의 주장처럼 화랑을 통하여 우리민족의 종교적 뿌리인 샤머니즘을 도출해내기 위한 것이었다고 할지라도, 발표 당시의 시대상황으로 인해 심각한 굴절을 겪게 된다. 영산영지의 기운을 받아 국가의 백년대계를 도모하는 기상은 간 데 없고 나라 잃은 산하의 참담함 가운데 굴절된 식민지의 모습으로 그 장(場)이 펼쳐지게 된다.

김동리가 「화랑의 후예」를 썼던 1930년대 중반은 일제의 내선일체(內鮮一體)가 극성을 부리던 무렵이었다. 제7대 총독으로 부임한 미나미(南次郎)는 두 가지 정책을 밀고 나갔다. 즉 첫째는 식민지에서의 일체의 반일운동을 근절시킬 것, 둘째는 조선의 병참기지화를 위해서 북방의 일체 비화로부터 식민지 조선을 방호할 것, 이를 위해서는 경찰력 강화 등의 강압수단도 중요하지만, 그에 못지않게 한국인의 민족의식을 마비시킴으로써 일본의 선량한 백성으로 만들어 버리는, 즉 동화정책이야말로 탄압 이상으로 효과적일 수 있다는 것을 잘 알고 이를 실천에 옮겨 나가기 시작했던 것이다.[42]

따라서 「화랑의 후예」는 소설의 형식을 빌어 청년문사 김동리가 외치는 반어적(反語的) 고함에 다름 아니다. 의사결정권을 잃은 망국의 백성 또는 선비들이 나라의 신령스러운 장소는 다 왜인들에게 내어주고 기껏 같은 동포들끼리 속이고 협잡질을 하다가 왜인 순사가 있는 파출소에 끌려가 비굴한 모습을 보이는 것은, 화랑의 후예로서 차마 눈뜨고는 못 볼 노릇이라는 김동리적 경구였던 것이다. 한시 바삐 조선의 지도자들이 옛 화백과 같은 위엄과 슬기를 되

여러 차례였다. 그리하여 그것을 결행한 것은 지난 78년, 그러니까 데생을 발표한 지, 43년만에 「을화」가 장편으로 태어난 것이다. 남들의 눈에는 비슷할지 모르지만, 나에게 있어서는 결사적인 작업이었다고 해도 과언이 아니다(『밥과 사랑과 영원』, 사사연, 1985, 298쪽).

41) 위의 책, 302쪽.

42) 임종국, 『일제말 친일군상의 실태』, 한길사, 1989, 195쪽.

찾고, 뜻있는 이들이 모두 화랑과 같은 기백을 가지고 신과 접하고 신과 통함으로써 국권을 회복하기를 염원하였던 것으로 볼 수 있다.

「당고개 무당」에 나타난 화랑도 그 남루함은 「화랑의 후예」의 황진사와 맥을 같이 한다. '큰 마을에서 취운사(翠雲寺)로 올라가는 길 허리에 벌건 황토고개가 있고 고갯마루 곁에 서낭당이 있다. 그리고 당고개 무당네 집은 그 서낭당 곁에 있었다' 라는, 전형적인 김동리식 프롤로그로 시작되는 이 단편에서는 화랑이 아예 샤머니즘의 최하위 구성원으로 자리 잡는다.

> 딸들을 기생집으로 보내고, 그 쓸쓸한 고갯마루에서 당고개 무당이 혼자 무서워 어떻게 지내는가 하고 걱정을 하는 사람도 있었지만, 그녀 자신은 무서움을 모르는 사람 같았다. 그것은 큰딸 보름의 아버지 뻘이 되는 취운사의 늙은 중과, 작은 딸 반달의 아버지 뻘이 되는 장 화랑(張花郞)이 지금도 교대를 하며 한 달에 절반씩 선 보름 후 보름으로 그녀를 찾아와 자고 가기 때문이라는 소문이기도 했지만 그것은 지나친 이야기였다.(장화랑은 당고개 무당이 굿을 나갈 때마다 장구를 맡아 치는 그녀의 짝패 화랑이었다.)43)

이 소설은 두 딸을 기생으로 보낸 당고개 무당이 각각 그녀들의 아비인 취운사 늙은 중이나 장화랑과의 행각을 그린 점에서라기보다, 그가 일부러 괄호를 통하여 밝힌 바와 같이 '장화랑은 당고개 무당이 굿을 나갈 때마다 장구를 맡아 치는 짝패 화랑'이라는 주석에서 「화랑의 후예」와 같은 반어적 의미를 확보한다.

그러나 김동리의 소설에 나타난 화랑의 모습이 이렇듯 비참한 모습으로만 그려지고 있는 것은 아니다. '신령님을 찾아가 신령님께 빌고 신령님과 신령님의 사랑과 힘을 빌려 무예를 다스리던 화랑과 원화(源花)란 이름의 소년소녀를 가리켜 꽃으로 부른 것'44)이라는 소신이 다음과 같이 작품 가운데 드러나 있다.

---

43) 「당고개 무당」, 『김동리 전집』③, 민음사, 51쪽.
44) 김동리, 『꽃과 소녀와 달과』, 제3기획, 1994, 157쪽.

<원화>가 무엇이냐 하면 우선 글자 그대로 <꽃의 근원>이라고 해야 하겠지요. 그러나 이 <꽃>은 나뭇가지에 피는 꽃이 아니고 사람에게서 피는 꽃을 두고 이르는 말입니다. 나중에 가서는 이 꽃을 화랑(花郎)이란 이름으로 부르게 되었지만, 아직 <원화>라고 부를 때에는 <화랑>과 같은 남자아이가 아니고 어여쁜 여자 아이를 두고 일렀지요. 아무튼 남자아이든지 여자아이든지 꽃간이 어여쁜 아이들이었던 것만은 틀림이 없어요. 그래서 아마 <원화>니 <화랑>이니 하고 <꽃>이란 말로 불렀던가 봅니다.45)

그는 적이 궁금한 눈으로 그들을 물끄러미 바라보고 있었다. 인마(人馬)는 정자가 있는 쪽으로 점점 가까이 다가왔다. 가까이 다가옴에 따라 말 위에 앉은 두 사람이 어린 소년 무사들이란 것도 알려졌다. 나이 한 열예닐곱 살 밖에 더 되어 보이지 않는 얼굴이 몹시도 희고 아리따운 소년들이었다. — 이런 섬에도 저렇게 아리따운 소년 무사들이 있을까. 흡사 서울의 꽃선[花郎]들 같다.46)

김동리가 작품 「원화」와 「양화」 속에 그리고 있는 화랑의 연령은, 「화랑의 후예」나 「당고개 무당」에 화랑의 혈통으로 등장하는 세속적인 인물들과는 완전히 구분되는, 그야말로 꽃과 같이 젊은 소년들인 데에 특징이 있다. 즉 「화랑의 후예」나 「당고개 무당」의 주인공들이 현실에서 패배하여 무력화된 존재인 데 반하여 「원화」와 「양화」 속에 등장하는 화랑은 맑고 순수하고 아름다울 뿐만 아니라 지극히 용감한 소년들이 힘차게 약동하는 '꽃'으로 비유되고 있는 것이다.

역사소설로 분류되고 있는 「원화(源花)」와 「양화(良禾)」는 소설의 형식을 빌어 화랑의 유래와 기원을 강조하고 있는 작품이다. 김동리가 자신의 역사소설의 주무대를 삼국유사 속의 신라로 옮겨간 것은, 현대물의 소설일지라도 고향 경주를 떠나지 못하는 그의 작가적 태도로 보아 당연한 일일 것이다. 왜정치하에서 「화랑의 후예」를 쓰고, 독립 후에는 고전 속으로 걸어 들어가 역사 소설이라는 이름 아래 화랑의 근원을 찾아 나선 것은, 그가 8·15 해방 이후 은둔지였던 경상도 사천에서 청년회를 조직하여 회장이 되고 그 해 12월 상경한

---

45) 「원화」, 『김동리 전집』④, 민음사, 233쪽.
46) 위의 책, 「양화」, 286쪽.

뒤 다음해인 1946년 4월 4일 한국청년문학가협회라는 단체를 스스로 만들고 회장에 취임하는 일련의 과정을 통하여, 그 자신이 때로는 '화랑'으로 존재하기를 열망했던 것의 증거라고 판단된다. 또한 김동리가 소설의 문학적 가치를 구현하기 위해 많은 소설을 쓰고 또 괄목할 만한 성과를 얻은 작가인 동시에 자신의 문학적 소신이나 사회의식 또는 국가관을 전개시키기 위하여 작품활동을 해온 역동적인 작가였음도 알게 된다.

결국 김동리는 경주를 통하여 서라벌로 회귀하여 한국적인 것의 뿌리를 찾아내고자 시도함과 동시에, 한국적인 것을 통하여 세계로 나아가고자 하는 출발점으로 고향을 선택한 현대의 신라인이었던 것이다.

해방기 金春光 역사극 연구

배선애[*]

1. 머리말

　김춘광(金春光)[1]은 1930년 8월 「평화」라는 작품의 발표를 통해 연극활동을 시작한 인물이다. 그의 연극활동은 1930년대 중반부터 한국전쟁 이전인 1949년까지 대략 15년 정도인데, 공교롭게도 그 활동시기가 우리 나라 연극사에서 매우 주목을 요하는 시기와 일치하고 있다. 그는 카프와 극예술연구회, 동양극장의 상업극으로 요약되는 1930년대에 '예원좌'라는 상업극단을 이끌면서 공연활동을 하였고, 조선연극동맹과 전국연극예술협회로 대표되는 해방기에도 '청춘극장'의 대표로 활발한 활동을 하고 있었다. 이러한 그의 왕성한 공연활동에도 불구하고 기존 연구에서는 김춘광에 대한 연구가 거의 없었다는 점[2]은 주목할 필요가 있다.

　연극계 중심에 들지 못하고 막간극 공연을 중심으로 지방 순회공연을 주로 한 1930년대의 '예원좌'시절 활동은 그렇다 치더라도 그 어느 극단 보다 흥행에 성공하고 지대한 관심을 모았던 해방기 '청춘극장'의 활동은 이 시기를 연

---

* 광운대 강사

1) 김춘광의 본명은 김조성(金肇盛)으로 1900년 황해도에서 태어났으며 1949년 뇌염으로 사망한다. 그의 자세한 생애는 이경희, 「김춘광 희곡 연구」, 서울여대석사논문, 1984 참조.
2) 김춘광에 대한 개별적 연구는 이경희의 연구(「김춘광 희곡 연구」, 서울여대석사논문, 1984)가 유일하며 이석만(『해방기 연극 연구』, 태학사, 1996)은 해방기 연극계의 연구 속에서 김춘광을 소략하게 검토하고 있다.

구할 때 반드시 짚고 가야 할 만큼 중요한 자리를 차지하고 있다. 그럼에도 그에 대한 연구가 소홀했던 것은 상업극에 대해 상대적으로 가치절하한 기존 연구의 타성에 의한 것으로 이해된다. 즉, 연극사 매 시기마다 활발한 활동을 보이며 관객들의 호응을 받은 상업극에 대해 작품성의 함량미달이라는 간단한 결론만을 내리고 연구의 중심대상으로 삼지 않았던 기존 연구의 선입견 때문에 김춘광에 대한 연구 역시 제대로 이루어지지 않았던 것이다. 연극사 내지는 희곡사의 올바른 연구와 서술은 당대 연극지형을 총체적으로 파악하는 데서 출발한다고 할 때, 상업극에 대한 연구는 반드시 필요한 작업이다. 따라서 이 글에서는 상대적으로 평가받지 못했던 상업극의 대표적 작가인 김춘광의 작품을 검토하여 그 연극사적 의미를 살펴보고자 한다.

　여기서는 김춘광의 전체 활동 중에서 연극계 중심에 들어선 해방기의 활동만을 연구 대상으로 삼는다. 특히 이 시기 김춘광은 역사적 인물과 소재를 작품화한 역사극[3]을 많이 창작하였는데, 해방기에 창작한 작품 수가 대략 26편 정도로 그 중 절반인 약 13편 정도가 역사극에 해당한다.[4] 그의 역사극이 누린 인기는 대단하여 좌우익을 불문하고 연극인들에게 심각한 걱정을 안겨주기도 하였다.[5]

---

3) '역사극'이라는 용어에 대해서는 연구자들에 따라 각각 다르게 정의되고 있으며, 그에 따라 대상 작품이나 연구 방법도 상이한 양상을 보인다. 기존의 연구는 대부분 작가의 역사의식과 현실인식이라는 측면에서 역사극을 규정하고 작품을 검토하는데, 이를 그대로 따를 경우 "이에 부합되는 역사극은 우리의 근대문학사에서는 거의 존재하지 못했다"(양승국, 「한국 근대 역사극의 몇 가지 유형」, 『한국극예술연구』 1집, 태동, 1991)는 결론에 도달하게 된다. 특히 김춘광을 비롯한 상업극단의 역사극들은 처음부터 연구대상에서 제외되는 결과를 낳는다. 이 점을 극복하여 '역사의식과 현실인식의 부재'라는 선입견을 버린 채 김춘광 역사극을 정당하게 평가하기 위해서는 역사극의 개념을 확장할 필요가 있다. 따라서 이 글에서는 역사극을 가장 단순하게 "역사적 사실이나 인물을 희곡화한 작품"이라고 규정하면서 작품 검토를 하고자 한다.

4) 역사극 작품 수는 현재 남아있는 작품이 거의 없어 실제 확인 작업이 불가능하기 때문에 공연 당시 발표된 제목만으로 추정한 것이다. 따라서 현실적으로 오차가 있음을 밝혀둔다. 김춘광 작품 연보와 공연 연보는 이경희(앞의 논문)와 이석만(앞의 책)의 연구를 참조하였다.

5) 이태우(「극단평, 신파와 사극의 유행」, 『경향신문』, 1946. 12. 12)는 「안중근 사기」를 포함한 당시 역사극에 대해 "의열사를 모독하여 매물로 삼은 작품"이라고 비판을 하며, 김광주(「연극운동의 몇가지 당면과제」, 『문화』 제3호, 1947. 10) 역시 "저급한 대중에게 아첨하는 흥미본위의 연극을 예술이라는 미명 아래 조제남조하여 조선무대

그렇다면 김춘광은 해방기라는 시기에 왜 그처럼 많은 역사극을 창작하였으며, 관객들은 왜 그토록 열렬히 호응하였는가 하는 문제점이 제기된다. 이 문제는 상업극이라는 작품의 연극적 특성, 그리고 작품화된 역사적 소재와 해방기라는 시기의 상관관계를 살펴봄으로써 해결의 실마리를 찾을 수 있으리라고 보고, 이에 따라 작품에 대한 다각적인 분석 작업이 먼저 이루어질 것이다.[6]

대상 작품은 「안중근 사기(安重根 史記)」(전편―1946. 1, 후편―1946. 3), 「단종애사(端宗哀史)」(1946. 4), 「대원군(大院君)」(1946. 10)의 세 편이다. 그런데 이 작품들은 크게 두 가지로 나누어진다. 하나는 사실을 바탕으로 작가가 직접 재구성하여 창작한 것이고, 다른 하나는 소설을 원작으로 한 작품이다. 「안중근 사기」가 전자에 해당하고, 후자에 해당하는 「단종애사」와 「대원군」은 각각 이광수의 「단종애사」와 김동인의 「운현궁의 봄」을 원작으로 삼고 있다. 이렇게 작품을 창작하는 태도에 따라 그 구조와 특성이 서로 다른 양상으로 나타나는데, 이점은 구체적인 작품 분석에서 밝혀질 것이다.

창작 태도에 따른 작품 분석 이후에는 해방기라는 시기와 김춘광 역사극의 관계를 검토할 것이며, 이것을 통해 해방기의 연극계 지형 속에서 김춘광 역사극을 올바르게 자리매김 하고자 하는 것이 이 글의 목적이다.

를 구역질나게 만"든다며 부정적인 평가를 내리고 있다. 그러나 「안중근 사기」 공연 당시 안중근과 함께 거사에 참여했던 우덕순 선생이 무대에 올라와 인사를 하였고, 김구 선생 역시 공연을 관람하여 "위국쟁광(爲國爭光) 예술구국(藝術救國)"이라는 글을 써준 것 등으로 미루어 평자들의 비판에 상관없이 관객들의 호응은 매우 컸음을 알 수 있다.

6) 특히 작품 분석에서는 작품에 투영된 작가의 역사의식을 밝히기 위해 작품을 분석하는 기존 연구의 태도를 벗어나기로 한다. 역사극의 개념도 마찬가지지만 작품의 분석에서도 작가의 역사의식에 집착하는 기존 연구의 방법들은 상업극의 분석에 적용되기 어렵고, 또 그대로 적용해서도 곤란하다. 왜냐하면 이러한 연구의 결론은 상업극을 항상 함량미달, 혹은 수준미달의 작품이라고 하여 그 의미를 정당하게 평가하지 못하기 때문이다.

2. 창작 태도에 따른 작품의 구조와 특징

1) 사실을 재구성한 작품 - 「안중근 사기」

김춘광의 역사극 중에서 해방 이전 식민지 시기를 다루고 있는 작품은 '청춘극장'의 제2회 공연인 「3·1운동과 김상옥 사건」(1945. 11)과 「안중근 사기」, 그리고 「해방전야」(1946. 5)가 전부이다. 내용을 알 수 없는 「해방전야」를 제외한 두 작품은 모두 있었던 사실들을 재구성한 작품들인데, 해방된 지 채 1년이 안된 시기에 이 작품들이 모두 창작된 것은 흥미로운 일이다. 김춘광이 식민지 시대 영웅적 인물을 작품화한 것은 "해방 후 상해임시정부에서 귀국한 조성환(曹成煥) 선생의 의열사(義烈士)들에 대한 연설을 듣고 깊은 감명을 받았기 때문"7)이라고 한다. 그러한 이유로 인해 「안중근 사기」의 안중근 역시 독립운동의 영웅으로 그려지고 있다.

「안중근 사기」는 전, 후편으로 나누어지는데, 전편의 4막8)은 안중근이 이등박문을 암살한 후 러시아 헌병에게 잡혀가는 데까지이고 후편의 3막은 감옥에서의 생활과 공판과정, 사형까지의 과정을 다루고 있다. 구체적으로 살펴보자.

전편의 제1막은 1905년 을사 5조약을 할 당시 궁궐의 모습을 보여주고 있다. 이완용을 비롯한 친일파의 간언과 이등박문의 재촉으로 어쩔 수 없이 조약을 맺는 과정 속에서 대신들의 입을 빌어 우리 역사의 비극이 실력을 양성할 생각도 않고 오직 권력욕에 눈먼 지배층의 잘못에서 비롯되었다는 점을 부각시키고 있다. 2막은 안중근의 집을 배경으로, 안창호의 연설을 듣고 집을 떠나기로 결심하는 안중근의 모습이 그려지는데, 이 과정에서 안중근이 얼마나 의기 있는 사람인가가 재차 강조되고 있다. 3막은 독립군 활동을 하다가 대패하고 돌아와 참담해있는 안중근에게 이등박문이 러시아를 방문한다는 소식을 전해지고 이에 암살을 결심하는 데까지 그려지고 있으며 마지막 4막은 하얼빈 역

---

7) 김차봉 씨 증언(1983. 5. 8.), 이경희, 앞의 논문, 27쪽에서 재인용.
8) 이석만은 그의 책에서 「안중근 사기」 전편을 3막으로 보고 있는데, 이는 작품을 잘못 독해한 것으로 바로 잡는다. 이석만, 앞의 책, 163쪽.

에서 안중근이 이등박문을 암살하고 "대한독립 만세"를 외치는 데서 끝난다.

후편의 1막은 일본검찰에 의해 안중근을 비롯한 동지들이 하나씩 취조 받는 장면인데, 이 속에서 안중근은 자신을 "이등이를 죽인 자객이나 범인이 아니라 우리 나라와 일본국 사이에 전쟁을 하다가 불행이 붙들린 포로"9)로 대하라며 꿋꿋한 독립투사의 모습을 보여준다. 2막은 이들의 재판과정으로 재판장의 질문과 동지들의 답변을 통해 이들의 독립의지가 얼마나 투철한가가 그려지고 있으며, 마지막 3막은 감옥의 간수와 중국이 유력 인사들의 면회를 통해 안중근의 의거가 의기에 찬 행동이었음을 다시 한 번 강조하고 사형을 앞둔 그에게 면회온 가족과의 상봉을 통해 그의 인간적인 모습을 보여준다. 그리고 '회심곡'이 흐르는 가운데 사형이 집행되며 극이 끝난다.

이상의 내용을 통해 작품의 구조를 살펴보면, 우선 그 사건 진행이 매우 직선적임을 알 수 있다. 즉, 전후편의 모든 내용들은 안중근의 영웅적 행위와 장렬한 최후라는 끝점을 향해 일직선으로 전개되고 있을 뿐, 다양한 사건들의 얽힘과 그것의 극적 반전 혹은 새로운 사실의 발견 등 희곡에서 찾아볼 수 있는 구조적 기법들이 거의 없다.

안중근은 처음 등장인 2막에서부터 의기에 차있는 독립투사였고, 마지막 사형을 당할 때까지 그 모습은 일관되게 관철되고 있다. 우리 나라를 떠나면서 동생과 맹세한 "나라를 위해 값있게 죽자"(전편 99쪽)라는 안중근의 의지가 이등박문을 향해 쏜 총알처럼 일직선으로 전개되어 결국 성취되는 구조를 가지고 있는 것이다. 그 사이 안중근의 영웅적 활약상에 위기를 가져다주는 상황이 제시되기는 한다. 독립군을 이끌고 두만강을 건너 함경도 경흥과 회령의 일본 군대를 공격하여 큰 승리를 거두었다가 돌아오는 길에 크게 패하여 간신히 블라디보스톡으로 돌아온 사건이 그것이다. 그러나 이 사건은 극의 전개에 아무런 영향을 미치지 않는다. 괴로움에 가득 찬 안중근의 대사를 보자.

안중근 나는 왜 왔을까 죽지 못하고 왜 왔을까 삼백 명 동무는 나 오는

---

9) 김춘광, 「안중근 사기」 후편, 청춘극장 출판부, 1946, 49쪽. 앞으로의 작품 인용은 쪽 수만을 표기하기로 한다.

것을 보고 눈을 감지 못했겠지. 서러워 울었겠지. (운다.) (힘있게 일어서) 흙
속에 파묻힌 동무들아, 나는 너희들 앞에 부끄럽지 않은 일을 하다 가겠다.
지금도 뼈는 울고 고기는 뛴다. 섧다고 울지 말고 눈을 감아 다오. (운다)
(전편, 132쪽)

살아 돌아온 자신을 못내 한탄하며 괴로워하는 이 장면은 오히려 독립운동
의 의지를 불태우는 계기로 작용하고 있다.

이러한 안중근의 활약을 중심으로 한 직선적 사건 전개를 놓고 볼 때, 실제
로 안중근 개인에게 매우 큰 변화를 준 사건10)이었다고 할지라도 을사조약을
체결하는 전편의 제1막은 사건의 전사(前史)11)이기 때문에 불필요한 부분으로
보인다. 특히 김춘광은 막의 시작에서 '서막'이라고 명명하고 한 노인과 두 명
의 동자를 등장시켜 을사조약체결을 중심으로 나라의 운명이 어떻게 기울어
졌으며, 그것에 비분강개하는 의열사들이 어떻게 행동하였는가를 지루하리만
큼 길고 세세하게 설명하고 있다. 이것은 김춘광이 이 부분을 매우 중요하게
강조하고 있음을 반증하는데, 안중근 의사의 의거라는 작품의 중심 사건과는
직접적인 관련이 없을지라도 나라를 일본 손에 넘긴 비굴한 역사적 사건을 무
대에 드러내 보임으로써 해방을 맞이한 당시 관객들에게 일본과 친일파에 대
한 복수심을 유발하고 독립투사들에게 열렬한 지지를 보내게 하는 효과를 불
러일으킨다. 즉, 중심 사건의 전사를 작품 초반에 위치시킴으로써 관객들의 감
정적 일치감을 조성하는 역할을 하여 앞으로 전개되는 안중근의 활약에 적극
적으로 동화하도록 하는 것이다.

---

10) 실제로 안중근은 을사조약이 맺어지자 나라를 구할 결심으로 1차 중국으로 건너간다.
    그곳에서 번번이 독립운동가들에게 거절당하다가 프랑스인 신부를 만나 교육을 통
    해 나라의 힘을 길러야 한다는 말을 듣고 다시 귀국하여 다음 해 삼흥학교를 건립하
    고 교육에 힘쓰다가 1908년 정미7조약이 맺어지자 또다시 조국을 떠나 러시아로 건
    너가게 된다. 안중근 의사의 생애와 업적은 '안중근 의사 기념관'에서 제공한 내용을
    바탕으로 한다.
11) 희곡은 장르적 특성 상 극적 긴장을 위해 갈등을 압축하여 무대화시킨다. 이를 위해
    서는 중심 갈등을 일으키는 핵심적인 사건의 진행에 따라 극이 전개되는데, 따라서
    그 사건의 원인이 되었거나 배경이 된 일들(이것을 前史라고 한다)은 인물들 간의 대
    화나 서술자로 등장하는 인물의 해설을 통해 간단하게 언급되는 것이 일반적이다.

이러한 초반 분위기 조성을 바탕으로 안중근의 의기로운 성격을 가족들간의 대화를 통해서 드러내 보이면서 이후 외국에서의 독립군 활동과 이등박문의 암살, 재판과 사형이라는 과정이 하나의 직선으로 연결되어 있는 것이 이 작품의 구조가 갖는 특성이다.

한편, 안중근 의사의 영웅적 활약상에 지나치게 초점을 맞추다보니 안중근을 비롯한 등장 인물들의 성격은 평면화된다. 안중근은 절대불변의 의기로운 애국지사이며, 뜻을 함께 한 동지들 역시 굽히지 않는 독립의지를 가진 투사들이고, 그의 가족들 또한 독립운동가의 가족답게 의기롭게 그려지고 있다. 이등박문을 대표로 하는 일본 자체를 적대적 상대로 상정하고 있기 때문에 작품 속의 인물들은 서로 갈등을 일으키는 반대의 성격을 가지지 못하고 모두 애국심에 가득 찬 선한 인물들로 설정되어 있는 것이다. 작품 속에 나타난 인물들 간의 갈등이란 먼길을 마다 않고 찾아온 부인과 아들을 만나는 장면이 고작이다.

> 며느리 : (중근이 곁으로 가까이 오며) 용서하십시오. 미거한 여자의 마음이
>   라 철없이 왔습니다.
> 옥남 : 아버지(들어가서 붙들고 엉엉 운다)
> 안중근 : 당신은 누구요 대체 누구를 찾아왔소 (우는 옥남이를 밀어 보내며)
> 며느리 : 죄송합니다.
> 안중근 : 나는 집을 떠날 때 다시 만나자는 약속을 한 기억이 없소. 왜 왔소
>   뭣하러 왔소 내게는 아내와 자식이 없으니 빨리 나가시오
> 며느리 : 네, 가겠습니다. (목이 메어 돌아서 눈물 흘린다)
>   [……]
> 안중근 산 고기는 물을 거스른다. 펄펄 뛰는 잉어는 물을 거스른다. 나라를
>   위해서는 애정도 거스른다. 천륜도 거스른다. 부모도 없고 형제까지도
>   없다. (엎드려 운다) (전편 134~136쪽)

그러나 천륜을 찾아 먼길을 온 가족들을 매몰차게 돌려보내려는 안중근의 의지에 순순히 돌아서는 아내와 아들의 모습은 성격적으로 갈등을 일으키는 것이 아니라 안중근의 독립투사로서의 면모를 부각시키기 위한 장치로 사용되고 있을 뿐이다. 결국 이 작품의 인물들은 투철한 애국심을 가진 안중근의

영웅성을 부각시키기 위한 주변적 인물들로 존재하며, 그들 또한 안중근의 사상과 행동에 동조하는 평면적 성격을 가지고 있음을 알 수 있다.

그렇다면 김춘광은 '안중근 의사의 의거'라는 역사적 사실을 어떻게 연극적으로 재구성하였는가 하는 문제가 남는다. 희곡 창작자로서 김춘광의 노력이 돋보이는 곳은 작품의 후편이다. 전편은 후편에 비해 상대적으로 작가의 상상력이 개입할 수 있는 여지가 많다. 이등박문을 저격한 4막을 제외한 나머지 부분들, 즉, 가족간의 대화나 의거를 결의하는 동지들간의 대화 등은 공식적으로 기록되지 않은 사적인 부분들로, 김춘광의 창의에 의한 것이 대부분이다. 그러나 취조과정과 재판과정으로 구성된 후편은 실제의 공판 기록을 토대로 하면서 그 속에 작가의 의식을 부분적으로 첨가시키고 있다. 구체적으로 살펴보자.

제1막 취조장면의 처음에 중국 신문기자들이 등장한다. 그들은 검찰관에게 안중근은 평범한 살인범이 아니라는 점을 감안해달라고 부탁한다.

> B 안중근은 개인의 야망을 가지고 한 일은 아니겠지요.
> A 명예나 지위를 탐내어 한 일은 아니라고 생각합니다.
> B 적어도 조국을 위하여 싸운 투사라면 흉한이란 말은 첫째 그 나라를 모욕
>   하는 말이 아닐까요
> A 세계 어느 나라를 물론하고 안중근과 같은 의인이 생겨나기는 힘든 일입
>   ·니다
> B 나는 그 인격을 존중하고 또한 조국을 위하여 싸우신 그 거룩한 희생에
>   교의를 표하고 싶습니다. (후편, 4쪽)

조선인이 아닌 외국 기자들까지 안중근의 의거를 칭송하는 것은 그만큼 그의 행동이 거룩하고 애국적인 것임을 드러내준다. 또한 우덕순의 취조에서는 안중근이 이등박문을 죽인 것은 개인적인 복수심에서 비롯된 것이 아니라 독립운동의 일환으로 행한 것임을 밝히고 있다.

> 구 연(검찰관) : 그러면 무슨 목적으로 이등공을 암살하려 들었는가
> 우덕순 : 우리가 생각하기에는 이등이를 그렇게 큰 인물로 알지 않았습니

다. 전 일본을 대표하여서는 영웅인지 모르겠으나 우리에게는 흔히 날
아다니는 파리새끼 한 마리만치도 안 여겼습니다. 우리 나라는 불행이
이등이 때문에 일본의 속국이 되어서 세계 각국에 외교권을 잃어버리게
되어 아무리 억울한 일이 있어서도 어느 나라에 호소 한마디 못하게 되
었습니다. 그러므로 이등이를 죽이면 물론 국제 문제가 일어날 것이요,
세계 만국에 여론을 일으키면 우리 나라가 얼마나 일본 때문에 침통한
굴욕의 세상을 살고 있나 이것을 전 세계에 알리기 위한 수단이었습니
다. (후편, 29~30쪽)

　일본의 대표를 죽임으로써 전 세계에 우리의 독립 의지를 알려주려는 데 그
목적이 있다는 우덕순의 대사는 안중근의 행위에 정당성을 부여하면서 동시
에 작품의 주제를 함축하고 있다.
　제2막의 재판과정은 처음 재판이 시작될 때부터 판결이 내려질 때까지의 전
과정을 다루고 있는데, 실제로 이 과정은 약 일주일 동안 진행된 일이었다. 그
럼에도 불구하고 한 번에 일어난 일처럼 하나의 막으로 처리한 것에 대해 김
춘광은 "좀 무리라고 생각합니다마는 극의 요소와 극의 성능을 놓치지 않고
박력을 보여드리려고 한 막에 전개시키는 것"(56쪽)이라고 설명하고 있다. 즉,
실제 사실을 그대로 무대에 올리는 것보다 압축하여 보여주는 것이 더욱 효과
적이라고 판단하였기 때문에 재판의 전 과정을 한 막에서 다루고 있는 것이다.
이에 따라 단순한 사실 심문에 불과한 재판 과정이 안중근과 동지들의 애국적
의지가 표출되는 과정으로 재창조되고 있다.
　이러한 재창조의 과정 속에서 김춘광은 인물들의 의열사적인 면모를 강조
하기 위해 과장된 대사로 애국정신을 표명하고 있다. 특히 안중근의 재판에서
이 점이 두드러진다.

재판장 : 피고에게 조용히 묻는 말인데 이등이를 죽인 피고의 양심은 어떠
　　한가
안중근 : 재판장, 검찰관, 서기, 통역관, 변호사 나는 피고가 아니라 포로니
　　까 포로의 말을 똑바로 들으시오. 내 양심을 묻기 전에 먼저 일본은 나
　　를 가장 큰 은인이라고 생각해 주시오. 그것은 왜 그러냐 하면 일본의

인구가 사천 만이라고 하지만 일본 천지에는 나만한 인물이 없소. 당신
네는 생각을 못하시오 잊어버렸소 이등이란 놈이 명치천황의 아버지 효
명천황을 죽이지 않았소

재판장 : 중지

안중근 : 내 말의 언권을 막는 자는 누구요 내 자신을 구속하는 놈이 누구요
나는 효명천황을 죽인 원수를 갚았으니 일본의 큰 은인이요. 명치천황
에게는 따뜻한 은혜를 베푼 사람이요 일본에는 사천만 인구가 있어도
효명천황을 죽인 이등이를 영걸이라고 내세웠소. 나는 대한사람으로서
이등이를 죽였소

재판장 : 중지

안중근 : 아니요, 중지 못하겠소. 내가 하고 싶은 말은 다 하겠소. 명치천황
은 아버지를 죽인 원수인 줄 알면서도 이등이를 살려둔 것은 무엇 때문
이요 나라를 바로 잡고 나라 일을 도왔다고…… 그러나 명치천황이 이
등이를 만날 때는 직접 면담을 하지 못하고 발 속에 숨어 앉아 말을 하
지 않았소. 아버지를 죽인 원수이기 때문에……. 이등이는 효명천황을
죽인 놈이오 또다른 나라를 집어먹으려던 무서운 도적이요. 이러한 이
등이를 죽인 안중근이를 무슨 죄가 있다고 포로로 잡아왔소. (81~83쪽)

실제 재판에서 이등박문을 죽인 이유를 묻는 검찰의 질문에 안중근은 이등
박문의 죄악을 15가지로 나누어 대답하였는데[12] 김춘광은 다른 것들은 모두
제외시킨 채 오로지 일본 천황의 아버지를 죽인 사실만을 강조하고 있다. 안중
근이 제시한 15가지의 죄목 대부분은 우리 나라에 대한 내용이지만 마지막 죄
목인 천황 아버지 살해는 일본 사람들에 대한 내용이다. 재판의 재판장과 검

---

12) 안중근이 말한 이등박문의 15가지 죄목은 다음과 같다. 1. 한국의 명성황후를 죽인
    죄 2. 고종황제를 왕의 자리에서 내친 죄 3. 을사조약과 한일신협약을 강제로 맺은
    죄 4. 독립을 요구하는 죄 없는 한국인들을 마구 죽인 죄 5. 정권을 강제로 빼앗아
    통감 정치 체제로 바꾼 죄 6. 철도, 광산, 산림, 농지 등을 강제로 빼앗은 죄 7. 제일은
    행권 지폐를 강제로 사용하여 경제를 혼란에 빠뜨린 죄 8. 한국 군대를 강제로 해산
    시킨 죄 9. 민족 교육을 방해한 죄 10. 한국인들의 외국 유학을 금지시키고 한국을
    식민지로 만든 죄 11. 한국사를 없애고 교과서를 모두 빼앗아 불태워 버린 죄 12. 한
    국인이 일본인의 보호를 받고자 한다고 세계에 거짓말을 퍼뜨린 죄 13. 현재 한국과
    일본에 전쟁이 끊이지 않고 있는데, 한국이 아무 탈없이 편안한 것처럼 위로 일본
    천황을 속인 죄 14. 대륙을 침략하여 동양의 평화를 깨뜨린 죄 15. 본 천황의 아버지
    를 죽인 죄.

찰, 변호사가 모두 일본인이었기 때문에 그들을 공격하기 위해서는 다른 것보다 천황 아버지의 살해가 더없이 좋은 죄목이었던 것이다. 작품 속에서도 안중근이 이 죄목을 장황하게 이야기하는 동안 재판장은 계속 중지할 것을 요구하면서 불편한 심기를 드러내고 있으며 상대적으로 수세에 몰리는 듯한 인상을 준다. 이것은 일본 법정에 당당하게 맞서는 안중근의 영웅적 기개를 보이기 위해 김춘광이 효과적인 죄목을 선택하여 강조한 결과이다.

제3막은 완전한 허구로 구성되어 있다. 김춘광은 막의 처음에 "작가의 말"로 그 의도를 밝히고 있다.

> 안의사 선생 사기에는 결코 감옥에서 가족을 만난 일도 없고 가족이 찾아간 일도 없다. 그러나 선생께서는 아무리 장엄한 의사라도 천륜이야 어디 가겠습니까. 마지막으로 어머님도 생각하시고 아내와 자식까지도 생각하셨을 겝니다.
> 세상에 위대한 것이 모성애라면 그 어머님인들 여북 안의사를 만나고 싶었겠습니까 어머니의 위대한 사랑으로 안의사가 생겨났고 안의사의 자취가 거룩하다면 그 아들을 낳아주신 어머님이 마지막으로 감옥을 찾아오셔서 만나보는 것이 결코 윤리와 도덕에 허물이 없을 것을 작자는 생각하고 여기에 창의의 정렬을 기울입니다. 여러분은 너그러이 살피시고 읽으십시오. (101~102쪽)

조국을 떠나기로 결심한 순간부터 의거를 행하기까지 안중근은 가족들을 멀리한 채 오직 나라만을 생각한 애국자로 그려졌다. 블라디보스톡까지 찾아온 아내와 자식을 돌려보내기도 하고 의거 후 취조받을 때 만난 가족들도 역시 완강하게 부인하여 오로지 나라만을 위하는 냉철한 영웅성만이 부각되었다. 그러나 김춘광은 사형이 선고된 후 가족들과의 만남을 설정하여 천륜을 회복하는 안중근의 인간적인 면모를 새롭게 그려내고 있는 것이다. 이러한 인간적인 안중근의 모습은 관객들의 도덕성에 만족을 주었고, 따라서 가족과 이별 후 사형이 집행되는 작품의 결말은 관객들에게 더욱 큰 비통함을 느끼게 한다. 특히 안중근의 죽음을 상징적으로 나타내는 승려의 "회심곡"은 작품의 비장미를 극대화시키는데, 천주교 세례까지 받은 안중근의 마지막 길에 신부

님이 아닌 승려가 "회심곡"을 부르는 것은 관객의 눈물을 자아내게 하려는 김춘광의 의도가 나타나는 부분이다.

「안중근 사기」는 이등박문을 저격한 안중근 의사의 행적을 중심으로 하고 있다. 이러한 사실을 희곡으로 재창조할 때 김춘광은 두 가지 측면에 중점을 두었는데, 하나는 안중근의 영웅적 면모를 부각시키는 것이고 다른 하나는 그에 따른 죽음의 비통함을 강조하는 것이다. 안중근의 영웅성은 작품 전체를 통해 일관되게 그려지고 있으며 비통한 정조는 가족들과의 관계를 통해 극대화되어 나타나고 있다. 이 작품은 이 두 가지가 잘 맞아떨어져 흥행에도 성공하였고 "해방기 대중에게 민족정신을 고취시키는 데 기여"[13]하였다는 긍정적인 평가도 받게 된 것이다.

2) 원작 소설을 각색한 작품 — 「대원군」, 「단종애사」

여기서는 역사적 사실을 김춘광 스스로 재구성하여 창작한 「안중근 사기」와는 달리 원작 소설을 기반으로 그것을 각색한 작품들을 살펴보기로 한다.

김춘광은 평소 춘사 나운규와 춘원 이광수를 동경하였다고 한다.[14] 그래서 그의 예명도 그들의 호와 비슷하게 "춘광"으로 지었으며, 나운규의 「아리랑」을 개작한 「신아리랑」을 공연하기도 하고 이광수의 「단종애사」를 각색하여 공연하기도 하였다. 또한 대중적으로 인기를 모은 김동인의 「운현궁의 봄」을 각색하여 「대원군」[15]이라는 제목으로 공연하였다. 이 작품들은 해방기 청춘극장의 공연에 즐겨 사용되었던 레퍼토리였다.

우선 두 작품의 사건 전개를 막 단위로 나누어 보기로 한다.

　　1. 술래잡기에 여념이 없는 어린 동궁과 이 동궁의 앞날을 여러 대신들에게
　　　　부탁하는 병든 문종, 그리고 종친을 멀리하라는 문종의 말에 수양대군

---

13) 김상화, 「무대예술의 회고와 전망」, 『경향신문』, 1948. 1. 25.
14) 김차봉 증언(1983. 5. 8), 이경희, 앞의 논문, 17쪽에서 재인용.
15) 이 작품의 초연은 1946년 10월 27일이며, 1948년 8월 31일 공연에는 실제 소설 제목과
　　 같은 「운현궁의 봄」으로 공연되었다.

은 반감을 갖는다.
2. 왕위를 꿈꾸는 수양의 집에 한명회, 권람, 양정 등의 인물이 모이고 급기
   야 문종이 승하함을 알리는 연락이 온다.
3. 김종서에게 황보인이 찾아와 정사의 앞날을 걱정하고 물러간 후 종서의
   첩인 야화가 불길한 꿈 이야기를 하는 중 수양이 나타나 김종서와 야화
   를 살해한다.
4. 수양의 충신 살인에 대해 속수무책인 단종은 결국 모든 것을 수양에게
   맡기며 결국은 왕위까지 물려준 채 수강궁으로 떠난다.
5. 성삼문의 집에서 거사를 도모하려던 사육신들의 계획이 들통나자 세조는
   이들을 잡아들여 지독한 욕설과 고문을 한다.
6. 사육신의 사형소식과 금성대군을 중심으로 한 또 다른 무리의 죽음을 전
   해들은 단종이 비통함에 젖어 있을 때 세조에 의해 단종에게도 사약이
   내려져 단종은 죽음을 맞이한다.

— 「단종애사」[16]

1. 상가집 개로 불리는 이하응은 김씨의 세도 하에 있는 현실을 개탄하면서
   도 둘째 아들 재황을 교육시키며 병환에 있는 철종을 보러 대궐에 입궐
   한다.
2. 부정축재와 권력남용, 첩의 악행 등 김씨 일가의 폭정에 못 견뎌 반감을
   표한 김아지를 체포해오고, 이하응은 꾀를 써서 그를 풀어준다.
3. 철종의 뒤를 이을 왕을 지목하려는 대비와 은밀히 이하응의 아들이 거론
   됨을 왕실 친척 성하에게 들은 이하응과 이러한 그의 행실을 김씨 일가
   에서 추궁한다.
4. 아들 재황이 왕으로 지목되고 있음을 아내에게 말하는 중 김씨 일가가
   갑자기 들이닥쳐 이하응을 위협할 때 어명이 내린다.
5. 왕위에 오른 재황과 국태공의 자리에 오른 이하응이 민의의 존중, 관리
   등용의 합리화 등 새로운 정치의 실현 포부를 밝힌다.

— 「대원군」[17]

앞서 살핀 「안중근 사기」의 사건 전개와 마찬가지로 이 두 작품 역시 직선

---

16) 김춘광, 「단종애사」, 청춘극장 출판부, 1946. 앞으로의 작품 인용은 쪽수만 밝힌다.
17) 김춘광, 「대원군」, 청춘극장 출판부, 1946. 앞으로의 작품 인용은 쪽수만 밝힌다.

적인 사건 전개를 보인다. 특히 두 작품의 주인공인 단종과 이하응의 신분 변화를 중심으로 살펴보면 작품의 처음과 끝에서의 신분이 극단적으로 다르다. 정권의 최고점인 왕에서 수강궁으로 물러났다가 영월로 유배당한 단종은 죄인의 신세로 생을 마감하고, "상가집 개"로 멸시받던 이하응은 왕보다도 더욱 높은 위치에 오르면서 끝을 맺는다. 이들의 변화는 상승과 하강이라는 차이만을 가질 뿐 직선적 사건 전개라는 점에서는 공통된다.

이러한 상승과 하강이라는 직선적 사건 전개 속에 변화의 기회가 몇 번 주어진다. 단종의 경우는 성삼문을 대표로 하는 사육신의 왕위 복권의 계획이 있었고, 금성대군을 중심으로 한 복위 계획도 있었다. 그런데 잠시나마 상승의 기대를 제공하는 이 기회들이 작품 속에서 차지하는 위치를 보면 단종의 처지를 더욱 비통하고 애절하게 하는 지점에 놓여 있다. 즉, 단종은 사약을 받지 않을 수 있었는데, 두 상승의 계기가 세조에게는 역모이며 이 역모의 원인인 단종을 죽일 수밖에 없도록 만든다. 상승에 대한 기대가 컸던 만큼 그 실패에 따른 결말의 비극성이 극대화되는 효과를 얻는다.

이것은 「대원군」도 마찬가지이다. 권력의 최고점으로 상승하는 가운데에 이것을 방해하는 사건이 삽입된다. 김씨 가문에서 불경죄로 잡아들인 백성 김아지를 풀어준 일을 꼬투리삼아 역모죄로 처형당할 뻔한 일이 그것이다. 그런데 이 위태로운 사건 역시 화려한 신분 상승의 결말 바로 앞부분에 위치하고 있다. 칼을 들고 위협하는 김씨 일파에게 어쩔 수 없이 끌려가야만 하는 긴박한 상황에서 아들 재황이 왕으로 지명되었다는 어명이 도달하면서 이하응의 위기는 극복된다. 결국 이 위기의 순간은 화려한 신분 상승의 바로 앞에 위치하여 결말의 승리와 영광을 더욱 빛나게 하는 역할을 하고 있는 셈이다.

이 두 작품에 나타난 몇 번의 계기와 위기는 모두 긴박한 순간에 위치하고 있으며, 그 해결이 작품의 결말에 큰 영향을 미친다는 점에서 효과를 강조하기 위한 보조장치로 사용되고 있음을 확인할 수 있다. 따라서 직선적인 사건의 전개가 지향하는 바는 직선의 끝점, 즉 작품의 결말을 보다 분명하게 하는 데 있다는 것을 알 수 있다.

결말을 강조하는 노력은 직선적인 사건 전개뿐만 아니라 극의 구조에서도 보여지고 있는데, 두 작품의 제2막은 모두 부정적인 세력들의 포악한 측면을 다루고 있다. 전체가 5막 내지 6막으로 구성된 극에서 하나의 막을 통째로 부정세력들의 행동에 할애하는 것[18]은 그만큼 그들의 부정성을 강조하려는 것이고, 이는 악한 세력들에 대한 관객의 반감을 더욱 부추기는 역할을 한다. 따라서 관객들은 부정적 세력들에 대한 주인공의 하강에는 아낌없이 비통한 눈물을 흘리며, 상승에는 무엇에 비할 수 없는 통쾌함을 느끼게 된다. 따라서 직선적인 사건 전개와 2막의 부정 세력에 대한 할애는 모두 극의 결말이 가져오는 효과를 극대화시키기 위한 장치로 작용하고 있다.

한편, 인물의 성격을 살펴보면, 일본이라는 커다란 상대를 적대적 관계로 설정하였기 때문에 모든 인물들이 하나의 성격을 가지고 있는 「안중근 사기」와는 달리 두 작품의 인물은 너무나도 분명하게 두 유형으로 나누어진다. 즉, 작품 속에서 작가의 옹호를 받는 선한 인물군과 외형의 묘사까지도 악하게 그려지는 악한 인물군이 서로 갈등을 하고 있는 것이다. 선한 인물들부터 살펴보자.

「단종애사」의 단종은 지극히 효성스러운 인물이다. 문종의 뜻을 따르고 그 병환이 깊음을 걱정하는 아들의 모습을 보여준다. 이러한 착한 성정으로 인해 자신의 눈앞에서 신하들을 죽이는 수양을 보고도 왜 죽이느냐는 울음 섞인 말만 하고 있을 뿐이다. 또한 왕위를 내어주면서 아바마마를 따라간다고 울부짖는 나약하고 불쌍한 인물로 그려지고 있으며, 사약을 받을 때에도 "차라리 농군의 자식으로 태어"(155쪽)났으면 더 행복했을지도 모른다며 순순히 죽음을 맞이한다.

또한 사육신은 선한 인물의 대표로, 조카를 쫓아내고 왕이 된 수양대군 앞에

---

18) 작품의 구조에서 하나의 막이 통째로 부정적 세력들에게 할애된 것은 1막의 도움이 컸다고 할 수 있다. 1막은 보통 극의 발단에 해당하는데, 일반적 의미에서 발단이란 "앞으로 전개될 무대 위 사건 줄거리를 관객이 보다 쉽게 이해할 수 있도록 그들을 준비시켜 주는 역할"을 하며, "1. 드라마 안 사건이 있기 전의 내용들, 2. 중요 등장인물들과 그들의 관심사 및 상호관계"(B.아스무트, 송전 역, 『드라마 분석론』, 한남대 출판부, 1995, 147쪽) 등을 내용으로 한다. 두 작품의 1막은 이를 충실히 수행하고 있기 때문에 2막을 부정 세력들에게 할애할 수 있었던 것이다. 이것은 김춘광의 희곡에 대한 인식이 천박한 것이 아니었음을 반증하고 있어서 상업극 작가들이 희곡에 대한 인식이 미비하였다는 비판을 극복할 단서를 제공해 준다.

서 당당하게 이야기하는 그들의 모습은 불의에 굴하지 않는 충신의 위용을 드러낸다. 이미 왕이 된 세조를 향해 "나리"(성삼문), "당신"(하위지), "여보시오"(박팽년), 심지어 "자네"(유응부)라는 호칭을 사용하는 이들의 행동은 관객들에게 자신을 대신하여 수양대군을 대하는 통쾌함을 불러일으킨다.

「대원군」의 이하응은 "상가집 개"라는 별명을 달고 있지만 그렇게 밑바닥 백성들을 만나 그들의 고충을 듣고 함께 생활하여 이후 대원군의 자리에 올랐을 때 진정 백성을 위한 올바른 정치를 펼 수 있는 근거를 마련한다. 또한 대원군의 자리에 오른 후 자신을 모함하고 멸시하던 김씨 가문에게도 벼슬자리를 내어주는 관용을 보임으로써 훌륭한 지도자의 면모를 드러내고 있다.

이러한 선한 인물군을 돋보이게 하는 것은 바로 악한 인물군들의 행동에 의해서이다. 「단종애사」의 세조는 그야말로 천륜을 버린 패륜아로 그려진다. 자신의 욕망을 위해서는 어떠한 장애도 없애버리는 인물로 설정되며, 그를 따르는 한명회 역시 "얼굴이 위가 빠르고 아래가 퍼진, 눈깔은 꼭 호랭이 같다"(37쪽)고 하여 생긴 모습조차도 친근감이 가지 않는 인물임을 강조하고 있다. 신하들을 살해하는 장면과 사육신을 고문하는 장면에서 이들의 악행은 절정에 달한다.

「대원군」의 이하응을 괴롭히는 김문 일가 역시 대단히 부도덕적인 인물들이다. 이들은 열 명 이상의 첩을 거느리고, 그 첩이 용왕에게 복을 빌기 위해 밥을 지어 강에 던지는 것을 주웠다고 하여 무고한 백성을 잡아오고, 왕실 종친들을 역모죄로 몰아 사형에 처하게 하는 등 탐관오리의 모든 요소를 두루 갖추고 있다.

이렇듯 뚜렷이 양분되는 두 인물군들은 필연적으로 갈등을 일으킨다. 갈등의 대립점은 두 작품 모두 왕좌, 즉 권력인데, 이 갈등을 처리하는 상황은 일방적인 형태를 보인다. 「단종애사」에서 수양대군과 단종은 단 한 번 마주친다. 바로 단종 앞에서 김연과 한송이 수양에 의해 죽임을 당할 때이다. 이 때 단종은 무력한 자신을 한탄하며 수양에게 모든 것을 일임하고 물러난다. 사육신과 세조의 대결만큼 팽팽하게 그려지지 못하고 악한 세력에 선한 인물은 무력하게 물러서고 마는 것이다. 「대원군」의 이하응도 마찬가지다. 그가 김가 일문과 갈등을 일으키는 대목은 두 부분인데, 하나는 이하응이 주인 없는 집에 들어가 난초를 그려주고 돈을 받았다는 것을 질책하러 온 김병기와의 대결이고, 다른 하나는 국상을 거짓으로 말하여 백성 김아지를 풀어주었다는 부분이다. 여기서 이하응이 보인 태도는 비굴하더라도 목숨을 보전하자는 그의 처세술에 의해 잘못했다는 사과와 관대한 처분을 바란다는 말뿐이다.

악한 인물들이 적극적으로 갈등을 일으키는 것에 비해 선한 인물들은 무기력하고 수동적으로 대응한다. 선한 인물들의 이러한 대응은 관객들의 극적 일치감을 이끌어내는 장치로 이해되는데, 칼을 빼어들고 막무가내로 덤벼들어 마구 짓밟는 악한 세력에게 힘없이 당하는 선한 인물들을 보여줌으로써 관객들로 하여금 어쩔 수없이 선한 세력에게 동정을 느끼게 하여 자신도 모르는 사이에 그들의 편에 서게끔 만든다. 이에 따라 작가가 의도하는 선한 편에 선 관객들은 약하기만 한 단종의 패배와 몰락에 연민과 동정을 느껴 함께 흐느끼게 되고, 무력했던 이하응의 집권을 자신의 기쁨처럼 받아들일 수 있는 것이다.

결국 뚜렷하게 선과 악으로 유형화된 인물의 성격은 그 갈등을 통해 죽음이라는 비극적 결말 혹은 권력의 장악이라는 통쾌한 결말의 효과를 극대화하는 역할을 하고 있음을 알 수 있다.

그렇다면 김춘광의 작품들과 그 바탕이 된 원작과의 거리는 어떻게 찾아볼 수 있는가. 「단종애사」와 「대원군」 두 작품은 모두 원작 소설에 충실하게 각색되었다. 「단종애사」는 소설 「단종애사」의 “고명(顧命)편”, “실국(失國)편”, “충의(忠義)편”, “혈루(血淚)편”의 전개를 그대로 따라가고 있으며, 「대원군」은 이하응의 운명 장면인 소설의 첫 부분을 제외하고는 「운현궁의 봄」의 사건 전개와 일치하고 있다. 원작에 대한 충실한 각색은 무대장치에서도 잘 보여지고 있다.

두 작품 모두 왕실과 양반 집을 배경으로 하고 있기 때문에 무대는 웅장한 궁궐이거나 거대한 사대부의 집안이다. 큰 무대를 채우기 위해 배우들도 많이 등장한다. 하녀와 기생, 신하와 백성들을 포함해서 적게는 20명, 많게는 50여 명의 사람들이 한 막에 등장하고 있다. 또한 「단종애사」에서는 수양대군의 무리들이 “살생부”를 통해 궁궐에 입궐하는 대신들을 차례로 죽이는 장면이 그대로 무대화되기도 한다. 이것은 관객에게 제공되는 연극적 볼거리의 일종으로, 자극적인 장면을 무대에 올림으로써 관객들의 극에 대한 몰입을 이끌고 그들의 행위에 대한 반감을 자아내게 하는 효과를 거둔다.

이처럼 무대장치의 화려함이나 잔혹한 장면의 연출 등 연극적 장치들에 중점을 두는 것은 "주제의 전개나 인물의 창조보다는 익숙한 내용을 기반으로 무대장관 위주의 외재적 기법을 강화시킴으로써, 대중의 흥미에 영합"[19]한다는 비판을 받기도 하지만 원작 소설의 내용을 성실히 따르고 있는 한에서는 자연스러운 일이라고 하겠다.[20]

결국 이 두 작품은 원작 소설에 충실히 기반하고 있지만 소설과 같이 많은 사건들을 다룰 수 없는 희곡의 장르적 특성상 단종과 이하응이라는 주인공에 초점을 맞추어 그 몰락과 출세의 과정을 직선적인 사건 전개로 다루고 있으며, 그에 따라 인물의 성격도 선과 악의 유형적 인물로 그려지고 있다. 이러한 직선적 사건 전개와 인물의 평면적 특성을 보완하기 위한 장치로 화려한 무대장치와 효과적인 음향의 사용, 자극적인 장면의 연출 등 연극적인 기법이 사용되었다.

3. 해방기와 김춘광 역사극의 상관관계

이제 남는 문제는 왜 해방기라는 특수한 시기에 김춘광은 위와 같은 역사극을 창작하였는가 라는 것이다. 이 문제의 답을 얻기 위해 작품을 창작하게 된 동기부터 살펴보자.

　　해방! 해방! 얼마나 반가운 말인가

---

19) 윤금선, 「유치진의 역사극 연구」, 『한양어문연구』11, 1993, 391쪽.

20) 실제로 이러한 현상은 소설을 각색한 연극에서 자주 나타나는데, 현대 연극의 경우에도 이인화의 「영원한 제국」을 각색한 연극 『영원한 제국』이 초연(1994. 6. 1~9)될 당시 규장각 검서관 장종오 역을 맡은 배우가 벌거벗은 채 검시 받는 자극적인 장면이 연출되기도 했다. 그러나 재공연 될 때(1994. 9. 16~21)에 이 장면은 삭제된다. 초연이 원작에 충실한 공연이었던 반면, 재공연은 원작에 얽매이지 않고 보다 연극적 측면에 초점을 맞추어 핵심적인 갈등만을 무대에 올렸기 때문이다.

해방은 되었으나 독립은 언제 되는고?

자주독립! 완전무결한 독립!

나라는 언제 세우나 삼천리 강토에 크나큰 살림을 맡으실 주인공은 누구
신가?

삼천만 동포가 다같이 머리를 조아리고 기다리고 있다. 삼천리 강산도 일
각삼추로 기다리고 있다.

만고풍상을 겪으신 여러 선생님 백두산이 높다해도 동해바다 깊다해도
의로 일생을 바치신 그 존엄함이여 거룩하심이 어찌 백두산이 따르고 동해
바다가 미치오리까 의로만 살고 의로 죽은 의사·안중근 선생의 사기를 감
히 희곡으로 대담하게 썼습니다. 우리 삼천만 동포는 다같이 안의사가 되십
시다.

—「안중근 사기」머리말

고금을 통하여 어리신 임금(단종대왕)같이 슬프고 애달픈 이야기가 없을
것이다.

유명한 작가가 벌써 소설로 만천하 애독자 여러분의 심금을 울리고 남았
지만 이번의 「단종애사」 희곡은 여러 작가 선생의 소설을 참고로도 하였지
만 또한 유명하신 사가 제현을 방문하고 참고의 말씀도 많이 듣고 쓴 것이
어니 희곡을 보시는 독자 제현은 여러 가지 점의 극의 요소를 잘 구명하시
고 참작하여 읽어주시면 천만다행일가 생각합니다.

—「단종애사」머리말

무술년 2월 초이튿날은 이조 오백년사 중에 제일 영걸인 홍선 이하응 대
감께서 운현궁에서 별세하신 날이다. 이 날이 조선 근대에 괴견이요 유사이
래 어떤 제왕이든 감히 잡아보지 못하였던 절대적 권리를 손에 잡고 이 팔
도 삼백여 주를 호령하며 밖으로는 불란서, 미국, 청국들을 내려 누르고 안
으로는 자기의 백성의 복지를 위하여 그의 일생을 바친 『홍선 대원군』 이
하응이 별세한 날이다. 조선 오백년 역사에 있어서 조선을 사랑할 줄 알고
왕가와 서민 정치가와 백성 웃사람과 아랫사람의 지위를 첨으로 이해한 단
한사람인 우리의 위인 이하응이 그 일생을 마친 날이다. 이하응은 왕실의
종친으로 그 지위가 영락될 대로 영락되어 김문 일족의 멸시를 받고 상갓
집 개라는 별명까지 들었으나 이 위대한 인걸의 둘째아들 재황이가 제26대
우리 군주로(즉 고종황제) 들어앉으실 때 임금의 임금 국태공 대원군이 되

셔서 섭정하신 위대한 인걸 이하응의 씩씩한 웅자(雄姿)를 우리는 다같이
보기로 약속합시다.

— 「대원군」 머리말

　연구 대상인 세 작품을 창작한 의도는 서로 다르다. 사실을 바탕으로 한 「안
중근 사기」는 그의 독립정신과 의기로움을 드러내어 모든 동포가 그와 같이
의로워지자는 의도에서 창작하였음을 밝히고 있다. 반면 소설을 각색한 두 작
품은 단종의 "슬프고 애달픈 이야기"와 이하응의 "씩씩한 웅자"를 보여주려고
창작한 것이다.

　앞서도 지적한 바 있지만 김춘광이 해방 이전 식민지 시대를 다룬 작품 세
편은 모두 해방된 지 1년이 채 안된 시기에 창작되었다. 이것은 해방이라는
역사적 사건이 가져다 준 기쁨과 희망에 대한 김춘광 나름대로의 현실 인식에
서 비롯된 것으로 해방기 연극계 상황과 무관하지 않다.

　해방 직후 연극계는 좌익계열의 연극인들을 중심으로 한 조선연극동맹이
중심 세력으로 활동하고 있었다. 이들은 해방이라는 것을 어떻게 이해할 것인
가와 앞으로 전개될 새로운 사회에 대한 연극적 대안은 무엇인가를 놓고 고심
하고 있었다. 이들의 활동에 상대적으로 위축된 우익계열의 연극인들은 제대
로 된 연극 활동을 하지 못하고 있는 실정이었다. 이런 틈바구니 속에서 어떤
조직에도 참여하지 않은 김춘광으로서는 그들과는 무관하게 독자적인 방법을
모색할 수밖에 없었고 그것의 결과물이 바로 식민지 시대의 영웅적 독립투사
들을 무대에 올림으로써 해방의 기쁨에 젖어있는 관객들을 극장으로 모여들
게 한 것이다. 이것은 작품의 소재를 살펴보면 더 분명해지는데, 「3·1운동과
김상옥 사건」의 소재가 된 3·1 운동은 거국적인 민족운동이었다. 따라서 관
객들은 자신이 직접 겪은 독립운동의 현장을 기억하면서 큰 관심을 가지고 연
극을 관람하게 된다. 「안중근 사기」의 소재인 안중근 의사의 의거는 다른 독립
투사들의 영웅적 행위들 중에서도 가장 극적인 것으로, 윤봉길 의사의 폭탄테
러나 김좌진 장군 등의 의병활동에 비해 이등박문의 살해라는 의거의 결과가
뚜렷하다. 의거의 주체도 개인이며, 그 대상도 개인이다. 그러나 이 개인들은
개인으로 그치는 것이 아니라 각각 우리 나라와 일본을 대표하는 상징성을 갖

는다. 바로 이 점으로 인해 안중근 의사의 의거는 연극으로 창작되기 용이하였던 것이다. 또한 이 사건은 중국을 비롯한 외국에서도 주목한 사건이었기 때문에 안중근 의사의 의거를 모르는 사람은 거의 없었으며, 따라서 관객들은 이미 사전에 모든 내용을 인지한 채 연극을 관람할 수 있었다.

이처럼 해방 직후 김춘광은 관객들이 직접 혹은 간접으로 체험한 애국적 내용을 공연함으로써 관객들의 열광적인 지지를 받았고 이를 통해 혼란한 해방기 연극계의 주도권을 잡을 수 있었던 것이다.

애국 의열사의 공연을 통해 연극계 중심에 나선 김춘광은 그 자부심을 바탕으로 「단종애사」, 「대원군」 등을 창작하면서 다시 상업극 작가라는 본연의 모습으로 돌아온다. 「안중근 사기」를 보면서 의기로움을 본받고자 했던 관객들은 이제 김춘광이 보여주는 기막히게 슬픈 이야기와 더할 나위 없이 기쁜 내용을 무대에 전개되는 그대로 보아주기만 하면 되었다. 다시 말해서 이 작품들은 이미 소설로서도 대중적 성공을 거둔 작품이기 때문에 관객들은 "극의 줄거리를 따라가야 하는 지적인 노력에서 해방"[21]되어 작가가 의도하는 바에 따라 작품 속에 충분히 몰입하기만 하면 되었던 것이다. 물론 작품 속에서는 "우리 형제는 이렇게 서로 도와야 삽니다. 우리 동포는 한 나라 한 몸이 아닙니까"(「대원군」, 75쪽)라는 해방기에 대한 김춘광 나름대로의 현실 인식이 표출되기도 하지만 그것은 지극히 부분적인 것이며, 작품의 궁극적 목적은 해방기라는 시대와는 상관없는 내용을 비극적 혹은 희극적으로 연출하여 그 속에 관객들을 몰입시켜 그들로 하여금 눈물과 웃음을 자아내게 하는 것이었다.

결국 해방기 김춘광의 역사극은 초기에는 사실을 바탕으로 한 작품을 창작하여 연극계 내에 입지점을 마련하였으며 그것을 바탕으로 해방기와 무관한 역사극을 공연하여 그 위치를 확실하게 굳히는 역할을 하였다. 다시 말해서 그의 작품들은 해방기 연극계 내에서 그가 이끈 극단 '청춘극장'의 입지를 굳히는 데 그 역할을 톡톡히 하였던 것이다.

---

21) 윤금선, 앞의 논문, 388쪽.

4. 맺음말

지금까지 해방기 김춘광 역사극 세 편을 상업적 속성의 분석보다는 해방기라는 시기적 특수성과 관련하여 그 역할에 초점을 맞추어 살펴보았다. 그의 작품들은 모두 직선적인 사건 전개와 유형화된 평면적 인물 성격을 보이고 있었으며, 이를 보완하는 장치로 화려한 무대와 효과적인 음향의 사용 등 연극적 장치와 효과들을 사용하고 있다는 점에서 공통성을 가지고 있음을 작품 분석을 통하여 확인할 수 있었다.

대상 작품들은 작품의 창작 태도에 의해 사실을 재구성한 작품과 소설을 각색한 작품으로 나누어지는데, 이에 따라 전자의 작품은 작가의 창작 의도와 목적이 분명하게 부각되어 나타나는 반면 후자의 작품에서는 소설의 전개를 그대로 따르고 있어서 작가의 의도보다는 내용의 성실한 재현에 주안점을 두었던 것을 살펴보았다.

이처럼 서로 다른 의도를 가진 작품이 같은 시기 한 작가에 의해서 창작된 것은 해방이라는 특수성과 관련된 것인데, 식민지 시대 애국열사들의 영웅적 행동을 그린 작품은 해방의 기쁨에 젖어있는 관객들의 주목을 받아 흥행에 대성공을 거두었고 이를 통해 연극계의 주도권을 잡게 된다. 시대와 무관하게 소설을 각색한 작품들이 창작된 것은 주도권이 확보된 이후 그것을 다지는 역할을 위한 것으로 이해되었다.

따라서 해방기 김춘광의 역사극은 작품 내의 상업적 속성의 유무와는 별도로 해방이라는 격동의 시기에 연극인으로써 자신의 입지점을 확보하기 위한 그의 삶의 방식에 의해 창작되었던 것이다.

지금까지의 논의를 전개하는 과정에서 몇 가지 문제가 남는다. 엄밀한 의미에서의 역사극에 대한 개념 규정과 김춘광의 작품을 포함한 상업극에 대한 특성 규명 등이 그것이다. 이 문제들은 추후의 과제로 남긴다.

천상병의 시세계

조병기[*]

1. 머리말

천상병이 문학활동을 시작한 것은 1949년 19세 때부터 동인지 『죽순』, 『처녀』지 등에 시를 발표하면서부터다. 이후 1952년 「문예」지의 추천을 거쳐 문학활동을 시작으로 몰년인 1993년까지 근 40여 년에 걸쳐 그가 남긴 작품은 8권의 시집과 산문집, 동화집 등이 있다.

이 시인에 대한 문학적 평가는 동심과 자연친화의 시인[1]을 시작으로, 순결의 시인[2], 무욕의 시인[3], 무소유·자유인[4], 순진무구의 시인[5], 평화적 자유인[6] 등으로 요약할 수 있다. 천상병은 연보상으로 1930년 일본에서 태어나 그곳에서 초등학교를 마치고 중학교 2학년 재학 중 광복을 맞아 귀국해서 마산중학교 2학년에 편입하여 5학년 재학중 시를 쓰기 시작한 것으로 보아 보기 드물게 이른 시기부터 시에 눈을 뜬 시인이다.

시인이 살다간 시대는 일제치하를 거쳐 한국전쟁기, 그리고 민주화과정에서 분단에 의한 안보적 상황이 고조됐던 60년대 70년대를 살아야 했다. 그는 60년

---

* 동신대 교수.
1) 조태일, 「민중언어의 발견」, 『창작과비평』 23호, 1972. 3, 93쪽.
2) 김우창, 「순결과 객관의 미학」, 『창작과비평』 51호, 1979. 3, 196쪽.
3) 최동호, 「천상병의 무욕의 새」, 『아름다운 이 세상 소풍 끝내는 날』, 미래사, 1991, 139~147쪽.
4) 김재홍, 「무소유·자유인」, 『현대문학』, 1993. 6, 82~83쪽.
5) 신경림, 「순진무구의 시인」, 『한국현대시의 이해』, 진문출판사, 1982, 393~396쪽.
6) 천승세, 「평화만 쪼으다 날아가 버린 파랑새」, 『천상병 시전집』, 평민사, 1996, 1~7쪽.

대 동백림사건에 연루되어 6개월간의 옥고와 혹독한 전기고문을 당하기도 한다. 특히 전쟁기에 부산피난생활에서 그는 시대고와 함께 시작에 불태워야 했고 대학공부를 했으니 그의 많은 작품이 무관하지 않다.

천상병의 시세계는 전후기 이분하여 검토될 수 있을 것이다. 70년대를 전후하여 그의 시적변모가 나타나기 때문이다. 전기가 데뷔로부터 70년대 초 수락산 생활 이전까지라면 그 이후부터 몰년까지라 할 수 있을 것이다. 전기의 시가 순수서정의 이상세계라 한다면 후기시는 현실에 집착한 세속적 시세계라 하겠다.

2. 초기시의 비극적 정서

초기시에 나타난 천상병의 시적 정서는 슬픔, 눈물, 그리움, 기다림 등이 주류를 이루는데 이것들은 <새>를 매체로 하고 있다. 자아와 세계의 관계를 상징적 매체로 삼고 있는 <새>는 10여 편에 달하고 있음을 쉽게 찾을 수 있다. 위의 시는 1959년(『사상계』)에 발표한 작품으로서 새는 시적 자아의 체념과 성찰로부터 출발한다. 시인은 삶에 대한 성찰에서 자신을 새와 동격화한다. 삶의 아름다움과 기쁨, 사랑과 슬픔을 실존적 자아를 찾아내려 한다. '외롭게 살다 외롭게 죽을 / 내 영혼의 빈터에 / 새날이 와, 새가 울고 꽃잎 필 때는, / 내가 죽는 날 / 그 다음 날.'에서 보듯이 시인은 이미 <죽음>을 껴안고 새를 바라보는 것이다. 살아 있을 동안에도 새는 태어나고 내 곁에 와서 울었다. 내가 죽은 이후에도 새는 그러리라는 미래시제를 설정해 놓고 죽음조차도 초월하는 영원의 세계를 마련한 것이다.

시적 자아는 내가 죽는 날, 그 다음 날 자신에게 찾아와 울어 주는 <한 마리 새>이기를 희구하고 있는 것이다. 이렇듯 천상병의 초기시는 자연심상과 시적 자아를 자연스럽게 결합시키고 있다.

김재홍은 천상병 시의 핵심은 <새>의 상징과 <하늘> 표상이라고 했다.[7] 첫 시집이 그렇듯이 천상병은 초기에서 70년대 초까지 지속적으로 새를 제재

---

7) 김재홍, 앞의 글, 89쪽.

로 선택하고 있다.

외롭게 살다가 외롭게 죽을
내 영혼의 빈터에
새날이 와, 새가 울고 꽃잎 필 때는,
내가 죽는 날.

산다는 깃과
아름다운 것과
사랑한다는 것과의 노래가
한창인 때에
나는 도랑과 나뭇잎가지에 앉은
한 마리 새,

정감에 그득한 계절,
슬픔과 기쁨의 주일,
알고 모르고 잊고 하는 사이에
새여 너는
낡은 목청을 뽑아라.

살아서
좋은 일도 있었다고
그렇게 우는 한 마리 새.

—「새」

나는 나는 / 죽어서 / 파랑새 되어 //
푸른 하늘 / 푸른 들 / 날아 다니며 //
푸른 노래 / 푸른 울음 / 울어 예으리 //
나는 나는 / 죽어서 / 파랑새 되리. //

—「파랑새」

천상병의 「죽음」과 한하운의 「죽음」은 다 같이 <새>를 매체로 한다. 한하

운은 새를 통하여 현실적 속박을 떨치고자하는 시공성의 <자유>를 희구한
다.8) 새의 이미지는 천상병과 다를 바가 없다. 미래에 대한 <죽음>을 환기하
면서 자연적 상관물을 매개로 삼고 있는 것은 우연한 것이 아니다. 이른바, 전
통성의 실마리는 이런 데서도 찾아질 수 있다.9) 천상병은 많은 <새> 제재를
자유분방하게 구사하면서 삶의 온갖 고뇌에서 탈출하고자 한다.

     날개를 가지고 싶다.
     어디론지 날 수 있는
     날개를 가지고 싶다.
     [……]
     나는 어디로든지 가고 싶다.
     날개가 있으면 소원성취다.
     하느님이여.
     날개를 주소서 주소서…….

                       —「날개」

   직설적인 표현이지만 천상병이 지향하는 세계는 자아의 진실과 세계의 현
실상이 서로 어긋날 때 생성되는 비극적 세계관이다.10) 때문에 천상병의 <새
>는 자신의 비유적 대상으로 더러는 현실적 비판으로 강화되기도 하고, 하늘
지향의 의도로 나타난다. 현실비판의 경우, 1967년 동백림사건에 연루되어 6
개월 간의 옥고를 치른 일과 무관하지 않다.

     이젠 몇 년이었던가
     무서운 집 뒷창가에 여름 곤충 한 마리
     땀 흘리는 나에게 악수를 청한 그날은……

     내 살과 뼈는 알고 있다.
     진실과 고통

---

8) 졸고, 「한하운의 시세계」, 『동신대 인문논총』, 제3집, 1996, 47~48쪽.
9) 김우창, 앞의 글, 218~221쪽.
10) 김재홍, 앞의 글, 88쪽.

그 어느 쪽이 강자인가를……

내 마음 하늘
한편 가에서
새는 소스라치게 날게 펀다.

—「그날은」

시인은 '아이론 밑 와이셔츠 같이 당한 그날'이라고 회고하면서 진실과 고통, 공포감이 자리하고 있다. 그의 내면에 새와 하늘을 갖고 있다. 진실이 이상적 세계라면 고통은 현실적 삶이 되는 것이다. 새는 이 두 세계를 오르내리는 시적 자아라 하겠다. 이 시에서 중심제재는 무서움이다. 곤충에게서도 공포의식이 발동하고 악수를 청하는 대상에게서조차 식은땀이 흐르는 것이다. 이 위기감은 시의 앞부분인 '이제 몇 년이었던가'의 과거 일을 회상하게 된다. 아직도 시인은 내 마음 한 켠에 있는 새에게 자기구제를 시도한다. 현실탈출의 출구를 시도한 것이다. 그러나 그 새마저도 <소스라침>을 어찌할 수가 없는 것이다. <새>는 천상병에게 유일한 자아 출구이며 하늘에 이르는 매개인 것이다. 지상과 하늘, 현실과 이상세계의 대립적 구조를 이루면서 비극적 정조를 고조시켜 가는 것은 천상병 시인 특성일 수 있다. 수사적 기법을 선택하지 않은 대신 대립적 이미지를 빌어 시적 긴장을 제공하는 것은 이 시인 특유의 시세계이기도 하다.

저 새는 날지 않고 울지 않고
내내 움직일 줄 모른다.
상처가 매우 깊은 모양이다.
아시지의 성프란시스코는
새들에게
은총설교를 했다지만
저 새는 아프기만 한 것이다.
수백년 전 그날 그 벌판의 일몰과 백야는
오늘 이 땅 위에

눈을 내리게 하는데
눈이 내리는데……

—「새」, 1965. 3. 여상

　천상병의 새 이미지는 「갈매기」(1952, 문예 천료작)를 시작으로 70년대 초까지 이어지고 있다. 그는 「갈매기」에서 '그대로의 그리움이 / 갈매기로 하여금 / 구름이 되게 하였다 // 기꺼운 듯 / 푸른 바다의 이름으로 / 흰 날개를 하늘에 묻어 보내어'라고 한다. <새>와 <하늘>의식을 이미 내보여 주고 있으며 또한 시인의 공간의식을 짐작케 한다. 서러움과 그리움, 외로움, 그리고 기다림의 정서는 공간의식과 맞물리면서 일관되게 관류하고 있으며 비극적 정조와 긴장을 고조시키고 있다.

　천상병 시에서 <새>는 <햇발>을 날라다 주는 매체이기도 하지만 날지 못하고, 울지 못하는 좌절의 새일 때 자아와 세계사이의 거리감을 좁히지 못하게 된다. '아시지의 성프란시스코는 / 새들에게 / 은총 설교를 했다지만 / 저 새는 아프기만 한 것이다.'에서 은총을 받지 못한 새는 날지도 못하고 울지도 못하며 움직일 수도 없는 비극적 상황에 놓인 새에게는 깊은 상처가 있기 때문에 소외와 좌절을 주체하지 못한다.

슬픔 옆에서
지겨운 기다림
사랑의 몸짓 옆에서
맴도는 저 세상 같은
한낮의 별빛을 너는 보느냐……

물결위에서
바윗덩이 위에서
사막 위에서
극으로 달리는
한낮의 별빛을 너는 보느냐……

새는
온갖 한낮의 별빛 계곡을 횡단하면서
　　　　　　—「한낮의 별빛(새)」, 『창작과비평』, 1970. 6.

슬픔, 기다림, 사막, 바위 등의 시어는 새의 한계상황이다. 순수지향은 좌절
에 부딪친다. 이를 극복하고자 하는 의지가 <새>다. 별빛 계곡을 횡단하면서
우는 새는 고독의 존재다. 시인의 현실적 고뇌와 슬픔을 극복하기 위해 <빛>
과 <저 세상>을 그리워한다. 거친 물결, 바위, 사막과 같은 어두운 현실을 밝
게 해줄 빛의 세계로 나아가고자 한다.

　우리의 서정시 가운데 비극적 정서가 차지하는 비중은 현저하다. 거슬러 올
라가면 황조가 이후, 고전시가들에서도 쉽게 찾아진다.[11] 근대시에 들어 김소
월, 한용운 등에 이어 30년대 이후 현재까지도 지속되고 있다. 천상병 역시 예
외가 아님을 앞의 시에서 말해준다.

　천상병의 비극의 요인은 대자적인 것과 대타적인 것을 아울러 갖고 있는데
그의 극복방식은 새를 매개로 한 좌절적 극복 태도라고 볼 수 있다.[12]

3. 대립적 공간구조

　천상병 시에게 하늘, 새, 고향, 길 , 변두리 등의 주제소는 시인의 세계관에
밀접하게 관련되어 있다.

　① 저 하늘에서
　　이 하늘로,

　　아니 저승에서 이승으로

　　새들은 즐거이 날아 오른다.

---

11) 졸저, 『한국문학의 서정성 연구』, 대왕사, 1993, 36~51쪽.
12) 졸저, 위의 책, 33쪽.

[……]
저것 보아라.
오늘 따라
이승에서 저승으로
한 마리 새가 날아간다.

─「새」,『시문학』, 1966. 2.

② 나 하늘로 돌아가리라
　새벽빛 와 닿으면 스러지는
　이슬 더불어 손에 손을 잡고,

　나 하늘로 돌아가리라.
　노을빛 함께 단둘이서
　기슭에서 놀다가 구름 손짓하며는,

　나 하늘로 돌아가리라.
　아름다운 이 세상 소풍 끝내는 날,
　가서, 아름다웠더라고 말하리라…….

─「귀천」,『창작과비평』, 1970. 6.

③ 아버지 어머니는
　고향 산소에 있고

　외톨배기 나는
　서울에 있고

　형과 누이들은
　부산에 있는데,

　여비가 없으니
　가지 못한다.

　저승가는 데도

여비가 든다면

나는 영영
가지도 못하나?

생각느니, 아,
인생은 얼마나 깊은 것인가.
　　　　　　　　—「소릉조(小陵調)」, 『월간문학』, 1972. 2.

　①은 <하늘> 공간이다. 하늘은 <저승>이며 <이승>은 땅이다. 이 두 공간
은 대립적 구조를 이룬다. 이곳을 날아다니는 것은 <새>다. 하늘 ↔ 새 ↔ 땅
을 자유자재로 오가는 존재(새)를 시인은 희구하고 있다. 시인은 마음속에 자
유롭게 오르내리는 새가 되고 싶은 것이다. 그러나 시인의 현실은 그렇지가
못하다. 그래서 시인은 새가 되기를 소망한다. 그것도 즐겁게 나는 새가 되고
자 한다. "저것 보아라 / 오늘 따라 / 이승에서 저승으로 / 한 마리 새가 날아간
다."에서 <간다>라는 동사는 「귀천」에서와 같이 의미심장한 상상력이다. 즉,
'회귀의지'이기 때문이다. 하늘 → 지상 → 하늘의 회귀심상은 하늘과 땅의 대
립적 구조를 화해시키는 순환구조와 다를 바가 없다. 그래서 <새>는 화해의
매개이기도 하다.
　②는 새벽빛을 받으며 이슬과 더불어 노을과 함께 구름과 손짓하면서 하늘
에 닿고 싶다는 것이다. 하늘에 올라가서 "세상은 아름다웠더라"고 말하고 싶
단다. 어찌 보면 유아적 상상력처럼 보인다. 천상병의 시는 이처럼, 아이러니
에 의한 해학과 풍자, 페이소스를 아울러 가지고 있어 역설의 진실[13]을 특징으
로 하고 있다. 이런 특징은 70년대 이후 동심지향과도 맥을 같이 한다.
　③의 시에서 언뜻 보기에는 <가난>의 문제와 관련된 듯하지만, <저승>세
계지향이다. 저승가는 데도 여비가 든다면 갈 수 없다는 존재라는 말이다. 인
생은(인간) <얼마나> 어리석은가를 시사해 준다. 여기서 서정주의 시를 살펴
볼 필요가 있다.

------

13) 김재홍, 앞의 글, 83쪽.

이 다소곳이 혼들리는 수양버들 나무와
베갯모에 놓이듯한 풀꽃더미로부터,
자잘한 나비새끼 꾀꼬리들로부터,
아주 내어밀 듯이, 향단아,

산호도 섬도 없는 저 하늘로
나를 밀어올려다오.
[……]
서(西)으로 가는 달같이는
나는 아무래도 갈 수가 없다.
[……]

— 서정주, 「추천사(춘향의 말 1)」

천상병의 시에서는 <새>가 하늘로 가는 매개라면 이 시에서는 새 대신 <향단>으로 나타나고 있다. <새>는 날을 수 있는 역동성의 존재이지만, <향단>은 그렇지 못하는 인간임에 차이가 있다. 천상병은 날을 수 있는 존재를 선택하고 있으나, 서정주는 날을 수 없는 매체를 선택하면서 <그네>를 끼어넣었다. 두 시 모두 <하늘>지향의 시라 하겠다. 서정주는 인간의 한계를 체념적으로 결말 지우고 있으며 천상병은 하늘로 돌아갈 것을 확신하고 있다. 아름다운 이 세상을 소풍으로 설정한다. 그리고 하늘에 가서 '아름다웠다'고 말하겠다는 의지를 내보이고 있는 것이다. 그러나 ③의 경우와 같이 역설의 진실을 보여 주고 있다. 천상병의 <하늘>지향은 단순한 자연적 우주현상이 아닌 절대자적 존재인식이다. 물론 가톨릭적 세계관이라는 점에서라기보다는 우주적 존재상징이라는 점에 있다. 그러므로 <새>는 지상적 존재를 천상적 존재로 상승하는 매체임이 확실한 것이다. 하늘의 뜻에 따라 지상의 존재가 경영된다는 것을 천상병의 많은 시에서 발견할 수 있다.

천상병의 시적 공간구조는 지상 → 하늘이 상승 구조라면 하늘 → 지상은 하강구조인 것이다.

여기서 「귀천」은 상승구조이지만, 「소릉조」는 하강구조라 할 수 있을 것이다. 결국 천상병 시는 상승구조 보다는 하강구조가 우세하기 때문에 슬픔, 좌

절, 체념 그리고 분노 등의 비극적 정서로 나타난다. 「귀천」에서 짙게 나타나
는 회귀의식 즉, '돌아가리라'는 절실한 진술은 죽음을 영원함과 자유로움, 진
정한 안식의 공간14)이라고 하겠다. 회귀공간은 고향, 집, 무덤 등의 원형적 심
상과도 맥을 같이 하는 자기 구원의 공간인 것이다. 이처럼 천상병은 대립적
구조를 이루면서 화해의 매개로서 <새>를 끼어 넣는다.

> 골목에서 골목으로
> 거기 조그만 주막집
> 할머니 한 잔 더 주세요.
> 저녁 어스름은 가난한 시인의 보람인 것을……
> 흐리멍텅한 눈에 이 세상은 다만
> 순하기 순하기 마련인가,
> 할머니 한 잔 더 주세요.
> 몽롱하다는 것은 장엄하다.
> 골목 어귀에서 서툰 걸음인 양
> 밤은 깊어 가는데,
> 할머니 등 뒤에
> 고향의 뒷산이 솟고
> 그 산에는
> 철도 아닌 한겨울의 눈이 펑펑 쏟아지고 있는 것이다.
>
> —「주막에서」

시 「소릉조」와 함께 고향회귀의 작품이다. 할머니는 향수를 환기시키는 기
능을 하면서 고향의 안온함을 제공하는 것이다. 시인의 오랜 낭인생활은 늘상
고향상실의 소외감과 가난의 문제를 떨쳐 버리지 못하는 것이다. 할머니를 통
하여 고향의 모성과 추억을 찾아 과거 속으로 회귀하고자 한다. 할머니의 등뒤
에 고향의 뒷산이 보이고 그곳에 얽힌 추억들이 눈발처럼 시인에게 다가오는
것이다.

70년대를 전후하여 시적 공간은 수락산 주변으로 옮아간다. 「수락산변」을

---

14) 고형진, 「천진난만한 삶과 영원한 안식처로의 귀의」, 『시와시학』 11호, 1993, 267쪽.

비롯하여 산과 시냇물, 계곡 등의 자연적 사물에 대한 시들이 그것이다. 천상병이 이처럼 초기시의 서정공간이 변모된 것은 결혼과 함께 정착된 생활에서 찾아진다.

> 이 근처는 버스로 도심지까지 가려면
> 약 한 시간이 걸리는 변두리.
> 수락산 아랫마을이다.
>
> 물 좋고 산좋은 이곳,
> 사람도 두터운 인심이다.
> 그래서 살기 좋은 고장이다.
>
> 오늘은 부실 보실 비가 오는데,
> 날은 음산하고 봄인데도 춥다.
> 그래서 나는 이곳이 좋아 이곳이 좋아.
>
> —「변두리」

「귀천」이나 「소릉조」에서와 같은 서정성에는 못 미치는 자연 서정시에 그치고 만다. 「촌놈」에서는 "서울에서 80미터 거리의 근처에는 논과 밭이 있으니 촌놈으로서 행복하다"고 소시민적 진술을 하고 있다. 천상병의 시적 공간은 초기 시에서는 하늘 공간으로서 무한성, 영원성을 추구했으나 후기로 오면서 지상적 자연 공간으로 변모하고 있음을 보여주고 있다.

4. 후기시의 실존의식

천상병의 후기시는 완전히 시적인 것을 버리고, 있는 그대로의 산문적 일상을 선택하면서도 보이지 않게 철학적, 정치적 의미를 풍긴다.[15] 그런 가운데서도 실존적 자아의식은 ①가난의 문제와 **휴머니즘**적 동심세계 그리고 가족애

---

15) 김우창, 앞의 글, 218~221쪽.

가 담긴 서정시, ②종교적 세계관, ③현실비판의 시적 전개가 시도된다. 천상
병은 「나의 시작의 의미」와 「나의 기도」에서 너무 외로우면 시를 못쓴다. 고독
할 때면 언제나 하느님을 생각하고, 고독해지지 않으려고 했으며, 생활을 사랑
하고, 생활은 자신의 시라고 고백한다. 그리고 나이가 들었으니 사회에 대한
눈도 뜨이고 생각도 많으니, 이제는 사회비판시를 써 볼까라고 말한다.[16] 천상
병의 후기 시에서 실존의식은 「불혹의 추석」, 「연기」, 「편지」, 「나의 가난은」,
「바람에게도 길이 있다」, 「창에서 새」 등에서 찾을 수 있다. '나이 사십에 나는
비로소 나의 길을 찾아간다'는 시인은,

점심을 얻어먹고 배부른 내가
배고팠던 나에게 편지를 쓴다.

옛날에도 더러 있었던 일,
그다지 섭섭하진 않겠지?

때론 호사로운 적도 없지 않았다.
그걸 잊지 말아주기 바란다.

내일을 믿다가
이십 년!

배부른 내가
그걸 잊을까 걱정이 되어서

나는
자네한테 편지를 쓴다네.

—「편지」

시적 자아가 역시 시인 자신으로 되어 있는 시이다. '내일을 믿다가 이십
년!'의 삶을 확인한다. 풍요와 결핍의 대립적 상황 속에서 지나온 삶의 성찰을

16) 천상병, 『산문전집』, 평민사, 1996, 378~379쪽.

내보인다.

> 오늘 아침을 다소 행복하다고 생각는 것은
> 한 잔 커피와 갑 속에 두둑한 담배,
> 해장을 하고도 버스값이 남았다는 것.
>
> 오늘 아침을 다소 서럽다고 생각는 것은,
> 잔돈 몇 푼이 조금도 부족이 없어도
> 내일 아침 일도 걱정해야 하기 때문이다.
>
> 가난은 내 직업이지만
> 비쳐오는 이 햇빛에 떳떳할 수가 있는 것은
> 이 햇빛에도 예금통장은 없을 테니까…….
>
> —「나의 가난은」

이 시는 앞의 「편지」의 속편과 같은 성격을 띤다. '가난은 내 직업'이라는 풍자적 수사는 「소릉조」에서도 나타났듯이 "저승가는데도 여비가 든다면 영영 가지도 못하나" 했으니 천상병의 가난문제는 초탈한 삶의 역정 속에서 길들여진 것이었고, 물질적 결핍으로부터 자유롭고자 했음을 대변해 준다고 하겠다. '햇빛에 떳떳할 수 있는 것은' 예금통장이 없기 때문이라는 행복론의 일단을 말해 준다. 이처럼 천상병의 가난은 현실을 초월한 이상주의에 있다고 하겠다.

> 강하게 때론 약하게
> 함부로 부른 바람인 줄 알아도
> 아니다! 그런 것이 아니다!
>
> 보이지 않는 길을
> 바람이 용케 찾아간다.
> 바람길은 사통팔달이다.
> 나는 비로소 나의 길을 가는데
> 바람은 바람길을 간다.

길은 언제나 어디에나 있다.

—「바람에게도 길이 있다」

후기시에서 <바람>, <길>, <비> 등 자연대상과의 만남은 실존적 자아의 성찰을 알리는 시편들이다. 길은 어디에나 누구에게나 있지만 바람의 길과 사람의 길은 다르다고 진술하고 있다. 여기서 바람은 자연 현상적 의미를 벗어나 길은 많아도 갈 길이 다르다는 것을 일러준다. '나는 비로소 나의 길을 가는데 / 바람은 바람길을 간다'는 것이다. <비로소>의 부사적 의미는 시인의 실존적 성찰을 말해 주는 것으로서 삶의 역정을 압축해 준다. 그래서 시인은 과거적 삶을 현재적 삶으로 대치시킨다. 그러면서 바람을 통해 우주적 질서의 필연성에 도달하려는 태도로 보인다.

한 그루의 나무도 없이
서러운 길 위에서
무엇으로 내가 서 있는가.

새로운 길도 아닌
먼 길
이 길은 가도가도 황토길인데

노을과 같이
내일과 같이
필연코 내가 무엇을 기다리고 있다.

—「약속」

이 시에서 <길>은 기다림이다. 그 길은 서러움이고 필연적인 존재인 것이다. 그러나 <길>은 끝없는 황토길이다. 한하운의 「전라도 길」을 연상하게도 되지만, 이 시인의 경우, 현실적 지상(地上)의 길이 아니라 천상(天上)의 길임을 주시할 필요가 있다. 이 두 시인의 <길> 역시 실존적 소외의식임을 쉽사리 발견하게 된다. '노을과 같이 / 내일과 같이 / 필연코 내가 무엇을 기다리고 있음'의 <기다림>의 미학은 천상병이 지향하는 시세계의 하나가 된다.

> 길은 막힌 데가 없구나
> 가로 막는 벽도 없고
> 하늘만이 푸르고 벗이고
> 하늘만이 길을 인도한다.
> 그러니
> 길은 영원하다.
>
> —「길」

<바람>과 <길>은 도가적 의미로 묘사되고 있다. 천상병이 추구하고 있는 인생관을 말해준다. '길은 영원'한 진리인 것이다. 그런데 그 길은 하늘만이 인도할 수 있기 때문에 절대진리는 <하늘>이라는 것이다. '나는 죽으면 땅 속인데 / 그래도 나의 영혼은 / 하늘에의 솟구침이어야 하는데 / 죽은 다음에는 연기이기를!'(「연기」)에서 <하늘>과 <영혼>의 길을 소망하고 있음을 본다. 결국 시인의 자기 성찰은 <바람>, <길>을 통하여 <하늘>에 이르고자 하는 것이다. 이 경우, 시인은 현실적 고뇌로부터 벗어날 수 있는 길은 <하늘>에 이르는 것이라 했다. 이 시인에게서 전후기를 통하여 일관되게 나타나는 시의 특징은 <하늘>지향이라 생각된다.

> 하늘에는 구름이 뜨고
> 새가 날으고
> 가이 없이 무궁무진하다
> 태양이 오르면
> 달과 별은 내일을 예고 한다.
>
> 하늘이여 하늘이여
> 그 위에 계실 하느님에게
> 감사하며 내 삶의 보람을 찾는다.
>
> —「하늘」

이 시는 천상낙원의 상상력을 보여 준다. 그러나 하늘 위에 <하느님>이 존재한다는 동심적 발상을 배제할 수 없지만 이것은 시인의 종교관에서 파악함이 옳을 것이다. 대표되는 작품으로 「예수님의 초상」, 「하느님 말씀 들었나이다」, 「하느님은 어찌 탄생했을까?」 등이 있으나 그의 신앙시는 동양적 경천사상과 절대자에 대한 외경심을 동일시했던 것으로 짐작된다.

① 나는 지금 / 한쪽 다리와 / 한쪽 팔 만으로 /
 살고 있는 것 같습니다. 예수님! 예수님! /
 제발 돌아와 주소서
 그렇잖으면 저는 / 한 알의 흙과 같습니다.

② 하늘에서 / 나즈막하나, / 그래도 또렷한 우리
 말로 / '망상은 안돼' 하는 / 말씀이 들리시더니 /
 또 일분 후에 / '팔팔까지 살다가
 그리고 더'라는 /말씀이 들렸습니다. / 하느님의
 말씀이 틀림없습니다 / ……그냥 길바닥에 주저앉아 /
 한참 명상에 잠길 수밖에 없었습니다.

③ 우주에서 / 제일 처음으로 유가 되신 하느님은 /
 친구가 친구를 찾는다고 / 대우주의 별과 별을 /
 창조하셨을 것이다 / 빛과 천체와 그늘을 /
 창조하신 하느님은 / 흙으로 인간을 빚으시고/
 만물을 데이니씨게 했을 것이다.

「하늘」이 하느님에 대한 은총이라면, ①은 하느님의 구원, ②는 하느님과의 교감, ③은 창세기적 성서내용이다. 자기 존재에 대한 성찰과 인간으로서의 한계를 <하느님>에게 의지하려는 현실적인 무력감은 만년에 들어 시인의 건강과 관련되어 있다. 고문의 후유증과 만성간경화증은 시인으로 하여금 종교에 의탁하려는 의지는 당연한 인간의 모습이라 하겠다.

후기시에서 두드러지게 나타나는 신앙적 태도는 <어린이>, <가족애> 등 현실적 일상과 어울려 인간적 고독에서 벗어나려고 하는 한편, 퇴행적 동심세계로 복귀하는 결과가 된다.

> 아가야, 왜 우니? 이 인생의 무엇을 안다고 우니? 무슨 슬픔 당했다고, 괴로움이 얼마나 아픈가를 깨쳤다고 우니? 이 새벽 정처 없는 산길로 헤매어 가는 이 아저씨도 울지 않는데…… 아가야, 너에게는 그 문을 곧 열어줄 엄마손이 있겠지. 이 아저씨에게는 그런 사랑이 열릴 문도 없단다. 아가야 울지마! 이런 아저씨도 울지 않는데
>
> ― 「아가야」, 『여원』, 1970. 2.

시인은 정처 없이 가파른 산길(삶의 길)을 헤매어 간다. 반겨줄 어머니 사랑도 없고, 슬픔과 괴로움만을 안고 사는 시적화자는 대문 앞에서 울고 있는 <아가>에게 시선을 보낸다. 시인은 <아가>를 통해서 인생의 깊이를 헤아리고자 한다. '인생의 무엇을 안다고, 아가야 울지마! 이런 아저씨도 울지 않는데.' 시인은 아무에게도 자신의 <눈물>을 보이려하지 않는다. 이것은 자기억제의 연민으로 시적 아름다움을 이끌어 올리는 데 이바지하고 있다. '생각느니, 아, / 인생은 얼마나 깊은 것인가.(「소릉조」)'라고 했듯이 삶의 고통을 인식하고 있다.

> 요놈! 요놈하면서
> 내가 부르면
> 어린이들은
> 환갑 나이의 날 보고
> 요놈! 요놈한다.
>
> 어린이들은
> 보면 볼수록 좋다.
> 잘 커서 큰일 해다오!
>
> ― 「난 어린애가 좋다」

천상병에게서 인생은 두 말할 나위 없이 로마디즘의 굴레에서 벗어나지 못했으며 현실과 이상, 슬픔과 기쁨, 삶과 죽음, 어둠과 밝음, 지상과 하늘, 이승

과 저승, 그리고 인간과 신 등의 이분법적 대립관계를 지속시킨 시세계를 구축한 시인이다. 그래서 시인은 '어느날 일요일이었는데 / 창에서 참새 한 마리 / 날아 들어왔다. [……] 세상을 살다보면 별 일도 많다는데 [……] 꼭 나와 같은 어리석은 새'라고 한다. 이 어리석은 참새에 대한 연민은 시인 스스로에게 주어진 운명을 인식하기에 이른다. 천상병이 후기에 와서 현실비판적 시를 쓰게 된 까닭은 다름아닌 6~70년대의 시대적 상황에서 비롯된 사회현실에 대한 서항의식일 것이다.

 ① 오늘의 바람은 가고
  내일의 바람이 불기 시작한다.

  잘 가거라
  오늘은 너무 시시하다.

  뒷시궁창 쥐새끼 소리같이
  내일의 바람이 불기 시작한다.

  하늘을 안고,
  바다를 품고,
  한 모금 담배를 빤다.

  하늘을 안고,
  바다를 품고,
  한 모금 물을 마신다.

  누군가 앉았다 간 자리
  우물가, 꽁초 토막……

           —「크레이지 배가본드」

 ② 지난 날, 너 다녀간 바 있는 무수한 나무가지 사이로 빛은 가고 어둠이 보인다. 차가웁다. 죽어가는 자의 입에서 불어오는 바람은 소슬하고, 한 번도 정각을 말한 적없는 시계탑 침이 자정 가까이에서 졸고 있다. 계절

은 가장 오래 기다린 자를 위해 오고 있는 것은 아니다. 너 새여……
                    —「서대문에서(새)」, 『창작과비평』, 1970. 6.

③ 억지 밖에 없는 엽전 세상에서
   용케도 이때껏 살았나 싶다
   별다른 불만은 없지만,

   똥걸레 같은 지성은 썩어 버려도
   이런 시를 쓰게 하는 내 영혼은
   어떻게 좀 안될지 모르겠다.
   내가 죽은 여러 해 뒤에는
   꾹 쥔 십 원을 슬쩍 주고는
   서울길 밤버스를 내 영혼은 타고 있지 않을까?
                              —「한 가지 소원」

   초기시의 서정성과는 달리 변모된 모습을 보게 된다. 시인의 현실인식은 역사의식에서 출발한다. ①에서 <바람>을 통한 역사적 흐름을 암시하고 있다. '시시한 오늘을 보내고 시궁창의 쥐새끼 소리 같지만 내일의 바람이 분다'고 하는 현실비판의 태도는 힘찬 목소리로 들린다. '누군가 앉았다 간 자리에 떨어져 있는 담배 꽁초토막'이라는 인간의 역사적 존재파악을 내보이고 있다. ②에서도 과거와 현재, 밝음과 어둠의 그리고 죽음과 삶의 대립적 관계에서 '한 번은 정각은 말한 적 없는 시계탑 침'의 부정확한 현실비판은 더욱 강하게 나타난다. <억지밖에 없는 엽전 세상>, <똥걸레같은 지성>의 현실에서 용케도 이때껏 살아왔다는 시인은 끝내 밤버스를 탄 소시민이기를 소망하면서 시인은 영혼을 지향한다.

5. 마무리

   새와 하늘로 표상되는 천상병의 시세계는 지상과 하늘, 삶과 죽음, 밝음과 어둠 등의 대립적 구조를 이루고 있다. 이들의 정서는 자아와 세계의 미적 거리에 의해 비극적 정조로 나타난다.

특히 초기시의 경우 새는 지상과 하늘을 결합시켜 주는 매개인 것이다. 그러므로 새는 하늘, 죽음, 밝음의 세계로 나가는 초월의지의 상징이라 하겠다. 천상병의 초월의지는 하늘회귀의 시세계를 보여 주는데, 하늘에서 지상으로, 지상에서 하늘로 가고자 하는 <돌아감>의 시학이라 하겠다. 즉, 지상에서의 현실적 고뇌로부터의 사유스러움의 공간지향인 것이다.

후기시에서는 현실적 실존의식이 강하게 나타나는 대신 <새>의 상징은 <하느님>으로 변모되어 있다. 특히 70년대 이후의 시에서는 가톨리시즘, 자연적 소재, 가족애, 현실비판적 실존의식 등으로 나타나고 있다.

전기시가 하늘회귀의 시세계라 한다면 후기시는 실존의식의 세계라 하겠다. 그러나 후기시는 사변적인 일상성의 한계 때문에 전기시에 비해 시적 성과를 획득하지 못한 것이 사실이다.

천상병의 시에서 전후기에 일관되게 관류하고 있는 것은 삶과 죽음의 세계관이다. 이 죽음의식은 시인의 로마디즘적 생애에서 비롯한 것으로써 위기감이 내면세계를 지배했던 결과라 보여진다. 그것이 곧 빛의 지향, 하늘과 저승, 그리고 우주지향의 확대된 공간으로 나아가고자 한 것이다.

▶ 참고문헌 ◀

조태일, 「민중의 언어발견」, 『창작과비평』 23호, 1972.
김우창, 「순결과 객관의 미학」, 『창작과비평』 51호, 1979.
신경림, 『한국현대시의 이해』, 진문출판사, 1982.
최동호, 『아름다운 이세상 소풍 끝내는 날』, 미래사, 1991.
김재홍, 「무소유·자유인」, 『현대문학』, 1993.
조병기, 『한국문학의 서정성 연구』, 대왕사, 1993.
고형진, 「천진난만한 삶과 영원한 안식처로의 귀의」, 『시와 시학』 11호, 1993.
천승세, 『천상병 시전집』, 평민사, 1996.
조병기, 「한하운의 시세계」, 『동신대 인문논총』 제3집, 1996.

천상병 시의 '새' 이미지와 은유적 상상력

한영옥*

1. 서 론

천상병의 시편들을 관통하는 이미지는 '새'와 그리고 '새' 이미지와 등가 관계를 이루는 바람, 구름, 하늘 등이다. 이 이미지들은 단순한 그림이 아니라 생각에 대한 표상임은 물론이다. 천상병의 시들은 이미지와 그 너머의 의미, 사물과 사물, 사물과 자아의 유사성을 포기하지 않는 은유적 상상력을 기반으로 한다. 때문에 무엇보다 주체와 세계의 막힘 없는 소통의 회로를 보여준다. 주체를 내세우지 않고 세계의 조화를 현현시키려는 의지가 내세워져 있는 것이다. 물론 이런 세계 인식 자체가 주체를 통과하는 것이겠지만 그는 세계를 자아로 덮지 않고 자신이 세계라는 이불을 덮는 자세를 취한다. 세계로부터의 고립감, 불안감을 내세우지 않고 삶의 충만감을 노래하는 것이다. 따라서 천상병 시의 은유적 세계는 폭력적인 세계의 자아화가 아니라 세계를 있는 그대로 받아들이는 순응력의 세계다. 이 순응은 '침묵의 시학'을 견지한다. 세계를 분석하여 주관적 의미의 세계로 물들이지 않고 자신을 낮추어 그냥 말없이 안겨드는 품성을 보여주는 것이다. 자신을 낮추어 세계에 안겨드는 자리에 구구한 말은 필요 없다. 다만 행복한 미소가 지어질 뿐이다. 그렇기에 천상병의 시는 무욕과 무심으로 현현된다. 옥타비오 파스는 "무심의 언저리를 건드리는 것이 얼마나 어려운 일인지 우리 모두 잘 알고 있다"[1]고 말한다. 그는 이어 무심한

---

* 성신여대 교수.
1) 옥타비오 파스(김홍근 · 김은중 역), 『활과 리라』, 솔, 1998, 46쪽.

사람은 전체를 내어 거는 사람이며 무심은 바로 이 세상 건너편에 대한 매혹, 그 자체라고 풀이한다. '무심'은 바로 무서운 자기제어, 자신의 전체를 내거는 정도의 제어를 통해 세계 너머를 투시하는 한 경지임을 깨닫게 하는 언급이다.

천상병 시에서의 행복하고 천진스런 웃음은 여기, 이곳에 매달린 것이 아니다. 그는 이곳이 저기 저곳의 매개임을 잘 알고 있었다. 매개된 세계가 언뜻언뜻 내비추는 다른 세계의 기미, 이것을 보면서 웃는 웃음일 뿐이다. 즉, 이 세상 반대편에 대한 매혹을 드러내는 방식이 그의 웃음이다. 앞서 말한 대로 천상병의 무심과 무욕은 자아의 낮춤에서 비롯된다. 이 낮춤은 "대상을 끌어올리고 자아를 낮춤으로써 동일성을 획득"2)하는 서정적 주체의 진정한 자세, 바로 그것이다. 일찍이 김우창 교수가 지적한 대로 천상병의 "비상한 겸허와 관용과 개방성"3)은 은유적 세계관을 지탱하는 관건이다.

근대와 함께 범람한 '주체'는 오히려 주체의 소외를 야기, 결국 고립과 파편의 세계로 밀려나가게 했다. 이런 과정에서 은유적 사고는 그 힘을 잃어버리거나 혹은 기만적, 폭력적 논리로 비화되었다. 세계 너머의 본질과 꿈을 믿지 않는, 즉 이 세계가 다른 세계의 재현임을 믿지 않는 해체주의적 사고에 의해 은유는 무력한 수사학, 혹은 세계관이 되고 말았다. 환유는 주체와 세계 사이의 은유적 합일을 인정하지 않는다. "환유의 수사학은 주체와 대상 사이의 일체화는 인간이 그렇다고 자기 만족으로 생각하는 환상"4)이라고 단정하면서 은유적 세계관을 부정하는 것이다. 대신에 다만 우연하게 자리를 펼친, 내적 연관이 전혀 없는 파편화된 세계를 그대로 기술해보겠다는 싸늘한 시선, 환유의 세계가 밀어 닥쳤다. 그런데 이제 유사성에 의한 비유로서의 은유, 인접성에 의한 비유로서의 환유라는 수사학은 이데올로기의 문제로 부각되었다. 이는 은유와 환유의 차이를 철학적 입장에서 규명하는 해체주의자들에 의하여 활발하게 진행된 논의다. 김욱동 교수는 은유가 보편성이나 일반성을 중시하고 환유는 특수한 것, 개별적인 것을 강조한다는 원칙에서 "은유는 모든 현상

---

2) 김경복, 『서정의 귀환』, 좋은날, 2000, 30쪽.
3) 김우창, 「순결과 객관의 미학」, 창작과 비평, 1979. 봄, 197쪽.
4) 금동철, 『1950~60년대 한국 모더니즘 시의 수사학적 연구』, 서울대 박사학위 논문, 1999, 16쪽.

을 보자기처럼 하나로 덮어 씌워 버리려는 성격을 지닌다면, 환유는 마치 알곡
과 쭉정이를 가려내는 키처럼 모든 현실을 낱낱이 가려내려는 성격을 지닌
다."5)고 말하며 이것을 정치적 성격과 관련시킨다. 자칫하면 이 언급은 은유적
사고의 폭력을 드러내려는 것처럼 읽힐 수 있다. '하나로 덮어 씌워 버리려는
성격'은 은유에 대한 오해를 불러오기 쉽다. 꼭 '보자기'라는 말이 필요하면
은유라는 보자기는 덮어 씌워 버리려는 보자기가 아니라 감싸 매는 보자기라
고 보아야 한다.

　은유적 사고는 "유정, 무정, 너와 나, 이것과 저것 등 모든 것들이 참여하고
개체와 전체가 조화되어 나타나는 것을 진정한 삶이라고 규정하는 화엄정
신"6)을 일깨우는 것이다. 대상 세계를 통해 결코 어떤 절대의 세계에 이르지
못한다는 허무의 논리가 환유적 세계를 만들고, 대상의 표층에서 표층으로 춤
추어 가는 언어의 유희가 한창인 지금, 은유적 사고의 회복은 보다 절실한 목
표가 되었다. 이에 잃어버린 서정의 회복, 진정한 시의 위의를 회복해야 한다
는 목소리가 차츰 높아지고 있는 것은 매우 고무적인 일이다. 근년에 젊은 학
자들에 의해 주창되고 있는 서정의 회복, 유기체적 세계의 회복과 관련된『말
의 혀』,『서정의 귀환』,『구원의 시학』,『21세기 문학의 유기론적 대안』등의
저서들은 이러한 전망을 잘 시사해 준다.7)

　이런 즈음에 천상병의 시를 읽는다는 일은 귀중하다. 은유적 사고의 따뜻함
을 통해 삶의 진정성을 다시금 깨닫는 계기를 얻을 수 있기 때문이다.

　그간 천상병 시에 대한 연구 중 김우창 교수의 두 편의 글8)은 괄목할 만하
다. 이 글들은 천상병 시 전편에 흐르는 겸허의 미학과 세계를 향한 개방의

---

5) 김욱동, 『은유와 환유』, 민음사, 1999, 267쪽.
6) 道法, 『화엄경과 생명의 질서』, 세계사, 1999, 42~43쪽.
7) 최승호, 『말의 혀』, 새미, 2000.
　　김경복, 『서정의 귀환』, 좋은날, 2000.
　　금동철, 『구원의 시학』, 새미, 2000.
　　최동호 외, 『21세기 문학의 유기론적 대안』, 새미, 2000.
　　구모룡 외, 『서정시의 본질과 근대성 비판』, 다운샘, 2000.
8) 김우창, 「순결과 객관의 미학」, 창작과 비평, 1979. 봄.
　　김우창, 「잃어버린 서정, 잃어버린 세계」, 『천상병 전집』, 평민사, 1999.

자세를 상세히 따라가고 있었다. 전기시에서의 보다 농후한 서정성과 후기시에서의 현실주의적 양상을 대별해 읽으면서도 일관된 맥락을 짚어가려 애쓴 글이었다.

최동호 교수 역시 시선집 해설9)을 통해 '무욕과 천진무구'의 주제로 전·후기 시를 일관된 시선으로 읽어내려 애쓰고 있었다.

이 자리에서의 논의 역시 위의 글들처럼 전기의 농후한 서정과 후기의 현실주의적 시선을 통틀어 읽으며 그의 은유적 사고의 일관성을 귀중하게 보아내려 한다. 다만, 그의 시를 관통하는 '새' 이미지군의 상상력이 일으키는 생각과 더불어 은유적 세계관의 실체를 보아내는데 역점을 두어 읽으며, 그 편차를 마련하게 될 것이다.

2. '새' 이미지와 은유적 상상력

천상병 시에서의 '새'는 처음과 끝을 나는 주요 모티프다. 그에게서 '새' 이미지는 새 자체에만 국한되는 것이 아니라 하늘, 바람, 구름, 별빛 등에 같은 값으로 고루 투사되어 있다. 한 마디로 새 이미지군이라고 부를 수 있을 것이다. 가스통 바슐라르가 『공기와 꿈』에서 설파하는 것처럼 천상병 시에서의 새 이미지군은 "공기적 정신"10)을 실현하는 장이다. 즉 "새는 자연을 온통 일깨우는 치켜오르는 힘"11)에서의 치켜오르는 힘을 천상병의 새들은 보유하고 있는 것이다. 새의 상상력은 낮은 곳에서 높은 곳으로 치솟아 올라 초월과 상승을 지향하는 것으로 드러난다. 또한 주변의 자연을 일체화하는 동일성의 시각을 대변하는 것으로도 드러난다. 즉 은유적 상상력의 주체로 새 이미지는 존재한다. 결국 새는 천상병의 인식 세계를 대변하는 이미지로서 시인의 자화상으로 자리한다고 하겠다. 생의 환희와 자유를 노래할 줄 아는 능력, 이는 바로 공기

---

9) 최동호, 「천상병의 무욕과 새」, 천상병시선집, 『아름다운 이 세상 소풍 끝내는 날』, 미래사, 2000.
10) 가스통 바슐라르(정영란 역), 『공기와 꿈』, 민음사, 1994, 272쪽.
11) 가스통 바슐라르, 위의 책, 49쪽.

적 정신의 힘이다. 천상병 시에서의 새를 위시한 하늘, 바람, 별빛의 모티프가 주도하는 공기적 정신의 세계를 보다 설득력 있게 읽기 위하여서는 바슐라르의 다음과 같은 말이 다시금 필요할 듯하다.

> "하늘의 순순함, 빛 찬연함이 순수하면서도 날개 달린 존재들을 요청하는 것이 사실이며 그에 이어, 가치의 영역에서만이 가능한 도치에 의하여 한 존재의 순수함이 그가 살고 있는 세상에 순수함을 부여하는 것이 사실이라면 상상의 날개는 하늘의 빛깔로 물들어지게 되고 또 하늘은 날개들의 세계임을 금방 이해할 수 있으리라."12)

이 인용은 시인의 순수한 정신이 날개를 달고 천진무구하게 푸른 하늘을 비상하는 구도와 더불어 날개와 하늘이 서로를 요청하며 일체가 되는 은유적 세계의 감동을 읽게 한다. 하나의 순수함은 또 다른 순수함을 부르고 일으켜 세운다. 천상병의 '새' 이미지군은 순수함의 표상이며 순수함을 일깨우는 힘의 표상이기도 하다.

이제 이 세계와 삶을 긍정하는 겸허한 자아를 새의 이미지로 바꾸어 상상 운동을 펼쳐 가는 천상병의 시세계를 따라가 보자. 이 자리에서는 '새' 이미지가 드러내는 상상력의 주제가 무엇인가를 읽는데 주력하려 한다. 즉 '자아'를 실현하려는 의지의 변증법적 자세가 새 이미지와 교호되는 양상을 보아내려는 것이다. 자세히 읽어보면 새의 상상력에 투사된 그의 자아는 현상적, 지향적, 초월적 운동의 단계를 보여주고 있기 때문이다. 물론 이 세 국면의 자아는 함께 작동된다고도 볼 수 있다. 그러나 이 세 국면의 자아가 결국은 세계와 통합을 위한 도정이라고 보아 과정의 논리를 읽어내는 것도 의미 있는 일이라고 보았다. 미세한 편차를 도식화하여 본 것이다. 이를 통해 그만큼 '자아'의 완성을 위한 노력을 게을리 하지 않았던 천상병의 고고한 정신을 읽을 수 있음은 물론이다. 한편 굳이 '새' 모티프를 사용하지 않는 경우에도 여전히 드러나는 은유적 상상력의 세계를 살펴, 천상병 시의 일관된 정신을 따라가 보기로 한다.

---

12) 가스통 바슐라르, 위의 책, 155쪽.

1) 현상적 자아의 표상 — 망설임

천상병 시에서 새 이미지로 구현되는 현상적 자아는 가치판단이 유보된 중립적 세계로 드러난다. 그냥 세계 속에 던져진 한 존재에 부과된 의문만을 보여줄 뿐이다. 이 의문은 은폐된 존재의 궁금증과 한 편으로 이 궁금증을 해결할 수 없는 상처로 표시된다.

뭐라고
말할 수 없이
저녁놀이 져가는 것이었다

그 시간과 밤을 보면서
나는 그때
내일을 생각하고 있었다

봄도 가고
어제도 오늘도 이 순간도
빨가니 타서 아, 스러지는 놀빛

저기 저 하늘을 깎아서
하루 빨리 내가
나의 무명을 적어야 할 까닭을

나는 알려고 한다
나는 알려고 한다

—「무명」 전문13)

이렇게 초기시에서의 '자아'는 분명한 성격을 지니지 못한 채로 드러나기도 한다. 세계에 대하여 "뭐라고/말할 수" 없는 그런 자아인 것이다. "스러지는 놀빛"의 "하늘을 깎아서" 자신의 무명을 적어야만 한다는 의지가 솟아오르기는

---

13) 천상병, 『천상병 전집—시』, 평민사, 1999, 45쪽.

하지만 그 까닭이 무엇인가는 분명치가 않다. 다만 그 까닭을 깊이 헤쳐 보며 "나는 알려고 한다"고 표명하는 자아의 겸허한 자세에서 이후의 자세를 가늠하게 될 뿐이다.

>3월 4월 그리고 5월의 신록
>어디서 와서 달은 뜨는가
>별은 밤마다 나를 보던가
>
>저기 저렇게 맑고 푸른 하늘을
>자꾸 보고 또 보고 보는데
>푸른 것만이 아니다
>
>　　　　　　　　　—「푸른 것만이 아니다」 부분[14] — ①

>저 새는 날지 않고 울지 않고
>내내 움직일 줄 모른다
>상처가 매우 깊은 모양이다
>이시지의 성(聖) 프란시스코는
>새들에게
>은총 설교를 했다지만
>저 새는 그저 아프기만 한 모양이다
>수백년 전 그날 그 벌판의 일몰과 백야는
>오늘 이 땅 위에
>눈을 내리게 하는데
>눈이 내리는데……
>
>　　　　　　　　　—「새」 전문[15] — ②

어느 날 병사는 그의 머리 위에 날아온 한 마리 새를 다정하게 쳐다보았다. 산골 출신인 그는 새에게 온갖 아름다운 관심을 쏟았다. 그 관심은 그의 눈을 충혈케 했다. 그의 손은 서서히 움직여 최신형 기관총구를 새에게 겨

---

14) 천상병, 앞의 책, 52쪽.
15) 천상병, 앞의 책, 59쪽. — 이하 '새'를 제목으로 한 시편들이 많지만, 특별히 일련번호를 붙이지 않고 있다. 따라서 본고에서는 천상병 시전집에 게재된 페이지를 밝히며 인용하고 있다.

낳하고 있었다. 피를 흘리며 새는 하늘에서 떨어졌다.

—「새」 부분16) — ③

  3편의 시는 모두 '새'의 상상력에서 비롯되고 있다. 그런데 아직 이 부분에서는 새의 적극적 이미지가 발동되어 있지 않다. 다만 비상을 꿈꾸는 '자아'의 현주소를 드러내줄 뿐이다. ①에서는 "푸른 하늘을 / 자꾸 보고 또 보고 보는데" 다만 "푸른 것만은 아니다"라는 막연한 깨달음만 주어질 뿐이다. ②에서처럼 현상적 자아, 즉 아직 적극적으로 자신을 이행해가지 못하는 자아는 "날지 않고 울지 않고 내내 움직일 줄 모른다"로 표상된다. "상처가 매우 깊은 모양"에서 우리는 객관화된 자아의 현주소를 만난다. 여기서 자아는 망설이며 그냥 멈춰 있다. 그만큼 세계의 무게가 버겁기 때문이다. 더구나 ③에서처럼 세계는 위협적이다. 이유 없이 총구를 겨누고 피를 흘리게 하는 세계 앞에서 '새'는 무력하여 날지 못한다. 이렇듯 현상적 자아를 대변하는 새 이미지는 망설임과 상처와 두려움으로 떠는 모습이다. 그러나 세계와 결코 대적하려 하지 않는다. 침묵으로 그 세계 앞에 있을 뿐이다.

2) 지향적 자아의 표상 – 날아오름

  이제 시적 자아는, 즉 새는 상처와 망설임의 현상을 떨쳐버리려 애쓴다. 그리고 세계 속에서 자신이 결코 버려진 존재가 아니라는 환희를 발견해 낸다. 존재와 존재 사이를 맺어 가는 상상운동이 발동된 것이다. 여기 와서는 상승하는 정신과 생의 균형을 유지하려는 정신의 긴장이 아름답게 고조된다.

    가지에서 가지로
    나무에서 나무로
    저 하늘에서
    이 하늘로

---

16) 앞의 책, 61쪽.

아니 저승에서 이승으로

새들은 즐거이 날아오른다

맑은 날이나 궂은 날이나
대자대비(大慈大悲)처럼
가지 끝에서
하늘 끝에서……

저것 보아라
오늘 따라
이승에서 저승으로
한 마리 새가 날아간다

―「새」 전문17)

　　앞의 항목에서 보여준 '새' 이미지가 정지, 망설임, 상처로 표상화되었다면 여기서는 비상의 이미지를 확연히 읽게 된다. 어떤 다른 세계를 지향하는 의지적 자아의 발동하는 상상력을 보여주기 때문이다. 따라서 "새들은 즐거이 날아오른다"는 중심이미지로 자리한다. 한편 이 시에서 보여주는 지향적 자아의 감동적 모습은 이 세계를 저버리지 않는다는 데 있다. "가지 끝에서 하늘 끝"을 날아오르는 비상은 "저승에서 이승으로"와 다시금 "이승에서 저승으로"의 세계를 유연하게 품는 것이기 때문이다. 이렇게 이승에서 저승으로, 다시금 저승에서 이승으로 날아오르는 새의 자유로운 비상은 순수 균형을 유지하려는 자아의 지향성에서 비롯되는 것이라 하겠다.

바람은 소리없이 이는데
이 하늘, 저 하늘의
순수 균형을
그토록 간신히 지탱하는 새 한 마리

―「새」 부분18) ― ①

____

17) 천상병, 앞의 책, 60쪽.

새는
온갖 한낮의 별빛 계곡을 횡단하면서
울고 있다

—「한낮의 별빛—새」 부분19) — ②

입가 흐뭇스레진 엷은 웃음은
삶과 죽음가에 살짝 걸린
실오라기 외나무다리

새는 그 다리 위를 날아간다
우정과 결심, 그리고 용기
그런양 나래 저으며……

—「미소—새」 부분20) — ③

위의 인용 시편들에서 볼 수 있는 것은 앞서 말한 대로 자아의 균형감각을 유지하려는 자세와 생의 비극성에 함부로 묻히지 않고 자신의 기율을 갖추려는 자세다. 균형과 기율을 유지하려는 숨막히는 긴장을 ①의 "그토록 간신히 지탱하는"에서 찾는다. 그가 지향하는 무심과 무욕의 세계는 실인즉 ②에서처럼 "한낮의 별빛 계곡"을 횡단하며 울지 않으면 얻을 수 없는 경지다. 한낮과 별빛의 대극적 세계를 통합하는 은유적 정신이 결코 쉽게 주어지는 인식세계가 아님을 깨달을 수 있다. 이는 ③경우에서도 마찬가지가 된다. 삶과 죽음 사이에 걸린 "실오라기 외나무다리"의 생은 얼마나 아슬아슬한 것인가. 이 다리 위를 나는 것은 "용기"있는 일이다. 삶과 죽음을 통합하려는 시선은 이렇게 그냥 주어지는 것이 아니라 적극적으로 찾아내야 하는 것, 지향해야 하는 것이다. 즉 자아가 그 강한 의지력을 발동하지 않으면 안 된다.

---

18) 천상병, 앞의 책, 62쪽.
19) 위의 책, 83쪽.
20) 위의 책, 86쪽.

3) 초월적 자아의 표상 — 무심의 경지

'새' 이미지는 무심과 무욕의 주체로 표상되기도 한다. 이는 천상병이 마침내 도달하려는 궁극이기도 하다. 상처받은, 때로 피흘리며 추락했던 자아, 다름 아닌 한 마리 순수의 새는 무심의 저편을 보았기에 날아오를 수 있었다. 이렇게 해서 드디어는 무심의 가지 끝에 앉아보는 한 경지를 맛보게 된다. 이는 이 세계가 저 세계에 대한 재현임을 의심치 않는 은유적 세계관의 투사이며, 여기서 은유는 곧 구원이 된다. 은유적 사고는 "존재의 소리를 들으며 무의미를 극복하는 힘을 담고 있다. 그런 점에서 은유는 구원"21)의 차원을 확보한다. '존재의 소리'를 듣는 것은 저 세계의 비전을 이 세계에서 읽어내는 능력, 이곳의 질곡을 오히려 웃음으로 바꾸는 능력이다. 천상병이 보여주는 초월적 자아의 경지는 이렇듯 현실을 한껏 치켜올리며 드러난다. 이때 치솟는 자아를 낮아진 자아의 모습으로 표상해내는 데 천상병 시의 감동은 큰 울림을 갖는다.

> 나 하늘로 돌아가리라
> 새벽빛 와 닿으면 스러지는
> 이슬 더불어 손에 손을 잡고
>
> 나 하늘로 돌아가리라
> 노을빛 함께 단 둘이서
> 기슭에서 놀다가 구름 손짓하며는,
>
> 나 하늘로 돌아가리라
> 아름다운 이 세상 소풍 끝내는 날
> 가서, 아름다웠다고 말하리라
>
> ―「귀천―主日」 전문22)

이 작품은 무심과 무욕의 주체가 짚어낸 저 세상에 대한 비전을 순진하게

---

21) 양명수, 「은유와 구원」, 한국기호학회 편, 『은유와 환유』, 문학과지성사, 1998, 37쪽.
22) 천상병, 앞의 책, 81쪽.

투사하고 있다. 옥타비오 파스는 "무심한 사람은 근대세계를 부정한다. 근대
세계를 부정할 때 그는 전체를 얻기 위해서 자신의 전체를 건다"[23]고 의미심
장하게 말한다. 여기서 근대의 부정은 여러 측면이 있겠으나 무엇보다 오만
한 근대적 주체, 팽만된 자아에 대한 부정이 담겨 있을 것이다. 즉 근대적 자
아의 근거 없는 부풀어오름을 측은히 여기며 주체의 겸허함을 터득하는 사람
이 바로 '무심한 사람'이며 유추적 상상력을 게을리 하지 않는 사람이다. '돌
아갈 하늘'이 있음을 의심치 않고 그 세계로의 흐름을 손짓해 주는 "구름"의
기미를 알 수 있는 사람인 것이다. 그러면서 이 세상을 "아름다웠다"고 말할
수 있는 사람인 것이다. 이때 세계는 "소풍"의 날처럼 즐겁고 행복한 곳이 되
기에 이른다. 이러한 시선은 이곳을 무질서한 인접의 나열에 불과한 허상이
라고 보는 환유적 세계관을 뛰어넘는다. 이 뛰어넘음의 세계를 더 읽어보기
로 하자.

> 희디 흰 구름이여
> 구름에게는 계절이 없다
> 어느 계절이든지
> 구름은 전연 상관 않는다
> 오늘이 내일이 되듯이
> 구름은 유유히 흐른다
>
> —「흰구름」 부분[24] — ①

> 하늘에 둥둥 떠있는 구름은
> 지상을 살피러 온 천사님들의
> 휴식처가 아닐까
>
> —「구름」 부분[25] — ②

> 나는 새 세 마리와 함께 살고 있다

---

23) 옥타비오 파스, 앞의 책, 46쪽.
24) 천상병, 앞의 책, 161쪽.
25) 천상병, 위의 책, 229쪽.

텔레비 옆에 있는 세 마리 새는
꼼짝도 하지 않는다
왜냐하면
진짜 새가 아니라
모조품이기 때문이다

　　　[……]

나는 새를 매우 즐긴다
평화롭고 태평이고 자유롭고
하늘이 그들의 것이기 때문이다
나는 이들을
진짜 새처럼 애지중지 한다

—「새 세 마리」 부분26) — ③

　이상 무심과 무욕이 잘 표상화된 예를 구해 보았다. 무심의 세계에서 시인은
어린애 목소리로 말한다. 위의 ①, ②, ③은 물론 다른 시편들에서도 마찬가지
다. 어른의 말은 단지 침묵으로 내려앉고 단순한 어린애의 목소리만 들려 올라
온 것이다. ①, ②의 구름은 유연한 흐름, 평화로 떠오른다. 여기서 구름은 새
이미지와 등가를 이룬다. ①의 "오늘이 내일이 되듯이"에서 보듯 그는 낙관적
인식을 투사한다. 미래로 뻗어있는 시선인 것이다. 이는 유년의 인식이며 무심
의 인식이다. ②에서의 구름 = 천사님들의 안식처 역시 마찬가지의 인식세계
다. 천상병 시의 주요 모티프인 새 이미지는 새가 불러 일으키는 생사이 무엇
인가에 연계되어 있음은 물론이다. ③에서처럼 그는 모조품이든 진짜든 상관
없이 '새'를 즐긴다. 새 이미지를 즐기는 것이다. "하늘이 그들의 것"이기 때문
이다. 따라서 시인 스스로 새가 될 수 있다. 시인의 인식이 새가 불러일으키는
생각과 맞아 떨어지기 때문이다.
　새를 통해 자신을 남김없이 투사하는 것, 이것이 천상병의 시세계다. 그에게
서 하늘, 바람, 구름 심지어는 흐르는 물까지도 새 이미지와 같은 의미로 자리

---

26) 천상병, 위의 책, 240쪽.

하는 것은 그가 '공기적 상상력'에 능숙하기 때문인 것이다. 지상에 얽매어 하늘을 꿈꾸고 마침내 하늘을 터득하는 상상력이 바로 공기적 상상력이며, 이에서 얻어진 정신은 '공기적 정신'이 되기에 충분하다. 천상병이 정신의 변증법, 그 마지막 경지에서 터득한 정신이라 하겠다.

4) 은유적 상상력 – 화목색(和睦色)의 세계

앞서의 세 항목에서는 '새' 이미지를 통한 '자아'의 인식세계를 조망할 수 있었다. 이미 여기서 천상병의 시세계가 보여주는 은유적 상상력의 실제를 충분히 보았다. 그러나 '새' 이미지와 직접적인 연결을 갖지 않는 경우의 여타 시편들을 통해 다시금 그의 상상력의 세계를 확인함으로써 정신세계의 일목요연함을 따라가 보려 한다. 이로써 시인이 일평생 매달린 세계의 의미를 보다 확연하게 짚어내는 계기를 삼으려 하기 때문이다.

이 자리에서 살피는 천상병의 시편들에서는 그가 이곳의 삶을 평화롭게 들어올리는 데 얼마나 주력하고 있었던가에 주목하게 될 것이다. 이 곳의 삶에 저 세계가 상응하고, 다시 이 곳의 삼라만상이 상응하며, 인식하는 주체와 세계가 상응하는 섭리에 시인은 누구보다 예민하였다. 그는 상호관계를 통해서 서로서로의 존재의미를 드러내는 "상호장엄(莊嚴)"[27]의 의미를 획득한 시인이었다. 이 세계의 획득을 위해 천상병은 특유의 몽롱한 시선을 유지한다. 다음의 시에서 이와 같은 사실은 감동적으로 확인된다.

> 골목에서 골목으로
> 거기 조그만 주막집
> 할머니 한 잔 더 주세요,
> 저녁 어스름은 가난한 시인의 보람인 것을……
> 흐리멍텅한 눈에 이 세상은 다만
> 순하디 순하기 마련인가
> 할머니 한 잔 더 주세요

---

27) 道法, 『화엄경과 생명의 질서』, 세계사, 1999, 81쪽.

몽롱하다는 것은 장엄하다
골목 어귀에서 서툰 걸음인 양
밤은 깊어 가는데
할머니 등 뒤에
고향의 뒷산이 솟고
그 산에는
철도 아닌 한겨울의 눈이 펑펑 쏟아지고 있는 것이다
그 산 너머
쓸쓸한 성황당 꼭대기,
그 꼭대기 위에서
함빡 눈을 맞으며 아기들이 놀고 있다,
아기들은 매우 즐거운 모양이다
한없이 즐거운 모양이다

—「주막에서」[28] 전문

  "몽롱하다는 것은 장엄하다"는 구절은 천상병 시의 특질을 잘 짚어 가게 한
다. 몽롱한 시선이 아니라면 세계를 그처럼 가뿐히 들어올릴 수 없기 때문이
다. 결국 이 시선은 어린애의 시선이며 순수의 시선, 은유적 상상력을 가동시
켜 가는 마음의 눈이다. 이 마음의 눈을 "흐리멍텅한 눈"이라고 시인은 자신을
한없이 낮춘다. 주막 할머니의 등 뒤에서 고향의 뒷산을 보고, 다시 그 산에
쏟아지는 눈을 본다. 다시금 산너머의 성황당 꼭대기에서 눈을 맞으며 놀고
있는 아기들, 아기들의 즐거움을 읽는다. 이런 이미지의 가동력은 은유적 상상
력에 의해 지탱되는 것이다. 이미지의 우연한 병치가 아닌 필연적으로 서로가
서로에게 연계되어 있는 상상력이기 때문이다. 이 상상력의 구조 안에서 세계
는 서로의 연결고리를 내어놓는다. 따라서 여기서 형성되는 정서는 평화와 안
식, 그것이 될 수밖에 없는 것이다.

  산등성 외따른 데,
  애기 들국화.

---

28) 천상병, 앞의 책, 67쪽.

바람도 없는데
괜히 몸을 뒤뉘인다.

가을은
다시 올테지.

다시 올까?
나와 네 외로운 마음이,
지금처럼
순하게 겹친 이 순간이 —

—「들국화」29) 전문

이 작품에서는 '자아'와 들국화의 외로움이 애처롭게 교감되어 있다. "나와 네 외로운 마음이,/지금처럼/순하게 겹친 이 순간"은 서정적 시간인 영원한 현재가 포착하는 순간이다. 이 순간을 포착하는 데 천상병은 익숙하다. 천성적인 순수함에서 비롯되는 것이 아닐까 한다. 사실 세상의 모든 것들은 이미 "순하게 겹친" 원리에 의하여 존재하고 있다. 이 존재성을 다만 시인은 발견해낼 뿐이다. 무심과 무욕의 경지에서 이 원리는 투명하게 보인다. "무심이란 말의 의미를 현실적인 너와 나의 관계가 실천적인 행위로 나타낸 것을 동체대비(同體大悲)"30)라고 할 때 이 시에서도 생명의 질서, 즉 동체적 생명의식으로 '순하게 겹친' 실천적 경지를 터득할 수 있는 것이다. 이 시에서 "가을은 다시 올테지"는 의구가 아니라 가을은 다시 온다는 믿음을 다지는 것이다. 가을을 다시 기다리는 것은 '나와 네 외로운 맘'이 겹치는 상호장엄을 기다리는 것이기 때문이다.

①
풀이 무성하여, 전체가 들판이다
무슨 행렬인가 푸른 나무 밑으로
하늘 구름과 질서있게 호응한다

---

29) 천상병, 앞의 책, 82쪽.
30) 道法, 앞의 책, 79쪽.

　　[……]

기후는 안성맞춤이고
땅에는 인구(人口)
하늘에는 송이 구름.

　　　　　　　　　　　　　　　　　　　—「수락산변」31) 부분

②

하긴 그곳에 벌어지는 사물은 평범하지만
나무, 꽃, 바위, 물 등이지만
그 조화미의 화목색(和睦色)은 순진하다네

바로 있을 곳에 자리잡고 있고,
운치와 조화와 빛깔이 혼연일치하니,
이 세계의 극치를 이루었다.

　　　　　　　　　　　　　　　　　　　—「약수터」32) 부분

③

주일의 예배 시간에
나는 어린이 처럼
눈물겨워집니다
목사님의 훌륭한 설교와
그리고 또 한 가지
천수백 명의 진지한 신앙동지들의
빛나는 눈동자와
뜨거운 마음과
밝은 얼굴을 보면 볼수록
나같은 어리석은 놈도
어찌 가슴이 타지 않겠습니까

　　　　　　　　　　　　　　　　　　　—「성총(聖寵)」33) 부분

---

31) 천상병, 앞의 책, 116쪽.
32) 천상병, 앞의 책, 139쪽.
33) 천상병, 앞의 책, 284쪽.

이상 ①②③의 시편들은 모두 화목하는 빛깔의 순한 아름다움을 보여주고 있다. ①에서처럼 땅에는 사람이 있고 하늘에는 흰구름이 흘러 서로 호응하며 우주적 섭리에 참여한다. ②에서 "그 조화미의 화목색은 순진하다네"는 순진한 시선만이 헤쳐낼 수 있는 세계다. 순진하지 않으면 화목할 수 없고 서로의 빛깔을 섞어 오묘한 조화를 만들어내지 못한다. 이러한 시선은 ③에서처럼 "어린이처럼 눈물겨워"지는 시선이며 가슴이 불타오르는 시선이다. 가슴의 불타오름은 세계에 대한 충만감에서 비롯된다.

이렇게 천상병은 조화로운 세계에 대한 신선한 충격과 충만감을 어린애처럼 낯설게 말함으로써 시적 효과를 높인다. 천상병이 느낀 삶의 따뜻함, 존귀함은 이렇듯 세계 자체가 본질적으로 지니고 있는 화목색을 터득한 때문이다. 그런데 이 터득은, 화목색으로 세계를 칠하려는 의지에 접맥됨으로써 보다 감격적인 의미를 획득한다. 다음의 시편은 그러한 시인의 의지가 투명하게 드러나 있다.

십오 번, 십팔 번 버스 종점
여기 변두리, 나 사는 동내(洞內)
단골 술집이 있는데
아직도 간판이 없는 집이다.

나 혼자 구름집이라 부르는데
막걸리 한 잔 들이키면
꼭 구름 위에 있는 것 같아서다
아주머니, 아주 상냥하고 다닐만한 집

한잔만 하는 내게도
너무나 친절하고 고맙고
딴 손님들도 만족하는 이 술집
끊을 사이 거의 없는 손님투성이다

수락산 밑이라 공기 맑고

> 변두리라 인심 순박하고
> 도봉산이 보이는 좋은 경치
> 이 집 잘되기를 나는 빌 뿐이다.
>
> ─「구름집」[34] 전문

이 시편에서 보듯, 시인은 은유적 상상력을 적극적으로 투사, 삶을 화목색의 평화로 물들인다. 그가 다니는 한 간판 없는 술집에게 보내는 순수한 애정의 귀함, 아름다움이 잘 묻어 있다. 역시 이 세계를 가뿐하게 들어올리는 특유의 어린애 시선이 견지된 작품이다. 이는 '겸허한 주체'의 회복이 시급한 오늘날 귀중한 메시지가 아닐 수 없다. 서정 장르에서 '주체'는 중요한 요소다. 세계를 통합하는 힘의 주체이기 때문이다. 그런데 오늘날 '겸허한 주체'는 왜 메시지가 되는가. 다음의 글은 좋은 답변이 될 것이다.

> 결국 서정의 주체가 세우고자 하는 것은 인간으로서 역시 본질적으로 가져야 할 이성적 주체 그 자체를 부정하는 것이 아니라, 이성적 주체가 행했던 지난날의 오만과 독선의 편견을 반성하고 그것을 메꾸는 차원에서 감성적 주체의 복원을 꾀하는 것이라 볼 수 있다. 이것은 오늘날 자본주의적 삶이 전면화됨에 따라 물량화로 구획되고 재편되는 삶에 대한 항체 역할로서 서정의 가치와 역할을 기대한다는 의미다.[35]

이 글이 말하는 새로운 감성적 주체의 복원에 천상병의 낮아진 주체, 장엄을 보는 몽몽한 의식은 분명한 한 몫으로 자리한다. 따라서 그의 시를 읽는 것은 결국 서정의 가치, 즉 은유의 가치를 새롭게 인식하는 것이었다.

3. 결 론

이상으로 천상병 시편들에서 '새' 이미지가 투사하는 자아의 세계와 자아가

---

34) 천상병, 앞의 책, 312쪽.
35) 김경복, 앞의 책, 33쪽.

추구하는 은유적 세계관을 읽어 보았다. 본론의 4항목에서는 '새' 이미지와 관련되지 않은 시편들을 통해 은유적 상상력을 따라 가 보았다. 그런데 이 부분에서도 초월적 비상의 의지가 지배적으로 작동됨을 알 수 있었다. 결국 '새' 이미지군의 상상운동은 천상병 시 전체를 움직이는 동력임을 파악하였다. 또한 '새' 이미지에서 발동된 상상력의 힘은 은유의 힘이었음을 확인할 수 있었다.

이 세계를 인식하는 '주체'는 세계 구성의 중요한 요소다. 인식 주체에 의해서 이 세계는 의미의 빛을 발할 수 있기 때문이다. 그러나 오만한 근대적 주체는 세계를 그 자체로 의미화하기보다는 자기 중심적 세계로 물들이며 경계를 만들었다. 여기에 소외와 고립과 파편의식이 스며들어 삶을 황폐화시키기에 이르렀다. 이제 각 분야마다 존재의 연관성, 우주의 동체성을 다시 내세우고 있다. 여기에 서정의 회복, 은유적 사고의 회복도 다시 요청된다.

주체의 낮아짐과 겸허함만이 존재와 존재를 잇는 연결고리를 작동시킬 수 있다는 반성적 목소리가 더없이 귀중한 시대다. 천상병이라는 주체, 천상병 시에서의 자아는 겸허의 미덕으로 오히려 비상한다. 높이 날아올라 굽어보며 세계를 화목색으로 물들이는 순한 주체의 힘을 지닌 그의 시들은 서정의 회복을 보다 앞당겨 줄 것이라고 본다.

1950년대 具滋雲 시의 자연의식 연구

황인원[*]

1. 머리말

순수 서정시는 전쟁과 상관없는 자연을 통해 변함없는 인간의 본성적 윤리에서 생존방법의 의미를 찾고자 했다. 동족상잔의 비극으로 표현되는 50년 한국동란은 외부의 침략에 의해 발생되었던 일제 식민지 통치와는 또 다른 정신적 불구 상태[1]로 치닫게 만들었다. 한줌의 희망도 허락하지 않고 무너져 내린 이 땅의 현실을 있는 그대로 드러내는 것은 여러 사람 앞에서 자신의 속살을 드러내는 것과 같은 수치의 느낌을 동반한다. 이러한 현실은 시인의 의식에 보이는 것과 보이지 않는 것의 이원적 태도[2]를 강요한다. 즉 보이는 것은 모두 부정적으로 인식되고 보이지 않는 것은 그것과 대비되어 긍정적으로 인식되는 것이다. 장르적 측면에서 서정시는 특히 자아와 세계를 연관시키는 작업이 가장 특징이라고 할 수 있지만 전후 한국 사정은 외적 세계인 현실이 너무도 처참해 그것을 바라보는 자체가 환멸이었다. 그러나 현실은 그러했어도 인간이 가지고 있는 한국적 내면의식은 변함이 없었다. 우리가 고대로부터 무변(無變)적인 것을 자연에서 찾아왔음은 주지의 사실이다. 당시 시단을 형성한 전쟁시라든가 모더니즘 계열의 시는 전후의 슬픔·비애 등으로 대표되는 허무주의나 서구의 새로움에 집착하면서 나타나는 관념적 편향이 강했다. 그런데 순

---

* 경기대, 광운대 강사.

1) 김재홍, 『한국전쟁과 현대시의 응전력』, 12쪽.
2) 이숭원, 『현대시와 지상의 꿈』, 시와시학사, 1995, 23쪽.

수 서정시를 쓴 시인들은 이러한 의식과는 또 다른 의식, 즉 시류의 격동 속에서 흔들리지 않는, 변하면서도 변하지 않는 영원히 새로운 것[3]을 추구했다. 그 도구는 현실의 피상적 전면을 그저 기계적으로 사진 찍듯 모사하는 현실이 아니라 진정으로 문학이 반영하고 표현하는 현실 개념 즉, 인간에게 끝없는 반성과 사고의 요구가 가장 충족될 수 있는 자연을 통한 것이다. 동양 사상에서 자연은 하늘과 땅, 그리고 인간의 위에 존재하는, 모든 것을 포괄하는 개념이다. 따라서 50년대에 순수 서정시를 쓴 시인들은 모더니즘의 중흥하는 문학적 격랑 속에서 영원히 새로운 것을 추구하며 시작 활동을 했다는 긍정적 평가를 내릴 수 있다.

물론 50년대 서정시가 모두 자연을 대상으로 한 순수 서정시만 창작되어진 것은 아니다. 박인환, 고원, 고은, 구상, 구자운, 김관식, 김광림, 김남조, 김수영, 김윤성, 김종문, 김종삼, 김춘수, 민재식, 박봉우, 박성룡, 박양균, 박재삼, 박태진, 박희진, 성찬경, 신동문, 유정, 이동주, 이원섭, 이형기, 전봉건, 전영경, 정한모, 조병화, 조향, 황금찬[4] 등의 시인이 50년대에 새로 등장해 도시적 서정시, 휴머니즘적 서정시, 주지적 서정시, 순수 서정시 등 다양한 형태로 詩作 활동을 전개했다. 도시적 서정시나 주지적 서정시는 모더니즘적 요소가 많이 가미된 서정시로 볼 수 있고 휴머니즘적 서정시는 서양적 관점에 입각한 인간의 권위적 측면을 시화했다. 그러한 가운데에서도 구자운은 순수 서정시를 쓴 대표적 시인이다. 따라서 구자운을 대상으로 50년대 순수 서정시의 특징을 살피는 것은 50년대 순수 서정시의 흐름을 읽는 중요한 단서가 될 것으로 본다. 특히 구자운은 유교라는 전통적 사상을 바탕으로 시 창작에 임한 시인이었다.

조화와 균형을 강조하는 자연 중심적 세계관은 유가[5]의 중용사상에 잘 나타나 있다. 주지하다시피 중용이란 주역의 원리이며 유교의 근본원리이다. 주역은 육경 중의 하나로 태극으로부터 분화돼 나온 음양을 기본으로 삼아 다시 4상과 8괘로 나누고 이것을 다시 64괘로 나누어 그것으로써 우주의 원리를 설

---

3) 조지훈,『백민』, 1947년 3월호, 187쪽.
4) 박인환 외,『한국전후문제시집』(신구문화사, 1964) 이외 구경서 · 김규동 · 김요섭 · 김구용 · 김요섭 · 홍윤숙 · 한성기 등이 있다.
5) 정효구,『우주공동체와 문학, 초록 생명의 길』, 시와사람사, 1997, 108~109쪽.

명한 경전이다. 주역은 바로 이 음양오행과 4장, 8괘, 64괘의 원리에 의하여 우주의 움직임을 밝히고 있다. 이 64괘 중 제11번째인 지천태괘는 땅의 기운이 상승하고 하늘의 기운이 하강하는 이른바, 천지상교를 의미하는 것으로 이와 같은 조화와 균형이 완벽하게 이루어진 세계 속에서는 "耕田而食하고 鑿井而食하나 帝力이 何有於我哉리요"(백성들이 밭을 갈아 밥을 먹고 우물을 파서 물을 마시나 왕의 은혜가 어찌 나에게 있으리요)라고 생각할 만큼의, 이른바 왕이니 왕의 은혜가 있는지조차 의식하지 못할 수준으로 태평성대가 두래한다는 것이다. 주역은 바로 이와 같은 괘를 최고, 최선의 괘로 간주하거니와, 이러한 괘는 중용의 상태를 뜻한다.6)

　당대의 다른 시인들과 달리 유교라는 전통사상이 두드러지게 나타나는 것은 전통적인 순수 서정시 창작을 증명해 주는 단적인 예라 할 것이다. 그 예를 작품을 분석하면서 구체적으로 찾아보기로 하겠다.

　본고는 자연성 규명 방법으로 세계의 자아화 방식을 흡수 동일구조로, 자아의 세계화 방식을 몰입 동일구조로 상정하고 자아가 일정한 거리에서 투사를 통해 동화하려는 경향을 차단 동화구조로, 밑바닥이 없는, 실체가 없는 세계, 존재하는 것의 세계가 없는 세계를 통해 동화하려는 경향을 상실 동화구조로 설정하고 동일구조나 동화구조에서 자아와 일치하려는 매개체를 동일 장치, 동화 장치로 설정했다. 이는 시인의 시작 태도라고 할 수 있는데 바로 여기서 한 시인이 자연을 어떻게 바라보았는가 하는 자연관과 자연의 성격이 규명될 수 있기 때문이다.7)

2. 구자운 시의 전개과정

　부산 중구 부용동에서 1926년 11월 3일에 태어난 구자운은 1942년 동양 외

---

6) 송희복, 『서정시의 화엄경적 생명원리, 초록생명의 길』, 시와사람사, 1997, 212쪽.
7) 졸고, 「이동주 시에 나타난 자연성」, 『성균어문학회』 제33집, 성균관대학교, 1998에 자세히 수록되어 있다.

국어전문학교 노어과를 수료했다. 어릴 때 소아마비로 인한 온전치 못한 몸으로 일정한 직업을 오래 가지지 못한 채 출판사의 편집, 번역 등으로 생계를 유지했다. 1955년 대한광업회에 근무했고, 1962년에서 1965년까지는 국제 신보 상임 논설위원, 1966년에서 1968년까지는 월간『스포츠』의 편집장을 역임했다. 그 후에는 일본어 번역으로 살았다. 1955년『현대문학』에 서정주의 추천으로「龜裂」을 비롯,「靑磁水甁」(1956)과「梅」(1957) 등을 발표하며 등단했다. 1959년 현대문학 신인상을 수상한 그는 1960년 4·19 혁명을 고비로 현실성과 사회성이 내재된 시를 쓰게 되었고 5·16 이후에는 정치적 상황을 반영한 작품을 발표했다.『60년대 사화집』동인으로 활동하였으며 1971년 현대시인협회 이사를 지내다 위장병으로 인한 오랜 병고 끝에 1972년 12월 15일 세상을 떠났다.[8] 1969년『靑磁水甁』을, 1976년에는 유고시집『벌거숭이 바다』를 출간했다.

그러나 문학사에서 구자운을 다룬 예는 50년대 시를 총괄해서 다룰 때 순수 서정시를 쓴 대표적인 시인으로 꼽은 것뿐이며 작품에 대한 언급은 전혀 되어 있지 않다.

구자운 시전집인『벌거숭이 바다』후기에 민영에 의해 "雅語의 멋을 살린 典雅한 修辭와 형식미로, 그는 이 무렵 한국적 내지 동양적인 사상(事象)을 산뜻하게 그려내어, 전에 못 보던 성공을 거두었읍니다."[9]라고 단평이 들어 있을 뿐이다.『靑磁水甁』에 실린 시는 모두 29편인데 이 중 12편이 59년까지의 작품이다. 따라서 본고는 이 시집을 중심으로 시집에 없는 4편을 추가해 모두 16편 (실제는 18편)을 통해 구자운 시의 자연성을 살피기로 한다.[10]

---

8) 문덕수 편,『세계문예대사전』; 한국정신문화연구원 편,『한국민족문화대백과사전』에서 발췌.

9) 민영,『구자운시전집』, 창작과비평사, 1976, 159쪽.

10) 구자운시집,『청자수병』, 삼애사, 1969년에는「국화에게」(『영문』14호, 1956년 11월호),「유상의 거리에서」(『현대문학』1959년 7월호),「문수」(『지성』제2권, 1958년 가을호),「가랑잎과 여자의 마음에서」(『현대문학』1959년 11월호) 등이 빠져 있다. 이 작품들까지 합치면 50년대에 쓴 대상 작품은 모두 16편이 된다. 그러나 이 중에서「古陶二品」과「異香二首」가 별개의 두 편으로 이루어져 있어 실제는 18편이 된다.『청자수병』의 모든 작품을 대상으로 하지 않은 것은 이 시집이 1969년도에 발행돼 시기적으로 너무 차이가 나기 때문이다. 따라서 59년 발표분까지만 그 대상으로 한다.

이 중 동일구조가 4편(몰입동일 3편, 흡수동일 1편)이고 동화구조가 14편(차단동화 9편, 상실동화 5편)이었다.

1) 여성성 지향의 정적 자연 — 동화구조

구자운의 초기시를 보면 도자기를 제재로 한 작품이 10편에 이른다. 『靑磁水瓶』에 실린 작품 중 59년까지의 작품이 18편임을 감안한다면, 10편이란 50%가 넘는 편수이다. 이 18편 중에 도자기 자체만을 노래한 작품은 한편도 없다. 겉으로 보면 단순히 도자기를 묘사한 듯한 「古陶二品」도 상실의 슬픔이라는 내적 심정을 지니고 있으며 「靑磁水瓶」 같은 작품은 어머니의 품에 안기듯 따뜻한 희망을 갈구하는 자신의 심정에도 불구하고 외로움만 쌓이는 자신의 처지를 암시하고 있다. 말하자면 구자운의 시에서 도자기는 자아의 심정과 밀접히 연관되어 있는 존재물인 것이다. 구자운은 왜 이토록 도자기에 집착했을까. 그 이유는 도자기의 모양이 여성의 몸과 비슷하다는 데 있다. 청초한 여성을 상징하는 도자기는 그에게 시의 샘물이었다.

> <龜裂> <靑磁水瓶> <雪夜愁> 같은 작품에는 그 배후에 나의 女性遍歷이 깔려있다. 前二者는 六·二五사변 때 피난도시 釜山 外人部隊에서 내가 通譯時節에 접촉한 숱한 女性들과의 哀歡이 서려있는 작품이었다. 단순한 戀愛事件이 아니라 三각, 四각, 五각의, 美國人까지 끼어 있는 복잡다단한 心理갈등을 겪고, 나는 그 때 아마 여성들에게 완전히 물려버렸던 것 같다. <어머니의 젖빛 아롱진 이 水瓶으로 이윽고 이르렀네>(靑磁水瓶). 내가 추구하던 女性像은 母性愛 어린 우리의 古典的적인, 陶磁器 빛의 써늘한 型의 淸楚美였던 것 같다. 그러면서도 물론 生産의 어머니다운 豊滿感 <둥긋이 솟아오른 달이라커니>를 아울러 지닌 女性像이라야만 했다.[11]

이 글에서는 그가 고전적 청초미와 풍만감이 있는 여성을 찾아 숱한 여성과 접촉했음을 알 수 있다. 전쟁 상황에서 여성이 청초미를 갖추고 살기는 힘들었

___
11) 구자운, 「끝간데 없는 편력」, 『시문학』, 1972. 7.

다. 그 때문인지 구자운은 그런 여인은 만나지 못한 것 같다. 때문에 많은 여인과의 접촉에서 얻은 것은 실망감뿐이었다. 그 실망감은 외로움으로 고조되었고, 그때 그의 눈에 띤 것은 언제나 변하지 않고 '어머니의 젖빛'을 간직하고 있는 도자기였다. 그는 어머니에게 속삭이듯 혹은 응어리진 감정을 토로하듯 자신의 심정을 털어놓으며 도자기로 **빠져든다**.

<blockquote>
아련히 번져 내려
구슬을 이루었네.
버레들 살몃이
풀포기를 헤치듯
어머니의 젖빛
아롱진 이 水瓶으로
이윽고 이르렀네.
눈물인들
또 머흐는 하늘의 구름인들
오롯한 이자리
어이 따를손가?
서려서 슴슴히
희맑게 엉긴 것이랑
여민 입
은은히 구을린 부푸름이랑
궁글르는 바다의
둥긋이 웃음지은 달이랗거니.
아롱아롱
맑게 무늬지어 어우러진 雲鶴
엷고 아스라 하여라
있음이여!
오, 저윽이 죽음과 이웃하여
꽃다움으로 애설프레 시름을
어루만지어라.
</blockquote>

오늘

뉘 사랑 이렇듯 아늑하리야?
꽃 잎이 팔랑거려
손으로 새는 달 빛을 줏으려는듯
나는 왔다.
오, 水甁이여!
나의 목마름을 다스려
어릿광대
바람도 선선히 오는데
안타까움이야
호젓이 雨露에 젖는 양
가슴에 번져 내려
아렴풋 옥을 이루었네.

—「靑磁水甁」 전문

　현대문학에 두번째로 추천 받은 이 시는 구자운의 대표작이기도 하다. 외형상 2연으로 구성된 이 시에서 시인의 인식 대상인 세계는 청자수병(靑磁水甁)이다. 우선 1연 도입부 '버레들 살멋이/풀포기를 헤치듯'에서 직유법이 사용되고 있는데, 이는 청자수병이라는 세계를 철저히 차단시킨 결과이다. 다시 말해 자아가 세계와의 거리를 두고 상상력을 동원해 관찰한 결과이다. 흡수나 몰입되었다면 '헤치듯'은 '헤치다'로 표현되었어야 한다.

　그런데 벌레가 수병(水甁)에 이른 이유로 '오롯'함을 강조한다. '눈물'이나 '구름'도 따를 수 없는 오롯함이 청자수병에는 존재하기 때문이라는 것이다. 오롯함의 사전적 의미는 고요하게 쓸쓸함이라는 뜻이다. 예로부터 동양적 사고는 남성은 밖에 나가 일하고 여성은 집안에서 남성을 기다린다. 때문에 남성은 동적이고 여성은 정적이라는 정서가 강했다. 고요하게 쓸쓸하다는 뜻의 '오롯'은 정적인 단어로 여성성을 가리킨다. 여기서 구자운의 시적 지향이 남성적이기보다는 여성적임을 알 수 있다. '오롯'이라는 단어가 5편이나 되는 작품에서 똑같이 등장하고 있는 것도 이를 증명한다. 또 이와같이 여성적인 시어의 사용이 두드러지게 나타나는 것도 이 때문이다. '오롯'과 같은 여성적 시어인 '아련히' '아스라하다' '그윽하다' '아렴풋' '아늑하다'가 연속적으로 나오는 것도 구자운의 여성성 지향을 나타내는 것이다.

작품 \ 시어	오롯하다	아련히	아스라하다	그윽하다	아렴풋	아롱져	아늑하다
청자수병	1	2	1			2	1
도가	1			1			
소재에서	1		1		1	3	
포도도	1	1					
균열		1					
위마			1				
화본초병				1			
주사병초						2	
문수				1			

이처럼 한 시어가 어느 한편에만 쓰이는 것이 아니라 여러 작품에서, 그것도 어느 작품에서는 여러번 등장하는 것은 여성성 지향 성향이 그만큼 강함을 드러내는 것이다. 이 '오롯함'의 인식대상인 청자수병의 모습은 '희맑게 엉긴 입'을 가졌고 '둥긋이 웃음 지은 달'의 모습이다. '희맑게 엉긴 입'을 가진 '달' 또한 여성을 상징한다. 그리고 2연에서 '나의 목마름을 다스려'줄 것으로 기대하며 시적 자아는 달빛이라는 자연, 즉 청자수병에게로 다가가려 한다. 그러나 남는 것은 안타까움뿐이다. 이 시의 구조가 차단구조 속에서 이루어지고 있어 '안타까움이야/호젓이 雨露에 젖는 양'에서 보듯 시적 자아가 세계에 다가갈 수 없는 상황이기 때문이다.

그런데 여성성 지향과 여성성은 다르다는 점에 유의해야 한다. 여성성 지향은 시적 자아가 남성인 상태에서 여성성을 향해 가는 상태이고, 여성성은 시적 자아가 여성화된 상태이다. 따라서 박재삼의 경우, 그의 시에는 여성성이 있다 할 것이고 구자운은 남성 시각의 여성 지향이다. 그러니까 자연이 여성적일 따름이지 시적 자아가 여성화되지는 않는다. 이처럼 구자운이 사용한 위의 형용사들은 자연의 여성성을 설명하기 위한 수단이지 시적 자아가 여성화된 것은 아니다. 구자운은 이러한 여성 지향적 자연성의 형식적 모태를 시조에서 취하고 있다. 「靑磁水甁」은 서정주가 추천사[12]에서 말했듯 형식적 세련미를

---

12) 서정주는 『현대문학』, 1956년 5월호에서 구자운의 「청자수병」을 추천하면서 "……具

갖추고 있다. 외형적 형식이 시조의 단아한 4음보 형식을 1연 도입부에서부터 취하고 있다. 시조의 외형적 구조를 완전하게 갖춘 것은 아니더라도 이러한 형식미를 갖춘 것은 시조에 대한 깊은 관심에서 온 시적 발현으로 생각할 수 있다.

> ······ 自然과 人間事物에서 오는 興을 붙잡아서 生動하는 목숨을 불어넣어야 할 것이다. 이것을 純粹抒情이라고나 할까, 꽃이든 강물이든 또는 일고 지는 덧없는 구름, 억센 바람, 눈보라 응응거리는 소래, 이 모든 自然現象이란 人事의 無常함이나 愛慾의 울부짖음이나 또 民族的 受難 苦役 抗爭 等等의 모든 人間事實과 相互聯關하고 象徵하는 것이매 우리는 純粹抒情에 발디딤을 하여 民族的言語 — 時調조로부터 이어온 우리의 現代詩를 이룩해야 한다.[13]

이처럼 구자운은 민족적 언어로서의 시조를 강조하며 서정주가 말한 자신의 시에 있어서 형식미 원류가 단형시조의 운율에 있음을 밝히고 있다. 시조는 3장으로 구성된 구조적 의미를 갖는다. 연구자들은 이 3장의 의미를 논리적 측면에 초점을 맞춰 대전제—소전제—결론으로 관계 지우기도 하고[14] 의미 영역을 중시하여 동의적—반의적—종합적 전개로 특징 지우기도 한다.[15]

이와 같은 논리에 맞춰 「靑磁水甁」을 파악해 보면,

아련히 / 번져 내려 / 구슬을 / 이루었네
버레들 / 살멱이 / 풀포기를 / 헤치듯
어머니의 / 젖빛 아롱진 / 이 水甁으로 / 이윽고 이르렀네

君의 <靑磁水甁>은 보시는 바와 같이 먼저 形式洗練에 있어 近來에 보기 드문 力作이다. 이만큼 시의 말솜씨를 流暢하게 마련해 가지기도 그건 여간 어려운 일이 아니다. 昨年 봄 그가 처음으로 우리에게 뵈었던 作品 <龜裂>의 依微中心의 시업에서부터 一年쯤되는 동안에 그는 그의 精神의 韻律까지를 마련하는데 成功하고 있는 것을 이 作品에서 뵈어주어 여간 반갑지 않다······"고 하였다.

13) 구자운, 「추천완료소감」, 『현대문학』, 1957년 6월호.
14) 한상련, 「한국논리학의 구조」, 『동국대논문집』5, 1968, 37쪽.
15) 정혜원, 「시조 의미구조에 관한 분석」, 『서울대국문학연구』, 1970, 5~30쪽.

1행에서 도자기의 전체 외형을 본 작자의 느낌이 표현되어 있고 2행에서 도자기의 전체 외형과는 반대되는 도자기의 일부분을 통해 벌레가 풀포기를 헤친다는 소전제를 나타내고 있다. 그리고 3행에서 위의 두 연을 종합적으로 설명하여 수병(水甁)에 이른다는 결론을 내리고 있다. 또 운율적 측면에서도 4음보 형식을 취해 단아한 시의 리듬감을 살리고 있다.

김대행은 시조의 자연관을, 조화와 거리를 가지면서 온아한 분위기를 형성하고 우아와 격조로 나아간다고 지적한 바 있다.16) 마찬가지로 「靑磁水甁」에서도 시적 자아와 세계는 조화와 거리를 유지하고 있다. 다시 말해 이 시의 세계인 청자수병과는 거리를 이루고 있고, 청자수병에 포함되어 있는 자연과는 조화를 이루고 있다는 것이다.

앞서 논의한 바와 같이 이 시의 시적 자아는 인식 대상인 세계, 즉 청자와 동일되는 부분이 없다. 시적 자아는 청자를 흡수하거나 몰입되지 않고 의식적으로 세계의 접근을 차단시키고 있다. 1연에서 청자가 구슬을 이루었다는 것은 실제 청자의 모양이 그런 것이 아니라 시적 자아가 본 상상의 모습일 뿐이다. 그리고 외형을 표현할 수 있다는 것은 시적 자아가 세계와 거리를 갖고 있다는 것이다.

그렇지만 시적 자아는 세계 속의 자연과는 온전한 조화를 이루고 있다. 벌레가 청자에 이른 것은 대립적이라기보다는 조화이며 '어우러진 雲鶴'이라든가 '달빛을 주으려는 듯' '바람도 선선히 오는데' '호젓이 雨露에 젖는양' 같은 의미는 자연과의 조화를 나타내는 대표적인 예다. 이는 도자기라는 세계 속에 포함된 자연과의 조화에서부터 나온 시적 자아의 태도이다. 시적 자아는 세계를 차단시켰지만 그 차단이 세계와의 대립을 위한 것이 아니라 세계를 온전히 바라보기 위함이다. 때문에 '구슬을 이루'고 '벌레가 水甁에 이르르고' '아렴풋옥을 이루'는 것이다. 이는 동화를 이루기 위한 방법인 것이다. 이는 시적 자아의 현실 상황과 관련이 깊다.

구자운이 얼마나 도자기에서 현실에 대항하는 세계를 갈망했는가는 「朱砂甁抄」에 잘 나타나 있다.

---

16) 김대행, 위의 책, 258쪽.

임의 말씀은
여기 있어라
물항아리에 포도랑 연꽃이랑

아롱져서
부질없는 일……

살며시
발자욱을 따라
그늘에 스민다.

물길은
희살대어
갈잎은 젖는데,

아,
어디를 가야
마음 붙일 데
있으랴.

벼 포기
이삭은 없이
대와 이파리만
무너졌네.

주사로 아롱져서

임의 말씀은
여기 있어라.

—「異香二首」 중 「朱砂甁抄」 일부

　이처럼 그가 세상에서 배울 수 있는 모든 것은 도자기에 있다고 믿는다. 모
든 것이 부질없어 보이고 마음 붙일 데가 없어도 그에게는 '항아리의 목숨,/기

우뚱한 그대로/안으로 샘솟아,//이렇듯 즐거워' 지는 것이다. 이것은 구자운이
자연 중에서도 여성성의 정적 자연을 취해 그의 시적 정서를 표출하고 있다는
증거이다. 이러한 정적인 자연의 분위기는 모든 자연이 도자기 속에서 생성된
자연이라는 데 있다. 구자운에게 자연의 공간은 거의 도자기 속에 있는 갇힌
자연이다. 때문에 모든 자연은 도자기와 시적 자아의 관계를 설명하기 위한
도구이거나 도자기 속의 자연이다. 자연히 동적 활동에 제한을 받게 되고 정적
으로 흐르게 된다. 벌레가 풀포기를 헤쳐도 '살며시'이고 달도 움직임 없이 '웃
음만 짓는 달'이며 바람도 '선선히 오는' 정적인 분위기를 증명한다. 이렇게
도자기에 갇혀 정적으로 흐르는 자연성은 시 전체의 분위기를 우아하게 만드
는 데 일조한다. 이와 같은 자연성은 시적 자아가 자연과 조화를 이루려는 태
도에서 나온다. 조화의 태도는 적극적인 자세조차도 형성하기 어렵기 때문이
다.17) 이는 서구적 사고에 비춰봐도 적극적 태도의 반대항이다.

> ······文學으로 未來를 다루려면 먼저 方法論이 確立되야 할 것입니다.
> ······ 싸르트르等의 實存主義的 方法과 「懷疑란 基督敎神學에 있어서 信仰
> 에 들어가는 啓示의 한 形式이다」라고 「파스칼論」에서 말한 T·S·엘리옽
> 의 카토리시즘的 方法이 西歐의 知性人들의 方法이라면 東洋人으로서는 응
> 당 東洋의 方法이 있어야 할 것입니다. 深奧하고 智慧로운 東洋古典의 叢林
> 은 반드시 우리에게 새로운 文學的方法을 提示할 것입니다.······ 屈原의 漁
> 父가 살고 있는 동양에서 어찌하여 새로운 方法이 나오지 않겠습니까. 그리
> 고 文學에 있어서 西洋의 知性人들에게 東洋的方法을 提示함은 결코 意義
> 없는 일이 아닐 것입니다.18)

구자운의 시작 태도는 서구적 창작 방법론과는 분명히 구별되는 동양적 방
법론, 특히 시조에 그 맥이 닿아 있다. 이어령은 『푸는 文化 신바람 文化』에서
시조에 나타난 조화의 태도를 구체적으로 분석했는데 시조에 보이는 태도는
동양적 사고 방식으로서 고난을 극복하는 것이 아니라 승화시킨 것이며, 이것

---

17) 김대행, 위의 책, 같은 쪽.
18) 구자운, 「동양적 방법론」, 『현대문학』, 1959년 3월호, 제4회 신인문학상 수상소감.

이 홍에 이른다는 지적과 함께 슬픔 속에서 아름답게 피어난 꽃이 한국의 노래이며 한국의 노래는 고난에서 시작하여 홍으로 끝난다고 분석했다.[19] 결국 승화와 홍은 시적 자아에게 하나의 의미로 다가온다. 승화는 세계를 보는 시각이고 홍은 그로 인해 나에게 접해지는 정서라고 할 수 있기 때문이다. 구자운 역시 이러한 시작 태도를 고수한 시인이었다. 그의 추천완료 소감에서 보듯 '自然과 人間事物에서 오는 興을 붙잡'으려는 노력을 기울인 시인이었다. 도자기에서 이늑함을 느끼고 그곳으로 모든 자연을 끌어들여 '호젓이 雨露에 젖는 양/가슴에 번져 내려/아렴풋 옥을 이루는'승화를 이루고 있는 것이다.

앞서 지적한 바와 같이 그가 여성에서 찾고자 한 것은 어머니처럼 풍만하고 아늑한 느낌과 고전적 청초미다. 그러나 수많은 여성과 만났어도 그러한 이미지의 여성은 만나지 못했다. 그럴 때 나타나는 정서는 외로움이다. 외로움이란 인간에게 고난을 수반하는 감정이다. 따라서 그의 시, 특히 도자기와 연관된 시속에는 외로움에 대한 표현이 곳곳에 드러난다.

호젓이 雨露에 젖는 양

—「靑磁水甁」 일부

아 나는 참지 못하는 한오래기 갈잎이었어라

—「禱歌」 일부

조용히 홀로 있어 마음 외로움은 그윽하여라

—「禾本草甁」 일부

홀로 외로이 어우려져/향을 내뿜는 난초잎이여

—「歸家」 일부

아, / 어디를 가야 / 마음 붙일 데 / 있으랴

—「朱砂甁抄」 일부

---

19) 이어령, 「푸는 文化 신바람 文化」, 갑인출판사, 1984, 262~263쪽.

늘 어둠이 엉기어서 떠나지 않는다
—「가랑잎과 여자의 마음에서」 일부

그런데 이러한 외로움은 절망의 대상이 아니라 승화의 대상으로 인식했으며, 승화됐을 때의 감정은 홍인 것이다.

가슴에 번져 내려 / 아렴풋 옥을 이루었네
—「靑磁水瓶」 일부

사랑으로 가득찬 눈부신 그릇이러라
—「禱歌」 일부

한떨기 꽃은 아롱지어 피어 있어라
—「禾本草瓶」 일부

이조의 백자 조용히 맑은 얼굴로/밤의 넓이에 묻혀 빈 어린아이 마음을 채웠소
—「歸家」 일부

나는 다만 느낀다. / 발갛게 화로의 불이 타오르는 것을.
—「가랑잎과 여자의 마음에서」 일부

이처럼 외로움 때문에 절망하기보다는 도자기를 통해 승화하려 한 것이다. 결국 승화라는 측면에서 시조의 자연관과 같은 시각에서 자연을 대했다는 것을 알 수 있다.

그러나 시조가 개방된 열린 공간의 자연을 가지고 있다면 구자운은 폐쇄되고 제한적인 갇힌 공간에서의 자연을 들여다보고 있다는 차이점이 있다. 시조가 강호자연을 노래했다면 구자운은 방 안에서도 한구석을 차지하는 도자기 속에서 자연을 찾은 것이다. 따라서 자연은 동적이라기보다는 정적인 분위기로 치우친다. 다시 말해 정적인 자연에서 조화를 이루고 홍을 취하려 한 것이다.

연꽃 봉오리를
청자 향기로운 항아리에
실어두어,

빨간 다리아
귀달린
젖빛 물병에 두어 송이 피었으니,

할 일
다 한 듯하다.

문 열어
청에 앉다.

오동잎, 그늘져
낡은 지붕 위
어우러져 푸르러라.

옥 빚는 귀뚜리
맑게 저물어
가을 하늘
이윽고 물든 잎인 양,

아이야
잔 가득
술을
쳐다오.

─「二香二首」 중 「秋日」 전문

　　시적 자아가 바라보는 세계는 가을 날 청자 항아리에 두어 송이 핀 연꽃 봉
오리다. 연꽃 봉오리의 위치는 방안이라는 조용한 공간이다. 또 시적 자아도
연꽃 봉오리가 핀 것을 보고 '한 일 / 다한 듯' '문 열어 / 청에 앉'는 여유로운

마음이다. 시적 자아가 세계를 **흡수**하거나 몰입된 상태가 아니고 거리를 두고 여유롭게 연꽃 봉오리를 완상(玩賞)하는 것이다. 다만 '실어 두어'라는 표현에서 시적 자아의 개입을 암시할 뿐이다. 결국 차단된 동화구조를 가지고 있다는 얘기가 되는데 이때 자연은 시적 자아의 의지대로 동적 활동이 없고 자연 스스로가 갖는 정적 상태에 머문다. 5연과 6연의 '낡은 지붕 위의 오동잎'과 '가을 하늘을 물들이는 귀뚜리'는 방이라는 공간의 정적 상태를 강조하는 역할의 동화 장치이다. 이처럼 시적 자아는 방안에 존재하는 항아리 속에 핀 자연을 보고 여유로움과 7연에서의 술을 먹는 흥을 얻는다. 시적 자아가 시적 세계인 자연에 투입되지 않고 거리를 두고 조화와 균형을 유지하는 이와 같은 시작 태도 역시 시조에서 영향받은 것으로 볼 수 있다.

이와 같은 차단 동화구조로 여성성의 정적미를 추구한 작품으로 「歸家」「葡萄圖」「素材에서」, 「異香二首」「有象의 거리에서」, 「가랑잎과 여자의 마음에서」 등이 있다.

2) 유가적(儒家的) 흥(興)의 자연 – 동일구조

시조에서의 조화와 균형은 유가(儒家) 사상의 영향이라고 할 수 있다. 유가는 조선 사대부에 영향을 끼쳤고 시조가 조선 사대부의 교양이었음은 주지의 사실이다. 최진원은 퇴계의 이론을 분석하면서 조선 사대부들이 시조를 하나의 교양으로 삼은 이유를 '興'에 있다고 진단한 바 있다.[20] 그 흥(興)은 사시(四時)를 통해 '자연의 理의 분명함'을 깨달았을 때 느끼는 감동이라고 말한다. 사실 하늘과 인간의 관계를 천인합일(天人合一)로 보는 것은 노장과 다를 바 없다. 하늘은 만물의 법칙이오 생활의 규범이다. 인간은 천(天)에서 부여받은 성(性)에 준거하여 천(天)에 합일한다고 본다. 그러나 유가에서는, 인간은 천(天)에서 부여받은 성(性)에 습(習)(存養省察・修練)을 가하여, 이를 확충함으로써 천(天)에 합일(合一)한다[21]고 보는 점이 다르다. 노장에서는 천부(天賦)의 성

---

20) 최진원, 『한국고전시가의 형상성』, 성균관대학교 대동문화연구소, 1988, 20~41쪽.
21) 최진원, 『국문학과 자연』, 성대출판부, 1977, 58쪽.

(性)을 완전한 것으로 보므로 습(習)과 같은 규범을 부정하여 무위자연(無爲自然)을 주장하지만 유가에서 인간의 성(性)은 불완전한 것으로 천(天)과는 상당한 간격의 차이를 두고 있다. 그래서 습(習)을 통해 자신을 성찰하고 깨달음을 얻어야 천(天)과 합일될 수 있는 것이다.

> 愚夫도 알며 하거니 그 아니 쉬운가
> 聖人도 못다 하시니 그 아니 어려운가
> 쉽거나 어렵거나 중에 늙는 줄을 몰라라
>
> —「陶山十二曲」

이 시조는 퇴계가 군자의 도(道)를 읊은 것이지만 최진원의 말처럼 상춘곡(賞春曲) 측면에서 해석될 수 있다.[22] 산수의 아름다운 경치를 대하여서는 흥을 느끼고 감동에 젖는 일은 우부(愚夫)도 쉽게 할 수 있는 일이라고 해석할 수 있다. 그런데 그 감동이 시적(이념적) 감동으로 자각되어 유행자연(流行自然)의 은미(隱微)함을 깨닫는다는 것은 어려운 일이다. 이것이 '言志' '硏學'이라는 측면에서 상춘곡(賞春曲)이라고 할 수 있는 점이다. 상춘곡(賞春曲)의 태도는 '자연을 매개로 하여 즐거움을 얻는' 것이지만 도가에서처럼 '인간과 자연이 매개 없이 그대로 합일하는 것'은 '窮理는 모름지기 日用平易明白處(日用處)에 나아가 看破敎熟하여야 한다'에 어긋나기 때문에 不可한 것이다.

> 인간과 자연이 合一함에 있어서, 즉 人性과 天理가 合一함에 있어서, 佛家와 道家에서는, 사람과 자연은 無媒介로 合一한다. 그러나 유가에서는, 사람은 일용처를 매개하여 자연과 합일한다.
> 儒家의 자연관은, 山水景致(日用處로서의 산수경치)에 대한 시적 감동을 매개하여 인간과 合一을 期한다.[23]

퇴계의 자연관을 설명한 부분이다. 여기서 주목해야 할 것은 시적 감동을 중시했다는 점이다. 퇴계에게 '인간과 자연의 合一'은 "四時佳興이 사람과 한

---

22) 최진원, 『한국고전시가의 형상성』, 30쪽.
23) 최진원, 위의 책, 대동문화연구소, 35쪽.

가지"다. 그러나 그것은 '사람과 四時佳興의 무매개적 슴一'이 아니라 시적 감동이라는 주체적 체험=체찰(體察)을 매개하여 자연과 이루어지는 합일이다. 그러니 궁리(窮理)의 매개가 되지 않은 은(隱)은 경계의 대상이 되는 것이다. 왜냐하면 '玄虛를 그리워하고 高尙을 섬겨, 鳥獸와 무리지어도 그릇된다고 생각하지 않게 되'기 때문이다. 곧 습(習)이란 시적 감동이라는 말이 된다. 시조는 바로 이러한 철학적 바탕에서 자연과의 합일을 꾀한다. 구자운은 이것을 창작 방법론으로 차용한다.

꽃은
멀리서 바라는 것이려니.
허나
섭섭함이 다하기 전에
너 雪梅 한 다발
늙은 가지에 피어도 좋으리.

아직은
여기 肅條한 바람
희고 서룬 것을 날리다 마는
이대로 한철이 가고
또 너는 오리라.

아니 오고
어쩌리.

산 눈 속에
점점이 염통의 핏방울 아롱지우듯
꾀꼬 올⋯⋯꾀꼬 올⋯⋯
꾀꼴새 깃들여 우는
매 꽃이야.

끼울퉁

苦節 많은
봄
늙은 가지에.

―「梅」 전문

이 시에서 시인은 시적 인식 대상인 매(梅)를 보고 섭섭함을 느낀다. 이는 2연에 나오는 '한 철이 가고' 있기 때문이며 그 시간의 흐름을 꽃을 보듯 거리를 두고 바라볼 수밖에 없기 때문이다. 이 기리는 시적 자아가 세계와 하나가 되지 않았다는 것으로, 이 시의 구조가 차단 동화구조로 시작했음을 암시하는 것 같다. 그러나 이것은 '너 雪梅 한 다발'에서 설매(雪梅)를 '너'라고 부른 인칭대명사에서 차단 동화구조가 허상의 구조임이 드러난다. 그 이유는 이렇다. 이 시의 제목이 매(梅)라는 점에서 시적 자아가 인식하는 시적 세계는 매(梅)이다. 매(梅)는 겨울 추위가 다 가시지 않은 초봄에 피어 봄소식을 알려주는 꽃으로 이 시에서 겨울이 가면서 자연스럽게 오는 천리(天理)의 상징이다. 천리의 상징인 매(梅)를 '너'라고 표현했을 때 인사(人事)의 상징인 나는 '늙은가지'가 된다. 천(天)에 대응되는 인(人)이 '늙은가지'라는 것은 '늙은가지'가 곧 시인 자신이라는 말이 된다. 다시 말해 1연은 '꽃은 멀리서 바라봐야 한다'는 시적 자아의 의지를 허물고 시적 세계인 꽃과 합일하고자 하는 갈망의 표현이 되는 것이다. 결국 시적 자아는 '늙은가지'라는 자연에 몰입되어 매화가 피기를 바라는 몰입 동화구조의 형태를 띤다. 2연에 나오는 '肅條한 바람'은 시적 자아가 매꽃이 피기를 바라는 희망에 대립되는 대립 장치이다. 이 대립 장치로 인해 '너는 오리라, / 아니 오고 / 어쩌리'가 강조된다.

이러한 논리를 바탕으로 유가적으로 이 시를 해석하면 1연에서는 '희고 설운' 겨울에서 벗어나지 못한 시적 자아의 삶에 매꽃이 와서 봄소식을 전하기를 바란다. 그리고 2연에서 아무리 차고 쌀쌀한 바람일지라도 계절이 오고 가는 천리는 거스를 수 없으니 기다리고 있으면 반드시 매꽃은 필 것이라는 것을 설명하며 세상의 이치가 천리에 있음을 암시한다. 여기까지는 퇴계가 말하는 우부(愚夫)라도 느낄 수 있는 감성이다. 3연에서 이러한 상황을 다시 한번 '아니 오고 / 어쩌리.'라는 한 문장 두줄 시에 더욱 분명히 생명의 재탄생이 이

(理)에서 오는 것임을 강조한다. 그리고 4연에서 이(理)를 얻는 성찰의 모습을 보인다. 이치라는 것은 인간이 하늘에서 부여받은 천성에 성찰이나 수양을 가하여 얻게 되는 깨달음이다. 즉, 매꽃이 필 때 그냥 피는 것이 아니라 심장에 핏방울이 번질 정도로 아픔을 견뎌내며 울어대는 꾀꼬리를 통해 '매꽃의 핌'도 숱한 고통 속에서 태어난다는 것을 시적 자아가 깨닫는 것이다. 매화가 피는 것을 보고 꾀꼴새의 아픔으로 사고를 확장시키고, 꾀꼴새의 아픔을 매화에 얹어 생명의 재탄생을 보는 것은 분명 習(습)을 통한 깨달음에 의한 것이다. 그리고 5연에서 이러한 이치가 인사(人事)에 그대로 적용됨을 상기시키는데 시적 자아가 깨달음을 현실에서 얻고 다시 현실에 그 의미를 부여했다는 점에서 유가에서 말하는 일용처(日用處)에서 본 깨달음이다. 이는 고통 속에서 피어난 생명 탄생의 희망이 구체적으로 시적 자아인 시인에게도 있기를 갈망하는 구도로 되어 있기 때문에 드러난다. 이렇게 인간과 자연이 합일하되 習(습)이라는 시적 감동(깨달음)을 통해 자신의 性을 확충시킴으로써 이루어진다.

구자운은 이 시에서 도가에서 말하는 인간과 자연의 합일이 무매개(無媒介)로 이루어지는 것으로 파악한 것이 아니라 일용처를 매개로 계절적 요소를 통해 '四時佳興'을 일으켜 '道義를 기뻐하고 心性을 기르는 즐거움'을 얻는 유가의 자연관을 그대로 창작 방법으로 원용한 것이다. 그러나 구자운 시가 유가적 영향하에 있다 하더라도 전장에서 살핀 바와 같이 여성성 지향의 태도로 인해 비극적 성향이 나타난다. 이는 유가적 시작 태도와는 또 다른 일면이라 할 수 있다. 꽃이나 풀 등의 자연에 나타나는 비극적 정조가 그 예이다.

3) 꽃·풀의 비극적 정조 – 동일구조

조용히 홀로 있어 마음 외로움은 그윽하여라
꽃다운 흰구름 어리운 이 항아리는
하염없는 마음 속에 외로움을 애시시 끌안었어라
오히려 그것은 애설프레 시름으로 칠을 한
애틋한 마른 피빛 보리의 대며 잎새인 것.
이렇듯 스스로이 갈앉어 슬픔을 옷입은 항아리의

은은한 빛깔이 어디메서 오는지 아무도 몰라라.
하지만 우리의 하늘이 서리어 아늑한 이 가슴어리에
한떨기의 꽃은 아롱지어 피어 있어라
아 들국화 꽃 내를 이루어 홀로 자오록히 서성거련.
　　　　　　　　—「古陶二品」 중 「禾本草瓶」 전문

우리는 구자운이 도자기를 특히 주요 소재로 선택한 이유가 어머니와 닮았기 때문임을 앞에서 보았고, 그 속에는 외로움의 의식이 숨어 있다는 것을 파악했다. 이 시 역시 그러한 외로움의 의식에서부터 출발하고 있다. 도자기를 보고 외로움을 느끼는 것은 시적 자아의 외로움이 이끈 상상력 때문이다. 이 시에서 시적 자아는 조용히 혼자 있으면서 한가하다든지 편한 느낌을 가지는 것이 아니라 외로움을 느낀다. 외로움이란 자신에게 무엇인가가 결핍되었을 때 가장 깊게 다가온다. 어머니와 같은 여성에 대한 갈구를 충족시키지 못하는 데서 오는 심리적 결핍증세의 작용인 셈이다. 의식적으로 혹은 무의식적으로 느끼는 이러한 감정은 곧 바로 항아리에게 전이된다. 1행의 조용히 혼자 있는 마음이란, 외롭다는 의식을 통해 시의 세계인 「禾本草瓶」을 보는 마음이다. 그 감정으로 세계와 시적 자아를 동일화시킨다. ‘이 항아리도’가 아닌 ‘이 항아리는’의 표현은 시적 자아의 외로운 감정이 세계인 항아리에 개입된 것이다. 만약 ‘이 항아리도’였다면 시적 자아와는 별개로 항아리 자체도 외로움을 가지고 거리를 유지하는 구도가 될 것이다. 그러나 ‘는’이라는 조사를 사용해 시적 자아와 세계가 하나가 된 것을 보여준다.

　이것은 주체와 객체의 상호 작용이 체험에서 비롯된 것임을 나타내는 것이다.[24] 도자기에서 쓸쓸함을 느끼고 외롭다고 생각하는 것은 「靑磁水瓶」 같은 작품에서 이미 체험된 것이다. 이 시에서는 도자기가 외로움을 끌어안고 있다는 시적 체험으로 인해 시적 자아가 세계를 쉽게 흡수할 수 있는 동기가 된 것으로 판단할 수 있다. 시적 자아의 외로움과 세계의 외로움은 쉽게 친화가 이루어져 이제 한발 더 나아가 4행에서 보듯 시적 자아의 시름이 된다. 그것을

---

24) 구자운, 위의 수상소감.

대변하는 자연은 '마른 피빛 보리의 대와 잎새'이다. 외로움에서 출발해 시름으로까지 의미 확장된 「禾本草瓶」의 상징이자 시적 자아 의식의 대변체인 것이다. 이는 흡수 동일구조에서 시적 자아의 의지대로 자연의 성격도 변하는 특징이 그대로 나타난 것으로 볼 수 있다. 이렇게 외로움을 느끼는 시적 자아가 도자기를 「靑磁水瓶」에서와 같이 거리를 두고 관찰자의 입장에서 보지 않고 흡수했기 때문에 도자기가 '슬픔의 옷을 입'었음에도 '은은한 빛깔'을 띠는 이유를 해명할 수가 없다. 그것은 시적 자아가 항아리라는 세계를 일방적으로 외로움 속에 흡수했기 때문에 나오는 현상이다. 이렇게 계속 진행된다면 이 시는 조화와 홍이 이루어지지 못한다. 시조의 자연관에 창작 가치를 부여하는 시적 자아는 이때 외로움의 반대 개념인 아늑함을 가진 '하늘'을 동일 장치로 제시하며 홍을 위한 반전을 꾀한다. '한떨기의 꽃은 아롱지어 피어 있어라'가 그것인데 2행에서 외로움으로 치닫고 만 '꽃다운 흰구름', 시름의 대변체인 '보리' 등 모든 자연을 꽃으로 승화시키려는 자세를 담아내고 있는 것이다.

그런데 마지막 행의 '아 들국화 꽃 내를 이루어 홀로 자오록히 서성거련'에서 서성거린다는 의미에 주목할 필요가 있다. '한떨기의 꽃이 아롱지어 피어 있'는 완벽한 자연과의 조화를 보여주는 게 아니라 냄새로만 그것도 홀로 서성거리고 있는 들국화를 배치해 불완전한 조화를 보이기 때문이다. 이것이 구자운 시에 나타난 꽃의 비극성의 정체이다. 시적 자아가 갈망하는 조화 속에서 승화와 홍을 얻지 못하고 서성거리는 것은 시적 자아가 홍에 이르지 못한, 홍의 반대 개념인 슬픔을 나타내는 것이고 외로움이 해결되지 못한 상태임을 드러내는 것이다. 이러한 감정은 자연을 비극의 대상으로 이끈다. 때문에 '홀로 자오록히'라는 표현에 머물게 된다.

시적 자아는 왜 이렇게 비극에 머물게 되었을까. 비극이 대상에 완전한 접근을 이루지 못하고 주위를 배회하는 이 시작 태도는 시적 자아가 세상을 대하는 태도이다. 그는 소아마비라는 불구의 몸을 이끌고 일정한 직업을 오래 가지지 못한 채 출판사에서 편집과 번역을 하면서 생계를 유지했다. 고정 수입이 있는 편집 일도 오래 가지는 못했다. 따라서 세상의 한 구성원으로서 옹골찬 자리에 있기보다는 늘 서성거리는 위치에 있었던 것이다. 결국 이러한 환경은,

차단 동화구조에서는 세계와 거리를 유지하기 때문에 시적 자아의 감정 개입
이 절제되어 흥이 일어날 수 있지만, 세계를 흡수한 동일구조에서는 시적 자아
의 감정이 그대로 개입되기 때문에 흥이 일어나지 않는 것이다. 따라서 안식처
로 생각하던 여성들도 흡수 동일구조에서는 그를 진심으로 따르지 않았고, 때
문에 인간에 대한 혐오는 깊어만 갔다.

> ……戀愛는 宗敎보다도 깊다는 말을 니는 실천하고가 무던히도 애썼던
> 것이다. 그러나 연애 失敗談같은 것이 시가 되어버리고 말았음은 애석한 일
> 이다. 여성들은 부박(浮薄)하고도 쩬돈쩬을 좋아했다. 도대체 내 영혼을 구
> 제하기는커녕 여성에게 「영혼」이라는 것이 있는가 싶지도 않았다. ……讀
> 書三昧, 무엇을 연구한다는게 아니라 古人의 또는 現代人의 글을 읽음으로
> 써 가까스로 나의 「人間嫌惡」를 달래는 생활, 이것도 詩的 遍歷이라면 아니
> 랄 수 없을 것 같다.……25)

 여성들이 구자운 자신을 회피하는 이유가 浮薄하고 돈만 알기 때문이라고
서술하고 있다. 그러므로 돈이 없는 그는 여성들과 적극적인 연애보다는 서성
거림으로 그들을 바라볼 수밖에 없었을 것이다. 풍만함과 청초함으로 자신의
영혼을 구제해 줄 수 있으리라는 기대는 무너지고 아쉬움만 남는다. 일반적으
로 '서성거림'이라는 행동은 이렇게 아쉬움의 감정이 있을 때 나타난다.
 이 시에서도 '은은한 빛깔'이라는 청초함의 근원을 모르는 것은 그가 만난
여성이 가지고 있지 않은 정서이기 때문이다. 따라서 시적 자아를 대변하는
한떨기의 꽃은 여성으로 상징되는 도자기 속에 피기는 했지만 냄새로만 홀로
서성거릴 수밖에 없다. 결국 서성거린다는 시어는 시적 자아가 갈구하는 희망
의 결핍 속에서 나오는 비극적 정조의 표현이다.

 그건
 어떤 깎고 닦은 돌 面相에 龜裂진 금이었다.
 어떤 것은 서로 엉글려서 楔形으로 헐고

---

25) 구자운, 「끝간데 없는 편력」, 위의 책, 1972. 7.

어떤 것은 아련히 흐름으로 계집의 裸體를 그어놨다.
그리고 어떤 것은 천천히 구을러
또 나체의 아랫도리를 풀이파리처럼 서성였다.

—「龜裂」일부

　여기서 시적 자아의 시선은 균열된 금에 쏠려있다. 곧 세계는 균열된 금이다. 그 금이 나체를 그어 놓거나 나체의 아랫도리를 서성인다는 것은 시적 자아의 느낌이다. 이는 시적 자아가 세계를 **흡수**했음을 보여주는 예다. 시적 자아가 균열진 금을 **흡수**해 시적 자아의 의식 속에서 나체를 그린다. 그러나 시적 자아는 계집의 나체 아랫도리는 그렸지만 나체의 아랫도리와 합일되지 못하고 풀이파리처럼 서성일 뿐이다. 풀이파리는 시적 자아와 서로 하나가 되는 동일 장치이고 계집과는 대립적 의미를 지닌다. 이것은 앞서 인용한 그의 시적 편력에서도 밝혔듯 부산 피난시절의 연애사건으로 인해 상당한 심리적 갈등을 겪고 여성에게 희망보다는 허무나 배신을 느꼈기 때문이다. 시적 자아가 갖는 이러한 의식 세계는 그로 하여금 자연이 서성거리게 하는 단초를 제공한다. 이 역시 시적 자아가 원하는 희망의 결핍에서 오는 비극적 정조이다.
　이러한 체험은 그의 주체성마저 상실하는 결과를 가져온다.

그 다리는 아리따웁고 눈부시어 꽃줄기 같아라.
그 목은 용솟음쳐 둥그러이 솟아오르고
가냘프레 바람이 희살짓는 우람한 바다 같아라.
몸치장한 곱은 구슬의 웃음소래여.
불꽃은 어디메서 상기 한창으로 타오르는가.
울멍이는 가슴팎에 머리를 묻어 멧부리를 꿈꾸고
실오래기 같은 꽃냄새에 아스러이 어리어서 서성이어라.
윗나라의 말이 그리던 흰구슬은 어디메서 떠도는가.
아무도 모르는 옛날의 일. 말 등에서 늘어틔린
수놓은 말안장 보의 임자는 어디메 있는가.

—「古陶二品」 중 「魏馬」 전문

이 시에서 시적 자아의 인식 대상인 세계는 역시 도자기다. 도자기에 그려진 말을 직접 대상으로 삼지 않고 '위나라 말'을 통해 도자기를 보고 있다. 그 말의 다리가 꽃줄기로 비유됐고, 목이 우람한 바다로 비유된 것은 시적 자아가 적극적으로 세계에 개입된 상태임을 알려준다. 「龜裂」에서 나타나듯 허황한 꿈속에서 젖어 있는 자신의 삶을 되돌아보니 자신의 삶은 어디로 가고 여성의 아랫도리만 서성이는 꼴이 되었다. 이럴 때 말안장 보의 임자가 없는 공간은 실체를 잃고 있는 자신의 상황과 강력한 동류 의식을 느끼게 된다. 따라서 자신의 꿈을 이루지 못하고 서성거릴 수밖에 없는 허망함을 자연, 특히 꽃이나 풀에 의탁해 비극적 정조로 표현해 내고 있는 것이다.

사실 한국의 서정시 내면 속에는 비극적 정조가 연면히 이어져 왔다. 향가도 그러했고 민요를 비롯한 많은 고전 시가 속에도 찾아볼 수 있다. 현존 기록으로 가장 오래된 서정시인 「황조가」도 짝을 잃고 고독한 처지에 놓인 시인의 '현실적인 것'과 꾀꼴새처럼 정답게 지내야 하는 부부관계의 '이상적인 것'이 이원적 대립구조로 펼쳐진 비극적 서정시이고26), 고려 속요인 「가시리」나 시조에서도 비극적 정조의 서정시를 찾아내기는 용이하다.27) 이는 서구의 시에 있어서도 마찬가지다. 폴 헤르나디(Paul Heradi)가, 인간의 행위와 비전을 문학자가 비극적, 희극적, 희비극적으로 환기시키는데 따라 독자의 감수성은 반응을 보여왔다28)고 한 것도 희극적인 정조와 함께 비극적 정조가 문학의 보편적 성격임을 나타내는 말이다.

구자운은 여성의 풍만함과 청초함을 찾으려 했으나 오히려 여성의 현실적 의식세계에 질려버리는 허망함을 겪고, 이번에는 변함없는 도자기에서 어머니 같은 여성의 모습을 찾으려 했지만 그마저도 서성거림에 머물 수밖에 없는 비극적 정조를 자연, 특히 꽃이나 풀을 통해 표출한 시인이라 할 것이다.

---

26) 김학성, 『한국고전시가연구』, 원광대출판국, 1980, 68쪽.
27) 조병기, 『한국현대시에 나타난 비극적 서정성 연구』, 성대 박사논문, 1989.
28) Paul Hernadi, *Beyond genre*(chicago; cornell univ. press) 1977, 177~185쪽.

4) 고향에서 찾은 열린 자연 – 동화구조

현실 세계의 절망은 비현실 세계에서 희망을 맛보려는 시도를 하게 된다.
그 비현실 세계는 지금 작자에게 존재하지 않는 고향을 나타나고 그 고향은
도자기와 같이 오래도록 변하지 않는 그리움의 대상으로 존재하게 된다.

세상 일 무어가 무언지 도무지 알 수 없을 때.
불현듯이 나는 그린다.
고향 산이 깎이어 드러난 낭떠러지.

항만으로의 도록꼬 행렬.

터질 듯한 땀방울, 지금도 그것은 그냥 있을까?
내 마음에 새기어진
낭떠러지의 그 황토흙 구릿빛의 강렬함은
어디에나 늘 그대로 있는 것이 아닐까?

—「斷涯」 전문

이 시에서 그려지고 있는 세계는 고향의 풍경이다. 시적 자아는 지금 혼돈의
현실 상황에 빠져 있다. 1행에서 보이는 '세상 일 모르겠다'는 표현이 그것을
대변한다. 그 혼돈은 변화에서부터 기인한다. 변화된 세상을 따라가지 못하는
시적 자아의 의식은 고향으로 회귀하게 되고 고향은 늘 변하지 않는 모습으로
시적 자아에게 다가온다. 그러나 고향이란 정지용의 「鄕愁」처럼 이미 시적 자
아에게서 멀어져 눈앞에 존재하지 않는 상실의 세계이다. 따라서 늘 아름답고
자신의 흔들림을 붙잡아 줄 수 있는 상황으로만 남는다. 그 때문에 '항만으로
의 도록꼬 행렬'이라든지 '낭떠러지의 황토흙 구릿빛 강렬함'이 그대로 존재
한다. 이렇게 고향의 자연 속에서만 시적 자아의 존재 가치가 힘을 부여받는
다. 이는 여성에게서 받은 상처를 치유하는 데 가장 좋은 치료약인 셈이다. 바
로 여기에서 도자기에 갇힌 자연이, 상실된 고향이라는 세계를 통해서 드러나
는 의식 변화에 주목해야 한다. 구자운이 여성성 지향의 닫힌 자연의 세계에서

열린 세계로의 전환을 모색하는 것이 바로 고향을 통해서이기 때문이다. 상처 없는 옛날로 다시 돌아가고 싶은 시적 자아의 의식에서 나온 의식의 변화는 그의 아버지를 그리는 데서도 나타난다.

> 우리 아버님은 지금 이 땅 속에 잠들으시다.
> 옛날에 이 분의 피랑 살이랑 괴시던 그 어머님 가슴어리에
> 바다를 넘으시고 젊음을 배움으로 명리로
> 다 하신 이 분도 늙고서는 한결같이
> 우리 계레의 오막살이를 사랑하고 잠시 여기 살다 가시다.
> 누가 한번은 고향을 버리지 않은 사람이 있을 건가.
> 하지만 가랑잎은 그 나무의 뿌리 위로 돌아가도다.
> 고향 사람들이여, 눈물을 흘리소라.
> 젊은 날의 꽃은 이 분의 옛 생각 ― 보람이었느니.

「墓碑銘」이라는 시의 전문이다. 시적 화자는 상실된 세계인 돌아가신 아버님의 일생을 아주 담담히, 그러나 순환의식 속에서 그리고 있다. 아버님은 고향을 떠났다가 다시 돌아왔다. 고향을 떠난 행위를 꽃으로 비유하고 '가랑잎은 그 나무의 뿌리'로 돌아간다는 인생사의 순리를 그대로 담고 있다. 이것은 분명 도자기 속에서의 자연과는 다른 활동 속에 있다. 앞장에서 살폈듯이 상실 동화구조에서는 자연이 시적 자아의 의지와는 상관없이 있는 그대로의 생명을 가지고 존재한다. 이것이 구자운에게는 새로운 자연성을 탄생시키는 것이라 할 수 있다.

아버님이 고향으로 돌아온 이유는 가난하지만 아늑함이 있는 오막살이이기 때문이다. 오막살이는 그의 의식의 출발점에 있는 시어다. 물론 오막살이가 50년대 우리나라의 상황을 대변해 주는 말이기는 하지만 구자운의 여성에 대한 집착은 여기서 나오는 것이라고 보아지기 때문이다. 아버지가 없는 집안은 여성에 의해서 살림이 꾸려지게 마련이고 자연히 그 속에서 자란 구자운은 여성에 대한 인식을 따뜻하고 아늑한 대상으로 느꼈을 것이다. 어린 소년에게 그것은 아버지를 대신할 수 있는 버팀목이었다. 어머니라는 여성이 이끄는 세상은

늘 정적이고 소리나는 일이 있어도 수런거릴 따름이었다. 이러한 가정적 배경
은 그가 여성성 지향의 시를 쓰게 한 직접적인 원인으로 작용했던 것 같다.

> 벗이여
> 무덤에서도 잠들지 못하는 너희들 서러운 혼령들을 위하여 어떤 말을 빌
> 어서 노래할 것인가?
>
> 내
> 오롯 너희들의 죽음을 느낄 따름
> 슬기로운 죽음의 도도한 황홀만을 느낄 따름인 때에
>
> 너희들의 한결같은 골똘한 바래움은
> 조용히 수런거리는 꽃병의 물이었어라
>
> 너희들이 하염없이 죽어간 날 그때는 미처 알지 못했어라.
> 안개 속에 잠잠히 갇힌 꽃이 빈지 불인지 때로는
> 짐승들의 아우성 소리에조차 딴일을 생각하지 않은 것처럼
>
> 안으로 사랑을 소색이며 오가던 나날이여
> 그 날도 너희들은 목숨을 바치어 참으로 굿굿했노라
>
> —「禱歌」 일부

위 시에서처럼 이미 죽고 없는 상실된 친구를 찾아 나설 때도 그는 '수런거
리는 꽃병'에서 찾았다. 시적 자아는 사랑을 속삭이며 여성성 지향의 정적 취
향을 보인 반면 벗이 가진 움직임은 목숨을 바칠 정도의 꿋꿋함을 가진 동적
행동이다. 동적 행동에 대한 그리움은 자신이 가진 정적 행동에 대한 반발로
'안개 속에 잠잠히 갇힌 꽃'의 생활을 배격하는 모습을 보인다. 이러한 의식은
후에 벗이 해바라기꽃이 되고 강물의 외침이 될 때 시적 자아는 가냘픈 벌레
소리로 의미 확장된다. 그러나 결국 '살아있는 사람이나 죽은 이들이나 모두들
사랑으로 가득 찬 눈부신 그릇'으로 결론 내리며 여성성 지향으로 돌아오고
마는 것은 그의 어릴 때 얻은 취향 때문으로 보인다.

그러나 자연성이라는 입장에서 보면 청자수병과 같은 갇힌 자연에서 고향을 통해 해방된 열린 자연으로의 변화를 보이는 것이다.

3. 맺음말

이상에서 살핀 바와 같이 구자운은 동화구조 속에서는 여성성 지향 정적 자연성을 가지고 있고 동일구조 속에서는 꽃의 비극적 정조를 드러내고 있음을 보았다. 정적 자연성과 꽃의 비극성은 그가 도자기에서 여성의 풍만함과 청초함을 찾고자 노력했던 때문이다. 따라서 구자운에게 있어서 자연은 갇힌 자연으로 존재하게 된다. 이러한 자연의 성격은 시인의 현실에는 이미 상실되고 없는 고향에서만 열려 있으며 그때서야 자연은 살아있는 존재물로서 가치를 지닌다. 이미 시인에게 없는, 고향이라는 자연은 과거 속에 숨어 있는 것이기에 당시에는 고통으로 다가왔다 하더라도 현재에는 항상 아름답게 보이는 것이다. 구자운은 동양적 자연관에 의해 시 창작 방법을 택한 시인이었다. 특히 儒家의 자연관인 인간과 지연의 관계에서 興이라는 시적 감동을 통해 합일하는 과정을 보여준다. 또 시조에 남다른 관심을 가져 「靑磁水瓶」 같은 작품에서 시조적인 구조로 시를 구성해 단아한 형식미를 추구했다. 그런데 구자운의 시에는 통사구조의 해체라는 치명적인 약점이 있다. 이는 주어와 술어의 연결이 너무 모호해서 그 의미가 반감되는 경우인데 여성에게서 찾고자 했던 가치가 사라지고 난 후에 겪는 정신적 갈등의 소산이라고 보아진다. 물론 시인이 의도적으로 주어나 술어의 연결에 이중성을 두어 그 의미를 배가시키고자 하는 경우는 있다. 그러나 구자운의 경우는 이러한 이중성에 의미를 둔 것과는 차이가 있다. 왜냐하면 이중성의 경우는 결국 하나의 술어로 통일이 되는데 구자운은 어디에도 연결되지 않는 혼돈의 상황을 연출하고 있기 때문이다. 그렇다 해도 구자운은 시조와 같은 전통적 시형에 내용적 형식적 뿌리를 둔 우아하고 격조가 있는 시를 생산해 낸 50년대를 대표하는 시인이라는 데 이의가 없으리라 본다.

오유권 소설 연구
— 단편을 중심으로 —

이봉범[*]

1. 문제제기

분단시대 농민소설의 전개과정에서 1950~60년대는 일반적으로 단절기 또는 침체기로 평가된다. 해방 직후까지 사회모순에 대한 문학적 비판 형식 가운데 가장 급진적인 흐름을 이루면서 근대소설사의 중심 영역을 차지했던 농민소설이 1950년대에 접어들어 몇몇 개별 작가의 괄목할 만한 성과가 없는 것은 아니나 전반적으로 창작상의 극심한 빈곤을 보여준다는 점에서 위의 견해는 일견 수긍될 수 있다. 특히 분단시대 농민소설의 정점(頂點)을 형성했던 1970년대 농민소설의 양과 수준을 감안하면 1950~60년대 농민소설은 더욱 왜소한 형편이다. 여기에는 작가층의 현저한 약화와 전후 문단의 분위기가 반영되어 있다. 즉 전쟁과 분단을 겪으면서 문인들이 남북으로 재편된 결과 식민지시대부터 해방 직후까지 농민소설에 있어 주요한 성과를 남긴 작가들이 대부분 사라진 가운데 1950년대 후반 일군의 새로운 작가들이 등장하기까지 농민소설은 공백 상태에 놓여 있을 수밖에 없었다. 또 새로운 세계관과 혁신적 기법을 강조하는 전후문학의 흐름에서 농민소설은 전근대적인 문학의 대명사로 간주되면서 타매(唾罵)의 대상이 되고 만다.[1]

---

* 성공회대 강사.

1) 그런 관점을 극단적으로 보여주는 논자가 이어령이다. 그는 1950년대 농민소설의 귀중한 성과인 동시에 분단시대 농민소설사에서 떼어놓을 수 없는 걸작이라고 할 수 있는 이무영의 작품을 생의 철학도 미학도 없는 '우매(愚昧)의 우상'으로 폄훼(貶毁)하면서 반드시 청산되어야 할 대상으로 지목하고 있다(이어령, 『지성의 오솔길』, 동

그러나 1950~60년대를 농민소설의 단절기로 보는 것은 섣부른 단견이다. 창작상 영성(零星)한 측면이 없지 않지만 이 시기는 과거 농민소설의 전통이 복원되는 가운데 분단시대 농민소설이 새롭게 자기 모습을 갖추기 시작한 출발점으로 바라보는 것이 보다 바람직한 문학사적 인식이라 여겨진다. 실제 1950년대 후반 새로운 작가들 — 하근찬, 오유권, 최일남, 박경수, 유승규 등 — 이 등장하면서 농민소설은 새로운 활기를 찾기 시작했으며 나름대로 전시대에 비해 상당한 문학적 성과를 거두고 있다. 특히 독점자본의 본격적인 수탈 대상으로 전락하기 시작한 당대 농촌현실을 체험에 의거해 성실하게 증언하고 있는 이들의 작품은 의외로 풍부한 현실성을 시현(示顯)하고 있으며, 모더니즘적 허무의식과 추상적 보편주의에 함몰됐던 전후문학의 일반적 조류와 본질을 달리한다는 점에서 주목할 필요가 있다.

그리고 이런 관점에 입각했을 때 비로소 1970년대 농민소설의 본격적 개화를 문학 내적 논리로 설명할 수 있게 된다. 다시 말하면 기존 논저 대부분이 농민소설사의 계선을 1930년대→해방기→1970년대로 설정하고 나머지 시기를 침체기. 단절기로 폄하하지만, 1970년대 농민소설의 가장 의미 있는 발견이라고 할 수 있는 현실 변혁의 주체로서의 '민중'의 발견과 다양하고 역동적인 농민소설이 전개될수 있었던 요인 가운데 간과할 수 없는 것이 1950~60년대 농민소설의 성과와 한계다. 그렇다고 이 점이 단순히 연대기적 선후관계를 의미하는 것은 아니다. 가령 1970년대 농민문학(론)의 서장을 연 염무응의 논의를 살펴보면, 박경수의 장편 농민소설 『동토』(1969)가 실패한 근본 원인이 '작가의식의 철저성과 성실성의 박약'에 있다고 비판하는데 이것은 박경수 개인에 국한되는 것이 아니라 그가 부분적으로 언급하고 있듯이 1950~60년대 농민소설 전반에 해당되는 문제다.[2] 다시 말하면 1950~60년대 농민소설은 하나의 부정적 본보기로 간주되면서 1970년대 농민문학에 비판적으로 수용되고 있다

양출판사, 1960, 134~135쪽). 또다른 문제작인 황순원의 『카인의 후예』에 대해서도 자의식이 결여되어 있는 '식물적 인간상'을 그린 '현대말로 쓴 고대설화'에 불과한 패배한 문학이며 그렇기 때문에 부정되어야 한다고 강조한다(이어령, 「식물적 인간상」, 『사상계』, 1960. 4).

2) 염무응, 「농촌현실과 오늘의 문학」, 『창작과 비평』, 1970년 가을호.

는 것을 확인할 수 있다. 따라서 1950~60년대 농민소설은 분단시대 농민소설의 출발이자 1970년대 농민문학의 전사(前史)로서 중요한 문학사적 의의를 갖는다. 그런 맥락에서 긍정적이든 부정적이든 1950~60년대 농민소설의 실상을 문학사적 엄밀성에서 복원하고 재평가하는 작업이 필요하다. 이 글은 위와 같은 문제의식을 바탕으로 1950~60년대 농민소설의 성과와 한계를 전형적으로 보여주는 오유권의 농민소설을 고찰할 것이다.

오유권은 무엇보다 다산성의 작가다. 그는 1955년 등단한 이래 40년 동안 250여 편의 작품(장편8, 중편10, 단편230)을 창작할 만큼 대단한 문학적 열정의 소유자였다. 더욱이 몇 작품을 제외하고 농민소설로 일관했다는 점에서 그의 다산성은 큰 의미를 갖는다. 물론 한 작가의 문학적 성과가 작품의 양으로 대치될 수 있는 것은 아니나 오랜 기간 한 곳에 머물면서 같은 지점을 탐색한 그의 집요함과 작가적 성실성은 결코 과소평가될 수 없다.

그러나 그는 문학사에서 철저히 소외되어 있다. 문학사나 소설사의 한 귀퉁이에 짤막하게 언급되어 있을 뿐이다. 작품의 질적 수준에 결정적인 문제가 있다고 단정할 수도 없다. 그의 농민소설 중에는 견실한 농촌체험을 바탕으로 1950년대 이후 우리 농촌의 실상과 역사적 굴곡을 객관적으로 반영한 가작(佳作)이 꽤 많다. 특히 영산강 주변의 농촌체험을 형상화한 그의 소설세계는 농촌현실을 관념적으로 재구성하거나 계몽주의적 태도를 표방했던 전시대 지식인 농민소설과 본질을 달리한다. 따라서 오유권은 한국농민소설사 기술에서 반드시 거론되어야 할 작가이며 동시에 분단시대 농민소설의 전개를 이해함에 있어 매우 긴요한 위치를 차지한다고 볼 수 있다. 이런 문제의식을 가지고 필자는 일전에 오유권의 약사(略史)와 대표적 장편인 『방앗골의 혁명』을 분석한 바 있다.3)

하지만 그의 농민소설의 본류(本流)는 단편에 있다. 그의 단편소설은 우리 농민소설의 중요한 성과로 언급되는 토속성의 구현, 세부 묘사의 진실성, 관찰자적 성실성, 체화된 농민 정서, 민중적 리얼리티 등이 어느 작품 못지 않게

---

3) 졸고, 「민중적 시각으로 조명한 전쟁의 비극과 농촌공동체 복원의 문제」, 『민족문학사연구』 16호, 소명출판, 2000.

잘 나타나 있다. 이것이 가능했던 주된 요인은 앞서 언급했듯이 그의 견실한 농촌체험이다. 반면 장편의 대부분은 단편에서 다루어진 문제를 종합하는 정도이며 형상화 수준도 단편에 비해 현저하게 뒤떨어진다. 양식에 따라 형상화 수준이 달라지는 현상은 오유권 소설을 이해하는데 관건이 된다. 본론에서 상론하겠지만 이것은 체험의 문학화라는 문제와 밀접하게 관련되어 있다. 이에 본고는 오유권 소설의 원동력이라 할 수 있는 체험의 문제에 초점을 맞춰 그 체험이 문학적으로 형상화되는 양상을 전반적으로 고찰하고, 이를 바탕으로 1950~60년대 단편소설의 성과와 한계를 집중적으로 살펴볼 것이다. 논의 범위를 1950~60년대로 한정시킨 것은 그의 이 시대 작품이 개인뿐 아니라 1950~60년대 농민소설의 수준을 가장 잘 보여준다는 판단에서다.

2. 체험과 문학

오유권 소설의 특장(特長)은 체험의 진실한 반영에 있다. 그의 농촌체험은 단순한 체험이라기보다 차라리 그의 삶이라고 하는 것이 적절한 표현일 만큼 그는 영산강 주변의 극빈한 농가에서 태어나 1968년 서울에 정착하기까지 40년 간 영산강을 지킨 파수꾼이다. 식민지시대, 해방, 전쟁, 자본주의적 근대화로 이어지는 우리 농촌의 역사적 격변과 밀접하게 결부되어 있는 농촌체험이 곧 그의 삶이자 문학이었다. 즉 체험=삶=문학이라는 등식이 성립되는 희귀한 사례다.4) 따라서 오유권의 농민소설은 체험과 작품이 표리일체를 이루는 특성

---

4) 이와 같은 특징을 보여주는 또다른 작가로 유승규를 들 수 있다. 그는 20여 년간 농사를 생업으로 가졌던 가장 전형적인 한국의 농민작가다. 그러한 체험이 반영된 그의 농민소설은 식민지시대부터 1970년대까지의 농촌 상황을 가감없이 묘사하는 가운데 농민 특유의 건강함과 억척스러움을 빼어나게 형상화하고 있다. 특히 식민지시대부터 1970년대 초에 이르는 한국의 전형적인 농민 삼대에 걸친 비극을 형상화한 중편「농지」(1972)는 임헌영의 지적처럼 우리 농민문학사에서 떼어놓을 수 없는 걸작의 하나다. 그리고 유승규는 농민소설사의 차원에서 볼 때 농민이 창작 주체가 된 대표적 사례라는 점에서 주목할 필요가 있다. 유승규의 농민문학에 대해서는 임헌영, 「토착정서의 인간상」,『우리시대의 소설 읽기』, 글, 1992.; 김해성, 「버려진 흙, 팽개쳐진 農旗」, 백철 외,『한국소설의 문제작』, 일념, 1985.; 윤병로,『한국 현대작가의 문제작 평

을 지닌다. 이 점에서 오유권은 여타의 농민소설가와 구별된다. 또 이것이 비교적 오랜 창작 기간에도 불구하고 시종 하나의 작품 세계를 고집스럽게 견지할 수 있었던 원천이기도 하다.

그런데 체험은 모든 문학에 공통적으로 적용되는 중요 요소다. 체험의 내용과 성격 그리고 체험이 갖는 의의에 대해서는 서로 다른 입장이 존재할 수 있다고 하더라도 기본적으로 문학이 체험을 토대로 하여 이루어진다는 것은 주지의 사실이다. 리얼리스트는 물론이고 모더니스트 또한 마찬가지다. 그만큼 작가의 체험과 작품은 서로 뗄 수 없는 관계를 지니고 있는 것이다. 특히 리얼리스트들은 현실의 살아 있는 인간체험의 구체성과 명료함은 덧없는 환상이나 부차적인 그 무엇이 아니라 바로 현실의 변화와 발전과정의 실제적이고 보편적인 의미를 이해하게 하는 우리 삶의 본질, 경향, 분위기, 숨결, 리듬 등을 드러낸다는 점에서 체험에 커다란 의미를 부여한다.5)

이 점은 농민소설에 있어 리얼리스트의 유무를 떠나 대단히 중요한 의미를 지닌다. 농민소설에서 무엇보다 체험이 강조되는 것은 체험에 근거했을 때 비로소 복잡다단하게 얽혀 있는 농촌현실의 본질과 제관계를 객관적으로 파악할 수 있기 때문이다. 기실 우리 농민소설의 보편적 폐단으로 간주되는 소시민적 농본주의, 감상적 온정주의는 공통적으로 체험이 결여된 가운데 농촌현실에 대한 피상적 관찰과 관념적 조작으로 발생한 필연적인 결과다. 그동안 농민문학에 대한 논의에서 체험의 중요성을 강조하거나 나아가 농민이 창작 주체가 되는 농민문학을 대망(待望)했던 것도 이런 맥락에서다. 따라서 농민소설은 여타의 장르에 비해 체험이 차지하는 비중이 자못 크다고 할 수 있다. 적어도 체험이 농촌현실에 대한 리얼리티를 확보하기 위한 가장 효과적인 방법이라는 것은 분명한 사실이다. 오유권을 비롯한 1950년대 후반 일군의 농민문학작가들이 주목되는 것도 이들의 작품이 철저하게 농촌체험을 바탕으로 농민적 리얼리티를 구현하고 있기 때문이다.

그러나 체험이 농민소설의 문학적 성과를 보장하는 절대적 요건이 될 수는

설』, 국학자료원, 1996, 227~233쪽을 참고할 것.
5) 이선영, 「리얼리즘에 있어서 체험은 무엇인가」, 『민족과 문학』, 1990 겨울호, 367쪽.

없다. 체험이 농촌 현실의 직접성, 단편성을 파악하는데 머무르면 단순한 기록 문학 내지 고발문학을 넘어서기 어려우며, 또 지나치게 체험에만 의존할 경우 소재주의·지방주의 문학(regionalism) 이상의 성과를 기대하기 어렵다. 따라서 체험의 표면적 직접성을 극복하는 것으로써 농촌현실의 본질적 관계를 전체사회적 관점에서 구조적, 역사적으로 파악할 수 있는 투철한 현실인식이 필요하다. 진정한 농민소설이란 그러므로 소박하고 생경한 체험에 의해서가 아니라 그 체험과 현실인식(세계관)의 상호작용을 통해 민족문학으로 승화됨으로써 가능하다. 김정한과 이문구의 농민소설이 감동적인 것은 체험이 진실하게 반영되었다는 것뿐 아니라 그 체험이 사회적, 역사적 지평으로 확대 심화되어 있기 때문이다. 요컨대 농민소설에 있어 체험은 필요조건이라는 제한적 의미를 지닌다.

오유권의 농민소설은 위와 같은 체험과 문학의 관련 양상을 특징적으로 보여주는 대표적인 경우에 해당된다. 우선 순수한 체험과 관찰을 토대로 한 그의 작품에는 농촌현실에 대한 지식인적 관념 조작이나 경직성을 찾아볼 수 없다. 농촌현실을 '아래로부터 접근'하는 그의 작가적 시선은 철저하게 농민의 그것과 밀착되어 있으며 그것은 당대 농촌이 당면한 경제적, 정치적, 사회적, 문화적 제문제를 구체적으로 그리고 생동감있게 반영하는 것으로 나타난다. 그의 어느 작품을 살펴보더라도 농민에 대한 애정으로 충만해 있으며 그들의 생활과 정서가 리얼하게 형상화되어 있다. 이렇듯 농촌의 실상과 농민적 삶의 리얼리티를 구현하고 있는 그의 작품은 과거 우리 농민소설의 폐단이었던 추상성, 공식성을 일정하게 극복하여 농민소설의 수준을 한 단계 끌어올렸으며 그것의 당연한 결과로서 농민소설의 새로운 지평을 개척했다는 점에서 커다란 문학사적 의의를 지닌다.

오유권 소설의 구심점은 대체로 농촌 체험에 있다. 그가 체험한 세계는 그의 작품 세계와 하나의 통일을 이루고 있을 정도다. 가령 그의 소설 전체를 지배하고 있는 토속성이 원시적 건강성과 단순 소박한 낙천적 해학성을 간직하게 되는 이유도 그의 축적된 체험이 용해되어 있기 때문이며6), 우리 문학에서 유례를 찾아보기 힘들 정도로 탁월하게 재현되고 있는 전통적인 농촌공동체의

---

6) 천이두, 『한국소설의 관점』, 문학과지성사, 1980, 38쪽.

실상 또한 마찬가지다. 그리하여 농촌 체험을 진실하게 반영하고 있는 그의 농민소설은 오늘의 독자들에게 감동을 가져다 준다. 그 감동은 우리에게 잊혀진 고향의 흙냄새를 되살리기도 하고 우리 의식의 한 구석에 잠재되어 있는 반문명적 욕구를 자극하기에 충분할 것이다.

하지만 그가 그리고 있는 농촌공동체는 감상적 회고 속에 아름답게 채색된 공간이 아니다. 거기에는 내외 독점자본의 수탈 대상으로 전락한 농촌의 참상이 섬뜩하게 살아 숨쉬고 있으며, 소외된 하층민들의 고통과 분노가 촘촘하게 배어 있다. 특히 빈농과 농업임노동자의 절망적 가난, 정치적 각성 과정과 저항을 형상화한 일련의 단편은 1950년대 농촌현실의 핵심 문제에 접근하고 있다는 점에서 주목할 필요가 있다. 독점자본의 농업지배로 말미암아 농촌경제가 결정적으로 파탄되고 그것의 필연적 결과로서 농민층의 왜곡된 양극 분화가 가속화되어 대부분의 자작농이 소작농으로 전락하거나 농업임노동자가 양산되는 농촌 내부의 급격한 변화를 포착한 점은 동시대 다른 작가들을 압도할 뿐만 아니라 1970년대 농민소설의 수준과 비견될 정도다. 여기에서 우리는 오유권이 관찰자적 태도를 넘어서서 민중적 시각으로 농촌현실을 접근하고 있다는 것을 확인할 수 있다. 이러한 민중적 관점은 전후소설로는 최초로 민중적 입장에서 냉전이데올로기의 극복을 시도한 『방앗골 혁명』(1962)7)을 통해서도 알 수 있다. 또한 그의 소설 대부분이 농촌 하층민의 삶에 초점을 두고 있다는 것에서도 확인되는 바다. 아마 이 점이 체험에 근거한 오유권의 농민소설의 가장 뛰어난 성과라고 할 수 있다.

그러나 오유권에 있어 체험이 긍정적으로 작용한 것만은 아니다. 먼저 그의 작품이 거의 체험에만 지나치게 의존한 결과 그의 작품엔 등장하는 인물이나 사건, 배경이 매우 단조롭다. 또 주제, 분위기, 모티브 등이 유사하다. 그래서 그의 작품은 어느 것을 읽어도 한결같다는 인상을 준다. '내 작품은 어느 것을 보아도 모나게 다른 작품이 없다'고 스스로 밝히고 있는 것처럼 오유권 또한 이 점에 어느 정도 동감하는 듯하다. 그 결과 그의 소설들은 강한 '상호텍스트성(intertexuality)'을 드러낸다. 특히 1970년대 이후의 작품은 1950~60년대 작품

---

7) 김명인, 『희망의 문학』, 풀빛, 1990, 321쪽.

의 변주로 여겨질 만큼 주제, 인물, 모티브상의 상호텍스트성이 심하게 나타난다. 가령 이농의 심각성을 다룬 「농민백서」(1979), 이농민들의 귀향과 재정착의 어려움을 그린 「낙촌일기」(1980)는 장편 『황토의 아침』(1967)을 분절시킨 의혹이 짙고, 무지한 농민들이 전쟁의 와중에서 이데올로기적 대립에 휩쓸려 무참히 희생될 수밖에 없었던 곡절을 그린 「쑥골의 신화」(1987)는 『방앗골 혁명』(1962)를 축약한 작품이다. 이는 오랜 기간 농민소설이라는 동일한 지점을 파고 들어간 결과물이다.[8]

그런데 오유권 소설의 상호텍스트성은 러시아 형식주의자들이 제기했던, 즉 '문학은 고도로 규약화되고 낡은 문학적 관습들을 상호텍스트성의 대상으로 사용함으로써 발전해 나간다'는 긍정적 측면과는 거리가 멀다. 그의 작품의 상호텍스트성은 단순한 반복성에 불과하다. 1970년대 이후의 작품은 새롭게 현실을 조명해 보려는 시도도 없고, 새로운 소설 기법에 도전해 보려는 의지도 찾아보기 어려울 정도로 과거 체험에 함몰되어 있다. 그 결과 오유권 소설은 그 전개과정에서 심한 낙차를 드러낸다. 적어도 1970년까지는 핍진한 농촌체험에 근거해서 농민적 리얼리티를 구현하고 있는 반면에 그 이후로는 대부분 과거 체험이 관성적으로 작용하면서 단순한 후일담을 벗어나지 못한다.[9] 즉 1970년대 부단하게 변화하는 농촌현실을 과거의 체험에 비추어 재현해내는 소박한 '경험주의문학'으로 전락하는 것이다. 이는 삶의 근거지를 서울로 옮긴 것과 무관하지 않다.

그리고 그의 농민소설은 소설 양식에 따라 작품의 질적 수준이 뚜렷하게 구별된다. 단편이 농촌현실의 본질적 한 국면을 예리하게 포착하여 농민적 리얼

---

8) 이러한 특징은 오유권의 문학관과도 밀접하게 관련되어 있다. 그는 전후의 병리적 현상이 현대의 표본이나 현실의 전부인 것처럼 과잉일반화하는 주장에 강한 거부감을 제기하면서, 보다 밝은 국면에 생명을 부여하는 것이 문학의 본령이라는 입장을 취한다. 그 밝은 국면이 바로 전통적 농촌공동체의 소박한 인정 세계다. 오유권, 「작가의 길」, 『현대한국문학전집 9』, 신구문화사, 1981, 500쪽.

9) 가령, 도시인들의 향락 풍조와 가뭄으로 고통을 겪는 농민들을 대비시켜 도농 격차의 한 단면을 드러낸 「농민과 시민」(1970), 농촌 근대화사업의 일환으로 추진된 '농지정리'를 둘러싸고 벌어지는 농민간의 갈등과 농정(農政)의 폐해를 다룬 「농지정리」(1970)까지는 어느 정도 현실성을 지니고 있으며 관찰자적 성실성 또한 유지하고 있다.

리티를 구현하고 있는 반면 장편은 단편에서 다루어진 문제를 종합하는 정도이며, 형상화 수준 또한 단편에 훨씬 못 미친다. 물론 작품의 질적 수준을 단편과 장편의 양식적 특성을 무시한 채 일률적으로 재단할 수는 없다. 그렇다고 하더라도 오유권에 있어 이 문제는 체험과 밀접하게 연관되어 있다는 점에서 예사롭게 넘길 수 없다.

이는 결국 그의 구체적인 농촌체험이 전체사회의 보편적 의미에 얼마만큼 접근하고 있느냐의 문제로 귀결된다. 앞서 언급했듯이 체험은 그 자체로 의미가 있다기보다 세계관과의 상호 작용을 통해 보편적 차원으로 확대 심화되었을 때 진정한 빛을 발하는 것이다. 바로 이 부분에 오유권 소설의 치명적인 약점이 존재한다. 즉 오유권은 체험을 고립시키지 않고 모든 삶의 과정과 연관시킬 수 있는 능력이 부족했다. 그 결과 변화하는 다양한 사건의 연속을 통해 총체성을 추구하는 장편소설에 걸맞는 서사 구성이 매우 어려웠을 것이다. 이러한 현실인식의 결여는 유토피아적 지향으로 연결되는 문제를 낳는다. 이는 장편의 결말구조에서 단적으로 확인된다. 대표적 장편으로 평가되는『방앗골 혁명』과『황토의 아침』은 모두 전통적 농촌공동체를 복원하는 결말구조를 취하고 있는데, 그 자체도 문제이려니와 그것을 성취하는 방법이 설화적 상상력이나 낙원 의식에 근거하고 있다는 점에서 현실성을 상실한다. 요컨대 오유권에 있어 체험의 문학적 형상화는 긍·부정의 양가성을 지니고 있다. 아니 그 경계에 위태롭게 걸쳐 있다고 볼 수 있다. 그의 체험이 역사적, 사회적 지평으로 확대 심화되지 못한 것은 오유권 개인이나 우리 농민소설사의 차원에서 볼 때 매우 아쉬운 점이다.

3. 농촌 하층민의 생태와 주체적 자각

오유권 단편소설에서 중심을 차지하는 주제 가운데 하나는 농촌 하층민의 삶과 정서다. 과부들의 가난한 삶과 강인한 의지를 간명하게 그려낸 데뷔작 「참외」(55)를 비롯해서 「소문」(57), 「젊은 홀어미들」(59), 「새로 난 주막」(60),

「돼지와 외손주」(60), 「어떤 노인의 죽음」(61), 「가난한 형제」(63), 「바람맞은 골목」(63) 등 그의 초기 단편 대부분이 이 계열에 속하며, 나머지 작품들도 이 주제 영역에서 크게 벗어나지 않는다. 250편에 달하는 그의 작품 전체가 이 문제를 주제로 하고 있다고 해도 과언이 아니다. 따라서 이 주제는 오유권이 평생동안 끈질지게 천착한 영역으로 그의 농민소설을 대표한다고 볼 수 있다.

그런데 이 주제는 우리 농민소설 전반에서 흔히 찾아볼 수 있는 하나의 관습화된 주제다. 신경향파, 카프의 농민소설은 물론이고 1970년대 농민소설에 이르기까지 그 내용과 성격에 정도의 차이는 있을지언정 보편적으로 다루어진 주제다. 농민적 현실을 소설적 대상으로 하는 농민소설 장르의 특성상 하층민의 삶과 정서는 농민적 현실을 가장 잘 대변해 준다는 점에서 이와 같은 현상은 지극히 자연스럽게 받아들여질 수 있다. 특히 하층민의 비극적인 삶은 단순히 농촌에 국한된 문제가 아니라 한국사회의 구조적 모순을 가장 첨예하게 반영하는 보편성을 지닌다. 그리하여 식민지반봉건사회의 주요 모순인 토지문제를 둘러싸고 벌어지는 지주와 소작인들의 계급적 대립을 바탕으로 하층민들의 삶과 투쟁을 형상화한 식민지시대와 해방 직후의 농민소설은 민족(중)문학의 주류를 형성한 바 있다. 따라서 이 주제는 농민소설의 가장 평범하면서도 문학적 보편성을 획득할 수 있는 가장 핵심적인 주제라고 할 수 있다.

거의 모든 작품이 이 문제에 관심을 기울이고 있다는 점에서 오유권의 작품은 우리 농민소설의 전통성과 보편성에 가장 근접해 있다고 볼 수 있다. 일견 특별하게 평가할 것 없는 평범하고 진부한 주제라고 할 수 있지만 그의 작품은 몇 가지 측면에서 기존 성과를 능가하는 장점을 보여준다. 첫째 농촌 하층민의 생활 현실을 깊이 있게 반영한 점이다. 그의 작품엔 언제나 농촌 하층민들의 참담한 궁핍상과 그들 특유의 강인한 생명력이 놀라울 정도로 섬세하게 형상화되어 있다. 따라서 그의 작품은 감상적 회고 속에 아름답게 그려진 농촌 공동체와는 애초부터 거리가 멀다. 그가 파악한 농촌은 굶주림을 면하기 위해 동냥을 구걸하고, 남의 곡식을 훔쳐야 하고, 고리대급업자에게 목숨을 저당잡힐 수밖에 없는 비극적인 삶의 현장이다. 오유권은 그런 농촌현실의 근본적인 상황과 사건을 선택하여 이를 형상화하는데 남다른 능력을 발휘한다. 가령, 굶주림에 지쳐 버려진 썩은 사과 세 개를 주어 먹고 도둑의 누명을 쓴 채 갖은 협박에 못이겨 결국 죽음으로써 자신의 결백을 항변하는 어느 하층민 가족의 처절함을 그린 「어떤 노인의 죽음」(『사상계』, 1961. 11)은 순박한 농민의 긍지와 자존이 가난으로 인해 처참하게 무너지는 비극을 극적으로 보여준다. 이와 같이 오유권의 단편은 농촌하층민의 풍속도라 할 만큼 특히 하층민의 삶과 비극을 생생하게 묘사하는 특징이 있다.

둘째, 하층민의 생태를 반영함에 있어 철저하게 관찰자적 태도를 견지한다. 그의 초기 단편에서 과도한 주제의식이나 관념적인 서술을 찾아보기 어렵다. 주제보다는 상황이나 인물에 초점을 두고 사건을 형상화하거나 구조화시킨다. 주관을 철저히 배제하고 냉철한 관찰과 묘사를 위주로 농촌현실을 비교적 정확하게 반영하고 있다는 점에서 그의 작품은 1950년대 농촌현실에 대한 성실한 보고서로서 손색이 없으며, 과거 농민소설의 일반적 폐해였던 추상성과 공식성의 한계를 뛰어넘는다. 이것이 가능했던 것은 체험에 의한 아래로부터의 접근방법이다. 순수한 체험의 기록인 그의 작품은 구체적인 근거로부터 유리될 위험성도 별로 없으며[10], 주관이 개입될 여지도 거의 없는 것이다. 오유권의 농촌체험이 남달리 강조되는 것도 바로 이와 같은 성과를 가져온 주된 요인이 체험이기 때문이다.

이와 결부된 특징으로서 주목할 것은 그의 작품이 '구체성'을 지니고 있다는 점이다. 세부 묘사에 있어서 뿐만 아니라 등장 인물과 상황 설정이 모두 구체적이다. 가령, 등장 인물을 살펴보면 그의 작품엔 농민이 없다. 그러나 농민적 삶이 그 어느 작품보다 생동감있게 전달된다. 농민이 존재하지 않는다는 말은 그의 작품엔 추상화된 농민이 없다는 의미다. 즉 소작농, 품팔이꾼, 임노동자, 과부, 행상 등 각기 다른 처지와 지향을 가지고 있는 구체적인 인물이 존재한다. 이것은 오유권이 당대 농촌내부의 변화를 정확히 포착하고 있었음을 말해준다. 한국자본주의 성장 과정에서 독점자본의 축적기반을 제공했던 농촌은 그러나 왜곡된 농민층 분해로 인해 자작농(중농, 소농)의 빈농화 현상이 일반화되고 방

---

10) 조동일, 「농민생활과 그 비극—오유권론」, 신경림 편, 『농민문학론』, 지양사, 1983, 240쪽.

대한 농촌 과잉인구가 양산되는 등 농민의 계층변화가 과거에 비해 두드러지게 나타난다.[11] 1950년대는 그러한 계층변화의 시발점에 해당된다. 그러므로 농민을 하나의 계층으로 접근하는 것은 당대 농촌의 내부적인 실상과 부합하지 않는다. 오유권은 체험을 바탕으로 그러한 농촌내부의 변화를 당대 농민의 60% 이상을 차지하고 있던 하층민들의 삶을 통해서 비교적 정확히 반영해내고 있는 것이다. 이는 분명 과거 농민소설에 비해 진일보한 것이다.

그러나 오유권이 관찰자적 태도로 일관한 것은 아니다. 「가난한 형제」(『사상계』, 1963. 7)에 이르면 하층민의 궁핍상을 묘사하는 차원을 벗어나 그러한 현상의 저변을 탐색하고 나름대로 해결 방법을 모색하는 적극성을 보여준다. 즉 당대 농촌현실의 구조적 모순에 대한 접근을 시도하고 있는 것이다. 「가난한 형제」는 가난하고 비참한 삶을 살아가는 농촌하층민 가족의 이야기다. 이 작품은 하층민의 절박한 삶과 그들의 선량한 의식이 날카롭게 대비되면서 농촌의 불모성이 한층 증폭되는데, 그 서두를 보자

다사로운 봄볕을 등지고 뚝을 가는 한 떼의 일군이 있었다. 혹은 바지게를 지고 혹은 삽을 메고 망태기를 들고 묵묵히 가는 앞에 들이 천리같이 트여 있고 이랑마다 아지랑이가 굼실거린다.[12]

봄볕 속에 일터로 향하는 일군들의 모습을 제시하고 있는 이 서두는 목가적

---

11) 일반적으로 '농민층분해'란 생산수단과 노동력의 직접적 결합에 기초를 둔 소생산농민이 자본주의사회의 기본적인 두 계급인 자본가계급과 노동자계급으로 양극분해되는 과정을 말한다. 환언하면 그것은 소생산농민의 질적 전환 즉 탈농민화이고 농업에서 자본주의적 생산관계가 성립하는 과정이다(박진도, 「한국자본주의와 농민층분해」, 『민족경제론과 한국경제』, 창작과비평사, 1995, 224쪽). 그러나 우리의 경우는 불완전한 농지개혁으로 말미암아 정상적인 농민층분해를 통해 농업의 자본주의화가 이루어지지 못한다. 농지개혁으로 창출된 자작농은 종속적 자본주의의 전개과정에서 민족경제의 토대적 위치에 서지 못하고 내외 독점자본의 침탈 속에서 몰락하여 부채농화, 탈농화, 소작농화하게 된다. 그결과 전근대적인 지주—소작관계가 광범하게 확산되기에 이른다. 1950년대 농촌의 역사적 성격은 바로 이와 같은 사회경제적 구조의 변화를 떠나서는 설명될 수 없다.

12) 오유권, 「가난한 형제」, 『사상계』, 1963. 7, 310쪽(이하 작품 인용은 주를 달지 않고 이 작품의 쪽수만 표시함).

인 농촌 정경이다. 하지만 목가적인 정경은 곧 깨지고 만다. '한 떼의 일군'은 자신들의 농토로 향하는 것이 아니라 하천부지 공사장으로 가는 것이다. 그들은 무토지 농민, 즉 농업임노동자들로서 이태동안 홍수와 가뭄으로 극빈 상태에 놓여 있고 임노동으로 생계를 연명하지만 그나마 공사가 중단되어 체불 임금조차 받지 못해 당장 끼니를 해결할 수 없는 절박한 상황에서 그래도 공사장으로 발걸음을 옮기는 모습은 얼마나 참혹한 것인가. 무너져 내려앉은 지붕, 상말 한 켤레 신지 못한 남루한 옷차림, 기진해 쓰러져 있는 노모와 아내, 문전걸식하는 동생, 그야말로 '사는 것이 죄'(312쪽)가 되는 임노동자 인수와 그의 가족의 모습이 생동하는 봄의 자연과 날카롭게 대비되어 있는 것이다.

참혹함은 여기에서 그치지 않는다. 지게꾼이라도 하려 하지만 선금이 있어야 하고, 고리대금업자에게 고지를 간청하나 거절당하고, 동생은 문전걸식하다 개에게 물리고, 마을 이곳저곳에서 아사하거나 자살하는 사건이 거듭되는 가운데 상가집에서 전과 떡부스러기를 주머니에 넣는 인수의 눈물겨운 모습(320쪽)에 다다르면 신경향파소설 이상으로 참혹하다. 그리고 급기야 굶주림을 면하기 위한 궁여지책으로 고수머리영감(고리대금업자)의 곳간에서 곡식을 훔치다 떨어져 다치고 그 상황에서 네 가마니를 집에 날라다 놓고 죽는 인수의 모습으로 이어지면서 소설의 참혹함은 절정으로 치닫는다. 따라서 「가난한 형제」는 한편으로는 아사하는 사람들을 그리고 다른 한편으로는 굶주림을 면하기 위해 도둑질하는 형제를 제시하면서 극단적인 궁핍이 어떠한 결과를 초래하는가를 심도있게 추구한 작품이다.

그러나 이 작품이 어둡고 처참한 모습만 그리고 있는 것은 아니다. 비록 가난에 시달릴망정 인수 형제를 포함한 하층민들은 매우 선량한 의식을 굳건히 지키며 살아간다. 그런데 그 선량함은 전통적인 의미의 단순소박함이나 운명론적 체념과는 거리가 멀다. 그것은 삶에 대한 강한 의지를 담고 있다. 가령, 체불 임금을 받아내기 위해 항의할 줄 알고, 영농자금과 절량농가대여곡의 분배 과정에서 무토지 농민를 제외시키는 정부 정책에 항거하는 적극적인 집단행동을 통해서 그들이 더 이상 순응적인 농민이 아니라는 것이 단적으로 확인된다. 즉 그들의 선량함은 밝은 세계를 지향하는 의지로 연결되는 것이다. 따라서 이 작품은 농민은 무지하다는 전제 아래 계몽적 대상으로 간주했던 지식인의 계몽적 농민소설이나 농민을 이념적 꼭두각시로 바라봤던 계급적 농민소설과 본질을 달리하고 있다.

그러한 하층민들의 분노와 의지는 결말 부분에서 극대화되고 있다. 굶주림을 견디다 못해 일가가 집단자살한 살구나무집의 장사에서 그들의 분노는 집단 행동으로 분출된다.

> 상여마다 오색찬란한 꽃종이가 눈부시고 마을사람들이 장사진을 이루고 가는 것이다. 이와 같은 상여소리에 이어 난데없는 함성이 <극빈자에게 구호미를 달라> <노동자에게 일을 달라>. 상여꾼들이 어느덧 <데모> 화하여 시체를 맨 채 이렇게 절규했다. 과연 상여 앞에는 명정과 함께 푸라카드가 두 개 나란히 가고 있었다. 때마침 불어 오는 봄바람에 날려 푸라카드가 명정인지 명정이 푸라카드인지 아른아른 흐려 보였다.(326쪽)

비극이 비극으로 그치지 않고 보다 나은 세계를 열망하는 의지로 승화되고 있는 이 장면은 1930년대 리얼리즘 농민소설의 대표작인 김정한의 「사하촌」 결말과 흡사하다. 중요한 것은 그것이 관념적으로 조작되거나 과장된 것이 아니라 작품 내적 필연성을 지니면서 현실성을 획득하고 있다는 점이다. 앞서 언급한 그들의 선량함과 적극적인 행동이 현실의 벽에 부딪쳐 좌절되면서 쌓였던 분노가 집단적 저항으로 연결된 것이다. 특히 그 좌절이 의식적 각성을 동반하는 가운데 정치적인 차원으로 발전하는 모습은 1950년대 소설에서 찾아보기 힘든 장면이다. <극빈자에게 구호미를 달라>, <노동자에게 일을 달라>는 구호는 그들이 삶의 주체로서 발돋움하는 장엄한 행진곡에 다름아니다. 그러므로 이러한 집단적 저항은 관념적 주장으로서가 아니라 현실 자체의 모습[13)으로 민중적 리얼리티를 구현하고 있다고 평가할 수 있다. 이런 맥락에서 오유권의 농민문학이 거의 초역사적인 가난과 정적 속의 농촌현실을 다루고 있어 역사적 질곡을 극복하려는 농민 주체의 형상을 거의 찾아보기 힘들다는 김명인의 평가는 재고되어야 한다.[14)

---

13) 조동일, 「긍정을 향한 비극」, 『현대한국문학전집9』, 신구문화사, 1981, 491쪽.

　요컨대 「가난한 형제」는 국내외 독점자본의 농업지배와 왜곡된 농민층분해로 야기된 1950~60년대 농촌의 파탄을 임노동자의 생태를 통해 묘파하고 있으며, 나아가 그들의 의식적 각성과 현실모순에 대한 주체적 저항의 맹아를 보여준 전후 최초의 작품이다. 절망적인 상황에서도 결코 좌절하지 않는 농민들의 잠재된 힘을 발견하고 강조하여 드러낸 점은 한국전쟁 이후 급격히 단절되었던 민중적 농민문학의 전통을 복원했다는 각별한 의미를 부여할 수 있다. 그리고 농민세층의 내적 분화와 농촌 최하층에 대한 문학적 관심이 1970년대 소설에서 비로소 등장한다는 사실을 감안할 때, 이 작품에 나타난 주체적인 농민상은 문학사적으로 대단히 중요한 가치를 지닌다.

　그러나 그의 농촌현실에 대한 구조적 인식은 더 이상 진전되지 못한다. 특히 도시/농촌, 공업/농업의 불평등한 관계를 내재하면서 전개되는 1960년대 이후 한국자본주의화 과정의 복잡성을 농촌적 관점으로만 편협하게 접근한 결과 도시를 배제한 농촌의 우위성을 강조하는 극단성을 보여준다. 그것은 전통적인 농촌공동체의 복원을 농촌문제 해결의 궁극적 대안으로 제시하는 것에서 단적으로 확인된다. 자본주의적 근대화가 본격화되는 1960년대 이후 도\농, 공\농의 상보적 관계에 대한 근본적 인식이 전제되지 않는다면, 다시 말하면 농촌을 배타적으로 강조하거나 도시를 배타적으로 강조하는 태도는 공통적으로 농촌현실을 객관적으로 인식할 수 없다. 특히 오유권처럼 농촌을 배타적으로 강조할 경우 농촌은 도시의 이국 취향을 만족시켜주는 대상이 되든지 아니면 복고주의로 흐를 수밖에 없게 되는 것이다.

4. 전쟁의 비극과 역사의식

　오유권 소설에서 큰 비중을 차지하는 또다른 주제는 전쟁의 비극과 휴머니즘이다. 「달밤의 銃聲」(59), 「月光」(59), 「荒凉한 村落」(59), 「異域의 山莊」(60), 『流刑族』(60), 「少年射手」(60), 『방앗골 혁명』(62), 「전쟁과 농부」(83), 「쑥골의

---

14) 김명인, 앞의 책, 321쪽.

神話」(87)가 이 계열을 대표하는 작품이다. 전쟁을 체험했던 세대로서 전쟁의 문제를 제재로 삼아 꾸준한 창작활동을 전개했던 것은 지극히 당연한 일이다. 그러나 같은 환경에 처했던 동시대 작가들에 비해 그는 유난히 전쟁의 문제를 부각시키려 애쓴 흔적이 역력하다. 앞의 작품 목록에서 확인되는 것처럼 그의 전쟁에 대한 문학적 관심은 평생에 걸쳐 지속되고 있으며, 단편뿐 아니라 장편과 중편을 통해서 전쟁의 의미를 폭넓고 깊이있게 다루고 있다는 점에서 그렇게 평가할 수 있다. 그것은 아마도 1951년 전쟁의 와중에서 자원 입대하여 5년 동안 복무하는 가운데 본격적인 문학수업을 했던 그의 독특한 경험과 밀접한 연관이 있을 것이다.

그러나 작품의 양과 창작 기간이 문학적 성과를 입증하는 것은 아니다. 중요한 것은 전쟁의 비극을 얼마만큼 깊이 있게 탐색하느냐, 또 그 비극이 갖고 있는 역사적 의미를 어떻게 파악하느냐에 있다. 그는 전쟁에 관련된 이와 같은 본질적 문제를 집요하게 탐구하고 있다. 이 점에서 오유권의 작품은 전쟁의 비극을 형상화한 전후소설과 판이하다. 그의 작품에는 실존적 개인의식(손창섭), 자의식의 과잉(오상원, 서기원), 행동주의(선우휘), 혁신적인 기법(알레고리, 의식의 흐름 수법 등)을 찾아보기 어렵다.15) 오히려 그는 전통적인 소설문법에 충실한 전후세대의 예외자다. 그의 소설 대부분은 농촌이나 산골을 주된 배경으로 전쟁의 원인을 탐색하고 그 여진(餘震)을 침착하고 꼼꼼하게 담아내고 있다는 점에서 동시대 하근찬과 더불어 전후소설의 새로운 유형을 개척했다고 평가할 수 있다.

그리고 오유권의 전쟁에 대한 접근은 비극의 참상과 원인 그리고 그 치유방법의 모색에 이르기까지 비교적 시야가 넓은 편이다. 대부분의 작품이 전쟁의 비극적 참상을 소설적 상황으로 설정하는 공통점이 있으나 양식에 따라 또 시기에 따라 약간의 편차가 존재한다. 다시 말하면 단편은 주로 전쟁이 어떻게

---

15) 예외적인 작품이 없는 것은 아니다. 가령, 폐쇄된 산장을 배경으로 전시라는 특수한 상황에 놓인 인간의 생존양식과 동물적 속성을 적나라하게 파헤친 중편 「異域의 山莊」은 극한상황에서 인간의 윤리가 무의미함을 통렬하게 고발한 작품인데, 배경과 인물의 추상성, 과도한 상징 수법이 나타난다는 점에서 예외적인 작품이라고 할 수 있다.

농촌 및 농민에게 파괴적 영향을 미쳤는가, 그리고 전쟁의 여진으로 고통받는 농민(또는 그 가족)의 상흔을 통해서 이념적 비판을 시도하는데 초점을 두고 있다. 반면 중, 장편은 전쟁의 원인과 비극의 극복 방법을 집중적으로 조명한다. 또 단편 중심에서 점차적으로 중·장편으로 양식적 확대가 이루어지기도 한다. 그러한 변화 과정을 총괄하고 있는 작품이『방앗골 혁명』이다.16) 따라서 이 작품을 중심으로 평가가 이루어져야 마땅하지만 일전에 다룬 바 있기에 이 글에서는 단편「荒凉한 村落」을 대상으로 전쟁의 소설적 형상화에 개재되어 있는 오유권의 역사인식을 살펴보는 것으로 국한한다.

「荒凉한 村落」은 각기 다른 인물과 상황, 그리고 시점을 지닌 세 스토리가 연작 스타일로 묶여진 작품인데 이념과 무관한 농민들이 전쟁으로 겪는 고통이 여러 각도에서 잘 조명되어 있다. 「모밀밭에서」는 땀과 흙에 대한 절대적 믿음을 간직하고 있는 순박한 농부가 부모에게서 물려받은 전답을 전쟁에 아랑곳하지 않고 지켜내려는 의지와 좌절을 간명하게 형상화한 작품이다. 그 농부에게는 전쟁의 위협보다도 자연의 섭리에 순응하며 살아가는 일상이 중요할 뿐이다. 비행기가 출몰하는 위태로운 지경에서도 그는 조상이 가꾼 삶의 터전을 자신이 지키고 있듯이 자식들도 자신이 일구고 있는 이 터전을 이어갈 것이라는 믿음 아래 묵묵히 개간 사업에 열중한다. 그러나 전쟁의 참화로부터 비켜갈 수는 없었다. 아내가 포탄에 맞아 죽게 되는 것이다. 그가 심혈을 기울여 가꾼 밭이랑이 아내의 피로 적셔지는 결말을 통해 전쟁이 가져다주는 비극을 섬뜩하게 느낄 수 있다.

「어린 남매」는 외가에 피난 갔다가 돌아오는 도중에 어린 남매가 겪는 어른들의 비정함을 다루고 있는 삽화다. 잠자리와 식량을 간청하지만 매몰차게 거

---

16) 이 작품은 전쟁의 비극의 원인과 그 극복방법을 시도한 전후 최초의 작품이다. 우리 현 대사의 가장 민감한 시기를 계층적 갈등과 이념적 갈등의 두 축으로 접근함으로써 역사적 진실에 접근할 수 있는 가능성을 확보하고 있다. 특히 농촌공동체 고유의 계층적 갈등이 해방 직후의 과도기적 상황에서 이념적 갈등의 양극화로 재편되고 그 것이 전쟁의 비극을 격화시키게 되는 과정을 면밀하게 그려낸 것은 동시대 작품에서는 전혀 찾아볼 수 없는 이 작품만의 미덕이다. 요컨대 이 작품은 민중적 시각으로 전쟁의 비극을 조명했다는 점에서 분단문학의 새로운 경지를 개척한 문학사적 의의를 지닌다. 이 작품에 대한 전반적인 평가는 졸고, 앞의 글을 참조할 것.

절하는 어느 노인의 비정함이 어린 아이의 눈을 통해서 그려지는데, 그 비정은
전쟁의 비극을 함축하고 있다. 그 노인은 경찰이 진주하는 날 낯선 사람을 감
춰 주었다가 아들을 잃은 뼈아픈 경험이 있기 때문이다. 또 부모의 생존을 전
혀 모르는 상태에서 고향을 향하는 어린 남매의 발걸음에도 전쟁의 상흔이 배
어 있다. 특히 어린 남매가 옆구리에 소중하게 끼고 있는 '족보'로 인해 부모가
죽었다 하더라도 고아는 면할 것이라는 작가의 반어적 진술은 어린 남매가 겪
어야만 하는 전쟁의 비극을 한층 증폭시킨다.

　「漂流族」은 세 스토리 가운데 전쟁의 비극이 구체적으로 다루어진 작품이
다. 그 비극의 핵심은 가족의 해체다. 며느리는 좌익에게 끌려가고, 아들은 부
역한 죄로 우익에게 끌려가고, 노인은 목숨을 부지하기 위해 좌익에게 협조
할 수밖에 없는 앵두나무집 일가의 비극적 상황을 통해서 이념과 무관한 민
중들의 일방적 희생을 강조하고 있다. 그들에게 있어 이념은 좌, 우를 불문하
고 생명을 위협하고 삶의 터전을 파괴하는 가혹한 폭력이다. 그 폭력은 가족
구성원 각각을 이념의 소용돌이로 내몰고 급기야 한 가족의 평화로웠던 삶을
해체시키고 만다. "가자. 아무데로라도 가자. 이보다 덜 괴롭고 더 살 수 있는
곳이 있으면 아무데라도 가자"[17])는 절망적 탄식과 정들었던 삶의 터전을 떠
나가는 일가의 모습을 통해 전쟁의 폭력성과 파괴력을 뚜렷하게 부조시키고
있다.

　전반적으로 「황량한 촌락」은 형상화 수준이나 작품 구성에 많은 결함이 있
지만, '전쟁이 제기한 현실적인 결과인 한 가족의 해체현상을 이념적 차별성을
기축으로 하여 주변부 인물들의 일방적인 희생으로 형상화'[18]) 하고 있는 독특
한 작품이다. 특히 이념과 무관한 농민가족의 해체현상을 통해서 전쟁의 비극
을 접근하는 방법은 전쟁을 제재로 한 오유권 소설의 핵심 테마이다. 가족 해
체의 문제는 전후 상황에서도 계속되는 전쟁의 여진이었다. 예를 들어 「月光」
(『사상계』, 1959. 12)은 아들이 좌익활동을 하다 입산한 뒤 생사를 모르는 상황

---

17) 오유권, 「황량한 촌락」, 『현대문학』, 1959. 5, 118쪽.
18) 차원현, 「1950년대 한국소설의 분단인식」, 문학사와비평연구회, 『1950년대 문학연
　　구』, 예하, 1991, 127쪽.

에서 며느리를 우여곡절 끝에 재가시키려고 마음먹고 승낙하는 날 아들이 살아 돌아오는 '진노인' 일가의 비극적 운명을 통해 전쟁의 폭력성이 지속되고 있음을 증언하고 있다.

이렇게 오유권은 전쟁의 와중에서 또는 전후에서 이념과 직접 관련이 없는 민중들이 전쟁으로 인해 겪는 가족 해체의 고통을 형상화함으로써 민중적 시각으로 전쟁의 본질을 조명한다. 그의 이념 비판적 태도는 단순히 전쟁의 수난사나 피해 정도를 부각시키는데 머무르지 않고 전쟁의 본질과 그 비극의 참혹성을 탐구하는 것으로 한층 발전되어 간다. 특히 그러한 관점에서 전쟁의 비극을 치유할 수 있는 방법을 모색하는 단계까지 나아간 것은 전후소설에서 좀처럼 찾아보기 힘든 성과다. 그런데 한 가지 눈여겨 볼 대목은 그가 이념 문제를 본격적으로 다루지 않는다는 점이다. 오히려 이념 문제를 직접 다루지 않으면서 강렬한 이념 비판을 수행하는 것이 그의 작품이 지닌 독특한 매력이라 할 수 있다. 그것이 특히 체험을 바탕으로 한 재구라는 점에서 생생한 현장감과 역사적 리얼리티를 획득하는 장점을 지니고 있다. 그의 작품이 관념적 편향으로 흐르지 않는 것도 이 때문이다.

그리고 이 주제 계열은 오유권 소설에서 중요한 의미를 갖는다. 순수한 체험과 관찰의 기록이라고 볼 수 있는 그의 소설세계가 그것의 국지성에 머무르지 않고 사회역사적 지평으로 시야가 확대되고 있음을 입증해 주기 때문이다. 다시 말하면 그의 소설은 체험에 전적으로 의존한 소재주의, 지방주의문학을 탈피하고 있다는 것이다. 하지만 민중적 시각을 확보하고 있었음에도 불구하고 그가 과연 전쟁의 비극을 얼마만큼 깊이 탐구했느냐는 여전히 문제로 남는다. 전쟁의 폭력성과 상처를 드러냄으로써 그 비극성을 리얼하게 심화시키는 데는 어느 정도 성공을 거두었다 하더라도 이념에 대해 소극적 인식으로 일관함으로써 이념의 역사적 의미가 축소되는 한계를 벗어나지 못한다. 그만큼 체험을 사회역사적 차원으로 승화시키는 작업은 고도의 지적 능력이 요구된다고 할 수 있다.

5. 농촌 여성의 삶과 의지

오유권 소설에서 빼 놓을 수 없는 특징 가운데 하나는 농촌여성들(촌부)의 삶과 의지를 형상화한 작품이 매우 많다는 점이다. 초기작만 살펴보더라도 「참외」(55), 「대숲안집 姑婦」(56), 「옹배기」(56), 「三人群像」(57), 「젊은 홀어미들」(59), 「돌방구네」(59), 「예쁜 색시」(59), 「月光」(59), 「이역의 산장」(60), 「愚婦」(62), 「분노」(63) 등이 있으며 여타의 작품에서도 촌부들의 생활이 중요하게 취급되고 있다. 그런데 농촌여성은 우리 농민소설에서 자주 등장하는 인물유형이다. 그러나 대부분 주변적인 존재로 그려지거나 농촌문제의 일방적인 피해자로 다루어졌을 뿐 그들의 생태(生態)와 지향에 대해 본격적으로 탐구한 작품은 드물다.[19] 전반적인 농촌계급구조의 변화에 의해 농촌여성의 사회적 위치와 역할이 시대에 따라 변화하지만 그들이 농촌에서 차지하는 비중은 매우 크다. 농업 생산활동과 가사의 이중적 역할을 떠안고 있는 농촌여성은 특히 한국 자본주의 발전과정에서 가장 열악한 생산자이며 최하 계층이고, 지금까지 제기된 농민문제의 최악의 희생자다.[20] 따라서 농촌여성들의 삶은 농촌 현실을 이해하는데 관건적 요소가 된다.

그의 작품엔 거의 예외없이 농촌여성이 등장한다. 그것도 토속적인 체취가 물씬 풍기는 '－댁', '－네'로 명명된 촌부들을 그의 어느 작품을 들춰보더라도 쉽게 목격할 수 있다. 부차적인 인물로서가 아니라 주인공으로서 등장하는 경우가 대부분이다. 계층도 다양하다. 전쟁과 가난으로 인해 과부가 된 사람, 품팔이꾼, 성적 욕망에 시달리는 간교한 지주의 첩, 가족의 생계를 전적으로 책임지고 있는 도붓장사, 허황된 꿈에 몸을 파는 젊은 여자 등 소농체제하의 가부장제로 말미암아 억압과 희생을 일방적으로 강요당했던 1950년대 농촌여성들의 신산(辛酸)한 삶의 실상이 적나라하게 펼쳐져 있다. 그런데 그의 작품에

---

19) 1950~60년대 농민소설 가운데 농촌여성의 삶과 정서를 주선적으로 그려낸 가편(佳篇)으로는 최일남의 「쑥이야기」(53)와 방영웅의 『분례기』(67)가 있다.

20) 한국여성연구회, 『한국 여성 현실의 이해』, 동녘, 1994, 265쪽.

등장하는 촌부들은 과거 농민소설과 달리 주어진 환경과 운명에 순응하지 않고 주체적으로 자신의 삶을 개척해 나가는 적극적인 인물형에 속한다. 또한 전통적인 여인상과도 거리가 멀다. 명분과 체면 그리고 수절과 같은 전통적 가치는 그의 작품에 등장하는 촌부들에 있어 별반 의미가 없다. 그들에게는 가난한 생활을 버텨내는 것이 유일한 희망이고 관심사일 뿐이다. 오유권은 바로 그 과정에서 빚어지는 위악과 위선, 근면함과 억척스러움의 다양한 심성과 정서들을 관찰자적 시선으로 그려낸다.

그러면 이러한 특징이 잘 나타나 있는 「돌방구네」를 살펴보자. 이 작품은 토속적인 무속신앙과 외래 종교(천주교)의 갈등관계를 한 촌부의 삶의 의지와 접목시켜 간명하게 그려낸 단편이다. 3인칭 시점이지만 인물의 중심을 우악스러운 촌부 '돌방구네'에게 둠으로써 반어적 효과를 만들어내는데, 작품 서두부터가 특이하다.

> 흉악하게 게으른 여편네였다. 어린 자식들의 헤어진 옷 구멍은커녕 제 속곳가랑이 하나 깨끗이 안 빨아 입는 돌방구네였다. 끼니 끓일 나무가 없어도 나무걱정을 할까, 장마통에 담벽이 무너져도 그걸 쌓아 올릴 생각을 할까, 그저 어린 자식들이 지게품을 팔고 나무를 해다 주면 또박또박 그것을 바라고 있었다. 그리고 밤낮 마을을 돌아다니면서 여기 말 갖다 저기다 옮기고, 저기 말 갖다 여기다 퍼뜨렸다.[21]

아주 투박하게 돌방구네의 심성을 서술하고 있는 대목이다. '흉악하게 게으른 여편네였다'식의 전개는 이조 평민소설의 가장 값있는 부분과 연결되어 있다는 조동일의 평가처럼[22], 그의 투박함은 오히려 돌방구네의 생활과 정서를 생생하게 드러내주는 효과가 있다. 그녀는 채독으로 남편을 잃고 난 뒤 가족의 생계를 전적으로 책임져야하는 처지에 내몰리지만 지독하게 게으르다. 그런 그녀가 천주교회에 열심히 다니고 적극적으로 전교(傳敎) 활동을 벌인다. 이유는 단 한 가지, 호구지책을 위해서다. 한 달에 한 번 씩 나오는 강냉이가루 배급과

---

21) 오유권, 「돌방구네」, 『현대문학』, 1959. 10, 124쪽(이하 쪽수만 밝힘).
22) 조동일, 「농민생활과 그 비극」, 신경림 편, 앞의 책, 241쪽.

구호물자를 얻어야만 생계를 꾸려갈 수 있기 때문이다. 이번만이 아니다. 과거에도 호구지책을 위해 예수교에 나갔었다. 그렇다고 그녀가 간특(奸慝)한 것은 아니다. 배급으로 목숨을 연명하는 자신의 처지를 '서글프게' 생각할 만큼(126쪽) 순박함도 지니고 있다. 그녀의 순박한 심성이 궁핍한 현실에 의해 비틀어지면서 벌어지는 내적 갈등과 희화적인 행동이 작품의 중심 내용을 이룬다.

돌방구네의 첫 번째 고민은 예기치 않은 데서 발생한다. '교리문답'을 빨리 외워 영세를 받아야만 보다 많은 배급을 탈 것이라는 욕심에 문맹인 그녀는 아들을 윽박지르며 열정적으로 공부한 결과 찰고(察考)에 합격하지만 남편의 상방(喪方) 때문에 영세를 못 받을 위기에 처한다. 대대로 내려온 제례와 풍습을 지켜야 하는 명분론과 호구지책이라는 현실론, 즉 '남편'과 '천주' 가운데 하나만 선택해야 하는 깊은 고민에 빠지게 된다. 그러나 그녀의 갈등은 의외로 쉽게 해결된다. 명분과 의리보다는 현실적 삶이 그녀를 강제하기 때문이다. 결국 '어쨌든 자식들과 살고 보자는'(131쪽) 현실론이 승리할 수밖에 없는 것이다. 작가는 이 대목에서 궁핍한 자가 살아간다는 것이 얼마나 힘겨운 일인가를 날카롭게 보여주면서 당대 촌부들이 겪어야만 했던 고통의 일단을 예리하게 부조시키고 있다.

하지만 남편의 상방을 치운 이튿날부터 그녀는 시름시름 앓게 되고 급기야 반신불수가 되어 거동도 제대로 못하게 된다. 약도 효험이 없다. 그 와중에서 돌방구네는 여전히 영세에 대한 집착을 버리지 못한다. 무당에게서 상방을 없앤 것이 원인이라는 점괘가 나오고 결국 굿을 해서 거뜬히 거동을 하게 된다. 여기에서 돌방구네의 두 번째 고민이 생겨난다. 즉 굿의 신기한 효험과 양약의 무효험을 경험한 그녀는 '무당의 굿과 의사의 약은 서로가 끝까지 동조할 수 없는 동시에 또한 서로가 끝까지 배척할 수 없다'(137쪽)는 현실에 봉착하게 되는 것이다.

그런데 돌방구네가 고민하고 있는 이른바 재래적인 토속신앙(무당, 굿)과 외래적 가치(교회, 의사, 약)의 대립은 개인적인 차원을 넘어 1950년대 농촌이 겪었던 문화적 급변을 날카롭게 반영하고 있다. 전후사회는 전쟁의 참화와 서구 문화의 대량 유입으로 인해 전근대적 가치체계가 서서히 붕괴되지만 새로운 가치체계가 미처 정립되지 못한 문화적 과도기였다. 그 같은 현상은 도시뿐 아니라 보수주의적 가치관이 완고하게 자리잡고 있었던 농촌도 예외일 수 없었다. 그것은 조상 대대로 이어져 온 우리 문화양식과 전통신앙이 외래의 힘에 의해 붕괴되는 과정이었으며, 돌방구네의 갈등은 바로 그러한 모습의 한 단면이다.23) 이와 관련해 주목할 것은 그의 작품에 등장하는 농촌여성의 많은 수가 성도덕에 대해 자유분방하다는 점이다. 마치 성의 해방자처럼 묘사된 그들은 그러나 성적 방종을 일삼는 것이 아니다. 그들의 강렬한 성적 욕망과 파격적인 행위는 가부장적 권위 체계에 대항하여 자신의 가치를 주체적으로 추구하는 적극적인 삶의 의지라는 의미를 지닌다. 그들에게 있어 성은 더 이상 가치있는 윤리가 아니다. 이같은 그들의 성적 자유로움을 통해 오유권은 당대 농촌의 일반적인 모습이라 할 수 있는 '반토착적인 윤리의 변모상'24)을 보여주고 있는 것이다.

그런데 돌방구네의 두 번째 고민 또한 첫 번째와 마찬가지로 현실론에 의해 해결된다. 그녀는 '교리문답'을 옆구리에 끼고 당당하게 천주교회로 향하는 것이다(137쪽). 비록 남편의 상방 때문에 완전한 영세를 받을 수 없더라도 우선 절반의 배급이라도 타서 어린 자식들을 부양하는 것이 중요하다고 여기기 때문이다. 다시 한번 그녀의 삶의 강한 의지를 엿볼 수 있는 대목이다.

이와 같이 「돌방구네」는 촌부의 가난한 삶과 의지를 당대 농촌이 당면했던 전통과 현실의 갈등을 바탕으로 묘파한 작품으로 1950～60년대 농촌여성을 형상화한 농민소설의 한 수준을 보여주는 가편(佳篇)이다. 명분과 현실의 갈등 국면에서 호구지책을 위해 두 차례에 걸쳐 현실을 택하는 돌방구네의 행적은 가난이 초래한 질곡을 첨예하게 부각시키는 동시에 전통적인 가치체계가 서서히 붕괴되어 가는 당대 농촌현실의 한 단면을 드러내주는 이중적 효과를 거둔다. 특히 주어진 환경에 체념하지 않고 주체적으로 자신의 삶을 개척해 나가는 적극적인 여성상의 창조는 분단시대 농민소설의 전개과정에서 각별한 의미를 지닌다.

---

23) 강순식, 「농민의식과 고향의 발견」, 백철 외, 앞의 책, 123쪽.
24) 임헌영, 앞의 책, 341쪽.

6. 맺음말

　오유권은 화려한 각광을 받지 못했지만 어느 누구 못지 않게 뚜렷한 작가의
식과 확고한 신념으로 독특한 소설세계를 구축했던 작가다. 특히 단일한 작품
세계(농민소설)로 250여 편의 작품을 양산한 그의 작가적 성실성은 각별한 의
의를 지닌다. 또한 체험과 삶, 그리고 문학이 일체를 이루는 그의 문학적 특성
은 그를 가장 전형적인 농민문학작가로 평가하는데 전혀 손색이 없다.

　그의 소설의 특장은 체험의 진실한 반영이다. 체험과 작품이 표리일체를 이
룰 만큼 철저하게 체험에 근거한 그의 작품에는 토속성의 구현, 세부 묘사의
진실성, 관찰자적 성실성, 체화된 농민정서, 민중적 리얼리티가 생생하게 구현
되어 있다. 따라서 그의 농민소설은 농촌현실을 관념적으로 재구성하거나 계
몽적 태도를 표방했던 전시대의 지식인적 농민소설과 본질을 달리하고 있으
며 1970년대 농민소설의 본격적 개화를 잉태하고 있다. 하지만 체험이 긍정적
으로 작용한 것만은 아니다. 그 단적인 예가 상호텍스트성이다. 즉 그의 상호
텍스트성은 문학적 발전이라기보다는 단순한 반복성에 머물러 1970년대 이후
로는 소박한 경험주의문학으로 전락하는 문제를 초래한다.

　그의 단편소설의 세계는 세 가지로 요약할 수 있다. 농촌하층민의 생태와
주체적 자각을 형상화한 작품, 전쟁의 비극을 민중적 시각으로 조명한 작품,
농촌여성(촌부)의 삶과 의지를 그린 작품으로 대별할 수 있는데, 각 경향 모두
우리 농민소설에서 찾아보기 힘들었던 새로운 주제 영역이다. 특히 첫 번째
주제의 「가난한 형제」는 국내외 독점자본의 농업지배와 왜곡된 농민층분해로
야기된 1950년대 농민층의 계급적 분화를 임노동자의 생태를 통해서 묘파하
고 있으며, 나아가 그들의 의식적 각성과 현실모순에 대한 주체적 저항의 맹아
를 보여준 전후 최초의 작품이라는 점에서 대단히 중요하다.

　덧붙여 오유권을 평가할 때 고려해야 사항은 분단시대 농민소설의 전개과
정이 작가층의 변모와 일정한 함수관계가 있다는 점이다. 즉 분단시대 농민소
설 작가들의 면면을 훑어보면 농민소설의 창작이 몇 번에 걸친 작가층의 교체

와 매우 밀접하게 관련되면서 전개된다는 특징을 발견할 수 있다. 해방기(채만식, 황순원, 이태준, 안회남, 이무영, 이근영), 1950년대 후반(오유권, 하근찬, 유승규, 박경수, 최일남), 1960년대 후반(방영웅, 이문구, 천승세, 김춘복, 백우암, 한승원, 문순태)으로 구별할 수 있는데, 이러한 작가층의 변모는 특히 문학의 식상의 뚜렷한 차이를 내포하고 있다는 점, 그리고 그것이 형상화 방법의 차이와 관련된다는 점에서 주시할 필요가 있다. 이런 맥락에서 오유권을 접근해야만 그의 작품이 갖는 위상과 가치가 정당하게 평가될 수 있을 것이다. 결론적으로 오유권은 한국농민소설사 기술에서 반드시 거론되어야 하며 동시에 분단시대 농민소설의 전개를 이해함에 있어 매우 긴요한 위치를 차지한다는 것이 필자의 소견이다.

역설의 담론과 알레고리의 공간
— 장용학 소설론 —

김영찬[*]

1. 머리말

1950년대의 대표적인 신세대 작가 장용학은 전후 소설가 중에서도 매우 특이한 존재이다. 우리에게 장용학의 소설은 관념성, 난해함, 한자어의 남용, 현실 추상 방법으로서의 알레고리, 전통적인 소설 양식의 파괴 등으로 기억되고 있고, 이러한 사실들이 장용학의 존재를 매우 특이한 것으로 만드는 원인들이라고 할 수 있다. 사실 우리 근대 소설사의 전통에서 그의 소설처럼 이야기성이 무시된 채 난해하고 관념적인 사변이 소설의 내적 공간을 지배하는 형식의 소설이란 그리 쉽게 볼 수 있었던 것이 아니다. 그런 의미에서 장용학이라는 소설가의 존재가 갖는 특이함과 돌출성은 비단 50년대에만 한정되지 않는다. 이것이 바로 지금까지 장용학을 '풍문의 작가'[1)]로 남아 있게 한 원인일 터인데, 장용학 소설 연구의 과제는 그의 소설을 그러한 풍문 속에서 끄집어내어 소설 전체를 지배하고 있는 일관된 내적 논리를 밝히는 일이라고 할 수 있을 것이다.

장용학 소설에 대한 연구는 지금까지 여러 갈래로 전개되어 왔다. 비교적 초기에는 장용학의 소설을 주제의식의 차원에서 실존주의와 관련시키는 연구가 많았고, 그러한 연구 경향은 아직까지도 부분적이나마 지속되고 있는 듯하다.[2)] 이는 작가가 직접 그의 대표작인 「요한시집」의 창작 동기를 『구토』를 읽

---

* 세명대 강사.
1) 김현, 「에피메니드의 逆說」, 『사회와 윤리』, 일지사, 1974, 169쪽.

고 사르트르의 실존주의 문학에 영향받아 썼다고 밝힌 데에서 그 근거를 얻고 있는 듯이 보인다.[3] 그러나 장용학에게 실존주의란 막연한 지적 호기심의 차원일 뿐이었으며 그런 의미에서 그것은 탄탄한 소설적 논리로 육화(肉化)되지 못하고 깊이도 얻지 못한 한낱 제스처에 불과했다고 보는 것이 실상에 좀더 근접한 파악일 것이다. 그러므로 장용학 소설의 주제와 실존주의 철학과의 연관성을 전제하고 그 속에서 소설의 주제를 연역적으로 도출해 내는 방식은 그의 소설에 담긴 주제의식의 진상을 올바르게 규명해내는 데 한계가 있을 수밖에 없다. 근래에 이러한 한계를 극복하고 장용학의 소설을 객관적으로 분석하고 있는 논의가 눈에 띄는데, 그 중에서도 소설의 서사구조를 형성하는 주요한 창작방법인 알레고리의 성격을 밝힘으로써 장용학 소설을 해명하려고 하는 시도나[4], 장용학의 소설에 나타나는 근대 비판의 성격을 밝히려는 시도[5], 그리고 관념소설로서의 특성을 밝히려는 시도[6]는 모두 장용학 소설에 대한 한 단계 진전된 연구 성과를 보여주고 있다. 그러나 한두 편의 예외를 제외하면, 이러한 연구들은 대부분 장용학의 소설을 현란한 이론과 방법론 자체의 내적 논리 속에 가두어버림으로써 소설의 실상과는 다르게 무리하게 해석하거나

---

2) 장용학 소설을 실존주의와의 관련성 속에서 설명하고 있는 대표적인 논의로는 다음의 글들이 있다.
　천이두, 「장용학론」, 『현대작가론』, 형설출판사, 1970.
　김훈, 「존재의 자각과 탐구」, 『국어국문학』 88호, 1982.
　서수생, 「사르트르와 장용학의 비교 고찰」, 『현대소설연구』, 정음사, 1982.
　신경득, 『한국전후소설연구』, 일지사, 1983.
3) 장용학, 「實存과 요한詩集」, 『한국전후문제작품집』, 신구문화사, 1964, 400쪽.
4) 방민호, 「전후 소설에 나타난 알레고리 연구」, 서울대 석사학위논문, 1993.
　서영채, 「알레고리의 내적 형식과 그 의미—『원형의 전설』론」, 『민족문학사연구』 제3호, 1993.
　김건우, 「장용학 소설 연구」, 서울대 석사학위논문, 1995.
　이현석, 「전후소설의 서사구조적 특성에 대하여」, 박동규 외 편저, 『한국전후문학의 분석적 연구』, 월인, 1999.
5) 박창원, 「장용학 소설 연구」, 세종대 박사학위논문, 1995.
6) 장수익, 「한국 관념소설의 계보—장용학, 최인훈, 이청준의 경우」, 문학사와 비평연구회 편, 『1960년대 문학연구』, 예하, 1993.
　황순재, 『한국관념소설의 세계』, 태학사, 1996.
　유철상, 「한국전후소설의 관념지향성 연구」, 서울대 박사학위논문, 1999.

지나친 의미 부여를 하는 경향이 많다. 따라서 그러한 문제점을 극복하고 장용학 소설의 특성을 좀더 객관적으로 밝히기 위해서는 무엇보다도 먼저 일견 난삽하고 난해해 보이는 소설의 일관된 내적 논리를 소설 자체의 실상에 충실하게 재구성해내는 작업이 필요하다.

장용학의 소설이 갖는 문제성은 그것이 단순한 돌출적 현상이 아닌 50년대의 시대적 상황과 이데올로기적 환경이 낳은 필연적인 산물이라는 데 있다. 즉 우리에게 매우 낯설게 보이는 장용학의 소설 공간과 기법의 체계는 전후의 황폐화되고 부조리한 현실에 대응하는 작가의 주제의식이 형식으로 드러난 것일 뿐이고, 또 그 주제의식은 그 시대의 이데올로기적 환경의 자장 안에 있는 것이다. 주제와 기법이 함수적 대응관계에 놓이는 것이 전후세대 문학의 새로움이자 또 거기에 문학사적 의미강(意味綱)이 놓여 있는 것이라 할 수 있다면[7], 그런 의미에서 장용학이야말로 이러한 전후세대를 대표하는 작가라 할 법하다.

문제는 장용학의 소설에서 그 주제의식와 기법의 함수관계가 어떠한 모습을 띠고 드러나는가 하는 것일 터인데, 사실 그것을 밝히는 일이야말로 장용학 소설을 해명하는 가장 중요한 통로 중 하나라고 할 수 있다. 이 글에서는 우선 장용학 소설들의 주제의식을 형성하는 작가의 문제틀(problematic)의 성격과 구조를 밝히고 그것이 소설 속에서 어떠한 모습으로 나타나고 있는가를 살펴보고자 한다. 그것을 검토하는 것은 곧 난삽하고 무질서해 보이는 그의 철학적 사변과 소설 공간을 관통하는 일관된 정신구조의 틀을 밝혀 그의 소설들에 정돈된 질서를 부여하는 일과 다른 것이 아니다. 그리고 그것을 토대로 하여 그러한 수제의식 혹은 분제틀이 특히 그의 고유의 창작방법인 알레고리와 어떠한 관련을 갖고 있는가를 살펴볼 것이다.

2. 세계에 대한 절대 거부와 역설의 담론 공간

장용학의 소설에 일관되게 나타나고 있는 것은 세계에 대한 절대적인 거부

---

7) 김윤식, 『한국현대문학사』, 일지사, 1976, 55쪽.

의 태도이다. 장용학에게 있어 세계는 주체가 상호관계를 맺으면서 적응하거나 변화시켜나가야 할 공간이라기보다는 일방적으로 거부하고 벗어나야 할 공간이다. 전후 시기의 부정적인 현실과 그로 인한 절망감과 피해의식을 생각해 본다면, 이는 분명 상식적으로 그 시기 현실을 살아가는 주체가 취할 수 있을 법한 세계인식과 태도의 하나이며, 따라서 그것은 딱히 장용학에게서만 나타나는 것은 아닐 것이다. 문제는 다른 작가들의 소설과는 달리 장용학의 소설에서 그 세계에 대한 절대 거부가 어떠한 세계인식의 틀 속에서 나오고 있고 또 그것이 구체적으로 어떤 방법으로 나타나고 있는가를 밝히는 것이다. 다음 발언은 소설에서 발췌한 것은 아니지만, 작가가 세계를 보는 관점을 비교적 명확하게 드러내 준다.

> 우리로 볼 때 이 現實은 '合理的'이라는 形容詞가 붙은 神話로밖에 따로 解釋해 볼 道理가 없는 것이다. 이것은 '利子'가 '本錢'보다 더 커지는 것을 當然視하고 있는 現象을 두고 말하는 데 그치는 것이 아니다. 같은 '一割'이라도 百환의 一割은 十환인데, 萬환의 一割은 千환이다. 當然하다면 너무나 當然하다. 그러나 다시 보면 우리는 그 懸隔한 差 앞에 眩氣症을 느끼게 된다. 그런데 우리는 이 眩氣症을 느끼는 일을 當然視하고 있다. 우리는 일단 그 죄를 十進法을 擇하게 된 人間의 智慧에 돌려 본다. 왜 何必 十進法을 擇하였던가? 손가락이 열 개였기 때문일까. 그러면 왜 손가락이 열 개였는데 七進法이라든가 十二進法을 擇했던 人間群이 存在하였던가. 그리고 七進法에는 또 七進法의 眩氣症이 있을 것이 아닌가. 問題는 <1+1=2>라는 公式에 있는 것이 아니겠는가. 眩氣症은 <1+1=2> 위에 이루어지는 世界에서는 免할 수 없는 것인지도 모른다.[8]

장용학에 따르면 현실은 '합리적이라는 형용사가 붙은 신화'에 다름 아니다. 즉 현실이란 <1+1=2>라는 공식으로 상징되는 합리성의 원리에 따라 이루어져 있으며 그것은 다시 제도나 규범의 형식으로 인간의 밖에 존재하면서 인간에게 덮씌워진 것이다. 근대 사회란 본질적으로 수량화와 계산가능성의 원

---

8) 장용학, 「感傷的 發言」, 『문학예술』, 1956. 9, 175쪽.

리에 의해 운영되어 나가는 사회이다.9) 그러한 사회를 일찍이 도스토예프스키
는 <2×2=4>라는 수학적 법칙이 지배하는 돌 벽으로 비유한 바 있거니와10),
장용학이 파악하는 <1+1=2>의 세계는 그러한 근대 사회의 본질 파악 방식
과 맥이 닿아 있는 것이라고 할 수 있다. 결국 인류의 진보와 더 나은 인간의
삶을 도모하기 위해 고안된 수단으로서의 합리성이 역으로 그 자체가 유일한
목적이 되어버림으로써 인간의 삶을 제약하는 억압적인 것으로 화한 현상, '이
자기 본전보다 더 커'졌다고 말하는 장용학의 진술은 바로 그러한 현상으로
나타나는 근대성의 역설11)을 겨냥하고 있는 셈이다.

  이러한 세계 이해 방식은 서구에서 전개되었던 근대 비판의 담론들을 되새
겨보면 그리 낯선 것도 아니다. 아니, 오히려 문제는 그러한 근대 비판의 담론
들이 1950년대의 한국 현실을 파악하는 하나의 인식틀로 무매개적으로 받아
들여지고 있다는 점에 있다. 전후 현실의 특수성을 분석적으로 파고 들어가기
보다는 거기에 세계사적인 보편성의 논리를 무매개적으로 덮씌우는 이같은
세계 이해 방법은 장용학의 거의 모든 소설에 관철되고 있다. 장용학 소설의
관념성은 무엇보다도 먼저 이러한 세계 이해 방식의 관념성에 원인이 있다.
그런데 그보다 더 중요한 것은, 장용학에게 있어 '이자가 본전보다 더 커지는'
역설은 단순히 '근대성의 역설'이라는 차원에 그치는 것이 아니라 그것을 넘
어서 인간이 살아가는 모든 세계 자체의 형성 원리이기도 하다는 점이다. 다시
말해, 정작 장용학의 소설에서 의미구조의 중심에 자리잡고 있는 세계상
(Weltbild)은 엄밀히 말해 '근대성의 역설'이 관철되는 근대의 세계상이라기보
다는 모든 것이 전도되는 '역설'의 논리 자체에 의해 구성되는 인류 사회 전체
의 상(像)이다. 근대 사회 일반에 적용되는 세계사적인 보편성의 논리는 다시
인류 사회 일반의 논리로 확장되는 셈이다. 이러한 이 점은 다른 곳에서도 확
인된다.

---

9) 루카치, 『역사와 계급의식』, 거름, 1986, 159쪽.
10) 도스토예프스키, 『지하생활자의 수기』, 문예출판사, 1972, 23~25쪽 참조.
11) 이에 대해서는 더글러스 켈너, 「비판이론, 막스 베버, 그리고 지배의 변증법」, 칼 뢰비
    트, 『베버와 마르크스』, 문예출판사, 1992, 142~196쪽 참조.

<이름의 由來>. 서울驛에 내리자마자 걸려든 계집에게 얼을 다 뺏긴 村
紳士. 하룻밤 사이에 주머니를 다 털리고 이튿날 새벽차에 도로 몸을 실을
수밖에 없게 되었던 그가, 시골에 돌아가선 툇마루에 버티고 나앉아서 서울
계집이라는 것은…… 하고 수염을 쓰다듬는 것이다. 이렇게 해서 성립된 것
이 세계다. <시골>과 <서울驛> 사이가 그들의 <서울>인 것이다.[12]

장용학에 따르면 이름이란 본시 세계의 안쪽에까지 접근하지 않은 채 그것
의 주변에서 그 겉모습만을 보고 붙여진 허구적인 것이다. 또 세계는 그러한
허구적인 이름에 의해 구성된다. 이처럼 명목이 실재를 지배하고 또 그것이
실재의 본질이 되어 버린 전도된 세계, 이것이 작가가 파악하는 세계의 모습이
다. 문제는 그것이 근대 세계만의 특징으로 의미화되지 않는다는 점이다. '이
렇게 해서 성립된 것이 세계다'라는 진술은 근대 세계의 특수한 성격을 지적
하는 것이라기보다는 일반적으로 인간이 살아가는 세계 그 자체가 명목과 실
재의 역설적인 전도를 통해 구성된다는 것을 암시하는 것이다. 여기서도 역시
명목과 실재의 전도는 딱히 '근대 세계'의 본질이라기보다는 보편적인 세계
자체의 본질로 의미화되는 것이다. 장용학 소설에서 나타나는 관념성의 근저
에는 전후 韓國 사회의 특수성이 세계사적 근대의 보편성으로 환원되고, 그것
이 다시 인류 사회 전체의 본질로 환원되는 이같은 이중의 환원 작용이 자리
잡고 있다. 장용학의 소설에서 근대성에 대한 비판이 전개되면서도 그것이 모
호하고 논리적인 설득력이 결여되어 있는 것은 바로 이 점에도 원인이 있다.
　이처럼 장용학에게 있어 세계의 부정성은 명목과 실재, 수단과 목적, 허구와
실제 등의 대쌍(對雙)이 전도되는 역설을 통해 형성된다. 그런데 장용학의 소
설에서 그러한 '역설'의 논리는 세계의 객관적인 실상에만 적용되는 것은 아
니다. 그것은 작가가 바라보는 객관적인 현실의 실상에서 더 나아가 세계의
문제점을 인식하는 방법론으로까지 승격된다. 아니, 오히려 역으로 그러한 세
계 인식의 방법론에서 앞서 지적한 세계상이 나왔다고 보는 것이 좀더 정확할

---

12) 장용학, 「非人誕生」, 『현대한국문학전집』 4권, 신구문화사, 1974, 217~218쪽. 앞으로
　　인용되는 장용학의 소설은 인용문의 뒤에 작품명과 함께 이 책의 쪽수를 부기하는
　　것으로 대신한다.

것이다. 역설의 담론은 작가가 세계를 인식하는 기본적인 인식의 틀이 되고 있는 것이다. 이처럼 작가의 세계인식의 틀이 역설의 담론이라는 점은 다음과 같은 작가의 발언에서도 명확하게 드러난다.

> 어둡다는 것은 빛이 가까워진다는 反語라는 것. 이것이 나의 思考方式이고 人間에 대한 나의 信仰이다. 내 작품의 생리도 이것인 것이다.[13]

장용학은 여기서 '反語'라는 표현을 쓰고 있지만, 실상 그것은 그 내용상 '역설'이라고 할 수 있다. 그리고 작가는 그것이 바로 자신의 '사고방식'이자 '작품의 생리'라고 밝힌다. 장용학이 사르트르의 『구토』를 통해 실존주의 문학을 만났을 때, 그가 실존주의 문학에서 배운 것도 바로 이러한 역설의 사고방식이라고 할 수 있다. 실제로 장용학은 사르트르의 실존주의 문학에 대해, "거기서 내가 배운 것은 사물을 보는 '눈'이었다. '들어오는 것'은 '나가는 것'이 된다는 발견이다."[14]라고 말하면서, 그가 실존주의 문학에서 배운 것이 '들어오는 것'이 '나가는 것'이 된다는 역설의 논리를 통한 세계인식의 틀이라는 점을 강조하고 있다. 장용학의 소설에서 이러한 역설의 담론은 도처에서 발견된다.

> 現代的이란 反現代的과 同義異語인 것입니다. 그래야 세계는 완전한 것일 수 있는 것입니다. 모든 것은 그 반대에 의해서 그것인 것이며 또 그 반대의 前身이 되는 것이고, 나아가서는 그 반대가 되는 것입니다. (『圓形의 傳說』, 143쪽).

> 논리도 그렇습니다. 논리는 곧 반논리인 것입니다. 논리란 생을 도막내는 일이요, 의식의 마취, 인간의 수면이어야 논리는 논리일 수 있는 것입니다.
> 그 밀림(갇힌 동굴) 속에서 이장은 점점 건강해져 갔습니다. 논리가 걷히어 간다는 것은 기름진 땅이 드러난다는 것입니다. 거기서는 이 때까지 당연하다고 생각한 것이 당연한 것이 아니고, 우연인 줄 안 것이 필연인 것입니다. 가벼운 것이 무겁고, 비극이 희극인 것입니다. (『圓形의 傳說』, 같은 곳)

---

13) 장용학, 「나의 作家 修業」, 『현대문학』, 1956. 1, 156쪽.
14) 장용학, 「實存과 요한詩集」, 『한국전후문제작품집』, 신구문화사, 1964, 400쪽.

이처럼 역설의 담론은 장용학의 소설 공간 전체를 지배하고 있다. 그 점은 역설의 논리가 장용학의 세계 인식의 방법적 틀이나 세계상에서만 나타나는 것이 아니라 현실 극복의 논리에서도 중심이 되고 있다는 점에서 다시 한번 확인된다. 인간을 구속하는 세계를 벗어나 참된 자유를 찾기 위해서는 '人間은 人間이 되기 위해 非人이 되어야 한다'(「易姓序說」, 299쪽)는 역설의 논리를 통해서도 알 수 있는 것처럼, 역설은 역설을 통해 형성된 세계상으로부터 벗어나는 중요한 관념적 해결 논리로 기능하고 있는 것이다. 그런 측면에서 장용학의 소설 공간은 세계 인식의 방법적 틀과 그것을 통해 형성되는 세계상, 그것의 극복 논리 모두에서 역설의 담론이 소설 전체의 중심 논리로 기능하는 역설의 담론 공간이라고 할 수 있을 것이다.

그러나 장용학의 소설 전체에서 발견되는 이 역설의 담론은 치밀한 논리적 구도에 따라 배치되기보다는 즉흥적이고 무질서하게 남용되고 있는 측면이 있다. 그것은 장용학이 자신의 소설에서 많은 부분 논증적 논리를 구사하고 있으면서도, 위 인용문에서도 보이는 것처럼 '논리는 곧 반논리인 것입니다'라고 하면서 스스로 그 논리 자체를 다시 역설을 통해 부정해버리는 언술 방식에서도 징후적으로 나타난다. 그런 시각에서 보자면 장용학의 소설에 나타나는 역설의 담론은, 작가 자신의 즉흥적이고 비정합적인 논리가 갖는 허술한 구멍을 언뜻 문학적 아이러니를 상기시키는 듯해 보이는 논리의 비약을 통해 메꾸어주는 봉쇄전략으로 기능하는 측면이 많다. 그것이 가능한 것은, 역설어법 자체가 논리의 생략과 건너뜀을 통해 논리적으로 성립 불가능하거나 모순적인 것을 봉합하는 효과를 지니고 있기 때문이다.[15]

하지만 그보다 더 중요한 것은 세계에 대한 작가의 태도에서 이 역설의 담론이 갖는 효과이다. 장용학의 소설에서 이 역설의 담론은 세계에 대한 절대 거부

---

15) 브룩스는 역설을 시의 언어로 규정하면서, 역설이 당연하게 보이는 세계의 숨겨진 진실을 드러내는 창의적 상상력의 소산이라고 지적한다(클리언드 브룩스, 『잘 빚어진 항아리—시의 구조에 관한 분석』, 홍성사, 1983, 7~29쪽 참조). 그러나 산문적 논리가 중심이 되고 있는 장용학 소설의 경우 역설은 그보다는 오히려 무원칙적으로 남용됨으로써 현실에 대한 구체적인 분석을 봉쇄하고 논리의 빈약함을 보상하는 역할을 하고 있다.

의 태도를 뒷받침하는 기능을 하고 있다. 세계의 실상이 역설적으로 있는 그대로의 모습과는 정반대되는 것이고 세계의 부정적인 측면이 바로 거기에서 나오는 것이라면, 세계 그 자체 속에는 어떠한 긍정적인 가치도 존재하지 않으며 따라서 부정적인 세계상의 극복은 언제나 그 바깥에서만 가능한 것이 되기 때문이다. 따라서 그럴 경우 그 세계를 절대적으로 거부하는 것만이 세계에 대한 유일한 가치 있는 태도가 될 수밖에 없다. 세계의 부정성을 극복하고 넘어설 수 있는 주체가 그 세계의 한가운데서 세계의 불합리한 구속에 제약되어 있는 현실적인 주체가 아니라 그 구속을 넘어선 곳에 있는 초월적인 주체('非人')라는 점도 바로 그같은 세계에 대한 절대 거부의 태도와 연관되어 있는 것이다.

3. 현기증과 공포, 주체의 분열에서 허무주의적 유토피아로

앞장에서 인용한 「감상적 발언」이라는 글에서, 장용학은 전도된 세계상 앞에 놓인 주체의 반응을 한 마디로 '현기증'이라는 비유로 집약한다. <1+1=2>라는 공식 위에 이루어지는 합리성의 세계에서 현기증은 면할 수 없는 것이다. 십진법이 아니더라도 '칠진법은 또 칠진법의 현기증'이 있다는 표현처럼, 그것은 제도적 형식이 어떠한 모습을 하고 있든 그 본질상 합리성의 원리에 의해 운영되는 어떠한 현실에서도 피할 수 없는 주체의 운명이다. 그 현기증은 '당연함'의 뒤에 숨어 있는 '현격한 차'를 발견하고 느끼게 되는 것인데, 그것은 곧 합리성을 가상한 불합리라는 역설적인 세계상 앞에서 느끼는 주체의 당혹감의 다른 표현이다. 곧 현기증은, 일견 당연하고 합리적인 것처럼 보이는 현실의 뒷면에 숨어 있는 불합리성을 자각한 순간 보이는 주체의 반응양식이며, 또 거기에서 장용학 소설의 주인공들의 비극은 시작된다. 그 현기증은 장용학 소설의 인물들 가운데서 다양한 형태로 변주된다.

어느날 아침 조회 때, 천 명이나 되는 학생들의 가슴에 달려 있는 단추가
모두 다섯 개씩이라는 것을 발견하고 현기증을 느꼈다. 무서운 사실이었다.
주위를 살펴보니 주위는 모두 그런 무서운 사실투성이였다. 어느 집에나 다

창문이 있고, 모든 연필은 다 기룸한 모양을 했다. 모든 눈은 다 눈썹 아래
에 있었다. (「요한詩集」, 324쪽)

여기에서 누혜가 경험하는 현기증은 그동안 당연하게 받아들여왔던 사실이
갑자기 낯설게 느껴지면서 나타나는 현상으로 그려지고 있다. 그런데 장용학
의 소설에서 자명하게 여겨왔던 사실이 자명하지 않음을 지각하는 데서 오는
현기증은 거기에서 더 나아가 공포 혹은 무서움의 감정으로 발전하고 있다.
「요한시집」에서 누혜는 '公民社會의 한 分子'가 되어 가는 과정에서 '60초 지
각은 지각이지만 50초 지각은 지각이 아니라는'(「요한詩集」, 323쪽) 사실을 배
워가면서 어느 순간 자신이 속해 있는 제도적 틀의 당연함 뒤에 숨어 있는 불
합리함과 획일성을 깨닫고 현기증을 느낌과 동시에 현실의 '무서움'을 실감한
다. 그 무서움은 「비인탄생」에서도 보이듯 그러한 현실이 지금의 '나'를 지배
하고 있고 또 '나' 속에 '억지로 덮어씌우는 나'(「非人誕生」, 217쪽)가 존재한다
는 사실의 깨달음에서 오는 것이다.

그 무서움은 합리성을 가장한 현실의 불합리성이 나의 의사와는 무관하게
존재를 구속하는 현실 삶의 조건으로 다가오는 데서 주체가 느끼는 무력감에
서 발생한다. 「비인탄생」에서 지호(地瑚)는 결석 일수 때문에 우등상을 못 받
게 된 아이의 문제로 교장과 다투고 난 후 학교를 그만둔다. 법과 제도의 획일
성과 경직성에 대한 반발이 그 이유인데, 그럼에도 정작 그는 심정적인 반발에
도 불구하고 스스로 용납되지 않는 법과 제도의 굴레를 벗어나지 못한다. 지호
는 그 아이가 우등상을 받을 수 있게끔 밤을 새워 일람표를 고쳐 놓지만, '무슨
큰 죄를 지은 것만 같아' 밤새 불안에 시달리며 그것을 다시 원상 복구해 놓은
후에야 '금시 마음이 가벼워'지는 것을 느낀다. 그는 결국 고친 일람표를 학교
에 제출하고 학교를 그만두게 된다. 그러나 법과 제도에 대한 존재의 피구속성
은 곧 일상 속에서 다른 방식으로 나타난다. 언젠가부터 쥐의 시체만 보면 지
호는 '가슴이 떠름해지고 맥이 풀려 나가는 것을 막을 수 없었'(「非人誕生」,
221쪽)고, 쥐의 시체만 보면 '일이 팽글아지는 날'이어서 나중에는 공포심마저
느끼게 된 것이다. 여기서 쥐의 시체란 곧 일상에까지 개입해 존재에 대해 불

합리한 억압성을 행사하는 '법과 제도'에 의해 억압받는 지호 자신의 모습이 투사된 것이다. 어느날 갑자기 간첩으로 몰려 취조받던 중 '제 딴에는 사느라고 하면서 산' 이제까지의 모든 행위를 '하지 않은 것'까지 꿰뚫고 있는 데 놀라며 '式은 다 맞는데 쑘이 틀린'(「現代의 野」, 358쪽) 조서를 시인하기를 요구하는 국가권력 앞에서 절망하는 「현대의 野」의 주인공 현우(玄宇)의 모습 역시 이러한 의미망 안에서 해석할 수 있다.

이렇듯 장용학의 소설에서 주인공들은 너무도 당연하게 받아들여 왔던 현실의 본질이 불합리하고 부조리한 것이며 또 그것이 '내가 아닌 다른 삶'을 살도록 강제하고 있다는 사실을 깨달으면서 현기증과 함께 무서움을 느끼게 된다. 현기증은 지금껏 주체가 살아왔던 현실이 갑자기 낯설어지면서 타자화되는 순간 발생하는 것이기 때문에, 그 타자화된 현실이 자신의 의식적 통제 바깥에 놓여 있다는 사실을 깨닫는 데서 오는 주체의 무력감으로 이어질 수밖에 없다. 장용학의 소설에서 현기증이 공포의 감정으로 발전하는 것은 그 때문이다. 장용학의 소설에서 주인공들이 스스로 세계와의 교섭을 단절하고 자신을 고립시키는 것은 이같은 신경증적 불안에서 스스로를 방어하기 위한 행위이다. 자기 주변의 인간 군상들에게서 낯선 감정과 함께 스스로 단절되어 있다는 고독감을 느끼는 것도 그러한 맥락에서 파악할 수 있다.

> 나는 홀로다. 언제 이런 외로움 속에 놓인 적이 있다. 언제던가 어디던가…….
> 아. 萬國旗 아래서다. 그 때 그 소년은 이 나였다. 내가 그 때 여기서 이렇게 외톨로 서 있었다! 모두들 가두행진에 나가고 나 혼자 여기에 서 있다.
> 그는 재판장을 보았다. 검사장을 보았다. 변호인을 보았다.
> 이들은 왜 저렇게 앉아 있고 떠들고 서 있고 있는 것일까? 무엇을 하고 있다. 무엇을 하고 있는 중일까? […]
> 이쪽 편의 이것은 여우고 저쪽 편의 저것은 늑대고 정면에 버티고 있는 것은 곰이고 그리고 내 등 뒤에 있는 것은 원숭이들이다.
> 나만이 人間이다! 그래서 나는 고독하다! […]
> 斷絶이다. 그들과 단절되어 있는 것이다. 교통이 끊어졌다. 그래서 나는 이 모든 것들의 중심에 위치하게 된 것이다. (「現代의 野」, 360쪽)

이러한 상황에서 장용학 소설의 주인공들은 끊임없이 자기분열을 경험한다. 장용학의 소설에서, 주체의 분열은 세계 속에서 주체가 필연적으로 처할 수밖에 없는 부정적인 상황으로 나타난다. 즉, 불합리한 세계 속에서 '나'는 '나 아닌 다른 나'의 삶을 살도록 강요되고, 그 허구적인 주체성이 참된 본원적인 주체성에 덧씌워져 그것을 억압한다는 것이다. 그런 상황에서, 주체의 개별성은 말살되고 진짜 참다운 '나'란 소멸될 수밖에 없다는 것이 작가의 인식이다.

> 우리는 열심히 人間 밖을 살고 있었다. 내가 없는 舞臺에서 나는 울고 웃고 하면서 나의 配役을 열심히 담당하고 있었던 것이다. 갇혀 있는 것은 원숭이가 아니라, 밖에서 손가락질하면서 구경하고 있었던 人間이었다! (「非人誕生」, 254쪽)

> 손금이 손이 아닌 것처럼 人間性이 人間이 아니었다. 人間性이란 人間의 一面. 그 一面을 가지고 人間을 덮을 때 人間은 病들고 矮小해지고, 欺瞞과 懶怠. 反人間이 된 것이다. (「易姓序說」, 299쪽)

불합리한 세계의 억압 속에서 인간은 '人間性'과 '人間'으로 분열된다. 주체의 입장에서 볼 때 '人間'이 본원적인 '나'라고 할 수 있다면, '人間性'은 '人間'의 일면적인 본질을 과장하여 '人間'에게 덮씌워진 허구적인 보편성의 굴레이다. 따라서 주체는 현실 속에서 끊임없이 참된 '나'에게서 멀어지는 자기분열과 소외를 겪게 된다. 이러한 상황에서 벗어날 수 있는 길은 바로 그 '人間', 즉 참된 '나'를 찾는 것이다. 그런 측면에서, 장용학의 소설은 참다운 인간을 구속하는 불합리한 세계 속에서 발생하는 주체의 분열을 극복하고 '非人'으로 비유되는 참다운 '나'를 찾으려는 모색의 과정으로 해석할 수 있을 것이다.

그렇다면 장용학의 소설에서 참다운 '나'를 찾으려는 시도는 어떤 모습으로 나타나고 있는가? 여기에서 주목해야 할 것은, 장용학이 그 과정에서 현실로부터의 고립을 통해 얻어진 현실 바깥의 상상적(imaginary) 주체를 설정한다는 점이다. 그 점은 앞에서 인용한 「현대의 野」에서 보았듯이, "그들과 단절되어 있는 것이다. 교통이 끊어졌다. 그래서 나는 이 모든 것들의 중심에 위치하게 된 것이다."라는 진술에서도 단적으로 확인된다. 주체는 스스로를 세계로부터 고립시킴으로써 무력감을 보상하고 세계에 대한 주체의 우위를 상상적으로 확인하게 되는 것이다. 이처럼 주체는 현실 질서와 연결되어 있는 상징적 주체성을 포기하거나 혹은 거부함으로써 역설적으로 세계의 중심에 서게 된다. 장용학의 소설에서 현기증과 공포가 무력한 주체가 세계 속에서 갖게 되는 신경증적 불안의 한 형태라면, 그리고 그 이면에는 주체의 분열이 놓여 있다면, 그러한 상황의 극복은 세계 자체를 스스로 타자화시키고 세계 바깥의 공간에 자신을 위치시킴으로써 이루어지는 것이다.

장용학의 소설에서 특징적인 것은 그러한 과정이 대부분 주인공의 죽음을 통해서 실현되고 있다는 점이다. 「요한시집」에서의 누혜의 죽음이나 『원형의 전설』에서의 이장의 죽음 등이 그 대표적인 예이다. 「요한시집」에서 동호가 누혜의 어머니를 살해하는 것도 현실 질서 속에서의 동호의 상징적 죽음을 암시하는 것으로 읽힐 수 있다. 이는 모두 세계에 대한 주체의 무력함을 주체의 우위로 전화시키는 극적인 방법이라고 할 수 있다. 죽음을 통해서만 새로운 세계의 가능성을 열게 되는 그같은 인물들의 행보는 주체가 경험하는 자기분열의 극복은 상징 질서의 바깥에서, 그것을 초월해서만 이루어질 수 있다는 인식을 보여주는 극단적인 예이다. 이러한 주체의 모습은 물론 앞장에서 밝힌 세계에 대한 절대 거부의 태도와 연관되는 것이지만, 그것은 다른 한편으로 작가가 지향하는 휴머니즘의 성격과도 관련된다.

앞서 지적한 것처럼, 장용학이 파악하는 세계상은 이중의 환원 작용에 의해 구축된 관념적이고 추상적인 것이다. 따라서 장용학이 지적하는 '<1+1=2> 위에 이루어지는 세계'란 전후 한국 사회의 구체성뿐만 아니라 근대 사회의 역사적 구체성이 동시에 사상된 관념적 원리 위에 세워진 세계상일 뿐이다. 따라서 그 세계 속에서 살아가는 주체의 현기증과 공포, 고독감, 자기분열 등 역시 그 구체적인 사회역사적 맥락이 추상되어 있기 때문에 상당 부분 초역사적인 인간 조건의 표현인 것처럼 나타난다. 세계의 불합리함에 맞서는 장용학 소설의 휴머니즘은 이러한 인식에서 출발한다. 장용학은 이중의 환원 작용에 의해 구축된 관념적 세계상에 또 하나의 관념적인 세계상인 초월적 유토피아를 맞세우는 것을 통해 그의 휴머니즘을 구체화하는 것이다. 그것은 다른 한편 유토피아는 세계의 바깥에서 그 상징 질서를 벗어나야만 비로소 실현 가능하다는 인식의 반영이기도 하다. 장용학은 '非人의 왕국', 혹은 '천동시대'로 언명하기도 하는 그러한 관념적 유토피아의 모습을 다음과 같이 묘사하고 있다.

> 非人의 왕국! 時間이 죽고 空間이 氾濫하는 流域, 空間的 距離만이 거기에 있을 뿐 時間的 前後가 없는 땅! 結晶이 있을 뿐 腐敗가 없는 안뜰. 存在가 곧 本質이요, 내가 내인 오직 同一律만인 季節이 거기에 온다. (「非人誕生」, 254쪽)

> 이 沃土, 生産의 안뜰. 時間과 空間이 여기서 흘러나가는 混沌……. 이 세계에는 二律背反이 없다. 무수의 律이 마치 穹隆의 星座처럼 서로 범함이 없이, 고요한 時의 밤을 밝히고 있다. 王者도 없고 奴婢도 여기에는 없다. 憂慮가 없다. 그러니 妥協이 없다. 風習이 없으니 廢墟가 없다. 萬物은 스스로가 자기의 原因이고, 스스로가 자기의 자(尺)이다. 太陽이 반드시 동쪽에서만 솟아야 할 이유가 여기에는 없다. 늘 새롭고 늘 아침이고 늘 봄이다. 아아 젊은 大陸……. (「非人誕生」, 254쪽)

'존재가 곧 본질이요, 내가 오직 내인 동일률만인 계절', '시간과 공간이 여기서 흘러나가는 혼돈'과 같은 표현에서 단적으로 알 수 있듯이, 장용학이 묘사하는 유토피아는 모든 것이 아직 분화되지 않은 채 원시적 동일성을 간직하고 있는 미분화된 시공간이라고 할 수 있다. 장용학에게 그곳은 '人間性'에 대립되는 진정한 가치로서의 '人間' 혹은 '非人'(「현대의 野」), 녹두대사로 상징되는 비인간화된 현대의 메카니즘에 대립되는 '관세음보살'(「역성서설」), 지동시대(地動時代)에 대립되는 천동시대(天動時代)의 가치(「비인탄생」, 「역성서설」) 등이 존재하게 되는 곳이다. 이러한 유토피아상(像)이 관념적이고 원시주의적이라는 점에 대해서는 그간 많은 지적이 있었지만, 여기서 주의해서 보아야 할 것은 그로 인해 장용학의 소설에서 발생하는 논리의 착종이다. 그 점을 좀더 상세하게 살피기 위해서는 다시 다음의 발언에 주목할 필요가 있다.

> <1+1=3>의 世界를 渴望하게 된 것이 <1+1=2>의 世界에서 <1+
> 1=3>의 現象이 公公然하게 恣行되고 있기 때문이라면, <1+1=3>의 秩序
> 를 渴望한다는 것은 바꾸어 말하면 額面대로 <1+1>이 <2>가 되는 世界
> 를 渴望한다는 것이 된다.16)

<1+1=2>와 <1+1=3>을 각각 합리성과 비합리성을 지시하는 기호로 본다면, 합리성의 세계에서 비합리성이 공공연하게 자행되고 있기 때문에 오히려 역으로 비합리적인 질서를 갈망한다는 것인데, 장용학이 지향하는 유토피아는 이 비합리적인 질서, 즉 '<1+1=3>의 질서'에 대응되는 것이다. 그리고 그러한 비합리적인 질서에 대한 갈망은 곧 '액면대로 <1+1=2>가 되는' 합리적인 질서에 대한 갈망과 다른 것이 아니다. 이러한 장용학의 논리를 그대로 따르자면, 모든 가치가 전도된 세계에서 벗어나 참된 유토피아를 실현하기 위해서는 명목과 실재의 전도로 대표되는 가치의 전도를 다시 뒤집어 참된 실재를 회복하는 것이 중요하고, 이때 '참된 실재'는 달리 말하면 '왜곡되지 않은 합리성'이라고 할 수 있을 것이다. 6 · 25와 한국의 전후 현실이 이성이 도구적 이성으로 변질됨으로써 빚게 되는 근대성의 어두운 이면과 무관하지 않다는 점을 염두에 두고 장용학의 이러한 인식을 긍정적으로 평가하자면, 그것은 이성에 비이성을 맞세우는 방식으로 도구적 이성에 대한 반성을 수행하고 그것을 통해 실제적 이성(practical reason)을 회복하자는 주장으로 확대 해석될 수도 있을 것이다. 그러나 장용학의 발언을 자세히 살펴보면 그러한 해석의 가능성은 곧 자의적인 수밖에 없다는 것이 드러난다. 무엇보다도 장용학은 앞의 글에서 <1+1=2>로 대표되는 합리성 자체가 처음부터 부조리한 것이고 모든 인간을 구속하는 형식이라는 시각과, 그것 자체는 긍정적인 것이지만 현실 속에서 왜곡됨으로써 <1+1=3>으로 대표되는 불합리성을 낳고 있다는 시각 사이에서 갈피를 잡지 못하고 동요하고 있다. 이는 합리성이나 도구적 이성에 대한 장용학의 인식 자체가 표피적이었음을 반증하는 것이다. 나아가 장용학은 아예 그러한 분열이나 전도 자체가 존재하지 않는 환상적인 시공간을 궁극적인

---

16) 장용학, 「感傷的 發言」, 『문학예술』, 1956. 9, 175쪽.

대안으로 제시함으로써 그 같은 문제제기의 유의미성을 스스로 무화시키고 있다. 정작 장용학이 지향하는 유토피아는 명목과 실재, 합리성과 불합리성 등의 범주의 분화조차 이루어지지 않은, 나아가 그 자체가 무의미한 미분화된 시공간이기 때문이다. 이런 공간에서는 실재나 합리성이라는, 상징 질서 속에서의 분화 과정을 통해서만 형성될 수 있는 범주들은 그 자체로 아무런 의미가 없다. 나아가 장용학은 미분화된 원시적 무질서 속에서 혹은 그것을 통해 어떻게 '참된 실재'나 '왜곡되지 않은 합리성'이 실현될 수 있으며, 그 '액면대로 <1+1=2>가 되는 세계'의 구체적인 모습이 어떠한 것인가에 대해서도 말하지 못한다. 아니, 말하지 못하는 것이 당연하다. 장용학의 유토피아는 이미 언어와 상징 질서를 벗어난 곳에 있기 때문이다. 그것이 언어나 상징 질서를 벗어난 곳에 있는 한, 그같은 질문 자체가 무의미하다.

결국 장용학의 휴머니즘은 처음부터 이러한 논리적 모순을 안고 출발하고 있는 것이지만, 그것이 패배주의와 허무주의로 이어지고 있다는 점 또한 지적해야 할 것이다. 참된 가치가 실현될 수 있는 가능성을 현실적 공간이 아닌 상징 질서 바깥의 관념적 공간에서만 찾는 작가의 태도는 곧 부조리하고 불합리한 현실의 우위는 극복될 수 없으며 현실 세계 속에서는 어떤 가치의 가능성도 발견할 수 없다는 인식을 전제하는 것이기 때문이다. 그렇게 본다면, 장용학은 세계 속에는 어떠한 긍정적인 가치도 존재하지 않는다는 허무주의적인 세계인식을 그 세계를 극복하고자 하는 전망의 차원에서도 다시 반복적으로 확인하고 있는 셈이다.

4. 창작방법으로서의 알레고리의 의미

장용학의 소설에서 서사를 추동하는 동력은 현실적 공간이 아닌 관념적 공간에서 작동하는 자족적인 관념의 원리이다. 장용학의 창작방법이 알레고리에 경도되어 있는 원인 중 하나는 거기에 있다. 작가의 관념이 현실의 구체적인 사실성을 압도하게 될 때, 그 관념적 주제의식을 관철시키기 위한 가상적 공간이 필요해지고, 그때 알레고리야말로 가정 적절한 형식적 장치가 될 수 있기 때문이다. 장용학의 소설에서 알레고리가 중심이 되는 원인은 그의 세계에 대한, 혹은 주체의 존재조건에 대한 인식에서도 찾을 수 있다. 서구의 경우 알레고리가 주로 모더니즘 작가들에 의해 객관적 현실로부터의 인간의 소외를 묘사하는 데 활용되었던 미학적 양식이라는 지적[17]을 상기해 본다면, 앞서 밝힌 장용학의 세계인식에 비추어 볼 때 그의 소설에서 알레고리가 주도적인 형식적 원리로 사용되고 있는 것은 우연이 아니다. 특히 장용학의 경우에는 황폐한 전후 현실을 살아가는 지식인으로서 겪는 절망감과 피해의식으로 인해 현실을 정직하게 직시하려는 현실주의적 충동보다는 현실에 대한 관념적 조작을 통해 그 피해의식을 보상하려는 충동이 우위에 서게 되었고, 그것이 알레고리적 창작방법으로 귀결되었을 것이다. 그러한 전제 아래, 장용학의 소설에서 알레고리가 갖는 의미를 좀더 상세하게 살펴보기 위해서는 우선 자신의 소설 창작 과정을 밝히는 다음과 같은 장용학의 발언에 주목할 필요가 있다.

> 마지막 장면이 대충 설정되고 거기에 도달하기에 효과적인 위치에 첫 문장이 놓이게 되면 그 사이의 공간은 생리적으로 저절로 메꾸어졌다.[18]

마지막 장면이 미리 설정되고 그에 따라 소설의 시작이 결정되며, 그렇게 처음과 끝이 정해지면 그 중간의 내용은 저절로 채워지게 된다는 것이다. 물론 이러한 발언은 소설의 주제나 구성을 의식적으로 고려하지 않고 단지 '쓰고 싶은 것을 쓰고 싶은 대로' 썼을 뿐이라고 고백하는 과정에서 나온 것이다. 이러한 장용학의 발언을 근거로 그의 소설의 '즉흥성과 돌발성, 그리고 경박성'을 지적하는 논자도 있고[19] 또 그것이 사실이기는 하지만, 오히려 이 발언은 다른 측면에서 장용학 소설에 나타나는 알레고리의 근원을 암시하는 것으로 읽는 것이 좀더 생산적인 독법이 될 수 있다. 보통 소설의 마지막 장면이 소설

---

17) 루카치, 「모더니즘의 이데올로기」, 『우리 시대의 리얼리즘』, 인간사, 1986, 39쪽.
18) 장용학, 「實存과 요한詩集」, 『한국전후문제작품집』, 신구문화사, 1964, 401쪽.
19) 이정숙, 「코페르니쿠스적 轉回와 관념의 소설화」, 구인환 외, 『한국 전후문학 연구』, 1995, 268쪽.

의 시작이나 중간 부분에서 제기된 문제에 대한 해답을 제공하는 부분이라 한다면, 마지막 장면을 미리 설정한다는 것은 문제를 설정하기도 전에 해답을 먼저 설정한다는 것을 뜻한다. 따라서 이러한 발언이 궁극적으로 의미하는 것은, 장용학의 소설 속에서는 문제의 해답이 현실적인 문제제기와 그것에 대한 탐구를 통해 주어지는 것이 아니라, 역으로 미리 답을 예단한 상태 속에서 그러한 답을 도출하기 위한 문제 설정과 내용의 전개가 이루어진다는 점이다. 다시 말해 장용학의 소설 공간은 이미 생산된 하나의 답을 허용할 수밖에 없게끔 구조화되어 있다는 것인데, 이는 라캉이 이중적 거울관계(dual mirror relation)라고 부른 것과 유사한 필연적으로 폐쇄된 공간이라고 지칭될 수 있다.[20] 이렇게 볼 때 장용학의 소설은, 소설 속에서 인물이나 상황의 내적 논리에 의해 생성의 과정을 밟는 것이 아니라, 미리 주어진 답을 향해 인물이나 상황이 경직된 채 구조화되어 버리는 폐쇄성을 지니고 있다고 할 수 있다. 그 속에서 현실은 관념을 촉발시키는 도구에 불과하다. 이러한 상황에서 소설은 필연적으로 '해답 → 예증'의 구조를 가질 수밖에 없게 된다. 여기에 대응하는 것이 바로 창작방법으로서의 알레고리이다.

「비인탄생」과 「역성서설」 연작의 앞에 배치되어 있는 '9시 병' 알레고리를 예로 들어 보자. 학교에 가기 싫어하는 한 아이가 아침 9시만 되면 '아이구, 배야'라고 하면서 꾀병을 부린다. 그 후 '아이구 배야'라는 말은 그 아이에게 온갖 특별 대우를 가져다 주었다. 재미가 난 아이는 난처한 일이 있으면 '아이구 배야'라는 말을 함으로써 곤경을 벗어나게 된다. 그런데 나중에는 하기 싫은 일이나 불편한 일만 생기면 진짜로 배가 아파오게 된다. 즉 언어와 현실과의 관계가 전도되어, 언어가 현실을 지배하게 되는 것이다. 이 알레고리의 의미는 인간이 편리함을 위해 만들어 낸 언어나 제도 자체가 역으로 인간을 억압하고 지배하게 된다는 것으로, 이는 장용학의 소설의 주제의식을 함축하고 있는 알레고리이다. 이러한 알레고리는 작품의 서두에 배치되어 있고, 작품의

---

20) 이러한 논의는 알튀세르가 데카르트로부터 칸트와 헤겔을 경유하여 훗설까지에 이르는 서유럽의 관념철학이 가지고 있는 이데올로기적인 성격을 지적하는 논리인데, 비록 맥락은 다르지만 장용학의 소설도 외형상으로는 그와 유사한 성격을 공유하고 있다고 볼 수 있다(루이 알튀세르, 『자본론을 읽는다』, 두레, 1991, 64~66쪽 참조).

내용은 이러한 알레고리를 구체적인 현실 속에서 예증하는 기능을 하고 있는 것이다. 자유의 빛을 보는 순간 눈이 멀어 버리는 토끼의 우화를 서두에 배치한 「요한시집」이나, 작품의 내용 전체가 알레고리로 기능하고 있는 『원형의 전설』 등, 장용학의 대부분의 작품이 이러한 성격을 공유하고 있다.

프레드릭 제임슨(Fredric Jameson)에 따르면, 일반적으로 사회적인 여러 관계들이 점차 소외되어 가고 자율적이고 자체 조정적인 메카니즘으로 변형되어 길 때, 그럼으로써 개인적 경험이 사회적 현실에 부합하지 않게 될 때, 개인적 차원과 사회적 차원의 의미 있는 동일화로서의 소설은 한 쌍의 우발적인 사고의 위협을 받게 된다. 만일 소설이 순수히 실존적인 주관성의 진실에 집착한다면 소설은 단순한 개인 병력(病歷)의 타당성을 지닐 뿐 일반화될 수는 없는 심리적인 관찰로 변해버릴 위험이 있는 반면, 소설이 사회적인 영역의 객관적인 구조에 통달하려 들 때 소설은 점점 더 구체적인 경험보다는 추상적인 지식의 범주에 지배되며, 그 결과 명제 더하기 예증, 가설 더하기 실례(實例)의 차원으로 떨어지는 경향이 있다는 것이다.[21] 이러한 지적은 서구 모더니즘 예술의 형성 조건에 대한 설명이지만, 1950년대 한국의 상황에서 소설이 처한 존재조건을 성찰하는 데에도 중요한 판단의 근거가 될 수 있다. 특히 6·25의 파괴적인 영향에서 벗어나지 못한 채 개인적 차원과 사회적 차원의 극단적인 분리를 경험했던 1950년대의 상황에서 이러한 소설 형식의 해체 가능성은 실제로 현실화되고 있었다. 손창섭의 소설이 전자의 위협에 대응되는 것이라면, 장용학의 소설은 후자의 위협에 대응되는 것이라고 할 수 있다. 다만 장용학의 경우는 사회적인 영역의 객관적인 구조를 총체적으로 인식하려는 충동보다는, 서구 실존주의 철학의 논리에 따라 이미 총체화된 선험적인 관념에 현실을 우겨넣음으로써 현실에 대한 구조적 인식의 노력을 처음부터 포기한다는 점이 다를 뿐이다. 또한 '명제 더하기 예증, 가설 더하기 실례(實例)의 차원'이 에세이적 형식을 통해 주체와 소설 형식의 존재조건을 성찰하는 서구의 인식론적 소설의 특성을 지적하는 것이라면, 장용학의 소설에서 그것은 알레고리의 형식으로 나타나고 있는 것이다.

---

21) 프레드릭 제임슨, 『변증법적 문학이론의 전개』, 창작과비평사, 1984, 41쪽 참조

앞에서도 지적했던 것처럼, '명제 더하기 예증, 가설 더하기 실례(實例)의 차원'은, 알레고리를 통한 관념적 명제의 제시와 그에 대한 예증이라는 형식으로 구조화된 장용학 소설의 핵심에 해당하는 것이다. 그러한 알레고리의 구조 속에서 현실은 필연적으로 이미 완료된 채 전제된 것으로 존재하게 된다. 소설 속에서 현실은 그 구체성과 발전 가능성이 사상된 채 완강하고 폐쇄적인 알레고리 안에 갇혀 있기 때문이다. 그런 측면에서, 장용학의 소설이 갖는 알레고리적인 성격은 부조리하고 불합리한 현실의 우위를 극복할 수 없는 것으로 전제하고 있는 그의 세계인식과 정확히 대응하고 있는 것이다. 또한 예컨대『원형의 전설』에서 6·25를 전후로 하여 주인공 이장이 겪는 온갖 사건이 갖는 역사적 구체성이 알레고리라는 내적 형식이 갖는 비역사성 속에서 해소되어 버리는 것에서 볼 수 있듯이, 장용학의 소설에서 알레고리는 역사적인 구체성을 무화시키는 형식이기도 하다는 점이 동시에 지적되어야 할 것이다.

5. 맺음말

지금까지 장용학 소설의 의미와 성격을 작가의 세계인식과 소설의 방법론을 중심으로 살펴보았다. 장용학 소설에서 드러나고 있는 작가의 문제틀이 어떠한 내용을 지니고 있으며 그것이 소설 속에서 어떠한 모습으로 구상화되어 있는가를 살펴보려는 것이 이 글의 대강의 목적이었다. 그와 더불어 장용학의 창작방법으로서의 알레고리의 형식이 세계인식이나 세계에 대한 태도와 밀접하게 관련되어 있다는 것을 밝히고자 했다.

이 글에서는 장용학 소설의 의의를 긍정적으로 평가하기보다는 비판적인 시각에서 살펴보았다. 그것은 지금까지의 연구 속에서 장용학의 소설이 그 실상과는 반대로 과대평가되는 측면이 없지 않았기 때문이고, 그런 측면에서 그로부터 의식적으로 거리를 두려는 의도도 작용했다. 특히 그러한 경향은 발터 벤야민(Walter Benjamin)이나 폴 드 만(Paul de Man)의 논의 속에 관철되고 있는 상징에 대한 알레고리의 우위라는 시각에 이론적인 토대를 두고 있는데, 이는 현란한 방법론의 자기완결적인 논리에 갇혀 작품이 놓여 있는 환경의 특수성과 작품 자체의 실상을 간과하게 될 위험이 있다. 그러한 경향은 또한 장용학의 소설을 에워싸고 있는 '풍문'을 걷어내기보다는 또 다른 풍문을 덧씌우는 결과가 될 수 있다는 점에서도 바람직하지 않다. 이론과 방법론의 미망을 걷어내고 보았을 때 오히려 장용학 소설의 실상은 더욱 뚜렷하게 드러날 수 있을 것이다.

장용학의 소설에 나타나는 논리의 전개는 정돈되어 있지 않고 난삽한 데다가 비약이 심하다. 1950년대 문학에서 장용학의 소설이 갖는 문제성을 인정한다 할지라도, 그러한 한계는 여전히 남는다. 그러나 그러한 문제점은 단순히 장용학 개인의 문제만으로 환원될 수 없는 시대적 징후이다. 다시 말해, 장용학의 소설에 나타나는 논리의 난삽함과 무질서함 자체가 현실에 대한 일관되고 총체적인 구조적 파악이 가능하지 않았던 당대 현실의 황폐함을 보여주는 하나의 징후일 수 있다는 것이다. 그런 측면에서, 그와 함께 이 글에서 지적한 장용학 소설의 여러 한계 역시 단순한 개인의 몫만은 아니다. 그것은 1950년대가 갖는 시대적 한계의 반영이며, 그 점에서 장용학이야말로 1950년대의 시대정신을 세계관과 소설 형식 양자에서 모두 드러낸 전후의 대표적인 작가라는 자리매김이 가능해질 것이다.

김수영의 육체성과 현대성

전상기*

아무 생각 없이 나는 작은 나무쪽을 불 속에 던져넣었는데, 그것은 개미들이 오밀조밀 집을 짓고 있던 통나무쪽이었다.

통나무껍질이 딱딱 소리를 내면서 타기 시작할 때 개미들은 절망 속을 기어 허위적거렸다. 껍질로 기어나와 날름대는 불꽃 속에서 타죽어가고 있었다. 얼른 통나무의 한 쪽을 들어올려 부벼대었다. 많은 개미들이 도망쳐 모래밭을 횡단, 낮은 솔잎으로 기어 들어갔다.

그러나 이상하게도 불기운을 피해 아주 달아나버리지 않았다. 일단 절박한 위험을 극복하자마자 개미들은 다시 타고 있는 통나무 주위로 기어들었다. 마치 어떤 힘이, 개미들을 그들이 포기해버린 고향으로 다시 되돌려보낸 듯이 많은 개미떼가 불타는 통나무로 다시 기어오르기까지 했다. 기어코 타 죽을 때까지 개미들은 그 불붙는 집을 방황하는 것이었다.

—「개미와 불」 전문(김수영 역)[1]

김수영의 모순성으로부터 논의를 시작하자. 앞에 인용된 시(좀더 정확히 밝히자면 이 시는 한국 지식인 사회의 무력감과 열악한 번역 풍토, 그 속에서 번역으로 밥벌이를 하는 자신의 이율배반적 처지를 공감해서 인용해 놓은 것이다)에서 마치 개미와 같은 행동을 하는 김수영을 보자. 자학[2]에 가까운 그의

---

* 성균관대 박사과정 수료.

1) 쏠제니친, 「개미와 불」; 김수영, 「모기와 개미」, 1966. 3; 『김수영 전집』2—산문, 민음사, 1981, 57~8쪽에서 재인용.

폭음과 창녀와 관계하는 욕망 배설의 자기 모멸적 고백은 무슨 까닭일까? 창조적 열정에 써야 할 에너지를 낭비하면서 생명의 소중한 여분을 무모하다고 느껴질 정도로 소진하는 그의 행위는 무엇을 기도하는가? 다혈질에 까탈스럽기 그지없는 성격이라고 한다면 그만인가? 내 안의 나와 싸우는 소시민적 지식인의 일반적인 행동 양태로써 해명해 나가는 것은 괜찮은가? 아니면 또 무엇이 있을까? 파행적으로 진행되던 당대의 시대 상황을 언급하기에도 속 뻔히 들여다 보이는 노릇이고, 그렇다고 그것을 아예 부정한다는 것도 잘못이다. 그러나 시대의 그악스러움을 온몸으로 헤쳐나가려 했던 김수영의 죽음을 담보로 한 노력을 알고 있는 우리로서는, 죽음과 맞서는 그의 일탈적인 활동의 총량을 주목해야 한다. 그것은 물론 시적인 행동이자, 곧바로 시와 통하는 시작(詩作)의 일체성을 몸소 구현하는 순간의 연속적 충일로서의 육체의 소모 행위이기도 한데, 이를 설명하기 위해서는 이제 우리가 밟아가야 할 단계가 있다.

1.

김수영은 그의 산문 「駱駝過飮」[3)]에서 다음과 같이 말한 적이 있다. "사람에게 환멸과 절망을 느낄수록 사람이 더 그리워지고 끊임없는 열렬한 애정이 솟아오르기만 하는 것은 이상하다." 1953년 12월에 쓰여졌다는 이 편지는 좀더 착잡한 사연을 담고 있는 배경을 알아야만 한다. 그는 친구 Y에게 쓰는 편지 형식을 통하여 독백의 방법으로 지난밤 크리스마스 이브의 파티 자리를 돌아본다. 그러니까 그는 크리스마스 당일날 낙타산이 멀리 올려다 보이는 다방에 앉아서 친구 Y의 집 아틀리에에서 춤을 추고 심한 주사를 부린 일을 떠올린다. 그는 술이 취해 어떻게 갔는지도 모르는 채 동대문 안에 있는 고모의 집에서 잠을 자고 집으로 돌아가기 전에 잠시 이곳에 들렀다. 어떤 자동차 운전수하고

---

2) 「물부리」라는 수필에서는 '자학의 철학' 운운하며 자학벽을 버리지 못하는 자신을 고백하고 있기까지 한다(앞의 책, 전집 2-산문, 54쪽).

3) 김수영, 「駱駝過飮」, 『김수영전집』 2-산문, 민음사, 1981, 19~22쪽.

싸움을 한 것인지는 모르나 눈자위와 이마와 손에 상처를 입고 목도리도 모자도 어디서 잃었는지 알지 못하는 복장을 하고 도심 중앙의 번화한 다방에는 나갈 용기가 나지 않아서 외곽의 다방에 앉아 있는 것인데, 그는 쓸쓸하지 않으면서도 쓸쓸하다고 느낀다. 아내가 아닌 B양 생각을 한다. 억병으로 술이 취했는데 "뼈가 말신말신하도록 술을 마시지 않으면 아니된 것도 B양이 오지 않은 외로움에 못이겨 무의식중에 저지른 일종의 발악이었던가" 하고 반성도 해보면서 "그렇디면 이렇게 이 외떨어진 다방에 고독하게 앉아서 넋없이 글을 쓰고 있는 것도 B양에 대한 그리움이 시키는 것인지도 모른다"는 것이다. "B양의 눈맵시, 그리고 그 유녹하게 생긴 입에 칠한 루즈가 주마등과 같이 나의 가슴을 스쳐간다." 친구 Y와 Y의 애인 임양, 그리고 B양이 '안개 속에 숨은 불빛 같이 애절하게 꺼졌다가 사라'지는 순간에 그는 '고독의 절정'을 맛보는 가운데 위에 인용한 아프리오리를 내놓는 것이다. 술이 서서히 깨면서 아지랑이가 피어오르듯 술기운이 몸밖으로 나가는 동시에 더불어 몽상도 뭉게뭉게 피어오르는 느낌을 그는 다음과 같이 말한다. "지금 내 몸은 전부가 공상의 덩어리가 되어 있다. 내가 나의 작은 머리를 작용시켜서 공상을 하는 것이 아니고 전신이 그대로 공상이 되어 있는 것이다."

> 술이 깨어날 때 기진맥진한 이 경지가 나는 세상에서 둘도 없이 좋으이.
> 이것은 내가 <안다는> 것보다도 <느끼는> 것에 굶주린 탓이라고 믿네.
> 즉 생활에 굶주린 탓이고 애정에 기갈을 느끼고 있는 탓이야.
> 그러나 나는 이 고독의 귀결을 자네에게 이야기하지 않으려네.
> 거기에는 너무 참혹한 귀결만이 기다리고 있는 것만 같아!
> 내 자신에게 고백하기도 무서워. 이를테면 죽음이 아니면 못된 약의 중독
> 따위일 것이니까.

여기서 우리는 김수영의 '고독'을 느낄 수 있다. 고독의 귀결까지도 능히, '너무 참혹한' 허탈과 인생의 심연에 대한 존재론적 전율로 다가오는 것이다. 그리하여 연애는 그에게 있어 삶의 활력이 된다. 이미 결혼을 하여 아이까지 두고 있는 사람이라지만, 전쟁이 끝난 후 비루하고 집요하게 생활을 영위해야

하는 가족의 우두머리로서 권태로운 일상과 악다구니를 치며 살고 있는 데다, 전쟁 중에 겪은 갖가지 경험으로 인해 피폐해질 대로 피폐해진 그인 까닭이다. 사람이 사람을 죽이고 사람이 짐승만도 못한 참혹한 전쟁을 겪은 그로서도 '사람에게 환멸과 절망'을 느꼈겠지만 그럴수록 '사람이 더 그리워지고 끊임없는 열렬한 애정이 솟아오르기만 하는 것'은 '이상'한 것이 아니라 당연한 것이다. 그러나 그 사랑은 역시 낙타산 밑에서 사귄 소녀와의 아리고 아련한 추억이 상기시켜주듯 안타까운 기억으로 남으리라는 것 또한 그는 알고 있다. 그렇기 때문에 숙취로 인하여 머릿속은 방망이로 얻어맞은 것 같이 지끈지끈 아프고 늑골 옆에서는 철철거리며 개울물 내려가는 소리가 나는 와중에서도 B양이 그립고 그녀를 생각하는 이 순간의 아름다운 착각, 즉 몸과 마음의 일시적 일체화가 반가운(소중한) 것이다. 여기에서 연애는 그 방편일 뿐이지만 취할 수 있는 대상이라는 점에서 주목할 필요가 있고 자신의 전부를 투여해 넣는 집중력의 근본 동인이 된다는 점도 기억해 둘 필요가 있다.

인간 존재의 근원적인 고독과 몸과 마음의 일시적 합일 경험은 김수영의 시작(詩作) 상황4)과 최종 도달점의 쉴새없이 작용하는 대립적 총체성을 정확히 지시한다. 모든 시인들에게 그런 과제는 각기 해결해야 할 제몫이라고 하겠으나 김수영에게 있어 그것은 의식적이고 본질적이다. 그런데 그 순간은 술을 코가 삐뚤어지도록 마신 다음날, 알콜에 절어 몸에 기운이 하나도 없고 여전히 속이 울렁거려 머리가 깨지도록 아픈 날, 그때가 돼서야 의식하지 못하는 사이에 그 상태("전신이 그대로 공상이 되어 있는 것")가 다가온다. 그러나 김수영은 정확히 그 순간을 기다린다. 아니, 오랜 음주 습관을 통해서 그 순간을 예비하고 반복 경험한다고 해야 옳다.

> 이런 때(일상에 빠져 정신이 나태해질 때, 그리하여 원고 수정을 자행하는 언론의 획일주의에 흥분하여 피로한 경우—인용자)를 나는 至日로 정하고 있다. 지일에는 겨울이면 죽을 쑤어 먹듯이 나는 술을 마시고 창녀를 산

---

4) 김수영은 詩를 쓰는 시간과 관련해서 다음과 같은 의미심장한 말을 한 적이 있다. "나의 버릇으로는 술을 마시고 난 이튿날 시를 쓰는 기회가 비교적 많았다." 「시작노우트」②(1961. 6. 14), 전집 2—산문, 앞의 책, 289쪽.

다. 아니면 어머니가 계신 농장으로 나간다. 창녀와 자는 날은 그 이튿날 새벽에 사람 없는 고요한 거리를 걸어나오는 맛이 희한하고, 계집보다도 새벽의 산책이 몇백배나 더 좋다. 해방 후에 한번도 외국이라곤 가본 일이 없는 20여년의 답답한 세월은 훌륭한 일종의 감금생활이다.

누가 예술가의 가난을 자발적 가난이라고 부른 것을 기억하고 있는데, 나의 경우야말로 자발적 감금생활, 혹은 적극적 감금생활이라고 할 수 있을 것 같다. 그래서 나는 한적한 새벽거리에서 잠시나마 이방인의 자유의 감각을 맛본다. 더군다나 계집을 정복하고 나오는 새벽의 부푼 기분은 세상에 무엇 하나 부러울 것이 없다.

이것은 탕아만이 아는 기분이다. 한 계집을 정복한 마음은 만 계집을 굴복시킨 마음이다. 자본주의 사회에서는 거리에서 여자를 빼놓으면 아무것도 볼 게 없다. 머리가 훨씬 단순해지고 성스러워지기까지 한다. 커피를 마시고 싶은 것도, 해장을 하고 싶은 것도 연기하고 발 내키는대로 한적한 골목을 찾아서 헤맨다. 이럴 때 등교길에 나온 여학생 아이들을 만나면 부끄러울 것 같지만, 천만에! 오히려 이런 때가 그들을 가장 있는 그대로 순결하게 바라볼 수 있는 순간이다. 격의없이 애정으로 바라볼 수 있는 순간. 때묻지 않은 순간. 가식없는 순간.[5]

"지일(至日)"이라고 정해 놓고 마시는 그의 의식적인 행사는 육체의 남은 힘을 탕진하는 정화와 어떤 깨달음(해탈)의 의미를 갖고 있다. 모의적인 죽음의 행위로 인사불성 상태까지 가는 술취함의 망각과 술깸을 통해 다시 태어나는 상징적인 일상화의 음주 관행이 전자(정화)의 경우라면, 후자는 몸소 겪는 일련의 음주 과정을 통하여 육체의 깨달음을 초점화시키고 주체화한다는 점이다. 자신의 육체를 혹사하는 김수영 산문의 주체는 원시인들의 엑스타시를 잃어버린 도시인이다. 이미 사라진 먼 조상들의 축제를 기억할 리 없는 현대인이지만 고래로 유전되어 오는 육체의 어느 기관에 엑스타시의 불씨가 남아 있어 술을 매개로 하여 뒤틀리나마 엑스타시의 명맥을 잇는다고 볼 수 있다. 그 축제는 여럿이 어울리는 집단적인 난장을 통해서 어우러지지 않고 각기 외로운 사람들이 혼자서 준비하는 카니발이라는 점이 다르다. 그리고 넓디넓은 공간

______

5) 김수영, 「반시론」, 전집 2—산문, 앞의 책, 257쪽.

—일테면 툭 트인 들판이나 숲 속의 빈터, 마을의 느티나무 아래가 아니라 도시의 뒷골목, 혹은 담배 연기에 찌들고 찌든 어두운 선술집이나 외진 거리의 골목길 모퉁이에 자리잡은 포장 마차 안에서 은밀하게 행해진다는 점도 다르다. 거기서는 신명나는 춤과 흥겨운 노래로 집단적 황홀경에 빠지는 거듭남 대신 흐느낌과 푸념, 고성방가 등의 술주정과 고통스런 몸부림 뒤에 흔적처럼 남는 토사물만이 자리를 차지한다. 하지만 바로 그런 고독한 축제이기 때문에 더욱 절실하고 생명이 소진되는 애달픈 진정성이 깃들어 있는지도 모른다. 이처럼 김수영의 '지일'은 현대를 살아가는 도시인의 고독한 축제의 날이다.

그런데 김수영은 바로 이 축제를 심리적인 분위기 조성도, 의미 부여도 하지 않은 채 온몸으로 부딪치며 치러내고 있다. "저는 아직 술 얘기할 나이가 못됐어요. 그전엔 꽤 한 편이지요. 저도 폭음에 속하는데 그냥 다운될 때까지 마셔요. 집에서는 다 알아서 말도 안 해요. 그전에 많이 먹을 땐 일주일에 한 4일까지 먹었습니다. 그저 어디가 아파야 관뒀으니까요." "술은 그렇게(집까지 팔아서 마실 정도로—인용자) 먹어야 하는 게 아닐까요? 제 자신이 요새 술을 조심해서 먹는데요, 한쪽으로는 서글퍼요. 술을 앞뒤로 재가면서 먹는다면 술 먹는다고 할 수 없을 것 같아요."6) 이처럼 술집에서 술상을 앞에 놓고 허심탄회하게 하는 이야기 속에서도 '육체의 의식적인 실행 논리'를 확인할 수 있다. 그의 갑작스런 죽음도 인도에 뛰어든 버스가 그를 덮쳤기 때문에 일어난 것이었다. 그러나 이 역시 술 취한 몸으로 밤늦게 귀가하는 중이었다는 정황의 어떤 의지적인 개연성과 더불어 생각하지 않을 수 없는, 물리적 죽음이 앞당겨진 연원을 가지고 있다. 이를 두고 '집안 내력'(증조부, 부, 자신의 술에 관한 일화, 전집 2—산문, 289쪽)의 유전적 질병, 혹은 신경 정신과적 권위를 내세운 분석으로 반박할 수도 있을 것이다. 그러나 우리에게 더 중요한 것은 텐느류의 환경론적 영향이나 선병질적인 소시민에 대한 임상 보고서가 아니기 때문에, '육체의 논리'가 그의 시와 시인으로서의 김수영 일생에 어떻게 반영되어 김수영다

---

6) 최정희 외, 「文壇酒遊天下—連載放談·文化界酩酊記②」, 『세대』, 1967. 4, 세대사, 212~229쪽. 참고로 이 방담에 참여했던 인사들은 진행에 오소백, 작가로는 최정희, 이봉구, 최인욱, 김수영 등이었다.

움의 특성으로 승화되었느냐는 문제이다.

김수영의 시론으로 대개가 인정하는 '온몸의 시학'이 자연스럽게 이 축제 행위(김수영의 술마시는 태도와 관련시켜 운위되는 현대 소시민의 음주 행위)와 연동되는 까닭이 여기에 있다. 여기에서 우리는 김수영의 몸에 대한 생각과 현대성의 관련을 논의하는 것이 좋을 것이다. 인간의 오랜 문명화 과정에서 정신과 의식에 의해 소외되고 타자화되었던 육체가 우리 시사에서는 김수영을 통해서 자각되고 있는 것이다.[7] 아니, '육체에서 나오고 있는' 현대성은 '시를 쓰기 전에 준비되어 있는 것'이라는 진술 속에 끼어 드는 사대부적인 시작 태도를 보면, 이 의미 내용이 어떻게 가장 싱싱한 시간인 현대의 성격과 결합할 수 있는가 의심하게도 된다. 그러나 김수영의 정직과 시에 대한 엄격한 태도는 두루 인정되었던 터이다. 다시 말해서 '윤리적 삶의 밀도와 시의 밀도'에 대해서는 이전 대다수의 논자들[8]뿐만 아니라 최근의 한 논자[9]에 이르기까지 공통적으로 인정하고 있는 바였다. 그리고 우리는 다음과 같은 통찰에 주목할 필요가 있다. "침묵의 세계, 상징의 세계를 발견한다는 것은 곧 사람의 몸을 발견한다는 것이다. 진정한 의미에서 말은 몸의 의미이자 육체적인 지식이다. 몸의 의미란 무언의 의미를 뜻하는데, 몸은 항상 소리 없이 말하는 존재이기 때문이다"[10]라고 말하는, 김수영과 동시대인이었던 브라운의 언급을 음미해 볼 필요가 있다. 브라운의 존재를 김수영이 몰랐든 알았든 간에, "가장 진지한 시는 가장 큰 침묵으로 승화되는 시다"[11]고 말하는 것과 "침묵은 이행이다"[12]

---

7) 다음과 같은 언급을 보라.
  "이 시(박태진의 「歷史가 알 리 없는……」-인용자)에 나타나 있는 현대성은 육체에 서 나오고 있는 것이다. 그것은 시를 쓰기 전에 준비되어 있는 것이다. 우리 시단에 아쉬운 것이 이것이다. 진정한 현대성은 생활과 육체 속에서 자각되어 있는 것이고, 그 때문에 그 가치는 현대를 넘어선 영원과 접한다."(김수영, 「진정한 현대성의 지향 -朴泰鎭의 詩世界」, 전집 2-산문 앞의 책, 214쪽).
8) 황동규 편, 『김수영 전집』 별권-김수영의 문학, 민음사, 1983 참조.
9) 김기중, 「윤리적 삶의 밀도와 시의 밀도-김수영론」, 김승희 편, 『김수영 다시 읽기』, 프레스 21, 195~217쪽.
10) N.O. Brown, *Love's Body*(New York : Random House, 1966), 264~265쪽, 정화열, 『몸의 정치』, 박현모 옮김, 민음사, 1999, 64쪽에서 재인용.
11) 「제 정신을 갖고 사는 사람은 없는가」, 전집 2-산문, 앞의 책, 141쪽.
12) 「시작 노우트」⑦(1966), 전집 2-산문, 앞의 책, 307쪽.

는 정언 명제, "침묵 한 걸음 앞의 시"나 "이 침묵을 지키기 위해서라면 어떤 희생을 치르어도 좋다"는 바람을 통해서도 김수영의 육체성 인식은 수준 높다는 것을 알 수 있다. 더욱이 김수영의 진술의 의미 속에는 윤리적 염결성뿐만 아니라, "<새로움>을 제시"(「시여, 침을 뱉어라」, 251쪽)하고 "새로운 자유를 행사"(「생활현실과 시」, 197쪽)하며, "끊임없는 창조의 향상을 하면서 순간 속에 진리와 美의 全身의 이행을 위탁"(「제 정신을 갖고 사는 사람은 없는가」, 142쪽)해야 한다는 현대성의 핵심 사항이 내장되어 있는 것이다. 푸코가 말하는 현대성의 의미13)와 비교해도 하등 뒤지지 않는 김수영의 현대성 인식은 주눅들어 있던 한국 문학의 후진성을 뛰어넘는 바가 있다. 이는 윤리적 차원의 의미를 넘어선, 아니 그것을 아우르는 진정한 현대성의 한국적 결실이라 하겠다. 그동안 끊임없이 가려져 왔음에도 불구하고 인간의 몸 속에 들어 있던 시원적 기억과 순수한 자연성이 인간의 본성을 되찾는 데 길잡이가 될 수 있다는 재발견(믿음=확신)은 얼마나 짜릿한 깨달음이었던가. 비교적 때를 덜 탄 육체 그 자체와 본능적 느낌이 유토피아의 보물 창고이자 거기로 가는 지도임을 비로소 안 현대인의 곤경과 당혹감 뒤에 현대성의 인식은 이어져 있다.

먼 곳에서부터
먼 곳으로
다시 몸이 아프다

조용한 봄에서부터
조용한 봄으로
다시 내 몸이 아프다

여자에게서부터

---

13) 푸코에 의하면 보들레르는 현대성을 "현재 안에 내재해 있는 영원한 어떤 것을 재포착하려는 사려 깊고 힘이 많이 드는 어떤 태도가 현대적인 태도" 혹은 "현재를 <영웅화>하려는 의지" 또는, "현재에 대한 관계"만이 아니라 "자기 자신에 대해 정립해야 하는 관계를 나타내는 것"이라고 이해했다고 한다. 미셸 푸코(장은수 역), 「계몽이란 무엇인가」, 김성기 외, 『모더니티란 무엇인가』, 민음사, 1994, 351~4쪽.

여자에게로

능금꽃으로부터
능금꽃으로……

나도 모르는 사이에
내 몸이 아프다

　　　　　　　—「먼 곳에서부터」 전문(1961. 9. 30)[14]

　시가 쓰여진 날짜로 보아 5 · 16 쿠데타 이후의 김수영의 절망감을 드러내고 있는 시처럼 보이지만 우리는 위에 인용된 시를 통해서 그의 예민한 성감대를 발견한다. 시대의 역사적 흐름을 감지하는 풍향계로서의 육체는 그 전체의 느낌이 시적인 창조와 함께 하는 것을 확인할 수 있다. "나도 모르는 사이에/내 몸이 아프다"는 뒤늦은 자각은 '곤경과 당혹감'의 진술이면서도 시대의 암울함을 온몸으로 버텨가야 하는 새삼스런 자기 다짐의(자의식적인) 확인이기도 하다. 정신의 자각이 아니라 몸이 자각한다는 것, 미지의 넓고 오래된 공간과 시간("먼 곳에서부터/먼 곳으로")의 미세한 징후를 감지할 뿐더러 계절의 변화("조용한 봄에서부터/조용한 봄으로")와 인간의(특히 여성의) 신체적 증상을 겪으며 더불어 자연 현상의 생명감("능금꽃으로부터/능금꽃으로……")을 함께 호흡하는 '아픈' "내 몸"은 이미 타자화된 육체성과는 거리가 먼, 주체성의 회복을 여실히 보여주고 있다. 몸이 보유하고 있는 부피와 무게, 생명의 에너지가 시대의 문제 상황을 어떻게 감당하리요마는, 문제는 그러한 인식 선환을 뚜렷하게 온몸으로 자각하고 그 주체성의 의미 내용을 새롭게 채우는 일이라 할 것이다. 그런 점에서 왜소해진 근대적 주체성을 살릴 수 있는 방법이란, 결국 방치되다시피한 육체성의 내용을 복원하는 가운데서 찾아져야 한다는 사실이다. 이 점에서 육체성의 자각은 인간의 정신사를 새롭게 되돌아보는 가운데 잊혀졌던 인간의 원형을 되살리는 의미이자 훼손된 인간의 새로운 의미, 즉 육체적인 여과 과정을 거쳐 새롭게 정립되는 육체적 주체성을 재구성하는

---

14) 『김수영 전집』1 — 시, 민음사, 1981, 190쪽.

의미를 담고 있다고 하겠다.[15] 정화열에 의하면 서구 형이상학의 전복을 꾀한 니체와 현상학이라는 거대한 운동을 창시한 훗설과 그 계승자들인 하이데거, 메를로 퐁띠, 사르트르, 보봐르, 가다머, 리쾨르, 레비나스, 이리가레이, 데리다 등의 논의들에서 인간의 존재 형식이자 그 본질적·객관적 근거로서의 '몸'이 근대 철학에 대한 반성과 인류의 미래적 비전을 설계하는 데 화두가 되고 있음을 공통 분모로 갖고 있다고 한다.

> 몸(또는 살)은 우리 행동과 생각의 모든 것과 연관되어 있다. 따라서 몸 또는 살은 사회적이고 자연적이며 인공적인 세계에 있어서 우리 존재의 참된 시원적 형태라고 할 수 있다. 몸은 문화와 자연 그리고 인공의 세계에 거주하고 있는 존재인 것이다. 몸이나 살 없이 철학적 인류학은 애초부터 불가능하다.[16]

일찍이 하이데거에 심취해서 '온몸의 시학'에도 그 편린을 뚜렷하게 드러내고 있는 바와 같이, 김수영의 '몸에 대한 인식'은 이러한 계보의 연장선상에서 논의가 가능하다고 하겠다. '죽음의 깊이'와 '역경주의(力耕主義)'("나는 무슨 일이든 얼마가 남느냐보다도 얼마나 힘이 드느냐를 먼저 생각하는 버릇이 있는데, 아내는 아직도 나의 이 <역경주의>에는 그리 신뢰를 두지 않고 있는 모양이다" 「토끼」, 1965, 전집2-산문, 51쪽), '사랑과 죽음의 동의어로서의 시적 태도' 등은 김수영의 시론 속에서 주로 발견하게 되는 핵심적 문제들이다. 몸의 물리적 행위가 최선을 다하는 노동의 수고와 일치될 때,

---

15) 널리 알려진 니체의 다음과 같은 말을 인용해본다.
"육체를 길잡이[Leitfaden]로 삼아 ― <영혼>이, 철학자들이 미련없이 내어버리기가 어려웠던 것도 당연할 만큼, 매력있는 비밀에 찬 사상(思想)이었다고 하면 ― 그들이 이제부터 그것을 대신할 만한 것이라고 배우는 그것은 아마 더 한층 매력있고 더 한층 비밀에 가득찬 것이리라. 인간의 육체는 모든 유기적 생명의 태고로부터 오늘날까지의 모든 과거가 그것으로 다시 생명을 얻어 싱싱해지고 그것을 통과하며 그것을 넘어서고 초월하여, 하나의 거대한 들어본 적이 없는 흐름이 흘러간다고 생각되는 것인데 이 육체야말로 낡은 영혼보다 더 한층 놀라운 사상이다." 프리드리히 니체, 『권력에의 의지』, 강수남 옮김, 청하, 1988, 391쪽.
16) 정화열, 『몸의 정치』, 박현모 역, 민음사, 1999, 10쪽.

죽음과 맞서는(혹은 비로소 화해하는) 삶의 의미가 있고, 또한 자아의 성숙을 꾀하는 길이 된다는 진정한 사랑의 성취로 열매맺을 수 있을 것이다. 이는 곧 육체성의 현상학적 인식을 전제로 하는 새로운 육체적 주체성을 '어떤 연관의 아라베스끄'(「이일 저일」, 전집2-산문, 116쪽)로써 그리고 있는 것이 아닌가 한다.

2.

김수영은 산문「原罪」에서 다음과 같이 말한 바 있다.

> 요즘의 시대는 <머리가 좋다>는 것에 대한 노이로제에 걸려있는 세상이라, 중학교 아이들까지도 무슨무슨 별에는 인간의 두뇌의 몇갑절 머리 좋은 생물이 살고 있단 말을 곧잘 하고, 그런 말을 들으면 어른들까지도『팔이 셋이나 있다지?』하면서 멀쑥해지지만, 나의 경우는 詩의 덕분으로 우선 양키의 미인보다도 더 아름답게, 추한 아내를 바라볼 수 있을 만큼이라도 둔하게 된 것을 그나마 다행으로 생각하고 자위하고 있다.[17]

이 짧은 산문의 첫머리에서 그는 "육체가 곧 辱이고 罪라는, 아득하게 시대에 뒤떨어진 생각을 한다"고 고백한다. 그런데 그 생각은 성서적인 지식과 연결되는 것이 아니라 아내와 부부 관계를 맺던 기억을 반추하면서 우연히 깨달아 "희열에 [휩]싸였다"고 부연 설명을 하고 있다. 아내의 육체를 통해서 "한 사람의 육체를 맑은 눈으로 보고 느꼈"으며 정신까지도 완전히 객관적으로 바라보는, 사람의 운명에 대한 개안을 했다는 것이다. 아담과 이브의 원죄 의식도 아니고 이성의 수치감이나 성교의 매력도 한 고비를 넘었다는 김수영의 원죄 의식은 좀더 직접적이고 실존적인 차원의 육체에 대한 인식이다. 그것은 "어떤 육체의 구조―정확히 말하면 나의 아내의 짤막짤막한 사지, 그리고 단단하디 단단한 살집, 그리고 그런 자기의 육체를 자기가 모르고 있다는 사실,

---

17) 김수영, 「原罪」, 전집 2-산문 앞의 책, 94~95쪽.

또한 알아도 할 수 없다는 사실 — 즉 그녀의 운명, 그리고 모든 여자의 운명, 모든 사람의 운명"이라는 직접적이고 실존적인 체험으로부터 솟구친 엄청난 점프력의 비약적인(일반화) 논리이다.

「낙타과음」(1953. 12)의 고백으로부터 「먼 곳에서부터」(1961. 9. 30), 「진정한 현대성의 지향」(1965. 2), 「원죄」(1968. 1), 「반시론」(1968) 등으로 그 계기적인 변화 과정을 뒤섞어 놓은 인용은 반론의 근거로 작용할 수도 있겠지만, 15년이라는 시간적 거리를 지난 후의 육체성 자각은 자못 '우주인의 詩'와 같은 스케일과 개안된 '맑은 눈'의 투명한 시적 인식으로 말미암아 인간(과 인간의 운명)에 대한 깊은 연민을 길어 올린다. 분명 산문 「원죄」와 같은 시기에 쓰여졌을[18] 「性」은 그 점에서 흥미로운 해석을 요구한다.

> 그것하고 하고 와서 첫번째로 여편네와
> 하던 날은 바로 그 이튿날 밤은
> 아니 바로 그 첫날 밤은 반시간도 넘어 했는데도
> 여편네가 만족하지 않는다
> 그년하고 하듯이 혓바닥이 떨어져나가게
> 물어제끼지는 않았지만 그래도
> 어지간히 다부지게 해줬는데도
> 여편네가 만족하지 않는다
>
> 이게 아무래도 내가 저의 섹스를 槪觀하고
> 있는 것을 아는 모양이다
> 똑똑히는 몰라도 어렴풋이 느껴지는
> 모양이다.
>
> 나는 섬찍해서 그전의 둔감한 내 자신으로
> 다시 돌아간다
> 憐憫의 순간이다 恍惚의 순간이 아니라

---

[18] 「원죄」는 1968. 1이라고 기록되어 있고, 「性」은 1968. 1. 19이라고 날짜까지 명시되어 있다. 그러나 이러한 기록적인 사실보다 더 중요한 것은 이 작품들 간에 작용하고 있는 대화적 역동성일 것이다.

속아 사는 憐憫의 순간이다

　　나는 이것이 쏟고난 뒤에도 보통때보다
　　완연히 한참 더 오래 끌다가 쏟았다
　　한번 더 고비를 넘길 수도 있었는데 그만큼
　　지독하게 속이면 내가 곧 속고 만다
　　　　　　　　　　　　　　　—「性」 전문(1968. 1. 19)[19]

　이 시에 대한 감상은 당연히 "도저히 메꿀 수 없는 타자와의 근본적인 괴리감을 증명하는 것"[20]이라는 견해가 지배적인 것 같다. 섹스에 대한 아내의 불만족(1연), 섹스의 개관 기미(機微) 포착(2연), 기만적 연민(3연), 기만의 부메랑(4연)으로 부관참시하듯 각 연을 정리하면 아마도 '괴리감'을 이끌어낼 수 있을 것이다. 그러나 그렇게 말고 다르게 볼 수는 없을까? 시 한 편을 쓰는 데 엄청난 노고와 자기 학대, 생의 전부를 걸어 운산을 꾀하는 김수영의 시작 태도를 생각하고, 더욱이 위악적이면서도 남사스러울 소재를 도입하는 시에서 이상의 '절름발이 부부'를 재판(再版)할 정도밖에 도움닫기가 시도되지 않았을까? 아닐 것이다. 그러면?

　1연의 상황 설명과 호소성 항의("그래도"에서 강하게 드러나는)가 8행의 긴 사실의 진술을 필요로 했다면, 2연에서는 아내의 육체로부터 느낀 기미를 짧은 4행의 분량으로 추측하고 있다. 시적 화자의 추측에 비해 벌써 아내의 육체는 남편의 섹스 개관을 느끼고 있음을 암시하는 것이다. 그만큼 아내의 육체성은 시적 화자의 육체성에 비해 주체적이고 의식적이다. 이어지는 3연에서 시적 화자는 아내를 만족시키려는 성적 기교의 기만적인 노력을 중지하는 가운데 기만적 연민을 한탄한다(깨닫는다고 하면 안 된다. 왜냐하면 시적 화자는 이미 1연에서 기만적인 자신을 고백하고 있기 때문이다). 마지막 4연에서 다시 또 '완연히 한참 더 오래'('오래'를 꾸며주는 3개의 수식어와 그 어감의 길이라

____

19) 전집 1-시, 291쪽.
20) 문혜원, 「아내와 가족, 내 안의 적과의 싸움」, 『작가연구』 제5호, 1998년 상반기(김수영 문학의 재인식), 새미, 232~233쪽.

니!) 끄는 사정(射精=事情)의 노력을 변명(호소)하지만 곧이어 깨닫는 자기 기만의 결론을 고백한다.

결혼 생활을 오래 한 부부의 성관계가 이토록 적나라하고 실감나게 포착된 예는 과문이라서 그런지 잘 찾아 볼 수 없다. 하지만 부부의 화합 불가능으로 해석해버리기에는 관념적 (유희의) 진실을 뚫고 나오는 육체성의 현전으로 이 시가 육박해오는 느낌은 너무나 커다란 실감이 아닐 수 없다. 시 전체의 전언을 속고 속이는 부부의 성적 불감증을 자의식적으로 전경화하려는 것으로 읽을 때는 논리적 조작이 필요할지도 모른다. 하지만 '속아(살고)' '속이면 내가 곧 속고(마는)' 비주체적이고 비윤리적인 현대적 자아의 관념을 생생한 현실감으로 지적하고 증언하는 당사자는 육체이다. 때문에 이 시를 다르게 읽을 때는 하나하나의 시어와 시구, 시 전체를 육체의 언어로써 받아들이고 그렇게 읽을 필요성이 생긴다. 시적 화자의 생각보다도 먼저 알아채는 아내의 '느껴지는' 육체적 감각이 일단 '혓바닥이 떨어져나가게' '어지간히 다부지게 해줬는데도' '만족하지 않는다'. 아내의 육체는 곧 섹스 그 자체에 충실하려고 하기 때문이다. 그러나 상대방인 남편이 육체의 언어로 충실하게 응답하지 않고 거기에 불손한 의도를 개입시키는 것이다. 그렇다고 아내 역시 시적 화자의 기만적인 성적 기교를 모르지는 않다는 점에서 생각이 없다고 말해서는 안 된다(육체 언어에도 물리적 운동의 여분을 통하여 생성되는 신경 작용이 있게 마련이며 그 특유의 유기적 맥락이 있기 때문이다). 3연의 "속아 사는 憐憫의 순간이다"를 어떻게 해석하든 간에 결국 부부 쌍방의 독립적이자 서로 물고 들어가는 기만적 연민을 한탄하는 것이기 때문이다. 따라서 시적 화자의 사정 지연(射精遲延)은 '그만큼' '완연히 한참 더 오래' 끈 길이만큼 마음과 일치하지 못하는 육체의 훼손과 육체성에 대한 근본적인 연민을 자아내게 한다. 그 순간 또 시적 화자는 자신이 결국에는 속고 만다는 낭패감을 자인하면서 남성 우월적인 도그마가 여지없이 깨지는 남성적 육체성의 초라함(왜소성)을 절감하게 된다. 이 시점에서 기만적 연민은 진정, 시적 화자 스스로 갖고 있는 자신의 육체적 한계성에 대한 연민으로 질적 전화되고, 동시에 똑같이 망가진 아내의 육체를 있는 그대로 인정하고 보듬는 연민으로 발전하면서 인간의 운명에 대한 속깊은 연민이 비로소 제 안에 자리잡는 것을 느끼는 것이다.

이것을 두고 사랑으로는 그 허위성을 만족시키지 못하고 부부 생활의 지난한 속사정을 가늠하기에는 부족한, 위대한 연민이라고 말할 수는 있을지언정, 부부간에도 어쩔 수 없는 괴리감 운운하면 안 될 것이다. 물론 산문과 시의 주제는 다를 수도 있고 필연성을 주장하는 견강부회가 얼마나 지독한 난해성을 유발하는가도 모르는 터는 아니지만, 김수영의 이 시를 해석하는 관행은 이런 점에서 새삼 재고의 필요성을 요한다는, 시적 언어의 육체성으로 증언하고 있지 않나 싶다. 말 그대로 직접 살을 부비고 산 오랜 경험이 아니었더면 결코 느끼지 못할 아내 육체의 고유성에 대한 실존적인 고백("시의 덕분으로 우선 양키의 미인보다도 더 아름답게, 추한 아내를 바라볼 수 있을 만큼이라도 둔하게 된 것")이 육체의 공감 언어가 아니면 무엇이랴. 더욱이 그러한 육체적 공감 언어가 시의 언어로 시의 몸체를 이루는 재료가 되었음을 우리는 확인한 터이다. "진정한 현대성은 생활과 육체 속에서 자각되어 있는 것"이라는 진술이 새삼스럽게 시적인 자각과 시적인 육화로 이루어지는 장면(진경)을 우리는 이를 통해 보게 되는 것이다. 끊임없이 반복되는 일상과, 가장 친근한 아내의 육체를 통하여 얻는 시적인 자각은 현대성의 자각과 다르지 않다. 가장 보잘 것 없는 현대인의 삶 속에서 가장 위대한 깨달음을 전유하는 찰나적 진실[21]이 현대성의 핵심 아니던가. 그런 점에서 소시민적 일상과, 출산을 하고 생활을 끌어가면서 몸의 곡선이 무너지고 펑퍼짐해진 '아줌마'의 몸은 아주 훌륭한 현대성의 소재가 아닐 수 없다. 마찬가지로 그런 '아줌마'의 몸을 가까이 하고 살을 섞으면서 더불어 허물어져 가는 남편 자신의 몸과 그 몸에 대한 대상적 인식은 눈밝은 시인의 주체적인 시적 인식이자 현대성 인식이라고 할 수 있다.

---

21) 일테면 다음과 같은 구절을 생각해보자. "……순간을 다투는 어떤 윤리……" "제 정신을 갖고 사는 사람이란 끊임없는 창조의 향상을 하면서 순간 속에 진리와 美의 全身의 이행을 위탁하는 사람이다." 「제 精神을 갖고 사는 사람은 없는가」, 전집2-산문, 앞의 책, 142쪽.

3.

아내에 대한 구타와 모욕(「罪와 罰」, 전집1－시, 222쪽, 「壁」이란 산문 등), 여성 비하(「반시론」의 창녀 운운, 「金星라디오」라는 제목의 시와 산문, 「의자가 많아서 걸린다」란 시 등)를 넘어 "아름답게, 추한 아내"에 도달하기까지 그의 시적 사유와 그에 상응하는 시작 속도의 여정은 끝없는 부정과 반성, 자기 연마의 연속이었을 것이다. 그 자신이 '무한히 배반하는 배반자'(「詩人의 精神은 未知」, 전집 2－산문, 189쪽)라고 '시인'을 정의하고 있지만, '가장 가까운 敵'이자 '가장 사랑하는 敵'(「敵」(二), 전집 1－시, 246쪽)은(그가 아내이건 애인이건, 또는 신경증적 자의식이건 간에) '제일 피곤할 때' 대하는 만큼, 아직도 먼 민주주의나 언론 자유의 심각성, 지성의 말살 정책, 통행 금지의 온존 등 사회 전반적인 낙후성에 직면하여 '개인의 책임에 대한 각성과 합리주의에 대한 이행'(「제 精神을 갖고 있는 사람은 없는가」, 전집 2－산문, 141쪽)을 역설하는 그를 보면, 확실히 그가 말하는 '온몸으로 밀고 나가는' 시학의 이론이 다만 시학의 그것에서 그치는 것이 아니라 그것을 넘어서는 삶의 방법론으로까지 승화되어 있음을 확인하게 된다. 이 때에도 우리는 메를로 퐁띠가 말하는 육체의 물리적인 존재 형식과 거기에 수반되는 '살에 대해서 이방적이지 않고 그 축과 깊이와 원근을 제공하는 어떤 관념성'[22]이 온힘을 다하는 생존 방식으로서의 육체성의 고투를 김수영에게서 느끼게 된다.

그러나 그토록 죽음과 죽음의 깊이를 강조한 김수영이 공교롭게도 온몸을 다해 삶의 본질을 향해 육박해 들어갔듯이, 죽음에 가까이 다가가는 어떤 필연성은 '때 아닌 갑작스런 죽음(비명횡사)'이라고 말하는 그의 죽음의 방식을 일견 수긍케 하는 바가 있다. 바타이유는 에로티시즘과 죽음이 서로 통한다고 말했는데, 삶의 고통과 역경주의를 기꺼이 자기 삶의 주체적인 원동력으로 삼았던 김수영의 전도된(사실은 하나의 다른 이름인) 쾌락 추구는 이 글의 서두

---

22) 메를로 퐁띠, 『보이는 것과 보이지 않는 것』, 불어판, 199쪽; 김상환, 「육체와 현대성－정진규의 몸詩에 대하여(Ⅱ)」, 『현대시학』, 1994년 10월호, 310쪽에서 재인용.

에 언급했던 '개미떼'의 행태와 다를 바가 없는, 그 자신의 죽음의 선택이라는 생각이 들 정도이다. 그의 역경주의 속에는 삶의 안일함을 경계하는 반속주의와 귀족적 염결주의가 동시에 작동하는 반면에, 자기 파괴적 폭력성 또한 격렬한 것이어서, 그것이 노동과는 성격을 달리하는 또 다른 노동 행위인 음주 행위에 이르러서는 영락없는 항상적 죽음의 임재 상태가 조건화되었던 것이다. 그러므로 느닷없이 닥치는 죽음의 방문이 삶의 우연성에 속수무책일 수밖에 없는 인간의 존재론적 조건인 점에서, 김수영에게 죽음은 평생을 따라다니던 주제였고, 그 자신 그것을 의식화하여 살았던 터였다. 이와 관련하여 우리는 물론 그의 폭음 행위가 제반 민주적 제도의 미비에 따른 신경질적인 반응 행위의 예리한 상징성을 갖고 있음을 지적해야 할 것이다. 또한, 여기에 덧붙여 명민한 그가 깨달은 육체성의 담론을 터부시하는 동양적 전통의 엄숙주의에 가미된, 육체의 타자화라는 근대적 주체성의 배제 논리가 만만치 않은 사회 문화적 환경이었음을 고려해 넣어야 할 것이다.

두루 알다시피 인간의 육체가 이미 삶과 죽음의 이율배반적 속성을 공유하고 있음은 생물학적 상식이 제공해주고 있지만, 김수영의 역경주의는 육체성의 진지한 감내 자세만이 아니라, 생의 남은 에너지를 몽땅 소진하려는 육체성의 파멸 의지가 충만해 있었던 것이다. 그것은 김수영의 모더니즘이 우리 문학사에서 기여한 '현대성'의 징표로서 전자의 자세를 넘어서는 성과이다. 그리고 그것이 김수영의 한계로 지적되는 엘리트주의 혹은 소시민적 전근대성의 질곡이기도 하다. 자본주의가 전일화되면 될수록 세계화의 삶의 패턴은 가속화되고 머나 먼 변방의 한국도 그만큼 세계 자본주의 체제에 편입되어 변방의 민족적 특수성의 삶이 보편성의 모습을 닮아가는 즈음, 김수영의 선진성은 그런 국제화에도 뒤지지 않으면서 자신이 발을 딛고 있는 한국적 현실과 그 자신의 삶의 문제를 결합시켜 후진성의 문제 의식으로부터 가장 치열한 선진적 쟁점을 도출했다는 것, 그것이 김수영이 도달한 공안이었던 것이다. 그것이 다름 아닌 육체성의 발견과 그 소시민적 체현이었던 바, 육체성을 통한 현대성의 획득은 여전히 미완된 시적 기획의 필연성을 띨 수밖에 없었을 것이다. 다시 말하거니와, 이는 문학적 전통의 부재 내지는 빈약한 유산을 잇는 천재 문인들이 겪는 일반적인 운명이라고 하겠으나, 그보다는 당시 한국 사회의 총체적인 낙후성 문제와 관련된 사안이었기에 김수영에 대한 안타까움은 더 큰 것이 아니었나 한다.

김수영의 죽음으로부터 25년이 지나서 후배 시인 정진규는 육체성의 의식적인 노동 행위와 술취함의 외로운 축제 행위의 계승을 시도하는 가운데, 김수영이 겪고 아직도 후대의 사람들이 겪고 있는 한국적 현실의 문제성을 다음과 같은 비원으로 노래한다.

> 감격은 좋은 것이다
> 그러나 우리의 감격엔 언제나 하늘이 없었다
> 새가 날 수 있는 자유의 하늘이 없었다
> 4·19만이 아니다
> 민족이란 말 앞에 조국이란 말 앞에
> 북간도란 말 앞에 윤동주란 말 앞에
> 해방이란 말 앞에
> 북한동포란 말 앞에 재일동포란 말 앞에 사할린이란 말 앞에
> 이산가족이란 말 앞에
> 통일이란 말 앞에
> 서열 열번으로 놓여왔던 감격이란 말!
> 그것이 문제다
> 언제나 主體語보다 수식어가 먼저인 삶을 우리는 살아왔다
> 4·19란 말 앞에 오늘,
> 나는 왜 감격이란 말을 놓지 않는가 절대!
> 새를 날리지 않는가
> 역사는 희석식인가 증류식인가
> 4·19는 희석식 소주인가 증류식 소주인가
> 그날 이후 나는
> 서른 해를 넘게 희석식 소주만을 마시면서 살아왔다
> 이제는 그럴 수 없다 증류식 소주가 마시고 싶다
> 마침내 풀잎 끝에 맺히는 이슬로 맺히는
> 한방울의 순결, 그게 증류식 소주이다

역사는 증류식이어야 마땅하다
이제는 그럴 수 없다
우리는 오늘 증류식 소주가, 진짜 소주가 마시고 싶은 사람들이다
　　　　　　　—「몸詩・30−4・19를 생각하며」 전문[23]

23) 정진규,『몸詩』, 세계사, 1994.

김정한 소설 속의 일본인상

곽 근[*]

1. 서 론

광복 후 어언 55년, 한·일 국교 정상화가 이루어진 지도 35년이 지난 지금 한국인의 일본인관은 어떤 것일까. 아직도 예전 그대로인지 많이 변했는지, 아니면 어떤 오해가 개입되어 있는지 등은, 다방면에 밀접한 한·일 관계로 보아 천착할 필요가 있다. 지금까지 한국에서는 일반적으로 일본을 '가깝고도 먼 나라'라고 일컬어 왔다. 한국에서 일본까지 거리는 가깝지만 그 거리만큼 마음이 친근하지는 못하다는 뜻이다. 지역적으로는 가깝지만 심정적으로는 먼 나라라는 것이다. 이렇게 일컫게 된 이유는 무엇일까. 논자에 따라 견해가 다를 수 있겠지만, 다음과 같은 일본의 이미지가 그 원인이라는 데는 대체로 의견을 같이할 것이다.

1. 이조시대까지는 한국에서 문화를 섭취해간 눈화석 후진국. 명치 이후는 서양문명의 흡수에 광분하고 동양 속의 서양으로 된 나라.
2. 일제 36년간, 우리 민족을 탄압 착취해 온 간악한 나라.
3. 제2차 대전 후는 한국 동란에 편승하여 경제 부흥을 한 후, 이익 추구에 민감한 그 특수 재능으로 경제 대국으로 올라선 경제 동물의 나라.
4. 경제발전과 함께 군사력도 배양하고 있어 다시 아시아의 맹주 지위를 엿보는지도 모르는 경계해야 할 나라.
5. 미국·중공 등 강국에는 저자세, 약소국에는 고자세를 취하는 나라.[1]

이중에서도 특히 일제가 36년간 자행한 억압과 수탈, 그로 인한 근대화의 파행성을 한국인이면 누구나 절실하게 인식할 것이다. 이에 대한 실증적 고찰은 이미 상당히 이루어진 실정이다. 이러한 인식의 바탕 위에 광복 후에도 여전히 긴장을 늦추지 않는 경계 심리가, 일본에 대해 부정적 이미지를 도출시켰을 것이고, 이러한 이미지는 쉽게 바뀌지 않을 것이다.

이것은 물론 개별적인 일본인에 초점이 맞추어진 것이 아니고, 일본이라는 국가에 대한 것이므로, 개별적인 일본인에 대한 인상과 같을 수는 없을 것이다. 또한 집합된 개인들의 총체가 드러내는 견해로써 개인들 각각의 의견이나 생각과 동일하다고도 할 수 없다. 어떤 대상을 좀더 진실하게 파악하기 위해서는 집단이나 전체의 의견 못지 않게 개개인의 의견도 중시되어야 한다. 개인과 집단, 부분과 전체의 논리를 배타적이지 않게 수용해야 할 이유가 여기에 있다.

요즈음 부쩍 늘어난 한국인 일본 유학생과 언론사 특파원 혹은 상사 주재원들이 다투어 일본과 일본인에 관한 저서를 출판하고 있다. 일본인에 대한 지식과 함께 그들의 한국인관을 우리에게 알려주는데 일조하고 있는 셈이다. 그러나 한국인의 일본인관을 심층적으로 알려주는 예는 많지 않은 듯하다. 문학 작품에 나타난 경우를 정리한 것은 더욱 그렇다. 조선 시대의 문학에 나타난 일본 및 일본인에 대한 고찰은 이능우[2]·장덕순[3]·고도숙랑(高道淑郎)[4] 등의 것이 있고, 신소설에서는 신근재[5]의 것이 있으나, 현대소설에 표출된 일본인을 문제삼은 글은 거의 보이지 않는다.

임헌영의 「신항일 문학론」[6]이 다소 도움을 주고 있는 것이 고작이다. 임헌영의 글은 1965년 한일협정 이후의 한국 소설을 중심으로 한민족의 반일 감정을 살피고 있다. 즉 '일본의 재침략 책동', '일본 상품이 범람하는 경제적 침식

---

1) 田中明, 「반일의 풍화—서울 체류기」(김윤식역), 『한일문학의 관련양상』, 일지사, 1974, 380쪽.
2) 이능우, 「이조소설에 표출된 대일감정」, 『청파문학』 4집, 1964.
3) 장덕순, 「고전문학에 나타난 대일감정」 『동아문화』 4집, 1965.
4) 高道淑郎, 「한국문학에 나타난 대일관과 민족사상」, 『일본학』 제1~2집, 1981.
5) 신근재, 「개화기 소설에 반영된 일본상과 대일관」, 『일어일문학연구』, 제13집, 1988.
6) 임헌영, 「신항일문학론」, 『문학의 시대는 갔는가』, 평민사, 1979.

상' 등과 함께, 일본 유학생이나 일본 군국주의 미체험 세대가 가진 반일 의식을 보여주는 작품을 고찰하고 있다. 따라서 한국 현대소설에 나타난 일본인관을 깊이 있게 파악하기는 어려울 듯하다.

이처럼 현대 소설에 나타난 일본인상을 논자들이 도외시한 것은, 아마도 많은 작가들의 다양한 관점을 객관화하기가 쉽지 않고, 인간은 크게 선인(善人) 아니면 악인으로 나누어지는데, 그것이 굳이 일본인에게만 국한되는 문제가 아니므로 결과는 뻔힐 것이라는 생각 때문일 것이다. 그러나 이것은 어디까지나 심정적 차원의 문제이고 좀더 세부적으로 면밀히 이 문제를 고찰해야 할 이유가 우리에게는 있다. 앞에서도 언급했던 것처럼 한·일 관계는 여러 측면에서 밀접한 관계에 있고, 이 관계를 지속해 나가야 될 형편이므로 서로 충분한 이해와 냉철한 인식이 필요한 까닭이다.

이것을 위한 한 방편으로 한국소설에 나타난 일본인의 모습을 살펴보려는 것이 이 글의 목적이다. 소설의 인물을 통해서도 한국인의 개별적인 일본인관을 어느 정도 파악할 수 있다는 판단 때문이다. 소설의 인물은 실제 인물을 그대로 복사한 것이 아니다. 작가의 현실적 체험 세계로부터 그 모델을 구해온 것이든, 그렇지 않은 것이든, 작가의 상상력에 의하여 창조된다. 그러므로 작가의 세계관, 문제 의식, 관심 구조 등이 반영된 인물을 통해서 우리는 실제 인물에 대한 작가의 인식을 파악할 수 있을 것이다.

이때의 작가는 단순한 개인이 아니라 우리의 인식을 어떤 방식으로든지 대변하는 대표자로서의 개인이다. 아울러 자신이 계획한 의도를 객관적인 존재로 만들어 주도록 작품을 통하여 독자에게 호소하는 사람이다. 따라서 나무를 보고 숲을 헤아리는 식으로, 작가의 일본인에 대한 인식을 통하여 어느 정도 한국인의 일본인관을 파악할 수 있으리라고 생각된다. 그렇지만 엄청난 양의 일본인 등장 소설을 일일이 문제삼기는 너무 번거롭고 산만할 듯하여, 한국 대표적 작가의 한 사람인 김정한의 소설만을 살펴보고자 한다.

2. 김정한과 일본의 관련

김정한(1908~1998)은 1936년 단편 「사하촌」이 『조선일보』 신춘현상문예에 당선되면서 작가로 출발하여, 1940년 붓을 꺾기까지 10여편의 단편소설을 발표한다. 그후 26년 만인 1966년(59세)에 단편 「모래톱 이야기」(『문학』, 10월호)를 발표하며 다시 창작활동을 하게 된다. 그후 20여편의 단편과 1편의 장편을 발표하고, 부산대학교에서 후진을 양성하는가 하면 문학 단체의 임원으로도 활약한다. 작품이 양적으로는 결코 많다고 할 수 없으나, 질적인 면에서는 우수하다고 평가되어, 작품이 발표될 때마다 항상 문단의 주목을 받는다. 다시 말해 그는 확실하게 소설적 업적을 인정받은 작가로서 한국 현대소설사에서 비중 있게 다루어지고 있는 실정이다.

작품집으로는 『낙일홍』(세기문화사, 1956), 『인간단지』(한얼문고, 1971), 『김정한소설선집』(창작과 비평사, 1974), 『모래톱 이야기』(범우사, 1976), 『삼별초』(장편)(동화출판사, 1977) 등이 있고, 1969년 한국문학상, 1971년 문화예술상을 수상하고, 1976년 문화훈장(은관)을 받기도 한다. 이러한 작가적 위치 외에도 그는 어떤 의미로든 다른 작가에 비해 일본과 깊은 관계가 있다고 할 수 있다.

그는 동래고보(東萊高普) 4~5년때 일제의 식민지 교육정책에 반대하는 동맹휴학 사건에 관계한다. 동래고보는 반일적 저항의식이 대단한 학교로, 김정한의 생애와 문학에 투쟁정신을 심어준 곳으로 알려져 있다. 1928년 고보 졸업 후 울산 대현공립보통학교 교사 재직시 조선인 교원 연맹 조직을 시도하던 중, 일본 경찰로부터 가택수색을 당하고, 즉석에서 구속되어 동래서로 끌려가 문초를 받는다. 그는 일본의 조선 민족에 대한 민족적 차별 대우에 늘 불만을 품고 있던 중이었다.

일본의 식민지 정책에 반기를 들고 저항하는 한편 일본에서의 수학(修學)도 꾀한다. 1929년 2월 동경 제일외국어학원에서 1년간 수학하면서 일본문학과 기타의 외국문학을 탐독하고, 다음해 와세다대학부속 제일고등학원에 입학한다. 1932년 여름방학 때 일시 귀국했다가 양산 농민봉기 사건에 가담하고, 이것이 화근이 되어 피검되는 바람에 그해 9월 학업을 중단하고 만다. 이에 앞서 1931년 「구제사업(救濟事業)」이란 단편이 문제되어 全文이 삭제 당하고 제목만 『신계단』에 실리기도 한다.

1940년 33세때 교원 사표를 내고 동아일보 동래지국을 인수하여 지국일에 전념하던 중, 치안유지법 위반이란 죄명으로 경찰에 피검된다. 이해부터 붓을 꺾는데, 그 동기는 한국어 말살정책 등 일제의 탄압이 극에 이르렀다고 판단했기 때문이다.

지금까지 살펴본 것처럼 김정한은 끊임없이 일제에 반항하고, 일제는 그의 반항에 좌시하지 않았다. 그렇다고 그가 무조건 일본을 배격하고 반항한 것은 아니다. 일본을 통해 배울 것은 배우고 받아들일 것은 받아들이는 태도를 취했다. 따라서 일부 논자들이 김정한을 반일문학이나 항일문학으로 시종한 작가라고 하거나, 개인적으로 일본인에게 은혜를 입은 연고로 작품에서 일본인을 우호적이고 긍정적으로 묘사했다고 주장하는 것은 잘못된 견해라 하겠다. 김정한은 일본인을 객관적으로 관찰하고 묘사했지만, 논자들이 왜곡하여 해석했을 따름이다. 그 예를 「사밧재」(『현대문학』, 1971)의 논의를 통해 발견할 수 있다.

이 작품에는 일본인과 한국인 순사가 각각 한 명씩 등장한다. 일본인 순사가 어떤 인물인지 구체적 언급이 없지만 한국인 순사는 거부해야 할 인물로 묘사되고 있다. 얼굴이 넓적하고 입술이 흡사 메기입처럼 생겼다. 김정한은 부정적 인물을 그릴 때 한결같이 외양이나 생김새부터 곱지 않게 묘사하고 있다. 한국인 순사는 팔순인 송노인에게서 약술을 빼앗고 위협한다. 기름 한 방울이 피보다 귀하다고 떠들던 전시에, 목탄가스로 가는 버스 안에서의 일이다.

이 버스가 산마루에서 고장난다. 버스 안에 있던 사람들이 밖으로 나와 밀게 된다. 버스 안에는 한국인으로서 일본을 위해 싸우러 가는 학도병들과 그들을 인솔하는 앞에 말한 두명의 순사가 남게 된다. 그런데 그 버스가 스무 길이나 되는 낭떠러지로 굴러, 운전수와 순사 한 명이 겨우 살아날까 하는 정도이고, 나머지는 모두 죽는다. 여기서 문제되는 것은 두 명의 순사 중 누가 죽었느냐 하는 것이다. 작품을 통해서는 둘 중 누가 죽었는지 정확히 알 수 없다. 즉사한 순사가 누구였는지 송노인이 묻지도 않고 아무도 이에 대해 언급하지 않았기 때문이다. 그런데 이 작품을 두고 두 논자가 다음처럼 각기 다르게 주장하고 있다.

> ① <사밧재>는 청년의 저항 운동이라고 부를 수 있다. <사밧재>는 험한 고개 이름 — 강제로 일군에 끌려가는 조선 청년들이 버스에 실려가고 있었다. 운전수는 사밧재에서 버스가 고장이 난 것처럼 거짓말을 해서 승객들을 내려서 버스를 밀게 한다. 다만 일본 순사와 학도병만 차 안에 남게 했다. 사고를 위장해서 버스를 밀던 청년들은 차를 낭떠러지 아래로 굴려 버리고 말았다.[7]

> ② 일본인보다는 일본인에 빌붙어 사는 그 앞잡이를 더 악인으로 평소 생각하고 있었던 요산의 인식으로 인해 그 버스의 생존자는, 이 작품(사밧재 : 필자주)에서 선악의 기준에 아무 관계가 없는 운전수와 그리고 일본인 순사뿐으로만 처리한다. 일본을 위해 싸우러 가는 학도병이나 일본의 앞잡이인 한국인 순사 넓적이는 우리 편의 적이었으니까. 참고로 요산의 일본인에 대한 배려는 그의 작품을 종합적으로 볼 때 좀 특이하게 느껴진다. 종종 사람 좋은 일본인이 그의 작품 곳곳에 등장하는데 [……][8]

①은 일본 순사가 죽었다는 주장이요, ②는 일본 순사가 살았다는 주장이다. ①은 항일문학을 하는 작가이니 당연히 일본인 순사를 죽게 했을 것이라는 선입견이 작용한 견해다. ②는 작품 곳곳에 사람 좋은 일본인을 등장시키는 작가이니, 여기서도 일본인 순사만을 살게 했을 것이라는 선입견이 작용한 견해다. 그러나 이 두 주장은 자신들의 논리를 뒷받침하기 위해 소설을 왜곡시킨 결과만을 초래할 뿐이다. 어느 순사가 죽었는지 알 수 없는 것이 진정한 작품의 내용인 것이다. 이것으로 미루어 보면 김정한은 의도적으로 일본인을 적대적이거나 우호적으로 그리려 한 것이 아니고, 사실대로 묘사하려 했음을 알 수 있다.

특히 박홍배는 김정한의 일본인에 대한 우호적 태도를 예증하기 위해 조갑

---

7) 위의 책, 155쪽.
8) 박홍배, 「요산문학의 작가의식 고찰」, 『소설의 자리』, 좋은날, 1999, 146쪽.

상의 글(「김정한의 생애와 세상살이」, 『문학도시』, 1997년 여름호)을 인용한다. 그 내용은 동래고보 시절 김정한이 동맹 휴교로 경찰서에 구금되자, 후지다니 교장의 덕으로 풀려났다는 이야기다. 이처럼 일본인에게 덕을 본 경험이 있어 일본인을 사람 좋게 묘사했다고 박홍배는 판단했던 모양이다.

김윤식은 일제시대 교육을 받은 세대인 '황국신민의 세대'나 해방후의 세대인 '한글 세대'를 막론하고, 반일 감정이 엄존하고 있지만, 그 감정에는 차이가 있다고 주장한다.9) 즉 해방 전 세내가 반일 감정의 일벼도로 모든 것의 단절을 내세울 때, 해방 후 세대는 다만 역사의식으로서만 일본인을 악귀(惡鬼)로 단정한다는 것이다. 김정한은 양 세대에 걸쳐 작품 활동을 했으므로, 해방 전후 세대의 일본인에 대한 인식을 공유할 수 있음은 물론, 다른 작가에 비해 좀더 객관적으로 일본인상을 묘사할 수 있었을 듯하다. 더구나 그는 한국의 어느 작가보다 일본인에 관심이 많았던 것 같다. 해방 전에는 물론이요 해방 후에도 많지 않은 그의 작품에 비교적 자주 일본인을 등장시키기 때문이다. 한국 현대 소설에 나타난 일본인상을 문제 삼으면서 그의 소설을 대상으로 정하게 된 것은, 이러한 그의 작가적 위치와 일본과의 관계가 작용했음을 밝혀둔다.

3. 김정한 소설 속의 일본인상

1) 해방 전 작품 속의 일본인상

소설에서 작중인물은 작가의 상상력에 의해 창조된다고 전제했음에도 불구하고, 김정한은 자신의 체험 세계에서 조우했던 일본인들을 그대로 인물화한 느낌을 준다. 그들은 대개 부차적인 인물들로 한국인 주동인물의 눈에 비친 모습대로 묘사되고 있다. 따라서 그들의 성격이나 심리를 제대로 파악할 수 없는 경우가 대부분이다. 해방 전에 발표한 소설은 양적으로도 적지만 일본인에 대한 언급도 극히 미미하다. 「사하촌」(『조선일보』, 1936)에는 일본인 파출

---

9) 김윤식, 『한일문학의 관련양상』, 일지사, 1974, 23쪽.

소 순사가, 「항진기」(『조선일보』, 1937)에는 왜놈들이, 「기로(岐路)」(『조선일
보』, 1938)에는 일본인 사무원이 등장한다. 순사는 우악스러운 태도를 보이며,
왜놈들은 주인공의 동태를 파악한다. 사무원은 한국 여성에게 침을 흘린다. 이
들을 좀더 자세히 살펴보자.

　「사하촌」에서는 어린 상한이 절[寺] 소유의 산속에서 밤을 줍다가 산지기에
게 들켜 도망치다 낭떠러지에 떨어져 죽는다. 이에 상한이 할머니 가동댁이
산지기에게 강력히 항의한다. 이때 산지기가 일본인 순사를 데려오고, 그는 가
동댁을 우악스럽게 물리치며 산지기를 옹호한다. 어린 아이를 죽게 한 산지기
편에 서서 '눈을 잔뜩 부릅뜨고' 가동댁을 막아서는 그의 모습에서 정의와 인
정을 찾아보기는 어렵다.

　「기로」에는 저수지 공사장 사무소의 사무원으로 일본인이 등장한다. 그는
전표를 돈으로 바꾸기 위해 사무소에 들른 한국인 여성 은파의 매무시를 늠실
늠실 훑어보며, 서툰 한국말로 성적(性的)인 농을 건넨다. '돌배상'에 '음충맞
은 웃음'을 흘리는 것으로 보아 치한임에 틀림없다. 모욕당한 은파는 일본인을
증오하거나 비난하는 대신, '더런 놈의 돈'하고 돈을 원망한다. 돈을 바꾸러 갔
다가 당한 모욕이기에 일본인에 대한 감정을 돈에게 전이시킨 것이다. 이것은
검열을 의식한 나머지 직접적으로 일본인을 원망하지 못하고 우회적으로 비
난한 것이다.

　우회적으로 일본인을 비난하기는 「항진기」도 마찬가지다. 이 작품에는 일본
인이 직접 등장하지 않고, 한국인의 대화 속에 잠깐 언급될 뿐이다. 그 언급이
일본인의 부정적 모습을 강하게 암시한다. 등장인물인 태호는 전문학교까지
나온 소위 사회주의 운동자다. 그러나 그의 뜻을 펴기에 현실적 제약이 심하
여, 그는 마침내 가출하고야 만다. 이 가출에 대해 어머니는 그의 동생 두호에
게 다음과 같이 말한다.

　　　네 아버지가 죄가 많을 거다. 자식을 어쩜 저렇게까지 원망을 한단 말고?
　　　네 형이 집을 나간 건 바로 아버지 때문이지. 하고 싶어서 공부 좀 더 한
　　　것, 세상이 더러우니 딴 생각도 내보고, 왜놈들에게 의심도 받고…… 그래,
　　　그게 무슨 큰 잘못이라고 자나 깨나 들볶아만 댔으니 젠들 어찌…… 나무

아미타불!

일제가 지배하는 세상이 더러워 딴 생각도 해보고, 왜놈들에게 의심을 받아 자신의 뜻도 마음대로 펼치지 못하는 태호를, 아버지가 이해하지 못한다고 어머니는 불평한다. 이러한 불평 속에서 은연중 일제를 저주하고 비난한 것이다. 왜놈들은 한국의 지식인이면 일단 의심해 보고, 그 다음에는 감시한다는 의미도 내포되어 있다. 아버지처럼 태호를 못마땅해 하던 두호가 어머니 말에 수긍하는 것은, 두호 역시 일제를 비난하려는 의도임을 암시해 준다. 김정한은 일제시대 창작한 작품에서 이처럼 직접 일본인을 비난하거나 공격하지 못하고 우회적 수법을 사용한다.

이러한 수법 중 하나가 한국인에게 일본인 이름을 명명하고 그를 악인으로 설정한 것이다. 비록 한국인이지만 일본인 이름을 쓰고 일본말을 하면서 공직(公職)에 있으면 그는 일본인과 차이가 없다. 더구나 그가 일본을 추종하며 일본인과 동류로 행동하면 일본인화한 인물이라 볼 수 있다. 「기로」에서 가네꼬라는 이름을 가진 한국인 김만식이 여기에 해당한다. 그는 친구인 박두보에게 십장을 시켜준다고 저수지 공사장으로 불러들여서는, 약속을 위반한 후 주재소에 갇히게 하고 박두보의 아내인 은파를 유혹하여 범하는 인물이다.

이같은 수법은 해방 후 작품인 「지옥변」(『세대』, 1970)에도 보인다. 곤도오와다노스께라는 이름을 쓰는 권동준 교장, 보꾸모도라는 박씨, 하세가와라는 윤가 등이 곧 그들이다. 이들은 한국인이면서 일본인보다 오히려 더 일본에 충성하며 한국인을 괴롭힌다. 김만식이 발진한 모습은 「어둠 속에서」(『창작과 비평』, 1970)의 사탄, 「회나무골 사람들」(『창작과 비평』, 1973)의 박희경 면장, 「사밧재」의 한국인 형사, 「위치」(『신동아』, 1975)의 '경방단' 단원들에게서 다시 만나게 된다.

해방 전 작품에서 일본인을 가장 비중있게 취급한 작품은 「낙일홍」(『조광』, 1940)이다. 이 작품은 교통이 매우 불편한 산골 벽지의 분교 교장 자리를 놓고 벌어지는 이야기다. 주인공인 수석 훈도 박재모는 초창기부터 헌신적으로 이 학교가 제대로 면모를 갖추게 공헌한다. 그래서 학교가 독립하게 되었을 때 당연히 교장이 되려니 생각한다. 그러나 정작 교장으로 발령된 사람은 일본인 요다사부로이다. 작가는 그의 사람 됨됨이를 다음처럼 전해주고 있다.

> 그는 일쑤 슬리퍼로써 학생들의 뺨을 잘 때렸고 한 번은 주판으로써 제반 학생의 머리를 벌려 놓곤 동맹휴학까지 당했으나, 워낙 상관에게 대해서 아부가 능란한 놈이라 무고히 학생 몇만 희생을 시키고 자기는 무사히 되었다. 그러나 제 버릇 제 심보라 말경에는 제가 가르치던 여학생 하나의 신세를 망친 뒤엔 하는 수 없이 다른 학교로 전근이 되어 간 인간이다. 그래서 동료들로부터「요다모노로」란 별명까지 얻었으며 재모로부터는 동정도 많이 받았고, 또 꾸중도 적잖게 들었다. —말하자면 키는 작아도 꾀는 많은 인간이었다.10)

요다사부로는 키가 작고 잔인하며 비도덕적이고 아첨떠는 교활한 인간으로 되어 있다. '아부가 능란한 놈' '꾀는 많은 인간' 등 작가의 감정이 개입된 묘사에서 그는 매우 부정적인 모습이다. 그를 교장으로 발령낸 것은 교육계의 주무 기관이다. 그러므로 박재모는 인격적으로 문제 있는 그를 발령낸 기관을 비난해야 할 것이다. 하지만 당시는 개인을 욕하거나 비난하는 것은 가능하였겠지만, 국가 기관이나 정책 및 제도의 비판은 허용되지 않았을 것이다. 따라서 부당하게 교장을 발령낸 교육계의 주무기관이나 기관장을 비난하지 못했을 것이다. 이러한 작중인물의 태도에서 김정한의 적극적인 항일 태도를 발견하기는 어려운 일이다. 김정한을 다음처럼 저항 작가라고 주장하는 견해도 있는데, 이런 점에서 재고할 필요가 있다.

김정한 문학의 특질을 한마디로 말한다면 그 그칠 줄 모르는 반항정신에 있다고 생각된다. 이것은 『문학』 1966년 9월호에서 그 자신이 밝히고 있는 바와 마찬가지다. 그에게 반항정신의 발로의 길이 막혔을 때 그는 서슴지 않고 붓을 꺾었다. 이것이 바로 그의 20년에 걸친 침묵의 원인이었고 자신의 말처럼 <글 안 쓰는 허울 좋은 문인, 또는 실업, 사장(死藏) 작가>란 서글픈 신세가 된 까닭이다.11)

---

10) 김정한, 『모래톱이야기』, 범우사, 1978, 64쪽.

해방 전 김정한은 그의 소설에서 일본인을 거부하고 증오하였지만, 일제에 대한 저항은 보여주지 못하였다. 그는 해방전 소설에서 일본의 군경(軍警)·공무원·관리 등 공적 인물에 대해서는 거의 언급을 회피하고, 사적 인물만을 부정적 모습으로 형상화하였다. 다시 말해 그가 일제에 대한 저항 작가가 되기 위해서는 좀더 적극적으로 일제의 공적 인물에 저항했어야 한다. 그가 몸소 일제에 저항하여 체포·구금되는 일이 여러 번 있었을지라도, 작품에서의 저항은 매우 소극적이었다고 할 수 있다.

2) 해방 후 작품 속의 일본인상

김정한은 해방 후에야 비로소 본격적으로 일본인의 횡포와 만행을 폭로·고발한다. 「어둠 속에서」, 「회나무골 사람들」, 「위치」 등에서 이것을 확인할 수 있다. 「어둠 속에서」는 '나의 일제 때의 구금 생활의 기록'이라고 밝히고 있듯이 작가의 체험을 작품화한 것으로, 주인공 김인철 교사의 구속되기까지의 내력과 구속 후의 고문당한 이야기다. 일제시대 학교에서의 파행적인 교육과 감옥에서의 고문 행태를 증언하고 고발하는 이 작품에서, 일본인 수미 교장을 대하는 주인공의 느낌은 어떠한가.

> <수미>란 교장은 아주 키가 작은 데다 박박 깎은 두상마저 작았다. 몹시 동그랗고 작은 두상을 보자, 인철은 문득 탱자를 또 연상했다. 그 탱자 같은 두상의 앞 면에 약간 튀어나온 듯한 입이 인상적이었다 (행티가 있겠는 걸……) 냉기가 도사린 듯한 <수미>씨의 입모습에서 그는, 식민지에 나와 있는 전형적인 일본인 관리란 것을 느꼈다.

김정한은 부정적으로 그리려는 일본인을 '작은 키', '탱자 같은 두상', '튀어나온 입' 등 외모부터 형편없게 묘사한다. 긍정적인 인물이 외모에서 훌륭하게 그려지는 것과 비교된다. 「수라도」(『월간문학』, 1969)에서 가야부인이 훤칠한 키에 수려한 모습으로 그려지고 있는 것이 그 예다. 수미는 동방요배(일본왕이

---

11) 김종출, 「김정한론」, 『현대문학』 169호, 1969. 1, 278쪽.

있는 동쪽을 향해서 예배를 드리는 것)시 긴장한 어린 학생이 방귀를 뀌자 '두상이 덜덜 진동할 정도로 화를 낸' 옹졸한 인간이다. 매사를 정면에서 처리하지 않고 이면에서 꾸며내는 까닭에, 김인철은 구금되면서 이 일에 그의 역할이 컸을 것으로 추측한다. 그는 외모도 볼품없을 뿐 아니라 심성마저 음험하고 교활한 교육계 관리이다. 야마가와라는 일본인 교사도 수미와 별 차이가 없다. 한국말을 쓰는 어린 학생을 마구 윽박지르는 인물이다.

「회나무골 사람들」에서는 왜놈들의 3·1 만세 당시의 만행이 폭로된다. 주인공 박노인의 18세 된 큰 아들 선부가 왜놈들의 총에 맞아 죽고, 10살이던 작은 아들 역시 모진 매질과 강제로 한 되나 먹인 휘발유 때문에 그 후유증으로 지금 바보가 되어 있다. 죄없는 부인들을 마구 잡아다가 옷을 벗기고, 사지를 묶어 놓고 통나무 끝에 붕대를 감아서 성기를 쑤셔대기도 한다. 부인들에 대한 만행은 비단 3·1 만세 때만이 아니라, 그 뒤에도 경찰이나 기관원들이 예사로 자행한다.

이 작품은 박선봉 노인과 그의 아들들 그리고, 그의 손자 명달이로 이어지는 삼대의 수난을 보여줌으로써, 일본 군경의 횡포가 단기간에 끝나지 않았음을 새삼 환기시킨다. 명달이는 일본인 신사가 있는 산에 버찌를 주우러 갔다가, 일본인 산림계 후지다에게 붙잡혀 나무에 동여매진 것이다. 이 작품의 인물들은 백정이나 무당 출신들이다. 이들도 3·1 운동 때 만세를 부르다 일경에 검거되어 심한 고문을 당한다. 이것은 3·1 운동이 지식층이나 상류층 등 특정 계급에게만 국한된 운동이 아니고, 민중 전체가 참여한 민족 항쟁이었음을 말해주는 동시에 그만큼 일제의 탄압이 전국민에 걸쳐 자행되었음을 증언하는 것이다.

> 벌써 삼십 년이 지나간 일이지만, 그 기미년 만세 때의 일만 생각하면 박노인은 지금도 살이 떨린다. 그렇게 아들을 잃고, 온 집안 식구가 반죽음을 당하고, 자긴 억지 불구자가 된 박노인에게 비할 바는 못되지만, 이 회나뭇골을 온통 불태워 버리던 일본 군경들의 발악에 집을 잃었던 송틸보도 그 때의 일만은 잊지 않고 있다. 한 이웃에서 같이 변을 당한 처지들이라, 심심할 때는 곧잘 그때의 일을 되씹는다.[12)

삼십 년이 지나도 일본 군경의 만행은 잊혀질 수 없다. 죽음과 폭행 등 우리 민족이 당한 고통은 큰 충격과 원한으로 남아 씻어지지 않는다. 여기서 회나무골은 이름대로 한국의 시골 구석진 마을이다. 그러므로 회나무골의 폐허화는 일제의 횡포가 전국 방방곡곡 미치지 않은 곳이 없었다는 것을 암시한다. 이들 계열에 속하는 작품으로 「수라도」, 「산거족」(『월간중앙』, 1971) 등이 있다.

주인공 가야부인의 일대기라고 볼 수 있는 「수라도」에서는 그녀의 시댁 식구들이 일본군경에게 피해를 입는다. 시할아버지가 그들의 등쌀에 못 이겨 간도로 떠나고, 시숙은 3·1 만세 사건 때 그들의 총질에 생죽음을 당하고, 시아버지 오봉 선생은 경찰국에 구금된다. 소위 '후데이 센진'(不逞鮮人)들에게는 일본인들 맘대로 죄를 꾸며 뒤집어 씌우기도 한다. 「산거족」에서는 주인공 황거칠의 가족이 피해를 입는다. 황거칠의 할아버지는 3·1 운동에 가담했다가 옥사하고, 아버지는 그 뒤의 독립단 사건으로 왜경에 붙들려가 역시 옥사한다. 어머니는 일본 헌병과 그 앞잡이들의 지긋지긋한 감시에 시달린다.

지금까지 살펴본 소설들은 일본의 군경이나 관리에 의해 특히 육체적 피해를 당한 한국인을 보여주었다는 공통점을 갖는다. 이와는 달리 정신적 피해를 폭로한 소설이 「위치」이다. 이 작품은 작가가 젊은 시절 신문지국을 경영하면서 겪은 체험을 작품화한 것이다.

> 3·1 운동 이후 한동안 누그러지는 듯하던 일제의 무단 정치가 <미나미>(南) 총독의 부임을 계기로 다시 고개를 쳐들 무렵이었다. 일본 안에서도 군국주의 서물로 손꼽히던 그는 부임 즉시 <조선 사상범 보호간찰령>이란 걸 선포해서 반일사상을 가진 사람들을 옴짝달싹 못하게시리 감시와 단속을 강화하는가 하면, 한편 내선일체란 구호 하에 우리 민족 말살 작업에 한결 박차를 가했다. 저들의 소위 신사 참배, 조선어 교육 폐지, 일본식 창씨 개명 따위를 우격다짐으로 밀고 나갔다.[13]

작가는 엄연한 역사적 사실인 언론 탄압을 문제삼으면서 배코머리라는 일

---

12) 김정한, 『김정한소설선집』, 창작과 비평사, 1992, 450쪽.
13) 김정한, 『사밧재』, 동서문화사, 1977, 186쪽.

본인 형사를 등장시킨다. 그는 특무대 출신으로 능청맞고 능글맞으며, 신문 지국을 경영하는 주인공 ‘나’를 온갖 방법으로 방해한다. 그로 인하여 ‘나’는 극심한 정신적 고통을 당한다. 마침내 ‘나’가 분국장과 함께 구속되어 바야흐로 배코머리의 고문에 시달려야 할 순간에 이른다. 그러나 그의 고문 행태는 생략한 채 작품은 끝난다. ‘나’의 정신적 고통에 초점을 맞췄기 때문이다.

이 작품은 일본 관료가 온갖 방법을 동원하여 우리의 언론을 탄압하는 면모를 보여주어 주목을 끈다. 자진 폐간을 종용하거나, 본사의 장부를 압수해가는 것은 물론, 독자들을 위협하여 신문 구독을 못하게 하거나, 자금줄이 되는 광고를 못하도록 광고주를 협박하고, 신문 배달원을 폭행하여 공포에 떨게 하고, 신문 수송 중 빼돌리거나, 신문지국의 간판을 훔쳐가기도 한다.

이외에도 「뒷기미나루」(『창작과 비평』, 1969)에서는 일본 군경이 순한 백성과 그들의 아들 딸들을 징용이나 왜군의 위안부인 정신대로 끌어갔음을 고발한다. 「지옥변」에서는 우리의 가장이 일본군의 징용 노무자로 끌려갔다 돌아온 후 곧장 몸져 누워 폐인이 되었음을 증언한다.

이처럼 해방 후 작품에서는 식민지 시대 일본인의 횡포에 초점이 맞추어져 있다. 여기서 작가는 당시 일제의 군경이나 관료 등이 얼마나 잔인했었는지를 증언하는데 힘을 기울인 듯하다. 그들은 체포와 구금, 폭행과 살해, 고문과 추방 및 방화 등으로 한국인에게 육체적·물질적 피해를 가한다. 감시와 단속, 국어 말살, 언론 탄압, 창씨 개명, 신사 참배 강요 등으로 정신적·심리적으로도 괴롭게 한다. 징용이나 정신대로 끌어가기도 한다. 한편 같은 해방 후의 창작이면서도 해방 후를 시대적 배경으로 한 「산서동 뒷이야기」(『창조』, 1971), 「오끼나와에서 온 편지」(『문예중앙』, 1977) 등은 일본의 공적 인물이 아닌 서민을 다루고 있다는 점에서 앞의 작품들과 차이가 있다.

「산서동 뒷이야기」는 해방 전 낙동강 하류의 작은 마을 산서동에서 살았던 일본인 나오미가, 해방이 되자 일본으로 돌아갔다가, 26년만에 다시 이 고장을 찾는 이야기다. 나오미 가족들은 해방 전에 이동네 사람들과 똑같이 들일을 하면서 살았었다. 그의 부친 이리에쌍은 소작인 농부의 아들로서, 가난을 면해 보려고 한국에 나왔는데 못살기는 여전하다.

그는 원래 선로수(보선공원)이었는데 다리를 다친 뒤 밭농사를 시작한다. 그 밭이 개펄마을에 있어서 홍수가 날 때마다 큰 피해를 입는다. 이에 박노인(수봉)과 함께 면사무소에 찾아가 이전 비용을 받아내고, 그것으로 산서동에 새부락을 만든다. 어느 해에는 수해를 당했는데도 지주들이 소작료를 물리자, 박노인과 함께 교섭하여 내지 않게 하기도 한다. 농민 봉기 사건이 일어났을 때도 일본인으로는 유일하게 가담한다. 때문에 산서동 사람들은 그를 다른 일본인과 달리 보고, 관청이나 지주 상대의 까다로운 교섭에는 늘 그를 앞장세운다.

해방 후 그가 일본으로 돌아갈 때는, 그 지방 농민들이 부산 부두까지 전송하며 헤어지기를 서운해 한다. 다른 일본인들이 쫓겨나듯 이 나라를 떠난 것과는 대조된다. 그의 아내까지도 한국인과 동질감을 느끼게 한다. 한국 여인처럼 물건을 머리에 이고, 한국 아낙네들과 품앗이를 함께 하며, '요보'라고 한국인들을 깔보지도 않는다. 한국말도 곧잘하고 한국인에게 친근감을 느끼게 하며 민족적 차별감을 갖지 않는다. 나오미 역시 고향을 찾아오면서 박노인에게 술과 담배를 사오고, 돌아갈 때는 마을을 위해 5만원을 내놓는 등, 고향과 고향 사람에 대한 배려와 인사를 잊지 않는다.

「오끼나와에서 온 편지」는 강원도 황지(黃池) 출신 처녀(복진이)가, 일본 오끼나와의 한 농장에서 계절 노동자로 일하면서, 어머니께 보낸 일기체의 편지 형식으로 되어 있다. 농장의 주인 하야시와 그의 아들 다께오가 그녀의 눈에 비친 대로 묘사되어 있다. 주인은 퍽 어질어서 늘 미소를 띠고 있으며 부지런하다. 한국인 여성 근로자들에게 일본말과 함께 농사일을 착실히 가르쳐준다. 미처 모르고 있던 식민지 한국의 참상을 알려주면서 때로는 동정과 위로도 해준다.

그 역시 복진이 아버지처럼 북해도 탄광에 끌려 갔었는데, 거기서 일하던 한국인 노무자들이 얼마나 비참했었는지도 전해준다. 식민지하에서의 일본의 군경과 그들의 앞잡이 한국인의 횡포에 대하여 증언하면서, 안타까워하고 울분을 토로하기도 한다. 다께오도 아버지를 닮아 부지런하고 한국인 여성 근로자들에게 친절하다. 한국 여성들은 주인집 식구들과 함께 안채에서 식사를 하면서 같은 식구처럼 생각한다.

일본 청년들은 친절하고 따뜻한 정만 있는 것이 아니다. 미군이 쳐들어왔을 때는 군인들과 함께 나서서 싸우다가 죽거나 자결한다. 이들을 위해 후대인들이 탑을 세운다. 이를 보고 진복이가 다음과 같이 어머니에게 편지를 써보낸다.

어머니, 정말 독종들이지요? 그러니까 그들은 잿더미가 된 황무지를 냉큼 일구어 지금과 같은 거대한 농장들을 차릴 수 있었고, 그러지 못했기에 우리들은 이렇게 또 그들의 머슴살이를 하고 있는게 아닐까요. 우리에겐 무언가 잘못된게 있는 것 같아요.

진복이는 한국 청년과 일본 청년을 비교하면서 일본 청년의 의식과 행동이 옳다고 본다. 이런 건전한 의식과 행동의 영향으로 일본이 크게 발전한 반면에 우리는 그렇지 못했다는 것이다. 일본 청년들은 의협심도 강하고 냉철한 판단력도 소유하고 있다고 진복이는 칭찬한다. 이에 앞서 그녀는 다께오를 비롯한 일본 청년들은 대동아 전쟁 때 입은 피해와 고통을 뼈저리게 느끼는데 비해, 일부 한국 청년들은 일제 시대의 피해와 고통을 거의 잊고 있는 것 같다고 비난한 바 있다.

이처럼 해방 후를 시대적 배경으로 한 작품에서는, 일본의 농민이나 농장주와 젊은이들이 등장해서, 한국인에게 매우 우호적이고 친근하며 동지애를 발한다. 한국인으로서 이질감이나 거부감을 느낄 하등의 이유가 없다. 국가와 인종이 다르고 언어와 풍습이 다르더라도 결국 같은 인간이라는 인상을 강하게 풍긴다. 어쩌면 한국인의 각성을 촉구하려고 일본인의 훌륭한 점을 강조했는지 모른다.

해방 후를 배경으로 한 작품 중에서도 「어떤 유서」(『월간중앙』, 1975)에서는 송노인의 고향 땅 십여 만평이 일본인 소유가 되었음을 지적하고, 「교수와 모래무지」(『뿌리깊은나무』, 1976)에서는 전체 외국인 투자의 70%에 가까운 공해 산업을 이미 한국에 들여온 것이 일본인이라고 주장하여, 경제 침략과 함께 새로운 형태의 일본인 침략이 시작되었음을 경고해 주기도 한다.

4. 결 론

김윤식은 인간에게 유년시절은 어떤 의미로도 제거할 수 없음은 물론, 아름다운 환상으로까지 환기된다고 전제하면서, 해방전 세대는 무의식의 차원에서 식민지 시절에 짙은 향수에 젖어 있음도 사실이라고 주장한 적이 있다.[14] 어린 시절을 일제하에서 보낸 사람은 무의식이지만 그 시절을 그리워한다는 것이다. 그러나 이것은 사실과 거리가 먼 논리라 하겠다. 아무리 무의식이라고는 하지만 그러한 흔적을 발견하기란 거의 불가능하다. 이것을 우리는 김정한의 작품에서 확인할 수 있다.

한국인에게 일제 시대는 악몽과 지옥의 계절이었다. 그동안 일본인은 비인간적·비도덕적·비윤리적 만행을 자행하였다. 물론 일제에 빌붙어 동족을 괴롭힌 한국인도 없지는 않았다. 김정한은 이러한 사실을 적극적으로 폭로·고발하여, 일본인들이 한민족에게 매우 큰 충격과 상처를 주었음을 증언한다.

할아버지에서부터 어린 손자에 이르기까지, 할머니부터 어린 손녀까지 가리지 않고 육체와 정신을 철저히 유린하고 고통을 주었으며, 이런 현상은 전국 방방곡곡에서 감행되었음도 보여준다. 그러나 그 일본인들이 한결같이 군경이나 관리 등 공적 인물이었음도 인식해야 한다. 이들은 자신의 의견이나 행동에 앞서, 국가의 명령이나 제도 및 정책에 의해 움직이는 인물이다. 따라서 그들에게서 보편적이고 일반적인 일본인의 심성이나 인간성을 발견할 수는 없다. 좋든 싫든 업무를 수행해야만 하는 명령 수행자 혹은 공무 집행자로서의 모습만을 볼 수 있기 때문이다. 진정한 일본인의 모습 대신 군국주의나 제국주의 등 잘못된 제도나 정책을 만나게 될 뿐이다.

일반 서민들 중에 그토록 한국인을 괴롭힌 경우는 보이지 않는다. 그들은 한국인과 차이가 없다. 부지런하고 의협심이 강하며 올바른 가치관에 따뜻한 마음씨를 가졌고, 한국인이 오히려 본받을 만하다. 이것은 한국인이 무조건 일본인을 싫어하고 기피한다는 것이 아님을 말해준다. 일본이 한국에게 '가깝고

---

14) 김윤식, 앞의 책, 23쪽.

도 먼 나라'에서 '가깝고도 가까운 나라'로 변할 여지가 있음을 암시한다.

　김정한이 해방 후에도 끈질기게 식민지 시대를 배경으로 하여 일본인을 규탄한 것은, 반일문학을 의도한 것이 아니다. 일제하의 반일은 격렬한 정신의 긴장을 요구하는 것이었지만, 해방 후의 반일이란 그러한 상황이 아님을 그도 잘 알고 있다. 단지 일본인이 추구한 군국주의나 제국주의 등 잘못된 제도나 정책을 비판하고 반성을 촉구하며, 우리 민족 또한 더이상 식민지가 되지 않기를 바랐기 때문이다.

　김정한이 장차 일본인의 경제 침략에 대해 우려를 표명한 것은 사실이지만, 그에 대해 매우 소극적이었고, 식민지 시대의 압박이나 수탈을 폭로·고발하기에 급급한 나머지, 진정한 의미에서 일본인의 단점이나 그들의 저속문화의 진입에 소홀했던 것은 그의 일본인관이 깊고 넓지 못했기 때문이라고 하겠다.

'저항'과 '사랑' 그 의미와 한계 — 조세희론

이화진[*]

1. 7,80년대와 일그러진 욕망들, 그 안에서의 조세희

7, 80년대는 욕망의 시대라고 할 수 있다. 박정희 정권이 들어선 이후, 한국 사회는 '근대적' 자본주의로 나가면서 기적의 경제성장을 이룩하였다. 반면 이 과정에서 필연적으로 도출될 수밖에 없는 역기능적 현상 또한 심화, 확대된 게 사실이다.[1] 경제발전의 과정에서 실제로 주체 역할을 수행했던 생산자들은 희생만 강요당하고 그 중심에서 밀려났다. 착취를 통해 특정 자본가들은 경제적인 풍요를 누리면서 이 땅에서 새로운 특권층을 형성하였고, 게다가 그들은 지배권력과 결탁하여 그들만을 위한 국가를 건설하기에 이른다. 부정한 욕망은 인간의 삶의 토대인 생산분배의 균등과 사회 질서를 파괴하고, 선악과 도덕, 윤리의 가치기준을 붕괴시켜 버렸다. 경제적인 부가 곧바로 사람의 지위, 고하를 나타내는 잣대가 되었고, 이로 인해 부에 대한 욕망은 사회 전반적인 분위기로 확산되기에 이른다. 따라서 자본가들은 교묘하게 편법을 써서 노동자의 임금을 착취하고, 부를 축적하여 새로운 권력집단에 편승해 갔던 것이다. 이에 반해 노동자들은 그들 밑에서 착취의 대상이 되어 거대한 소외계층을 형성하고 이 땅에서 도태될 수밖에 없는 상황에 놓인다.

---

[*] 성균관대 강사.

[1] 하정일, 「저항의 서사와 대안적 근대의 모색 — 산업화 시대의 민족문학」, 『1970년대 문학연구』, 소명, 2000, 15∼19쪽 참조. 하정일은 70년대를 분단자본주의가 정착된 시기로 보면서, 이 안에서는 경제가 성장할수록 역기능이 심화되며 반면 이 역기능 없이는 경제성장 자체가 불가능한 것은 분단 자본주의의 이율배반성 때문이라고 했다.

경제발전 과정에서 수혜의 불균형을 보인 파행성에도 불구하고, 정부의 허황한 환상의 조장은 많은 도시 빈민에게 분노와 상실감을 안겨 주었다. 정부가 조장한 '하면 된다', '일한 만큼 잘 살 수 있다'고 하는 사회 분위기 조성은, 사람들로 하여금 개인의 노력 여하에 따라 신분상승이 가능하다는 꿈을 꿀 수 있게 했고, 그 희망으로 사람들은 허리띠를 졸라맸던 것이다. 하지만 자본주의의 이율배반성이란 자체의 결함 때문에 이들의 희망은 거짓희망임이 드러날 수밖에 없으며, 그 희망은 일그러진 욕망의 형태로 변질되기에 이른다. 이런 부정적 모순들은 70년대 우리 문학에 주관적 저항의 형태로 등장한다.

소설은 시민사회의 전형적인 문학장르다. 루카치에 의하면 자본주의의 발전이 끊임없이 진행되고 그 모순들이 보다 강력하게 대두함에 따라 현실을 리얼리즘적으로 획득한다는 테두리 내에서 주관적 저항을 형상화하는 다양한 형식이 나타난다. 스위프트의 환상적 서술방식이나, 골드 스미스의 목가에의 경향 또한 리얼리즘과 대립되는 것이 아니다.[2] 물론 이 때 진보적인 투쟁이 순전히 내면을 향하고, 자본주의의 산문성에 대한 인간 주관의 서정적 저항을 묘사할수록 낭만주의로 흐르게 된다고 지적하기도 했다. 70년대 우리문학에서 자본주의의 모순성에 대한 비판적이고 저항적인 수행을 한 문학으로는 황석영, 조세희, 이문구, 윤흥길 등의 작품을 들 수 있다. 「객지」, 『난장이가 쏘아올린 작은 공』, 『우리동네』, 『아홉켤레의 구두로 남은 사나이』 등에 나타난 주관적인 저항의 세계는 민중문학의 토대를 형성하는 계기로 작용한다.

이들 중 조세희는 한국 자본주의 사회의 모순된 현상들에 주목하여, 70년대를 '파괴와 거짓희망, 모멸, 폭압의 시대'[3]로 규정하고, '리얼리즘적인 환성적 서술방법'을 통해 작가 나름의 주관적인 저항을 하였다. 헛된 욕망과 사회변화 아래 내몰린 자들의 삶을 조망하고 "누구나 달라진 환경에서 살 수 있어야 한

---

2) 게오르그 루카치, 김혜원 편역, 「소설의 이론」, 『루카치 문학이론』, 세계, 1990, 139~156쪽 참조. 루카치는 스위프트의 창작방법을 '리얼리즘적인 환상적 서술방식(realistische Phantastik)'이라고 하였다. 물론 이는 리얼리즘 초기단계의 소산물이지만, 이 리얼리즘적인 환상적 서술방식은 리얼리즘의 서술방식과 유기적으로 연결되어 있어 이후 시민적 삶이 지닌 비극적 모순성을 다루는 서술방식의 하나로 자리잡게 된다.
3) 조세희, 「파괴와 거짓 희망, 모멸의 시대」, 『문학과 사회』, 1996. 가을 참조.

다”고 인간의 기본 권리를 강조하면서 현실과 맞서 나간 것이다. 데뷔작인 「돛대없는 장선」(1965)에서부터 『난장이가 쏘아 올린 작은 공』(1978, 이하 『난쏘공』), 이후 『난장이 마을의 유리병정』(1979), 『시간여행』(1983), 『침묵의 뿌리』(1985)에 이르기까지 중심에 놓인 주제의식은 문제성이 다분한 “10년이 지나도 변하지 않는” 기형적인 사회현실이다. 이 작품들의 창작과정에서 취하고 있는 환상적인 서술방식은 작가의 의도성이 있는 것도 분명하다. 작품의 서사적 재료인 현실을 서정성과 환상성이라는 서술방법을 통해 구사함으로 인해, 일부 논자들은 그를 두고 ‘낭만적 성향의 소유자’라고 비판[4]하기도 한다. 하지만 조세희 작품의 독특한 기법은 출구 없는 현실의 울타리를 뛰어넘어 보려는 저항의 일환으로 자연스럽게 읽힌다.[5] 환상성, 서정성을 낭만주의자의 새로운 기법적 실험의 하나로만 보기엔 조세희 문학에서 견지하고 있는 리얼리티가 너무 크다.

작가의 작품을 해명하는 일은 그것을 생산한 역사적 조건 아래서 서사원리를 통해 밝혀져야 한다. 본고는 조세희 문학에 내재한 작가의 일관된 문제의식인 현실의 문제가 어떻게 드러나고 있는지, 그 의미와 한계점을 살펴볼 것이다. 기존의 연구가 대부분 동인문학상을 수상한 그의 대표작 『난쏘공』에 치중되어 있는데, 본고는 7, 80년대 발표한 작품들을 대상으로 삼는다.[6]

---

4) 이동하, 「어두운 시대의 꿈」, 『신이 침묵에 대한 질문』, 세계사, 1992, 153쪽.

5) 김병익은 조세희가 극히 현실적이고 당면적인 사회 문제들을 단절과 대립적 세계관 위에 자명성, 단순성, 환상성의 기법이란 동화적 공간으로 용해시킴으로써 화해불가능의 세계라는 모습으로 조형하면서, 실현될 수 없는 꿈과 상상으로 그 절망감을 승화 또는 심화시키고 있다고 본다(김병익, 「대립적 세계관과 미학」, 『난장이가 쏘아올린 작은 공』, 문학과 지성사, 1992, 257쪽 참조). 여기에 심화되는 절망은 저항의 서사적 분위기를 형성하는 효과를 지닌다(졸고, 「열린세계와 닫힌 전망」, 『안동어문학』5집, 안동어문연구회, 2000 참조).

6) 『난쏘공』에 대한 연구사 검토는 졸고, 위의 글, 참조. 조세희 문학 전반을 다룬 것에 대해서는 본 글의 각주로 대신한다. 본고의 텍스트로는, 『난장이가 쏘아 올린 작은 공』, 문학과지성사, 1978; 『난장이 마을의 유리병정』, 동서문화사, 1979; 『시간여행』, 문학과 지성사, 1983; 『침묵의 뿌리』, 열화당, 1985으로 한다. 이하 본고에서는 작품명과 면 수만을 기재한다(작품이 중복 발표된 경우, 작품집을 함께 표시한다).

2. '저항'을 통한 공동체 의식 조성

현실 참여문학이 주로 그러하듯 조세희 문학은 사회현상에 대한 강한 저항과 분노를 담고 있다. 그 저항과 분노는 작가의 경험에서 비롯된 뿌리 뽑힌 자의 필사적인 몸부림의 표출이다. 개발 독재 아래 이 땅의 수많은 농민, 노동자, 도시 빈민들이 노동력을 착취당하고, 맹목적인 희생을 강요받았다.

『난쏘공』과 『시간여행』 등 일련의 작품들은 분노와 저항의 결과물이다. 작가는 지식인의 도덕적 양심에서라기보다는 기층민중의 억압에 대해 동질성을 가지며, 인간의 기본권리인 존재증명의 입장에서 현실을 비판한다. 사회적 존재로서의 인간은 기본적인 행복을 누릴 권리가 있다. 기본권이 내적 원인이 아닌 타자에 의해 강탈당할 때 자연 발생적인 분노가 생성된다. 조세희는 사회 안에서 꿈틀거리고 있는 이성, 윤리, 도덕성의 파괴가 이 땅에서의 혼란을 야기한다고 보고 그 문제들을 천착해 나갔다.

그런 면에서 그의 문학은 "우리의 안이한 삶에 대한 치열한 반성을 환기시키기에 충분한 것"이었으며, "대폭적인 사회적 실감을 획득"할 수 있었던 것이다.[7] 조세희 문학은 기층민중의 삶을 해체하여 정밀하게 분석한 데서 시작된다. 그 안에서 그들의 세계를 단순히 '그들만의 세계'로 그린 것이 아니라, '우리 가운데 있는 그들의 세계'로 끌어올림으로 해서 '그들의 세계'를 사회 문제로 확대시켜가고 있다. 이런 관계 설정은 우리 사회에 나타난 계층간의 분열과 구조적 모순을 드러내면서 공동체 의식을 조성하는 데 기여한다.

도시 빈민들의 삶은 우리 사회와 동떨어진 곳에 고립되어 있는 것이 아니라 우리 주변부에 위치해 있다. 난쟁이의 집은 특정 집단의 대표성을 띠는 윤호의 삼층집 다락방에서 내려다보이는 '방죽가에 다닥다닥 붙어 있는 무허가 건물'이다. 두 대립되는 세계가 서로 마주 하는 자리에 있는 것이다. 난쟁이들은 지옥에 살면서 천국을 꿈꾸고 있다. 그들에게 있어서 구체적이고 현실적인 천국은 같은 공간 안에서 마주 보이는 세계라 할 수 있다. 하지만 그 천국은 그들이

---

7) 김병익, 위의 책, 247쪽.

손닿을 수 없는 곳에 우뚝 서 있을 뿐만 아니라, 부정과 부패로 얼룩져 있는 위장된 천국이었다. 그 안에 살고 있는 부류들은 방학 때가 되면 아름다운 섬에 가서 보내고, 빨간 자동차를 타고 다니며, 고기와 싱싱한 야채가 늘 오르는 식탁을 대한다. 그들의 풍요가 타인의 희생을 바탕으로 함은 물론이다. 이런 불합리성은 자본주의의 역작용으로 나타나는 모순적인 양극화 현상이라 할 수 있다. 주변부 인간들은 정신적 빈곤과 타락으로 얼룩진 부패한 천국에 혐오감을 가진다. 그 곳은 더 이상 동경의 대상이 아니라, 깨뜨려야 할 세계였던 것이다.

난쟁이의 아들 영수가 '우리의 생활은 전쟁과 같았다. 우리는 그 전쟁에서 날마다 지기만 했다'라고 한 고백은, 경계에 서서 늘 그들과 마주하면서도 그들에게 패배 당할 수밖에 없는 약한 자의 절규로 읽힌다. 그들이 주변부에서도 거처하지 못하고 완전히 밀려나 삼면이 바다로 둘러싸인 '버려진 도시', 서해안 은강 공장지대로 밀려난 것은 뿌리뽑힌 자들에게 가하는 존재학대요, 이는 세계의 폭압성을 드러내 주는 한 단면이라 할 수 있다. 은강사람들은 '호흡장애를 일으키고', '시가지와 주거지에 안개가 내리고, 가로등은 보이지 않'는 "은강 역사에 전례가 없는 생물학적 악조건 속"(143)에서 살고 있다. 조세희는 이들의 존립 기반을 좇으면서 우리 시대 외형적으로 포장된 성장 아래 고립되고 희생된 인물에 초점을 맞추고, 한국 사회의 기형적인 경제 성장과 발전의 이면사를 고발하고 있는 것이다.

『난쏘공』의 지배적인 공간은 '자살'과 '피살' 그리고 '사형'이라는 죽음의 형태로 채워진 어둠의 공간[8])으로, 곧 극복 불가능한 절망적인 공산이나. 질밍을 극복할 대안은 없다. 굳이 라캉의 말을 빌리지 않더라도 욕망은 인간을 살아가게 하는 동력임이 틀림없다. 하지만 인간은 욕망의 허상을 실재라 믿기에, 수단과 방법을 가지지 않고 남을 조정하고 자신의 욕망을 대의명분 속에 은폐하려고 애쓴다. 이 때문에 욕망은 불순해지는 것이다. 70년대의 개발독재는 욕망의 전차를 탄 부류들의 잔치라고 볼 수 있다. 누구나 올라탈 수 있는 욕망의 전차로 가장되었지만, 실제 그 전차에 탈 수 있었던 사람들은 지극히 제한되어

---

8) 이동하, 앞의 글, 150쪽.

있었다. 그들의 탐욕 아래 짓밟힌 주변부 사람에게 이 땅이 암흑의 땅에 불과함은 말할 나위 없다.

> 사람들은 사랑이 없는 욕망만 갖고 있습니다. 그래서 단 한 사람도 남을 위해 눈물을 흘릴 줄 모릅니다. 이런 사람들만 사는 땅은 죽은 땅입니다. (『난쏘공』, 79)

지상에서는 시간을 터무니없이 낭비하고 약속과 맹세는 깨어지고, 기도는 받아들여지지 않는다. 더구나 눈물도 보람없이 흘려야 하고 마음은 억눌리고 희망도 이루어지지 않는다. 더 이상 기대할 것이 없는 이 땅에서 이들이 할 수 있는 최후의 결단은 '죽은 땅을 떠나는 것'이다. 그들이 도달하고자 하는 곳은 어떤 곳인가? '달나라'로 상징되는 이들의 천국이자 희망의 세계는 지구처럼 '불순한 세계'가 아닌 '순수한 세계'(52)이다.

조세희가 제시하고 있는 '희망의 세계'의 모델은 구체적이지 못하다. 하지만 지향하는 세계는 이 땅의 불합리하고 불순한 세계에 대한 경멸에서 비롯됨을 볼 수 있다. '회색'의 '생활', '회색'의 '하늘'은 그들이 이 땅을 탈출해야 할 내적 근거인 것이다. 이 점은 『난쏘공』의 연장이라 할 수 있는 『시간여행』과 『침묵의 뿌리』에서도 꾸준히 유지된다. '한반도'를 '유해'로 파악하는 것, 또는 "제4세계의 캄캄한 악순환"이라고 진단을 내리는 것이 그것이다.

조세희가 단행한 탈출이 비현실적인 세계를 지향함에도 불구하고, 과히 성공적이라 할 수 있는 것은 그 탈출의 전과정에서 공동체 의식을 조성하고 있기 때문이다. '난쟁이'의 삶의 진실성은 우리 시대의 부정과 치부를 자연스럽게 노출하고 있음은 물론이거니와 우리로 하여금 부끄러움을 느끼게 한다. 이 부끄러움의 의식은 신애가 난쟁이를 통해 자신의 모습을 반성하게 했고, 우리 모두로 하여금 난쟁이의 비극적 삶의 원인이 그들 개인에게 있는 것이 아니라 뿌리깊은 구조적 모순의 결과로 인식하게 하면서, 우리 모두가 가해자라는 판단을 내리게 유도한다.

> "저희들도 난장이랍니다. 서로 몰라서 그렇지, 우리는 한편이에요." (『난

쏘공』, 45)

　조세희는 신애(우리들)의 삶의 허위의식을 난쟁이를 통해 드러내면서, 우리가 그들(자본가)과 한 전차를 탄 동류의식을 느끼는 것에 그 허구성을 폭로하고, 우리도 난쟁이와 다를 바 없는 특정 권력집단의 희생물임을 일깨우고 있다. 우리는 그들과 다르다는 허위의식으로 부정과 부패에 한 몫 가담한 소시민들의 삶을 통렬히 비판하고 그들 스스로로 하여금 자각을 하도록 했던 것이다.

　"이상도 희망도 실제에 있어서는 아무 도움이 되어 주지 못하는" 현실에서 절대 타협할 줄 모르는 남편, 한때 열성적인 운동을 했던 신애 부부도 점점 부패한 현실에 익숙하게 젖어갈 때, 「풀밭에서」의 영식은 기계화된 인간으로 전락해가고 있는 자신을 발견하고 있다.

> 영식은 열 두 해 동안이나 결혼한 것을 후회하고 언제나 할 일 태산 같았던 회사와 회사 못지 않게 그를 억눌러 온 많은 사람들을 마음 속으로 증오해 왔다. 그는 금싸라기 같은 삼십대를 허무하게 날려 보낸 다음에야 참담한 기분에 빠져 자기를 분석하고는 했는데, 지난 밤시절의 그는 아무리 생각해도 알 수 없는 괴력을 가진 무엇에 밤낮없이 질질 끌려 다니기만 한 흉한 모습으로 남아 있었다. 그는 자신도 모르는 사이에 마흔이 되었고, 심신은 그 사이에 지칠대로 지쳐 버렸다. 그에게 필요한 것은 휴식이었다.
> (『침묵의 뿌리』, 75)

　신애 남편이나 영식은 모두 12시간 이상 일하면서, 피로에 지쳐갔고, 그들이 중요하게 믿고 키워왔던 것들을 빨리 파괴하지 않으면 안 된다는 이상한 정신을 강요받아왔다. 그들은 '성공은 도덕과 아무 상관이 없다'고 믿는 사람들 속에서 일해 왔던 것이다. 난쟁이 가족이 빼앗긴 것이 터전과 희망이라면 이들은 비판적 이성과 자유를 박탈당했다. 물론 이들의 희생이 자발적이고 주체적인 것이 아니라, 강제적이고 착취의 형태를 띤 데 문제적인 현실이 드러난다. 강제적 착취는 자본주의의 경제논리아래서 필연적으로 도출되는 현상이다. 거대 괴물은 '윤리 도덕 질서 책임 같은 것들을 단숨에 모든 생산행위의 적'(「1979

년의 저녁밥」,『침묵의 뿌리』, 103)으로 몰아 부치는 거대 이념을 생성하였던 것이다.

이에 노동자와 소시민은 이 시대의 주변부 인물로 한 데 묶여져서 빼앗긴 삶에 대해 저항한다. 여기서 이들의 연대 의식이 싹틈을 볼 수 있다. 윤리와 믿음이 부재한 사회에서 70년대의 부패는 80년대에 그대로 이어진다.

> "낙원으로 80년대를 약속했던 사람들은 부자가 되어 어디로 숨었나."
> (『침묵의 뿌리』, 134)

소수 특권층에 의해 기만당한 우리 시대의 비극적인 삶은 조세희가 선 자리에서 하나씩 벗겨지면서 개발독재의 허위성에 대해 폭로되고 있다. 도덕과 윤리가 부재한 경제성장이 80년대, 일그러진 욕망의 시대를 초래한 것은 당연하다. 이에 대한 주변부 인물들의 저항의지 표출은 다소 개인적이고 충동적이긴 하지만, 80년대의 지식인과 노동자, 농민, 도시빈민의 연대의식을 확립시키는 촉매 역할을 하게 되었다.

3. '사랑'의 세계와 '휴머니즘'을 향하여

조세희 문학이 대중의 연대의식을 형성할 수 있었던 것은 인간에 대한 애정에 기반을 둔 '사랑의 세계'를 희구한 데 있다. '달나라'와 '우주공간'으로 대체되기도 하는 사랑의 공간은 단순히 '사랑'이 뜻하는 추상적이고 관념적인 세계에 머물지 않고, 복잡하고 치밀하게 계획된 작가의 염원이 반영된 상징적인 공간이라 할 수 있다. 그렇다면 그 실체는 무엇인가.

『침묵의 뿌리』 서문에 작가는 "작가로서가 아니라 이 땅의 사는 한 '시민'으로서 그 동안 우리가 지어온 죄에 대해 말하고 싶었다."고 진지하게 고백하면서, 자기반성을 통한 현실고발을 감행했다.

그의 작품에 등장하는 인물들은 한결 같이 불구의 역사와 현실 안에서 좌절

하고 고뇌하는 인간들이다. "무엇이 우리의 각성을 방해했던 것일까?, 그리고
그 무엇은, 앞으로도 우리의 각성을 방해할 것인가"(126)라고 자문하면서 끊임
없는 반성과 탐색을 꾀한다.『침묵의 뿌리』는 작품에 대한 창작 동기나 후일담
등을 작품과 함께 기록물적 구성을 취하고 있음에도 불구하고, 삶의 핍진성이
용해되어 있어 작가의 현실적 고민을 읽게 한다.

조세희의 고민은 '사랑의 세계'를 토해 놓는 밑거름이 된다. 현실 안에서 찾
지 못하는 파라다이스는 허상에 불과할 뿐이다. 하지만 조세희의 꿈은 깊은
함의를 지닌다. 정교하게 짜여진 은유와 상징은 동시대 현실과 결합되어 작품
의 긴장감을 유지하게 한다. 그 긴장감이야말로 '교육적 효과'9)이자, 공감대
형성의 계기로 작용한다. '사랑'의 구체성은 무엇인가. 그것은 난쟁이와 영수
가 구가하는 사랑을 통해 가늠해 볼 수 있다.

> 1) [난쟁이 세계] 아버지는 사랑에 기대를 걸었었다. 아버지가 꿈꾼 세상은
> 모두에게 할 일을 주고 일한 대가로 먹고 입고, 누구나 다 자식을 공부
> 시키며 이웃을 사랑하는 세계였다. 그 세계의 지배계층은 호화로운 생
> 활을 하지 않을 것이라고 아버지는 말했었다. (『난쏘공』, 163~164)

> 2) [영수의 세계] 아버지가 그린 세상도 이상 사회는 아니었다. 사랑을 갖지
> 않은 사람을 벌하기 위해 법을 제정해야 한다는 것은 문제였다. 법을 가
> 져야 한다면 이 세계와 다를 것이 없다. 내가 그린 세상에서는 누구나
> 자유로운 이성에 의해 살아갈 수 있다. 나는 아버지가 꿈꾼 세상에서 법
> 률제정이라는 공식을 빼 버렸다. 교육의 수단을 이용해 누구나 고귀한
> 사랑을 갖도록 한다는 것이 나의 생각이었다. (『난쏘공』, 161)

난쟁이와 영수는 모두 '사랑'이 구현된 세계를 지향한다. 난쟁이가 꿈꾸는
사랑이 '수혜자'의 정당한 분배획득과 그것을 누릴 권리를 염두에 둔다면, 영
수의 '사랑'은 단순히 '수혜자'의 입장이 아니라, 사회주체로서 정당한 권리를

---

9) 조세희 문학의 교육적 기능에 대한 글로는 다음이 있다. 최유찬, 「『난장이가 쏘아올
린 작은 공』의 구조와 리얼리즘적 성과」,『작가』10호, 1997, 11 · 12 합집; 정재원, 「
경험과 상상력」,『현역중진작가연구』(한국문학연구회 편), 국학자료원, 1998; 이동하,
위의 글, 참조.

행사할 수 있는 세계를 전제로 한 사랑을 제기한다. 그 안에서만이 ‘자유로운 이성’의 실현이 가능한 것이다. 이 ‘자유로운 이성’의 구가는 합리성과 과학성을 바탕으로 하고 있음을 알 수 있다. <뫼비우스 띠>와 <클라인씨 병>의 과학적 현상의 도입도 합리주의의 이론적 토대를 형성하기 위한 도구로 사용했던 것이다. 겉과 속의 분리 불가능한 세계 곧 세계를 지배와 피지배의 이분법적 세계로 고정화하려는 사회 안의 모종의 음모를 과학적 인식을 통해 경계하고 있음이 발견된다. 이러한 합리주의적 태도는 이성에 입각해 과학적이고 보편적인 완전한 세계를 구축하는 내적 근거로 작용된다. 하지만 그것이 이상적인 세계의 또 다른 변용이란 점에서 다분히 작가의 관념적인 세계인식이 드러남엔 틀림없다. 이 점이 조세희 문학이 현실의 핍진성을 다루면서도 낭만적이라는 비판을 받는 이유이기도 하다. 하지만 조세희의 ‘사랑’에 대한 갈망은 단순한 관념적 세계지향과는 다르다. 그의 ‘사랑’은 현실과 밀착된 가운데 파생된 사랑이다. 백낙청이 「시민문학론」을 통해 <사랑>이 ‘부끄럽지 않을 <시민의식>’으로 보고 있는데, 조세희가 이에 영향을 받은 것이 아닌가 추측된다. 백낙청은, ‘사랑’은 흔해 빠진 연애시, 연애소설, 또는 대중 가요의 그곳이 아니라, <시민의식>과 무관해진 <사랑>이 기만적인 박애주의나 센티멘탈리즘, 또는 가장 반시민적인 감정의 질곡을 뜻하기 쉽듯이, <사랑>을 잊어버린 <시민의식>은 공민교과서적인 공염불과 속임수, 내지는 인간적인 독단주의로 떨어질 염려가 있다고 지적한다. 따라서 사랑에 기반한 <시민의식>의 탐구를 강조한다.10)

　조세희의 ‘사랑’은 건전한 ‘시민의식’의 일환인 것이다. 이를 통해 현실의 문제를 해결해 나가는 이성의 지침역할을 수행하게 했다. ‘내일’, ‘모래’ 또는 ‘미래’ 등 시간여행을 통해 현실문제를 탐색하는 것은 불안한 현실을 객관화시켜 살펴보려는 사랑을 수반한 시민의식의 표출이라 본다.11) 따라서 작가가 그려

---

10) 백낙청의 「시민문학론」, 『민족문학과 세계문학 1』, 창작과 비평사, 1978, 17쪽 참조. 백낙청의 시민문학론의 추상성은 김우창, 김치수 등 이미 여러 논자들에 의해 제기되어 왔다. 그 시비에 대해서는 본고의 연구목적이 아니므로 여기서는 상론하지 않겠다. 다만 이 논의가 우리나라의 리얼리즘 논의를 촉발시키고 리얼리즘적 관점에서 제기되었다는 점에 주목하고자 한다.

내고 있는 '사랑'이 추상적이고, 관념적이며, 동화적[12] 차원이므로 현실적인 효력을 발휘하지 못한다는 지적은 별 설득력이 없다. '사랑'이 건전한 시민의식의 형태로 현실의 부끄러움에 대한 속죄양의 의미를 지닐 때, '사랑'은 구체성을 획득하는 것이다. 우리 현실과 인간의 모습을 탐색해 간다는 점에서 오히려 그 "사랑이라는 형상은 현실의 깊은 곳을 아프게 파고 들어가는 수단이자 동시에 비판의 무기"[13]라 할 수 있다.

『시간여행』은 우리 역사의 불구성에 초점을 맞추어 5·16 쿠데타와 4·19 혁명 그리고 6·25 한국전쟁 그 위의 식민지시대, 조선시대의 전란, 그리고 초토화된 고려 땅까지, '고통여행'을 떠나 보기도 하고, 또한 사북 지역을 배회하기도 한다. 그 안에서 발견한 것은 우리시대의 허위의식이다. 곧 반성할 줄 모르고 거짓말을 수치로 여기지도 않고, 노력과 희생만을 강요한 굴욕적인 우리의 모습인 것이다. 그 안에서 부끄러움은 발견된다. 조세희는 죄의식을 가지고 우리 시대의 문제적인 현장들을 낱낱이 탐색한다. 그리고 파행적인 현실의 원인을 '사랑'의 부재의식에 둔다. 하지만 사랑이 현실 안에 구체화되어 시민의식으로 승화하지 못할 때 사랑은 관념에 불과해져 버리고 현실의 문제들은 다시 미궁 속으로 빠져들게 된다. 조세희의 현실은 궁극적으로 그 안에 갇힐 수밖에 없는 한계를 가진다.

---

11) "내일에 갔다오고 싶다./모레에도 갔다오고 싶다./ 반대로, 20년 뒤쯤의 미래까지 갔다 올 수 있다면 좋겠다. 확인해야 할 것이 너무 많아 나는 정신을 차릴 수 없을 것이다. 물론 오늘의 가치가 정상적인 변화 속도를 주고 똑 같이 가 만났을 때, 오늘의 정의가 거기기시도 정의이길 바란다. 오류도 그대로 오류여야 한다."(「내일에 갔다오고 싶다」, 『시간여행』, 앞의 책, 157쪽).

12) 조세희 문학의 동화성에 대해서는 김병익의 논의를 시작으로 많은 논자들이 거론하고 있다. 김병익은 조세희 소설들이 낭만주의 시대의 동화적 구성을 갖는다고 하면서도, 아름다움, 씩씩함이 이기는 것이 아니라, 이와 달리 패배함으로써 절망을 통한 승화효과를 얻고 있다고 했다. 반면 이동하는 이에 대해 조세희가 낭만적 성향의 소유자라고 하면서 「어린왕자」(생텍쥐페리)에 매료되어 있는 조세희를 주목한다(「어린왕자」에 대한 이동하의 비판적 글은 「<어린왕자>가 정말 그렇게 대단한 작품인가?」, 『한 문학평론가의 역사읽기』, 문이당, 1997 참조). 반면, 황정현은 조세희의 동화성은 어린이를 위한 동화가 아니라 어른을 위한 동화 특히 민중을 위한 동화라고 하면서 민중의 의지의 표현으로 보고 있다. 김병익, 이동하의 논의는 앞의 글 참조. 황정현은 「동심적 의식과 소설」, 『현역중진작가연구』, 앞의 책 참조.

13) 이성복, 「우리 시대의 죄, 혹은 죄의식」, 『조세희』 51권, 동아출판사, 1995, 537쪽.

　　<우리는 성냥불이 도화선에 닿는 순간에 살고 있다> <닥쳐올 재난에
대해 아무리 소리쳐 본들 소용이 없다> <고난 당하는 자로서, 불의로 인하
여 격분되어 있는 자로서 우리는 존재한다.> <버려라> <우리는 견디기
어려운 싸움에 의해 지쳤다> <버려라!> (『시간여행』, 247)

　　누구나 달라진 환경에서 살 수 있어야 한다. 저녁놀을 받고 있던 할아버
지가 갑자기 기품있는 생활을 할 수 있게는 못하더라도 양곡과 연탄의 지
급량을 올리고 어느 정도의 영양가를 지닌 부식이 이따금이라도 좋으니 그
어른의 식탁에 올라가게는 해야 한다. 그리고 21세기 중반, 즉 2050년이나
2060년까지 살 수 있는 젊은이가 절망에 빠져 스스로 희망을 끊는 일이 없
도록 해야 한다. 우리 시대의 희망이 한 쪽으로 몹시 기울어져 있는 일을
나는 슬퍼한다. 능력있는 사람, 많이 배운 사람, 힘 센 사람, 많이 가진 사람,
적당하게 가진 사람들이 협력해 우리 시대의 문제를 바로 짚기만 한다면,
우리는 그 좋은 희망이 여러 곳으로 퍼져 나가는 것을 지금 당장 볼 수 있
을지도 모른다. 그것은 국민학교에 갓 입학한 어린이까지 아는 민주주의를
더 이상 파괴하지 않으면서 고통받는 다수를 소수 쪽으로 옮겨놓는 일이다.
(『침묵의 뿌리』, 134)

　　『침묵의 뿌리』에서 보면, 싸움에서 지쳐 버린 상태에서 '우리'가 가지고 있
는 희망은 "고통받는 다수를 소수 쪽으로 옮겨 놓는 일"이다. 하지만 해결 방
법이 능력있는 사람, 많이 배운 사람, 힘센 사람, 많이 가진 사람, 적당하게 가
진 사람들이 문제를 바로 짚는 데 있다고 한다. 사회 근본적인 문제가 소수
기득권 층에 있으니, 해결을 그들에게 맡겨야 한다는 것은 어린아이 같은 순진
한 발상이 아닐 수 없다. 하지만 조세희는 이것이 꿈의 일부임을 내비추고, 현
실 안에서는 절대로 이루어질 수 없다고 확신한다.
　　조세희 문학엔 불완전한 현실은 존재하지만 전망은 없다. 그는 절망적인 세
계아래 참된 삶의 발견은 하나의 희망사항에 불과하다고 여기고 있다. 대안
없는 현실, 절망의 시대에 탈출구를 찾는 작업은 아득하기만 하다. 현실의 불
완전한 모습만 그의 주변을 망령처럼 떠돌고 있을 뿐이다. 뛰어 넘을 수 없는
현실의 벽 앞에서 조세희는 희망과 사랑 등 관념적 세계, 혹은 유토피아를 지
향하고 있는 것이다.

 이렇게 혼란스러운 세계를 탐색하는 바탕이 '사랑'의 구현이다. 조세희는 근본적으로 휴머니즘의 기조에서 현실을 바라보고 그 안에서 문제를 풀어가고 있다.

> 휴머니즘은 다음과 같은 견해를 지니고 있다. 인간은 창조적인 일과 행복으로 이끄는 삶만을 지닌다. 그리고 사람의 행복은 그 자신의 정당화이며, 초자연적인 근거에서의 도움이나 제재를 요구하지 않는다. 그리고 어떠한 경우에서든 하늘의 신이라거나, 불멸의 신이라는 그런 형대의 초자연적인 것은 존재하지 않는다고 본다. 또한 인간 존재는 그들 자신의 지성이나, 자유스럽게 서로 협동함으로써 땅 위에 평화와 미의 항구적인 아성을 세울 수 있다고 믿는 입장을 취하고 있는 것이다.[14]

 휴머니즘의 바탕은 인간의 행복 추구다. 물론 휴머니즘에도 여러 유형이 있지만 그것에 공통되는 것은 인간의 생명, 인간의 가치, 인간의 교양, 인간의 창조력을 존중히 여기고 이것을 보호하여 보다 풍부한 것으로 높이려는 점이라 할 수 있다. 따라서 이것을 부당하게 짓밟아 버리거나, 억압하고 파멸시키는 자에 대해서는 분노와 그것에 대한 투쟁을 불사하는 정신을 내포하고 있기도 하다.[15] 이것은 물론 인간존재의 정의관, 평등관, 행복관과 결부되어 있는 것이다. 이로써 보면 휴머니즘은 인간에 대한 근본적인 신뢰에서 출발한다. 휴머니즘은 직관에 의지하거나 초자연적인 것에 의지하는 것이 아니라, 인간의 이성과 노력이 인간에게 있어서는 최선의 것이요, 유일한 희망이라고 믿는다. 따라서 신의 존재에 의시하지도 않는다. 조세희는 '신도 은강에서는 예외기 이니었다'고 하면서 신에게까지 책임추궁을 한다. 이로써 더 이상 신도 은강으로 상징되는 척박한 삶을 해방시켜줄 존재는 아님이 분명해진다. 이때 우리의 문제를 해결해 줄 대안은 우리 안에 있게 되는 것이며, 그것이 곧 이성으로 좁혀진다.
 하지만 불행하게도 "우리는 이성의 진보에 조금도 협력하지 않았거니와 이

---

14) 콜리스 라몬트(박영식 역), 『휴머니즘』, 정음사, 1971, 25쪽.
15) 務台理作, 『휴머니즘이란 무엇인가』, 풀빛, 1983, 23쪽.

성의 진보로부터 우리에게 전해진 것은 모조리 왜곡시켜 버렸고”, “남의 것으로부터는 오직 기만적인 겉껍질과 가장자리 장식만을 취했을 뿐”이다(『침묵의 뿌리』, 121). 이로써 조세희의 휴머니즘이 낙관적이기보다 비관적인 게 드러난다. ‘이성’이 상실한 사회, ‘허풍쟁이’들만 들끓는 곳, ‘반성도 할 줄 몰랐고, 거짓말을 수치로 알지도 않’는 상식이 통용되지 않는 사회에서 조세희가 기대할 것은 더 이상 없게 된다. 그럼으로 해서 다소 관념적이고 추상적인 듯 하지만 건전한 시민의식에 바탕을 둔 ‘사랑’의 구현은 건실한 사회구성을 위해 필요조건이 되는 구체적인 실체인 것이다.

조세희의 긴 여행은 부조리한 우리 사회의 발자취라 할 수 있다. 다시 말하면 조세희의 ‘사랑’의 세계는 휴머니즘을 지향하는 반성적 의식의 일환이며, 교정 불가능한 사회에 대한 구체적인 진단인 것이다.

4. 조세희 문학의 의미와 한계점

지금까지 논의를 통해 조세희 소설에 나타난 ‘저항’과 ‘사랑’의 의미에 대해 살펴보았다. 조세희 문학은 7, 80년대 한국사회에 나타난 문제적인 현실들에 주목하고 있는데 그 원인을 우리 시대의 부패한 의식에 두고 있다. 기형적인 경제성장과 괘를 같이 하고 있는 의식의 파행성은 이성을 마비시키고 판단력을 불가능하게 했다. 이 집단적인 불구성은 조세희 문학의 바탕이 된다.

조세희가 난쟁이를 중심에 두고 난쟁이의 관점에서 사회계급의 문제들을 파헤치고 있는 것은 이 시대의 쟁점이 우리의 자화상인 난쟁이성 집단의 불균형적 성장에 있다고 보기 때문이다. 독점 자본주의의 희생물인 난쟁이성 집단을 통해 우리 삶의 비극성을 자문하고 있는 것이다. “누구나 달라진 환경에서 살 수 있어야 한다”는 조세희가 던진 화두는 상식적이고 보편적인 의식이 통하지 않는 탈 일상적인 삶에 대한 질타라고 할 수 있다.

독점 자본주의의 파행성으로 인한 불균등한 분배가 초래하고 있는 빈익빈 부익부 현상, 그에 파생되는 새로운 계층분해 양상, 환경파괴 등 일탈된 제반 문제들은 조세희 문학에 나타난 고민들의 시작이다. 하지만 조세희 문학에서 이런 문제들이 여전히 문제들로 남겨져 있는 것, 매 작품마다 유사한 주제의식과 형식을 지닌 작품을 창조하게 되는 원인은 어디에 있나? 그것은 조세희가 그 안에서 해결점을 찾지 못했기 때문이다. 그가 찾은 '사랑'은 사람들의 의식에 일부 참여를 유도하여, 문학적 응전을 다소 갖게 했지만, 지속적인 응전력을 형성하지 못하였다. 결국 그가 애써 마련한 대안은 연기처럼 사라져 버리는 허상에 불과했다. 조세희의 불철저한 현실대응방안은 이후 그의 작품에도 그대로 나타날 것임을 예상하게 해준다.16) 『침묵의 뿌리』 이후 한동안 창작활동을 하지 못한 것은 동일한 패턴이 이제 그 효력을 상실한 데 있을 것이다.

'사랑'의 구현이 지속적인 응전력을 구축하기 위해서는 더 단단한 내적 기반이 조성되어야 한다. 물론 시대적 환경이 다른 어떤 시대보다 국가 지배권력이 강화되었던 시기인 유신시대나 5공 시대에 자유로운 창작활동은 불가능했다. 80년대에 들어서면서 『창작과 비평』, 『문학과 지성』 등이 모두 폐간된 사실을 보아서도 작가의 창작활동은 제한적일 수밖에 없었으리라. 그럼에도 불구하고 80년대 민중, 노동문학이 그 어느 시기보다도 활발하게 전개된 것을 볼 때 조세희 문학의 한계는 쉽게 드러난다.

조세희 문학에서 문제로 남는 것은 사회 구조의 문제를 권력구조의 측면에서 바라보기를 회피하고 있다는 점이다. 사회구조는 본질적으로 지배이데올로기의 소산물로 나타난다. 통치권의 이념이 사회구조를 결정하게 되는 점을 상기한다면, 조세희가 피해간 지배구조의 문제는 늘 그의 작품의 완결성에 발목을 잡고 있는 셈이다. 그가 즐겨 사용하는 계급적 대립구도인 착취와 피착취, 탐욕과 희생 그리고 학대와 모멸은 우리사회에서 악한 자와 선한 자를 구별하고자 하는 도식적 이분법에 불과하다.

이로써 사회 구조의 모순이 선악이라는 윤리성에 그 원인이 있음이 가능해지는 것이다. 물론 이 때 그 책임은 우리 모두에게 있는 것이 된다.

---

16) 90년에 와서 내놓은 「하얀저고리」(『작가세계』, 1990. 겨울) 또한 '민중사관'을 토대로 하고 있지만, 설화의 세계로 그려진 역사소설적 성격을 지니고 있어 이전 작품과 별반 다르지 않다.

다음 인용문은 「죽어가는 강」의 일부이다. 80년대의 황폐해 가는 환경오염을 주제로 하고 있다.

> 강은 오염된 물을 안은 채 모로 누워 신음했다. 썩는 냄새가 지독했다. 우리 도시의 심장이 썩어가고 있었다. 큰 투기업자들이 그 심장 부위에 더 큰 상처를 남기며 우리 도시에 새로운 폐허를 세우고 있다. [……] 우리는 이미 많은 것을 죽였다. 햇빛과 달빛, 별빛을 죽였고, 가로수를 죽였고, 꽃을 죽였고, 나비 벌 잠자리에 반디까지 죽였다. 살아 남은 것들에는 상처를 입혔다. (『시간여행』, 144)

80년대의 문제적인 현실로 등장하는 썩어 가는 환경의 심각성을 드러내고 있다. 이때 우리 모두는 가해자로 지목된다. 이는 우리 모두로 하여금 책임의식(윤리의식)을 느끼도록 유도하게 한다. 하지만 그 근본원인을 탐색하지 않고 있어 책임소재를 무화(無化)시키는 논리적 결함을 지니기도 한다.

조세희는 윤리의식은 독특한 기법과 결합하여 현실을 밀도 있게 그려내고 있다. 긴장감이 감도는 기법적 장치를 사용함으로 해서 현실의 황폐화를 간접적으로 표출하기도 했다. 스타카토식 단문체, 반복적 언술 구사 등은 우리시대의 불안심리를 대변해 주는 역할을 담당한다. 이런 형식적 기능은 작중 분위기의 효과를 극대화시켜, 작품의 내용과 유기적인 통일성을 이루고 있다. 조세희는 현실을 외면하지 않고, 모순성 속에서 희망을 발견해 내려는 작업을 쉼 없이 해나간 진정한 리얼리스트로 평가받는 데 손색이 없다. 그가 작품을 통해 추구한 '사랑의 세계'는 7, 80년대 군부독재 시대의 강탈당한 자유와 권리에 대한 우리들의 염원의 응집체였으며, 그 점은 현실 응전력의 구심점 역할을 수행하기에 충분하다.

現代文學 작품론

金東煥의 소설 『전쟁과 연애』와 서사시 「국경의 밤」

김성수*

1. 머리말

이 글은 파인 김동환(巴人 金東煥, 1901~1958)의 장편소설 『전쟁과 연애』
(1928)를 소개하고 그 분석을 통해 서사시 「국경의 밤」의 통속성을 가늠하는
데 목적을 둔다. 김동환은 잘 알려져 있다시피 우리 근대문학 최초의 장편 서
사시라는 「국경의 밤」(1925년)의 작자이다. 그는 식민지시대에 시인으로서 명
성을 떨쳐 「국경의 밤」을 중심으로 한 그의 문학은 많은 문학사가와 연구자의
주목의 대상이 되었다.

그런데 우리가 김동환의 문학을 논할 때 짚고 넘어갈 사실이 있다. 김동환이
「산너머 남촌에는」, 「국경의 밤」, 「봄이 오면」, 「북청 물장사」 등의 시로써 널
리 알려져 있지만, 기실 426편의 시작(詩作) 이외에도 86편의 수필과 56편의
평론, 7편의 희곡, 4편의 소설 등을 쓴 다방면 문학가였다는 점이다. 김동환
문학에 대해서는 최근 그 전모를 알 수 있는 『파인 김동환 전집』과 『아버지
파인 김동환』이 간행되어 1,2차 자료를 일목요연하게 볼 수 있어서 연구자에
게 큰 도움이 되고 있다.[1]

우리가 여기서 다루고자 하는 것은 아직까지 별로 주목되지 않았던 김동환
의 소설 작품이다. 3편의 단편은 소품이라 어떨지 몰라도 장편 『전쟁과 연애』

(1928)는 한번쯤 소개할 필요가 있다고 할 것이다. 김동환의 대표작인 「국경의 밤」이 서사시라는 점을 통해 볼 때, 그가 '서사=이야기' 장르라는 공통적 기반 위에서 시와 소설을 함께 활용하여 자기 시대 사람들의 생활감정을 다각도로 표현하려 했다는 점을 주목할 수 있다. 그렇다면 문제는 김동환이 시도했던 서사시와 소설의 공통적인 작가의식과 그 의미는 무엇인가 하는 점이다.[2] 이 글에서는 이러한 문제의식을 가지고 김동환의 장편소설과 콩트를 살펴보고자 한다.

2. 김동환의 콩트

김동환의 3남인 김영식이 펴낸 『파인 김동환 전집』 제2권에 의하면 김동환이 남긴 '소설'은 모두 4편이다. 전집에서는 작품 텍스트가 처음 실린 게재지의 장르표지에 따라 「추격」·「밋천」은 단편소설로, 『전쟁과 연애』는 장편소설로, 「재판장과 코」는 콩트(掌篇小說)로 분류해 놓고 있다. 그러나 실제로 작품을 보면 사실과 다르다. 「추격」은 분량이나 구성상 콩트가 확실하고 「밋천」도 소품에 불과하다는 당시 평으로 미루어 보건대 콩트로 추정된다. 오히려 장르표지가 '掌篇小說'로 되어 있는 「재판장과 코」가 구성과 분량, 시점 면에서 단편소설적 완성도를 지닌 것으로 생각된다.

먼저 「추격」을 살펴보면 이 작품은 『시대일보』 1925년 11월 30일자에 1회 게재되었다. '단편소설'이란 장르표지가 있지만, 실제 구성이나 분량을 보면 단편적인 사실이 단일한 시각으로 그려진 10장 남짓한 원고분량을 감안해 볼 때 콩트(掌篇小說)에 불과한 소품이라 아니할 수 없다.

이 작품은 1인칭 주관시점으로 주인공 김군이 서울 길에서 누군가에게 쫓기

---

2) 이에 대한 원론적 장르론적 접근이라는 이론 차원보다는 작품의 실상 확인이라는 사실 차원에 논의의 초점을 맞출 생각이다. 우리 학계에선 아직 서사시 자체에 대한 원론적 합의가 없으며 나아가 장편소설과의 관련을 다룬 원론적 논의를 보기 힘들기 때문이다. 장르론적 쟁점에 관한 문제의식은 버리지 않되 실제 작업은 『전쟁과 연애』와 「국경의 밤」의 작품 실상 규명에 중점을 둘 생각이다.

는 급박한 심정을 묘파한 콩트이다. 주인공의 생각이나 심리를 표현한 단어나 문장, 그리고 전후 정황으로 보아 서술자 '나'는 좌익 사회운동권 인사이다. '나'는 서울 한복판에서 길을 걷다가 순사나 형사로 짐작되는 사람에게 추격을 당하게 된다. 지금 자기가 있는 곳이 '종로인지 구리개인지도 분간할 수 업다!'고 할 정도의 당황스런 심정을 보인다. 이번에는 붙들렸다는 절망감 속에 '격투, 체포, 고문, 투옥' 등의 광경이 눈앞에 선명하게 떠오른다. 기마 순사까지 동원되어 들켰다는 심정으로 가슴이 철렁하지만, 이왕지사 죽게 된 것 '한 개 쥐어박고 달아날 작정으로' 맞서보자고 돌아섰더니 의외로 상대방이 쩔쩔 매는 것이었다. 사실은 보신각부터 따라온 사람이 경찰이 아니라 거지였던 것이다.

이 작품은 당시 사회운동권 사람들이 일반적으로 가진 불안 심리를 잘 반영하고 있다. 짧은 분량 속에서 시종일관 손에 땀을 쥐게 하는 주인공의 심리 묘사가 탁월하고 긴장을 역전시키는 결말의 반전이 콩트답다고 하겠다. 하지만 작품의 의미 내지 작가의식에서 볼 때 문제가 없지 않다. 인간해방을 위한 당시 사회운동의 거시적 맥락을 사상(捨象)한 채, 순간적인 긴장과 쾌락을 꾀하는 플롯으로써 스파이의 암약상과 서스펜스를 그린 현대식 드릴러물로 변질시킴으로써 비판의식을 잊게 만들고 나아가 사회운동 자체를 희화화시킬 개연성이 있는 것이다.

「밋천」은 『가면』이란 잡지 1926년 3월호에 게재되었다는데 잡지를 찾지 못해 원문을 볼 수 없었다. 『파인 김동환 전집』 제5권의 작품 연보 '비고'란에 의하면 '원문 누락'이라 표기되어 있지만 수록 잡지를 찾지 못했을 것으로 생각된다. 작품 내용을 짐작할 수 있는 간접자료로서, 방춘해의 「3월 소설평」(『조선문단』, 1926. 4)을 들 수 있다. 당대 제일의 통속소설가였던 춘해 방인근에 의하면 파인의 「밋천」이 너무 소품이고 소설로선 실패작이라는 것이다.[3]

「재판장과 코」는 『조선일보』 1929년 3월 28일부터 3월 30일까지 '상, 중, 하' 3차례 연재된 단편소설이다. 비록 장르표지가 '掌篇小說'로 되어 있지만 텍스트 분량이 4, 50장의 단편 분량인데다 과거와 현재를 오가는 액자식 구성, 담

---

3) 김영식, 『파인 김동환 전집』 제5권, 183쪽 참조.

긴 사연의 복합적 성격 등을 감안해 볼 때 꽁트로 보긴 어렵다.

이 작품은 만주 영고탑(지명)에서 주인공 청년이 억울하게 살인 누명을 쓰지만 법정에서 명 재판관을 만나 구사일생으로 살아난 사건을 다루고 있다. 26세 된 조선 청년이 누명을 쓰게 된 경위는 다음과 같다. 서술자 '나'는, 노령 해삼위(블라디보스톡)에서 국경을 넘어 영고탑에 온 군인이다. 그가 여자를 겁탈한 후 목을 매 죽이고 시체의 코를 벤 시체유기죄까지 범한 혐의로 사형 선고를 받게 되어 재판관 앞에서 최후진술을 하게 되었다. 서술자의 사연인즉 억울한 무고였다. 즉, 밀린 소작료 때문에 중국인 집에 잡혀온 조선인 소작인 처녀가 중국인 지주에게 나체로 겁탈 당하게 된 것을 조선어 비명을 듣고 구출해 준 것이 겁탈로 오인된 것이다. 또한 추격해 온 중국인들의 돌팔매질에 처녀가 맞아죽은 것이 살인으로 몰렸고, 죽은 자기의 코라도 베어다 조선인 부모에게 전해달라는 처녀의 유언을 지키려는 서술자의 의도가 시체 유기로 왜곡된 것이다.

서술자의 최후진술이 끝나자 중국인 재판관이 의외로 무죄를 선고한다. 그러면서 서술자는 피는 물보다 진하다는 진리를 깨달았다고 한다. 이상과 같은 과거 내력을 회상하는 서술자는 지금도 사람들의 점 박힌 코를 볼 때마다 그때 일이 떠오른다는 내용이다.

이 작품의 특이한 점은 시종일관 주인공의 법정 진술로 서술방식을 일관하고 있는 점이다. "여보세요 중국 재판장이시여! 잠깐만 참으서요."로 시작된 첫 문장은, "제가 죽은 뒤에라도 그 녀자의 시테나 뭇어주소서. 아즉 풀밧에 잇슬 것이오니"하는 진술로 끝난다. 그리고 후일담처럼 "그러케 명판결을 하야주든 장판장은 지금 어듸에 가 잇는지 '점'이 박인 사내 코나 녀자 코를 볼 때마다 나는 아즉도 그때 생각에 가슴이 두군거린다."라는 현재시점의 종결액자로 끝맺고 있다.

이러한 법정 진술식 서술과 액자식 구성을 통하여 독자의 주목을 끌게 되고 "피는 물보다 건 법"이라는 민족의식이나 종족심리적 연대감을 고취할 수 있었을 것이다. 중국인 재판관이 조선인 청년의 의기를 높이 산 점에서 볼 때, 중국의 소수민족 우대정책을 반영했거나 작자 김동환의 중국에 대한 호감이 작용했을 수도 있겠다.

이들 작품은 1920년대 식민지 조선의 사회적 관심이 될 만한 소재를 나름대로 흥미로운 극적 반전과 심리 묘사로 형상화한 성과를 보인다. 그러나 엄밀하게 본다면 좀더 진지한 사회적·역사적 안목과 미적 모색이 필요한 내용을 너무 쉽게 꽁트적 기교로써 가볍게 다룬 감이 느껴지기도 한다. 아마도 이런 점은 당시 작자의 사회부 기자 경력에선 나온 저널리즘적 선정성과 관련되지 않을까 싶다. 그는 시인으로 이름이 났지만 활발한 기자 활동을 벌이기도 했던 것이다.

이들 소설을 발표했던 1925년부터 1929년까지 20년대 후반기 김동환의 경력은 어떠한가? 1925년 4월부터 1926년 8월까지 『시대일보』 사회부 기자, 1926년 11월부터 1927년 5월까지 『중외일보』 사회부 기자, 1927년 5월부터 1929년 12월까지 『조선일보』 사회부 기자 및 사회부 차장 등을 역임하였다. 그 기간 동안 철필구락부, 극단 백조회, 불개미 극단, 극단 종합예술협회, 전위기자동맹 총무부 등에 참여하였다.[4]

다른 한편 신문기사용 사건소설의 틀이 꽁트 양식과 맞물리는 데는 김동환의 작가의식도 작용하였다. 즉, 그는 박영희의 꽁트 비판론에 다음과 같이 반론을 펴기도 했던 것이다. 박영희가 당시 『조선일보』에서 유행했던 콩트 게재 붐에 대해 일침을 놓기를, 장편소설(掌篇小說)은 최단의 형식을 예찬하는 일 형식이 되어 까다롭고 협소한 것이 부르조아 문사들이나 쓸 것으로 도무지 환영할 것이 못된다고 한 데 대하여 반론을 편다. 즉, 콩트의 형식이 그렇다고 해도 내용 여하에 따라 그 자체의 효용 전체가 변화하는 일이 있으므로 박영희의 주장처럼 무조건 버릴 것은 아닐 것이라 하였다.[5]

1920년대 사회상을 볼 때 꽁트 양식 자체를 부르조아적 형식이라 하여 배격하는 것은 박영희의 좌익 소아병적 발상이라 할 수밖에 없다. 다만, 김동환의 다른 소설이 없기 때문에 일반화시켜 단정할 수는 없지만 단편소설 장르에 대한 장르인식 자체에 문제가 없지 않은 것 같다. 대중독자의 관심을 모을 만한

---

4) 김영식, 『아버지 파인 김동환』, 부록 연보 참조.
5) 김파인, 「단상잡기─꽁트와 형식」, 『조선지광』, 1929. 4.

사회적 이슈나 독특한 소재를 가볍게 가십거리로 삼은 저널리즘적 태도가 엿보이기 때문이다. 이러한 자세는 장편『전쟁과 연애』에 가면 통속성과 결합되기도 한다.

3. 김동환의 장편소설『전쟁과 연애』

김동환의 유일한 장편소설『전쟁과 연애』는『조선일보』1928년 3월 10일부터 11월 20일까지 109회 연재되었으며 삽화는 안석주가 맡았다.

소설의 발단은 서울 화동의 금광왕 김창재 집에 19세 처녀 이칠련이 불을 지르는 장면으로 시작된다. 서술자는 충격적인 서두를 통해 독자의 긴장과 궁금증을 불러 일으키고 일시에 시선을 모으고자 하였다. 이는 사건소설의 흔한 특징이자 신문 연재소설의 통속적 요소를 드러낸 것이기도 하다.

칠련이가 부잣집에 방화를 하게 된 내력은 다음과 같다. 어느날 두만강변 조선·중국·소련이 접경하고 있는 서수라(西水羅) 지역의 조선인 마을에 시체를 둘러멘 청년이 나타난다. 이 청년을 안내한 조선인 처녀 칠련이는 시신이 바로 자기 아버지라는 사실을 알고 깜짝 놀란다. 칠련네는 원래 칠련의 아버지 이 교장이 평양 대성학교 교장 자리를 박차고 만주로 와서 독립운동을 하게 된 집이었다. 이 교장은 두만강을 넘어 시베리아 금광을 헤매던 끝에 금을 발견하고 금광 노동자들을 설득하여 독립운동 자금 20만원을 모금하여 국내로 잠입한다. 그러나 두만강변에서 총에 맞아 죽고 조선 청년 오세복에게 임무를 넘긴 것이었다.

원래 작자 김동환은 조국을 잃은 슬픔으로 북간도, 러시아 등지에서 방랑생활을 한 경험이 있다. 만주와 노령을 배경으로 한 조선인 동포의 독립운동은 그의 문학의 중요한 지리적 사상적 근거가 되었을 터이다. 그는 가정을 돌보지 않은 아버지 때문에 경성보통학교를 졸업하고는 경성군청에서 일을 하는 등 경제적 어려움을 겪기도 하였다. 아버지 김석구가 일찍 개화한 사람으로 북간도 등지에서 혁명운동을 하기도 했던 선각자였기 때문이다. 이러한 전후사정에 의해서 김동환 문학을 관통하는 '북방 정서'가 형성된 것으로 보인다.

한편, 오세복과 칠련이·팔련이는 서울로 들어왔으나 돈은 재령 금광주 김창재에게 사기 당하고, 수표다리 빈민굴에서 어머니마저 돌아가실 지경에 이른다. 더욱이 김부자의 명령으로 판잣집을 철거한다 하여 김부잣집에 불을 지른 것이다. 그러나 원수도 갚지 못하고 어머니만 김의 발길에 채어 세상을 떠나게 된다.

긴부자의 농간으로 오히려 세복이 상해죄로 경찰에 체포될 지경에 이르자, 칠련이는 사랑하는 애인도 살리고 돈도 되찾기 위해 김 부자의 후처로 들어가게 된다. 이 대목은 완전히 신파조인데, 서술자는 다음과 같이 내력을 과장하고 있다.

> 칠련의 아버지가 평양 대성학교 교장으로부터 도망질치던 일, 강을 넘던 일, 시베리아 금광으로 헤매던 일, 두만강변에서 총에 맞던 일, 그리고 수표다리 빈민굴에서 어머니가 발길에 채어 이 세상을 떠나던 일이 모두 20만원이라는 큰 황금덩이에 와서 부딪치는 것이요, 그 20만원 돈이 오늘은 김부호의 손에 감겨진 진단서 한 장에 전 운명이 달렸다.[6]

사랑하는 애인을 감옥에 보내지 않기 위하여 진단서를 없애 고발조치를 취하하게 하고 대신 자신에게 흑심을 품은 원수 김창재의 후처로 들어갈 수밖에 없다는 것이 칠련이의 갈등 내력이다. 이는 악인 김창재의 간계를 이겨내기 위해서는 그의 간계에 스스로 빠지겠다는 자가당착의 논리, 심청이의 자가당착 — 효도를 하기 위해 불효를 저지르는 — 을 연상케 한다. 더욱이 김창재 집에 들어가기 직전 세복이와 경복궁 경회루을 빙빙 돌면서 데이트를 하는 장면을 보면 '희비극의 극단적 교차'라는 통속성의 한 줄기를 보게 될 뿐이다.

이때부터가 소설의 본 줄거리인데, 무려 9회나 연재된 첫날밤 장면이나 세복과 칠련의 '이수일과 심순애식 갈등'행각은 우연과 과장 등 통속적 요소로 점철되어 있다. 첫날밤에 차마 원수에게 처녀를 줄 수 없어서 잠자리에서 빠져

---

6) 『전쟁과 연애』, 32회, 『파인 김동환 전집』 제2권, 50쪽.

나와 길거리 거지에게 정을 바치고 들어와 김창재과 첫날밤을 지냈다는 대목은 신파조의 좋은 예이다. 이는 신파소설 「장한몽」에서 심순애가 김중배와 결혼하고도 3년 동안이나 처녀를 지키다가 어느날 잠결에 남편에게 겁탈 당해서 자살하려 했다는 신파조만큼이나 통속적이다. 요는 인과율적 개연성이 부족한 채 서술자의 감정이 지나치게 과장되어 사건이 진행되고 있다는 말이다. 게다가 김창재의 후처가 된 칠련이가 화려한 옷을 입고 나들이를 하다 길에서 우연히 만난 세복이를 냉대하고는 나중에 남몰래 가슴 아파한다는 데에 이르면, 억지로 눈물을 짜내려는 감상성과 멜로드라마적 성격은 점입가경에 이르게 된다.

6개월 후 세복이는 재령 금광으로 가지만 팔련이를 칠련이로 착각하고 정을 통해 애를 배게 하고 죄책감 중에도 동지들과 함께 광산 파업을 주도한다. 이 대목도 개연성이 부족한 구성을 보인다. 어찌하여 자매를 구별하지 못할 정도로 정신이 나간 그가 치밀하게 파업을 주도할 수 있겠는가 의문이다.

세월이 흐른 후 세복은 오해 끝에 칠련이를 칼로 찌르지만 그동안 그녀의 행각이 실은 김부자에 항거하기 위한 칠련의 고육지책이었음을 받아들이고, 결국 사회 운동가들 속으로 잠적하게 된다는 것으로 대미를 장식하고 있다.

이 소설의 주제 또는 작가의 의도를 드러내는 것으로 짐작되는 칠련이의 심정에 대한 서술자의 언급은 다음과 같다.

> 전쟁과 연애! 우리들의 할 일의 전부다. 아니 인생 생활의 전부가 이 다섯 글자 속에 있지 않을까? 그래서 혹 세상에는 연애만 하는 사람, 전쟁만 하는 사람, 전쟁과 연애를 아울러 하는 사람, 전쟁하기 위하여 연애까지 희생할 뿐더러 전쟁의 무기로 연애까지 쓰는 구별이 있을 따름이다. 그런데 나는 그 맨 끄트머리에 속하는 사람이 아닐까.[7]

민족 독립과 계급 해방을 위한 사회적 의미의 투쟁 또는 '전쟁'이 남녀 사이의 이합집산과 삼각관계를 둘러싼 '연애'나 애정문제보다 중요하다는 것, 또는 인생의 진정한 승자는 전쟁과 연애를 둘 다 잘해야 한다는 것, 아마도 이것이

---

7) 『전쟁과 연애』 107회, 위의 책 166쪽. '106회'로 표기되어 있으나 잘못이다.

이 작품의 주제의식이라 하겠다. 게다가 작품의 감정 토로식·서정적 분위기를 살리기 의하여 적절하게 삽입시 및 삽입민요(6, 7, 29, 49회 연재분)를 활용한 것은 효과적이었다고 할 수 있다. 작가가 시인이며, 평소 민요를 되살려 현대화시키자는 민요시운동가이고 보면 이해될 수 있을 것이다.

이상에서 볼 때 소설의 전반적 경향은 신문 연재 통속소설로 보이지만 줄거리 전개방식이 단순치 않다. 당시의 신문 연재 통속소설은 독자들에게 편하게 읽히기 위하여 3인칭 전지적 시점으로 '과거 → 현재 → 미래'의 순차적 구성을 띠는 것이 일반적이었다. 그러나 이 작품은 3인칭 전지적 시점으로 서술방식이 이루어지긴 했지만, 전반부는 서술적 역전에 의한 부분적인 과거 내력 서술을 담고 후반부는 순차적 사건 구성을 따르고 있다. 즉, '현재 → 과거 → 과거 → 현재 → 미래'의 구성으로 이루어진 것이다. 민족 독립 투쟁을 다룬 전반부는 서술적 역전과 장면화에 의한 역동적 형상화가 이루어져 있지만, 단순한 애정갈등형 멜로드라마로 변질된 후반부에서는 순차적 구성에서 한 치도 벗어나지 못했던 셈이다.

이와 같이 이 작품은 본격소설로서의 기본적인 서술방식이나 전개방식 면에서 볼 때 예술적 완성도가 현저히 떨어진다는 느낌을 지울 수는 없다. 장편소설로서의 구성과 문체가 너무 통속적이고, 인물성격의 설정이 지나치게 평면적이거나 또는 모순되게도 비약이 심한 것 등 형상화의 한계가 적지 않다. 칠련이의 양 극단을 수시로 오가는 성격적 결함이나 심청이 스타일의 자가당착, 김창재의 유형화되고 도식화된 악인형상, 세복이의 우유부단한 나약한 형상 등에 있어서 문제가 있는 것이다. 칠련이의 첫날밤을 다룬 장이나 세복이가 팔련을 겁탈하고 파업을 주도한 장 등에서 뚜렷하게 드러나는 우연성의 남발, 지나치게 과장된 감정의 표현과 서술자의 개입, 애정과 애욕 표현의 노골성, 파업이나 투쟁 장면 그리고 세복이가 칠련이를 칼로 찌를 때의 폭력성 등을 종합해 보면 통속성의 온갖 요소를 골고루 갖춘 것처럼 정도가 심하다.[8] 이에

---

8) 박성봉에 의하면 통속성의 미적 범주에는 '웃음의 해학성, 성의 관능성, 폭력의 선정성, 몽상의 환상성, 눈물의 감상성' 등이 있다고 하는데, 이 작품이 지닌 통속성의 내용은 '성의 관능성(에로티시즘), 폭력의 선정성(센세이셔널리즘), 눈물의 감상성(센치멘탈리즘)'이라고 할 수 있다(박성봉, 『대중예술의 미학』, 동연, 1995, 323~360쪽 참

따라 전후 문맥을 볼 때, 민족 독립운동을 둘러싼 군자금 조달 문제나 금광의 파업 문제, 사회주의자인 '오인구락부'의 암약상 등이 한낱 장식물로만 여겨질 정도이다. 작가의 일견 유치하지만 원대한 주제의식, '전쟁과 연애의 조화로운 이중주'라는 의도는 소설이라는 구체적인 작품의 주제로는 형상화되지 못한 것 같다.

4. 「국경의 밤」의 통속성 재고

김동환은 1924년 3월『금성』3호에 「적성을 손까락질하며」를 발표하면서 등단하였다. 그는 민요조 서정시 운동이나 시조부흥운동을 전개하는 민족주의적 국민문학파와 계급 투쟁을 표방하는 KAPF의 계급주의 문학파들이 대결을 벌이기 시작한 시기에 본격적인 활동을 벌였다. 그는 1920년대 중반에 시조부흥 운동을 비판하고, 계급의식을 지닌 프로문학 내지 민중문학 쪽에 자리잡았다. 아울러 민요조 서정시를 적극 옹호하여, 민요조 서정시론과 민요조 서정시를 발표하기도 하였다.

김동환의 민중지향적 계급지향적 문학관은 「애국문학에 대하여」(『동아일보』, 1927. 5. 12~20), 「시조 배격 소의」(『조선지광』 68호, 1927. 6), 「망국적 가요 소멸책」(『조선지광』 70호, 1927. 8), 「조선민요의 특질과 기장래」(『조선지광』 82호, 1929. 1)에서 나타나 있다.

어찌하여 피 * * 민족인 우리에게는 막연한 전통 복고의 국민문학보다 투쟁적인 명일 건설적 애국 문학주의가 팽배하여야 하고, 또 문화 항쟁의 길로 애국 문학을 고조해야 할까.9)

여기서 김동환은 전통 복고의 국민문학은 애국문학이 아니며, 피지배민족인 우리 현실을 극복하는 전투적 명일 문학으로, 문화항쟁으로서의 애국문학을

조).
9) 김동환, 「애국문학에 대하여」,『동아일보』, 1927. 5. 17.

정의하면서 국민문학파의 문학운동을 비판하고 있다. 그는 프롤레타리아에 의한 계급혁명으로 문학운동이 애국문학임을 밝히고 있는 것이다.[10]

그렇다면 어째서 계급의식을 강조한 비슷한 시기에 『전쟁과 연애』같은 통속소설이 씌어졌을까 의문이다. 이에 본 고찰의 연장으로서, 이들 소설을 통해 김동환의 대표작 「국경의 밤」이 지닌 '서사시적 성격', '이야기성'에 대해 새로운 시각을 조명할 수도 있을 터이다.

「국경의 밤」(1925. 3)은 이야기가 들어있는 장편 서사시이다.[11] 따라서 인물이 등장하고 사건이 전개된다. 그 내용은 다음과 같다.

제1부는 두만강변에 있는 어느 마을의 밤이 배경이다. 소금 밀수출 마차를 타고 떠난 남편을 걱정하는 순이와 그의 옛 애인이 등장하는데 이 둘은 8년만에 재회하는 것이다.

제2부에서는 서술상의 역전이 일어나 둘의 과거가 서술된다. 순이의 재가승(在家僧) 혈통이 소개되고, 재가승의 자식은 재가승하고만 결혼해야 하는 규정 때문에 순이는 다른 사람인 병남에게 시집간 사연이 나온다. 실망한 청년은 마을을 떠나고 8년의 세월이 흘렀다.

제3부에서는 도시로 나가 신학문을 공부하던 청년이 좌절을 겪고 돌아와 순이를 만나는 제1부와 이어진다. 그녀를 만난 청년은 함께 떠날 것을 애원하지만 순이는 이미 남의 처가 되었으므로 갈 수 없다고 거절한다. 이때, 순이의 남편 병남이 마적의 총에 맞아 시체로 돌아온다. 이튿날 동네 사람들이 그의 장례를 치르는 것으로 대미를 장식한다.

이야기 전편(全篇)의 극적 효과를 위해 제2부에서는 긴 시간의 역전을 시도했으며, 호흡에 따라 72장으로 나누었다. 각 장은 시로서의 서정적 효과를 얻고 있으면서, 한편 뛰어난 영상성을 느끼게 함으로써 마치 영화를 보는 듯하다.[12]

---

10) 위와 같은 글.

11) 「국경의 밤」이 서사시인가 하는 장르론적 논란은 따로 연구사를 작성할 만큼 복잡하지만 본고에선 한국 근현대문학의 특수성에 반영한 넓은 의미의 서사시로 보고자 한다. 중요한 것은 장르적 규정이 아니라 텍스트 자체의 미적 사회역사적 성격 규명이라고 생각한다.

이 작품의 의미와 그에 대한 평가는 대개 두 가지로 나뉘어지고 있다. 하나는 주권을 빼앗긴 민족의 처지에서 빈곤에 허덕이며 국경을 넘나들다가 겪는 고통이 집약적으로 표현되었다는 것이고, 다른 하나는 통속적인 애정이 주내용이며 당대의 시대감각이라든가 민족정감에 호소하는 부분은 다만 장식적으로 나타나고 있다는 것이다.

그런데 김동환 시의 감상적 요소 내지 통속성은 그동안 부정적으로 평가된 요소로, 「국경의 밤」에서뿐만 아니라, 「지새는 밤」에서도 극복되지 못하고 있다. 물론 1920년대 서사시 장르 속에 존재하는 낭만적 감상주의가 부정적 구실만을 하는 것이 아니다. 감상성이 서정시나 서사시의 한 부분으로서 시적 정서의 환기에 도움이 되기도 한다. 더구나 순수한 민족 정서를 표현하여 독자의 호응을 받을 수 있다면 바람직한 시적 장치로 생각될 수 있다.[13]

그러나 『전쟁과 연애』라는 장편소설의 존재는 이러한 긍정적 해석에 걸림돌이 되지 않는가 생각된다. 김동환은 「국경의 밤」과 「승천하는 청춘」을 발표한 뒤인 20년대 후반에 소설과 희곡을 몇편 발표한 바 있다. 이 중『전쟁과 연애』는 삽입시와 삽입민요 때문에 "서사시 사이의 연접 가능성"이 지적되기도 하였다.[14]

오세영에 의하면 「국경의 밤」 전체 내용이 "통속적인 애정사건이기 때문에 병남의 죽음을 통해 작가가 돌연히 식민지 지배하의 민족적 슬픔을 암시할 때 우리는 스토리 자체의 저오와 아울러 당황함까지" 느끼게 된다는 것이다. 이어서 그는 "시대적 비극을 인식하면서도 이를 외면하고 애정에 탐닉한 이같은 쁘띠부르조아 의식이 더 비굴한 현실도피가 될 수" 있다고 비판한다.[15] 문제는 「국경의 밤」이 단순한 통속적 애정갈등이야기인가 하는 문제로 요약된다. 만약 그렇다면 시대적 현실을 암시하는 배경적 서술들은 불필요한 장식이거

---

12) 남정희는 이에 대하여 이 작품이 서구적 의미의 영웅서사시가 아니라 변사조의 서술 방식에 의해 전개된 환상적인 멜로드라마의 시적 표현인 장시일 뿐이라 규정하였다 (「김동환의 장시 연구」, 성균관대 석사논문, 1984. 12, 38~49쪽 참조).

13) 윤여탁, 「서사시 「국경의 밤」과 「지새는 밤」」, 『시의 논리와 서정시의 역사』, 태학사, 1995, 142쪽 참조.

14) 조남현, 「파인 김동환론」, 『국어국문학』 75집, 1977, 134쪽.

15) 오세영, 「「국경의 밤」과 서사시의 문제」, 『국어국문학』 75호, 1977, 101~103쪽.

나 사건 전개의 핵심을 벗어난 결함의 요소이다. 이에 한 근거로서「국경의 밤」에 내재된 통속적 요소가 통속소설『전쟁과 연애』로 확장된 것이 아닌가 추정된다. 즉, 나중에 나온 통속소설의 내적 분석을 통해 먼저 있었던 서사시의 성향을 역으로 추적할 수도 있지 않을까 한다. 원래「국경의 밤」에는 식민지 지배하의 민족적 고난과 민중적 애환을 담으려는 현실비판적 요소와 남녀 간의 삼각관계 애정 갈등이라는 통속적 요소가 결합되어 있었는데, 후자가 더욱 우세했기 때문에「지새는 밤」같은 장시의 통속성이나『전쟁과 연애』같은 통속소설이 나올 수 있었던 것이 아닌가 생각된다.

1925년과 1928년 사이에 작가에게 어떤 변화가 있었을까? 김동환은 1925년과 1928년 사이에 카프 조직에서 탈퇴하는 등 사회적 위치와 세계관에서 결정적 변모를 보였다. 김동환은 1927년 9월에 감행된 카프의 제1차 방향전환에서 문예운동을 전체 사회운동의 맥락에서 조직화한 목적의식론의 본령을 체화하지 못하였다. 그는 우경화의 오류를 범한 결과 조직에서 탈락하고[16] 최정희와 동거하는 등 불륜의 모습을 보였다. 이러한 저간의 사정에서 우리가 짐작할 수 있는 사실은 작가의식의 변모이다. 즉, 서사시「국경의 밤」이 지닌 현실비판적 미의식이라는 긍정적 지향을 상실하고 대신 장편소설『전쟁과 연애』의 통속적 미의식으로 전락한 외재적 근거로 작용했으리라 생각된다.

결국 김동환의 콩트나 장편소설『전쟁과 연애』의 존재를 감안할 때, 그의 대표작으로 손꼽히는 서사시「국경의 밤」을 재평가하지 않을 수 없다. 즉,「국경의 밤」이 통속적 애정극에 불과한 멜로드라마적 성향과 사회적·역사적 문제의식을 담은 서사시적 성향이라는 두 미적 지향을 모두 지녔으며, 작가가 두 방향을 종합하려 한 의욕적 산물임에도 불구하고 결국 통속성에 치우쳤다고 할 수밖에 없는 것이다.

---

16) 1927년 9월의 카프 제1차 방향전환과 김동환의 사상 변화에 대해서는, "제1차 방향전환론의 이러한 방침은 일차적으로 그 동안 내부에 혼재해 있던 권구현 일파의 아나키즘계, '김동환' 일파의 민족주의 계열을 배제함으로써 마르크스주의에 입각한 통일된 문학운동단체로서 자기 정립을 했다는 데 일차적 의의를 갖는다."는 임규찬,『일본 프로문학과 한국문학』, 연구사, 1987, 62쪽 참조.

이효석의 『화분』론

─ 두 개의 性的 위계질서 ─

이혜령[*]

1. 문제제기

『한국문학사』(1973)에서 이효석의 이름조차 언급하지 않았던 김현은 그보다 이른 시기에 '효석은 나에게 전혀 흥미없는 작가'였지만 『화분』(1939)은 이효석 문학에 대한 기존의 선입관이나 통념을 버리도록 자신에게 저항해 왔다고 고백한다.[1] 이 고백으로 모두를 삼은 글에서 김현은 무엇보다 『화분』의 언어와 문체에 주의를 기울이고 있지만, 『화분』이 많은 논자들의 이목을 끈 주된 이유는 '愛慾의 萬華鏡을 펼쳐보였다는 점에서 가장 代表的인'[2] 작품이기 때문이다. 일찍이 백철이 자연과 性이 이효석 작품의 주조를 이루고 있음[3]을 간파한 이후에 성의 문제는 그의 문학 세계를 들여다보는 중요한 바로미터가 되었다. 이에 대해 좀더 정교하게 논의한 정한모는 "어디까지나 純粹性의 한계를 에덴(Eden)的인 性本能의 세계에 두고 현대의 기계화한 모럴의 틀 속에서 왜곡된 인간의 성을 動植物性의 청순으로 演繹하면서 에덴(Eden)적인 순수한 세계에까지 소급하는 性의 純粹化를 위한 지향이 곧 孝石文學에서 가장 커다란 주류를 이루고 있다"[4]고 주장한다. 윤병로는 『화분』을 두고, '애욕의 갈등'과 '육체의 교섭'을 그려 Eden적 성의식이 어떠한가를 보여주고 있으며 성윤리

---

* 성균관대 박사과정 수료.

1) 김현, 「李孝石과 「花粉」─存在에의 잠김」, 『사상계』 1966. 3.

2) 김교선, 「調和美의 頂點─李孝石의 作品世界」, 『현대문학』, 1975. 3, 305쪽.

3) 백철, 「作家 李孝石論─最近傾向과 性의 文學」, 『동아일보』, 1938. 2. 25~27.

4) 정한모, 『현대작가연구』, 범조사, 1959, 67쪽.

를 가장 리얼하게 터취하고 있는 작품이며, 또한 조화와 시적 정서로 산문세계가 지녀야 할 예술성을 높이 승화시킨 작품으로 평가했지만5), 『화분』은 이효석의 '자연과 성'의 문학에 일말의 긍정성을 인정할 것인가, 말 것인가의 기로에서 서게 한 가장 논쟁적인 작품에 꼽힌다. 현재로서도 충격적이랄 수 있는 동성애와 인물들 간의 일탈적인 혼음난무의 세계가 「메밀꽃 필 무렵」, 「들」 등에서 보여준 세계와는 거리가 있을 뿐만 아니라, 정작 『화분』의 대단원이 말하는 모럴이란 사회의 인습과 도덕을 준수하라는 식의 식상한 행복론이었다는 지점에서 이 작품의 논쟁적인 성격은 더욱 극화된다.6)

필자 또한 이 논쟁의 지점에서 글을 시작하려고 한다. 물론 더 진전된 논의가 없는 것은 아니다. 「장미 병들다」, 「수난」, 『화분』, 『벽공무한』 등 도시를 배경으로 타락한 문명과 성의 얽힘을 보여준 작품들을 시각적인 것이 지배하는 근대 도시문화의 성격과 결부시킨 논의가 있다. 최익현은 이효석에게 도시가 하나의 거대한 풍경 내지 분위기였듯이, 이들 작품들의 여성은 남성적 주체의 시선에서 벗어나지 못한 대상이었으며 더욱이 감각의 다른 이름에 불과했기에 무규범성이라는 결과를 낳았으며 이효석은 이를 미의 특권화, 즉 심미주의로 상쇄하고자 했다고 주장한다.7) 이러한 주장은 근대 도시문화라든가, 남성적 주체의 시선 등 다양한 층위의 총체 속에서 이효석 문학의 '性'을 바라보고 있다는 점에서 진일보한 것이다. 또한 이효석의 심미주의와 구라파주의로 드러나는 엑조티시즘을 논하는 데 있어 기존 논의들은 『화분』의 등장인물인 피아니스트 영훈의 말을 가장 많이 인용하면서도, 『화분』의 서사구조의 일부로 바라보지 않은 데 반해 최익현의 논의는 심미주의의 유기적 관련성을 해명하고 있다. 그러나 '기성 한국 사회에 대한 도전'8)처럼 보였던 『화분』의 세계가 왜 기존 사회규범에의 안주라는 평범한 모럴에 귀결했는가 라는 점을 『화

---

5) 윤병로, 「푸른 꽃이 슬프다는 화분」, 『여원』, 1962. 3.

6) 이러한 견해는, 정명환, 「僞裝된 順應主義」, 『창작과비평』, 1968. 겨울~1969. 봄, 주종연, 「文學에 있어서 性의 問題－李孝石과 D.H. Lawrenc의 比較」, 『국어국문학』 48, 1970. 5, 이상섭, 「愛慾文學으로서의 特質－李孝石의 作品世界」, 『문학사상』, 1974. 2, 참조.

7) 최익현, 「이효석의 미적 자의식에 관한 연구」, 중앙대 박사학위논문, 1998.

8) 정명환, 앞의 글, 『이효석문학전집』8, 173쪽.

분』 내적인 구조 분석을 통해서 해명한 것은 아니었다.

　이러한 사정은 그 논쟁적인 성격과 허다한 언급에도 불구하고, 『화분』에 대한 본격적인 작품론은 존재하지 않았다는 사실을 반증하기도 하지만, 이효석 문학에서 '성'이라는 분석의 프리즘이 가질 수 있는 역동성과 총체성을 간과했기 때문이다. 그간 논의가 D.H 로렌스와 이효석과의 거리를 잰다거나, 결과론적으로 사상성과 리얼리티의 열도를 가늠하는 데서 멈춰버린 감이 없지 않다. 이 글은 정신분석학에 근거한 방법론에 전적으로 의지하지는 않지만, 정신분석학은 성적 존재로서의 인간의 경험, 인간의 성적 관심과 성적 병리들은 개인의 삶을 모양지어 주는 욕망과 두려움 등을 외화시킨다는 것을 확인해주었다. 말하자면 성은 주체가 주체 자신을 바라보는 창일 수 있다는 의미이다. 한편 성욕이란 단지 자연적으로 주어진 본능이 아니라 역사적으로 구성된 것이라는 푸코의 견해를 따를 때, 성은 관계적인 것이다. 따라서 '성'을 중심에 놓았을 때, 그 외연은 개인의 내밀한 욕망에서부터 사랑과 결혼, 가족, 나아가 성욕을 통제하는 사회규범과 제도 및 권력관계 등을 포괄한다.

　중일전쟁(1937)에 이어 태평양전쟁(1940)이 발발하여 시국이 전쟁에 휘말린 시점에서 쓰인 『화분』의 주요한 무대인 평양의 '푸른 집'과 백계 러시아인의 별장촌인 주을은 당대의 현실을 통해서 구성된 공간이 아니라 '이효석의 의식 속에 상상된 미적 구조물'9)이라는 지적이나, 『화분』의 세계가 '비너스와 아도니스라는 언어에 묻혀있다'10)는 지적이나 모두 『화분』에서는 당대의 사회성과 역사성을 찾아볼 수 없다는 말에 다름 아니다. 그러나 『화분』이 주조해 내고 있는 '성'의 세계를 들여다 본다면, 의외로 견고한 질서 — 단지, 작품 내적 질서라고만은 할 수 없는 질서를 만나게 된다. 이 글은 『화분』의 세계를 관류하고 있는 두 개의 성적 위계질서를 규명하고자 하는데, 하나는 이 작품의 서사구조를 관장하고 있는 '처녀성 정복과 비밀의 서사'이며, 다른 하나는 소설 내 인물의 사회경제적 위계질서와 짝을 이루고 있는 '성의 사회적 위계질서'이다. 이를 통해 소설이라기보다는 시적 산문의 세계 혹은 수필에 더 가깝다11)

---

9) 최익현, 앞의 글, 157쪽 참조.
10) 김현, 앞의 글, 274쪽.

는 이효석의 문학세계가 실상은 얼마나 현실의 견고한 산문성에 긴박되어 있었나를 논증하고자 하며, 한편으로는 예술로의 수렴이 의미하는 바를 밝히고자 한다.

2. 처녀성 정복과 비밀의 서사

다소 장황하겠지만 『화분』의 줄거리를 정리하자면 다음과 같다. 현마는 교외에 '푸른 집'을 마련하고 妾 세란과 그녀의 동생 미란과 생활한다. 현마가 동성애적인 사랑을 느끼고 있는 단주가 '푸른 집'을 방문하면서 이들의 관계는 얽히게 된다. 단주와 미란은 서로에 대한 감정을 느껴 '푸른 집'을 탈출해 외국으로 도피하려 하지만 이를 알게 된 현마가 가로막는다. 이 둘의 관계를 정리시키고자 한 현마와 세란의 계획 하에 현마는 미란을 데리고 동경출장을 가고, 단주는 세란과 함께 '푸른 집'에 머무르게 된다. 이 때 단주는 세란의 유혹에 넘어가 성 경험을 하게 되며 그들의 불륜은 지속된다. 한편 미란은 동경의 음악회를 통해 천재적인 예술가의 삶을 동경하게 되고, 현마는 미란을 향한 욕정 때문에 부대껴하다가 한번의 키스를 대가로 미란에게 피아노를 사주게 된다. 그때 백화점에서 피아노를 두고 실강이를 벌이던 젊은 음악가 영훈은 우연치 않게 곧 미란의 과외교사가 된다. '푸른 집'에 돌아와 미란의 마음이 피아노와 영훈에게 쏠리자 단주는 질투심을 느낀다. 그러다 병상에 눕게 된 단주의 아파트를 방문한 미란은 그때의 분위기에 휩쓸려 단주에게 몸을 허락한다. 여기에 자괴감을 느낀 미란은 더욱 음악과 영훈에게 매진하고 단주에게는 냉랭해진다. 이런 가운데 영훈을 사모하던 가야는 영훈의 연구소에 머물러 있었는데, 그녀의 정혼자인 갑재가 영훈에게 일격을 가하는 사건이 벌어지고 영훈은 자취를 감춘다. 피서철이 다가오자 '푸른 집' 사람들은 주을의 노비나

---

11) 이러한 견해는 이효석 문학에 대한 논의 대부분에서 나타난다. 대표적으로는 김동리, 「散文과 反散文」, 『민성』, 1948. 8; 김윤식, 「모더니즘의 정신사적 기반-이효석의 경우」, 『문학과지성』, 1977, 겨울; 김해옥, 「이효석 소설 연구」, 연세대 박사학위논문, 1993 참조.

촌에 있는 죽석과 만태 부부의 별장으로 피서를 가게 된다. 거기서 미란은 영훈을 만나 감정의 교감을 느끼지만 어느 날 밤 현마가 겁탈하여 혼자서 도망친다. '푸른 집'에 남겨져 옥녀와 성적 유희를 즐기던 단주는 이런 사단이 난 줄도 모르고 현마와 교대해 별장으로 가지만 미란은 없고 세란의 열정에 몸을 맡기게 된다. 이때 영훈은 단주와의 싸움 속에서 '푸른 집' 남자들의 미란에 대한 음모를 알게 되지만 연구소로 돌아와 그곳에 숨어 있던 미란에 대한 사랑을 지속힌다. '푸른 집'에서 벌어지는 세란과 단주의 불륜은 여기에 질투를 느낀 옥녀의 고자질로 현마가 알게 되어 파국을 맞게 되고, 미란은 현마의 도움을 받아 영훈과 함께 예술을 위해 구라파로 떠난다.

한 연구자는 『화분』에는 동성애적 관계를 포함하여 삼각관계가 무려 여덟 개나 나타나고 있음을 보여주면서, 그 만큼 복잡한 구조 분석을 시도했다.[12] 『화분』에 나오는 현마와 단주의 동성애 관계는 잠시 제쳐두고, 남녀관계를 중심으로 생각해보자면 단주, 현마, 영훈 모두 미란을 향하고 있음은 쉽게 드러난다. 그렇다면 왜 미란인가를 물어야 할 것이다.

> 지금도 옥녀는 한가한 틈을 타서 잠간 부엌 일을 멈추고 철벅거리는 미란의 자태를 창밖에 서서 물끄러미 들여다보면서 그 고운 살결을 탐내고 있는 것이다. 보얗게 서리운 안개 속에 움직이는 처녀의 자태는 배춧단같이 멀쑥하면서도 물고기같이 퍼들퍼들하다. 봉곳한 팔이며 앵도알 같은 젖꼭지가 그래도 보기는 아까운, 뛰어들어가서 만져라도 보고 싶은 것이다. 자기가 만약 사내라면 그 휜 다리를 독수리같이 물어뜯고야 말 걸, 망간 북새들을 친 찔레나무 아래 밤이 마음있던 짐승이라면 그 고운 팔다리를 그대로 두지는 않았을 것을 생각하면서 아무리 들여다보아도 귀중한 보물같이 싫어지지 않는다.[13]

프로이트는 「성욕에 관한 세 편의 에세이」에서 "'아름답다'는 개념이 성적

---

12) 권정호, 「이효석 소설 연구—구조 분석을 중심으로」, 성균관대 박사학위논문, 1989, 141~152쪽 참조.

13) 이효석, 『화분』, 『이효석전집8』, 창미사, 1983, 77~78쪽. 앞으로 이효석 작품에 대한 인용은 『이효석전집』에 의거하며, 본문에서 전집 권수와 쪽수만 밝힌다.

흥분에 뿌리를 두고 있으며, 그 본원적인 의미가 '성적으로 자극적인'이었다는 데는 의심의 여지가 없다"14)고 쓰고 있다. 위의 인용문은 옥녀의 시선으로 훔쳐 본 미란의 목욕 장면이다. 이 장면에서 미란의 '아름다움'은 분명 성적인 차원의 그것이다. 옥녀가 '자기가 만약 사내라면' 그리고 '짐승이라면'이라는 가정법에 의해 진술하고 있듯이 같은 여자가 생각해도 미란의 몸은 남성의 성적 욕구를 자극하게 충분히 아름답고 매혹적임을 보여준다. 이 점에서 옥녀의 시선은 사실은 남성의 시선15)이라는 점은 수긍할 수 있는 견해이다. 그런데 미란의 아름다움은 이제 막 성숙한 '처녀'라는 사정에 의해 더욱 증폭된다. 목욕 장면도 그렇거니와 『화분』의 첫 부분은 미란의 '처녀성'을 드러내는 데 할애되고 있다는 데 주목할 필요가 있겠다.

여학교를 졸업하고 아이의 티를 벗어낸 동생 미란에 대한 세란의 시선과 감회를 보자면, 세란은 미란의 몸에서 그 자체로서의 성숙을 발견하기보다는, 性徵을 발견한다. 이는 "아깝다. 이 고운 몸을 날도적한테 뺏길 생각을 하면."(74)이라든가 "무르녹은 봉오리가 하룻밤 비에 활짝 피어버린다는 게 슬픈 일이란다"(74)라는 세란의 말에서도 드러나는데, 세란은 처녀의 몸에 예정된 운명에 대해서 말하고 있는 것이다. 이 밖에도 '푸른 집'의 수풀이 우거진 뜰 안에서 뱀에 물릴 뻔한 사건과 미란의 월경 혈이 욕조 안을 붉게 물들인 사건, 그리고 이 사건을 세란이 떠들어대자 집을 나간 미란과 뒤쫓아 나온 단주가 함께 본 영화가 아담과 이브의 운명을 그린 <실낙원>이라는 것 모두 『화분』의 첫 부분에 배치되어 미란의 '처녀성'과 그 운명을 중심으로 서사가 전개될 것임을 예고한다.

미란의 처녀성은 순결하기에 정복의 대상이기도 하지만 순결하기에 경외의 대상이기도 하다. 동경에서 미란과 보내는 나날들 동안 미란을 정복하고자 호시탐탐 기회를 노리지만 그럴 수 없었던 현마는 거리의 창녀와 밤을 보낸 다음날, 피아노를 사주는 대가로 미란의 입술을 완력으로 덮친다. 그런 후에 현

---

14) 프로이트, 김정일 역, 「성욕에 관한 세 편의 에세이」, 『프로이드 전집』, 열린책들, 1998, 264쪽.
15) 최익현, 앞의 글, 160쪽.

마에게 드는 감정이란, "간밤의 숨은 행동을 생각하고 더럽혀진 자기의 몸과 순결한 미란의 몸을 대조하게 될 때 누추한 자격으로 신성한 것을 겨누고 범한 듯 부끄러웠다"(138)는 식이다. 첩의 동생도 처제인지라 세란과의 관계를 생각하자면, 현마의 행동은 근친상간의 금기를 깨뜨리고자 한 것이고 죄책감을 느끼자면 응당 그에 대한 것이어야 하겠지만, 현마의 자괴감은 미란의 처녀성을 내면화한 데서 비롯된다. 미란은 정복하고 싶지만 정복하기 어려운 존재인 것이다. 이는 단주와의 관계를 통해서 그 성격이 부조되고 있는 세란과 옥녀를 미란과 비교해 보자면 미란의 '처녀성'의 정체란 무엇인지가 더욱 분명해진다.

세란은 현마와 미란이 동경에 간 사이 단주를 자신의 침실로 유인하고, 음화(淫畵)를 보여주는 등 대담한 유혹을 통해 단주를 성적 유희의 제물로 삼는 요부로 등장한다. 한편 현마와 세란, 미란 등 주인네들이 피서를 떠나 '푸른 집'을 비운 사이 단주는 옥녀를 유혹해 성 관계를 맺지만 나중에는 옥녀가 오히려 단주와의 성적 탐닉을 주도하는 변신을 보인다.

> 단주는 몸을 던지면서 말 이상의 설명을 몸으로 하는 수밖에 없었다. 옥녀를 한층 부채질해 주는 결과가 되어서 찰거머리같이 엉겨들게 될 때 단주는 자기가 시작한 그 열정의 도가니 속에서 도리어 숨이 막히고 기가 지쳐서 낙지다리같이 휘줄그레해지고는 말았다. 세란과의 때와도 흡사했다. 저편에서 걸어 오는 열정이 처음에는 단술이어서 마시기 시작한 것이 차차 진해지면서 모르는 결에 흠뻑 취해 와서 기진맥진한 끝에 혼몽상태에 이르게 되는 — 그런 녹진한 열정을 욕심스럽게 요구하는 점에서 옥녀는 세란과 흡사했다. 조그만 몸속 어느 구석에 그런 무진장의 열정이 숨어 있나를 의심하면서 단주는 까빡 취해버리고야 말았다. 탁하고 혼몽한 속에서는 한 모금의 찬물을 원하게 되듯 단주에게는 으레히 한 줄기의 깨끗하고 맑은 것 — 미란을 생각하게 되는 것이 버릇이었다. 세란과의 때에도 번번이 미란의 자태가 날카롭게 솟던 것이 옥녀와의 불더미 속에서도 역시 미란의 초초한 환영이 — 그만이 세상에서 귀하고 신성한 것인 듯 눈부시게 떠오르는 것이다. (230)

즉, 단주에게 이 두 명의 여인은 결국 멈출 수 없는 성적 욕망에 달뜬 화신이자, 그 정염 속에 휩싸이다 보면 '문득 독약냄새를 맡은 착각'(242)이 들 정도로 자신을 파멸의 구렁텅이에 빠뜨리는 요부 (femme fatale)일 뿐이다. 이들 요부들과 비교할 때 강조된 부분에서 보듯이 미란은 순결한 처녀지로 표상된다. 특히 이미 단주가 단주의 아파트로 미란이 문병을 온 날 미란의 처녀성을 정복했음에도 불구하고 미란은 여전히 '깨끗하고 맑은' 표상으로 지속된다는 점을 염두에 두어야 한다. 말하자면 미란의 처녀성이란 육체의 것이면서도 육체 이상의 것임을 의미한다. 우선, 세 여성 중 오직 미란만이 '자의식'을 가진 존재로 부각되고 있다는 점은 그래서 중요하다.

(ㄱ) 땀은 어둠 속에 솟아 있는 단주의 자태를 미란은 오늘 그 어느 때보다도 아름다운 것으로 보았다. 어둠 속에 솟아 있는 하아얀 초상 — 고전의 명화 속에 그런 그림이 있었던 듯이, 있을 듯이 짐작된다. 얼굴의 잔 선들은 말살해버리고 윤곽만을 드러내고 그 윤곽 속에 이목구비를 짐작케 하는 어둠의 수법이 놀라운 것이었다. 약한 것이 약하므로 말미암아 아름답게 보이는 때가 있다. 강한 것이 아니고 영웅이 아니고 천재가 아니고 약하고 병들어 있는 까닭에 아름다운 것 — 그날의 단주의 자태는 그런 것이었다. 아름다운 것에 대해서 사람은 이치도 연유도 없이 무턱대고 머리를 숙이고 항복해야 한다. 아름다운 것의 절대적인 특권인 것이다. 미란은 그날 저녁 오래간만에 단주의 모양에 정신을 뽑히웠다. 반성을 허락하지 않는 순간의 감정인지 모르나 그 순간의 감정이 절대적인 것이었다. (170)

(ㄴ) 그 죄에는 벌이 있을 듯 — 자연의 계시를 기다리지 않고 마음대로 임의의 시간에 계율을 어긴 데 대해서 천벌이 있을 듯도 한 생각이 났다. 이런 복잡한 뉘우침과 반성은 곧 단주에게 대한 염증으로 변했다. [……] 그 결과는 미란을 몰아다가 한갖 예술의 길로 향하게 했다. 정진에 대한 자각이 굳어지고 영훈에게 대한 존경이 극진해 갔다. (173~174)

인용문 (ㄱ)에 보듯이 단주와의 육체적 교섭을 맺게 된 미란의 내적 동기는 성적 욕망 자체로만 해석할 수 없는 성질의 것이다. 미란에게 아파 누워 있는 단주가 아파트 내부의 빛과 어둠의 연출 속에서 '고전의 명화'처럼 병적 아름다움을 지닌 예술작품으로 표상한다. 그러하기에 단주와의 육체적 교섭은 '아름다운 것'에 대한 항복이지, 성적 욕망에의 굴복이 아니다. 물론 그로 인한 쾌락이란 인공물인 예술작품이 주는 쾌락과는 다른 육체의 쾌락이지만, (ㄴ)에서 보듯이 미란은 여기에 대해 후회를 한다. '한꺼번에 세상을 알아버리고 복잡한 우주의 신비를 잡아버리고 아까까지의 세상을 하직하고 새로운 세상에 들어선 듯―복잡한 감동'(173)을 느꼈음에도 불구하고, 미란의 전도는 성적 탐닉이 아니라 '예술'과 예술가 영훈에 대한 존경이다.

처녀가 아니라 처녀성은 그것이 개인에게 있어 공존하는 중요한 것이 될 때부터 남성에게서 분리된 자격으로서, 즉 남성과의 접촉에 굴복하지 않는 존재로서의 여성성을 구축하는 것이다.[16] 예술과 영훈에 대한 정신적 사랑이 단주와의 성교로 더럽혀진 육체의 처녀성을 갱생시키는 매개가 되고 있다는 것, 그리고 영훈에게 헌신적인 사랑을 보냈던 순결한 처녀 가야의 죽음이라는 희생을 통해 최종의 정화의식을 치룬다는 것은 이 글의 마지막 절에서 별도로 다루겠지만, 미란의 이 같은 '처녀성'은 단주에게는 결국 '마음의 굴복'(244)이라는 과제로 제시된다는 사실은 처녀성이 놓인 좌표가 무엇인지를 보여준다.

한편 미란의 처녀성이라는 상태는 '비밀'에 부쳐지고 있기 때문에 지속되는 상태이다. 단주와 미란의 관계, 현마와 미란의 관계는 그 전모는 각각의 두 사람들만 알고 있는 비밀의 서사로 남게 된다. 즉 단주는 현마와 미란의 관계를 모르고 있으며, 현마는 단주와 미란의 관계를 모른다. 영훈 또한 단주를 통해 '푸른집' 남자들과 미란과의 비밀을 눈치채지만, 미란을 통해 사실을 확인하지는 않는다. 우선 『화분』의 서사는 이 비밀유지에 의해 전개되고 있다고 해도 과언이 아니다. 단주와 미란의 관계가 애초에 공공연하게 발설되었다면, 현마가 지속적으로 미란을 정복의 대상으로 삼지도 않았을 것이기 때문이다. 이렇게 서로가 서로의 관계를 모르고, 비밀을 지키는 상황 속에서 미란은 '처녀'로 남게 된다. 미란 자신이 그 사실을 결코 발설하지 않는다는 것 또한 중요하다. 예컨대 그 이유는 자신이 처녀가 아니라는 사실을 신혼 첫날밤 신랑에게 고백

---

16) 나탈리 에니크, 서민원 역, 『여성의 상태』, 동문선, 1999, 31쪽.

하여 비극의 운명을 맞는 토마스 하디의『테스』의 테스만 참조해도 충분하다.
『화분』의 대단원이 합법적인 부부인 죽석 부부의 행복론과 구라파로 떠나는
미란과 영훈에 대한 축복으로 짜여져 있다는 사실은 이와 무관하지 않다. 즉
미란의 처녀성의 파란만장한 항해가 닻을 내리는 지점은 바로 합법적인 결혼,
다른 말로 성에 대한 배타적 독점계약이며, 이를 가능하게 하는 전제야말로
'처녀성'이기 때문이다.

3. 성의 사회적 위계질서

앞에서 살펴보았듯이,『화분』의 서사가 처녀성의 정복과 처녀성의 지속을
온존시키는 비밀의 서사인 점을 인식한다면 '애욕의 만화경'을 펼쳐보인『화
분』이 결국에는 만태와 죽석 부부의 평범한 행복론으로 끝난다는 사실에 석연
해 할 필요는 없다. 만태와 죽석 부부의 평범한 행복에 대한 자각, 영훈과 미란
의 구라파 행은 그보다 앞서 일어난 사건인 세란과 단주의 간통장면이 현마에
게 발각된 사건으로 인해 세란과 단주는 쫓겨나는 신세가 된 사건과 극명하게
대비를 이루면서 허락되고 보호받아야 할 성은 합법적 부부의 성이라는 모럴
을 웅변한다. 여기서는 그 모럴을 선명히 부각시킨 세란과 단주의 파멸은 단지
성적 탐닉의 결과만이 아니라 그것이 주인의 은혜를 배반한 결과라는 데 주목
하고자 한다. 이는 누구보다 죽석의 남편인 만태의 시선이 잘 보여준다.

> 요란한 소리에 만태들은 방문을 비끔히 열고 세란들의 방쪽을 건너다보
> 면서 눈살을 찌푸리고, 일은 났어 집에다 공연한 족제비들을 기르다 현마
> 망신할 날두 멀지 않았지, 쓸데없이 첩은 왜 두구 미소년은 왜 사랑하는 거
> 야, 아무리 지각 없는 것들이기루 환장을 한 셈이지, 자기들을 길러 주는
> 주인의 눈을 속여 그래 저렇게까지 농탕을 칠 법이 있다는 말인가 하면서
> 아내 죽석에게 몸 서리를 쳐보았다. (242)

현마가 떠나고 없는 피서지 별장에서 벌이는 세란과 단주의 음탕한 작태를

보는 만태의 시선은 현마가 첩을 두고, 미소년을 사랑하는 등 합법적 제도와 규범으로부터 벗어난 것에 대한 비난에 쏠린 듯하지만, 정작 세란과 단주에게 비난의 화살을 돌리고 있다. 이유는 '자기들을 길러 주는 주인의 눈'을 속였다는 데 있다. 여기에서 주인이란 당연히 현마이고, 현마의 주인됨은 '푸른 집'의 세란과 미란, 그리고 단주에게 살아갈 수 있는 경제적 기반을 전적으로 제공하고 있다는 사실에 기초한다. 따라서 세란과 단주의 행위는 불륜이라는 치정의 범주에 속하는 게 아니라 '배은망덕'(265)에 속하는 것이다. 정사현장이 발각된 대가로 세란은 눈알이 깨지고, 단주는 팔이 부러졌지만, 만태는 흡족한 벌이 못된다고 하면서 "현마 편으로 본다면 아직두 천벌이 부족한 듯해. 그것쯤으론 맘이 시원하지 못할걸"(282)이라고 불평한다. 만태가 현마를 피해자로 여기며 관대한 아량으로 두둔하는 근거는 현마의 사회경제적 기반이다.

『화분』의 대단원에서 현마가 자신이 강간한 미란에게서 용서를 받을 수 있었던 것 또한 그의 경제력 때문이다. 현마는 영훈과의 구라파 여행 경비를 부탁한 미란에게 죄에 대한 대가이자 미란과 영훈에 대한 축복인 것처럼 스스럼없이 돈을 내어준다. 이러한 자발적인 호의에 "친친 감은 현마의 붕대가 돌부처의 새하얀 귀고리같이 가슴 속에 배어오면서 미란은 더 뒤를 돌아볼 용기조차 없었다."(278) 미소년을 탐했던 호색한이자 미란을 범한 강간범인 현마는 피해자에 대한 경제적 시혜를 통해 마치 순결한 딸의 결혼을 위해 지참금을 내놓는 아버지가 됨으로써, 도덕적 신뢰까지 회복하게 된 것이다.

사회경제기반에 의한 종속적 위계질서는 현마-세란, 현마-단주만이 아니라, 세란과 단주의 관계에게서도 그대로 적용된다. 현마가 단주를 성적 탐닉의 대상으로 삼거나, 세란이 단주를 지속적으로 성적 탐닉의 대상으로 삼을 수 있었던 데에는 단주에게는 사회경제적 기반이 부재했기 때문이다. 세란은 때때로 자신에게 고분고분하게 굴지 않는 단주에게 "누가 그 눈치 모를까봐. 사람이 앞이 닦여지면 욕심이 나는 법이라구. 룸펜노릇 하면서 찻집에서 뒹굴던 올챙이적 생각을 좀 해보지. 이래 저래 처지가 흡족해지니까 눈앞을 깔보구 아닌 욕심만 내면서……"(166)라며 힐난한다. 단주는 룸펜의 처지에서 자신을 구해준 현마에게 굴종해 왔지만, 그의 첩인 세란에게서도 마찬가지의 지위를 강요받았던 것이다. 세란과의 관계를 청산하고 싶어도 뜻대로 할 수 없는 상황, 이는 경제적 굴종의 상태는 성적인 굴종의 조건임을 말해준다. 한 걸음 나아가 단주가 이러한 처지를 십분 이용하여 미란을 유혹하기 위해 자기연출을 감행한다.

> 어쩌다가 미란이 혼자서 찾아와 주는 때면 방안은 고요하고 침대에 누운 단주의 모양은 한껏 슬프게 보여서 단주가 생각하는 효과가 제물에 충분히 발휘되었다. 의지가지 없는 외로운 사람이 여기에 병들어 누웠도다 — 그런 인상을 주기에 성공하였던 것이다.
> 미란이 단독 두 번째 찾아오던 날 저녁, 그런 효과는 예측 이상으로 발휘되었던 것을 단주는 안다. 자신 그런 효과를 꾸며 놓고는 동시에 다른 편에서서 그것을 계산하고 측량하는 국외자 — 말하자면 자기도 모르는 동안에 한 사람의 배우노릇을 하는 셈이었다.(167)

스스로를 연출된 존재로 드러낸다는 것, 즉 타인의 시선에 지배받는 존재가 된다는 것은 신을 대상화한다는 것을 의미한다. 단주는 실체가 아닌 연출된 이미지로 보이기를 원한다. 하지만 그 연출된 이미지의 현실적인 재료가 다름 아니라 단주의 사회경제적 지위라는 것은 단주가 조장하고자 한 분위기가 푸른 빛이 상징하는 비극적 정서이며, 미란에게서 얻어내려는 감정이 동정 내지 연민이라는 데서 드러난다. 현실이라는 이성의 질서를 감성의 질서로 역전시키고자 하지만, 감성의 질서는 결코 이성적 질서를 역전시키지 못한다. "신비와 공상은 날아가고 어둡고 침침한 방안의 환멸의 굴속으로 변하고 감상을 위조하고 도롱룡의 안개를 뿜고 있는 비극 배우 단주는 평범하고 산문적인 한 마리의 나귀로 되돌아가고 말았다." (174) 즉, 온전한 남성적 질서의 확립은 결코 여성을 성적으로 굴복시키는 것만으로 완성되지 않는다.

한편 세란, 미란과의 관계와 옥녀를 비교할 때, 단주와 성 관계를 맺은 여성들의 성적 위계질서는 그 전모를 드러낸다. 주인의 첩인 세란과의 관계에서는 현마에 대한 죄책감에 시달리고, 미란을 성적으로 굴복시키기 위해서는 비극 배우처럼 자기연출을 해야 했던 단주에게 '옥녀와의 경우가 가장 헐하고 수월

했던'(225) 이유는 자명하다. 옥녀는 하녀였던 것이다. 이러한 성적 위계질서가 그녀들의 사회경제적 위계질서와 무관하지 않다는 것은 『화분』에서도 충분히 드러나지만, 이효석의 다른 작품들도 시사하고 있는 바이다. 이효석의 「들」 (『신동아』, 1936. 2)의 옥분과 「분녀」(『중앙』, 1936. 1~2)의 분녀는 사회적으로 하층민이다. 그리고 쉽게 남성에게 성적 굴복을 하고 마는 여성들로 그려지고 있다. 심지어는 그녀들의 가치관 자체가 성적 무규범 상태를 낳았다는 가정 하에 설명된다. 예컨대 분녀를 보자면, "어차피 기구하게 시작된 팔자였다. 명준이 때나 천수 때나 누구인지 모르고 강박으로 몸을 맡겼다. 당초에 몸을 뜯고 울고 하였으나 지금 와 보면 명준이나 천수나 만갑이까지도 ─ 다 같다. 기운도 욕심도 감동도 사내란 사내는 다 일반이다. 마치 코가 하나요 팔이 둘인 것 같이 뛰어나지 못한 사내도 나은 사내도 없고 몸을 가지고만 아는 한정에서는 그 누군가 굳이 싫은 것도 무서운 것도 없다. 명준에게 준 몸을 만갑에게 못줄 것도 없고 만갑에게 허락한 것을 천수에게 거절할 것이 없다."(『이효석전집1』, 368)고 생각하는 것이다. 말하자면 하층민 여성은 사회적으로나 성적으로, 나아가 도덕적 위계질서에서도 최하위에 놓여 있는 형편이다.[17] 현마가 『화분』에서 도덕적 신뢰까지 회복한 반면, 옥녀는 그저 쫓겨나는 신세가 되고 말았다는 사실은 사회적 위계질서가 성적 위계질서와 짝을 이루고 있음을 말한다.

4. 예술에 의한 현실 봉인의 의미

『화분』이 종국적으로 지향하는 규범과 질서가 현실의 그것과 다르지 않음은 앞에서 논증한 바이다. 그렇다면, 미란과 영훈의 구라파 행, 즉 예술에의 지향은 무엇을 의미하는가를 물어야 할 순서이다. 더욱 정직하게 묻자면, 이런 물음이 가능하다. 예술에의 지향이 이러한 규범과 질서를 벗어나는 것인가.

─────────────

17) 이는 문학사적인 계보를 이루고 있다는 점에서 별도의 고찰이 필요하다. 나도향의 「뽕」, 김동인의 「감자」, 김유정의 「산골 나그네」 등에 등장하는 여주인공들은 모두 하층민에다 성적 무규범을 보인다.

『화분』의 예술지상주의자이자 구라파주의자 영훈의 언설은 이효석 문학의 심미주의와 엑조티시즘을 확증하는 데 더할 나위 없이 좋은 참조가 되어 왔다. 그러나 『화분』의 서사와 결부시켜 이 물음에 답하자면, 영훈의 언설만을 따로 떼어놓고 논하는 것은 부적절하다. 오히려 음악가 영훈에 대한 흠모를 포함하여 예술에 대한 지향이 단주와의 성교로 더럽혀진 미란의 처녀성을 갱생시키는 매개가 되고 있다는 데 주의를 돌릴 필요가 있다. 왜냐하면 미란의 예술에 대한 지향은 일종의 승화(昇華, sublimation)로 볼 수 있기 때문이다.

프로이트에 따르면, 승화란 유아기에 성적(性的) 사상(事象)으로 향하고 있던 리비도(libido)가 7∼8세가 되어 성적 잠복기로 들어섬과 동시에 사회화되어 유희·운동·학습 등 사회생활에 필요한 행동으로 전향되는 것을 말한다. 즉 성욕적인 혹은 사회적으로 저급한 대상을 향해 있던 에너지가 사회적으로 높은 발달단계에 있는 행동으로 전용되는 것을 의미한다. 예술은 특히 승화에 의한 성취 목록 중 상위를 차지한다.[18] 유아기 성욕에 관한 프로이트의 이론에 전적으로 의지하는 것은 무리이지만, 예술이 미란이 다시 여성으로서의 합법적 상태인 처녀성을 회복하는 계기가 된다는 것은 예술이 성적 욕망의 계기를 차단하고, 더 높은 자신에게로의 발전, 즉 사회화를 위한 유용한 매개가 되고 있다는 것만은 분명하다. 처녀성이 단지 육체의 자연적 상태 자체가 아니라 사회적 규범과 도덕적 가치의 좌표에 위치한다는 것은 이미 살펴본 바이다. 처녀성은 육체 그 자체와 다르게 문명화된 상태인 것이다.

단주와 세란, 단주와 옥녀의 성적 탐닉의 행위가 '원시인의 자웅'(228)의 짓이자 그러하기에 '선악을 가릴 수도 없고 흑백을 고를 수도 없는 불결한 정경'(267)인 것이다. 이들의 성적 탐닉은 사회화될 수 없고, 문명화의 통로가 막힌 야만의 상태인 것이다. 미란이 가야의 정혼자인 갑재가 체육가라는 사실에 "육체의 힘을 재주 삼는다는 것이 인간의 재주로서는 가장 하질인 것이어서 체육 편중의 현대주의라는 것이 원시로 돌아가라는 고함 소리같이 속되게 들리는 것이었다. 육체라는 것은 인간의 원시적 전제인 것이요 체육을 힘쓰지

---

18) 프로이트가 승화라는 용어를 출판물에 처음 쓴 것은 「성욕에 관한 세 편의 에세이」 (1905)에서이다.

않는다고 문화를 감당해 나가지 못하리만큼 체력이 퇴화되고 인류가 멸망할 법은 없는 것이다. 육체는 동물의 자랑거리일는지는 몰라도 인간의 자랑거리는 못된다"(176)고 하는 것이나 더욱이 육체의 완력으로 공격을 감행하는 갑재와 얻어맞는 영훈을 '야만과 문명의 대립'(197)으로 보는 시각은 예술의 위치가 어디에 놓여 있는지를 암시한다. 즉 예술이란 자연/문명 내지 원시/문화의 위계적 대립 속에 구현된 가치이다. 가야의 존재는 여기서 빛을 발한다.

애초에 미란은 영훈을 사모하는 가야가 사시라는 육체적 결함을 갖고 있으며 거기에 비할 때 자신의 미모가 월등하다는 것을 근거로 연적인 가야와의 경쟁에 이긴 듯한 우월감을 느낀다. 그러나 현마에게 강간을 당한 후 영훈의 연구소 방 속에 몸을 숨겨 '수녀가 수도원에서 기도생활 하는 것 같이'(241) 지내는 미란의 참회 과정에 동반한 것은 다름 아니라 가야의 시(詩), 즉 예술이었던 것이다. 가야의 시는 미란에게 있어서 영훈에 대한 가야의 사랑은 물론 가야의 인격 자체를 재평가하게 하게끔 만든다. 이러한 깨달음은 많은 수난을 겪은 후이지만 미란이 현마와의 동경행에서 천재 피아니스트 소녀의 독주회를 보고 난 미란의 감회와 먼 거리에 있는 것은 아니다.

(ㄱ) 사람의 숲을 뚫고 차는 거만하게 움직이기 시작했다. 수많은 어리석은 나귀들은 한 필의 준마를 보내면서 천치 같은 얼굴들을 지니고 줄레줄레 움직였다. 자기도 필연코 그중의 한 사람일 것이기는 하나 미란은 그 천치 같은 얼굴들에 구역이 나고 염증이 나며 군중의 낯짝 하나하나에다가 침을 뱉고 발로 밟아서 까뭉기고 싶은 충동이 솟았다. 어리석고 둔하고 추접스러운 군중의 꼴이 금시 견딜 수 없이 싫어지고 그 감정은 곧 자기 경멸로도 변하면서 범상한 모습 속에 차게 빛나는 눈망울을 감춘 소녀의 자태가 역시 으뜸가는 것으로 여겨졌다.(129)

(ㄴ) 「왜 이 고장에는 아름다운 것이 없나요?」
가야의 대꾸였다.
「버려 둔 정원이나 빈민굴 같은 속에 아름다운 것이 있으면 얼마나 있겠습니까? 고려나 신라 때에 얼마나 아름다운 것이 있었던지는 모르나 오늘 어느 구석에 아름다운 것이 있습니까? 흰옷을 입기 시작한 때부터 빛

깔을 잊었고 아악과 함께 음악이 끊어졌고 — 천여 년 동안 흙벽 속에
갇혀 있느라구 아름다운 것을 생각할 여지가 있었습니까? 제 고장을 나
무래기야 야박스러우니까 허세들을 부려보는 것이지요」 (179)

인용문 (ㄱ)에서 수많은 어리석은 나귀들/한 필의 준마는 군중/천재를 빗댄 것
인데, 여기에서 천재란 천재 소녀 피아니스트에서 일반화된 예술가를 말한다.
이러할 때 예술은 일상다반사의 범속과 비참의 처지를 초월하기 위한 기제인
것이다. 인용문 (ㄴ)에 나오는 영훈의 아름다움에 대한 견해 또한 같은 맥락에서
볼 수 있을 것이다. '버려 둔 정원이나 빈민굴 같은 속' — 이는 구라파의 문명
과 문화에 비교하여 보았을 때의 조선 현실을 가리킨다. '버려 둔 정원'이나
'빈민굴 같은 속'이나 모두 문화와 문명의 빛이 드리우지 않은, 즉 인간적이지
않은 자연 상태의 무질서와 비참함을 말하는 것은 매일반이다. 그 속에 담긴
경멸의 어조는 (ㄱ)의 "미란은 그 천치 같은 얼굴들에 구역이 나고 염증이 나며
군중의 낯짝 하나하나에다가 침을 뱉고 발로 밟아서 까뭉기고 싶은 충동이 솟
았다"라는 언술과 겹쳐 읽는다면, 경멸의 수사 이면의 의도는 '정복'이라고 해
도 과언이 아니다. 말하자면, 예술은 권력화된 주체의 개념과 떼어낼 수 없는
지위를 확보한다.

사회성과 주체성은 무질서하고, 불결하고, 부적절한 것을 배제한다.[19] 이러
할 때, 『화분』의 서사에서 천재=예술가의 지위에 선다는 것은 무질서와 비참
함에서 벗어나는 것이며, 모든 위계질서의 상층의 일원이 된다는 것을 의미한
다. 후차는 부연할 필요가 있겠는데, 예술에 대한 지향이 예술만을 절대적 가
치로 인정한다거나, 그 때문에 현실 도피의 결과를 낳는다는 것을 뜻하지는
않는다. 왜냐하면, 『화분』에서 예술로의 수렴 과정은 배제해야 할 세계와 그렇
지 않은 세계를 분별하고 질서화하는 과정이기 때문이다. 이미 살펴보았듯이,
처녀성을 전제로 한 합법적 결혼만을 허락하며, 사회경제적 지위가 성적 위계
질서, 나아가 도덕적 위계질서까지 규정하는 세계가 『화분』이 용인하는 세계
이다. 『화분』에서의 예술이란 이러한 세계의 안자락에서 보호되고 장려되는

---

19) 프란세스 팍토, 이민아 역, 『미인』, 까치, 2000, 156쪽.

것이지, 다른 것이 아니다.

　지금까지 논의한 바에 따르면, 『화분』의 세계에서 제국주의 침략 전쟁이 격화되고 있던 당대의 정신사를 읽어낼 수 있는 시선 하나를 발견하게 된다. 오리엔탈리즘 또는 식민주의이다. 『화분』의 서사는 자연과 문화, 원시인과 문명인, 타락과 순결의 대립적 위계질서를 빈틈없이 주조하고 있다. 이들 이분법 자체가 서구 문화에 뿌리깊은 사고 방식이며, 서구는 식민지 침략과 경영 과정에서 동양이라는 타자의 발견과 함께 각각의 대립항의 전자의 실체를 확보해 나갔음은 주지의 사실이다. 이러한 문법을 『화분』은 그대로 구현하고 있는 것이다. 더욱이 복잡하고 심각한 것은 『화분』의 서사의 주요한 축을 이루는 젠더(gender)와 계급의 질서는 식민지와 피식민지는 물론 식민지 내부의 여성과 남성, 하층민과 기득권층의 불균등한 권력관계에 대한 무반성적인 반영에 있다. 이러할 때, 일제 말기 한국문학에 나타난 식민지 체제의 내면화 문제에 대한 논의는 저항이냐 순응이냐는 민족주의를 심급으로 삼는 손쉬운 가치 판단 이전으로 돌아가야 한다.[20] 하나의 예에 불과하겠지만, 식민지 조선의 문학인 『화분』에서 식민지와 피식민지 안팎을 구분할 수 없으며, 누구를 가리켜 억압받는 식민지 민족이라 해야 할지 분간하기 어려운 상황에 직면하고 있기 때문이다. 이효석의 『화분』은 먼저 헤아려야 할 식민지의 사상(事狀)과 그 사상(事狀)의 구조가 있음을 증언한다.

---

20) 최익현은 앞의 논문에서 식민지 체제에서의 글쓰가 차제가 체제의 영속성을 전제하는 작업이라는 전제 하에 이효석의 문학세계에 나타나는 서구적 의미의 문화, 예술과 다른 자연은 그 자체가 현실에 대한 비순응적 태도였지만, 자족적인 세계에 머물렀다는 평가를 내렸다. 식민지 체제에서 문학을 한다는 것은 무엇을 의미하는가라는 발본적인 문제제기에서 시작한 최익현의 논문은 결국 애초의 동기와 결과의 차이를 타협적으로 화해시키는 방식으로밖에 결론을 내리지 못했다.

〈童骸〉에 나타난 죽음의 아날로지

김동욱[*]

1. 머리글

이상(李箱)이 지은 소설의 대체적인 경향은 사건의 단선적인 흐름만으로 짜여져 있지 않고, 사건에 의하여 촉발되는 내면세계의 흐름이 복합적으로 얽혀 있다는 것이다. 그런 까닭으로 이상의 소설을 읽을 때 사건의 연속만으로 작품이 이루어져 있을 것이라는 선입견적 기대는 그 작품세계의 이해에 막대한 장애를 주게 된다.

이상의 소설을 올바로 읽기 위해서는 '사건의 전개'와 '내적 독백 [interior monologue] 의 전개'에 주목하면서 사건의 흐름 가운데 내적 독백이 촉발되는 계기가 어떤 것인가를 잘 따져야 할 것이다. 이상의 이러한 특색이 가장 두드러지게 나타나는 작품이 <동해>[1]로 생각된다.

이 작품은 <동해>라는 표제 아래 「촉각(觸角)」·「패배시작(敗北始作)」·「걸인반대(乞人反對)」·「주마가편(走馬加鞭)」·「명시(明示)」·「텍스트(TEXT)」·「전질(顚跌)」 등 7개의 작은 제목이 붙어 있다. 그러면서도 일관된 사건이 시종 지속됨을 볼 수 있다. 이제 '사건의 전개'와 긴밀히 맺어져 있는 '내적 독백의 전개'를 통틀어 '이야기의 전개'라 하고, <동해>의 이야기 전개에 나타나 있는 '죽음의 아날로지'를 추적하여 보기로 하자.

---

* 상명대 교수.
1) <동해>는 1937년 2월호『조광(朝光)』제3권 제2호(통권 16호)에 발표되었다.

2. '이야기의 전개'에 나타난 죽음의 아날로지

1) 나쓰미깡 깎기

悠久한 歲月에서 눈뜨니 보자, 나는 郊外 淨乾한 한 방에 누워 自給自足하고 있다. 눈을 둘러 방을 살피면 방은 追憶처럼 着席한다. 또 창이 어둑어둑하다.
— 여인은 — 슈-트 케-스를 열고 그 속에서 서슬이 퍼런 칼을 한 자루만 끄낸다.
이런 경우에 내가 놀래는 빛을 보이거나 했다가는 뒷갈망하기가 좀 어렵다. 反射的으로 그냥 손이 목을 눌렀다 놓았다 하면서 제법 천연스럽게
"님재는 刺客임늬까요?"
서툴른 西道 사투리다.
— 그것은 또 언제 갔다 놓았든 것인지 내 머리맡에서 나쓰미깡을 집어다가 그 칼로 싸각싸각 깎는다.
"요곳 봐라!"
내 입 안으로 침이 좌르르 돌드니 불연 듯이 弄談이 하고싶어 죽겠다.[2]

인용문을 통하여 볼 때 타인과의 관계를 끊고 자급자족하는 상태에서 창이 어둑어둑한데 추억처럼 착석하는 방 안에 누워 있는 '나'에게서 삶의 생동함을 읽어내기는 어렵다. 그래서 '나'는 여인이 꺼내든 칼을 보고 '죽음'을 생각한다. 여인을 자객으로 생각한 데에서 그러한 짐작이 가능하다. 그러나 그 칼은 나쓰미깡을 깎기 위하여 꺼낸 것이었다.

칼을 보고 죽음을 생각하였던 '나'는 이번에는 싸각싸각 깎여 나가는 나쓰미깡을 보면서 또다시 죽음을 유추하여 낸다. 나쓰미깡의 용도가 식용일 때 그것은 필경 깎여져야만 하는 것이면서 또한 그것은 메마른 '나'의 입 속에 침이 좌르르 돌게 만드는 것이기도 하다.

---

2) 『조광』16, 조선일보사, 1937. 2., 222~223쪽. 철자법은 이 자료의 것을 그대로 표기하였으나, 띄어쓰기는 현행 맞춤법에 따랐다. 이하 인용문이 모두 같다.

마른 입 속에 좌르르 도는 침은 바짝 타 들어가는 입 속에 대비할 때 죽음 속에서 소생하는 모습을 연상시켜 준다. 결국 '나'는 나쓰미깡을 통하여 '죽음'을 보면서 동시에 '삶'에 대한 본능적 충동을 함께 느끼고 있음을 본다.

2) 수염 깎기

> 이런 情景은 어떨까? 내가 理髮所에서 理髮을 하는 중에…… 理髮師는 낯익은 칼을 들고 내 수염 많이 난 턱을 치켜든다.
> "님재는 刺客임늬까"
> 하고 싶지만 이런 소리를 여기 리발사를 보고도 막 한다는 것은 어쩐지 안 해라는 존재를 是認하기 시작한 나로서 좀 良心에 안된 일이 아닐까 한다.
> 싹뚝, 싹뚝, 싹뚝, 싹뚝, 나쓰미깡 두 개 外에는 또 무엇이 채용이 되었든가 암만해도 생각이 나지 않는다. 무엇일까.
> 그러다가 悠久한 歲月에서 쪼껴나듯이 눈을 뜨면, 거기에는 理髮所도 아모 데도 아니고 新房이다. 나는 엊저녁에 결혼했단다.
> 창으로 기웃거리면서 참새가 그렇게 으젓스럽게 싹뚝거리는 것이다. 내 수염은 조금도 없어지진 않았고.[3]

인용문에서 일어난 사건은, '임(姙)'이라는 여인과 교외의 어느 방에서 하루를 지낸 다음날 아침 '나'가 잠에서 깨었을 때 창 밖에서 참새가 지저귀고 있었다는 것이 전부다. 참새의 지저귐에서 '나'는 이발사가 수염 깎는 장면을 연상하였고, 또다시 칼을 들고 있는 이발사에게서 죽음을 생각해 냈다. '임자는 자객입니까' 라는 말을 하고 싶었다는 '나'의 진술이 그것을 말해준다.

그런데 수염을 깎는 행위는 자라난 수염을 죽이는 행위이면서 동시에 새로이 자라날 수염을 예비하는 행위이기도 하다. 이 점에서 '수염 깎기'에서의 죽음에 대한 유추는 '나쓰미깡 깎기'에서의 죽음에 대한 유추의 변주임을 알 수 있다.

---

3) 같은 책, 225쪽.

3) 손톱 깎기

發音 안 되는 글자처럼 생동생동한 姙이는 내 손톱을 열심으로 깎아주고 있다.
"猛獸가 家畜이 되려면 이 凶惡한 毒牙를 剪斷해 버려야 한다."는 美術的인 勸誘임에 틀림없다.[4]

'임'이 '나'의 손톱을 깎아주는 행위를 '나'는 맹수가 가축으로 길들여지는 행위로 이해하고 있음을 알 수 있다. 가축으로 길들여진다는 것은 마치 무한한 벌판을 마음껏 날던 야생조가 조롱 속에 갇힌 것처럼 날개를 잃어 가는 상태라고 할 수 있다. 그것은 다시 한번 날아보고 싶은 '나'[5]에게 있어서 서서히 죽음의 그림자가 다가오는 것과 흡사한 것이다. '나'는 잘려 나가는 손톱을 보며 또다시 죽음을 읽고 있는 셈이다.

그러나 죽음의 유추로서의 손톱은 수염과 같은 속성의 것임을 지나쳐보지 말아야 할 것이다. 잘라낸 손톱은 새로이 자라날 손톱을 예비하는 것이기 때문이다. 이 점에서 '손톱 깎기'에서의 죽음에 대한 유추도 역시 '나쓰미깡 깎기'나 '수염 깎기'에서의 죽음에 대한 유추의 변주임을 알 수 있다.

4) 단발(斷髮) · 양장(洋裝)

신부가 忽然히 나타난다. 五月 철로 치면 좀 더웁지나 않을까 싶은 洋裝으로 차렸다. 이런 姙이와는 나는 面識이 없는 것이다. 그나 그뿐인가 斷髮이다. 或 이이는 딴 안악네가 아닌지 모르겠다. 斷髮 洋裝의 姙이란 내 親近에는 없는데, 그럼 이렇게 서슴ㅎ지 않고 내 房으로 드러올 줄 아는 남이란 나와 어떤 惡緣일까?
가시내는 손을 툭툭 털드니

---

4) 같은 책, 227쪽.
5) <날개>의 다음과 같은 마지막 장면을 되새겨 보자.
 "날개야 다시 돋아라. 날자. 날자. 날자. 한번만 더 날자꾸나. 한번만 더 날아 보자꾸나."
 오규원 편, 『거기서 나는 죽어도 좋았다』, 문장사, 1982., 85쪽.

　　"갖다 버렸지."
　　이렇다면 姙이에는 틀림없나 보니 安心하기로 하고
　　"뭘?"
　　"입구 옹 거."
　　"입구 옹 거?"
　　"입구 옹 게 치마조고리지 뭐예요?"
　　"건 어째 내다 버렸다능 거야?"
　　"ㄱ게 바루 그거예요."
　　"그게 그거라니?"
　　"어이 참, 아, 그게 바로 그거라니까 그래."6)

　'단발'이나 '양장' 역시 죽음의 유추로 쓰였는지 이 작품만으로는 근거가 미약하다. <단발>이라는 작품에 있는 다음의 인용문은 이에 방증이 된다.

　　　단발? 그는 또 한번 가슴이 뜨끔했다. 이 편지는 필시 소녀의 패배를 의
　　미하는 것인데 그에게 의논 없이 소녀는 머리를 짤랐으니 이것은 새로워진
　　소녀의 새로운 힘을 상징하는 것일 것이라고 간파하였다.7)

　<동해>와 <단발>의 인용문을 통하여 '단발'은 변신 또는 변용의 의미를 갖는다는 사실을 알 수 있다. 이때, 변신 또는 변용이란 먼저 있던 것이 죽고, 새로이 태어남을 의미할 것이다. 따라서 '수염'과 '손톱'의 경우에서처럼 '단발'에서도 '나'가 죽음을 유추하였다고 한다면, <동해>의 임(姙)이나 <단발>의 선(仙)이라는 소녀가 머리칼을 자름으로써 새로운 애인을 향하여 갈 수 있듯이, '나'가 생각하는 죽음 역시 머리칼을 자르고 새 애인을 찾아가는 것처럼 손쉬운 것임을 알 수 있다. 이것은 죽음 자체가 손쉬움을 뜻하는 것이 아니라, 죽음을 생각하는 '나'의 태도가 손쉬운 것이라는 말이 되겠다. <단발>에서의 다음과 같은 인용문이 그러한 사실을 뒷받침해 준다.

----

6) 『조광』16, 226쪽.
7) 오규원, 앞의 책, 139쪽.

> 좀 무리인 줄은 알면서 놀음하는 세음 치고 소녀에게 Double Suicide를 푸
> 로포즈하여 본 것이었다. 되어도 그만 안 되어도 그만 편리한 賭博이다. 되
> 면 食前에 담배 한 목음이요, 안 되면 소녀를 회피하는 구실을 내외에 선고
> 할 수 있지 않으냐는 것이다.8)

'나'가 생각하는 죽음은 결국 '놀음하는 셈 칠 수 있는 것', '되어도 그만 안
되어도 그만인 도박과 같은 것', '식전의 담배 한 모금 같은 것'이다. 여기서
머리칼을 자르는 행위가 동시에 머리칼의 자람을 예비한다는 사실을 중시해
야 할 것이다.

'양장'의 의미도 그렇게 풀이할 수 있다. 새로운 애인에게 가기 위하여 머리
칼을 잘랐듯이, 입고 있던 치마저고리를 벗어 던지고 양장을 한 것이다. 그것
은 머리칼을 자르는 것보다 더 손쉬운 일이다. 치마저고리와 대비되는 양장의
의미 역시 잘라버린 수염이나 손톱, 머리칼 등과 대비되는 수염, 손톱, 머리칼
의 자람과 일치하고 있다.9)

그런 까닭으로 치마저고리를 내다버린 행위는 '그게 바로 그것인 것', 즉 머
리칼을 자른 행위일 수 있고, 새 애인을 얻는 행위일 수도 있는 것이다. 그런
임을 '나'는 이렇게 묘사하고 있다.

> 해서 수로 여섯 해 전에 이 女人은 정말이지 處女대로 있기는 성가셔서
> 말하자면 헐값에 즉 아모렇게나 내어주신 분이시다. 그 동안 滿五個年 이
> 분은 休憩라는 것을 모른다.10)

3. 좌절을 거듭하는 일상으로부터의 탈출

이제 이야기 전개 과정에 나타난 몇몇 죽음의 유추를 통하여 이상에게 있어

---

8) 같은 책, 113쪽.
9) 이 땅에 있어서 양장은 치마저고리에 비하여 새로운 복장이며, 그 양장도 오늘날까지
   의 유행의 변천이, 그 또 다른 새로움을 늘 예비하여 왔음을 잘 말하여 주고 있다.
10) 『조광』16, 229쪽.

서의 '죽음'이 어떤 의미를 갖는가를 살펴보기로 하자.

맹수가 가축으로 길들여지는 데에서 죽음을 유추한 예를 통하여 알 수 있듯이, 이상은 그를 짓누르는 강박관념과 불안을 죽음으로 파악하고 있지만 그 죽음은 늘 그 저변에 '입 속에 쫘르르 도는 침'이나 '다시 자라날 수염, 머리칼, 손톱' 등으로 표현된, 끈질긴 삶에의 집념을 짙게 깔고 있는 것이었다.

이상은 애써 죽음에 대한 충동을 도처에서 이야기하면서도[11] 그것이 한편으로는 죽지 못하는 자신의 한계를 고백한 것이라는 역설적 논리가 성립하고 있다. 그래서 그는 "나는 시시각각으로 자살할 것을, 그것도 제 형편에 꼭 맞춰서 생각하고 있다."[12]고 자백하고 있다.

뿐만 아니라, 한 여인의 숙명을 공개 받은 행복을 거저먹게 얼굴에 나타내지 않을 만큼 약은 그는, 그러한 그의 로직(logic)을 불언실행(不言實行)하기 위하여서만으로도 그 구중중한 수염을 깎지 않는 것은 지당한 중에서도 지당한 맵시[13]라고 밝히고 있다.

---

11) 그의 작품집에서 죽음에 대한 충동을 표현한 대목을 대강만 추려 보아도 다음과 같이 많음을 알 수 있다.
「실화(失花)」, 오규원, 앞의 책, 125쪽. "나는 10년 긴—세월을 두고 세수할 때마다 자살을 생각하여 왔다."
「종생기(終生記)」, 같은 책, 163쪽. "나는 날마다 운명하였다.", 180쪽. "나는 물론 그 자리에 혼도하여 버렸다. 나는 죽었다. 나는 황천을 헤매었다."
「불행(不幸)한 계승(繼承)」, 같은 책, 182~183쪽. "난 이제 끝내 살아나지 못할 것 같다. 필경 살아나지 못할 테지."
「지도(地圖)의 암실(暗室)」, 같은 책, 210쪽. "죽음은 평행사변형의 법칙으로 보일샤아르의 법칙으로 그는 앞으로 앞으로 걸어나가는데도 왔다 떠밀어준다. 활호동시사호동(活胡同是死胡同) 사호동시활호동(死胡同是活胡同)"
「12월12일」, 같은 책, 217~218쪽. "자살은 몇 번이나 나를 찾아왔다. 그러나 나는 죽을 수 없었다. 나는 얼마 동안 자그마한 광명을 다시금 볼 수 있었다. 그거나 그것도 전연 얼마 동안에 지나지 아니하였다. 그러나 또 한번 나에게 자살이 찾아왔을 때에 나는 내가 여전히 죽을 수 없는 것을 잘 알면서도 참으로 죽을 것을 몇 번이나 생각하였다. 그만큼 이번에 나를 찾아온 자살은 나에게 있어 본질적이요, 치명적이기 때문이다. […] 모든 것이 다 하나도 무섭지 아니한 것이 없다. 그 가운데에서도 이 '죽을 수도 없는 실망'은 가장 큰 좌표에 있을 것이다. 나에게, 나의 일생에 다시없는 행운이 돌아올 수만 있다 하면 내가 자살할 수 있을 때도 있을 것이다. 그 순간까지는 나는 죽지 못하는 실망과 살지 못하는 복수—이 속에서 호흡을 계속할 것이다."
12) 『조광』16, 236쪽.
13) 같은 책, 229쪽.

수염 깎는 일에서 '죽음'을 보면서도 끝내 수염을 깎지 않는 것이 그의 지당한 맵시라는 것이다. 여기서 보면 그가 죽음을 이야기하는 것은 죽기 싫은 핑계에 지나지 않는다는 추측이 가능하다. 이상의 그러한 '음모'는 다음의 인용문에서 밝혀낼 수 있을 듯하다.

> 몽고르퓌에 兄弟가 發明한 輕氣球가 結果로 보아 空氣보다 무거운 飛行機의 發達을 회방 놀 것이다. 그와 같이 또 空氣보다 묵어운 飛行機 發明의 힌트의 출발점인 날개가 도리혀 現在의 形態를 가춘 飛行機의 發達을 회방 놀았다고 할 수도 있다. 즉 날개를 펄럭거려서 飛行機를 날르게 하려는 努力이야말로 車輪을 發明하는 대신에 말의 步行을 본떠서 自動車를 만들 궁리로 바퀴 대신 機械裝置의 네 발이 달린 自動車를 發明했다는 것이나 다름없다.14)

여기서 이상은 날개를 펄럭거림과 말의 보행을 유추하는 것이 하늘을 나는 비행기와 바퀴로 달리는 자동차를 발달시키는 데 방해가 되는 것처럼, 끊임없이 '죽음'을 유추하는 행위는 실제로 죽음을 진행시키는 데 훼방을 놓을 것이라는 기발한 착상을 하게 되었던 것이다. 그러나 죽겠다는 엄살을 통하여 죽음을 완화하여 보려는 이상의 몸부림은 결국 한 줄기의 비애, 그것이 아닐 수 없었다. 아래 인용문이 그것을 말하여 준다.

> 내 卑怯을 嘲笑하듯이 다음 순간 내 손에 무엇인가 뭉클 뜨듯한 덩어리가 쥐어졌다. 그것은 서먹서먹한 表情의 나쓰미깡, 어느 틈에 T군은 이것을 제 주머니에 넣고 왔든구.
> 입에 침이 좌르르 돌기 전에 내 눈에는 식은 컵에 어리는 이슬처럼 방울 지지 안는 눈물이 핑 돌기 시작하였다.15)

'죽음'은 이상이 가축으로 길들여지는 상황에서 탈출할 수 있는 길이며, 빼앗긴 날개를 되찾는 길이 될 수 있었을지도 모른다. 그러나 이상은 스스로 죽

---

14) 같은 책, 236~237쪽.
15) 같은 책, 238쪽.

을 수 없었고, 오히려 죽음의 가면을 뒤집어쓰고 삶에 대한 무한한 미련을 버
릴 수 없었다. 그런 까닭으로 그가 늘 꿈꾸어 온, 권태로운 일상으로부터의 탈
출은 끝내 끝없는 좌절로 거듭된 것이라 여겨진다.

박목월의 「불국사」에 대하여

— 시적 화자의 행보에 따른 의미 파악을 중심으로 —

손광식[*]

1.

이 글의 목적은 박목월의 시 「佛國寺」를 시적 화자의 행보에 초점을 맞추어 분석하고 그 의미를 밝히는 데 있다. 「佛國寺」에 대해서는 그 동안 이미지와 리듬의 문제를 중심으로 하여 그 성격을 밝히는 작업이 주류를 이루었다. 이런 경향은 서술어가 거의 배제된 채 체언 중심으로 이루어진 「佛國寺」의 시형 자체가 그것만의 독특한 이미지와 리듬을 낳는 뿌리가 된다는 점에서 자연스러운 것이었다고 본다. 예를 들어 박목월의 초기 시형은 그 자체가 리듬의 악보이고, 「佛國寺」는 이러한 초기 목월 시의 한 정점으로서, 이는 우리가 일찍이 맞이하지 못한 우리 현대시사상 형태상의 한 정점이라고 말하거나,[1] 달빛 은은한 한밤중에 안개 속에 흐르는 물소리와 바람에 스치는 솔소리로 고즈넉한 산사(山寺)의 정경을 시각적 이미지로 재현하는 것이 「佛國寺」가 전달하려는 내용이라고 말하는 것[2]이 이러한 경향을 잘 말해준다. 하지만 이것만으로는 부족하다. 이러한 견해가 이 시의 핵심 의미에는 도달하지 못한다고 판단하기 때문이다. 시에서 리듬과 이미지는 의미와 더불어 유기적으로 고려해야 할 중심 요소라고 볼 때, 기존 견해가 의미 면에서 불충분한 해석에 머무른 것은

---

[*] 천안대 강사.

1) 권명옥, 「목월시의 연구—초기시의 리듬의식을 중심으로」, 한양문학회 편, 『목월문학 탐구』, 민족문화사, 1983, 177쪽.

2) 조창환, 「박목월 초기시의 운율과 구조」, 『한국시의 넓이와 깊이』, 국학자료원, 1998, 52쪽.

리듬과 이미지만으로 이 시의 비밀을 온전하게 밝힐 수 없다는 사실을 말해준다. 이 글이 시적 화자의 행보에 초점을 맞추어 「佛國寺」의 의미를 밝히려는 이유가 여기에 있다.

「佛國寺」를 시적 화자의 문제와 관련하여 고찰한 논의도 그 동안 진행되었지만, 그것은 대체로 시론(詩論)의 화자 개념을 설명하는 데서 머물렀으며, 그 결과도 화자의 존재 여부를 따져서 이 시가 어느 범주에 속하는가를 규정하는 차원에서 벗어나지 못하였다. 예를 들면 이 시를, 사물에 대한 화자의 판단이 중지된 사물시3), 철저하게 객관적 대상을 모방한 재현적 이미지로 이루어진 회화시4), 대상을 진술하고 있는 시적 화자의 모습이 은폐되어 있고 이미지의 나열로만 이루어진 시5), 사물화된 풍경의 구체적 이미지가 환기하는 효과에 의해 시적 분위기를 살려내고 있을 뿐 함축적 화자의 존재까지도 소멸된 이미지즘의 사물시6) 등으로 규정하는 경우가 그러하다. 이러한 견해들은 어디까지나 「佛國寺」의 특성을 규정하는 데 그치고 있을 뿐 그것을 분석하는 데까지는 나아가지 못하고 있다. 그 결과 작품의 의미를 따지는 작업은 지지부진한 형편에 놓여 있다.

「佛國寺」가 객관적 시점에 따라 대상을 철저하게 묘사한 것은 사실이지만 그렇다고 주관적 정서의 개입까지 완전히 배제하는 것은 아니다. 6연의 "흐는히 / 젖는데"가 이 사실을 분명하게 말해준다. 「佛國寺」에서 유일한 이 서술부는 시 전반에 걸쳐 묘사된 객관적 대상들 사이를 면면히 흐르고 있는 시적 화자의 정서 내용을 감지할 수 있게 해준다. 이는 곧 시적 화자와 대상의 관계에서 일정한 의미가 생성되고 있음을 말해준다. 그 의미가 무엇인지를 밝힐 수 있을 때 「佛國寺」는 단순히 사물시나 무의미시라는 규정에 묶이지 않고 그 형식에 걸맞는 내용을 획득할 수 있으리라고 생각한다. 그리고 그 의미는 이 시에 잠재한 시적 화자의 행보에 주목할 때 온전하게 드러나리라고 본다.

---

3) 김춘수, 『의미와 무의미』, 문학과 지성사, 1976, 41쪽.
4) 김준오, 『시론』(제4판), 삼지원, 1997, 166쪽.
5) 조창환, 앞 책, 49쪽.
6) 장도준, 『현대시론』(제2판), 태학사, 1999, 208~209쪽.

2.

1) 「佛國寺」를 시적 화자의 행보에 초점을 맞추어 분석하기 위해 먼저 시 전문을 옮겨 본다.

> 흰달빛
> 紫霞門
>
> 달안개
> 물소리
>
> 大雄殿
> 큰보살
>
> 바람소리
> 솔소리
>
> 泛影樓
> 뜬그림자
>
> 흐는히
> 젖는데
>
> 흰달빛
> 紫霞門
>
> 바람소리
> 물소리.7)

「佛國寺」는 사실 시어 사용만을 놓고 볼 때 진부한 면을 보여준다. 시어로

____

7) 『박목월 시 전집』, 서문당, 1984, 36~37쪽.

사용된 명사들은 사찰에서 우리가 일상적으로 받아들이는 이미지에서 크게 벗어나지 않는다. 또한 시어가 환기하는 시청각 이미지의 대비도 그 자체만을 놓고 보면 크게 주목할만한 것은 아니다. 그것은 어디까지나 사찰에 대하여 우리가 관습적으로 떠올리는 적요(寂寥)의 분위기를 자아내는 선에서 그친다. 그러나 이러한 시어들이 행을 이루고 연을 구성하여 완성된 작품으로 나타났을 때, 진부한 것으로만 여겼던 시어와 그것이 환기하는 사물과 이미지는 우리에게 낯선 것으로 다가온다. 그것은 시어들이 단순히 '나열'되어 있지 않고 일정한 규칙에 따라 '배열'되어 있기 때문이다. 그 결과 독특한 형식적 의장을 갖추게 된 시 「佛國寺」는 우리로 하여금 '불국사'에 대한 습관적인 연상 작용과 자동적인 반응의 고리를 끊고,8) 새롭게 형성되는 의미를 깨달을 수 있게 한다.

「佛國寺」에서 시어가 배열되어 있다는 사실은 리듬에서 확인할 수 있다. 시를 시답게 하는 것이 행을 통한 발화라고 한다면9), 시에서 리듬은 행, 더 나아가 연을 나누는 방법을 떠나서 존재할 수 없다. 「佛國寺」에서 드러나는 리듬 또한 분행(分行)과 분련(分聯) 방식에 크게 힘입어 조성된다. 6연을 예외로 하면 각각의 행과 연은 명사로 구성되어 있고, 1·2연과 7·8연은 수미상관을 이루고 있으며, 짝수 연에서는 '리'가 반복 사용되어 일정한 규칙성을 띠고 있다. 이러한 점들이 이 시의 리듬 조성에 기여한다. 기존 논자들도 일찍이 이 시의 이런 특성에 주목하였다. 권명옥은 이 시가 하나의 진술이 되고 있는 것은 리듬 때문이며, 이 시를 두 개 연씩 묶어서 운율을 붙여 읽을 수 있는 것은 2연2행, 4연2행, 8연2행의 끝이 '리'로 회기(回起)되며 형성되는 어떤 질서감에 힘입고 있기 때문이라고 하였고10), 조창환은 이 시의 내면에 존재하는 규칙적인 연속과 단절의 율격적 리듬감은 각 시행이 하나씩의 율마디로 구성되어 있으면서 두 개의 시행이 하나씩의 연을 구성하는 틀을 지니고 있기 때문에 발생하는 계기적 리듬이라고 하였다.11)

---

8) V. Erlich, 박거용 역, 『러시아 형식주의』, 문학과지성사, 1983, 99쪽.
9) 김준오, 앞 책, 149쪽.
10) 권명옥, 앞 글, 앞 책, 176쪽.
11) 조창환, 앞 글, 앞 책, 49~50쪽.

「佛國寺」의 분행과 분련 방법이 이 시의 독특한 형식미를 낳고 있는 것은 분명하다. 그런데 이 시에서 리듬을 논하는 것 못지 않게 중요한 것은 이러한 리듬의 특성이 이 시의 각 행과 연을 의미론적 단위로 재구성하여 나누는 방식과도 일치한다는 점이다. 이 시의 1·2연, 3·4연, 5·6연, 7·8연은 리듬과 더불어 의미 면에서도·각각의 단위 체계로 묶인다.[12] 그런데 이러한 결과는 시적 화자의 행보에 초점을 맞추어 작품에 접근할 때와도 일치한다. 이는 바꾸어 말하면 이 시의 분행과 분련 방식은 시적 화자의 행보에 크게 힘입고 있으며, 이것이 이 시의 리듬을 낳는 기반이 되는 동시에 이 시의 의미 형성에도 기여한다는 사실과 통한다. 다시 말하면 리듬에 따른 작품의 재분할은 화자의 행보에 따른 작품의 재분할에 근거를 두고 있다는 것이다.

그러면 지금까지 거론한 시적 화자의 행보와 그에 따른 리듬의 형성, 그리고 의미상 단위 체계의 형성을 해명하기 위하여 시 「佛國寺」를 재분할하여 도시해 본다.

---

12) 권명옥은 「佛國寺」가 어디까지나 16행 8연 구조이며, 이 같은 특이한 구조로서 특이한 미학을 내포한다는 점을 강조하면서도, 리듬에 따라 2개 연씩 묶이어 읽힐 수 있다는 점을 완전히 부인하지는 않는다(권명옥, 앞 글, 앞 책, 175쪽).
조창환은 이 시의 형태적 구조는 네마디율의 전통리듬에 익숙한 우리의 오랜 율독적 관습에 어울리도록 배열되어 있다고 보고, 이러한 율격적 기층구조를 추출하여 이 시를 율행 단위로 재구성하여 아래와 같이 제시한다(조창환, 앞 글, 앞 책, 49~50쪽).

    흰달빛 / 紫霞門 // 달안개 / 물소리
    大雄殿 / 큰보살 // 바람소리 / 솔소리
    泛影樓 / 뜬그림자 // 흐는히 / 젖는데
    흰달빛 / 紫霞門 // 바람소리 / 물소리

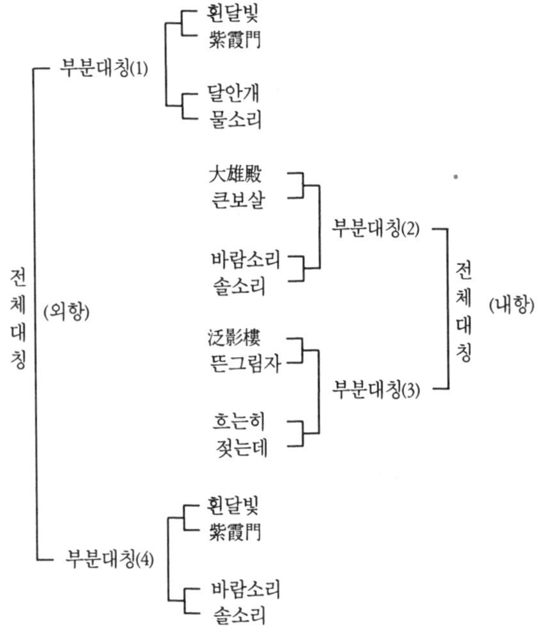

위에서 볼 수 있듯이 「佛國寺」는 먼저 두 개 연씩 묶고, 그것을 다시 연과 연의 상호 대응관계에 따라 네 개의 부분대칭과 두 개의 전체대칭으로 구분할 수 있다.13) 그 근거는 다음과 같다. 먼저 부분대칭을 구성하는 근거로는 1·2 연과 7·8연이 수미상관을 이루는 점과, 6연의 서술부(흐는히/젖는데)가 5연을 주부로서 요구하는 점, 그리고 6연을 제외한 짝수연의 둘째 행이 '리'로 끝나면서 리듬을 형성하는 점 등을 들 수 있다. 이에 따라 3연과 4연은 자연스럽게 이러한 규칙성 안에 놓이게 된다. 이렇게 보면 1·2연, 3·4연, 5·6연, 7·8연은 각각 묶인 두 개의 연 안에서 서로 대응하는 관계에 놓인다. 이를 부분대칭으로 보고자 한다. 다음은 전체대칭이다. 네 개의 부분대칭 관계를 놓고 보았을 때 시어의 배치나 그에 따른 의미 생성 면에서 부분대칭 (1)과 (4)가 대응관

---

13) '부분대칭·전체대칭'은 로만 야콥슨이 윌리엄 블레이크의 시를 분석할 때 사용한 '국지적 대칭·전체적 대칭'의 용어를 차용한 것이다(로만 야콥슨, 신문수 편역, 『문학 속의 언어학』, 문학과지성사, 1988, 322쪽).

계에 놓이고, 부분대칭 (2)와 (3)이 대응관계에 놓인다. 이를 각각 외항으로서 전체대칭과 내항으로서 전체대칭으로 설정하고자 한다. 이렇게 부분대칭과 전체대칭으로 시를 재분할하는 근거는 시적 화자의 행보에 있다.

2) 「佛國寺」를 이렇게 부분대칭과 전체대칭 관계로 설정하여 재분할할 경우 그 타당성을 검토할 필요가 있다. 그것은 시적 화자의 행보에 주목할 때 입증된다.

먼저 전체대칭 외항과 내항에 위치한 명사인 紫霞門·大雄殿·泛影樓의 위치와 그 한자표기에 주목하기로 하자. 이 명사들은 불국사 내의 건물을 지시하는 단순한 명사여서 표기법 등이 문제가 되지 않는다고 할 수도 있지만 시적 화자의 행보나 한자어가 갖는 형상의 복잡성을 고려하면 형식의 균형이나 의미 생성 차원에서 중요한 의미를 지닌다. 이 의미를 전체대칭 외항과 화자의 행보, 전체대칭 내항과 화자의 행보로 각각 구분하여 밝혀보기로 하자.

(1) 전체대칭 외항과 화자의 행보 : 전체대칭 외항에서 건물명 '紫霞門'은 모두 홀수연(1, 7연)의 두 번째 행에 위치한다. 그 위치에 주목하는 이유는 화자의 행보와 그것이 대응관계를 이루고 있기 때문이다. 1연의 경우 '紫霞門'은 시적 화자가 아직 불국사 밖에서 경내에 떠 있는(것으로 경험하는) 달을 보고 있는 위치를 설명해 준다. 그래서 '紫霞門/흰달빛'이 아니라 '흰달빛/紫霞門'이다. 그 때문에 시적 화자는 발길을 옮겨 자하문을 들어서면서 '흰달빛'과 연결되는 '달안개'(2연 1행)를 보게 되고, 곧이어 종교적 신비감을 일깨우는 소리인 '물소리'(2연 2행)를 듣게 된다. 불국사 경내에 들어서는 시적 화자의 행보와 종교적 신비감의 체험이 1연과 2연의 부분대칭(1)에서 드러난다.[14]

---

14) '흰달빛' '紫霞門' '달안개'가 종교적 신비감의 체험과 연관되는 근거는 '자하문'에 대한 다음과 같은 설명으로 뒷받침된다 : 청운교와 백운교를 오르면 자하문이 있다. 자하문이란 붉은 안개가 서린 문이라는 뜻이다. 이것은 자하문을 통과하면 세속의 무지와 속박을 떠나서 부처님의 세계가 눈앞에 펼쳐진다는 것을 상징한다. 부처님의 몸을 자금광신(紫金光身)이라고도 하므로 불신에서 발하는 자주빛을 띤 금색 광명이 다리 위에서 안개처럼 서리고 있다는 뜻에서 자하문이라 한 것이다. 자하문은 세간의 번뇌

　　전체대칭 외항에서 또 하나의 부분대칭을 이루는 7·8연의 관계 또한 이와 연계하여 해명할 수 있다. 이 때 시적 화자의 행보는 불국사 경내에서 밖으로 나가는 위치에 있다. 여전히 경내에 떠 있는 것으로 경험되는 달이 시적 화자를 비추고 있지만, 시적 화자가 이를 등지고 자하문을 나서자(7연 : 흰달빛/紫霞門) 앞서 경내에 들어설 때 보았던 '달안개'는 사라지고 그 대신 시적 화자의 내면에서 일어나는 갈등을 표상하는 소리가 다음 연에 배치된다(8연 : 바람소리/물소리). 여기서 '바람소리'는 자하문을 통과하여 경내를 벗어나면서 듣게 되는 번뇌의 소리일 수 있으며, '물소리'는 경내에서 체험하여 여전히 시적 화자의 내면에 머물고 있는 각성의 소리일 수 있다. 불국사를 나서는 시적 화자의 행보와 이에 따른 화자의 내면 상태가 7연과 8연의 부분 대칭(4)에서 도출된다.

　　결국 전체대칭 외항은 불국사 경내외를 들어오고 나가는 시적 화자의 행보와 그에 따라 화자의 내면에서 생기는 갈등 상태를 제시해 주고 있다.

　　(2) 전체대칭 내항과 화자의 행보 : 전체 대칭 내항에서 건물의 지시어는 외항에서처럼 홀수연(3연, 5연)에 놓이지만, 첫째 행에 위치하는 점에서(大雄殿 / 큰보살, 泛影樓 / 뜬그림자) 둘째 행에 위치한 외항과 구별된다. 건물의 지시어가 첫째 행에 위치한 이유는 경내를 거니는 시적 화자의 내면의 움직임이 건물의 직접성에 의해 제한을 받는다는 사실과 이에 따라 일어나는 내적 갈등 상태를, 3·4연과 5·6연의 부분대칭 관계를 통하여 대조함으로써 선명하게 부각하고자 한 데 있다고 본다. 이를 도시하면 아래와 같다.

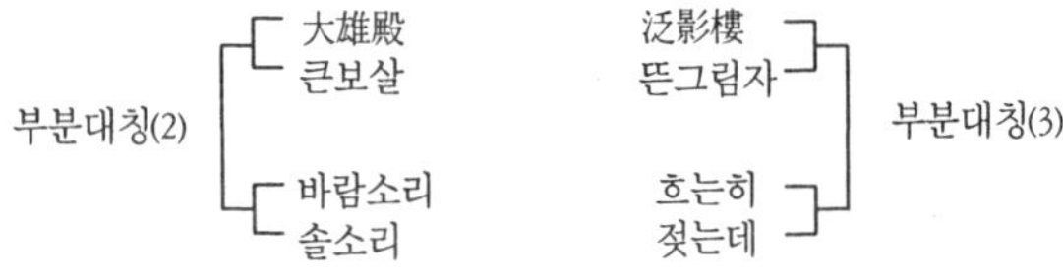

　　를 자금색 광명으로 씻고 난 뒤 들어서게 되는 관문이다(『한국민족문화대백과사전10』, 한국정신문화연구원, 1991).

3연과 5연에서 한자어 '大雄殿'과 '泛影樓'는 각각 첫째 행에 위치하면서 같은 연의 둘째 행과 '제시/부연'의 관계에 놓인다. 다시 말하면 '大雄殿'은 제시하는 위치에 있고 '큰보살'은 이를 부연하는 위치에 있으면서 의미 형성 기능을 강화하는 것이다. 5연의 '泛影樓/뜬그림자' 또한 마찬가지다. 여기서 '大雄殿'과 '泛影樓'가 각각 '큰보살'과 '뜬그림자'에 의해 그 의미역이 확장되면서 내항의 전체대칭 관계를 선명하게 해주고 있음에 주목할 필요가 있다. 곧 '大雄殿/큰보살'로 이어지는 각성의 층은 '泛影樓/뜬그림자'로 이어지는 번뇌의 층과 선명하게 대비되면서 내항의 전체대칭 관계를 견고하게 해주는 것이다.15)

그러면 이러한 대칭 관계에서 어떠한 의미가 도출될 수 있는가를 알아보자. 앞서 '흰달빛 / 紫霞門' → '달안개 / 물소리'로 종교적 신비 체험과 각성의 계기를 얻게 된 시적 화자는 이제 대웅전에서 큰보살을 만난다. 이 때 시적 화자는 아직도 세속의 번뇌에 싸여 있는 자신의 내면을 일깨우는 소리를 듣게 된다. 이 경우 '바람소리 / 솔소리'는 '흰달빛'과 '달안개'로 표상된 달과 달리 경내에서 경험하는 대상(이미지)으로 존재하지 않고, 사찰 밖에서 바람에 흔들리는 소나무들의 움직임에서 전해지는 이미지로 경험된다. 이 점은 '달안개 / 물소리(2연) → 바람소리 / 솔소리(4연) → 바람소리/물소리(8연)'가 각각 '각성 → 번뇌 → 갈등'을 표상하는 가운데, '번뇌'의 축을 형성하는 기능을 '바람소리 / 솔소리'(4연)가 떠맡는 데서 나온 결과로 설명할 수 있다. 그래서 이 '번뇌'의 축은 다음 5연의 '泛影樓 / 뜬그림자'로 곧이어 전이되고, 시적 화자는 범영루의 뜬그림자가 달빛에 흐는히 젖는, 각성과 번뇌의 순간이 겹치는 지점에서 갈등에 빠져 있는 자신의 내면을 내비치게 되는 것이다.

결국 전체대칭 내항에서도 시어의 적절한 배열과 그에 따라 형성된 부분대

---

15) '泛影樓'가 번뇌의 이미지로 해석될 수 있는 근거 또한 이에 대한 다음과 같은 설명으로 뒷받침된다 : 범영루는 처음에 수미범종각(須彌梵鐘閣)이라고 불렀다. 수미산 모양의 팔각정상에 누를 짓고 그 위에 108명이 앉을 수 있게끔 하고, 아래에는 오장간(五丈竿)을 세울 수 있게끔 하였다. 여기에서 108이라는 숫자는 백팔번뇌를 상징하는 것으로, 많은 번뇌를 안은 중생들을 제도한다는 의미에서 108명이 앉을 수 있는 자리를 만들었던 것이다(위의 책).

칭 관계가 전체대칭 관계로까지 확대되고, 그것이 시적 화자의 행보와 긴밀하게 연결됨으로써 화자의 내면에서 일어나는 각성과 번뇌의 대비 구도가 도출됨을 확인하게 된다.

3.

지금까지 진행해 온 작품 분석, 곧 시어의 선택에서부터 배열, 부분대칭 관계에서 전체대칭 관계로 확대, 그리고 최종적으로 전체대칭 내항과 외항의 구분을 통한 이와 같은 작품 분석이 어떤 의미를 낳는지를 정리해 보자.

불국사 경내에 들어서기 전 시적 화자에게는 먼저 경내에 떠 있는 달(또는 떠 있는 것으로 경험되는 달)이 시선에 잡힌다. 이어 자하문을 통과한 시적 화자는 달안개를 보게 되고, 이것이 종교적 신비체험과 연결되어 각성의 계기로서 형상화된 물소리를 듣게 된다. '흰달빛' '紫霞門'과 '달안개' '물소리'로 종교적 신비체험과 각성의 계기를 얻게 된 화자는 대웅전에 이르러 큰보살을 만난다. 이 때 시적 화자는 자신이 여전히 세속의 번뇌에 휩싸여 있음을 일깨우는 소리를 듣게 된다. 바람에 흔들리는 소나무들의 움직임이 소리를 통하여 전해지는 것이다. 비록 각성의 계기가 주어지고 그 순간을 체험하고자 하지만 세속에 물든 화자의 내면은 여전히 스산하기만 하다. 이러한 화자에게 범영루가 뜬그림자로서 달빛에 젖는 것은 어쩌면 당연한 일이다. 그러나 시적 화자의 내면이 번뇌로만 귀결된다고 단정할 것까지는 없다. 각성과 번뇌의 순간은 여전히 시적 화자의 내면에서 교차하고 있고(6연 : '흐는히 / 젖는데'의 '데'에 유의), 이 상태를 안고 달빛이 내리 비치는 불국사 경내를 나서는 화자에게 '바람소리 / 물소리'가 들리게 된다. 두 가지 소리의 이미지는 화자와 대상의 관계에서 갈등 상태에 놓인 화자의 내면을 표상한다.

이범선의 「오발탄」과 전후문학적 성격

조건상[*]

1. 머리말

이범선의 「오발탄」은 1950년대가 저물어 가는 1959년, 현대문학 10월호에 발표된 작품이다.

그런데 이제까지 이범선의 작품 경향은 이른바 '서민의 미학'이라는 시각에서 다분히 감상적인 리리시즘이나 휴머니즘의 세계로 파악되었던 것이 일반적이었지만, 「오발탄」을 비롯하여 「몸 전체로」, 「피해자」, 「사망보류」 그리고 「달팽이」 등의 작품에 드러나 있는 작가의식은 전쟁의 상처와 처절한 빈곤의 현장성, 그리고 비정한 메카니즘에 의한 피해와 상처를 극명하게 밝혀냄으로써 그의 작품 세계가 인정의 미학이나 패배자의 자소(自笑)에만 머물러 있지 않고 투철한 사실성에 바탕을 둔 고발과 증언의 세계로 확대되고 있음을 알 수 있다.

특히 「오발탄」에서는 등장인물들이 삶의 현장에서 벌이는 갈등양상, 빈곤의 문제와 삶의 방식에 대한 주제적 접근, 그리고 주인공의 내면의식에 대한 성찰 등을 통하여 작가의 의식이 보다 심화된 양상으로 형상화됨으로써 1950년대 전후소설의 전범적(典範的) 작품으로 평가될 수 있으리라 본다.

또한 이 작품은 직접적인 전쟁의 상처로부터 얼마간의 시간적 거리와 심리적 충격에서 벗어날 수 있는 1959년에 발표됨으로써 일찍이 김병익에 의하여 지적된 바 있는 1950년대 소설이 안고 있는 한계성, 즉 "당대의 사건을 경악과

---

* 성균관대 교수.

비명으로 받아들이며 현실에 대한 저주와 비탄의 신음을 내며 패배주의와 운명의 굴욕감에 젖어 관념으로 피신하거나 안이한 허무주의로 발산한다"[1]는 지적에서 비교적 자유로울 수 있는 작품이기도 하다.

일반적으로 한국의 전후문학은 "전쟁이라는 극한상황에서 인간의 존재론적 본질을 투시하고 전후의 황량한 인심과 그 비참한 생활을 부각하여 삶의 의미를 조명하는 문학"[2]으로서, 한국전쟁으로 야기된 사회질서의 혼돈과 가치관의 전도, 그리고 전망부재의 암담한 현실 속에서 처절하게 살아가는 인간의 존재양상을 그려내고 있으며 이들 작품 속에 투영된 인간의 모습은 전쟁의 후유증들, 이를테면 허무와 퇴폐와 자조(自嘲)의 사회현상이나 부정과 비리와 위선, 그리고 기회주의적 풍조가 만연된 현실 속에서 살아가는 실의와 좌절의 군상들을 다루고 있음으로써 한국현대소설의 지평을 확대·심화시켰다는 평가를 받고 있는 것이 사실이다.

따라서 전후소설 속의 주인공들이 보여주고 있는 행동양상이 비록 무위와 비속화의 한계를 극복하지 못하고 자조적 패배주의나 체념적 냉소주의에 함몰되어 있는 것은 사실이지만 절망적인 상황의 벽 앞에서 생존을 위해 몸부림치고 있는 그들의 모습에서 역설적으로 불합리한 현실에 대한 치열한 증언과 고발을 느끼지 않을 수 없다.

이런 의미에서 이범선의 「오발탄」은 가족사적 비극을 사회사적 테마로까지 확대시킨, 1950년대의 전후상황을 총체적으로 드러내어 증언하고 있는 대표적인 고발문학의 하나로 꼽을 수 있을 것이다.

따라서 이 글에서는 「오발탄」에 나타난 전후소설적 성격의 특징을 주제와 인물, 그리고 기법적 측면에서의 상징과 결말구조를 통하여 규명해 보고자 한다.

---

1) 김병익, 「60년대 문학의 가능성」, 『現代韓國文學의 理論』, 김병익 外著, 民音社, 261쪽.
2) 구인환 : 「戰後 한국문학의 地形圖」, 『韓國戰後文學硏究』, 구인환 外共著, 三知院, 14쪽.

2. 전후문학적 성격의 형상화 양상

1) 고발과 증언을 통한 상황의 인식과 갈등

소위 양심이라는 이상원칙(理想原則)과 실리(實利)라는 현실원칙 사이에서 일어나고 있는 심리적인 갈등의 세계를 다루고 있는 「오발탄」은 전후 한국사회의 극한적인 상황 속에서 방향과 좌표를 잃어버린 한 월남가족의 삶의 현장을 다룸으로써 인간이 과연 어떻게 살아야 하는가에 대한 원초적 물음을 우리에게 던져주고 있다.

따라서 작품에 일관되게 흐르는 주제는 삶의 방식에 대한 집요한 탐색이라고 할 수 있겠는데 작가는 이에 대하여 어느 한 편의 방식에 대하여 편향적으로 역설하거나 주장하지 않는다. 현상을 그대로 우리에게 보여줄 뿐이다.

작품 속에서 양심과 실리로 대립되어 갈등을 빚고 있는 것은 형인 철호와 동생인 영호의 삶이다.

그런데 양심과 도덕의 영향권 속에서 영위되고 있는 형의 삶은 철저한 이상원칙을 고수하고 있지만 빈번히 현실 상황에 부딪쳐 좌절감을 느끼게 된다.

물론 그의 삶이 윤리적 기준에서 정당한 것은 사실이지만 동생인 영호가 추구하고 있는 현실원칙적인 삶이 동정적 비호를 받고 있는 이상, 형인 철호가 살아가고 있는 삶의 방식은 그 절대가치를 유보당할 수밖에 없는 것이다.

그런데 동생인 영호는 폭격으로 정신이 돌아버린 어머니의 원수를 갚겠노라고 다니던 법과대학을 중도에서 그만두고 자원 입대했다가 상이군인이 되어 돌아왔으나 마땅한 취직자리도 얻지 못하고 친구들과 어울려 세상을 원망하면서 뒤틀린 심정을 술로 달래고 있는데 그는 전차값도 안 되는 월급에 매달려 있는 형의 소극적인 생활태도에 대하여 사정없이 비판을 가한다.

> "저도 형님을 존경하고 있어요. 고생하시는 형님을. 용케 이 고생을 참고 견디는 형님을. 그렇지만 형님은 약한 사람이야요. 용기가 없는 거지요. 너무 양심이 강해요. 아니, 어쩌면 사람이 약하면 약한 만치, 그만치 반대로

양심이란 가시는 여물고 굳어지는 것인지도 모르죠.”

  “양심이란 가시?”

  “네, 가시지요. 양심이란 손 끝의 가십니다. 빼어 버리면 아무렇지도 않은
데 공연히 그냥 두고 건드릴 때마다 깜짝깜짝 놀라는 거야요. 윤리요? 윤리,
그건 나일론 팬츠 같은 것이죠. 입으나 마나 불알이 덜렁 비쳐 보이기는 매
한가지죠. 관습이요? 그건 소녀의 머리 위에 달린 리본이라고나 할까요? 있
으면 예쁠 수도 있어요. 그러나 없대서 뭐 별 일도 없어요. 법률? 그건 마치
허수아비 같은 것입니다.……”3)

  양심이고 윤리고 관습이고 법률이고 다 벗어 던지고 남들처럼 살아보겠다는
것이 동생 영호가 선택한 삶의 방식이었던 것이다. 이에 대하여 형인 철호는 동
생의 주장이 ‘억설’이요 ‘마음이 비틀려서 하는 억지’라고 반박해 보지만 동생은
전혀 굽힘이 없다. 오히려 동생 영호는 이같은 주장을 실천에 옮겼다가 ‘법률선
(法律線)’은 넘겼지만 ‘인정선(人情線)’에 걸려 감옥에 끌려가는 상황이 된다.

  여기에서 우리는 주인공인 철호가 비리와 부정이 판을 치고 요령만이 통하
는 세상에서 마지막 보루처럼 홀로 지키고 있는 양심에 대하여 생각하지 않을
수 없게 된다.

  물론 일상인들처럼 양심이라는 장애물을 걷어치우고 손쉬운 방법으로 편안
하게 돈을 벌고 살아갈 방도를 모르는 그가 아니다. 그러나 그렇게 살 수는
없다고 생각하는 그였다. 따라서 주변이 온통 양심의 울타리를 벗어나서 살아
가는데 홀로 양심의 울타리 속에서 옹색한 생활을 해야만 하는 입장에서 그의
심리적 갈등이 야기된다.

  이런 철호의 심리적 갈등에 대하여 천이두는 “이런 점에서 그는 무수한 일
상인들이 진작 내팽개친 자의식의 고뇌를 자청하여 짊어지고 있는 셈이다. 서
두에서 그가 피로 느꼈던 잉크, 그것은 그의 이러한 양심의 갈등이 빚어낸 자
의식의 내출혈의 상징적 표상에 다름아니었던 것”4)으로 설명한 바가 있다.

---

3) 이범선 : 「오발탄」, 『現代韓國文學全集 6』, 新丘文化社, 1967, 366~367쪽. 이하 작품
   의 인용은 이 책을 텍스트로 하여 해당 쪽수만 밝힌다.
4) 천이두 : 「오발탄의 행방」, 위의 책, 461쪽.

어쨌든 양심을 버리면서까지 부정적인 방법으로 삶을 도모하지 않으려는 주인공의 몸부림의 의미가 작품의 마지막 대목에서 '어쩌다 오발탄 같은 손님이 걸렸어'라고 중얼댄 운전수의 말로써 역설적으로 드러나듯이 양심의 울타리를 벗어나지 않고 살아가려는 삶의 방식이 결코 당대의 현실을 극복해 나가는 지상의 과제는 아닐지 모르지만 그렇다고 내팽개쳐야 할 관습이나 유산(遺産)도 결코 아니라는, 삶의 철학에 대한 우리의 고뇌를 끝없이 요구하고 있는 작품이 바로 「오발탄」인 것이다.

한편 권총강도가 된 동생 영호나 양공주가 된 누이동생 명숙의 행위는 양심이나 윤리의 잣대로 재어 볼 때 그들의 행위가 결코 정당할 수는 없다. 그러나 비록 상황의 논리이기는 하지만 가난과 굶주림이라는 극한 상황 속에서 양심이나 윤리를 앞세우는 이상원칙 대신에 생존이라는 현실원칙을 택할 수밖에 없었던 그들의 변칙적인 삶의 방식을 비난할 수만은 없는 아이러니에 직면하게 된다.

형인 철호가 영호의 현실원칙적인 삶의 방식에 대하여 '마음 한 구석이 어딘가 비틀려서 하는 억지'라고 비판하자, 영호는 다음과 같이 철호에게 넋두리 같은 항변을 늘어놓는 대목에서도 영호가 택한 현실원칙의 이유가 역설적으로 동정 속에 비호되고 있는 것이다.

> "글쎄요. 마음이 비틀렸다고요? 그건 아마 사실일는지 모르겠어요. 분명히 비틀렸어요. 그런데 그 비틀리기가 너무 늦었어요. 어머니가 저렇게 미치기 전에 비틀렸어야 했지요. 한강 철교를 폭파하기 전에 말입니다. 하나밖에 없는 동생 명숙이가 양공주가 되기 전에 비틀렸어야 했지요. 환도령(還都令)이 내리기 전에, 하다 못해 동대문 시장에 자리라도 한 자리 비었을 때 말입니다. 그러구 이놈의 배때기에 지금도 무슨 내장이기나 한 것처럼 박혀있는 파편이 터지기 전에 말입니다. 아니, 그보다도 더 전에, 제가 뭐 애국자나처럼 남들은 다 기피하는 군대에 어머니의 원수를 갚겠노라고 자원하던 그 전에 말입니다."[5]

---

5) 이범선 : 「오발탄」, 369쪽.

영호의 심기가 비틀린 것은 무모한 전쟁에 정신착란을 일으킨 어머니의 무고한 피해, 가족의 생존을 위해 양공주로 전락해버린 여동생의 희생, 경제적 기반을 다져놓지 못한 생활 무능력자로서의 후회, 자원입대와 전쟁에서의 부상에 따른 심리적 배신감과 회의 등등 불과 몇 년 사이에 자신과 가족을 철저히 훼손시킨 우리 사회의 모순된 상황에 대한 불신과 저항감에서 연유하고 있다.

그리고 양심과 윤리의 울타리 안에서 '자기 주머니 속의 돈 액수만치만 살아'6)가려는 형의 무기력하고 소극적인 태도에 대한 반발이 영호의 심기를 비틀리게 하고 있는 것이다.

그런데 가장으로서의 도리는 못할 망정 양심과 윤리의 이상원칙만을 고수하고 있는 철호마저도 권총강도 혐의로 경찰서에 수감되어 있는 동생 영호를 면회하는 자리에서 야단치지도 못하고 아무런 말도 없이 등신처럼 서 있다가 돌아오고, 명숙의 나일론 양말 뒤축이 계란만큼 구멍이 뚫린 것을 내려다보다가 그 구멍 뚫린 양말 뒤축에서 어떤 깨끗함을 느끼고 참으로 오랜만에 명숙에 대한 오빠로서의 애정을 느끼게 됨으로써 은연중 현실원칙을 따른 동생들에게 이해와 동정의 감정을 드러내고 마는 것이다. 이것은 물론 선악이라거나 혹은 정의나 불의라거나 하는 가치판단의 문제 이전에 오빠와 형으로서의 도리를 다하지 못한 데 대한 자성적 의미의 침묵이나 사랑일 수도 있겠지만 동생들의 행위가 결코 허황된 사치심리나 허영심에서 유발된 것이 아니라 생존 그 자체를 위한 어쩔 수 없는 선택이었다는 것을 인식한 결과인 것이다.

결국 이 작품은 생존을 위해 기존의 윤리관이나 삶의 방식을 버리고 현실원칙의 현장에 뛰어든 영호와 명숙의 행동을 통하여 양심이나 윤리가 설 자리를 잃고 요령과 술수에 의하여 움직이고 있는 당대 현실의 불합리한 모순을 통렬히 고발함으로써 위기에 선 양심의 문제, 그리고 절박한 생존의 상황 속에서 선택해야 될 삶의 방식의 문제를 우리에게 되묻는 주제를 담고 있다.

---

6) 이범선 : 「오발탄」, 368쪽.

2) 문제적 인물의 창조와 절망적 상황의 극대화

작품 속의 등장인물은 계리사 사무실에서 서기로 일하고 있는 송철호라는 주인공과 그의 가족에 국한되어 있지만 이들은 모두가 사회사적 의미를 지닌 문제적 인물들이다.

말하자면 송철호를 위시하여 가족 모두가 당대의 암울한 시대를 상징적으로 드러내는 한 전형적 인물로서 설정되어 있는 것이다.

주인공인 송철호는 한 집안의 가장으로서 계리사 사무실에서 서기 노릇을 하고 있지만 고지식한 원칙주의자로서 점심도시락도 가져오지 못한 채 보리차로 허기진 배를 달랠 수밖에 없는 가난한 샐러리맨이고, 자유를 찾아 월남한 아들을 따라 고향을 버리고 남한에 왔지만 영영 돌아갈 수 없는 고향을 그리워하다가 끝내는 미쳐버려 '가자'를 외치는 어머니, 자신이 과거에는 음악을 전공하던 대학생이었다는 사실과 미인이었다는 사실도 망각한 채 웃음조차 잃어버린 몽유병자 같은 만삭의 아내, 영양실조로 노랗게 뜬 얼굴의 어린 딸, 미쳐버린 어머니의 원수를 갚겠노라고 대학을 중도에 포기하고 자원입대했다가 상이군인이 되어 돌아왔으나 일할 직장을 얻지 못하고 세상을 원망하며 친구들이 사주는 술로 세월을 보내는 동생 영호, 그리고 가족의 생계를 걱정한 나머지 남들의 손가락질을 받으며 양공주 생활을 하는 여동생 명숙 등 가족은 온통 육신이 병들고 정신이 훼손된 인물들의 집단이 되어 버렸다.

이같은 가족들의 비극적 상황은 당대 사회의 온갖 병리현상의 축도가 아닐 수 없다. 그리하여 여기에는 빈곤한 가장으로서의 회한과 비애기 있고, 실향민의 아픔이 있고, 가난에 대한 고통이 있고, 상이군인과 무직자로서의 울분이 있고 양공주의 눈물이 있다.

이런 의미에서 이 작품은 암담한 당대 사회의 온갖 부패와 부정과 빈곤과 모순을 한 가족의 비극적 상황을 통하여 증언·고발하고 있는 작품으로 평가할 수 있을 것이다.

그런데 주인공인 송철호가 겪는 회한과 비애는 일차적으로 가장으로서 가족을 부양해야 하는데 따른 빈곤의 문제에서 그 연원을 찾을 수 있지만 어머니에 대한 아들로서의 도리, 양공주가 된 여동생과 현실에 불만을 품고 방황하고 있는 남동생에 대한 오빠와 형으로서의 도리, 웃음을 잃어버린 아내에 대한 남편으로서의 도리, 어린 딸에 대한 아버지로서의 도리를 어느 것 하나 제대로 수행하지 못하고 있는 데 대한 자기 회한이 송철호를 더 큰 비애의 늪으로 몰아가고 있는 것이다.

물론 빈곤의 문제만 해결된다면 송철호의 가족이 이처럼 비극적인 상황으로 전락하지 않았을지도 모른다. 그러나 송철호가 눈 앞의 암담한 상황을 인식하고 있으면서도 이것을 변화시킬 만한 대안도 용기도 갖지 못하고 소극적 체념주의에 빠져 아무런 행동도 보여주지 못하고 있다는 사실에서 가족의 비극은 더욱 확대되고 있다.

공산주의가 싫어서 고향을 버리고 남쪽으로 내려온 철호에게 어머니는 실성을 하기 전부터 고향으로 돌아가자고 졸랐다. 그러나 철호가 어머니를 이해시키기 위하여 한 말은 겨우 "어머니, 그래도 남한은 이렇게 자유스럽지 않아요?"7)였다. 그리고 그는 "남한이니까 이렇게 생명을 부지하고 살 수 있지 만일 북한 고향으로 간다면 당장에 죽는 것이라고, 자유라는 것이 얼마나 소중한 것인가를, 갖은 이야기를 다 예로 들어가며 어머니에게 타일러보는"8) 그였다. 그러나 그는 종내 어머니를 설득시키지 못했고 육이오 사변이 발발하고 폭격에 놀란 어머니는 그만 실성을 하기에 이르렀던 것이다.

이데올로기의 실체를 어머니에게 이해시킨다는 것이 어려운 일이기는 하지만 "자유라는 것을 늙은 어머니에게 이해시키기란 삼팔선을 인식시키기보다도 몇 백 갑절 더 힘드는 일이었다"9)고 토로하며 그는 종내 어머니를 설득하는 일을 단념하고 말았던 것이다.

어머니는 지지리 고생을 하면서도 결코 고향에 돌아가지 않으려는 아들의 마음을 전혀 이해하지 못한 채 실성을 한 이후에도 무슨 구호처럼 '가자!'를 계속 외쳐대고 있음으로써 아들과의 갈등을 해소하지 못하고 있다.

---

7) 이범선 :「오발탄」, 361쪽.
8) 이범선 :「오발탄」, 361쪽.
9) 이범선 :「오발탄」, 361쪽.

그러나 보다 근원적인 갈등은 명숙과 영호와의 사이에서 빚어지고 있다. 명숙이 미군 찝차에 타고 있는 모습을 목격하고 나서, 그날부터 철호는 누이동생 명숙이와 한 마디도 말을 하지 않는 것으로써 못마땅한 심기를 드러냈지만 명숙이도 오빠인 철호를 본체만체 하는 것으로써 오빠에 대한 내심의 불만을 드러내고 있는 것이다.

영호와의 갈등은 명숙이의 경우와는 달리 직접적인 대화를 통하여 노골적으로 드리나고 있디.

말하자면 이상원칙과 현실원칙이 정면충돌 양상을 띠고 표면에 나타나고 있는 것이다.

> "저도 형님의 그 생활 태도를 잘 알아요. 가난하더라도 깨끗이 살자는. 그렇지요 깨끗이 사는 게 좋지요. 그런데 형님 하나 깨끗하기 위하여 치르는 식구들의 희생이 너무 어처구니 없이 크고 많단 말입니다. 헐벗고 굶주리고. 형님 자신만 해도 그렇죠. 밤낮 쑤시는 충치(蟲齒) 하나 처치 못하시고. 이가 쑤시면 치과에 가서 치료를 하거나 빼어 버리거나 해야 할 것 아니야요? 그런데 형님은 그것을 참고 있어요. [……] 물론 치료비가 없으니까 그러는 수밖에 없겠지요. 그겁니다. 바로 그겁니다. 그 돈을 어떻게든가 구해야죠. [……]"10)

양심과 윤리의 덫에 갇힌 형의 생활방식이 결국 식구들의 희생을 야기시켰다는 것이 동생의 항변이고, 난관을 헤쳐나가기 위해서는 어떻게든 무슨 행동을 취해야 한다는 것이 동생이 제시하는 새로운 삶의 방식이나.

이에 대하여 형인 철호는 그것은 억설이고 마음이 비틀려서 하는 억지라고 반박하지만 이같은 반박은 이미 생존의 절박한 상황 앞에서 권위와 힘을 잃고 있다.

여동생 명숙이가 양공주가 된 것도 결과적으로 이같이 소극적이고 무능력한 오빠의 생활력을 좌시하다 못해 반발적으로 뛰어든 최후의 선택이었고, 동생 영호가 권총강도가 된 것도 형의 무능력에 반발하여 현실원칙에 근거한 자

---

10) 이범선 : 「오발탄」, 367~368쪽.

신의 삶의 방식을 실천에 옮긴 것이 된다.

그런 의미에서 일시적인 유희나 허황된 사치심리에서가 아니라 생존을 위해 양공주 노릇을 하고 권총강도가 된 이들 남매는 시대의 모순에 통렬히 맞선 문제적 인물이다.

따라서 이들 문제적 인물에 의하여 우리 사회의 절망적 상황의 실체가 고발되고 비극이 극대화 되고 있는 작품이 「오발탄」인 것이다.

3) 상징을 통한 의식의 내면성찰

'상징'의 문학적 사용은 그 연원이 시(詩)에서 출발하고 있지만 그것은 비단 시에 국한된 것만은 아니다. 그리고 상징의 기법도 현대문학의 한 특징으로서 갑자기 등장한 것이 아니라 중세의 문학에서도 장미와 비둘기와 뱀이 각각 사랑과 성령과 사탄을 상징하는 일련의 상징체계로서 나타나 있다. 그런데 상징이란 용어는 소박하게 말해서 "직접적이고 합리적인 말로서는 표현이 불가능한 어떤 생각을 시사하는, 리얼리티의 다른 차원을 암시하기 위하여 창조되는 하나의 이미지"[11]라고 말하고 있지만 이같은 상징의 이미지가 때로는 사적(私的)인 모호성에 빠져서 독자들의 상식적 접근을 거부하고 모호한 상상의 세계 속에서 유영하도록 만들기도 한다.

그러나 「오발탄」에 나타난 상징의 이미지는 이같은 모호성보다는 '리얼리티의 다른 차원을 암시하기 위한 이미지'로서 작품의 저변을 흐르는 분위기 조성과 주제의 암시적 기능으로 작용하고 있다.

그런데 일반적으로 이범선의 작품 속에서 사물이나 상황이 상징적 이미지로서 나타나는 예는 그리 많지 않다. 그 이유는 이범선의 작품세계가 서정적이고 세태적인 경향이 주류를 이루고 있는 데다가 단선적인 구성법으로 센티멘털리즘을 조형(造形)하는 특유의 창작원칙에 기인하는 것 같다.

이에 대하여 천승준은 "그의 작품에서 마주치는 센티멘털리즘의 향기는 어떤 심리적인 면에서나 의식적인 면에서 표현되거나 호소되지 않고, 차라리 스

---

11) 이재호 外譯 : 『世界文藝思潮史』, 을유문화사, 1990, 345쪽.

토리 그 자체나 수채화의 화폭처럼 전반적인 정황을 펼쳐 놓는 데서 감수되는 성질의 것"12)이라는 해석과 함께 "우리가 시인해야 할 것은 그러한 리리시즘의 한계성인데, 이는 스케치적인 문장 스타일에 못지 않게 작가 자신의 고집에 연유한 것 같다. 가령 「학마을 사람들」의 경우 좀더 미신적인 신비주의로 미화시킬 수도 있고, 「수심가」의 경우 전설적인 로우컬리즘으로 승화시킬 수도 있었겠지만, 굳이 보편적인 생활영역에 밀착시킴으로써 스스로 과분한 미화와 승화를 억제한 것은 하나의 우연이기보다 그의 작가적인 자세와 생리에 기인한 것으로 보고 싶다. 바로 이 점이 그의 풍요한 리리시즘에도 불구하고 결코 황순원 류의 심미주의 문학과 구별되어야 하는 확고한 개성으로서의 서민적인 범속성"13)이라고 밝혀 놓고 있는 것이다.

　그러나 이범선 문학에 있어서의 이같은 범속적인 리리시즘이나 센티멘털리즘이 거세되고 냉엄한 고발의식이 수용되고 있는 「오발탄」의 경우에는 암시적 기능으로서의 상징성이 비교적 두드러지고 있는데, 이를테면 주인공 송철호가 퇴근 무렵에 대야에 물을 받아 놓고 손을 씻는 도중에 느끼게 되는 '피'와 '원시인'의 이미지와 정신이상에 걸린 어머니가 간헐적으로 외치는 '가자'라는 말의 상징성은 작품의 주제적 측면에서 대단히 중요한 화소로서 작용하고 있는 것이다.

　　펜대에 시달린 오른손 장지 첫 마디에 콩알만한 못이 박혔다. 그 못에서 파란 명주실 같은 것이 사르르 물 속으로 풀려났다. 잉크. 그건 잠시 대야 밑바닥을 기다 말고 시뻘히 위로 떠올라 안개처럼 연하게 피어서 사방으로 번져 나갔다. 손가락 끝을 중심으로 그 색의 농도가 점점 연해져 갔다. 맑게 갠 가을하늘 색으로 대야 가장자리까지 번져 나간 그것은 다시 중심의 손 끝을 향해 접어들며 약간 진한 파랑색으로 달무리 모양 그런 둥그런 원을 그렸다.
　　피! 이건 분명히 피다!

---

12) 천승준 : 「서민의 문학」, 『현대한국문학전집 6』, 신구문화사, 1967, 441쪽.
13) 천승준 : 앞의 책, 441~442쪽.

대야의 물에 풀리는 잉크를 피라고 느끼는 주인공의 심리는 앞에서 천이두가 밝힌 대로 '자의식의 내출혈'이며 전차값도 안되는 월급에 매달려 있는 샐러리맨의 심리적 고통의 상징적 표현이다.

이같은 '피'의 상징성은 작품의 말미에서 아내의 입원비로 명숙이 마련해준 돈이 아내가 사망함으로써 쓸모가 없게 되자 그 돈으로 자신의 충치를 제거하고 택시 속에서 와이셔츠에 선지피를 흘리는 것으로써 '피'의 상징성의 의미를 고양시키고 있는데, 대야 속의 물에 풀리는 잉크를 피라고 느끼는 '자의식의 내출혈' 현상이 결국 실제로 자신이 피를 흘림으로써 '자의식의 외출혈'로 '피'의 상징성을 극대화시키고 있는 것이다.

또 하나의 상징적 화소인 '원시인'의 이야기는 적자생존의 치열한 싸움판 같은 현실 속에서 가족의 부양이라는 무거운 책임감에 짓눌려 있는 송철호가 생활의 막막함과 자신의 무능력을 자조(自嘲)하며 떠올리는 자의식의 환상이다.

> 그러자 이번엔 대야 밑바닥에 한 사나이의 얼굴을 보았다. 철호의 눈을 마주 쳐다보는 그 사나이는 얼굴의 온 근육을 이상스레 히물히물 움직이며 입을 비죽거려 웃고 있었다.
> 이마에 길게 흐트러진 머리카락. 그 밑에 우묵하니 파인 두 눈. 깍아진 볼. 날카롭게 여윈 턱. 송장처럼 꺼멓고 윤기 없는 얼굴. 그것은 까마득한 원시인(原始人)의 한 사람이었다.[14]

대야에 비치는 자신의 초라한 모습에서 원시인을 떠올리는 송철호는 무한한 상상의 확대를 통하여 자신의 처지를 깨닫게 된다.

> 몽둥이 끝에, 모난 돌을 하나 칡덩굴로 아무렇게나 잡아매서 들고, 동굴 속에 남겨두고 나온 식구들을 위하여 온 종일 숲 속을 맨발로 헤매고 다니던 사나이.
> 곰? 그건 용기가 부족하다. 멧돼지? 힘이 모자란다. 노루? 너무 날쌔어서.

---

14) 이범선 : 「오발탄」, 357쪽.

꿩? 그놈은 하늘을 난다. 토끼? 토끼. 그래, 고놈쯤은 꽤 때려 잡음직도 하
다. 그런데 그것마저 요즈음은 뫼에 잘 돌아오지 않는다. 사냥군이 너무 많
다. 토끼보다 더 많다.15)

적자생존의 상황 속에서 짐승을 잡아야만 가족과 함께 살아갈 수 있는 원시
인처럼 치열한 생존경쟁의 사회 속에 던져져 있는 자신의 존재를 인식한 송철
호의 상상력은 이처럼 온갖 짐승들을 머리에 떠올려보지만 결국은 남들이 버
린 내장만을 주워들고 돌아오는 무능한 원시인으로서의 자신을 인식하게 된
다. 용기와 힘이 있어야만 곰과 멧돼지를 잡을 수 있고, 하늘을 날아다니는 꿩
이나 날쌘 노루를 잡기 위해서는 특별한 재능이나 꾀가 있어야 하는데 자신에
게는 이같은 용기와 힘과 재능이 없다. 토끼쯤은 잡을 수 있을 것 같은데 토끼
보다 사냥꾼이 더 많아서 치열한 각축장이 되어버린 생존경쟁의 현장이다. 결
국 무능한 원시인은 이것저것 다 놓치고 남들이 내다버린 내장을 겨우 주워들
고 가족에게 돌아오는 참담한 신세가 되는 것이다.

실성한 어머니가 외치는 '가자'라는 말의 상징성은 단순한 고향 회귀에의
절규만은 아니다. 물론 두고 온 고향으로 돌아가자는 어머니의 집념이 응축된
말이지만 그것은 이미 고착화된 분단현실 속에서 이루어질 수 없는 구호에 지
나지 않는다. 그러나 정신착란에 빠진 상태에서도 계속 외쳐대는 이 말의 상징
성이 단순한 귀향의 집념만으로만 이해될 수 있는 것은 아니다.

그것은 분단 극복의 의지일 수도 있고 이상세계에 대한 갈망일 수도 있는
것이다. 그리고 이 말은 주인공인 송철호에게 전이(轉移)되어 새로운 의미로
구체화되고 있다.

동생이 경찰서에 붙잡히고 해산하던 아내가 목숨을 잃은 후 주인공은 두 개
의 충치를 뺀 상태에서 혼미한 의식으로 택시를 타게 되는데 그는 평소에 어
머니가 외쳐대던 '가자'라는 말을 흉내내어 운전수를 당황시킨다.

처음에는 집이 있는 해방촌으로 가자고 했다가 다시 병원으로 차를 돌리게
하고 이번에는 다시 경찰서로 방향을 바꾸도록 지시하고는 경찰서에 도착한

---

15) 이범선 : 「오발탄」, 358쪽.

이후에는 여기가 아니라며 다시 '가자'고 외친다. 그리하여 운전수로부터 '어쩌다 오발탄 같은 손님이 걸렸어. 자기 갈 곳도 모르게'라는 소리를 어렴풋이 듣고는 혼자 생각하는 것이었다.

> [……] 아들 구실, 남편 구실, 아비 구실, 형 구실, 또 계리사 사무실 서기 구실. 해야 할 구실이 너무 많구나. 그래 난 네 말대로 아마도 조물주(造物主)의 오발탄인지도 모른다. 정말 갈 곳을 알 수가 없다. 그런데 지금 나는 어디건 가긴 가야 한다. [……][16]

그리고 나서 주인공은 어렴풋한 의식 속에서 '가자'라고 외치는 어머니의 음성을 들었다고 생각하며 정신을 잃게 된다.

결국 어머니로부터 송철호에게 전이된 '가자'의 의미는 '혼돈 속에서의 방향찾기'로 이해될 수 있겠는데 평소에 실성한 어머니가 '가자'를 외쳐댈 때마다 느껴졌던 거부감이나 생경함이 사라지고 스스로 어머니의 음성을 들었다고 생각할 만큼 그 소리는 이미 친화적인 자신의 목소리로 정착해 버린 것이다.

이처럼 상징을 통한 주인공의 내면 성찰은 숨겨진 의미를 불러일으키기 위하여 사용하는 그 상징적 언어의 힘이 현상의 본질에 대한 상상적 접근을 가능하게 함으로써 작품의 주제에 접근하는 데 환상적인 기여를 하고 있다고 본다.

4) 결말구조의 비극성과 미해결의 장

일반적으로 1950년대 한국의 전후소설은 한국전쟁으로 야기된 사회질서의 혼돈과 가치관의 전도, 그리고 전망부재의 암담한 현실 속에서 처절하게 살아가는 인간의 존재양상을 그려내고 있다. 따라서 이들 작품 속에 투영된 인간의 모습은 참혹한 전쟁이 몰고 온 숱한 후유증들, 이를테면 허무와 퇴폐와 자조의

---

16) 이범선 : 「오발탄」, 381쪽.

사회현상이나 부정과 비리와 위선, 그리고 기회주의적 풍조가 만연된 현실 속에서 고통스럽게 살아갈 수밖에 없는 실의와 좌절의 군상들이 대부분이다.

이범선의 「오발탄」 역시 이같은 전후소설의 특징들을 작품 속에 수용하고 있음은 물론이다.

그런데 상황의 벽 앞에서 방향을 잃고, 잘못 쏘아 올린 '오발탄'처럼, 목적지도 모르는 행로를 걷고 있는 작품 속의 주인공은 결말에 이르러도 갈등의 해소나 '방향찾기'에 실패하고 만다. 따라서 주인공이 안고 있는 문제의식은 여전히 미해결의 상태 속에서 비극적 결말구조를 보여주고 있다.

그것은 암담한 현실 속에서 '자의식이 치러야 할 내면적 상처의 양상'17)이 결코 야합할 수 없는 외부환경에 의하여 치유되지 못하고 있는 까닭이다.

충치를 한꺼번에 모두 빼어버리고 혼미한 상태에서 택시를 탄 주인공 송철호는 어머니가 있는 해방촌의 집으로 돌아가 좀 누워야겠다는 생각으로 해방촌으로 가자고 택시 운전수에게 말했다가 곧 이어서 아내가 있는 병원을 머리속에 떠올리고 이번에는 병원으로 가자고 행선지를 정정한다. 그리고는 또다시 동생 영호가 붙잡혀 있는 경찰서를 생각하고 이번에는 경찰서로 가자고 소리를 지른다.

이처럼 정신이 혼미한 상태에서도 송철호는 해방촌 → 병원 → 경찰서로 자꾸만 행선지를 바꾸는데, 이것은 어머니와 딸, 아내, 그리고 동생 영호가 당면하고 있는 절박한 상황에 대하여 아들과 아버지로서, 그리고 남편과 형으로서의 도리를 부채(負債)처럼 짊어진 자의식의 혼란이다.

그러나 여러 번 행선지를 바꾸면서 경찰서까지 도착했지만 송철호는 여전히 자의식의 혼란에 빠져있다.

  "X경찰서 앞입니다."
  철호는 눈을 떴다. 상반신을 벌떡 일으켰다. 그러나 곧 털썩 뒤로 기대고 쓰러져 버렸다.
  "아니야. 가."

---

17) 천이두 : 「분단현실과 한국문학」, 『한국소설의 관점』, 문학과지성사, 1980, 178쪽.

"X경찰섭니다. 손님."
조수애가 뒤로 몸을 틀어 돌리고 말했다.
"가자."
철호는 여전히 눈을 감고 있었다.
"어디로 갑니까?"
"글쎄, 가!"
"하참, 딱한 아저씨네."
"……."
"취했나?"
운전수가 힐끔 조수애를 쳐다보았다.
"그런가 봐요."
"어쩌다 오발탄(誤發彈) 같은 손님이 걸렸어. 자기 갈 곳도 모르게."[18]

자신을 둘러싸고 있는 상황에 어떻게 대처해야 할지를 모르는 송철호는 '어디건 가긴 가야 한다'는 의식은 있으나 '갈곳을 알 수가 없다'고 생각하면서 입에서 흘러내린 선지피가 와이셔츠를 적시는 줄도 모르고 쓰러져 버리고 마는 것이다.

결국 양심을 지키며 성실하게 살아가려고 했던 송철호의 삶의 방식은 거대한 상황의 벽을 넘지 못하고 참담한 좌절에 빠져들 수밖에 없었던 것이다.

그리하여 이 작품이 불합리한 현실세계의 모순을 치열하게 고발하고는 있지만 일반적으로 이범선 소설의 흠으로 지적되고 있는, "사상과 의식의 체계이기보다는 감정과 인정의 순박한 질량으로 메꾸어져 있기 때문에 독자에게 감동적인 호소력을 전달해 줄 수는 있을지언정 긍정적인 설득력을 발휘할 수는 없다"[19]는 한계를 벗어나지 못하고 있다고 할 수 있다.

그러나 주인공인 송철호가 비록 상황에 맞서 정면대결하거나 자신의 의지를 끝까지 관철시키는 강인한 모습을 보여주지 못하고 상황에 내밀리는 무기력한 결말구조를 보인 것은, 양심이라는 가냘픈 물줄기 하나가 모순과 비리의 우람한 장벽을 결코 뚫을 수 없다는 현실 상황의 적나라한 증언인 동시에 인

---

18) 이범선 : 「오발탄」, 380쪽.
19) 천승준 : 위의 책, 446쪽.

간의 내부에 자리잡고 있는 이상원칙과 현실원칙의 양면성이 일으키는 갈등의 양상을 송철호를 통하여 보여주려고 했던 작가정신의 일면이 아닐까 생각한다.

3. 맺는말

이범선 소설의 특징으로 일컬어지고 있는 서정적·정감적·인정적 경향이 거세되고 전후 상황의 현장성이 비교적 날카롭게 포착되고 있는 「오발탄」은 참담한 전후의 현실 속에서 주인공들이 벌이는 삶의 갈등 양상과 빈곤의 문제와 양심과 윤리의 문제를 통하여 삶의 방식에 대한 깊은 통찰을 시도함으로써 1950년대 전후소설의 한 전범(典範)으로 평가될 수 있을 것 같다.

특히 부조리한 현실에 대한 고발과 증언의 비판적 리얼리즘의 세계 실현, 문제적 인물의 창조를 통한 현실 고발의 극대화, 상징기법을 통한 내면의식의 성찰 등 주제의 형상화 측면이나 기법의 변화와 혁신적 측면에서의 「오발탄」의 전후소설적 의미는 크지 않을 수 없다.

그리하여 1950년대의 암울한 전후 상황을 총체적으로 드러내어 증언해 주고 있는 「오발탄」은 오늘날의 우리에게도 분단의 문제, 양심의 문제, 그리고 빈곤의 문제 등을 두고두고 생각하게 하는 기념비적 작품으로 평가되어야 할 것이다.

영원성의 시적 표현

— 김수영의 「풀」을 중심으로 —

허윤회*

1. 글을 시작하며

시 한 편을 통해 한 시인의 시세계를 온전히 평가한다는 것은 어려운 일이지만 「풀」에 대한 다양한 견해들은 김수영 시의 미로와도 같은 이해와 맞물려 있다. 어떤 시를 이야기할 때 시인이 떠올려지는 예는 여럿 있다. 이상 하면 「오감도」, 윤동주 하면 「서시」 하는 식으로 시인과 그의 대표작이 연상되는 경우이다. 그런데 김수영의 경우는 「풀」이 그의 대표작이라기보다는 시인의 시세계에서 예외적인 작품으로 보는 경향이 일반적이었으며, 그런 예외가 그의 시세계를 대표하고 있다는 사실 앞에서, 김수영의 시세계와 「풀」이라는 작품은 어떤 연관을 맺고 있는 것처럼 받아들여졌다. 다시 말해서 「풀」에 대한 평가는 김수영의 시세계에 대한 평가와 맞물려 있다.

풀잎이란 한국현대시문학사에서 다양한 방법과 탐구를 통하여 획득한 이미지의 하나로서, 그것은 우리들의 삶 자체와 항상 연관을 가진다. 김수영은 그것을 대지에 뿌리를 내리고 있으면서 바람보다 먼저 눕고 먼저 일어나는, 그 자신의 본질 속에 운동성을 내포한 존재로서 파악하였고, 황동규는 뿌리 뽑혀진 존재로서 인식하였으며, 오규원은 말을 만드는 것으로서, 이성부와 이시영은 저항하는 민중상으로 이해하였으며, 정현종이 주목하고 있는 것은 어둠 속에 자신을 열어놓고 흔들리고 있는 풀잎의 부드러운 힘 그것이다.[1]

---

* 광운대 강사.

위의 글은 김수영의 시세계와 「풀」에 대한 평가가 어떻게 맞물려 있는지에 대한 단적인 예이다. 김수영의 시에 나타난 '풀'은 '그 자신의 본질 속에 운동성을 내포한 존재'이지만, '풀'은 '저항하는 민중상'으로 보는 한 쪽의 입장과 '어둠 속에 자신을 열어놓고 흔들리고 있는 풀잎의 부드러운 힘'으로 보는 다른 한 쪽의 입장 사이에서 다양한 스펙트럼을 보이고 있다. 이것은 김수영의 시가 이후의 시인에게 미친 영향, 특히 「풀」의 영향을 일차적으로 조감하는 데 부족함이 없다. 여기에다가 강은교의 김수영 시에 대한 영향 관계를 추가할 수 있을 것이다. 이러한 평가들은 현재에도 유효하게 적용되고 있는 것으로 보이는데 '풀'을 '민중'과 동일시하거나 혹은 '시적 자아의 내밀한 세계'와 동일시하거나 간에 '풀'을 하나의 비유적 표현(객관적 상관물)으로 보는 경우는 매한가지이다. '풀'의 의미는 '풀'이라는 표상을 통해 표현된 그 어떤 것이라는 것이다. 이를테면 「풀」에서 '풀'은 어떤 의미를 내포한 하나의 상징이다. 그 상징적 의미란 최하림이 적절히 지적하고 있듯이 '대지에 뿌리를 내리고 있으면서 바람보다 먼저 눕고 먼저 일어나는, 그 자신의 본질 속에 운동성을 내포한 존재'일 것이다. 그렇지만 '풀'은 그 존재에 대한 직접적인 지시를 의미하고 있지는 않다. 이것은 '풀'이라는 표현이 '풀'이라는 상징적 의미를 훼손하고 있는 것처럼 보인다. 그렇다면, 「풀」이라는 시에서 '풀'이라는 상징을 통해 의미를 밝히기에는 한계가 있는 것도 사실이다.

김현은 이러한 사정을 참고하여 「풀」에서 '풀'과 '바람'의 명사적 대립이나 '운다'와 '웃는다'의 동사적 대립에서 시적 의미를 밝히려는 시도를 가로지른다.

---

1) 최하림, 「문법주의자들의 성채」, 『창작과 비평』, 1979, 봄(김현, 「김수영의 「풀」─웃음의 체험」, 『한국현대시작품론』, 문장, 1981, 352쪽에서 재인용). 그밖에도 풀을 대상으로 다룬 글들을 살펴보면, 강웅식, 「'사실'과 '환상'의 대극적 긴장─김수영의 「풀」」, 『시, 위대한 거절』, 청동거울, 1998; 김혜순, 「문학적 『장자』와 김수영의 시 담론 비교 연구」, 『김수영 다시 읽기』, 김승희 편, 프레스21, 2000; 이승훈, 「「풀」/김수영」, 『한국현대시 새롭게 읽기』, 세계사, 1996; 이어령, 「다시 읽는 한국시(31)─김수영의 「풀」」, 『조선일보』 1996. 12. 10; 김치수, 「김수영의 「풀」」, 『대표시 대표평론』, 실천문학사, 2000 등이 있다.

누군가가 지금 풀밭 속에 서 있는 것이다. 그런데 그 시에서 중요한 것은, 그 숨어 있는 누구이다. 서 있는 그는, 마찬가지로 서 있는 풀이 나부껴 눕고, 뿌리 뽑히지 않으려고 우는 것을 본다.(과거) 그때의 울음은 바람소리와 풀의 마찰음이리라, 그 울음을 그는 그러나 웃음으로 파악한다.(현재) 그는 이제 날이 흐리고 풀이 누워도, 웃을 수 있다. 「풀」의 비밀은 바로 이곳에 있다. 그 시의 핵심은 바람/풀의 명사적 대립이나, 눕는다/일어선다, 운다/웃는다의 동사적 대립에 있는 것이 아니라, 풀이 움을 풀의 일어남과 웃음으로 인식히고, 날이 흐리고 풀이 누워두 울지 않을 수 있게 된 풀밭에 서 있는 사람의 체험이다.[2]

김현의 이해는 「풀」이라는 작품을 시각적으로 선명하게 드러내는데 도움을 주고 있다. 일종의 상상을 통해 「풀」을 이해한 경우라고 할 수 있다. '풀밭 위에 서 있는 사람의 체험'을 웃음의 체험으로 환원시키면서 명사적 대립과 동사적 대립 너머의 어떤 인지 혹은 깨달음을 웃음이라는 체험으로 되살려내고 있다. 그렇다면 그 웃음이란 어떤 의미를 띠고 있는 것일까? 어떤 의미의 웃음이길래 날이 흐리고 풀이 누워도 울지 않을 수 있는 것일까? 문맥상의 의미만으로 본다면 명사적 대립과 동사적 대립이 의미상의 대립으로 전이된 것에 불과한 것은 아닐는지 의문을 갖게 된다. 그 웃음의 체험까지는 기술이 되었지만 그 웃음의 의미와 정체에 대해서는 논의가 진행되지 못하고 있기 때문이다. 그 웃음의 정체는 존재의 의미와 연결되는 그 어떤 것이라고 여겨진다. 김현의 경우에는 그 부분을 생략하고 있다. 어떤 자유스러운 경지의 도달을 통한 대자적인 웃음이 김현의 해석이라고 보여시는네 「풀」에시의 웃음은 지조적인 혹은 설움이 곁들여진 웃음으로 보여진다. 울음과 웃음은 그 차이가 없는 울음 섞인 웃음 혹은 웃음 섞인 울음인 것이며, '풀'에 표정이 없듯이, 그것을 표현한 존재에게도 그 표정은 심정적으로 감추어진 웃음이다.

그밖에도 김수영의 「풀」에 대한 다양한 해석과 평가가 있다. 하지만 '풀'을 민중 혹은 민초의 전형으로 보는 입장과 '풀'을 시인자신 혹은 존재의 표상으로 보는 양극단의 견해를 선택하거나 이를 절충하는 선에서 그 해석의 진전은

---

2) 김현, 위의 글, 356쪽.

이루어지고 있지 않는 것이 저간의 사정이라고 판단된다.

2. 「풀」의 해석

풀이 눕는다
비를 몰아오는 동풍에 나부껴
풀은 눕고
드디어 울었다
날이 흐려서 더 울다가
다시 누웠다

풀이 눕는다
바람보다도 더 빨리 눕는다
바람보다도 더 빨리 울고
바람보다 먼저 일어난다

날이 흐리고 풀이 눕는다
발목까지
발밑까지 눕는다
바람보다 늦게 누워도
바람보다 먼저 일어나고
바람보다 늦게 울어도
바람보다 먼저 웃는다
날이 흐리고 풀뿌리가 눕는다

김수영의 마지막 작품으로서 유명한 「풀」의 전문이다. 「풀」은 『현대문학』에 1968년 5월에 발표되었다. 김수영이 사망한 날은 1968년 6월 15일이다. 따라서 「풀」은 시인이 생전에 발표한 마지막 작품이다.

풀이 눕는다. 풀이 눕는 동작은 '비를 몰아오는 동풍에 나부껴'서이다. 동풍, 동쪽에서 불어오는 바람은 비를 몰아오는데 바람은 의식하지 못하지만 이때 풀은 눕는다. 바람과 풀은 작용인과 작용대상의 관계이지만 그러한 작용에 대한 의식이 바람에는 없는 반면에 풀에는 있다. 다시 말하면 그러한 작용에 대한 의식이 바람에는 없고 풀에는 있는 것처럼 시인은 표현하고 있다.

그 결과 풀이 누워서 '드디어 울었다'라는 감정적 표현이 이루어진다.(4행) '풀'의 의식은 시인의 의식 내지는 감정이입의 대상임이 여기에서 드러난다. 왜냐하면 일반적으로 '풀'은 의식과 감정을 갖고 있지 않은 대상으로 여겨지기 때문이다.

'날이 흐려서 더 울다가 / 다시 누웠다'라는 1연의 후반 2행은 1연 전반부에 대한 요약적 표현이다. 비를 몰고 오는 동풍 때문에 날이 흐려졌고, 이 때문에 풀이 눕고 울었는데 일어서려고 했지만 다시 누웠다. 의미상 풀은 두 번 누웠는데 누웠다가 다시 일어서려 했지만 일어서는 행위를 포기한다. 그 이유는 밝혀져 있지 않다.

2연에서는 '풀이 눕는다'는 표현 뒤에 '바람보다도 더 빨리 눕는다'라고 표현되고 있다. 2연의 2행을 통해서 볼 때 풀이 빨리 눕는다는 것은 바람이 불기 전에 풀이 눕는다 라고 볼 수도 있지만, 바람이 불기 전 날이 흐려서 바람이 불려고 할 때 이미 풀은 눕기 시작한다는 것을 표현하려는 것으로도 볼 수 있다. 이미 풀은 의식과 감정을 갖고 있는 것으로 전제했으므로 이러한 풀의 의식과 감정은 시인의 그것이면서 바람의 작용인에 이끌리는 것을 미리 차단하겠다는 일종의 의사표시로서 눕는다는 행위를 채택한다고 볼 수 있다.

그 결과 이러한 차단이 '풀'로 하여금 '바람보다도 더 빨리 울고 / 바람보다 먼저 일어난다'는 행위를 유발시키는데, 엄밀한 의미에서 이것은 '풀'의 현실적 행위가 아닌 상상의 행위라고 보아야 한다. 그래야만 1연에서 일어서려는 행위를 포기한 '풀'과 모순을 일으키지 않는다. 1연에서 '풀'의 행위가 현실에서의 행위라면 2연에서 '풀'의 행위는 상상의 행위이다. 1연에서 바람과 풀이 작용인과 작용대상의 관계에 있다면 2연에서는 그 작용관계가 부정된다. 그것은 '바람'의 의지와 상관없는 '풀'의 의지이며 그러한 관계는 '풀'의 자의적인 의지에 따른 결과라는 점에서 '상상적인 행위'이다. 바람이 불기 전에 더 빨리 울며, 바람보다 먼저 일어나겠다는 풀의 정서와 의지는 '풀'의 수동적인 저항의 한 단면을 의미한다.

그런데 '더 빨리 울고'라는 '풀'의 다짐은 바람이 불어오기 전에 미리 울어버림으로써 '바람'의 작용인을 무의미하게 만들겠다는 일종의 전략이지만 '바람보다 먼저 일어난다'라는 표현은 '먼저 일어나겠다'라는 의지의 표현으로 보여지지 않는다. 이미 그러한 결과가 일어나서 그렇게 표현되었다고 보아야 한다. 상상의 행위에서 유추된 이러한 '풀'의 행위는 사실은 현실적으로 이미 벌어진 결과인지도 모른다. 그렇다면 '풀'의 행동은 상상과 현실사이에서 자신도 의식하지 못하는 제3의 영역으로 자기도 모르게 이끌려가고 있었단 말인가?

3연의 1행은 기존 정황의 재진술이다. 날이 흐려졌기 때문에 풀이 눕는다. 따라서 바람이 불어오고 비가 올 것이기 때문에 풀은 누우려 한다. 그리고 그것은 자연적인 질서에 따르는 순리에 따른 결과라고 볼 수 있다.

그런데 "발목까지 / 발밑까지 눕는다"라는 표현은 아주 낮게 눕는다는 표현인데 지금까지 비교의 대상이 없었던 시적 진행의 과정에서 본다면 낯선 비교의 대상이다. 그 발목과 발밑의 주인을 시인 자신으로 볼 수도 있지만 그 발목과 발밑의 주인을 '풀' 자신의 비유적 표현으로 볼 수도 있다. '풀'을 시인 자신과 동일시하던 분석의 틀이 3연의 2행과 3행에서는 다시 낯설어지게 된다. 그 '발목'과 '발밑'의 주인공은 제3의 사람이라고 해도 문제될 것이 없는 애매성을 유발시키는데 그것은 사실성이 유발시킨 애매성이다.

그 애매성의 결과 '풀'은 진술의 자율성을 획득하는 것처럼 보인다. '바람보다 늦게 누워도' 바람보다 먼저 일어나고 '바람보다 늦게 울어도 바람보다 먼저 웃는다'는 행위와 감정의 양태는 바람이라는 작용인이 없어도 가능한 것이다. '풀'의 자율성은 바람에 기인한 것이 아니라 '풀' 그 자체에 기인해 있는 것이기 때문에 '바람보다'라는 비교는 첨어를 통한 의미없는 강조이거나 리듬을 통한 의미의 강조이다. 그러나 그 의미의 대상은 분명하지 않다. 따라서 풀은 누웠지만 늦게 누워도 먼저 일어나고, 늦게 울어도 먼저 웃는 대상의 열망만이 오롯이 남게 된다. 그것은 풀의 현실태가 아니며 풀의 상상태라고 하기에는 구체적이다. 늦게 누워도 먼저 일어나고 늦게 울어도 먼저 웃을 수 있는 대상은 '풀'의 상상의 범위를 벗어나고 있는 것처럼 보인다.[3]

그 상상의 범위를 벗어나는 표현 대상으로서는 '풀뿌리'를 들 수 있는데 지금까지 풀에 대한 묘사는 가시성의 범위와 비가시성의 범위, 이를테면 상상의 영역을 통해 이루어졌다. '풀뿌리'가 낯설게 보인다면 그것은 가시성의 범위와 상상의 영역에서 이루어졌던 의지와 감정의 소산으로 유추할 수 있는 대상이 아니라는 점 때문이다. 풀뿌리는 땅 속에 있는 확실한 대상이지만 '풀뿌리가 눕는다'는 표현은 풀의 상상과 의지와 감정을 초과하는 범위에 있는 '풀'의 형이상이고 그것은 풀의 죽음을 의미한다. 만약에 풀을 시적 자아와 동일시한다면 시적 자아가 예견한 '죽음'의 의미를 '풀뿌리'는 지시한다. 풀뿌리가 땅위에 널브러졌을 때 고사되는 장면이 연상되기 때문이다. 하지만 시인 자신은 이에 대한 일말의 유보를 제시하고 있는 것처럼 보인다. '풀뿌리가 눕는다'라고만 표현하고 있기 때문이다. 풀의 죽음이 아닌 어떤 존재의 죽음을 암시하고 있는 것처럼 보인다. 하지만 '풀뿌리'에서 연상되는 상황의 제약으로 인하여 그 의미의 정확성에는 한계가 있다.

3. '풀'의 의미

김수영은 「풀」이 발표되는 해에 「性」, 「元曉大師」, 「의자가 많아서 걸린다」 등의 시를 발표하고, 그 전해에는 「VOGUE야」, 「사랑의 변주곡」, 「거짓말의 여운 속에서」, 「꽃잎(一)」, 「꽃잎(二)」, 「꽃잎(三)」, 「여름밤」 등의 작품을 발표한다. 우선 이즈음에 '풀'을 시적 소재로 다룬 시들이 다수 발견된다.

      풀 속에서는 노란꽃이 지고 바람소리가 그릇깨지는
      소리보다 더 서걱거린다 ─ 우리는 그것을 永遠의
      소리라고 부른다.

                                          ─「미역국」 부분

---

3) 이 부분을 이승훈은 '운동개념에 대한 해체의식' 혹은 '역설'이라고 지적하고, 다시 이를 '일상적 삶의 논리를 초월하는 시적 논리'라고 지적한 바 있다(이승훈, 앞의 책, 218~219쪽).

모래야 나는 얼마큼 적으냐
바람아 먼지야 풀아 나는 얼마큼 적으냐
정말 얼마나 적으냐……
—「어느 날 古宮을 나오면서」 부분

라디오의 時鐘을 고하는 소리 대신에 西道歌와
牧師의 열띤 설교소리와 심포니가 나오지만
　이 소음들은 나의 푸른 풀의 가냘픈
　影像을 꺽지 못하고
그 影像의 전후의 苦憫의 환희를 지우지 못한다
—「풀의 影像」 부분

캄캄한 소식의 실낱같은 완성
실낱같은 여름날이여
너무 간단해서 어처구니없이 웃는
너무 어처구니없이 간단한 진리에 웃는
너무 진리가 어처구니없이 간단해서 웃는
실낱같은 여름바람의 아우성이여
실낱같은 여름풀의 아우성이여
너무 쉬운 여름풀의 아우성이여
—「꽃잎(三)」 부분

　「미역국」에서 김수영은 "풀 속에서는 노란꽃이 지고 바람소리가 그릇깨지는 / 소리보다 더 서걱거린다"고 말한다. 풀이 빚어내는 소리라고 할 수 있는데 그 속에서 시인은 '노란 꽃이 지는 소리'와 '바람소리'를 듣는다. 더욱이 그 바람소리는 '그릇깨지는 소리' 만큼이나 큰 소리로 들린다. 풀이 바람에 흔들리며 노란꽃이 떨어지고 그 서걱이는 소리를 확대시켜서 시인은 보고 있다. 그리고 이를 시인은 '永遠의 소리'라고 칭하고 있다. 풀이 빚어내는 소리는 '영원의 소리'이다.

　시인은 '풀이 빚어내는 소리'를 하나의 장면(영상)으로 기억하고 있는 듯하다. 그래서 '나의 푸른 풀의 가냘픈 / 影像'(「풀의 影像」)이라고 지시하기도 한다. '푸른 풀'이란 아직 생명을 갖고 있는 존재이지만 또한 '가냘픈' 존재이다. 살아있지만 나약한 존재인 풀은 시인의 존재와 연결되는데 이때 시인의 자괴감은 모래, 바람, 먼지, 풀들과 비교될 만큼 미물에 불과한 것이다. 모래, 바람, 먼지, 풀과 시인의 존재는 동일한 비교의 대상인 것이다. 그 작은 존재들은 '실낱같은 여름바람의 아우성'이며 '실낱같은 여름풀의 아우성'이라고 말할 수 있다. 한낱 미물에 불과한 존재에게도 고통이 있는데 그것은 시인이 그것을 하나의 살아있는 존재로 보고 있기 때문이다. 그리고 그것은 존재의 고통이다.

시인은 그 존재의 고통이 어디에서 시작되는지에 대해서 말하고 있지 않다. 하지만 그 존재의 고통(고민)과 함께 환희를 말하고 있다. 풀의 영상을 통해서 존재의 고통과 환희를 동시에 느끼고 있다. 그것은 기억 속에서 현존하며 그것은 시인의 뇌리에 일상의 현실과 동시적으로 존재하고 있다. 일상 속에 자리잡은 이러한 동시병존의 인식이 시인의 고통과 환희로 동시에 현존하고 있다. 이것은 시인 자신의 깨달음의 결과라고 할 수 있는데 그 환희를 '웃음'이라고 부를 수 있을 것이다. 시인은 이를 '너무 간단해서 어처구니없이 웃는 / 너무 어처구니없이 간단한 진리에 웃는 / 너무 진리가 어처구니없이 간단해서 웃는'(「꽃잎(三)」, 자신으로 비유하고 있다.[4] 그것은 자조적인 웃음이면서 동시에 자신을 관조하게 하는 자신의 주관을 이탈해 있는 의식적 존재의 웃음인 것이다. 진리의 깨달음은 어처구니없게도 간단한 것이다. 그것을 깨달은 자의 웃음은 실소처럼 일시에 피어난다.

「풀」 이전에 나타난 '풀'의 소재는 바람, 모래, 먼지 등과 같은 계열의 미물을 지시한다. 그리고 자신을 하나의 작은 미물로 바라볼 수 있는 관조를 통해서 자신의 전 인생을 바라볼 수 있는 순간 시인은 자괴감에서 벗어나 하나의 해답을 얻는다. 자신이 살아있는 이유의 발견을 통해서 시인은 웃을 수 있는

---

4) 황동규는 김수영의 「꽃잎(一)」과 「꽃잎(二)」를 중시하면서 이 두 시의 속편이 「풀」이라는 견해를 피력한 바 있다. 앞의 두 시와 「꽃잎(三)」은 시적 경향을 구분하였는데 전자가 '절망에서 출발한 시'라면, 후자는 '절망하지 않을 수 없는 입장', 그 절망에 대한 태도가 드러나고 있다는 점에서 구분하고 있다. 이를 정리하면 「풀」은 「꽃잎(一), (二)」의 연장선상에서 절망을 구조화한 작품이라는 것이다(「정직의 공간」, 『달의 행로를 밟을지라도』, 민음사, 1976, 21~22쪽). 따라서 「풀」의 시적 지향을 절망으로 본다고 하더라도 「꽃잎(三)」도 그 이유를 설명하는데 제외될 수는 없다.

것이다. 이른바 '생명에서 비생명적인 기계성'을 볼 때 웃음이 발생한다.[5] 자신의 삶이 비생명적인 기계성으로 인식될 때 역설적으로 살아있다는 생명을 감지한다. 인생은 비극적이지만 그것을 깨달았을 때의 기쁨은 웃음을 유발시킨다.[6] 인생의 역설이 인생을 살아있는 것으로 가치있는 것으로 인식케 하는 것이다. 그리고 말년의 시인은 그러한 인식의 순간들을 포착하고 이를 시로 표현하려고 애를 쓴다.

> 네 머리는 네 말은 네 현재는
> 먼지에 싸여있다 구름에 싸여있고
> 그늘에 싸여있고 山에 싸여있고
> 구멍에 싸여있고
>
> 돌에 쇠에 구리에 넝마에 삭아
> 삭은 그늘에 또 삭아 부스러져
> 거미줄이 쳐지고 忘却이 들어앉고
> 들어앉다 튀어나오고
>
> 불이 튕기고 별이 튕기고 영원의
> 행동이 튕기고 자고 깨고
> 죽고 하지만 모두 坑안에서
> 塹壕안에서 일어나는 일
>
> [······]

---

5) 김형효, 『베르그송의 철학』, 민음사, 1991, 178쪽.

6) 이 말은 어폐가 있는지도 모르겠으나 프로이드에 의하면 유머는 즐거움을 자아내는 데 실제로 유머가 말하고 싶은 것은 "보아라, 이것이 그렇게 위험해 보이는 세계다. 그러나 애들 장난이지, 기껏해야 농담거리밖에는 안되는 애들 장난이지!"의 뜻을 내포하고 있다는 것이다(프로이트, 「유머」, 『창조적인 작가와 몽상』, 열린책들, 1996, 17쪽). 그리하여 "우리의 슬픔이란 그것이 아무리 고통스러운 것일지라도, 결국엔 자연히 끝나고 만다. 잃어버린 그 모든 것들을 그냥 단념할 때 슬픔은 스스로를 소진하며, 우리의 리비도는 다시 자유롭게 되어 (우리가 젊고 적극적인 한) 잃어버린 대상과 똑같은, 아니 그보다 더 소중한 새로운 대상을 찾게 된다."(「덧없음」, 위의 책, 25쪽) 유머러스한 웃음은 이때 기능적인 활동을 하며, 이때 슬픔과 웃음의 대립은 사라진다.

돈의 꿈이 길어지고 짧아지고 墮落의
길이도 표준이 없어지고 먼지가 다시 생기고
坑이 생기고 그늘이 생기고 돌이 쇠가
구리가 먼지가 생기고

죽은 행동이 계속된다 너와 내가 계속되고
전화가 울리고 놀라고 놀래고
끝이 없어지고 끝이 생기고 겨우
忘却을 실현한 나를 발견한다.

— 「먼지」 부분

김수영은 시작만으로는 생활이 힘들어지자 번역으로 생계를 꾸려나갔던 것으로 알려져 있다. 「먼지」는 그런 생활의 단면을 시화한 것이다. 먼지는 바람, 모래, 풀들과 함께 미물을 지시하는 동일계열의 시어들임을 앞에서 밝혔다. 위 시의 1연에 표현된 '네 머리는 네 팔은 네 현재는 / 먼지에 싸여있다'는 표현은 자신의 육체와 정신이 현존하지만 먼지에 불과함을 표현한 것이다. 언젠가는 먼지에서 비롯되었듯이 먼지로 돌아갈 것이다. 그러한 인간의 유한성에 대한 시인의 생각은 현존하는 지상의 모든 것을 '먼지'로 보는 것이다. 그 먼지들이 삶을 유지하고 있는 것이 현재의 삶들이다. 그리고 시인은 원고지 앞에서 글을 쓰고 있다. 원고지를 메우고 있는 칸은 구멍이고, 갱이고, 참호이다. 그런데 시인은 그 구멍들이 글자들의 집인 것처럼 인간도 그 구멍을 채우다 사라지는 존재로 그려지고 있다. 영원의 행동이 표현된다 할지라도 그것은 종이가 삭아서 먼지가 되면 사라지는 것이다. 따라서 영원이란 이 세상에 존재하지 않을지도 모른다. 다만 돈을 구하기 위해 원고지의 칸을 메워간다. 그런데 칸을 메우는 행위가 반복되면서 돈에 대한 생각, 일상의 생각을 잊는 망각의 순간에 지금의 행위가 무의미하다 할지라도 일상의 고통을 잊는 순간이 있다. 그 순간 그 행위는 살아있고, 현재와 일치한다. 또한 그것을 인식한 자는 기쁨을 맛본다. 비록 그 순간이 지속되지는 못한다 할지라도 그 순간을 위해 인간은 삶을 영위하는지도 모른다. 영원의 순간을 위해 망각해야 하는 것은 인간의 운명인 것이다. 이것이 김수영이 말하고 있는 인간 존재의 역설이라고 할 수 있다.

김수영이 이러한 인간의 유한성을 시로 표현한 것은 「현대식 교량」을 통해서이다. 인간의 유한성이 세대의 유전을 통해서 그 유한성을 벗어난다는 깨달음은 사실 그의 시를 새로운 단계로 올려놓았다. 「사랑의 변주곡」, 「어느날 고궁을 나오면서」 등 이른바 후기시의 수준작들은 이러한 각성을 표현한 것이라고 보아야 한다.7) 그렇지만 인간의 유한성이 영원성으로 표현되는 과정에서 일상을 벗어난 초월이 가능한가에 대한 의구심은 끊임없이 그가 매달린 화두였다. 그는 정신적 영역으로 초월을 선택하기보다는 육체(몸)의 기투에 초점을 맞추어 시세계를 펼쳐나간다. 지금 여기에서 벗어난 정신적 초월이란 무의미한 행위라는 것이다.

> 긴 것을 긴 것을 사랑할 줄이야
> 긴 것 중에 숨어있는 것을 사랑할 줄이야
> 제절로 이루어지는 것이 긴 것 가운데
> 있을 줄이야
>
> 그것을 찾아보지 않을 줄이야 찾아보지
> 않아도 있을 줄이야 긴 것 중에는
> 있을 줄이야 어련히 어련히 있을
> 줄이야 나도 모르게 있을 줄이야
>
> —「원효대사」 부분

그런데 어느날 텔레비전에서 '원효대사'를 보면서 김수영은 생각을 바꾸어 버린다. 성속이 같다고 무애를 주장한 원효대사와 '제니의 꿈'이라는 드라마는 한치의 차이도 없이 오락물로서 마술과 같은 장면을 보여주고 있다. 그런데 그것을 보고 좋아하는 시청자들은 원효의 입장에서 본다면 그릇되다고 말할 수는 없는 것이다. 그 속에서도 원효의 가르침은 면면히 흐르고 있는 것이다. 다만 그것을 볼 수 있느냐 없느냐, 그것을 보지 못한다고 해서 탓한다는 것 자체가 그릇된 것일 수 있다는 것이다. 그것은 원효의 가르침과 동떨어져 있는

---

7) 졸고, 「시와 운명」, 『반교어문연구』 제10집, 반교어문학회, 1999. 12

것인지는 몰라도 원효가 상상하지 못한 것이라 하더라도 우리의 곁에 있는 것이다. 그러한 상대적인 인식이 '긴 것 중에 숨어있는 것을 사랑'하게 하는 까닭이다. 그것은 애써 찾아보지 않아도, '나도 모르게' 주위에 있었던 것이다. 그것을 시인은 시인 자신에게 들려주고 있다. 그래서 '날이 흐리고 풀뿌리가 눕는다'해도 웃을 수 있는 것이다. 풀이 미물이듯이 바람도 미물에 불과한 것이며 눕고/ 일어서며, 울고/ 웃는 상대성은 변하고 변할 수 있는 것이다. 그러한 인식만이 자신이 지킬 수 있는 유일한 인식의 근간인 것이며 때문에 자유로울 수 있는 것이다.

> 이 이상한 일을 놓고 나는 저녁상을
> 물리고나서 한참이나 생각해본다
> 지금은 너무나 또렷한 立體音을 통해서
> 들려오는 以北방송이 不穩방송이
> 아니 되는 날이 오면
> 그대는 지금 일본말 방송을 안 듣듯이
> 나도 모르게 사이에 아무 미련도 없이
> 회한도 없이 안 듣게 되는 날이 올 것이다……
>
> ——「라디오界」 부분

시인은 과거에 일본말 방송을 들으며 정보의 촉각을 세우고 있었지만 이제 그는 그러한 행위를 하지 않는다. 그리고 북한에서 들려오는 방송에 미련을 두지 않을 날을 기약해 본다. 그리고 언젠가는 이북의 방송이 불온방송이 아닌 날이 오고 모두 다 그 방송을 듣게 될 날이면 그 미련도 없어질 것이다. 그렇다면 시인의 불온방송에 대한 조바심도 조금은 누그러질 것이다. 김수영은 '획일주의의 검열의 범죄'와 '대중의 검열자의 범죄' 가운데 어느 것이 더 나쁜 것인가 하는 문제가 아닌 '이 두 개의 범죄를 동시에 공존시킴으로써 여기에서 취해지는 밸런스를 현대문학의 창조적 출발점으로 인정'하자고 말한다. 이것은 이어령과의 불온성 시비에서 시인이 말한 대목에서 취한 것인데, 시인 자신이 이러한 엄연한 현실을 무시할 수는 없는 것이고 더 나아가서 이러한 현실 속에서 시인 자신의 문학적 수준을 함께 끌어올려야 한다는 과제와 연결된다.

그리고 이러한 해결의 모색은 시인의 내적 경험을 통해 이루어져야 한다. 이것이 김수영이 택한 참여시론의 방향타인 셈이다.

김수영은 이어령과 시의 불온성에 대하여 일종의 논쟁을 벌인 바 있다. 일반적으로는 순수·참여 논쟁의 연장선상에서 이를 바라보고 있다. 논쟁이라면 당연히 입장의 차이가 전제되어야 함으로 이어령을 순수의 측면으로 김수영은 참여의 입장에서 발언한 것으로 받아들여지기 쉽상이다. 그런데 과연 그런 것인가에 대한 의문은 쉽게 사라지지 않는다. 이른바 '불온시' 논쟁이 논점이 불분명한 애매성을 내포하고 있기 때문이다. 이어령의 경우 문학의 본질주의적 환원에 대한 적극적인 의견을 개진한 것으로 볼 수 있으나 김수영의 경우에는 다르다. 문학의 본질적인 환원에 대한 과정상의 문제를 제기하고 있기 때문이다. 그 과정에서 현실 또한 중요한 하나의 요소라면 그것을 어떻게 바라볼 것인가라는 문제를 지적할 수 있는데 이를 현실주의적 입장으로 일방적으로 이해하는 것은 일종의 선입관이 개재된 판단이라고 보아질 수밖에 없다. 김수영은 말한다. "모든 전위문학은 불온하다. 그리고 모든 살아있는 문화는 본질적으로 불온한 것이다. 그것은 두말할 것도 없이 문화의 본질이 꿈을 추구하는 것이고 불가능을 추구하는 것이기 때문이다."8) 이 말은 문학의 현실참여를 주장한 것이기보다는 문학의 본질을 기성의 어떤 것에서 차용하는 것이 아닌 지금 여기에서 이룬다면 어떻게 가능한가에 대한 김수영의 솔직한 심정이다. 그것의 대답은 꿈(이상)이고 불가능이라는 점에 방점이 놓여져 있다. 그것이 현실에서 불가능한 것이라면 '죽음'과 동의어이다. 그는 '죽음' 이후의 과정에 대해서는 설명하고 있지 않다. 다만 가까운 미래로서의 경험적 현실로서 '죽음'을 상정할 수는 있겠다. 「라디오界」의 작품을 쓰고 난 이후에 부친 소감에서 '<죽음>으로 매듭을 지으면서'란 뜻은 그렇게 받아들여진다. 그 꿈과 이상에 가장 가까이 다가설 수 있는 순간에의 포착과 같은 궤로 설명할 수 있겠다.

---

8) 김수영, 「실험적인 문학과 정치적 자유」, 『전집』 2, 민음사, 159쪽.

은 우리의 것 혹은 민족주의의 관점에서 선택된 말들이 아니라 지금은 일상적
인 언어의 생활권에서 일종의 도태를 겪고 있는 말이라는 점에서 선택된 것이
다.

> 이런 향수에 어린 말들은, 현대에 있어서 <아름다운 것>의 정의 — 즉
> 쾌락의 정의가 바뀌어지듯이 진정한 아름다운 말이라고는 할 수 없다. 그런
> 것은 아무리 많이 열거해 보았대야, 개인적인 취미나 감상밖에는 되지 않
> 고, 보편적인 언어미가 아닌 회고미학에 떨어지고 마는 것이 고작이다.[12]

　그렇지만 이런 단어들을 사용한 시인의 생각은 이러한 표현이 하나의 과오
적 표현이라는 점에 머물러 있다. 진정한 현대와 어울리지 않으면서도 자신은
이러한 표현을 통해 어떤 현대성을 모색하고 있었던 것이다. 그것은 아무런
의미가 없는 말이다. 하지만 그 사이에서 언어의 본질을 찾아가는 시인의 모습
이 보인다. 그렇다면 그 언어는 일상적인 언어권에서는 사라지는 말이지만 시
의 언어영역에서는 다시 살아날 수 있다. 그것은 일상적인 언어로 표현될 수
없다. 단지 침묵으로 대답할 수 있을 따름이다.
　이러한 시적 인식의 태도는 지금까지 김수영에 대한 일종의 선입견에서 스
스로 자유롭고자 하는 양상이라고 할 수 있다. 무릇 현대시에서 언어의 본질
혹은 순수한 시의 영역에 육박해 들어가려는 일종의 출사표라고 할 만하다.
김수영은 그것을 시적인 순간으로 정의하고 그것을 시로 표현하려고 하였다.

> 　(그러나) 진정한 참여시에 있어서는 초현실주의시에서 의식이 무의식의
> 증인이 될 수 없듯이, 참여의식이 정치이념의 증인이 될 수 없는 것이 원칙
> 이다. 그것은 행동주의자들의 시인 것이다. 무의식의 현실적인 증인으로서,
> 실존의 현실적 증인으로서 그들은 행동을 택했고 그들의 무의식과 실종은
> 바로 그들의 정치이념인 것이다. 결국 그들이 추구하고 있는 것은 하나의
> 가능성이며 신앙인데, 이 신앙이 우리의 시의 경우에는 초현실주의에도 없
> 었고, 오늘의 참여시의 경우에도 없다. 이런 경우에 외부가 허락하지 않기

---

12) 김수영, 위의 글, 281쪽.

때문에 없다는 것은 말이 안 된다. 외부와 내부는 똑같은 것이다. 그리고
그것은 죽음에서 합치되는 것이다.[13]

위에서 인용한 글은 그러한 문학의 이상과 불가능에 대한 또 다른 답변이다.
'불온시 논쟁'을 참고한다면 그 논쟁이 제기한 문제틀 속에서 자신의 문학관과
진로를 끊임없이 탐색한 것으로 유추할 수 있다. 이때의 문제는 진정한 참여시
란 무엇인가라고 할 것이다. 김수영의 말대로라면 진정한 참여시란 문학의 본
질적인 한 측면이라고 할 때 그것은 이상이고 성립이 불가능하다. 현실 속에서
만나게 되는 것은 '참여시'일 뿐이다. 그러한 참여시에 대한 고찰이 「참여시의
정리」인데 이 글에서는 유치환, 김재원, 이중, 신동엽 등이 언급된다.

참여시를 내세울 때 문학(시)는 현실과 관련을 맺을 수밖에 없다. 이때 문학
(시)은 현실에 긴박됨으로 인해서 시의 본질과는 멀어진다. 그 거리에 대한 조
정은 쉽지 않다. 그 이유를 그는 프로이트에서 찾고 있다. 프로이트가 살펴본
무의식은 무의식이 드러날 때에는 의식이 무의식을 알아채지 못한다는 것이
다. 무의식을 알아채는 의식은 의식의 본질이 아닌 것과 마찬가지로 무의식의
본질과는 차이를 갖는다. 이른바 초현실주의의 실험은 의식과 무의식의 동서
(同棲)와 그 긴장에서 발생한 문학의 한 경향이라고 할 때 초현실주의 방법의
차용만으로는 초현실주의의 진의에 도달할 수 없다.

김수영은 초현실주의적 경향의 실패를 참여시에서도 보고 있다. 참여시란
현실의 밖을 문제삼을 뿐만이 아니라 현실의 안, 이를테면 현실의 무의식까지
를 함께 살펴야 한다. 그래야만 현실의 의식적 지향이 의미하는 바를 올바로
알 수 있다. 그것이 없을 때 참여시란 행동의 시, 정치 우위의 시가 되고 만다.
그것은 진정한 참여시가 아니다. 그것은 참여시의 이상이라고 할 수 있는데
그것의 실현은 불가능하다. 이것의 가능한 모색이 「시여 침을 뱉어라」와 「반
시론」이라고 할 수 있을 것이다. 문학적 이상의 실현은 불가능하지만 그 불가
능에 도전하는 것이 문학적 실험이며 그것은 온몸으로 해야된다는 온몸의 시
론은 이렇게 탄생한 것이다. 그리고 그는 '죽음'을 이야기한다. 그 온몸의 시론

---

13) 김수영, 「참여시의 정리」, 『창작과 비평』, 1967 겨울, 634쪽.

은 존재의 투기를 통해 가능한 것인데 그 존재의 투기는 존재의 죽음 혹은 사멸과 같은 의미이다. 그는 불가능한 문학의 꿈을 위하여 의식과 무의식이 몸담고 있는 육체의 연소를 이야기하고 있다. 그것은 진정한 참여를 산문에서 구하지 않고 시에서 구하고 했을 때 이미 예정된 것이라고 볼 수 있다. 이때 시란 문학의 본질을 내포한 문학의 꿈과 이상 그 자체였음을 의미한다.

「풀」은 그런 존재의 투기와 죽음의 예견을 담고 있는지도 모른다. '풀'은 무의식이 간섭할 수 없는 의식적 조작의 세계이면서 존재의 투기를 통한 죽음을 예견하면서 정치행동으로부터 자유로운 '진정한' 참여시를 위한 일보였다.

성찰과 침묵

— 김수영의 「눈」을 중심으로 —

박지영*

1. 들어가는 말

김수영은 문학사 속에서 단순히 참여시인이라는 한정어로 묶어 두기에는 아까운 시인이다. 참여시인이라는 수식어는 그의 시세계를 현실지향적인 내용으로써 재단하는 오류를 범하게 하기 때문이다. 그러나 최근 그에게 쏟아졌던 연구자들의 다양한 시선[1]은 이러한 선입견을 전복시키기에 충분한 것이었다. 물론 그가 그간 순수와 참여의 대립 구도를 형성해왔던 소위 창비 대 문지 양자 모두에서 환영받는 시인이었다는 점은 익히 알려진 사실이다. 그러나 더 나아가 최근 연구 성과는 그의 시세계가 단순한 속류 사회학적인 분석방법을 무색하게 하는 보다 본질적인 문학 내적인 문제를 제기하고 있다는 점을 시사해 주는 것이다. 이것은 시란 무엇인가라는 보다 본질적인 문제라고 할 수 있는데, 최근의 시 연구에서 집중적으로 논의되고 있는 시에 있어서의 근대성이란 무엇인가라는 화두 속에서 김수영이 주요한 논의대상으로 부각되고 있는 것은 이러한 사정과도 관련이 깊다고 할 수 있다.

그런데 어떠한 관점으로 김수영을 바라보든 그 속에서 단연 부각되는 논의는 김수영의 대표작이라고 할 수 있는 「풀」에 대한 분석이다. 「풀」을 어떻게 분석하느냐에 따라서 김수영 자신이 시에서 추구하고자 하는 궁극적인 것이

---

* 덕성여대 강사.
1) 최근 들어 김수영을 다시 조명하려는 연구자들의 성과들 가운데 대표적으로
   「김수영 문학의 재인식」, 『작가연구』 5호, 새미, 1998.
   김승희 편, 『김수영 다시 읽기』, 프레스21, 2000 등이 있다.

무언인가라는 의문을 푸는 관점이 달라지기 때문이다. 일단 지금까지의 논의 속에서는 저간에 교과서적으로 분석되었던 풀=민중이라는 「풀」에 대한 속류 사회학적 분석방법이 지양되고 있다는 점은 분명하다. 그리고 「풀」은 김수영 시적인 것(poesie)이란 무엇인가에 대한 고민의 종합적 산물이라는 연구성과[2]가 나오고 있다. 그래서 최근 연구의 쟁점은 자연스럽게 김수영이 「풀」이라는 시를 통해 드러내고자 했던 '시적인 것'의 실체를 찾는데 모아지고 있다. 그런 데 이 문제는 물론 「풀」이라는 한 작품을 통해서만은 규명될 수 없는 것이다. 거기에는 「풀」이라는 작품이 씌여지기까지의 김수영의 고민의 과정을 추적해 보는 종합적인 안목이 요구되는 것이다.

이러한 점을 고민하는 과정에서 그간의 연구 속에는 김수영이 「풀」을 창작하기 얼마 전에 창작했던 세 편의 「꽃잎」 연작에 대한 논의[3]가 시행된 바도 있다. 그런데 「풀」도 「꽃잎」도 시적 대상이 모두 자연물이라는 데 공통된 특성이 있다. 김수영이 자신의 거의 마지막 생의 순간에 자연에 대한 경이로운 시선을 보냈다는 것은 그의 시와 산문 속에 등장하는 여러 자연물의 표상들이 보여주고 있다. 물론 초기 시에서부터 자연물을 시적 대상으로 채택한 시가 존재하지만 특히 그의 후기 시에는 유난히 자연물에 대한 표상이 자주 등장한다. 그의 시 「이사」에서 등장하는 '나의 옆방은 자연이다'라는 구절은 그의 후기 시세계의 한 족적을 표현해 주고 있는 말이다. 그밖에 「거위 소리」 「여름밤」 등의 시와 「解凍」(산문) 등의 산문에서는 자연에 대한 그의 철학적 성찰이 들어있다. 그 결과 김수영이 자연 속의 작은 사물들을 통해서 획득한 사상적 경지가 그가 고민한 시적인 것과 어떠한 연관되어 있는 것은 아닐까라는 문제제기가 가능하게 된다.

그런데 그 중에서 눈의 띄는 것은 '눈'에 대한 김수영의 특별한 관심이다. 김수영에게 「눈」이라는 제목의 시는 3편이나 존재한다. 김수영의 세 편의 시 「눈」은 각각 56년, 61년, 66년에 창작되었다. 한 시인에게 같은 제목의 시가 세

---

2) 허윤회, 「현대를 넘어서는 새로운 시의 요청과 그 자세」, 『민족문학사연구』13. 1999
　　　　, 「시와 운명」, 『반교어문연구』 10, 1999
　박윤우, 「1950년대 모더니즘 시의 '부정성' 연구」, 서울대 박사 논문
3) 황동규, 「절망 후의 소리－김수영의 <꽃잎>」, 『심상』, 74.9.

편이나 존재하는 것도 주목할만 한 것이지만 이 세 편의 시가 씌여진 시기 또한 이 시들에 대한 연구의 가치를 갖게 한다. 이 시들이 창작되었던 56년은 전쟁 이후 혁명 이전의 초기 시세계를, 61년은 혁명 직후의 시세계를, 66년은 김수영이 활발하게 자신의 창작 방법론을 설파해가면서 자신의 시세계를 완성해 갔던 후기 시세계를 살펴볼 수 있게 하는 시기인 것이다.

　이러한 점은 일면적으로 김수영이 「눈」이라는 대상을 통해 고민하고 그것을 시화(詩化)하면서 시적인 것에 대한 고민을 발전적으로 수행했다는 것을 암시하는 것이기도 하다. 이러한 문제제기에서는 아니지만 그간의 연구사 속에서 이 세 편의 「눈」에 대한 논의는 존재한다. 「눈」(56)은 그의 초기작에 대한 연구 속에서 대표작으로 여러 번 논의된 바 있고 마지막으로 창작된 「눈」(66)은 60년대 시를 논의하는 자리에서 여러 번 언급[4]된 바 있다. 그리고 이 세 편의 「눈」 모두에 주목한 발전적인 논의로 이건제[5]의 논의가 있다. 이건제는 위의 세 편의 눈에서 56년의 「눈」과 66년의 「눈」를 김수영의 죽음의식을 통해서 분석하면서 이 두 시들 사이에서 김수영의 고민의 추이를 살펴보고자 하였다. 이러한 연구 성과를 통해서도 '눈'에 대한 김수영의 관심이 그의 시세계 속에서 어떠한 의미를 갖는가를 고찰하는 것이 결코 무의미하지 않으리라는 것을 알 수 있다. 그 중에서도 특히 마지막에 창작된 「눈」은 그의 시세계를 해명하는 데 중요한 「창작노우트」가 존재한다. 그리하여 이 시는 그의 후기 시세계를 해명하는 데 「꽃잎」 못지 않게 중요한 연구 대상이라 할 수 있다. 그러면 먼저 56년의 「눈」을 살펴보기로 한다.

---

4) 대표적으로 김상환, 「詩와 時」, 『풍자와 해탈 혹은 사랑과 죽음』, 민음사, 2000
　강웅식, 「'긴장'의 시론과 '힘'의 시학」, 『현대시의 부정성—詩, 위대한 거절』, 청동거울, 1998이 있다.
　상대적으로 논의 대상에서 제외되었다고 볼 수 있는 두 번째의 「눈」도 허윤회, 「시와 운명」, 『반교어문연구』 10집, 1999에서 언급된 바 있다.
5) 이건제, 「김수영 시에 나타나는 '죽음' 의식」, 『작가연구』, 위의 책.

2. 성찰의 매개체로서의 「눈」: 살아있는 눈과 움직이는 눈

눈은 살아있다
떨어진 눈은 살아있다
마당 위에 떨어진 눈은 살아있다

기침을 하자
젊은 시인이여 기침을 하자
눈 위에 대고 기침을 하자
눈더러 보라고 마음놓고 마음놓고
기침을 하자

눈을 살아있다.
죽음을 잊어버린 靈魂과 肉體를 위하여
눈은 새벽이 지나도록 살아있다.

기침을 하자
젊은 시인이여 기침을 하자
눈을 바라보며
밤새도록 고인 가슴의 가래라도
마음껏 뱉자.

— 「눈」(56)

  '눈'이라는 대상의 가장 중요한 특성은 그 시각적 심상에 있다. 백색이라는 심상이 일반적으로 떠오르게 하는 것은 순수이다. 순수한 대상은 보통 그 대상을 바라보는 주체로 하여금 자기 성찰을 수행하게 한다. 이 시에서도 이 순수의 심상인 눈은 주체의 성찰의 매개체로 등장한다.

  우리 시문학사 속에서 이러한 「눈」과 같은 역할을 하는 것으로 '거울'과 '물'이 있다. 李箱의 시에 등장하는 거울, 그리고 윤동주의 「참회록」에 등장하는 청동거울, 「자화상」에 등장하는 우물은 모두 주체의 성찰을 이끌어내는 매개체이다. 이상의 시에서 거울은 분열된 자아를 그대로 투영해내는 매개체이다. 윤동주의 시에서의 '거울'과 '우물' 역시도 이상과 괴리된 현실 속의 나약한 주체의 추상을 비춰주는 잔인한 매개체이다. 그런데 성찰에 있어서는 주체의 태도가 문제시된다.

이상과 윤동주의 시에 등장하는 성찰의 매개체들은 주체와의 관계에서 우위를 점하고 있다. 위의 시에서 성찰의 매개체가 드러내주는 표상은 자신들이 인정하고 있는 자아의 모습이며, 거기에서 주체는 부끄러움을 느끼는 것이다.

그러나 위의 시의 주체는 성찰의 매개체인 눈이 드러내주는 심상에 당당히 맞서고 있다. 이 시에서 성찰의 매개체인 '눈'은 이상과 윤동주의 시 속에서 드러나는 매개체들처럼 수동적인 반영체가 아니다. 오히려 주체에 적극적으로 대응하고 있다. 눈은 대상을 그대로 비추기보다는 자신의 빛으로 반사시킨다. '살아있다'는 것은 이러한 반사적인 성격의 위협성을 뜻하는 것일 수도 있다. 그리고 그 반사는 백색이 갖고 있는 고유의 주술적 성격과 관련이 있다. 적지 않은 공간을 점유하면서 드러내는 눈의 백색의 공간은 그것을 바라보는 주체에게 논리적인 의식보다는 정서적인 지각으로 다가온다. 그리고 그 정서적인 지각은 잠시 주체의 의식을 무아지경으로 끌어들일 수도 있다. 그러면서 잠시 주체는 자신의 순수한 내면을 응시할 수 있게 되기도 한다. 또한 백색은 예술가에게는 위협적인 색이다. 불가시적인 본질적인 세계를 표현할 수 있는 것이 무색의 진공의 색이라면 백색은 그 진공의 색에 가장 가까운 색이기 때문이다. 그 심상 속에서 예술가는 자칫 그 세계를 표현할 수 없는 무기력감을 느낄 수도 있는 것이다. 이러한 눈의 위협성을 김수영은 느끼고 있었다고 할 수 있다. '눈 더러 보라고'라는 표현이나, '밤새도록 고인 가슴의 가래라도'에서의 '라도'라는 조사는 시적 주체가 이 눈의 위협성에 응수하려는 의지를 보여주고 있는 것이다. 그리고 이 '눈'이 '살아있'는 이유는 '죽음을 잊어버린 영혼과 육체'를 위해서라고 한다. '죽음'은 김수영의 시세계에 있어서 '사랑'만큼이나 중요한 화두이며 이것과 떼어서 생각할 수 없는 것이다. '죽음'은 인간의 삶에의 근원상황이다. 인간만이 이 죽음을 '인식'할 수 있다 그래서 인간의 삶은 그 유한성 속에 거의 절대적인 가치를 갖게 되며, 그 결과 인간에게는 삶의 순간 순간에 대한 처절한 기투가 요구되는 것이다. 그리고 인간의 삶을 응시하고 그 가치를 드러내려는 시인에게는 이러한 처절한 기투의 순간이 바로 시 창작의 순간이 될 수 있다. 그래서 죽음을 항상 인식하고 있다는 것은 시인에게는 거의 생명과 같은 것이다. 그런데 이 죽음을 잊는다는 것은 시인으로서의 소명을 잊어버리는 것이라고 할 수 있다. '눈'은 시인에게 이러한 자각된 순간을 각성하게 해 주는 매개체인 것이다. 그런데 위의 시의 주체는 여기에 당당하게 응답을 하고 있다. '기침을 하'는 동작은 자신의 정신이 살아있음을 눈에게 시위하듯이 보여주는 것이다. '밤새도록 고인 가슴의 가래'는 살아있는 정신을 유지하려는 주체의 피나는 노력의 형상이다.

위의 시에는 김수영이 가지고 있었던 고유의 정신적 대결 의지가 보인다. 김수영은 정신적인 싸움을 즐긴 사람이다. 예를 들자면 장마 풍경에서 등장하는 '역경주의'6)라든지 김수영의 시에서 또한 끊임없이 등장하는 '적'의 의미 등은 모두 김수영이 자신의 정신적 긴장을 잃지 않도록 스스로 상정한 견제물들이다. 그런데 김수영의 시에서 시적 주체는, 4·19혁명을 예언하면서 혁명을 맞이하게 되는 순간까지는 그 정신적 대결에서 일면적으로 우위를 점하고 있는 것처럼 느껴진다. 위의 시에서처럼 그것은 주체에게 시 쓰는 작업에 대한 회의가 아직은 덜했기 때문이라고 할 수 있다. 이는 아직 현실과 시가 정면승부를 펼치지 못한 채 그 승부가 관념적으로 이루어지고 있었기 때문이기도 하다. 그렇다면 혁명 이후에는 이러한 점이 어떻게 될 것인가를 살펴보아야 할 것이다.

요 詩人
이제 抵抗詩는
妨害로소이다
이제 영원히
抵抗詩는
妨害로소이다

---

6) 이 역경주의에 대한 논의로는 김상환, 「모더니즘 혹은 사유의 금욕주의; 김수영론」, 『현대시학』 294, 1993. 11이 있다.

저 펄펄
내리는
눈송이를 보시오
저 山허리를
돌아서
너무나도 좋아서
하늘을
묶는
허리띠모양으로
맴을 도는
눈송이를 보시오

요 詩人
勇敢한 詩人
― 소용없소이다
山너머 民衆이라고
山너머 民衆이라고
하여둡시다
民衆은 영원히 앞서 있소이다
웃음이 나오더라고
눈 내리는 날에는
손을 묶고 가만히
앉아계시오
서울서
議政府로
뚫린
國道에
눈 내리는 날에는
「빽」차조
찦차도
파발이 다 된
시골 빠스도
맥을 못 추고

맴을 도는 판이니
답답하더라도
답답하더라도
요 詩人
가만히 계시오
民衆은 영원히 앞서 있소이다
요 詩人
勇敢한 錯誤야
그대의 抵抗은 無用
抵抗詩는 더욱 無用
莫大한
妨害로소이다
까딱 마시오 손 하나 몸 하나
까딱 마시오
눈 오는 것만 지키고 계시오……

— 「눈」(61)

　위의 시는 4·19 혁명이 실패로 돌아가고 난 이후 시인의 자괴감이 표현된
시이다. 56년의 시에서 볼 수 있는 시인의 치기는 사라지고 위의 시에서는 '시'
특히 '저항시'에 대한 절망감이 앞서 있다. '저항시'는 '방해'이고 '무용'이며
시인은 '용감한 착오'라는 자조섞인 발언은 혁명시로 떠들썩했던 지난 시기를
무색케 하는 대목이다. 그 저항시의 떠뜰썩함이 현실의 잔인함을 이기지 못하
는 상태, '사랑'이 '금이 간'(「사랑」, 1961) 상태는 시인에게 시의 무력감을 처
절하게 깨닫게 한다. 혁명을 겪으면서 김수영의 내면 속에서는 현실과 시가
서로 정면에서 충돌하게 된 것이다. 그 속에서 김수영은 시가 현실 논리를 따
라갈 수 없다는 시인으로서의 아픈 자성을 행하게 된 것이다. 그래서 지식인이
라고 할 수 있는 시인의 저항은 무용이고 거기에 비해 '민중은 영원히 앞서
있다'고 한 것이다. '앞서 있는' '민중'의 모습은 김수영의 다른 시 「쌀난리」에
서 드러나고 있다. 「쌀난리」(61)라는 시에서 민중은 '오히려 더 착실하게 온 몸
으로' 살고 있는 존재로 드러난다. 노동의 건강함으로 민중은 '머리'로 살아가

는 지식인들이 절망 속에 빠져 있을 때 건강하게 그 현실을 이겨내는 강인한 존재이다. 이러한 민중의 존재성은 김수영에게 경이로움을 안겨주면서 지식인으로서의 부끄러움을 더 한층 배가시킨다.

또한 민중처럼 지식인들의 조급함과 얄팍한 의지에 반해 존재하는 것이 있는데 그것이 바로 '눈'과 같은 자연의 표상이다. 여기서 눈은 56년의 작품에서의 쌓여 있는 눈과 다르게 인간을 비웃는 듯이 자신의 존재 법칙대로 움직이고 있는 존재이다. '너무나도 좋아서 하늘을 묶는 허리띠 모양으로 맴을 도는 눈송이'의 모습이 이 시에서 드러나는 '눈'의 모습이다 쌓여 있는 눈에서는 주체가 그 대상과 대결할 수 있었지만 이 시에서는 눈이 움직이면서 주체가 그 눈에 대한 대결 의지를 잃어버린다. 그러면서 주체의 일방적인 성찰이 시작된다. 움직이는 눈은 인간의 조급성을 비웃듯이 「삑」차도 쩦차도 파발이 다 된 시골 삐스도 맥을 못 추고 맴'을 돌게 만든다. 아직은 그들이 씽씽 달릴 시기가 아니라는 듯이 시위한다. 쌓여 있는 눈이 물질에 가깝다면 움직이는 눈은 자연인 것이다. 시인은 생명력 있게 움직이는 눈의 위력을 통해서 인간의 특히 지식인들의 이성이 따라갈 수 없는 것을 발견한다. 그는 자연의 순리 곧 현실의 논리를 배우게 된 것이다. 그래서 현실의 논리에 무기력한 시인은 '눈 오는 것만을 지키고 계셔야 되는' 것이다. 물론 자연의 순리와 현실의 논리는 다른 범주이다. 현실은 자연처럼 순리대로 운동하지 않기 때문이다. 그러나 김수영은 이 시에서 자연의 논리와 현실의 논리를 혼동하고 있다. '눈 오는 것'은 여기서 자연의 논리이지만 현실의 논리에 더 가깝다. '지키고 서 계시라'는 말은 현실적 논리에 무기력한 채 관념만 팽배해 있는 지식인들에 대한 조롱이다. 그런 면에서 한편으로 생각하면 이 혼동은 어쩌면 자연의 순리와 현실의 논리를 합치시키고 싶은 시인의 욕망에서 나온 것일 수 있다. 한용운이 '님의 침묵'에서, 신동엽이 '금강'에서 갈구했던 것처럼 현실의 논리가 자연의 절대적인 논리인 순리에 복종하는 날을 기다렸던 것처럼 말이다. 그렇다면 이 '눈이 내리는' 순리란 무엇이며 그것에 맞추어 가는 길이 혁명이 길이 되는 것일까? 그리고 그것을 시가 해낼 수 있을까? 이후에 김수영은 이러한 논리를 드러내주는 '시'의 모습을 모색하게 된다.

3. 현실과 시의 만남 : 움직이는 눈의 리얼리티

눈

눈이 온 뒤에도 또 내린다.

생각하고 난 뒤에도 또 내린다.

응아 하고 운 뒤에도 또 내릴까

한꺼번에 생각하고 또 내린다.

한줄 건너 두줄 건너 또 내릴까

폐허에 폐허에 눈이 내릴까

There is no hope of expressing my
vision of reality. Besides, if I did,
it would be hideous something to
look away from

    [……]

그대는 사실주의적 문체를 터득했을 때 비로소 비사실에로 해방된다. 웃음
이 난다. 이 웃음의 느낌. 이것이 양심인 것이다. 나는 또 쟈코메티에게로
돌아와버렸다. [……] 침묵의 한 걸음 앞의 시. 이것이 성실한 詩일 것이다.
[……] 이 시는 <廢墟에 눈이 내린다>의 八語로 충분하다. 그것이 쓰고 있
는 중에 쟈코메티적 변모를 이루어 六行으로 되었다. 만세! 만세! 나는 언어
에 밀착했다. 언어와 나 사이에는 한 치의 틈사리도 없다. <廢墟에 廢墟에
눈이 내릴까>로 충분히 <廢墟에 눈이 내린다>의 宿望을 達했다.7) (밑줄

---

7) 김수영, 「詩作 노우트」, 『김수영 전집 2-산문』, 301~303쪽 참조

－인용자)

위의 시에서 등장하는 눈 역시 움직이는 눈이다. 김수영은 이 움직이는 눈을 통해서 이전의 시에서와는 또 다르게 현실의 논리와 만나는 시의 모습에 대한 고민을 행하고 있다. 그것은 리얼리티에 대한 고민과 같은 것이기도 하다.

먼저 인용구 이후에 서술된 김수영의 설명을 참고하여 이 글을 범박하게나마 번역해 보면 그 내용은 이러하다. '나의 리얼리티에 대한 비젼을 표현할 희망이 없다. 그 외에 만약에 내가 그것을 행한다면, 그것은 얼굴을 돌리게 하는 몸서리나도록 싫은 무엇이 될 것이다" 이다. 이 말을 통해서 우리는 김수영이 '리얼리티' 즉 시에서 현실을 제대로 드러내는 길이 무엇인가에 대하여 고민하고 있다는 점을 알 수 있다.

자코메티는 피카소와 함께 유명한 초현실주의 조각가로 후기에는 이 초현실주의적 작풍에서 벗어나 사실주의적 작풍으로 창작을 행했던 사람이다. 위의 글은 후자의 시기에 그가 고민했던 창작행위에 관련된 글이다. 그리고 자코메티에 대한 글의 한 부분을 인용해보면 이러한 상황이 더욱 구체적으로 다가온다.

　1935년 인물에 관한 탐구로 돌아간 후에도 언제나 그의 관심은 그의 수련시절과 마찬가지로 대상과 그것을 둘러싼 공간을 자신이 본 그대로 정확하게 표현하는 것이었다. 그에게는 가까이서 본 대상이란 세부들의 무의미한 혼란일 뿐이었기 때문에 그는 대상에 초점이 맞게 되어 그 대상만의 한정된 공간 속에서 전체성을 지각할 수 있게 될 때까지 자신과 대상간의 거리를 멀리 두었다. 이렇게 정확한 시각적 거리의 설정은 단지 첫 단계에 불과했다. 그의 조각과 회화에서의 소외된 인물에는 여전히 삭제해야 할 세부들이 남아 있었던 것이다. 비록 우리가 그 인물들에게서 소외라기보다는 보전의 특성, 즉 사무엘 베케트의 희곡에 나오는 등장인물들처럼 공허나 극한 상황에서조차도 살아남을 수 있게 하는 그 어떤 성질을 읽어낼 수도 있겠지만 그 작품의 효과는 그가 의도했던 안했던 간에 사람을 압도하는 고독감에 있다. (「자코메티」, 『현대미술의 역사』, 439쪽 참조)

위의 글은 자코메티가 그의 예술 속에서 추구하는 바를 드러내고 있다. 쟈코메티는 자신이 위에서 서술한 대로 자신이 불가능하다고 느꼈던 '자신이 실제로 본 그대로 정확하게 표현하는 것' 즉 '리얼리티'를 표현하는 데 온 열정을 다 바쳤다. 그런데 위에서 설명한 자코메티의 방식과 김수영의 시 형식에서 풍겨나오는 시작 방식에 유사한 점이 발견된다. 하나는 시각적이고 시간적인 거리의 설정이며 또 하나는 '삭제'의 원리이다. 김수영은 시에서 행을 뛰어넘는 행갈이 방식을 통해 시에 공간감을 주어서 시적 화자와 대상간의 시각적인 거리와 시간적인 거리를 표현한다. 그리고 삭제의 원리는 김수영의 시작 노우트의 '八語로 충분하다'라든가 '六행이 되었다'는 말에서 드러나는 대로 될 수 있는 한 여분의 시어를 사용하지 않으려는 시도이다. 쟈코메티가 대상의 본질을 체득했다고 느낄 때까지 대상에 대해 거리를 두고 관찰하고 자기가 본 대상을 언젠가 정확히 재현할 수 있으리라는 믿음으로 끊임없이 스케치를 고쳤듯이[8], ― 그래서 자코메티는 리얼리티가 얼굴을 돌리게 하는 끔찍한 것이라고 했을 것이다 ― 김수영도 '눈'이라는 시적 대상을 자신이 본 실체 그대로 詩化시키기 위해서 시간적·공간적 거리를 통해 대상을 거리화시키면서 시를 완성해갔다고 할 수 있다.

시에서 '눈이 온 뒤에도 또 내린다. 생각하고 난 뒤에도 또 내린다'에서 '또'라는 접속어는 시적 화자가 눈을 바라보는 방식의 표현이다. 이는 보고 또 보면서 '눈'이라는 사물의 본질에 다가갈 때까지 직시하고 있는 시적 화자의 태도의 표현인 것이다. 그리고 동시에 눈이 가지고 있는, 끊임없이 내리고 또 내리며 재생산되는 생명력의 표현이기도 하다. 즉 이 시는 시적 화자가 눈의 생명력을 느끼고 그것을 형상화해가는 과정의 표현인 것이다.

자코메티에게 리얼리티라는 것은 단순히 대상의 모사에 그치는 것이 아니라 대상을 보면서 완전히 새로운 조형성을 부여한다는 것, 늘 보던 것을 전혀 새로운 시각으로 보고 그것을 표현해내는 것, 그리고 그것이 그가 다루었던 여러 주제에 새로운 생명력을 불어넣어 주는 것[9]이었다. 이러한 점을 염두에

---

8) 제임스 로드, 오귀원 역, 『작업실이 자코메티』, 눈빛. 2000, 70쪽 참조.
9) 제임스 로드, 오귀원 역, 앞의 글, 70쪽 참조.

두고 볼 때 김수영의 위의 시 작업 역시 눈이 내리는 풍경을 단순히 몇 줄의 시행으로 묘사하는 데서 그치는 것이 아니다. 눈을 바라보는 화자의 정서적 태도가 눈이라는 시적 대상에 투사되고 그것을 통해서 눈의 생명력에 또 다른 시적 화자만의 생명력을 부여하는 것이었다. 그래서 이 시에서 가장 중요한 시어는 '폐허'라는 시어이다. 김수영이 바라보는 눈은 '폐허'라고 형상화된 당대의 현실 상황에 내리고 있는 것이다. 그래서 그 '눈'이 '생각'하고 '웅아'하고 내리는 것처럼 느껴지는 것이다. 그러면서 김수영이 바라본 눈은 그 '폐허'에 자신의 생명력을 불어 넣어주고 있는 눈이다. '폐허'의 현실이 자연의 순리대로 조용히 내리는 눈에 의해서 새로운 생명력을 얻는 순간, 그 순간의 진리를 포착하고 난 뒤에 김수영은 '만세! 만세! 나는 언어에 밀착했다. 언어와 나 사이에는 한 치의 틈사리도 없다'고 표현했다. 이 순간에 바로 자코메티적 전환을 이룩한 것이다.

그런데 자코메티의 말로 돌아와 보면 리얼리티는 단순히 논리로써는 설명될 수 없는 것이다. 얼굴을 돌리게 하는 끔찍한 것이라는 말에는 예술 작품을 통해서 사물의 리얼리티가 과연 현실 그대로 드러내 줄 수 있는가에 대한 회의적인 입장이 들어있다. 이러한 불가능의 경지에 도전하기 위해 자코메티가 끊임없이 대상에 대한 스케치를 고치는 고통을 감행했으며 그 결과 역시 그에게 만족스러운 것은 아니었다고 한다. 그렇다면 김수영이 말한 '언어에 밀착했다'는 말 역시도 그의 시 '눈'이 현실 그대로의 눈을 그대로 묘사해 냈다는 의미는 아닐 것이다. 이는 그가 시작 노우트에서 행한 말인 '양심'이라는 말에서 느껴질 수 있는 것이다. '사실주의적 문체를 터득했을 때 비로소 비사실에로 해방된다는 말'은 주체가 대상을 사실적으로 묘사하려고 하면 할수록 그 대상은 현실 속에서 드러난 모습과는 점점 멀어진다는 것이다. 그러나 그때 느껴지는 '비사실에의 해방'이라는 결과는 더욱 그 사물의 본질에 가까운 것일 수도 있다는 것이다. 추상의 논리가 바로 그것이다. 그래서 김수영은 그 결과 '언어와 나 사이에는 한 치의 틈사리도 없다'는 경지에 도달했다고 확신한 것이다. 다시 말하면 여기서 김수영이 시에서 드러낸 경지는 단순한 반영이란 의미에서의 리얼리즘의 경지는 아니다. 굳이 김수영이 조각가의 말을 빌어서 리얼리티란 무엇인가를 드러내고자 했다는 것은 조각이라는 매체와 시라는 매체가 가지는 공통점에 착안했기 때문이라고 할 수 있다. 조각과 시는 순간적으로 지각되는 매체라는 점에서 공통점을 갖는다. 또 다른 시 「풀의 영상」에 관한 시작 노우트에서 김수영은 '詩에 있어서의 진정한 신선은 직관과 감동이 분리되지 않은 신선이다. 그때에 그것이 독창적인 것이 될 수 있다'라고 말한 바 있다. 결국 시는 직관을 통해서 인식될 수 있는 장르이며 그것이 감동과 합치되었을 때 독창적인 시 곧 현대적인 시가 된다는 것이다. 직관을 통해서 인식될 수 있는 시의 형상은 무엇인가를 고민했을 때 김수영은 그것이 단순히 대상을 모사한 것이 아니라는 쪽으로 결론을 내렸다고 할 수 있으며 이것이 바로 눈이라는 시를 창작하면서 실험했던 결과물이다.

　다시 자코메티로 돌아와 보면 위의 글에서 그가 대상을 응시하는 시간적·공간적 거리는 '그 대상만의 한정된 공간 속에서 전체성을 지각할 수 있게 될 때까지'만 유지한다고 하였다. 그런데 전체성이라는 것은 단순히 그 대상만을 통해서 체득되는 것이 아니다. 대상의 전체성은 그 대상이 점유하고 있는 공간과 그 대상과의 관계 속에서 체득될 수 있는 것이다. 쟈코메티가 그의 예술적 대상인 인물의 전체성을 표현한 결과가 '사람을 압도하는 고독감'이었다고 할 때 그 전체성은 그 인물을 바라보고 결과적으로 느낀 주체의 주관적 내면성이 그 대상에 투사된 형태라고 할 수 있다. 김수영의 경우도 마찬가지로 '폐허에 눈이 내린다'로 숙망을 다했다는 것은 그 눈이 내리는 '폐허'의 공간을 통해서 눈이라는 존재의 전체성을 체득해 내었다는 것이다. 그리고 그는 전체성 안에서 느낀 눈의 생명력을 표현한 순간 '만세, 언어에 밀착했다'라고 환호를 질렀던 것이다. '폐허에 폐허에'라는 반복적 어구를 통해서 그는 '폐허'가 더 이상 '폐허'가 되지 않는 반어적 상황을 발견한 것이다. 그리고 이러한 면은 김수영이 다른 시론에서 말한 시의 본질과도 연관되는 것이다.

　　시에 있어서의 모험이란 말은 세계의 개진, 하이데거가 말한 <대지의 은폐>의 반대되는 말이다. [……] 산문이란, 세계의 개진이다. 이 말은 사랑의 留保로서의 <노래>의 매력만큼 매력적인 말이다. 시에 있어서의 산문의 확대작업은 <노래>의 유보성에 대해서는 侵攻적이고 의식적이다. 우리들

은 시에 있어서의 내용과 형식의 관계를 생각할 때, 내용과 형식의 동일성
을 공간적으로 상상해서, 내용이 반 형식이 반이라는 식으로 도식화해서 생
각해서는 아니 된다. <노래>의 유보성, 즉 예술성이 무의식적이고 隱性的
이기는 하지만 그것은 반이 아니다. 예술성의 편에서는 하나의 시작품은 자
기의 전부이고, 산문의 편, 즉 현실성의 편에서도 하나의 작품은 자기의 전
부이다. 시의 본질은 이러한 개진과 은폐의, 세계과 대지의 양극의 긴장 위
에 서있는 것이다.10)

이 인용문은 김수영이 문학을 형식과 내용으로 나누어 사고하는 것에 대하
여 비판하는 대목이다. 그는 이 글에서 내용과 형식에 대한 이분법적 도식을
넘어서는 '시의 본질'에 대하여 논하고 있다. 그에 따르면 '시의 본질은 이러한
개진과 은폐의 세계와 대지의 양극의 긴장 위에 서 있는 것이다'. 이 정의는
하이데거의 「예술작품의 근원」에 나오는 예술작품이 세계의 개진과 대지의
은폐의 긴장 속에서 형성된다11)는 내용을 토대로 하고 있다.

하이데거의 용어를 살펴보면, 여기서 '세계'는 개인적 주체의 생활 세계뿐
아니라 역사적 운명 가운데서의 단순하고 본질적 결단의 광대한 궤도의 개시
이다. 대지란 좀더 설명을 요한다. 예술작품은 일차적으로 사물이다. 사물은
기본적으로 자기폐쇄적인 속성을 가지고 있다. 그렇기 때문에 예술작품은 사
물의 이러한 불가침성과 신비를 공유한다. 이러한 사물의 자기 억제가 예술작
품 가운데 나타날 때 대지라 부른다. 그래서 대지란 모든 예술 작품에 퍼져
있는 국면이며 이것은 자신을 감춰진 것으로서 나타내는 작품의 자기 폐쇄적
근거이다.

이것을 좀 도식적이기는 하지만 작품 창작 과정에 대입시켜서 살펴보면, 세
계란 예술 작품의 의미적인 것 내지는 작품이 열고 있는 세계이며, 대지란 좁
게 말한다면 소재와 질료이다. 예술 창작에 있어서 인간이 소재를 복종시키고
자 하는 시도와 소재와 질료의 저항 즉 세계와 대지의 대립에서 균열이 생기

---

10) 김수영, 「시여, 침을 뱉어라─힘으로서의 시의 존재」, 『김수영 전집 2─산문편』, 25
   0~251쪽 참조.
11) M. 하이데거, 오병남, 민형원 공역, 『예술작품의 근원』, 경문사, 1979 참조.

고 그 균열이 하나의 윤곽을 낳으며, 윤곽이 형태를 가져 온다. 여기서 작품의 형태적 완성이 성취된다. 그래서 예술이란 형태 가운데로의 진리의 확립이라고 하이데거는 말하고 있는 것이다. 이러한 하이데거의 논리에서 가장 중요한 것은 대지와 세계의 대극적 긴장이라는 말이다. 이 말은 지금까지 문학 작품을 김수영의 말대로 '내용이 반 형식이 반'이라고 말하는 도식적 논리에서 우리로 하여금 벗어나게 한다. 이미 대지와 세계라는 두 용어는 내용과 형식이라는 의미를 넘어서고 있는 용어이며 대극적 긴장이라는 말은 이미 이 두 가지가 서로 분리되지 않았을 때 이루어질 수 있는 용어이기 때문이다. 그리고 '예술이란 형태 가운데로의 진리의 확립'이라는 말은 인간의 인식과 세계의 진리는 분리되어 있으며, 인간이 이성을 통해서 이 세계의 진리를 인식한다는 서구적인 이성적 이분법적 사유체계에서도 벗어나고 있는 것이다. 이는 진리는 더 이상 인식하는 주체에 의한 인식되는 객체 간의 일방적인 일치와 부합이 아니라 오히려 사물 자체의 '비은폐성'의 '본 모습 그대로의 드러남'이라는 관점에서 조망되어야 하려는 하이데거의 현상학적 기획12)에서 나온 논리이다. 그래서 시적인 언어는 인간의 이성이 세계 존재자의 진리를 인식하고 설명할 수 있는 것이 아니라 그 언어로 이루어진 시를 통해서 '존재' 자체를 <육체적>으로 지각할 수 있게 도와주면서 그것으로서 존재의 깊이를 체험할 수 있게 하는 것13)이다. 그렇다면 김수영은 시에서 하이데거가 말한 존재 자체를 '육체적으로 지각하는 것', '존재의 깊이'를 체험할 수 있게 하는 것을 의도했다고 할 수 있다. 그리고 이 육체적으로 지각되는 것은 자코메티가 체득하려고 했던 사물의 '전체성'이라는 말과 상통하는 말이기도 하다. 이것은 물론 모방론적인 관점에서 벗어나는 일이다. 왜냐하면 모방론적인 관점에는 분명 주체의 사유와 객체는 서로 분리되어 있기 때문이다. 그러나 김수영은 이러한 점을 배격하고 시에서 자연스럽게 배어 나오는 존재 본연의 존재성—전체성을 지각하고자 했던 것이며 여기서 시적 주체와 대상은 구별되지 않는 지점에 서 있어야

---

12) 앨런 메길, 정일준 · 조형준 역, 「하이데거와 위기」, 『극단의 예언자들; 니체, 하이데거, 푸코, 데리다』, 새물결, 1996. 267쪽 참조.
13) 박이문, 「왜 하이데거는 중요한가—시와 사유」, 『세계의 문학』, 1993. 여름 참조.

한다. 그리고 주체와 객체가 구별되지 않는 순간이 바로 시적인 순간이라고
한다면 이 순간을 김수영은 끊임없이 본질적으로 고민했다고 할 수 있다.

그런데 위의 시작 노우트에서 또 하나 주의해서 보아야 할 대목이 있다. 바
로 김수영이 성실한 시라고 지칭한 '침묵의 한 걸음 앞의 시'라는 말이다. 이
역시 김수영이 고민했던 주체와 객체가 분리되지 않는 순간인 시적인 순간이
라는 것과 관련이 깊다고 할 수 있다.

4. 시적인 순간 '침묵'과 현실로의 이행

왜 하필 시적 대상이 눈이었을까라는 의문에 이 '침묵'이라는 말은 또 하나
의 대답을 가져다 준다. 눈이 오는 행동은 침묵의 행동이라는 것이다. 그런데
이 눈의 행하는 침묵의 행동이 세계를 하얗게 어느새 변화시킨다는 것이 중요
하다. 김수영은 역시 이러한 점을 의식한 듯 눈내리는 날에 대해 특별한 의미
를 부여하고 있었음이 또 다른 시에서 드러난다.

> 눈이 내리는 날에는 白羊宮의 비약이 없는 날에는
> 개도 짖지 않는 날에는 제임스 띵이 뛰어들어서는
> 아니된다 나의 아들에게 불손한 말을 걸어서는
> 아니된다 나의 思想에 怒氣를 띠우게 해서는
> 아니된다
>
> 文明의 血稅를 강요해서는 아니된다 新과 舊가
> 탈을 낸 돈이 없나 巡視를 다니는 제임스 띵은
> 讀者를 괴롭혀서는 아니된다
> 나를 몰라보면 아니된다. 나의 怒氣는 타당하니까
> 눈은, 짓밟힌 눈은, 꺼멓게 짓밟히고 있는 눈은
>
> 타당하니까 新·舊의 交替式을 그 이튿날
> 꿈에까지 보이게 해서는 아니된다

마지막 靜寂을 빼앗긴, 핏대가 난 나에게는
너희들의 儀式은 原始를 가리키고
奴隷賣買를 연상시킨다.

―「제임스 띵」 중 일부(1965)

위의 시는 김수영이 눈이 오는 순간에 얼마나 많은 의미부여를 했는가를 드러내준다. 제임스띵이라고 장난끼어린 별명을 지어준 신문·지국 사람이 돈을 걷으러 다니는 것, 그것도 전에 신문을 돌린 아이가 돈을 떼어먹을까봐 감시차 들리는 김수영이 보기에 이 탐욕스러운 인물이 눈이 오는 순수의 순간에는 절대로 침범해서는 안된다는 것이다. 그것은 단순히 순수의 표상인 눈이 꺼멓게 짓밟혀서만은 아닐 것이다. 그것은 눈 오는 순간이 그만큼 시인 자신에게 중요한 순간이기 때문이다. 그 순간은 마지막 '정적'의 순간 즉 침묵의 순간이다.

고민이 사라진 뒤에
이슬이 앉은 새봄의 낯익은 풀빛의 影像이
떠오르고나서도
그것은 또 한참 시간이 필요했다
시계를 맞추기 전에
라디오의 時鐘이 나오기를 기다리는 것처럼
안타깝다.

봄이 오기 전에 속옷을 벗고 너무 시원해서 설워지듯이
성급한 우리들은 이 발견과 실감 앞에 서럽기까지도 하다
전아시아의 후진국 전 아프리카의 후진국
그 섬조각 반도조각 대륙 조각이
이 발견의 봄이 오기 전에 옷을 벗으려고
뚜껑이 열렸다 닫히는 소리

라디오의 時鐘을 고하는 소리 대신에 西道歌와
牧師의 열띤 설교소리와 심포니가 나오지만
이 소음들은 나의 푸른 풀의 가냘픈

影像을 꺾지 못하고
그 影像의 전후의 苦悶의 歡喜를 지우지 못한다

나는 옷을 벗는다 엉클 쌤을 위해서
아시아와 아프리카의 무거운 겨울옷을 벗는다
겨울옷의 影像도 충분하다 누더기 누빈 옷
가죽옷 융옷 솜이 몰린 솜옷
그러다가 드디어 나는 越南人이 되기까지도 했다
엉클 쌤에게서 학살당한
越南人이 되기까지도 했다.

— 풀의 영상(1966)

위의 시는 김수영의 마지막 작품인 「풀」과의 연관성을 고민해보게 하는 작품이다. 제목이기도 하면서 위의 시에서 시인에게 떠오른 '풀의 영상'의 결과물이 바로 시 「풀」이 아닐까 하는 문제제기를 가능하게 하는 것이다. 이 시에서 중요한 시어는 '소음'이다. 여기서 '소음'은 라디오에서 흘러나오는 '서도가와 목사의 열띤 설교소리와 심포니 등' 일상적인 소리이다.

풀의 영상이 떠오르는 순간은 시적인 영감이 떠오르는 순간이다. 이 영감이 떠오르는 순간은 시인에게 가장 행복한 시간이다. 그래서 시에서는 이 순간은 시인에게 '고민의 환희'를 준다고 표현한 것이다. 그런데 소음은 '풀의 영상'이 떠오르는 순간을 방해하는 요인이다. 그래서 이 순간은 소음을 이기는 시간이기도 하다. 오히려 이 소음의 방해가 이 순간의 쾌락을 더욱 극대화시킬 수 있을 것이다. 그래서 김수영은 '나에게 있어서 침묵은 훈장14)'이라고까지 논의한 것이다.

그런데 이 침묵의 순간인 풀의 영상이 떠오르는 순간에 대한 부분에서 김수영은 그 영상 '전후'의 고뇌의 환희라는 구절을 사용하였다. 이 순간 '前'의 환희라는 것은 그 영상을 떠올리기까지의 시인의 내면에서 이루어지는 내적 고투의 아름다움에 대한 말일 것이다. '後'의 환희라는 것은 풀의 영상이라는 결

---

14) 「시작 노우트」, 307쪽 참조.

과물로 인한 것일텐데 이 말에는 조금 더 분석이 필요하다. 이 시의 첫머리에서 그는 '고민이 사라진 뒤에' '풀빛의 영상이 떠오르고 나서도 그것은 또 한참 더 시간이 필요했다'고 서술하고 있다. 그리고 그 이후에 풀빛의 영상이 떠오르고 나서도 더 시간이 걸렸던 그것은 '라디오의 시종이 나오는 소리'이면서 '발견의 봄'이 오기 전에 뚜껑 열렸다 닫히는 소리'라고 서술하고 있다. 뚜껑이 열렸다 닫히는 소리는 시가 완성되는 순간이다. 시가 완성되는 순간이 되어서야만 시가 결과적으로 드러내는 진리인 '발견의 봄'이 나타나기 때문이다. 결국 침묵의 순간은 '풀의 영상'이 떠오르는 순간, 즉 영감이 떠오르는 순간에서 시가 완성되는 순간까지의 기간인 것이다. 그리고 앞의 문제제기대로 한다면 여기서의 침묵의 순간은 바로 시 「눈」이 만들어지는 과정이다. 행 사이의 간격은 경과된 침묵의 순간과 침묵의 상황을 표현해준 여백의 울림이다. 그리고 이 순간은 「풀」이 만들어지는 시간일 수도 있다.

그런데 그 발견의 봄으로 가는 길은 무거운 겨울옷을 벗는 과정으로 서술되어 있다. 그리고 그 과정은 겨울옷은 '전 아시아의 후진국 전 아프리카의 후진국, 그 섬조각 반도조각 대륙 조각이 옷을 벗는 과정'이고 시인이 엉클쌤을 위해 아시아와 아프리카의 무거운 겨울옷을 벗는 과정이다. 그리고 김수영에게 무거운 옷을 벗어야 하는 깨달음을 가능케 한 것이 바로 '풀'의 영상이며 시이다. 이 점은 김수영이 이제 현실에 대해 조급한 근시안적인 시선에서 벗어나려고 하고 있다는 점을 시사해 주는 것이기도 하다. 그리고 이 깨달음은 이미 그의 대표적인 시론인 「반시론」에서 스스로 인용한 「올페우스에 바치는 송가」의 제3장의 '참다운 입김'은 '아무것도 바라지 않는 입김'15)인 '신적인 미풍'이라는 것을 그가 「미인」이란 시를 쓰면서 깨닫는 대목에서도 드러난다. 그는 이 시에서 또한 '배워라 // 그대의 격한 노래를 잊어버리는 법을'이라는 대목을 인용하면서 결국 참된 시란 머리가 앞서서 현실참여를 주장하는 시가 아니라는 것을 주장한다. 이러한 점은 물론 그의 두 번째 눈이라는 시에서 저항시는 무용이라는 언사에서 이미 드러난 것이기도 하다. 그러면서 그는 참된 시란 사랑이며 침묵이라고 말한다.

---

15) 「반시론」, 『김수영 전집2』, 260~263쪽 참조.

　　새싹이 돋고 꽃봉오리가 트는 것도 소리가 없지만 그보다 더한 행동의
　　극치가 해빙의 동작 속에 담겨있다. 몸이 저리도록 반가운 침묵. 그것은 지
　　긋지긋하게 조용한 동작 속에 사랑을 영위하는, 동작과 침묵이 일치되는 최
　　고의 동작이다.
　　　[……]
　　피가 녹는 것이라고 생각해본다. 얼음이 녹는 것이 아니라 피가 녹는 것
　　이다. 그리고 목욕솥 속의 얼음만이 아닌 한강의 얼음과 바다의 피가 녹는
　　것을 생각해본다. 그리고 그 거대한 사랑의 행위의 유일한 방법이 침묵이라
　　고 단정한다.16)

　이 글에서 등장하는 '침묵'은 해빙의 과정이다. 이 글에서는 '지긋지긋하게
조용한 동작'이라고 표현되어 있는 이 과정은 그러나 단순히 얼음이 녹는 과
정이 아니다. 이 과정은 표면적으로는 조용하고 더디게 영위되고 있지만 그
이면에서는 더디게 영위되는 이 과정의 진행을 위한 엄청난 노력이 존재해야
한다. 카오스라고도 표현할 수 있는 이 이면의 치열하고 거대한 움직임을 김수
영은 이 침묵의 행동 속에서 감지하고 있는 것이다. 그래서 이 과정을 '얼음이
녹는 것이 아니라 피가 녹는 것'이라고 표현한 것이다. 그래서 이 동작이 거대
한 사랑을 영위하는 동작이 될 수 있는 것이며 이것이 자연의 순리이다.
　그렇다면 김수영이 시를 쓰는 과정에서 체험하는 이 침묵의 순간 역시도 해
빙과 같은 거대한 침묵의 동작이라고 할 수 있다. 시적인 순간은 어쩌면 에로
틱한 절정의 순간처럼 시간을 망각할 수 있는 영원의 순간17)이다. 그리고 이
순간은 죽음과도 같은 순간이다.18) 그래서 그 시간은 순간이지만 그 순간 속에
서는 존재의 죽음이 이루어지고 새로운 생성이 이루어질 수 있다. 존재의 전면
적인 전이가 일어나는 것이다. 위의 시의 구절인 '뚜껑이 열렸다 닫히는 소리'
는 이 순간의 소리를 말하는 것이며 이 순간에야 시가 완성된다는 것이다. 이

16) 「해동」, 『전집2』, 96~97쪽 참조.
17) 조르쥬 바타이유, 조한경 역, 『에로티즘』, 민음사, 1989. 25쪽 참조.
18) 이러한 순간에 대한 표현이 그의 산문 「臥禪」에 들어있다. 이 글에서 그는 헨델의
　　음악이 '완전무결한 망각'이라고 서술한다. 김상환은 이러한 경지를 선적 초월성의
　　표현으로 표현한 바 있다(김상환, 「풍자와 해탈, 혹은 사랑과 죽음」, 『풍자와 해탈 혹
　　은 사랑과 죽음』, 민음사, 2000, 43쪽 참조).

순간은 「풀의 영상」에서 '드디어 월남인이 되는' 과정이기도 한데, 이 월남인이 되는 과정은 시 이전에 시인이 상정해 놓은 주장이 아니라 시를 쓰고 난 다음에 저절로 이루어진 것이다. 후진국 아시아 아프리카라는 관념인 겨울 옷을 벗음으로써 약자인 엉클쌤도 이후엔 또 다른 약자를 학살하게 되는 현실, 인간의 본질이라는 더욱 근원적인 진실을 알게 된 것이다. 곧 존재의 전이가 이루어진 것이다. 물론 이것이 개인적인 차원의 전이라고 하지만 김수영에겐 참여시의 공허한 구호보다 훨씬 소중한 가치일 수 있다.

결국 김수영이 추구하고자 하는 것은 곧 시적인 순간과 자연의 침묵, 즉 순리대로의 운행되는, 그러면서 전면적인 존재의 전이가 이루어질 수 있는 카오스적 순간의 동질성이다. 그리고 이것은 곧 현실의 논리와 연결된다는 믿음이 만들어 낸 시가 「사랑의 변주곡」(1967)이다. 이 시에서 나오는 '단단한 고요함'은 침묵의 순간이며, '복사씨가 살구씨가 한번은 이렇게 미쳐 날 뛸 날'은 침묵의 순간이 현실 속에서 이행된 날인 것이다.

신동엽은 김수영의 시 「여름밤」을 평하는 자리[19]에서 그 시에서 '영원과 허무와 종교적인 경건이 느껴진다고 했다. 또한 시 「꽃잎」을 보고 평한 글[20]을 보면 신동엽 역시 김수영의 시를 보면서 자신의 시세계와 동질성을 느꼈다고 할 수 있다. 김수영의 시에서 추구하는 침묵의 순간이 곧 신동엽이 서사시 「금강」에서 동학의 주인공들이 체험했던 '영원의 하늘'을 보는 순간과 동일한 미적 체험의 순간이라고도 할 수 있기 때문이다. 결국 김수영과 신동엽은 동시대 시인으로서 공통점을 갖게 되는데 바로 그것은 시적인 순간, 침묵의 순간을 통해서 현실을 전복시키고자 하는 순수한 시적 열망이다.

이러한 논의를 종합해 보면 김수영의 시 「풀」은 이 '참다운 입김', '신적인

---

19) 신동엽, 「9월의 문단」, 『신동엽 전집』, 창작과 비평사, 1980, 385쪽 참조.
20) 신동엽은 이 글에서 그의 시를 이렇게 평하였다. '그의 마음의 창문은 따로 있는 데 아니라 온몸 전체가 그대로 삼베 적삼처럼 시원스럽게 열려 있는 소통로이다. 꽃잎이 들어와서 바람이 되고 모터소리가 들어와선 향기가 되고 깡통 조각이 들어와선 물결이 되어 나간다. 가로막는 장벽도 없다. 청계천을 흐르는 오물도, 주림도, 적도, 국경도, 쇠뭉치도 들어와선 물결로, 바람결로 녹아서 흘러 나간다. 깊고 높은 진폭은 우리들을 놀라게 하고 가슴 트이게 만든다.'(신동엽, 「7월의 문단」, 위의 책, 381쪽 참조) 여기서 신동엽은 김수영이 추구한 시의 경지를 분석해냈다고 할 수 있다.

미풍'의 실현체[21]이다. 「풀」은 무엇인가 논리적인 주장을 제기하는 시가 아닌 것이다. 그리고 그 내용은 눈이 조용히 내리는 것처럼 바람보다 먼저 눕고 바람보다 먼저 일어나는 풀이라는 자연의 심상 그 자체로 '풀'이라는 존재의 전체성을 하이데거적으로 드러내 주는 것이다. 다른 서술적인 시와 다르게 시가 짧은 행으로 이루어져 있는 까닭은 역시 「눈」과 마찬가지로 침묵의 울림이 들어있는 여백을 만들기 위해서이다. 그리고 그 여백 속에서 지각되는 「풀」이라는 존재의 전체성이야말로의 침묵 속에서 이루어지는 자연의 역동적인 카오스와 같은 운동의 가장 적절한 표현체인 것이다. 이 풀의 운동을 통해서 사랑이 이루어지는 경지. 시를 쓰는 동안에만 이루어질 수 있는 이 경지를 김수영은 이 시를 통해서 보여주고 싶었던 것이다.

5. 맺음말

지금까지 김수영의 세 편의 시 「눈」을 분석하면서 김수영의 시에 대한 고민의 추이를 살펴보았다. 다소 도식적으로 보일 수도 있지만 이 세 편의 시를 통해서 김수영이 혁명을 기점으로 시적인 인식이 어떻게 발전되어갔는가를 살펴보았다. 김수영이 혁명을 통해서 얻은 것은 시란 무엇이며, 시가 현실의 논리와 행복하게 만날 수 있는가에 대한 회의와 고통이었다. 그는 그 회의를 바탕으로 시에 대한 고민의 폭을 넓혀간다. 그것은 내용의 혁신이 아니라 시적인 것이 무엇인가라는, 단순히 형식적인 측면을 넘어서는 본질적인 고민이었다. 그 결과 시는 내용의 주장이 아니라 '존재' 자체를 육체적으로 지각할 수 있게 도와주는 것, 본모습 그대로 존재의 전체성을 드러내 주는 것이라는 것을 깨닫는다. 그리고 이 과정은 시적인 순간이라는 침묵을 통해 이루어진다. 그런데 이 침묵의 순간은 낭만주의 시나 발레리의 시론에서 운위되는 가장 원론적인 시의 특성이다.[22] 여기서만 논의가 그친다면 김수영에게 순수시를 추구했

---

21) 이와 같은 문제제기는 박윤우, 앞의 글에서 제기된 바 있다
22) 여기서 김현이 말한 박용철의 시론과 김수영의 시론과의 관련성이 또한 언급될 수

던 시인이라는 딱지를 붙여도 무방하리라고 본다. 그러나 김수영은 이 순간과, 절대 진리라고 할 수 있는 자연의 순연한 법칙이 이행되는 순간과의 동질성을 깨닫고, 그 순리대로의 자연의 법칙이 현실화되는 것을 갈망하였다. 이러한 열망이 거의 주술적으로 드러난 것이 바로 시 「풀」이라고 할 수 있다. 그래서 김수영은 단순히 순수시인으로, 그리고 참여시인으로 재단되어 문학사 속에 남지 않게 된다. 물론 이 시인의 갈망, 시적인 순간이 현실적으로 이루어지는 것은 현실적으로 거의 불가능할 수도 있다. 그러나 그 열망만은 소중하다. 시가 현실 속에서 해낼 수 있는 소명의 극점이 바로 여기까지가 아닐까?

그래서 김수영의 '시인의 고독에서 애정의 발견은 논리적이지 않고, 시인의 심리적인 정황에 근거한다'[23]든지 김수영 시론의 자장은 산문(현실) 그 자체가 아니라 시에서 '산문으로의 이행 혹은 모험'에 있으며, 그것이 '자유로의 이행'[24]이라는 한 연구자의 말은 전폭적으로 공감이 가는 것이다.

그러나 위의 글의 제목이 「시의 운명」이었던 것처럼 김수영은 순수하게 시적인 것이 현실과 행복하게 만나지 못하는 근대 이후의 시대에 시가 할 수 있는 최선의 방법을 모색한 것임이 틀림없다. 그리고 이것으로 그가 「가난한 시대의 시인은 무엇을 할 수 있는가」라는 제목의 하이데거의 릴케론에 집착하고 또 그보다 한 걸음 더 나아가고자 한 이유가 밝혀진다.

있는데 이 문제의 해결은 후일로 미룬다(김현, 「자유와 꿈」, 황동규 편, 『김수영의 문학』, 민음사, 1983).
23) 허윤회, 「시와 운명」, 앞의 책, 396쪽 참조.
24) 허윤회, 「언어의 물질성과 초원의 가능성」, 『민족문학사연구』16, 2000, 69쪽 참조.

『소설 토정비결』의 설화 수용 양상

최운식[*]

1. 머리말

『소설 토정비결』은 이재운(李載雲)이 쓴 현대소설로, 1991년에 해냄출판사에서 상·중·하 3권으로 발행되었다. 이 작품은 발행 즉시 독자들의 인기를 끌어 1993년에 초판 82쇄를 발행하였다. 그 후에도 꾸준히 독자들의 사랑을 받아 2000년 2월 10일까지 재판 13쇄를 발행하였다.

이 작품은 토정 이지함과 관련된 토정 설화를 비롯하여 많은 설화를 수용하여 구성하였다. 이 글에서는 이 작품의 설화 수용 양상을 살펴보려고 한다. 이것은 이 작품의 이해에 도움을 줄 것이라 생각한다.

2. 작품의 구성

이 작품은 40장으로 분장(分章)되어 있는데, 상권 14장, 중권 12장, 하권 14장이다. 이 작품의 줄거리를 장별로 적어 보면 다음과 같다.

· 상권(1~12장)
1) 사즉생 생즉사(死卽生 生卽死) — 금강산에서 수도하던 서기(徐起)가 아산 현감으로 있는 토정의 임종을 예감하고, 아산현으로 찾아가 만난 후 걸인

청(乞人廳)에서 묵으며 옛일을 회상한다.

2) 면천(免賤) — 보령 심충겸(沈忠謙) 대감 집에서 종노릇을 하던 서기는 18세 때 심대감이 속량(贖良)해 주자, 홍성의 이지함을 찾아갔다.

3) 앞날을 읽는 사람 — 서기는 이지함이 마련해 준 집에서 1년 간 농사 지으며,「금강경」을 비롯한 여러 가지 책을 읽는다.

4) 색즉시공 공즉시색(色卽是空 空卽是色) — 이지함이 한양으로 떠나자 서기는 계룡산 용화사로 가서 명초(明草) 스님 밑에서 2년 간 행자 노릇을 한 뒤 이지함을 만나러 한양으로 간다.

5) 기방에서 찾은 법열 — 한양에 온 서기는 안민이(친구 안 명세와 혼약)를 잃고 기방에 파묻혀 지내는 이지함을 만나 술을 마시고, 기녀와 하룻밤을 지냈다.

6) 특정기(特定記) 사건 — 이지함이 대과에 급제한 직후에 안명세는 인종이 독살되었다는 사초(史草)를 쓴 사실이 발각되어 참수(斬首)되고, 안민이는 종으로 끌려갔다.

7) 원수의 아들을 스승으로 삼다 — 이지함은 서기와 함께 광릉 봉선사에 갔다가 특정기 사건을 일으킨 정순붕의 아들 북창(北窓) 정렴(鄭磏)을 만나 많은 이야기를 나누었다.

8) 도가입문(道家入門) — 서기가 금강산으로 떠난 뒤, 이지함은 북창 정염을 스승으로 모시고, 도가 수업을 하였다.

9) 민이의 죽음 — 이지함은, 정순붕의 애첩이 된 민이가 염병에 걸려 죽은 사람의 팔뚝 뼈를 구해다가 정순붕의 베개 속에 넣어 정순붕이 염병에 걸려 죽게 하고, 자기도 염병에 걸려 죽었음을 알았다. 이지함은 나막신을 매점매석(買占賣惜)하여 얻은 여비를 가지고 송도로 서화담을 찾아갔다.

10) 화담산방 — 서화담을 찾아간 이지함은 돌탑을 쌓는 시험을 거친 뒤에 화담산방의 학인이 되었다.

11) 일시무시일(一始無始一) — 서화담은 밤에 찾아온 황진이를 만나 기(氣)로 정을 통하고, 이지함에게 기(氣)에 관해 깊이 있게 가르쳤다.

12) 빛을 잃은 태사성 — 천문을 보고 자기 수명이 얼마 남지 않았음을 안 서

화담은 이지함에게 전국 각지의 지리와 물산(物産)과 인물을 살펴 깨달음을 얻은 뒤에 쉽게 알 수 있는 운명서를 쓰라고 하였다.

13) 삼월 삼짇날 — 서화담, 박지화와 함께 한양에 온 이지함은 형 이지번과 아내, 아들 산휘를 만난 뒤에 용인으로 가면서 지리와 물산, 만물의 기(氣)에 관해 이야기하였다.

14) 화담의 임종 — 서기가 이지함을 만나러 화담 산방에 가니, 서화담은 이지함을 만나거든 주라며 「홍연진결(洪然眞訣)」을 주고 숨을 거두었다. 서기는 그의 가족과 함께 그를 매장하였다.

• 중권(15~26)

15) 방장 명초의 비밀 — 계룡산에 간 서기는 명초 스님을 만나서, 자기가 중종 반정 때 역적으로 몰려 죽은 금부도사의 아들 정휴이고, 명초는 자기 숙부라는 사실과 심대감의 딸 명이가 자기 어머니와 심대감 사이에서 낳은 동생이라는 사실을 알았다.

16) 그 땅을 보고 인물을 보라 — 화담을 따라 용인에 간 이지함은 농사를 지으면서 장사를 하여 부자가 된 안명진 진사를 만나 그의 물산 유통에 관한 생각과 장사 방법을 들었다.

17) 신라에서 찾아온 아내 — 서화담은 이지함과 박지화에게 천안의 주막에서 만난 처녀가 전에 자기가 사랑했던 여인이 환생(還生)하여 태어난 처녀라면서, 사주를 보면 그 사람의 전생도 알 수 있다고 하였다.

18) 화담이 살아 있다 — 성에 온 정휴(서기)는 이지함이 서화담과 함께 홍성에 왔다는 말을 듣고 놀랐다. 서기는 전우치·남궁두를 만나 「홍연진결」에 관해 이야기하다가 민심을 소란케 했다는 죄목으로 홍성 현감에게 잡혀가 「홍연진결」을 빼앗겼다가 현감 부인인 명이의 도움으로 되찾았다.

19) 바다를 읽는 어부 — 이지함 일행은 홍성의 바닷가에서 만난 노인의 배를 타고 해남으로 갔다. 기후의 변화는 물론 인간의 도리를 꿰뚫어 보는 지혜를 가진 노인은 잡은 물고기를 비싸게 판 딸의 행동을 꾸짖고 더 받은 돈을 돌려주게 하였다.

20) 두륜산 — 해남에 온 이지함 일행은 두륜산 기슭에서 만난 장사꾼 오천석의 사주를 봐 주고, 해안 마을로 간다. 정휴 일행은 길목에서 이지함 일행을 기다렸으나 허사였다.

21) 해사의 여인 — 두륜산 남쪽 마을에 도착한 이지함은 그 마을 처녀 희수(喜秀)와 하룻밤을 지내고, 아들을 낳으면 '규철(圭澈)'이라 부르라고 하였다.

22) 미륵불이 가사를 집어던진 사연 — 화순 운주사에 온 이지함 일행은 송도에서 황진이와 정을 나눈 뒤 자취를 감췄던 지족 선사를 만나 천불탑을 쌓는 현장을 보고, 이야기를 나누었다.

23) 날개 잃은 해동청 — 이지함 일행은 담양에서 송순을 만나고, 지리산 산천재(山天齋)로 가서 남명 조식과 정개청·서치무 등을 만났다. 정휴 일행은 산천재에서 이지함 일행을 기다리다가 허탕을 치고 한양으로 올라갔다.

24) 돌림병 — 이지함이 밀양재에서 노숙(露宿)할 때, 서화담이 기(氣)로 호랑이를 물리쳤다. 이지함 일행은 석남사 인근 마을에서 염병으로 신음하는 사람을 구호하였다.

25) 화담의 묘를 파보다 — 서화담이 이지함과 함께 여행을 하고 있다는 것을 안 정휴는 송악으로 가서 화담의 묘를 파고 시신을 확인 한 뒤에 다시 지리산으로 갔다. 경주에서 화담은 더 이상 지기(地氣)를 모을 수 없어 먼저 간다는 글을 남기고 떠나고, 이지함과 박지화는 여행을 계속하였다.

26) 지리산으로 간 정휴는 남명을 만나 죽은 화담이 지기(地氣)를 모아 현신하여 여행하고 있다는 말을 듣고 뒤따라갔으나 만나지 못하였다. 이지함은 울진에서 「신서비해(神書秘解)」 사건으로 옥에 갇혔다가 풀려난 뒤에 바뀐 신서를 읽고, 불에 태웠다.

• 하권(27~40)

27) 세월에 지는 사람 — 여행을 마치고 화담산방에 온 이지함은 박지화와 정휴·전우치·남궁두에게 박수 두무지, 도적 임꺽정을 만난 일을 이야기하고, 울진에서 태운 신서(神書)가 서화담이 쓴 「홍연진결」이었음을 밝혔다.

28) 도를 훔치다 — 이지함은 정휴 일행에게 무정 스님과 함께 운곡사에 갔을
    때 금산 스님과 도에 관해 문답하고 토론한 이야기를 하였다.

29) 박수 두무지 — 이지함이 천지봉에서 만난 박수 두무지는 남사고가 가지
    고 있다가 잃어버린 「신서비해」를 읽게 하고, 조선에 닥쳐올 전란을 막으
    라고 하였다.

30) 지함이 사라지다 — 5년 동안 자취를 감추었다가 기괴한 차림으로 돌아온
    이지함은 전우치를 임꺽정의 군사(軍師)로 보내고, 백성을 위한 일을 하겠
    다며 정휴·남궁두와 함께 산방을 떠났다.

31) 허생전 — 이지함은 용인 안 진사에게 10만 냥을 빌려 안성과 용인에서
    나는 유기와 대추, 밤, 배를 모조리 사다가 창고에 쌓아 두었다.

32) 토정의 난 — 이지함은 금산의 6년근 홍삼, 질 좋은 전주 한지, 영광의 물
    좋은 굴비, 강진의 분청사기와 백자, 제주도의 말총, 경상도의 금과 은 등
    을 모두 사서 안성으로 보낸 뒤에 값이 오르기를 기다려 팔아서 많은 이
    익을 얻었다.

33) 삼개나루 — 이지함은 많은 곡식과 옷감을 가지고 마포 삼개나루로 와서
    토정(土亭)을 짓고, 4년 동안 가난한 사람들을 만나 상담하면서 재물이 필
    요한 사람에게 곡식과 옷감을 나누어주었다. 그는 「천기비전(天機秘傳)」
    을 지었는데, 그 책이 빌미가 되어 포천 현감이 되었다.

34) 명종의 시험 — 포천 현감으로 부임한 토정은 잡곡밥과 나물국을 먹으며
    백성을 보살피고, 세도를 부리는 경주 김씨 종가의 위세를 꺾기 위해 잠두
    산(蠶頭山) 허리를 잘랐다. 토정은 포천현을 잘 다스리기 위한 개혁안을
    상소하였으나 받아들여지지 않자 현감을 그만두었다.

35) 용호비결 — 토정이 금강산에 가니, 북창 정렴은 그에게 「용호비결(龍虎秘
    訣)」을 준 후 전란에 대비하라고 하였다. 그는 북창의 말대로 화순 운주사
    로 가다가 금성산 신당(神堂)에서 신처(神妻)를 만나고, 지족 선사의 임종
    을 본 후 한양으로 왔다.

36) 참성단 — 토정은 강화도 마리산 참성단에서 두 차례에 걸쳐 전국 역학
    대가들과 만나 전란을 막을 대책을 논의하였다. 그리고 이율곡, 이순신,

권율, 조헌, 이산해, 이산보 등에게 전란에 대비하도록 하였다. 토정의 말을 들은 율곡은 선조 왕에게 전란에 대비할 것을 주청하였다.

37) 토정비결 ― 토정이 3년 간 심혈을 기울여 『토정비결(土亭秘訣)』을 완성하니, 율곡을 통해 이를 본 선조 왕은 널리 보급하라 하였다.

38) 아산 현감이 된 토정은 백성들을 괴롭게 하는 양어장을 폐쇄하고, 잘못된 일을 고쳐나가면서 개혁안을 상소하였으나 조정에서는 답이 없었다. 그는 해사의 여인 희수와 운주사에서 만났던 동자승 규철을 불러 가까이 두고, 그들의 시중을 받았다

39) 다시 찾아온 두무지 ― 토정의 임종이 임박한 것을 예측하고 찾아온 정휴에게 토정은 천계(天界)의 태극궁(太極宮)에 다녀온 두무지가 찾아와 전란은 정해진 운명이므로 피할 수 없다고 하였다는 말을 하며, 『토정비결』이 백성들을 위무(慰撫)하고, 희망과 용기를 줄 것이라고 말한 뒤에 숨을 거두었다.

40. 토정, 그 후 ― 율곡은 10만 양병(養兵)을 주장하고, 이순신을 유성룡에게 추천하였다. 정여립은 『정감록(鄭鑑錄)』을 짓고, 모반을 하였으나 실패하였다. 정휴와 박지함도 임란을 막으려 애를 쓰다가 임란 전에 세상을 떠났다.

이 작품은 토정이 살았던 조선 명종~선조 때를 배경으로 하여, 토정의 학문과 도가 입문 과정, 전국의 지리와 물산과 인물을 살피면서 겪은 일, 임진왜란을 막기 위한 노력, 백성을 위로하고 희망과 용기를 줄 『토정비결』을 완성하기까지의 일 등을 이야기하고 있다. 이 작품은 토정 이지함을 스승으로 모시는 서기의 입을 통해 토정의 일생을 이야기하는 형식을 취하고 있다.

3. 설화의 수용과 변용

이 작품은 많은 설화를 수용하여 구성하였는데, 이 작품에서 수용한 설화 중에는 토정 설화도 있고, 토정과 직접적인 관련은 없으나 다른 등장인물과

관련이 있어 수용한 설화도 있다. 여기서는 이 작품이 설화를 어떻게 수용하여 변용하였는가를 살펴보려고 한다. 먼저 토정과 관련된 설화를 살피고, 뒤에 다른 등장인물과 관련된 설화의 수용과 변용에 관해 살펴보려고 한다.

1) 서기의 출신과 학문

『소설 토정비결』에서 서기는 토정을 가장 가까이에서 모시고 임종(臨終)을 지킨 제자로, 작품의 화자가 되어 이야기를 풀어간다. 작품에 나타난 서기의 면모는 다음과 같다.

> A. 서기는 보령 심충겸 대감 집에서 종노릇을 하였는데, 어려서부터 매우 총명하고 글읽기를 좋아하였다.
> B. 서기는 열세 살 때부터 밤이면 심충겸 대감의 방으로 가서 심대감에게 글을 배웠다.
> C. 서기가 18세 되었을 때, 심대감은 서기를 종의 신분에서 해방시켰다. 면천(免賤)한 서기는 이지함을 찾아가 스승으로 모시고 가르침을 받았다.
> D. 서기는 계룡산과 금강산의 절에서 수도하고, 토정을 찾아 지리산에 갔다가 남명 조식을 만났다.
> E. 서기는 계룡산 명초 스님을 만나 자기가 중종 반정 때 역적으로 몰려 죽은 금부도사의 아들 정휴임을 알았다.
> F. 서기는 토정과 함께 백성을 보살피고, 전란을 막기 위한 일을 하였다.
> G. 금강산에 있던 서기는 천문을 보아 토정의 수명이 다했음을 알고, 아산으로 찾아가 임종(臨終)을 지켜보았다.

서기에 관한 이야기는 문헌설화에 나타나는데, 이를 적어 보면 다음과 같다.

> a. 고청 서기는 재상인 심열의 집 종이었는데, 심 대감이 서기에게 글을 가르쳐 주었다. 서기는 심 대감이 죽은 뒤에도 부인을 극진히 섬겼는데, 뜻하지 않은 일로 부인께 죄를 짓고 자기 집에 가 있었다. 부인은 귀인들이 서기를 찾아와 위로하는 것을 알고, 그를 노예로 대하지 않았다.[1]
> b. 고청 서기는 공주 사람의 종이었다. 그의 어머니가 16세 때 상전의 밭에

서 목화를 따다가 소나기를 피하여 바위굴에 들어갔다. 그 때 한 남자가 비를 피하러 들어왔다가 그녀를 겁탈하였는데, 그 때 임신이 되어 낳은 아이가 서기이다. 고청이 18세 때 이 사실을 알고, 그 바위굴에 들어가 공부하고 있다가 아버지를 만나 함께 살았다.[2]

c. 서기는 어렸을 때 주인을 매우 부지런히 섬겼는데, 나무를 하러 산에 갔다가 저물녘에 빈 지게를 지고 돌아오기를 사흘 간 계속하였다. 주인이 이상하게 여겨 물으니, 서기는 종달새가 나는 연습하는 것을 보고, 그 이치를 궁리하느라고 나무를 못하였다고 하였다. 주인은 그가 종살이를 할 사람이 아니라며 종 신분을 풀어 주었다. 그는 글공부를 하여 이름난 선비가 되었다. 그는 동주 성제원과 토정 이지함과 함께 제주에 가서 남극노인성을 관찰하고 돌아오는 길에 혼자 중국에 가서 공자와 주자의 화상을 얻어다가 공주의 공암 서원에 봉안하였다. 서기는 며칠 동안 말없이 어디를 갔다와서는 제자들에게 처사성(處士星)의 흐름을 보니, 구봉 송익필이 보은으로 망명한 것 같아 찾아가서 만나고 왔다고 하였다.[3]

소설 A와 설화 a에서 서기는 종으로 되어 있다. A에서는 심충겸 대감 집의 종으로, a에서는 이름은 밝히지 않고 심 재상의 종으로 되어 있다. 그가 종살이한 곳도 A에서는 충남 보령으로, a에서는 충남 공주로 되어 있어 서기가 충남의 심씨 집에서 종노릇을 하였다는 점에서 일치한다. A와 a는 그가 어렸을 때부터 매우 총명하여 상전이 종인 그에게 글을 가르쳤다는 점에서도 일치한다. 서기가 글공부하는 과정이 a에는 자세히 나타나지 않는데 비하여 A에서는 서당에 다니는 친구들과 어울리며 어깨너머로 글공부를 한 뒤에 상전인 심 대감과 대화하며 시를 주고받고, 글을 가르치는 과정이 상세하게 그려진다.

서기의 출생을 보면, 설화 b에서는 종노릇을 하는 어머니가 소나기를 피하러 들어간 동굴에서 만난 행인과 관계하여 낳았다고 하였는데, B에서는 금부도사의 아들로 태어났는데 아버지가 역적으로 몰리어 어머니와 함께 종이 되어 종살이를 한 것으로 되어 있다.

---

1) 김동욱 역,『국역 동패낙송』, 아세아문화사, 1996, 210쪽.
2) 위의 책, 478~479쪽.
3) 위 책, 481~483쪽.
  『청야담수(靑野談藪)』, 서대석 편,『조선조문헌설화집요』(2), 집문당, 1992, 628쪽.

c에서 심 대감은 종달새 새끼가 나는 것을 지기(地氣)의 움직임과 연결지어 관찰하는 서기의 총명함을 보고, 종노릇할 사람이 아니라고 하여 속량(贖良)한다. C에서는 서기를 속량하는 심 대감의 의도나 이유를 설명하지 않았으나, 서기가 원래 양반의 자식이었다는 점과 남달리 총명하였기 때문이라 하겠다.

c에서 서기는 별의 움직임을 보고, 구봉 송익필이 망명할 것을 미리 알고 찾아가 만날 정도로 천문에 능하다. 이러한 서기의 능력은 C를 비롯한 여러 대목에서 유감없이 발휘되고, 토정의 수한(壽限)이 다한 것을 아는 것으로 표현되어 있다.

설화에서 서기는 토정과 함께 남명 조식을 찾아갔다가 남명의 사치스러움을 보고 똥을 누어 책상과 이부자리에 발라놓았다고 한다. 그러나 소설에서는 그런 이야기는 없이, 서기가 토정을 만나러 지리산 산천재에 갔다가 남명 조식을 만나는 것으로 되어 있다.

이처럼 작자는 설화를 수용하여 서기를 토정의 측근 인물로 꾸미고, 화자로 등장시켜 작품을 이끌어가도록 구성하였다.

2) 걸인청(乞人廳) 운영

아산 현감이 된 토정이 걸인청을 두고 유랑민을 보살피는 이야기가 설화와 소설에 나온다. 먼저 소설의 경우를 보면, 걸인청은 소설의 내용 단락 1)에서 임종을 앞둔 토정을 만나려고 아산현에 간 서기가 그를 숙소로 안내하는 관비에게 묻는 대목에 나타난다.

　「여보게, 잠깐만. 이 방은 뭐하는 덴가?」
　「예. 걸인들이 쉬었다 가는 걸인청입니다.……이곳을 지나는 걸인이면 아무나 여기서 먹이고 재우고 기술을 가르쳐 줍니다. 제각기 기술을 익히고 적으나마 살림 밑천을 마련하면 양민이 되어서 이곳을 떠납니다. 그 동안 이곳을 스쳐간 사람이 굉장히 많답니다. 이제 이곳 아산의 걸인이나 유랑민들은 다 없어졌으나 소문을 듣고 사방에서 찾아오는 바람에 언제나 사람들로 가득 차 있답니다. 현감 어르신은 조석으로 이곳에서 걸인이나 유랑민들과 함께 진지를 드시고 같이 일도 하십니다.」[4]

걸인청에 관한 설화의 내용을 적어보면 다음과 같다.

> 이지함은 유랑민이 떨어진 옷을 입고 걸식하는 것을 가엾게 여겼다. 그는
> 큰 집을 지어 그곳에 살도록 하고, 사농공상(士農工商) 중 하나를 손수 업으
> 로 삼아 살도록 하였는데, 직접 대면하여 깨우쳐 주지 않음이 없었다.
> 　그는 각 사람을 이끌어 의식을 주선하여 주었다. 능력 있는 자에게는 미
> 투리를 삼도록 하고 친히 감독하여 하루에 10켤레씩 만들어 팔게 하였는데,
> 이로써 의식이 풍족해졌다. 그런데 일하는 고통을 이기지 못하여 말없이 도
> 망하는 자들도 많았다.[5]

위 이야기는 문헌에 기록된 것인데, 같은 내용의 이야기가 구전으로도 전해
온다.[6] 이 이야기에는 여러 가지 사정으로 떠도는 유랑민이나 걸인들에게 살
집을 마련해 주고, 능력에 맞는 일을 하면서 안정된 생활을 하게 하려고 애쓰
는 토정의 모습이 잘 드러나 있다.

걸인청을 세운 토정이 직접 걸인청에 나가 거기에 온 사람들을 살피는 이야
기는 소설의 내용 단락 38)에도 나온다. 토정은 걸인청에 오는 유랑민을 보살
피다가 해사에서 하룻밤 인연을 맺은 후로 잊지 못하던 희수를 만났다.

위에서 말한 바와 같이 소설의 걸인청 운영에 관한 내용은 작자가 문헌 및
구전 설화에 나오는 걸인청 이야기를 수용하여 구체적으로 묘사한 것이라 하
겠다.

3) 묏자리 잡기와 단맥(斷脈) 및 비보(裨補)

소설에는 풍수와 관련된 이야기가 여러 곳에 나오는데, 구체적으로 표현된

---

4) 『소설 토정비결』(상), 새넘, 1993, 21쪽. 이하의 작품 인용에서는 따로 각주를 달지 않
　고 인용 부분 끝에 (상), (중), (하)의 권수와 쪽수만을 적는다.
5) 유몽인 저, 앞의 책, 295쪽 및 토정집, 340쪽.
6) 상명대 구비문학연구회, 『구비문학대관』, 천안문화원, 1996, 361~362쪽.

곳은 다음의 세 군데이다.

> A. 어머니의 묏자리 ― 토정의 어머니 묏자리를 잡을 때 지관이 그 곳에 묘
> 를 쓰면 첫째와 둘째 아들 쪽으로는 영상(領相)이 줄줄이 나오지만 막내
> 아들 쪽으로는 영 벼슬 인연이 없게 된다고 하였다. 형 지번이 딴 자리
> 를 알아보자고 하였으나, 토정이 극구 형을 설득하여 그 자리에 묘를 썼
> 다. 그 후 두 형의 아들들은 높은 벼슬을 하였으나, 토정의 아들들은 벼
> 슬을 하지 못하였다(하권 257~259쪽).
> B. 포천의 잠두산 끊기 ― 포천 현감이 된 토정은 세도를 부리는 김씨를 누
> 르기 위하여 물길을 틀어 잠두산(蠶頭山) 아래로 흐르게 해 놓고, 그 위
> 에 제방을 쌓은 다음 제방 위에 옻나무를 심었다. 그래서 김씨 가에만
> 집중된 생기가 고을 전체에 고루 퍼지는 형국이 되었다. 그 후 김씨 가
> 에서는 대과는 물론 향시에서도 급제자가 나오지 않았다(하권 171~172
> 쪽).
> C. 남근석(男根石) 세우기 ― 음기(陰氣)가 세서 남자가 살지 못하고, 그 마을
> 처녀는 다른 곳에서 받아주지 않아 시집도 못 가는 해사 마을에 남근석
> 을 세워 음기를 제압하였다(중권 133~146쪽, 하권 236~237쪽).

문헌설화에는 A와 같은 내용의 설화가 여러 편 전해 온다.[7] 그러므로 A는 여러 문헌에 실려 있는 같은 내용의 이야기를 수용한 것이라 하겠다. 단락 34)의 B와 단락 36)의 C는 풍수의 단맥(斷脈)과 비보(裨補)에 관한 이야기이다. 설화에는 토정이 어머니의 묘 자리를 잡는 이야기[8]를 비롯하여 풍수에 능하였다는 이야기가 여러 편 전해 온다. 그러나 위의 B와 일치하는 내용의 설화는 없다.

설화에는 토정이 풍수 상으로 허약한 부분을 보완하여 살기 좋은 마을로 만든 비보(裨補) 이야기가 전해 온다.

토정이 천안시 성남면의 흑성산에 가보니, 그곳이 앞으로 명당이 될 곳인

---

7) 유몽인, 앞의 책, 293쪽.『동야휘집』.『조선조 문헌설화집요』(1), 523쪽.『토정집』, 339
쪽.

8)『매옹한록(梅翁閑錄)』,『조선조문헌설화집요』(2), 330쪽.『한국구비문학대계』4-5, 27
1~281쪽.

데, 그러려면 봉황 한 마리가 더 있어야 하였다. 토정은 봉황이 한 쌍이 되
도록 하려는 뜻에서 천안시 북면에 있는 산에 봉황산, 마을에 봉황이 먹는
다는 오동나무가 있는 오동촌, 봉황이 앉는다는 푸른 대나무가 있는 청대골
이라는 이름을 붙였다. 이들 지명을 사람들이 널리 불러야 하는데 물이 부
족하여 사람들이 살기 불편하므로, 토정은 보를 쌓아 물이 흐르게 하고 사
람이 살게 하였다. 그래서 이 보를 토정보(土亭洑)」라 하였다.[9)]

이와 비슷한 비보 이야기는 전국적으로 전해 온다. 그러므로 단락 C는 작자
가 「토정보(土亭洑)」 이야기와 같은 비보담을 수용하여 구성한 것이라 하겠다.
이로 보아 B와 C는 풍수설화에 많이 있는 단맥담(斷脈談)과 비보담(裨補談)
을 수용하여 구성한 것인데, B는 포천의 세도가 김씨를 제압하고 포천현 전체
에 생기가 감돌게 하는 방법으로, C는 음기가 많아 남자들이 살지 못하는 해사
마을을 살기 좋은 마을로 바꾸는 방법으로 활용하였음을 알 수 있다.

4) 어머니 묘 앞에 둑쌓기

소설의 내용 단락 1)에는 어머니 묘 앞에 둑을 쌓는 이야기가 나온다.

토정은 어렸을 때 어머니를 여의었는데, 나이가 든 뒤에 어머니 묘지 앞
에 조수(潮水)를 막을 방죽을 쌓아야겠다고 하더니, 어느 날 갑자기 돈을 벌
어 인부를 사서 둑을 쌓았다. 방죽을 쌓은 지 두 해 만에 큰 해일이 일어
바로 그곳까지 바닷물이 들어왔다. 그래서 토정의 어머니 무덤만 무사하고,
근처의 논이고 밭이고 싹 쓸고 지나갔다고 한다.(상권 32쪽 및 34쪽)

이와 관련되는 설화로는 다음과 같은 이야기가 전해 온다.

토정이 어렸을 때 어버이를 바다굽이에 장사하였는데, 조수가 점점 가까
이 들어오는 것을 보고, 천백 년 뒤에는 물이 무덤을 침범할 것이라 하여
이를 막는 둑을 쌓으려고, 곡식을 늘리고 재물을 모으며 준비하였다. 사람

---

9) 상명대 구비문학연구회, 앞의 책, 221쪽.

들이 비웃었으나, 토정은 마땅히 해야 할 일이라며 계속하였다. 그러나 바다 어귀가 넓고 커서 준공하지는 못하였다.[10]

위 이야기에서는 바다 어귀가 워낙 넓고 커서 토정이 어버이 무덤 앞에 둑 쌓는 일을 완성하지 못했다고 한다. 그러나 둑쌓기에 성공한 이야기도 있다.

> 토정이 젊었을 때 형과 함께 산에 가서 한 무덤을 보았다. 토정은 그 자리에 어머니의 묘를 이장하자고 하고, 형은 남의 묘를 훼손할 수 없다고 하여 다투었다. 날이 저물어 두 사람이 불빛을 보고 가니, 한 사람이 그들을 기다리고 있다가 "꿈에 한 사람이 푸른 철릭을 입고 나타나서 자기가 유택을 옮기려 하니 두 사람을 잘 대접하라고 하였다."고 하였다. 이에 두 사람은 제사를 지내고 무덤을 이장하였다.
> 그 묘는 보령 바닷가에 있어 물이 먹어들어 왔는데, 토정이 빈손으로 장사를 하여 모은 천금으로 제방을 겹으로 쌓았다.[11]

위 이야기에서 토정은 장사하여 번 돈으로 어머니 묘 앞에 제방을 쌓아 해일의 피해를 예방하였다고 한다. 구전설화에는 토정이 바닷가 마을에 해일의 피해가 있을 것을 미리 알고, 마을 사람들에게 피하라고 하였으나 피하지 않아 많은 사람이 죽고, 몇 사람만 살았다는 이야기가 여러 편 전해 온다.[12] 이것은 토정이 앞일을 예견하는 능력이 뛰어났음을 말해 준다. 이로 보아 소설의 어머니 묘 앞에 둑 쌓기는 토정이 젊었을 때부터 예견력이 뛰어났음을 강조하기 위하여 작자가 위의 설화를 수용하여 구성한 것임을 알 수 있다.

5) 장사하여 이익 얻기

소설에서 토정이 장사를 하여 이문을 남기는 이야기는 단락 9)와 단락 31)~

---

10) 『토정집』, 337쪽.
11) 『매옹한록』. 『조선조문헌설화집요』(2), 330쪽.
12) 『한국구비문학대계』 5-3, 161~163쪽의 「이토정 아산 현감과 소금장수와 해일」 외 20여 편의 이야기가 전해 온다.

32)에 나타난다. 해당 내용을 간략히 적어 보면 다음과 같다.

  A. 토정은 아내가 가지고 있던 돈으로 나막신을 모두 사들인 다음, 값이 오
     르기를 기다렸다. 비가 내리자 나막신 값이 뛰었으므로, 나막신을 팔아
     4배의 이문을 남겼다. (상권 204~209쪽)

  B. 토정은 농사를 지으면서 장사를 하여 부자가 된 용인 안명진 진사에게서
     10만 냥을 빌려 안성과 용인에서 나는 유기와 대추·밤·배, 금산의 6년
     근 홍삼, 전주의 질 좋은 한지, 영광의 물 좋은 굴비, 강진의 분성사기와
     백자, 제주도의 말총, 경상도의 금과 은 등을 사서 안 진사의 창고에 쌓
     아 두었다가 값이 오른 뒤에 팔아 많은 이문을 남겼다. 토정은 안 진사
     에게 빌린 돈을 갚고 남은 돈으로 곡식과 옷감을 싣고 삼개나루로 와서
     토정을 짓고 거처하면서, 가난한 사람들을 만나 상담하고, 사주를 짚어
     본 뒤에 자립할 수 있는 사람들에게 이를 나누어주었다. (하권 98~160
     쪽)

  A는 토정이 서화담을 찾아 송도에 가기 위한 여비와 고생하는 아내에게 줄
생활비를 마련하기 위해 잠깐 시험해 본 것이다. B는 전국의 특산물을 매점매
석(買占賣惜)하여 큰 이문을 남긴 이야기이다. 이것은 토정이 전국을 순회하며
지리(地理)와 인물(人物)과 물산(物産)을 깊이 연구한 뒤에 헐벗고 굶주리는 백
성들을 구휼하기 위해 한 장사 이야기로 많은 분량에 걸쳐 서술된다.
  설화에서 토정이 상업적인 수완을 보이는 이야기는 앞에서 살핀 '놋그릇을
팔아 수저를 사서 이문을 남긴 이야기'를 들 수 있고, 그 다음으로 다음과 같은
이야기를 들 수 있다.

  토정은 백성들에게 장사하는 법을 가르치고, 맨손으로 생업에 힘써 수년
내에 수만 석에 이르는 곡식이 쌓였는데, 가난한 백성에게 모두 나눠주었
다. 또 한 섬에 들어가 바가지를 심어 수만 개의 바가지를 만든 뒤에 그것으
로 천 석이 넘는 곡식을 산 다음, 경강(京江)의 마포로 운반하여 강촌 사람
들에게 나눠주었다.13)

위 이야기는 토정의 상업적인 수완과 백성을 사랑하는 마음을 드러낸다.

소설의 A와 B는 작자가 이러한 설화와 연암 박지원의 「허생전」을 참고하여 구성한 것이다. 작자가 연암의 「허생전」을 참고한 것은, 하권에 실린 제 31장의 이름을 '허생전'이라 하고, '머리글'에서 토정을 연암이 쓴 「허생전」의 주인공으로 비견하였음을 밝힌 것에서 알 수 있다.

6) 양어장 메우기

내용 단락 38)에서 아산 현감이 된 토정은 백성의 고통을 덜어주려는 뜻에서 양어장을 폐쇄하는 이야기가 나온다. 그 대목을 적어 보면 다음과 같다.

> 아산의 양어장에서 나오는 잉어는 워낙 맛이 좋아 아산 지방의 특산물로 이름이 높았다. 서울의 벼슬아치들은 그것을 알고는 나라님께 바치는 공물 품목에 넣었는데, 중간에 손을 대는 관리들이 많아 해마다 잉어 공물량이 늘어났다. 잉어 양식량은 늘 같은데 할당량이 늘어나니 백성들만 죽을 지경이었다.
> 토정은 그 말을 듣고 즉각 양어장을 흙으로 메꿔 폐쇄시켜 버렸다. 잉어를 아예 산출시키지 않아 공물량의 많고 적고로 인한 시비가 생길 겨를이 없게 만든 것이었다. (하권 262쪽)

이와 비슷한 내용의 설화가 구전으로 전해 오고,[14] 『토정집』에도 전해 온다.[15] 소설과 설화의 내용을 비교해 보면, 설화에는 메운 양어장이 현감에게 드리는 물고기를 기르는 곳으로 되어 있는데, 소설에서는 나라님께 바치는 잉어를 기르는 곳으로 되어 있어 양어장의 폐해를 나라의 일로 확대하였다.

이처럼 소설의 작자는 토정의 양어장 메우기 설화를 수용하되 현감에게 바

---

13) 유몽인 저, 앞의 책, 292~294쪽. 이긍익(李肯翊), 『연려실기술(燃藜室記述)』 권18, 『토정집』, 339쪽.
14) 『한국구비문학대계』 7-15, 544~545쪽
15) 『토정집』, 347쪽.

치는 물고기를 기르는 양어장을 임금님께 바치는 잉어를 기르는 곳이라 하여 상납 제도의 문제점과 폐해를 지적하면서 이를 개혁하려는 토정의 모습을 그리고 있다.

7) 소박하고 절제하는 생활

소설의 내용 단락 34)에서 작자는 포천 현감으로 부임하는 토정의 모습과 부임 첫날의 일을 다음과 같이 적었다.

> 토정은 나발소리를 거두라고 명하고 환영행사를 물리쳤다. 그리고 조용히 관아로 향했다. …… 관아에 도착한 토정은 베옷에 짚신으로 갈아입었다.
> 때가 되자 저녁상이 들어왔다. 상다리가 휘도록 진수성찬이 가득 올라와 있었다. 토정이 수저도 들지 않고 물끄러미 상을 내려다보자 아전들은 상이 빈약해서 그러는 것으로 짐작했는지 황급히 상을 물리고 더 큰 상을 차려 왔다. 그래도 토정은 밥상을 거들떠보지 않았다.
> 「먹을 만한 게 없소.」
> 관리들은 어쩔 바를 모르고 허둥댔다. 그러자 토정은 넌지시 잡곡밥과 나물국 한 그릇을 가져오라고 하여 그것을 달게 먹었다. (하권 167~168쪽)

이처럼 소설에는 포천 현감으로 부임하는 토정의 소박하고 절제하는 모습이 나타난다. 이 대목은 다음 설화와 일치한다.

> 포천 현감이 되어 베옷과 짚신, 베삿갓 차림으로 등청하여 내온 음식에 손도 대지 않고, 먹을 것이 없다고 하였다. 아전이 맛있는 음식을 가득 차려 왔으나, 역시 먹을 만한 것이 없다고 하였다. 토정은 오곡이 섞인 잡곡밥과 나물국 한 그릇을 모자 갑(匣)에 차려서 내오도록 하였다.
> 다음날 읍의 관리들이 오자, 마른 나물을 넣고 끓인 죽을 권하니, 그들은 조금 먹고는 토하였으나, 지함은 다 먹었다. 오래지 않아 관직을 버리고 고향으로 돌아가니, 읍 사람들이 길을 막고 머물러 달라고 간청하였으나 듣지 않았다.16)

이와 비슷한 이야기가 다른 문헌에도 전해 온다.[17] 이로 보아 소설의 토정의 포천 현감 부임 대목은 위의 설화를 수용하여 토정의 검소하고 절제하는 모습, 목민관으로서 최선을 다하는 모습을 그리고 있음을 알 수 있다.

설화에는 토정이 고청(孤青) 서기(徐起)와 함께 지리산의 남명(南溟) 조식(曹植)을 찾아갔다가 그의 호사스러움이 못마땅하여 그의 방에 소변을 보고, 벽과 책상, 이불에 똥칠을 하고 갔다는 이야기가 있다.[18] 이것은 화려한 것을 매우 못마땅하게 생각하는 토정의 의식을 표현한 것인데, 소설에는 이런 대목이 없고, 토정이 남명과 만나 도에 관한 토론을 벌이는 것으로 되어 있다.

8) 바다를 읽는 어부

소설 중권 '바다를 읽는 어부'에서 이지함 일행은 홍성의 바닷가에서 만난 노인의 배를 타고 해남으로 가면서 여러 가지 일을 겪는다. 그 노인은 기후의 변화를 비롯한 자연의 섭리는 물론 인간의 도리를 꿰뚫어 보는 지혜를 가졌으므로, 이지함은 그와 함께 여행하는 며칠 동안 많은 깨달음을 얻는다. 노인의 딸이 고기를 가지고 가서 비싼 값에 팔았다고 하자, 노인은 "나는 어부지 장사꾼이 아니다. 가서 제값만 받고 나머지는 돌려주고 오라."고 하여 제값만 받게 한다.

위 내용과 일치하는 이야기가 『토정집』에 전해 오는데, 토정은 노인을 충청도의 해상에서 처음 만나고, 10여 년 뒤에 다시 전라도 바닷가에서 만났는데, 그를 존경하여 다음에 찾아가니, 자취를 감추어 만나지 못하였다고 한다.[19] 소설의 작자는 이 이야기를 수용하여 '바다를 읽는 어부' 장을 구성하였는데, 토정이 서화담을 따라 전국을 순회하는 중에 충남 홍성의 바닷가에서 만나 그의 배를 타고 해남까지 가면서 여러 가지 이야기를 나누는 것으로 되어 있다.

---

16) 박용구, 『한국기담일화선』, 을유문화사, 1976, 153~154쪽.
17) 유몽인, 앞의 책, 293~294쪽. 『토정집』, 340쪽. 『동야휘집』, 『조선조문헌설화집요』(1), 523~524쪽.
18) 『동패낙송(東稗洛誦)』. 『조선조문헌설화집요』(2), 546~547쪽.
    『청야담수(靑野談藪)』. 『조선조문헌설화집요』(2), 624쪽.
19) 『토정집』, 『한국의 민속·종교사상』, 삼성출판사, 1977, 341~342쪽.

9) 임진왜란 예견과 방비

소설에는 토정을 비롯한 도인(道人)들이 임진왜란이 일어날 것을 예견하고, 이를 막기 위해 백방으로 애쓰는 이야기가 많은 분량으로 서술된다. 토정은 강화도 마리산에서 두 차례에 걸쳐 전국 역학(易學) 대가들과 만나 전란을 막을 대책을 논의하였다. 그 자리에 모였던 사람들은 각자의 능력에 따라 전란에 대비하였다. 정개청과 서치무는 싸움터가 될 곳을 찾아다니며 지맥(地脈)을 다스렸고, 정작은 향약(鄕藥)을 살피면서 『내경(內經)』을 집필하였다. 남궁두는 장수가 될 사람과 의병을 일으킬만한 사람을 찾아다니면서 임진년의 일을 알렸다. 특히 이이, 이순신, 권율, 조헌, 이산해, 이산보 등에게 전란에 대비하도록 하였다. 토정의 말을 들은 율곡은 선조에게 전란에 대비하기 위해 10만 양병(養兵)을 주청하였으나 거절당하였다. 토정은 전란을 막기 위해 백방으로 노력하였으나, 하늘이 정한 이치라서 피할 수 없음을 알고, 백성들을 위로하고 희망과 용기를 북돋워 줄 『토정비결』을 집필하였다.

이러한 구성은 토정과 이이가 임진왜란을 예견하고, 대비할 것을 주장하였다는 설화를 비롯하여 여러 인물의 이야기를 수용하여 구성한 것이다. 그 중 토정과 이이와 관련된 설화를 적어 보면 다음과 같다.

> a. 선조 때에 한 노인이 과천현의 선비에게 조을(鳥乙)이라는 동물이 알을 낳는 것을 본 나라는 꼭 십 년 후에 전란을 당한다고 하였다. 선비가 노인더러 이름을 물으니, 노인은 스스로 토정 이지함이라고 하고서는 떨치고 가버렸다. 선조 임진년에 과연 왜구가 우리 나라를 침입하였다.[20]
>
> b. 선조 갑신년에 병판으로 있던 율곡 이이가 10만 양병설을 주장하자, 예판 서애 유성룡이 민심의 소란을 우려하여 반대하였다. 율곡이 죽은 후 과연 임진왜란이 일어나 전국이 혼란에 빠지니, 서애가 비로소 율곡이 참 성인(聖人)임을 깨달았다.[21]
>
> c. 토정이 조헌과 10만 양병을 주장하였으나, 조정에서는 이를 받아들이지 않았다. 두 사람이 새파랗게 날이 선 도끼를 임금께 바치면서, 왜군이

---

20) 『금계필담(金溪筆談)』. 『조선조문헌설화집요』(2), 436~437쪽.
21) 『금계필담(錦溪筆談)』. 『조선조문헌설화집요』(2), 435쪽.

쳐들어온다는 것이 거짓이라면 두 사람의 목을 쳐 달라고 하였다. 이율곡도 두 사람의 말에 동조하였으나, 조정에서는 역시 받아들이지 않았다. 조정에서는 10명의 사신을 보내 일본의 상황을 알아보게 하였는데, 3명은 일본이 전쟁 준비를 하고 있다고 보고하였으나, 7명은 일본이 조선에 쳐들어 올 가능성이 없다고 하였다. 조정에서 7명의 보고를 받아들이고, 조헌과 토정을 내쫓았다. 이를 본 율곡은 임진강에 화석정을 지어 놓고 강릉으로 돌아갔다.22)

a는 토정이 신이한 행동을 하면서, 10년 뒤에 임진왜란이 일어날 것을 예고하였음을 말해 준다. b는 율곡 이이가 병조판서 때 10만 양병설을 주장하였으나 받아들이지 않고서, 전란이 일어나자 후회하였음을 말해 준다. c는 토정이 중봉 조헌과 함께 목숨을 걸고 10만 양병을 주청하고, 율곡이 이에 동조하였으나 조정에서는 받아들이지 않았다는 이야기이다.

소설에는 벼슬을 그만두려는 율곡과 이를 만류하는 토정의 대화가 길게 이어지는데23), 이것은 『토정집』의 내용을 그대로 수용한 것이다.

소설의 임진왜란 예견과 방비 이야기는 작자가 a·b·c와 같은 이야기를 수용하고, 그 당시에 살았던 여러 인물들의 전기에서 조금씩 이야기 거리를 찾아내어 상상력을 불어넣으면서 마디를 연결하고 의미를 되살려 구성한 것이다.

10) 기괴한 행동

소설에서 토정은 각 지역의 지리와 인물과 물산을 살피기 위해 여러 곳을 여행한다. 그의 여행은 짧게는 몇 달 걸릴 때도 있지만, 몇 해를 계속할 때도 있었다. 여행 중 그의 차림은 형식에 구애되지 않는데, 때로는 기괴하였다. 단락 30)에서는 토정이 머리에 솥을 뒤집어쓰고, 여름인데도 거렁뱅이처럼 누비 적삼을 걸치고 있다. 정휴가 그 이유를 묻자, 토정은 이렇게 대답한다.

---

22) 이수자, 『설화 화자 연구』, 박이정, 1998, 52~62쪽.
23) 하권, 143쪽.

「오랑캐들이 사는 모양을 구경하다보니 이 솥이 쓰고 다니기가 좋게 생겼길래 한번 써 보았네. 나그네에겐 아주 그만이라네. 닳지도 않고 때가 되면 솥으로 걸어 밥을 지을 수도 있고.」

「다른 뜻이 있겠지요. 사람들이 보면 미쳤다고 하겠습니다.」

「하하하. 상(相)을 보고 그런 말을 하는 사람들이 있기는 있었네. 헌데, 내가 본시 금기(金氣)가 부족하지 않던가?」 (하권 88쪽)

토정은 이렇게 쓰고 다니던 솥을 아버지의 병환을 고치기 위해 달라는 더먹머리 총각에게 주었다.

소설에서 토정은 제주도에 갈 때에 "나룻배 한 척을 얻어 네 귀퉁이에 구멍을 막은 큰 바가지를 주렁주렁 달았다. 바가지가 워낙 물에 잘 떠서 웬만한 풍랑에는 배가 끄떡없이 잘 견뎠다."고 한다.

토정의 기괴한 행동을 이야기하는 설화 중 소설의 내용과 관련이 깊은 것만을 적어 보면 다음과 같다.

a. 이지함은 기이한 선비였다. 베옷을 입고, 짚신을 신었으며, 대삿갓을 쓰고, 자루를 진 채 돌아다녔는데, 사대부 사이에서 방약무인하였으며, 제가잡술(諸家雜術)에도 능통하였다. 조각배를 타고, 사방에 큰 바가지를 매단 채 세 번이나 제주도에 왕래하였는데도, 풍파와 환난이 없었다. 쇠로 관을 만들어 쓰고 다니다가 벗어서는 밥을 짓고, 씻어서는 관으로 썼다. 8도를 유람하면서도 탈 것을 빌리지 않고 다녔다.[24]

b. 선생이 베옷에 짚신을 신고 대삿갓에 바랑을 지고 다니면서 간혹 벼슬아치들 사이에 놀되 조금도 거리낌없이 행동하였다. 제가잡술에 능통하지 않은 것이 없었으니 한 조각 작은 배를 타고 배의 네 귀퉁이에 커다란 바가지를 매달아 가지고 세 번이나 제주에 들어갔으나 풍랑의 환(患)이 없었다고 한다.[25]

c. 선생은 항상 대나무 지팡이를 휴대하고 길을 가다가 잠이 곤하면 곧 두 손으로 지팡이를 꽉 잡고 몸을 굽히어 머리를 낮게 하고, 두 발을 나눠 밟아 정해 선 뒤에 눈을 감으면 코고는 소리가 우레 같았다. 비록 소나

____

24) 『어우야담』, 1996, 292~294쪽.
25) 『토정집』, 339쪽.

말이 받을지라도 도리어 소나 말이 물러나는 것이었고, 공은 산처럼 꿋
꿋이 서서 마침내 움직여 흔들리거나 놀라 깨는 일이 없었다.[26)]

위에 나타난 바와 같이 토정은 여행을 즐겼는데, 차림이 기괴하고, 어디서나
잠을 잤다고 한다. 작자는 이러한 이야기를 수용하여 소설을 구성하였는데, 토
정의 여행은 지리와 물산과 인물을 살피기 위한 것이라 하였다. 차림이 기괴하
였다는 것과 제주도에 왕래할 때에 배에 바가지를 달았다는 것은 그대로 수용
하였다. 설화에 나타난 토정의 기이한 행동은 여러 가지가 있는데, 소설에서는
옷차림과 솥을 머리에 쓰고 다닌 일만 수용하였다.

소설에서 토정은 큰형 지번이 세상을 떠나자 유해를 홍성 선산에 모시고,
3년 간 시묘살이를 하였다고 한다. 이것 역시 문헌에 수록된 이야기를 수용한
것이다.[27)] 이 대목이 설화에서는 형 지번이 토정을 가르쳤으므로 스승의 예로
3년 복상(服喪)한다고 하였는데, 소설에서는 벼슬자리에 있는 조카가 나랏일에
전념케 하려고 조카를 대신하여, 3년 간 시묘살이를 하면서 낮에는 책을 읽고,
밤에는 별의 움직임을 관찰하는 것으로 되어 있다.

11) 정순붕 첩의 방자

작품의 내용 단락 9)에서 토정의 친구인 안명세가 특정기(特定記) 사건으로
참수 당하고, 안명세의 여동생 안민이는 특정기 사건을 일으킨 정순붕의 집
종으로 끌려갔다. 미모와 교양을 갖춘 안민이가 정순붕을 지성으로 받드니, 정
순붕은 그를 애첩으로 삼았다. 얼마 후 정순붕이 죽었는데, 그가 죽은 까닭은
민이가 염병으로 죽은 사람의 뼈를 몰래 구해다가 정순붕의 베개 속에 넣어
방자하였기 때문이라 하였다. 이 일로 민이 역시 염병에 걸려 죽었다. 정순붕
의 작은아들 정작은 그의 집을 찾아간 이지함에게 이 일을 이야기하면서 민이
의 절의(絶義)를 칭찬하였다.

이와 비슷한 이야기가 문헌에 전해 오는데, 그 내용은 다음과 같다.

---

26) 『토정집』, 343쪽.
27) 『토정집』, 347쪽.

유인숙이 역적의 누명을 쓰고 억울하게 죽자, 그 노비는 일등공신인 정순붕의 소유가 되었다. 주인이 바뀐 노비들은 슬피 울었으나, 자태와 용모가 아름다운 한 계집종만이 기쁘게 새 주인을 섬겼다. 정순붕은 그녀를 사랑하여 가까이 두고, 시중들게 하였다.

몇 년이 지난 뒤에 정순붕은 귀신이 그의 머리와 얼굴을 누르는 꿈을 여러 번 꾸더니, 고질병이 되어 일어나지 못하였다. 순붕의 아내가 무당에게 물어보니, 베개 속에 있는 요귀 때문이라고 하였다. 베개를 뜯어보니, 사람의 두개골이 나왔는데, 그 계집종은 옛주인의 원수를 갚기 위해 자기가 하였다고 자백하였다.

그 집에서는 그녀를 죽인 뒤에 말이 밖에 새나가지 못하게 단속하였는데, 작은아들 정작이 죽음이 가까워 오자, 이 일을 다른 사람에게 말하였다.[28]

정순붕(鄭順朋, 1484~1548, 성종 15년~명종 3년)은 명종이 즉위하자 윤원형, 이기 등과 함께 윤임, 유관 등을 제거하는 을사사화의 주동인물이 되어 보익공신(保翼功臣)이 되고, 우의정에까지 올랐던 인물이다. 이러한 정순붕의 죽음과 관련된 위 설화는『어우야담』외에『기문총화』,『매옹한록』,『금계필담』에도 실려 있는데, 역적의 누명을 쓰고 억울하게 죽은 사람이『기문총화』에는 유관(柳灌)으로 되어 있고, 다른 세 문헌에는 유인숙(柳仁淑)으로 되어 있다. 역사적 사실에 따르면, 유인숙이 아니라 유관이 맞을 것이다.[29]

작자는 위 이야기를 수용하여 작품을 구성하면서, 유관의 집 계집종을 특정기 사건으로 억울하게 죽은 안명세의 여동생이며 이지함의 정혼녀인 안민이로 바꾸어서, 친구와 정혼녀를 잃은 이지함의 아픈 마음과 그리움을 그리고 있다.

12) 신처(神妻) 이야기

내용 단락 35)에서 이지함은 스승인 북창의 말대로 화순 운주사로 가다가 금성산에 이르러 날이 저물었는데, 불빛을 따라 간 곳이 산 속에 있는 신당(神

---

28) 유몽인 저, 앞의 책, 484~485쪽.
29) 위 책, 484쪽 주 303 참조.

堂)이었다. 그는 신당에 있는 여인에게서 그 곳이 고려 때 탐라를 정벌하고도 공을 인정받지 못해 한을 품고 죽은 장수의 영을 모신 신당인데, 오래 전부터 처녀를 신의 아내로 바치는 풍습이 전해 온다는 것을 듣는다. 그는 그녀가 신처가 되기까지의 일을 듣고, 사주를 본 뒤에 신당 아래채에서 그날 밤을 지낸 후 이튿날 운주사로 가서 지족 선사를 만난다.

신당에 신처(神妻)를 바치는 이야기로는 「최영 장군의 사당」 이야기가 있다.

> 개성의 덕적산에 최영의 사당이 있는데, 지방 사람들이 기도하면 영험이 있다 하였다. 지방 사람들은 사당 옆에 침실을 만들고 처녀를 두어 사당을 모시게 하였는데, 처녀가 늙고 병들면 젊고 예쁜 사람으로 바꿔서 모시게 하였다. 시녀는 밤이 되면 신령이 내려서 교접한다고 하였다.
> 지금까지 300년 동안을 하루같이 그렇게 하고 있다.[30]

이로 보아 단락 35)의 신처 이야기는 조선 후기에 이중환이 쓴 『택리지(擇里志)』에 실려 있는 「최영 장군의 사당」 이야기를 수용하여 구성한 것이라 하겠다. 작자는 이 이야기를 수용하여 작품을 구성하면서 신처가 동자승과 정을 통하는 장면을 설정하였다. 신처가 외간 남자와 정을 통하는 구성은 홍명희의 「임꺽정」에도 보인다. 작자는 신처와 정을 나누던 동자승을 지족 선사의 상좌승으로 설정함으로써 이튿날 토정이 운주사에서 다시 만나게 하였는데, 그가 토정이 해사에서 인연을 맺은 희수와의 사이에서 낳은 아들 규철이다. 이러한 구성을 통해 작자는 신처를 바치는 풍습을 비판하면서, 토정이 해사 마을에서 인연을 맺은 희수와의 사이에서 낳은 아들 규철을 만날 수 있게 하는 복선을 깔아 놓았다.

지금까지 살펴본 바와 같이 『소설 토정비결』은 작자가 토정과 관련된 여러 이야기를 수용하고, 당시에 살았던 여러 인물들과 관련된 이야기에서 조금씩 이야기 거리를 찾아내어 상상력을 불어넣으면서 마디를 연결하고 의미를 되살려 구성하였다. 그래서 토정의 삶과 수도하는 과정, 백성들을 위로하고 희망

---

30) 이중환 저, 이익성 역, 『택리지』, 을유문화사, 1971, 155쪽 경기 개성.

과 용기를 줄『토정비결』을 쓰는 과정을 매우 역동적으로 그렸다.

4. 맺음말

『소설 토정비결』은 작자가 토정과 관련된 여러 이야기를 수용하고, 당시에 살았던 여러 인물들과 관련된 이야기에서 조금씩 이야기 거리를 찾아내어 상상력을 불어넣으면서 마디를 연결하고 의미를 되살려 구성하였다. 그래서 토정의 삶과 수도하는 과정, 전국의 지리와 물산과 인물을 살피면서 겪은 일, 임진왜란을 막기 위한 노력, 백성을 위로하고 희망과 용기를 줄『토정비결』을 완성하기까지의 과정을 매우 역동적으로 그렸다.

『소설 토정비결』의 작자 이재운은 많은 설화를 수용하여 이 작품을 구성함으로써 현대 소설 독자들에게 역사적 인물인 토정 이지함의 이미지를 새롭게 형상화할 수 있게 하였다.

古典文學

神의 이름과 人間의 숭앙태도
— 한국의 건국신화를 중심으로 —

김문태[*]

1. 머리말

인간은 자신의 나약함을 메우기 위해, 또는 자신의 잘못을 덮기 위해, 혹은 자신의 정당성을 알리기 위해 수시로 신을 찾을 수밖에 없는 불완전한 존재이다. 인간은 때때로 자신의 이상성취와 문제해결을 위해 신을 자신의 의지대로 움직일 수 있는 대상으로 생각하는 것이다. 종교를 막론하고, 동서고금을 막론하고, 지위고하·남녀노소를 불문하고 신에게 의지하며 살아가는 인간이라면 누구나 쉽게 이러한 유혹에 빠질 수 있는 것이다. 본고에서는 이와 관련하여 우리 민족의 신적 존재와 이에 대한 인간의 숭앙태도를 살펴봄으로써 수많은 종교 안에서 수많은 신들과 관계를 지니며 살아가는 오늘날 우리의 삶을 되돌아보고사 한다.

우리 민족의 전통적인 신관(神觀)과 숭앙태도(崇仰態度)를 고찰한다는 취지에서 본고에서는 한국의 신화와 전통적인 의례에 한정하여 논의를 진행할 것이다. 이를 위해 2장에서는 건국신화의 시조신들과 그 배필인 지모신들의 실체를 고찰하고, 3장에서는 앞서의 인격신을 포함한 자연신에 대한 인간의 숭앙태도를 기원(祈願)·서약(誓約)의 측면에서 고구하고, 이어 음사(淫祀)를 중심으로 신에 대한 인간의 그릇된 숭앙태도를 살펴보기로 한다.

---

* 성균관대 강사

2. 신의 이름

1) 건국시조신으로서의 남성신

우리나라의 신화는 태초의 우주창생신화가 아닌 국가 건립 시기의 건국신화가 주종을 이루고 있다. 따라서 국가별로 별도의 신화주인공들이 국가의 시조신으로서 받들어졌으며, 국가가 이합집산하는 과정에서 그 시조신의 신성성(神聖性)이 유지되지 못하는 경우도 있었다. 그러나 하나의 민족이라는 관점에서 본다면 이들 개별 신화는 모두 우리의 민족신화이므로 이를 한 자리에서 고찰하는 것은 지극히 당연하다.

고조선 건국신화인 단군신화의 경우 환인(桓因)의 아들 환웅(桓雄)이 인간 세상에 뜻을 두고 풍백(風伯)·우사(雨師)·운사(雲師)를 거느리고 태백산정 신단수(神壇樹)에 내려와 곰이 변신한 웅녀(熊女)와 혼인하여 단군왕검(壇君王儉)을 낳고 있다.1) 『삼국유사』에 따르자면 환인은 제석(帝釋)을 칭한다는 주해가 붙어 있는데, 이 명칭은 후대 불교와 습합하는 과정에서 파생된 것이다. 제석은 수미산(須彌山) 꼭대기의 도리천(忉利天)에 사는 십이천(十二天)의 하나로 불법(佛法)을 수호하는 불교의 신이기 때문이다. 즉 환인에 대한 이러한 칭호는 후대 불교의 관점에서 붙여진 것으로 보아야 하는 것이다. 『제왕운기(帝王韻紀)』에는 환인이 천제(天帝)로 기술되어 있고, 『응제시주(應製詩註)』와 『세종실록 지리지』2)에는 공히 상제(上帝)로 기술되어 있기에 환인은 일반적인 하느님의 개념을 지닌 존재로 보아야 할 것이다.

환웅이 거느리고 이 땅에 내려왔다는 풍백·우사·운사는 글자 그대로 바람과 비와 구름을 관장하는 신이기에 이러한 명칭이 붙었는데, 이로써 보면 곡식·운명·질병·형벌·선악을 비롯한 인간 세상의 360여 가지 일을 주관하였다는 환웅은 특히 곡식의 풍요를 주관하는 신으로서의 위상을 지니고 있

---

1) 『三國遺事』 卷1 紀異1 古朝鮮.
2) 『世宗實錄』 卷154 地理志 平安道 平壤府 靈異.

다. 환웅이 대동한 세 신은 농업에 직접 연관된 신이기 때문이다. 실제로 세계
제민족에 있어 왕 내지 추장은 풍요를 보장하는 신격으로 받들어지고 있으며,
이들은 레인 메이커(rain maker), 즉 우사(雨師)로 불리어지고 있다는 사실이 이
를 입증한다. 단군왕검이란 칭호 역시 이와 무관하지 않다. '단군이란 이름에
제주(무군)의 의의가 많다면, 왕검이란 칭호에는 정치적 군장의 의의가 더 많
은 것으로 보는 것이 타당'3)하다고 한다면, 단군왕검은 종교적 사제인 동시에
정치적 군장으로서 풍요를 주관하는 분이라는 의미인 것이다. 환웅이 강림한
신단수는 우주의 중심이 되는 우주목(宇宙木)으로서 원초적으로는 신의 강림
처로서의 의미를 지니지만, 후일에는 그 신이 거처하는 장소로서의 의미를 지
니게 되어 신격으로 받들어지게 된다. 오늘날까지 수목신앙의 대상이 되고 있
는 서낭목(당목)·솟대·장승 등이 신단수의 후래적 변용형태인 것이다.

　고구려 건국신화인 주몽신화의 경우 천제(天帝)의 아들 해모수(解慕漱)가 인
간 세상에 뜻을 두고 웅신산(熊神山)에 내려와 하백(河伯)의 딸인 유화(柳花)와
정을 나누어 큰 알을 낳아 이로부터 주몽(朱蒙)이 탄생하고 있다.4) 이 신화에
있어서의 신의 계보는 단군신화에 있어서의 그것과 거의 흡사한 양상을 보이
고 있다. 천제와 환인, 해모수와 환웅, 주몽과 단군이 각기 짝을 이루고 있는
것이다. 여기서 단군신화의 환인이라는 칭호는 제석이 아니라 주몽신화의 천
제와 같은 개념으로 쓰이고 있음을 다시 한 번 확인할 수 있다. 천제의 아들인
해모수라는 칭호는 '해'라는 용어에서 드러나듯이 태양을 지칭한다. 이러한 사
실은 주몽의 어머니인 유화가 어두운 방에 갇혀 있을 때 햇빛[日光]이 따라다
니며 유화의 복부에 비춰 이로 인하여 잉태하였으며, 햇빛을 받아 태어났기에
주몽의 성(姓)을 고(高)씨라 하였다는 데에서 입증된다. 해모수와의 사이에서
잉태된 주몽이 해로 인하여 잉태되었다고 기술되고 있는 것이다. 또한 주몽이
금와왕의 아들들에 쫓기는 도중 엄수(淹水)를 만나 건너지 못할 때, 물을 향해
"나는 태양의 아들이다"5)라고 고해 물고기와 자라의 도움을 받아 강을 건넜다

---

3) 李丙燾, 「檀君說話의 解釋과 阿斯達問題」, 이은봉 엮음, 『檀君神話研究』, 온누리,
　　1986, 52쪽.
4) 『三國遺事』 卷1 紀異1 高句麗.
5) 『魏書』 卷101 列傳88 高句麗.

는 사실 역시 이를 입증해주고 있다. 후일 주몽이 '고등신(高登神)'[6]으로 지칭된 것도 이와 무관하지 않은 듯하다.

　주몽이라는 칭호는 주몽 탄생지인 부여에서 활을 잘 쏘는 이를 주몽이라 하였기에 붙여진 것이다. 주몽은 태어나면서부터 스스로 활과 화살을 만들어 쏘았는데, 백발백중이었다고 기술하는 데에서 당시 부여인들에게 주몽은 신적인 능력을 지닌 이로 비춰졌을 것이다. 이는 주몽이 엄수에서 곤경에 처하자 '활'로 물을 쳐서 물고기와 자라의 도움을 받았다는 사실[7]에서도 확인된다. 활은 신성을 보장하는 도구였으니, 활을 잘 쏘아서 붙은 주몽이라는 이름은 신성 그 자체를 의미하는 것이었다. 주몽이 부여를 탈출할 당시 대동했던 오이(烏伊)·마리(摩離)·협보(陝父)는 환웅이 대동하고 이 땅에 내려온 풍백·우사·운사와 흡사한 양상을 띠고 있다. '풍백·우사·운사가 우순풍조(雨順風調)에 대한 주술사적 능력을 가진 자로서 생산의 풍요를 주원(呪願)하는 제사를 맡고 농경사회의 정치를 직접 맡아 수장(首長)을 보좌'[8]하였듯이 오이·마리·협보 역시 종교·정치·군사 등의 업무를 관장하는 인물들이었다 할 것이다. 하백이라는 칭호는 '백(伯)'이라는 용어에서 드러나듯이 물의 우두머리, 즉 물의 신이다. 이는 환웅이 강림한 태백산의 '백', 환웅이 대동한 풍백의 '백'과 같은 의미로 신 내지는 신격으로서의 위상을 나타내는 용어이다.

　신라의 건국신화인 혁거세신화의 경우 하늘로부터 강림한 육촌장들이 알천(閼川)가에 모여 군주를 모시고자 의논하던 중 전광(電光)과 같은 기운이 양산(楊山)가에 비춰 그곳에서 알을 발견하였으며, 이로부터 혁거세(赫居世)가 탄생하고 있다.[9] 혁거세신화에서는 천제나 천제자와 같은 신의 계보가 드러나지 않는 가운데 혁거세가 탄생하고 있어 단군신화나 주몽신화와는 다른 양상을 띠고 있다. 그러나 전광과 같은 기운, 즉 햇빛이 길게 드리운 가운데서 탄생하고 있어 혁거세 역시 주몽과 마찬가지로 태양의 아들임을 암시하고 있다. 실제

---

6)『北史』卷94 列傳82 高麗.
7)『梁書』諸夷傳 高句麗.
8) 李殷昌,「三國遺事의 考古學的 研究」, 民族文化研究所 編,『三國遺事研究 上』, 嶺南大學校 出版部, 1983, 303~304쪽.
9)『三國遺事』卷1 紀異1 新羅始祖 赫居世王.

로 일연(一然)은 그 주석을 통해 혁거세(赫居世)라는 칭호는 우리 고유의 말로
서 불구내(弗矩內)라고도 하며 이는 '광명이세(光明理世)', 즉 밝게 세상을 다스
린다는 뜻이라 하였는데, 이를 통해 보면 불구내는 '붉은 해' 또는 '밝은 해'를
의미한다고 보아 무방할 것이다.[10] 즉 혁거세는 주몽과 마찬가지로 일자(日子)
로서의 위상을 지니고 있는 것이다.

　가락국의 건국신화인 수로신화의 경우 구간(九干) 등이 구지봉에 올랐을 때
형체는 보이지 않고 사람의 목소리로 '황천(皇天)께서 나에게 명하여 이 곳을
다스리라 하였다' 하고 구지가를 부르게 하자 하늘로부터 붉은 색 줄 끝에 붉
은 폭에 싸인 금합이 내려왔으며, 그 안의 알에서 수로(首露)가 탄생하고 있
다.[11] 황천(皇天)은 단군신화의 환인, 주몽신화의 천제와 같은 존재이다. 후일
수로왕비가 되는 허황옥(許黃玉)이 황천상제의 명으로 가락국에 도착하고 있
는데, 이로써 보면 황천은 상제(上帝)와 동일한 칭호인 것이다. 이 칭호는 구간
(九干) 등이 왕비간택을 청하자 수로가 '자신은 하늘의 명[天之命]으로 이곳에
내려왔으니 왕비를 정하는 것 역시 하늘의 명으로 이루어질 것'이라 한 '천
(天)'과 같은 개념이다. 다만 수로신화에서는 단군·주몽신화와는 달리 수로가
황천·상제·천의 자손이라는 언급이 없이 황천·상제·천의 명을 받고 있다
고 하여 그 신성성이 약화된 듯이도 보인다. 그러나 붉은 색 끈에 매달려 내려
온 붉은 빛 보자기 안의 금합에서 나온 황금빛 알이 둥글기가 해와 같았다[圓
如日者]는 표현에서 그가 해의 아들임을 암시하고 있음을 알 수 있다. 또한 붉
은 색·황금빛·해는 햇빛·불과 더불어 동일 계열의 것인데, 이들 모두는 천
상과 지상을 연결하는 매개체로서 신이나 신격에게 신성성을 부여하는 기능
을 지니고 있기에 수로의 신성성은 그 자체로서 보장되고 있다.[12] 이는 허황옥

---

10)　池浚模(「新羅道敎의 生態的 觀察」, 『新羅宗敎의 新硏究』 5, 書景文化社, 1991, 160쪽)
　　와 都光淳(「風流道와 神仙思想」, 『新羅宗敎의 新硏究』 5, 書景文化社, 1991, 296~297
　　쪽)은 공히 혁거세의 '혁', 동명왕의 '명', 환인·환웅의 '환'이 모두 '明'을 의미하는
　　'밝'의 사음(寫音)이라 한 바 있거니와, 이는 崔南善(「檀君古記箋釋」, 이은봉 엮음, 『檀
　　君神話硏究』, 1986, 온누리, 22쪽) 이래 신화연구자들의 보편적인 견해로 이전부터 꾸
　　준히 제기되어 오고 있다.
11)　『三國遺事』 卷2 紀異2 駕洛國記.
12)　한국 건국신화의 신성성은 신화의 주인공이 천상의 ·이미지와 일치됨으로써 획득된

부모의 꿈에 황천상제가 나타나 '가락국의 수로는 하늘이 내려준 바이니 신성하다' 한 데에서도 여실히 드러나고 있다. 이러한 면은 수로(首露)라는 칭호가 원문에 따르자면 처음으로 나타났다는 의미라고 하나, 이를 '상신성(上神聖)을 의미하는 수리 또는 솔의 사음(寫音)'[13] 또는 '왕(王)·상(上)을 의미하는 수리 또는 수릇가 이행(移行)한 것'[14]이라는 점에서 볼 때 더욱 그러하다. 즉 수로라는 칭호는 '하늘로부터 처음 내려온 신성한 분'이라는 의미를 지니고 있는 것이다.

이상과 같이 볼 때 한국의 건국시조신들은 한결같이 상제(上帝)·천제(天帝)·황천(皇天)·천(天)·해[日]의 자손이며, 이들의 이름 역시 이와 밀접한 연관관계를 지니고 있어 그 신성성이 보장되고 있음을 알 수 있다.

2) 지모신으로서의 여성신

단군신화의 경우 웅녀(熊女)는 칭호 그대로 곰이 여인으로 화신(化身)하여 환웅과 혼인하여 단군을 낳는다. 곰이 건국 시조신을 낳은 신모(神母)[15]로 등장하는 것은 동굴에서 삼칠일간 햇빛을 보지 않고 금기하며 통과의례에 수반되는 무적(巫的) 시련을 이겨냈기에 가능한 일이었다. 웅녀라는 칭호에 있어서의 '곰[熊]'은 알타이어에서 공히 '감·곰'이라 불리우며, 이는 신(神)·왕(王)·한아

다. 천상의 이미지와의 일치는 단순히 하늘의 자손 혹은 신적인 존재의 자손이라는 데서 이루어지는 것이 아니라, 불과 빛이라는 구체적인 형상을 통해 실현되고 있다. 불과 빛은 계기적인 힘, 창조적인 힘을 지니는 동시에 천상과 지상, 신과 인간을 이어주는 매개체로서의 기능을 가지고 있는 것이다. 그러므로 불과 빛을 통해 탄생한 건국신화의 주인공들은 신성성을 획득할 수 있었으며, 그 주인공의 이야기는 신화시대에 있어서 그 집단에게 신성시 될 수 있었던 것이다. 불은 그 이형태인 붉은 색으로, 빛은 태양 그 자체로 나타나기도 하며, 그 이형태인 기(氣)나 황금색으로 나타나기도 한다.

13) 李丙燾, 『譯註 三國遺事』, 廣曺出版社, 1982, 285쪽.
14) 朴時仁, 『알타이 人文研究』, 서울大學校 出版部, 1981, 131쪽.
15) 한국신화에 있어서 신이나 신격을 낳은 어머니를 신모(神母) 내지 성모(聖母)라 칭한다. 일연(一然) 역시 창조신으로 알려진 복희(伏羲)를 낳은 어머니를 신모라 칭하고 있다(참조 : 『三國遺事』 卷1 紀異1 敍). 이들 여성신들은 곡식의 풍요를 관장하는 대지의 신, 즉 지모신(地母神)으로서의 위상을 지닌다.

비[祖]를 의미한다.16) 또한 곰은 수신(水神)으로서의 위상을 지니고 있다는 점에서 웅녀는 단순히 곰이 여인으로 화한 존재에 대한 칭호가 아니라, 그 자체로 '신모' 내지 '신딸'17)을 의미한다 할 것이다. 여기서 신모와 신딸이라는 칭호는 상반되는 듯이도 보인다. 그러나 웅녀를 건국시조신인 단군을 낳는다는 입장에서 보면 신모로서의 위상을 지니지만, 환인이나 곰과 같은 상위신의 입장에서 보면 신딸로서의 위상을 지니므로 이를 상반된 칭호라 볼 수는 없다.

주몽신화의 경우 유화(柳花)는 수신(水神) 하백의 딸로 햇빛으로 상징화된 해모수와 혼인하여 주몽을 낳는다. 유화는 어두운 방에 일정 기간 격리되었다가 알로 형상화된 주몽을 낳게 되는데, 이는 웅녀가 그랬던 것처럼 신모로 다시 태어나기 위한 통과의례적 행위이다. 유화는 웅녀와 달리 그 이름 자체에서 신모적인 성격이 드러나고 있지는 않다. 그러나 유화가 오룡거를 타고 강림한 해모수와 교구(交媾)하여 주몽을 잉태한 '웅심산(熊心山) 또는 웅신산(熊神山)은 공히 웅산으로서 이는 유화가 곰의 성격을 지니고 있음'18)을 의미한다. 따라서 유화는 앞서 살펴 본 웅녀와 마찬가지로 신모인 것이다. 이러한 유화의 신모적 성격은 『동명왕편』에서 유화를 신모로 지칭하고 있음에서도 여실히 입증된다.19) 이에 따르면 주몽이 부여에서 탈출할 때 유화가 오곡종자를 주몽에게 건네주고 있으며, 이를 잊고 간 주몽이 낙담해하고 있을 때 비둘기 한 쌍이 오곡종자 주머니를 전하고 있다. 여기서 유화는 시조신을 낳은 신모일 뿐만 아니라, 곡식을 주관하는 지모신(地母神)으로서의 성격을 지니고 있음을 알 수 있다. 이러한 면은 유화가 후일 고구려에서 부여신(扶餘神)이라 호칭되면서 고등신(高登神)인 주몽과 더불어 신으로 받들어지고 있으며, 매년 풍요기원의 제천행사인 동맹(東盟)과 더불어 제사의 대상이 되고 있다는 점20)에서도 여실히 드러나고 있다.

---

16) 참조 : 朴時仁, 앞의 책, 130쪽, 202~205쪽.

17) 尹徹重(『韓國의 始祖神話』, 白山資料院, 1996, 9쪽)은 웅녀는 '곰 여자'나 '곰 여인'으로 보기보다는 '곰딸' 내지 '굠딸'로 보아야 하며, 이는 무당의 '신딸'에 대응되는 개념으로 보아야 한다고 한 바 있다.

18) 崔珍源, 『韓國神話考釋』, 成均館大學校 大東文化研究院, 1994, 81~84쪽 참조.

19) 『東國李相國集』 卷3 東明王篇.

20) 『北史』 卷94 列傳82 高麗; 『三國志』 卷30 魏書 東夷傳 30 高句麗.

혁거세신화의 경우 알영(閼英)은 알영정(閼英井) 가에 나타난 계룡(雞龍)의 갈빗대로부터 태어나 혁거세와 혼인하고 있다. 알영정에서 태어났으므로 알영이라 칭했는데, '알(閼)'은 '대(大)·위대(偉大)' 또는 '신성(神聖)·신모(神母)'를 의미하는 용어[21]라 보면, 알영은 이름 그 자체로 신모적 성격을 지니고 있다. 이러한 면은 알영의 입술이 닭의 부리와 같아 북천(北川)에서 목욕시켰더니 닭 부리가 떨어져 나갔다는 대목에서도 드러나고 있다. 알영의 불완전한 모습은 주몽신화에 있어서 하백이 해모수와 정을 통한 유화의 입술을 새의 부리처럼 석 자나 늘여 쫓아냈는데, 이를 세 번 자른 후에야 말을 할 수 있었다는 유화의 모습과 대단히 흡사하다. 이는 웅녀와 유화가 어두운 굴이나 방에 일정 기간 유폐되는 것과 마찬가지로 신모가 되기 위한 통과의례적 행위의 또 다른 표현인 것이다. 또한 알영은 수신(水神)인 하백의 딸로 태어나는 유화와 마찬가지로 수신인 용으로부터 태어나고 있어 수신의 성격을 지니고 있다. 뿐만 아니라 알영을 낳은 계룡은 글자 그대로 닭모양을 한 용인데, 닭은 신라인이 숭상하는 것으로서 계룡이 상서롭게 나타났으므로 신라를 계림국(雞林國)이라 칭했다는 데에서 알영의 신성성은 그 자체로 보장되고 있다. 그러나 알영은 건국 시조신을 낳은 신모가 아니라 건국 시조신의 배필이 되고 있다는 점에서 웅녀나 유화와는 다른 양상을 띠고 있다. 오히려 혁거세와 알영을 낳았다는 선도성모(仙桃聖母)·선도신모(仙桃神母) 또는 서술성모(西述聖母)·서술신모(西述神母)라 칭해지는 분이 신모로서의 성격을 지니고 있다 할 것이다. 선도성모는 본래 중국왕실의 공주로 신선술을 익혀 해동에 와서 혁거세와 알영 이성(二聖)을 낳아 신라 삼사(三祀)의 하나로 모셔진 분으로[22] 명실공히 신모로서의 성격을 지니고 있는 것이다.

수로신화의 경우는 혁거세신화와 마찬가지로 신모가 문맥에 직접 나타나고 있지 않다. 허황옥(許黃玉)이 황천상제(皇天上帝)의 명을 받아 아유타국으로부터 배를 타고 가락국에 도착하여 수로왕과 혼인하고 있다. 주목할 만한 것은

---

21) 崔珍源, 앞의 책, 13~20쪽 참조.
22) 『三國遺事』 卷1 紀異1 新羅始祖 赫居世王; 『三國遺事』 卷5 感通7 仙桃聖母隨喜佛事; 『三國史記』 卷12 新羅本紀12 敬順王 9年.

허황옥이 가락국에 도착하자마자 입고있던 비단바지[綾袴]를 벗어 산령(山靈)
에게 바치고 있다는 점이다. 이는 선도성모가 비단을 짜서 붉게 물들여 남편에
게 입히니 국인들이 이로 인하여 그 신성함을 비로소 알았다는 것과 일맥상통
하고 있다. 즉 비단은 신험 내지 신성을 드러내는 징표인 것이다. 이러한 면은
신라 아달라왕(阿達羅王) 때 동해가에 살던 연오랑(延烏郎) 세오녀(細烏女)가
일본으로 건너가자 신라의 해와 달이 빛을 잃었는데, 이때 세오녀가 짜서 준
비단[細綃]으로 하늘에 제를 올리자 해와 달이 광채를 되찾았다23)는 데에서
여실히 입증된다. 허황옥은 상제의 명을 받들어 가락국에 도착했을 뿐만 아니
라, 신험 내지 신성의 징표인 비단으로써 산령에게 제를 올리고 있다는 점에서
지모신으로서의 신성성이 보장되고 있다. 그러나 신모로서의 성격은 수로신화
에는 등장하지 않는 정견모주(正見母主)에게서 더욱 뚜렷이 드러나고 있다. 정
견모주는 천신(天神)인 이비가(夷毗訶)와 혼인하여 대가야국왕인 뇌질주일(惱
窒朱日)과 금관국왕인 뇌질청예(惱窒靑裔)를 낳았고, 사후에 가야산신(伽倻山
神)으로 받들어진다. 뇌질주일은 대가야국의 시조인 이진아시왕(伊珍阿豉王)
의 별칭이며, 뇌질청예는 가락국의 시조인 수로왕의 별칭이다.24) 이 기록에 따
르면 정견모주는 건국시조신을 낳은 신모로서의 위상을 지니고 있는 것이다.
　지모신으로서의 여성신의 성격과 그 전개과정을 고찰하기 위해서 성모 내
지 신모에 대해 좀 더 살펴보기로 한다. 선도성모 이외에 성모 내지 신모라
불리우는 신격으로는 운제신모(雲梯·雲帝神母)·지리산성모(智異山聖母)·
치술신모(鵄述神母) 등이 있다. 운제신모는 혁거세왕의 아들인 남해왕의 부인
으로 사후에 운제산신이 되어 기우제를 드리면 효험이 있었다고 한다.25) 건국
시조신을 낳지 않는다는 점에서 선도성모·정견모주와는 상당한 차이가 있다.
지리산성모는 위무대왕(威武大王)과 혼인하여 고려 건국시조인 왕건(王建)을
낳은 위숙왕후(威肅王后)로서 사후에 지리산신으로 받들어지고 있다.26) 고려

---

23)『三國遺事』卷1 紀異1 延烏郎 細烏女.
24)『新增東國輿地勝覽』卷29 高靈縣 建置沿革.
25)『三國遺事』卷1 紀異1 第二南解王.
26)『高麗史』高麗世系;『新增東國輿地勝覽』卷30 晉州牧 祠廟;『新增東國輿地勝覽』卷30
　　咸陽郡 祠廟.

건국시조를 낳았다는 점에서 건국 시조신을 낳은 신모들과 흡사한 양상을 띠고 있다. 그러나 지리산성모의 신모적 성격은 '선도성모의 성격을 익히 알고 있는 고려인들이 고려 태조의 가계(家系)를 신성하게 하기 위해 한 이야기'[27]라 보는 것이 타당할 것이다. 이러한 신모적 성격은 신화시대와는 거리가 있는 시기에 만들어진 것이기 때문이다. 치술신모는 일본에 볼모로 잡혀있던 신라 내물왕의 아우를 구하다 순국한 박제상의 아내로서 박제상을 애타게 부르다 죽은 후 치술령(鵄述嶺)의 산신이 되었다.[28] 치술신모는 건국시조신이나 건국시조를 낳는 것이 아니라는 점에서 상기의 신모들과는 성격이 다르다. 국가를 위해 목숨을 바친 충신의 아내가 신모가 되는데, 이는 국가적인 차원에서 보훈의 의미로 신성성을 부여한 것으로 보아야 할 것이다.

　이러한 신모 내지 성모는 후일 천왕(天王) 내지 대왕(大王)으로 지칭된다. 선도성모는 성모에게 빌어 잃어버린 매를 찾은 신라 54대 경명왕(景明王)이 대왕의 작위를 봉(封)하고 있으며[29], 운제신모는 운제산정에 대왕암(大王岩)이 있다하여 대왕으로 칭해지고 있으며[30], 정견모주는 사후에 해인사 인근의 가야 산신이 되어 일명 정견천왕사(正見天王祠)의 신으로 모셔지고 있으며[31], 지리산성모는 지리산천왕(智異山天王)으로 지칭되고 있는 것이다.[32] 즉 신모·성모의 칭호는 천왕·대왕의 칭호로 약화되고 있는 것이다. 이는 시간적인 측면에서 신화시대와 점차 멀어지면서, 공간적인 측면에서 국가가 이합집산하는 과정에서 점차 그 신성성이 약화되면서 나타나게 된 결과라 보여진다. 건국초기 왕실의 정당성과 타당성을 보장해주던 신모 내지 성모의 신성성은 국가 후기 내지 국가 멸망의 시기에 오면 더 이상 그 의미를 유지할 수 없었을 것이고, 이에 이들 신모·성모는 천왕·대왕이라는 산신의 지위로 전락할 수밖에 없었던 것이라 할 것이다.

---

27)『佔畢齋文集』卷2 遊頭流錄 .
28)『三國遺事』卷1 紀異1 奈勿王 金提上.
29)『三國遺事』卷5 感通7 仙桃聖母隨喜佛事.
30)『新增東國輿地勝覽』卷23 迎日縣 古蹟.
31)『新增東國輿地勝覽』卷30 陜川郡 祠廟 .
32)『帝王韻紀』下 本朝君王世系年代.

이상과 같이 볼 때 신모 내지 성모라는 칭호는 원초적으로는 건국시조신을 낳은 지모신을 의미하는 것이었으나, 운제신모·지리산성모·치술성모와 같은 신격은 웅녀·유화·알영·허황옥·선도성모·정견모주가 지니고 있는 신성(神性)을 후래적으로 습용한 결과 나타나게 된 것임을 알 수 있다. 이러한 지모신의 성격을 지닌 신모 내지 성모의 칭호가 후대로 오면서 천왕 내지 대왕으로 그 의미가 약화되어 호칭되는 것은 그 신성성의 약화에서 기인하는 것이다.

3. 인간의 숭앙태도

1) 기원

신화주인공들이 후대에 오면서 인간의 기원(祈願) 대상으로서 숭앙되는 것은 지극히 당연한 일이다. 신성성을 지닌 신을 찬양하고, 소원을 비는 것은 국가적인 차원에서든 개인적인 차원에서든 단절될 수 없는 삶의 속성이기 때문이다. 신화주인공조차 그들이 불완전함과 무력함에 닥쳤을 때 그보다 더 완전하고 강력한 존재에게 기원하고 있다. 삼칠일간 굴속에서 햇빛을 보지 않고 금기하여 여인으로 화신한 웅녀가 신모가 되기 위해 환웅이 강림한 신단수 아래서 매일 기원하여 그 소원을 이루고 있는 것이다. 또한 금와왕의 아들들에게 쫓기던 주몽이 엄수(淹水)에 막혀 곤란을 당하자 큰 한숨을 내쉬며 물을 향해 자신이 천제자 해모수의 아들, 즉 태양의 아들이라 고하며 활로 물을 치자 물고기와 자라 떼가 다리를 놓아주어 곤경에서 벗어나고 있다는 것도 마찬가지이다. 건국 시조신인 주몽도 환난 중에 하늘에 기원하고 있으며, 그 뜻을 물에 고하고 있는 것이다. 신화주인공이 이럴진대 인간의 신에 대한 기원은 더 말할 나위가 없다.

국가적인 차원에서의 신에 대한 기원의례는 제천의례에서 그 시원을 찾을 수 있다. 주지하는 바와 같이 제천행사는 고구려의 동맹(東盟), 부여의 영고(迎鼓), 예의 무천(舞天), 삼한의 시월제(十月祭)가 있다. 이는 모두 풍요를 기원하기 위해 하늘에 드리는 제의이자 건국 시조신에게 드리는 제의이다. 고구려 동쪽 대혈(大穴), 일명 수혈(隧穴)에 모신 수신(隧神)인 주몽신을 모셔다 제를 올리는 것을 시월국중대회(十月國中大會), 즉 동맹이라 하였다[33]는 데에서 제천의례의 실체를 확인할 수 있다. 이러한 제천의례는 고려조에 들어오면서 팔관회(八關會)로 이어지고 있다. 송(宋)의 문신으로 고려 인종 때(1123년) 사신으로 왔던 서긍(徐兢)이 저술한 『선화봉사고려도경(宣和奉使高麗圖經)』[34]과 『송사(宋史)』[35]에 공히 고구려의 제천의식인 동맹(東盟)을 '팔관재(八關齋)'라 칭한 것에서도 알 수 있듯이 팔관회는 제천의례의 후래적 계승형태인 것이다.

이러한 팔관회는 신라 선풍(仙風)과의 관련하에서 논의되고 있다는 점[36]에서 신라의 선풍과도 긴밀한 연관관계를 맺고 있다. 팔관회는 원초적으로는 팔관법회·팔관연회와 같은 불교적 성격의 팔관회가 아니라, 화랑들이 담당했던 삼산신앙을 포함한 산천제를 의미하는 것이었다.[37] 팔관회는 신라 때 삼산과 오악을 비롯한 명산대천을 대사·중사·소사로 나누어 매년 제를 올렸던 삼사(三祀)와 거의 흡사한 양상을 보이고 있다. 그 중 대사의 대상은 바로 나력(奈歷)·골화(骨火)·혈례(穴禮) 등의 세 개의 산인데, 신라에서는 국가적인 차원에서 이곳의 호국신에게 매년 제를 올리고 있다. 이러한 삼산에 대한 인식은 신라에만 국한된 것이 아니었다. 백제 역시 도읍에 일산(日山)·오산(吳山)·부산(浮山)이라는 삼산이 있어 백제의 호국신이 그곳에 거처하고 있다고 인식하고 있다. 호국신이 삼산에 거처하면서 국가를 수호하고 있는 것이다.

삼산의 원초적 의미는 환웅이 강림한 태백산에서 찾을 수 있다. 환웅이 강림한 태백산이 '삼위태백(三危太伯)'으로 기술되고 있는 것이다.[38] 또한 이승휴(李承休)는 단군이 1038년간 치세하다가 아사달에 들어가 산신이 되었다고 하

---

33) 『三國志』 卷30 魏書 東夷傳 30 高句麗.

34) 徐兢, 『宣和奉使高麗圖經』, 卷17 祠宇.

35) 『宋史』 卷484 高麗傳.

36) 『高麗史』 卷94 列傳7 徐熙; 『高麗史』 卷69 志23 禮11 仲冬八關會儀; 『高麗史』 卷18 世家18 毅宗 22年 3月.

37) 崔珍源, 『國文學과 自然』, 成均館大學校 出版部, 1981, 152쪽 참조; 許南春, 『古典詩歌와 歌樂의 傳統』, 月印, 1999, 35쪽.

38) 『三國遺事』 卷1 紀異1 古朝鮮.

면서 아사달이 '삼위(三危)'라고도 불리운다고 주를 붙이고 있다.[39) 여기서의 '위(危)'는 '고(高)'를 의미하는 용어이니, '삼위(三危)'는 곧 '삼산(三山)'과 상통하는 말이라 할 것이다. 실제로『상서표주(尙書表注)』에 의하면 '이융(夷戎)은 세 개의 봉우리로 이루어진 산을 삼위(三危)라 한다'[40)고 하였다. 즉 환웅이 강림한 삼위태백과 단군이 치세하다 신이 되어 좌정한 아사달, 곧 삼위는 공히 세 개의 봉우리로 이루어진 삼산인 것이다.[41) 결국 단군신화의 삼위태백이나 삼위는 건국시조신의 강림처로서의 의미를 지니고 있다. 이렇게 볼 때 삼산은 원초적으로는 건국시조신의 강림처로서의 의미를 지니고 있었으나, 후대에는 호국신이 거처하는 장소로 그 의미가 전이되고 있는 것이다.

 신라의 삼사(三祀)로 모셔졌던 삼산 신앙을 포함한 산천제가 고려 건국이래 팔관회라는 명칭으로 국가적인 차원에서 끊임없이 계승되고 있는 것은 '龍天歡悅·民物安寧·人天咸悅·祈福·保國家·致大平'[42)이라는 대목에서 볼 수 있듯이 팔관회가 삼산신앙과 마찬가지로 호국을 기원하는 의례였기 때문이다. 그러나 이러한 산천제의 성격을 지닌 팔관회는 후일 고려조의 불교적 성향으로 인해 불교의례인 팔관법회·팔관연회와 습합되는 과정에서 그 성격이 변모되어 간다. 따라서 조선조에 들어와서의 팔관회는 그 불교적인 성격으로 인해 폐지의 대상이 되는 것이다.[43) 그러나 조선조에 들어와서도 삼산(三山)이라 일컬어지는 삼각산을 비롯하여 오악(五岳)·해독(海瀆)·명산(名山)·대천(大川)에 제를 올리는 것은 그대로 계승되고 있다.[44) 이는 제천의례처럼 풍요를 기원하거나 삼산신앙 및 팔관회처럼 호국을 기원하는 것이 아니라, 국가나 도읍의 진호(鎭護)를 기원하는 의미를 지니고 있다.

---

39)『帝王韻紀』卷下.

40)『大漢和辭典』卷1 三, 三危.

41) 尹徹重(앞의 책, 18~20쪽) 역시 삼위태백을 삼산신앙의 원형으로 보고 있다.

42)『高麗史』卷18 世家18 毅宗22年 3月;『高麗史』卷69 志23 禮11 仲冬八關會儀;『高麗史』卷94 列傳7 徐熙.

43)『朝鮮王朝實錄』太祖 1年 8月 5日(甲寅), 燕山君 1年 11月 12日(辛卯), 中宗 4年 7月 9日(己亥), 中宗 9年 4月 29日(壬戌).

44)『朝鮮王朝實錄』世宗 17年 5月 24日(乙未), 世祖 2年 3月 28日(丁酉), 正祖 9年 2月 14日(甲午).

건국시조신이나 지모신으로서의 신화주인공들은 단군신화의 경우 환인·환웅·단군이 구월산 삼성사에 모셔지고 있고, 주몽신화의 경우 유화가 부여신으로, 주몽이 수신(隧神) 또는 고등신(高登神)으로 국동대혈에 모셔지고 있으며, 혁거세와 수로가 각기 신궁(神宮)에 모셔져 대대로 기원의 대상신이 되고 있다. 건국시조신들은 한결같이 산으로 강림하고 있다는 점에서 산에 거처하고 있는 것으로 인식되었으며, 이들에 대한 인간의 기원행위는 국가적인 차원에서 행해진 고대의 제천의례, 신라대의 삼산신앙, 고려대의 팔관회, 조선조의 일반적인 산천제의 형태로 계승되었다. 신모 내지 성모로 호칭되는 지모신들 역시 한결같이 산신이 되어 산천제의 대상신으로서 기원 대상이 되고 있는 것도 이와 동궤의 것이다. 결국 기원대상신으로서의 신화주인공들에 대한 의례는 풍요·호국·진호의 목적을 지닌 산천제의 형태로 국가적인 차원에서 부단히 계승되고 있는 것이다.

2) 서약

건국 시조신이나 지모신은 인간의 불완전함이나 무력함을 이기기 위한 기원의 대상일 뿐만 아니라, 인간 자신의 충직함을 드러내기 위한 서약의 대상이 되기도 한다. 이러한 양상은 신의 이름을 부름으로써 인간 행위의 합리성과 타당성을 보장받고자 하는 데에서 기인하는 것이다.

우선 하늘에 서약하는 경우가 있다. 건국시조는 아니지만 신라 4대 왕위에 등극하고, 후일 토함산신이 된 탈해(脫解)가 알의 형태로 배에 실려 신라 바닷가에 도착했을 때, 이를 발견한 노파가 이것이 길조인지 흉조인지를 알지 못해 배를 나무 아래에 끌어다 놓고 하늘[天]을 향해 서약한 후 함을 열었다[45]는 탈해신화에서 서약의 초기 모습을 엿볼 수 있다. 이 경우는 서약이라기보다는 하늘의 뜻을 묻는다는 의미가 강하다.

보다 본격적인 하늘에 대한 서약은 김유신이 17세 때에 석굴에 들어가 능력이 부족한 자신에게 힘을 준다면 무도한 적군을 물리치겠다고 하늘[天]에 맹

---

45) 『三國遺事』 卷1 紀異1 第四脫解王.

서하자 노인이 나타나 비법을 전수하여 삼국통일을 이룰 수 있었던 것46)에서 찾아볼 수 있다. 삼국통일의 또 다른 주역인 김춘추 역시 백제의 무도함을 보고 천신(天神)과 산천의 영(靈)에 제사드린 후 백제를 굴복시킬 것을 맹서하는 자리에서 백제가 자신과 동맹을 맺기를 촉구하며 그 동맹의 서약이 깨지면 신명(神明)께서 재앙을 내리리라47)고 훈계하고 있다. 김유신과 김춘추가 무도한 적군을 물리칠 것을 하늘에 맹서한 연후에 통일을 이루고 있는 것은 기원의 측면도 없지 않지만, 그보다는 그들의 결연한 의지를 하늘에 서약하는 측면이 보다 강하다. 이러한 서약 이후 통일이 이루어졌다는 것은 이 서약이 그들의 상대국인 백제와 고구려 정벌의 합리성과 타당성을 대내외에 천명하는 계기로 작용하고 있음을 의미한다. 즉 이 서약을 통해 신라에 의한 삼국통일은 하늘의 뜻이 되는 것이다. 환언하면 이 서약에 맞서는 것은 하늘의 뜻에 어긋나는 행위이며, 영원히 하늘의 재앙을 받을 수밖에 없는 행위인 것이다. 이러한 면은 고려건국 직전에도 유사하게 나타나고 있다. 왕건은 후백제왕을 자처하던 견훤이 밝은 태양[皎日]을 두고 서약하여 새로운 국가를 건립코자 한다는 말을 듣고 하늘[天]을 가리키며 견훤과 화목하기를 청하며 서약하여 가로되 이를 어기면 신이 벌할 것이라 하고 있는 것이다.48) 견훤은 태양에, 왕건은 하늘에 각기 맹서함으로써 그들 행위의 합리성과 타당성을 대외에 천명하고 있는 것이다.

이처럼 하늘에 서약하는 행위는 대단히 일반적인 서약형태이다. 하늘은 상제(上帝)·천제(天帝)·황천(皇天)·천(天)·해[日]는 물론 건국 시조신을 포함하는 개념으로 볼 수 있기 때문이다. 이들 모두가 일반적인 하늘의 개념이자 신적 존재로서 서약의 대상이 될 수 있는 것이다.

다음으로 물에 서약하는 경우가 있다. 탈해신화의 경우 탈해가 백의(白衣)라는 자를 시켜 물을 떠오게 하였는데, 백의가 먼저 요내정(遙乃井)의 물을 마셔 그 그릇이 입에 붙어 떨어지지 아니하자 다시는 물을 먼저 맛보지 않겠다고

---

46) 『三國史記』 卷41 列傳1 金庾信.
47) 『三國遺事』 卷1 紀異1 太宗 春秋公.
48) 『三國遺事』 卷2 紀異2 後百濟 甄萱.

서약한 후 물그릇이 떨어졌다는 대목[49]이 있다. 백의의 서약은 단순히 예법에 어긋난 데에서 기인한 것은 아니다. 신화의 상징성으로 볼 때, 이 대목은 탈해가 백의와 함께 밀사(密祀)를 올리며 주종의 서약을 나눈 후 그 비밀을 지키기 위해 백의로부터 복종의 서약을 받고 있는 것[50]으로 보는 것이 타당할 것이다. 백의는 요내정에서 탈해의 제의에 참가한 후 그 성스러운 물에 충성서약을 하고 있는 것이다. 이러한 서약형태는 일본군의 침입에 굴복한 신라왕이 일본에 조공을 바치겠노라고 아리나례하(阿利那禮河)를 걸고 서약하는 동시에, 이를 어기면 천지의 신이 벌을 내리실 것이라 하는[51] 데에서도 보인다. 아리나례하는 알천(閼川)으로서 이는 알영이 목욕하여 닭부리를 뺀 북천(北川)의 또 다른 이름으로 명실공히 성스러운 물 그 자체이다. 이러한 알천 내지 북천의 위상은 김경신(金敬信)이 북천신에게 밀사(密祀)를 올린 후 왕위에 등극하는 데[52]에서도 여실히 드러나고 있다.

이처럼 물에 서약하는 행위는 하늘에 서약하는 행위보다는 그 사례가 적게 나타나고 있다. 그러나 물 역시 하늘과 마찬가지로 신성성을 내재하고 있기에 서약의 대상으로 종종 등장하고 있다. 이러한 물에 대한 서약형태는 수신(水神)의 성격을 지닌 웅신(熊神)인 웅녀, 수신의 딸로 명실공히 수신의 성격을 지닌 유화, 물에서 목욕하여 새로이 탄생하는 알영 등이 공히 지모신이자 수신으로서의 성격을 지니고 있으며, 그 외 산신으로 좌정한 신모 내지 성모가 기우제 대상신으로서의 성격을 지니고 있다는 데에서 기인하는 것으로 보여진다. 이렇게 볼 때 하늘에 대한 서약은 주로 남성신을 대상으로 하고 있는 반면, 물에 대한 서약은 주로 여성신을 대상으로 하고 있음을 알 수 있다. 또한 하늘에 대한 서약은 자신의 행위의 합리성과 타당성을 대외에 천명하는 경우에 주로 나타나며, 물에 대한 서약은 상대방에게 복종하면서 충성을 다짐하는 경우

---

49)『三國遺事』卷1 紀異1 第四脫解王.

50) 崔珍源,『韓國神話考釋』, 成均館大學校 大東文化研究院, 1994, 62~64쪽 참조.

51)『日本書紀』卷9 氣長足姬尊 神功皇后 9年 10月. 이 기록을 사실(史實)로 믿을 수는 없다. 일본의 입장에서 견강부회한 것으로 볼 수 있기 때문이다. 그러나 여기서 주목되는 것은 '아리나례하'를 두고 서약했다는 점이다. 신라인이 이 물을 성수(聖水)로 여기는 것은 일본인들도 간파하고 있었을 것이기에 이러한 표현이 가능했을 것이다.

52)『三國遺事』卷2 紀異2 元聖大王.

에 주로 나타나고 있음을 알 수 있다.

3) 척결대상의 제의

인간이 신에게 제를 올리는 것은 인간세상의 안녕과 풍요를 기원하고, 이를 관장하는 신을 찬미·찬양하기 위함에 있다. 여기에는 정당한 신에게 올바른 예법에 의해 제를 올려야 한다는 전제가 내재되어 있다. 우리의 선조들은 정당하지 않은 신에게 올리는 제의, 예법에 어긋난 제의를 음사(淫祀)라 하여 척결의 대상으로 삼았다.

'음(淫)'은 호색(好色), 문란(紊亂), 난잡(亂雜), 방자(放恣), 과도(過度)의 의미를 지니고 있다. 따라서 음사는 정도에서 벗어난 제의로서 신(神)이 아닌 귀(鬼), 즉 사신(邪神)에게 드리는 문란하고도 방자한 제의인 것이다. 이 용어는 공자가 「곡례(曲禮)」에 이르기를, '그 바른 귀신이 아닌데도 이에 제사지내는 것을 음사(淫祀)라고 부르는데, 음사에는 복(福)이 없다.'고 한 데서 비롯된다. 따라서 유학을 국시로 삼았던 조선조에 오면 음사에 대한 논의가 빈번하게 제기된다.

> ・ 귀신의 도(道)는 착한 사람에게는 복을 주고 악한 사람에게는 재앙을 주게 되니, 사람이 덕을 닦지 않고 번거롭게 자주 제사지내는 것이 무엇이 이익되겠습니까? 옛날에 천자는 천지(天地)에 제사지냈고, 제후(諸侯)는 산천(山川)에 제사지냈고, 대부(大夫)는 오사(五祀)에 제사지냈고, 사·서인(士庶人)은 조부와 아버지에게 제사지냈는데, 각기 당연히 제사지낼 만한 것에 제사지낸 것이니, 어찌 스스로 착한 일을 하지 않고서 오로지 귀신만 섬겨 그 복을 얻으려는 이치가 있겠습니까.53)

> ・ 지금의 세속은 오히려 옛 습관을 따라 무당과 박수의 요사하고 허탄한 말에 미혹되고 있어, 이를 높이고 이것을 신앙하여 어떤 때는 집에서, 어떤 때는 들에서 행하지 않는 데가 없습니다. 그리하여 분수에 넘고 예(禮)를 지나쳐 명산(名山)의 신(神)에게도 누구나가 다 제사할 수 있게 되었습니다.

---

53) 『朝鮮王朝實錄』 太祖 1年 9月 21日(己亥).

[……] 경대부로부터 서인(庶人)에 이르기까지 마땅히 제사할 것을 제사하게 하소서.54)

▪ 선왕(先王)께서 예(禮)를 정하시니, 천자(天子)에서부터 서인(庶人)에 이르기까지 근본에 보답하고 추원(追遠)하는 데 모두 일정한 법전(法典)이 있고, 희생(犧牲)과 제기(祭器)와 시일(時日)도 모두 일정한 법도가 있습니다. 유명(幽明)은 한 가지 이치로서 서로 통하고 간격이 없는데, 진실로 예(禮)에 실려 있지 아니하는 것은 곧 신(神)도 흠향하지 아니할 것입니다. [……] 예나 지금이나 이 때문에 가만히 앉아서 나라가 어지럽혀져 망한 데 이른 자가 얼마나 많은지 그 숫자를 헤아릴 수가 없습니다.55)

▪ 신(神)에게 제사하는 것은 정성과 공경이 주가 되는데, 음사(淫祀)에서 번독하는 것은 제사하지 않는 것만 같지 못합니다. 원하건대, 이제부터 사전(祀典)에 실려 있는 명산대천은 한결같이 『홍무예제(洪武禮制)』에 의하여 정성을 다해 제사지내게 하소서.56)

조선조 사대부들은 신분·장소·시기에 따라 정성과 공경을 다하여 그 분수에 맞게 신에게 제를 올리는 것이 신에 대한 인간의 올바른 태도라 보았던 것이다. 즉 신분·장소·시기에 맞지 않는 불경한 제의, 사리사욕을 위해 마음을 다하지 않는 겉치레 제의는 오히려 신의 노여움을 불러들이는 결과를 초래하는 것이다. 따라서 이러한 예법 하에서 '도성(都城)안에서 야제(夜祭)를 행하는 자, 사족(士族)의 부녀로서 친히 야제 및 산천(山川)·성황사(城隍祠)의 제사를 행하는 자, 사노비(私奴婢)로서 사사(寺社)와 무격(巫覡)에게 시납(施納)하는 자, 거둥하실 때에 노변에서 신(神)에게 제사하는 자, 조부모(祖父母)·부모의 영혼을 무당의 집에 맞이하여 혹은 지전(紙錢)을 쓰거나 혹은 형상을 그리어 향사(享祀)를 배설(排設)하는 자, 상인(喪人)이 무격에게 가서 음사를 행하는 자, 공창(空唱)·무격(巫覡)을 믿는 자'57)는 규찰(糾察) 대상이 되었다. 음사는

---

54) 『朝鮮王朝實錄』 太宗 11年 9月 30日(癸酉).
55) 『朝鮮王朝實錄』 成宗 8年 11月 26日(己丑).
56) 『朝鮮王朝實錄』 正宗 2年 12月 22日(壬子).
57) 『朝鮮王朝實錄』 成宗 9年 1月 27日(庚寅).

이를 행하는 자 자신에게 오히려 화가 미칠 뿐만 아니라, 국가가 멸망하는 데에까지 이르게 된다고 믿었던 것이다.

잡다한 신에게 문란한 제의를 올리는 것으로 인식한 제의에는 기존의 산천제도 예외는 아니었다. 조선조에 들어와서는 고려조에 경내(境內)의 산천에 대하여 각기 봉작(封爵)을 가하고, 처첩(妻妾)·자녀(子女)·생질(甥姪)의 상(像)을 설치하여 모두 제사에 참여하게 한 것을 비판하는 동시에, 주신(主神) 1위만을 남겨 두고 나머지 신은 다 없앨 것을 주장하게 된 것이다.58) 조선 정조대의 실학자인 안정복(安鼎福)이 그의『東史綱目』에서 환인·환웅·단군을 제사드리는 구월산 삼성사에서 단군에게 제사지내는 것은 당연하지만 환인과 환웅에게 제사드리는 것은 제사드리지 않아야 할 귀신에게 제사를 드리는 것이라 비판하고 있는 것 역시 이와 같은 맥락에서 나온 것이다. 또한 중국측의 문헌에서는 고구려의 동맹과 같은 제천행사나 주몽·유화에 대한 제의를 한결같이 음사로 규정하고 있는데59), 이 역시 중국측에서 보았을 때 하늘에 올리는 제는 천자만이 올릴 수 있는 것임에도 불구하고 제후의 나라에서 신분에 맞지 않는 제를 올리는 것으로 인식하였기에 이처럼 표현한 것이라 보여진다.

음사에 대한 인식은 비단 조선조에만 국한되었던 것은 아니었다. 신라말 충지잡간(忠至匣干)이라는 자가 금관성을 탈취한 후 성주장군(城主將軍)이 되자 영규아간(英規阿干)이라는 자가 장군의 위엄을 빌어 가락국 건국 시조신인 수로의 사당(祠堂)에 음사를 지내다 사당의 대들보가 부러져 깔려 죽었고, 이에 놀란 충지가 수로에게 제를 올렸으나 영정(影幀)에서 피눈물이 흘러내려 왕의 진손(眞孫)으로 하여금 제를 받들게 하여 변고가 진정되었는데, 이어 영규의 아들 준필(俊必) 역시 수로에게 자신의 제를 지내다 삼헌(三獻)이 끝나기 전에 병이 들어 급사하였다는 기록60)이 있다. 이러한 음사를 지낸 이들의 비참한 말로는 자신의 신이 아님에도 불구하고 자신의 사리사욕만을 채우기 위해 정성과 공경이 결여된 제를 올린 데에서 비롯된 것이다. 음사에는 복이 없고 도

---

58)『朝鮮王朝實錄』太宗 13年 6月 8日(乙卯).
59)『北史』卷94 列傳82 高麗;『舊唐書』卷199上 列傳149上 東夷 高麗.
60)『三國遺事』卷2 紀異2 駕洛國記.

리어 재앙을 받는다는 말이 그대로 적용되고 있는 것이다.

이러한 면은 후사가 없던 신라의 경덕왕이 당대의 고승이었던 표훈대덕으로 하여금 상제께 아들을 점지해 주실 것을 청하도록 하였는데, 경덕왕이 과도한 욕심으로 딸을 아들로 바꾸게 하여 그 아들인 혜공왕대에 도적이 벌떼처럼 일어나고, 혜공왕이 신하들에게 시해 당하였으며, 급기야 신라에는 다시는 성인이 나타나지 않았다는 기록[61]에서도 여실히 드러나고 있다. 이 기록에는 음사를 올렸다는 대목이 명기되어 있지는 않지만, 표훈대덕이 하늘에 올라가 상제께 말씀을 올렸다는 것을 제의의 또 다른 표현이라 할 때, 이 제의 역시 음사의 성격을 그대로 지니고 있는 것이다. 신의 의지와 무관하게 자신의 사리사욕을 위해 부정하게 제를 올리고 있는 것이다. 그 결과는 모든 음사의 귀결인 처참함 그 자체였고, 이는 그야말로 망국과 다름없는 것이었다.

4. 맺음말

본고는 우리의 신화주인공인 건국시조신과 지모신의 이름이 지니는 의미를 고찰하고, 이 신들에 대한 의례를 고찰함으로써 우리 민족의 신관(神觀)과 숭앙태도(崇仰態度)를 조망하기 위해 마련된 것이다. 그 결과를 요약하면 다음과 같다.

한국 건국시조신들은 한결같이 상제(上帝)·천제(天帝)·황천(皇天)·천(天)·해[日]의 자손이며, 이들의 이름 역시 이와 밀접한 연관관계를 지니고 있어 그 신성성이 보장되고 있다. 신모 내지 성모라는 칭호는 원초적으로는 건국시조신을 낳은 지모신을 의미하는 것이었으나, 운제신모·지리산성모·치술성모와 같은 신격은 웅녀·유화·알영·허황옥·선도성모·정견모주가 지니고 있는 신성(神性)을 후래적으로 습용한 결과 나타나게 된 것이다. 신모 내지 성모의 칭호는 후대로 오면서 천왕 내지 대왕으로 그 의미가 약화되어 호칭되고 있다.

---

61) 『三國遺事』 卷2 紀異2 景德王 忠談師 表訓大德.

건국시조신들은 한결같이 산으로 강림하고 있다는 점에서 산에 거처하고 있는 것으로 인식되었으며, 이들에 대한 인간의 기원행위는 국가적인 차원에서 행해진 고대의 제천의례, 신라대의 삼산신앙, 고려대의 팔관회, 조선조의 일반적인 산천제의 형태로 계승되었다. 신모 내지 성모로 호칭되는 지모신들 역시 한결같이 산신이 되어 산천제의 대상신으로서 기원 대상이 되고 있는 것도 이와 동궤의 것이다. 기원대상신으로서의 신화주인공들에 대한 의례는 풍요·호국·진호의 목적을 지닌 산천제의 형태로 국가적인 차원에서 부단히 계승되었다.

서약의 측면에서 볼 때 하늘에 대한 서약은 주로 남성신을 대상으로 하고 있는 반면, 물에 대한 서약은 주로 여성신을 대상으로 하고 있다. 하늘에 대한 서약은 자신의 행위의 합리성과 타당성을 대외에 천명하는 경우에 주로 나타나며, 물에 대한 서약은 상대방에게 복종하면서 충성을 다짐하는 경우에 주로 나타나고 있다.

우리의 선조들은 정당하지 않은 신에게 올리는 제의, 예법에 어긋난 제의를 음사(淫祀)라 하여 척결의 대상으로 삼았다. 음사는 정도에서 벗어난 제의로서 신(神)이 아닌 귀(鬼), 즉 사신(邪神)에게 드리는 문란하고도 방자한 제의이다. 신분·장소·시기에 맞지 않는 불경한 제의, 사리사욕을 위해 마음을 다하지 않는 겉치레 제의는 오히려 신의 노여움을 불러들이는 결과를 초래한다고 믿었다. 신의 의지와 무관하게 자신의 사리사욕을 위해 드린 부정한 제의는 처참함을 부르고, 망국에 이르는 결과를 초래했던 것이다. 수많은 종교 안에서 수많은 신과 관계를 지니며 살아가는 오늘날 우리의 삶에 시사하는 바가 크다 할 것이다.

춘천 우두산전설의 신화적 성격

전신재[*]

1. 문제의 제기

춘천 지역에서 전승되고 있는 전설들 중에는, 그것이 자연스러운 형성이건 의도적 변이이건, 중국이나 일본과 관련되어 있는 전설들이 상당수 포함되어 있다. 북산면 물로리 한총의 <묘를 잘 쓰고 중국의 천자가 된 머슴>, 북산면 청평리 청평사의 <중국의 공주를 사랑하다 뱀이 된 총각>, 신북읍 유포리 뜨내리재의 <중국 사람이 오면 흔들리는 고개>, 우두동 우두산의 <저절로 솟아오르는 묘>, 서면 금산리 장군봉의 <난리 때마다 다시 태어나는 장군> 등이 그것들이다. 이러한 전설들이 증거물을 가지고 전승되고 있는 장소들은 모두 소양강 이북 혹은 이서라는 점에서 공통된다.

이러한 전설들이 지금까지 전승되고 있는 것은 이들 전설이 공감력을 확보하고 있기 때문이며, 그것을 토대로 하여 전설로서의 기능을 발휘하고 있기 때문이다. 여기에서 그 공감력의 근거와 기능의 양상을 밝혀내면 이들 전설의 전승 집단의 정서적 취향과 삶에 대한 태도를 읽어낼 수 있을 것이다. 또한 전승 집단의 역사 인식과 주변 국가에 대한 인식도 읽어낼 수 있을 것이다. 전설은, 신화나 민담과는 달리, 역사 체험에서 우러난 이야기이며, 이들 전설이 주변 국가와 관련을 맺고 있기 때문이다.

이러한 문제들을 해명하기 위해서는 우선 각 전설의 생성 배경과 변모 과정을 면밀히 검토해 보아야 할 것이고, 이에 따라 전설의 함축 의미가 어떻게

---

* 한림대 교수.

적층되어 왔는가를 밝혀내야 할 것이다. 정서적 취향, 인생관, 역사관, 인접 국가관 등의 규명은 그 다음의 문제이다.

이러한 작업을 순차적으로 진행하기 위해서 본 논문에서는 우선 우두동 우두산의 <저절로 솟아오르는 묘>, 즉 '솟을뫼전설'을 시험적으로 분석해 보려 한다. 먼저 솟을뫼전설의 변모 과정을 추적해 보고, 아울러 우두벌에 있었다는 팽오 통도비의 전말을 살펴보기로 한다. 다음에 '솟을뫼'와 '소시모리'의 관련성 여부를 점검해 보겠다. 그리고 이들을 종합하여 지역 전설로서의 솟을뫼전설이 가지는 의미가 무엇인가를 모색해 보기로 한다.

2. 우두산의 솟을뫼

고을의 이름으로서 '춘천(春川)'이라는 명칭이 처음으로 사용된 것은 1413년(조선 태종 13년)이다. 1413년부터 지금까지 '춘천'으로 불리는 것이고, 그 이전에는 시대에 따라 '춘주(春州)' '안양(安陽)' '수춘(壽春)' '봉산(鳳山)' '광해(光海)' '삭주(朔州)' '오근내(烏斤乃 / 烏根乃)', '수차약(首次若)' '수약(首若)' '우두(牛頭)' '우수(牛首)' 등으로 불리었다. 이들 명칭 중에서 제일 먼저 사용된 것은 '우수 / 우두'이다. 고을의 공식적인 명칭으로서의 '우수 / 우두'라는 명칭은 637년(신라 선덕왕 6년)에 정해졌다. 그러니까 '춘천'의 원래 이름은 '우수 / 우두'인 것이다. 그런데 한글이 창제되기 이전의 기록에서 '牛首'와 '牛頭'가 혼용된 것으로 보아 당시의 사람들이 실제로 사용한 이름은 이러한 한자식 명칭이 아니라 '소머리'일 듯하다.

고을의 이름으로서의 '우두'는 지금은 춘천시 '우두동'으로 축소되어 있다. 이 '우두동'을 '소머리'라고도 부르는데, 그것은 이곳에 소의 머리처럼 생긴 우두산(牛頭山)이 있기 때문이다. 이 산은 하늘에서 내려온 소가 소양강 물을 먹는 형상이다. 이 우두산 꼭대기에 '솟을뫼'가 있는데, 이에 대해서 다음과 같은 이야기가 전해오고 있다.

(가) 춘천읍에서 10리 되는 곳에 우두산이 있는데 그 우두산에 오래된 무덤
    이 있다. 그곳에 사는 사람들은 그 무덤에 대하여 이렇게 이야기한다.
    "이 무덤은 중국 임금의 무덤이지요. 이 무덤을 파 보았더니 순전히 황
    토만 나왔어요. 그래 모두들 두려워서 다시 봉분을 만들어 놓으려 하였
    는데 하루밤 사이에 봉분이 저절로 전과 같이 솟아 나왔어요. 그 후로
    소나 말이 무덤을 밟아 헤쳐놓아도 다시 전과 같이 솟아 나오지요. 그래
    서 이 무덤을 솟을뫼라고 한답니다."
    내가 소양정에 올라 그 터를 바라보니 훤하게 빛나는 것이 대지임이 분
    명하였다(필자 번역). — 이유원, 1871.[1]

(나) 우두산의 꼭대기에 하나의 분구(墳丘)가 있는데, 세간에서 이를 소잔명
    존(素盞鳴尊)의 능역(陵域)이라고 여기기 때문에 일본왕자(日本王子) 소
    슬(蕭瑟)의 무덤이라고 하는 자도 있는데, 모두 잘못된 것이다. 연전(年
    前)에 무덤을 파서 조사해 본즉, 300년 전의 기와가 나왔을 뿐 다른 징험
    할 만한 것이 없었다(오강원 번역). — 1940.[2]

(다) 옛 노인이 말하기를 소와 말이 밟아도 흙이 솟아 여전하여지고 또 금초
    를 한즉 반드시 소원을 성취한다 하여 서로 먼저 금초를 하였다 하며,
    가뭄이 심하거나 장마가 심하면 이곳에 투장한 것을 알고 관민이 출동
    하여 파내었다(박동련 번역). — 김영하, 1953.[3]

(라) 그런데 왜정 때에, 왜놈이 나와서 우리 나라를 점령하고 그 자리를 파
    보았대. 솟을모이를. 그런데 그 반을 파도 아무것도 없고 그런데, 청천의

---

1) 自聳塚 : 春川邑治之十里 牛頭山有一古塚 居人指爲淸祖塚 掘之但有正黃土 人畏之更
   封築 一夜間墳形宛如舊日 自後牛馬踏之 其缺損處復依舊 名之爲自聳山余登昭陽停 望
   見其基趾 晃耀人眼 其大地無疑矣.
   李裕元, 『林下筆記』(영인본), 성균관대학교 대동문화연구원, 1961, 803쪽.
2) 其山頂一墳 世人因以爲素盞鳴尊之陵域 稱日本王子蕭瑟之塚者 皆誤也 年前掘而調查
   則 只見三百年前瓦片而他無可徵.
   『江原道誌』, 1940, 『春川地理誌』(原文影印), 춘천시, 1997, 217쪽.
3) 古老相傳 牛羊踏之 土湧如常 且爲禁草人 則應是所願成就 多有爭先禁草者 若或甚早長
   霖 則爲之疑有偸葬者 官民出動掘去挽.
   金泳河, 『壽春誌』(미간행), 1953, 50쪽.
   『春州誌』, 춘천시 · 춘성군, 1984, 1342쪽.

날, 그냥 뇌성벽력을 하면서 그리 내려 두드려서 왜놈이 게서 피를 토하
면서 다 죽고 그랬는데, 그 구덩이가 우묵할 게 아니야, 근데 그게 차차
차차 흙 한 삽 안 넣었는데 솟아서 도로 분상이 되었어. 그래서 솟아났
다 해서, 솟을모이고, 또 시방은 거기 놀러가는 사람이 없지만 그전엔,
옛날엔 거기 참 많이 놀러 나갔지. 그런데 그 떼를 밟고 이제 뭉그러지
고 그래도 그 이튿날이면 그 떼가 도로 살고, 발자국이 우묵한 게 도로
살고, 또 소도 매면 그냥 디리 비비고 그 분상을 깨뜨리고 발자국이 있
는 거, 그 이튿날 가 보면 도로 여전해. 그래서 그 모이를 솟을모이라
그러는 거지 ─ 최광모, 1989.[4]

(가)는 조선 후기의 기록이고, (나)는 일제 시대의 기록이며, (다)와 (라)는 광
복 이후의 기록 및 구연이다. (가)는 중앙정부에서 영의정을 지낸 고위 관료의
기록이고, (나)는 도청에서 발간한 도지(道誌) 편찬자의 기록이다. 그리고 (다)
는 향토학자의 기록이고, (라)는 농민의 구연이다.

(가)에 의하면 솟을뫼는 중국 임금의 무덤이다. (나)에서 솟을뫼가 일본 왕자
의 무덤이 아니라는 것을 강조하고 있는 것은 솟을뫼가 일본 왕자의 무덤이라
는 이야기가 유포되어 있다는 증거가 된다. 조선 시대에 솟을뫼는 중국 임금의
무덤이었고, 일제 시대에 솟을뫼는 일본 왕자의 무덤이었다.

(가)와 (나)에 의하면 솟을뫼는 조선 시대에도 파헤쳐졌었고, 일제 시대에도
파헤쳐졌었다. 그런데 조선 시대에는 파헤쳐졌던 무덤이 저절로 솟아올라 봉
분이 만들어졌다는 데에 반해서 일제 시대에는 솟을뫼를 파헤쳐 놓아도 신성
징조가 나타나지 않았다. 그러나 (라)에 의하면 일제 시대에 솟을뫼를 파헤친
사람은 피를 토하며 죽었다.

여기에서 우리는 우두산은 신성한 산이었고 그 우두산의 신성성을 상징하
고 있던 것이 솟을뫼라는 것을 알 수 있다. 우두산에는 솟을뫼만 있어야 한다.
다른 묘가 있어서는 안 된다. 우두산에 다른 묘를 쓰면 천재지변이 일어난다
(다). 솟을뫼는 언제나 정결해야 한다. 사람들은 다투어서 솟을뫼의 풀을 깎아

---

4) 「춘천·춘성지역 문화조사」, 『강원문화연구』9, 강원대학교 강원문화연구소, 1989,
130~131쪽.

주어야 한다(다). 솟을뫼를 훼손시켜서는 안 된다. 만약 솟을뫼를 훼손시킨다 하더라도 솟을뫼는 스스로 다시 솟아오른다(가·다·라). 솟을뫼는 외경의 대상이다(가). 솟을뫼를 훼손시키는 사람은 피를 토하고 죽는다(라). 영원히 다시 솟아오르는 솟을뫼는 신성성 그 자체이며 외경의 대상이다.

그러나 솟을뫼는 시대의 흐름에 따라 이러한 신화적인 신성성을 계속 상실하여 왔다. 여러 차례에 걸쳐서 솟을뫼를 발굴해 본 것 자체가 사람들이 그 신성성을 믿지 않았기 때문이다. 신화적인 신성성은 합리성 이전의 것이다. 영원히 새롭게 솟아오르는 솟을뫼의 의지와 그것을 발굴해 보려는 인간의 탐구욕 사이의 싸움에서 우리는 신성성과 합리성 사이의 긴장 관계를 읽어낼 수 있다. 신화적인 신성성은 합리성 이전의 믿음을 전제로 해야 성립될 수 있고, 믿음을 확고히 하기 위해서는 그 이야기가 공감력을 이끌어낼 수가 있어야 한다. 솟을뫼가 중국 임금의 무덤이라거나 일본 왕자의 무덤이라는 모티프는 이제는 공감력을 일으킬 수 없기에 그 부분은 전승이 끊기고, 그 대신 다음과 같이 변이되기도 한다.

솟을뫼에 묻힌 사람은 중국의 임금도 아니고 일본의 왕자도 아니다. 거기에 묻힌 사람은 자손이 없는 비둘기 부부이다. 비둘기 부부의 방계 자손은 그 무덤을 돌볼 길이 없었다. 이에 그 방계 자손은, 아들이 없는 부인이 이 무덤을 몰래 벌초하면 아들을 낳는다는 소문을 퍼뜨린다. 그리고 소나 아이들이 이 무덤을 짓밟아 훼손시켜 놓으면, 그 방계 자손이 밤에 몰래 원상태로 손질해 놓고 솟을뫼 이야기를 퍼뜨린다. 즉 이 묘는 사람이나 짐승이 훼손시켜도 저절로 다시 솟아오르는 신비한 묘이기에 '솟을뫼'라고 부른다는 이야기를 퍼뜨린다. 그리고 방계 자손은 다른 곳으로 이사를 간다. 그 후로 아들을 낳고 싶은 부인들이 다투어 솟을뫼를 벌초하여 이 무덤은 지금까지도 건재하고 있다. (필자 정리)[5]

이상에서 살핀 바를 정리해 보자. 춘천의 최초 명칭은 소머리[牛首·牛頭]인데 당시에는 지금의 우두동이 중심지였다. 우두동에 있는 우두산은 백성들이

---

5) 『春州誌』, 춘천시·춘성군, 1984, 1319쪽.

한마음으로 받들어 모시는 성역(聖域)이었고, 그 꼭대기에 있는 숫을뫼는 신성 상징이었다. 그러나 시대의 흐름에 따라 숫을뫼는 그 신성성을 점차적으로 상실하여 왔다. 사람들은 숫을뫼의 신성성에 의심을 가지고 여러 차례에 걸쳐 숫을뫼를 파헤쳐 본 것이다. 설화에서, 숫을뫼에 묻힌 사람은 중국의 임금, 일본의 왕자, 한국의 서민의 순서로 바뀌어 왔다.

그렇다면 숫을뫼는 과연 무엇인가. 앞에서 우리는 숫을뫼가 신성성을 점차로 상실하여 왔고 그 속에 묻힌 사람의 신분이 점차로 낮아진 것을 확인하였다. 이것을 반대로 바꾸어서 시대를 역으로 거슬러 올라가면 궁극에는 신(神)이 나타날 것이다. 숫을뫼는 죽은 사람을 매장한 묘가 아니다. 산 꼭대기에 묘를 쓰는 경우는 없다. 필자의 판단으로는, 숫을뫼는 죽은 사람을 매장한 묘가 아니라 영원히 살아 있는 신을 모셔 놓은 신전(神殿)이다. 숫을뫼를 발굴했을 때 거기에서 나온 것은 시체가 아니라 기와 조각이었다. 숫을뫼는 천신(天神)을 모시는 제단(祭壇)이다.6) 그리고 숫을뫼전설은 원래는 신화(神話)였다. 신화는 제의(祭儀, ritual)의 구술적 상관물(oral correlative)이라고 할 때, 즉 제의가 먼저 있고 그 제의에 관한 구비 전승이 곧 신화라고 할 때, 숫을뫼신화는 그 신이 숫을뫼에 좌정하게 된 내력(즉 본풀이), 그 신에 대한 제의를 거행하는 절차 등으로 구성되어 있었을 것이다. 그런데 제의는 없어지고 신화만 남아서 구비 전승되어 오는 과정에서 신성성을 점차로 상실하게 되면서 전설로 변모한 것이고, 그 전설도 전승 과정에서 그 구조가 부수어지고 부분 부분이 탈락하여 지금은 몇 개의 모티프(motif)로만 남아 있는 것이다. 숫을뫼전설은 신화의 파편이다.

신화의 파편으로서의 숫을뫼전설이 영원히 새롭게 솟아오르는 모티프를 가지고 있는 것은 주목할 만하다. 봄이면 새싹이 솟아나듯 숫을뫼는 주기적으로 새롭게 솟아오른다. 그것은 우리들의 일상적인 삶을 주기적으로 갱신하는 것

---

6) 이것을 제단으로 단정하지 않고 '제단 또는 다른 용도로 쓰인 것'으로 의심해 본 기사가 『춘천풍토기』에 보인다. 또한 김영기는 숫을뫼와는 별도로 우수산 봉정에 천제단(天祭壇)이 있었다고 언급하였다.
　河野萬世, 『春川風土記』, 朝鮮日日新聞社 江原支社, 1935, 140쪽.
　김영기, 『춘천 맥국의 전설』, 춘천문화원, 1989, 29쪽.

의 제의적 표현이다. 솟을뫼처럼 낡은 껍질과 묵은 때를 털어버리고 새로운 생명력을 획득하는 것이 제의의 기능이다. 계절이 주기적으로 반복되듯 인간은 주기적으로 반복해서 거행하는 제의를 통해서 정화(淨化)와 재생(再生)을 체험하는 것이다. 그러한 체험을 실현하기 위하여 솟을뫼의 제의와 신화는 새롭게 솟아오르는 이미지를 형상화하고 이용한다.

804년(신라 애장왕 5년)에 우두주 난산현에서 엎어진 돌이 일어났다는 기록이 김부식의 『삼국사기』에 보인다.7) 아마도 이것이 문헌으로 확인할 수 있는 춘천 지역 전설 중에서 최초의 자료일 것이다. 또한 엄황(嚴愰, 1580~1653)의 『春州誌』(1648년경)에 의하면 당시에 우두산에 있었던 우두사(牛頭寺) 연기설화는 소양강 물 속으로부터 돌부처가 솟아오르는 모티프를 가지고 있다.8) 이 지역의 제의와 설화에서 유사한 모티프들이 반복해서 사용되고 있는 것이 흥미롭다. 성현(聖顯, Hierophanie)으로서의 '새로운 솟아오름', 이것이 이 지역의 재생 의식의 원형이다.

3. 우두벌의 팽오 통도비

조선 시대의 문인이나 학자들이 춘천을 돌아보고 쓴 시문들 중에는, 또한 춘천 부사를 지낸 문인이나 학자들이 남긴 시문들 중에는 춘천의 뛰어난 승경을 묘사하고 예찬한 작품들이 상당히 많다. 그런데 이들 작품 중에는 춘천의 아름다운 자연을 묘사하고 예찬하는 것으로 그치지 않고, 이러한 자연 속에 처음으로 삶의 터전을 닦아 놓은 위대한 인물을 회고하는 것으로 이어지는 작품들도 있다. 이러한 작품들에 의하면, 까마득한 옛날에 춘천(우두)은 인간이 살 만한 곳이 아니었다. 산악과 하천이 험악하여 주거지로 삼을 만한 장소를 찾기도 어려웠고, 길도 다리도 없어 외부와는 완전히 두절되어 있었다.

---

7) 牛頭州蘭山縣 伏石起立.
　　金富軾,『三國史記』, 新羅本紀 第十 (哀莊王).
8) 牛頭文殊 有一石佛 挺身水上出 坐巖上.
　　嚴愰,『春州誌』,『春川地理誌』(原文影印), 春川市, 1997, 26쪽.

이러한 악조건에도 불구하고 길을 닦고 다리를 놓고 삶의 터전을 개척해 준 위대한 인물이 있었다. 그가 바로 팽오(彭吳)이다. 그리고 팽오가 인간의 삶의 터전으로 개척해 준 곳이 바로 우두이다. 팽오로 하여 험악한 자연이 아름다운 삶의 보금자리로 바뀐 것이다. 카오스(chaos)의 자연을 코스모스(cosmos)의 인간 질서로 창조해 놓았으니, 즉 인간에게 처음으로 삶의 터전을 마련해 주었으니 팽오는 문화영웅인 것이다. 팽오의 그 큰 은덕을 기리어 사람들은 우두벌에 팽오의 통도비(通道碑)를 세웠다. 그렇다면 팽오는 누구인가.

(가) 단군이 팽오에게 명하여 나라 안의 산천을 개간하게 함으로써 백성들이 살 곳을 정하였다.「본기」와 「통람」에 이르기를 "우수주에 팽오비가 있다."하였고, 김시습의 시에 "수춘은 맥국이니 팽오가 처음으로 길을 놓았네."라는 구절이 있다. 우수주는 오늘의 춘천이고, 수춘은 춘천의 별호이다(필자 번역). ― 홍만종, 1705.[9]

(나) 춘천은 옛 예맥이 천년 동안이나 도읍했던 터로서 소양강을 임했고 그 바깥에는 우두라는 큰 마을이 있다. 한나라 무제가 팽오를 시켜 우수주와 통하였다는 것이 바로 이 지역이다 (이익성 번역). ― 이중환, 1751.[10]

(다) 우두벌에 옛날에는 팽오의 통도비가 있었다(필자 번역). ― 신위, 181 8.[11]

(라) 한무제가 팽오를 보내어 우수주를 뚫게 하였으니, 곧 춘천이다(심경호 번역) ― 정약용, 1820.[12]

---

9) 檀君……○命彭吳治國內山川 以奠民居 本記通覽云 牛首州有彭吳碑 金時習詩曰 壽春是貊國 通道自彭吳 牛首州今春川 壽春卽本州別號.
　　洪萬宗, 『東國歷代總目』, 『홍만종전집』上(영인본), 태학사, 1986, 209~210쪽.
10) 李重煥, 『擇里志』(이익성 번역), 을유문화사, 1971, 71~72쪽.
11) 牛頭野 古有彭吳通道碑.
　　申緯, 『警修堂全藁』, 손팔주 편, 『신위전집』1, 태학사, 1983, 264쪽.
12) 漢武帝 遣彭吳穿牛首州 卽春川.
　　丁若鏞, 「穿牛紀行卷」, 심경호, 『다산과 춘천』, 강원대학교 출판부, 1996, 273쪽.

(마) 옛날 남한에 순무왔을 때 / 한의 사신[彭吳]은 강 건널 다리 없었지 /
    길 통한 공로비가 땅에 묻혀서 / 끝내 그 공덕을 상고할 길 없구나. //
    우두산에 팽오 통도비가 있었는데 지금은 없어졌다. 신라 기림왕이 순
    행하여 우두주에 이르렀는데, 이로부터 한의 관리가 다시는 오지 않았
    다(심경호 번역). ― 정약용, 1820.13)

  춘천 부사(府使, 1818. 3. 24~1819. 6. 18)를 지낸 신위(申緯, 1769~1845)는
그의 시 「석파령(席破嶺)」(1818)에서, 그리고 1820년 3월 24일에 춘천에 들른
정약용(丁若鏞, 1762~1836)은 그의 시 「우수주(牛首州)」(1820)에서 우두에 '팽
오 통도비'가 있었으나 1818년, 1820년에는 이미 없어졌음을 각각 밝히고 있다
(다ㆍ마).

  홍만종(洪萬宗, 1643~1725)은 그의 『동국역대총목(東國歷代總目)』(1705)에
서 팽오는 단군의 신하라고 기록해 놓았다(가). 그러나 이중환(李重煥, 1690~
1752)은 그의『택리지(擇里志)』(1751)에서 팽오는 한무제(漢武帝)의 신하라고 기
록해 놓았다(나). 정약용도 팽오는 한무제의 신하라고 한다(라). 북애자(北崖子,
?~?)는 그의『규원사화(揆園史話)』(1675)에서, 우리나라의 산천을 다스려서 백
성이 살 곳을 정하여 준 이는 팽오가 아니라 부루(夫婁)라고 하였다.14) 부루는
단군의 아들이다.15)

  이상에서 살핀 바와 같이, 옛적에 우두에 팽오통도비(彭吳通道碑)가 있었는
데 팽오는 처음으로 길을 닦고 다리를 놓고 산천을 개척하여 우두를 삶의 터
전으로 창시(創始)한 문화영웅이다. 유학자들에 의하면 그 팽오는 한(漢)나라
무제(武帝)가 보낸 사신이다. 그러나 유학자들의 모화사상에 비판적인 민족주
의자들에 의하면 그 팽오는 단군의 신하 또는 단군의 아들이다.

  그런데 중국에서 보는 관점은 이와 또 다르다. 사마천(司馬遷, B.C.145~B.C.
86?)의 『사기(史記)』 및 반고(班固, 32-92)의 『한서(漢書)』에 의하면 팽오는 한

---

13) 南韓昔巡撫 漢使川無梁 勒石久埋沒 薰聲竟微茫 / 牛頭山 有彭吳通道碑 今亡 新羅基臨
    王 巡幸至牛頭 自此以後漢使不復來也
    丁若鏞, 위의 글, 심경호, 위의 책, 305쪽.
14) 北崖子, 『揆園史話』(신학균 번역), 명지대학 출판부, 1973, 64쪽.
15) 北崖子, 앞의 책, 52쪽.

무제 때에 예맥 조선을 침략하여 멸망시키고 그 자리에 창해군(滄海郡)을 설치한 인물이다.[16]

그러나 위의 기록들은 모두 지식인들의 기록임을 유의할 필요가 있다. 우두에서 백성들에게 섬김을 받던 어떤 신을 지식인들은 팽오로 인식한 것이다. 우두의 팽오는 역사적 인물이 아니라 신화적인 존재이다. 한국의 설화에서 중국의 역사적 인물을 고유명사로 사용하지 않고 그 역사적 인물의 특성을 살려 보통명사로 사용하는 경우를 우리는 종종 발견할 수 있다. 강태공(姜太公), 편작(扁鵲), 동방삭(東方朔), 석숭(石崇), 곽박(郭璞), 소강절(邵康節), 주원장(朱元璋) 등을 예로 들 수 있다. 팽오는 '처음으로 길을 놓은 인물'(始開其道, 『史記』), '거칠고 막힌 땅을 처음으로 개통시킨 인물'(本皆荒梗 始開通之也, 『漢書』)의 대유(代喩)이다. 지식인들이 팽오라고 부른 그 문화영웅의 원래 이름은 팽오가 아니었을 것이다.

신화를 균형 있게 갖추려면 천신만으로는 부족하다. 인간에게는 삶의 길을 처음으로 열어 주는 신이 필요하다. 제우스(Zeus)에게 거역하여 하늘의 불을 훔쳐다가 인간에게 건네주고, 음식을 익혀 먹는 방법, 여러 가지 연모를 만드는 방법, 집을 짓는 방법, 배를 만들어 바다를 항해하는 방법 등을 처음으로 인간에게 가르쳐 준 프로메테우스(Prometheus)가 인간에게는 필요한 것이다. 이른바 문화영웅이 인간에게는 필요한 것이다. 천상의 제우스와 지상의 프로메테우스가 양립하고 있듯이, 우두산의 천신(솟을뫼의 신)과 우두벌의 문화영웅(팽오)은 양립하고 있었다.

4. 솟을뫼와 소시모리

일본의 신화에서 최고신은 천조대신(天照大神)이다. 천조대신은 태양신(太

---

16) 彭吳 賈滅朝鮮 置滄海之郡 則燕齊之間 靡然發動
　　『史記』卷30 平準書 第8, 서울 : 경인문화사 편, 356쪽.
　　彭吳 穿穢貊朝鮮 置滄海郡 則燕齊之間 靡然發動
　　『漢書』卷24下 食貨志 第4下, 서울 : 경인문화사 편, 290쪽.

陽神, 日神)이고, 여신(女神)이며, 지금의 천황가의 조신(祖神)이다. 그 천조대신의 남동생이 소잔오존(素盞嗚尊, 스사노오노 미꼬도)이다. 소잔오존은 잔인 무도하고 사나운 남신이다. 소잔오존에게는 한 아들과 두 딸이 있는데 그 아들의 이름은 오십맹명(五十猛命)이다.

천조대신은 고천원(高天原, 천상세계)을, 그리고 소잔오존은 근국(根國, 지상세계)을 가각 다스리고 있었다. 소잔오존은 근국을 버리고 고천원으로 올라가 천조대신을 긴장시킨다. 소잔오존은 고천원에서 갖가지 악행을 저질러 천상세계의 질서를 어지럽힌다. 이에 천조대신은 굴[天岩屋] 속에 들어가 숨어 버린다. 그러자 천상세계와 지상세계가 함께 캄캄해진다. 위기를 느낀 천상세계의 팔백만신(八百萬神)이 논의에 논의를 거듭하여 찾아낸 묘책으로 천조대신을 굴 속에서 나오게 하자 세상이 다시 밝아진다. 팔백만신은 소잔오존의 수염을 자르고 손톱과 발톱을 뽑아낸 다음 고천원에서 추방한다.

고천원에서 쫓겨난 소잔오존은 아들 오십맹명과 함께 신라(新羅)의 '소시모리(曾尸茂梨)'로 내려온다. 그러나 이곳은 자기가 살 곳이 아님을 알고, 소잔오존은 배를 타고 일본의 출운국(出雲國, 지금의 島根縣)으로 간다.

그런데 '소시모리'라는 지명은 만주에도 있다. 송화강 유역의 만주 동부지방에 '소시모리(素尸毛犁)'가 있는데 이곳을 지금은 '우수(牛首)'라고 부른다. '소시모리'는 이곳에 살던 추장의 이름이기도 하다. 그는 반란을 일으켰다가 목을 베인다. 그리고 그 후손인 섬야노(陝野奴)가 바다로 도망쳐 삼도(三島, 대마도·일기도·구주)에 웅거하였는데 이 섬야노가 곧 소잔오존이다.

하야만세(河野萬世)의 『춘천풍토기(春川風土記)』에 의하면 고천원에서 추방당한 소잔오존이 잠시 머물렀던 곳이 바로 춘천의 우두이다. 위의 책은 소잔오존이 우두천황(牛頭天皇)인 것, '소머리'에서 변한 발음인 '소실뫼'의 발음이 '소시모리'와 유사한 것 등을 논거로 하여 춘천의 우두가 곧 소시모리라고 한다. 그리고 소잔오존의 공적을 다음과 같이 설명한다.

> (가) 또 素尊이 그의 아들 五十猛命으로 하여금 많은 將士를 데리고 韓鄉에
> 도래하여 먼저 春川 曾尸茂梨를 근거지로 하여 오랑캐를 토벌하고 土民

에게 농사할 수 있는 땅을 준 것은 일본의 古史에 명기되어 있다.[17]

(나) 素尊은 삼림이 황폐한 땅이 그 자손에게 군림하게 되는 것은 적당하지 않다고 간파하여 제일 먼저 殖林 사업을 일으켜 그 창업의 대방침을 결정하였는데 이것은 素尊이 남긴 일대 사업이다. 또한 반도의 산야는 대개 황폐해져서 민둥산이 많아졌지만 강원도의 산야, 특히 금강산, 인제, 양양, 평창, 삼척, 영월 및 牛頭山의 首脈, 청평산 등의 삼림은 울창 번무하고 水源을 함양하여 농사가 잘 되었다. 후세의 많은 백성이 이로써 따뜻함을 얻고 삶을 다스려 자자손손 영원히 이 혜택을 누리는 것은 전부 素尊의 유업이 주는 것이라고 말할 수 있다. 나는 素尊의 원대한 雄圖의 유업을 생각해 볼 때 매우 경탄을 금하지 않을 수 없다.[18]

(다) 위의 모든 記述에 의하여 素尊이 五十猛命을 데리고 征韓의 길에 지방을 평정하여 당시의 도시가 되었던 지금의 강원도 춘천군 신북면 우두리 부근에 그 근거를 정하고 먼저 지방행정을 실시하여 임업 등의 시설 경영을 남기고, 후에 지금의 강원도 삼척 부근에서 귀국하여 出雲에 상륙하게 되었다는 것을 알기에 충분하다.[19]

춘천 지역에 경작할 농지가 일구어져 있는 것(가), 강원도에 나무가 울창한 것(나), 도시가 정비되어 있는 것(다) 등이 모두 소잔오존의 공적이라는 것이다. 그러니까 우두에서 팽오를 밀어내고 그 자리에 소잔오존을 좌정시키려 한 것이다.

1940년에 간행한 『강원도지(江原道誌)』에는 소잔오존이 천상계에서 추방당해 내려온 것이 아니라 그가 그의 아들 오십맹을 신라로 보낸 것으로, 소잔오존이 신라에서 출운으로 간 것이 아니라 출운에서 신라로 온 것으로, 그리고 소잔오존이 일본에서 죽은 것이 아니라 신라에서 죽은 것으로 기록되어 있다. 그러니까 우두에서 팽오뿐 아니라 솟을뫼의 신까지 함께 밀어내고 그 자리에 소잔오존을 좌정시키려 한 것이다.

---

17) 河野萬世, 『春川風土記』, 朝鮮日日新聞社 江原支社, 1935, 136쪽(심보경 번역).
18) 河野萬世, 위의 책, 137쪽(심보경 번역).
19) 河野萬世, 위의 책, 138쪽(심보경 번역).

(가) [증(일본음日本音으로는 소蕭라고 읽는다) 시무리(曾尸茂梨)] 신북면(新北面) 우두리(牛頭里)에 있다. 본도(本道)에서 가장 오래된 역사 사적(事蹟)이라는 것은 세간에서 주지하는 바이다. 또한 우리들이 모두 존중하는 것은 본군(本郡) 우두산(牛頭山) 소잔명존(素盞嗚尊)의 유적(遺跡)이다. 대개 삼한(三韓) 이전의 역사인 즉 삼국사(三國史)를 제외하고는 고사가 있지 아니하므로, 우두산 사적을 자세히 고증할 수가 없다. 그러나 『일본기(日本記)』, 「신대권(神代卷)」1절(節)에 이르기를 "소잔명존이 그 아들 오십맹(五十猛)에게 명하여 신라국(新羅國)에 내려가 증시무리(曾尸茂梨)라는 곳에 살도록 하였다. 이에 오십맹이 말하기를 '이 땅에서 저는 살고자 하지 않습니다.'라고 하고는, 마침내 흙을 모아 배를 만들고는 동쪽으로 바다를 건너 출운국(出雲國) 감천(甘川)가에 있는 봉우리 꼭대기에 이르렀다."라고 되어 있다. 이로 보건대, 소존사(素尊師)의 아들이 바다를 건너 한(韓)의 증시무리(曾尸茂梨)에 거처한 것은 의심할 여지가 없다.[20]

(나) 『여지승람(輿地勝覽)』에서 말하기를 "태백산은 신라 때에 중악(中岳)이 되어 중사(中祀)가 행해졌다. 태백산사(太白山祠)가 산 정상에 있는데, 세간에서 일컫기를 천왕당(天王堂)이라고 한다. 본도(本道) 및 경상도(慶尙道)의 방읍(傍邑) 사람들이 봄 가을로 제사지낸다. 소를 신좌(神座) 앞에 매어 두고 허겁지겁 뒤도 안 돌아보고 도망간다. 만약 뒤를 돌아보면 신(神)이 그 불공(不恭)함을 알고서 죄를 준다고들 한다. 이렇게 한 지 3일이 지난 후 부(府)에서 그 소를 거두어다가 사용하는데, 이를 '퇴우(退牛)'라고 하는 것은 모두 우두천황(牛頭天皇)이 출운국(出雲國)으로부터 와서 이곳에 체류하였던 데에서 연유하는 것이다. 원래는 수천년 전의 사적(事蹟)이어서 멀고 아득하여 그 세미(細微)한 증거를 들기는 곤란하다. 『일본사(日本史)』에서 고증되는 것은 소존(素尊)이 한(韓)에서 돌아간(沒) 사실은 이미 변할 수 없는 정론이다.[21]

『춘천풍토기』(1935)에서는 소잔오존을 문화영웅으로 부각시키려는 의도가 엿보이는 데 비해 그보다 5년 후에 발간한 『강원도지』(1940)에서는 소잔오존을 우두의 천신(天神)으로 부각시키려는 의도가 엿보인다. 후자의 기록에서는 그 지역

---

20) 『江原道誌』, 1940/『春川地理誌 譯註』, 春川市, 1997, 549쪽(오강원 번역).
21) 『江原道誌』, 1940/위의 책, 550~551쪽(오강원 번역).

을 더욱 넓혀서 태백산 지역의 토속신앙인 천제(天祭)까지 소잔오존과 결부시키고 있다. 소잔오존과 한국을 점차로 강하게 결부시키려는 의도를 읽어낼 수 있다. 이런 의도의 지배 때문에 두 기록의 내용이 서로 모순되는 결과를 초래했다.

그러나 『고사기(古事記)』(714)와 함께 일본 신화의 원전의 대종(大宗)이라고 일컬어지는 『일본서기(日本書紀)』(720)를 보면 사실은 이와 다르다.

(가) 천상계인 高天原에서 그 소행이 無狀했던 때문에 素戔嗚尊은 마침내 여러 천신에게 내쫓기는 바 되어, 아들 五十猛信을 데리고 新羅國에 降到하여 曾尸茂梨에 거처하였다. 그러나 그는 말하기를, "이 땅은 내 살고자 않노라."하고 埴土로 만든 배를 타고 東으로 바다를 건너 出雲國 簸川上의 鳥上峰에 이르렀다. 거기서 그는 사람을 해치는 大蛇를 퇴치하여 곤경에 빠졌던 脚摩乳 一家를 구했다. 그는 아들神(五十猛神-필자 주)으로 하여금 천강할 때 가져온 많은 樹種(韓地에 심지 않고, 모조리 가지고 일본에 갔다)을 筑紫로부터 十八洲國 전체에 파종케 하여 靑山을 이루었다(『日本書紀』卷1, 神代 上, 一書 第4).22)

(나) 素戔이 말하기를, "韓鄕의 섬에는 金銀이 있다. 만약에 내 자식이 다스리는 나라에 배(浮寶)가 있지 않아서는 좋지 않겠다."고 하고, 이에 수염을 뽑아서 흐트러뜨리니 곧 杉이 되었다. 또 가슴의 털을 뽑아 흐트러뜨리니 檜가 되었다. 꽁무니의 털은 柀가 되었다. 눈썹의 털은 여樟이 되었다. 그리하여 그는 그것들의 쓰임을 정하고, 선언하였다. "杉 및 여樟으로는 배를, 檜로는 瑞宮을 지을 재목으로 쓸지어다. 柀로는 百姓들의 주검을 묻는 棺으로 삼을지어다. 먹이 취할 八十木種도 모두 씨 뿌려 심을지어다." 이때에 素戔의 소생인 세 男女神이 또 나무 종자를 분포하였다(『日本書紀』卷1, 神代 上, 一書 第5).23)

(다) (仲哀天皇은) 가을 9월 乙亥 朔 己卯에 君臣에게 조칙을 내려 熊襲을 칠 일을 의논케 하였다. 이때 神功皇后에게 신탁이 내리기를, "천황은 어찌하여 熊襲이 불복함을 근심하느냐? 이는 膂肉의 空國이다. 어찌 군사를 들어 족히 칠 만한가(?) 이 나라보다 뛰어난 寶國이 있다. 譬컨대 처녀의

---

22) 황패강, 『일본신화의 연구』, 지식산업사, 1996, 65쪽(재인용).
23) 황패강, 위의 책, 95쪽(재인용).

睞(눈썹)과도 같이 이곳 항구를 향한 나라가 있다. 눈부신 금·은·채색
이 그 나라에 많이 있다. 그 나라를 일러 栲衾 新羅國이라 한다.……”고
하였다(『日本書紀』卷8, 仲哀天皇 8年 9月 5日).24)

소잔오존은 고천원에서 추방되어 많은 나무 종자들을 가지고, 그의 아들과
함께 신라로 온다. 그러나 신라는 그가 살 곳이 아님을 알게 된다. 그는 신라에
서 배를 타고 일본의 출운국으로 간다. 그곳은 신라와는 달리, 질서도 잡혀 있
지 않고 나무도 없는 곳이다. 이곳이야말로 문화영웅인 소잔오존이 할 일이
많은 곳이다. 그는 대사(大蛇)를 퇴치하고 인간이 살 수 있는 질서를 세운다.
그리고 고천원에서 가지고 온 많은 나무의 종자들을 심는다. 그가 나무를 심은
곳은 강원도가 아니라 일본이다. 오늘날 일본에 나무가 많은 것은 그때 소잔오
존이 나무를 심었기 때문이다(가).
  신라에는 배가 있지만 출운에는 배가 없다. 또한 신라에는 금은(金銀)이 있
다. 출운에서 소잔오존은 배를 만들고, 집을 짓고, 관을 만든다. 또한 나무를
심는다. 그는 일본에서의 문화영웅이다(나).
  제14세인 중애천황은 웅습(熊襲)을 친다. 웅습은 일본의 구주 웅본(熊本)에
근거를 둔 나라이다. 그러나 특별한 전과를 얻지 못한다. 이듬해에 중애천황은
다시 웅습을 칠 데 대하여 의논한다. 이에 그의 아내 신공황후가 반대하고 나
선다. 웅습은 칠 가치가 없는 나라이고, 신라야말로 쳐 볼 만한 나라이다. 신라
에서야말로 얻을 것이 많기 때문이다. 신라에는 ‘눈부신 금·은·채색’이 많이
있다. 신라는 웅습보다 ‘뛰어난 보국(寶國)’이다. 그러나 중애천황은 그의 아내
인 신공황후의 말을 듣지 않고 웅습을 친다. 그리고 이번에도 이기지 못한다.
신공황후는 중애천황을 암살하고 스스로 왕이 된다(다).
  황패강의 지적대로, 신라는 이미 문화영웅이 활동할 나라가 아니다. 금은,
배 등으로 표상되는 문화가 이미 성숙해 있기 때문이다. 소잔오존 같은 문화영
웅이 활동해야 할 나라는 신라가 아니라 일본의 출운국이다.25)

---

24) 황패강, 위의 책, 99쪽(재인용).
25) 황패강, 위의 책, 50~52쪽.

5. 마무리

춘천의 애초의 명칭은 '소머리'이다. 하늘에서 내려온 소의 머리 형상인 우두산(牛頭山)은 이 지역 주민들의 성역(聖域)이고, 그 정상에 있는 숫을뫼는 천신(天神)에게 제사하는 제단이다. 지금의 숫을뫼전설은 그 천신의 내력과 그 천신에 대한 제의를 이야기하는 신화의 파편이다. 이 신화는 숫아오르는 모티프를 가지고 있는데 이것은 일상의 삶을 주기적으로 갱신하는 제의의 형식과 관련되는 이미지일 것이다. 우두벌에 있었던 팽오통도비(彭吳通道碑)는 이 지역을 처음으로 개척하고 삶의 길을 열어 놓은 문화영웅을 기리는 비석이다. 그 문화영웅의 원래 명칭은 팽오가 아니었을 것이다. 팽오는 지식인들이 붙여 준 명칭이다. 신화의 체계에서 우두산의 천신과 우두벌의 문화영웅은 짝을 이룬다. 이러한 제의와 신화의 구조는 인간이 이 땅에서 처음으로 삶을 시작했던 시대를 배경으로 하고 있다는 점에서 상당히 고형(古形)임을 알 수 있다. 지금 우리는 그 신화를 잃어버렸다.

일본인은 숫을뫼의 우두산의 천신과 우두벌의 문화영웅을 함께 밀어내고 그 자리에 소잔오존(素戔嗚尊)을 좌정시키려고 하였다. 그러나 일본의 기록 자체에 의하더라도 당시의 우리나라는 일본보다 문화가 앞서 있었기에 문화영웅이 접근할 수 없는 상황이었다. 숫을뫼·소시모리·소잔오존의 문제에 대해서는 더 깊은 고찰이 필요하다. 식민주의와 민족주의는 동전의 양면과 같은 것이라고 할 때 우리는 식민주의와 민족주의 양쪽을 모두 지양(止揚)하면서 객관적인 시각을 찾아야 할 것이다. 또한 시야를 넓혀서 동아시아적 시각으로 이 문제를 바라보아야 할 것이다. 만주 송화강 유역의 소시모리(素尸毛犁)·우수(牛首), 춘천 소양강 유역의 숫을뫼·우두(牛頭), 신라 지역의 소시모리(曾尸茂梨) 등의 상호관계를 유기적으로 파악하기 위해서는 한국과 일본과 만주 지역의 신화에 대한 천착이 선행되어야 한다.

제주서사무가와 한국 신화의 관련성 고찰

허남춘[*]

1. 서

　제주는 기록문학이 빈약한 대신 구비문학이 풍부한 땅이다. 민요·설화·무가는 가히 한국의 중심부라 할 만하다. 그런데 무가는 문학적으로 논의할 만한가. 그것들은 지금에도 가치가 남아 있는 것인가. 무가가 무속 혹은 무교(巫敎)의 종교적 논리나 규범을 담고 있는 것만은 아니고, 과거에서 현재에 이르기까지의 인간의 보편적 삶을 담고 있음을 부인하진 못한다. 무속은 고대국가가 발생하기 이전의 원시사회로부터 부족 공동체 사회의 중심 이념이었고, 고대국가가 건설된 이후 천신사상(天神思想)에 밀려 주변 이념으로 떨어져 나가 민간신앙의 주된 장이 되고, 불교와 유교의 중세적 사상이 밀려온 후에도 민중의 애호 속에서 지속된다. 서구적 근대성이 우리를 침범한 이후 무속은 미신으로 전락해 비합리의 대명사가 되고 말았지만, 무속의 의의와 가치를 무화시키는 근대의 독선을 무조건 신봉하던 삶에 대해 반성하게 되었다. 그리고 그 속에 인간의 삶이 어떻게 규정되고 있는가 라는 질문을 던지며, 무가의 가치를 새로이 인정하게 되었다.

　서사무가는 원래 신의 내력을 풀어내는 이야기 위주의 노래다. 그러나 신을 불러 즐기는 내용이 배가되고, 신과 인간이 즐기는 과정에 인간 삶의 모습을 많이 담게 되었다. 그래서 신이 인격을 지닌 존재로 등장하여 잘못된 인간의 삶을 나무라기도 하고, 스스로 비웃음의 대상이 되어 우리의 무지를 일깨우기도 한다. 서사무가를 들으며 우리는 현 사회의 병폐를 근심하게 되고 그것을

---

* 제주대 교수.

차단할 방식을 고뇌하게 된다. 그러면서 우리들이 인간으로서 지녀야 할 임무를 각성하는 계기를 갖기도 한다.

서사무가 속에는 생활의 지혜가 담겨 있고, 하여야 할 일과 해서는 안 될 금기가 제시되고 있다. 천지왕본풀이에서는 수명장자를 징치하고, 일공본풀이에서는 유 정승 따님아기의 시련을 통해 양반을 징치하고, 이공본풀이에서는 재인장자(또는 자현장자)를 징치하며 권선징악의 규범을 일깨운다. 나아가 개인적 삶의 문제를 고민하며 공동체적 삶의 문제에 접근하고, 마을 단합 등 인간 결속의 기능을 그곳에서 배우게 된다. 인간의 생로병사와 생산과 안전과 평화를 주재하는 신의 내력을 통해 묘한 자긍심을 느끼게 된다. 그런 신화가 없는 척박한 땅의 삶을 연상하면 쉽게 그 자긍심을 이해할 수 있을 것이다. 신이 인간의 최선의 모습을 띄고 있으며, 인간은 그런 신의 심성을 닮으려는 땅에서 피어나는 자긍심일 것이다. 신화가 살아 있는 이 땅에서 인간은 서로 신의 심성을 닮은 인간으로 만난다. 인간성 상실의 시대에 사는 우리에게 커다란 각성의 메시지를 전해 주고 있다.

서사무가 속에는 인간과 언어와 세계의 소통구조가 있다. 서사무가는 그 관계 속에 질서를 부여하고 당대의 삶을 규정한다. 이것은 과학의 역할을 해 왔고, 철학이 지고(至高)의 선을 지향했던 점과 일치한다. 그러나 근대 과학과는 괴리되고 상반되는 면이 있다. 그렇다면 서사무가에 녹아 있는 삶의 정신은 근대정신에 위배되는 것이고, 더 이상 그 효용성이 남아 있지 않은 것일까. 혹시 근대성이 잘못된 것은 아닐까. 아니면 과거의 과학이 근대의 과학과 만나는 방식이 잘못된 것은 아닐까. 이런 반성 속에서 서사무가의 가치와 의의를 새롭게 탐색하고자 한다. 그리고 서사무가의 최후의 집결지라 할 제주의 서사무가를 검토하며 그 문학적 위상을 설정해 보려 한다.

2. 서사무가와 신화

서사무가는 신화의 근원이며, 신화는 서사문학의 원형이라 하겠다. 그래서 서사문학의 원형성을 밝히려는 작업은 신화로 향했고, 신화의 구조를 밝히려는 작업은 당연히 서사무가로 향했다. 일찍이 주몽신화의 근원을 제석본풀이에 찾으려는 작업이 서대석 교수에 의해 시도되었고[1], 濟州 三姓神話의 근원을 제주 당본풀이에서 찾으려는 작업이 현용준·장주근·조동일 교수에 의해 전개되었다.[2] 제주의 무속과 무가 속에 한국신화의 본래적 모습이 있다고 전제하며 제주 서사무가에는 창조신화에서부터 완벽하게 짜인 많은 신화를 지니고 있다고 한 이수자 교수의 논문도 특기할 만하고[3], 서사무가와 신화와의 관련성을 깊이 있게 다룬 권태효 교수의 논문도 중요하다.[4] 서사무가와 신화와의 상관성을 폭 넓게 집대성한 김헌선 교수의 업적은 제주 무가를 치밀하게 분석하는 데까지 미치고 있는데, 그의 <한국의 창세신화>[5]에서 얻어진 결과를 토대로 이 논문의 주제에 접근하고자 한다. 그래서 우선 천지왕본풀이를 분석의 대상으로 삼고자 한다.

한국신화 속에는 창세신화가 드물거나 거의 없다고 논해 왔다. 그러나 그것은 문헌신화를 두고 이르는 말일 뿐이다. 무당들에 의해 전승되는 우리의 서사무가 속에는 천지창조·일월창조·인류창조의 신화소가 다양하게 발견된다. 육지에서는 김쌍돌본·강춘옥본·정운학본·전명수본·이종만본·박용녀본·최음전본·권순녀본 등의 창세본풀이가 전하고 있는데, 그 내용상 제석본풀이와 뒤섞여 있는 것도 존재한다. 제주에는 안사인본·이무생본·김두원본 등이 있는데, 본고는 현용준 교수가 채록한 안사인본의 '초감제'를 중심으로 살필 것이다. 우선 천지개벽의 신화소를 든다.

천지혼합으로부터 말하자. 천지혼합을 말하자면 천지혼합시 그 시절에는

<hr>

1) 서대석, 「제석본풀이 연구」, 『한국무가의 연구』, 문학사상사, 1980.
2) 현용준, 「삼성신화연구」, 『무속신화와 문헌신화』, 집문당, 1992.
   장주근, 「구전신화의 문헌신화화 과정」, 『한국신화의 민속학적 연구』, 집문당, 1995.
   조동일, 『동아시아 구비서사시의 양상과 변천』, 문학과지성사, 1997.
3) 이수자, 「제주도의 무속과 신화 연구」, 이화여대 박사학위논문, 1989.
4) 권태효, 「건국신화와 당신신화의 상관성 연구」, 경기대 박사학위논문, 1990.
5) 김헌선, 『한국의 창세신화』, 도서출판 길벗, 1994.

하늘과 땅이 경계가 없어 사면이 캄캄하여 있을 때 천지가 한 묶음이 되어 있습디다. 천지가 한 묶음이 되어 있을 때 개벽을 하게 되었는데, 비로소 세상의 시초가 되옵디다. 개벽의 시초부터 말하자.

개벽의 시초 때 하늘은 자방으로 열리고, 땅은 축방으로 열리고, 사람은 인방으로 열렸습니다. 하늘이 머리를 열고 땅이 머리를 열어올 때는 갑자년 갑자월 갑자일 갑자시였는데, 하늘 땅 사이가 떡징같이 틈이 벌어졌습니다. 삼경이 넘어 천지가 시작될 때를 말하면, 하늘에선 청이슬이 내리고 땅에선 흑이슬, 중앙에서는 황이슬이 내려 서로 합해질 때, 천지인황이 시작됨을 말하자.

인황이 시작됨을 말하니, 하늘에서 동으로 청구름, 서로는 백구름, 남으로는 적구름, 북으로는 흑구름, 중앙에서는 황구름이 떠 올 때에 수성이 시작되었음을 말하자. 이 하늘에서 천황닭이 목을 들고, 지황닭이 날개를 펴고, 인황닭이 꼬리를 칠 때, 갑을동방이 잇몸을 들어 먼동이 틀 때 동쪽에서 별이 시작됨을 말하자.6)

천지개벽이 일어날 때의 상황이다. 천지가 한 덩어리였고 어둠이었는데 하늘과 땅이 열리고, 그 사이가 떡의 켜(떡을 찔 때 소를 넣어 뗄 수 있게 한 층계)와 같은 틈이 벌어지다 닭이 울고 난 후 완전히 세상이 밝아졌다고 묘사하고 있다. 천지개벽은 닭의 울음소리와 함께 이루어진다.

> 한라 영산에 들어와 보니 천지가 캄캄하니
> 하늘과 땅이 왁왁하고 동서남북을 구분할 수가 없습니다.
> 구상나무를 꺼어 층하절벽에 꽂아놓고 있으니,
> 천왕닭이 목을 꺽고, 지왕닭이 날개를 벌리고
> 계명닭이 소리가 나고, 세상이 밝아집니다.7)

천지개벽이 특히 닭의 울음소리와 함께 이루어진다는 사유는 새벽이 닭의

---

6) 현용준·현승환,『제주도무가』, 고려대 민족문화연구소, 1996. 513쪽. 이 책에서는 왼편에 제주어, 오른편에 현대어로 되어 있는데, 편의상 현대어를 인용문으로 제시한다. 위 인용문은 안사인 심방(男巫)이 부르는 '초감제' 중 베포도업침의 부분이다. 이 베포도업침에 이어 천지왕본풀이가 불린다.
7) 진성기,『제주도무가 본풀이사전』, 민속원, 1991, 497쪽.

울음과 함께 시작된다는 경험의 반영이고, 나아가 태초의 새벽도 닭 울음과 함께 시작되었을 것이라는 상상의 반영이다. 초공본풀이에서 세 아들 중 첫째 본맹두와 둘째 신맹두는 과거시험에서 답안지에 '天地混合' '天地開闢'을 써서 장원을 하는데, 초공의 신이 천지혼합과 천지개벽과 연관된 측면을 비유적으로 보여주고 있다. 차사본풀이에서도 "벌딱 깨여난 보난 천앙둑이 즈지반반 울고 머언 동이 늬염 들르게 뒈였고나"8)라 하여 천황닭이 울고 난 후 먼동이 트게 되었다고 한다. 명왕에 가던 한 대사가 소사중을 깨우며 아침이 되었으니 바삐 일어나라고 하는 상황인데, 이때의 닭은 아침을 알리는 일반 닭일텐데 천황닭이 울었다고 한다. 새벽이 오는 것은 그저 닭이 울어서라기보다 천황닭이 울기 때문이라 사유한 것이고 이런 사유가 다른 일반신본풀이에 널리 분포되어 있기 때문일 것이다. 인간의 삶은 질서와 혼돈이 반복되는데, 어둠을 물리치고 밝아오는 하루의 새벽과, 태초의 혼돈을 물리치고 개벽하는 첫 새벽을 동일시한 당대인의 사유가 포착된다. 그러므로 이 본풀이를 불렀던 고대인의 닭 토템사상을 미루어 짐작할 수 있다.9)

제주의 서사무가는 고대·중세를 거치며 당대의 삶과 사상을 받아들이고 많은 변이를 가져왔지만, 그 원형이 어느 정도 잘 보존된 신화소를 지니고 있다. 우리의 고고·인류학적 견해로 볼 때 한반도에 토템사상이 명확히 잘 드러나지 않는다고 하는데, 제주의 서사무가에서는 닭을 개벽을 주재하는 신성한 동물로 사유한 흔적이 명료한 편이다. 그러나 닭 토템사상은 제주의 서사무가

---

8) 현용준·현승환, 『제주도무가』, 110쪽. "벌떡 깨어나 보니 천황닭이 크게 울고 먼동이 트게 되었구나"

9) 전승과정에서 많은 변화를 겪었던 일반신본풀이를 당본풀이보다 후래로 보는 조동일 교수는, 어떤 서사무가가 변이가 진행되다 중세에 완성되었으면 그것의 기원이 원시서사시라 하더라도 고대 혹은 중세서사시로 보려고 한다(조동일, 『동아시아 구비서사시의 양상과 변천』). 실제로 창세본풀이에서는 석가나 미륵이 등장하고, 초공본풀이에서는 자지맹왕아기씨의 조부모가 석가여래와 석가모니이고 그녀는 주자대선생과 연분을 맺고 있으며, 앞에서 인용한 천지왕본풀이에서도 5색 구름(적, 황, 청, 백, 흑)이 찬연한 가운데 개벽이 일어나는 것으로 되어 있어 유교의 5행사상을 반영하고 있고, 여타의 일반신본풀이에는 대사 등 승려의 등장이 빈번하다. 이와 같은 불교나 유교의 침륜은 본풀이의 후대적 변형일텐데, 그런 요소를 벗겨놓으면 그 원형이 재구될 수 있을 것이다. 그리고 일반신본풀이는 農神·門神·産育神·巫祖 등 신격의 좌정과 연관된 원시·고대서사시적 요소가 다분하므로, 여기서 '고대인의 사유'라 하였다.

에만 국한된 것은 아닌 듯하다. 오랜 동안 구비전승되고 후에 문헌으로 정착되며 그 원형적 요소들이 많이 상실되긴 하였겠지만, 신라인의 닭에 관한 관념은 토템사상을 유추하게 한다.

敬鷄神而取尊 (『三國遺事』 卷4, 歸竺諸師)

鷄神을 공경하고 존귀하게 여겼다는 신라인의 신관념은 건국신화의 사유와 맥락이 통한다. 혁거세의 비 알영은 鷄龍의 갈비뼈에서 출생하였으며, 입술이 닭 부리와 같았다고 한다. 신성한 주인공의 탄생이 닭과 연관되고 그녀의 모습도 닭의 부리를 닮았다고 한 점에서 닭을 신성동물로 여긴 신관념을 알 수 있다. 그리고 김알지의 탄생과정을 보면, 나무에 금궤가 걸려 있고 이때 흰 닭이 울어 그곳에 가보니 상자에서 알지가 탄생하였다고 하고 그 탄생처를 鷄林이라고 한다. 박씨·석씨를 이어 신라를 지배한 김씨의 시조 알지의 탄생은 닭이라는 상서로운 동물과 연관되었음을 알 수 있다. 이런 사유는 면면히 흘러 근대시에도 이어지는 것이 아닐까.

까마득한 날에
하늘이 처음 열리고
어데 닭 우는 소리 들렸으랴.

모든 산맥들이
바다를 연모해 휘달릴 때도
차마 이곳을 범하던 못하였으리라.

지금 눈 나리고
매화향기 홀로 아득하니
내 여기 가난한 노래의 씨를 뿌려라

― 이육사, 「광야」

하늘이 처음 열리는 날에 닭 우는 소리가 들리는 것은 당연하다. 그러므로 이 시의 사유의 원천은 '천지개벽'이며, 혼돈을 물리친 닭 소리가 진동하는 이 땅은 어떤 혼란이나 침범을 허용하지 않을 것이라는 확신에 차 있다. 비록 지금은 겨울의 상황을 맞이하고 있지만 다시 부활할 것을 확신하고 있다. 이는 식물의 순환적 삶에 기대어 인간 삶의 정상적 복원을 꿈꾸고 있으며, 자연의 생명력을 인간세계에 전이하려는 신화적 상상력이 저변을 흐른다. 이 시의 전체를 지배하는 분위기는, 닭 소리와 함께 천지가 깨어나는 역동적인 상황과 태초의 신비감이다. 결국 원초적 생명력에 기대어 고난에 찬 현실을 극복할 수 있다는 확신을 갖게 되는데, 이는 신화성의 현실적 현현이 빚은 성과이다.

김헌선 교수는 천지가 분열되는 것은 '조화에서 대립으로'(1에서 2로) 전개된다고 했고, 그 '대립은 조화로' '조화는 대립'으로 변화한다는 2원적 틀을 제시했다.[10] 이로 볼 때 <광야>는 천지개벽 뒤의 '대립을 조화'로 수렴하려는 의지의 표현이라 하겠다. <천지왕본풀이>에서 수명장자의 악을 징치하는 내용도 천지개벽의 혼돈에서 질서로 회귀하고자 하는 의지인데, 수명장자의 악을 징치하는 데는 성공했지만 인간세상의 악 전체를 징치하는 데는 패배하여 인간세상에는 지금도 악이 창궐한다고 한다. 그러나 이 신화는 패배로 끝나는 것은 아니다. 혼돈이 질서로, 대립이 조화로 수렴되듯이 언젠가는 인간세상의 악의 징치도 성공할 것이라는 가능성을 열어 놓고 있다.

다음 천지왕과 지상국 총맹부인의 결연은 한국신화에 널리 분포된 천신족의 남성과 지신족 여성의 결합이다. 하늘에서 내려온 환웅 혹은 해모수가 지상의 웅녀 혹은 유화와 혼인하는 신화의 원초형이 서사무가 천지왕본풀이 속에 녹아 있다고 하겠다. 천지왕과 총맹부인의 결합으로 탄생한 대별왕과 소별왕은 성장하여 삼천선비가 공부하는 서당을 갔더니 '아비 없는 호로자식'이라고 놀림을 받자 어머니에게 와서 아버지를 찾게 해달라고 조른다.[11] 주몽신화에는 주몽과 결연한 예씨는 유리를 낳아 혼자 기르는데, 유리가 돌팔매질로 아낙의 물동이를 깨자 '아비 없는 호로자식이어서 이리 무뢰한가'라는 꾸지람을

---

10) 김헌선, 「무속신화 연구의 방향과 과제」, 『인문과학』 28집, 성균관대 인문과학연구소, 1998, 179~180쪽(<한국민족신화의 재점검> 특집).
11) 현용준·현승환, 『제주도무가』, 19쪽.

받고 어머니에게 돌아와 아버지의 종적을 묻는 대목이 있는데, 천지왕본풀이와 유사하다. 유리는 신표로 일곱 모가 난 나무 아래 섬돌 위에 감춘 칼을 찾아 주몽에게 가서 아들임을 확인받는다. 창세본풀이에서는 미륵이 돌과 나무 사이에 불씨를 감춰 두는 것을 메뚜기가 보아 두었다가 석가에게 확인시켜 주어 석가가 돌과 나무를 비벼서 불씨를 얻었다는 내용이 전하는데, 이런 화소가 일본 與論島에까지 전승된다고 한다.12) 신물의 종류가 칼과 불로 다르지만 그것이 돌과 나무 사이에 감춰진다는 점을 볼 때 그 영향관계를 점칠 수 있다. 대별왕과 소별왕은 아버지가 준 증거물 박씨를 심어 천상국에 오른다.13) 信物을 찾아 부친을 탐색한다는 점에서는 동일하다.

대별왕과 소별왕은 천상에 오른 후, "인간세상으로 월광 둘이 비치고 일광 둘이 비쳐 인간 백성들이 살 수 없으니, 천근 활 백근 살을 받아 앞에 오는 햇님 하나는 두고 뒤에 오는 햇님 하나 쏘아 동해바다에 던져 두고 앞에 오는 달 하나 남겨 두고 뒤의 달은 서해바다에 던져버리니, 그 법으로 해는 하나 동방으로 뜨고 달은 하나 서방으로 지는 법, 그런 법을 하나 마련"14)하였다고 한다. 일본이나 중국신화를 보면 9개의 태양이 있었는데 8개를 쏘아 떨어뜨리니 모두 까마귀였다고 하거나, 10개의 태양이 있었는데 9개를 쏘니 日中의 까마귀가 모두 떨어져 죽었다는 내용이 전한다. 우리나라에는 '해와 달의 조정' 신화소가 창세본풀이에 일부 전하고, 그 외에는 월명사의 「도솔가」에 전한다. 창세본풀이에서 그 조정의 주체는 미륵이고, 도솔가에서는 미륵좌주로 나타나는데, 그래서 김헌선 교수는 도솔가가 일월 제치의례일 가능성이 높다고 한다.15)

---

12) 편무영, 「생불화를 통해 본 무불습합론」, 『비교민속학』 13집, 비교민속학회, 1996, 599쪽. 박종성, 『한국창세서사시 연구』, 태학사, 1999, 184쪽.

13) 『동국여지승람』에 의하면, 주몽은 기린굴을 통해 朝天石에 가서 그곳에서 천상으로 올랐다가 다음 날 내려오곤 했다고 한다. 부친 해모수는 천상계의 존재이고 주몽은 천상계로 부친을 탐색하기 위해 올라간 것으로도 해석할 수 있다. 부친이 계신 하늘에 조회한다는 의미에서 '朝天石'이라 했는데, 북제주군의 조천포에도 조천석이 있었다는 구비전승이 있고 이 또한 고구려의 신화와 연관성이 있는 것은 아닐까 의심된다. 다만 조천이 배를 띄우기 위해 아침에 하늘(기상)을 살핀다는 의미는 아니다. 지금도 조천포에는 戀北亭이 있는데 이는 왕이 계신 북쪽을 향해 배알하는 장소이다. 조천이란 의미도 후에는 임금(즉 天子)을 朝會하는 장소란 의미로 전이된 듯하다.

14) 현용준·현승환, 『제주도무가』, 19쪽.

그러나 해가 둘 나타났다는 것은 왕권에 도전하는 새로운 왕권의 출현으로 해석되기도 한다. 당시 35대 경덕왕은 무열계로서 화랑들의 지지 속에서 왕권을 유지하고 있었고, 무열계에 도전하는 내물계는 김양상(後에 37대 선덕왕)을 중심으로 한화정책을 주장하였다. 두 세력이 첨예한 갈등을 보이자 해가 둘 나타나는 변괴 외에 귀신의 북소리가 들리고, 三山五岳의 신이 궁정에 나타나 춤을 추기도 하고, 혜성이 나타나는 등 심한 자연계의 災異가 있게 된다. 자연계의 변괴는 인간세계의 위기를 조짐하는 것으로 받아들였던 고대인들은 인간세계를 정비하고 민심을 수습함으로써 자연계의 변괴를 해결할 수 있다고 사유하였다. 그러므로 무열계와 내물계가 다투는 과정은 "인문현상의 혼란이지만 천문현상의 혼란으로 더불어서 나타나고 있다"[16]고 하겠다.

해와 달이 둘 나타났다는 것은 해와 달이 지나치게 가까움을 의미하니, 해가 가까우면 가뭄이 들고 달이 가까우면 홍수가 들었다는 지구의 경험을 반영하는 것이고, 이를 우주론적 차원에서 조정하는 과정이 바로 두 개 중 한 개를 활로 쏘아 떨어뜨렸다는 내용으로 본풀이에 반영되었다고 한다.[17] 이처럼 거리를 조정함으로써 우주론적 차원의 해결을 도모하는 것이 제의이고, 중세에 이르러서는 유교적 禮樂인 것이다. 자연계의 재이가 생기면 왕은 근신하며 반찬 수를 줄이고, 옥에 갇힌 죄수 중에 억울한 자가 없는가를 살펴 민심을 수습하였고, 놀이를 절제하였다고 한다. 천문현상과 인문현상을 동일시하는 당대의 세계관을 극명하게 읽을 수 있다. 천지왕본풀이에서 천문현상을 조절하는 근본적인 이유도 "인간 백성들이 살 수 없어서"이고, 이는 인간세계의 부조리나 모순을 제거한다는 인문적 노력을 함유하고 있다고 볼 수 있겠다.

근대의 풍요를 누리며 문명을 자랑해왔지만 이상기온이나 환경파괴와 같은 자연계의 변괴에 직면하게 된 현대인들이 이 위기를 대처하는 방식은 과연 무엇인가. 아직도 무한히 생산하고 소비하는 가운데 인간의 행복과 풍요가 있다고 믿는 오만한 현대인과, 자연계의 조그만 조짐에도 근신하고 하늘의 뜻을

---

15) 김헌선, 『한국의 창세신화』, 208~209쪽.
16) 조동일, 『한국문학통사』1, 지식산업사, 1982, 146쪽.
17) 김헌선, 『한국의 창세신화』, 208~218쪽.

따라 겸허하게 행동했던 고대인들의 심성을 비교하게 되면 우리의 갈 길이 정해질 것이고, 아울러 신화 속에 놓인 삶의 가치를 새삼 느끼게 될 것이다.

해와 달의 조정과정에서 활로 쏘아 떨어드리는 능력은 주몽의 활솜씨나 유리의 돌팔매질에 견줄 수 있다. 서사무가의 영웅적 주인공이 지닌 성격은 후에 신화의 영웅적 주인공상을 형성하는 밑바탕이 된다. 다음 대별왕과 소별왕의 인세차지경쟁의 신화소는 후에 주몽과 송양의 경쟁, 수로와 탈해의 경쟁으로 이어진다고 할 수 있다. 소별왕이 僞計로 승리를 차지한다는 화소는, 탈해가 숯과 숯돌을 호공의 집에 감추었다가 호공의 집을 빼앗는 위계나, 주몽이 고각을 훔치고 썩은 기둥으로 궁실을 만들어 기득권을 차지하는 위계와 깊은 연관성을 지닌다고 하겠다. 한편 대별왕과 소별왕은 꽃 키우기 경쟁을 벌이는데, 이는 농경생활이나 식물재배능력을 상징한다고 한다.18) 그런데 고대국가 건설기의 신화시대에 이르면 그들의 경쟁은 수로와 탈해의 변신술이나, 해모수와 하백의 변신술로 변한다. 고대국가 이전에는 생산을 관장하는 것이 지배자의 주요한 권위 장치였지만, 고대국가 건설기에는 전투력이 지배자의 주요한 권위 장치로 바뀐 것이 아닌가 한다. 변신술이란, 자신을 위장하거나 상대를 속여 소기의 목표를 달성하는 방식인데, 전투력을 상징적으로 묘사한 듯하다.

앞에서 거론하였듯이 제석본풀이는 부여족의 신화와 깊은 연관을 맺는다. 부여족의 신화에는 특히 고구려 건국신화에서처럼 1대 주몽과 2대 유리에 걸친 시조전승이 서술되는데, 호남지역에서는 유리신화의 신화소가 전해지지 않으며, 영남(신라, 가야)에서는 제석본풀이가 전승되지 않는다. 그런데 제주에는 제석본풀이가 일공본풀이란 제명으로 전승되고 있고, 여타의 일반신본풀이 속에도 주몽·유리의 신화소가 다양하게 전승된다. 이런 사정으로 볼 때 제주의 서사무가는 고구려계의 신화와 긴밀한 연관성을 갖는 것으로 판단된다.

---

18) 박종성, 『한국창세서사시 연구』, 280쪽. 김헌선, 『한국의 창세신화』, 167쪽.

3. 제주 서사무가와 고구려계 신화

제주 용담동의 석곽묘는 압록강 유역 고구려 지역의 무덤 형식과 유사하다고 한다. 그리고 석곽무덤 안에서 출토된 철제 장검은 만주·한반도 지역에서는 대동강 유역의 西北韓 지역과 멀리 중국 길림성의 목관·목곽묘 유적에서 다량 발견된 바 있다고 한다.[19] 그리고 최근 삼양동의 유적에서는 요령식 동검과 비파형 동검이 출토된 바 있는데, 이런 발굴을 두고 신용하 교수는 "이것은 B.C. 2세기~A.D.1세기 경에 고조선의 왕족, 또는 貊族(부여·고구려·양맥)의 왕족 일부가 제주도에 들어왔음을 증명하는 유물로 추정할 수 있다."[20]고 하며 B.C.1세기~A.D.1세기에 제주도에 들어와 탐라국을 개국한 3을라는 良貊族의 族長인 良乙那, 高句麗族의 족장인 高乙那, 夫餘族의 족장인 夫乙那라고 추정하고 있다. 흥미있는 제안이다. 고구려의 고씨와 부여의 부씨는 국호와 연관된 성이어서 그 신빙성이 다소 높다. 그런데 양맥은 국가로서의 체제를 제대로 갖추지 못한 부족으로서, 역사 속에 자주 등장하지 않는 낯설은 이름이다. 그러므로 박종성 교수는 고을라와 부을라를 來到세력으로 보고, 양을라는 토착족으로 보는 견해를 피력하고 있다.

『삼국사기』고구려의 문자왕 13년(514)에는 탐라가 백제에 병합되어 고구려에 조공하지 않은 사연이 기록되어 있다. 백제 문주왕 2년(476)에 탐라가 백제에 조공을 하면서 고구려와 단절되었기 때문에 탐라의 특산물을 구할 수 없다는 내용인데, 이를 유추해 보면 백제에 복속되기 이전에는 고구려와 긴밀한 관계를 가지고 있었다는 의미이다.

『신당서』에는 儋羅가 '北扶餘之裔'라 기록되어 있고 고구려가 부여를 멸하자 那河를 건너 좌정하게 되었다고 한다.[21] 이런 역사적 정황을 염두에 두고

---

19) 이청규, 「제주도와 남해안지방의 초기 철기문화 교류」, 『동아시아의 철기문화』 제5집, 문화재관리국 문화재연구소, 1996.

20) 신용하, 「탐라국의 형성과 초기 민족이동」, 『한국학보』 제90집, 일지사, 1998년 봄, 12쪽.

21) 『新唐書』, 東夷列傳 儋羅條.

박종성 교수는 제주에는 북부여계와 고구려계 出自집단의 입도가 많았을 것이라 하고 "제주 창세서사시 변천의 양상이 동명전승이나 제석본풀이를 수용하는 쪽으로 나타남"22)을 볼 수 있다고 한다.

언어적인 측면에서도 제주어의 근원은 북방의 부여계라고 한다.

1) 탐라의 羅는 고구려어 '奴·內·惱'와 더불어 '나'의 표기로 보고, 만주어 '나'와 여진어 '나'와 동계어로 영역·토지의 뜻을 나타낸다.

2) 백제어 곰·고마, 제주도 지명 加麻·甘水·巨馬·琴의 기원은 고조선의 언어이고, 고조선 시대의 말이 고구려를 거쳐 제주도에까지 들어온 것이다.

3) 제주도 지명 '屹'은 삼국 지명 중 고구려의 '忽'과 근사하다.

4) 제주도 지명 '月郎·月羅·月角·月山·遠山·多栗'의 표기는 모두 '달' '돌'을 나타낸 것인데, 이 말은 고구려어 '達'과 같은 계열의 말이다.23)

지명을 통해서 제주어의 원류를 살피고, 몇 어휘를 통해 볼 때 韓語系라기보다 부여어계라고 추론하고 있다. 『삼국지』 위서 동이전에는 州胡를 소개하고 있는데, 그 위치가 마한의 서쪽 바다 가운데의 큰 섬에 있다고 하니 제주임에 틀림없다. 그런데 주호인의 말은 韓과 같지 않다고 한다.24) 하지만 "배를 타고 왕래하며 中韓에서 물건을 사고 판다"라는 기록에서 알 수 있듯이 한어계와

---

22) 박종성, 『한국창세서사시 연구』, 307쪽.

23) 현평효, 「지명을 통해서 본 탐라언어의 원류」, 『濟友文化』 4호, 한국방송통신대 제주 총학생회, 1990. 34~42쪽. 성읍이나 촌락의 의미를 신라에서는 火 혹은 伐이라 하고, 백제에서는 夫里라 하는데 반해, 고구려에서는 忽, 제주에서는 屹이라 하여 매우 유사한 어휘임을 알 수 있다. 그리고 '羅'나 을라의 '耶'는 고구려의 5부족의 호칭인 消奴·絶奴·順奴의 奴와 같은 말로, 집단·부족 혹은 那國의 의미다.(박종성, 위의 책, 311쪽) 乙那의 '乙'이 '於乙' '於羅'과 같은 존귀하고 신성한 것, 존장의 호칭이라 하니, 乙那는 존장이 다스리는 나라라 할 수도 있고 집단과 부족을 다스리는 존장이란 의미라 하겠다.

24) 又有州胡 在馬韓之西海中大島上 其人差短小 言語不與韓同 (『三國志』 魏書, 東夷傳 韓條) 신용하 교수는, 주호인이 머리를 삭발하고 가죽 상의만 입은 모습은 고구려계 이주족이 아니라 후에 입도한 노예의 모습이라고 해석하고 있다(신용하 위의 논문, 22쪽). 그러나 주호인에 대한 묘사는 다수의 모습을 기록한 것으로써, 소수의 노예에 대한 설명일 수는 없다고 생각한다.

부여어계가 아주 다르지는 않았고 장사할 수 있을 정도로 언어가 소통되었던 것 같다.

그렇다면 신용하 교수가 추정한 대로 B.C.1세기에서 A.D.1세기 사이에 고구려계에서 出自한 집단이 제주에 들어와 지배층을 형성하고, A.D.1세기~2세기 사이에 한반도 남부의 韓(특히 마한)에서 出自한 집단이 제주에 입도한 것으로 볼 수 있겠다.[25] 제주의 서사무가나 『耽羅紀年』을 보더라도 지배층의 도래 시기를 AD 1세기로 추정할 수 있다.

> 漢明帝 永平八年乙丑 紫氣浮於南溟 三姓之出 疑其時歟 (金錫翼, 『耽羅紀年』).

> 영평 팔년 을축 삼월 열사을 날 즈시 셍천 고의왕(高爲王) 축시 셍천 양의양(良爲王) 인시 셍천 부의왕(夫爲王) 고량부 삼성 모은골(毛興穴)로 솟아나 도읍ㅎ던 국이웨다. (安仕仁, 「초감제」)[26]

> 영평 팔년 을축 삼월 열사을날 즈시에는 고의왕 축시에는 양의신충(良爲臣忠) 인시에는 북의면(夫爲民) 설립ㅎ던 섬이우다. (男巫 金氏, 「초감제」)[27]

> 우리나라의 고구려 臣 베포도업 제이르자. 왕이 나사 국입고, 국이 나 왕입네. (정주병, 「천지왕본풀이」)

초감제나 탐라기년 모두 영평 8년(A.D.65)을 탐라국 기원으로 잡고 있다. 한나라 명제 때에 붉은 기운이 남쪽 바다에서 떠오르니 고을라·양을라·부을라 三姓이 이때 나타난 것 같다고 했고, 초감제에서는 모흥혈로 솟아나 나라를 세웠다고 했다. 한편 남무 김씨의 초감제에서는 고을라·양을라·부을라의 서차를 적고 있는데, 고을라가 왕이고 양을라가 신하이고 부을라가 민이 되었다고 했다. 영주지 계열에서는 고·양·부의 서차를 보이지만 『고려사』에서는 양·고·부의 서차를 드러내는데, 그 순서는 그리 중요하지 않다. 다만 국가의

---

25) 신용하, 「탐라국의 형성과 초기 민족이동」, 26~27쪽.
26) 현용준, 『제주도무속자료사전』, 신구문화사, 1980, 44쪽.
27) 현용준, 「삼성신화연구」, 『탐라문화』 2호, 제주대 탐라문화연구소, 1983, 55~56쪽.

기틀이 성립되었다는 의미이고, 국가가 3 기능으로 분화·발전하였다는 의미
로 받아들여야 한다. 그리고 세 부족은 국가의 유지와 안녕을 기원하는 제사를
맡고(君), 행정을 담당하며 부족을 외적으로부터 보호하는 책임을 맡고(臣), 생
산을 담당(民)하였으며, 세 부족의 대표인 3을라는 主權神(君)·戰神(臣)·豊饒
神(民)으로 숭앙의 대상이 되었다.[28]

정주병의 천지왕본풀이에서는 제주에 처음 도업한 왕은 고구려의 臣이라
하고 있다. 그냥 지나칠 언급이 아니다. 탐라가 고려에 복속된 후에 고려 왕실
에 영합하기 위해 나타나는 부회 혹은 변이일 수도 있지만, 위의 고고학적 증
거와 언어학적 동질성, 지배집단의 성씨 등을 고려해 볼 때 고구려 出自는 명
료하다고 하겠다.

앞 장에서 천지왕본풀이와 고구려 건국신화인 주몽신화와의 연관성을 일부
살폈는데, 그런 연관성은 초공본풀이에서 더욱 두드러진다. 일찌기 제석본풀
이와 주몽신화의 연관성은 인정되는 바이므로, 제석본풀이의 제주본이라 할
초공본풀이와 주몽신화와의 친연성은 더 이상 언급하지 않기로 한다. 다만 젯
부기 삼형제가 과거에 합격한 후 중의 자식이라 해서 再試를 보는데 활쏘기로
능력을 발휘한다는 측면은 주몽신화와 부합하여 부기한다.[29] 그리고 제석본풀
이나 초공본풀이에서는 3인 유형이 등장하는데, 이 서사무가가 완성되어 불리
던 시기는 고대국가 건국 이전의 부족연맹사회의 반영이다. 고구려 건국 이전
의 소노부·절노부·관노부·순노부·계루부의 5부족 체제에서 주도권을 획
득한 소노부의 지배체제로 변화하기 때문에, 주몽신화에서는 1인 개국의 형태
로 나타나게 된 것이다. 제석본풀이와 초공본풀이의 3인 유형은 탐라국 건국

---

28) 이에 대한 자세한 논의는 허남춘, 「삼성신화의 신화학적 고찰」, 『탐라문화』 14호, 탐
　　라문화연구소, 1994.

29) 초공의 성할아버지 성할머니가 석가여래와 석가모니, 아버지는 주자대선생으로 되어
　　있어 불교·유교적 요소의 침투가 심함을 알 수 있다. 그리고 과거를 본다는 구성도
　　변이된 요소이다. 노가단풍아기씨가 송낙과 장삼조각을 信標로 제시한 점도 불교적
　　변이라 하겠다. 여러 영웅적 인물들 속에서 3형제가 특별히 글재주가 있었고 활쏘는
　　능력이 탁월하여 巫祖가 되었다는 원형이, 중세를 거치며 과거에 급제하는 내용으로
　　변하였을 것이다. 3형제 본멩두·신멩두·삼멩두는 가난해 갯물로 글씨를 썼다 하여
　　젯부기 형제라 불린다.

신화의 고을라·양을라·부을라의 3인 유형으로 그대로 계승된다. 탐라국 건국신화인 삼성신화는 부족연맹사회의 체제를 그대로 고대국가 체제로 계승한 사회적 상황의 반영이고, 치열한 주도권 다툼 없이 3 부족의 조화로 탐라국이 건국되었다는 의미를 담고 있다.

<이공본풀이>도 주몽신화의 주몽—유리 2대의 신화소를 그대로 간직하고 있다. 초공이 주몽의 일대기와 통한다면 이공은 유리의 일대기와 가깝다.

원강도령이 꽃감관을 살러 서천으로 떠나다 원강암이가 배가 불러와 더 이상 함께 갈 수 없게 되자 원강암이를 자현장자 집에 맡기고 떠난다. 원강암이는 그곳에서 할락궁이를 낳는데, 이 아이가 자라 15세가 되니 아버지를 찾아 서천꽃밭으로 간다. 신표로 가져간 빗을 아버지의 것과 맞추어 보고 이들임을 확인받은 후 할락궁이는 서천 꽃감관의 대를 잇게 된다.[30] 주몽이 부인 예씨를 두고 떠난 후 유리가 탄생하여 15세 즈음이 되자 아버지를 찾아 고구려로 가서, 신표로 가져간 단검을 맞추어 보고 아들임을 확인한 후 주몽의 대를 잇게 된다는 주몽신화와 그대로 부합한다. 그 유사 모티프를 열거하면 다음과 같다.

① 아버지와 어머니의 이별 후 아이가 탄생
② 아들이 신표를 갖고 아버지를 찾아 감
③ 물을 건너 他界로 떠남
④ 자식임을 확인한 후 아버지의 대를 이음

대부분의 경우 유리왕대에 일어난 여러가지 갈등 — 화희·치희의 쟁총이나 아버지와 아들의 불화를 제대로 해결하지 못한 역사적 인물로 보려한다. 그러나 주몽의 대를 이어 왕위에 등극하는 과정은 신화 그 자체이고, 서사무가 본풀이의 신화적 계승임이 자명하다. 유리가 아버지와 신표를 맞추어 보고 피를 합해 부자임을 확인한 후, 좀더 능력을 보이라 하자 공중으로 높이 솟구쳤다 내려오는 신이함을 보여 준다. 이공본풀이에서 할락궁이는 붉은 피 세 방울을 떨어트려 연못을 말리기도 하고, 환생꽃을 가져다 죽은 어머니를 살리는 신이

---

30) 현용준·현승환, 『제주도무가』, 83~93쪽.

한 능력을 보여 준다는 점에서 유리와 통한다.

그런데 이공본풀이에서 할락궁이가 자현장자의 질시를 받고 떠날 결심을 한다거나, 자현장자가 어머니 원강암이가 취하려 하는 점은 주몽의 행적과 닮아 있다. 주몽이 금와왕의 질시를 받고 남하할 결심을 하는 점, 금와왕이 유화를 자신의 궁실에 두었던 점, 어머니를 두고 홀로 떠난다는 점이 그렇다. 그래서 이공본풀이가 주몽의 일대기와 통한다고 할 수도 있을 것이다. 그러나 이 부분은 원래 유리의 행적에도 있었던 부분인데 주몽의 행적과 중첩되어 생략되거나 시간이 흐르며 잊혀진 듯하다. 즉 유리의 어머니 예씨가 부여의 실력자에게 의탁하여 살았을 것이고, 유리는 그 실력자의 질시를 받고 아버지 주몽을 찾을 결심을 하게 되는 부분이 주몽의 행적과 같아 생략되고, 대신 아비 없는 자식이라 핍박을 받고 아버지를 찾아 떠나는 문맥(삼국사기)으로 변화된 듯하다. 이처럼 신화에는 1대 2대에 걸쳐 반복되는 신화소가 있는데, 후에 간략화한다.

탐라국 건국신화인 三姓神話에는 고·양·부 3神人이 從地湧出(땅에서 솟아남)하였다는 신화소가 있는데, 이런 모티프는 북방계 신화에서는 쉽게 찾아 볼 수 없는 남방계 신화의 모티프이고, 화산의 폭발과 같은 경험을 가진 섬 지역에 많은 분포를 보인다. 그리고 3신인의 배필인 3女神이 상자에 넣어져 漂着한다는 모티프도 역시 한반도 남해안이나 해양문화권에 분포한다. 탈해가 용성국으로부터 상자에 넣어져 동해안에 표착했고, 가야 수로왕의 배필인 허왕후는 아유타국이란 곳에서 배를 타고 김해에 표착한다.

괴내깃당본풀이나 송당본풀이와 같은 당본풀이에는 이런 두 신화소가 그대로 들어 있어 삼성신화의 원형이 되는 서사무가로 보고 있다.[31] 괴내깃당본풀이에서 소천국과 백주또는 모두 땅에서 솟아난 것으로 되어 있고, 백주또는 강남천자국에서 표착하여 소천국의 배필이 되는데, 삼성신화에서 3신인이 땅에서 솟아난 점과 3여신이 표착하여 배필이 되었다는 점이 같다.[32] 송당본풀

---

31) 조동일, 『동아시아 구비서사시의 양상과 변천』, 문학과지성사, 1997.

32) 용담의 천자또마누라본풀이에서도 유사한 모티프가 전한다. 세화천자또신은 한라산 백록담에서 솟아난 신이다(현용준, 「제주도 당신화고」, 『무속신화와 문헌신화』, 163쪽).

이에서 딸 여덟을 낳은 후 사냥하던 소천국에게 백주또가 사냥 대신 농사를 권유하는 모티프는, 삼성신화에서는 3여신이 오곡종자를 가져와 농경을 하게 되었다는 내용으로 전하여 당본풀이와 신화의 유사성을 가늠게 한다.

그런데 괴내깃당본풀이나 송당본풀이에 담긴 신화소가 삼성신화에서는 많이 생략되거나 혹은 소략화한 듯하다. 당본풀이에 전하는 내용은 이보다 더 풍부하다. 괴내깃당본풀이에서는 소천국과 백주또 둘 사이에 괴내깃도가 있는데 이 아이는 아버지 소천국에 버림받아 위기를 넘기고 투쟁에서 승리하여 나중에 신으로 좌정한다는 영웅의 일대기를 보인다. 괴내깃당본풀이가 지역 전승을 보인다면 송당본풀이는 이를 발전시켜 탐라국 전체의 신으로 그려내고 있다. 송당본풀이에는 백주또가 낳아서 데리고 온 문곡성을 의붓아버지인 소천국이 미워해 무쇠철갑에 넣어 떠내려보내고, 동해용왕국의 사위가 되었다가 밥을 많이 먹는다 하여 다시 강남천자국으로 떠나게 되고, 그곳에서 천자국을 평정하고 제주에 들어와 한라영산 산신으로 좌정하여 탐라국 전체를 지배한다는 내용이다.

송당본풀이의 문곡성은 주몽의 일대기와 매우 유사하다. 유화가 임신한 상태에서 금와왕에 의탁했다가 주몽을 낳는다는 점, 주몽이 금와왕의 질시를 받고 부여국을 떠나게 되는 점, 위기를 극복하고 투쟁에서 승리하여 고구려를 건국하고 왕이 된다는 점이 일치한다. '기아−고난−고난극복·승리−신 혹은 왕으로 좌정'한다는 영웅의 일대기를 갖춘 점에서 제주의 당본풀이와 고구려계 신화와의 관련성을 논할 수 있다고 하겠다.

제주 당본풀이·탐라국 삼성신화·고구려 주몽신화에 공통적인 것은 여성신의 곡모적 성격이다. 송당본풀이에서 백주 또는 사냥을 업으로 삼던 소천국에게 사냥 대신 농사를 권유하고 있으니, 백주 또는 농경신으로서의 면모를 지닌다. 제석본풀이의 당금애기도 농경 생산신으로서의 성격을 지닌다.[33] 주몽신화에서 유화는 주몽에게 오곡종자를 보내는 곡모·농경신적 성격을 지니고 있다는 것은 주지의 사실이다. 반면 주몽은 활을 잘 쏘았고 그의 아들 유리는 돌팔매질을 잘 하였다고 하니 전투에서 탁월할 뿐만 아니라 수렵·유목과

____

33) 서대석, 『한국무가의 연구』, 문학사상사, 1980, 88∼89쪽.

관련된 능력을 지닌 존재이다. 고구려는 장수왕이 평양으로 남하하기 전(5세기 초 광개토대왕)까지는 만주의 드넓은 평원을 무대로 이루어지는 수렵·유목을 중시했던 흔적이 역력하다. 그러니 수렵·목축과 농경을 아우르는 생산체제를 중시하였던 문화를 지닌다고 하겠다.

삼성신화에서 3신인은 사냥을 하면서 가죽옷을 입고 육식을 하였는데[34] 3여신이 오곡종자와 송아지·망아지를 가져와 농경·목축 경제체제를 갖추게 되었다고 했으니, 3여신은 곡모신적 성격을 지닌다고 하겠다. 그런데 3신인이 활을 쏘아 거주지를 정하였다(射矢卜地)고 하니 수렵적인 능력이 드러나고, 州胡(앞에서 살폈듯이 耽羅의 異稱)人들이 소와 돼지를 잘 길렀다[35]고 하니 목축문화가 드러나고, 3여신이 오곡을 들여와 농경이 시작되었을 것이니 농경의 문화가 드러난다. 초기 탐라국은 고구려와 마찬가지로 수렵·목축·농경을 아우르는 경제체제를 지니고 있었던 듯하다.

4. 제주 서사무가의 독자성

서사무가의 전승이 한반도 지역과 달리 제주에서는 왕성한 이유는 무엇인가. 우리는 우선 제주에 무속이 풍부하게 남아 있다는 조건을 해답으로 들 수 있을 것이다. 그렇다면 육지와 달리 무속이 계속 남아 있게 된 이유는 무엇일까. 고대에서 중세로의 시대적 전환 속에서 정치적 중심부와 정치적 입김이 미치는 지역은 불교·유교란 중세 보편주의 문화의 영향을 입게 된 데 반해, 제주는 섬이라는 지정학적 특성 때문에 그 영향력이 미약하였다고 볼 수 있다. 제주는 부족공동체의 고유성을 강하게 지키며 당본풀이를 유지할 수 있었고, 중세사회로의 전환 속에서도 고대 자기중심주의의 전통을 오랜 동안 유지할 수 있었다.[36] 그리고 서서히 중세적 요소를 받아들이며 성장했다. 제주가 중세

---

34) 遊獵荒僻 皮衣肉食(『高麗史』 卷41, 地理志2)
35) 好養牛及豬(『三國志』 魏書, 東夷傳 韓條)
36) 조동일 교수는 <토산당본풀이>나 <양이목사본>을 들어 탐라국이 멸망한 후 신
    령·영웅이 참혹한 시련을 겪는 노래라 하고, 중세국가 성립과정에서 제주도가 소외

국가의 직접적 통치를 받게 된 것은 고려 후반 혹은 조선 전반이기 때문에 상대적으로 중세 이념의 강요와 침투가 미약했고, 이런 까닭에 무속이 배척 당하기보다는 무속 안에 유교와 불교를 포용하는 변화가 일어났다고 할 수 있다.[37)]

조선 전기 지배층은 유교적 이념을 정착시키기 위해 불교와 무속을 異端 혹은 淫祀로 배척하기 시작했고 무당과 승려를 성 밖으로 내쫓는 법령을 실시하였으나 민간 속의 무속신앙은 쉽게 단절되지 않았다. 무속을 도성과 사대부로부터 격리시키게 된 시기는 인조 즈음이다. 제주에서 무속이 큰 시련을 당한 시기는 18세기 이형상 목사가 부임한 직후이다. 그러나 그것은 일시적인 충격이었던 듯하다. 무속을 근절시키지 못하고, 포제와 같은 유교식 제사와 기존의 무속 제사를 병행하는 선에서 타협이 이루어진 것으로 사료된다.

그렇다면 제주문화는 한국문화의 전반적 성격과 가까운 것인가, 아니면 동떨어진 것인가. 과거에서 현재로 진행되는 시간에 비례하여 제주와 육지는 더욱 긴밀해졌다. 앞에서 살폈듯이 고대의 서사무가에도 상당한 정도의 친연성을 드러낸다. 그러나 지정학적인 여건 속에서 한반도의 문화적 영향도 컸지만 남방계 문화의 영향도 상당하였고, 그 다양한 문화를 섭렵하며 제주만의 독자적인 문화를 형성하기도 하였다. 그 특성을 제주 서사무가에서 간략히 살피면 다음과 같다.

첫째, 기존의 문화를 지키려는 대단한 집착성이 드러난다. 지금 전해 오는 서사무가의 양이 방대하고, 그 무가 속에는 한국신화의 원형을 그대로 담지하고 있다. 물론 고대적·중세적 변이를 겪기도 하지만, 이미 육지에서는 사라지거나 미미해진 천지개벽과 인류창조, 만물의 유래를 담고 있는 창세신화를 다

되고 억압당한다고 하며 "제주도민이 자주성을 상실한 시기"라 했다(『동아시아 구비서사시의 양상과 변천』, 93쪽). 고대국가인 탐라국이 멸망한 것은 사실이나 제주도는 상당 기간 동안 독립적 체제를 유지했고, 중앙정부의 간섭에서 어느 정도 자유로웠을 것이다.

37) 초공신의 조부모가 석가여래와 석가모니라거나, 초공신의 아버지가 주자대선생인데 그의 신분은 승려라는 점을 보더라도 巫祖의 가계 속에 유교와 불교를 섭렵한 흔적이 역력하다. 물론 육지의 제석본풀이에서 부의 가계가 미륵 혹은 석가로 되어 있어 무불습합의 정황이 없는 것은 아니나, 제주 서사무가에서는 유·불을 포용한 흔적이 더 많고 더 오래 지속된다는 점이 특이하다.

수 보유하고 있고, 고구려계 신화의 원형이라 할 초공본풀이와 이공본풀이를 전승하고 있으며, 이미 사라진 백제신화를 재구할 수 있는 단서를 삼공본풀이에서 찾을 수도 있다. 삼공본풀이의 전반부는 백제의 무왕설화와 연관성을 갖기 때문에 일찍부터 백제신화와의 관련성이 논해지기도 했다. 삼승할망본풀이는 제석본풀이 '꽃피우기 경쟁'의 신화소를 따로 떼어낸 듯한 독자적 전승이라 할 수 있어, 생명관장의 신격에 대한 신화가 별도로 존재했을 가능성을 제시해 준다.

둘째, 서사무가 속의 여성 주인공이 지닌 자발성·능동성·적극성을 들 수 있다. 세경본풀이에서 자청비는 문도령에 반해 남장을 하고 서당에 쫓아가 함께 공부를 하면서 자신의 여성성을 알리려 하고, 문도령이 천상계로 돌아가려 하자 자신의 주관으로 문도령과 결연을 맺고, 후에 온갖 고초를 이겨내고 천상계로 문도령을 찾아가 결합하는 적극적인 여성이다. 이공본풀이에서 원강암이는 서천꽃밭의 꽃감관을 살러 가는 원강도령을 따라 길을 떠나다 배가 불러와 함께 갈 수 없게 되자 스스로 자현장자의 종이 되길 자청하여 원강도령의 부임을 돕는 적극적 여성이다. 천지왕본풀이에서 천지왕의 요청에 바구왕이 고민을 하자 딸 총멩부인은 남자의 방에 자발적으로 찾아가는 적극성을 보인다. 고대와 중세를 거치며 대부분의 신화가 여성을 부수적이고 보조적인 인물로 그려냄에 반해 제주의 서사무가는 여성을 남성 주인공보다 더 주동적인 인물로 형상화시키고 있다.

셋째, 고유명사가 주는 즐거움이다. 백주또나 한라산또·괴내기또라는 이름에서의 '또'는 신격을 뜻하는 고유어인 듯하여 생기를 느끼게 한다. 이공본풀이의 할락궁이도 재미난 이름이다. 특기할 것은 초공본풀이에서 임정국 대감이 딸의 이름을 짓는 과정인데, "느진덕정하님아, 마당을 나서서 저 산 앞을 바라보아라. 때는 어느 때가 되었느냐. 나서 보니 저 산 이 산 줄줄마다 산천초목에 구시월 단풍이 지어 있습니다. 이 아가씨 이름을 '저 산 줄이 벋고 이 산 줄이 벋어 왕대월석 금하늘 노가단풍 자지멩왕 아기씨'라고 이름짓는 것이 어찌 하겠느냐."라고 하면서 노가단풍 아기씨의 긴 이름이 지어진다. 제주의 서사무가에도 임정국·김진국·소천국·문곡성 등의 한자식 이름이 등장하지만 중국식으로 변하지 않은 순수 우리말 신격이 자주 등장한다. 중세문화에 크게 침륜당하지 않은 증거이다.

넷째, 고대의 질서·가치관을 느낄 수 있다는 점이다. 천지왕본풀이에서 일월과 인간·귀신과 짐승을 구별하는 법을 만드는데, 귀신과 생인은 저울을 달아서 백 근이 차는 것은 생인, 못 차는 것은 귀신으로 분별하고, 새·짐승은 송피가루 닷 말 닷 되를 뿌리니 혀가 굳어져 말을 못하고 사람만 말을 하게 되었다고 한다. 이리하여 자연의 질서를 바로 잡았는데, 인간세계의 질서는 바로 잡아주지 않아 인간세상엔 역적·살인·도둑·간음이 많은 법이고 저승법은 밝고 공정하다고 했다. 그래서 인간세계의 한계가 있다는 말이지만, 결국 우리가 이런 혼탁한 삶을 극복해야 한다는 가르침을 주고, 신을 믿는 신성한 마음이 있다면 밝고 공정한 법을 실현할 수 있다는 가능성을 제시한 것이라 하겠다.

다섯째, 시련 극복의 의지를 일깨우는 점이다. 갖은 고초를 견뎌내고 굴욕을 참아내며 자신의 목표를 달성하고 자아완성을 하는 신화적 주인공의 모습을 통해 우리의 갈 길을 제시하고 있다. 그리고 인간의 생산·풍요·건강·죽은 자의 편안한 저승길을 주재하는 신들의 일대기를 통해 이타적 세계관을 일깨우고 있다. 서사무가는 무속의 노래에 그치지 않고 우리에게 자아완성의 의지를 북돋거나 이타적 세계관을 갖게 만든다.

이 논문은 천지왕본풀이·일공본풀이·이공본풀이·괴내깃도(계)본풀이를 주 대상으로 삼아 고구려계 신화와의 연관성을 살피고, 아울러 제주문화의 독자성을 살펴 보았다. 그러나 대상자료가 일부 본풀이에 국한되기 때문에 보편적 특성을 추출하는 데까지 미치지는 못했다. 하지만 이 작업은 여기에서 그치지 않을 것이다. 좀더 많은 서사무가를 고찰의 대상으로 삼아, 서사무가에 담긴 신화적 원형성과 제주문화의 독자적 특성을 계속 탐구해 나갈 것이다.

『新羅殊異傳』의 서사범주와 그 의미

이학주[*]

1. 머리말

傳奇文學에서 '傳奇'의 의미는 현실 속에서 奇異한 것이나 비현실적인 사실을 전하는 데 있다. 이러한 사실은 현대적 개념의 과학적이며 합리적인 일상을 벗어나 있다. 그러나 전기문학은 『搜神記』등의 鬼神志怪와는 달리 단순히 기이하거나 비현실적인 지식을 알리고자 하는 것은 아니다. 전기문학은 文面의 비현실적이며 비일상적인 사실 속에 인간내면의 성찰이나 역사적 현실과 같은 진실을 내포하고 있기 때문이다. 이것은 전기문학에 대한 일상적 인식이지만, 바로 그 속에서 우리는 전기문학의 서사적 특성을 발견할 수 있는 것이다.

본고에서도 이와 같은 인식에 착안해서 논의를 진행할 것이다. 그 중에서 특별히 敍事範疇[1]를 중점적으로 다루고자 한다. 그 원인은 전기문학을 이해하는 첩경이 서사범주에 있다고 사료되기 때문이다. 전기문학의 인물과 배경설정 및 사건의 전개방식은 현실적 차원을 달리하고 있다. 그렇다고 설화적인 차원에 머물러 있는 것도 아니다. 인물의 심리적 갈등, 주제의식, 세계에 대한 질서, 창작주체 등이 설화와는 또 다른 모습이다. 이것은 전기문학이 현대의 서사문학과 구별되는 요인이기도 하다. 이에 본고에서는 『新羅殊異傳』의 서사

---

* 강원대 · 성균관대 강사.

1) 동아시아 전기소설의 서사범주에 대해서는 필자가 「東아시아 傳奇小說의 藝術的 特性 硏究」(成均館大學校博士論文, 1999. 12)에서 이미 고찰한 바 있다. 그리고 본고와 비슷한 취지로 박희병, 『韓國傳奇小說의 美學』(돌베개, 1997)의 저술에서 羅麗時代 傳奇文學의 예술적 특성을 논의한 바 있어 참고가 된다.

범주와 그 의미를 밝혀보고자 한다. 이것은 『신라수이전』이 우리 나라 소설사에서 점하는 위상과 서사적 특성에 대한 고찰일 수 있다. 물론 이러한 서사범주와 특성은 전기문학에서만 나타나는 것은 아니다. 현실계와 비현실계의 문제는 異鄕訪問譚의 구조를 지니는 고소설 전반에 걸쳐 분포되어 있다. 본고에서는 다만 『신라수이전』이 갖고 있는 서사적 특성과 작품의 의미를 서사범주에 국한해서 밝혀보고자 할 따름이다. 그래서 『신라수이전』이 얼마나 소설의 구비조건을 갖추고 있는지에 대한 논의일 수도 있다.

우리 나라 초기 전기문학은 대부분 逸失되었고, 현전하는 작품도 그나마 축약 내지는 변질되었다. 『신라수이전』은 상당히 많은 작품이 있었을 것이라 추정되지만, 현재는 중복되는 작품을 제외하면 12편에 불과하다. 그 중에도 「阿道」·「圓光」·「崔致遠」 정도는 그 온전한 모습을 보인다고 할 수 있으나, 나머지 작품은 축약된 것이 확실하다. 「虎願」·「脫解」·「迎烏 細烏」·「寶開」·「善德女王」은 『삼국유사』나 『해동고승전』 등의 문헌을 통해 어느 정도 그 모습을 살필 수 있다. 그러나 「志鬼」(心火繞塔)·「首揷石枏」 등은 온전한 모습을 찾을 수 없다. 그 밖에는 다른 문헌 속에 삽입되어 있는 몇몇 작품들이 전기문학의 성격을 보여 줄 뿐이다. 본고에서는 비록 이곳저곳 흩어져 전하지만 하나의 傳奇集이라 생각되는 『신라수이전』을 대상으로 논의를 진행할 것이다. 그 중에서 愛情傳奇라 불리는 「최치원」·「지귀」·「수삽석남」·「호원」이 주요 논의 대상 작품이 될 것이다. 「아도」·「원광」·「보개」·「탈해」·「영오 세오」·「선덕여왕」 등은 비록 『신라수이전』 소재 작품일지라도 설화와 志怪에 보다 가깝기 때문에 논의의 보충 자료로 삼고자 한다.

2. 서사범주와 그 의미

1) 허구의 실상

전기문학은 허구의 범주가 상당히 넓게 나타나고 있다. 우리가 인지할 수 있는 현실계는 물론이려니와 인지할 수 없는 비현실계까지도 그 범주에 포함시키고 있다. 이것은 세계에 대한 당대인의 인식의 문제이기도 하다. 오늘날의 과학적이며 합리적인 시각에서 당시의 작품을 바라보면 그야말로 황당한 이야기에 그칠 것이다. 하지만, 우리가 살고 있는 오늘에도 과학으로 검증할 수 없는 불가해한 일들이 있듯이, 『신라수이전』이 쓰여질 당시에도 마찬가지였다. 그것을 과학적으로 증명할 수 없다고 해서 그러한 사실이 세상에 존재하지 않는다고 말할 수는 없다. 다만, 그것을 생활의 일부로 받아들일 것인가, 아닌가 하는 것은 개인의 가치관에 따를 뿐이다. 현대소설이 믿을 수 있는 검증 가능한 寫實主義에 기초하여 허구화하는 것과는 달리, 전기문학은 검증 불가능한 사실까지 그 허구의 범주에 넣었다는 것이다.

『신라수이전』 소재 12편의 작품은 크게 세 가지 형태로 나누어 볼 수 있다. 첫째는 奇異한 사건을 형상화한 「아도」·「원광」·「보개」·「영오세오」·「죽통미녀」·「노옹화구」가 있고, 둘째는 뛰어난 능력을 형상화한 「탈해」·「선덕여왕」이 있으며, 셋째는 장애적 애정을 형상화한 「최치원」(「선녀홍대」)·「수삽석남」·「호원」·「지귀」(「심화요탑」)가 있다.2) 여기서 세 번째 애정전기를 제외한 첫째, 둘째의 작품들은 지괴적 성격에 가까운 작품들이다. 반면에, 셋째의 작품들은 「최치원」과 같이 후대의 전기소설에 버금가는 작품도 있다. 같은 작품집에 이와 같은 유형의 작품이 混淆되어 실려 있는 것은 우리에게 시사하는 바가 크다. 그것은 『신라수이전』이 지괴의 서사적 성격을 이어받았고, 동시에 또 다른 측면으로 이행하고 있다는 증거이다.

중국의 六朝時代 지괴로 대표되는 晉 干寶의 『搜神記』에는 무려 516편의 이야기가 있다.3) 이렇게 많은 이야기들이 실려있지만, 이 속에는 주인공의 섬세한 심리적 갈등을 묘사한 작품은 찾아보기 힘들다. 대부분 그러한 사실이 있었다고 기록하거나 주장할 뿐이다. 다음은 『수신기』 소재의 작품이다.

발해태수渤海太守 사량史良이 한 여자를 사랑하였는데, 그 여자가 태수

---

2) 이 분류는 김현양 외, 「『수이전』 일문에 대하여」, 『譯註 殊異傳 逸文』(박이정, 1996), 12~17쪽의 것을 따랐다. 앞으로 『신라수이전』의 역문은 이를 따르고, 세세한 각주는 생략한다.
3) 이 편수는 林東錫 譯註, 『搜神記』上·下(東文選, 1997)를 참고하였다.

에게 시집을 가겠노라고 허락해 놓고는 그만 약속을 어기고 말았다.

이에 사량이 노하여 그 여자를 죽여 버리고, 그 머리를 잘라 돌아와서는 이를 아궁이에 던져 놓고 이렇게 분풀이를 하였다.

「너를 화장火葬시키리라.」

그러자 그 머리가 이렇게 말하였다.

「사군使君! 나는 그대를 사랑하였습니다. 그런데 어찌 이렇게까지 하십니까?」

뒤에 꿈속에 그 여자가 나타나 말하였다.

「그대의 물건을 되돌려 드립니다.」

깨어보니 지난날 그 여자에게 선물하였던 향영香纓과 금비녀 등이 있는 것이었다.4)

위 이야기는 「斷頭而語」라는 제목으로 전하는 작품이다. 『수신기』 소재 작품 중에서 남녀의 문제를 다룬 작품을 논의의 필요상 인용했다. 이 작품의 서사범주는 '죽음 이후'까지 설정하였다. 그리고 일반 전기소설에서 보여지는 '꿈'이라는 서사장치와 '信物'도 나타나고 있다. 그러나 작품이 의도하는 주제적 차원은 전기의 그것과 많은 차이를 동반하고 있다. 단순히 죽은 여자의 머리가 말을 했고, 꿈속의 일들이 현실로 나타났다는 사실을 서술한 데 그쳤다. '죽음 이후', '꿈', '신물' 등이 어떤 유기적 상관관계를 보이면서 삶의 주체적 인식을 제공해 주지는 못했다. 박희병은 지괴와 전기의 차이점으로, 전기는 인생에 대한 '자각적'이고 '반성적'인 성찰, 인물과 정황에 대한 '개성적'이고 '현실적'인 묘사를 보여준다. 그리고 생에 대한 작가의 문제의식이 배어있다고 하였다.5) 이것은 지괴에 비해 전기의 허구가 보다 현실적인 면으로 처리되고 있다는 지적일 수 있다. 곧, 이 시대 전기는 지괴에서 이어받은 서사기법을 활용해 작가의 창작목적을 투영한 의식적 서술이라는 것이다. 이는 魯迅의 언급과 크게 다르지 않다.

---

4) 『搜神記』「斷頭而語」. 渤海太守史良好一女子, 許嫁而不果. 良怒, 殺之, 斷其頭而歸, 投於竈下, 日 :「當令火葬.」頭語日 :「使君, 我相從. 何圖當爾!」後夢見日 :「還君物.」覺而得昔所與香纓金釵之屬(林東錫, 위의 책, 402~403쪽).

5) 박희병, 앞의 책, 152쪽.

변괴스럽고 기이한 이야기는 六朝時代에 성하였으나 잘못된 것을 전해 받아 적은 것이 많았고 아직도 상상에 의해 창작해 내는 것을 다하지는 못 하였다. 唐代 사람들에 와서는 곧 의식적으로 기이한 것을 좋아하여 小說을 빌려 그들의 문장을 기탁하게 되었다.6)

이것은 胡應麟의 『少室山房筆叢』의 내용이다. 魯迅이 위 내용에서 '의식'과 '상상'을 들어 唐代의 전기가 이미 의식적인 창작을 하였다고 하였다. 그러면서 지괴와의 차이를 다음과 같이 언급했다.

傳奇라고 하는 流는 본래 대개 志怪로부터 나와서 여기에 文飾을 가하고 그 波瀾을 확대시킨 것이므로 이룩된 바는 특이하다. 그 가운데는 비록 역시 諷諭에 기탁하여 憂愁를 풀거나 禍福을 말함으로써 懲勸을 붙이기는 하 였지만 그러나 궁극에 가서는 결국 文采와 意想에 목적이 있었으므로 옛날 의 鬼神을 전하고 因果를 밝힌 것 이외에 다른 뜻이 없었던 것과 비한다면 그 趣旨가 아주 딴판이다.7)

지괴가 奇異하고 神異한 사실을 주장하는 데 그쳤다면, 전기는 이미 그것을 활용하여 작가의 의도를 담아 의식적인 창작을 했다는 것이다.

그런데 위 인용문에서 '문채'와 '의상'을 전기의 창작 목적으로 언급하고 있음을 볼 수 있다. 물론, 唐傳奇와 『신라수이전』의 창작 목적은 다르겠지만, 여기서의 '문채'와 '의상'은 후대의 『剪燈新話』·『金鰲新話』·『傳奇漫錄』·『伽婢子』와 같은 동아시아 전기소설과의 同異性을 볼 수 있다. 워래 傳奇라는 명 칭은 唐 裴鉶의 溫卷에서 비롯되었다고 한다. 이 溫卷(行卷)은 자신의 문장실 력을 과시하여 科擧 考試官이나 上司의 비위에 영합시킴으로써 출세의 수단으 로 삼았다.8) 그래서 전기는 시와 각종 산문이 화려하게 구비되어 있다. 그런데 이러한 문체는 후대의 전기소설에도 그대로 계승되었다. 다만, 그 서술목적은

---

6) 丁範鎭 譯, 『中國小說史略』(學研社, 1987), p.79. "凡變異之談 盛於六朝 然多是傳錄舛訛 黛 未必盡設幻語 至唐人乃作意好奇 假小說以寄其筆端."
7) 위의 책, 79~80쪽.
8) 丁範鎭, 『唐代小說研究』(成大大東文化研究院, 1982), 7쪽.

자신의 문장실력 과시에만 있었던 것은 아니다. 오히려 작가가 의도한 진실을 말하고자 한, 소설 미학적 관점이 더 큰 비중을 차지했다고 볼 수 있다.

『신라수이전』은 인물의 만남 설정에 따라 異界가 명확히 구분되어 있지 않다. 이 점은 지괴의 무질서한 구성보다는 비교적 뚜렷하나, 후대 전기소설에서 나타나는 명확한 설정에 비해 구체적이지 않다는 것이다. 앞서 보았던, 후대의 동아시아 전기소설의 경우에는 인간과 인간의 만남에서는 현실계 속의 세속 시공, 인간과 鬼의 만남에서는 현실계 속의 신성시공인 일시적 내세, 인간과 神的 인물의 만남에서는 지옥·용궁·선계 등과 같이 비현실계 속의 신성시공인 영원한 내세를 설정하였다.9) 「최치원」의 경우는 현실계, 일시적 내세, 영원한 내세가 함께 나타나지만, 영원한 내세가 명확히 설정되어 있지는 않다. 그 밖에 「수삽석남」·「지귀」·「호원」은 夜間과 寺院 같은 시공을 설정하고 있으나, 역시 이계가 뚜렷이 구분되어 있지는 않다. 그 원인은 인물의 설정방식에 따라 달리 나타난다고 하겠는데, 『신라수이전』은 염왕·용왕·신선 등의 인물이 설정되지 않았기 때문이다. 그래서 '죽음 이후'까지 허구의 범위를 설정한 것은 후대의 전기소설과 같으나10), 이계까지 그 범위를 확장하지 않았다. 여기서 이계는 용궁·지옥·천상과 같은 인간계와는 다른 의미로 보았다. 참고로 『삼국유사』의 「조신전」·「백월산양성성도기」와 『삼국사기』의 「온달」도 역시 마찬가지다.

이렇게 『신라수이전』의 허구적 범주가 넓게 분포되었음에도 불구하고, 작품에서 표방하는 주제의 의미는 현실적임을 볼 수 있다. 『신라수이전』의 애정전기는 무엇보다 현실적인 신분과 가치관의 차이에 의해 그 갈등이 나타난다.11) 「최치원」은 그 주인공에 따라 두 번의 갈등이 주어진다. 여주인공 八娘과 九娘이 살았을 때, 그 아버지의 定婚에 반대하여 죽음에 이르게 된 것과 남주인공 최치원과 女鬼가 만나 幽明이 다른 데 대한 갈등이다. 「수삽석남」과 「지귀」는 남녀주인공의 현실적 신분에 따른 것이며, 「호원」은 인간과 호랑이라는 異類

---

9) 拙稿, 앞의 논문, 49~91쪽.

10) 위의 논문, 97~104쪽.

11) 拙稿, 「『新羅殊異傳』 所載 愛情傳奇의 死生觀」, 『東아시아 古代學』2輯(東아시아 古代學會, 2000. 12)에서 이 문제에 관해 언급한 바 있다.

의 차이에 있었다. 이처럼『신라수이전』이 비현실적인 요소를 도입했지만, 그 비현실적인 요소는 현실의 문제를 해결하기 위한 장치로 작용하는 경우가 대부분이다. 그리고 그 등장인물의 폭도 아주 다양하다. 驛卒에서 임금에 이르기까지 다양하게 분포되어 있다. 이러한 등장인물의 다양성은 이야기의 다양성을 가져오게 된다. 이것은 다름 아닌『신라수이전』의 허구범주가 그 만큼 넓게 분포되었음을 의미하는 것이다. 아울러 작가들이 현실의 문제를 다양하게 바라보고 있다는 것이며, 작품의 단조로움을 어느 정도 해소할 수 있는 바탕을 제공하고 있는 것이다.

지괴의 경우는 전기문학과 같이 허구의 범주가 넓지만, 현실과는 다른 의도가 나타나고 있다. 朴昭賢의 언급에 따르면, 지괴는 幽冥세계에 대한 진지한 지식을 제공하고 주장한다. 그리고 그에 대한 적절한 해석과 설명을 덧붙이고, 그 세계의 존재를 증명하려 애쓰는 서사이다. 그렇기에 그것이 事實이고, 사실이기에 중요한 지식이 될 수 있음을 주장하는 것이 지괴의 서사적 특수성이라고 했다.12) 이처럼 지괴는 이야기 속에서 또 다른 의미를 찾기보다는 그러한 사실이 있음을 기록해 놓은 데 불과하다. 그러나『신라수이전』소재 애정전기의 경우는 주지하듯이 작품마다 작가의 심각한 문제의식이 배어 있다.13) 「최치원」은 당시 사회의 결혼제도와 신분에 따른 지식인의 고독이 내재되어 있고, 삶과 죽음에 대한 성찰이 심각하게 자리하고 있다. 「수삽석남」과 「호원」, 그리고 「지귀」는 삶과 죽음, 신분의 문제와 함께 애정에 대한 信義가 대두되었다. 이에 있어서는 「조신전」과 「온달」 등도 마찬가지다.

2) 서사장치의 질서

전기문학은 이원론적인 서사체계를 갖고 있다.14) 이러한 이원론적인 서사체

---

12) 朴昭賢, 「魏晋南北朝志怪의 敍事的 特殊性 分析」, 『東亞文化』32輯, 서울대 동아문화연구소, 1994 참고.
13) 이 문제의식에 대해서는 이미 선학들의 지적이 있었고, 박희병의 앞의 책, 같은 곳에서 신의와 지조를 주축으로 언급한 바 있어 참고가 된다.
14) 이러한 서사법칙에 대해서는 필자가 앞에 언급한 「東아시아 傳奇小說의 藝術的 特性

계는 상호 대립 또는 호혜관계를 가지면서 서로간에 질서의 법칙을 유지하고 있다. 전기문학이 현대소설보다 넓은 허구의 범주를 유지하면서 황당한 인식을 해소하고, 독자들을 매료시키는 원인 중의 하나이기도 하다. 전기문학은 불가사의한 세계간의 연결을 시도할 때, 지괴와 같이 아무런 매개체도 없이 넘나드는 일은 없다. 전기의 奇異와 神異는 사건의 매듭을 푸는 역할을 한다. 이때 이러한 사건이 발생하고 세계와 세계를 연결할 때는 반드시 어떤 연결고리를 설정한다. 그 연결고리, 곧 서사적 질서는 우연처럼 개재하여 작품을 형상화하고 있다. 이것은 당시 전기작가들이 이질적인 두 세계를 설정하면서, 그 세계의 특질을 어느 정도 고려해서 작품을 창작했다는 결과로 받아들일 수도 있다.

『신라수이전』도 여타의 전기문학과 같이 이원론적인 서사체계를 갖고 있다. 다른 점이라면 용궁이나 지옥과 같은 異界가 명확히 설정되지 않았다는 것이다. 충분히 그러한 이계를 설정할 여지가 있는데도 불구하고 확대하지 않았다. 「최치원」에서는 어느 정도 나타나지만, 그 세계에 대한 자세한 언급은 없고 상황설정만 했을 뿐이다. 이들 작품에는 현실계와 비현실계, 삶과 죽음, 밤과 낮, 현실과 꿈, 세속시공과 신성시공, 인간과 귀신, 만남과 이별, 행복과 불행, 선과 악, 이승과 저승, 있는 세계와 있어야할 세계 등의 이원론적인 서사장치를 설정해 놓고 있다. 그런데 이들의 서사장치를 잇는 매개체가 어떤 형태로든 나타나고 있다. 설화에서 보여지는 우연이 전기문학에서는 보다 더 적실한 양상으로 나타나고 있다. 물론 이러한 계기가 단순치만은 않다. 작품의 양상에 따라 다르며, 구체적일 때도 있고 상황만 제시하는 경우도 있다. 『신라수이전』에서의 매체 내지는 계기는 꿈·죽음·재생·詩·탑돌이 등으로 나타나고 있다.

「최치원」에서 남녀주인공의 만남은 남주인공 최치원이 쌍녀분의 石門에 詩를 씀으로 인해서다. 최치원이 쓴 시로 인해서 '밤'에 여주인공이 보낸 翠襟이라는 侍婢가 만남을 중개했다. 여주인공이 여귀가 된 것은 원한 때문이었다.

研究」(114~118쪽)라는 논문에서 이미 논의한 바 있다. 본고에서는 이러한 법칙이 후대의 동아시아 전기소설에서만 적용되는 것이 아니라, 초기의 전기문학에도 있음을 밝히고자 하는 것이다. 그래서 그것이 전기문학의 일반화된 장르관습임을 증명하고자 하는 취지에서 거론하는 것이다.

하룻밤을 보내고 새벽이 되어 떠나며 생사의 길이 달라 대낮을 부끄러워한다고 했다. 그러면서 여주인공들은 떠나버렸다. 이 작품에서 여주인공이 남주인공 최치원의 詩에 화답하고 같이 하룻밤을 보낸 것은 그들의 원한해소에 있었다. 민속에서 원한이 맺힌 귀신은 바로 저승으로 가지 못하고 구천을 떠돈다고 한다. 구천을 떠도는 귀신은 그들의 원한을 풀기 위해 이승의 사람에게 의탁하고, 원한이 풀리면 저승으로 가게 된다는 것과 같다. 여기서 인간인 남주인공과 여귀인 여주인공은 분명 다른 세계에 기거하고 있다. 그렇기 때문에 그들이 만나는 시공은 '밤'으로 설정했다. 밤은 일상의 시공이면서 낮과는 대치되는 또 다른 시공이다. 낮이 현실계의 세속시공이라면 밤은 일시적 비현실계의 신성시공일 수 있다. 그리고 밤은 현실계와 비현실계가 함께 있는 세계이다. 그래서 이들은 낮이 아닌 밤에 만났으며, 새벽이 되자 그들이 갈 곳으로 떠났으며, 남주인공은 그들을 따라가지 못하고 현실계에 남게 되었던 것이다. 이때 '낮'은 살아있는 인간이 활동하는 세계이고, '밤'은 귀신이 활동하는 세계이기 때문이다.

「수삽석남」의 남주인공 최항이 여주인공에게 '밤'에 나타나 석남가지를 나누어주었던 것도 「최치원」과 같은 원리이다. 이때 「최치원」의 여주인공과 「수삽석남」의 남주인공은 분명히 죽은 자가 재생의 형태를 빌린 것이다. 「최치원」의 여주인공은 幻生의 형태를 띠었고, 「수삽석남」의 남주인공은 환생을 거쳐 부활의 양상을 보였다. 「수삽석남」의 결말이 희극으로 끝나는 것도 그와 같은 맥락이다. 「최치원」·「지귀」·「호원」은 인간과 귀신·호랑이라는 異類 및 역졸과 여왕이라는 너무나 큰 이질적인 만남이기에 그들의 만남을 지속할 수 없었다. 그러나 「수삽석남」의 남녀주인공은 충분히 극복 가능한 신분의 인간과 인간의 만남으로 구성되었기 때문에 만남의 지속이 가능한 것으로 설정된 것이다.

「지귀」에서는 靈廟寺라는 '사찰'을 만남의 공간으로 했으나 이루어질 수 없는 사랑이었다. 여기서 사찰을 만남의 공간으로 설정한 것은 아주 자연스러운 발상이다. 사찰은 남녀노소 신분고하를 막론하고 누구나 갈 수 있는 곳이다. 여왕이 어떤 남성을 만나도 흠될 것이 없는 곳이다. 그런데 이들의 만남은 결국 파탄으로 이어지고 말았다. 「萬福寺樗蒲記」에서 보여지는 부처의 매개도 없고, 일정기간 만남의 지속도 없었다. 남주인공 지귀는 애타게 바라던 순간에 '깊은 잠'에 빠져버렸고, 그에 대한 아픔으로 마음의 불이 나와 몸(또는 탑)을 불태웠다. 여기서 지귀의 '마음의 불'은 넘을 수 없는 현실적 신분의 문제에 대한 울분이라 할 수 있다. 「만복사저포기」와 같이 대등한 남녀의 관계가 아니었다. 현실적 신분의 문제를 살아서는 해결할 수 없으므로 스스로를 태웠다. 또는 탑을 태웠다. 스스로를 태우든 탑을 태우든 간에 이러한 행위는 사회제도에 대한 강력한 항거이다. 역졸인 지귀와 여왕이라는 신분의 벽은 너무나 컸다. 그것은 사찰이라는 자연스럽고 절대적인 신성공간에서조차도 신분의 벽을 허물 수 없는 것으로 되었다. '깊은 잠'이라는 외부적 횡포가 그들의 자연스런 만남을 저지했다. 지귀가 죽어 火神이 되었던 것은 새로운 세계에서는 그것이 가능하다고 여겼기 때문이다. 그러나 여왕과 같은 상층의 신분을 가진 이들은 현실적 제도를 고수하려고 했고, 설사 상하의 신분이 만났다고 하더라도 상하의 만남을 인정하려고 하지 않았을 것이다. 신라사회의 신분적 모순을 아주 잘 표현한 작품이다. 불교라는 종교자체는 신분의 구분이 없는 곳이다. 또 불교에 귀의하면 현실의 신분은 없어지고 새로 태어나는 것이다. 지귀와 여왕이 사찰에서 만남을 가졌던 것은 그와 같은 의미이다. 그런데 지귀가 갑자기 깊은 잠에 빠졌고, 여왕은 팔찌를 빼어 지귀에게 주었으나, 각자의 길은 달랐다. 여왕은 현실적인 세속시공으로 돌아갔고, 지귀는 신성시공으로 갔다. 이때 지귀는 이미 죽어서 '火神(鬼)'으로 변해 있었다. 지귀가 비록 현실적 신분의 모순에 항거해 보았지만, 도저히 깨뜨릴 수 없는 장벽이었다.

「호원」 역시 異類의 만남이었다. 그렇기 때문에 '밤'에 '탑돌이'를 하다가 만나는 것으로 아주 자연스럽게 처리했다. 그리고 異類인 호랑이가 인간으로 변한 것이니 오래 지속할 수 없었다.

이러한 서사질서는 산 자와 죽은 자, 인간과 異類의 '거처'에서도 나타나고, 등장인물이 신성시공에서 만났다가 이별을 할 때도 지켜지고 있다. 산 자의 주거공간은 이승인 현실계로 설정되었다. 죽은 자의 주거공간은 「최치원」에서는 무덤, 「수삽석남」에서는 棺, 「지귀」에서는 명확치는 않지만 이승과 다른 공간이고, 「호원」에서도 분명하지는 않지만 구분을 시도했다. 그리고 작중 주인공이 만났다가 이별을 할 때, 산 자는 현실계나 현실계와 밀접한 공간으로 갔고, 죽은 자는 비현실계의 공간으로 떠나는 것으로 처리했다. 이것은 산 자와 죽은 자가 같은 공간에서 기거할 수 없다는 당대인의 인식에 따른 것이다. 그래서 「최치원」의 여주인공은 죽은 자이기에 저승으로 떠났고, 남주인공은 산 자이기에 이승으로 돌아왔다. 「지귀」의 남주인공 지귀는 죽어 火神이 되어 어디론가 갔고, 선덕여왕은 사찰이라는 신성시공에서 지귀와 만남을 가진 후 이승으로 돌아왔다. 「호원」의 남주인공 김현은 사찰에서 여주인공 호녀와 만남 후 이승에 머물렀고, 호녀는 죽어서 저승으로 갔다. 그러나 「수삽석남」은 죽었던 남주인공이 소생하는 것으로 처리했기에 둘 다 이승인 현실계에 머물게 되었다.

이처럼 『신라수이전』은 전기문학의 서사질서를 지키고 있다. 그 서사질서는 소설의 발전단계에서 보여지는 이야기 구조의 하나라 할 수 있다. 그 이야기가 단순한 흥미를 넘어 당시 사회의 제 문제를 수용하면서 인간본질의 탐구를 시도하고 있다. 비록 줄거리 위주의 짧은 이야기에 불과하지만, 그 이야기 속에는 인간 내면의 심리적 갈등이 심각하게 그려져 있다. 신라사회의 신분계층구조 속에서 심각하게 대두되었던 신분갈등 양상이 작품의 주조를 이루고 있다. 이것은 그 시대 하층민들의 절대정신을 나타내는 것이다. 따라서 『신라수이전』은 소설의 구비조건을 갖추고 있다. 그것이 비록 완벽하지는 않지만, 소설시대의 서막을 장식한 것은 틀림없는 사실이다. 『신라수이전』에서 보여지는 이러한 서사질서는 현대소설의 사실주의적 치밀성과는 거리가 있다. 그것은 허구의 범주가 이미 다르고 시공에 대한 인식도 오늘날의 차원과는 다르다. 그야말로 오늘날의 시각에서 보면 무질서하며 황당하기까지 하다. 하지만 이러한 무질서 속에 나름의 질서를 확보하고 있는 것이 전기문학이다. 일종의 전기문학적 서사질서라 할 수 있다.

3) 시공세계의 만남

전기문학은 허구의 범주가 현실계와 비현실계를 포괄하므로, 인물의 만남도

두 세계를 넘나들며 사건을 이끌어가고 있다. 이때 두 세계의 인물이 만남을 가질 때는 반드시 그에 적당한 시공이 설정되었다. 이러한 시공은 일상의 시공과는 분명히 다르게 나타난다. 그런데 이러한 시공은 지괴처럼 아무런 근거 없이 갑자기 나타나는 것은 아니다.[15] 등장인물의 '간절한 소망'이나, 그들이 처한 현실이 '한계 상황'에 달했을 때 돌파구로 설정되는 것이다. '있는 세계'인 현실계에서 渴望을 풀 수 없으니, '있어야 할 세계'인 비현실계를 설정한 것이다. 그 실태와 이유를 작품을 통해 보도록 하자.

「수삽석남」에서 남주인공 최항은 애첩을 사랑했으나 부모가 반대해서 暴死하고 말았다. 여기서 부모의 반대는 도저히 거역할 수 없는 현실적 운명이다. 간혹 항거를 한다고 해도 쉽게 바뀔 운명은 아니다. 남주인공 최항이 살고 있는 현실계에서는 어떤 극적인 장면을 연출하지 않는 한 애첩을 만날 수 없었다. 곧 '있는 세계'에서는 최항의 간절한 소망이 이루어질 수 없는 것이다. 부모의 반대에 최항이 폭사했다는 것은 그들이 만남을 얼마나 갈망했는지 알 수 있다. 그래서 최항은 죽음이라는 극한 상황을 맞이했고, 그의 죽음은 '있어야 할 세계'인 일시적 신성시공을 통해 갈망을 실현하는 계기가 되었다. 일종의 통과의례의 죽음인 것이다. 죽은 혼백이 幻生을 해서 애첩을 찾아 신물인 석남 가지를 나누어 꽂았고, 애첩을 주검 앞에 오게 해서 '있는 세계'를 '있어야할 세계'로 바꾸어 놓게 하였다. 이때 최항의 부모와 가족들은 신물과 최항의 소생이라는 神異로움을 맞이하게 되고, 그로 인해 두 주인공의 갈망은 실현되었다. 전기문학에서 이러한 "神異는 작품구성의 요소로서 현실적으로 해결 불가능한 갈등을 푸는 장치"[16]로 활용된다. 죽었던 남주인공 최항과 그의 애첩이 만

---

15) 가령, 「최치원」에 언급된 『수신기』 소재 작품을 보자. 이에는 盧充과 劉晨阮肇의 이야기가 있다. 「盧充幽婚」은 비교적 지괴 중에서 편폭이 길고 이야기 구조가 잘 짜여진 작품이다. 그러나 주인공 노충이 죽은 崔少府의 딸과 만나는 과정에서 '소망'이나 '극한 상황'은 전혀 나타나지 않는다. 노충이 사냥을 나갔다가 화살에 맞아 달아나는 노루를 쫓다가 우연히 비현실계에 도달할 뿐이다. 「劉晨阮肇入天台」의 경우도 전기문학과 같이 소망이나 극한 상황은 전혀 나타나지 않는다. 유신과 완조가 천태산으로 穀皮를 구하려 갔다가 우연히 異界에 들어가 두 여자를 만나 살다가 나와 보니 살던 마을은 영락해 버리고 10세대가 흐른 뒤였다는 것이다. 지괴는 이처럼 비현실계를 체험하던가 비현실계의 인물을 만날 때 아무런 이유가 없이 갑자기 나타난다.

16) 林熒澤, 「羅末麗初의 傳奇文學」, 『韓國文學史의 視覺』(創作과 批評社, 1984), 14쪽.

나 석남가지를 나누어 꽂고, 그것을 현실로 證驗하기까지의 시공은 3차원의 시공에 4차원의 시간을 가한 시공세계였다. 전기문학에서 이러한 시공세계의 만남은 영원히 지속되지 않는다. 남녀주인공의 간절한 소망이 이루어지면 끝난다. 곧, 현실적으로 해결 불가능한 사건이 해결될 때까지만 주어지는 시공이다.

「최치원」은 「수삽석남」과 같은 맥락이나, 만남 이후에 여주인공은 영원한 비현실계로 가고 남주인공은 현실계에 남는 것이 다르게 설정되었다. 이것은 앞서 보았듯이, 生者와 死者의 길이 다르다는 인식에 기인한 것이다. 죽은 자가 幻生을 해서 산 자와 같이 현실계에 머물러 있을 수 없다는 민속적 관념인 것이다. 죽은 자가 바로 저승에 가지 못하고 구천을 떠도는 것은 생시에 원한이 있기 때문이다. 이들은 그 원한을 푸는 기간만 이승에 환생해서 머물 수 있는 것이다. 이 기간 동안은 현실계의 남주인공을 시공세계인 일시적 신성시공에서 만날 수 있는 것이다. 그래서 「최치원」의 여주인공은 그들이 갈망하던 소원을 남주인공 최치원을 만나 이루었다. 그러나 그 소망은 오래 지속할 수 없었다.

> 잠시 후 달이 지고 닭이 울자, 두 여자가 모두 놀라며 공에게 말했다.
> "즐거움이 다하면 슬픔이 오고 이별이 길어지면 만날 날 가까워지지요. 이는 인간세상에서 귀천을 떠나 모두 애달파하는 일인데 하물며 삶과 죽음의 길이 달라 늘 대낮을 부끄러워하고 좋은 시절 헛되이 보냄에랴! 다만 하룻밤의 즐거움을 누리다 이제부터 천년의 길고 긴 한을 품게 되었군요. 처음에 동침의 행운을 기뻐했는데 갑자기 기약 없는 이별을 탄식하게 되었습니다."17)

그 기간은 짧은 하룻밤의 만남이었다. 원인은 생사의 길이 다르기 때문이다. 죽음이라는 극한 상황까지 맞이하면서 간절히 기대했던 소망이 오래 지속되지 못하고 말았다. 마음에 차지 않은 배필을 아버지가 정혼한 데 대해 항거하던 현실계의 원한에 비해 그 만남은 너무나 짧았다. 그러나 하룻밤의 짧은 만

---

17) "小頃, 月落鷄鳴, 二女皆驚, 謂公曰, '樂極悲來, 離長會促, 是人世貴賤同傷, 況乃存沒異途, 昇沈殊路, 每慚白晝, 虛擲芳時, 只應拜一夜之歡, 從此作千秋之恨, 始喜同衾之有幸, 遽嗟破鏡之無期.'(인용문은 김현양 외역, 앞의 책을 따랐음).

남은 작품에서 의미하는 바가 크다. 여주인공은 그 만남을 통해 현실계에서 맺혔던 원한을 풀었고, 남주인공 최치원은 여귀와의 만남을 통해 삶에 대한 새로운 인식의 계기로 작용했다. 이로써 여주인공은 저승으로 갈 수 있었고, 남주인공 최치원은 속세를 떠나 山林과 江海에 묻혀 여생을 보내게 되었다.

「최치원」에서 남녀주인공이 만남을 가졌던 시공세계도 「수삽석남」의 시공과 같은 맥락이다. 현실계에서 자신들의 소원이 좌절되었을 때 느끼는 감정이 소외와 고독감이다. 이러한 감정이 고조되면 새로운 세계를 찾게 된다. 그것이 작품에서는 인간과 여귀의 만남으로 진행되었다. 만나는 장소는 '있는 세계'를 떠나 '있어야할 세계'로 주어졌다. 「최치원」에서 작중인물의 소외와 고독은 작중의 인물에 국한되는 것은 아니다. 곧, "역사적 인물 최치원을 바탕으로 한 작중의 최치원은 개별적 인물이 아니라 당대의 고독한 지식인을 대표하는 일종의 전형적 형상"18)이라 할 것이다. 이러한 형상은 「최치원」 전반에 걸쳐 나타나고 있다. 고독을 해소하기 위해 현실계의 시공과 다른 시공세계의 만남을 설정한 것이다.

「지귀」의 경우도 「최치원」이나 「수삽석남」과 같은 입장에서 볼 수 있다. 남주인공 지귀가 선덕여왕을 향한 애정의 갈망으로 靈廟寺라는 절에서 만남을 언약 받는다. 작품에서는 지귀의 갈망을 "선덕왕의 엄중하고 미려함을 사모하여 근심하고 눈물을 흘려 모습이 초췌해졌다."19)라고 했다. 그 갈망은 결국 지귀의 죽음을 초래했고, 선덕여왕과 지귀가 현실계와 비현실계로 갈라지게 되었다. 이때 지귀와 선덕여왕의 만남은 사찰이라는 신성시공에서 이루어졌다. 지귀의 '깊은 잠'으로 사랑의 결실은 보지 못했지만, 왕이 팔찌를 빼어 지귀의 가슴에 두고 떠났다는 것으로 보아, 둘 사이에는 交歡이 있었음을 짐작할 수 있다. 사찰이 남녀주인공의 密會處로 설정된 것은 아주 자연스런 발상이다. 주지하듯이, 사찰은 남녀노소 신분의 고하를 막론하고 누구나 자연스럽게 왕래할 수 있는 곳이다. 그리고 여왕의 行香이라는 신성행위와 관련된, 세속적

---

18) 김종철, 「서사문학사에서 본 초기소설의 성립문제」, 『古小說研究論叢』(茶谷 李樹鳳 先生 回甲紀念論叢 刊行委員會, 1988), 190쪽.
19) 慕善德王之端嚴美麗, 愁憂涕泣, 形容憔悴.

인 시공과 隔絶된 聖域이었다.[20] 그 같은 성역에서 만난 주인공은 어느 정도 갈망을 해소했으나, 신분의 격차라는 현실적 운명으로 인해 만남의 지속을 가져올 수 없었다. 그러나 지귀와 선덕여왕이 역졸과 왕이라는 신분격차에도 불구하고 일시적 만남을 가질 수 있었던 것은 시공세계를 설정했기에 가능한 것이다.

「호원」은 남주인공 金現과 여주인공 虎女가 興輪寺의 殿塔을 도는 福會를 하다가 만나는 것으로 설정된 작품이다. 탑돌이는 절에서 탑을 돌면서 부처님의 공덕을 찬미하고 제각기 소원을 비는 불교행사였다. 남주인공 김현은 밤이 깊도록 혼자서 쉬지 않고 탑돌이를 했고, 여주인공 호녀도 염불을 외면서 탑을 돌았다. 이로 보아 김현과 호녀의 애정에 대한 갈망이 대단했음을 볼 수 있다. 여기서 전탑은 역시 신성시공이고, 탑돌이는 소원을 비는 종교적 신성행위였다. 신성행위를 하는 순간에 현실의 소망이 이루어진 것이다. 그러나 「최치원」이나 「지귀」와 마찬가지로 만남을 오래 지속할 수 없었다. 김현과 호녀는 탑돌이라는 아주 자연스러운 종교적이며 민속적인 행위 중에 만났지만, 異類라는 장벽이 가로막고 있었다. 그것은 운명이었다. 그래서 이들은 결국 운명을 스스로 받아들여 현실계와 비현실계로 떠나야 했다. 현실계에서 인간과 호랑이가 만나 애정을 나눈다는 것은 있을 수 없는 일이다. 그래서 밤에 탑돌이를 하는 신성시공을 설정했고, 그 신성시공은 시공세계였다.

이처럼 『신라수이전』 소재 전기문학의 인물은 현실적인 갈망을 비현실계에서 성취하고 있었다. 그리고 현실계와 비현실계를 넘나들면서 만남을 가지고 있었다. 이렇게 두 세계를 통해 만남을 가질 수 있었던 원인은 서사범주가 넓게 설정되었기 때문이다. 그리고 등장인물의 갈등 양상으로 보아 현실계에서는 이루어질 수 없는 문제들이었다. 대부분 신분의 차이 내지는 제도상의 문제가 주종을 이루므로, 神異로운 새로운 시공을 설정하지 않고서는 문제를 해결할 수 없는 것이다. 이들 인물이 처한 상황은 한계 상황이었고, 너무나 간절한 소망을 담고 있었다. 그것이 현실계에서는 도저히 이루어질 수 없으므로 비현실계의 시공을 택한 것이다. 여기서 비현실계는 『금오신화』의 「남염부주지」·

―――――――――

20) 黃浿江, 「志鬼說話小考」, 『新羅佛敎說話硏究』(一志社, 1972), 349쪽.

「용궁부연록」·「취유부벽정기」와 같이 명확히 異界를 설정한 것도 아니다. 마치 「만복사저포기」와 「이생규장전」에서 나타나는 일시적 신성시공과 같다. 이러한 시공은 영원성이 존재하지 않는다. 현실계의 인물이 어떤 문제에 봉착했을 때, 그 문제를 해결하기 위해 일시적으로 만들어지는 신성시공이다. 이 시공은 현실계와 밀접한 관련을 가진다. 인간이 비인간과 만날 수 있고, 현실에서 해결 불가능한 사건을 해결할 수 있으며, 현실계와 비현실계가 공유하는 시공이다. 그러나 그곳은 분명 세속시공과는 거리가 멀다. 山祭나 天祭 등을 행할 때 주어지는 시공개념과 비슷한 양상이다.『신라수이전』소재 전기문학의 인물이 현실에서 해결 불가능한 사건이 발생했을 때, 그 해결방안으로 神異와 시공세계를 활용했었다. 기도불사를 행할 때도 개인에게 어떤 문제가 있을 때 그것을 해결하기 위함이다.

4) 현실과 비현실의 갈등

전기문학에서 현실과 비현실의 갈등은 등장인물의 '삶의 방식에 대한 가치태도와 삶의 조건에 대한 관점'[21)]에서 비롯된다. 이것은 '어떻게', '어떤 곳'에서 살 것인가 하는 아주 일반적인 인간의 물음이다. 그러나 그것이 간단한 물음만은 아니다. 그것은 등장인물의 인생관과 당시 사회적이며 역사적인 현실과 깊은 관련이 있기 때문이다.

현실계에서 전기문학의 인물은 상당히 적극적이고 가치 지향적이며 극한적인 반면에 그들은 운명을 극복하지는 못한다. 그들의 갈등은 바로 이곳에서 발생한다. 적극적이고 가치 지향적이며 극한적인 것은 전기적 인물의 공통적 특성이다. 운명에 대한 인식도 마찬가지다. 이러한 특성으로 인해 전기문학의 서사범주가 보다 확대되며, '죽음 이후'까지 그들의 삶이 포함되는 허구가 성립된다. 이러한 요소는 작중인물이 '어떻게', '어떤 곳'에서 살 것인가 하는 물음과 직결된다. 「최치원」의 여주인공은 재력보다는 어진 이를 남편으로 맞고자 했다. 그래서 부모의 정혼에 반대하고 급기야 죽음에 이르렀다. 죽어서도

---

21) 박희병, 앞의 책, 54쪽.

그들의 뜻을 굽히지 않고 남주인공 최치원을 만났다. 살아서는 그들의 의지를 관철할 수 없었다. 부모의 정혼이라는 거역할 수 없는 현실적 운명이 그들의 가치를 인정하지 않았기에 죽음이라는 극한 상황을 택한 것이다. 그 항거가 심히 적극적임을 알 수 있다. 남주인공 최치원도 여주인공이 여귀임을 알면서도 오히려 적극적으로 만남을 이끌었다. 그리고 여귀를 만난 후 삶의 가치를 새롭게 깨닫고 현실의 부귀영화를 뿌리치고 일종의 은거를 했던 것이다. 현실적으로 그것이 불가능해서일 수도 있지만, 한편으로는 운명에 대해 극복하지 못한 결과이기도 하다. 「수삽석남」의 남주인공 최항도 「최치원」의 여주인공과 비슷한 입장이다. 그러나 「수삽석남」에서는 죽음이라는 통과의례를 거쳐 현실계에서 현실의 운명을 극복할 수 있었다. 이점은 『신라수이전』의 여타 작품들과 다른 면이다. 현실적 운명인 부모의 반대를 살아서 이룰 수 없으니, 죽음을 택했던 것이다. 그런데 그 죽음이 영원한 죽음이 아닌 소생으로 처리해서 현실적 운명을 극복한 것이다. 죽기 전의 상황은 「최치원」의 여주인공과 다를 바가 없는 것이다. 「수삽석남」의 여주인공도 남주인공의 죽음을 알고 통곡하며 같이 죽으려 했다는 것은 남주인공 최항과 같은 입장에서 봐야 한다. 「지귀」에서도 남주인공 지귀가 선덕여왕과의 사랑이 불가능한 일임을 알았을 것이다. 여왕의 입장에서도 현실적으로 역졸과 사랑을 나눈다는 것은 불가능한 일이었다. 결국 그 둘의 만남이 아름다운 로맨스로 끝나지 못하고 이별을 했지만, 만나서 자신의 팔찌를 빼어 잠든 지귀에게 주었고, 지귀는 이룰 수 없는 현실적 제도에 자신의 몸을 태우며 끝까지 저항했다. 그러나 그들은 현실적 운명을 끝내 극복하지 목하고 말았다. 「호원」의 경우도 김현과 호녀는 적극적이며 가치 지향적이고 극한적인 반면에, 결국 현실적 운명을 극복할 수 없었다. 김현이 탑돌이를 하다가 호녀를 만나 곧바로 동침을 하고, 처녀가 異類인 호랑이임을 알면서도 만남을 지속하고자 했다. 여주인공 호녀는 자신의 죽음을 팔아 김현을 성공시키고자할 정도였다. 그러나 이들은 모두 현실적 운명의 장벽에 부딪쳤고, 그것을 현실계에서는 이룰 수 없었다. 이로 인해 그들은 자신의 소망과 가치를 이루기 위해 죽음이라는 상황을 맞이했던 것이다. 이것은 주인공의 가치와 사회적 가치의 상반에서 발생한 것이다.

여기에서 전기문학의 가장 두드러진 특징인 현실과 비현실의 문제가 초래
되고, 주인공은 갈등을 하는 것이다. 이러한 현실과 비현실은 시공관에 따른
세계에 대한 인식일 수도 있으나, 작중인물이 갖고 있는 가치관과 그 가치관에
맞서는 세계의 횡포일 수도 있다. 작중인물의 입장에서는 자신의 내면적 가치
가 외부적 가치보다 우선한다. 그렇기 때문에 작중인물은 그것이 얼마든지 실
현 가능하다고 보고 있다. 그러나 부모의 반대나 사회의 제도는 작중인물의
개인적 가치를 인정하려고 하지 않는다. 이 과정에서 작중인물과 외부의 가치
를 어느 한 쪽으로 편향시키거나 일치시키려는 데서 갈등이 초래한다. 다시
말해서 '있는 세계'인 현실과 '있어야할 세계'인 비현실을 합일하려는 과정에
서 문제의 갈등을 유발시키는 것이다. 『신라수이전』 소재 전기문학에서 보여
지는 부모의 반대나 신분과 같은 사회적 제도는 '있는 세계'인 현실이고, 작중
인물이 추구하는 가치는 '있어야 할 세계'인 비현실이 되는 것이다. 이때 두
세계는 팽팽한 긴장을 유지하면서 자신의 입장을 고수하려고 한다. 요즘 말하
는 기성세대와 신세대의 가치 대립과도 유사한 상황이다. 『신라수이전』에서
이러한 두 세대간의 대립은 가치의 문제에서 시공의 문제로 나아간다. 작중
주인공의 입장에서 보면 현실계는 비리와 모순과 불합리가 가득한 세계이다.
사회적 모순이 그들의 의식과 행위를 통제하여 풀려날 길이 없다. 그래서 이들
은 그러한 모순이 제거된 현실을 바라거나, 전혀 새로운 세계를 추구하게 되는
것이다. 이때 발생하는 것이 현실계와 비현실계라는 두 시공적 세계이다. 「홍
길동전」과 「허생전」 등에서 이상적 시공으로 설정한 율도국과 무인공도와 같
은 착상이다. 그런데 전기문학에서는 율도국과 같은 이상향의 공간이라기보다
는 인간과 鬼 또는 神이라는 매체를 우선한다. 인간과 鬼 또는 神은 아주 밀접
한 관계에 있다. 밀접하면서 이질적인 모습을 보이는 것이 또한 그들이기도
하다. 그들은 분명 구분된 세계에 기거하며, 神의 통제를 강력하게 받고 있다.
그러나 『신라수이전』 소재 작품에서는 異界의 神은 구체적으로 형상화하지
않았다. 「호원」에서 호녀의 오빠들에 대해 징계를 내리겠다는 소唱이 있을 때
도 모습은 보이지 않고 소리만 들렸다.[22] 「최치원」에서는 여주인공의 원한에

---

22) 時有天唱, 爾輩嗜害物命尤多, 宜誅一以徵惡.

비하면 더 오래 만남을 가질 수 있었으나, 하룻밤에 그치고 말았다. 구체적으로 표현되지는 않았지만, 신의 통제를 받고 있었던 것이다. 역시 「수삽석남」과 「지귀」에서도 異界와 그곳을 관장하는 神은 기술되지 않고 있다. 「원광」은 비록 다른 작품에 비해서 구체화하고 있으나, 여우의 형상을 빌려 기술하고 있으며, 원광의 신이한 행적을 위해 설정하고 있을 따름이다.

　현실과 비현실의 갈등은 삶의 가치와 운명, 현실계와 비현실계라는 시공 외에도 인간과 비인간의 만남에서도 나타난다. 몇 가지 예를 들어본다.

이름을 숨기는 것을 이상하게 여기지 마십시오.	莫怪藏姓名
외로운 혼백이 세속의 사람을 두려워하는 것입니다.	孤魂畏俗人
본심을 말하려 하니	欲將心事說
잠시 가까이할 수 있게 해 주십시오.	能許暫相親

파랑새가 뜻밖의 일을 알려주어	靑鳥無端報事由
그리움에 두 줄기 눈물 흐르네.	暫時相憶淚雙流
오늘 밤 선녀 같은 그대들을 만나지 못한다면	今宵若不逢仙質
남은 인생 땅 속으로 들어가 구하리.	判卻殘生入地求

　이 인용문은 「최치원」에서 남녀주인공이 만나기 전에 취금이라는 侍婢를 통해 주고받은 詩 끝부분에 부언한 내용이다. 위의 것은 여주인공의 것이고, 아래의 것은 남주인공의 것이다. 이때 남녀주인공은 현세의 인간과 유계의 여귀임을 알고 있었다. 여귀가 되어 인간과 만나는 것이 떳떳하지는 않은 듯하다. 성명을 숨기고 俗人이 알까 두려워하고 있다. 그러나 만남에 대한 기대가 인간과 비인간의 장벽을 개의치 않고 있다. 뒤에 여주인공이 죽은 내력을 말하는 대목 끝 부분에서 다음과 같이 말했다.

　저희들은 매번 남편감을 바꿔달라고 하고 마음에 차지 않았다가 울적한 마음이 맺혀 풀기 어렵게 되고 급기야 요절하게 되었습니다. 어진 사람 만나기를 바랄 뿐이오니 그대는 혐의를 두지 마십시오.[23]

九泉을 떠도는 孤魂이 인간에게 화를 끼칠까 염려하지 말라는 의미라 하겠
다. 오직 어진 이를 만나겠다는 일념이 산 자와 죽은 자의 사이를 좁히고 있다.
아울러 살아 있을 때의 원한을 남주인공을 통해 풀려는 마음도 함께 있다. 이
에 최치원의 시에서 보듯이 남주인공 최치원의 절박한 심정과 맞물려 만남을
이루게 되었다. 최치원은 죽음까지도 생각할 정도로 그 심정이 절박했다. 비록
인간과 여귀의 만남이라 갈등이 전제되었을지라도 절대고독의 상황과 그 마
음을 알아 줄 수 있는 여건의 조성으로 그들의 갈등은 쉽게 해결되었다.

> "처음에 저는 낭군이 저희 족속을 찾아오시는 것이 부끄러워서 사양하고
> 거절했습니다. 지금은 이미 숨길 것이 없으니, 감히 진심을 말씀드리겠습니
> 다. 또 저와 낭군은 비록 유(類)가 다르다고는 하지만 하루 저녁의 기쁨을
> 얻어 중한 부부의 의를 맺었습니다."…… "사람이 사람과 짝함은 인륜의 도
> 이지만 유(類)가 다른 데도 사귀는 것은 대개 떳떳한 일이 아닙니다. 그러나
> 이미 잘 지냈으니 진실로 천행(天幸)입니다. 어찌 차마 배필의 죽음을 팔아
> 벼슬을 바랄 수 있겠습니까?"24)

인용문은 「김현감호」의 일부이다. 김현과 호녀는 둘 다 異類에 대한 갈등을
하고 있었다. 인간과 호랑이가 동침을 하고 부부의 인연을 맺는다는 것은 불가
능한 일이다. 작품 해석상 인간과 호랑이는 신분의 문제로 귀결되지만, 인간과
호랑이는 작중인물의 설정이므로 작중에서 갈등의 양상을 인정해야 한다. 그
러나 이러한 갈등은 수사상의 문제이므로 크게 중요시할 것은 아니라 본다.
또한, 이러한 갈등은 인간의 문제에서 발생하고, 인간의 입장에서 귀결된다.
현실계의 인물이 비현실계를 편력할 때도 마찬가지이다. 이것은 작가의 창작
의도와도 밀접한 관련을 맺으며, 독자에 대한 배려일 수도 있다. 인간의 고독
과 소외 및 격절은 욕구와 소망의 좌절, 진실의 부정 등에서 발생한다. 이때
이러한 제 요소가 현실에서 극복되거나 풀리지 않을 때 느끼는 인간의 감정이

---

23) 姊妹每說移夫, 未滿于心, 鬱結難伸, 遠至夭亡. 所冀仁賢, 勿萌猜嫌.
24) "始吾耻君子之辱臨弊族, 故辭禁爾. 今旣無隱, 敢布腹心, 且賤妾之於郎君, 雖曰非類, 得
    陪一夕之歡, 義重結褵之好."……"人友人, 彛倫之道, 異類而交, 盖非常也. 旣得從容, 固
    多天幸. 何可忍賣於伉儷之死, 僥倖一世之爵祿乎?"

소외와 고독과 격절감이다. 이러한 감정은 닫힌 세계에서 더욱 고조되지만, 열린 세계로 바꾸면 해결될 수 있다. 독자는 작품을 읽으면서 등장인물과 자신의 입장을 일치시켜 볼 것이다. 이때 등장인물이 현실적 운명에 부딪혀 갈등을 겪다가 세계를 넓힘으로써 해결을 보았을 때, 독자들은 세계에 대한 인식을 새롭게 할 수 있다. 『신라수이전』이 애정전기를 통해 애정과 신분을 문제삼은 것은 작가의 의도와 깊은 관련이 있다. 『신라수이전』의 작가가 육두품 출신이라는 것은 학계에서 일반화된 사실이다. 이들이 작품에서 애정과 신분을 결부시킨 것은 신라시대의 보편적인 사회 역사적 문제를 부각시킨 것이다. 하층민이 느끼는 일반적인 사회문제이다. 이로써 작가는 작품을 통해 신분의 제약으로 애정이 성취될 수 없을 때, 세계인식을 넓힘으로써 얼마든지 극복할 수 있다는 믿음을 독자들에게 인식시킬 수 있었다. 작가와 독자들은 작품을 통해 스스로를 반성해 볼 수 있다. 이때 현실계의 문제를 비현실계에서 해결하는 것은 비현실계의 존재여부가 아니라, 인간의 인식에 대한 문제인 것이다. 작가는 그러한 목적에서 작품을 창작했고, 작가 스스로 뿐 아니라 독자들도 비현실계의 설정을 통해 위로 받을 수 있었을 것이다. 지괴에서는 현실과 비현실의 갈등이 없고, 인간의 문제에 대한 것이 아닌 幽界의 지식 정보 전달이며, 작가는 그러한 사실이 있음을 주장할 따름이다. 설사 있다고 하더라도 전기문학과 같이 삶에 대한 가치를 진지하게 모색하는 차원과는 다르다. 전기문학의 비현실적 요소는 사건해결과 긴밀히 연관되며, 작품구성과 탄탄한 유기성을 지니고 있다. 인간의 문제를 현실의 존재차원에서는 풀 수 없으니, 비현실의 존재를 끌어들이는 것이다. 이때 전기문학의 비현실적 요소는 관념과 실재를 함께 내포하고 있다. 이것은 고대인의 인식이며 종교적 내세관과도 연결된다. 아울러 전기문학의 특성이며 서사범주 및 기법이기도 하다. 인간 삶의 탐구가 『신라수이전』 소재 작품에서 진지하게 모색되었다는 것은 중요한 의미를 가진다. 『신라수이전』의 몇몇 작품에서 고독한 인물 및 신분에 대한 갈등이 삶의 방식과 조건에 대한 가치로 탐색되었다는 것이다. 이것은 그 서술방식이 지괴에서 소설로 이행되고 있다는 근거이다.

이처럼 『신라수이전』에서는 현실과 비현실이라는 상황에서 그 인물의 갈등이 나타났다. 그 갈등은 현실의 사회 및 역사적 상황을 바탕으로 한 인간 내면의 가치에 대한 것이었다. 이들 작품에 인간의 삶에 대한 성찰이 진지하게 반영되었다는 것은 소설의 발생 및 발전단계와 긴밀한 연관성을 유지하고 있다. 존재론적인 삶의 방식과 조건이 작품을 통해 새로운 삶의 방식과 조건을 모색하고 있었다. 시대가 변하고 새로운 국면이 닥치면, 그에 따라 삶의 방식과 조건이 바뀐다. 이것은 삶의 가치와 직결되는 것이다. 「최치원」에서 여주인공의 아버지는 富와 사치에 삶의 가치를 두었고, 여주인공은 어진 사람을 남편감으로 택했듯이, 그들의 삶의 가치는 상반된 것이었다. 이렇듯 『신라수이전』의 작가는 지괴에서 보여지던 단순한 사실의 전달과 주장에서 벗어나 그 시대와 역사의 현실을 작품에 반영하였다. 그리고 작품에 등장하는 인물이 주어진 삶에 대해 심각하게 대처하고, 내면적인 심리적 갈등을 보인다는 것은 중요한 문제이다. 곧 『신라수이전』의 작가가 이미 소설의 서술방식에 접근해 가고 있었다는 의미이다. 어쩌면 「최치원」의 경우, 최치원이라는 역사적 인물의 傳記的 성격이 짙으며, 전설적 증거물을 제시하는 면 외에는 전기소설과 다를 바가 없다.[25] 세밀한 묘사와 사건의 전개에 있어서는 후대의 전기소설에 뒤지지 않는 작품이다.

5) 세계인식과 가치지향

『신라수이전』의 서사범주는 일상적으로 인지할 수 있는 세계와 인지할 수 없는 세계까지 설정하였다. 현실계와 비현실계가 함께 있는 것이다. 현실계의 인물이 비현실계를 출입할 때는 반드시 서사장치를 설정했으며, 그 서사장치는 꼭 지켜지고 있었다. 이것은 전기문학의 서사적 질서이며, 당대인의 인식에 관한 것이었다. 그리고 등장인물이 현실의 문제를 해결하고자 할 때 비현실계가 설정되며, 그것은 등장인물의 간절한 소망이나 해결 불가능한 현실의 문제가 한계상황에 처했을 때였다. 이때 설정되는 시공세계에서는 만남이 지속되지 못했다. 소망이나 문제가 해결되면 바로 폐쇄됐다. 아울러 등장인물들은 삶

---

25) 拙稿, 「『新羅殊異傳』 所載 愛情傳奇의 死生觀」, 앞의 논문, 47쪽.

의 방식과 조건에 대해 진지한 자세를 보이며, 현실과 비현실의 갈등이 짙게 나타났다.

이러한 면이 『신라수이전』에 있는 것은 당대인의 세계에 대한 인식과 더 나은 삶을 추구하고자 하는 가치지향에 있다고 판단된다. 「최치원」에서 여주인공이 자신들의 과거를 말하는 대목에서 혐의를 두지 말라고 하자, 남주인공 최치원은 "옥 같은 소리 뚜렷한데 어찌 혐의를 두겠습니까?"[26]라고 했다. 앞뒤 문맥으로 보아 남주인공 최치원은 분명 女鬼임을 알고 있었는데도 개의치 않고 있었다. 그리고 남녀주인공이 머무는 세계가 다름을 알고 있었다.

> 치원이 술을 권하며 두 여자에게 말했다.
> "세속의 맛을 세상 밖의 사람에게 드릴 수 있는지요?"
> 붉은 치마의 여자가 말했다.
> "먹지 않고 마시지 않아도 배고프지 않고 목마르지 않습니다. 그러나 다행히 아름다운 사람을 만나 좋은 술을 먹게 되었는데 어찌 함부로 사양하고 거스를 수 있겠습니까?"[27]

이처럼 분명히 다른 세상의 인물임을 알고 있었고, 그 세상은 인간세상과 다른 곳이었다. 그러나 인간과 같이 먹고 마시고 노래하고 시를 짓고 잠자리를 같이 할 수 있는 것으로 서술되었다. 하지만, 언제나 원한다고 인간과 여귀가 만나 같이 할 수 있는 것은 아니었다. 九娘이 읊은 詩에 "둥근 빛 삼경(三更)너머 점점 밝아오는데, 한번 바라보니 이별 근심에 가슴만 상하는구나."[28]라 했고, 八娘은 "인간세상과 멀리 떨어져 애가 끊어질 듯, 지하의 외로운 잠에 한(恨)은 끝도 없어라."[29]라고 했다. 그들이 머물 수 있는 세계는 이승과 다른 곳이었다. 밤이라는 특별한 시공에서는 만남을 가질 수 있으나, 아침이 되면 떠나야 하는 인간세상과 떨어져 있는 지하의 세계이다. 그것은 "삶과 죽음의 길

---

26) 致遠曰, 玉音昭然, 豈有猜慮.
27) 致遠將進酒, 謂二女曰, 不知, 俗中之味可獻物外之人乎. 紫裙者曰, 不飡不飮, 無飢無渴, 然幸接瓊姿, 得逢瓊液, 豈敢辭違.
28) 九娘曰, 圓輝漸皎三更外, 離思偏傷一望中.
29) 八娘曰, 人間遠別腸堪斷, 泉下孤眠恨莫窮.

이 달라 늘 대낮을 부끄러워"30)하는 죽음이후의 세계이기 때문이다. 『신라수이전』의 작중인물은 이렇게 이질적인 세계가 서로 합일하고 또 떨어질 수 있다는 인식을 관념으로만 여긴 것이 아니라, 실재한다고 믿고 있었다.31) 남주인공 최치원이 여주인공과 헤어진 다음 날 무덤 가에 가서 자신을 위로하여 지은 長詩에 다음과 같은 구절이 있다.

새벽녘 난새와 학은 각각 동서로 흩어지고,	曉天鸞鶴各西東
홀로 앉아 꿈인가 여겨보네.	獨坐思量疑夢中
깊이 생각하여 꿈인가 하나 꿈은 아니라,	沈思疑夢又非夢
시름겨워 푸른 하늘에 떠도는 아침 구름 마주대하네.	愁對朝雲歸碧空
말은 길게 울며 가야할 길 바라보나,	匹馬長嘶望行路
광생은 오히려 다시 버려진 무덤 찾았도다.	狂生猶再尋遺墓
버선발 고운 먼지 속으로 걸어나오지 않고,	不逢羅襪步芳塵
아침 이슬에 흐느끼는 꽃가지만 보았네.	但見花枝泣朝露
창자 끊어질 듯 머리 자주 돌리나,	腸欲斷首頻回
저승문 적막하니 누가 열리오.	泉戶寂廖誰爲開
……	
인간세상의 일 수심이 끝이 없구나,	人間事愁殺人
비로소 통하는 길을 들었는데 또 나루를 잃었도다.	始聞達路又迷津

남주인공 최치원이 人鬼交歡을 한 것이 '꿈인가 여겨봤으나 꿈은 아니라'고 했다. 그래서 다음날 아침 여주인공의 부탁과 같이 여주인공의 무덤을 다시 찾았다. 그러나 그곳은 현실계의 인물이 원한다고 해서 아무 때나 갈 수 있는 곳은 아니었다. 그곳은 잠시나마 현실의 고통을 잊을 수 있는 일시적인 신성시공이었다. 현실적으로 불가능하다고 인식되는 세계였지만 엄연히 존재하는 세계였고, 영원히 주어지는 세계가 아니고 일시적으로 주어지는 세계였다. 주인공의 소망이 극에 달했을 때 일시적으로 원망충족을 할 수 있는 곳이다. 소망

---

30) 況乃存沒異途, 昇沈殊路, 每慚白晝.
31) 拙稿, 「東아시아 傳奇小說의 藝術的 特性 硏究」, 앞의 논문, 153~165쪽. 참고.; 박희병, 앞의 책, 160~171쪽.

이 극에 달했다는 것은 삶의 조건이 충족되지 않았다는 것이며, 그것은 곧 현실의 문제와 갈등을 빚어 고통스런 삶임을 의미하는 것이다. 이때 그들에게 관념과 실재가 일치하는 세계가 주어졌다. 우리는 일상적으로 이러한 神異로운 현상을 幻想이라 이야기하고 있다. 이럴 때 幻想은 있을 것 같지 않은 허구로써 관념으로만 가능하다. 종교에서 이상향으로 설정한 세계가 믿음의 차원에서 실재하듯이, 전기문학의 幻想세계는 실재로서 주어진다. 그리고 이러한 환상세계는 전기작가들이 삶의 진실을 포착하기 위한 서술기법이기도 하다. 예를 들면, 그 진실은 위의 인용문 마지막 구절에서 명쾌하게 밝히고 있다. 최치원은 인간세상의 수심을 세계에 대한 인식을 넓힘으로써 일시적으로 풀 수 있었다. 그러나 하나의 수심이 풀리면 또 다른 수심이 오는 것이다. 그래서 최치원은 '비로소 통하는 길을 들었는데 또 나루를 잃었다'라고 개탄한 것이다. 끝없이 반복되는 인간 삶의 진실을 말한 것이다.

> 우물안 개구리는 바다를 의심하고, 여름철 벌레는 얼음을 의심한다는 것은 보는 것이 국한 되었기 때문이다. 그러나 세상에 군자란 자도 매양 사물의 변화가 조금 이상하게된 것을 들으면 문득 배척하고 믿지 않으면서, "세상에 어찌 이러한 이치가 있으리요"한다. 천지가 커서 없는 물건이 없는 줄은 모르고, 제 소견에 통하지 않는 것은 일체 없는 것을 속인다 하니 어찌 그리 고루한가.[32)]

이것은 張維의 『谿谷漫筆』에 있는 내용의 일부이다. 神異로운 세계를 바라보는 태도를 나타냈다. 우리가 비사실적·비현실적이라 말하는 것은 소견의 좁음에서 나오는 것이다. 인식과 존재차원을 달리하면 환상은 실재로 될 수 있다는 것이다.

干寶가 『수신기』를 저작한 동기를 보면, 환상에 대한 실재가 더욱 명백해진다.

---

32)『谿谷漫筆』卷之二. 井蛙疑海, 夏虫疑氷, 所見之局也. 然世之君子, 每聞物理事變稍涉異常者, 輒斥之不信, 日世豈有此理, 不知天地大矣, 無物不有分, 以已見所未達, 而一切誣之爲無, 何其陋也.

보의 아버지가 예전에 사랑하던 시비가 있었다. 어머니가 심히 투기하여, 아버지가 죽으니 어머니는 시비를 묘에 산채로 묻었다. 보의 형제가 나이가 어려 그를 살피지 못했다. 10년 후 어머니 상을 당해 묘를 파헤치니 시비가 관에 엎드려 살아 있었다. 집에 싣고 돌아와서 몇 일이 지나자 곧 소생했다. 아버지와 항상 음식을 같이 했고, 은정이 살아서와 같았다고 했다. 집안에 있는 길흉을 말하는 데 생각해보니 모두 증험 되었다. 땅속 또한 나쁘지는 않다고 했다. 이미 시집가서 아들을 낳았다고 했다. 또 보의 형이 일찍 병으로 기절했는데 몇 일이 지나도 몸이 차가워지지 않더니 나중에 드디어 깨어났다고 했다. 천지간 귀신의 일을 보고 꿈 같음을 깨달아 스스로 죽은 것을 알지 못했다고 했다. 보가 이에 고금의 신기하고 영이한 인물의 변화를 모아 『수신기』라 했다.33)

이것은 『晉書』 卷八十二에 실려있는 「干寶傳」의 일부이다. 간보가 『수신기』를 저작하게 된 내력이 명백하게 나타나 있다. 우리가 보기에는 도저히 믿을 수 없는 이야기이지만, 간보는 이것을 직접 경험하고 확신을 가졌던 것 같다. 본인이 직접 보고 들은 것만큼 확실한 것은 없을 것이다. 그래서 간보는 세상의 기이한 이야기나 幽界의 일들을 사실이라고 주장했던 것이다. 幻想이라고 여겼던 일들이 실체를 나타냈던 것이다.

그러나 『수신기』의 여러 이야기에서 보듯이 지괴는 작가의 창작의도에 있어 전기문학과는 다르다. 전기문학은 지괴에서 보여지는 半信半疑의 이야기를 빌려 작가의 진실을 의도적으로 나타냈다. 『신라수이전』에서 보듯이 부모의 반대나 신분제도에 대한 현실적 모순을 일깨우고, 고독과 고통으로 얼룩진 독자들에게 행복한 새로운 세계가 있어 그들의 불행한 삶을 보상해 줄 것이라는 기대를 심어주고자 했다. 瞿佑의 『剪燈新話』 自序에서 "善을 권장하고 惡을 징벌하여 곤궁한 자를 애련히 여기며 억눌린 자를 가엾어한다."34)라고 한 것도

---

33) 寶父先有所寵侍婢, 母甚妬忌, 及父亡, 母乃生推婢于墓中, 不之審也. 後十餘年, 母喪, 開墓, 而婢伏棺如生, 載還, 經日乃蘇. 言其父常取飲食與之, 恩情如生. 在家中吉凶輒語之, 考校悉驗, 地中亦不覺爲惡. 旣而嫁之, 生子. 又寶兄嘗病氣絶, 積日不冷, 後遂悟, 云見天地間鬼神事, 如夢覺, 不自知死. 寶以此遂撰集古今神祇靈異人物變化, 名爲搜神記 (『搜神記』, 앞의 책, 783~784쪽).

34) 『剪燈新話句解』上. 瞿佑自序. 莫之惑補而勸善懲惡哀窮悼屈.

그와 같은 의미이다. 金時習도 「題剪燈新話後」에서 "눈을 뜨고 한 편만 읽어도 이를 열어 웃을만 하니, 내 평생 뭉친 가슴 쓸어 없애 주는구나."[35]하고 소감을 밝혔다. 아울러 淺井了意는 『伽婢子』 自序에서 "음양오행과 천지의 조화를 확대해서 헤아리고자 하는 幽遠한 지혜가 있다."[36]라고 해서 전기소설의 가치를 일컫고 있다. 전기문학에 대한 이 같은 이해는 『신라수이전』을 어떻게 읽을 것인가 하는 방법을 제공해 준다. 또한 작가의 창작의도를 볼 수 있는 내용이다. 현실계 밖에 또 다른 세계가 있으며, 그 세계는 현실계의 모순이나 불합리한 면을 제거하고 합리적으로 이끌어 가는 세계이다. 그 세계는 소망을 성취할 수 있는 세계이다. 『신라수이전』의 등장인물이 한결같이 현실계의 문제를 비현실계에서 풀었던 것은 그와 같은 이유에 있었다.

> 인간이 경험을 축적하여 설정한 저승의 세계는. 죽음의 공포로부터 벗어나 소원을 성취하기 위한 인간의 의지가 닿는 공간이고, 인간의 꿈이 이승의 세계에서 실현될 수 있는 가능성을 제공하는 공간이기도 하다. 인간은 저승의 공간을 확인함으로써 이승의 공간에서 삶을 삶답게 하려는 인간의 의지가 담겨 있다.[37]

이것은 堂神話의 他界觀을 고찰하면서 他界 곧, 비현실계에 대한 인간의 관점을 말한 것이다. 『신라수이전』에 현실계와 비현실계를 함께 설정해 놓고 현실계의 갈등을 비현실계에서 풀었던 것은 이와 같은 맥락이라 할 수 있다.

그런데 현실계와 비현실계를 언제나 왕래할 수 있는 것은 아니다. 닫힌 세계가 열린 세계로 될 때는 그에 상응하는 인간의 문제가 있을 때이다. 그것은 절대고독과 원한 및 현실의 운명 등이었다. 궁하면 통한다는 말과 같이 한계상황에 도달했을 때 새로운 세계를 보았고, 작중인물은 새로운 세계의 진입을 망설이지 않았다. 그래서 그토록 바라던 현실의 소망을 이룰 수 있었다. 그것

---

35) 『梅月堂集』 詩集 第4卷. 眼開一篇足啓齒, 蕩我平生磊塊臆.
36) 『伽婢子』 淺井了意 自序. 陰陽五行, 天地の造化は擴大にして測がたく, 幽遠にして知がたし.
37) 표인주, 「堂神話에 반영된 남도인의 他界觀 고찰」, 『韓國言語文學』 40輯(韓國言語文學會, 1998. 6), 356쪽.

이 비록 오래 지속되지 못하였지만, 현실에서 맺혔던 원한은 풀 수 있었다. 이때 현실계는 '있는 세계'로 온갖 비리와 모순과 불합리가 있는 곳이며, 비현실계는 '있어야할 세계'로 이상향적 시공이었다. 독자들은 전기작품을 읽으면서 작품 속에서나마 이러한 세계가 있다는 확신을 가질 수 있었다. 그러한 확신은 현실계의 삶에 희망을 줄 수도 있는 것이다. 곧 인간의 生死와 貴賤 등은 이미 운명으로 정해져 있지만, 현실계인 이승에서 어떻게 사느냐에 따라 현세는 물론 내세의 삶이 달라질 수 있다는 것이다.

이러한 믿음과 함께 작중인물은 자신의 가치관을 굽히지 않았다. 이들은 현실적 운명에 끝까지 항거하며 자신의 가치관을 관철시키고자 했다. 그러나 현실적 운명의 장벽은 너무나 견고했다. 그래서 택한 것이 죽음이라는 극단적인 상황이었다. 그런데 죽음은 끝이 아니었다. '죽음이후'의 세계가 기다리고 있었다. 그 세계에서 비록 짧은 만남이었지만, 삶의 참 의미를 깨닫게 되고 소원을 성취할 수 있었다. 이때 『신라수이전』에서 비극으로 끝나는 「최치원」·「지귀」·「호원」 등은 '만남-이별'의 구조를 지녔고, 결말이 행복하게 끝나는 「수삽석남」 같은 경우는 '만남-이별-만남'의 구조를 보였다. '만남-이별'의 구조를 지니는 작품에서 남녀 주인공은 이별 후 현실계와 비현실계라는 다른 세계로 갔다. 이것은 산 자와 죽은 자의 길이 다르다는 보편적 질서의식의 차원에 불과하다. 그러나 『신라수이전』에서는 이러한 질서의식이 잘 지켜지고 있었다.

3. 맺음말

지금까지 『신라수이전』의 서사범주와 그 의미에 대해서 몇 항목으로 나누어 고찰해 보았다. 전기문학은 현실계와 비현실계를 포괄하는 서사범주를 갖고 있다는데 착안한 논의였다. 본 논의는 어디까지나 『신라수이전』에 한정된 것이므로, 동아시아 전기문학의 보편적 서사특성과는 어느 정도 차이가 있을 수 있다. 가령, 『신라수이전』에서는 용궁·지옥·선계·천상 등의 異界를 명확히 설정하지 않았지만, 唐傳奇의 「柳毅傳」 등이나 『금오신화』 등의 후대 전기소설에서는 異界를 분명하게 설정해서 묘사하고 있음을 볼 수 있다. 그러나 『신라수이전』은 『수신기』 같은 志怪類와는 또 다른 측면을 가지고 있었다. 그리고 한 작품집에 지괴와 전기 및 전기소설적 성격의 작품이 함께 나타나고 있는 것이 『신라수이전』이기도 했다. 이러한 양상은 『신라수이전』이 서사문학사에서 과도기적 성격을 보이는 근거이다. 이렇게 『신라수이전』이 소설발전단계에 있는 작품이기는 하지만, 여러 면에서 소설적 기반을 확고히 구축하고 있었다.

지금까지의 논의를 요약하고 이 글을 맺고자 한다. 먼저 『신라수이전』의 허구적 실상은 '죽음 이후'까지 삶의 범주에 포함하고 있었다. 이는 현실계와 비현실계를 작품의 서사범주로 설정하고 있다는 것이다. 이것은 지괴와 같이 幽界에 대한 사실의 전달과 그 사실에 대한 지식을 주장하는 데 그친 것이 아니라, 그를 바탕으로 삶에 대한 성찰과 의식적인 창작 및 그 시대의 사회 역사적인 문제를 반영하고 있었다. 그리고 후대 전기소설에 비해 異界가 불명확하게 묘사되었고, 대체로 비현실계는 일시적 신성시공으로 처리했다. 등장인물의 범주도 다양하게 설정되었다. 이처럼 『신라수이전』은 서사범주가 넓으나, 주제는 현실의 문제로 국한되었다. 그것은 인간의 고독, 삶과 죽음에 대한 성찰, 신분과 신의 등으로 나타났다.

서사장치는 이원론적인 서사체계이나 그 질서의식이 뚜렷하였다. 현실계와 비현실계를 왕래하는 매체는 꿈·죽음·재생 등으로 했으며, 이것은 모든 작품에서 잘 지켜지고 있었다. 이것은 현실계와 비현실계가 다르다는 인식에서 출발한 것으로 보았다. 이때 이러한 神異는 사건의 매듭을 푸는 장치였다. 그리고 산 자와 죽은 자의 거처에서도 산 자는 현실적 시공으로, 죽은 자는 무덤·棺·저승 등의 시공으로 처리했다. 이러한 전기문학의 서사장치는 전기적 서사질서로 볼 수 있는데, 소설의 발전단계에서 보여지는 이야기구조라 할 수 있다.

작중인물이 만나는 시공은 등장인물의 간절한 소망이나, 그들이 처한 현실이 한계상황에 처했을 때 돌파구로 설정되었다. 이러한 시공세계는 현실에서 해결 불가능한 문제를 풀 때까지만 주어졌고, 지속되지는 않았다.

작중인물은 현실과 비현실에 대한 갈등이 심각하게 나타났다. 그 갈등은 '어떻게', '어떤 곳'에서 살 것인가 하는 문제였다. 이때 작중인물은 적극적이고 가치 지향적이며 극한적인 성격을 가지고 있었으나, 부모의 반대와 신분 같은 현실적인 운명을 극복하지는 못했다. 이들이 본 현실계는 '있는 세계'로 비리와 모순과 불합리한 것이 가득한 세계였고, 비현실계는 '있어야할 세계'로 현실계의 원망충족 공간이었다. 이러한 갈등은 내면적 가치와 외부적 가치가 불일치할 때 발생했다. 이것은 다시 현실계와 비현실계라는 시공의 문제로 나아갔다. 이러한 세계는 율도국 같은 이상향이라기보다는 갈등해소와 문제해결을 할 수 있는 鬼와 神의 세계와 관련이 있었다. 또한 인간과 비인간의 존재차원과 인식에서도 갈등은 주어졌다. 갈등의 주체는 언제나 인간의 입장에 있었지, 鬼와 神은 아니었다.

현실계와 비현실계를 설정한 것은 세계관 확대를 통해 현실의 고독이나 고통 등을 덜 수 있다는 인식의 차원이었다. 이때 드러나는 환상의 세계는 관념과 실재가 함께 한 세계였다. 닫힌 세계에서는 그것이 불가능하나 열린 세계에서는 가능하다고 여겼기 때문이다. 작중인물은 이러한 세계 인식을 통해 그들의 가치를 추구할 수 있었고, 끝까지 지향할 수 있었다. 그래서 작중인물은 자신의 가치를 굽히지 않았고, 세계를 넓힘으로써 그것을 관철시킬 수 있었다. 이는 다름 아닌, 전기문학의 작가들이 작품을 통해 삶의 진실을 말하고자 한 서술기법에 있었다.

이처럼 『신라수이전』의 서사적 특성은 서사범주에서 찾을 수 있었다. 현실계와 비현실계라는 범주의 설정은 이향방문담의 구조를 가진 고소설의 일반적 현상이라 할 수 있다. 그러나 『신라수이전』은 그러한 현상 속에 그 시대와 역사적 현실을 수용하면서 작가의 의도를 충분히 살리고 있었다. 다시 말해, 『신라수이전』은 비록 후대 소설과 같이 섬세한 면은 떨어지지만, 그 시대의 절대정신을 작품에서 문제화했으며, 그 시대의 세계관적 인식을 철저히 수용했고, 그를 통해 작가의 의식을 의도적으로 나타낼 수 있었다. 이것은 『신라수이전』이 완벽한 소설의 모습은 아닐지라도 우리 나라 소설시대의 서막을 장식했다고 볼 수 있는 근거이다.

산수문학에서 園林의 유형

손오규[*]

1. 序 論

원림(園林)은 넓은 의미의 정원이다. 원(園)은 인공적 조성물의 성격이 강하고, 림(林)은 자연적인 성격을 잘 보존하면서도 정원의 개념에 의하여 조성된 정원의 일종이다. 원래는 ― 원 혹은 ― 림이라 하여 원과 림은 성격이 상이한 개념으로 사용되었다. 그러나 원림이라는 통합된 개념으로 사용됨으로써 원림은 포괄적으로 원과 림의 성격을 모두 가지고 있으면서도 오히려 림의 특성이 더 강조되고 있다고 하겠다.

우리 나라에는 본격적으로 원림이 조성된 적이 없다. 그러나 고려시대 농장(農莊)의 발달과 함께 조성된 사찰이나 별서(別墅) 등도 이러한 원림적 성격이 농후하며 조선조의 서원이나 산림처사들의 은거지도 원림의 측면에서 살펴 볼 때, 자연환경 속에 깃들어 있는 미의식이나 예술화된 인생과 삶의 모습을 구체적으로 형상화할 수가 있다. 다시 말해서 원림이란 인공의 조성물이든 자연환경의 보존에 의한 것이든 결국은 정원의 개념으로 인식되어진 자연환경의 아름다움으로서의 산수미가 현실화된 삶의 공간이며, 주인공의 미의식에 의하여 조성되고 구조화된 미적인 공간이며 실제적인 삶의 공간이다. 따라서 이 원림의 미적인 구성을 살펴 볼 때, 산수미의 구체화된 공간의 아름다움과 산수생활의 실제적 모습과 미의식을 재구성해 볼 수가 있게 되는 것이다.

뿐만 아니라 우리 나라의 명승지에는 많은 누대나 정자가 있어 산수미 감상

---

* 제주대 교수.

의 주요한 핵심적 공간을 이루고 있다. 이것은 인공에 의하여 조성된 건축물이 그 주변 산수의 아름다움을 감상하는 정점이며 집중으로서 산수미 감상의 초점 역할을 하고 있다는 것을 의미한다.

즉 퇴계의 도산서원도 「도산기(陶山記)」나 「도산잡영(陶山雜詠)」을 통하여 살펴볼 때, 원림적 개념에 의하여 조성된 환경과 산수미를 구비하고 있으며, 장현광(張顯光)의 입암정사(立巖精舍)도 「입암십삼영(立巖十三詠)」이나 「입암기(立巖記)」「입암정사기(立巖精舍記)」를 살펴 볼 때 예외는 아니다. 대산 이상정(大山 李象靖)의 「칠곡시(七曲詩)」와 「칠곡도(七曲圖)」 그리고 「고산기(高山記)」와 한시 등을 살펴 볼 때, 이러한 곡시(曲詩)들도 모두 원림적 성격의 자연 환경과 그 산수미를 형상화하고 있다는 것을 알 수가 있다.

그러므로 이 논문에서는 위에서 언급한 기문(記文)과 시를 중심으로 원림의 유형을 고찰하고자 한다.

2. 地域 중심의 園林

지역 중심의 원림은 고향이나 특정한 연고지를 중심으로 조성된 경우이다. 그래서 이런 유형의 원림은 주인공의 산수미에 대한 인식이 현실의 공간에 구체화되어 실천적 삶을 통하여 경험의 공간으로 조성되어진다. 산수미에 대한 인식은 사변적이며 구체적이다. 즉 자신이 추구하는 이상향의 공간을 실제적인 자연 환경에서 찾아내어 그것을 현실의 공간에서 조성해 나간다는 것이다. 이것은 우선 자연환경의 관찰에서부터 비롯된다. 그래서 자신이 거처할 장소를 찾아 나서게 되고 세밀한 관찰을 통하여 자신의 이상적인 삶을 실현할 수 있다고 판단될 때 실제적인 공간을 원림의 개념 속에서 조성해 나가게 되는 것이다. 관찰은 자연환경의 특성과 아름다움을 발견하게 하는 첫 출발이 된다. 이것은 자연환경의 조화로움 즉 원경과 근경, 산과 물의 어울림, 그리고 산수 경물의 특성과 종류 등을 관찰하게 되는 것이다. 그런데 원림에서는 자신이 거처하려고 하는 중심처 즉 집이나 정자와 같은 인공적 건조물을 중앙에 두고 앞으로 전개되는 전경(前景)과 건조물의 후면으로 펼쳐져 있는 후경(後景)의 조건을 말한다. 전경보다는 후경을 먼저 고려하게 되는데 이것은 후경의 자연환경조건에 따라서 건조물의 위치나 좌향이 결정되기 때문이다. 후경의 첫 번째 조건은 산이다. 후경의 산이 어떠한 좌향을 향하고 있느냐에 따라 건조물의 좌향도 결정되어진다. 즉 후경의 가장 가까운 산기슭이나 산언덕에 의지하여 건조물을 조성하게 되는 것이니 이 건조물의 좌향은 후경의 가장 가까운 산의 좌향과 동일한 방향으로 결정되어진다. 그리고 후경의 근경은 또 원경을 고려하여야만 한다. 다시 말해서 건조물이 있는 근경의 산을 중심으로 좌우로 원경의 산이 펼쳐지고 또 그 뒤의 중앙으로 높은 산이 원경을 이루고 있으면 대단히 좋은 자연적 환경으로서 원림의 조건을 갖추고 있다고 할 수가 있다.

전경의 조건은 우선 원림의 건조물을 중심으로 하여 물이 흐르고 있으면 좋다. 지나치게 큰 강이 흐르면 거센 물살과 홍수로 말미암아 수해의 위험이 있기 때문에 일회적 승경(勝景)의 감상에는 좋지만 생활공간으로서의 원림을 조성하는 데는 그렇게 좋지 못하다. 이 물의 흐름은 바람의 방향과 함께 원림의 습도를 결정하게 되기 때문에 매우 중요하다. 즉 큰 강물이나 호수가 원림에 바짝 가까이 위치하게 되면 공기가 습하고 주위환경의 습도가 높기 때문에 낮으로 아침 안개가 짙어 오전 내내 안개가 걷히지 않아서 건강에도 좋지 못할 뿐더러 산수미의 전체적 조망이 어렵기도 하기 때문이다. 그래서 물의 흐름과 크기는 생활의 쾌적함이나 건강의 측면에서 생활공간으로서의 적절성을 결정하는 중요한 요인으로 작용하게 된다. 따라서 원림은 우선적으로 자연환경이 생활환경으로서의 여건을 잘 갖추고 있는지의 여부가 고려의 대상이 된다. 왜냐하면 원림은 일차적으로 생활공간으로서의 조건을 잘 구비해야만 하는 현실의 공간이기 때문이다.

전경의 원경은 넓은 벌판이 펼쳐지면 더욱 좋다. 더 멀리는 산이 있으면 완벽한 원림의 전경으로서의 조건을 구비하고 있다고 할 수가 있다. 따라서 원림의 전경과 후경은 원림의 지리적 영역이며 지리적 경계로서의 역할을 담당하게 된다. 이 원림의 지리적 영역은 소유의 개념이 아니라 향유의 개념으로 개방적이라는 특성이 이해되어져야만 한다. 즉 원림의 중앙에서 전경과 후경은 산수미의 구성조건이며 이것은 시야가 광활하고 원경과 근경을 동시에 아울러 하나의 산수화를 보는 듯한 구도를 이루고 있어야만 한다. 도산서원의 전경과 후경을 살펴보면 원림의 자연환경과 산수미에 대하여 알 수가 있다.

「도산기」를 살펴보면 도산서원을 중심으로 한 전경과 후경에 대하여 잘 묘사하고 있다. 도산서원이라는 인공적 건조물이 자리잡은 도산을 중심으로 한 후경의 근경은 왼편으로 동취병(東翠屛)이 있고 오른편으로는 서취병(西翠屛)이 있다. 동취병은 청량산(淸凉山)에서 시작하고 서취병은 영지산(靈芝山) 줄기의 끝에 놓여 있다. 즉 청량산과 영지산이 후경의 원경이 되는 것이다. 동취병과 서취병의 자연적인 산세는 '병(屛)' 즉 병풍처럼 펼쳐져 있다는 것이다. 다시 말해서 도산을 좌우에서 감싸안으면서 그 산세가 펼쳐지고 있다는 것이다. 따라서 도산의 지리적 경계는 동취병과 서취병에 의하여 그 근경의 영역이 구분되고 있다. 원경은 청량산과 영취산에 의하여 그 영역을 설정하고 있다. 그러나 실제적으로 청량산과 영취산이 시야의 범위 내에 있다기보다는 지리적 조건이 그렇다는 것이다. 그러나 비록 실제적 시야의 범위 밖이라 하더라도 원림의 영역과 조성의 조건으로 작용하는 것이요, 원림의 산수미를 구성하고 있는 후경의 원경임에는 틀림이 없다. 그만큼 원경의 지리적 영역은 산수미 구성을 통하여 개방적으로 향유되고 있음을 알 수가 있다.

전경은 역시 물(水)이다. 즉 퇴계(退溪)와 낙천(洛川)인데, 퇴계는 도산의 뒤에 있고 전경은 낙천이 왼편의 동취병으로부터 시작하여 도산서원의 앞으로 흐르고 있다. 그리고 서원 정면에 이르러 탁영담(濯纓潭)이라는 못을 이루고 있다. 즉 전경의 근경이다. 전경의 원경은 낙천이 흘러가는 주위의 자연환경이다. 즉 낙천이 동취병으로부터 서취병으로 흘러가 합쳐져서 남으로 넓은 들을 지나쳐서 부용봉(芙蓉峯) 밑으로 흘러간다.

따라서 전경의 원경은 강물이 동쪽에서 서쪽으로 굽이져 흘러가고 그 강물을 중심으로 남쪽으로는 넓은 들이 펼쳐지고 있으며 그 들판 끝에는 부용봉이라는 작은 산이 있다는 것이다. 이 부용봉이라는 산은 마치 도산서원이라는 원림의 남쪽으로 난 대문과 같은 역할을 하고 있다.

이상에서 살펴 본 바와 같이 도산서원의 원림 공간의 구성을 살펴보면 후경의 원경인 청량산과 영지산으로부터 도산과 낙천을 거쳐 부용봉에 이르는 대단히 광활한 영역으로 이루어져 있음을 알 수가 있다. 그리고 도산은 이런 원림의 중앙에 위치하고, 도산서원을 그 중심처로 하여 원림의 산수미를 감상하는 시야의 초점이 되고 있음을 알 수가 있다. 동시에 주변의 자연환경을 대단히 개방적으로 향유하고 있음을 알 수가 있다. 이상은 원림 외부의 자연환경과 그 경개(景槪)에 대한 것으로 원림의 외경이다. 이 외경은 인공의 흔적이 전혀 없는 천연적인 자연환경을 원림의 영역에 포함시켜 원림의 배경으로 설정하고 있음을 알 수가 있다.

다음은 원림의 내부 즉 내경에 대하여 살펴보겠다. 이 내경은 인공적으로 조성된 건조물이나 기타 생활에 필요한 여러 조건들을 충족시키는 실용적인 측면에서 꾸며진 것이면서도 주인공의 미의식이 현실의 공간에 그대로 실현된 것이다. 마치 시인의 상상 속에 깃들어 있는 의상(意象)이 구체적인 자연물을 통하여 미적 구조성을 가지고 언어로 표현되는 것과도 같으며, 그림에서는 화가의 미의식에 의하여 그림이 구성되고 색채감을 개성적으로 재구성하여 미의식을 구체화하고 있는 경우와 같다고 할 수가 있다.

우선 도산서원의 내경은 도산서당을 중심으로 탁영담에 임해 있는 동편의 천연대(天淵臺)와 서편의 천광운영대(天光雲影臺)를 그 경계로 한다. 이 내경에는 우선 도산서당이라는 건축물이 중심에 자리잡고 있으며 모든 자연환경이나 건조물들도 이 도산서당의 좌향이 어떠하느냐에 따라 결정되고 있다. 도산서당은 인공에 의하여 축조된 건축물로서 완락재(玩樂齋)와 암서헌(巖棲軒)으로 이루어져 있는, 퇴계의 의식이 강하게 투영된 인공물이다. 이외에 시습재(時習齋)와 지숙요(止宿寮) 관란헌(觀瀾軒)으로 이루어진 농운정사(隴雲精舍)가 있다. 그러면서도 이 인공물은 주위의 자연환경을 거스르지 않으며 그 자연환경에 알맞고도 조화롭게 지어지고 배치되어 있다. 즉 퇴계의 자연과의 조화라는 이상을 실현하고 있는 크기와 구조로 이루어지고 있다고 하겠다. 이 두 채의 건물을 중심으로 동편에는 정우당(淨友塘)이란 연못이 있고, 또 그 동편에 몽천(蒙泉)이란 샘물이 있다. 몽천 위에는 암서헌을 마주하는 절우사(節友社)라는 화단이 있고, 출입문은 유정문(幽貞門)이라는 싸립문이 있고, 유정문 밖에는 열정(冽井)이란 우물이 있다. 유정문에서 곡구암(谷口巖)이란 골짜기를 따라 내려가면 동편으로 천연대와 천광운영대란 높은 벼랑이 탁영담이란 시냇물에 우뚝 서 있다. 그리고 탁영담에 배를 띄우는 반타석(盤陀石)이 있다.

　이상이 원림의 내경에 해당한다. 모두가 인공에 의하여 변형되고 축조된 인위적 건조물들이다. 다시 말해서 두 채의 건물을 중심으로 연못과 샘 그리고 화단이 있고 싸립문을 달아놓은 조그만 생활의 공간이며 주거환경이다. 이것은 도산서원이 주거환경을 겸하고 있는 원림적 성격을 가지고 있다는 것을 의미한다. 그러나 이 내경에는 산수생활에 대한 퇴계의 이상과 산수미에 대한 미의식이 대단히 농축되어 집중되고 있음을 알 수가 있다. 따라서 원림의 외경은 이 내경과 결합함으로써 전체적인 원림의 개념에 의하여 그 미적인 위상이 결정되어지는 것이다. 외경은 누구나 향유할 수 있는 개방된 자연환경이란 것이 지리적 특성이다. 그러나 이 내경과 결합될 때, 외경은 내경의 배경으로서 또는 내경이 근경이라면 외경은 원경으로서 인공과 자연이 조화롭게 결합되어 완성된 산수미를 구성하고 있다고 할 수가 있는 것이다.

　그러므로 우리나라의 원림은 단지 울타리 안의 내경에만 국한되어 있는 것이 아니며 오히려 주위의 전체적인 산과 물 등의 배경을 이루는 자연환경에까지 확대되고 개방되어 향유되고 있음을 알 수가 있다. 그리고 도산서원을 원림의 측면에서 살펴 볼 때, 주거환경의 생활공간과 천연적인 자연환경 즉 자연과 인공의 적절한 조화를 통하여 산수미의 이상을 실현하고 있는 현실의 공간으로서 지역중심의 원림이란 한 유형을 설정할 수가 있을 것이다.

3. 景物 중심의 園林

　원림의 두 번째 유형으로, 여헌 장현광(旅軒 張顯光)의 입암정사(立巖精舍)를 그 대표로 거론할 수가 있다. 이런 유형의 원림은 주거의 개념과는 상당히 거리가 멀며, 인공의 조성물은 거의 없고 다만 주위의 산수경물을 그대로 두고 원림의 영역에 포함시키는 완전히 개방된 형태를 들 수가 있다. 즉 특정한 경물(景物)을 중심으로 하여 인공적인 건축물을 조성하고 주위의 자연환경이나 산과 물 그리고 경물들을 천연적인 모습 그대로 두고 일정한 이름을 붙여서 주인공의 미의식을 현실화하고 산수미를 구조화하는 유형이다. 그래서 이러한 원림에 등장하는 산수경물은 인공적인 변형이나 인위적인 배치의 흔적이 전혀 없고, 천연적인 자연 본래의 형식미를 강조하고 있다. 여헌 장현광의 입암정사의 원림적 성격은 장여헌(張旅軒)의 「입암기(立巖記)」와 「입암정사기(立巖精舍記)」 그리고 「입암십삼영(立巖十三詠)」을 통해서 살펴 볼 수가 있다. 「입암기」를 보면, 입암정사의 지리적 환경은 입암을 중심으로 내경과 외경으로 나누어 볼 수가 있다. 그리고 이 입암이 임해 있는 시냇물의 흐름을 따라 단선적으로 원림의 주변 경치가 펼쳐지고 있어 전경과 후경의 경계가 명확하지 않다. 오히려 전경과 후경은 없고 단지 내경과 외경으로만 이루어졌다고 말할 수도 있다. 그리고 입암정사는 모두 이십팔 처(處)를 명명하여 원림의 영역에 포함시키고 있다. 이 이십팔 처는 산수경물의 형식미에 치중하였다. 곧 서경미에 대한 인식이 돋보인다고 할 것이다. 우선 내경과 외경의 경계가 되는 입암에 대한 기록을 살펴보면 다음과 같다.

> 사방의 높이가 십여 丈이고 상하의 둘레가 근 칠팔 尋이다. [……] 밑에서부터 꼭대기까지 똑같은 바탕이다. [……] 아래로부터 위에까지 곧기가 한결같고 크기도 고르니 正이라 일컬을 만 하다. 멀리서 바라보면 둥근 것 같으나 가까이서 보면 네모난 것 같고 앞 꼭대기는 기울지 않았고 뒤도 한쪽으로 치우치지 않았으니 가히 中이라 일컬을 만 하다.[1]

위에서 입암의 장대함을 잘 알 수가 있다. 특히 입암은 여러 개의 돌이 층을 이루고 있지도 않으며 오직 하나의 큰돌이 청류벽담(淸流碧潭)을 끼고 중심에 우뚝 서있다. 주위에는 여러 산들이 주위에 삥 둘러서서 옹위하는 듯하며 여러 골짜기들이 끌어당기면서 안고 있는 듯하다. 또한 이 입암이 서 있는 위치가

---

1) 張顯光, 旅軒集 卷九, 立巖記
   四方之高十餘丈 上下之圍近七八尋矣 [……] 由足至頭 全體一質 [……] 自 下而上 其直也一 從根而首 其大也均 可謂正矣 望之似圓 卽之似方 前瞻不倚 後顧不偏 可謂中矣

깊은 산 속의 시냇가로서 밖에서 볼 때는 입암의 안쪽 즉 내경이 보이지 않아 마을이 있다는 것을 알 수가 없다. 입암의 뒤쪽으로 조그마한 계곡이 있으나 땅은 넓지 않지만 수십 초옥(草屋)을 수용할 만하고 북동서 삼면이 모두 위태로운 산들이 병풍처럼 둘러쳐져 있고 앞으로는 구름이 머무는 우뚝 솟은 바위가 있다. 이 바위 아래가 곧 입암이다. 입암의 아래는 시내가 있고 시내 남쪽 입구에는 산봉우리가 있고 그 산봉우리 위에 또 산봉우리가 있다. 그 형세가 높고도 가운데가 오목하게 들어가고 시냇물이 흐르고 있어 진은(眞隱)의 은거지가 될 만하다. 여헌은 영양사인 권강재(永陽士人 權强哉), 손길보(孫吉甫), 정여섭(鄭汝燮) 군섭(君燮)형제들과 뜻을 모아 이 골짜기에 들어와 은거하기로 하고 여러 번 입암을 방문하고 그 아름다움을 감상하였다. 보면 볼수록 기이하고 오래 머물수록 더욱 싫지가 않아서 종노지지(終老之地)로 복거(卜居)하였다.

정사(精舍)는 입암의 뒤 동편에 세워졌다. 그 곳은 수 간(間)을 세울 만한 땅이고 뒤로는 마을과 떨어져 있고 앞으로 시냇물을 굽어보고 바위를 등지고 바위를 옆으로 끼고 있어 앉거나 누워서도 그 주변 산수의 모습을 모두 볼 수가 있다. 또 바람을 막고 햇볕을 향하여 비록 겨울 추위에도 따뜻함을 느낄 수 있다. 정사에는 우란재(友蘭齋)가 있다. 그리고 이 입암의 곁에 서있는 바위가 상두석(象斗石)이며, 우물은 물멱정(勿冪井)이다.

이 정사 앞으로 시냇물이 흐르고 있는데, 입암의 밑바닥에 돌이 시내의 중간에 평평하게 펴져 이리저리 쌓여 돌무더기를 이루고 있는데 그 중간에 길이와 넓이가 한길 남짓한 돌이 있어 흐르는 시냇물이 여기에서 멈추어 제법 깊어 소연(小淵)을 이룬다. 이 소연에도 돌이 여기저기 있는데 물이 불으면 숨었다가 물이 줄어들면 나타나곤 하는데 숨을 때보다는 나타날 때가 많다. 그 돌에 앉아 굽어보며 혹 씻기도 하고 양치질도 하노라면 물 속에서 노니는 고기를 볼 수가 있다. 이 돌이 경심대(鏡心臺)요 그 소연이 수어대(數魚臺)이다.

입암 북쪽으로 마을 못 미쳐 남으로 입암에 못 미치는 곳에 하나의 바위가 우뚝 솟아 산의 모습을 이루고 있는데 높이가 사오(四五) 장(丈)이며 그 주변으로 수십 척에 못미치는 좁은 땅이 있어 마치 구름이 머무는 듯하고 그 위로 고송 몇 그루가 있다. 이곳이 기여암(起予巖)이다.

입암의 위와 기여암의 아래 사이에 평평한 바위가 있으니 그 아래 깎은 듯한 절벽이 있다. 그 높이가 칠팔 심(尋)이나 되고 중간이 평평하고 둥글다. 사우(四友)가 그 모서리가로 계단을 만들고 대를 조성하였다. 이 대의 좌우에 두 그루의 높은 소나무가 있다. 대 위에는 십여 인이 앉아 차 달이고 술을 마실 만 하다. 대 위에 앉은 사람은 삼면이 모두 위태로운 절벽이어서 늘 두려운 마음을 갖는다. 그래서 이 대를 계구대(戒懼臺)라 이름하였다. 계구대 뒤에는 기여암이 있고 앞에는 입암이 있으니 두 바위의 아래는 일구(一區)의 형승을 만든다. 한 줄기 맑은 물이 동쪽 벼랑으로부터 흘러들어 입암의 아래에 부딪치면서 흘러간다. 오랜 세월 그 부딪침이 끊이지 않아 지금도 물이 부딪친 흔적이 바위 밑에 있다. 물은 서쪽에서 흘러 남쪽으로 흘러든다. 계구대 위에서는 물이 흘러가며 만드는 칠팔리에 걸친 경치를 볼 수가 있다. 그리고 이 계구대에서 경심대로 가려고 하면 석교를 지나야 하는데 이 석교가 답태교(踏苔橋)이다.

계구대의 남쪽에 큰 산 한 줄기가 점점 낮아져 중간에서 거의 보이지 않다가 서쪽으로 와서 북으로 돌아 입암 맞은 곳에 이르러 돌연히 봉우리가 솟았다. 이 봉우리는 시내의 남쪽에 있고 입암은 시내의 북쪽에 있어 마치 서로 읍하며 마주하고 있는 것 같으니 곧 구인봉(九仞峯)이다.

이상이 입암정사의 내경에 해당한다고 할 수가 있다. 전체적인 산수미가 대단히 유심(幽深)하고 고요하며 신비로운 느낌마저 들게 한다. 모두가 입암의 기이함과 입암을 중심으로 한 주위의 산봉우리나 대들의 위치를 세밀하게 관찰하고 있음을 알 수가 있다. 이러한 관찰은 객관적이며 감각적이고 경물의 외형 즉 형식미에 초점을 두고 있다. 이러한 산수경물에 대한 관찰은 그 묘사가 극히 사실적이며 현실적인 공간에 위치한 실제 사물의 특성에 주목한 것으로 원림의 구성이 사실적 경물을 통한 산수미의 구성이라는 것을 알 수가 있게 한다. 그래서 이런 원림을 문학환경으로 하여 산수경물을 소재로 한 산수시는 사실적 서경미를 그 특색으로 하게 되며, 그 경계도 사경(寫境)임을 알 수가 있다. 다음은 입암정사의 외경에 대하여 살펴보겠다.

계구대의 동쪽 뒷산의 한 줄기가 오면서 점점 낮아지다가 우뚝 솟아서 봉우리가 되었다. 형상이 둥그니 부용(芙蓉)이 물에서 나와 꽃이 아직 피지 않은 것 같다. 석양에 대 위에서 동쪽을 바라보며 월출을 기다리니 한 조각 얼음 수레 같은 것이 봉우리 위로 나타나니 마치 봉우리가 토해내는 것 같다. 이 봉우리가 토월봉(吐月峯)이다.

계구대의 서북에 가장 높은 산봉우리가 있으니 이곳이 소로잠(小魯岑)이다. 이 곳은 산인이 산을 나가지 않다가 때로 울연한 심회를 풀고자 할 때 지팡이를 이끌고 벼랑을 따라 등나무 줄기를 잡고 한 번 이 산에 오르면 동산(東山)이나 태산(泰山)에 노는 듯한 효험이 있다.

토월봉의 동쪽으로 산지령(産芝嶺)이 있고 산지령의 서쪽 계구대의 동남쪽에 함휘령(含輝嶺)이 있다. 함휘령 남쪽으로는 정운령(停雲嶺)이 있는데 반드시 구인봉 위에서 눈을 들어야 바라볼 수가 있다. 이곳 사면의 산이 높고 크지 않은 것이 없으나 서산이 가장 크고 뛰어났으니 시내 하류의 동구(洞口)에 있어 세상과 격절(隔絶)되어 있는 듯하니 곧 격진령(隔塵嶺)이다. 이 격진령으로부터 세상과 입암정사의 원림이 나누어지므로 입암정사라는 원림의 아름다운 경치가 일국을 이루게 되는 것이다. 결국 입암이 가장 깊은 곳에 위치한 관문이라면 이 격진령은 세상과 연결되는 제2의 관문이라고 할 것이다.

시내의 남쪽으로 경운야(耕雲野)가 있다. 시내물 곁으로 숲이 연이어 푸른 골짜기가 동구의 아래에 있으니 곧 초은동(招隱洞)이며, 시내 위에 있는 골짜기는 심진동(尋眞洞)이고, 정운령 아래에 있는 골짜기는 채락동(採藥洞)이다.

구인봉의 동쪽 언덕에 바위가 있고 그 바위가로 시냇물이 흐르는데, 땅이 평탄하고 넓어서 조그마한 모옥(茅屋)을 지을 수 있다. 단 별로 높지가 않아서 물이 불을 때면 잠기기 때문에 집은 지을 수 없다. 이 곳은 뒤로 위태로운 벼랑이 있고 앞으로는 험한 시내가 있으며 또 구인봉이 빙돌며 가리고 있으니 외인이 가까이 할 수가 없으니 곧 피세대(避世臺)이다.

피세대를 따라 시내를 건너서 가노라면 일리(一里)를 못 미쳐 횡류(橫流)를 만나는데 돌이 있어 저절로 다리를 이루었다. 물이 불지 않으면 발을 적시지 않고 건널 수가 있다. 중간에 두 개의 큰 돌이 있으니 머리가 높고 넓어 그

위에 앉거나 누울 수가 있어 대를 이루고 있다. 자리를 깔고 계담(溪潭)을 굽어
볼 수가 있으니 낚시터로 꼭 알맞다. 이곳이 상엄대(尙嚴臺)이다.

상엄대를 거슬러 가다가 수 리(里)쯤 계곡 사이에 연못이 있으니 넓어서 중
선(中船)이 다닐 만하니 이곳이 욕학담(浴鶴潭)이다. 그리고 경심대로부터 물
을 따라 내려오면 소담(小潭)이 있고 그 위에 바위가 있으며 바위 위에 소나무
가 있어 대를 이루니 화리대(畵裏臺)이다. 또 서남쪽 이 리쯤에 바위가 층층이
쌓여 언덕을 이루고 그 밑으로 시내가 흐르니 합류대(合流臺)이다. 합류대 앞
의 물이 합치는 곳에 물이 제법 깊으며 돌이 많아 기이하며 아름다우니 조월
탄(釣月灘)이다.

조월탄 아래 초은동(招隱洞)의 입구에 있는 연못이 세이담(洗耳潭)이다. 세이
담은 외부의 사람이 골짜기로 들어오거나 산인이 나갈 때면 모두가 이 곳을
지나야 되므로 신선과 세속이 이 연못에서 나누어진다. 따라서 세이담은 입암
정사라는 원림의 제3의 관문으로서의 역할을 하고 있음을 알 수가 있다. 그래
서 실제적으로 원림의 영역은 세이담에서 그 경계가 그어지고 있다고 할 수가
있고, 다음으로 향옥교(響玉橋)가 있어 원림과 세상을 연결하는 중간지대로서
의 역할을 하고 있다.

이상이 입암정사의 외경이다. 입암정사의 외경과 내경으로 명명된 곳이 모
두 28곳인데, 정사를 제외하고 27곳은 모두가 천연의 승처로서 그 외형적 특질
과 감각적 아름다움인 형식미로 말미암아 선택되고 명명된 곳이다. 이러한 승
처는 누구나 즐길 수 있으며 어느 누구의 소유도 아니다. 즉 자연 그 자체이며
인공의 흔적이 전혀 없는 대자연 본래의 모습으로 완전히 개방된 원림의 특징
을 말하여 주고 있다.

또한 원림의 관문을 세 곳이나 설정하고 있고 또 원림과 세상의 연결 지점
에 향옥교라는 다리를 두고 있다. 그래서 향옥교를 건너 원림의 중심으로 향할
수록 그 경계가 기이하고 유심하며 고요하여 세속과 절연된 은거지로서의 심
상을 구축해내고 있다고 할 것이다.

4. 勝景 중심의 園林

　　원림의 제3 유형은 승경 특히 물(水)을 중심으로 하는 원림인데, 곡시(曲詩)에서 찾아볼 수가 있다. 곡시를 살펴보면, 일정한 지역을 승처에 따라 적당히 나누고 각기 명명함으로써 원림의 영역을 설정하고 있음을 알 수가 있다. 이 제3의 유형은 완전히 개방된 원림의 형태를 보여주며 주거환경이나 생활과는 동떨어진 산수미를 형상화해 내고 있다고 할 수가 있다. 즉 천연의 자연환경으로서 하나의 미적 공간으로서의 완전성을 구축하고 있다고 할 수가 있고, 어디까지나 객관적 산수의 형식미에 근거하여 감각적이며 경험적인 관찰을 통한 산수의 아름다움을 현실의 공간에서 발견하고 시라는 예술의 형식을 통하여 산수미를 형상화해 내고 있음을 발견할 수가 있다.

　　다시 말해서 이 제3의 유형은 대체로 원림의 전체적인 구성이 물을 중심으로 하고 있다. 즉 물이 흘러가면서 이루어 내는 주위의 승처를 따라 제1곡 2곡 등으로 나누어지는 단선적인 구성이며 전체적으로 보아 대단히 먼 거리에 걸쳐있는 기다란 형태의 원림을 구성하고 있다. 물론 제3의 유형인 '곡(曲)'이라는 용어 자체가 물의 굽이를 의미하는 것으로 7곡은 일곱 구비를 말하고 9곡은 아홉 구비를 의미하는 것이다. 또한 '곡'은 '곡(谷)'을 동반하게 되는 것이니, 이것은 '곡'이 물을 중심으로 한 원림이면서도 물의 굽이굽이에 따라 '곡(谷)'이 만들어지기 때문이다. 자연히 '곡'이라는 원림은 '곡(谷)'이라는 자연환경을 동반하고 있음을 암시하게 된다.

　　대산 이상정의 고산정사는 경북 안동시 무릉에 있으며, 「칠곡시(七谷詩)」는 고산정사를 한바퀴 감싸고 흐르는 시내를 따라 펼쳐지고 있다. 그리고 「칠곡시(七曲詩)」에는 「칠곡도(七曲圖)」가 함께 수록되어 있다.

　　「고산기(高山記)」를 살펴 보면, 고산정사는 원수봉(圓秀峯)이 낮아지면서 남하하여 동쪽으로 향하여 중간쯤 되는 산이 되었다. 그 나머지 산세가 옆으로 나와서 흙비탈산(土坡)이 되었다. 그 산 중간 쯤 되는 산은 바로 사곡(四曲)에 임해 있으며 뒤는 높고, 앞으로는 점점 낮아져 평평하여 좌우가 조금 오목해져 앞으로 나왔다. 여기에 고산정사가 위치해 있는데 그 맞은편 산이 제월봉(霽月峯)이라는 돌산이며 그 벼랑 밑으로 사곡이 흐르는데, 제월봉의 벼랑이 만대암(晩對巖)이고 그 밑의 사곡이 광영담(光影潭)이다. 그리고 이 사곡은 오곡(五曲), 육곡(六曲), 칠곡(七曲)을 거쳐 무릉으로 흘러들고 결국 정사를 한바퀴 휘감아 돌아 낙동강으로 흘러가고 있다. 정사는 세 간으로 되었으니, 중간 한 간이 정춘헌(靜春軒)이며, 남쪽에 있는 방이 응암(凝菴)이며, 북쪽에 있는 침소가 낙재(樂齋)이다. 낙재의 북쪽에 세 그루의 소나무가 있어 대를 이루니 세한대(歲寒臺)이며, 바위는 만대암이고, 못은 광영담이다. 만대암의 동서쪽 벼랑 중간에 정락대(靜樂臺)가 있고 그 남쪽에 총계대(叢桂臺)가 있으며 , 구정(鷗汀), 골암(鶻巖), 조기(釣磯), 다조(茶竈)가 있다.

「고산기」에 묘사된 고산의 산수에 대하여 살펴보면 다음과 같다.

　　산이 높고 물이 깊으며 風烟이 回合한다. [……] 普賢의 한 줄기가 동쪽으로 나오다 鼎嶺이 되었고, 鼎嶺이 나뉘어 南北 두 줄기가 되었다. 그 남쪽 줄기가 서쪽으로 百十里를 달려 松峴이 되었으며 북으로 꺾이어 夢峴이 되고 또 동으로 꺾이어 圓秀峯이 되었다. 그 북쪽의 산이 西北으로 행하여 葛蘿, 兎嶺, 月峯이 되고, 圓秀의 東南에 이르러 靜壽, 霽月, 日蹄 등의 여러 봉우리가 되었다. 霽月峯 아래에 翠壁이 있으니 높이가 數十丈이요 넓이도 그와 같은데 옆으로 잣나무가 자라고 그 위에는 숲이 푸르게 우거져서 가히 사랑할 만하다. 물이 西山의 사이에서 발원하여 벼랑과 나란히 하며 흘러 내려가 公山의 남쪽에 이르자 들이 다하고 산이 높으니 嚴壑이 고요하고 무성하다.[2]

고산정사는 원수봉 끝 중간 높이의 산비탈에 위치해 있다. 이 정사를 뒤에서 한바퀴 감싸며 흐르는 물이 칠곡의 전체적인 모습이다. 따라서 위의 인용문은

---

2) 李象靖, 大山集, 高山記
　　山高水深 風烟回合 [……] 普賢之一支 東山爲鼎嶺 分而爲南北二支 其南者 西走百十里爲松峴 北折爲夢峴 又東折爲圓秀峯 其北者西北行 爲葛蘿 爲兎嶺 爲月峯 至圓秀之東南 爲靜壽霽月日蹄諸峯 霽月之下有翠壁 高可數十丈廣如之 側栢叢生 其上蒼鬱可愛 水發源西山之間 竝崖而下 至公山之南 則野盡山高 嚴壑悄蒨

고산정사의 원림적 경관에 대한 것이라기보다는 원수봉의 지리적 형세와 그 주변의 산세를 풍수지리적인 측면에서 설명하고 있다고 할 것이다. 다시 말해서 고산정사의 원경에 대한 설명이 아니라 원수봉의 유래와 위치를 풍수지리적으로 설명한 것이니, 고산정사의 원림으로서 산수미 구성의 요소로 고려할 필요성을 크게 느끼지 않는다. 동시에 이 제3 유형의 원림은 원경과 근경 그리고 외경과 내경의 구분이 뚜렷하지 않다. 아니 거의 없다고 하는 것이 옳을 것이다. 앞의 제1 유형과 비교해 보면 원림의 산수미 구성에 대한 전체적인 구도화가 완성되어 있지 않은 것 같다. 이제 칠곡의 경관을 구체적으로 살펴보기로 하겠다.

제일곡(第一曲)은 정사 뒤쪽 원수봉이 있는 산 사이에서 발원하여 공산(公山) 남쪽에 이르른 곳이다. 일곡에는 조그마한 다리가 있고 긴 모래사장이 있으며 버드나무가 우거진 제방 둑이 펼쳐져 있다.

제이곡은 일곡에서 물이 오른쪽으로 구비져 흐르는 지점이다. 여기에는 고암(孤巖)이 있고 모래사장이 있으며 건너편 산기슭에 어량(漁梁)이 있다. 그리고 모래사장에는 역시 버드나무 숲이 있다.

제삼곡은 물이 다시 왼쪽으로 돌아드는 곳이다. 유연대(悠然臺)가 있고 징담(澄潭) 너머로 마을이 있으며 멀리 정수봉(靜壽峯)이 솟았으며 왼쪽으로 상취병(上翠屛)이 있고, 그 왼쪽으로 총계대가 있고 그 앞으로 정사로 건너오는 돌다리가 있다. 정사쪽의 유연대(悠然臺) 위에 나무가 우거졌으니 삼경(杉徑)이 있고, 유연대의 돌벼랑이 취병이다.

제사곡은 정사 정면이다. 맞은 편으로 제월봉이 솟았고 그 제월봉의 돌벼랑이 만대암이며 벼랑 밑으로 흐르는 물이 상당히 넓어져 배를 띄울 만하니 광영담이다. 이 광영담이 칠곡 중에서 가장 넓고도 깊다. 제월봉과 만대암 역시 빼어났으니 칠곡 중에서 가장 높은 산과 가파른 벼랑과 깊고 넓은 못을 지닌 승경을 이루고 있다. 또한 정사가 바로 이 사곡 산비탈 언덕에 있어 대단히 조화로운 산수미를 자랑한다.

제오곡은 정사 왼편으로 물이 휘감아 도는 곳이다. 이곳에 이르면 물이 평평해지고 느긋해지며 유유히 흘러든다. 좀더 아래 왼쪽으로 다리가 있으니 건너

편 깊은 골짜기에 있는 마을로 연결되고 있다..

제육곡에 이르면 고창봉(高敞峯)이 있고 장육암(藏六巖) 왼편에 푸른 바위벼랑이 있다. 그 앞에도 맑은 못이 되어 물이 흐르고 장육암 맞은편에 무금정(無禁亭)이 있고 왼쪽으로 들이 펼쳐지고 있다.

제칠곡을 지나면 이제 물은 낙동강으로 흘러 들어가게 된다. 칠곡에는 상욕대(上浴臺)가 있고 그 맞은 편에 노림계(魯林溪)가 있으며 왼쪽으로 무릉촌이 있고 그 뒤쪽 멀리 천일봉(天壹峯)이 있다. 이 칠곡의 끝에 무릉촌이 있는 것으로 칠곡은 끝난다. 아마 무릉촌의 무릉이라는 지명이 대산(大山)의 이상과 칠곡의 대미를 장식하는 어떤 이상을 암시하고 있는 듯하다. 즉 결국 칠곡이라는 원림은 무릉도원이라는 이상향으로 들어감으로써 칠곡이라는 현실의 공간은 미적인 공간으로 상승하게 되며 현실의 공간이 상상에 의하여 초월적인 이상향으로 승화되어짐을 알 수가 있다.

5. 結 論

이상에서 논의한 원림의 세 가지 유형을 산수화와 비교해 볼 때, 제1 유형은 원경과 근경, 외경과 내경의 뚜렷한 구분에 의해서 자연의 산수와 인공적인 건조물들이 대단히 조화를 이루어 완전한 구도화에 의한 산수화를 현실의 공간에 재현해 놓은 듯한 구성을 이루고 있다. 그러나 제3유형은 그렇지가 않다. 제1유형에 비하여 천연적이며 인공에 의하여 다듬어지고 재구성된 공간의 미나 경물의 미를 전혀 발견할 수가 없다.

동시에 제1 유형은 인간 중심의 원림으로서의 성격이 뚜렷하다. 그 증거로 생활이라는 주거환경으로서의 여러 요소들을 함께 갖추고 있다. 그런데 제3유형은 인간 중심이라기보다는 오히려 자연중심적인 원림이라는 것이다. 또한 제2유형과 비교해 볼 때도 제3유형이 훨씬 자연적인 공간이며 자연 친화적 기반에 입각한 원림적 구성을 하고 있다는 것을 알 수가 있다. 제2유형의 입암정사는 관문이 무려 3개나 되며 주변의 광범한 영역을 원림의 공간 속에 포함시키고 있다. 또한 외경과 내경의 구분이 있다. 그러나 제3의 유형은 관문이 없다. 이것은 칠곡이 모두 원림의 관문 안쪽에 위치하고 있음을 암시한다. 즉 세상과는 대단히 거리가 먼 어쩌면 세속과 단절된 독립된 하나의 공간임을 상징적으로 의미하기도 한다. 그러나 원림 바깥의 경관은 찾아볼 수가 없다. 즉 원경이 없다는 것이다. 이것은 원림의 공간 배분이 처음부터 의도적으로 원경과 근경을 염두에 두지 않았다고 볼 수가 있다. 그 이유는 곧바로 '곡'에 있지 않을까 한다. 다시 말해서 제1의 유형과 제2의 유형에 등장하는 물은 물론 원림의 산수미 구성에 있어 필수적임에는 틀림이 없다. 그러나 원림의 전체적인 산수미에 있어서 물이 가장 중심적이지는 않다. 물이 산수미의 완성도에 필수적으로 기여하고는 있지만 그래도 물이 중심이 되어 전체적인 산수미가 결정되고 주변의 산수와 경물이 배분되고 있지는 않다고 할 수가 있다.

그러나 제3의 유형 즉 '곡'에 있어서는 단연 물이 그 중심이며 핵심적인 위치를 점유하고 있다. 물을 중심으로 원림의 구성이 이루어지고 있다는 것이다. 물의 흐름에 따라 정사도 그리고 주변의 산이나 경물들이 원림의 영역에 포함되기도 하고 또 좌향이나 형세가 돋보이기도 한 것이다.

이것은 원림 구성의 시작에 있어서 머리 속에 상상하거나 의도하고 있는 공간 구성을 인위적으로 조성해 나간 것이 아니라 오히려 산수유상(山水遊賞)을 통하여 자신의 이상에 알맞은 산수를 찾아 나서서 천연적인 모습에서 이상적인 산수미를 발견하게 되었다는 것을 의미한다. 즉 현실에 실재하는 산수에서 아름다움을 발견한 것을 의미한다. 이것은 진경산수의 미를 발견하고 그 미의 가치를 인식하고 재현하게 되었다는 것을 의미한다. 즉 산수미의 현장을 확인하고 발견함으로써 산수미가 실제적으로 경험적인 감각적 체험을 통하여 생활 속에 구현되는 획기적인 동기가 되었다.

梅月堂 金時習의 문학세계

박영주[*]

1. 다양한 얼굴과 기이한 행적

매월당 김시습(梅月堂 金時習·1435~1493 : 세종17~성종24)은 후세인들에게 어려서부터 능숙하게 시를 지은 신동으로, 세조의 왕위찬탈에 저항한 생육신의 한 사람으로, 현실의 자장권 밖에서 살아가며 숱한 일화를 남긴 기인이자 괴승으로 알려진 인물이다.

그러나 매월당이 우리 역사에 큰 이름을 남기게 된 가장 직접적인 요인은, 우여곡절이 심했던 자신의 인생역정은 물론, 다단한 삶의 구비에서 겪어나간 정신적 편력까지도 모두 시로써 표현해낸 위대한 문인이요 사상가라는 데 있다. 율곡 이이(栗谷 李珥, 1536~1584)는 매월당이 죽은 지 89년 되는 해(1582년)에 선조 임금의 명으로 찬술한 「김시습전(金時習傳)」에서 다음과 같이 말했다.

> 가슴에 가득한 불평과 비분강개를 펼 길이 없어, 세간의 바람과 달, 구름과 비, 산림과 천석(泉石), 궁실과 의식(衣食), 꽃과 열매, 새와 짐승, 그리고 인간사의 시비와 득실, 부귀와 빈천, 생로병사와 희로애락으로부터 성명(性命)·이기(理氣)·음양(陰陽)·유현(幽顯)에 이르기까지, 유형 무형의 표현할 수 있는 모든 것들을 한결같이 문장에 붙였습니다.[1]

---

* 강릉대 교수.

1) 磊塊慷慨之胸 無以自宣 凡世間風月雲雨山林泉石宮室衣食花果鳥獸 人事之是非得失富貴貧賤死生疾病喜怒哀樂 至於性命理氣陰陽幽顯 有形無形可指而言者 一寓於文章 : 李珥, 「金時習傳」, 『梅月堂全集』, 성균관대 대동문화연구원, 1973, 9쪽.

'가슴에 가득한 불평과 비분강개를 펼 길이 없어, 자연·인간사·철학적 사유에 이르기까지 유형 무형의 표현할 수 있는 모든 것들을 한결같이 문장에 붙였다.'라고 했다. 우리나라 역대 문인들 가운데서 매월당처럼 자신의 모든 것을 시로써 표현해 낸 인물도 찾아보기 어렵다. 그렇기에 매월당은 신동이요 생육신이요 기인·괴승으로 일컬어지는 단순함을 넘어서서, 우리 역사에 큰 족적을 남긴 문인이요 사상가로 기억·평가되는 것이 온당한 위상을 부여받는다고 할 것이다.

매월당은 우리 역사의 격변기 가운데 하나로 일컬어지는 15세기 중·후반, 어수선한 사회 분위기와 거친 현실의 풍파에 시달리는 가운데 재야를 떠돌며 기구한 일생을 살다간 사대부 지식인의 한 사람이다. 그러나 그가 애초부터 그럴 운명으로 점지워졌던 것은 아니다. 매월당이 우리 역사에 이처럼 다양한 얼굴로 기억되고 기이한 행적을 남기게 된 데는 그럴 만한 사연이 있다.

그의 문집에 실려 있는 「답답한 마음을 펴노라[叙悶]」라는 5언율시 여섯 수는 매월당 자신의 생애와 행적, 그리고 그가 평소 마음에 품고 있던 생각들을 간결하게 토로한 자전적 작품이라 할 수 있다. 그 둘째·넷째 수를 옮겨보면 다음과 같다.

「답답한 마음을 펴노라 2·4」	「叙悶」[2]
어린 아이 시절 궁궐에 나아갔더니,	少小趨金殿
세종께서 특별히 비단을 내리시었네.	英陵賜錦袍
지신사 불러서 무릎에 올려놓으니,	知申呼上膝
옆에서는 붓 휘두르길 재촉했다네.	中使勸揮毫
입모아 이르기를 영특한 인물이라며,	競道眞英物
뛰어난 문장 났다고 다투어 보려 하였네.	爭瞻出鳳毛
어찌 알았으랴 집안이 온통 기울면서,	焉知家事替
영락하여 쑥대밭에서 늙을 줄이야.	零落老蓬蒿

---

2) 『溟州日錄』 所載 : 위의 『梅月堂全集』, 259쪽.

<table>
<tr><td>열 세 살에 어머니를 여의었더니,</td><td>失母十三歲</td></tr>
<tr><td>외할머니가 데려다가 키워주셨네.</td><td>提携鞠外婆</td></tr>
<tr><td>얼마 안가 외할머니 저 세상으로 가시고,</td><td>未幾歸窀穸</td></tr>
<tr><td>먹고 살기마저 급기야 부끄러워졌네.</td><td>生業轉蹉跎</td></tr>
<tr><td>높은 벼슬에 오를 마음 적어만 가고,</td><td>簪笏纓情少</td></tr>
<tr><td>구름과 숲속에 노닐 생각만 깊어졌다네.</td><td>雲林着意多</td></tr>
<tr><td>오로지 세상일 잊고 살 생각뿐이어니,</td><td>唯思忘世事</td></tr>
<tr><td>내 마음대로 산 언덕에 누워 지내려네.</td><td>恣意臥山阿</td></tr>
</table>

범상치 않은 자질과 능력이 세상에 알려지면서 주위의 선망과 기대를 한몸에 받았던 어린 시절로부터, 집안이 일거에 기울고 불우한 처지에 놓이게 된 성장기의 고난, 그리고 이러한 삶의 궤적 속에서 마침내 자신이 택한 인생행로와 마음의 상태를 담담하게 노래하고 있다.

매월당 역시 애초에는 유가 사대부로서의 보편적 이상을 실현하는 데 마음을 두었다. 국정 운영에 참여하여 더불어 잘 사는 사회를 만들고자 분투하는 사대부로서의 이상—경국제민(經國濟民)의 포부를 펼치고자 한 것이 그것이다. 더군다나 그를 친히 불러 보고서 타고난 자질에 감탄한 세종 임금으로부터 일찍이 "학업이 이루어지기를 기다려 장차 크게 등용하리라."3)라는 언질까지 받은 처지고 보면, 그로서는 청운의 뜻을 품고 학업에 매진하기만 하면 밝은 미래가 약속된 면이 없지 않았다.

그러나 이같은 애초의 뜻은 요컨대 불우한 환경과 거듭된 가정적 파탄, 세종의 서거와 단명했던 문종의 재위, 뒤이어 벌어진 세조의 왕위찬탈, 거기에 근본적으로 한미한 집안에서 태어난 신분상의 불리함에다, 자신이 지향하는 삶과 가치의식의 변화 등이 복합적으로 얽히면서, 현실에 대해 심각한 갈등을 빚게 되었던 것으로 보인다. 그리하여 세조의 왕위찬탈이 매월당이 현실로부터 이탈하여 산수간에 떠돌게 된 중요한 계기가 되기도 했겠지만, 이와 같은 여러 요인들로부터 자기갈등을 뼈저리게 느낀 결과, 자신의 인격을 굽히지 않고 구차해지지 않으려는 심사에서 마침내 은둔과 방랑의 길을 떠나게

---

3) 待其學成將大用 :「金時習傳」, 앞의 『梅月堂全集』, 8쪽.

된 것이 아닌가 생각한다. 그로서는 그것이 현실과 타협하지 않으면서 지조를 지키는 하나의 방편이었을 성싶기 때문이다.

훗날 양양부사로 있던 유자한(柳自漢)이 그에게 가정을 회복하고 벼슬길에 나오라는 권유를 하자, 매월당은 그에게 보낸 편지에서, "선비가 자신과 세상사가 모순되면 물러나 은거하면서 스스로의 즐거움을 추구하는 것이 분수에 맞는 일이지, 어찌 남의 비웃음을 사면서 억지로 세상에 나아가 머물러 있겠습니까."[4]라고 응대했다. 자신의 처지를 누구보다도 잘 알고 있었기에 이렇게 말했던 것이 아닌가 생각한다.

재야를 떠돌아다니면서 매월당이 몸과 마음을 의탁한 곳은 대개 불가(佛家)였다. 그러면서도 자신의 눈에 비친 당대 사회현실의 부조리와 불합리를 강렬한 어조로 질타하는가 하면, 명산대천을 두루 유람하면서 가슴 속에 응어리진 심사를 시문 창작을 통해 다채롭게 표출했다. 이렇듯 숱한 곡절과 변화를 아우른 매월당의 삶과 행적이, 세간 사람들 눈에는 기인·괴승의 그것으로 비쳐졌던 것도 무리는 아닐 터다. 율곡은 예의 『김시습전』에서 다음과 같이 말했다.

> 스스로 명성이 너무 일찍 알려졌다고 생각하여, 하루아침에 세상을 도피하였다. 마음은 유가(儒家)에 있었지만, 자취는 불가(佛家)에 남아 시속의 사람들에게 괴이하게 보였으니, 일부러 미친짓을 해서 그 속모습을 감추었던 것이다.[5]

이같은 율곡의 말은 그 내밀한 사연이나 실상을 좀더 깊이 따져볼 필요가 있지만, 어떻든 매월당이 후세인들에게 다양한 얼굴로 기억되고 기이한 행적을 남긴 인물로 부각되게 된 이유의 일면을 지적하고 있는 것만은 분명하다 할 것이다.

---

4) 士之身世矛盾 退居自樂 盖其素分耳 安得受人嗤謗 而强留人世乎 : 「上柳襄陽陳情書」, 앞의 『梅月堂全集』, 349쪽.

5) 自以聲名早盛 而一朝逃世 心儒跡佛 取怪於時 乃故作狂易之態 以掩其實 : 「金時習傳」, 앞의 『梅月堂全集』, 9쪽.

매월당의 생애적 자취와 문학세계를 살필 수 있는 현존 자료로는, 그의 시문집인 『매월당집(梅月堂集)』과 우리나라 최초의 한문소설로 일컬어지는 전기집(傳奇集) 『금오신화(金鰲神話)』가 있다. 『매월당집』은 원집 23권 중 15권이 시로 이루어져 있으며, 거기에 수록되어 있는 시 작품은 2,200여 수에 이르는 바, 이는 전체 저작의 3분의 2를 차지한다고 한다. 물론 매월당은 이밖에도 수많은 시와 문장을 지었다. 시만 해도 수 만 편이었다고 전하는데, 대부분 그 자신에 의해 불태워지거나 오랜 유랑생활로 인해 흩어져 없어진 것들이 많았다고 하니, 그것까지 합쳐 따진다면 실로 방대한 양이었으리라 짐작할 수 있다. 그가 죽은 지 18년 째 되는 해에 중종의 명으로 유고 수집이 시작되어, 이 일을 맡은 이자(李耔 : 1480~1533)는 10년 걸려 겨우 3권 수집했다고 한다.

2. 문학을 통한 자아와 가치 실현

매월당이 자신의 타고난 자질과 능력을 발휘하여 이룩한 문학은 한문학이다. 한문학은 본시 신분사회의 지배층이 지체를 굳히고 자아를 실현하며 자부심을 높이는 데 소용되던 문학이다. 거기에다 고려 광종 이후 국가적 차원에서 시행하는 관료 선발제도라 할 수 있는 과거제의 실시로 인해, 한문학은 입신양명의 직접적인 수단이기도 했다.

그러나 조선왕조 당대의 지배계층—사대부라 하더라도, 현실적으로 별다른 혜택을 받지 못했던 부류는 애써 전통적으로 내려온 관례를 따르려고 하지만은 않았다. 이들 부류는 지배층 사회에서 지향하는 한문학의 일반적 규범을 준수하기보다는, 이에 반발하고 나서거나 심지어 당대 지배이념과 어긋난 측면에서 이단적 성향을 내포하기까지 했다. 매월당도 이 부류에 속하는 인물 가운데 한 사람이다.

매월당은 이른바 입신양명의 수단이었던 과거에 마음을 두지 않았다. 어려서부터 탁월한 재능을 인정받았으나, 어지러운 당대 정치상황에다 크게 내세울 것 없는 입지, 그리고 자신이 지향하는 가치의식이 경국제민의 포부를 실현하는 뜻과는 어긋나, 마침내 세속적인 질서나 규범에 예속되지 않는 자유 분방한 삶의 길을 택했다. 그리하여 자신의 삶과 사회와 자연에 대한 심상을 다채롭게 형상화한 수많은 시를 남겼다.

매월당의 시적 자질과 천재성에 얽힌 이야기는 다양한 일화로 전승되고 있다. 특히 어린시절에 지은 몇몇 시구들은 세상을 깜짝 놀라게 하기에 충분했던 것으로 보인다. 윤춘년(尹春年·1514~1567)의 「매월당선생전(梅月堂先生傳)」에 실려 있는 일화—3살 때 그의 유모가 보리방아 찧는 것을 보고 다음과 같은 시 두 구를 큰 소리로 읊어 주위 사람들을 모두 놀라게 했다는 것6)이 그 한 예다.

無雨雷聲何處動　　　비도 아니 오는데 천둥소리 어디서 나나,
黃雲片片四方分　　　누런 구름 조각조각 사방으로 흩어지네.

쿵쿵 내리찍는 방아에 보리가 가루되어 부서지는 모습을 두고 이렇게 형용한 것은 가위 하늘로부터 부여받은 자질이 아니고서는 상상하기조차 어렵다. 더욱이 예사 사람들은 글조차 깨치기 어려운 유년시절에 이런 시를 지을 수 있었다고 하니, 매월당의 시재(詩才)는 비범함을 넘어서서 특출했다고 해야 할 것이다.

그러나 이러한 매월당의 시적 자질은 "내 자라 벼슬에 나아가는 날에는, 경술로써 밝은 임금 모시려 했네."7)(「답답한 마음을 펴노라[叙悶]」·3)라고 술회한 이면에 암시되어 있듯, 애초에 마음먹었던 경국제민의 뜻을 펼치는 일과는 다른 방향에서 봉오리를 맺고 꽃을 피웠다. 현실의 굴레에서 벗어나 자유분방한 삶을 추구했던 그로서는, 사대부 사회의 보편적 규범에 얽매일 필요가 없었으며, 그런 만큼 자신의 생각과 느낌에 충실한 작품들을 지어낼 수 있었기 때문이다. 물론 그렇다고 해서 그 자신 사회현실에 대한 미련이나 갈등이 전혀 없었던 것은 아니다. 예의 여섯 수로 이루어진 「답답한 마음을 펴

---

6) 앞의 『梅月堂全集』, 7쪽 참조.
7) 期余就仕日　經術佐明君

노라[叙悶]」 첫째 수에 이런 마음의 상태들이 잘 나타나 있다.

<table>
<tr><td>「답답한 마음을 펴노라 · 1」</td><td>「叙悶」8)</td></tr>
</table>

마음과 세상일이 서로 어긋나니,	心與事相反
시 짓는 일 빼놓으면 즐길 일 없네.	除詩無以娛
술에 취하는 즐거움도 순식간이요,	醉鄕如瞬息
달콤한 잠도 다만 잠깐 사이라네.	睡味只須臾
송곳 끝을 다투는 장사치 이가 갈리고,	切齒爭錐賈
말이나 먹일 오랑캐 한심하기만 하네.	寒心牧馬胡
인연 없어 나랏님께 몸바칠 수도 없으니,	無因獻明薦
눈물 닦으며 아—! 길이 탄식한다네.	抆淚永嗚呼

‘마음—이상’과 ‘세상일—현실’의 괴리 속에서 그의 유일한 위안이자 즐거움은 바로 시를 짓는 일이라고 했다. 그렇게 함으로써 답답한 심경을 달래고, 마음 속에 품고 있는 온갖 생각과 느낌들을 토로할 수 있었기 때문이다. 아울러 ‘인연 없어 나랏님께 몸바칠 수도 없으니, 눈물 닦으며 아—! 길이 탄식한다네.’라고 한 데서는, 경국제민의 사회현실에 대한 미련이 완전히 가시지는 않았음을 헤아릴 수 있다.

시란 본시 자기실현의 기능을 가지고 있는 것이지만, 매월당의 경우에 있어서는 특히 자아의 존재 의의와 정신적 가치를 실현하는 거의 유일한 통로가 아니었던가 생각된다. ‘마음과 세상일이 서로 어긋난’ 처지에 놓인 당대 사대부 지식인이 추구할 수 있는 정서표출의 수단이란 지극히 제한되어 있었을 것이 당연하고, 따라서 ‘시 짓는 일 빼놓으면 즐길 일 없다.’라는 말은 가슴 깊숙한 곳에서 우러나온 진솔한 고백이 아닐 수 없기 때문이다. 다음과 같은 「밤에 읊조리다[夜吟]」라는 5언율시야말로, 매월당에게 있어 시와 시작(詩作) 행위가 갖는 의의가 무엇인지를 극명하게 보여준다.

---

8) 『溟州日錄』 所載 : 앞의 『梅月堂全集』, 259쪽.

「밤에 읊조리다」   「夜吟」9)

적적한 산속 초당에 밤이 드니,   寂寂山堂夜
맑게 읊조리며 스스로 못이겨하네.   淸吟自不勝
실바람은 문풍지를 불어 울리고,   細風吹帳紙
겨울달은 처마끝 고드름을 환히 비추네.   寒月映簷氷
술 있으면 수심일랑 이내 깨어지지만,   有酒愁仍破
시 없이 말만으로는 견딜 수 없네.   無詩語未能
백년 동안 길이 취하길 원하노니,   百年常願醉
시야말로 네가 나의 벗이로구나.   短律爾爲朋

적막한 산중에 밤이 찾아오니, 주변을 에워싼 온갖 물상들이 수심을 돋운
다. 술잔을 기울이고 스스로와 말을 나누며 잠시 수심을 달랜다. 그러나 그
역시 순간일 뿐, 길이 취할 수는 없다. 시 없이는 수심에 찬 나날들을 견딜 수
도 내밀한 심경을 토로할 수도 없다. 그렇기에 시야말로 자신의 '벗'ㅡ자신의
생각과 느낌을 드러내는 절실한 수단이라고 했다.

그래서인지 매월당은 어느 때고 울적한 심경에 사로잡히거나 답답한 가슴
속을 시원스럽게 씻어내고자 할 때면, 자신의 내면에서 우러나는 소리들을
소소한 격식에 구애받지 않고 문자로 옮겼다. 율곡이 말한 것처럼 '자연의 사
물이며 인간사로부터 철학적 사유에 이르기까지 유형 무형의 표현할 수 있는
모든 것들을 한결같이' 시로써 표출해 냈던 것이다. 그런 만큼 그의 시편들은
소재와 내용 면에서 자신의 파란 많은 인생역정 만큼이나 다채롭고 풍부하
여, 그가 이룩한 시세계의 특징을 몇 마디로 간추리기란 참으로로 어렵다. 이
산해(李山海·1538~1609)는 「매월당집서(梅月堂集序)」에서 매월당의 시세계
를 다음과 같이 평하기도 했다.

그의 시편들은 자신의 타고난 품성과 기질에 바탕하여 읊고 나타낸 것이
기에, 애써 꾸미지 않아도 자연스럽게 한 편이 이루어져서, 길게 읊조린 것
이든 짧은 노래든, 지어낼수록 더욱 군색함이 없었다. 그는 서글프고 울분

---

9)『溟州日錄』所載 : 앞의『梅月堂全集』, 259쪽.

이 복받칠 때나, 답답하게 쌓여 응어리진 가슴속을 무엇으론가 시원스럽게
펴낼 수 없을 때면, 반드시 시문에다 발산하여 붓 가는대로 휘둘러 답답한
마음을 씻어 냈다. 처음에는 장난끼 섞인 듯 실없는 듯 조금도 뜻에 얽매이
지 않은 듯했으나, 언어의 높낮이며 뜻을 열고 닫는 변화가 측량할 수 없을
만큼 다채로와서, 뭇 체제가 갖추어지고 온갖 형상이 다 드러났다.[10]

　　이런 이산해의 평에서 짐작할 수 있듯, 매월당의 시는 대개 공교롭게 다듬
어서 지은 것이 많지 않아서 규범이나 격식 면에서는 정밀성이 떨어지고, 자
신의 감정을 지나치게 노출시킨 점이 흠이라는 평도 듣는다. 그러나 그럴 능
력이 없어서가 아니라 그 자신 "다만 시의 묘처(妙處)를 볼 뿐이지 성련(聲聯)
은 문제삼지 않는다."[11]라고 한 시작태도에서 알 수 있듯이, 형식적인 아름다
움이나 기교보다는 스스로가 도달한 의경(意境)이나 의취(意趣)를 형상화하는
데 무게를 두고 있어서라고 보는 것이 온당하다. 그래서 매월당의 시편들 가
운데는 성률이나 표현언어의 기교·조탁을 일삼는 이들의 시에서는 찾아보
기 어려운 고고하고 심원한 맛이 풍겨나오는 작품이 많다. 자신의 마음 속 깊
은 곳에서 우러나는 생각과 느낌의 표출—사고와 정서의 자연스런 발로야말
로 시라는 것이 매월당이 견지한 문학정신이라고 할 수 있기 때문이다.
　　이러한 문학정신이 행간에 담담하게 녹아 있는 작품으로서, 다음과 같은
「강릉(江陵)」이라는 5언절구를 들 수 있을 것이다.

「강릉」　　　　　　　　　　　　　　　　　　　　「江陵」[12]

닭 개 우는 소리 바닷가 마을을 잇고,　　　　　　鷄犬連鮫市
뽕밭 삼밭은 푸른 바다로 닿아 있네.　　　　　　桑麻接海門
비릿한 갯바람 해 저문 포구로 불어오는데,　　　腥風吹晚浦

---

10) 其爲詩也 本諸性情 形於吟詠 故不事鍛鍊繡繪 而自然成章 長篇短什 愈出而愈不窘 其
　　惑憂愁慷慨之極 輪困磊塊之胸 無以自暢 則必於文字焉發之 縱筆揮灑 初若玩弄戲劇 略
　　不經意 而抑揚開闔 變動叵測 衆體具呈 萬狀畢露：李山海,「梅月堂集序」, 앞의『梅月
　　堂全集』, 5쪽.
11) 但看其妙處 莫問有聲聯：「學詩」,『梅月堂集』卷4, 앞의『梅月堂全集』, 110쪽.
12)『遊關東錄』所載：앞의『梅月堂全集』, 196쪽.

　　고깃배 저어 저어 꽃마을로 돌아오네.　　　　　　　　漁艇返花村

　한시의 양식적 특성인 '기－승－전－결'에 의한 시상(詩想) 전개방식이 무시되어 있으며, 표현기교 면의 세련미조차도 두드러지지 않는다. 눈에 보이고 귀에 들리는 일상적 사물과 형상들을 마치 객관적 사실을 나열하듯 덤덤하게 그려놓았다. 그런데도 이런 정경들에서 은연중 따뜻한 체온을 느낄 수 있다. '닭 개 우는 소리가 들리는 바닷가 마을', '바다로 닿아 있는 뽕밭과 삼밭', '해 저문 포구로 불어오는 비릿한 갯바람', '꽃마을로 돌아오는 고깃배' 등에서 느낄 수 있는 삶의 맥박과 아늑한 정감이 그것이다.

　이렇다할 격식이나 기교가 배제된 작품에서 이같은 삶의 맥박이며 정감을 느낄 수 있는 것은, 무엇보다도 그 시적 이미지나 형상들이 이른바 관념공간에서 양식화된 것들이 아니기 때문일 것이다. 요컨대 우리가 일상에서 몸소 접할 수 있는 생활의 단면들을 그저 덤덤하게 노래함으로써, 거기에 '인간적 계기의 토양－인간풍정(人間風情)'이 자연스럽게 깃들게 한 시정신의 발로가 아닐까 생각되기 때문이다.

　이렇게 볼 때, 매월당에게 있어서 시를 짓는 행위는 당대 사회현실과 심각한 갈등관계에 놓여 있던 자아를 성찰하는 과정이자, 자아가 추구하는 의미와 가치를 실현하는 절실한 매개체 역할을 했다는 데 의의가 있는 것으로 보인다. 자신의 삶을 지탱해 나간 거의 유일한 수단이자 목적이 바로 시를 짓는 일이었을 터기 때문이다.

3. 현실 대응태도와 인간미의 발현

　매월당이 재야를 떠도는 생활을 했다고 해서, 당대 사회현실에서 전개되는 모든 일들에 무관심하거나, 자신과는 전혀 상관없는 일로 치부한 채 외면했던 것은 아니다. 이른바 '현실과 갈등관계에 놓여 있었다.'라는 말이 내포하고 있는 것처럼, 그 자신 당대 사대부 지식인의 한 사람으로서, 사회로부터 완전한 이탈이나 도피는 실제로 가능하지 않은 일이었을 것이기 때문이다. 그런 면에서 우리가 진지하게 살펴볼 필요가 있는 것은 그의 문학세계에 나타난 현실 대응태도라고 할 수 있다.

매월당이 생존·활동하던 15세기 중·후반은 초반과 달리 조선왕조 건국 초기의 어수선한 분위기가 일차 수습의 국면을 맞는 것과 함께, 체제 안정을 위한 제도적 장치들이 다각도로 모색되던 시기였다. 그러나 새로운 왕조 건국의 명분 가운데 하나였던 토지제도의 개혁에 있어서는, 초기 대토지 소유에 반대하고 나섰던 개혁파들까지도 집권세력으로서의 권한과 영향력이 확대되면서, 오히려 그들 자신이 대토지를 소유하게 되는 파행적 국면에 이른다. 거기에 당대 집권세력 내부의 권력투쟁이 격화되면서 특히 농민들에 대한 수탈과 핍박이 한층 가혹해졌으며, 그 결과 농민들은 점차 토지로부터 유리되어 소작농으로 전락해 가고 있었다. 국가의 존립 기반인 양인 농민층을 확보·안주시키지 못함으로써, 결국 사회 전체가 허약해져 갔던 것이다.

그 자신 몰락양반 출신이었던 매월당은 당대 집권세력의 이같은 횡포에 분노하면서, 국가 존립의 근간이자 생업의 뿌리를 담당하는 농민들이 기본 생존권마저 위협받는 처지에 놓인 현실을 통절히 비판한다. 그래서 그의 수많은 시편들에는 애민의식이 두루 그리고 짙게 투영되어 있다. 매월당은 참으로 다양한 작품들을 지었지만, 우리가 특히 주목할 필요가 있는 예들을 든다면 바로 이런 작가정신이 배어 있는 작품들이 아닐까 생각한다. 이런 경향을 대표하는 「산골집의 괴로움을 읊다(咏山家苦)」라는 7언절구 여덟 수 가운데, 그 셋째 수와 넷째 수를 옮겨보면 다음과 같다.

「산골집의 괴로움을 읊다 3·4」	「咏山家苦」[13]
척박한 밭에 싹 자라면 노루 멧돼지 먹어대고,	薄田苗長麕犯吃
가라지 조 여물 양이면 새나 쥐가 훔쳐먹네.	莠粟登場鳥鼠偸
관가에 세금 바치고 나면 남는 게 하나도 없어,	官稅盡輸無剩費
사채로 밭갈 소마저 빼앗기면 이를 어찌 견디나.	可堪私債奪耕牛

---

13) 『遊金鰲錄』 所載 : 앞의 『梅月堂全集』, 226쪽.

누에 치는 아낙네들 봄 내내 쑥대머리로 고생하건만,　蠶婦蓬頭苦一春
비단옷 걸치고 취해 배부른 무리들 성안에 가득하여,　醉飽輕裘滿城市
만나는 사람들마다 편히 지내는 분들 뿐이로구나.　　相逢盡是自安人

척박한 산비탈에 농작물이라고 심으면 미처 자라기도 전부터 뭇 짐승들이 달려들어 피해를 입히고, 그나마 거두어 세금 바치고 나면 먹고 살 양식이 없는 것은 물론, 사채가 쌓여 계속 농사를 지을 수 있을지조차 막막하다. 또, 먹고살기 위해 남녀노소 할 것 없이 피땀 흘려 일을 하지만, 아무리 발버둥쳐도 모두가 입에 풀칠조차 하기 어렵다. 그런데도 이에 아랑곳하지 않고 관가에서는 과다한 조세를 부과하여 백성들의 생활고가 극에 달해 있다. 어디 그뿐인가. 이같은 백성들의 삶과는 대조적으로, 배불리 먹고 행세하며 사는 지배층 사람들의 호사는 아예 말문이 막힐 정도다. 이 어찌 민본(民本)을 국시(國是)로 삼은 나라에서 있을 수 있는 일이겠는가.

이 시는 온갖 고초를 무릅쓰는 삶에도 불구하고 갖가지 조세와 사채에 시달리고 굶주리는 농민들의 참담한 생활상과, 이에 아랑곳하지 않는 지배층의 호사를 사실적·대조적으로 그리면서, 당대 사회현실의 모순을 농민의 편에 서서 고발한 작품이다. 더욱이 매월당 자신 산중에 묻혀 지내는 사이사이 화전을 일구어 먹으며 살기도 했고, 뜻하는 바 있어 농사를 직접 지어본 경험이 있었던 터라14), 그의 목소리는 단순한 연민의 정을 넘어서서 한층 절실한 느낌을 준다.

이와 같은 작품 외에도 매월당은 「농부의 이야기를 적다[記農夫語]」·「슬프고 슬프도다[嗚呼歌]」·「큰 쥐[碩鼠]」·「안 그런 놈이 없다[莫非]」 등과 같은 작품들을 통해, 당대 몰락 자영농민이 겪어야 했던 고난과 지배층의 부패·수탈을 절절히 노래했다. 농민을 향한 뜨거운 동정과 깊은 이해로부터 시작하여, 당대 통치 지배세력의 토지겸병과 대토지소유의 출현에 강한 반발을 표명했으며, 자영농민의 이해를 전적으로 대변해 주는 저항시인으로 등장했던 것이다. 매월당의 이러한 현실 대응태도와 그 문학적 형상화 의지는 당

---

14) 이자의 「梅月堂集序」와 율곡의 「金時習傳」에 이와 관련된 사실이 잘 나타나 있다.

시 정치 사회적 현실에 비추어 볼 때 지배계층으로서는 도저히 용납하기 어려운 대담한 시도였음을 간과할 수 없다.[15]

다만 이러한 현실 저항의지와 그 구체적 실천의 결과가 시문을 통해서만 가능하였다는 데 매월당의 한계가 있다. 그렇지만 이는 이른바 시대적인 제약과 개인으로서는 어찌할 수 없는 한계로 볼 수도 있다. 나아가 보다 적극적인 의미에서는, 그의 저항시가 당대 지배세력의 농민수탈에 반대하며 그들과 맞서 싸울 힘을 배태하고 있었다는 점에서, 시대적 한계에도 불구하고 나름의 역할을 했다고 평가할 수도 있을 것이다. 그는 양심 있는 지식인으로서 자신이 마땅히 취해야 할 태도가 무엇인가를 잘 인식하고 있었다고 볼 수 있기 때문이다.[16]

한편, 매월당은 이처럼 부조리한 현실을 비판적 안목과 사실적 표현을 통해 형상화한 작품들뿐만 아니라, 이곳 저곳을 유랑하면서 자연의 경물을 벗삼아 유유자적한 삶을 누리고자 한 내용을 담은 작품들 역시 적지 않게 지었다. 그러나 이러한 경향의 시편들 또한 각도를 달리해 보면, 당대 집권세력의 불의와 비리에 타협할 수 없는 자신의 품성과 가치의식을 표출한 또다른 통로로서의 의미를 지니고 있는지도 모른다. 이른바 현실 저항의식이 우회적으로 표출된 작품으로 볼 수 있지 않을까 생각되기 때문이다. 다음과 같은 「잠실에서[蠶室]」라는 7언절구가 그 대표적인 예라 할 것이다.

「잠실에서」	「蠶室」[17]

십년을 나그네 되어 동으로 서로 쏘다녔더니,	十年爲客走西東
내 신세 완연히 밭둑가 쑥대처럼 되었구나.	身世都如陌上蓬
인생행로 세상살이 모두 다 험난하니,	行路世途俱嶮巇

---

15) 이운구, 「매월당의 애민의식과 시의 성격」(『한국한문학연구』 제1집, 한국한문학연구회, 1976), 27~30쪽에서 예의 작품들을 근거로 매월당의 애민의식과 저항시인으로서의 면모를 살피면서 이와 같이 논의했다. 이를 참조했다.

16) 같은 글, 30~33쪽에서 애민의식을 형상화한 매월당 시의 한계와 의의에 대해 이와 같이 논의했다. 이를 참조했다.

17) 『梅月堂原集』卷1 : 앞의 『梅月堂全集』, 42쪽.

말없이 꽃떨기 향내 맡으며 지내니만 못하리.　　　　　不如無語嗅花叢

　십년 동안 유랑생활을 하고 보니, 자신의 신세가 마치 '밭둑가 쑥대처럼' 되어 버렸다고 했다. 그러면서 어디에 발 디디고 살든 험난하기는 마찬가지니, 차라리 입을 다물고 꽃밭이나 가꾸며 한적함에 몸을 누이는 것이 낫지 않을까 싶다고 했다. 보다 큰 관심과 의욕은 현실에 있음에도 불구하고, 그것을 감당하기 어렵기에 마침내 허탈한 심경으로 이처럼 역설적 도피를 노래한 것이 아닐까 생각한다. 그런 면에서, 이 시는 혼탁한 정치 풍토와 영합할 수 없는 고결한 지식인의 심경을 토로한 것이라고 이해하는 것이 온당할 듯하다.
　앞에서 인용한 율곡의 「김시습전」과 이보다 앞서 지어진 이자(李耔)의 「매월당집서」(1521·중종16)에는, 이와 같은 매월당의 현실 대응태도와 인간미가 십분 배어나는 일화가 공통적으로 실려 있다. 보다 자세하게 적은 율곡의 「김시습전」에 실린 내용을 옮겨보면 다음과 같다.

> 　산에 가면 즐겨 나무껍질을 벗겨 희게 하고 거기에 시를 써서 한참을 읊조리다가, 갑자기 통곡을 하고는 깎아버리기도 했습니다. 어떤 때는 종이에다 쓰기도 했지만, 남에게 보이지 않고 물이나 불에 던져버렸습니다. 혹은 나무로 농부의 밭갈고 김매는 형상을 깎아 만들어 책상 옆에다 벌여 놓고는, 종일 뚫어지게 보다가 역시 통곡하고 태워버리기도 했습니다. 때로는 심은 벼가 매우 성해서 이삭진 것이 볼 만한데도, 술취한 김에 낫을 휘둘러 잠깐 동안에 모두 땅바닥에 쓸어 눕히고는 목을 놓아 통곡하기도 했습니다. 그 행동거지를 측량하기 어려워서 세간 사람들의 웃음거리가 되었습니다.[18]

　이와 같은 매월당의 기행(奇行)에 가까운 행적들은, 요컨대 당대의 집권세력에 대한 불만과 저항의 표시이자, 몰락한 농민들에 대한 동정과 이해를 대변하는 것이 그 대부분이 아니었을까 생각한다. 국가의 근본인 농민들과 함께 서서 부조리한 현실에 공감하고, 어떻게든 이에 대응하려는 지식인의 최

---

18) 山行好白樹題詩 諷詠良久 輒哭而削之 或題于紙 亦不示人 多投水火 或刻木爲農夫耕耘
　　之形 列置案側熟視終日 亦哭而焚之 有時所種禾甚盛 穎栗可玩 乘醉揮鎌盡頃委地 因放
　　聲而哭 行止叵測 大被流俗所嗤：李珥,「金時習傳」, 앞의 『梅月堂全集』, 9쪽.

소한의 양심적 행동방식의 일환으로 볼 수 있기 때문이다. 그러나 이런 애틋한 심사마저도 '세간의 웃음거리'로 치부되었던 왕조시대의 완강함은, 당대 사회적 인식과 분위기의 단면을 넉넉히 짐작하게 한다.

매월당이 생존·활동하던 당대의 어지러운 세태를 비판하는 내용을 담은 일화들 가운데에는, 통쾌하면서도 비범한 풍자정신이 돋보이는 예가 적지 않다. 『영남야언(嶺南野言)』에 기록되어 전하는 것으로서, 서강(西江)을 지나다가 한명회(韓明澮·1415~1487)의 별장에 걸려 있는 다음과 같은 판상시(板上詩)를 보고, 그 자리에서 글자를 고쳐 그를 통렬하게 비판한 것은 널리 알려진 일화다.

靑春扶社稷	청춘시절에는 사직을 보좌했고,
白首臥江湖	백발이 되어서는 강호에 누웠노라.

젊어서는 나라의 역군으로서 임금을 보필하는 데 큰 힘을 발휘했고, 늙어서는 해맑은 자연과 더불어 유유자적한 삶의 정취를 누린다는 뜻이다. 참으로 호기어린 내용이다. 그런데 매월당은 이 시의 '부(扶)' 자를 '위(危)'로, '와(臥)' 자를 '오(汚)'로 고쳐 놓고 가버렸다. 그리하여 '젊어서는 종묘사직을 위태롭게 했고, 늙어서는 강호를 더럽혔다.'라는 뜻이 되어버렸으니, 한명회의 호기어린 뜻이 그야말로 일거에 시궁창으로 곤두박질쳐진 셈이 되고 만 것이다. 뒤에 한명회는 이를 보고서 현판 자체를 아예 없애버렸다고 한다.

이러한 일화는 매월당이 집권 고위층 임명 소식을 듣고 여러 날 통탄하면서, "우리 백성이 무슨 죄가 있느냐. 저런 자가 이 소임을 맡다니!"[19]라고 부르짖었다는 이자의 「매월당집서」에 기록된 일화와도 일맥상통한다. 현실과 일체의 타협을 거부한 채, 국가의 근본을 옹호하려는 그의 꿋꿋한 태도와 인간미를 살필 수 있는 예라 할 것이다.

---

19) 斯民何罪 而此人當此任哉

4. 이상세계에의 갈망과 그 문학적 형상화

매월당은 일세를 풍미한 시인으로서 명성을 쌓은 인물이기도 하지만, 우리 문학사 최초의 한문소설로 일컬어지는 『금오신화(金鰲神話)』를 지은 작자인 점에서 또한 불후의 업적을 쌓은 인물로 기억되고 있다.

그의 나이 26살(1460·세조6)이던 해 가을, 매월당은 서울에 책을 구하러 갔다가 효령대군(孝寧大君)의 권유로 세조의 불경언해 사업에 참가하여 내불당에서 교정일을 맡아보기도 한다. 그러나 31살(1465·세조11)이던 해 봄, 경주로 내려가 금오산(金鰲山)에 금오산실(金鰲山室)을 짓고 칩거한다. 그가 머물렀던 금오산실이란 다름아닌 용장사(茸長寺)며, 그 집의 당호가 바로 '매월당'이다. 그는 이곳에서 37살(1471·성종2) 때까지 머물면서 『금오신화』를 창작하였을 뿐 아니라, 생활주변의 풍정과 심회를 노래한 수많은 시편들을 지었다. 이때의 시편들은 『유금오록(遊金鰲錄)』에 묶여 전한다.

현재 전하는 『금오신화』에는 다섯 편의 이야기가 실려 있다.[20] 「만복사저포기(萬福寺樗蒲記)」·「이생규장전(李生窺牆傳)」·「취유부벽정기(醉遊浮碧亭記)」·「남염부주지(南炎浮洲志)」·「용궁부연록(龍宮赴宴錄)」이 그것이다. 이 다섯 편의 이야기에 나타나는 공통된 이야기 요소는, 주인공이 현실세계가 아닌 다른 세계에 존재하는 인물들과 교섭하는 가운데 사건이 전개되고 결말에 이르는, 비현실적이며 초경험적인 사실들을 바탕으로 짜여져 있다는 사실이다. 그 다른 세계는 피안·천상·용궁 등으로 다양한데, 다섯 편 모두 이른바 '경험적 현실에서 제기되는 문제들을 초경험적 전제 위에서 해소하려는 성향'을 보인다는 점에서 전기(傳奇)의 특징을 그대로 지니고 있기도 하다.

잘 알려진 바와 같이, 「만복사저포기」는 양생(梁生)이라는 주인공이 왜구의 난으로 죽은 여인의 환신(幻身)과 함께 산 사랑의 이야기로, 그 사랑의 절실함을 통해 불우한 서생의 현실세계의 불운을 보상받으려 한 점이 특징이다. 「이생규장전」은 이생(李生)이라는 주인공이 지체가 다른 여인을 만나 잠시

---

20) 『梅月堂外集』 卷1 所載 : 앞의 『梅月堂全集』, 428~450쪽 참조.

부부의 인연을 맺었다가, 여인이 홍건적의 난으로 죽자 그 환신과 현실에서 못다 이룬 사랑을 나누고 마침내 유명을 달리한다는 이야기로, 그 후반부가 「만복사저포기」의 구성과 유사하다. 「취유부벽정기」는 홍생(洪生)이라는 이가 평양 부벽정에서 위만에서 쫓겨나 선녀가 된 기자조선의 마지막 공주와 만나 하룻밤 시와 술로 화답한 후 그녀를 따라 선계로 올라갔다는 이야기로, 사랑의 애틋함보다는 역사적 상징성이 짙은 작품이다. 그런가 하면「남염부주지」는 작자의 분신이라 할 수 있는 박생(朴生)이 염라국 염부주를 찾아가 염라왕과 문답·토론을 통해 자신의 심오한 철학과 사상을 펼쳐내며, 마침내 염라왕의 자리를 물려받아 이승을 떠난다는 이야기다. 그리고 「용궁부연록」은 한생(韓生)이라는 인물이 꿈에 용궁 잔치에 초대받아 자신의 문재(文才)를 발휘해 전각의 상량문을 지어주고, 기이한 용궁 세계를 두루 구경하며 극진한 환락을 맛본 후 돌아온다는 이야기다.

이렇듯 『금오신화』는 고난에 찬 현실 세계에서는 결코 실현하기 어려운 인간의 욕망과 이상의 단면들을 제기하고, 이를 상상적으로 마련한 시공 속에서 자유롭게 실현하는 것이 작품의 주된 흐름을 이루고 있다. 그래서 현실과 환상의 세계가 교차하는 가운데 줄거리가 전개되며, 그 줄거리 속에서 작자가 품고 있는 다방면의 가치의식이라든가 사상들이 전기(傳奇)의 낭만적 수법을 통해 형상화되고 있다. 『금오신화』의 여러 이야기들을 통해 매월당은 이른바 "좌절된 당대인의 요구와 자신의 이상을 투영시켜 환상적·낭만적 사건을 연출함으로써, 당대 사회에서 실현될 수 없었던 그의 사회·윤리적 이상을 구현하고 심미적 이상을 추구"21)하고 있는 것이다.

물론 작품의 줄거리가 이렇다고 해서 『금오신화』에 등장하는 이야기들에 이른바 낙관적 세계관이 투영되어 있다는 것은 아니다. 가령, 작품의 결말에 해당하는 부분에서 주인공들은 하나같이 세상을 등진다. 그래서 이야기가 흥미 위주로 흐르지 않을 뿐 아니라, 거의 비극에 가까운 정서를 유발하며 마무리된다. 이는 작품 줄거리를 통해 전개되어 온 대부분의 사실들이 현실 세계에서는

---

21) 정학성, 「조선 전기의 비판적 문학」, 『민족문학사 강좌·상』(민족문학사연구소 엮음), 창작과비평사, 1995, 147~148쪽.

추구하기 어렵다는 것, 즉 작자가 품고 있는 욕망이나 이상이며 가치들이 결코 현실에서는 실현 불가능하다는 의식의 소산이라고 할 수 있다. 그런 면에서 이와 같은 결말 처리방식은 작자가 '현실 세계의 질서를 거부하는 비장한 결단의 표현'일 수 있으며, 바로 여기에 '작품의 비극적 성격과 심각한 문제의식'이 내포되어 있다고도 할 수 있다. 그리하여 이와 같은 문학적 형상화의 이면으로부터 우리는 "부조리한 세계의 횡포에 맞서 주체적 요구와 이상을 관철시키려 한 작가 김시습의 비극적 대결의 정신, 저항정신을 만나게 되며, 이같은 그의 저항정신이 보편성을 획득하여 인간성을 긍정하고 그 해방을 추구하는 인도주의 정신으로 확대 승화되고 있음"[22]을 볼 수 있다고 할 것이다.

매월당은 『금오신화』를 창작하게 된 동기의 하나가 된 명나라 구우(瞿佑 · 1341~1427)의 『전등신화(剪燈新話)』를 읽고 난 소감, 즉 「전등신화 뒤에 쓰다 [題剪燈新話後]」[23]라는 시의 한 대목에서 다음과 같이 노래했다.

말이 세상의 교화에 닿으면 괴이해도 무방하고,   語關世敎怪不妨
사건이 사람을 감동시키면 허탄해도 좋으리라.   事涉感人誕可喜

작품에 등장하는 언어적 표현들이 세상을 교화하는 데 연관된 것이라면 기이하거나 색다르다 해도 혐의될 것이 없으며, 그 내용이 사람을 감동시키는 데 이르는 것이라면 비록 허황하다 해도 나름의 가치가 있다는 것이다. 문학의 사회적 효용성으로 '교화'와 '감동'을 내세우고, 이를 개성적인 표현과 내용으로 구체화하고자 한 매월당의 이같은 문학의식은, 당대로서는 매우 적극적이고 진취적인 것이었다고 할 수 있다. 이른바 '풍교(風敎)'의 전통은 그 역사가 깊지만, 감성의 자유로운 발로를 지향하는 태도는 17세기 이후에라야 본격화되는 양상을 띤다는 점에서다. 이로써 보면, 매월당은 하나의 문학 작품이 작자의 개성적 내면 세계를 형상화한 것이면서도, 정서적 공감대를 가진 다수의 사람들에게 두루 읽힐 유무의 가치를 누구보다도 일찍이 깨닫고

---

22) 같은 글, 146쪽.
23) 『梅月堂原集』 卷4 : 앞의 『梅月堂全集』, 111쪽 참조.

있었던 문인이었다고 할 것이다.

그런 면에서 『금오신화』가 보여주는 비현실적 초경험적 사실들은 요컨대 현실적 사고와 정서의 산물이다. 소설은 허구적인 사실들 속에 현실 세계에서 제기되는 진실을 담으려는 태도에서 창작되는 것이 일반적이며, 바로 여기에 소설의 문예적 가치가 있다고 할 수 있다. 『금오신화』는 이러한 소설의 특징을 본격적으로 갖추고 나타난 우리 문학사 최초의 작품으로 일컬어 손색이 없거니와, 이는 매월당의 작품 창작 태도를 통해서도 거듭 확인할 수 있다. 주목할 만한 사실은, 『금오신화』에 등장하는 사건들은 분명 이야기[傳奇] 형식을 취하고는 있지만, 구성 내용 면에 있어서는 오히려 시가 더 많은 비중을 차지하고 있어서, 작자의 고조된 감정을 나타내는 데 잘 활용되고 있다는 점이다. 그런 면에서 보면, 『금오신화』는 이른바 시로써 엮어나간 기이한 이야기집[傳奇集]이라고도 할 수 있다.

그는 두 수로 이루어진 「금오신화를 지으며[題金鰲神話]」에서 다음과 같이 노래했다.

「금오신화를 지으며」	「題金鰲神話」[24]
오막집에 방석자리 따사로움이 넘쳐나고,	矮屋靑氈暖有餘
창에 가득 매화 그림자 달이 밝기 시작하네.	滿窓梅影月明初
등잔불 돋아 밤새도록 향 사루고 앉아서,	挑燈永夜焚香坐
세상에서 못 보던 글 한가롭게 지어낸다네.	閑著人間不見書
옥당에서 글 지을 마음 없어진 지 오래라,	玉堂揮翰已無心
솔 그림자 창가에 앉으니 밤이 정히 깊었구나.	端坐松窓夜正深
구리 향로에 향 꽂으니 책상도 정갈한데,	香揷銅鑪烏几淨
풍류스런 기이한 이야기 자세히도 찾는다네.	風流奇話細搜尋

현실 세계에서의 영광을 이미 오래 전에 포기한지라, 고요히 산림에 묻혀 소담한 자연의 정취들을 벗삼아 누리면서, 등잔불 돋우고 향 사루어 가면서

---

24) 『梅月堂原集』 卷6 : 앞의 『梅月堂全集』, 141쪽.

밤이 깊어 가도록 세상에서는 못 보던 글—풍류스런 기이한 이야기를 하나하
나 엮어 나간다고 했다.

매월당이 『금오신화』를 지은 것은 대개 현실적 간난과 시련에 굴복하지 않
으려는 의지로부터 비롯되었다고 할 수 있다. 그는 자신이 지은 다섯 편의 다
채로운 이야기를 통해, 세속적인 권위나 질서에서 벗어나 자유로이 마음 속
에 품은 바를 실현하고 능력을 발휘할 수 있기를 염원하는 뜻을 절실하게 토
로한 것으로 보인다. 이른바 자신이 추구하는 이상세계에 대한 갈망을 초현
실적 시공에서 전개되는 사건들을 통해 문학적으로 형상화하고 있다고 할 것
이다. 위에서 살펴본 것처럼, 다섯 편의 작품 모두에서 현실과 이상, 개인의
사유와 대립에서 오는 비극을 문제삼고 있는 것이 그 두드러진 단면이다. 이
는 매월당 자신 현실에 대응하는 방법의 하나로서 산을 찾고 유랑생활을 하
였듯이, 이승에서 못다 이룬 사랑을 회복하고 현실적 삶의 모순과 부조리를
자신의 합리적인 사고를 통해 정당화하기 위한 의도의 소산이라고도 할 것이
다.

5. 매월당—선각자적 방외인의 초상

조선조 사대부는 대부분 중앙의 관료인 동시에 지방의 지주였던 까닭에,
이러한 양면의 생활 환경으로부터 관료로서 현달하기를 지향하는 '관인형(官
人型)'과, 산수자연과 더불어 생활하면서 사대부의 정신적 자세와 품위를 유
지하려는 '처사형(處士型)'의 두 유형으로 삶의 양태가 대별되는 것이 일반적
이다. 그런데 이들 양쪽 어디에도 속하지 않는 또다른 유형으로서, 세속과 예
교의 얽매임으로부터 벗어나 체제 바깥에서 생활하기를 지향하는 '방외형(方
外型)'이 있다. 이 유형에 속하는 부류들은 관인으로 나아가는 것도 탐탁하게
여기지 않지만, 처사적인 권위와 규범을 지키는 생활도 바라지 않는 유다른
존재다.[25]

---

25) 이같은 조선조 사대부 문인들의 유형성에 대해서는 특히 임형택, 「이조전기의 사대

‘방외형’에 속하는 인물들은 부당한 사회현실에 굴종하거나 체념하지 않고 저항적인 태도를 취했다. 이러한 태도는 현실의 권위에 순종하기를 거부한 채, 인간의 양심과 자아를 지키려는 몸부림이었다고 할 수 있다. 그러나 그 몸부림은 대개 고독한 몸부림에 그치는 경우가 많았다. 중세 왕권사회의 체제와 권위는 이들이 발붙이고 설 최소한의 여지조차 열어주지 않았기 때문이다. 그렇지만 이같은 선각자적 지식인들이 있었기에, 우리 역사에는 항상 새로운 전기가 마련되어 왔다.

매월당은 서울의 한미한 무반 집안에서 태어났다. 사대부에 속하기는 했어도 지체가 낮았기에, 어쩌면 세조의 왕위찬탈과 같은 사건이 없었다 하더라도, 자신의 재능에 상응하는 처우를 받기 어려운 처지였다고 하는 편이 옳을 것이다. 어린 시절 세종의 각별한 관심과 장래에 대한 언질은 나름대로 큰 힘이 되었겠지만, 그마저도 당대의 정치적 파란에 의해 물거품이 되고 말았다. 그리하여 세조의 왕위찬탈을 직접적인 계기로 삼아, 세상을 등진 채 은둔과 방랑으로 일생을 마쳤는지도 모른다.

그러나 매월당이 애초부터 현실의 자장권 밖에서 떠돌이 생활로 일생을 보내기로 작정했던 것은 아니었다. 그는 결국 어디에도 얽매이지 않는 생활을 추구하면서 자신의 인생역정 모두를 시로써 노래한 시인이요 사상가였지만, 성장기에는 경국제민의 뜻을 펼치고자 사방으로 책을 메고 다니면서 배움의 길을 닦았고, 어느 시기엔 승려가 되었다가 환속해서 가정을 이루고 농사를 지으면서 살려고도 했다. 그러나 여러 가지 우여곡절과 변화를 거치면서 쓰라린 비애를 맛보았을 따름이다. 그래서 자신의 재능에 대한 자부심이 현실의 체제나 가치와 갈등을 일으키고 반발을 촉진해서, 더욱 체제 밖에서 떠돌며 자유로이 생각하고 행동하는 길을 택했으리라 생각한다.

이같은 매월당의 생애와 행적으로부터, 우리는 우리 문학사 최초의 방외인(方外人)의 모습을 뚜렷하게 확인할 수 있다. 이른바 세속과 예교의 얽매임으로부터 벗어나 자유분방한 삶을 살아가면서, 당대 사회현실이 빚어낸 불합리와 모순을 강렬한 비판의식과 함께 표출해 낸 반체제적 지식인의 형상을 그

부문학」, 『한국문학사의 시각』, 창작과 비평사, 1984, 359~363쪽을 참조함.

에게서 분명하게 찾을 수 있기 때문이다. 율곡은 「김시습전」에서 매월당의 인물 됨됨이를 다음과 같이 평했다.

> 사람된 품이 용모는 볼품없고 키는 작았지만, 호탕하고 고매하였으며, 대범·솔직하여 위엄있는 태도를 갖추지는 않았지만, 성품이 곧고 굳세어 남의 잘못을 용서하지 않았습니다. 시절이 돌아가는 형편에 가슴아파하였으며, 울분과 불평을 참지 못하였습니다. 시속(時俗)을 따라 고개를 굽히거나 꼿꼿이 세울 수 없음을 스스로 알고, 드디어 그 몸을 내쳐서 현실의 영향권 밖으로 떠돌아다녔습니다. 그래서 우리나라 산천에 그의 발자취가 두루 미치었습니다. 명승지를 만나면 그곳에 자리잡고 지냈으며, 옛 도읍에 올라서는 떠나지 못하고서 구슬피 노래하며 몇 날이고 그치지 않았습니다. [……] 그 사람을 생각할 때 재주가 그릇 밖으로 흘러 넘쳐서 스스로 가누지 못할 만큼 되었으니, 그가 받은 기운이 가볍고 맑은 쪽으로는 넉넉하면서도, 두텁고 무거운 쪽으로는 모자라기 때문이 아닌가 생각됩니다. 비록 그렇다고 하나, 그는 의(義)를 내세우고 윤리와 기강을 붙들었으니, 그의 뜻은 해나 달과도 그 빛을 다투었고, 그의 풍모를 듣는 이들은 유약한 지아비라 할지라도 또한 용감하게 일어섰습니다. 그러니 그를 일러 '백세의 스승'이라 하더라도 진실에 가까울 것입니다.[26]

매월당의 용모와 품성으로부터, 그가 그려나간 삶의 궤적 및 후대에 끼친 바를 간결하게 정리하고 평가했다. 그리하여 마지막 대목에 이르러서는 '그를 일러 백세의 스승이라 하더라도 진실에 가까울 것'이라는 말로 그 생평의 모든 것을 함축했다. 비록 왕명에 의해 찬술된 것이기는 해도, 율곡의 이와 같은 평은 실상에 부합하는 것이 아닌가 생각한다.

매월당은 자신과 뜻이 어긋난 사회현실과 타협하면서 그 안에 기생하느니보다는, 차라리 부조리한 현실과 맞설 수 있는 자주적인 삶의 길을 택을 택했

---

26) 爲人貌寢身短 豪邁英發簡率 無威儀勁直 不容人過 傷時憤俗 氣鬱不平 自度不能隨世低昂 遂放形骸 遊方之外域中 山川足跡殆遍 遇勝則棲焉 登覽故都 則必躑躅悲歌 累日不已……想見其人 才溢器外 不能自持無乃 受氣豐於輕淸 嗇於厚重者歟 雖然標節義扶倫紀 究其志可與日月爭光 聞其風 懦夫亦立 則雖謂之百世之師 亦近之矣 :「金時習傳」, 앞의 『梅月堂全集』, 9·11쪽.

다. 그렇기에 그의 삶은 당대로서는 생각하기조차 어려운 양심적 지식인의 삶 바로 그것이었다고 할 수 있다. 물론, 그의 비판과 저항은 봉건사회의 억압적 구조와 권위 및 횡포를 부정할 만한 힘과 방도를 갖춘 적극적 의미의 것은 아니었다. 그것은 이단의 길을 마다하지 않았던 고독한 지식인의 소극적 비판이자 저항으로서, 이같은 그의 행적이 당시 세상 사람들의 눈에는 기인·괴승의 파행으로 비쳐질 수도 있었던 것이다. 때문에 그의 삶은 비극적 갈등의 연속이었고, 때로 개인적 삶의 고뇌와 정신적 방황에 휩싸이기도 했던 것으로 보인다.[27]

그런 면에서 매월당이 당대 사회현실에 내재된 불합리와 부조리를 자기 삶의 심각한 문제 가운데 하나로 인식하고, 양심의 요구에 따라 이를 시로써 형상화한 일은 매우 뜻깊은 일이 아닐 수 없다. 이른바 사대부적 규범에 자신의 삶을 속박시키지 않으면서 일생을 고뇌와 갈등 속에서 보냈던 문인, 그 선각자적 방외인의 초상을 우리는 매월당에게서 볼 수 있기 때문이다.

매월당의 생애와 행적의 편린들은 실로 다양한 문헌과 구비전승을 통해 오늘날까지 전해 내려오고 있다. 그러나 무엇보다도 매월당 자신이 평생을 통해 지은 시편과 글들이야말로, 그의 삶이 이룩하고 끼친 바를 잘 드러내고 있다. 상투적인 인식과 행동의 틀을 깬 그의 다양한 삶의 자취들로부터, 우리는 참되고 의미 있는 삶이 무엇인가를 새삼 생각하고 깨우치는 계기를 갖는다. 자신의 삶과 시대 문제들에 맞서 그것을 어떻게 인식하고 행동으로 옮기는가를 분별하는 일은 어느 시대 누구에게도 쉽지 않지만, 최소한 주체적 자아와 양심을 가진 인간으로서 살아가야 할 것임을 깨닫는 계기를 갖는 것이다. 우리는 이러한 인간의 전형적인 단면을 15세기의 지식인 매월당에게서 본다.

---

27) 정학성, 앞의 「조선 전기의 비판적 문학」, 140~141쪽을 참조함.

朝·日 敎訓書에 나타난 여성규범의 의미[*]
—『東國新續三綱行實圖』·『本朝女鑑』·『本朝列女傳』을 중심으로 —

엄기주[**]

1. 머리말

韓國, 中國, 日本은 지리적으로 가까울 뿐만 아니라 중세에 해당하는 시기부터 상당한 기간 동안 漢字文化圈에 속했기 때문에 문화적 공통성을 추측하는 것은 어려운 일이 아니다. 그러나 실제로 문화 양상을 관찰해 보면 共通性이 있는 반면 個別性 또한 존재함을 알 수 있다. 이러한 個別性은 과거에서 현재에 이르기까지 유지되어오고 있는 것으로, 그 실체에 대한 탐구는 다방면에서, 다각도로 이루어지고 있다.

본고는 韓國과 日本의 移行期 즉 近世[1])의 한 문화적 양상의 共通性 및 個別性을 해명해 보고자 하는 것이다. 이와 같은 比較硏究가 단순하게 문화의 授受 내지는 영향 관계를 해명하는 것에 그친다면 연구의 의의를 찾기 어렵다는 점에 주의하면서 논의를 전개하고자 한다.

移行期인가 近世인가 하는 시대 구분의 명칭에 차이가 있음에도 불구하고 17세기의 日本은 德川에 의해 통치가 이루어진 江戶時代[2)], 韓國은 朝鮮時代로 불

---

* 이 논문은 「近世の韓·日儒敎敎訓書-『東國新續三綱行實圖』『本朝女鑑』『本朝列女傳』을 中心として-」, 『比較文學硏究』70, 東大比較文學會, 1997을 토대로 수정한 것이다.

** 동경외국어대 전임강사.

1) 일본 문학에서의 시대구분은 古代-中世-近世-近代로 되어 있으며, 한국의 경우는 古代-中世-(中世에서 近代로의 移行期)-近代로 구분되고 있다. 이상과 같은 시대 방식의 차이가 어디에서 온 것인가 하는 문제는 앞으로도 계속 검토될 것으로 생각된다.

리는 시기로서, 여러 가지 면에서 공통점이 많다. 우선은 양쪽에 모두 상당한 세력으로 朱子學이 존재했다는 것, 정치적으로는 이전 시대와 구분되는 새로운 시대가 열렸다는 것 등이다. 中國으로부터 朝鮮과 日本에 전래된 朱子學은 전개 양상에 차이는 있었지만, 지배 이념으로서의 위치를 확보, 당시대인들의 가치관, 생활풍속, 문물제도 등에 이르기까지 광범위하게 그 영향을 미쳤다. 새로운 사상이 도입되어 광범위한 영향을 미치기까지에는 그 사상을 담은 敎訓書의 보급이 필수적이었다고 보아야 할 것이다.『四書』와 같은 經書도 넓은 의미에서 본다면 敎訓書이다. 본고에서 관심을 가지는 것은 넓은 의미의 敎訓書가 아닌, 구체적인 실천 방식을 가르치기 위한, 특히 그 중에서도 여성을 대상으로 한 교훈서이다. 이러한 敎訓書의 기술 방식은, 해당 덕목을 직설적으로 기술하는 방식과, 해당 덕목에 관한 구체적인 실천담을 예시하는 방식으로 나눌 수 있다. 후자의 경우, 허구가 아닌 사실이라는 전제를 하고 있기 때문에 그 기술물을 역사의 범주에 넣을 수도 있지만, 특정한 인물을 선택했다는 점에서, 그리고 서술의 방법 면에서 문학의 범주에 넣을 수도 있다. 특히 그것들은 문학텍스트로서 당시의 역사적 조건 및 사회 상황을 직·간접으로 반영하고 있을 가능성이 높다. 또한 고소설 전단계와 관련을 가지고 있을 가능성도 높다.[3] 따라서 본고에서는 이

---

2) 이하에서 사용하는 '日本'은 德川가 통치한 江戶時代를 지칭하는 것이다.

3) 고소설의 형성과 발전 과정에 개입된 요소는 여러 가지가 있으므로 그 양상에 관해 간단하게는 말할 수 없다. 그러나, 소설에 교술적인 면과 오락적인 면이 공존해 있다는 것은 일반화되어 있는 사실이다. 이러한 점을 생각해 보면, 고소설의 형성 과정에 작용된 소설 전단계의 장르로, 敎訓物과 설화를 거론하는 것은 당연하다. 이것은 단순한 가설이 아니다. 실제로,『謝氏南征記』,『倡善感義錄』등의 고소설은, 敎訓書인『列女傳』,『女四書』,『內訓』등에 실려 있는 여성의 덕목을 근간으로 하고 있다고 해도 과언이 아니다. 이는 당시의 소설에 대해 부정적인 견해를 피력했던 사대부들도 이런 소설에 대해서 긍정적인 반응을 보였던 것으로도 증명이 되는 사실이다.
이와 같은 현상이 江戶시대에도 마찬가지였다고는 생각되지 않는다. 조선은 일본보다 인쇄술이 먼저 발달했음에도 불구하고 인쇄물은 일반인들이 접할 수 없는, 특별한 계층의 향유물에 그쳤다. 그리고 소설 작자는 전문인이 아닌, 일반 선비로부터 사대부가의 여성들로 추정된다. 따라서 주자학 이념의 영향에서 벗어나기 어려웠고, 그에 따라 자유로운 발달이 불가능했다. 이에 비해 일본의 경우에는, 임진왜란 이후 조선의 활자술을 익혀, 幕府가 상당히 이른 시기부터 출판 문화를 장려하여 일반인들이 인쇄물을 쉽게 접할 수 있었다. 특히 幕府는 철저한 계급 사회를 유지하려고 했고 그 와중에서 형성된 町人階級이 전문적으로 소설의 작자를 담당하게 되었다. 소설은 이

후자에 해당하는 이야기들을 문학텍스트로 간주, 분석 대상으로 한다.

중국에서 발행된 교훈서는 朝鮮과 日本에 수입되었으며 번역, 또는 번안의 단계를 거쳐 유포되었다. 따라서 그 안에 등장하는 인물들은 모두 中國人이었다. 그러다 차츰 자국의 인물로 이루어진 교훈서가 등장한다. 이러한 사정은 朝日兩國이 마찬가지이다. 자국의 인물로 이루어진 교훈서의 발간이야말로 유교교훈의 정착을 의미하는 것으로, 여러 가지 사항이 자국의 형편에 맞게 변화되지 않았는가 하는 추측을 할 수 있다. 따라서 이러한 점에 초점을 맞추어 양국의 것을 비교해 보기로 한다. 이와 같은 비교를 통해서 당시 양국 문화의 특질이 드러나리라고 본다.

2. 朝·日의 朱子學 전래와 敎訓書 발간 양상

朱子學이 한반도에 전래된 정확한 연대를 밝히기는 어려우나 대개 삼국시대로 추정되고 있다. 특히 고려 왕조를 극복하고 새롭게 출발한 朝鮮 王朝가 朱子學을 왕조의 중심 이념으로 삼았던 배경에는, 고려말의 문란해진 人倫紀綱을 바로잡고자 하는 것과, 高麗末 權門世族들과 新進士人들의 대립 등이 존재하고 있다. 즉 권문세족들과 新進士人들은 경제적·정치적 이해가 상충하고 있었으며 이데올로기에서도 차이를 보였다. 권문세족들이 불교에 심취하여 행복한 내세를 바라고 있는데 반하여 신진사인들은 朱子學을 받아들여 현실윤리를 강조했던 것이다.[4] 따라서 이들은 新儒學의 形而上學的 思辨的 부분보다는 名分論·義理論을 적극 수용하여, 現實的 社會理論을 정립했다.[5] 신진사인들은 朱子學의 강력한 명분의리론이 군왕에 대한 신하들의 충성을 강조하기에 적합하고, 형식주의의 결정체라고 할 수 있는 文公家禮가 계급적 질서를 세

미 이 시기부터 町人階級의 知的 商品이 되어 아무런 제한을 받지 않고 자유롭게 창작·유통되었던 것이다.

4) 李佑成,「高麗·李朝의 易姓革命과 元天錫」,『韓國의 歷史像』, 창작과 비평사, 1982, 200~201쪽.

5) 李佑成,「韓國儒教에 관한 斷章」,『韓國의 歷史像』, 창작과 비평사, 1982, 235~236쪽.

우는데 효과적일 뿐만 아니라 당시의 어지러운 사회풍조를 바로잡고 거칠어
진 인심을 순화시키기에 합당하다고 판단했던 것 같다.6)

　한편, 일본에서 朱子學이 도입되어 강조되고 발전되었던 것은, 江戸時代에
들어서 변화한 사회구조와 경제구조에 기인하고 있다7)고 본다. 이전까지 정
치·군사적으로 지배자이면서 한편 생산자이기도 했던 武士 階級이, 정치적
安定期에 들어서부터는 소비자로 변화, 경제적인 피지배자가 되었으므로 武士
의 사회적 지위를 유지하기 위해서는 새로운 윤리로써 신분 사회를 재규정할
필요가 있었던 것으로 보인다. 뿐만 아니라 平和期에서의 武士의 武藝는 支配
者로서의 설득력이 없었으므로 새로운 가치를 모색해야 했었던 것이다.8) 朱子
學은 이러한 상황에서 신분사회를 기초하는 윤리로서, 새로운 修養策으로서
도입되었던 것으로 보인다. 즉 朱子學에서는 현실의 사회질서를 영원불변의
자연질서로 파악하여 士, 農, 工, 商, 賤民의 신분차별도 정당하고 필연적인 법
칙이라 했으므로 이것이 幕藩體制의 요구에 적합했던 것이다. 그리하여 日本
에서 받아들인 朱子學의 인륜도덕의 특징은, 사회의 上下 差別이나 자신이 타
고난 身分을 先天的인 것으로 받아 들여 자신의 처지에 자족하는 성격을 형성
하는 것9)에 있었다고 본다.

　이와 같이 朱子學이 朝鮮과 日本에 도입되는 단계에서 공통되는 것은 治者
의 학문으로서 도입되었다는 사실이다. 그러나 전개양상에서는 차이가 있었
다. 우선, 朝鮮에서는 朱子學만을 인정하고 다른 사상을 용납하지 않았던 반
면, 日本에서는 朱子學 이외의 다양한 사상을 인정했다. 이런 차이의 원인으로
는 다음의 몇 가지 가능성을 생각할 수 있다. 일본에의 朱子學 도입은 藤原惺
窩에 의해 이루어졌다. 藤原惺窩의 본래 신분은 僧侶이다. 한편, 한반도에의
주자학 도입은 安珦과 같은 정치가이자 文人學者에 의해 이루어졌다. 조선 건

---

6) 金容德,「婦女守節考」,『朝鮮後期思想史研究』, 을유문화사, 1977, 346쪽.
7) 古田幸男·王宣,「德川時代における朱子學の受容と変容」,『法政大學敎養部紀要』通
　　卷 第90號 人文科學編, 1994, 3쪽.
8) 渡辺 浩,「儒者·讀書人·兩班－儒學的 敎養人の存在形態」,『知と敎養の文明學』, 梅
　　棹忠夫/栗田靖之 編, 中央公論社, 1991, 37~38쪽.
9) 古田幸男·王宣, 앞의 논문, 5쪽.

국 이후 주자학이 정치 권력과 밀착되어 排佛論이 일게 된 것은 이와 관련이 있는 것이다. 반면, 日本에서는 승려에 의해 문학, 사상의 한 원리로서 도입되었기 때문에 도입된 이래 약 400여 년간 佛敎와 共存할 수 있었던 것이다.

이외에, 科擧制度의 有無와 儒者의 사회적 지위 등도 이 문제와 관련이 있다고 생각된다. 朝鮮의 경우, 儒者는 科擧를 통해야만 관료가 될 수 있었다. 科擧는 주자학의 문헌을 토대로 한 것이다. 儒者들은 과거를 통해 관료가 되면 곧 지방의 지주로 성장할 수 있는 터전을 가질 수 있었다. 朝鮮의 儒者는 학자이면서 정치인이었고, 경제적으로도 지배층에 속했던 것이다. 이러한 상황은 중국과 매우 흡사하지만 조선의 儒者란 세습성이 강했다. 그리고 儒者는 여타의 지식을 다루는 技能人과는 뚜렷이 구분되었을 뿐만 아니라 技能人보다 높은 社會的 地位를 차지하고 있었다. 즉 醫學, 天文地理學, 數學, 語學 通譯 등의 실제적인 지식을 담당하는 자는 中人階級이나 庶孼이 대부분이었으며 이러한 중인이나 서얼은 고위관직에 등용되지 못했다. 治者인 儒者와 技能人이 분리되어 있을 뿐만 아니라 이처럼 사회적으로도 판이한 위치에 있었기 때문에 실제적인 면에 대한 사회적 요구가 있다 하더라도 그 문제에 대해 직접적인 해결을 하지 못하고 抽象的이고 觀念的인 방향에서 해결점을 모색할 수밖에 없었던 것으로 보인다. 문인 지배층의 이상적·관념적 경향 및 폐쇄성이야말로 朱子學 이외의 사상을 용납하지 않았던 큰 원인으로 생각된다.

일본에는 科擧制度가 없었다. 支配는 세습되는 신분이었던 武士에 의해 이루어졌으며 儒者는 一藝의 師匠에 지나지 않았다.[10] 이들의 신분도 물론 세습되는 경우가 있었지만, 대개는 그 출신이 다양하여, 몰락한 名門家의 子弟이거나 浪人의 子弟, 商人의 子弟가 대부분이었고, 대체로 사회적 신분도 그리 높지 않았다. 뿐만 아니라 儒者는 대개 실용적인 학문, 예를 들면 兵學, 醫學, 本草學 등을 함께 공부한다든가 심지어는 神道, 和學, 國史學과 같은 학문을 병행했다. 이와 같은 전문가로서의 儒者를 유형화한다면 「町儒者」와 「御儒者」로 나눌 수 있다.[11] 「町儒者」는 江戸에서 賣講을 행하는 儒者이고, 「御儒者」는 將

---

10) 위의 논문, 40쪽.
11) 위의 논문, 41쪽.

軍・大名에 從事하여 祿을 받는 儒者를 의미한다.「御儒者」라 하더라도 바로 관료를 의미하는 것은 아니고 단지 武士의 학문 상대가 된다든가 무사의 命에 따라 詩文을 짓는다든지 家中에의 講義를 행한다든지 하는 것이 그들의 역할이었다.12) 따라서 이들은 특정한 사상, 즉 朱子學을 正統으로 고수하지 않으면 안 될 이유가 없었던 것이다. 따라서 朱子學 이외의 陽明學, 古學, 考證學 등의 다양한 사상을 함께 수용할 수 있었다. 또한 학자이면서 동시에 기능인이었기 때문에 실용적인 면에 대해서도 지속적인 관심을 가질 수 있었다고 본다.

　이상과 같은 사회적 배경 속에서 중국으로부터 朝日兩國에 전래된 여성교훈서와 그와 관련하여 양국에서 발간된 교훈서의 양상을 검토해 보기로 한다.

　『列女傳』은 중국의 대표적인 여성규범서로서 상당히 이른 시기에 양국에 전해져 여러 가지 교훈서에 영향을 미친 것으로 알려져 있다. 다만『列女傳』의 고본 추정은 불가능하므로 여러 가지 기록을 중심으로 그 실정을 짐작할 수밖에 없다. 현전하는 것은 劉向이 撰한『列女傳』7권과 撰者 미상의『續列女傳』1권을 합한『古列女傳』뿐이다. 계통에 대한 논란은 많지만 體裁面에서 볼 때 대개 劉向이 撰한『列女傳』의 古本은 本傳, 頌, 圖로 이루어져 있었다고 추정되고 있다.13)

　『列女傳』이 한반도에 수입된 시기와 그 종류에 대한 최근의 연구에 의하면, 高麗 宣宗(1084~1094) 이전에 劉向의『古列女傳』嘉祐本(1064)이 수입되었으며, 그 후 嘉定本이 수입된 것으로 추정된다.『古今列女傳』은 중국에서 편찬된 1403年 다음 해인 1404年에 수입된 것이 확인되며 그 후에도『古列女傳』의 嘉靖本(1553年)과 萬曆本(1606年)의 수입이 추정된다.14)『列女傳』은 中宗 38年(1543) 한글로 번역되었던 것 같다.15) 그러나 그 시기에 간행까지 이루어졌는가 하는 것은 확인되지 않는다.『列女傳』의 국역본으로서, 현전하는 것 중 가장 오래된 것으로 추정되는 것은 필사본인 국립중앙도서관본인데, 劉向의『古列女傳』의 제4권「貞順傳」의 제7화 息君夫人까지만 실려 있다. 비교적 충실한

---

12) 위의 논문, 42쪽.

13)『列女傳 校主』, 王遠孫, 臺灣 : 中華書局, 1968.

14) 禹快濟,『韓國 家庭小說 研究』, 高大民族文化研究所, 1988, 93쪽.

15) 魚叔權,「稗官雜記」,『大東野乘』卷之四, 民族文化推進會 刊, 1982, 774쪽.

직역이지만 서문이나 발문은 모두 생략되어 있으며, 목차도 작성되어 있지 않고 圖도 전부 삭제되어 있다. 그러나 각 권의 말미에는 각 권의 頌을 직역하여 기록하고 있다. 또 다른 國立中央圖書館本은 제1권 첫 장에 '방시녀교 뎨일장'이라 하여 『女敎』로부터 시작되고 있다. 이 책은 표제는 『列女傳』으로 되어 있으나, 중국 전래본인 『古列女傳』이나 『古今列女傳』과는 다르게, 『女敎』, 『女行』, 『女訓』. 『內訓』 등과 함께 『列女傳』의 일부만을 포함시키고 있다. 즉 이 책은 『列女傳』뿐만이 아니라 여러 가지 여성교훈서를 모아 재편집한 것으로 보인다. 『列女傳』 중에서는 특별히 敎訓性이 강한 몇 편을 골라 싣고 있는데 『古列女傳』의 제1권부터 제4권까지에서의 몇 편을 제외하고는 제8권 「續列女傳」에 해당하는 부분이 대부분이다.

현재, 한국의 연구자들은 女性敎訓書를 '戒女書'라고 하고 있으며 日本의 연구자들은 '女訓物'이라고 하고 있다. 이러한 종류의 책들은 대개 제목에서부터 여성을 대상으로 하여 만든 것임을 알 수 있게 되어 있다. 그러나 현재 한국에는, '戒女書' 또는 '女訓物'이라는 좁은 범위에서 자국의 인물의 이야기만을 싣고 있는 것은 남아 있지 않은 듯하다. 그러나 그런 것이 존재했었을 것이라는 사실은 일본에 남아 있는 문헌에서 확인된다. 즉 『新續列女傳』과 같은 것이 그것이다. 『新續列女傳』은 중국의 여성들의 이야기를 위주로 하면서, 삼국시대부터 朝鮮에 이르기까지의 여성들의 이야기를 함께 다룬 책으로, 조선에서 제작된 것으로 보인다. 그러나 이것은 현재 한국에는 남아 있지 않다. 따라서 참고 자료는 될지언정 연구 대상으로는 삼을 수 없다. 따라서 교훈서 중 보다 종합적인 형태 속에서 여성의 교훈을 다룬 것까지 포함시키지 않을 수 없다. 그런 의미에서 『列女傳』이 朝鮮에 수입된 이래, 그 체재를 따르면서 마침내 조선인의 이야기만으로 전체를 구성한 교훈서는 『三綱行實圖』이다. 이에 그 편찬 상황을 살펴보기로 한다.

『三綱行實圖』는 세종의 명에 의해 1432년에 완성, 1434년에 반포되었다. 당시의 印本은 남아 있지 않지만 현재까지 남아 있는 서문 발문의 내용에 의하면, 『三綱行實圖』는 中國 및 東國16)의 고금 서적 중에서 三綱의 윤리 행위에

---

16) '東國'은 朝鮮을 포함하여 朝鮮 이전인 高麗, 新羅, 百濟, 高句麗 등을 총칭한 것이다.

卓異한 자 330인을 택하여, 忠·孝·烈, 三篇으로 나누어 각각 110인씩 실은
책이다. 체재는 『列女傳』을 모방하여 圖說, 詩贊을 갖추고 있다. 그러나 성종
조 이후에 이루어진 『重刊本三綱行實圖』에는 각 편에서 35인씩을 가려 뽑아
도합 105인을 싣고 있다.[17) 『重刊本三綱行實圖』의 특징은 국역이 붙어 있다는
점이다. 이 『重刊本三綱行實圖』에 실려 있는 인물들의 국적을 살펴보면, 「孝子
圖」에는 중국인 31명, 東國人 4명이 실려 있고, 「忠臣圖」에는 중국인 29명, 東
國人 6명이 실려 있으며, 「烈女圖」에는 중국인 29명, 東國人 6명이 실려 있어
서, 전체적으로는 중국인이 94명, 東國人이 16명이었다.

다음 시기에 편찬된 것은 『續三綱行實圖』이다. 그 편찬 경위를 보면, 중종
7년(1512)에 작성이 시작되어 1514년에 탈고했으나 반포는 1515년 5월이었다.
『三綱行實圖』의 諺譯本을 모방하여 一人一張의 圖說, 詩贊의 형식을 갖추고
있다. 이 책에는 효자 36명, 충신 6명, 열녀 28명, 도합 70명의 이야기가 실려
있지만, 그 중에 東國의 인물은 효자 33명, 충신 3명, 열녀 20명으로, 도합 56명
이었다. 『續三綱行實圖』는 이전 시대의 것에 비하여 東國 인물들의 비중이 높
아졌던 것이다. 다음으로는, 光海君代에 간행된 『東國新續三綱行實圖』(1617)로
서, 이것은 東國人의 이야기로만 이루어졌다. 이 책은 광해군 6년(1614)에 편찬
이 개시되어 1615년에 완성, 활자화가 된 것은 1617년이었다. 孝子 8卷, 忠臣
1卷, 烈女 8卷, 續附 1卷으로, 도합 18冊으로 이루어져 있다. 중국으로부터 교
훈서가 전래된 후 그 교훈이 자국의 형편에 맞게 정착된 것인데, 발간된 형태
또한 특징이 있다. 즉 중국에서 여성만을 대상으로 한 「烈女傳」이 전래되었으
나 조선에서는 忠·孝·烈을 묶은 종합적인 교훈서로서 정착된 것으로, 이 또
한 조선의 독특한 일면이 드러난 것이라 본다.

한편 劉向의 『列女傳』이 일본에 전래된 사실이 확인되는 것은, 9세기말 寬
平年 간행된 것으로 추정되는 藤原佐世의 『日本國見在書目』에 의해서이다. 그
러나 유향의 『열녀전』이 실제로 문헌에 교훈서로서 기재되고, 당대인들에게
제시된 사실이 확인되는 것은 建長 4년(1252)경이다.[18) 이때에도 여성을 대상

---

17) 李丙疇, 「東國新續三綱行實 解題」, 『東國新續三綱行實』, 國立圖書館, 통문관, 1958,
    5~6쪽.

으로 한 教訓이 아니라, 남성을 독자로 상정하여 이상적인 妻를 선택하는 教訓으로서 소개되었던 것이다. 그 이후에도 『열녀전』은 교훈서로서 읽혀졌다기보다는 史話集으로서 읽혀졌다 한다. 이 시기에 유포된 것은 明에서 인쇄된 것으로, 이는 朝鮮을 경유하여 전래된 것으로 추측되고 있다.

『列女傳』의 수입 이후 承應 3년(1654)에는 『열녀전』과 朝鮮의 부녀전을 포함하여 訓点을 가한 『新續列女傳』이 간행되었으며, 明曆 원년부터 2년에 걸쳐 北村季吟에 의해 이 『新續列女傳』을 정리한 『假名列女傳』(1655)이 간행되었다.[19] 현전하는 것은 『劉向列女傳』, 『假名列女傳』 등이며, 이것이 변형되어 「妓女」章이 포함된 것이 『本朝列女傳』, 『扶桑列女傳』 등이다. 이외에도 『女四書』(1656), 『女人義物語』(1659), 『大和小學』(1660), 『比賣鑑』(1661), 『板本 女郎花物語』(1661), 『本朝女鑑』(1661), 『賢女物語』(1669), 『女五經』(1671), 『名女情比』(1681) 등이 발간됐다.[20] 이 중 일본 여성의 이야기로만 이루어진 책은 『本朝女鑑』(1661)과 『本朝列女傳』(1668)이다. 『本朝列女傳』은 漢文體이고 『本朝女鑑』은 和文體로서, 발간 시기에 대해서는 다소 의문이 있지만 대개 비슷한 시기에 발간된 책이라는 사실에 대해서는 이견이 없는 듯하다.

壬辰倭亂前後의 시기에는, 朝鮮으로부터 『三綱行實圖』와 『續三綱行實圖』도 전해졌다고 생각된다. 특히 『三綱行實圖』에 日本式 句讀点이 찍혀져 飜刻된 것은 1659년 이전인 듯 하지만, 그것은 초기에 간행된 330인본이 아니고 1490년(成宗21)의 105인본을 저본으로 하여 간행한 것이다.[21] 그 후, 번역본인 『히라가나三綱行實圖』가 간행되는 등, 朝鮮으로부터 전해진 『三綱行實圖』類는 일본에서도 장기간에 걸쳐 많은 사람들에게 읽혔던 것으로 생각된다. 그러나, 일본에는 『東國新續三綱行實圖』와 같이 『三綱行實圖』의 체계를 따르면서 자국인의 행적을 실은 책은 간행되지 않았던 것 같다. 즉 朝鮮에서는 忠臣·孝子·

---

18) 山崎純一, 「近世中·日의 『列女傳』과 「烈女」의 意味」, 『江戸時代女性生活硏究』, 江森一郎 監修, 大空社, 1994(平成 6年6月), 90쪽.

19) 같은 곳.

20) 靑山忠一, 『假名草子女訓文藝의 硏究』, 櫻楓社, 1982(昭和57年2月), 6쪽.

21) 崔博光, 「朝鮮通信使와 日本文學－三綱·續三綱行實圖를 중심으로」, 『大東文化硏究』 22輯, 1987, 113쪽.

烈女를 하나로 묶어 종합적인 교훈서를 간행하는 방향으로 나아갔던 반면, 일본에서는 각 규범별로 나누어 교훈서를 간행, 자국의 인물담을 담은 교훈서 또한 이런 체계 속에서 정착된 것 같다. 규범의 세분화 및 분리화 경향은 이뿐만이 아니라 초기에는 『本朝列女傳』, 『本朝女鑑』과 같이 女性에게 해당하는 여러 가지 덕목이 하나의 책으로 묶여져 간행되었으나 후에는 이것조차 점차 세분되어 『古今烈女傳』, 『孝女傳』, 『孝婦傳』 등 덕목별로까지 나눈 교훈서가 간행되게 된다. 그리하여 이러한 체계의 여성교훈서가 万治 4年부터 다수 등장했고 『大倭二十四孝』(寬文5년)부터는 孝行에 관한 교훈서가 다수 등장했다.22) 일본에서 발간된 여성교훈서의 또 하나의 특징은 중국의 『列女傳』의 체계를 모방하면서도 『列女傳』에는 없었던 妓女, 遊女들의 傳記를 함께 수록했다는 점이다. 朝鮮에서는 볼 수 없었던 것이다. 이는 遊廓의 설치를 공식화했던 德川幕府의 정책과 무관하지 않다고 본다.

이제까지 살펴본 여성교훈서의 발간 양태에 의하면 조선, 일본 공히 초기에는 중국의 『열녀전』의 영향을 크게 받았던 것으로 보인다. 그리하여 『열녀전』의 번역·번안을 거듭하다가 점차 자국의 인물이 등장하는 교훈서를 발간하게 되었던 것이다. 자국의 인물담만으로 구성하였다는 점, 발간된 시기가 비슷하다는 점 등을 고려하여 비교·분석의 대상으로 선정하고자 하는 것은 朝鮮의 『東國新續三綱行實圖』(1617)「烈女圖」와 日本의 『本朝女鑑』(1661), 『本朝列女傳』(1668)이다.

3. 敎訓書 편찬 방식의 특색

1) 朝鮮의 敎訓書 —『東國新續三綱行實圖』

朝鮮에서는 『列女傳』의 체재를 모방하여 세종대에 『三綱行實圖』가 간행되었고, 그 이후 그 체재를 토대로 하여 내용을 축소하거나, 자국의 인물들의 이

---

22) 中村幸彥, 「假名草子の性格」, 『中村幸彥著述集』 第4卷, 中央公論社, 1987(昭和62), 51쪽.

야기를 첨가한 교훈서가 연이어 출간되었다. 『東國新續三綱行實圖』(1617)는 光海君代에 간행된 것으로서 이는 東國人의 이야기로만 이루어진 책이다. 이전의 것들이 중국인의 이야기를 그대로 번역하거나 중국인 위주로 책을 엮으면서 자국의 인물들의 이야기를 첨가하는 방식이었던 것과는 큰 차이가 있다 하겠다. 비록 이야기의 내용면에서는 그다지 새로운 것이 없고 중국 인물의 이야기와 흡사한 내용이 반복되고 있다 하더라도 중국의 인물이 아닌 자국의 인물의 이야기를 통해 朱子學의 생활규범을 역설할 필요를 느꼈다는 것만으로도 대단한 변화라 하겠다. 이는 소위 '中世 普遍主義'[23]에서 벗어난 사고방식의 표현이라고 생각한다. 즉 중국을 모든 문화의 중심으로 생각하면서 '自國'이라는 구별된 개념이 없는 상태가 중세였고, 그러한 구별이 없는 상태를 中世普遍主義라고 표현한다면 그러한 사고가 변화하여 중국과는 구별되는 '自國'을 인식하는 단계로 변화하여, 중세에서 벗어나기 시작했다는 것이다. 따라서 자국의 인물의 이야기를 싣기 시작한 성종조 이후의 『重刊本三綱行實圖』가 간행된 시기부터 '中世'가 아닌 '近代로의 移行期'가 시작된 것이 아닌가 한다.

『東國新續三綱行實圖』는 壬辰倭亂 이후의 백성들의 뛰어난 행적을 채집하고 표창한 광해군의 사업의 일환으로 만들어진 책이다. 이는 임진왜란을 통한 자아의식·도의정신의 토대 위에서 편찬이 계획된 것으로, 민심을 격려하려는 의도였다[24]고 한다. 그리하여 광해군 6년(1614)에 편찬이 개시되어 1615년에 완성, 활자화가 된 것은 1617년이었다. 體裁는 孝子 8卷, 忠臣 1卷, 烈女 8卷, 續附 1卷으로, 도합 18冊으로 이루어져 있다. 특히 續附에는 原·續『三綱行實圖』에 실린 東國의 인물을 모두 모아 놓아, 그 당시까지 출간되었던 『三綱行實圖』類 가운데 東國의 忠·孝·烈을 집대성한 것으로서 계급과 성별을 묻지 않고 행적이 탁월한 자를 망라했다는 의의를 가지고 있다. 다만 그 규모가 거대함으로 인해 인쇄비용이 엄청났고, 그로 인해 처음부터 인쇄 방식에 대한 여러 가지 방법이 모색되었던 것 같다. 그리하여 결국은 한 곳에서 한꺼번에 인쇄하지 못하고 全羅, 慶尙, 忠淸, 黃海, 平安 五道에서 分擔, 刻印하는 방법으로 결

---

23) 조동일, 한국문학통사, 지식산업사, 1982.
24) 李丙燾, 앞의 논문, 10쪽.

정되었다[25] 한다. 규모가 방대함으로 인한 刻印 비용의 문제는 그 후에도 문제가 된 듯, 傳本이 희귀하다.[26]

그 당시까지의 原·續『三綱行實圖』중에서 東國의 인물을 모아 놓았다는 續附의 내용은 다음과 같다. 續附의『東國三綱行實孝子圖』에는 崔婁伯, 金自强, 俞石珍, 尹殷保의 4話가 실려 있고,「忠臣圖」에는 新羅의 朴堤上, 丕寧子, 高麗의 鄭樞와 李存吾, 鄭夢周, 吉再, 朝鮮의 金原桂의 6話가 실려 있으며,「烈女圖」에는 百濟의 都彌妻, 高麗의 鄭滿의 妻 崔氏, 李東郊의 妻 裵氏, 崔克孚의 妻林氏, 俞天桂의 妻 金氏, 李橿의 妻 金氏의 6話가 실려 있다. 다음으로,「東國續三綱行實孝子圖」에는 朝鮮의 人物 33話가 실려 있고,「忠臣圖」에는 朝鮮의 人物 3話가,「烈女圖」에는 역시 朝鮮의 人物 20話가 실려 있다. 여기서만 보아도 각 덕목의 비중이 달라졌음을 알 수 있다. 이러한 경향은『東國新續三綱行實圖』에서도 계속되어 孝子 8卷, 忠臣 1卷, 烈女 8卷의 비율이 되었다. 전체적인 이와 같은 변화는 결코 우연이 아니라고 생각한다. 단순히 忠이나 孝, 烈을 수행하는 인물들의 수가 실제로 줄거나 늘었기 때문이라고는 생각되지 않는다는 것이다. 이는 책을 발간하는 데 작용했던 지배 집단의 편찬 의도와 관련된 것이 아닌가 한다.

『東國新續三綱行實圖』에 실려 있는 이야기는 어느 것이나 지명과 성명을 밝혀 그 이야기가 허구가 아니라는 형식을 취하고 있지만 그 내용을 보면 상당 부분이 허구로서, 과장이 되어 있는 듯하다. 그것은 지배층의 강력한 의도를 반영했기 때문이라고 본다. 임진왜란 후 경제적으로 극도로 피폐한 상황임에도 불구하고 5개 도에 나누어『東國新續三綱行實圖』를 간행하도록 한 사실만 보더라도 유교교훈의 교육 필요성이 얼마나 절실했던 것인가 미루어 짐작할 수 있다. 즉『東國新續三綱行實圖』와 같은 교훈서는 주자학이 治者의 學으로

---

25) 위의 논문, 12쪽. 이는『朝鮮王朝實錄』에 근거한 논의이다.『實錄』이외에『東國新續三綱行實圖』에 대한 기록은 눈에 띠지 않는다. 그리고『東國新續三綱行實圖』는『三綱行實圖』와는 달리 再刊되지 않았다. 그 規模의 膨大함에 이유가 있다고 하는 의견도 있지만(위의 논문, 13쪽) 이 책이 仁祖反正에 의해 王位에서 물러난 光海君代에 刊行되었다는 정치적 배경에도 원인이 있으리라 추측된다.

26) 『東國新續三綱行實圖』, 奎章閣 所藏 2種(17册, 17卷18册(「孝子圖」卷3-7,「烈女圖」卷1,3,7, 缺本))이 現存하고 있을 뿐이다. 본고에서는 1615년 刊行의 刊記가 있는 17册本을 사용한다(影印, 大提閣, 1974.).

도입되었던 것과 밀착된 의미를 갖고 있는 것으로서, 治者의 목적에 의해 의도적으로 채록되고 선별되었다고 보아야 할 것이다.

2) 日本의 敎訓書 -『本朝女鑑』·『本朝列女傳』

전술한 바와 같이 일본에서도 17세기 들어 유교교훈서, 그 중에서도 여성교훈서의 간행이 상당수 이루어졌다.『女訓抄』(1637),『假名列女傳』(1655),『女四書』(1656),『女仁義物語』(1659),『女郞花物語』(1661),『本朝女鑑』(1661),『本朝列女傳』(1668) 등이 그것이다. 이처럼 17세기에 여성교훈서가 다수 출현하고 있는 것은 새로운 설계에 의한 세습제 가족중심의 봉건사회체제의 와중에서 여성의 지위가 증대해졌기 때문이 아닌가 추측되고 있다.27) 물론 이러한 추측도 타당성이 있는 면이 있다. 하지만 과연 가정에서 여성의 지위가 중요해진 흔적을 다른 곳에서도 찾을 수 있는가 하는 문제까지 생각해 보면 다분히 회의적이라고 해야 할 것이다. 우선 여성을 대상으로 한 교훈서 중 본고의 대상인『本朝女鑑』과『本朝列女傳』에 대해 살펴보기로 한다.

淺井了意의 저작으로 알려져 있는『本朝女鑑』은 和文體로서, 劉向의『列女傳』의 편성을 모방하여 각 편을 나누었고, 전체는 12권 6책으로, 85명의 이야기를 담고 있다.『本朝列女傳』은 1668년에 간행되었으나『本朝列女傳』의 自序가 明曆 元年, 즉 1655년으로 되어 있으므로『本朝列女傳』이 실제로 이루어진 것은 1655년이라고 보아야 할 敎訓書로서, 漢文體이고, 전체는 10권 10책으로 이루어져 있다. 이 책에는 일본 女性의 이야기가 217話 수록되어 있다. '本朝'의 의미는 본래 두 가지의 의미가 있다. 하나는 天竺, 震旦에 대립되는 의미로서의 일본이라는 의미, 또 하나는 일본을 대표하는, 또는 全日本을 의미하는 것이다.『本朝女鑑』과『本朝列女傳』은 책 제목에만 이 '本朝'가 붙어 있는 것이 아니라, 실제로 일본 여성들의 이야기만을 실어 놓았으므로 후자에 속한다.

『本朝女鑑』은 중국의 女訓書와 通鑑類에 공통으로 들어 있는 비판 정신에의 지향이 묶여져 '女鑑'이 된 것이라고 보이는 것28)으로, 형식상으로는『列女傳』

---

27) 中村幸彦,「假名草子の性格」, 31쪽.

에 대한 對抗의식과 追隨의식이 공존하고 있는 듯하다. 우선 전체를 「母儀」, 「賢明」, 「仁智」, 「貞順」, 「節義」, 「辯通」, 「孼嬖」이라는 덕목으로 분류한 劉向의 『列女傳』의 구성방식을 그대로 따르고 있는 점은 追隨의식이라고 할 수 있다. 즉 『本朝女鑑』은 「賢明」上·下, 「仁智」上·下, 「節義」上·下, 「貞行」上·下, 「辯通」上·下, 「女式」上·下로 구성되어 있다. 반면 일본 여성만을 실으면서, 『열녀전』의 「孼嬖」를 생략하고 三從四德을 시작으로 여성 도덕의 개요를 서술한 「女式」을 넣은 것 등은 자국 사정에 맞춘 독자적인 부분인 것이다.

『本朝列女傳』은 「后妃傳」, 「夫人傳」, 「孺人傳」, 「婦人傳」, 「妻女傳」, 「妾女傳」, 「妓女傳」, 「處女傳」, 「奇女傳」, 「神女傳」 등 신분별로 분류되어 있다. 이를 보면 구성면에서 劉向의 『列女傳』에의 傾斜度가 심한 것은 『本朝女鑑』임을 알 수 있다. 내용면에서도 『本朝女鑑』에는 『列女傳』의 이야기가 모티프로서 상당 부분 포함되어 있다.

한편 『本朝女鑑』과 『本朝列女傳』 양쪽에 모두 실려 있는 이야기는 28편 정도이다. 이와 같이 중복되는 이야기는 일반인에게 널리 알려져 있는 것이었거나 당시의 이상적 여성상의 전형이라고 추측되므로, 본고에서는 이 28편으로 분석 범위를 한정했다. 그 중에서도 조선의 것과 비교 가능한 것은 「節義」, 「貞行」 등으로 분류되어 있는 이야기였다. 왜냐하면 비교를 위해서는 어느 정도의 공통성이 확보되어야 하는데, 조선의 『三綱行實圖』類가 「列女圖」와는 다른 「烈女圖」를 편성하여, 여성의 덕목으로서 오로지 貞節만을 강조하고 있기 때문이다. 따라서 조선의 것과 비교가 가능한 이야기는, 「田道孺人」, 「瓜生老母」, 「武田勝賴孺人」, 「柴田勝家孺人」, 「弟橘姬」, 「小宰相局」, 「中納言局」[29]이다.

---

28) 青山忠一, 앞의 책, 251~252쪽.
29) 題目은 『本朝列女傳』의 것을 따르기로 한다.

4. 敎訓書所在說話의 특색과 그 의미

1)『東國新續三綱行實圖』「烈女圖」의 경우

다음으로는『東國新續三綱行實圖』의「烈女圖」에 실려 있는 내용을 검토해
보기로 하겠다.「烈女圖」에 실려 있는 이야기는 매우 짧고 간단하다. 내용은
다음과 같이 몇 가지로 요약할 수 있다.

「孫氏守志」,「朴氏斷髮」,「金氏誓死」 등은 남편이 죽자 홀로 된 여자가 모진
난관에도 불구하고 守節을 했다는 것이다. 다음은「孫氏守志」의 내용이다.

> 孫氏는 密陽사람인데 열 여섯 살에 安近이라는 사람에게 시집갔으나 얼
> 마 되지 않아 안근이 죽었다. 손씨가 삼 년 동안 계속 울면서 아침 낮으로
> 祭를 올렸는데 이윽고 탈상을 하자 그 祖父母가 再嫁를 권유했다. 손씨가
> 굳게 거절하니 祖父가 怒하여 强勸하고 이에 손씨가 대숲에 가서 목을 매
> 었다. 이것을 그 형이 보고 살려 내었다. 손씨는 시아버지에게 가서 함께
> 살며 반드시 남편에게 祭를 올린 후에 밥을 먹더니 33세에 죽었다.

다음으로「梁氏抱棺」,「曺氏縊死」,「黎貴縊死」,「召史投水」 등은 남편이 죽
자 따라 죽었다는 것이다. 다음은「梁氏抱棺」의 내용이다.

> 梁氏는 茂朱사람인데 具吉生의 妻이다. 길생이 죽자 아침 낮으로 祭를 올
> 리더니 하루는 돌아오지를 않았다. 그 父母가 찾아가 보니 棺을 안고 울고
> 있었다. 집으로 데려오니 집 앞에 있는 냇물에 뛰어들어 형이 살려내었다.
> 집 밖에 못 나가게 했더니 자던 방에서 목을 매어 죽었다.

「崔氏奮罵」,「金氏不屈」,「李氏斷肢」,「金氏刳腹」 등은 도적에게 貞節을 빼
앗기지 않기 위해 발버둥치다 팔과 다리를 잘리고 살해당했다는 이야기이다.
다음은「崔氏奮罵」의 내용이다.

崔氏는 靈岩 선비의 딸이다. 晉州의 戶長 鄭滿洪에게 시집갔는데 洪武 乙未年에 도적이 진주에 쳐들어 왔다. 최씨가 젊고 자색이 빼어나므로 도적들이 貞節을 빼앗으려고 하자 최씨가 나무를 안고 도적을 꾸짖으면서 도적에게 더럽히느니 차라리 죽음을 택하겠다고 했다. 마침내 도적들이 최씨를 죽였다.

첫 번째의 경우와 같이, 살아서 守節했다는 이야기는 그렇게 많은 수를 차지하지 않는다. 대부분 두 번째와 세 번째와 같이 여성의 죽음으로 마무리되고 있는 이야기가 대부분이다.

『東國新續三綱行實圖』는 이전 시대의 『三綱行實圖』類와는 달리 다양한 신분의 인물들을 망라하고 있다는 특징이 있으나, 어떤 이야기이든 골자는 '烈女는 두 남편을 섬기지 않는다'는 것뿐이다. 즉 朝鮮의 '烈女'란 오직 남편을 대상으로 貞節을 지킨 여성을 의미하는 것으로, 당시의 여성에게는 오로지 이 하나의 덕목만이 요구되었던 것으로 보인다. 劉向의 『列女傳』은 '烈女'가 아닌 '列女'들의 이야기를 다루어, 다양한 계층의 여성들의 다양한 덕목을 싣고 있으나 『列女傳』의 영향을 받아 편찬된 朝鮮의 『三綱行實圖』에는 '列女'가 아닌 '烈女'만이 실려 있는 것이다. 『성종실록』 12년 3월條에는 성종이 禮曹에 내린 傳旨에, 諺文 『三綱行實圖』 중에서도 특히 「烈女圖」만을 뽑아 인쇄하라 했다니 '列女'로부터 '烈女'로의 변화에는 각별한 이유가 있었음을 추측할 수 있다. 『東國新續三綱行實圖』뿐만이 아니라 『三綱行實圖』類에 실린 東國의 효자, 충신, 열녀들은 이름과 지명만 東國人일뿐 중국에서 상투화된 효자상과 충신상, 열녀상과 크게 다르지 않다. 하지만 다양한 중국의 列女 중에서 烈女를 특별히 뽑았다는 것은 朝鮮만의 독특한 규범 인식이라고 본다.

여성에게 어떤 규범보다도 정절이 강조된 것은 이성계파가 정권을 잡은 고려 말기부터이다. 공양왕 원년에는 지배 계층의 부녀에 한해서 수절을 권장하는 정책이 이루어졌으며 그 이후 태조대부터는 忠臣·孝子·義夫·烈女를 포상하는 법제가 마련되어 시행되었으며 태종 6년에는 양반의 正妻로서 세 번째 개가하는 자는 恣女案에 기록하자[30]고 하여 음란한 유부녀를 기록하여 왔던 恣女案에 三嫁女가 추가되었다. 그후 세조 12년의 『經國大典』에는 "음란한 여자와 재가한 여자의 소생은 문무반직에 임용하지 말라. 증손에 이르러 허락하되 이상의 각사 외에 임용하라……"31)고 했으며 성종 16년 改選『經國大典』에는 "재가한 여자와 음란한 여자의 자손 및 서얼 자손은 문과 생원 진사시의 응시를 허락하지 말라."32)고 되어 있다. 여기까지의 정책의 흐름을 요약해 보면, 高麗 後期에는 단순한 권장책이었던 것이 조선시대에 들어와 점점 강화되어 여성의 개가 여부가 자손의 관로 진출과 직결되기까지 이르렀다는 것이다. 양반이 관직에 나아가지 않고서는 살아갈 방법이 없는 사회적 분위기에서 그 길을 막는다는 것은 신분 자체를 박탈하는 것과 마찬가지 의미를 지니는 것이다. 그런데 부녀의 改嫁 여부가 그 자식들의 官界 진출과 직결된다는 것이니 이는 양반가 부녀들에게 치명적인 의미를 지니는 것이라고 하겠다. 생존과 직결된다고 할 수 있는 심각한 의미의 통제를 모성과 연결지어 거의 완벽한 실효를 거둘 수 있는 토대를 마련한 것이다. 이로써 추출될 수 있는 사실은 이러한 정책은 지배층의 부녀에 한한 것으로, 이제 여성의 개가는 여성 개인의 문제가 아니라 자손, 나아가서는 그 가문의 문제가 되었다는 것을 알 수 있다. 이에 이르면 아름다운 개인적 덕목으로 남을 수 있었던 정절은, 양반가 부녀들이 반드시 수행하지 않으면 안 되는 강제적인 당위 규범으로 변화하게 된 것이다.

이상과 같이 여성의 정절 문제가 사회의 지배층을 대상으로 마련되었다는 사실, 사회적인 보상과 통제를 동원한 강경한 권장이 이루어졌다는 사실 등에 주의해 본다면, 이는 단순히 미풍으로서의 정절을 권장하고자 한 것만이 아니라는 것을 짐작할 수 있다. 다분히 국가나 사회적 차원에서 필요로 하는 무엇이 있었음을 시사하고 있는 것이다.

정절을 권장하는 정책을 폈던 통치자는 과거 역사 속에 그와 같은 미풍이 연면히 계속되고 있음을 역설하고 있다.『성종실록』에 "朝鮮시대 女性들의 정

---

30)『太宗大王實錄』卷第11, 張29.
31)『增補文獻備考』卷193, 選舉考 10, 下, p.246, ……失行婦女 及再嫁女之所生 勿敍東西
   班職 至曾孫方許 以上各司外用之……
32)『增補文獻備考』卷186, 選舉考 3, 下, 161쪽, ……再嫁失行婦女之子孫及庶孼子孫 勿許
   赴文科生員進士試……

조관은 古朝鮮 이래 연면히 계속되는 미풍인데, 근자에 士族 부녀자 중 행실을 잃은 자가 많다."[33])는 것이 그것이다. 그러나 이는, 箕子八條法이 실려 있는 『漢書地理誌』의 '婦人貞信'이라는 기사를 근거로 한 것으로, 箕子 傳說 자체가 사실이 아닌 이상 믿기 어려운 이야기이다.[34]) 또한 『高麗圖經』에 전하는 고려의 자유로운 남녀관계[35])의 풍조를 보거나 그 이전 시대인 고구려의 故國川王妃 于后가 재가한 이야기 등을 보면 여성의 정절이 이전 사회의 전반적인 풍조는 아니었다는 것을 알 수 있는[36]) 것이다. 결국 조선조 이전의 전통에는 貞節을 '美風'이라는 사회적 차원의 용어로 표현할 만한 것이 없었다는 것이다. 물론 도미처나 설씨녀와 같이 그런 예가 전혀 없었던 것은 아니다. 그러나 도미처나 설씨녀의 경우는 상대방과의 인간적 교류가 있고 난 후의 정절이었다. 즉, 이 경우의 정절은 자신들과 인간적 교류를 가졌던 구체적인 상대에 대한 사랑과 의리를 실천한다는 의미의 것이다. 이는 어디까지나 개인적 차원의 것이라고 생각한다. 따라서 이 경우의 정절은, 조선시대에 교화의 과정을 통해 당위 규범으로 강조되었던 정절과는 다르다. 조선시대의 정절은, 남녀간의 또는 부부간의 사랑의 표현으로 행하는 정절을 포함하면서도 한편 얼굴도 모르는 정혼자를 위한 貞節과 같은 명분론적인 것이 더욱 강화된 경향이 있다. 즉, 상대방이 관념적인 존재로 그침에도 불구하고 그에 대한 정절의 수행이 강조됨은 정절이 남녀간의 인간적 교류를 바탕으로 한, 사랑의 또 다른 표현이라는 감정적인 측면보다는 義理라는 이성적인 측면에서 강조된 것이라고 볼 수 있다는 것이다. 이때 강조된 정절은 개인적 차원의 것이 아니라 사회적 차원의 것이다. 이러한 정절의 강조는 정절을 다른 윤리로 연속시키고자 하는 사회적 요구에서 빚어진 것이 아닌가 한다.

그러면 朝鮮의 통치자가 이와 같이 여성의 정절을 특별히 강조한 이유는 무엇인가. 물론 여러 가지가 있을 수 있다. 그러나 그 중에서도 朱子學이 治者의

---

33) 『成宗實錄』, 12年 3月 戊戌, ……古稱東方 貞信不淫 近者 士族婦女 或有失行者 予心慮焉.

34) 金容德, 앞의 논문, 342쪽.

35) 『高麗圖經』 卷第19, 民庶. 『高麗圖經』 卷第23, 雜俗2.

36) 金容德, 같은 곳.

學으로서 導入되었다는 사실에 주의를 기울이면서 의미를 생각해 볼 필요가 있다고 본다. 어떤 이야기이건 여성의 정절이 거론되는 경우라면 곧잘 등장하는 어구가 있다. 그것은 '女不事二夫, 臣不事二君'이라는 것이다. 烈女라는 개념도, 이 어구도, 중국에서 전래된 것이지만 이것들이 중국보다도 조선에서, 일본보다도 조선에서 유독 강조되었던 것에 주목할 필요가 있다.

烈女에게서 표상되는 바는 節이다. 즉 변절하지 않음을 의미하는 바, 주종관계에서, 어떤 경우에도 윗사람을 바꾸지 않는다는 의미이다.『列女傳』에서 烈女만을 선택한 것은 물론이고,『列女傳』에 있었던「辯通」,「孼嬖」은 번역조차 하지 않으면서까지 여성에게 요구하는 덕목을 節로 한정했던 것은 조선의 건국·과정과 관련이 있다고 본다. 朝鮮의 건국은 易姓 革命으로 이루어졌다. 만일 李成桂를 포함한 모든 고려의 신하들이 節로써 임금을 바꾸지 않고자 했다면 조선의 건국은 불가능했을 것이다. 변절의 힘으로 일어선 조선이기에 변절의 힘을 알고 있었다고 해야 할 것이다. 이는 조선의 건국에 항거했던 고려의 정몽주의 節이, 아이러니하게도 조선시대에 높이 칭송되었다는 것만을 보아도 짐작할 수 있는 사실이다.

유교의 덕목은 忠·孝·烈로 요약할 수 있을 것이다. 그런데 교훈서를 보면 이 중 忠에 대한 것이 의외로 적다는 것을 알 수 있다. 그 사정은 朝鮮과 日本이 마찬가지이다. 보다 정확하게 이야기한다면 17세기 들어 양국에서 간행된 교훈서에서 忠義와 관련된 부분이 급속히 줄어들었다는 인상이 짙다. 江戶時代에 간행된 교훈서에 忠義에 관련된 것이 적었던 것은, 亂世가 계속되자 忠에 대한 관심이 희박해진 것이 아닌가, 혹은 위정자가 당시 늘어난 浪人對策으로서의 忠의 선전을 달갑게 여기지 않았거나[37], 또는 戰後 新社會에서의 주종관계의 變動 등으로 忠義의 선창에 신중했던 위정자들의 경향에 집필자들이 맞추어 변화한 것이 아닌가 하는 등이 그 원인으로 추측되고[38] 있다.

한편 朝鮮의 경우에도 교훈서에서 忠義가 줄어드는 현상은『三綱行實圖』의

---

37) 中村幸彦,「朝鮮說話集と假名草子—『五倫行實圖』を主に—」,『朝鮮學報』49輯, 1968, 261~262쪽.
38) 中村幸彦,「假名草子の性格」, 52쪽.

간행 양상만을 보더라도 확인할 수 있다. 즉, 忠臣·孝子·烈女의 人數가 같았던『三綱行實圖』가 여러 가지 다른 양상으로 거듭 간행되는 와중에서 1515년 완성된『續三綱行實圖』에 이르러서는 孝子 36명, 忠臣 6명, 烈女 28명으로 변화되고 있다. 이와 같이 忠에 대한 규범의 비중이 줄어든 이유는 무엇인가. 朝鮮의 경우에도 일본과 마찬가지로, 시대가 변해서 忠義를 강조하는 것이 적합하지 않게 되었던 것인가.

시대가 변해서 忠義를 강조할 필요가 없게 되어 그 규범을 소홀히 했다는 논리는 설득력이 약하다고 본다. 왜냐하면 朱子學은 조선과 日本에서 모두 治者의 學으로 도입되었다. 앞서 언급했지만 朱子學은 이전 시대의 주된 사상이었던 불교에 비해서 社會的·國家的인 차원의 규범을 중시한다는 특성을 갖고 있다. 따라서 忠義란, 어떤 면에서 본다면 朱子學의 핵심 규범이라고도 할 수 있는 것이다. 그러한 사상을 도입한 治者들이 그 사회의 핵심 구성원이 되면서 자신들과 관련된 규범인 忠義를 포기했을 가능성은 매우 희박하다고 본다. 그렇다면 忠義에 대한 항목이 줄어든 것을 어떻게 해석해야 할 것인가. 조선의 이러한 현상을 해명하는 데 교훈서에서 여성의 덕목으로서 오로지 節만을 강조한 사실이 유효하다고 본다. 즉 표면적으로는 여성의 貞節을 강조하는 이야기들로 이루어졌지만 그 이야기들의 근간을 이루고 있는 '女不事二夫'가 표상하고 있는 節은 바로 '臣不事二君'의 節로서, '女不事二夫'를 강조함으로써 직접적으로 '臣不事二君'의 節을, 忠義를 강조하지 않고도 '臣不事二君'의 윤리를 강조하는 것 이상의 효과를 얻고자 했던 것이 아닌가 하는 것이다.

조선의 통치자는 가정이라는 초보적 단계부터, 특히 사회적인 피지배층이라고 할 수 있는 여성으로부터 節이라는 윤리를 완성하면, 자연스럽게 그것이 사회의 보편 윤리, 나아가 남성 윤리로 확대될 것이라고 예상했던 것이다. 이는 朱子學 자체에 내재하고 있는 실천 논리에 의거한 것이다. 朱子學의 이상은 개인의 善을 완성함으로써 만인의 善이 완성되고 그럼으로써 從으로, 橫으로 제한을 초월하여 진정으로 다스려지는 사회를 상정한 것이다. 인간에게 내재하여 있다는 理란, 이와 같이 從的, 橫的인 제한이 없는 초월적인 선을 의미하는 것이다.[39) 修身, 齊家, 治國, 平天下라는 단계적인 실천 논리도 결국은 이에 기반하고 있는 것이라고 본다. 따라서 사회의 가장 근저를 이루고 있다고도 할 수 있는 가정의 여성에게서 節이라는 규범이 완성되면, 그것이 단계적인 과정을 거쳐 사회 전체의 보편규범이 될 것이고 그럼으로써 국가라는 단계에서 신하가 군주에게 바쳐야 하는 節이라는 규범의 완성도 이루어질 수 있다는 논리가 자연스럽게 도출되는 것이다. 독특한 점은 완성해야 하는 개인윤리의 핵심적인 내용이 성별, 신분, 계층 등에 따라 상이하지 않았다는 것이다. 예를 들면 『東國新續三綱行實圖』의 「烈女圖」에 다양한 신분의 인물들을 망라하면서도 어느 경우에나 節이라는 하나의 규범만을 보여주고 있는 것이다. 다양한 신분의 인물을 등장시킨 것은 節이 그 정도로 일반적인 규범이라는 역설을 하기 위한 장치에 지나지 않았던 것이다.

2) 『本朝女鑑』·『本朝列女傳』의 경우

다음은 일본의 교훈서를 검토해 보기로 한다. 우선 朝鮮의 것에 비추어 『本朝女鑑』을 보면, 목차에서부터 차이를 발견할 수 있다. 즉 조선에서는 번역되지 않았던 『列女傳』의 「辯通」篇이 『本朝女鑑』에는 들어 있다. 「辯通」篇에 실려 있는 것은, 말 그대로 특정한 상황에서 그에 적절하게 대응한 지혜로운 여성들의 이야기이다. 조선에서는 『列女傳』의 것조차도 번역하지 않았던 반면 일본에서는 「辯通」篇에 자국의 여성들의 이야기까지 함께 실어 놓았으니 그 차이가 크다고 하지 않을 수 없다. 또한 『本朝列女傳』의 「妾女傳」, 「妓女傳」, 「奇女傳」, 「神女傳」은 조선은 물론 중국의 것에서도 볼 수 없는 독특한 계층의 여성들의 이야기를 모은 것이다. 이는 교훈서의 독자와도 관련이 있는 듯하다. 조선의 여성교훈서의 독자는 대개 소수 지배집단, 즉 사대부가의 여성으로, 妾女, 妓女, 神女 등은 서민 이하의 특정 계층으로서 독자로서의 가능성은 물론 어떤 경우에도 거론의 대상조차 되지 못했던 존재들이다. 목차에서 드러나는 사실만으로도 일본에서는 여성에게 정절 이외의 다양한 덕목을 요구했다는 것, 교훈서의 독자는 尊卑에 상관없이 여성 전체였다는 것 등을 알 수 있다. 구체적

---

39) 渡辺 浩, 「儒學史の異同の一解釋」, 『思想』792, 岩波書店, 1990.6, 41쪽.

내용을 봐도 역시「百襲姬」,「棚筆媛」,「和餌童女君」 등은 마음이 곱고 애처로운 여성으로 묘사되어 있는가 하면「中將姬」,「檀林皇后」,「光明皇后」,「京極御所」,「源信僧都姉」 등은 佛敎的인 求道나 信仰을 위해 사는 여성으로 묘사되어 있다. 또한 가마쿠라 시기로부터 戰國의 女性들에 이르면, 가혹한 시대상을 반영하여, 이지적이고 의지가 강한 '儒敎的烈女'40)들이 나타나고 있으니,「結城親光妻」,「楠帶刀母」,「菊地入道寂阿妻」,「山名陸奧守妻」 등이 그들이다.

　이와 같은 양상에 대해 다음과 같은 해석이 있다. 중국의 汪憲의『烈女傳』과 일본의『烈婦傳』(1844)를 비교한 선행연구로서, '중국의 교훈서에는 여성의 생명 경시, 貞操의 物神化를 기조로 한 非人道, 非人間的인 형식적 엄격주의로 나아가는 경향이 나타나'는 것에 비해 '일본의 교훈서에는 이상적인 賢妻, 賢母의 상을 보여주는 여성들이 묘사되어 있어서 일본 특유의 賢烈, 貞烈의 개념을 만든 여성 교육의 양상의 차이를 나타냈다'41)는 것이다. 이와 같은 이해는 어디까지나『烈女傳』과『烈婦傳』을 대상으로 한 것으로서만 유효하다고 본다. 왜냐하면 1710년부터 1716년 사이에 발행된 교훈서『和俗童子訓』과『女子學寶箱』의 경우에는 전연 사정이 다르기 때문이다. 이 두 책에는 중국의 교훈서에는 실려 있지 않은 '七去之惡'이나 '男女七歲不同席', '여자의 마음을 병들게 하는 다섯 가지 병' 등, 여성을 남성 또는 남성의 가정에 강하게 속박하고자 하는 다양한 조목이 수록되어 있다. '七去之惡'에 의한 남성으로부터의 일방적인 이혼이나 '男女七歲不同席'에 의한 여성의 행동 반경의 제한은 조선 사회에서도 전형적으로 보인 현상이다. 그러나 '여자의 마음을 병들게 하는 다섯 가지 병' 운운하는 것은 일본 고유의 것이라고 생각된다. 그리고 이 '여자의 마음을 병들게 하는 다섯 가지 병'은 여성은 남성과 인간 자체가 다르다는 사고에서 나온 것이 아닌가 한다. 그렇다면 여성의 생명 경시나 物神化 경향은, 근세의 중국, 조선, 일본의 공통적인 현상이었다는 것이 된다. 중요한 것은 각 국에

---

40) 靑山忠一, 앞의 책, 21쪽에서 남편을 위해 목숨을 바친 '烈女'는 '中國的烈女'로, 理智와 意志로서 현실에 강력하게 대응해 나갔던 여성은 '儒敎的烈女'로 구분하고 있다. 일반적으로 일본의 '烈女'란 현실에 강력하게 대응해 나가는 삶을 사는 여성을 의미한다.

41) 山崎純一, 앞의 논문, 94쪽, 96~98쪽.

따른 구체적인 양상의 차이이다.

　그러면 『本朝列女傳』과 『本朝女鑑』에 공통적으로 실려 있었던 7편을 검토해 보기로 하자. 이 7편의 이야기들 역시 朝鮮의 경우와 마찬가지로, 지명과 인명, 지위까지 밝혀져 있을 뿐만 아니라 이야기에 따라서는 현재까지 남아 있는 地名이 이 이야기에서 유래했다는 식의 언급까지 되어 있다. 즉 이상의 이야기들은 사실로서, 이 교훈서들은 허구의 이야기로 구성된 것이 아니라는 표방을 하고 있는 것이다.

　『本朝列女傳』의 「孺人傳」篇에 실려 있는 「田道孺人」은 『本朝女鑑』에는 卷5 「節義」上篇에 「田道妻」라는 제목으로 실려 있다. 그 내용은 다음과 같다.

> 　田道는 上毛野君의 子竹葉瀨臣의 동생인데 武勇이 뛰어났다. 人德天皇 55 년 蝦夷가 천황의 命을 어기고 貢物을 바치지 않았기 때문에 田道를 將軍 삼아 치게 했다. 그러나 蝦夷軍이 강하여 관군이 패하고 田道도 죽었다. 이에 그 妻가 남편이 죽었으므로 자신의 삶이 무슨 보람이 있는가 하면서 자살하여 남편과 함께 묻혔다. 당시의 사람들은 그녀의 貞節을 생각하면서 눈물을 흘렸다. 그 사이 蝦夷가 왕명을 거스르고 사람들을 괴롭히며 田道의 묘를 파자, 묘로부터 큰 뱀 2마리가 나와, 蝦夷의 군사 백 여 사람을 물어 죽였다.

　『本朝列女傳』의 「孺人傳」篇에 실려 있는 「瓜生老母」는 『本朝女鑑』에는 卷6 「節義」下篇에 「瓜生判官母」라는 제목으로 실려 있다. 그 내용은 다음과 같다.

> 　瓜生判官保와 義鑑房 형제의 어머니에 관한 이야기이다. 式部大輔義治를 대장으로 하여 전쟁을 벌였으나 瓜生判官保과 義鑑房을 포함한 53인이 전사했다. 모두 통곡을 했으나 瓜生의 늙은 어머니만은 슬퍼하는 기색도 없이 대장 義治에게 모두 살아 돌아왔다면 오히려 정 떨어지는 일이었을 것이고, 그래도 살아 온 사람이 있는 것은 기쁜 일이라 했다. 또한 이 싸움은 군주를 위해 매우 중요한 싸움이니 아무리 많은 희생자를 내더라도 단념해서는 안 된다고 했다. 이에 모두 감동하여 용기를 내었다.

『本朝列女傳』의 「孺人傳」篇에 실려 있는 「武田勝賴孺人」은 『本朝女鑑』의 卷6 「節義」 下篇에도 「武田勝賴孺人」이라는 같은 제목으로 실려 있다. 그 내용은 다음과 같다.

織田信長이 병사를 이끌고 쳐들어 와서 武田勝賴가 세력을 잃고 가족과 하인들이 뿔뿔이 흩어지게 되었다. 드디어 織田信長에게 포위를 당하게 되자, 勝賴는 부인에게 北方의 친정으로 도망갈 것을 종용했다. 그러나 부인은 이를 거절하고 勝賴가 죽자 자살하여 武田一門이 망했다.

『本朝列女傳』의 「孺人傳」篇에 실려 있는 「柴田勝家孺人」은 『本朝女鑑』에는 卷6 「節義」 下篇에 「柴田勝家妻」라는 제목으로 실려 있다. 그 내용은 다음과 같다.

柴田修理亮勝家의 妻는 織田信長公의 누이동생이었다. 勝家가 謀反의 의심을 받아 天正 11년 博陸秀吉로부터 병사가 파견되어 勝家의 城 북쪽 집을 포위했다. 勝家가 선봉이 되었으나 勝家의 아들은 秀吉의 병사에게 사로잡히고, 城은 적의 손에 떨어지게 되었다. 勝家가 죽음을 예감하고 妻에게 信長公의 누이동생이라는 사실을 밝히고 성을 빠져나갈 것을 권했다. 하지만 妻는 節義를 지키겠다는 의지를 담은 노래를 불렀다. 그 노래를 들은 적장이 감탄하여 幼女 3인을 성 밖으로 나가도록 해 살려주고 그 후에 城에 불을 놓았다. 勝家 부부 및 남녀 30여 인이 모두 자살했다.

『本朝列女傳』의 「妾女傳」篇에 실려 있는 「弟橘姬」는 『本朝女鑑』에는 卷5 「節義」 上篇에 「弟橘媛」이라는 제목으로 실려 있다. 그 내용은 다음과 같다.

橘媛은 日本武尊의 첩이었다. 東國의 凶賊이 天皇에 대해 反亂을 일으켰을 때 日本武尊을 대장으로 하여 군대를 조직했다. 日本武尊은 橘媛과 함께 駿河를 건너게 되었다. 그런데 풍랑이 심해져서 배가 가라앉게 되었다. 이에 橘媛이 자청하여 龍神을 위로하기 위해 바다에 뛰어들어 죽었다. 그러자 풍랑은 가라앉았고 군대는 무사히 해안에 닿아 東夷를 정벌할 수 있었다.

『本朝列女傳』의 「妾女傳」篇에 실려 있는 「小宰相局」은 『本朝女鑑』의 卷7 「貞行」上篇에도 「小宰相局」이라는 같은 제목으로 실려 있다. 내용은 다음과 같다.

> 小宰相局은 藤刑部卿憲賢女인데 上西門院의 官女였다. 越前三位平通盛이 그녀의 미모를 보고 첩으로 삼았는데 곧 전쟁에 나가서 죽었다. 이 소식을 들은 小宰相局이 눈물을 흘리면서 잠을 자지 못하다가 물에 빠져 자살했다.

『本朝列女傳』의 「處女傳」篇에 실려 있는 「中納言局」은 『本朝女鑑』의 卷8 「貞行」下篇에도 「中納言局」이라는 같은 제목으로 실려 있다. 내용은 다음과 같다.

> 中納言局은 待賢門院의 官女였다. 女院이 죽자 머리를 깎고 산에 들어가 숨어 살다가 마침내는 出家하여 女院의 서방정토를 기원하면서 평생을 마쳤다.

『本朝女鑑』의 분류에 의하면 이상의 7편 중 5편이 「節義」篇에, 2편이 「貞行」篇에 속해 있었다. 「節義」와 「貞行」의 구분이 어떻게 이루어진 것인가는 명확하지 않다. 다만 「節義」나 「貞行」, 어느 것이나 결말부에서는 대부분이 여성의 죽음으로 마무리되고 있지만, 무엇을 위한 죽음이었는가 하는 의미 부여면에서 차이가 있는 것이 아닌가 한다. 내용만을 본다면 「節義」篇에 실려 있는 이야기가 「貞行」篇에 실려 있는 것에 비해 다양한 인물상을 보여주고 있다. 그리고 이에는 君主의 은혜에 대한 보답이라는 의미 부여가 포함되어 있는 듯하다. 이런 차이는 『本朝女鑑』과 『本朝列女傳』의 사이에도 존재하는 것 같다.

예를 들면 『本朝女鑑』의 「田道妻」와 『本朝列女傳』의 「田道孀人」은 같은 이야기임에도 불구하고 그들의 행적에 대한 의의 부여 부분에서 차이를 보이고 있다.

『本朝女鑑』「田道妻」의 마지막 부분이다.

　　사람들이 말하기를, 田道 부부가 죽었으나 마침내 그 원수를 갚고 군주를
위한 忠을 잊지 않았다. 처는 끝까지 그 節義를 지키고 남편의 원수를 갚고
자 하였다. 살아서 군주의 은혜를 못 갚아도 죽어서도 아니 잊었으니 이런
것이 어찌 흔하랴.[42]

　　반면『本朝列女傳』「田道孺人」의 마지막 부분은 다음과 같다.

　　사람들이 말하기를, 田道가 비록 죽었으나 귀신이 되어 원수를 갚았으니,
어찌 죽은 사람이라고 알지 못하겠는가.[43]

　『本朝女鑑』에서는 죽어서까지도 君主의 恩에 대한 報答을 했다는 의미 부여
가 되어 있는 반면,『本朝列女傳』에서는 다분히 개인적인 복수담으로서의 의
미 부여가 되어 있는 것이다. 이런 경향은 이 이야기뿐만이 아니다. 즉『本朝
列女傳』과『本朝女鑑』를 비교해 보면,『本朝女鑑』에서는 이야기의 결말부 등
에서 君主의 恩과 관련시켜 이야기 속의 여성의 삶을 새롭게 해석하는 경향이
보인다는 것이다.『本朝列女傳』이 간행된 시기가 비록『本朝女鑑』보다 늦다
하더라도 책이 만들어진 시기는 앞설 것이라는 추측은 이런 면에서도 가능하
다고 본다. 즉 朱子學이 수입되어 교훈서가 만들어진 초기에는 단순히 朱子學
규범의 나열에 지나지 않는 책이 만들어졌으나 시기가 지남에 따라 특정한 의
도를 가지고 이미 전해져 오는 이야기에 새로운 의미 부여를 한 것이 출간되
었다고 추측할 수 있는 것이다.

　위의 7개의 이야기는 「瓜生老母」를 제외하고는 모두 조선의 경우와 마찬가
지로 남편을 위해 죽은 여성들의 이야기이다. 그럼에도 불구하고 그 죽음의 이
유는 조선의 경우와 같이 貞節을 지키기 위한 것이 아니다.[44] 또한 君主에 대한

---

42) 「田道妻」,『本朝女鑑』, 時の人みないはく, 田道夫婦死に亡ぶといへども, 終にその仇
　　を報ず, 君の爲その忠を忘れざる也, 妻なほその節義を守り, 夫の仇を殺しぬとぞ感じ
　　ける, 生て君恩を報ひずとも, 死しても猶忘れじと云へるは, 此たぐひなるべし.
43) 「田道孺人」,『本朝列女傳』, 故時人云 田道雖既亡遂報儺 何死人之無知耶
44) 조선에도 일본에도 '烈婦'라는 단어가 있다. 그러나 그 의미는 상당히 다르다. 즉 일
　　본에서의 烈婦란, 일단은 남편에 대한 忠誠을 발휘한 여성을 의미하지만 구체적으로
　　는 원수를 갚는다든가 내조의 공이 있는 여성을 의미하는 것으로, 단순히 생리적인

恩과 관련되어 있다는 것도 특이하다. 여성과 관련된 이야기에서 君主에 대한 恩이 언급되는 것은, 중국의 경우도 검토를 해 봐야 할 문제지만 적어도 조선의 것에서는 볼 수 없었던 것이다. 바로 이 부분이 德川日本에서 간행된 교훈서에서 직접적으로 忠義를 강조하는 부분이 대폭 줄어들 수 있었던 점이 아닌가 한다. 즉, 표면적으로는 여성에게 해당하는 儒教的 規範을 교육하기 위한 이야기인 듯하지만 그 이야기의 결말과 의미를 君主의 恩에 대한 보답과 관련시킴으로써 忠義를 직접 강조하지 않고도 忠義를 강조한 효과를 얻을 수 있었던 것이다. 여기서 생각해 봐야 하는 것은 이때의 忠義의 본질적 의미이다.

위에서 조선의 경우에는 朱子學의 修身, 齊家, 治國, 平天下라는 段階的인 實踐 論理에 의거하여 개인의 완성이 縱으로 橫으로 이루어지도록 하여 전체 윤리의 완성을 도모했다고 언급한 바 있다. 또한 그 특색은, 완성해야 하는 개인 윤리의 핵심적인 내용이 성별, 신분, 계층 등에 따라 상이하지 않은 점이라는 것도 언급한 바 있다. 그러나 日本의 경우는 이와 다른 것 같다. 일본은 家職國家로서, 세습을 원칙으로 하는 家가 天命, 天職이라고 생각되어진 職分으로서의 家職, 家業을 유지하여 각 家가 그의 본분을 다하는 것으로 세상이 성립된다고 하는 관념을 가지고 있었다.[45] 그래서 가업에 정성을 들이는 것이 조상에 대한 孝가 되고, 곧 그 上級의 家인 幕府에의 忠이 된다는 것으로서, 德川日本의 도덕이란, 家業道德이었던 것이다. 따라서 道德, 善의 내용은 만인이 공통이 아니었다. 家業 즉 身分에 따라 크게 달랐던 것이다.[46] 武士라면 武士道가, 町人이라면 町人에 맞는 도덕이 각각 있었다는 의미이다. 즉 인간은 태어난 신분에 따라 도덕, 즉 理도 각각 나뉘어져 나름대로의 天命을 지녔다고 보았던 것이다. 단편적인 가지각색의 理가 모여 있는 것이 일본 윤리의 특색으로서, 구체적으로는 성별, 신분, 계층 등에 따라 상이한 윤리가 요구되고 개인이 그

貞操를 지킨 인물을 의미하는 것이 아니었던 것이다. 劉向의 『列女傳』에는 貞節을 지킨 '烈女'와 母議, 賢明, 仁智의 덕목을 행하거나 복수를 한 '烈婦'가 함께 실려 있었다. 그런데 그것이 조선과 일본에 전래된 이후 자국화되는 과정에서 그 내용 중 선별적인 수용이 이루어졌던 것이다. 즉 조선에서는 貞節을 지킨 烈女만을 수용했다면, 일본에서는 母議, 賢明, 仁智, 貞烈의 덕목을 행한 烈婦를 수용한 것이다.

45) 渡辺 浩, 「儒學史의 異同의 一解釋」, 41쪽.
46) 같은 곳.

것을 완성한다면 그것이 바로 전체 윤리의 완성이라는 것이다. 儒敎 본래의
超越的 理의 論理와는 구별되는 독특한 면을 지니고 있는 것이다.

  남편이 출정하는 길에 파도가 심해 배가 뒤집히려고 하자 자신의 목숨을 바
쳐 파도를 가라앉힌 橘媛의 행적이, 남편의 뒤를 따라 죽은 후 뱀으로 화하여
남편을 죽게 한 군사들을 물어 죽인 田道妻의 행적이 돌연 君主의 恩에 대한
報答이라는 의미로 연결될 수 있는 것은 바로 이상과 같은 논리에 의한 것이
다. 즉 남편을 위해 희생해야 한다는 妻의 본래 직분에 충실하는 것이 君主에
대한 忠義가 되는 것이다. 日本에서 간행된 여성교훈서에, 다양한 신분의 여성
이 등장했던 것, 다양한 덕목이 제시되었던 것의 배경에는 바로 이런 職分倫理
의 논리가 배경이 되어 있었던 것이며, 지배층은 여성교훈서를 통해 그것을
역설하고 있는 것이라고 본다.

5. 맺음말

  본고의 목적은 사회적으로 비슷한 발전 단계에 놓였을 뿐만 아니라 정치 이
념으로서 중국으로부터 朱子學을 받아들였던 점도 공통인 17세기경의 조선과
일본의 문화적 양상을 비교해 보고자 하는 것이었다. 朝鮮, 中國, 日本 삼국은
적어도 중세 시기까지는 하나의 문화권에 속해 있었으므로 그 사실만으로도
문화 내지는 문학의 비교의 가능성은 충분히 내재되어 있다고 보아야 하고 또
비교의 필요성도 있다고 본다. 그 필요성은, 비교를 통해 이제까지 명확한 해
명이 불가능했던 자국 문화의 양상이 보다 뚜렷하게 밝혀질 수 있는 계기가
될 수 있기 때문이다.

  이상과 같은 필요성에 입각하여 논의의 가능성을 모색, 본고에서는 朱子學
을 받아들여 그 주자학 이념을 교육하기 위해 만들어졌던 교훈서를 분석 대상
으로 했다. 朝鮮·日本兩國에서는 중국에서 劉向의 『列女傳』을 필두로 한 교
훈서를 수입한 이래, 자국의 인물들의 이야기를 실은 교훈서를 연이어 간행했
다. 본고에서는 양국에서 비슷한 시기에 간행·유포된 敎訓書로서, 중국 인물

의 행적을 싣지 않고 자국의 인물의 행적을 실었던 敎訓書 — 조선에서는 『東國新續三綱行實圖』의 「烈女圖」, 日本에서는 『本朝女鑑』과 『本朝列女傳』 — 를 비교의 대상으로 했다.

『東國新續三綱行實圖』의 「烈女圖」는, 그 시기까지의 교훈서 중에는 처음으로 사회의 각계각층의 여성의 행적을 골고루 실었다는 특징이 있음에도 불구하고, 그 내용은 오로지 貞節이라는 한 가지 덕목의 반복임을 알 수 있었다. 한편 일본의 교훈서는 조선이나 중국에서는 좀처럼 거론의 대상이 되지 못했던 妾女, 妓女, 神女까지도 하나의 篇을 형성하고 있었을 뿐만 아니라 그 내용도 貞節 이외에도 母儀, 賢明, 仁智 등 다양한 덕목을 행한 여성들을 싣고 있었다. 본고에서는 특히 조선의 「烈女圖」와 관련지을 수 있는 7개의 이야기를 중심으로 살펴보았다. 그런데 이야기가 여성의 죽음으로 마무리되는 것은 조선의 것과 마찬가지였지만, 일본의 것에는 여성의 죽음에 대한 의미 부여가 君主의 恩에 대한 보답이라고 하는 비약을 보이고 있는 점이 특징이었다.

조선과 일본의 여성교훈에 나타나는 이상과 같은 특징은 유교의 또 다른 덕목인 忠義와 관련이 있는 것으로 보였다. 즉 양국 모두 본래 治者의 學으로서 朱子學이 수입하였음에도 불구하고 교훈서는 여성과 관련된 덕목을 다룬 것이 연이어 출간되었음에 반해 忠義에 관련된 것은 17세기 들어 특히 감소하는 경향이 보였다. 그러나 조선의 『東國新續三綱行實圖』의 경우만 봐도, 교훈서의 간행은 막대한 비용을 들여 시행한 국가적인 사업이었다. 그렇다면 교훈서의 간행에는 국가적인 차원의 목적이 있었을 것이며 그것이 반영되어 있다고 보아야 한다. 따라서 어떤 상황이든 治者와 직접 관련된 덕목인 忠義를 포기했다고는 보기 어렵다고 생각했다. 그렇게 본다면 조선에서 어떤 계층의 여성에게나 오로지 貞節이라는 한 가지 덕목만을 요구했던 것은 그것이 건국과정과 관련하여 당시의 중요한 윤리 이념이었던 '忠臣不事二君'이라고 하는 '節義'의 상징적인 縮圖로서의 역할을 담당하고 있었기 때문이라고 생각할 수 있는 것이다. 즉 이것은 개인 개인이 善을 완성하여 결국은 만인의 善이 완성되어 그에 의해 진정한 의미의 통합된 사회가 실현된다고 하는 논리로서, 따라서 완성해야 하는 개인윤리의 핵심적인 내용은 성별, 신분, 계층 또는 상황과 관계없이 한 가지였던 것이다. 즉 어떤 상황에 놓인 어떤 신분의 여성에게든 節義를 요구하였으며, 남성에게도 마찬가지로 節義를 요구하였던 것이다. 그리하여 그것이 단계적인 과정을 밟아 사회 전체의 보편규범이 되므로 그에 의해 신하가 군주에게 바쳐야 하는 節義, 즉 조선적 의미로서의 忠義라는 규범도 완성된다는 것이다.

한편 일본에서 여러 계층의 여성에게 그 나름대로의 다양한 덕목을 요구한 것은, 그것이 당시의 통치 원리였던 職分倫理를 역설하기 위한 것이었다고 생각된다. 즉 일본에서는 세습을 원칙으로 하는 家가 직분으로서의 家職·家業을 유지하여 그 역할을 완수하는 것으로 이상적인 세계가 성립된다고 하는 인식을 가지고 있었으므로 도덕이나 善의 내용도 家業 즉 신분에 따라 크게 다를 수밖에 없었다. 일본에서는 자신의 직분을 완수하는 여성상을 묘사함에 따라 각각의 직분에 충실한 것이 곧 君主의 恩에 보답하는 것이라고 하는 독특한 윤리를 일반화하고자 한 것이다. '君主의 恩에 보답'을 忠義라고 바꾸어 말할 수 있을지는 몰라도 그 본질적인 의미는 조선의 것과는 판이한 忠義였던 것이다.

결국 양국 모두 교훈서에서 忠義에 대해 강조하는 부분이 대폭 줄어들어 약화된 것으로 보이지만 실은 그 배경에 자국의 형편에 맞는 독특한 倫理體系가 존재하는 것으로서, 여성을 대상으로 한 규범을 강조하는 과정에서 忠義의 실천을 강력하게 요구한 것이라고 할 수 있겠다.

외부로부터 특정한 이념이 전래될 때 그 사회의 역사적 조건, 사회적 특수성 등에 따라 독특한 수용이 이루어지며, 기술물은 그것을 직접적으로 반영한다는 전제 하에 내린 이상과 같은 결론은 상당히 좁은 범위의 대상을 통해서 도출된 것이다. 따라서 논의의 한계가 있음을 인정할 수밖에 없다. 朝鮮은 물론이고 德川日本에서 간행된 유교교훈서는 대단히 많다. 이러한 교훈서의 대다수가 이야기 형식으로 기록되어 있으므로 그 시대에 발달했던 소설에도 상당한 영향을 미쳤다고 생각된다. 따라서 여성을 대상으로 한 교훈서뿐만 아니라 孝를 역설한 교훈서 등 넓은 범위에서 논의가 이루어질 때 양국의 문화적 특수성이 보다 명확하게 드러날 수 있으리라 생각한다.

고전에서의 일상생활과 문학
― 문학생활화의 방식을 중심으로 ―

권순긍[*]

1. 문학교육으로서의 문학생활화

문학은 우리들 삶을 총체적으로 문제삼고 이를 구체적으로 형상화하기에, 문학교육은 단순히 문학만의 문제가 아닌 삶의 영역으로까지 확대돼야 한다. 흔히 학교 교육에서 문학교육의 목표를 "인간의 삶을 총체적으로 이해하게 한다."[1]로 규정한 것도 그 때문일 것이다. 하지만 문학이 삶을 아우른다면 총체적으로 이해만 할 것이 아니라 삶을 고양시키고, 풍요롭게 함으로써 창조적인 데까지 나아가게 해야 할 것이다.

학교에서 배우는 문학작품이 삶을 위하여 아무런 소용이 되지 않는다면 도대체 무슨 필요가 있는가. 물론 문학을 다양한 입장에서 살펴 볼 필요는 있다. 하지만 그것이 가르치고 배우는 문학교육의 관점에 선다면 당연히 삶의 문제를 핵심적 위치에 올려놓을 수밖에 없을 것이다. 이런 시각에서 볼 때 '문학생활화'는 문학교육의 중요한 과제가 아닐 수 없다. 문학생활화는 삶의 전과정에서 문학이 주요한 매카니즘으로 자리잡는 것이고, 그러기에 좁은 교실이라는 학교 교육을 넘어서 평생교육으로서 문학교육이 가능하기 때문이다.

그것이 어떻게 가능할까? 즉 문학생활화의 통로는 어떻게 설정해야 할 것인가? 문학생활화에 이르는 통로는 크게 두 가지로 생각해 볼 수 있다. 하나

---

* 세명대 교수.
1) 고등학교 국어과의 문학교육 목표는 1988년 개정고시(문교부 고시 제88-7호)된 5차 교육과정부터 6차 교육과정에 걸쳐 이렇게 규정되어 오늘에 이르고 있다.

는 문학작품에 숨어있는 삶의 원리, 사고의 원리를 찾아내어 현재의 생활 속에 유용하게 적용하는 통로이다. 이 통로를 통해서는 일견 현재의 실생활과 거리가 있어 보이는 작품에서도 사고의 구체화에 필요한 원리를 찾을 수 있다. 「구지가(龜旨歌)」를 통해서는 '불러들이기'의 사고구조를 이해하고 이를 다른 대상의 불러들임에 적용해 볼 수도 있는 것이며[2], 이곡(李穀·1298~1351)의 「차마설(借馬說)」을 통해서는 새로운 사고의 틀, 곧 단순한 수사적 문화성을 넘어서서 사고의 문화성을 엿볼 수 있다.[3] 어디 이 두 작품 뿐이겠는가. 수없이 많은 문학작품들 속에서 현재의 삶에 유용한 사고의 틀, 사고의 원리를 찾아낼 수 있다. 그래서 생활 맥락에서의 문학교육은 인간적 욕구의 표현, 생활환경과의 새로운 관계 맺기, 타인과 대화하기, 갈등의 조절 등을 그 내용으로 한다.[4]

하지만 이런 통로를 따라가다 보면 우리의 삶이 그렇듯이 삶이나 사고를 유형화해야 하는 어려움이 따른다. 삶의 다양한 방식이나 사고의 무수한 틀을 어떻게 체계적으로 유형화하고 구별해 낼 것인가? 더욱이 생활의 양식이나 감정이 판이한 고전작품과 현재의 역사적 시차를 극복하기도 쉽지 않다. 문학의 구체적 형상들을 통해 삶의 일반성을 유추해내고 이를 다시 삶의 구체성으로 적용하는 방식은 일견 타당하면서도 삶의 다양성이나 역사적 거리를 포괄하지 못하는 어려움이 있다.

한편 다른 한 통로는 현재 유용한 사고의 원리나 틀을 찾는 것이 아니라 당대적 삶의 구체적 형상들을 통하여 문학생활화의 방식을 모색하는 길이다. 실상 문학작품의 1차 독자들은 그 속에서 현실의 구체적 상관물을 찾아내고 이것에 의해 심미적 감동을 받게 된다. 곧 문학이 삶의 구체성을 담보하기 때문에 그 구체적 형상을 통해 작품을 읽어내게 된다. 이는 왜 문학 연구자와는 무관하게 학생들이 자신의 삶과 연관이 있는 작품을 좋아하는가의 이유이기도 하다. 또한 문학연구자와 현장교사들의 입장이 차이나는 것도 바로 이런

---

2) 김대행, 「구지가를 위한 이용후생적 질문」, 『국어교과학의 지평』, 서울대출판부, 1995, 236쪽 참조.
3) 같은 책, 277쪽 참조.
4) 김대행 외, 『문학교육원론』, 서울대출판부, 2000, 244~245쪽 참조.

부분에서다. 다음 한 예를 들어보자.

　　이러한 비판적 관점은 초기 국어교육의 화두가 되었던 '삶을 위한 문학
교육'을 이념적 기초로 한다. '왜 시를 배우는가'에 대한 답은 아주 간명하
다. '시를 통해 삶을 확인하고 배우는 것'이다. 그러므로 여기서 문학이론은
작품을 이해하기 위한 최소한의 내용으로 제한해야 한다. 중등학교 과정에
서는 '시는 우리 삶의 진실을 담는 예술 양식'임을 알고, '친밀감을 갖는 것'
이면 충분하다. 여기서 한 발 더 나아가 자신의 삶을 담아 글로 표현할 수
있다면 최고의 수업이다.[5]

　물론 비유와 상징 그리고 운율을 따져야 하는 시 교육을 이렇게 단순화시킨
다는 것은 문제가 없지 않으나 적어도 학교 현장에서의 문학교육은 이렇게 시
작돼야 한다는 점은 분명하다.[6] 비유나 상징이 필요한 것은 삶의 형상을 보다
효과적으로 드러내기 위해서다. 이를테면 박노해의 「이불을 꿰매면서」라는 시
의 "아픈 각성의 바늘을 찌른다."에서 '각성'이라는 말과 이불을 꿰매는 행위
가 얼마나 기막히게 연결되고 있는지를 생각해 보면 쉽게 알 수 있다.
　이런 점에서 칠레의 민중시인 빠블로 네루다의 얘기는 많은 시사를 준다.
「일 포스티노」라는 영화에서 지중해 섬 마을의 우편 배달부에게 시가 무엇인
지를 가르쳐주기도 하거니와 광산 노동자들에게 자신의 시를 읽어 줌으로써
그들을 감동시키기도 했다 한다.

　　칠레의 어느 탄광에서 있었던 일이다. 한 낮의 찌는 듯한 태양 아래서 수
천 명의 광산 노동자들이 세 시간이 넘게 조합의 활동가나 지도자의 연설
을 듣고 있었다. 마침내 네루다가 연단에 오를 차례가 되었다. 그 당시만
해도 그는 아직 시인으로서 오늘날처럼 명성이 자자했던 것도 아니고 더구
나 산 속에서 거의 유폐된 생활을 하고 있었던 광부에게는 거의 이름조차
알려져 있지 않았던 상태였다. 다시 말해서 지금 네루다 앞에 앉아 있는 수

---

5) 김은형, 「나의 시 수업」, 『문학교육학』 제4호, 한국문학교육학회, 1999. 12, 75쪽.
6) 이는 필자가 『삶을 위한 문학교육』(연구사, 1987) 이래 지금까지 문학교육('연구'가
　아닌)에 대해 지녀온 변함없는 입장이다.

천 명의 노동자들, 착취와 굶주림 그리고 어쩌면 읽을 줄도 쓸 줄도 모를
것 같은 이 광부들 앞에서 네루다가 시를 낭송한다는 사회자의 소개가 있
자 수천 명의 탄광 노동자들은 이글거리는 검은 태양 아래서 일제히 모자
를 벗으며 일어나는 것이 아닌가. 그것은 지금까지 전례가 없었던 극히 새
로운 감동적인 장면이었다. 즉 노동자들은 민중에게 봉사하는 새로운 시인
과 시에 고마움의 인사를 보냈던 것이다.[7]

그 감동과 기쁨을 네루다는 「커다란 기쁨」이라는 시에서 "나는 쓴다. 소박
한 사람들을 위해 / 변함없이 이 세상의 기본적인 요소들 — 물이며 달을 / 학
교와 빵과 포도주를 / 기타나 연장 등을 갖고 싶어하는 / 소박한 사람들을 위해
서 쓴다."[8]라고 노래했다.

이 얘기는 '변함없는 이 세상의 기본적인 요소들', 곧 삶의 일상적 형상들이
주는 감동의 힘이 얼마나 대단한가를 일깨워 준다.

그런데 이런 문학생활화의 통로는 우리들 삶의 다양함만큼이나 많은 경우
의 수가 존재하게 되고 여기서 일반론을 유출해 내는 것은 거의 불가능하게
된다. 그래서 문학교육은 그저 대상 작품을 잘 선별하는 것이 최고의 미덕이라
는 단순한 결론에 이르게 된다.[9] 결국 이 두 통로는 현재의 삶에 유용한 사고
의 원리를 찾아내는 것이냐 당대적 삶의 인식과 형상화 방식을 검토하는 것이
냐로 구별되게 된다. 이 두 통로는 서로 다른 위상을 갖지만 '문학 생활화'라는
문학교육의 측면에서 상보적일 필요가 있다. 즉 문학에 형상화된 당대적 삶의
구체성을 따라가되 그것을 현재에 어떻게 일반화 할 것인가도 생각해 보아야
한다는 말이다. 필자는 후자의 방식을 택하되 전자의 방식에 대한 고민도 아울
러 해보고자 한다.

필자는 특히 '변함없는 이 세상의 기본적인 요소들'이고 헤겔이 "태양아래
새로운 것이 하나도 없다."(『역사철학강의』)고 말한 그 '일상생활'을 고전문학

---

7) 김남주, 「사랑과 혁명이 시인, 빠블로 네루다」, 『심장은 탄환을 동경한다』, 민글,
   1993, 135쪽
8) 같은 책, 같은 곳.
9) 김은형도 앞의 글에서 "시에 대한 친밀도를 높이기 위해서 가장 중요한 것은 적절한
   감상자료의 선택이다."고 했다. 앞의 책, 77쪽.

에서 어떻게 다루었나를 집중적으로 검토하고자 한다. 더욱이 고전문학은 많은 경우에 생활과 문학이 분리되지 않는다. 문학이 생활이고 생활이 곧 문학이었다. 농민들에게는 민요와 설화가 있었고, 시정인들에게는 연행문학이 있었으며, 사대부들에게는 그들의 교양을 연마하는 한문학이 있었다. 이 때문에 문학생활화의 문제를 따져볼 수 있는 좋은 재료가 된다. 여기서는 민요와 국문소설, 패사소품(稗史小品)을 대상으로 하여 당대의 일상적 삶을 문학에서 어떻게 형상화했는가를 따져보기로 한다.

2. 일상적 삶에 대한 인식—민요의 경우

일상생활과 문학의 관계를 따져볼 때 가장 넓은 호응을 받아온 것은 아마도 민요일 것이다. 민요는 일할 때, 놀 때 혹은 의례의 과정에서 삶의 모습들을 여과 없이 드러내기도 하고 그 매듭을 풀어주기도 한다. 더욱이 민요의 가창자는 전문적인 창자가 아니기에 삶의 편폭이 그대로 문학의 양식 속에 담기는 것이다. 곧 민요는 창자들의 삶과 분리되지 않는다. 민중들의 삶이 곧 민요고 민요가 민중들의 삶인 것이다.

> 한치 뒷산에 곤드레 딱주기 님의[나지미] 맛만 같다면
> 고것만 뜯어 먹어도 봄 살아나지.

위 노래는 '정선 아라리'에서 널리 알려진 전승사설이다. 해마다 춘궁기가 되면 봄나물을 뜯어서 끼니를 때워야 했던 삶의 지난함이 여과없이 드러나 있다. 하지만 그 지난한 삶을 넘어서는 지혜가 보인다. 그래서 호구지책인 봄나물이 '님의 맛'으로 환치된다. "청천 하늘엔 잔 별도 많고 / 우리네 가슴엔 수심도 많다."라는 유명한 전승사설처럼 삶은 어차피 고해(苦海)일지도 모르지만 그렇다고 훌쩍 버리고 떠날 수 없는 삶에 대한 애착이 드러나 있는 것이다. 어떻게 이것이 가능할까? '정선 아라리'를 중심으로 이 일상과 문학의 관계 그리고 그 속에서 높은 수준의 삶에 대한 인식을 보여주었던 경우를 살펴보기로

한다.10)

 ‘정선 아라리’는 혼자 한가로이 있을 때 부르기도 하고, 여럿이 어울려 놀 때 부르기도 하는가 하면 일을 하면서도 부른다. 말하자면 유희요로도 불리며 노동요로도 불리는 셈이다. 그 느린 가락 때문에 김매기, 나물뜯기, 나무하기, 삼삼기 등의 일을 할 때 주로 불렸고 특히 김매기할 때 가장 많이 부른다.11)

> 조(조사자) : 아라리와 일과는 관계는 어떠한가요?
> 연(연규한, 62세) : 김매고, 꼴 비고, 나무하고 이것이 이제까지 보여 온 가장
>   그 아라리하고 같이 한 것이 아닌가. 격렬한 일하고는 잘 맞지 않아요.
>   도리깨질 한다던가 말이죠…….12)

> 조(조사자) : 옛날에 아라리는 언제 주로 하셨어요? 일할 때도 하시나요?
> 최(최순녀, 66세) : 일하러 가면서, 콩 밭 매면서 하기도 하고, 어릴 때 우리
>   가 산천에 놀러다니면서 보면 어른들이 김매면서 노래를 하거든, 우리
>   는 그걸 따라 하면서 배웠지.13)

 말하자면 ‘정선 아라리’는 일과 놀이 곧 삶의 전과정에 비교적 많이 개입하기 때문에 다른 민요에 비해 풍부한 사설을 지니고 있는 것이다. 흔히 자기의 심중을 토로하는 독창적 방식으로 노래가 불려졌다. 위의 최순녀 씨의 경우도 “속이 터져 나가야지 소리가 나오지.”라 했으며, 최복신(남, 52세)은 “금방 내 심중에서 나오는 소리”14)라 했다. 이는 곧 ‘정선 아라리’가 지니고 있는 삶의

---

10) 많은 민요자료 중에서 특히 ‘정선아라리’를 택한 것은 필자의 민요조사 경험 때문이다. 성대 국문학과에서는 1982년 1월부터 1994년 2월까지 김시업을 중심으로 정선군 일대를 5차례 조사한 바 있고 2차에 걸쳐 보충조사를 했다. 그 때 조사된 사설이 모두 7,200여 수에 이른다. 다 정리되는 대로 곧 자료집으로 출판될 예정이다. 아울러 인용된 자료는 일일이 제보자나 제보상황을 밝히지 않고 여기에 준한다. 인용할 경우 ≪자료집≫으로 약칭한다.
11) 강등학, 「정선아라리의 기능」, 『한국민요의 현장과 장르론적 관심』, 집문당, 1996, 168쪽 참조.
12) 연규한(남), 62세(1987. 1. 25), ≪자료집≫.
13) 최순녀(여), 66세, 정선군 정선읍 신월1리 1반(1994. 10. 8~9), ≪자료집≫.
14) 최복신(남, 52세), 정선군 남면 문곡2리 고무골(1985. 1. 29), ≪자료집≫.

표출기능을 충분히 인식했음을 얘기하는 것이다.

　상황이 이러하니 '정선 아라리'의 사설은 전승사설의 개작은 물론이고 자작 또한 활발하다. 그래서 "아라리라는 것이 뭐 끝이 있어, 아무케고 자꾸 붙이면 되지."[15]라고도 한다.

　그럼 어떤 방식으로 사설이 확장되었는가.

　　심심산굴에 천년의 원수는 말거므줄이 원수요
　　그대와 나와 그 원수는 본 낭군이로구나

　　시무청산에 참매미는 말거미줄이 원수요
　　본 가장은 배변할라니 전화줄이 원수라

　　앞 남산 호랑나비는 왕거미줄이 원수요
　　우리 둘의 원수는 금전이 원수로다

　　만첩청산에 호랑나비는 왕거미줄이 원수요
　　지금 시대 청년들은 삼팔선이 원수라

　강등학에 의하면 이 경우는 가사의 기본 틀은 같으면서 주체가 서로 다른 '원심적 구연'에 해당된다.[16] 즉 1행에서 거미줄이라는 장애물을 제시한 다음 2행에서는 일상생활 속에서 장애가 되는 요소를 늘어놓아 확장시킨 것이다. '본 낭군', '전화줄', '금전', '삼팔선'이 그것이다. 이는 일상적 계기를 만나면 무한확장이 가능하다. 그런데 이 과정에서 단순한 원리의 습득만으로는 불가능한 삶에 대한 통찰력이 드러난다는 점이다. "지금시대 청년들은 삼팔선이 원수라"는 구절이 그렇다. 분단에 대한 원망이 그것일터인데, 이 노래는 앞에 소개한 최순녀가 6·25 때 죽은 오빠의 신세를 한탄하면서 부른 노래라 한다. 최순녀는 혼자서 노래했음에도 불구하고 독립시켜 50판을 구성할 정도로 탁

---

15) 이관제(남, 52세), 정선군 동면 석곡2리 상돌목(1985. 7. 12), ≪자료집≫.
16) 강등학, 『정선아라리의 연구』, 집문당, 1988, 51~60쪽 참조. 한편 '구심적 구연'은 같
　　은 주제로 확장되는 것을 말한다.

월한 소리꾼이었다. 특히 기존의 가사에 의존하지 않고 자신의 삶과 관련된 새로운 가사를 많이 만들어 부르는데, 위의 경우가 그 예이다. 분단이나 통일에 대한 사회과학적 인식이 있었다고 보기 어렵다. 오히려 기막힌 인생역정과 삶의 핍진함이 그로 하여금 탁월한 묘사를 가능케 했던 것이다.

> 최(최순녀) : 어렸을 적에 뭣도 모르고 했지. 그런데 지금 늙그막에 보니 그
> 뜻이 깊구나 해요. 요샌 지난 시절을 생각하면 울음이 나와. 그럼 손자들
> 이 또 "할머니 울라구 소리한다." 하고는 슬그머니 방을 나가요. 하하.
> 테레비 크게 틀어 놓고 울다가 생각하면 저절로 소리가 나와. 하하하.
> 속이 터져 나가야지 소리가 나오지 뭐.[17]

삶의 맺힘을 풀어주는 기능을 한다고 할까. 삶의 기막힌 사연들이 정선아라리의 사설을 형성하고 그것이 또 역으로 삶의 맺힌 곳을 풀어주기도 하는 것이다. 아라리를 부름으로써 그 신명에 의해 일종의 카타르시스를 체험한다고 할 수 있다. 이런 연장선상에서 이를 테면 "사발 그릇이 깨여지며는 두세쪽이 나는데 / 삼팔선이 깨여지며는 한덩어리로 뭉친다."는 통일에 대한 인식도 가능하며, 근대 혹은 개화에 대한 나름대로의 인식과 비판도 표출하게 된다.

> 석세배 도랑초매는 입구 입었을 망정
> 너겉은 하이칼라는 내 눈 알루 돈다
>
> 열녀정 앞에는 독새풀 나고
> 갈보집 문전에 함박꽃 핀다

이 노래는 모두 개화 혹은 근대에 대한 갈등을 담고 있다. 석세배 도랑치마를 입었을 망정 문명개화의 상징인 하이칼라는 눈에 차지 않지만 그렇다고 대안이 있는 것은 아니다. 내 눈 아래에 있다는 말은 일종의 오기인 셈이다. 왜 그런가? 주체적이고도 자주적인 진정한 의미의 근대는 오지 않았기 때문이다.

---

17) 주13).

열녀정은 봉건적 윤리와 가문의 권위를 상징하는 일종의 장식이다. 여기에 독새풀이 난다는 것은 곧 봉건사회 혹은 봉건적 덕목의 와해를 뜻한다. 버려져야 마땅한 것들이다. 하지만 이와 함께 당연히 와야 할 것이 오지 않고, 갈보집 문전이 날로 번창해 가는 것이 현실이다. 현실은 한층 더 비정상적으로 기막히게 전개되면서 장차 민중 자신의 생활을 위협하고 타락시킬 조짐이다. 이 노래는 많은 여운을 남기는 현실풍자이며 고발이다.[18]

"아리랑 고개는 열 두 고개 / 마지막 고개는 눈물 고개"라는 사설처럼 민중들의 삶은 고통과 한으로 점철되어 있다. 그 고통과 한이 현실적 계기들을 만나 노래 가락을 만들고 그 맺힘을 풀기도 했지만 동시에 세계의 거대한 폭력에 저항하며 끈질기게 삶을 이어나갔던 것이다. 일상적 삶에 대한 애착이 그것을 가능케 했다. 그리하여 일상의 자질구레한 것으로부터 민족해방이나 통일의 염원을 담은 노래로까지 발전해 갔던 것이다. 말하자면 무지랭이 민중들에게 민요야말로 현실과 세계의 편폭을 인식시키는 문학생활화의 좋은 도구가 된 셈이다.

3. 일상생활을 통한 문제제기와 대안의 모색 — 국문소설의 경우

주지하다시피 '규방소설(閨房小說)'은 17세기 문벌의 형성과 더불어 사대부가의 부녀자들에게 마땅히 갖추어야 할 예절과 다소간의 교양을 익히게 하기 위해 등장했다. 『내훈(內訓)』·『여사서(女四書)』나 『계녀서(戒女書)』 같이 딱딱한 수신서로는 효과적으로 그 임무를 수행하기 어려웠기 때문이다. 즉 소설의 재미를 통한 교화적, 교육적 기능을 충분히 활용하여 가문의 유지에 기여토록 한 것이다. 말하자면 여성을 규방 속에 속박해 놓고서 살짝 늦추어 주어야 하는 모순의 타협점에서 출현한 것이 규방소설인 셈이다.[19]

---

18) 김시업, 「근대 민요 아리랑의 성격 형성」, 『전환기의 동아시아 문학』, 창작과 비평사, 1985, 231쪽 참조.
19) 임형택, 「17세기 규방소설의 성립과 倡善感義錄」, 『東方學誌』제57집, 연대 국학연구원, 1988 참조.

하지만 소설의 재미는 본래의 교화적 기능을 훨씬 넘어서서 점점 새로운 작품을 요구하는 데까지 이르렀다. 효종(孝宗) 비인 인선왕후(仁宣王后) 장씨[한문사대가인 장유(張維)의 딸]가 청평위(清平尉) 심익현(沈益顯)에게 출가한 숙명공주(淑明公主)에게 보낸 서한을 보면

  수호뎐으란 너일 드러와셔 네 출혀 보내여라[20]

라는 구절이 나온다. 소설은 흔히 유학자들에게 배격의 대상이 되었던 책이며 특히 『수호전(水滸傳)』은 현실에 대한 비판을 정당화했기 때문에 가장 심하게 배격되었던 작품이다. 그런데도 명문대가의 부녀자들에게 읽혔었던 이유는 무엇인가? 사대부가에 필요한 예법이나 교양을 익히게 한다는 규방소설 본래의 목적보다는 소설이 갖고 있는 재미나 흥미가 더 강하게 요구되었기 때문이다. 소설의 재미나 흥미는 유가의 이념으로 억제할 수 있는 것이 아닐 뿐더러 예법이나 교양을 익힌다는 실용적 의도 이상의 것이다. 말하자면 소설이 양반 부녀자들의 전유물이 된 순간 이미 그것은 재미나 흥미를 통한 자가발전의 통로를 개척하기 시작한 것이다.

  요사이는 적이 틈이 없사오나 긴긴 밤의 책이나 보고저 하오대 내훈이라
  하는 책은 오륜행실의 있사오니 더 신기한 것 없사오며 진뎌방뎐(陳大方傳)
  이라 하옵는 책은 더방 수죄하온 말이 너모 호번만 하옵고 별노 신기한 책
  얻어 볼 수 업사오니 댁의 무슨 책 있삽거든 빌이시압소서.[21]

『내훈』이라는 책은 부녀자의 수신서로 오륜행실을 주된 내용으로 하니 별로 신기할 게 없다. 이미 다 아는 뻔한 내용이기 때문이다. 또 「진대방전(陳大方傳)」은 애타게 호소하는 말이 너무 자주 나온다 한다. 실상 「진대방전」은 「내훈제서(內訓諸事)」나 「열녀전(烈女傳)」, 「오륜가(五倫歌)」, 「내훈」 등과 합본으로 출판되기도 할 정도로 교훈적인 내용이 많이 나온다.[22]

---

20) 김일근, 「李朝親筆諺簡摠監」, 『학술지』12집, 건국대학교, 1971. 자료번호 [102].
21) 『징보언간독』下, 장 19 뒤, 임형택 앞의 글 121쪽에서 재인용, 강조 인용자.

그래서 신기한 책이 필요한 것이다. 신기한 책을 찾는다는 것은 소설이 이미 홍미를 통한 확대재생산의 구조에 편입됐음을 의미한다. 이런 조건하에서 세책점(貰冊店)이 번성하여 소설이 상품화되기도 했거니와 다음의 자료는 그 실상을 잘 전해준다.

> 언문으로 번역된 傳奇를 탐독하여 가사를 방치하거나 여자가 할 일을 게을리 해서는 안된다. 그런데 심지어 돈을 주고 빌려 거기에 취미를 붙여 가산을 기울인 사람도 있다.[23]

> 가만히 살펴보니 근래에 규중에서 서로 다투어가며 능사로 삼는 것은 오직 稗說을 숭상하는 일이다. 날로 달로 증가하여 그 종류가 千百종에 이른다. 僧家에서는 이를 깨끗이 필사하여 무릇 빌려보는 자가 있으면 곧 그 값을 받아 이익을 취한다. 부녀들이 식견이 없어 혹은 비녀나 팔찌를 팔기도 하고 혹은 돈을 빚내서 서로 다투어 빌려와 긴 날의 소일거리로 삼는다.[24]

이 자료들은 당시 사대부가의 부녀자들이 얼마나 소설 읽기에 빠져 있는지를 알 수 있게 한다. 가산을 기울였다거나, 비녀나 팔찌를 팔기도 하고 돈을 빚내서 소설을 빌린다고 하는 사태는 사대부가의 예법이나 교양을 익힌다는 애초의 의도를 훨씬 넘어서는 것이다. 그래서 조선후기 부녀자들의 생활속엔 긴긴밤에 국문소설을 읽는 장면들이 자주 등장한다. 시정세태를 잘 그린 이옥(李鈺·1760~1813)의 작품을 보면 「심생(沈生)」에서도 여주인공이 밤에 국문소설을 읽는 장면이 나오거니와 특히 그의 시 「이언(俚諺)」에 보면

> 임의 옷 짓고 깁다가
> 꽃 내음이 나를 나른하게 만들면

---

22) 조희웅, 『고전소설 이본목록』, 집문당, 1999, 691~696쪽 참조.
23) 李德懋, 「士小節」, 『청장관전서』6, 민족문화추진회, 1980, 161쪽.
   諺飜傳奇 不可耽看 廢置家務 怠棄女紅 至於與錢而貰之 沈惑不已 傾家産者有之
24) 蔡濟恭, 「女四書序」, 『樊岩先生集』 권33 장4.
   竊觀 近世閨閤之競以能事者 惟稗說是崇 日加月增 千百其種 僧家以是淨寫 凡有借覽 輒收其直 以爲利 婦女無識見 或賣釵釧 或求債銅 爭相貰來 以求消永日.

바늘을 돌려 옷깃에 꽂고
앉아서 ≪淑香傳≫을 읽는다.

爲郞縫衲衣
花氣惱儂倦
回針揷襟前
坐讀淑香傳

—「雅調」·9

하여 소설을 탐독하는 것이 일종의 생활패턴으로 자리잡고 있음을 알 수 있다. 이것이 한편으로는 요즘 TV의 드라마에 빠지는 것처럼 부녀자들에게 소일거리 혹은 교양의 역할을 했음을 부인할 수 없지만, 소설장르가 지니고 있는 형상화의 측면도 고려해봐야 한다.

흔히 소설은 사회현실과 가장 밀접하게 연관된 장르라 한다. 그래서 우리 삶도 어느 일면만이 드러나는 것이 아니라 전체가 소설에 그려지는 것이다. 소설에서 느끼는 재미나 흥미도 바로 여기에 기인한다. 곧 다양한 인물들의 다채로운 삶을 통하여 자신의 삶과 동일시하기도 하고 비교하기도 한다. 그 사연이 기막히면 기막힐수록, 그 묘사가 핍진하면 핍진할수록 더욱 흥미를 느끼게 된다. 하지만 소설에서는 앞의 민요에서처럼 삶이 여과없이 드러나는 것이 아니라 가공되고 다듬어져 있는 것이다.

김만중(金萬重·1637~1692)이 『서포만필(西浦漫筆)』에서 소식의 『동파지림(東坡志林)』을 인용해 아이들이 삼국지연의(三國志演義)를 들으면서 유비가 패했다면 서글퍼하고, 조조가 패했다면 기뻐서 쾌재를 부른다고 하는 말은 바로 그런 소설 속의 허구에 대한 반응인데 그 묘사가 기막히기 때문에 거기에 재미를 느끼고 감동하는 것이다.

이 꾸며진 현실 혹은 묘사된 현실은 살아가는 현실과 직접 일치하는 것이 아님은 분명하지만 적어도 현실과 일정한 관계를 맺고 있음은 분명하다. 17세기 규방소설에 묘사된 현실은 우리의 그것이 아님에도 불구하고 당대 벌열가문의 문제에 대해서 일정한 의미를 담고 있는 것이다. 이 때문에 규방소설은 가문의 회복과 조정의 환국이라는 가부장적 체제의 복구 정비를 강요하고 있지만 「사씨남정기(謝氏南征記)」 교채란의 예에서 보듯이 현실의 힘은 만만치 않게 드러난다. 김춘택은 「사씨남정기」를 한역하면서 "그러나 선생이 국문으로 이것을 지은 것은 여항의 부녀자들이 모두 쉽게 읽고 이해하여 보는 것처럼 느끼도록 한 것이니, 또한 우연히 한 것이 아니다."[25]라고 진술했다.

곧 중세 규범을 교화·교육하기 위함이지만 작품 속에 드러난 실상은 그렇지 않다. 교채란의 예에서 보듯이 그는 유연수의 첩으로 들어가 동청과 사통하고 자신이 아들 장주를 죽여 사정옥을 모해하고 폐출하는가 하면 유문의 재물을 거두고 사정옥의 아들 인아와 유연수도 죽이려 하는 등 편집증적 욕망을 드러낸다. 그래서 「사씨남정기」는 단순히 중세의 규범적 인식만을 강요하는 작품이 아니며, 현실의 질서를 파괴하는 출구 없는 욕망의 폭력성을 의도적으로 드러내면서 동시에 욕망의 폭력성을 제어할 수 없는 현실의 제도 자체를 회의하고 나아가 제도의 변화를 전망하면서 출구를 열어 놓았던 것이다.[26]

중세적 규범만으로 제어할 수 없는 현실의 엄정함, 그 힘을 그릴 수밖에 없다고 하겠는데 바로 이 지점에서 문학 생활화의 길이 열리게 된다. 즉 단순히 현실을 재단하여 그 속에서 '가문창달의 열망'을 드러내는 것이 아니라 복잡다단한 현실 속에서 그것이 얼마나 어려운 일인가를 깨닫게 된다는 것이다. 그것은 사대부적 예의범절과 교양을 익히는 것의 차원을 넘어서 현실이 어떻고 그 속에서 어떻게 살아야 하는가의 문제로 확대된다. 말하자면 복잡다단한 현실 속에서 바람직한 삶이 대안을 모색하는 방법이 된다는 것이다.

이는 우리 소설사에서 그 다음 단계 민중들의 일상이 본격적으로 등장하는 판소리계 소설에 이르러 더욱 구체화된다. 여기에 오게 되면 현실이나 삶의 이념적 재단은 사라지고 민중들의 구체적 현실, 곧 일상적 삶이 바로 소설에 등장한다. 조선후기 농촌분해과정의 빈부갈등이 첨예하게 드러난 「흥부전」을 보자.

---

25) 金春澤, 「雜藥」, 『北軒集』 권16.
　　然先生之作之以諺　盖欲使閭巷婦女　皆得以諷誦觀惑　固亦非偶然者
26) 김현양, 「사씨남정기와 욕망의 문제」, 『고전문학연구』12집, 한국고전문학회, 1997, 110쪽 참조.

홍부의 아내가 품을 팔 때, 용정방아 키질하기, 술집에 술 거르기, 초상집
에 제복(祭服) 짓기, 제사집에 그릇 닦기, 신사(神祠)집에 떡 만들기, 언 손
불며 오줌 치우기, 얼음 풀리면 나물 뜯기, 봄 보리 갈아 보리 놓기, 온갖으
로 품을 팔고,
　　홍부는 정이월에 가래질하기, 이삼월에 붙임하기, 일등전답 못논 갈기,
입하(立夏)전에 목화 갈기, 이집 저집 이영 엮기, 더운 날에 보리 치기, 비오
는 날 멍석 걷기, 원산 근산 시초(柴草)베기, 무곡(貿穀)주인 짐져주기, 각읍
(各邑)주인 삵질 가기, 술만 먹고 말짐 싣기, 오 푼 받고 마철 박기, 두 푼
받고 똥재 치기, 한 푼 받고 비 매기, 식전에 마당 쓸기, 저녁에 아이 만들
기, 온갖 일을 다하여도 끼니가 간데 없다.[27]

이 대목은 홍부와 그의 아내가 먹고 살기 위해 온갖 잡역에 매달리는 형상
을 묘사하고 있는 장면으로 출장입상하며 8명의 미인에게 둘러싸여 부귀영화
를 누리는 「구운몽(九雲夢)」의 세계와는 분명 다르다. 그 다름은 조선후기를
살았던 무지랭이 민중들의 구체적이고 일상적인 삶을 그려놓은 데 있다. 임형
택은 "그들 주변에 사는 인물들의 활동을 통해 그들의 생활에서 당면한 문제
를 그들 방식으로 그들의 호흡에 맞게 만들어 놓았다" 한다.[28]
　바로 이 홍부네의 눈물겨운 삶은 무엇을 말하는가. 이렇게 살려고 노력을
해도 '끼니가 간 데 없'을 정도로 가난한 반면 놀부 같이 탐욕스럽고 이기적인
인물은 부유하게 잘 살고 있는 현실에 대한 문제제기인 것이다. 곧 험난한 이
세상에서 어떻게 살아야 하는가의 문제 제기인 것이다. 농토로부터 유리된 홍
부 같은 빈민들에게는 안정된 호구지책이 있을 수 없다. 허덕이며 살아야 하지
만 그렇다고 가난을 벗어날 길은 없다. 어떻게 할 것인가? 힘들더라도 착한 심
성과 따뜻한 인간애를 지니고 살아나가야 할 것인가? 아니면 수단과 방법을
가리지 않고 이기적으로 살아가야 하는가? 분명한 사실은 비록 보은박에 의한
낭만적인 결구로 처리되었지만 홍부의 승리로 작품이 귀결된다는 것이다. 이

---

27) 경판 25장본, 자료는 김태준 역주, 『홍부전/변강쇠가』, 고대 민족문화연구소, 1995, 29
　　쪽.
28) 임형택, 「홍부전의 역사적 현실성」, 『한국문학사의 시각』, 창작과 비평사, 1984, 207
　　쪽.

과정에서 「흥부전」은 흥부가 부자가 되는 과정보다 놀부가 망해 가는 과정에 전체의 반이 넘는 지면을 할애하고 있다. 경판본을 보면 흥부는 단 네 통의 박으로 부자가 된 반면 놀부는 무려 열 세 통의 박을 타면서 그 탐욕 때문에 서서히 망해간다. 실상 「흥부전」은 놀부가 어떻게 망하는가에 그 핵심이 있다. 긍정적 형상을 통한 대안 마련보다 부정적 형상에 대한 비판, 풍자를 통해 당대 민중들에게 어떻게 살아야 할 것인가를 알려준 셈이다.

이렇게 민중들의 구체적이고 일상적인 삶이 드러난 판소리계 소설의 경우 문학생활화의 방식은 민중들이 자신들의 일상적 삶을 통하여 문제를 제기하고 대안을 찾아가는 데 있다. 물론 그 대안이 구체적이거나 분명한 것은 아니다. 그러기에 개방성을 특징으로 하는 판소리나 판소리계 소설의 숱한 이본들은 다양하게 대안을 모색하는 도정에 있는 셈이다. 판소리나 판소리계 소설은 민중들 삶의 한복판을 비집고 들어가 거기에 문제를 벌여놓고 해결을 모색하고자 한다. 삶의 어느 일면만이 아니 전체를 문제삼기에 그것이 가능한 것이다.[29]

4. 일상생활 속에 내재한 사소함의 의미발견 ― 稗史小品의 경우

한문학에는 이른바 논(論), 설(說), 기(記), 변(辨) 등 현대의 논설문, 설명문, 수필과 비슷한 글의 양식이 있다. 고려 후기 물(物)에 관심을 가졌던 신흥사대부들이 등장함에 따라 이런 류의 글은 상당수 지어졌다. 이규보(李奎報·1168~1241)의 「경론(鏡論)」이나 「이옥설(理屋說)」, 이곡의 「차마설」, 권근(權近·1352~1409)의 「주옹설(舟翁說)」 등이 그 대표적인 예라 할 수 있다. 이 글들의 특징은 생활주변에 있는 소재를 통하여 새로운 의미를 부여하는데 있다. 더욱이 선사실제시 ― 후의미부여라는 사고의 틀을 보여줌으로써 앞에서 언급했던 바처럼 문학교육 혹은 문학생활화의 좋은 전례가 되기도 한다.[30]

---

29) 정병헌, 「춘향전 교육의 몇가지 전제」, 『고전문학 어떻게 가르칠 것인가』, 집문당, 1994, 685쪽에서 판소리계 소설에서 대상(인간)을 입체적이고 종합적으로 조망할 수 있는 전기가 마련됐다고 한다.
30) 김대행, 『국어교과학의 지평』, 273쪽 참조.

여기서는 일상 혹은 일상적 소재 그 자체에 집착하는 조선 후기의 패사소품, 특히 이옥의 글들을 중심으로 다루고자 한다. 주지하다시피 이옥은 성균관 유생으로 있던 33세(1792, 정조 16년) 때에 문체반정(文體反正)에 연루되어 과거에 응시할 기회를 박탈당하고 정산(定山)으로 삼가(三嘉)로 군적에 편입돼 있다가 41세(1800, 정조 24년) 이후 남양(南陽)으로 돌아와 말년을 보냈던 인물이다.31) 거의 평생을 글만 쓰며 보냈다. 그 글들도 연암(燕巖)이나 다산(茶山)처럼 개혁에의 열망을 담은 것이 아니라 그야말로 일상에 침잠하고 자신을 위로하는 것이 대부분이다. 김균태는 고문파들과는 달리 이옥은 생활에 즉한 생활수필적 글을 통해 삶의 철학을 모색함으로써 한문학의 생활문학화를 열어놓았다 했다.32) 그 실상이 어떤 지를 따져보고 문학생활화의 방법이 무엇인지를 이옥을 통해 살펴보도록 한다.

앞에서 언급했던 이곡의 「차마설」을 보자. 이 글은 말을 빌려 탔던 경험을 통해 세상의 모든 권력이 결국은 빌려온 것이라는 일반화의 논리를 내세우고 있다. 그래서 "그러다가 혹 잠깐 사이에 그 빈 것을 돌리고 나면, 만방의 임금이 홀몸[獨夫]이 되고, 백성의 집이 외신하[孤臣]가 될 것이니, 하물며 미천한 자이랴."33)는 결론에 도달하게 된다. 그 의도는 분명하다. 무릇 임금된 자나 신하된 자들이 권력이 자기 소유라 생각하지 않고 빌려온 것이라 생각하여 정치를 잘 하라는 경계일 것이다. 고려 후기 투철한 역사의식과 사명감으로 무장했던 신흥사대부의 일원인 이곡으로서는 당연한 주장이다. 그러기에 이들 글은 구체적인 사물이나 현상을 통해 일반적인 의미부여를 하는 담론방식을 보여준다. 여기서 말(馬)은 크게 중요하지 않다. 그것이 붓이나 책이어도 결론은 틀리지 않는다.

하지만 이옥의 경우는 다르다. 타고 다니던 말의 죽음에 접해서 쓴 글 「소기마전(所騎馬傳)」을 보면 말에 대한 묘사가 세밀히 이루어지고 죽음에 직면해

---

31) 李鈺의 생애에 관한 것은 김균태, 『李鈺의 문학이론과 작품세계의 연구』, 창학사, 1991 참조. 다만 말년에 대해서는 오류가 있기에 바로 잡는다.
32) 같은 글, 135쪽 참조.
33) 「借馬說」, 『東文選』7, 민족문화추진회, 1996, 454쪽.
　　　苟或須臾之頃 還其所借 則萬邦之君爲獨夫 百乘之家爲孤臣 況微者邪

서는 친구를 대하는 것과 거의 유사하게 자신의 감정이 드러나 있다.

> 신해년 오월에 나와 함께 서울로 왔다가 병을 얻어 먹지 못하므로 수의
> 를 불러 진찰하게 했더니 말하기를 "숙열(宿熱)이 콩팥에까지 침입하여 목
> 숨이 위태롭습니다."라고 했다. 침을 놓고 약을 투입을 하여 조금 괜찮아졌
> 기에 고향으로 돌려보냈는데 병이 도졌다. 칠월에 내가 서울에 있을 때 고
> 향에서 발송된 편지에 말이 이미 죽었다고 한다. 슬프다! 나는 거의 눈물을
> 흘릴 뻔했다. 인하여 사(詞)를 지어서 애도하였다. 나의 애도는 말을 애석해
> 함이 아니라 그 준걸함을 애석해 한 것이고 내 집에서 오래 있었음을 어엿
> 삐 여긴 것이다.34)

이 글은 곧 자기가 타고 다니던 말에 대한 정리(情理)를 표한 것이다. 그 말
이 죽어 가는 과정이나 그것을 대하는 자신의 애통한 심정을 표현했을 뿐, 그
이상의 의미부여는 없다. 말하자면 대상 그 자체에 집착하는 경향을 보인다고
하겠다.

이규보의 「경설」이나 「이옥설」 역시 「차마설」과 비슷한 경우나, 같은 소재
를 취했던 이옥의 「경문(鏡問)」이나 「옥변(屋辨)」은 소재에 집착하는 경향을
보인다. 고려후기 신흥사대부들에게 보이는 이러한 경향은 '신의론(新意論)'의
입장이거니와 그 뒤 문이재도(文以載道)의 문학관으로 굳어지게 된다. 글이 사
회개혁이나 이념을 교화하기 위한 도구라 생각했기에 그렇게 의미부여에 집
착할 수밖에 없었다. 하지만 이옥은 글의 대상 자체에 침잠한다. 더욱 글의 대
상이라는 것도 대단한 것이 아니라 일상생활의 주변에서 흔히 볼 수 있는 하
찮은 것이다. 그 극명한 예가 「과어(瓜語)」다. 오이를 기르면서 그 오이가 자라

---

34) 「所騎馬傳」, 「梅花外史」, 『李鈺全集』. 원래 李鈺의 글은 金鑢가 펴낸 『藫庭叢書』에 실
   려있다. 碧史 李佑成 선생을 중심으로 實是學舍 古典文學硏究會에서 지난 2년간 李鈺
   의 글을 모아 번역하는 작업을 했고 곧 『李鈺全集』으로 출판될 예정에 있다. 번역과
   인용은 여기에 준한다. 다만 번거로움을 피하기 위해 면수는 생략하고 편명과 권명만
   적도록 한다.
   辛亥五月從余赴京師 偶病不能食 召獸醫診之 曰 宿熱入腎藏危矣下之蔵 投以藥 少可送
   歸鄉病復作 七月余在京 發鄉書 馬已死矣 嗟呼 余幾乎涕 因作詞以哀之 余之哀非惜馬
   也 惜其駿也 憐其久於家也.

나는 생태를 관찰하고 이를 기록한 글이다.

  재(齋)에서 내려가면 뜰이요, 뜰에서 내려가면 채마밭인데, 채마밭 크기
는 보리 두 말을 심을 만한 것이다. 해마다 오이를 심는데, 오이는 육십 모
종 남짓을 심을 수 있다. 삼월에 파종하여, 사월에 오이 넝쿨이 지고, 오월
에 오이가 처음 꽃이 핀다. 꽃이 피고 달포 즈음 곧 오이가 열려 먹을 수
있게 된다. 오이가 먹을 만하게 되면 첫날 따고, 삼 일째 날 따고, 또 오 일
째 날 따는데, 작은 것은 엄지손가락 만하고 큰 것은 양의 뿔 만하다. 또
큰 것은 굵기가 손으로 감싸 쥘 만하고 크고 늙은 것은 둘레가 한 자가 된
다. 작은 것은 깨끗이 씻어서 소금물에 담갔다 껍질 채 씹어먹으면 소주(燒
酒)의 적당한 안주가 되고, 큰 것은 자르고 금을 내어 미나리, 파, 마늘 등으
로 속을 넣거나. 혹 소금물에 담가 두거나 젓갈을 첨가해 절이거나 간을 한
물에 살짝 데쳐 김치로 담기도 하는데, 날이 차면 김치가 익지 않아 매실처
럼 시기도 한다. 둘레가 손아귀 만한 것은 국을 만들거나 채로 만드는데,
채는 네모나게 썰거나 둥굴게 썰기도 하며, 국은 대부분 말발굽 모양으로
삭둥삭둥 자른다. 반찬으로 잘 만들 수 있는 오이의 적당한 용도는 한두 가
지가 아닌데, 이것은 그 대략일 뿐이다.[35)]

  위의 글을 보면 오이의 생태와 그 쓰임이 세밀하고 자세하게 서술되어 있다.
오이에 대한 일종의 관찰기인 셈이다. 오이를 길러 먹는 것이 이옥의 생활이었
고 그러기에 하찮을 지라도 소중한 것이다. 그런데 글의 끝에 “나는 모르겠노
라! 오이를 심는 자가 안주를 만들기 위함인가? 늙어 버려져 그 씨만을 남기기
위함인가? 이는 알 수 없는 것이다.”[36)]고 한다. 일종의 의미부여인 셈인데, 그
는 여기서 선비가 세상에 쓰이는 다양한 방식을 비유적으로 얘기하고 자신이

---

35) 「瓜語」, 『花石子文鈔』.
    下齋庭下庭圃, 圃大麥可기二斗, 歲植瓜, 瓜則六十根餘, 三月種瓜, 四月瓜蔓, 五月瓜始
    花, 見花, 月將半, 乃瓜而食. 旣食瓜, 一日摘, 三日摘, 又五日摘, 小者如拇指, 大者殺角,
    又大者周握, 大而 老者, 圍而尺. 小者淨洗蘸鹽, 連皮皸宜火酒. 大者截而豎, 餡芹蔥蒜,
    或鹽淹, 或加醯醬, 或醬水微 湯, 以作菹. 寒菹不熟而梅. 周握者, 以羹以菜. 菜或方或圓,
    羹多馬蹄削, 膳羞, 瓜之宜不一, 此其 大略.
36) 같은 글.
    吾未知爲瓜者將爲殽乎? 將爲菹乎? 將爲羹爲菜乎? 將老而棄而留其子乎? 是則未可知.

쓰이지 못함을 원망하고 있는 것이다. 유사한 소재나 방식의 글들이 『화석자문초(花石子文鈔)』의 「중어(衆語)」, 「유오(菴悟)」, 「촉규화설(蜀葵花說)」 등에 보인다. 말하자면 오이나 차조, 가라지, 접시꽃 같은 일상적 소재를 통하여 자신의 처지나 불만을 토로한다 하겠는데 거기에 이르는 과정이 예사롭지 않다. 곧 대상에 깊이 천착하여 이를 면밀히 관찰해야만 얻어질 수 있는 것이다. 그것은 무엇인가? 일상생활 그 자체에서 소중함을 발견한다는 것이다. 사소한 것의 의미를 발견한다고나 할까. 그 의미가 세상을 경륜하는 대단한 것이 아니어도 관계가 없을 듯하다. 연암이 말했던 깨진 기와조각(瓦礫)이나 똥거름(糞壤)과 같은 것이다. 연암은 여기서 실생활을 유익하게 하는 이용후생(利用厚生)의 의미를 발견했지만 이옥은 굳이 그런 것도 아니다. 일상을 받아들이고 즐기거나 혹은 그 속에서 사소한 의미를 찾아낸다.

군적에 편입돼 있었던 봉성(鳳城)의 저자거리를 관찰한 기록인 「시기(市記)」를 보면 그가 얼마나 일상생활에 관심을 두는가를 잘 알 수 있다.

> 소와 송아지를 몰고 오는 사람, 소 두마리를 몰고 오는 사람, 닭을 안고 오는 사람, 문어를 들고 오는 사람, 맷돼지 네 다리를 묶어 짊어지고 오는 사람, 청어(靑魚)를 묶어 들고 오는 사람, 청어를 엮어 주렁주렁 드리운채 오는 사람, 북어(北魚)를 안고 오는 사람, 대구(大口)를 가지고 오는 사람, 북어를 안고 대구나 문어를 가지고 오는 사람, 잎담배를 끼고 오는 사람, 미역을 끌고 오는 사람, 섶과 땔나무를 매고 오는 사람, 누룩을 지기나 이고 오는 사람, 쌀자루를 짊어지고 오는 사람, 곶감을 안고 오는 사람, 종이 한 권을 끼고 오는 사람, 접은 종이 한 폭을 들고 오는 사람, 대광주리에 무우를 담아 오는 사람, 짚신을 들고 오는 사람, 미투리를 가지고 오는 사람, 큰 노끈을 끌고 오는 사람, 목면 포로 만든 휘장을 묶어서 오는 사람, 자기(磁器)를 안고 오는 사람, 동이와 시루를 짊어지고 오는 사람, 돗자리를 끼고 오는 사람, 나무가지에 돼지고기를 꿰어 오는 사람, 강정과 떡을 들고 먹고 있는 어린아이를 업고 오는 사람, 병 주둥이를 묶어 휴대하고 오는 사람, 짚으로 물건을 묶어 끌고 오는 사람, 버드나무 상자를 지고 오는 사람, 광주리를 이고 오는 사람, 바가지에 두부를 담아 오는 사람, 사발에 술과 국을 담아 조심스럽게 오는 사람, 머리에 인 채 등에 지고 오는 여자, 어깨에 무엇을 얹진 채 어린아이를 이고 오거나 머리에 이고 다시 왼쪽에 물건을 낀 남자,

치마에 물건을 담고 옷섶을 잡고 오는 여자, 서로 만나 허리를 굽혀 절하는
사람, 서로 이야기를 나누는 사람, 서로 화를 내며 발끈하는 사람, 손을 잡
아 끌어 장난치는 남녀, 갔다가 다시 오는 사람, 왔다가 다시 가는 사람, 갔
다가 또다시 바삐 돌아오는 사람, 넓은 소매에 긴 자락을 입은 사람, 저고리
와 치마를 입은 사람, 좁은 소매에 자락이 긴 옷을 입은 사람, 소매가 좁고
짧으며 자락이 없는 옷을 입은 사람, 방갓에 상복을 입은 사람, 승포(僧袍)
와 승립(僧笠)을 한 중, 패랭이를 쓴 사람 등이 보인다.37)

저자거리를 오가는 사람들에 대한 세밀한 묘사가 글의 대부분을 차지한다.
타자에 대한 관심이나 묘사가 극히 사실적이고 세밀하다. 이를 통해 자아의
존재를 확인하는 것이라고도 할 수도 있다. 그런데 저자거리의 모습을 그림으
로써 얘기하고자 하는 바는 아무 것도 없다. 그냥 "세모(歲暮)인지라 저자가 더
욱 붐비고 있었다"38)고 한다. 박태원의 『천변풍경』처럼 어떤 중요한 사건이
일어나는 것도 아니고 뚜렷한 의미부여가 있는 것도 아니다. 그냥 눈에 보이는
것을 정밀하게 그려낸 것에 불과하다. 말하자면 일상에 침잠하여 이를 관찰하
고 즐기는 것이다.
　　꽃에 대한 얘기인 「화설(花說)」도 그렇다.

---

37) 「市記」, 『鳳城文餘』.
　　有驅牛若犢而來者, 有驅兩牛來者, 有抱鷄來者, 有拖八梢魚來者, 有縛猪四足擔而來者,
　　有束靑魚來者, 有編靑魚鞸而來者, 有抱北魚來者, 有持大口魚來者, 有抱北魚而持大口
　　魚或八梢魚而來者, 有挾菸草來者, 有曳海藿來者, 有擔薪若樵而來者, 有負或戴麵而來
　　者, 有荷米槖而來者, 有擁乾柿來者, 有挾一卷紙來者, 有手摺紙一幅來者, 有以竹筐盛蘿
　　蔔來者, 有提草不借來者, 有持繩屨來者, 有拖大組來者, 有縮結木棉布揮而來者, 有抱磁
　　器來者, 有荷盆若甁來者, 有挾茵席來者, 有以木叉串彘肉來者, 有負孩兒而兒右手持餳
　　若餠嗷而來者, 有繫甁項携而來者, 有藁束物提而來者, 有負柳笥來者. 有戴篚若筥而來
　　者, 有以瓢盛豆腐來者, 有椀斟酒若羹謹而來者. 女子任頂而有負而來者, 男子肩任而童
　　子有戴而來者, 有戴而且左挾者, 有女子以裳貯物袺而來者. 有相逢而腰拜者, 有相語者,
　　有相怒勃谿者, 有男女挽手相戲者. 有去而復來者, 有來而復去, 去而又復來忙忙者. 有衣
　　廣袖長裾者, 有衣上袍下裳者, 有衣窄袖長裾者, 有衣袖窄而短無裾者, 有羅濟笠而持凶
　　服者, 有僧僧袍而僧笠者, 有戴平凉笠者.
38) 같은 글.
　　歲暮故市益繁也.

　　서울 장안의 꽃은 여기에서 벗어남이 없으며, 이 밖의 벗어난 것이 있다
하더라도 또한 볼 만한 것은 못된다. 그런데 그 속에서도 때에 따라 같지
않고 장소에 따라 같지 않다. 아침 꽃은 어리석어 보이고, 한낮의 꽃은 고뇌
하는 듯 하고, 서녁 꽃은 화창하게 보인다. 비에 젖은 꽃은 파리해 보이고,
바람을 맞이한 꽃은 고개를 숙인 듯 하고, 안개에 짖은 꽃은 꿈꾸는 듯 하
고, 이내 낀 꽃은 원망하는 듯 하고, 이슬을 머금은 꽃은 뻐기는 듯 하다.
달빛을 받은 꽃은 요염하고, 돌 위의 꽃은 고고하고, 물가의 꽃은 한가롭고,
길가의 꽃은 어여쁘고, 담장 밖으로 뻗어 나온 꽃은 손쉽게 접근할 수 있고,
수풀 속에 숨은 꽃은 가까이 하기가 어렵다. 그리하여 이런저런 가지각색
그것이 꽃의 큰 구경거리이다.[39]

　　그냥 꽃을 즐기는 태도에 대해 애기하고 있다. 그 이상의 의미부여는 없다.
하지만 일상에 내재한 사소함, 그 소중함을 일깨우는 철학이 있다. 사소함의
철학이라고 할까. 이옥의 글이 보여주는 문학생활화의 방식은 그런 것이다. 일
견 하찮아 보이는 일상 속에 침잠하여 이를 면밀히 관찰함으로써 그 속에서
사소한 것들의 소중함을 발견해 내는 것이다.[40]
　　일상적 삶의 디테일, 즉 삶을 풍요롭게 가꾸려는 지혜가 이옥의 글에는 보인
다. 그것은 그냥 저절로 얻어지는 것은 아니다. 일상 속에 침잠하여 그 무료하
고 고단한 일상과의 싸움 끝에 쟁취한 것이다.
　　결국 이옥에게 있어 글이란 자신을 찾는 것이고, 자신을 위로하는 것이다.
글을 개성 있게 쓴 죄로 과장에도 나아가지 못하고, 변변찮은 벼슬도 못했으며
고향을 떠나 여기저기 군적에 편입되어 유배 아닌 유배생활을 했던 이옥에게
글은 곧 자신의 삶을 확인하는 것이고 지켜내는 것이었다. 그래서 글의 결론이

---

39) 「花說」, 『石湖別稿』.
　　長安之花, 無出於此, 出於此, 亦無可觀者. 於其中, 有時不同, 有地不同. 朝花癡, 午花惱,
　　夕花暢, 雨花疲, 風花俛, 霧花夢, 烟花怨, 露花矜. 月中之花妖, 石上之花高, 水邊之花閑,
　　路傍之花俏, 出墻之花冶, 藏林之花澁. 件件般般種種色色, 此花之大觀也.
40) 최근 문명의 속도감에 대한 반성 때문에 "느리게 살자"는 것이 삶의 중요한 화두로
　　등장했는데 李鈺의 글들은 그런 점에서 좋은 문학교육적 대안이 될 수도 있다. 피에
　　르 쌍소의 『느리게 산다는 것의 의미』(동문선, 2000) 같은 책도 실상 李鈺의 경우와
　　크게 다르지 않다.

자기위안으로 귀착되는 경우가 많다.

> 나는 이런 생각을 가는 곳마다 떠올린다. 위 속이 비어 있을 때는, 도리어 굶주리는 백성을 생각해 본다. 이들은 삼순구식(三旬九食 : 한달동안 아홉 번밖에 먹지 못함)하여 책력을 보고 불을 지핀다. 오랫동안 집을 떠나 있을 때는 도리어 멀리 떠난 나그네를 생각해 본다. 이들은 만리 타향에서 십년 동안 집에 돌아가지 못하고 있다. 몹시 졸리울 때는 도리어 아주 바쁜 벼슬아치들을 생각해 본다. 이들은 파루(罷漏)를 알리는 종소리가 울리고 각루(刻漏)의 물이 다할 적에, 닭울음소리를 듣고 입궐하고, 서리내린 새벽에 퇴궐한다. 처음 과거에 떨어졌을 때는 도리어 궁색한 유생을 생각해 본다. 이들은 머리가 허옇게 세도록 경전을 궁구하였지만 향시(鄕試)에 한 번도 합격하지 못하였다. 외롭고 적막함을 한탄할 때는 도리어 노승을 생각해 본다. 이들은 인적없는 산을 쓸쓸히 다니고 홀로 앉아 염불한다. 음탕한 생각이 일어날 때는 도리어 환관들을 생각해 본다. 이들은 어떻게 할 방법도 없이 외딴 방에서 홀로 잠을 잔다.[41]

그야말로 철저한 자기위안이다. 하지만 그러기 때문에 자신을 알아주지 않는 세상에서도 삶을 이어갈 수 있는 것이다. 따라서 그의 문학 창작 활동은 그의 삶의 유일한 위안물이었다[42]고 한다. 이옥이 자신의 글쓰기를 문신(文神)에게 고하는 제문형식으로 쓴 「제문신문(祭文神文)」에는 그런 그의 입장이 잘 드러나 있다.

> 낮으면서 그것을 써서 높아지고, 자잘하면서 그것을 써서 커졌으니 모두 스스로 문신이 있어서 저버리지 않은 것이다. 그런데 오직 나는 능히 그렇지 못하다. 비록 경전에 몰입하기를 술과 같이 하고, 일반 서책에 탐닉하기를 여색과 같이 했으며 나의 귀와 눈이 빠뜨린 것을 계속하여 베끼고 기록

---

41) 「圓通經」, 『文無子文鈔』.
　　我以是想, 隨處起想. 肚裏空時, 却想饑民, 三旬九食, 視曆擧火; 久離家時, 却想遠客, 萬里他鄕, 十年未歸; 甚渴睡時, 却想熱官, 鐘鳴漏盡, 聽鷄霜晨; 初下第時, 却想窮儒, 白首窮經, 未點一解; 嘆孤寂時, 却想老釋, 寂歷空山, 獨坐念佛; 起嫖思時, 却想黃門, 末之奈何, 獨眠孤館.
42) 김균태, 앞의 책, 149쪽.

하였지만 남들이 일찍이 나를 다문(多聞)하다고 말한 적이 없고, 마을의 어리석은 아이들이 도리어 업신여기었다. 꽃과 달을 읊조리는 시사(詩社)에서, 그리고 친구를 송별하거나 노닐며 경치를 감상할 때 서술한 것은 산문이 되고, 운율을 넣은 것은 시가 되었는데, 일부러 애쓰지 않는 가운데 그 수가 또한 많아졌다. 그러나 당(唐)의 시(詩)도 아니고 명(明)의 문(文)도 아니요, 두보(杜甫)의 시도 아니고 소동파(蘇東坡)의 문장도 아니다. 비록 간혹 두세 사람의 지기(知己)가 있어 과도하게 장려하여, "평가할 만하다"고 말한다.[43]

이를 어떻게 봐야 할까? 그의 친구 김려(金鑢)는 이옥의 글을 일러 "세상 사람들이 '이기상(李其相−이옥의 字)은 고문에 능하지 못하다.'고 한다. 이는 기상 스스로가 한 말이기도 하다. 기상이 스스로 생각하기에 '고문을 배우면서 허위에 빠지는 것이 금문(今文)을 배워 오히려 유용함만 같지 못하다.'고 여긴 것이다."[44]고 한다. 그리고 고문을 잘한다고 여기는 자에게 이옥의 글과 비교해 보기를 권했다.

이옥의 글은 당시의 기준으로 보면 품격 높은 고문(古文)이 아니고 쓰잘 데 없는 소품(小品)에 불과하다. 하지만 그 글을 통해 일상생활의 참 모습을 담아낼 수 있었던 것이다. 실상 이옥 만큼 당대 일상생활의 모습을 핍진하게 그려냈던 사람도 드물다. 거기서 그는 일상 속에 숨어있는 사소한 것들의 의미를 발견하고 이를 생활화했던 것이다. 그의 글을 통하여 일상의 사소한 것들이 비로소 생명을 얻고 의미를 부여받았던 것이다.

---

43) 「祭文神文」, 『石湖別稿』.
　　低而用之也高; 纖而用之也鉅, 皆自不負其有神, 而獨余未能, 雖其癖經如酒; 淫書如色, 聰明所漏, 繼以鈔錄, 人未嘗謂余多聞, 而鄕里痴兒, 乃反斬侮. 花壘月社, 與夫送別游賞, 叙者爲文; 律者爲詩, 不勉之地, 其數亦夥, 而不唐不明, 非杜非蘇. 雖或有二三知已, 過加獎詡, 謂 有可語.
44) 金鑢, 「題文無子文鈔卷後」, 『文無子文鈔』.
　　世言 '李其相不能古文'. 此其相自道也. 其相之意, 以爲學古而僞者, 不若學乎今之, 猶可爲有用也.

5. 마무리

이제까지 장황하게 민요, 국문소설, 패사소품의 경우를 통하여 당대적 삶에서 문학생활화의 방식을 따져보았다.

정선아라리는 삶과 문학이 하나로 어우러지면서 삶의 현실적 계기들이 노래로 불려지고 또 그 노래에 의해 삶의 맺힘이 풀어짐을 알 수 있었다. 더욱이 일상적 삶에 대한 애착과 핍진함으로 당대 사회와 역사에 대한 수준 높은 인식을 가능케 하는 사설을 만들어 내기도 했다. 민요 부르기를 통한 문학생활화가 삶의 인식을 높인 것이라 할 수 있다.

국문소설의 경우 판소리나 판소리계소설에 와서 민중들의 일상생활이 그려지게 되는데 이를 통하여 삶에 대한 문제제기와 대안이 마련되게 된다. 판소리계소설의 숱한 이본들은 바로 그 삶의 대안을 모색하는 다양한 통로인 것이다. 국문소설의 적극적 수용을 통해 바람직한 삶을 모색하는 문학생활화의 길을 개척했다고 할 수 있다.

패사소품의 경우 이옥의 산문 즉 소품들을 통해 문학생활화의 방식을 찾아보았다. 그의 글은 일상세계에 침잠하여 그 속에 내재한 사소한 것들의 의미를 발견하고 이를 생동감있게 그려내고 있다. 그럼으로써 글이 자신의 삶을 확인시켜주고 위안을 주게 된다. 곧 문학이 주변의 일상적 삶과 자기 존재를 확인시켜 준다고 하겠는데, 이런 방식으로 문학생활화의 길을 모색했던 것이다.

이 외에도 고전은 문학과 생활이 분리되지 않기 때문에 여러 방식의 문학생활화를 생각해 볼 수 있다. 여기서는 특히 일상생활에 주목해 민요, 국문소설, 패사소품의 경우만 따져 보았다. 이를테면 시조, 사설시조, 가사, 잡가 등 고전시가의 경우도 상당수 있을 것이나 필자의 능력을 벗어나는 것이어서 언급하지 못했다.

결국 문학생활화는 문학이 삶의 과정에서 어떻게 존재하고 기능하는가의 문제인 것이다. 그것은 장르에 따라, 작가에 따라, 시대에 따라 각기 다르게 존재하고 기능한다. 우리들 삶의 방식만큼이나 다양한 것이 문학생활화의 방식일 수도 있다. 하지만 분명한 것은 그것이 삶을 고양시키고 풍요롭게 하고 있다는 점이다. 그래서 다양한 전례와 작품들의 예를 통하여 삶의 구체성을 담보하는 문학생활화의 방식을 찾아보는 일이 무엇보다도 중요하다. 그 작업이 어느 정도 집적됐을 때 문학생활화의 원리도 밝혀질 것이다. 여기서는 특히 당대적 삶에서 문학이 어떻게 생활화되는가를 따져 보았다. 그것이 현대의 우리들에게 어떻게 생활화될 수 있는가는 다음으로 미룬다.

마지막으로 이옥의 「독초사(讀楚辭)」를 보면서 '초사(楚辭)'가 그의 삶 속에서 어떻게 존재하고 기능하는가를 생각해 보고자 한다.

> 초사(楚辭)는 읽을 수 없지만, 또한 읽지 않을 수 없다. 그것을 읽으면, 사람들로 하여금 기골이 맑아지고, 신체가 가벼워지게 하여 읽지 않으면, 사람들로 하여금 기가 탁하고, 뜻이 비루해지게 한다. 마땅히 읽을 만할 때, 그리고 읽을 만한 곳에서, 혹 한 두 번, 혹 서너 번, 혹 대여섯 번, 읽기를 절제하고, 많이 읽지 않아야 한다. 나뭇잎이 떨어지는 한 밤중이나 달 밝은 밤, 서리내린 새벽, 해질 무렵, 벌레 우는 때, 기러기 우는 때, 꽃이 떨어지고 소쩍새가 우는 밤이 읽을 만한 때이며, 백 척의 높은 루, 낙엽진 나무 아래, 졸졸 소리가 나는 작은 시냇가, 국화 있는 곳, 대 있는 곳, 매화 곁, 여울에 거슬러 올라가는 배안, 천 길의 석벽 위가 읽을 만한 곳이다. 우선 진한 술을 큰 잔으로 들이키고, 읽을 때에는 한 자루 옛 동검(銅劍)을 어루만지며, 읽고 나서는 거문고를 끌어당겨 보허사(步虛詞; 악부의 잡곡으로 도가의 곡조)를 한곡조 뜯어서 그것을 풀어낸다. 이와 같이 읽어야 바야흐로 초사를 읽어내었다고 말할 만하다. 초사 중에 특히 삼구(三九)가 그러하다.[45]

매월당(梅月堂) 김시습(金時習)도 달 밝은 밤에 굴원의 「이소(離騷)」를 암송하면서 통곡했다고 하거니와[46] 이옥의 경우도 삶의 비장함을 느꼈을 때 초사

---

45) 「讀楚辭」, 『文無子文鈔』.
　　楚辭不可讀, 亦不可不讀. 讀則使人骨淸而身羸; 不讀則使人氣濁而志庫. 宜於可讀時, 可讀處, 或一二遍, 或三四遍, 或五六遍, 讀愼, 不可多讀. 葉落夜半, 月明夜, 霜曉, 日欲落時, 蟲鳴時, 鴈唳時, 花落鵑啼夜, 可讀時. 百尺危樓, 無葉樹下, 小溪有聲處, 菊花處, 竹處, 梅旁, 上灘舟中, 千仞石壁上, 可讀處. 先飮醇酒一大杯, 讀時, 摩挲一古銅劍. 讀已, 援琴作步虛詞, 一弄以解之. 如是讀, 方可謂讀楚辭來. 楚辭中, 惟三九然.

46) 李珥, 「梅月堂本傳」, 『梅月堂全集』(성대 대동문화연구원, 1973), 467쪽.

가 그 기능을 한다고 할 수 있다. 일종의 자기위안이나 카타르시스적인 기능인 셈이다. 초사를 읽으면 한없이 삶을 비장하게 만들지만 그렇다고 포기하게 하는 것은 아니다. 오히려 그럼으로써 삶을 고양시키고 그 맺힌 곳을 풀어주어 삶을 유연하게 만들어 준다. 삶에 활력을 주고 의미를 준다고 하겠다. 초사는 그에게 있어 포기할 수 없는 삶의 버팀목과도 같은 것이다. 이옥에게 있어서 초사의 경우는 문학이 삶을 어떻게 지속시키고, 변화시키는가를 알아볼 수 있는 좋은 자료가 된다. 이옥의 '초사를 읽는 법'이야말로 문학생활화의 한 모범적인 사례가 될 수 있는 것이 아닐까?

月夜喜誦離騷經 誦罷必哭.

國語學

제주방언과 속담

고재환[*]

1. 전 제

이 글은 방언학에서 다룰 수 있는 제주방언(이하 제주어)의 화용론과 밀착된 구비전승인 속담에 드러난 언어현상의 일부를 대상으로 삼는다. 그러니 국어학적 측면에서 보면 그 범주가 일개 섬지방[島嶼地方]에 한정된 속담에 대한 논의로 비쳐지기 쉽다. 물론 '제주방언과 속담'이란 표제가 제주지역의 향토학에 머물 수밖에 없지 않겠느냐는 한계성이 있을 수 있다. 그럴 수밖에 없는 것이 제주방언인 제주어와 속담은 제주도에 터를 잡고 일구며 대물림해서 살아온 토박이 주민들의 일상생활에 두루 쓰이던 언어유산이기 때문이다. 하지만 시야를 넓히면 한국어가 서울을 축으로 하는 중앙 중심의 언어만이 한국어의 원류일 수 없는 한은 경향 각 지역의 방언을 도외시할 수가 없다. 더구나 민족의 역사와 문화적 측면에서 보더라도 지역별로 즐겨 쓰던 방언은 그 지역 주민들의 생활과 정서에 밀착돼 있다. 다시 말하면 제주어는 제주도 고유의 토속문화를 형성시키고 오늘에 전수시킨 동맥이자 뿌리이면서 한국전통문화와 맥락을 같이 하고 있다. 속담도 마찬가지로 투박한 제주어를 통해 삶의 내력과 철학을 표출해냄으로써, 제주인의 정체성을 드러냄과 동시에 한국인의 생활훈(生活訓)으로서 촌철살인의 기개가 넘친다.

이처럼 제주도 전통문화의 기층을 이루고 있는 '제주어와 속담'에 대한 이해를 돕기 위해 편의상 <제주어의 가치> · <제주어의 표기> · <제주어 속담> ·

---

* 제주교육대 교수

<제주어의 보존>으로 구분해서 그 요체의 골격만을 간추려서 제시키로 한다.

2. 제주어의 가치

자칫 제주도의 방언인 제주어를 사투리로만 알고 평상시 그 사용을 꺼리는 경우가 많다. 물론 사투리가 많은 것은 사실이지만, 알고 보면 표준어로 사용되는 말에서부터 옛날의 고어(古語)도 꽤 많다. 더구나 제주어는 제주도의 전통문화를 전수해 온 귀중한 말의 보배로서 계속 올바로 이해하고 보존해야 할 가치가 크다.

1) 문화적 가치

모두에서 언급했듯이, 제주어는 제주도문화를 형성시킨 매체이자 원형질인 뿌리이다. 즉 오늘의 제주도를 있게 만들었던 선인들의 숨결과 맥박이 꿈틀거리고 있는, 가장 제주도다운 제주인의 문화적 특성과 가치를 지니고 있다. 그럼에도 도민들 중에는 그 중요성을 인식하지 못하고 무관심하거나, 심하면 저속한 것으로 그 사용 자체를 꺼리는 경우가 적지 않다. 가장 향토적이고 토속적 특색을 가진 것이, 그 지역과 나라를 대표함과 동시에 가장 세계적인 것으로 각광을 받는다는 것은 이미 잘 알려져 있는 사실이다. 그러니 제주어가 갖는 문화적 의의와 가치가 높음을 떠올리지 않을 수 없다.

2) 국어학적 가치

다른 지방의 방언에 비해서 제주어는 국어학적 가치가 큰 것으로 정평이 나 있다. 그 중에서 돋보이는 몇 가지 예를 들어보면, 『성균어문연구』 제31집(231~237쪽)의 <제주속담에 보존된 고어>에서 명사류와 동사류로 구분해서 제시된 바 있지만, 상당수의 고어가 전해지고 있다.

(1) 중세국어 내지 그 변천과정의 고어가 남아 있다

① 단음절어(單音節語)인 경우 : 몰>말[馬], 둘>달[月], 늘>날[刃], 것)>밥[飯]

〈예시〉

- **몰**도 칠팔춘을 굴린다.

  (말도 칠팔촌을 가린다)

- **둘** 보멍 때 가늠흔다

  (달 보면서 때 가늠한다)

- 흔 **둘**에 게역 싀 번 즈베기 싀 번흐민 집안 망흔다.

  (한 달에 미숫가루 세 번 수제비 세 번하면 집안 망한다)

- 다슴어멍 죽언(엉) 묻은 된 소앙이가 소앙소앙 **늘**을 들런(렁) 케젠(젱) 흐
  난 웃음제완(왕) 못 케곡, 원어멍 죽어(엉) 묻은 된 반짓ㄴ물이 반질반질
  늘을 들런(렁) 케젠 흐난눈물제완(왕) 못 켄다.

  (계모가 죽어서 묻은 데는 엉겅퀴가 꺼끌꺼끌 날을 들고서 캐려고 하니 웃음겨워서 못 캐고,
  생모가 죽어서 묻은 데는 배추나물이 반들반들 날을 들고서캐려고 하니 눈물겨워서 못 캔다)

- **것** 구숭 호로즈식, 글 구숭 양반즈식.

  (밥 타박 호래자식, 글 타박 양반자식)

② 이음절어(二音節語)인 경우 : 드리>다리[橋], 일뉘>이레[七日], 가시>계집,
*서답>빨래, *칙간>뒷간, ᄇ룸>ᄇ름>바람, 사름>사름>사람, ᄀ술( )>ᄀ
올>ᄀ을>가을, ᄆ술( )>ᄆ올>ᄆ을>마을, ᄆ슴( )>ᄆ움>ᄆ음>마음[心]

> *서답, *칙간 : 고어와 함께 쓰였던 한자어 세답(洗踏 : 빨래)과 측간(厠間 : 뒷간)의 음전(音
> 轉)된 것임.

〈예시〉

- 흔 놈 논 **드리** 열은 건곡, 열 놈 논 **드리** 흐나도 못 건나.

  (한 놈 놓은 다리 열은 건고, 열 놈 놓은 다리 한 놈도 못 건는다)

- 생이 흔 ᄆ리로 **일뉘(웨 · 뤠)** 잔치흔다.

  (새 한 마리로 이레 잔치한다)

- **가시**어멍 장 엇(웃)은 깐에, 사위 국 실픈 깐에.

  (사시어머니 : 장모 장 없는 깐에, 사위 국 싫은 깐에)

- 하늘 울언(엉) 날 존 날 시멍, **ᄇ름** 불언(엉) 절 잘 날 시랴.

  (하늘 울어서 날씨 좋은 날 있으며, 바람 불어서 물결 잔잔한 날 있으랴)

- **사름** 오장광 부룽이 오장은 벳속이서 그런(령) 낳나.

  (사람 오장과 부룩송아지 오장은 뱃속에서 그려서 낳는다)

- *영등할망 들어온 땐 **서답**에 풀ᄒ민 구데기 궨다.

  (영등할망 들어온 때는 빨래에 풀하면 노래기 꿇는다)

  *영등할망 : 무속신앙에서 비바람의 여신.

- 정지광 **칙간**은 멀어사 혼다.

  (부엌과 뒷간은 멀어야 한다.)

- **ᄀ슬** 컷 못혜 들인 놈 저슬 날 셍각 말라.

  (가을 곡식 못해 들인 놈 겨울 날 생각 말라.)

- **ᄀ을** 하늘광 지세어멍은 검어도 좋나.

  (가을 하늘과 본처는 검어도 좋다.)

- 나(내) **ᄆ슬** 심방이 놈이 ᄆ슬 심방만 못혼다.

  (내 마을 무당이 남의 마을 무당만 못한다.)

- 나(내) **ᄆ을**에 온 손님은 벡만장ᄌ도 손님 대접헤사 혼다.

  (내 마을에 온 손님은 백만장자도 손님 대접해야 한다.)

- **ᄆ슴**이 고와사 옷 앞썹이 아문다.

  (마음이 고와야 옷 앞섭이 아문다.)

- **ᄆ음**이 풀어져사 ᄒ는 일이 게볍나.

  (마음이 풀려야 하는 일이 가볍다.)

③ 용언(用言)인 경우 : ᄒ다>하다[爲], 하다>많다[多], 이시다>있다[有], 붉다>밝다[明], 곰다> 감다

〈예시〉

- **ᄒ단** 광질도 돈 주켄(켕) **ᄒ민** 안 **혼다.**

  (하던 광질도 돈 주겠다고 하면 안 한다)

- 몰 **한** 장제, 애기 **한** 게와시.

  (말 많은 부자, 아기 많은 거지)

· **이신** 사름도 엇(웃)을 때 싯곡, 엇(웃)은 **사름**도 이실 때 싯나.

  (있는 사람도 없을 때 있고, 없는 사람도 있을 때 있다)

· 돌 **붉**은 밤엔 궤기 잘 안 문다.

  (달 밝은 밤에는 고기 잘 안 문다)

· ᄀᆞ을 곡속은 눈 **ᄀᆞᆷ앙** 비여 불라.

  (가을 곡식은 눈 감고 비어 버려라)

· 영장 난 때 머리 안 **ᄀᆞᆷ나.**

  (장사 난 때 머리 안 감는다)

(2) 훈민정음 28자에는 없지만 [ㅣ]와 [·]의 겹소리 ·ㅣ에 해당하는 [··]인 '의'가 있다

의름>여름[夏·實], 의슷>여섯[六], 옆>옆[側], 을다>열다[開·結實]

〈예시〉

· **의름** 콩 늦이 갈민 줄레 뽑나.

  (여름 콩 늦게 갈면 꺼병이 뽑는다)

· **의**물만 까먹어난 놈 곤떡 줘도 쉬만 옴파먹나.

  (여물만 까먹었던 놈 송편 줘도 소만 파먹는다)

· **옆**구리 찔런(렁) 절 받나.

  (여구리 찔러서 절 받는다)

· 혼 사름 ᄐᆞ라지민 **의슷** 갓세(가시)가 ᄐᆞ라진다.

  (한 사람 비틀어지면 여섯 사이가 비틀어진다)

· 누운 낭에 **의름** 은다.

  (누운 나무에 열매 안 연다)

3) 애향적 가치

국어인 나랏말은 그 국민을 하나로 묶는 거멀못의 구실을 한다. 그것은 곧 같은 국가의 국민이라는 강한 유대감과 공동체의식에 불을 지핌으로써 애국 애족의 자긍심을 불러일으키는 위력을 가졌기 때문이다. 그처럼 제주어는 제주인의 정체성을 떠받치는 버팀목으로서 투박하고 훈훈한 정감이 배어 있다.

이를테면,

> "어떵 살아졈서?"(어떻게 살고 있나?)
> "경 경 살암주."(그럭-저럭 살고 있네.)
> "다 경 ᄒ멍 사는 거라."(다 그렇게 하면서 사는 걸세.)
> "촘으멍 살암 시민 살아지메."(참으며 살고 있으면 살 수 있네.)

이와 같은 대화는 열악한 생활환경을 극복하면서 살아온 제주인(濟州人)이 아니면 그 속에 담긴 진의를 삭여 들을 수 없는 삶의 애환이 스며 있다. 어쩌다 타향에서 고향 사람을 만났을 때 흉허물없이 튕겨나오는 제 고향 사투리의 어감에서 새삼 동질감을 의식케 된다. 그 순간 애향과 망향의 정이 북받치면서 제 생명의 태어난 고향의 의미를 되새기지 않을 수 없게 된다.

- 고향 가마귄 검어도 아깝나
  (고향 까마귀는 검어도 아깝다)
- 테 슨 땅 내불지 못ᄒ다.
  (태 사른 땅 내버리지 못한다)

이 속담 역시 고향이 어떤 것인지를 잘 드러내고 있다. 그것은 편협된 애향심이 아닌, 거시적으로 보면 애국심으로 통하는 뿌리의식과 맞닿는 끈끈한 소속감과 연대의식을 불어넣는 활력소임을 대변해 주고 있는 것이다.

3. 제주어의 표기

제주어의 표기는 한글맞춤법의 표기원칙을 바탕으로 할 수밖에 없다. 그러면서도 지역적 특유의 발음을 중심으로 어휘형태의 특성을 살려나갈 수 있도록 표기해야 하는 기본적인 사항을 지켜야 한다. 왜냐하면 제주어에 대한 올바른 이해는 실제 입으로 하는 말하기의 중요성 못지 않게 문자화해서 표기할 때 제대로운 철자법에 맞게 쓸 수가 있어야 하기 때문이다. 그래야 그 기록을 보고 제주어의 참 모습을 제대로 알게 된다. 표기가 잘못되면 그 글자대로 익혀서 발음을 하기 마련이니, 본래의 제주어는 변질되고 만다. 현재도 그렇지만 후대들을 위해 제주어의 본연의 모습을 올바로 전해주고 보존하기 위해서는 표기의 오류를 최소화할 수 있어야 한다. 더욱이 제주어를 연구하는 사람들에게는 각별히 유념해서 숙지하지 않으면 안 된다.

제주어연구회에서 마련한 시안 참조

표 준 어	제 주 어	
	바른 표기	틀린 표기
소	쉐	쇠
쇠	쒜	씌
돼지	도새기 · 돗	드새기 · 도야지
꽃	꼿 · 고장	꽂
끝	끗	끝
낮	늦 · 양지	낮
모자반	뭄 ※뭄국	몸 ※몸국
망아지	몽생이	몽생이
할아버지	하르방 · 하르바님 · 하르벰	할르방 · 할으방 · 할으벰
밭	밧	밭
솥	솟	솥
팥	풋	폴 · 퐅
여덟	으둡	요덥(둡)
열매 · 여름	율메 · 으름	율매 · 요름
야무지다	으망지다	요망지다
깎다	까끄다 ※까끄니	깎다 ※깎으니
볶다	보끄다 ※보끄니	볶다 ※볶으니
붙다	부트다 · 부뜨다 ※부트니 · 부뜨니	붙다 ※붙으니
높다	노프다 ※노프니	높다 ※높으니
깊다	지프다 ※지프니	깊다 ※깊으니
되다	뒈다	되다
먹었다	먹엇다	먹었다
하다	ᄒᆞ다	호다
절약	ᄌᆞ냥	조냥
어서 오십시오	ᄒᆞ저 옵서	혼저옵써
조금 주십시오	ᄒᆞ꼼(쏠 · 씰) 줍서	호꼼(쏠 · 씰) 줍써
말하면서 달린다	말ᄒᆞ멍 둘암저, 굴으멍 둘암저	말호멍 듯(도)람쩌
무엇을 하십니까	무신(싱)거 헴수광	무승거 햄쑤꽝

위의 표는 잘못 표기하기 쉬운 말들을 일일이 예시할 수 없으므로 대표적인 것 몇 가지만 간추려 제시해 본 것이다.

4. 제주어 속담

제주도의 속담은 고립(孤立)과 천험(天險), 지척(地瘠)과 민빈(民貧)의 열악한 환경을 극복해 온 선들의 생태와 습속이 담겨져 있는 민속어(民俗語)이자 생활훈(生活訓)이다. 더구나 제주 특유의 토속어인 '토박이말'로 구전(口傳)되고 있어서 아득바득 생계의 멍에에 시달렸던 삶의 내력과 함께 제주어의 본 모습을 찾아볼 수 있는 귀중한 언어유산이다. 여기서는 제주도속담 전반에 걸쳐 이야기할 수는 없지만, 그들 가운데서 생계와 직결된 '의·식·주'에 관한 속담과 각박한 생활 속에서도 마음의 여유를 잃지 않고 웃음을 창출해낸 말솜씨의 골계미(滑稽美)가 돋보이는 속담을 골라 제시해봄으로써 제주어의 모습이 어떤 것인지를 살펴 보기로 한다.

1) 의식주의 속담

의식주는 삶의 원초적인 문제로서 생계유지를 위해서는 절대절명 과제가 아닐 수 없다. 이들 문제는 전국적으로 어려웠지만, 특히 제주도는 육지부와 동떨어진 절해고도인데다가 지척민빈(地瘠民貧)의 불우한 여건 속에서 주민의 생활은 기구했다. 그 실상을 가늠해볼 수 있는 속담을 5편씩만 간추려 보면 다음과 같다.

(1) 식생활
- 설귀떡 늬만이 먹으민 식 참 더 걷나.
  (백설기 이만큼 먹으면 시오리 더 걷는다)
- 국 하영 먹으민 가사어멍 눈 멜라진다.
  (국 많이 먹으면 가시어머니 눈 망가진다)
- 동넷칩(집) 긱께 넘어 나민 사을 불 아니 슨나.
  (동냇집 제사 넘어 나면 사흘 불 아니 뗀다)
- 장 흔 사발에 밧 흐나 준다.

(장 한 사발에 밥 하나 준다)

• 눛 싯(씻)을 때 물 하영 쓰민 저승가민 그 물 다 먹어서 혼다.

  (낯 씻을 때 물 많이 쓰면 저승가면 그 물 다 먹어야 한다)

(2) 의생활

• 두리 손당 사름 베창옷 입언(엉) 나사민 식께 시넨(녠) 혼다.

  (다리 송당 사람 배창옷 입고 나사면 제사 있느냐고 한다)

• 가죽창신 신구정 혼건 벡정안티 씨집가라.

  (가죽신 신고 싶으면 백정한테 시집가라)

• 질쑴(쌈)밧 늙으닌 죽언(엉) 보난 미녕소중의가 아옵이곡, 좀녀 늙으닌 죽
  언(엉) 보난 일곱 애비아둘이 들르는 도곰 소견이 혼나인다.

  (길쌈밭 늙은이는 죽어서 보니 무명고쟁이가 아홉이고, 잠녀 늙은이는 죽어서 보니 일곱 아
   비아들의 드는 물옷이 하나이다)

• 신단 신에 용강기 감안(앙) 어린 지집 달레레(홀리레) 뎅긴다.

  (신던 신에 총강기 감고서 어린 게집 홀리러 다닌다)

• 주신 엇(읏)은 놈이 통천관을 쓰민 대갱이이가 아은아옵개로 벌러진다.

  (자신 없는 놈이 통천관을 쓰면 머리가 아흔아홉 개로 쪼개진다)

(3) 주생활

• 깅이광 보말도 집은 싯나.

  (게와 고등도 집은 있다)

• 집은 짓은 거 사곡, 베랑 짓언(엉) 타라.

  (집은 지은 것 사고, 배는 지어서 타라)

• 산썹에도 사름 살곡, 물썹에도 사름 산다.

  (산기슭에도 사람 살고, 물기슭에도 사람 산다)

• 홀어멍은 물썹에 가도 지게문이 아옵이곡, 홀아방은 산썹에 가도 어욱문
  이 혼나인다.

  (홀어미는 물기슭에 가도 지게문이 아홉이고, 홀아비는 산기슭에 가도 억새문이 하나이다)

• 집까지 노픈 거, *드딜(들)팡 노픈 거.

(집 처마 높은 것, 드딜팡 높은것)

  * 드딜팡 : 사람이 두 다리를 벌리고 앉아서 용변을 볼 수 있도록 측간에 걸쳐 놓은 넙죽한
   디딤돌.

2) 골계의 속담

이들 골계의 속담은 제주도 특유의 언술(言述)로서 해학과 익살이 넘치는 것
을 간추린 것이다. 앞에서도 언급했지만, 생계해결에 아득바득해야 하는 각박
한 현실에서도 웃음을 창출해낼 수 있는 여유와 말솜씨의 지혜는 참으로 놀랍
다. 여기서는 의식주에서와 같이 '해학 · 풍자 · 역설 · 기지'로 구분해서 그 대
표적인 것만 제시해 보겠다.

(1) 해학(humor)
  • 통떼 상퉁이에 꽂아 둰(뒁) 사을 춫나.
    (담뱃대 상투에 꽂아 두고 사흘 찾는다)
  • 화토장광 조쟁인 문직을수록 큰다.
    (화투장과 자지는 만질수록 커진다)
  • 부지뗑인 데어 불기만 ᄒ곡, 남죽(베수기)은 잘 얻어먹나.
    (부지깽이는 데어 버리기만 하고, 죽젓개는 잘 얻어먹는다)
  • 못 먹나 못 먹나 ᄒ멍 거죽ᄁ지 다(몬) 먹나.
    (못 먹는다 못 먹는다 하면서 껍질까지 다 먹는다)
  • 늙은 놈이 젊은 첩ᄒ민 눌보리찝(찍)에 불 분다.
    (늙은 놈이 젊은 첩하면 날보리짚에 불 분다)

(2) 풍자(satire)
  • 기시린 도새기가 둘아멘 도새기 타령ᄒ다.
    (그슬린 돼지가 달아맨 돼지 타령한다)
  • 눈까진 똘 가정 사위 굴린다.
    (눈 망가진 딸 가자고 사위 고른다)

- 떡진 사름 춤추난, 몰똥 진 사름도 ㄱ찌 춘다.
  (떡 진 사람 춤추니 말똥 진 사름도 같이 춘다)
- 홀아방은 웨문에 웨돌처귀, 홀어멍은 정동화리가 아읍.
  (홀아비는 외문에 오돌쩌귀, 홀어미는 청동화로가 아홉)
- ㅎ지도 못홀 놈이 *정낭에 줌(점)뱅이 벗엉 건다.
  (하지도 못할 놈이 정낭에 잠방이 벗어서 건다)

  * 정낭 : 대문 대신 집 마당 입구에 가로 걸치는 길쭉한 나무.

(3) 역설(irony)

- 고운 년 잡아 들이렌(렝) ㅎ난 술친 년 잡아 들인다.
  (고운 년 잡아 들이라고 하니 살찐 년 잡아 들인다)
- 헹실 베우렌(렝) ㅎ난 홀멍 칩 강생일 뜨린다.
  (행실 배우라고 하니 홀어미 집 강아지를 때린다)
- 공부ㅎ렌(렝) ㅎ난 개 잡는 걸 뱁나.
  (공부하라고 하니 개 잡는 것을 배운다)
- 사위 잘ㅎ민 집안 망혼다.
  (사위 잘하면 집안 망한다)
- 모진 놈은 동티도 피헨(헹) 간다.
  (모진 놈은 동티도 피해서 간다)

(4) 기지(wit)

- 나도 초면, 글도 초면.
  (나도 초면 글 초면)
- 보롬은 눈 트곡, 보름은 눈 어둑나.
  (보름은 눈 뜨고, 보름은 눈 어둡다)
- ㅎ룻굿 보젱 코 까끈다.
  (하룻굿 보려고 코 깎는다)
- 여존 익은 음식.
  (여자는 익은 음식)

• 씨(쓰)난 씨어멍이곡, 가시 나난 가시어멍이여.
  (쓰니 시어머니이고, 가시 돋으니 가시어머이다)

5. 제주어의 보존

제주어의 가치에서도 말했듯이, 제주어는 제주도 전통문화의 동맥이자 뿌리이다. 그렇지만 8·15 광복 이후로 접어들면서부터는 표준어와 외래어에 밀려 지금은 소중한 제주어가 사라져 버리거나 변질돼 버리고 있는 실정이다. 그럼 어떻게 하면 올바로 보전할 수 있을 것인가. 제주도의 문화를 아끼고 걱정하는 사람들이라면 고민해야 할 과제가 아닐 수 없다. 적어도 다음의 4가지 사항이 지켜지고 현실화될 때 제주어의 보존이 가능해질 수가 있다.

1) 의식의 강화

제주어 보존의 선행요건은 제주어가 귀중한 문화유산임을 인식하고 보존·전승돼야 한다는 마음가짐이다. 윤택한 경제적 삶이 토대가 이뤄지면 그만이지 무슨 일개 섬지방의 언어인 제주어가 필요가 있는 것이냐고 막말을 하면 더 할 말이 없다. 하지만 분명한 것은 버려서 안 될 귀중한 문화유산을 팽개친다는 것은 제 뼈대를 부러뜨리는 것과 같은, 분별력 있는 처신이 결코 아니다. 앞으로 전개될 국제자유도시화가 가시화되고 실천에 옮겨지면 정체성 확립을 위한 향토문화에 대한 애착과 고민이, 생존전략 이상의 중대한 이슈로 부각될 것이 자명하다. 늦었지만 제주어의 귀중함을 절감하고 깨닫는 의식이 강화되지 않으면 그 보존을 기대할 수가 없다.

2) 사용의 일상화

제주어의 사용을 일상화해야 한다는 것은 자칫 오해를 불러일으킬 위험이 있다. 그러나 여기서 말하는 의도는 제주어만을 사용하고 표준어를 사용하지 말자는 것은 결코 아니다. 공적인 장소나 모임 등 표준어를 써야 할 때를 제외한 사생활인 경우에 한정된다. 고향의 친지나 가족들 사이에서는 되도록 제주도의 토속어를 사용함으로써 자라나는 후세들에게 제주어를 자연스럽게 전수시켜 주자는 것이다. 그것은 우선 가정에서부터 이뤄져야 한다. 특히 자녀들과 어울려 대화를 나눌 적에, 꼭 표준어가 필요할 때가 아니면 제주어로 말하는 것을 일상화하자는 것이다. 그렇게 되면 올바른 제주어의 본 모습이냐 아니냐의 논란은 있을지언정 일단 전수와 보존에 대한 위기의식은 덜게 된다.

3) 교육의 정규화

언어교육은 유소년기부터 시켜야 효과가 좋은 것으로 돼 있다. 그러니 제주어의 교육은 가정 못지 않게 학교 교육인 제도권에서 이루지는 것이 바람직하다. 근간 전통문화 교육이 중요성을 인식하고 있고, 또 실제 부분적으로 교육이 이뤄지고 있지만, 제주어에 대한 교육은 소홀히 하고 있다. 제주도 전통문화 교육을 위한 기초학습의 첫 번째로 꼽을 수 있는 것은 제주어의 이해와 보존의 기반을 굳건히 다지는 일이다. 왜냐하면 제주도의 전통문화를 담아서 오늘에 전해온 동맥이자 뿌리는 제주어이기 때문이다. 그런 제주어를 제대로 모르면서 어찌 제주도의 전통문화에 다가설 수가 있겠는가. 그러니 전통문화, 즉 향토문화의 교육을 제대로 하려면 그 기층을 이루고 있는 제주어 교육을 할 수 있는 정책적 배려가 강구되고 선행돼야 한다. 제7차 교육과정은 융통성과 재량권을 부여하고 있다. 정규시간이 여의치 않으면 특별활동 시간을 이용해도 좋다. 제주어의 보존을 위한 저변확대의 비결은 제도권 안에서 이뤄지는 정규(례)화된 교육의 몫임을 간과해서는 안 된다.

4) 전문기관의 상설화

제주어의 보존은 올바로 이뤄져야 한다. 그러기 위해서는 전문가들로 구성된 전문기관이 상설화가 필수적이다. 그렇지 않으면 체계적이고 유용한 학문적 연구는 물론이고 적재적소에 유용한 자료를 제작하여 보급할 수가 없을 뿐더러, 제주어 교육을 위한 연수와 지도자를 양성해낼 수가 없다. 현재 시중에 나돌고 있는 유인물이나 홍보용 표지판은 물론이고 요식업소에 부착돼 있는 상호와 차림표에 이르기까지 잘못된 것들이 수 없이 많다. 더 딱한 것은 관광안내원들에 의해서 전해지는 우스갯소리의 엉뚱한 말장난은 외지의 관광객들에게 제주어의 참모습을 왜곡시키는 악제로 작용하고 있다. 이와 같은 현상은 따지고 보면, 일차적으로는 잘못을 범하는 쪽의 무책임이 빚은 결과일 수 있다. 하지만 그 이면에는 실제 그런 문제를 상의하고 자문을 구할 만한 전문가관이 없다는 데 문제가 있다. 이 문제는 관련 학자들의 힘만으로는 해결의 한계를 드러낼 수밖에 없다. 그 한계를 극복하고 가지고 있는 역량을 응집시켜 활용할 수 있는 여건을 서둘러 마련할 때 제주어의 올바른 전수와 보존을 위한 기틀을 다질 수가 있다. 그러기 위해서 새로 발족된 제주도의 문화예술진흥재단에 제주어 보존을 전담할 부서를 상설화해서 운영돼야 할 것이다. 그렇지 못하면 별도의 기관을 두어 활발한 활동을 전개할 수 있도록 제도적 뒷받침과 지원체제가 확립된 연구소의 설치가 이뤄져야 한다.

6. 정 리

이상은 제주어가 가지고 있는 가치성과 실제 속담을 통해서 올바른 표기를 촉구함으로써 그 보존의 의의를 제시해보았다. 그것은 방언학에 국한된 향토학적인 것이지만, 언어학의 측면에서 볼 때 국어학과 불가분의 관계에 있다. 8·15 광복 이후 표준어정책에 의한 국어교육이 이뤄지기 전에는 전국적으로 그 지역의 방언을 공공연히 쓸 수밖에 없었다. 비록 방언이 부분적으로 지역적인 차이를 극복해야 하는 결함이 없는 것은 아니지만, 외국어를 대하는 것과 같이 그 전부가 이질적 성격의 것으로 돼 있는 것은 아니다. 그러니 각 지역의 방언은 그 나름의 독자적인 특성을 지니고 있으면서도 뿌리가 같은 민족어의 바탕 위에 인접지역과 상호보완적 교류가 필연적일 수밖에 없다. 그런 가운데 이미 한 지역에서 소멸된 언어가 딴 지역에는 남아 있어 귀한 옛 말의 모습을 살필 수 있는 호재(好材)가 된다. 제주어도 여기서 예외일 수가 없다. 실제로 속담을 통해서 살필 수가 있는데, 그 중에 하나가 의식주 해결의 지난함을 극복해내면서 웃음을 창출해낼 수 있는 말솜씨의 지혜에서 잘 드러나고 있다. 그렇듯 제주어와 속담은 제주도 전통문화의 기층을 이루고 있는 향토문화의 동맥으로서 귀중할 뿐 아니라, 한국의 언어문화의 자산이다. 바로 이와 같은 향토문화의 전수는 한국문화의 전통과 독자성의 건재(健在)로 이어진다. 사라져 버린 것은 못 찾고 회생이 불가능하더라도 인위적인 관심과 노력에 의해 보존이 가능한 것은 최대한으로 살려야 한다. 전통문화의 원류와 직결된 샛강의 지류와 같은 제주어는 지속적으로 보존토록 하는 보수(保守)의 고삐를 늦추지 말아야 할 것이다.

제천지역어의 형태음소적 고찰

박명순*

1. 서 언

1. 본고는 충북 제천지역어의 形態音素的(morphophonemics)인 고찰을 목적으로 한다.1) 형태음소적인 고찰 중에서도 곡용(曲用) 및 활용(活用)에서 발생하는 음운현상과 이에 따른 규칙이 공통어(共通語)와는 어떻게 다른 양상으로 실현되는가를 살펴보는 것이 중요한 목적이다.

한 지역어(방언) 고찰의 중요한 과제는 공시적 구조에 대한 고찰과 함께 통시적 언어분화의 구조도 고찰되어야 하는 것이지만, 본고의 주제가 형태음소적인 고찰이므로 주로 공시적 구조에 대한 고찰을 하면서 통시적 언어분화에도 부분적으로 관여하게 될 것이다.

2. 지금까지의 국어의 방언구획론에서 몇 가지 서로 다른 견해들을 보였으나, 방언구획은 언어 외적인 기준보다는 방언 내적 기준을 바탕으로 설정되어야 한다는 이론이 재검토되면서2) 충북방언에 대한 하위언어권도 세 방언권으

---

* 서원대 교수.

1) '堤原·堤川地域語'라고는 하지만 1차 조사 때(1988년 3월31일~4월2일)에는 백운면·봉양면·송학면·금성면과 제천시를 포함하였고 2차 조사 때(1996년 4월1일~4월4일)에는 청풍면·한수면·수산면·덕산면을 주로 하였으며, 1차 확인 조사 때(1989년 7월2일~7월5일)와 2차 확인 조사 때(1996년 7월3일~7월7일)에는 제천시를 제외한 면 단위에서 2개 리를 선택하여 실시하였으므로 사실상 면 단위의 제천지역어가 주가 된다.

그 밖의 자료는 필자가 이미 발표한 「堤川地域語의 네 言語圈에 대한 考察」의 音韻·語彙·文法(종결어미)을 참고하였다. 조사에 협조해 준 조사자들(서원대학교 국어교육과 방언반원)과 제보자 여러분께 감사한다.

로 나눌 수 있음을 이미 오래 전에 제시한 바 있다.[3] 그것은 행정구역 이외의 지리적 조건, 문화적 교류, 그리고 사적인 변화 등을 고려할 때,

  1) 東北方言圈(丹陽, 堤原・堤川市地域語),

  2) 中部方言圈(中原・忠州市, 陰城, 鎭川, 淸原・淸州市地域語),

  3) 南部方言圈(報恩, 沃川, 永同地域語)으로 나뉘었던 것이다.

이와 같은 방언권의 형성은 지리적・문화교류적・사적으로 경북 북부와 도계(道界)를 이루는 충북의 동북부지역이 소백산맥을 가운데 두고 언어의 장벽을 이루는 동북방언권과 교통 및 문화교류의 연결로 볼 때, 강원도와 경북중부에 통하고 또한 경기도남부와 충남북부에 통하는 중부방언권과 경북남부, 충남 및 전북에 통하는 남부방언권이 성립된다.

  3. 이상의 충북방언구획의 하위방언권에서 논의된 바와 같이 제천은 지리적으로 충북의 동북단에 위치하면서 북은 강원의 월성군, 영월군과 동은 충북의 단양군과 서는 충북의 중원군과 남은 경북의 문경군과 도・군계를 이루고 있다. 그리고 동남쪽에서는 동해안을 북・남・서주하는 태백산맥에서 나누어진 소백산맥이 남경을 형성하고 서북쪽에서는 오대산 줄기의 동령산맥이 뻗어 소백산과 함께 북경을 형성하고, 주위에는 소백산 지맥의 금수산, 용두산, 백운산, 박달산등이 연속봉으로 우뚝 서서 제천을 분지화하여 감싸주고 있다. 오늘날에는 이들 산과 맥(脈)들이 관통되어 충북선, 중앙선의 철도와 영동고속도로 그리고 38번 및 5번 국도가 교체하면서 충주, 영월, 단양, 문경 등으로 연결되고 있다. 이러한 교통의 원활한 소통으로 교통 요지가 되고 문화교류도

---

2) 김완진(1979)이 '1980년대부터 본격적으로 시작되고 있는 10개년 계획의 방언 연구가 정신문화연구원 및 개별조사 연구로 새로운 方言區劃策定이 불가피해질 것이다'라고 지적한 바와 같이 이기문・김완진이 주간하고 최명옥 외 3인이 편집으로 1993년에 대한민국 학술원에서 제작한「한국언어 지도집」이 나왔다. 이 '지도집'에서도 제천지역어의 활용현상은 충북의 타군(중부・남부 방언권의 군들)지역어와는 달리 경북북부・강원방언에 가까운 것으로 나타내고 있다. 또한 곽충구 외 5인(1987),「한국방언자료집Ⅲ, 충청북도편」, 한국정신문화연구원 발행에서도 곡용 및 활용현상이 타군지역어와 다름을 보여주고 있다.

3) 김충회,「忠淸北道의 方言區劃論」 방언7, <한국정신문화연구원어문연구실>, 1983. 12.; 김충회,「忠淸北道의 言語地理學―忠淸北道의 方言區劃論―」, 단국대학교 대학원 박사학위논문, 1990.

빈번하여 접촉지역어(接觸地域語)로서의 중요성도 예견된다.

역사적으로 제천군은 4세기경에는 백제의 땅에 속했었고, 5세기 이후에는 고구려에 속하여 내토군(奈吐郡)이 되었고, 6세기 중엽에 진흥왕 때에는 신라의 영토가 된 후 경덕왕 16년(757)에는 내토군(奈吐郡)을 내제군(奈堤郡)으로 개칭했으며 이 때에 지금의 청풍면을 청풍현(淸風縣으)로 고치고 내제군(奈堤郡)의 속현으로 하였다가 고려 태조 23년(940)에는 제주(堤州)로 바뀌었다. 그리고 성종2년(985)에는 지방행정구역의 체제가 수립된 바 충주목사(忠州牧使) 관할하의 원주(原州)에 속하였다가 성종 11년(992)에는 그 이름이 의천(義泉), 의원(義原)이라고도 불리었다. 그 후 예종 원년(1106)에 이 곳에 감무(監務)를 두게 되었는데, 이 감무는 이 당시 가장 작은 행정명칭인 현령을 둘 수 없는 지역에 두었던 감독관으로, 이것으로 미루어 보면 당시 제천의 규모를 짐작할 수 있다. 그 후 조선시대 태종13년(1413)에 이르러 지방제도의 개편으로 충청도에 속하였을 때, 가장 작은 행정명칭으로 제주현(堤州縣)이었다가 주(州)가 천(川)으로 바뀌게 됨에 따라 제천이 되었다. 그 후 482년 간 제천의 이름으로 불리어 오다가 고종32년(1895)의 갑오개혁 때 지방제도의 개편으로 제천과 청풍(淸風)은 군이 되었으며, 그 다음해에 전국을 13도로 나눌 때, 충청북도에 속하게 되었다. 지금의 제천은 1914년 조선총독부의 총독부령 제12호에 의거하여 1914년 3월 1일 청풍군 일원과 덕산면 10개 리가 충주군으로부터 제천군에 병합되어 오늘에 이르고 있다.[4]

4. 본고의 조사자료는 필자가 곡용 및 활용의 양상으로 가장 잘 드러내는 어휘 80개를 별도로 마련하고 체언어휘(體言語彙)에 조사 '를/을, 이, 에, 하고, 도, −보다' 등을 연결하였을 때, 변동되는 음운현상의 자료와 용언어휘(用言語彙)들은 어간말음이 'ㅣ−, ㅗ/ㅜ−, ㅏ ㅓ−, ㅡ−, ㅔ/ㅐ−'로 끝나는 경우와 자음으로 끝나는 경우에 어미 '−아도/−어도, −고, −으면, −더라' 등을 연결하였을 때, 변동되는 음운현상의 자료를 준비하여 조사하였다. 그 결과 이 지역어에서 조사의 경우 '−를/−을'은 '−럴/−얼'로, '−에'는 '−애'와 중화

---

4) 1988년 1월30일 제천시・제원군에서 발행한 「堤川・堤原史」, 堤川文化院 편저, 고려 정판사 인쇄본 제1편 '歷史', 제3편 '行政' 참조.

(統合)된 'E'로, '−하고'는 '−하구'로 실현됨으로써 이들 조사들에 대한 기저형을 각각 '/−럴/−얼, −E, −하구/'로 선정할 정도이다. 하지만, 곡용에서는 공통어와의 비교를 위하여 그대로 공통어조사로 연결할 것이다. 그러나 어미의 경우에는 '고'는 '구'로, '으면'은 '으먼'으로 실현되므로 각각 그 기저형을 /구/, /으먼/으로 하여 연결시켰을 때, 그 음성형의 도출과정을 살펴볼 것이다.

다음의 본론에서는 조사된 자료를 바탕으로 곡용과 활용에서 발생되는 음운변동을 논의할 것이다. 이 논의 과정에서 규칙적인 음운변동은 생성음운규칙으로도 표시할 것이다. 그리고 예문이나 음운현상에서 논지의 방향에 해당하는 음소 위에는 ' · '으로 표시하고 제약을 받는 음운현상에는 기호의 앞에 '※'표로 나타내 보일 것이다.

2. 음운현상 및 음운규칙

어휘형태소(lexical morpheme)와 문법형태소(grammatieal mor-pheme)가 연결되는 경계에서 곡용에 나타나는 음운현상 및 음운규칙의 발생영역은 체언의 어간과 격조사가 결합되는 부분이며, 활용에 나타나는 음운현상 및 음운규칙의 발생영역은 용언의 어간과 어미가 연결되는 부분이다. 이것들이 연결되는 부분의 환경을 몇 유형으로 나누어 고찰할 것이다.

1) 곡용(曲用)의 경우

곡용에서 나타나는 음운현상은 어간말음절과 격어미(格語尾)의 첫 음절이 연결되는 환경에서 발생한다. 이 환경에서 발생하는 음운현상으로는,

① 'eu(-)→3(ㅓ)'의 변이 및 'ㅡ(eu)'의 삭제

② 비유기음화(非有氣音化),

③ 된소리화,

④ ' ㅣ' 역행동화가 있다.

(1) 'eu(ㅡ) → 3 (ㅓ)'의 변이 및 'ㅡ(eu)'의 삭제

먼저 이 지역의 수산면과 덕산면을 제외한 다른 대부분의 지역어에서는 체언의 어간말음에 목적격조사 '-을/-를'이 연결되면 조사의 모음 'ㅡ(eu)'는 'ㅡ(eu)'와 'ㅓ(eo)'가 중화된 [3]로 변이된다. 그러나 수산면과 덕산면의 제보자들은 체언의 어간말음이 [+vocalic]인 환경에 이들 '-을/-를'이 연결될 때 모음 'ㅡ(eu)'가 삭제되고, 'ㄹ'이 앞의 모음으로 끝난 체언에 연결되거나 'ㄹ' 음으로 끝난 체언의 경우는 그 'ㄹ'조차도 삭제된다. 다음의 예 (1)과 (2)서 각각 다른 음운현상을 보여 준다.

(1)

ㆍ ㄱ, 나(我) + 를 → 나 r 3l(성니미 나럴 부런다)

ㆍ ㄴ, 물(水) +을 → 무 r 3l(바ㅌ E(' ㅔ(e)'와 ' ㅐ(æ)'가 중화된[E]) 무럴 준다)

ㆍ ㄷ, 밭(田) +을 → 바 t 3l (바털 쟁기로 간다)

ㆍ ㄹ, 값(價) +을 → 갑ss 3l (갑썰 묻는다)

(2)
ㆍ ㄱ, 나 + 를 → 날ː (성니미 날ː 부른다)
ㆍ ㄴ, 물 + 을 → 물ː (바ㅌ E(중화된 ㅌ) 물ː 준다)
ㆍ ㄷ, 글 + 을 → g 3 ː l (g 3 ː l (중화된 3) 일른다(讀)

(1)의 음성형 실현에서 우리에게 보여 주는 현상은 조사 '-을/-를'의 모음 'ㅡ(eu)'가 ' ㅓ(eo)'로 완전 변이된 모음이 아니라, 'eu(ㅡ)'와 'eo(ㅓ)'가 중화(統合)된 [3 ː]로 변이되어 도출된다는 것이다. 그것은 수산ㆍ덕산면에서 수집된 자료인 ((2)-ㄷ)의 경우 체언의 모음이 'ㅡ'인 경우인데, 이 때에도 '글'이 'g 3 ː l'로 중화되어 실현되면서 장음화되는 현상에서 알 수 있다. 그리고 ((2)-ㄱ)에서는 '-를'의 'ㅡ'가 삭제되고 남은 'ㄹ' 이 체언 '나'와 결합되어 '날'이 되는 과정이 있었다고 설명할 수 있는데, 이 때의 '날'은 장음화된 [na ː l]로 실현되므로 완전순행동화로 공통어의 경우와 같다.5) 또한 ((2)-ㄴ, ㄷ) 경우도 어미

'을'의 '—'가 삭제되고 남은 'ㄹ'이 체언과 결합할 때, 체언의 종성 'ㄹ'과 충돌을 회피하여 축약되었을 것이다.

위의 예 (1)과 (2)에서 보이는 'eu(—)→3(중화된)'의 모음 변이(또는 中和)규칙과 '—(eu)' 삭제 규칙은 다음의 (3), (4)와 같이 나타낼 수 있다.

(3)

$$eu(—) \rightarrow 3(ㅓ) \ / \ \left\{ \begin{matrix} + & - & X \\ X & - & + \end{matrix} \right\} (\textit{The objective case})$$

(4)

$$eu(—) \rightarrow \phi \ / \ [+vocalic] + - X$$

(2) 非有氣音化 ('ㅎ'의 默音化)

다른 방언(중부방언), 또는 타면지역어(他面地域語)에서 곡용의 경우에 일어나는 유기음화현상 <책(冊)+하고→채카고, 국(湯)+하고→구카고, 옷(衣)+하고→오타고, 잎(葉)+하고→이파고>이 이 지역의 경북의 문경군에 접한 덕산면과 단양군에 접한 수산면에서 수집된 자료에서는 어미의 첫 소리 'ㅎ'이 묵음화되고 유기음 없는 격어미와 교체되어 실현된다. 이 때에는 먼저 체언의 종성에 중화(歸着)가 일어나고 그 다음에 'ㅎ'이 묵음화되는 음운규칙이 적용된다. 그리고 [+sonorant]으로 끝난 체언의 경우도 'ㅎ'은 묵음화된다. 다음의 예 (5), (6)과 (7)을 보고 논의를 계속한다.

5) 여기서 '공통어의 경우와 같다'는 것은 '한글맞춤법 제33항 제5절의 '준말'에서 규정한 것과 같이 '체언과 조사가 결합할 때 어떤 음이 줄어지거나 음절의 수가 줄어지는 것은 그 본 모양을 밝히지 않고 준대로 적는다.'라고 한 사항이며, 위에서 논의된 것은 체언에 조사가 붙을 때에 그 조사가 줄어지는 경우가 본 지역어에서 공통어와 같이 실현되고 있음을 밝히려는 것이다. 그리고 이 지역어에서 체언어간 '나, 너, 물' 등의 [+vocalic]의 환경에 주제격 조사 '-은/-는'이 연결되었을 때에는 '나+는 → 난, 나ㄴ3ㄴ, 너+는 → 넌, 너는, 물+은 → 무r3ㄴ'으로 실현되어, 체언어간이 '너'의 경우에서는 공통어와 같다.

(5)

- ㄱ. 책 + 하고 → 채가구[6] (채가구 씨럼한다)

- ㄴ, 옷 + 하고 → 오다구 (오다구 바꾼다)

- ㄷ, 젖 + 하고 → 저다구 (저다구 메긴다)

- ㄹ, 잎 + 하고 → 이바구 (이바구 저린다)

- ㅁ, 밭 + 하고 → 바다구 (바다구 가치 매라)

(6)

- ㄱ. 나(我) + 하고 → 나아 : 구(나아 : 구 가치 간다)

- ㄴ. 엄마(母) + 하고 → 엄마아 : 구(엄마아 : 구 가치 간다)

- ㄷ. 논(踏) + 하고 → 노나 : 구(노나 : 구 가치 매라)

- ㄹ. 물(水) + 하고 → 무라 : 구(무라 : 구 가치 메기라)

(7)

- ㄱ. 일(事) + 하다 → 일하다
- ㄴ. 밥(飯) + 하다 → 바파다
- ㄷ. 떡(餠) + 하다 → 떠카다
- ㄹ. 반찬(饌) + 하다 → 반찬하다

위의 예 (7)에서 처럼 동사 '하-(爲)'와 연결될 때는 'ㅎ'이 묵음화되지 않거나 [-sonorant]인 종성과 결합하여 유기음화한다.[7] 또한 용언의 어간말음이 'ㅎ'

---

6) 제천지역어의 경우 전역에 걸쳐 어미 '-하고'의 끝 음절 '-고'의 모음 'ㅗ'는 'ㅜ'로 변이시켜 [-구]로 음성형이 실현된다. 이것은 근대 18c 이후 전국적으로 두드러지게 나타나는 모음조화의 깨어짐(ablaut)현상으로 보인다. 그런데 다른 방언과는 달리 체언과의 결합에서 뿐만 아니라 어미 자체를 아예 [-하구]로 실현하고 있다. 따라서 Ⅰ.서언에서 격어미 '-하고'와 연결어미 '-고'의 기저형을 각각 /-하구/, /-구/로 잡으려 한 이유가 여기에 있다.

7) 이들 예에서 'ㅎ'이 묵음화 되지 않거나 유기음화되는 이유는 '-하다(爲)'가 동사화 접미사로써 체언(명사)을 동사로 품사전성시키기 때문에 이 지역 화자들의 의식에서 'ㅎ'을 유지시키려는 의도인 듯하다. 이것은 '-하고'의 '하'와 '하다'의 '하'는 형태적

이고 어미의 첫 자음이 [-sonorant]인 'ㄱ, ㄷ, ㅂ, ㅈ' 등과 연결되는 활용에서 유기음화되어 중부 방언(공통어)의 경우와 같다.

이상에서 보여준 체언명사에 격어미 '하고'가 연결될 때, 두 면(수산·덕산) 지역어에 한하여 어미의 첫 소리 'ㅎ'이 묵음화되는 음운규칙은 다음의 (8)과 같이 나타낼 수 있다.

(8)

h(ㅎ) → ϕ / substantive + — X

(3) 된소리화

체언의 어간말 자음이 [-sonorant]일 경우에 연결되는 후치사나 첨사의 첫 자음 'ㄷ, ㅂ'등은 된소리로 바뀐다. 따라서 이 지역어에서도 체언의 어간말 자음이 [+vocalic,+consonantal]인 다음의 예 ((9)-ㄹ)과 [+nasal]인 예 (10)의 경우에서는 후치사 '부터'나 '보다', '도'가 연결되어서도 첫 자음 'ㄷ, ㅂ'은 공통어의 경우와 같이 된소리화되지 않는다.

(9)
- ㄱ. 국(湯) +부터 → 국뿌터, 떡(餠) + 보다 → 떡뽀다, 밖(外) + 도 → 박또
- ㄴ. 밭(田) +부터 → 받뿌터, 옷(衣) + 보다 → 온뽀다, 꽃(花) + 도 → 꼳또
- ㄷ. 밥(飯) +부터 → 밥뿌터, 잎(葉) + 보다 → 입뽀다, 법(法) + 도 → 법또
※ ㄹ. 말(言) +부터 → 말부터, 일(事) + 보다 → 일보다, 절(寺) + 도 →
    절도

※ (10)
- ㄱ. 손(手) +부터 → 손부터, 손 + 보다 → 손보다, 손 + 도 → 손도
- ㄴ. 담(墻) +부터 → 담부터, 담 + 보다 → 담보다, 담 + 도 → 담도
- ㄷ. 중(僧) +부터 → 중부터, 중 + 보다 → 중보다, 중 + 도 → 중도

구조나 직능이 다르다는 국어구조상의 차이와 의미의 차이를 의식하고 있다는 증거 이기도 하다. 그리고 예 (4)에서 실현된 자음화현상은 [+sonorant]의 환경에서 어미 첫 소리 'ㅎ'이 묵음화된 자리를 '보상'하려는 의도인 듯하다.

(4) 'ㅣ' 역행동화(逆行同化)[8]

체언의 어간에 주격조사 '이'가 연결될 때만 'ㅣ' 역행동화는 일어난다. 이 때에도 체언의 어간말음절의 모음이 'ㅏ, ㅓ, ㅡ'일 경우 노년층 세대(50세 이상)에서 매우 생산적이지만 청·장년층 세대(50세 이하)에서는 비생산적으로 이 현상이 퇴화되고 있음을 알 수 있다.[9] 그리고 후설모음인 'ㅗ, ㅜ'인 경우에는 노년층에서도 'ㅣ' 역행동화는 일어나지 않는다. 이러한 현상은 다음 실현되는 예 (11), (12), (13)을 보고 논의를 계속하자

(11)

· ㄱ. 이름(名) + 이 → 이리미, 거름(肥) + 이 → 거리미

  마음(心) + 이 → 마ː미, 머슴(事人) + 이 → 머시미

· ㄴ. 법(法) + 이 → 베비, 사람(人) + 이 → 사래미

· ㄷ. 밥(飯) + 이 → 배비, 잠(眠) + 이 → 재미

(12)

· ㄱ. 몸(體) + 이 → 모ː미, 의복(衣服) + 이 → 이보ː기

· ㄴ. 중(僧) + 이 → 중ː이, 숨(氣) + 이 → 수ː미

(13)

· ㄱ. 옷(衣) + 이 → 오시, 눈(雪) + 이 → 누ː니

· ㄴ. 달(月) + 이 → 다리, 쌀(米) + 이 → 싸리

· ㄷ. 밭(田) + 이 → 바치, 젖(乳) + 이 → 저지

위 음운현상의 예 (11)의 경우에도 청·장년세대들 가운데 청년세대에서는

---

8) 중부방언에서의 'ㅣ' 역행동화(움라우트)현상이 주로 형태소 내부에서 일어난다는 견해는 최태영(1983), 김충회(1979)등에서 보이고, 국어에서는 통시적인 현상만이 인정된다는 견해는 최명옥(1988, 1989)이 주장한 것이다. 그러나 이 지역어의 경우 노년층(70세, 80세)에서는 형태소 경계인 곡용에서 매우 생산적이다.

9) 이 지역어에서도 이미 박경래(1993 : 147~156)에서 밝힌 바와 같이 형태소 내부이든 곡용 현상이든 젊은 층에서는 'ㅣ' 역행동화 현상이 퇴화되고 있음을 알 수 있다.

매우 비생산적이다. 그리고 (13)의 예에서 보듯이 체언의 어간말자음이 [+coronal]일 경우에는 공통어(중부방언)에서와 같이 동화현상을 거부한다.[10]

2) 활용(活用)의 경우

활용에서 나타나는 음운현상은 용언의 어간말음절과 어미의 첫 음절이 연결되는 환경에서 발생한다. 이제 그들 음운현상이 발생하는 환경을 유형별로 나누어, 그것들이 연결될 수 있는 모든 경우를 고려하면서 고찰할 것이다. 연결되는 어간말음절의 환경으로는 말음절이 모음으로 끝나는 경우와 자음으로 끝나는 경우의 두 가지로 나누어 볼 수 있다. 어미 첫음절의 환경으로는 첫 음절이 모음으로 시작되는 경우와 자음으로 시작되는 경우가 있다. 이러한 네 가지 경우를 모두 고려하면서 기술할 것이다. 기술의 편의상 어간말음절의 두 가지 경우를 큰 항목으로 삼아 어미의 첫 음절이 연결될 때, 발생하는 음운현상과 음운규칙을 살펴볼 것이다.

(1) 어간음절이 모음으로 끝나는 경우

국어의 용언에서 어간의 말음절이 모음으로 끝나는 경우는 다음과 같은 유형이 있다.

X ㅣ-, X ㅔ-, X ㅐ-, X ㅡ-, X ㅜ-, X ㅏ-, X ㅗ-, X ㅓ-

이들 유형에 연결되는 어미의 첫 음절의 환경에는 이 지역어에서 실현되고

---

10) 이와 같은 사실은 곡용의 경우가 아닌 형태소 내부(체언 어사의)에서도 제약을 받는다.(박명순 1982, 1986, 2000)

　　e.g : 할미→※핼미, 덜미→※델미, 멀미→※멜미, 볼기→※뵐기, 갈비→

　　　　※갤비, 굴비→※귈비

　　　　→※길비 등.

그리고 이 때에 동화현상이 거부되는 것은 어간말 자음이 [+coronal]인 경우는 연결되는 조사 '이'가 지니고 있는 조음위치상의 자질과 같이 [-back, -low, +coronal]이라는 특징에서 그 이유를 찾을 수 있다.

있는 어미를 음운론적으로 기술하기 위하여 '-CX'에 대하여 '-구(←고)', '더라'를 '-VX'에 대하여 '-아도/-어도', '-으면(←으면)'을 선택하여 보기로 한다.11) 이러한 환경에서 발생하는 공통적인 음운현상은 어간이 음절인 경우에 한하여 말음절모음 '_'나 연결되는 어미의 첫 음절 '_'가 삭제되는 'ㅑ' '_'삭제규칙과 모음조화규칙을 들 수 있다.

【가】 '_'삭제규칙 : 다음의 예 (1), (2)에서 보여주는 바와 같이 1음절 어간이 모음으로 끝나는 경우 어미의 첫 소리 '으(면)'가 연결되면 어미의 첫 소리 '으'나, '_'모음으로 끝나는 어간의 '_'는 모두 삭제된다.

(1)
- ㄱ. 오(來) + 으면 → 오면
- ㄴ. 주(授) + 으면 → 주면
- ㄷ. 매(束) + 으면 → 매면
- ㄹ. 지(負) + 으면 → 지면
- ㅁ. 자(眠) + 으면 → 자면

(2)
- ㄱ. 크(大) + 으면 → k ɜ 면
- ㄴ. 뜨(浮) + 으면 → tt ɜ 면

다만, (2)의 경우 실현된 음성형에서 어간의 '_'는 중화(中和)된 모음 'ɜ'로 변이된 변칙활용의 양상으로 보는 것이 옳다. 그러나 (2)의 경우와는 달리 2음절 이상일 때는 말음절이 '_'로 끝났을지라도 그 '_'는 삭제되지 않고 어미

---

11) 활용에 관한 자료를 조사할 때, 어간에 어미 '-CX'형 및 '-VX'형에서 '-아도/-어도'를 연결시킬 때는 비교적 쉽게 응하여 실현해 주지만, '-VX'형에서 '으면'을 연결시키면 응하려 하지 않았다. 그러나 제보자들간의 자연스러운 대화를 녹음한 자료를 분석해보면 어미의 첫 소리 '으'는 삭제시키고, 어간의 '_'는 'ㅓ'로 변이음화하였다. 그리고 어미의 말음 '-면'의 모음 'ㅕ(yeo)'는 활음 'y'를 삭제시킨 'ㅓ(eo)'나, 중화된 장음 'ɜ:'로 실현하였다. 따라서 '-VX'형에서 '-으면'을 기저형으로 선택하였다. 그것은 언어의식과 언어수행 사이에는 차이가 있음을 말해주는 것이다.

의 첫 소리 '으'만 삭제됨을 다음의 (3)에서 보여준다.

(3)
- ㄱ. 다르(異) + 으면 → 다르면
- ㄴ. 부르(呼) + 으면 → 부르면
- ㄷ. 기프(深) + 으면 → 지푸면
- ㄹ. 다다르(到) + 으면 → 다다르면

다만, ((3)-ㄷ)에서 어간말음절 '프'가 '푸'로 변동된 것은 원순모음화과정을 겪은 것이다. 한편 다음의 (4)에서 보는 바와 같이 어간이 'ㄹ'로 끝나는 때는 어미의 첫 소리 '으'가 삭제된다.

(4)
울(泣)) + 으면 → 울먼, 날(飛)) + 으면 → 날먼

이상의 음운현상 (1)~(4)를 모두 충족시킬 수 있는 '—(eu)'의 삭제규칙은 다음의 (5)와 같이 나타낼 수 있다.

(5)

$$eu(-) \rightarrow \phi \;/\; - (one\ syllable) + \left\{ \begin{array}{l} X\ [+vocalic] \\ \left[\begin{array}{l} +back \\ +high \\ -round \end{array} \right] X \end{array} \right\} + -$$

【나】 모음조화규칙 : 형태소경계 사이에서의 모음조화는 어미 '아'에서 주로 일어나지만, 때로는 '어'에서도 일어난다. 이 때에 경계간의 모음 사이에서 나타나는 현상은 두 모음 가운데 어느 한 모음이 삭제되거나, 두 모음이 축약된다는 것이다. 이 지역어의 모음조화규칙을 어간의 음절수나 음절의 구조에 따라 살펴보면 다음과 같다.

① 어간의 1음절이면 어미 '아' 또는 '어'는 어간에 따라 (6)에서와 같이 모음

조화한다.

(6)
- ㄱ. 가(去) + 아도 → 가두, 서(立) + 아도 → 서어도 → 서두
- ㄴ. 보(視) + 아도 → 봐두 → 바 : 두, 두(置) + 아도 → 둬두 → 두 : 두
  주(授) + 아도 → 줘두 → 주 : 두, 추(舞) + 아도 → 춰두 → 추 : 두
- ㄷ. 피(發) + 아도 → 피어두 → 펴두> 페두> 피 : 두
  치(打) + 아도 → 치어두 → 쳐두> 체두> 치 : 두

다만, 위 ((6)-ㄴ)에서 보여주듯이 어간모음이 원순모음인 'ㅗ/ㅜ'로 끝난 때는 이들 모음은 활음화되어 'wa(ㅘ)' 또는 'weo(ㅝ)'로 실현되는데, 수산·덕산면에서 수집된 자료에서는 활음이 삭제된 장음 'ㅏ : (a :)'나 어미 'ㅓ'가 삭제된 장음 'ㅜ : (u :)'로 실현된다.12) 또한 ((6)-ㄷ)에서 보여주듯이 어간말음이 'ㅣ'인 경우는 모음조화한 다음 어미모음이 삭제된 형태인 장음 'ㅣ : (i :)'로 실현된다. 이것은 예시한 바와 같이 일단은 모음조화로 'ㅓ(eo)'가 연결된 후 어간모음 'ㅣ'가 활음화되어 'ㅕ(yeo)'로 된 다음, 사적으로 이미 16세기 후반에 겪은 yeo>e>i 의 변화과정을 이 지역에서도 겪은 것으로 보아야 한다.13)

② 2음절 어간의 말음절이 'ㅡ'로 끝나면 어미 '아'는 첫 음절의 모음에, '어'는 둘째 음절의 모음에 따라 조화한다.

---

12) 이런 현상은 수산면에서도 보다는 덕산면 제보자들에서 더 두드러지게 실현되고 있으며, '혹시 조사자들이 잘못 듣고 있는가'하여 '봐(視), 둬두(置), 줘두(授), 춰두(舞)' 강조하면서 되물었으나, 손을 저으며 ((6)-ㄴ)에서와 같이 실현하였다. 그러나 30대 층의 세대들은 이와 같이 제보하다가도 재차 캐물으면 의식적으로 공통어에서와 같이 중모음화하여 실현하였다.

13) 전철웅(1998)의 「충북 방언의 역사적 연구」에서도 단양 및 제천 지역어의 'yə>e>i 및 e>i'의 역사적 변화가 두드러짐을 밝힌 바 있다. 그런데 이들 변화는 19세기~20세기에 걸쳐 불과 1세기 기간밖에 안되는 것으로 보았다. 그러나 이기문(1972)에서는 16세기 후반부터 국어사적으로 이러한 현상이 있었다고 본다. 이러한 형태소 내부의 음운 변화는 형태소 경계에서도 그대로 경험했음을 말해준다. 특히나 제천지역 가운데 덕산면, 산수면은 경북의 문경군과 충북의 단양군에 접해 있는 지역임을 감안할 때 이들 지역어의 영향을 받은 것으로 생각된다.

(7)

 ・ㄱ. 노프(高) + 아 → (노파) → 노퍼, 다르(異) + 아 → (달라) → 달러

 ・ㄴ. 구르(轉) + 아 → (구르어) → 굴러, 부르(呼) + 아 → (부르어) → 불러

　　다만, 이 경우에도 일단 모음조화를 겪은 후 다시 근대에 일어나는 모음조화
의 깨어짐(ablaut)현상이 일어나고 있음을 조사된 자료를 통하여 알 수 있다.

③ 2음절 이상의 어간으로서 어간의 말음절이 ‘ㅣ’모음으로 끝나면 연결되는
　어미 ‘아/어’는 모두 삭제되고 어간말음절 모음 ‘ㅣ’로 실현된다. 그러나
　다음 (8)의 예에서 보여주는 바와 같이 청년층 세대에서는 ( )안의 것처럼
　굳이 중모음화하려고 의식적으로 실현한다. 그러므로 노년층 세대의 실현
　에서는 이미 ya(yeo)>e>i의 역사적 과정을 겪은 것으로 보아야 한다.[14]이
　때에도 모음조화는 세대의 차이와 관계없이 그대로 이루어진다.

(8)

 ・ㄱ. 이기(勝) + 아도 →이기어두 → (이겨두) → 이기두

　　　댕기(引) →댕기어두 → (댕겨두) → 댕기두

　　　던지(投) + 아도 → 던지어두 → (던져두) → 던지두

　　　그리(畵) + 아도 → 그리어두 → (그려두) → 그리두

　　　비비(擦) + 아도 → 비비어두 → (비벼두) → 비비두

　　　모이(集) + 아도 → 모이어두 → (모여두) → 모이두

 ・ㄴ. 기다리(待) + 아도 → 기다리어두 → (기다려두) →기다리두

　　　두드리(敲) → 두드리어두 → (두드려두) → 두드리두

④ 어간의 말음절이 ‘ㅔ’나 ‘ㅐ’로 끝날 때, 어미 ‘아/어’가 연결되면 모음조화
　는 그대로 이루어진다. 모음조화가 이루어진 다음 어미 ‘아/어’가 완전순
　행동化로 축약되어 실현된다. 이 때에도 어간말음절이 ‘ㅔ’로 끝난 경우는
　((9)-ㄱ)에서 보여주는 바와 같이 수산·덕산면의 노년층 세대에서 다시

---

14) 앞의 ‘註 13)’참조.

축약된 'ㅔ'가 'ㅣ'로 변하는 e>i의 규칙이 적용되고 있음을 알 수 있다.[15]

(9)
- ㄱ. 메(擔) + 아도 → 메어두 → (메 : 두)> 미 : 두
   세(強) + 아도 → 세어두 : (쎄 : 두) → 씨 : 두
- ㄴ. 깨(破) + 아도 → 깨 : 두
   매(束) + 아도 → 매 : 두

⑤ 2음절의 어간말음절이 자음을 선행(先行)하지 않는 '우'이면 연결되는 어
   미는 '어'로 모음조화되어 실현된 다음, '어'는 삭제된다. 다음의 예 (10)을
   보자

(10)
배우(學) + 아도 → 배우어두 → 배우두
싸우(爭) + 아도 → 싸우어도 → 싸우두
메우(損) + 아도 → 메우어도 → 메우두
지우(抹) + 아도 → 지우어두 → 지우두
때우(塞) + 아도 → 때우어두 → 때우도

  이상에서 살펴본 바를 종합할 때, 이 지역어의 모음조화는 어미 '아'로 실현
되며, 어간의 음절수와 관계없이 특수한 환경에서는 '어'로 실현된다는 것을
알았다. 그리고 국어사적으로 근대에 변화를 겪은 바 있는 단모음화나 축약과
정을 겪은 모음 (ya(ㅑ)/yeo(ㅕ)>e(ㅔ))이 다시 e>i의 규칙을 적용 받고 있다는
것을 알았다. 그러므로 어미의 첫 음절의 기저형을 '아(두)'로 하여 모음으로

---

15) 축약과정을 겪은 대부분의 'ㅔ(e)'는 다시 e>i의 규칙을 적용받게 마련인데, 국어사적
   으로는 16세기 후반의 일(이기문 1972)로서 이 지역어에서도 통시적 사실로 확인되는
   이러한 현상이 형태소 내부에서 뿐만 아니라 용언의 활용에서 일어남을 알 수 있다.
   이러한 현상은 동해안 북부방언 활발히 나타나고 있음을 최명옥(1982, 1998)에서 밝
   힌 바 있다. 그런데 이 지역어의 경우 경북의 문경과 충북의 단양에 접한 두 면(산
   수·덕산)의 노년층 세대(60세 이상)에서 조사된 자료에서 이와 같은 음성형이 실현
   되는 것은 경북 북부방언(문경방언)의 직접적인 영향을 받은 것으로 짐작된다.

끝나는 각 유형에 이미 제시한 어미두음절의 세 환경(−CX, −아(두)X, 으
(먼)X)을 차례로 연결시키면서 이에 따른 음운현상을 살펴볼 것이다.

어간이 ‘ㅣ’로 끝나는 경우

이 환경에서의 음운현상은 어간의 음절류형과 말음절의 구조에 따라 또한
이미 제시한 연결어미의 유형에 따라 달라진다. 먼저 기술상의 편의를 위하여
연결되는 어미의 유형을 Ⓐ형, Ⓑ형, Ⓒ형으로 정하고 이 지역어에서 실현되는
음성형의 어미 ‘구/더라’, ‘아(두)’, ‘으(먼)’을 차례대로 연결할 것이다.

① 1음절의 어간에서는 다음과 같은 세 음절의 구조에 따라 서로 다른 음운
현상을 나타낸다.

㉮ 선행하는 자음이 [-anterior, +coronal]인 ‘지−(負), 치−(打), 찌−(蒸)’의 것
㉯ 선행하는 자음이 [-anterior, +coronal]인 ‘비−(空), 피−(發), 기−(匍)’의 것
㉰ 모음으로 시작되는 ‘이−(戴)’의 것

이상의 세 음절구조 유형을 ㉮류, ㉯류, ㉰류라고 한다면, 먼저 ㉮류의 용언
들이 Ⓐ, Ⓑ, Ⓒ의 어미들과 연결될 때 실현되는 음성형은 다음의 (11)과 같다.

(11)
 • ㄱ. 지 + 구 →지구, 지 + 더라 →지더라, 지 + 아두 →저두, 지 + 으면→
   지먼
 • ㄴ. 치 + 구 →치구, 치 + 더라 →치더라, 치 + 아두 →처두, 치 + 으면→
   치먼
 • ㄷ. 찌 + 구 →찌구, 찌 + 더라 →찌더라, 찌 + 아두 →쩌두, 찌 + 으면→
   찌먼

(11)의 활용현상에서 문제가 될 수 있는 것은 어미의 첫 소리 ‘아’와 ‘으’가
연결되는 경우이다. 그것은 먼저 ‘으’가 연결되는 경우는 이미 앞의 ‘ㅡ’삭제
규칙에서 다룬 바와 같으나, ‘아’가 연결되는 경우는 다음의 (12)에서 보여주는

바와 같이 어미 '아'가 어간말음 'ㅣ'에 완전동화되면서 음성형의 도출과정에서 모음조화, 활음형성, 활음삭제의 규칙을 차례로 거친 것으로 볼 수 있다.

(12)

/ 지(치, 찌) + 아두 /	기저형
지(치, 찌)어두	모음조화
져(쳐, 쪄)두	활음형성('i+eo→yeo'의 중모음화)
저(처, 쩌)두	활음삭제('yeo→eo'의 단모음화)
[저(처, 쩌)두]	음성형

다음은 ㉯류의 용언들이 세 형의 어미들과 연결될 때, 실현되는 음성형을 알아본다. 먼저 다음의 (13)에서 보여주는 음운현상을 보자.

(13)
- ㄱ. 비 + 구 → 비구, 비 + 더라 → 비더라, 비 + 아두 → 비두, 비 +으면
  → 비면
- ㄴ. 피 + 구 → 피구, 피 + 더라 → 피더라, 피 + 아두 → 피두, 피 +으면
  → 피면
- ㄷ. 기 + 구 → 기구, 기 + 더라 → 기더라, 기 + 아두 → 기두, 기 +으면
  → 기면

(13)의 활용현상에서도 '으'가 연결되는 경우는 ㉠류에서와 같이 'ㅡ' 삭제규칙을 보이지만, '아'가 연결되는 경우는 다음의 (14)에서 보는 바와 같이 기저형에서 음성형이 도출되는 과정에서 모음조화, 활음 형성까지는 ㉠류와 같으나, 형성된 활음이 모음축약을 거쳐 'ㅔ→i'의 고설모음화규칙(高舌母音化規則)[16]이 더 적용된다.

---

16) 여서 'ㅔ→ㅣ'를 '고설모음화규칙'이라고 한 것은 현대의 음운현상을 논의한 것이고 국어사적으로는 16세기 후반에 이미 'e>i' 규칙적용을 받아 현대까지 이른 것이라고 할 수 있다.(註13), 15)참조)

(14)

/ 비(피, 기) + 아두 /	기저형
비(피, 기)어두	모음조화
벼(펴, 겨)두	활음형성
베(페, 게)두	모음축약
비(피, 기)두	고설모음화(e>i)
[비(피, 기)두]	음성형

끝으로 ㉰류의 용언들이 세 형의 이들 어미와 연결될 때, 실현되는 음성형을 다음의 (15)에서 알아본다.

(15)

이+구 → 이구, 이 + 더라 → 이더라, 이 + 아두 → 이두, 이 + 으면 →
　　　이면

(15)의 활용현상에서도 어미 '으'와 연결될 때는 ㉮, ㉯류에서 보인 '_' 삭제 규칙이 적용된다. 그리고 ㉯류에서 보인 음운규칙의 적용과정과 같다는 것을 다음의 (16)에서 말해 준다.

(16)

/ 이 + 아두 /	기저형
이어두	모음조화
여두	활음형성
에두	모음축약
이두	고설모음화(e>i)
[이두]	음성형

② 2음절 이상의 어간음절이 ' l '로 끝난 용언들은 '부시-(破), 부치-(附), 후비-(盜), 모이-(集), 다스리-(治)'등이 있다. 이들 용언에 어미의 세 유형이 연결될 때, 실현되는 음성형은 앞에서 논의된 1음절의 ㉮, ㉯, ㉰류에서와 같으므로 기저형에서 어미 '아(두)'를 연결하였을 때 음성형으로 도출되는 과정만을 다음의 (17)에서 보이기로 한다.

(17)

/부치 + 아두/	/후비 + 아두/	/모이 + 아두/	/다스리 + 아두/	기저형
부치어두	후비어두	모이어두	다스리어두	모음조화
부쳐두	후벼두	모여두	다스려두	활음형성
부처두	—	—	—	활음삭제
	후베두	모에두	다스레두	모음축약
	후비두	모이두	다스리두	고설모음화(e>i)
[부처두]	[후비두]	[모이두]	[다스리두]	음성형

어간이 'ㅔ'나 'ㅐ'로 끝나는 경우

이들 모음이 공통어에서는 대립쌍을 보이는 경우인데, 이 지역어의 활용에서는 'ㅔ'가 고설모음화로 인하여 'ㅣ'로 실현됨으로써 대립을 보이지 않는다.[17] 먼저 다음의 (18)에서 보여주는 음성형의 실현을 보고 논의를 계속하자.

(18)

- ㄱ. 메(擔)+구→ 미구, 메+더라→ 미더라, 메+아두→ 미 : 두, 메+으면 →
  미 : 먼
  세(算)+구→ 시구, 세+더라→ 시더라, 세+아두→ 시 : 두, 세+으면
  → 시 : 먼
- ㄴ. 매(結)+구→ 매구, 매+더라→ 매더라, 매+아두→ 매 : 두, 매+으면 →
  매 : 먼
  새(漏)+구→ 새구, 새+더라→ 새더라, 새+아두→ 새 : 두, 새+으면
  → 새 : 먼

(18)의 음운현상에서는 어간이 'ㅔ'로 끝나는 경우와 'ㅐ'로 끝나는 경우에

---

17) 단모음 'ㅔ'와 'ㅐ'가 중세국어에서는 이중모음이었다는 사실과 이들이 근대국어 시기에 단모음화하였다는 통시적인 연구는 이미 '음가론 또는 음가변이론'이라는 이름으로 이숭녕(1949)과 허웅(1952)등에서 논의되었고 그 단모음화의 시기는 대체 17세기 말엽이었다는 것으로 추정하고 있다. 그리하여 18세기 이후에는 단모음화하였다는 사실을 김완진(1972), 이병근(1979)에서도 밝히었다. 그러나 이러한 단모음화체계가 근대국어이후 'e>i'의 변화과정을 겪으면서 단모음 'ㅔ'와 'ㅐ'는 이미 그 대립의 쌍을 잃고 있다는 것을 이기문(1972), 이현복(1971, 1980)에서 밝혔고 최근의 방언연구 논문인 박경래(1993)에서도 청소년층의 세대에서 단모음 'ㅐ'까지도 [E]가 아닌 [e]로 실현시키므로 그 대립의 쌍을 잃고 있으므로 'ㅔ'와 'ㅐ'의 대립의 쌍은 더욱 그러하다고 밝힌 바 있다.

서로 다른 음운규칙이 적용된다. 그것은 ((18)-ㄱ)에서 보이는 것처럼 자음으로 시작되는 어미가 연결되었을 때는 어간모음 'ㅔ'가 'e>i'의 규칙적용을 곧바로 받으나 어미 '아'가 연결될 때는 어미 '아'는 모음조화 과정을 거친 다음 어간모음에 완전순행동화되어 'ㅔ'로 변하고 'ㅔ'는 보상적 장모음화(報償的 長母音化)[18]과정을 거친 다음 'ㅔ>ㅣ'의 변화를 겪는다. 한편 어미 '으'가 연결될 때는 '으'가 삭제되면서 보상적 장모음화 과정을 거쳐 'ㅔ>ㅣ'의 변화를 겪는다.[19] 그러나 어간이 'ㅔ'로 끝난 ((18)-ㄴ)의 경우는 이와는 달리 어미 '아'가 연결되면 일단 모음조화 과정을 거친 다음 연결된 어미 '아'가 삭제되면서 'ㅔ'가 보상적 장모음화 과정을 겪는다. 또한 어미 '으'가 연결될 때에도 어미 '으'가 삭제되고 보상적 장모음화 과정을 겪는다. 이러한 사실은 다음의 음성형 도출과정을 보면 알 수 있다.

(19)

/메+아두/.	/매+아두/.	/메+으면/.	/매+으면/	기저형
메어두	매아두	—	—	모음조화
메에두	—	—	—	순행동화
—	매두	메먼	매먼	'아,으'삭제
메 : 두	매 : 두	메 : 먼	매 : 먼	보상적장음화
미 : 두	—	미 : 먼	—	ㅔ>i
[미 : 두]	[매 : 두]	[미 : 먼]	[매 : 먼]	음성형

어간이 '_'나 'ㅓ'로 끝나는 경우

이에 해당하는 용언들은 크-(成長), 쓰-(書, 用), 끄-(消), 뜨-(漂), 서-(立) 등이 있다. 이들 어간에 어미 '아'가 연결되면 모음조화가 된 다음 어간 모음 '_'가 삭제되어 공통어의 '_'변칙활용과 같다. 그러나 어간모음이 'ㅓ'일 때

---

18) 여기서 밝힌 '보상적 장모음화' 과정에 대하여는 필자의 박사학위 논문(1987) 「居昌地域語의 音韻硏究」의 84쪽~94쪽과 (1986), (1988)의 논문과 李秉根(1978), 「國語의 長母音化 報償性」에서 상세히 논의된 바와 같다.

19) 이들 밖에 어간말 음절에 'ㅔ'를 가진 용언들로써 이 지역어에서 'ㅣ'로 再構造化한 '혜(分數)->헤->시 : ─, 세(强)-> 씨 : ─, 베(斷)─ > 비 : ─, 떼(除)─ >띠 : ' 등이 있는데 이것들은 어미 '아(두)'가 연결되면 '아'는 삭제되고 완전순행동화, 보상적 장모음화가 된 다음 'e : > i : '의 과정을 거친 것들이다.

는 반대로 연결된 어미 '아'가 삭제된다. 한편 어미 '으(먼)'가 연결될 때는 어간모음 'ㅓ'가 삭제되면서 어간 자음이 어미 '으'와 연결되는데 이 때의 음성형에서 실현되는 'ㅡ(eu)'는 이미 어간의 'ㅓ(eo)'와 어미의 'ㅡ(eu)'가 중화(統合)된 [ʒ:]로 보상적 장모음화현상을 겪은 것으로 짐작된다. 다음의 (20)에서 보이는 도출과정에서 이런 사실을 알 수 있다.

(20)

크+아두/.	/크+으먼/.	/서+아두/.	/서+으먼 /	기저형
크어두	—	서어두	—	모음조화
커두	크먼	—	—	어간, 어미의 'ㅡ'삭제
—	—	서두	—	어미 '어'삭제
—	—	—	Sʒ : 먼	중화 및 장모음화
[커두]	[크먼]	[서두]	[Sʒ : 먼]	음성형

한편, 2음절 이상의 용언에서 어간말음이 'ㅡ'로 끝나는 때는 1음절의 경우와 같이 어간과 어미의 'ㅡ'삭제규칙을 보이지만, 선행자음이 [+anterior, -coronal]인 양순음일 때, 어미 '구, 더라, 으(먼)' 연결되면 어간말모음 'ㅡ'가 'ㅜ'로 바뀌는 원순모음화규칙이 적용되므로 중부방언의 경우와 같다. 다만, 어미 '으(먼)'이 연결된 경우에서는 어미 '으'가 먼저 삭제되는 규칙을 겪는다. 그러나 이들 용언들이 어미 '아(두)'와 연결되면 선행자음의 자질에 관계없이 'ㅡ' 삭제규칙을 적용받는다. 이러한 용언들 '기쁘-(悅), 고프-(餓)' 등과 '다르-(異), 잠그다-(閉)' 등이 이들 어미가 연결되어 음성형까지 도출되는 과정은 다음의 (21)과 같다.

(21)

・ㄱ.	/기쁘+구/.	/고프+더라/.	/기쁘+으먼/	기저형
	—	—	기쁘 : 먼	'ㅡ'삭제, 보상적장음화
	기뿌구	고푸더라	기뿌 : 먼	원순모음화
	[기뿌구]	[고푸더라]	[기뿌 : 먼]	음성형

- ㄴ. /기쁘+아두/. /다르+아두/. /잠그+으면/　　　　　기저형
　기쁘어두　　다르어두　　　　—　　　　　　모음조화
　기뻐두　　　달어두　　　잠그 : 먼　'ㅡ'삭제, 보상적장음화(어간, 어미)
　—　　　　　달리두　　　　　—　　　　　　'ㄹ'첨가
　—　　　　　—　　　　　장그 : 먼　　　연구개음화
　—　　　　　—　　　　　장구 : 먼　　　후설모음화
　[기뻐두]　　[달러두]　　[장구먼]　　　　　음성형

(21)에서 보여준 'ㅡ(eu)' 삭제규칙과 원순모음화규칙을 나타내면 다음의 (22), (23)과 같다.

(22)

$$
eu(-) \rightarrow \phi \; / \; \left\{ \begin{array}{l} -\begin{bmatrix} + anterior \\ - coronal \end{bmatrix} \\[2ex] \begin{bmatrix} + anterior \\ - coronal \end{bmatrix} - + \begin{bmatrix} + back \\ - low \\ - round \end{bmatrix} X(a\ stem) \\[3ex] \begin{bmatrix} + anterior \\ - coronal \end{bmatrix} \begin{bmatrix} + back \\ + high \\ - round \end{bmatrix} + - X(the\ ending) \end{array} \right\}
$$

(23)

$$
eu(-) \; \rightarrow \; U \; / \; \begin{bmatrix} + anterior \\ - coronal \end{bmatrix} - + X
$$

어간이 'ㅏ'로 끝나는 경우

이 환경을 가지는 용언들은 '가-(去), 사-(買), 자-(眠), 타-(乘), 파-(掘)' 등과 '하-(爲)'이다. 이들 용언이 어미와 연결될 때, 나타나는 음운현상도 지금까지 기술한 어간의 경우와 별다른 차이를 보이지는 않는다. 다만, 다음의 (2)에서 보이는 바와 같이 어미 '아(두)'가 연결될 때는 어간모음에 완전순행동화된 다음, 보상적 장모음화되어 실현되고 있음을 수집된 자료에서 얻을 수 있었다.

(24)

- ㄱ. 가+구→ 가구, 가+아두→ 가 : 두, 가+으면→ 가 : 먼

ㆍㄴ. 자+구→ 자구, 자+아두→ 자 : 두, 자+으먼→ 자 : 먼
ㆍㄷ. 파+구→ 파구, 파+아두→ 파 : 두, 파+으먼→ 파 : 먼

(25)
ㆍ하+구→ 하구, 하+아두→ 해 : 두, 하+으먼→ 하 : 먼

위의 실현된 음성형에서 (24)의 각 용언들의 어간에 어미 '아(두), 으(먼)'이
연결될 때, 삭제된 모음을 보상하기 위하여 장모음이 실현되는 것이라고 생각
되는 노년층 세대와 장모음으로 실현하지 않는 청년층 세대가 엇갈리어 쉽게
판단할 수 없다. 그런데 이제 관심의 초점은 (25)의 용언 '하-'에 어미 '아(두)'
가 연결되었을 때, 그 음성형이 [해 : 애두]로 실현된다는 것이다. 이러한 음성
형을 논의하는데 쉽게 접근하기 위하여 우리는 이와 같은 음성형으로 도출되
는 '같-(如)+아두 → 가태 : 두, 많-(多)+아두 → 만해 : 두, 파랗-(靑)+아두
→ 파래 : 두' 등의 용언들을 상정할 수 있겠다. 다만, 이들 용언은 모두 통시적
인 관점에서 볼 때, 16세기 후반에 재구조화하는 변화를 입었던 것이다(이기
문, 1972 : 159). 이들 용언이 변화를 입기 전에는 'ᄀᆞᆮᄒᆞ-(용비어천가; 6), 만ᄒᆞ
-(석보상절; 6 : 35), 파라ᄒᆞ-(금강경삼가해; 3 : 30)'이었으며, 이들 어간말음
절도 모두 'ᄒᆞ'를 가지고 있었다는 점에서 같은 맥락으로 공시적인 음운현상
을 '하-'에 적용시킬 수 있기 때문이다. 이에 대한 상세한 설명은 최명옥
(1980; 170~177)에서 이미 기술한 바 있다.[20] 이러한 기술사항에 필자도 견해
를 같이 하면서 다음 항의 '어간말음이 자음 'ㄷ, ㅌ'으로 끝나는 경우'에서 다
시 논의하고자 한다. 다만, 다음 (26)에서는 '가-, 하-, 같-, 파랗-'의 어간
에 어미 '아(두)'를 연결하였을 때, 이 지역어에서 음성형까지 도출되는 과정을
통시적, 공시적인 면을 고려하면서 나타낼 것이다.

---

20) 이러한 논의에 대하여 최명옥(1980, 1982)은 '김진우(1968), 김영기(1973), 이병건(1976)'
의 기술사항을 비교하면서 3인 모두가 'y'를 선행어간모음과 축약시키려는 것에 회의
를 가지고 'y'의 일반자질이 on-glide 이므로 그것이 후행모음과 연결되는 것이 자연스
럽다'고 하였다. 그리고 이것은 'ᄒᆞ-(爲)'가 행하는 공식적인 음운과정이 아니라 통
시적인 재구조화 과정으로 설명해야 한고 하였다. 한편 여기에서 순행동화에 따른
보상적 장모음화 현상은 앞의 註 18), 19)와 같다.

(26)

/가+아두/.	/하+아두/.	/걸ㅎ+아두/.	/파라ㅎ+아두/	기저형
가아두	하아두	걸ㅎ아두	파라ㅎ아두	모음조화
가ː두	해ː두	갈해ː두	파라해ː두	순행동화, 장음화
—	—	가태ː두	—	유기음화
—	—	—	파래애두	'ㅎ'삭제
—	—	—	파래ː두	'ㅏ'삭제
[가ː두]	[해ː두]	[가태ː두]	[파래ː두]	기저형

어간이 'ㅗ'로 끝나는 경우

이 환경을 가지는 용언들은 '오-(來, 降,(雨, 雪)), 고-(久, 煮), 꼬-(새끼를 꼬다), 보-(視), 쏘-(射), 호-(옷을 호다)' 등이 있다. 이들은 다음의 (27)과 같은 음성형을 실현한다.

(27)

- ㄱ. 오+구→ 오구, 오+아두→ 와두, 오+으먼→ 오먼
- ㄴ. 고+구→ 고구, 고+아두→ 과두, 고+으먼→ 고먼
- ㄷ. 보+구→ 보구, 보+아두→ 봐두, 보+으먼→ 보먼
- ㄹ. 쏘+구→ 쏘구, 쏘+아두→ 쏴두, 쏘+으먼→ 쏘먼

어간이 'ㅗ'로 끝나는 경우의 음운현상은 공통어(중부방언)의 경우와 같이 어미 '아(두)'가 연결될 때는 모두 활음을 형성하고 어미 '으(먼)'이 연결될 때는 어미의 '으'가 삭제된다. 그러나 경북 문경군에 접한 덕산면에서 수집된 자료에서는 어미 '아(두)'가 연결될 때 '오+아두 → 오ː두, 고+아두 → 고ː두, 보+아두 → 보ː두, 쏘+아두 → 쏘ː두'로 음성형이 실현된다. 이런 현상은 다른 면 지역어와 같이 일단 활음이 형성되었다가 어미가 'ㅏ'가 삭제되면서 보상적으로 장음화되는 과정을 겪은 것이라 할 수 있다.

어간이 'ㅜ'로 끝나는 경우

이 환경을 가지는 용언들은 음절의 경우, '꾸-(借, 夢), 두-(置), 주-(授)' 등과 2음절의 경우 '바꾸-(換), 나누-(分), 가두-(拘禁), 태우-(燃)' 등이 있다. 이들 각 용언에 어미 '아(두)'가 연결되면, 1음절의 경우에서는 일단 활음이

형성된 다음, 단모음화 과정을 겪어 음성형으로 실현된다. 2음절의 경우도 이런 과정을 겪는 것은 1음절의 경우와 같다. 다만, 이 지역어에서는 '나누-'의 용언에서 어간음절 사이에 자리를 바꾸면서 음운도치되어 [노나두]로 실현되는 것이 특이하다.

이상에서 논의된 어간이 'ㅜ'로 끝나는 경우 1·2음절에서의 용언들이 기저형에서 음성형까지 도출되는 과정은 각각 다음의 (28), (29)와 같다.

(28)

/주+아두/.	/꾸+아두/.	/두+아두/	기저형
주어두	꾸어두	두어두	모음조화
줘두	꿔두	둬두	활음형성
주두	꾸두	두두	단모음화
[주두]	[꾸두]	[두두]	음성형

(29)

/바꾸+아두/.	/나누+아두/.	/태우+아두/	기저형
바꾸어두	나누어두	태우어두	모음조화
바꿔두	나눠두	태워두	활음형성
바꾸두	나누두	태우두	단모음화
—	노나두	—	음운도치
[바꾸두]	[노나두]	[태우두]	음성형

(2) 어간음절이 자음으로 끝나는 경우

어간의 음절이 자음으로 끝나는 경우는 다음과 같은 유형이 있다.

- ㄱ. 단순자음 : Xㄱ(ㄲ)-, Xㄴ, Xㄷ(ㅌ)-, Xㅅ(ㅈ, ㅊ)-, Xㄹ-, Xㅁ-, Xㅂ(ㅍ)-, Xㅎ-
- ㄴ. 자음군(子音群) : Xㄵ-, Xㄶ-, Xㄺ-, Xㄻ-, Xㄼ-, Xㄾ-, Xㄿ-, Xㅄ-

이들 어간음에 연결하는 어미의 유형은 모음으로 끝나는 경우와 같이 '구, 더라, 아(두), 으(먼)'이 있다. 이들을 연결하였을 때, 실현되는 과정에서 발생하는 음운규칙을 알아보기로 한다.

이들의 환경에서 발생하는 일반적인 음운규칙은 우선적으로 어간말음의 중화(歸着)규칙이 있고, 다음으로 경계 사이에서의 자음동화규칙, 자음탈락규칙, 된소리화규칙, 유기음화규칙 등이 적용된다. 적용되는 규칙을 살펴보면 다음과 같다.

【가】 중화규칙 : 연결되는 어미가 '구, 더라' 일 때, 어간말 자음 'ㄲ'은 'ㄱ'으로 'ㅌ, ㅅ, ㅈ, ㅊ'은 'ㄷ'으로 'ㅍ'은 'ㅂ'으로 각각 중화된다. 이 규칙은 경계간의 자음동화규칙에 선행하는 것으로 공통어(중부방언)의 경우와 같다. 다음의 (30), (31), (32)에서 이를 보여준다.

(30)
깎(削)+구→ 깍꾸, 깎+더라→ 깍더라 → 깍떠라

(31)
• ㄱ. 맡(任)+구→ 맏구 → 막꾸, 맡+더라 → 맏더라 → 마떠라
• ㄴ. 벗(脫)+구→ 벋구 → 벅꾸, 벗+더라 → 벋더라 → 버떠라
• ㄷ. 찾(索)+구→ 찯구 → 착구, 찾+더라 → 찯더라 → 차떠라
• ㄹ. 쫓(從)+구→ 쫃구 → 쪽꾸, 쫓+더라 → 쫃더라 → 쪼떠라

(32)
깊(深)+구 → 깁구 →깁꾸, 깊+더라 →깁더라 →깁떠라

위 음운현상에 공통적인 현상은 중화규칙이 적용된 다음, 어미의 첫 자음 'ㄱ'은 'ㄲ'으로 'ㄷ'은 'ㄸ'으로 된소리화된다. 이것은 중화된 자음이 연음되면서 역행동화현상을 겪은 것이라 할 수 있다. 또한 (31)의 경우처럼 어미 '고'가 연결될 때는 중화된 'ㄷ'이 어미의 첫소리 'ㄱ'의 영향으로 역행동화되어 연구개음화한다. 한편, 어미 '더라'가 연결될 때, 어간말음이 'ㄷ'으로 중화된 다음, 어미의 첫소리를 된소리화하면서 'ㄷ'이 삭제된 것인지 아니면 그대로 남은 것인지의 여부는 조사된 녹음자료로써는 판단하기 어렵다. 앞의 (31)에서 보여준 중화현상과 연구개음화현상을 음운규칙으로 나타내면 다음의 (33), (34)와 같다.

(33)

$$\begin{bmatrix} +\,coronal \\ -\,nasal \end{bmatrix} \rightarrow \begin{bmatrix} +\,anterior \\ +\,coronal \\ -\,tense \end{bmatrix} \Big/ \quad - \quad +\,CX$$

(34)

$$\begin{bmatrix} +\,anterior \\ +\,coronal \\ -\,tense \end{bmatrix} \rightarrow \begin{bmatrix} +\,high \\ +\,back \\ -\,nasal \\ -\,tense \end{bmatrix} \Big/ \quad - \quad + \begin{bmatrix} +\,high \\ +\,back \\ -\,nasal \\ -\,tense \end{bmatrix} X$$

【나】 자음동화규칙 : 어간말자음이 'ㄱ, ㄷ, ㅂ'이거나, 앞의 【가】에서 보여준 바와 같은 중화된 'ㄱ, ㄷ, ㅂ'일 때 어미의 첫 소리가 'ㄴ, ㅁ'이면 차례대로 'ㅇ, ㄴ, ㅁ'으로 동화되는 현상은 공통어와 같다. 다만, 어간말 자음이 'ㄴ, ㅁ'일 때, 어미 '고'가 연결되면 'ㄴ, ㅁ'은 연구개비음인 'ㅇ'으로 동화되는 것에 대한 논의인데, 이 역시 중부방언에서 흔히 실현되는 음성형으로서 이 지역어에서만 해당되는 규칙은 아니다. 따라서 그 음운현상만을 다음의 (35)에서 보이기로 한다.

(35)
안(抱)+구 → 앙꾸, 신(履)+구 → 싱꾸
감(閉, 眼)+구 → 강꾸, 심(植)+구 → 싱꾸
앉(座)+구 → 안구 → 앙꾸, 닮(似)+구 → 담+구 → 당꾸

【다】 자음탈락규칙 : 어간말 자음이 'ㅂ'으로 끝난 'ㅂ'변칙 용언들 가운데, '돕−(助), 눕−(臥), 줍−(떨어진 것을 줍다)'에 국한하여 어미 '구'가 연결되면 'ㅂ'이 'ㅜ'로 바뀌면서 'ㅂ'이 탈락한다.[21] 이러한 음운현상은 다음

─────────

21) 이들 'ㅂ'변칙 동사에 자음어미 '구('−고'의 이 지역어 실현형)'가 연결되면 경남·북 대부분의 지역어에서 돕(눕, 줍)+고 →[도(누,주)+우고]로 실현되면서 'ㅂ'이 탈락한다는 사실과 경남·북의 낙동강 동쪽 지역어에서 [돕(눕, 줍)꼬]로 실현된다는 사실을 최명옥(1998)의「國語音韻論의 資料」에서 밝힌 바 있다. 이러한 사실은 경북방언(문경 地域語) 및 그 방언권의 영향을 받은 朴明淳(2000)"단양地域語의 형태음소적 고찰"에

의 (36)에서 보여준다.

(36)
돕+구 → 도우꾸, 눕+구 → 누우꾸, 줍+구 → 주우꾸

【라】 된소리화규칙 : 이 규칙은 앞의 (30)~(32)에서 보인 음운현상과 같이 어간 자음이 순수자음인 경우나 중화규칙을 적용 받은 자음인 경우에 연결되는 어미의 첫 자음이 폐쇄음이면 이들 폐쇄음을 된소리화시키는 규칙으로 다음의 (37)과 같이 나타낼 수 있다.

(37)
$$\begin{bmatrix} +\,obstruent \\ -\,tense \end{bmatrix} \rightarrow [\,+\,glottalized\,] \; / \; X \begin{bmatrix} -\,vocalie \\ +\,consonantal \end{bmatrix} + \; -$$

【마】 유기음화규칙 : 어간말자음이 'ㅎ'인 '노랗-(黃), 파랗-(靑), 하얗-(白), 까맣-(黑), 동그랗-(圓)' 등의 이른바 'ㅎ'변칙 형용사의 어간에 어미 '고, 더라' 등 그 첫 소리.'ㄱ, ㄷ, ㅂ, ㅈ'이 연결되면, 이들 어미의 첫소리는 각각 'ㅋ, ㅌ, ㅍ, ㅊ'으로 변하게 하는 규칙으로 이 규칙 역시 일반적으로 공통어와 같다. 따라서 음운현상만을 보이면 다음의 (38)과 같다.

(38)
노랗+구 → 노라쿠, 노랗+더라 → 노라터라, 노랗+지 → 노라치
그랗+구 → 동그라쿠, 동그랗+더라 → 동그라치, 동그랗+지 → 동그라치 등

이상의 음운규칙은 어간의 말자음이 단순자음으로 끝났을 때에 순수자음인 어미의 첫소리와 연결되는 과정에서 일반적으로 적용되는 규칙들이다.

다음의 기술에서는 각 유형에 해당하는 어간말자음이 이미 앞에서 선택한 모음으로 시작하는 어미 '아(두), 으(먼)'과 연결될 때의 음운현상을 살펴보고,

---

서도 언급한 바 있다. 다만 이 지역어에서 어미 '고→꾸'로 실현되는 것을 견주어 보면 알 수 있다.

이들 음운현상이 기저형으로부터 음성형까지 도출되는 과정을 음운규칙과 함께 논의할 것이다. 그리고 자음군의 경우는 끝항에서 다룰 것이다.

어간이 'ㄱ(또는 'ㄲ')'으로 끝나는 경우

이 환경을 가지는 용언들은 '먹-(食), 익-(熟), 깎-(削), 낚-(釣)' 등이 있다. 이들 어간에 어미 '아(두), 으(면)'이 연결되면 다음의 (39)와 같은 음운규칙이 적용된다.

(39)

/먹+아두/.	/깎+아두/.	/먹+으면/.	/깎+으면/	기저형
먹어두	깎아두	—	—	모음조화
머거두	까까두	머그면	까끄면	연음화
—	까꺼두	—	—	ablaut화
—	—	머gʒ면	까kkʒ면	중화('ㅡ'와 'ㅓ')
[머거두]	[까꺼두]	[머gʒ면]	[까kkʒ면]	음성형

어간이 'ㄴ'으로 끝나는 경우

이 환경을 가지는 용언들은 '안-(抱), 신-(履)'등이 있는데, 이들 어간에 어미 '아(두), 으(면)'이 연결되면 위와 (39)에서와 같은 음운규칙들이 적용된다. 다음의 (40)에서 이를 보여준다.

(40)

/안+아두/.	/신+아두/.	/안+으면/.	/신+으면/	기저형
안아두	신아두	—	—	모음조화
아나두	시나두	아느면	시느면	연음화
—	시너두	—	—	ablaut화
—	—	아nʒ면	시nʒ면	중화('ㅡ'와 'ㅓ')
아나두	시너두	아nʒ면	[시nʒ면]	음성형

어간이 'ㄷ(또는 'ㅌ')'으로 끝나는 경우

이 환경을 가지는 용언들은 ① '닫-(閉), 묻-(埋), 믿-(信)'와 ② '걷-(步), 묻-(問), 듣-'이 있고, ③ '붙-(附), 맡-(嗅), 같-(如)' 등이 있다. 어간말 자음이 'ㄷ'인 경우, 모음으로 시작되는 어미 '아(두), 으(면)'이 연결되었을 때 공통어

(중부방언)에서와 같이 어간말 자음이 그대로 연음되는 'ㄷ'정칙인 경우와 어간말 자음이 변동되어 'ㄷ→ㄹ'로 되는 'ㄷ'변칙으로 나뉘는데 예시한 용언들 가운데 ①의 것들은 전자에 속하고 ②의 것들은 후자에 속한다. ②의 용언들이 어간말에서 'ㄷ→ㄾ'로 재구조화하였다고 보는 다른 방언의 경우(최명옥, 1980, 괴시 방언에서)는 이 지역어의 음성형으로서 판단하기 어려웠다. 그리고 어간말 자음이 'ㅌ'으로 끝나는 ③의 용언들에서는 어미 '아(두)'가 연결되면 '붙-, 맡-, 같-'가 서로 조금씩 다른 변화과정을 거쳐 음성형이 도출된다. 특히 '같-'의 경우는 이미 (26)의 음성형의 도출과정에서 논의했으므로 생략한다. 이제 다음의 (41)에서 이들 ③의 세 용언들이 서로 다르게 활용하는 구체적인 음운규칙을 살펴본다.

(41)

/붙+아두/,	/맡+아두/,	/같+아두/	기저형
붙어두	맡아두	같아두	모음조화
붙이어두	—	—	선어말어미삽입
—	—	같애두	순행동화
붙여두	—	—	활음형성
부뎌 : 두	마타 : 두	가태 : 두	연음화 및 보상장음화
—	마터 : 두	—	ablaut화
부쳐 : 두	—	—	구개음화
부처 : 두	—	—	단모음화
[부처 : 두]	[마터 : 두]	[가태 : 두]	

　위 음성형 도출과정에서 '붙-'의 용언은 자동사이므로 선어말어미 −이−가 왔을 때만 어미 '아'의 연결이 가능하므로 '붙+아두'에는 '붙+어두'로 모음조화된 다음 이미 '붙이+어두'로 선어말어미 'ㅣ'가 삽입되는 과정을 겪어 다시 활음 '-y-'로 형성되었고, '맡-'의 용언은 타동사이므로 이에 삽입되는 선어말어미는 '이'가 아니라 첫 음절을 자음으로 가지는 '−기'이기 때문에 연결되는 어미 '아'와 연결되더라도 '−겨−'로 형성되고 말 것인데, 이 지역어에서는 '붙-'의 경우는 선어말어미가 삽입된 음성형으로 실현되지만, '맡-'의

경우는 선어말어미가 삽입되지 않은 음성형으로 실현된다.

어간이 'ㅅ'(또는 'ㅈ, ㅊ')으로 끝나는 경우

이 환경을 가지는 용언들은 '잇-(連), 긋-(劃), 낫-(癒), 벗-(脫), 늦-(晚), 찾-(索), 쫓-(從)' 등이 있다. 이들 용언이 자음으로 시작되는 어미들과 연결될 때의 음운현상은 이미 ((31)-ㄴ, ㄷ, ㄹ)에서 보였으므로 생략한다. 다만, 어미 '아(두), 으(면)'과 연결될 때 실현되는 음성형을 보이면 다음의 (42)와 같다.

(42)
- ㄱ. 잇+아두→ 이서두, 잇+으면→ 이시면
- ㄴ. 벗+아두→ 버서두, 벗+으면→ 버시면
- ㄷ. 찾+아두→ 차저두, 찾+으면→ 차지면
- ㄹ. 쫓+아두→ 쪼처두, 쫓+으면→ 쪼치면

((42)-ㄷ, ㄹ)에서 실현된 음성형까지는 모음조화의 과정을 겪은 다음에 근대 이후 일어나는 ablaut 현상을 겪은 것이다. 그리고 (42)의 음운현상에서 공통적인 음운규칙으로 설정할 수 있는 것은 '으(면)'이 연결될 때, 어미의 첫 소리 'ㅡ'가 'ㅣ'로 변하는 것이다. 그것은 어간 말자음이 [+strident]인 것들로서 전설모음화현상이 일어난 것으로서 음운규칙으로 나타내면 다음의 (43)과 같다.

(43)

$$\begin{bmatrix} +\ back \\ +\ high \\ -\ round \end{bmatrix} \rightarrow \begin{bmatrix} -\ back \\ +\ high \\ -\ round \end{bmatrix} / [\ +strident\ ] +\ -\ X$$

어간이 'ㄹ'로 끝나는 경우

이 환경을 가지는 용언들은 '갈-(磨), 놀-(遊), 날-(飛), 빨-(洗, 沈), 살-(生), 울-(哭), 맨(←만)들-(造), 가물-(旱)'이다. 국어에서 이들 어간에 어미의 첫소리 'ㄴ, ㅂ, ㅅ' 및 '(으)오, (으)ㄹ'이 연결될 때는 어간말의 'ㄹ'은 삭제되고, 어미의 첫소리 'ㄷ, ㅈ' 앞에서는 삭제되지 않는 것이 원칙인데 역사적으로 관용화되어 'ㄹ'이 삭제되는 경우까지를 'ㄹ'변칙용언으로 취급하고 있다. (한

글 맞춤법 : 18항 1목), 이런 'ㄹ'삭제규칙은 이 지역어에서도 같다. 다만, 어미 '아(두), 으(면)'이 연결될 때는 그 음성형이 다음의 (44)와 같은 과정을 겪어 실현된다.

(44)

/같+아두/,	/맨들+아두/,	/같+으면/,	/맨들+으면/	기저형
같아두	맨들어두	—	—	모음조화
—	—	갈먼	맨들먼	'_'삭제
가라두	맨드러두	—	—	연음화
가러두	—	—	—	ablaut화
—	맨dʒ러두	—	맨dʒ먼	모음중화
[가러두]	[맨dʒ러두]	[갈먼]	[맨dʒ먼]	음성형

어간이 'ㅁ'으로 끝나는 경우

이 환경을 가지는 용언들은 '감 : -(閉), 넘 : -(越), 담-(盛)'등이 있다. 이들이 활용할 때, 나타나는 음운현상은 이미 기술한 '2) 어간이 'ㄴ'으로 끝나는 경우'에서 다룬 바와 같다. 그러므로 이들 용언이 어미와 연결될 때 도출되는 음운과정과 규칙들은 앞의 (40)을 참조하기 바란다.

어간이 'ㅂ'(또는 'ㅍ')으로 끝나는 경우

이 환경을 가지는 용언들은 동사에 '돕-(助), 눕-(臥), 줍-(땅의 물건을 줍다)'와 형용사에 '곱-(麗), 덥-(暑), 춥-(寒), 맵-(辛), 어둡-(暗), 무겁-(重), 가볍-(輕), 어립(어렵)-(難)' 등이 있다. 이들 용언들 가운데 동사의 경우는 앞의 【다】 자음탈락규칙에서 어미 '구'가 연결될 때의 음운현상 (36)에서 다루었으므로 참조하기 바란다. 이들 용언이 국어에서는 'ㅂ' 변칙활용하는 것으로서 어미 '아(두), 으(면), (으)니'가 연결되면 'ㅂ'이 'ㅜ'로 바뀌는 것들이다. 그러나 이 지역어에서는 1음절 어간에 '아(두)'가 연결되면 'b(ㅂ)> ㅸ(β)' 의 변화와 'β(ㅸ)>w(오/우)'의 변화로 활음이 형성된 다음 그 활음이 삭제되는 과정을 겪는다. 다음의 음성형 도출과정 (45)에서 이를 보여준다.

(45)

/돕+아두/,	/무겁+아두/,	/돕+으면/,	/무겁+으면/	기저형
돕아두	무겁어두	—	—	모음조화
도바두	무거버두	도보면	무거보면	순경음화
도와두	무기워두	—	—	활음형성
—	무거우두	도우면	무거우면	$\beta > w$
도아두	—	—	—	활음삭제
[도아두]	[무거우두]	[도우면]	[무거우면]	음성형

한편 어간이 'ㅍ'으로 끝나는 용언들은 동사에 '덮-(覆), 갚-형용사에 '높-(高), 깊-(深)' 등이 있는데 형용사 '높-, 깊-'은 /노프-, 기프-/로 재구조화 하였으므로 사실상 앞의 '3) 어간이 'ㅡ'로 끝나는 경우'의 음운현상 (21)과 같다. 다음의 (46)에서 모음 어미 '아(두), 으(면)'가 연결될 때, 실현되는 음성형까지의 도출과정을 보인다.

(46)

/덮+아두/,	/높+아두/,	/덮+으면/,	/높+으면/	기저형
덮어두	높아두	—	—	모음조화
더퍼두	노파두	더프면	노프면	연음화
—	노퍼두	—	—	ablaut화
—	—	더푸면	노푸면	원순모음화
[더퍼두]	[노퍼두]	[더푸면]	[노푸면]	음성형

어간이 'ㅎ'으로 끝나는 경우

이 환경을 가지는 용언들은 '놓-(放), 좋-(好), 파랗-(靑), 많-(多)'등이 있다. 이들 용언 가운데 '파랗-, 많-'의 경우는 앞의 (25), (26)에서 이미 논의된 바와 같이 '파라ㅎ-, 만ㅎ-'에서 적용되는 규칙은 '하-(<ㅎ-), 같-(<굩ㅎ-)'와 같으므로 참조하기 바란다. 다만 여기서는 '놓-, 좋-'의 어간에 어미 '아(두), 으(면)'이 연결될 때 음성형의 실현을 다음의 (47)에서 보이고 논의를 계속한다.

(47)

• 7. 놓+아두 → 노두, 놓+으면 → 노면

•ㄴ. 좋+아두 → 조아두, 좋+으먼→ 조먼

(47)의 음성형 실현에서 우리가 알 수 있는 사실은 모음으로 시작되는 어미 앞에서 'ㅎ'이 모두 삭제되었다는 것이다. 그것은 '좋-'의 어간에서는 공통어의 경우 'ㅎ'이 삭제되지 않는다는 것과 다른 음성형이기 때문이다. 그리고 '놓-'의 어간에서는 'ㅎ'이 삭제된 다음, 어간모음 'ㅗ'가 활음으로 형성되고 형성된 활음이 삭제되는 것이 아니라 오히려 'ㅏ'가 삭제됨을 다음 (48)의 음성형 도출과정에서 알 수 있다.

(48)

/좋+아두/.	/놓+아두/.	/좋+으먼/.	/놓+으먼/	기저형
좋아두	놓아두	—	—	모음조화
조아두	노아두	조으면	노으먼	'ㅎ'삭제
—	놔두	—	—	활음형성
—	노두	조면	노면	'ㅏ/ㅡ'삭제
[조아두]	[노두]	[조먼]	[노먼]	음성형

어간이 子音群으로 끝나는 경우

이 지역어에 존재하는 어간말 자음군은 이미 앞에서 제시한 바와 같이 'X{ㄵ, ㄶ, ㄺ, ㄻ, ㄾ, ㄿ, ㅀ, ㅄ}-' 이 있다. 그런데 이들 환경을 가지는 용언이 자음으로 시작되는 어미들과 연결될 때, 이들 자음군 가운데 앞·뒤의 어느 자음에 귀착 또는 중화되느냐에 따라 활용할 때의 음운현상이 다르다는 것은 다 아는 바다. 이들 어간말 자음군의 귀착에 대하여는 필자가 이미 보고한 탈고(1982 : 20~21, 1986 : 32~35, 2000 : 33~35, 2001a : 23~25)에서 다룬 바 있다. 이 지역어에서 실현되는 음성형을 참조하여 어간말 자음군의 귀착현상을 나누면 다음과 같이 세 유형으로 볼 수 있다.

① 자음군 가운데 공통어에서와 같이 앞 자음에 귀착되는 'X{ㄵ, ㄶ, ㅄ}-'의 유형으로 이 환경을 가지는 용언들은 '앉-(座), 얹-(上位放), 많-(多), 없-(無)'등이 있다.

② 자음군 가운데 공통어와는 조금 다르게 앞 자음에 귀착되는 것으로 판단

되는 'X {ㄺ, ㄼ,ㄾ, ㄿ, }-'의 유형으로 이 환경을 가지는 용언들은 '읽
-(讀), 밝-(明), 밟-넓-(廣), 뜲(←떫)-(澁), 얇/엷-(薄), 핥-(舐), 훑-
(stip off), 읊-(詠), 싫-(憎)' 등이 있다.
③ 자음군 가운데 자음군 자체가 재구조화하여 뒤 자음에 귀착되는 'Xㄻ-'
   의 유형으로 이 환경을 가지는 용언들은 '굶-(飢), 닮-삶-(烹), 젊-(少)'
   등이 있다.

이들 세 유형의 용언들이 앞에서 선택한 어미들과 연결되어 나타내는 음성
형을 순서대로 보이면 다음의 (49), (50), (51)과 같다.

(49)
- ㄱ. 앉+구 → 안구 → 앙꾸, 앉+아두 → 안저두, 앉+으면 → 앉j3면
- ㄴ. 많+구 → 만ㅎ구 → 만쿠, 많+아두 → 마너두, 많+으면 →마n3면
- ㄷ. 없+구 → 업구 → 업꾸, 없+아두 → 업써두, 없+으면 →업ss3면

(50)
- ㄱ. 읽+구 → 일구 → 일꾸, 읽+아두 → 일거두, 읽+으면 → 일g3면
- ㄴ. 밟+구 → 발구 → 발꾸, 밟+아두 → 발버두, 밟+으면 → 발b3면
- ㄷ. 핥+구 → 할구 → 할꾸, 핥+아두 → 할터두, 핥+으면 → 할t3면
- ㄹ. 읊+구 → 을구 → 을꾸, 읊+아두 → 을퍼두, 읊+으면 → 을ph3면
- ㅁ. 싫+구 →실ㅎ구 → 실쿠, 싫+아두 → 시러두, 싫+으면 → 실r3면

(51)
- ㄱ. 굶+구 → 굼+구 → 궁꾸, 굶+아두 → 굴머두, 굶+으면 →굴m3면
- ㄴ. 삶+구 → 쌈+구 → 쌍꾸, 삶+아두 → 살머두, 삶+으면 →살m3면
- ㄷ. 젊+구 → 점+구 → 정꾸, 젊+아두 → 절머두, 젊+으면 →절m3면

이상에서 보인 음성형의 실현과정을 적용되는 음운규칙(phonological rule)으
로 살펴보면 다음의 (52)와 같다.

(52)

  ·ㄱ. /앉+구/,   /많+구/,   /없+구/   기저형
        안ㅈ구   만ㅎ구   업ㅅ구   귀착<Rule 1>
        —   만쿠   —   유기음화<Rule 2>
        안꾸   —   업꾸   연음에 의한 경음화<Rule 3>
        앙꾸   망쿠   —   연구개음화<Rule 4>
       [앙꾸]   [망쿠]   [업꾸]   음성형

  ·ㄴ. /읽+구/,   /밟+구/,   /핥+구/,   /읊+구/,   /싫+구/
        일ㄱ구   발ㅂ구   할ㅌ구   을ㅍ구   실ㅎ구   <R 1>
        —   —   —   —   실쿠   <R 2>
        일꾸   발꾸   할꾸   을꾸   —   <R 3>
       [일꾸]   [발꾸]   [할꾸]   [을꾸]   [실쿠]   음성형

  ·ㄷ. /굶+구/,   /삶+구/,   /젊+구/   기저형
        굶구   삶구   젊구   <R 1>
        금꾸   삼꾸   점꾸   <R 3>
        궁꾸   상꾸   정꾸   <R 4>
       [궁꾸]   [상꾸]   [정꾸]   음성형

  ·ㄹ. /앉+아두/, /읽+아두/, /굶+아두/   기저형
        앉 아두   읽 아두   굶 어두   모음조화<Rule 5>
        안 자두   일 가두   굴머두   연음화<Rule 6>
        안 저두   일 거두   —   ablaut화(Rule 7>
       [안저두]   [일거두]   [굴머두]   음성형

  ·ㅁ. /앉+으면/, /읽+으면/, /굶+으면/   기저형
        안ㅈ으면   일ㄱ으면   굴ㅁ으면   <R 1>
        안즈면   일그면   굴므면   <R 6>
        안ǰ면   일gǰ면   굴mǰ면   'ㅡ(eu)'와 'ㅓ(eo)'의 중화(Rule 8>
       [안ǰ면]   [일gǰ면] [굴mǰ면]   음성형

3. 결 론

    지금까지 우리는 충북 제천지역어의 형태음소적인 고찰로 곡용과 활용에서 어간과 조사·어미가 연결될 때, 형태소 경계에서 발생하는 음운현상과 이 음운현상이 기저형으로부터 음성형까지 도출되는 과정에서 지배하는 음운규칙을 살펴보았다. 고찰해 오는 과정에서 잘못 논의된 사항이 많을 것으로 생각된다. 잘못 논의된 사항은 지적되는 대로 바르게 고치면서 연구에 도움을 받을

것이다.

고찰해 오는 과정에 그 때마다 번호를 붙여 음운현상과 음운규칙을 정리하고 설명을 덧붙여 씀으로 구체적인 사항은 본론을 보아주기 바란다. 다만, 여기에서는 공통어(중부방언)와의 비교에서 특이한 사항만을 본론의 번호로 대신하면서 간단히 정리하겠다.

1) 곡용의 경우에서

(1) 체언의 어간말음에 목적격조사 '을/를'이 연결되면, 조사의 모음 'ㅡ(eu)'는 중화된 [3(ㅓ)]로 변이되어 실현된다. 그런데 수산·덕산면의 제보자들은 어간말음이 [+vocalic]인 환경에 이들 격조사가 연결되면 어미모음 'ㅡ(eu)'는 삭제되고 남은 'ㄹ'이 모음으로 끝난 체언에 올려붙거나, 어간말음이 'ㄹ'로 끝난 체언에서는 그 남은 'ㄹ'조차도 삭제된다. 이런 경우의 음운현상은 (1), (2)와 같고, 'eu(ㅡ)→3'로의 중화규칙과 'ㅡ'삭제규칙은 (3), (4)와 같다.

(2) 어간의 말음이 순수자음인 [-sonorant, +coronal]에 어미의 첫 소리가 'ㅎ'인 '하고'가 연결되면, 'ㅎ'이 묵음화되고 유기음 없는 격어미와 교체되어 음성형으로 실현된다. 다만, 이런 현상은 단양군에 접한 수산면과 경북 문경군에 접한 덕산면에 국한된다. 그리고 이들 두 면(수산·덕산면)지역어에서는 모음으로 끝났거나, [+sonorant, +coronal]인 자음으로 끝난 경우도 'ㅎ'이 묵음화되고 장음으로 보상화되어 실현된다. 그러나 이 지역어에서도 동사 '하-(爲)'와 연결될 때는 'ㅎ'이 묵음화되지 않거나 [-sonorant]인 종성과 결합하여 유기음화된다. 이러한 때의 'ㅎ' 묵음화현상과 규칙은 (5), (6) 및 (8)과 같다.

(3) 체언의 어간말음절의 모음이 'ㅏ(a), ㅓ(eo), ㅡ(eu)'일 때 격어미 '이'가 연결되면 'ㅣ' 역행동화가 일어난다. 이런 현상은 노년층 세대에서는 생산적이지만 청년층 세대에서는 비생산적으로 퇴화하고 있다. 이와 같은 음운현상은 (11)와 같다.

2) 활용의 경우에서

(1) 1음절 어간이 모음으로 끝나는 경우 어미의 첫 소리 '으(면)'가 연결되면, 어미의 첫 소리 '으'나 '_'모음으로 끝난 어간의 '_'는 모두 삭제된다. 그러나 '_'모음으로 끝난 '_'는 중화된 [ɨ]로 실현되면서 '_'가 삭제되는 공통어와 같은 변칙활용의 음성형을 보인다. 다만 2음절의 어간말음이 '_'인 경우나 1음절의 말음이 [+lateral]인 'ㄹ'인 경우에서도 어미 '으'만 삭제된다. 이러한 모든 음운현상과 규칙은 (1)~(4) 및 (5)와 같다.

(2) 1음절의 어간이 'ㅣ'로 끝나는 경우는 다음과 같은 세 유형에 따라 각기 다른 음운현상과 규칙을 적용받는다.

ㄱ 선행자음이 [-anterior, +coronal]인 '지-, 치-, 찌-것
ㄴ 선행자음이 [-anterior, +coronal]인 '비-, 피-, 기-'의 것
ㄷ 모음으로 '이-'의 것

이들 세 유형에 어미 '아(두)'가 연결되면, ㄱ의 유형에서는 모음조화된 다음, 활음형성 후 다시 활음이 삭제되는 '지(치, 찌)+아두→ 지(치, 찌)어두→ 져(쳐, 쪄)두→ [저(처, 쩌)두]'로, ㄴ의 유형에서는 모음조화된 다음, 활음형성을 거쳐 모음이 축약되어 'ㅔ'로, 이 축약된 'ㅔ(e)'는 'e>i'의 역사적 변화를 겪는 '비(피, 기)+아두→ 비(피, 기)어두→ 벼(펴, 겨)두→ 베(페, 게)두→[비(피, 기)두]'로 ㄷ의 유형에서는 모음조화된 다음 활음형성, 모음축약, 'e>i'의 과정을 겪어 ㄴ의 유형과 같은 '이+아두 →이어두 →여두 →에두→ [이두]'로 도출되는 과정을 겪는다. 이러한 음운규칙의 적용과정은 차례대로 (12), (14), (16)과 같다. 그리고 어간말음절이 'ㅣ'로 끝난 2음절 이상의 경우도 1음절의 경우와 비슷한 음운규칙이 적용되는 과정을 겪고 있음을 (17)에서 볼 수 있다.

(3) 어간이 'ㅔ'나 'ㅐ'로 끝나는 경우는 어미 '아(두)'나 '으(면)'이 연결되면, 공통어에서는 대립의 쌍을 보이는데, 이 지역어에서는 'ㅔ'는 순행동화로 'ㅔ : '로 보상적 장모음화를 거쳐 'e>i'의 규칙을 적용받음으로써 대립의 쌍을 갖지 못한다. 이러한 음성형의 도출과정은 (19)와 같다.

(4) 어간이 ‘ㅏ’로 끝나는 경우의 용언 ‘하-’의 어간에 어미 ‘아(두)’가 연결되면 모음조화한 다음, 순행동화로 보상적 장모음화되어 [해 : 두]로 음성형이 도출된다. 중세어에서 ‘ㅎ-’의 어간을 가진 용언 ‘ᄀᆞᇀᄒᆞ-(如), 파라ㅎ-(靑)’의 경우도 이런 과정을 겪어 [가태 : 두], [파래 : 두]로 음성형이 도출된다. 이러한 음운규칙 적용과정은 (26)과 같다.

(5) 어간이 ‘ㅗ’나 ‘ㅜ’로 끝나는 경우에서는 어미 ‘아(두)’가 연결되면 공통적으로 모음조화과정을 겪은 후 활음형성, 단모음화 과정을 겪는다. 다만 2음절 어간의 ‘나누-(分)’는 이런 과정을 겪은 후 ‘나누도 →[노나도]’로 음운도치현상을 겪어 음성형으로 도출된다. 이런 과정은 (28), (29)와 같다.

(6) 어간말 자음이 ‘ㅂ’으로 끝난 ‘ㅂ’변칙용언들 가운데 ‘돕-(助), 눕-·줍-(땅에서 물건을 줍다)’에 국한하여 어미 ‘구(←고)’가 연결되면 ‘ㅂ’이 ‘우’로 바뀌면서 ‘ㅂ’이 탈락한다. 이러한 음운현상은 (36)과 같다.

(7) 어간말 자음이 ‘ㅌ’으로 끝나는 ‘붙-(附), 맡-(嗅), 같-(如)’의 용언들의 어간에 어미 ‘아(두)’가 연결되면 공통적으로 모음조화를 거친 다음, 순행동화, 연음으로 인한 보상적 장모음화 또는 근대에 자주 일어나는 ablaut 현상을 겪는다. 그리고 ‘같-’의 음운과정은 이미 (26)의 도출과정과 같다. 다만 ‘붙-’의 경우는 ‘붙+아두’에서 ‘붙+어두’로 모음조화를 거치면서 이미 ‘붙이어두’로 선어말어미 ‘이’가 삽입되는 과정을 거쳐 활음이 형성된 ‘붙여두’에서 ‘부쳐도’로 구개음화 된 다음, 단모음화 과정을 겪어 [부처 : 두]도 그 음성형이 도출된다. 이러한 음성형이 도출되는 과정은 (41)과 같다.

(8) 어간이 자음군으로 끝나는 경우의 각 유형과 선택한 어미들 ‘고, 아(두), 으면’이 연결될 때의 음운현상과 그러한 음성형이 도출되는 과정에서 발생하는 규칙들은 (49)~(51) 및 (52)와 같다.

▶ 참고문헌 ◀

姜信沆(1976), 「慶北 安東・奉化・寧海地域의 二重言語生活」, 『論文集』, 22 성균관대학교.

郭忠求外 5人(1987), 『韓國方言資料集.Ⅲ<忠淸北道篇>』, 조사・정리, 한국정신문화

연구원.

김영기(1973),「Irregular' Verbs in Korean Revisited」,『어학연구』, 9-2.

金完鎭(1917),『國語音韻體系의 研究』, 일조각.

______(1971a),「音韻現象과 形態論的 制約」,『學術院論文集』10.

______(1972),「形態論的 懸案의 音韻論的 克服을 위하여」,『동아문화』제11집, 동아
　　　문화연구소.

______(1975),「音韻論的 誘因에 의한 形態素重加에 대하여」,『國語學』3.

金鎭宇(1968),「The vowel system of korean」, Language 44-3.

______(1976),「국어 음운론에 있어서의 母音 音長의 機能」,『어문연구』9.

金忠會(1983),「忠淸北道의 方言區劃 試論」,『方言』7, 한국정신문화연구원 어문연구
　　　실.

______(1990),『忠淸北道의 言語地理學－忠淸北道의 方言區劃論－』, 단국대학교 대
　　　학원 박사학위논문.

金亨奎(1981),『韓國方言研究』, 서울대출판부.

남기심·고영근(1995),『표준 국어문법론<개정판>』, 탑출판사.

남기심·이철수·유만근(1984),『한국어 표준발음사전』, 한국정신문화연구원.

都守熙(1987),「충청도 방언의 특징과 그 연구」,『국어 생활』9, 국어연구소.

박경래(1993),『忠州方言의 音韻에 대한 社會言語學的 研究』, 서울大學校 大學院, 박
　　　사학위논문.

______(1993b),「現代國語 모음 '에·애'의 認知樣相」,『安秉禧先生 回甲紀念論叢』,
　　　서울大出版部.

朴明淳(1986a),「居昌地域語의 變則活用에 대한 研究」,『論文集』, 청주사범대학.

______(1986b),「居昌地域語의 形態音素的 考察」,『東泉 趙健相先生 古稀記念論叢』,
　　　형설출판사.

______(1987),『居昌地域語의 音韻研究』, 成均館大學校大學院 박사학위논문.

______(1988),「居昌地域語의 報償的 長母音化現象 研究」,『泮稿語文研究』제1집, 성
　　　균관대학교 반교어문연구회.

______(1990),「密陽地域語의 形態音素的 考察」,『姜信沆先生 回甲記念 國語學論文
　　　集』, 太學社.

______(1997),「堤川地域語의 네 言語圈에 대한 考察」,『人文科學研究』제6호, 서원
　　　대학교 인문과학연구소.

______(2000),「丹陽地域語의 形態音素的 考察」,『人文科學研究』제9호, 서원대학교
　　　인문과학연구소.

______(2001a),「永同地域語의 形態音素的 考察－梅谷·秋風嶺面을 中心으로－」,

『인문과학연구』 제10호, 서원대학교 인문과학연구소.
宋喆儀(1982),「音韻現象의 記述을 精密化시킨 國語音韻論研究에 대하여」,『韓國學報』27.
安秉禧(1978),「韓國語發達史(文法史)」,『韓國文化史大系』Ⅴ(上), 고려대학교 민족문화연구소.
李基文(1972),「國語音韻史 研究」,『韓國文化研究叢書』13, 한국문화연구소.
______(1991),『國語史 槪說<改訂版 25刷>』, 탑출판사.
李秉根(1970),「19世紀 後期 國語의 母音體系」,『學術院論文集』9.
______(1978),「國語의 長母音化 報償性」,『國語學』6, 국어학회.
______(1979),『音韻現象에 있어서의 制約』, 탑출판사.
李秉根・崔明玉(1997),『國語音韻論』, 한국방송대학교 출판부.
李翊燮(1972),「江陵方言의 形態音素的 考察」,『震檀學報』33.
______(1981),『嶺東・嶺西의 言語分化』, 서울대 출판부.
______(1988),「國語學槪說』, 학연사.
李載春(1991),『19世紀 忠北方言의 音韻論的 研究-女小學을 中心으로-』, 단국대학교 석사학위논문.
이정민(1972),「Boundary Phonomena in Korean」, Revistd paper in Linguistics Vol.5 No3.
全哲雄(1998),「忠北方言의 歷史的 研究』, 보고사.
鄭然粲(1977),「慶尙道方言 聲調研究」,『국어학 총서』5, 탑출판사.
崔明玉(1980).「慶北 東海岸方言 研究 -盈德郡 寧海面을 中心으로-」,『영남대학교 민족문화 총서』4, 영남대 출판부.
______(1989).「國語 움라우트의 研究史的 考察」,『周時經學報』3, 탑출판사.
______(1998).『韓國語 方言研究의 실제』, 태학사.
______(1998).『國語音韻論과 資料』, 태학사.
許 雄(1912).「‘에・애’의 音價」,『국어국문학』 창간호, 국어국문학회.
______(1995),『國語 音韻學-우리말 소리의 오늘・어제-』, 샘출판사.
堤川文化院(1988),『堤川・堤原史』, 고려정판사.
대한민국 학술원(1993)『한국어 지도집』, 성지문화사.
Ford. A. Schane(1973). 『*Generative Phonology*』, Prentice-Hall, INC, Engllewood, Cliffs New JEKSEY, University of california, San Diego.

『爾雅』註釋 考
—『주(注)』·『소(疏)』를 중심으로 —

이충구*

1. 서 론

본고는 『이아(爾雅)』에 수록된 한자의 풀이를 살펴봄으로써, 한자(漢字) 주석 나아가 한자의 국어주석 방식을 밝히는 데에 그 목적이 있다. 이는 『이아』 경문의 풀이, 즉 피석사(被釋詞 : 標題語)에 대한 해석사(解釋詞 : 說明語) 및 이를 보충한 『주』·『소』의 경향을 추적하고, 그것을 바탕으로 국어주석을 제시하는 것이다.

『이아』는 13경(經)의 하나로서, 한자의 자(字)·구(字)를 해석한 훈고서(訓詁書)이다. 역대로 경전연구는 훈고로 이루어졌는데, 훈고에 가장 오래 된 전적은 『이아』이다. 이에 대한 경문의 해석사 및 『주』·『소』는 『이아』를 풀이한 것이고, 이에 의한 한국어 반영은 『이아』의 한국적 독해방식·경향을 제시하는 것이다. 이는 한자독해, 나아가 한자의 국어훈고 즉 한자의 국어의미 추구, 그리고 한자의미의 한국적 이해라는 의의가 있는 것이다.

본 연구에서는 위의 과제를 달성하기 위하여 ①『이아』 및 『주』·『소』 개요, ②『이아』 주석과 국의를 다루고자 한다.

①에서는 『이아』 개요, 『이아주』 개요, 『이아 소』 개요의 세 부분으로 나누어, 각본의 저자·내용·가치 등을 약술한다. ②에서는 전주(轉注)와 국의, 음주(音注)와 국의를 다루어, 각각의 경향과 국의로 나타나는 실상을 살펴본다. 그리고 음주와 국의에서는 다시 직음(直音), 반절(反切)로 나누어, 한자음에 의

---

* 성균관대 강사.

한 의미와 국의 추구에 대하여 살펴보고자 한다.

『이아』에 대한 후인의 저술은 매우 많다.[1] 그 중에 진(晉)나라 곽박(郭璞)의 『爾雅注』, 송(宋)나라 형병(邢昺)의 『爾雅疏』는 13경의 주와 소로 채택됨으로 해서 어느 저술보다 널리 소개되어 읽혔다. 이것이 곽박·형병의 것을 채택하게 된 이유이다.

『이아주소』의 판본은 여러 가지가 있으나, 최근에 정리된 것을 사용하기로 한다. 그리하여 본고 서술에 사용되는 『이아』 판본은

『爾雅注疏』(十三經注疏 標點本), 北京大學出版社, 北京市. 1999年 12月. 第1版.

이다. 이 판본은 『이아』 경문, 곽박의 『이아주』, 형병의 『이아소』 3가지를 단락별로 제시하고, 구두점 및 따옴표 등의 표점을 찍음으로 해서 이용하기에 매우 편리하다. 다만 간화자를 사용한 것이 문제인데, 이는 번체자로 바꾸어 제시하기로 한다.

본고에서 사용되는 자료, 특히 자주 인용되는 자서류는 서술의 간편을 위하여 약칭을 일컫는 바, 약칭의 표시는 참고문헌에 함께 나타낸다.

위의 작업이 이루어지면 『이아』 및 『주』·『소』의 경향을 대강 이해하게 되고, 『이아』 주석의 경향 및 국어 주석에 대한 경향·방식을 살필 수 있게 될 것이다. 이는 『이아』의 독해일 뿐만 아니라, 한자의 주석이라는 과제에 일조하게 되는 것이다.

2. 『이아』 및 『주』·『소』 개요

『이아』는 한자 1자 및 다음절어에 대해 의미를 위주로 풀이한 자의서(字義書)이다. 『이아주』는 『이아』 경문의 음의(音義)를 풀이한 주석서이고, 『이아소』는 『이아』 및 『이아주』까지 음의를 풀이한 주석서이다.

---

1) 『爾雅詁林敍錄』(1998)에서는 145종의 『爾雅』에 관한 역대의 서목(書目)을 제시하였고, 『爾雅詁林』(1998)에서는 『爾雅』의 중요 저작 94종을 재편집하였다.

1) 『이아』 개요[2]

『이아』는 중국에서 가장 연원이 오래된 훈고서이다. 훈고의 발생은 동주(東周) 때였는데, 기재하여 두지 않으면 뜻이 인멸될 우려가 있고 또 사방의 제후국과 왕도의 한자음이 달라 이해하기 어려웠기 때문에 일어났다고 한다. 모두 19편에 2091항목을 풀이하였다.

『이아』의 작자에 대하여는 ① 주공(周公), ② 공자(孔子) 문인, ③ 한나라 학자라는 설이 있다. 『이아』에는 특히 『시경(詩經)』의 어휘가 많이 채택되어, 공자가 『시경』을 산삭한 이후로 추정되었고, 오늘날은 진한 시대의 편찬으로 인식되고 있다.

『이아』라는 이름에 대해서는 몇 가지 주장이 있다. 유희(劉熙)는 "'爾'는 닐(昵)로, '가깝다'는 뜻이고, '雅'는 '義'로 '바르다'는 뜻이다."[3]라고 하였다. 장안(張晏)은 "'爾'는 '가깝다'는 뜻이며, '雅'는 '바르다'는 뜻이다."[4]라고 하였다. 이는 바로 『이아』가 각지의 방언을 소통시켜 아언(雅言)에 가까워지도록 하기 위해 편찬되었음을 의미한다. 곽박은 『이아』가 "고금의 다른 말을 풀이하고 지방마다 다른 말을 소통시키기 위한 것"[5]이라고 보았다. 『이아』는 각 지방의 방언을 소통시키는 기능뿐 아니라, 고금의 서로 다른 언어를 해석하는 기능도 지니고 있었다. 『大戴禮記』「小辨」에 "『이아』를 기초로 현대어를 살펴보면 말을 변별할 수 있다."[6]고 한 말에는 대체로 이러한 의미가 포함되어 있다. 황간(黃侃)은 다른 주장을 하여, "'雅'를 '正'으로 풀이하는 것은 뒤에 생긴 것이며, 실은 '夏'의 가차자이다."[7]라고 하였다. '雅'는 '夏'와 음의 유사성으로 인해 '夏'의 의미를 빌렸다는 것이다. 이에 따르면 '雅言'이란 공통어에 지나지 않는다. 다만 황간은 앞의 말을 이어서 "이를 명확히 아는 사람은 첫째 『이아』

---

2) 이 부분은 '이충구, 『爾雅』音義 考(『韓中哲學』, 제5집, 1999.12)'의 '『爾雅』 및 『經典釋文』 개요(概要)'에서 요약한 것임.
3) 爾, 昵也. 昵, 近也. 雅, 義也. 義, 正也.
4) 爾, 近也. 雅, 正也.
5) 所以釋古今之異言, 通方俗之殊語.
6) 爾雅以觀于今, 足以辨言矣.
7) 雅之訓正, 誼屬後起, 其實卽夏之借字.

가 제하의 공통어였고, 둘째『이아』가 경전의 상용어였고, 셋째『이아』가 훈고의 정의였음을 알 수 있다."[8]고 하였다. 이는 그도『이아』의 '雅'에 '正'과 '常'의 의미가 있음을 인정한 것이다.

『이아』는 중국 최초의 분류 사전으로 모두 19편인데, 다음과 같다.

「釋詁」「釋言」「釋訓」「釋親」「釋宮」「釋器」「釋樂」「釋天」「釋地」「釋丘」「釋山」「釋水」「釋草」「釋木」「釋蟲」「釋魚」「釋鳥」「釋獸」「釋畜」

이 19편은 모두 '釋' 글자 돌림으로, 개괄하면 크게 둘로 나눌 수 있다. 앞 3편은 일반적인 사어(詞語)를 해석하고 있고, 나머지 16편은 각종 사물의 명칭을 해석하고 있다. 일반 사어를「석고」·「석언」·「석훈」 3편으로 나눈 이유는, 육덕명의『경전석문』의 해석에 따르면 "의미가 같지 않으므로 명칭을 세운 것 또한 달라서이다"[9]라고 하였다. 이 세 편을 구분하여 설명한 학자도 있으나, 실제로 이 세 편은 분명하게 구별되지 않는다. 이 때문에 육덕명은『경전석문』에서 "「석고」 이하 세 편은 모두 시대와 지역에 따라 달라진 말을 풀이한 것"[10]이라고 주장하였던 것이다.

사물의 명칭에 대한 16편에는 사회 현상에서 자연 현상까지 광범위한 내용이 실려 있다. 「석친」은 친속, 「석궁」은 가옥(도로·교량 포함), 「석기」는 각종 기물(의복과 식물 포함), 「석악」은 음악과 악기, 「석천」은 천문과 관련된 것(사시(四時)·풍우(風雨)·성명(星名) 제명(祭名) 등 포함), 「석지」는 지리와 관련된 것, 「석구」는 저절로 형성된 높은 지대, 「석산」은 산악에 관련된 것, 「석수」는 물 흐름과 관련된 것, 「석초」는 초목 식물(목본 식물 일부 포함), 「석목」은 목본 식물, 「석충」은 곤충, 「석어」는 어류(파충류 포함), 「석조」는 조류, 「석수」는 들짐승, 「석축」은 가축의 명칭을 해석하였다.

『이아』는 역대 학자들이 "칠경을 살피는 척도이자 학문의 사다리이다"[11]라고 찬양하였다. 훈고를 연구하고 주소를 하는 이들은 모두『이아』를 근거로

---

8) 明乎此者, 一可知爾雅爲諸夏之公言, 二可知爾雅皆經典之常語, 三可知爾雅爲訓詁之正義.
9) 意義不同, 故立號亦異.
10) 釋詁已下三篇, 皆釋古今之語, 方俗之言, 音義不同, 故立號亦異.(「釋訓」 第三 音義)
11) 七經之檢度, 學問之階路(『爾雅序·疏』).

삼았으며, 13경에 편입시킴으로써 극도로 추숭하였다.

『이아』의 가치로는 우선 훈고학의 기초를 확립했다는 점을 들 수 있다. 훈고학은 춘추·전국 시기에 싹텄으나 당시의 훈고는 고인의 언급 혹은 저작에 보이는 몇몇 사어에 대한 간단한 해석이거나, 전대의 한 편 혹은 몇 편의 논저를 문맥에 따라 해석한 것이 전부였다.『이아』에 이르러서야 고금의 다른 말들과 지방마다 다른 말, 그리고 각종 명물을 전체적으로 연구하고 체계적으로 정리하게 되었다. 아울러 의미를 통석한 것들을 모아 조략하게나마 조리있는 분류 사전 체제를 갖춤으로써 훈고학의 기초가 마련되었다. 그 다음 가치는 사어의 다양한 옛 뜻을 보존하고 있다는 데에 있다. 이러한 고훈(古訓)은 주로 경전을 해석하기 위한 것이기는 하지만, 그것을 통해 선진(先秦)의 다른 전적을 해석하는 데에 활용할 수 있다. 따라서『이아』는 고대 문헌을 학습하고 문화 유산을 계승하는 중요한 도구이다. 이 책이 없었다면 선진 시대 문헌을 이해하기가 매우 어려웠을 것이며, 고어의 의미 변화를 탐색하기도 쉽지 않았을 것이다.

『이아』는 높은 평가를 받았으나, 결점도 지적되었다. 첫째 수록된 사어 및 의미항이 충분하게 갖추어지지 못한 점이다. 2091항목은 적은 것이다. 둘째 분류가 비과학적인 것이 있는 점이다. 「석궁」에 도로와 교량을, 「석기」에 의복과 식물을 포함시켰다. 셋째 다의사(多義詞)로 사어(詞語)를 해석함으로써 의미가 명확히 드러나지 않는 점이다. 예컨대 「석고」에 "台(이)·朕·賚·畀·卜·陽은 予의 뜻이다.(台·朕·賚·畀·卜·陽, 予也.)"라고 하였는데, '予'에는 '주다'와 '자기'라는 두 가지 뜻이 있다. '台·朕·陽'은 '자기'라는 뜻이지만 '賚·畀·卜'은 '주다'는 뜻이다. 이 경우 다의사인 '予'는 의미 파악에 난점이 있다.

『이아』가 성립된 뒤, 주해가 나왔다. 최초는 한나라의 건위문학(犍爲文學)인데, 사신사인(史臣舍人)으로 불리며 한 무제의 부름을 받았다고 한다. 그 뒤 유흠(劉歆)·번광(樊光)·이순(李巡)·손염(孫炎)이 모두 한나라 주해자이다. 진(晉)나라에는 곽박의 『爾雅注』가 있고, 육조 이후로는 심선(沈旋)·시건(施乾)·사교(謝嶠)·고야왕(顧野王)·배유(裴瑜)·육덕명(陸德明)·정초(鄭樵) 등이 있다. 송나라 형병은 곽박『이아주』를 기본으로 『爾雅疏』를 지었는데, 곽박주와 함께 13경 주소에 채택되었다. 청나라에는 『이아』에 대한 저술이 많았는데, 그 중에 소진함(邵晉涵)의 『爾雅正義』, 학의행(郝懿行)의 『爾雅義疏』 등이 널리 통용되었다.

2) 『이아주』 개요12)

『이아주』의 저자 진(晉)나라의 곽박(郭璞 : 276~324)은 저명한 학자이며 문학가이다. 자는 경순(景純)이고, 하동(河東) 문희현(聞喜縣) 사람이다. 『晉書·郭璞傳』에 "경술(經術)을 좋아했고, 널리 배우고 재주가 뛰어났으며 언론에는 능하지 못했지만, 사부(詞賦)는 중흥(中興)의 으뜸이었다. 고문기자(古文奇字)를 좋아했고 음양역산(陰陽曆算)에 뛰어났다."라고 하였다. 서진(西晉)이 망하자 진나라 왕실을 따라 남으로 건너와 저작좌랑(著作佐郞)을 지냈고, 뒤에 왕돈(王敦)의 기실참군(記室參軍)이 되었는데, 왕돈이 기병하려는 것을 간언하여 저지하다가 도리어 살해되었다.

곽박은 저작이 많다. 『爾雅注』·『爾雅圖』·『圖贊』·『爾雅音義』·『毛詩拾遺』·『周易新林』·『三蒼注』·『山海經注』·『方言注』·『穆天子傳注』·『楚辭注』 및 시부뢰송(詩賦誄頌)이 있으나, 대부분 일실되었다.

『爾雅注』는 곽박의 역작으로, 자신의 「爾雅序」에 "깊이 연구하여 궁극의 것을 구한 지 모두 18년이었다"13)고 하여, 노력을 경주하였음을 말하였다. 또 「이아서」에 "비록 주를 한 사람이 십여 인이나 아직 상세하게 갖추어지지 않아 모두가 어지럽고 잘못된 것이 많고 빠지고 소략한 것이 있다. 이 때문에 특이한 견문을 모으며 구설을 합하고, 여러 나라의 말을 상고하며 노래하는 세속의 뜻을 채집하였고, 번광·손염 두 사람의 주를 종합하고, 여러 말을 널리 통하게 하였다"14)고 하여, 각지방의 말과 고금 학자의 견해를 망라했다고 하였는

---

12) 이 부분은 『이아고림서록』(1998 : 20~22쪽)에 의거하여 정리한 것이다.
13) 沈研鑽極二九載矣
  '二九載'는 18년을 말한다. 형병의 『이아소』에 "謂深沈研覈, 鑽求窮極, 凡十八載, 故云 二九載矣."라고 하였다.
14) 雖注者十餘, 然猶未詳備, 竝多紛謬, 有所漏略. 是以復綴集異聞, 會禾卒舊說, 考方國之

데, 인용한 서적은 50종 정도이다.

　주석방법은 과거 학자보다 뛰어났다. 금어(今語)로 고어(古語)를 풀이하고, 당대(當代) 방언(方言)으로 아언(雅言)을 증명했을 뿐만 아니라. 음도(音圖)로 보충하여, 독자에게 그 이름을 알며 그 뜻을 이해케 하며 그 물건을 변별케 하였다. 이러한 독특한 견해는 한유(漢儒)들의 "주는 전을 어기지 않으며, 소는 주를 파괴하지 않는다"15)는 입장과 반대가 되었다. 주(注)의 풀이는 언어 발전의 각도에서 『이아』를 연구하여 과거 학자를 맹종하거나 기존학설에 구애받지 않고, 대담하게 잘못을 바로잡고 번잡을 제거하였다. 이것은 바로 그의 「이아서」에서 "그 쓸모 없는 것은 없애고 잡초와 같은 것이 있으면 뽑아 없애 버렸다. 일에 은밀하고 막히는 것이 있으면 근거를 끌어들여 증명하였다"16)에서 드러난다. 예컨대 「釋詁」의 '玄黃' 주에서 "虺隤·玄黃은 모두 사람 병의 통칭인데, 해설자가 말의 병이라고 하였으니, 그 뜻을 그르쳤다"17)라 하였다. 주석 태도는 근엄하여 의심이 있는 것은 남겨두고 억단하지 않았다. 그러므로 그의 주에는 '未詳·未聞'이라고 한 곳이 100여 곳이나 된다. 이 외에 곽박이 제기한 '語之輕重''聲轉·語轉''假借音''連綿字不分訓' 등 규율성을 띤 개념은 후세에 청나라 학자들에게 "소리에 의해 뜻을 구하고, 소리·뜻이 긴밀히 결합되었다"18)라는 학문 방법의 선구가 되어, 훈고학상 큰 공헌을 하였다.

　이에 따라 이 「이아주」는 역대로 학자들에게 추숭을 받았다. 당나라 육덕명은 『釋文·序錄』에서 "과거 유학자들은 억설을 많이 하여, 모르는 것을 남겨두는 뜻에 어긋났다. 곽경순 만은 널리 견문하고 힘써 기억하여 고금을 자세히 살펴, 『이아주』를 지었는데 세상에 중시되었다."19)하였고, 송나라 형병은 『爾雅疏序』에서 이 책을 일컬어 "가장 으뜸으로 칭송된다" "학자가 조종으로 한다"20) 하였다. 『四庫全書總目提要』에서도 이 책을 "주석한 것은 근거할 것이

　　語, 采謠俗之志, 錯綜樊孫, 博關群言.
15) 注不違傳, 疏不破注.
16) 剟其瑕礫, 搴其蕭稂, 事有隱滯, 援據徵之.
17) 虺隤玄黃, 皆人病之通名, 而說者便爲之馬病, 失其義也.
18) 因聲求義, 聲義密合.
19) 先儒多爲億必之說, 乖蓋闕之義, 唯郭景純洽聞强識, 詳悉古今, 作『爾雅注』, 爲世所重.
20) 最爲稱首. 學者祖焉.

많다. 후인들이 서로 보정(補正)하였으나, 대강은 곽박의 범위를 벗어나지 못하였다."21)라고 칭찬하였다.

그러나 『이아주』에도 결점이 없는 것은 아니다. 곽박은 번광·손염의 주장을 인용하면서 유래를 밝히지 않은 것이 있고, 또 폄손을 많이 가하였다. 이외에 글자대로만 해석하여 요령을 잃은 곳도 있다. 이러한 하자는 옥의 티에 비유된다. 이 책은 현존하는 비교적 완전하고 가장 오래된 『이아』 주석본이다. 따라서 『이아』 연구에는 이 책을 제일 중요한 것으로 삼았다.

곽박의 『이아주』는 후학들에 의해 다시 주석이 가해졌는데, 육덕명의 『이아음의』, 형병의 『이아소』, 그리고 청나라 소진함의 『爾雅正義』, 학의행의 『爾雅義疏』 등이 그것이다. 이리하여 『이아』는 단행본 이외에도 '注本' '注疏本' '正義本' '義疏本'이 있게 되었다.

3) 『이아소』 개요22)

『이아소』의 저자 송(宋)나라의 형병(邢昺 : 932~1010)은 자가 숙명(叔明)으로 경학자이다. 태종(太宗) 때 구경급제(九經及第)에 뽑혔고, 진종(眞宗) 때 국자좨주(國子祭酒)·한림시강학사(翰林侍講學士)가 되고, 함평(咸平) 2년에 조서를 받아 두호(杜鎬)·서아(舒雅)·손석(孫奭) 등과 『周禮』·『儀禮』·『春秋公羊傳』·『春秋穀梁傳』·『孝經』·『論語』 및 『이아』를 교정하였다. 아울러 뒤의 3책은 소(疏)를 지었는데, 즉 『論語正義』·『爾雅疏』·『孝經正義』가 그것이다. 이 3책은 『十三經注疏』에 채택되었다. 관직은 예부상서(禮部尙書)에 이르렀다.

『이아소』의 주지는 형병의 「이아소서」에 "지금 이미 칙령을 받들어 교정하는 데에 그 일을 살핌은 반드시 경적으로서 근본을 삼고, 의리(理義)의 표준은 곽박으로 위주하였습니다"23)라고 하여, 곽박에 의거하였음을 밝히고 있다. 이 책이 완성되자 학관(學官)에 쓰이고, 이로부터 곽박의 주를 연구하는 이들은

---

21) 所注多可據, 後人雖迭爲補正, 然弘綱大旨, 終不出其範圍.
22) 이 부분은 『이아고림서록』(1998 : pp.52~54)에 의거하여 정리한 것이다.
23) 今旣奉勅校定, 考案其事, 必以經籍爲宗, 理義所詮, 則以景純爲主.

이 소에 의거하게 되었다. 이리하여 육덕명의 『이아음의』와 함께 필요불가결한 책이 되었다.

형병『소』의 장점은 황간(黃侃)의 『이아약설(爾雅略說)』에 3가지로 요약하였다. 첫째는 곽주(郭注)의 비미를 보충한 것이다. 곽주의 미비를 형병이 완결시킨 것은 아니지만 '荎·肇·逐·求·卒·廩·宦·徒駭·太史·胡蘇' 10가지는 모두 경적에 의거하여, 곽박을 보충하였다. 둘째는 성의(聲義)의 통합을 알아낸 것이다. 근래 학자들이 성(聲)으로『이아』를 풀이하는 것은 그 단서가 형병에게 있는 것이다. 예를 들면 '哉·怡·謨·諶·亮·詢·薦·逈·嵩·茂'는 모두 성을 말미암아 그 통차(通借)를 얻은 것인데, 다만 완비되지는 않은 것이다. 셋째는 사언(詞言)의 예를 통달시킨 것이다. 『이아』에 조례가 있다고 하는 설은 이미 형소에서 지적되었던 것이다. 예컨대 「석고」는 주공에게서 모두 나왔다고 해도 해롭지 않고, 제목 차례는 애초 정해진 규례가 없었고, 조자(造字)와 용자(用字)가 반드시 다 같은 것은 아니다는 등의 조항은 편의함을 따라 바로 말을 하였던 것이다.

형소(邢疏)의 결점은 크게 두 가지가 지적되었다. 첫째는 소는 주를 파괴하지 않는다는 규정에 얽매여, 곽주에서 언급하지 않은 것은 널리 찾지 않았다. 과거의 주석을 보충한 것이 있으나, 채집한 것이 적어 자세히 갖추지는 못한 것이다. 둘째는 곽주를 부연했어도 여러 말을 널리 채집하지 않고, 다른 경서의 주석을 옮겨 놓은 것이다. 예컨대 「석천」 일단은 『禮記·月令』의 「疏」를 모두 옮겼고, 「五嶽」 일단은 『詩經·大雅·嵩高』의 「소」를 모두 옮겼다. 이리하여 역대로 형소에 대한 논의는 동이가 많았고, 청대에 이르러 더욱 포폄이 일치하지 않았다.

3. 『이아』 주석과 국의(國義)

1) 전주(轉注)와 국의

전주는 육서(六書)의 운용법칙에 속하는 일의수자(一義數字)가 되는 것이다.

허신(許愼)은 "전주는 의미의 종류를 하나의 부수로 세워서 같은 뜻으로 서로 받으니, '考'와 '老'가 그것이다"24)라고 하였는데, 이를 주석한 단옥재는 『이아·석고』 제1조의 '初·哉·首·基·肇25)·祖·元·胎·俶·落·權輿, 始也.'를 들었다. '初·哉' 등은 전주방식에 의해 모두 '始'라는 의미로 풀이된 것이다.

'初·哉' 등의 경문 및 곽주·형소를 제시하면 다음과 같다.

> 初·哉·首·基·肇·祖·元·胎·俶·落·權輿, 始也.
> 郭注：『尙書』曰, "三月哉生魄." 『詩』曰, "令終有俶." 又曰 : "俶載南畝." 又曰, "訪予落止." 又曰, "胡不承權輿." 胚26)胎未成, 亦物之始也. 其餘皆義之常行者耳. 此所以釋古今之異言, 通方俗之殊語. ○ 肇, 音兆. 俶, 昌叔切.
> 邢疏 : 皆初始之異名也. 初者, 『說文』云, "從衣從刀, 裁衣之始也." 哉者, 古文作才, 『說文』云, "才, 草木之初也." 以聲近借爲哉始之哉. 首者, 頭也, 身之始也. 基者, 『說文』云, "牆始築也." 肇者, 『說文』作戶聿, 始開也. 祖者, 宗廟之始也. 元者, 善之長也 長卽始義. 胎者, 人成形之始也. 俶者, 動作之始也. 落者, 木葉隕墜之始也. 權輿者, 天地之始也. 天圓而地方因名云. 此皆造字之本意也. 及乎『詩』·『書』雅記所載之言, 則不必盡取此理, 但事之初始, 俱得言焉. 他皆倣此. ○ 注云, 『尙書』曰, ……

이들은 모두 초시(初始 : 처음)라는 뜻의 다른 명칭이다. 그러나 이들은 각 글자의 자형에서 추구된 본의 뿐만 아니라 인신·가차 또는 별의(別義)에 의해 같은 뜻이 된 것이다.

초(初)는 『설문』에 "'衣'를 따르고, '刀'를 따른다. 옷을 만드는 시작이다."고 하였는데, 그 단주(段注)에 "'裁'는 옷을 만듦이다. 옷을 바늘로 만드는데, 칼을 쓰는 것은 옷을 만드는 '始(시초)'이다. 인신되어 널리 '始'의 명칭으로 한다"27) 하여, '初'의 의미가 '始'로 된 것은 인신임을 설명하였다.

---

24) 轉注者, 建類一首, 同意相受, 考老是也(『說文·敍』).
25) 肇 : '攵' 偏旁은 원전에 '戈'로 되어 있는데, 이는 '肇'의 本字이다(『說文通訓定聲』).
26) 胚 : 本에 따라 '胚' 또는 '肧'로 쓰였는데, 『爾雅詁林·校監記』에는 '肧'가 맞다고 하였으며, 『正字通』에는 "肧, 俗作胚."라 하여, 胚는 肧의 속자임을 밝혔다.
27) 裁, 製衣也, 製衣之鍼, 用刀則爲製之始, 引伸爲凡始之稱.

재(哉)는 고문(古文)을 '才'로 쓴다. 『설문』에 "'才'는 초목의 시초이다."고 하였는데, 소리가 근사하기 때문에 ('哉'는 '才'를) 가차하여 '哉始(시초)'의 '哉(시초)'로 하였다는 것이다. '哉'는 본의가 '문장을 간격짓는 글귀 속의 감탄 어조사'이다. 『설문』에 "'哉'는 말을 간격짓는 것이다. '口(입 구)'의 의미를 따르고, '𢦍(상할 재)'가 소리이다"[28] 하여, '言之閒'이 본의인데, 그 「단주」에 "두 가지의 사이를 '閒'이라 하고, 한 가지의 끝도 '閒'이라 한다. ……또 '哉'를 풀이하여 '始'라고 함은 끝나면 바로 시작되는 것이다"[29] 하여, '哉'가 '始'의 의미를 갖게 되는 과정을 설명하였다. '才'는 『설문』에 "'才'는 초목의 '初'이다. ｜(直 : 가지·잎)이 올라가 一(橫 : 땅)을 꿰뚫음을 따랐으니, 가지·잎이 나오려 함이다. 一은 땅이다"[30] 하고, 그 「단주」에 "一은 위 획을 말하고, '將生枝葉'은 아래 획을 말한다"[31]이라 하고, 『形字典』 '才'의 소전에 "가운데 하나의 직선은 줄기를 본떴다. ……아래의 하나의 짧은 횡선은 뿌리를 본떴다"[32] 하였다. 그리고 才의 '艸木之初'가 '始'의 의미로 된 것에 대하여 「단주」에 "인신되어 무릇 '始'를 일컫게 되었다"[33]라 하여, 인신으로 설명하였다. '哉'와 '才'는 각각 자형 해설이 다르고 그 자형에 의한 의미가 역시 다른데, '哉'가 '始'의 뜻을 갖는 경우는 '才'를 가차했다는 것이다. 즉 '始'라는 의미일 때 '才'는 본자이고, '哉'는 가차자가 되는 것이다. 이 관계는 『爾雅詁林·義疏』에 "'哉'는 '才'의 가차음이다"[34]이라 하였고, 또 『爾雅詁林·本字考』에 "'哉'는 ……'始'의 뜻이 없다. '始'라고 풀이한 것은 '才'의 가차라고 해야 할 것이다"[35]라고 하여, '哉'가 가차자임을 명확히 분별하였다. 가차 관계는 '哉'와 '才'의 성근(聲近)에 의한 것인데, '哉'는 『설문』에 "'戈(창 과)'를 따르고 '才'가 소리이다"[36]라고

---

28) 哉, 言之閒也. 从口, 𢦍聲.
29) 凡兩者之際曰閒, 一者之竟亦曰閒, ……又訓哉爲始, 凡竟卽爲始.
30) 才, 艸木之初也, 从｜上貫一, 將生枝葉也. 一, 地也.
31) 一, 謂上畫, 將生枝葉, 謂下畫.
32) 才, ……中一直象莖幹. ……下一短橫象根.
33) 引伸爲凡始之稱.
34) 哉者, 才之假音.
35) 哉者, ……無始義, 訓始者當爲才之借.
36) 从戈, 才聲.

하였다. ‘才’는 ‘哉’·‘哉’에 ‘土(재)’로 변형되어 성(聲)으로 작용하고 있다.

수(首)는 두(頭 : 머리)로, 몸의 시작이다. 『설문』에는 ‘首’를 ‘自(수)’로 쓰고 상형이라 하였는데, 그 「단주」에 “인신된 뜻에 ‘始’·‘本’이 되었다.”[37]라고 하여, ‘首’의 ‘始’는 인신의라고 하였다.

기(基)는 『설문』에 “담을 쌓기 시작하는 것이다.”고 하였는데, 그 「단주」에 “‘牆始’는 본의이고, 인신되어 무릇 ‘始’를 일컫는다”[38]하여, ‘基’의 ‘始’는 인신된 것이라 하였다..

조(肇)는 『설문』에 ‘戶聿’로 되어 있는데, “처음으로 열림이다. ‘戶’·‘聿’을 따랐다”[39]고 하였다. 그리고 그 「단주」에 의하면 ‘戶聿’에 ‘始’의 뜻이 있음은 인신된 것이고, ‘戶戈聿’의 本義는 ‘擊’으로, ‘戶戈聿’에 ‘始’의 뜻이 있는 것은 ‘戶聿’의 가차라고 하였다.[40]

조(祖)는 종묘(宗廟)의 시작이다. 『설문』에 “‘祖’는 시조의 사당이다. ‘示’를 따르고, ‘且’가 소리이다.”[41]라 하여 ‘祖’는 ‘始祖’의 ‘祠堂’이라 하고, 그 「단주」에 “‘祖’는 ‘始’이다. ……모두 인신된 뜻이다.”[42]라 하여 ‘祖’에 ‘始’의 뜻이 있는 것은 인신의라 하였다.

원(元)은 선(善)의 으뜸이니, 장(長)은 즉 시작이라는 뜻이다. 『설문』에 “‘元’은 ‘始’이다. ‘一’을 따르고 ‘兀’이 소리이다”[43]라 하여 ‘元’에 ‘始’의 뜻이 있는 것은 본의로 설명되었다.

태(胎)는 사람이 모양을 이루는 시작이다. 『설문』에 “‘胎’는 부인이 잉태한지 3개월 된 것이다. ‘肉’을 따르고 ‘台’가 소리이다”[44]라 하고, 그 段注에 “‘胎’는 ‘始’이다. 이는 인신된 뜻이다”[45]라고 하여 ‘胎’에 ‘始’의 뜻이 있는 것은 인신

---

37) 引伸之義爲始也, 本也.
38) 牆始者, 本義也. 引申之爲凡始之稱.
39) 始開也. 从戶聿.
40) 引伸爲凡始之稱, 凡經傳言戶戈聿始者, 皆戶聿之假借, ……戶戈聿, 擊也.
41) 祖, 始廟也. 从示, 且聲.
42) 祖, 始也. ……皆引伸之義.
43) 元, 始也. 从一, 兀聲.
44) 胎, 婦孕三月也. 从肉, 台聲.
45) 胎, 始也, 此引伸之義.

의라 하였다.

숙(俶)은 동작의 시작이다. 『설문』에 "'俶'은 '善'이다. '人'을 따르고 '叔'이 소리이다. ……일왈(一曰) '始'이다."46)라고 하여 '俶'에 '始'의 뜻이 있는 것은 일왈의(一曰義)47)로 처리하였다.

낙(落)은 나뭇잎이 떨어짐의 시작이다. 『爾雅詁林·本字考』에 "'落'은 …… '始'의 뜻이 없고, '始'라고 풀이하는 것은 '朔'의 가차라고 해야 할 것이다"48) 라고 하여 '落'에 '始'의 뜻이 있는 것은 '朔(月一日始蘇也 : 달이 1일에 비로소 소생할 삭)'을 가차한 것이라고 하였다.

권여(權輿)는 천지(天地)의 시작인데, 하늘은 둥글고 땅은 네모지기 때문에 그렇게 부르는 것이다. 『爾雅·釋草』에서 '權輿'는 '薖薞(萌芽 : 싹)'의 가차라고 하였다.49) 그리고 이것이 인신되어 '始'(起始, 開端)의 뜻으로 된 것이다(『漢辭典』). 일설에는 『詩經·秦風·權輿』의 집전 "權輿, 始也。"의 「大全」에 "저울을 만들기는 '權(저울 추)'부터 하고, 수레를 만들기는 '輿(수레 상자)'부터 한다"50)라고 하여, '權·輿'가 저울·수레의 처음 만드는 물건이라는 뜻에서 '始'에 연관시키고 있다. '天地之始'에 대하여는 『爾雅詁林·胡氏古義』에서 '權輿'는 '堪輿'이고, '一月'의 '權輿'로 '天地之始'와 관련시키고, 나아가 널리 '事物之始'까지 확충시켰다.51)

형병은 위와 같은 자신의 한자 설명에 대하여 "이것은 모두 글자를 만든 본래의 뜻이다.52)"라고 하였는데, 『설문』 등에 의거하여 의미를 추구하고 의미

---

46) 俶, 善也, 从人, 叔聲. 詩曰, 令終有俶. 一曰, 始也.

47) 일왈의(一曰義) : 本義 이외의 또 한 가지 뜻. 別義. 俶은 善이 본의이고, 始는 별의가 되는 것이다.(『說文』 '禋'의 「段注」 참조.)

48) 落者, 『說文』, 落, 凡草曰零, 木曰落, 从艸, 洛聲, 無始義. 訓始者當爲朔之借.

49) '其萌薖薞'의 「義疏」에 "『說文』之灌渝, 「釋草」作薖薞, 「釋詁」作權輿, 竝同聲假借字也."라고 하였다.

50) 造衡自權始, 造車自輿始.

51) 權輿, 疑卽堪輿, 權堪聲相近……堪輿, 天地總名也. 堪輿, 卽權輿聲之轉……月周天進一次而與日合宿, 日行月一次而周天歷舍于十有二辰, 終則復始, 是謂日月權輿. 蓋權輿爲天地之始, 因而日月所起亦謂之權輿. 更追廣之, 則凡事物之始, 皆謂之權輿.
   그러나 『爾雅詁林·平議』에는 "權輿二字止作始字解, 非天地之始謂之權輿也. 邢氏誤會其義, 謬甚矣."라고 하여, 邢昺이 權輿를 天地之始와 관련시킨 것은 잘못이라 하였다.

의 변화를 설명했기 때문이다.

‘初’ 등이 ‘始’가 된 것은 조자법칙 즉 상형·지사·회의·형성에 의한 자형 설명에서 추구된 본의만 사용된 것이 아니라, 본의로부터 ‘始’로 변화되어 쓰이게 된 이유도 설명하였다. 따라서 이들은 본의 이외에도 인신·가차·별의에 의한 ‘始’라는 공통의미에서 상통하는 것이다. 이 경우 ‘初’ 등의 모든 한자는 국어 표현이 ‘始’에 의해 ‘시작’으로 귀결되고, 다른 갈래의 의미가 있는 것은 논외가 된다. 예컨대 ‘首’의 ‘머리’는 이 경우 주석 대상이 아닌 것이다.

그러나 ‘初’ 등을 ‘시작’이라고 풀이했다고 해서 국어주석이 완결되는 것은 아니다. 이들은 각 용례에 의하여 명사·동사·부사 등으로 나타나기 때문에 각 경우에 맞추어 풀이되어야 한다. 예컨대 “三月哉生魄(3월 16일)”53)과 “俶載南畝(비로소 앞밭에서 일을 한다)”54)에서는 ‘처음·비로소’라는 부사로, “令終有俶(饗燕에서 시작하고 享祀에서 마치고 시작함이 있다)”55)에서는 ‘시작하다’라는 동사로, “訪予落止(내가 (정치에) 시작을 도모한다)”56)와 “胡不承權輿(어찌 처음을 잇지 않는가?)”에서는 ‘시작·처음’이라는 명사로 풀이되는 것이다. 이러한 의미의 세분화는 『이아』 주석에서 모두 달성할 수 없다는 한계를 지닌다. ‘初’ 등이 쓰인 용례는 경문에서 제시하지 않았을 뿐만 아니라,『주소』에서 이들을 모두 제시할 수는 없는 것이다. 따라서 경문의 풀이 ‘시작’이라는 의미 제시를 일차적 주석으로 하고, 그 이외에 세분화된 의미 추구는 이차적 과제가 되는 것이다.

「석고」의 제2조인 “林·烝·天·帝·皇·王·后·辟·公·侯, 君也.”에서

---

52) 이것은……뜻이다 : 字形에 의한 의미, 즉 本義임을 말한다. 예컨대 “初, 從衣從刀, 裁衣之始也.”는 자형의 풀이에서 나온 뜻이다. 이하 “哉·首·基…….” 등도 모두 자형에 의한 의미를 제시하고, 이것이 인신·가차되어 모두 ‘始’로 귀결되는 것이다.

53) 三月哉生魄 : ‘3월에 魄이 처음 생기다’로 직역된다. 魄은 달의 윤곽에 빛이 없는 부분을 말한다. 16일부터 조금씩 달빛이 소멸되어 魄이 생기기 때문에 生魄이라 부른다.

54) 비로소……일을 한다 :『詩經·小雅·大田』에도 ‘俶載南畝’가 있는데, 疏에 “始發事于南畝”라 하였다. 그리고『石峰千字文』에서 「大田」의 글을 인용하고, “南 앒남”이라고 풀이하였다.

55) 饗燕에서……시작함이 있다 :「毛傳」의 “始於饗燕, 終於享祀. ……俶, 始也.”를 따랐다.「鄭箋」은 “俶, 猶厚也.”라 하여, 여기에 적용하기 어렵다.

56) 내가……도모한다 :「鄭箋」의 “謀我卽政之事.”를 따랐다.

는 모두 ‘임금’이라는 의미이지만 “有壬有林(경대부가 있고 임금이 있다)”에서는 ‘임금’이라는 명사로, “文王烝哉(문왕이 임금답다)”에서는 ‘임금답다’라는 형용사로 풀이된다. 그리고 제3조의 “弘·廓·宏·溥·介·純·夏·幠·厖·墳·嘏·丕·奕·洪·誕·戎·駿·假·京·碩·濯·訏·宇·穹·壬·路·淫·甫·景·廢·壯·冢·簡·箌·昄·晊·將·業·席, 大也.” 수십자는 모두 ‘크다’로 귀결되지만, 각 한자의 용례에 의해 여러 가지 품사로 의미 분화가 되기도 하는 것이다.

그러나 피석사가 여러 글자만 있는 것은 아니고, 1자의 피석사에 1자의 해석사로 이루어진 경우도 많다. 예컨대 「석언」 끝의 “곤(昆)은 후(後 : 뒤)이다. 미(彌)는 종(終 : 끝마치다)이다(昆, 後也. 彌, 終也.).”를 들 수 있다. 이 때는 제시된 피석사 및 그 용례가 적어, 의미의 분화도 적게 나타나므로, 그 표현도 덜 복잡하다. 그러나 해당 한자의 용례를 철저히 살펴 의미를 추구해야 하는 일은 불가결한 것이다. ‘終’은 용례가 『詩經·大雅·生民』의 “위대하다. 그 달을 마쳤다.(誕彌厥月)”로 제시되어, 그 의미는 ‘끝’이 아니라, ‘끝마치다’로 되는 것이다.

2) 음주(音注)와 국의

「주소」에는 음주가 제시되어 있고, 그것이 의미와 관련된다. 음주는 발화할 수 있게 할 뿐만 아니라 그 의미도 수반되는 것이다. 이 음주는 직음(直音)·반절(反切) 위주로 되어 있는 바, 곽주에 두루 제시되고 형소에는 드물게 제시되었다.[57] 위 제시문의 곽주에는 “肇, 音兆. 俶, 昌叔切.”이 보이는데, 이러한 음주는 해당 한자의 음을 파악하기 어려울 때 또는 특정 의미를 지배하기 위한 표시가 요구될 때 제시하는 것이다. “肇, 音兆.”는 ‘直紹切’[58]로 단음(單音)이

---

57) 형소에는 “迄·臻·極·到·赴·來·弔·艐·格·戾·懷·摧·詹, 至也.”(「釋詁」第一 11)에서 『方言』을 인용하고, 그 인용 한자의 음을 “徦, 音駕. 彳各, 古格字. 艐, 古屆字.”라고 한 것 등이 드물게 보인다.

58) 『漢字典』에 의함. 이하 같음. 다른 한자서를 제시한 경우는 별도로 출전을 제시함. 직음은 단음이고 반절은 복음을 표현한 것이 아니라, 단음과 복음 문제는 직음과 반

다. '俶, 昌叔切'은 이 이외에도 2음이 더 있으므로, '昌叔切'은 특정 음을 제시한 것이고 이에 따라 특정 의미가 추구되는 것이다.

음의의 문제를 반절과 직음으로 나누고, 해당한자가 단음으로서 음을 파악하기 어려울 때 제시된 음주는 논외로 한다. 특정 의미를 지배하기 위한 음주만 다루기로 하되, 이를 각각 국음에 식별되는 것과 식별되지 않는 것으로 나누어 살펴보기로 한다.

(1) 직음

① 국음에 식별되는 직음

어느 한자의 음이 둘 이상일 때, 직음으로 나타난 한자음이 동일 한자 안에서 다른 음과 서로 구별되고, 그것이 한국표음에도 구별되어 나타나는 경우이다.

> 賈, 音古(留・賈, 市也. 郭注, 賈, 音古. 邢疏, 謂市賣買物也 :「釋言」第二 60)
> 弔, 音的(迄・臻・極・到・赴・來・弔・綏・格・戾・懷・摧・詹, 至也.
> 郭注, 弔, 音的 :「釋詁」第一 11)
> 還, 音旋(般, 還也. 郭注, 還, 音旋. 邢疏, 般・還, 反也 :「釋言」第二 92)

'賈'는 '音古'에 의해 음이 '고', 의가 '市(장사하다)'로 된다. '古'에 의해 '고'로 되고, '古訝切' 즉 '가'에 의한 '價(값)'로 주석되지 않는 것이다.

'弔'은 '音的'에 의해 음이 '적', 의가 '至(이르다)'로 된다. 그러나 육덕명은 「이아음의」에서 "弔, 如字. 又音的"이라 하여, '조'(如字)와 '적'을 모두 인정하여 2음으로 읽었다. 이 경우 '弔'의 음은 후세에 여자 '조'를 따르지 않고 '적'을 써서[59] 제자전에 수록되어 있다. 그리고 '조'는 '問終也(죽음을 위문하다)' 등을 나타낸다.

'還'은 '音旋'에 의해 음이 '선', 의가 '反(되돌리다)'으로 된다. 이 예는 '還踵'이 '발을 되돌리다'라고 설명한 "還, 讀曰旋. 旋踵, 回旋其足也"[60]에서 보다 잘

절 어느 경우에도 모두 나타난다.
59) 「疏」에 인용된 『詩經・小雅・天保』의 '神之弔矣' 주에 "弔, 至. 弔, 都歷反."이라 하여,
    '조'로 하지 않고 '적'으로 하고 있다.

드러난다. ‘旋’에 의해, ‘戶關切’ 즉 ‘환’에 의한 ‘返・歸(돌아오다)’로 주석되지 않는 것이다.

② 국음에 식별되지 않는 직음

어느 한자의 음이 둘 이상일 때, 직음으로 나타난 한자음이 동일 한자 안에서 다른 음과 서로 구별되나, 그것이 한국표음에 구별되어 나타나지 않고 동일한 경우이다.

> 幾, 音機(邇・幾・昵, 近也. 郭注, 幾, 音機 : 「釋詁」 第一 54)
> 予, 音與(台・朕・賚・畀・卜・陽, 予也. 郭注, 予, 音與. 邢蔬, 予卽與也,
> 皆謂賜與 : 「釋詁」 第一 24)
> 縣, 音玄(沃泉顯出. 顯出, 下出也. 郭注, 縣, 音玄 : 「釋水」 第十二 218)

‘幾’는 ‘音機’(見聲微韻 平聲)로 제시되었는데, 이에 의해 의미가 ‘近(가깝다)’으로 된다. ‘幾’에는 또 ‘居狶切’(見聲尾韻 上聲)에 의한 ‘幾何(몇)’, ‘几利切’(見聲至韻 去聲)에 의한 ‘冀(바라다)’ 등의 의미가 있다. ‘幾’의 여러 의미에서 ‘音機’에 의해 ‘가깝다’로 주석되는 것이다.

‘予’는 ‘音與’(以聲語韻 上聲)로 제시되었는데, 이에 의해 의미가 ‘賜與(주다)’로 된다. ‘予’에는 또 ‘以諸切’(以聲魚韻 平聲)에 의한 ‘我(나)’라는 의미가 있다. 특히 ‘台・朕’은 ‘我’로 풀이될 소지가 농후하나, ‘音與’에 의해 ‘주다’로 되고, ‘나’로 되지 않는 것이다.

‘縣’은 ‘音玄’(匣聲先韻 平聲)으로 제시되었는데, 이에 의해 의미가 ‘懸과 동자’로서 ‘繫掛(걸다)’로 된다.61) ‘縣’에는 또 ‘現’(匣聲霰韻 去聲)에 의한 ‘地方行政區域名(행정 단위)’이라는 의미가 있다. ‘玄’은 ‘現’과 동성이운으로, ‘縣’은 ‘玄’에 의해 ‘걸다’로, ‘現’에 의해 ‘행정 단위’로 된다. 이에 의하면 ‘縣出’은 ‘(샘이) 걸린 듯이 나오다’로 해석된다.

---

60) 『漢書・晁錯傳』의 “前死不還踵矣.”의 顏師古注
61) ‘縣’에 대하여 『爾雅詁林・正義』에는 “高懸下溜之泉”이라 하고, 『爾雅詁林・義疏』에는 “縣, 繫也.”라고 하여, ‘懸’ 또는 ‘繫’로 풀이되었다.

(2) 반절

① 국음에 식별되는 반절

어느 한자의 음이 둘 이상일 때, 반절로 나타난 한자음이 동일 한자 안에서 다른 음과 서로 구별되고, 그것이 한국표음에도 구별되어 나타나는 경우이다.

> 亟, 虛記切(屢·噁, 亟也. 郭注, 亟亦數也. 亟, 虛記切 :「釋言」第二 61)
> 徵, 之矢反(宮謂之重, 商謂之敏, 角謂之經, 徵謂之迭, 羽謂之柳. 郭注, 皆五
> 音之別名. 徵, 之矢反 :「釋樂」第七 154)
> 且, 子予切(六月爲且. 郭注, 且, 子予切. ……皆月之別名 :「釋天」第八 170)

‘亟’는 ‘虛記切‘에 의해 음이 ‘기’, 의가 ‘至(이르다)’로 된다. ‘亟’에는 또 ‘居力切’의 음이 ‘극’, 의가 ‘速(빠르다)’으로 된다.

‘徵’는 ‘之矢反’에 의해 음이 ‘치’, 의가 ‘五音之別名(오음의 별명)’으로 된다. ‘徵’에는 또 ‘陟陵切’의 음이 ‘징’, 의가 ‘召(부르다)·明(증명하다)’ 등으로 된다.

‘且’는 ‘子予切’에 의해 음이 ‘저’, 의가 ‘月之別名(6월의 다른 이름)’으로 된다. ‘且’에는 또 ‘七也切’의 음이 ‘차’, 의가 ‘又(또)·將(장차)’ 등으로 된다.

② 국음에 식별되지 않는 반절

어느 한자의 음이 둘 이상일 때, 반절로 나타난 한자음이 동일 한자 안에서 다른 음과 서로 구별되나, 그것이 한국표음에 구별되어 나타나지 않고 동일한 경우이다.

> 俶. 昌叔切(……俶……, 始也. 郭注, 昌叔切 :「釋詁」第一 8)
> 予, 羊汝切(賚·貢·錫·畀·予·貺, 賜也. 郭注, 皆賜與也. 予, 羊汝切 :「釋
> 詁」第一 12)
> 長, 丁丈反(育·孟·耆·艾·正·伯, 長也. 郭注, 育·養亦爲長, 正·伯皆
> 官長. 長, 丁丈反 :「釋詁」第一 48)

‘俶’은 ‘昌叔切’(昌聲屋韻 入聲)에 의하여 ‘始(시작하다)’가 된다. ‘俶’에는 또 ‘神六切’(禪聲屋韻 入聲)에 의한 ‘善(착하다)’이 있고, 또 ‘他歷切’(透聲錫韻 入

聲)에 의한 '倜儻(뛰어나다)'이 있다.

'予'는 '羊汝切'(以聲語韻 上聲)에 의하여 '賜與(주다)'가 된다. 이는 위의 직음에서 살펴본 바 '予, 音與'(以聲語韻)와 동음으로, 표기양식만 직음과 반절로 다를 뿐이다.

'長'은 '丁丈反'(知聲養韻 上聲)에 의하여 '長上(우두머리)'가 된다. '長'에는 또 '直良切'(澄聲陽韻 平聲 :『中辭典』)에 의한 '短之對(길다)'라는 의미가 있다.

이상 직음과 반절을 국음에 식별되는 것과 국음에 식별되지 않는 것으로 살펴보았다. 국음에 식별되는 것은 직음으로는 '賈·弔·還'과 반절로는 '亞·徵·且'를 다루었다. 이들은 '賈'가 '고 : 장사하다'와 '가 : 값'과 같이 국음의 차별이 의미의 차별로 나타나는 것이다. 국음에 식별되지 않는 것은 직음으로는 '幾'·予·縣'과 반절에 '俶·予·長'을 다루었다. 이들은 '幾'가 '기 : 가깝다'와 '기 : 몇·바라다'와 같이 국음에 차별이 없으나 의미에는 차별로 나타나는 것이다. 거꾸로 말하면 '幾' 등은 의미의 차별이 국음에 반영되지 못하게 되어, 국음을 들어도 의미의 차별을 인식할 수 없는 것이다. 이 경우 중국음은 차별이 되지만, 국음은 차별이 안되어 중국음보다 듣고 인지하는 데에 불리한 것이다.

4. 결 론

본고는『이아』에 대하여『이아』및『주』·『소』개요,『이아』주석과 국의(國義)로 살펴본 것이다. 이를 요약하면 다음과 같다.

『이아』및『주』·『소』개요에서는 세 부분으로 나누어,『이아』개요,『이아주』개요,『이아소』개요를 다루어 각본의 저자·내용·가치 등을 약술했다.

『이아』는 한자 1자 및 다음절어에 대해 의미를 위주로 풀이한 자의서(字義書)이고, 곽박의 『이아주』는『이아』의 경문의 음과 의미를 풀이한 주석서이고, 형병의『이아소』는 경문 및 곽박의『이아주』를 다시 풀이한 주석서이다.

『이아』는 가장 오래된 훈고서로, 19편에 2091항목을 풀이하였다.『이아』의 작자는 미상이고, 진한 시대의 편찬으로 인식되고 있다. 『이아』의 ‘爾’는 ‘昵’로, ‘가깝다’는 뜻이고, ‘雅’는 ‘義’로 ‘바르다’는 뜻으로, 각지의 방언을 소통시켜 아언(雅言)에 가까워지도록 하기 위해 편찬된 것이다. 『이아』는 중국 최초의 분류 사전으로 모두 19편이다. 이 19편은 앞 3편은 일반적인 사어(詞語)를 해석하고 있고, 나머지 16편은 각종 사물의 명칭을 해석하고 있다. 『이아』는 역대 학자들이 “칠경을 살피는 척도이자 학문의 사다리이다”라고 찬양하고, 훈고를 연구하고 주소를 하는 이들은 모두 『이아』를 근거로 삼았으며, 심지어는 12경 혹은 13경에 편입시킴으로써 극도로 추숭하였다. 『이아』의 가치로는 훈고학의 기초를 확립했다는 점, 사어의 다양한 옛 뜻을 보존하고 있다는 점이다. 『이아』의 결점으로는 수록된 사어 및 의미항이 충분하게 갖추어지지 못한 점, 분류가 비과학적인 것이 있는 점, 다의사로 사어를 해석함으로써 의미가 명확히 드러나지 않는 점이 지적되었다. 『이아』 주해는 한나라의 건위문학(犍爲文學)·유흠(劉歆)·번광(樊光)·이순(李巡)·손염(孫炎)의 것이 있고, 진나라 곽박의 『爾雅注』가 있고, 육조 이후로 심선(沈旋)·시건(施乾)·사교(謝嶠)·고야왕(顧野王)·배유(裴瑜)·육덕명(陸德明)·정초(鄭樵)의 것이 있고, 송나라 형병의 『爾雅疏』, 청나라 소진함(邵晉涵)의 『爾雅正義』, 학의행(郝懿行)의 『爾雅義疏』 등이 있다.

　『이아주』는 곽박의 역작으로, 18년의 노력을 경주하여 이룩된 것이다. 자료는 각지방의 언어와 고금 학자의 견해를 망라하였는데, 인용한 서적은 50종 정도이다. 주석방법은 과거 학자보다 뛰어나서, 금어(今語)로 고어(古語)를 풀이하고, 당대(當代) 방언(方言)으로 아언(雅言)을 증명했을 뿐만 아니라. 음도(音圖)로 보충하여, 독자에게 그 이름을 알며 그 뜻을 이해케 하며 그 물건을 변별케 하였다. 이러한 독특한 견해는 한유(漢儒)들의 “주는 전을 어기지 않으며, 소는 주를 파괴하지 않는다”는 입장과 반대가 되었다. 주(注)의 풀이는 언어 발전의 각도에서 『이아』를 연구하여 과거 학자를 맹종하거나 기존학설에 구애받지 않고, 대담하게 잘못을 바로잡고 번잡을 제거하였다. 주석 태도는 근엄하여 의심이 있는 것은 남겨두고 억단하지 않았다. 이 외에 곽박이 제기한 ‘語之輕重’ ‘聲轉·語轉’ ‘假借音’ ‘連綿字不分訓’ 등 규율성을 띤 개념은 후세에 청나라 학자들에게 "소리에 의해 뜻을 구하고, 소리·뜻이 긴밀히 결합되었다"라는 학문 방법의 선구가 되어, 훈고학상 큰 공헌을 하였다. 이에 따라 『이아주』는 역대로 학자들에게 추숭을 받았다. 그리하여 『이아주』는 학자가 조종으로 여기고, 후인들이 서로 보정하였으나 대강은 곽박의 범위를 벗어나지 못하였다는 찬사를 받았다. 그러나 『아아주』에도 결점이 지적되어, 인용에 유래를 밝히지 않은 것이 있고, 글자대로만 해석하여 요령을 잃은 곳도 있다고 하였는데, 이러한 하자는 옥의 티에 비유된다. 이 책은 현존하는 비교적 완전하고 가장 오래된 『이아』 주석본이다. 따라서 『이아』 연구에는 이 책이 제일 중요한 것이 되었다. 곽박의 『아아주』는 후학들에 의해 다시 주석이 가해졌는데, 형병의 『아아소』도 그 중의 하나이다. 이리하여 『이아』는 단행본 이외에도 '注本' '注疏本' '正義本' '義疏本'이 있게 되었다.

　『이아소』는 형병의 저술로, 칙령을 받들어 학자들과 공동으로 지은 것이다. 그 저술 기준은 경적으로서 근본을 삼고, 의리(理義)의 표준은 곽박을 위주하였다. 이 책이 완성되자 학관(學官)에 쓰이고, 이로부터 곽박의 주를 연구하는 이들은 이 소에 의거하게 되었다. 이리하여 『이아』 연구에는 필요불가결한 책이 되었다. 형병 『소』의 장점은 3가지로 요약된다. 첫째 곽주(郭注)의 비미를 보충한 것이다. 곽주의 미비를 형병이 완결시킨 것은 아니지만 '莉·肇·逐·求·卒·廩·宦·徒駭·太史·胡蘇' 10가지는 모두 경적에 의거하여, 곽박을 보충하였다. 둘째는 성의(聲義)의 통함을 알아낸 것이다. 근래 학자들이 성(聲)으로 『이아』를 풀이하는 것은 그 단서가 형병에게 있는 것이다. 예를 들면 '哉·怡·謨·誩·亮·詢·蘦·逈·嵩·茂'는 모두 성을 말미암아 그 통차(通借)를 얻은 것인데, 다만 완비되지는 않은 것이다. 셋째는 사언(詞言)의 예를 통달시킨 것이다. 『이아』에 조례가 있다고 하는 설은 이미 형소에서 지적되었던 것이다. 형소(邢疏)의 결점은 크게 두 가지가 지적되었다. 첫째는 소는 주를 파괴하지 않는다는 규정에 얽매여, 곽주에서 언급하지 않은 것은 널리 찾지 않았다. 과거의 주석을 보충한 것이 있으나, 채집한 것이 적어 자세히 갖추지는 못한 것이다. 둘째는 곽주를 부연했어도 여러 말을 널리 채집하지 않고, 다른 경서의 주석을 옮겨 놓은 것이다. 이리하여 역대로 형소에 대한 논의는 동이가 많았고, 청대에 이르러 더욱 포폄이 일치하지 않았다.

『이아』 주석과 국의(國義)에서는 두 부분으로 나누어, 전주(轉注)와 국의, 음주와 국의를 다루어, 각각의 경향을 살폈다.

전주(轉注)와 국의에서는 일의수자(一義數字)가 되는 실상을 살폈다. 그 예로 '初·哉·首·基·肇·祖·元·胎·俶·落·權輿, 始也.'를 들어, 이들이 전주 방식에 의해 모두 '始'라는 의미로 풀이된 것을 추적하였다. 그러나 이들은 각 글자의 자형에서 추구된 본의 뿐만 아니라 인신·가차 또는 별의(別義)에 의해 같은 뜻이 된 것이다. 초(初)는 '옷을 만드는 시작'에서 인신되어 '始'로 된 것이다. 재(哉)는 고문이 '才'인데, '哉'에 '土(재)'로 변형되었다. '才'는 '초목의 시초'인데, 소리가 비슷하기 때문에 '哉'는 '才'를 가차하여 '哉始(시초)'의 '哉(시초)'로 하였다. '哉'는 본의가 '문장을 간격짓는 글귀 속의 감탄 어조사'이다. 才는 '艸木之初'에서 '始'의 의미로 된 것이다. '始'라는 의미일 때 '才'는 본자이고, '哉'는 가차자이다. 수(首)는 '頭(머리)'로, '몸의 시작'에서 인신되어 '始'·'本'으로 된 것이다. 기(基)는 '담을 쌓기 시작하다(牆始)'에서 인신되어 '始'를 일컫게 된 것이다. 조(肇)는 '戶聿'가 본자로, '처음으로 열린다'는 뜻에서 '始'로 인신되었다. '肇'에 '始'의 뜻이 있는 것은 '戶聿'의 가차이다. 조(祖)는 '종묘(宗廟)의 시작'에서 인신되어 '始'의 뜻이 되었다. 원(元)은 '선(善)의 으뜸'으로 '시작'이라는 뜻은 본의이다. 태(胎)는 '사람이 모양을 이루는 시작'에서, '始'의 뜻으로 인신되었다. 숙(俶)은 '동작의 시작'으로, '始'의 뜻이 있는 것은 일왈의(一曰義)이다. 낙(落)은 '나뭇잎이 떨어짐의 시작'으로, '始'로 된 것은 '朔'의 가차이다. 권여(權輿)는 '천지(天地)의 시작'인데, '薖薽(萌芽 : 싹)'의 가차이고, 이것이 인신되어 '始'의 뜻으로 된 것이다. 또 '權·輿'가 저울·수레의 처음 만드는 물건이라는 뜻에서 '始'에 연관시키기도 한다.

이들 '初' 등이 '始'로 된 것은 조자법칙 즉 상형·지사·회의·형성에 의한 자형설명에서 추구된 본의만 사용된 것이 아니라, 본의로부터 '始'로 변화되어 쓰이게 된 것이 많다. 따라서 이들은 본의 이외에도 인신·가차·별의에 의한 '始'라는 공통의미에서 상통하는 것이다. 이 경우 '初' 등의 모든 한자는 국어 표현이 '始'에 의해 '시작'으로 귀결되고, 다른 갈래의 의미가 있는 것은 논외가 된다. 그러나 '初' 등을 '시작'이라고 풀이했다고 해서 국어주석이 완결되는 것은 아니다. 이들은 각 용례에 의하여 명사·동사·부사 등으로 나타나기 때문에 각 경우에 맞추어 풀이되어야 한다. 이러한 의미의 세분화는『이아』주석에서 모두 달성할 수 없다는 한계를 지닌다. 따라서 경문의 풀이 '시작'이라는 의미 제시를 일차적 주석으로 하고, 그 이외에 세분화된 의미 추구는 이차적 과제가 되는 것이다. 또 "林·烝·天·帝·皇·王·后·辟·公·侯, 君也."에서는 모두 '임금'이라는 의미이고, "弘·廓·宏·……, 大也." 수십자는 모두 '크다'로 귀결되지만, 각 한자의 용례에 의해 여러 가지 품사로 의미 분화가 되기도 하는 것이다. 그러나 피석사가 여러 글자만 있는 것은 아니고, 1자의 피석사에 1자의 해석사로 이루어진 경우도 많다. 이 때는 제시된 피석사 및 그 용례가 적어, 의미의 분화도 적게 나타나므로, 그 표현도 덜 복잡하다.

음주(音注)와 국의에서는 직음과 반절로 나누고, 이들을 다시 각각 국음에 식별되는 것과 식별되지 않는 것으로 나누어 살펴보았다. 국음에 식별되는 직음과 반절은 어느 한자의 음이 둘 이상일 때, 직음과 반절로 나타난 한자음이 동일 한자 안에서 다른 음과 서로 구별되고, 그것이 한국표음에도 구별되어 나타나는 경우이다. 국음에 식별되지 않는 직음과 반절은 어느 한자의 음이 둘 이상일 때, 직음과 반절로 나타난 한자음이 동일 한자 안에서 다른 음과 서로 구별되나, 그것이 한국표음에 구별되어 나타나지 않고 동일한 경우이다.

국음에 식별되는 것은 직음으로는 '賈·弔·還'과 반절로는 '亟·徵·且'를 다루었다. 이들은 '賈'가 '고 : 장사하다'와 '가 : 값'과 같이 국음의 차별이 의미의 차별로 나타나는 것이다. 국음에 식별되지 않는 직음으로는 '幾·予·縣'과 반절에 '俲·予·長'을 다루었다. 이들은 '幾'가 '기 : 가깝다'와 '기 : 몇·바라다'와 같이 국음에 차별이 없으나 의미에는 차별로 나타나는 것이다. 거꾸로 말하면 '幾' 등은 의미의 차별이 국음에 반영되지 못하게 되어, 국음을 들어도 의미의 차별을 인식할 수 없는 것이다. 이 경우 중국음은 차별이 되지만, 국음은 차별이 안되어 중국음보다 들어 인지하는 데에 불리하다.

직음·반절이 국음에 차별로 나타나는 경우는『이아』및 제경전을 독해할 때 그 의미 차이가 쉽게 식별되고 그 중요성이 강조될 수 있으나, 국음에 차별로 나타나지 않는 경우는 그 의미 차이가 쉽게 식별되지 못하고 그 중요성이 강조되지 않는다. 즉 한자의 의미에 따라 국음이 차이나지 않는 경우, 세밀하게 살피는 데에 소홀하게 되는 것이다. 그 결과는 경전의 의미를 정확하게 전달하지 못하는 결함을 초래하게 된다. 이는 번역으로 나타난다. 이 점은 간과해서는 안된다.

이상의 작업은 『이아』의 『注』·『疏』를 대상으로 주석의 실상을 살펴본 것이다. 그 주요 문제는 전주에 의한 주석, 그리고 음주인 직음·반절에 두어졌다. 그러나 주석에 대한 문제는 이 이외에도 매우 많다. 이에 대한 관심이 기대된다.

▶ 참고문헌 ◀ (' : '의 앞은 약칭임)

『形字典』:『正中形音義綜合大字典』, 高樹藩, 正中書局, 臺北市, 民國 68年. 增訂3版.

『中辭典』:『中文大辭典』(10冊), 中文大辭典編纂委員會, 中國文化學院華岡出版有限公司, 臺北市, 民國 68年. 4版.

『漢辭典』:『漢語大辭典』(12冊), 漢語大辭典編輯委員會漢語大辭典編纂處, 漢語大辭典出版社, 上海, 1993. 1版.

『漢字典』:『漢語大字典』(8冊), 漢語大字典編輯委員會, 湖北辭書出版社·四川辭書出版社, 湖北省·四川省, 1990. 1版.

『和辭典』:『大漢和辭典』(13冊), 諸橋轍次, 大修館書店, 東京, 昭和 43年. 縮寫版 第2刷.

『經典釋文』, 陸德明 撰(『字典彙編』 19, 于玉安·孫豫仁), 國際文化出版公司, 北京. 1993.

『爾雅』, 郭璞 注(『字典彙編』 23, 于玉安·孫豫仁), 國際文化出版公司, 北京.1993.

『爾雅詁林』(5冊), 朱祖延 主編, 湖北敎育出版社, 1998.

『爾雅詁林敍錄』, 朱祖延 主編, 湖北敎育出版社, 1998.

『爾雅注疏』(十三經注疏本), 新文豐出版公司, 臺北. 中華民國 67年.

『爾雅注疏』(十三經注疏 標點本), 北京大學出版社, 北京市. 1999年 12月. 第1版.

齊佩瑢,『訓詁學槪論』, 漢京文化事業有限公司, 臺北. 中華民國 74年.

이충구,『爾雅』音義 考(『韓中哲學』, 제5집), 한중철학회, 1999 .12.

정명수·장동우 옮김,『훈고학의 이해』, 동과서, 1997.

『勸念要錄』에 나타난 17세기 국어 否定法 고찰

이태욱*

1. 서 론

『권념요록(勸念要錄)』은 1637년에 간행된 문헌으로서 '왕랑반혼전(王郎返魂傳)'을 비롯하여 11개의 이야기를 언역(諺譯)하여 엮어 놓았다. 『권념요록』은 주로 불교 설화적 요소를 지니고 있는 이야기들만을 모아 놓은 문헌이다. 훈민정음 창제 이후 불서(佛書)를 언해한 문헌들이 많이 남아 있어 주로 그것에 대한 연구가 많았다. 그런데, 『권념요록』처럼 설화적 요소를 모아 놓은 자료는 드물다. 이런 점에서 『권념요록』은 다른 자료와 비교하기에 좋은 자료가 된다. 이처럼 『권념요록』에 표기된 국어 자료는 17세기 국어에 대한 연구에도 도움이 되어 국어학적 자료로서의 가치를 지닌다.

　본고에서는 그 국어학적 가치 중 17세기 국어 부정법에 대해 고찰하고자 한다. 흔히들 근대국어의 부정법을 논할 때 뭉뚱그려 언급하면서 중세국어와 별 차이가 없다든지 현대국어와 별 차이가 없는 것처럼 규정짓는다. 그러나, 중세국어의 부정법에서도 논했듯이 섣불리 근대국어의 부정법에 대해 언급해서는 안 된다. 중세국어도 문헌에 따라 부정법이 다르게 나오듯이[1] 근대국어, 특히 17세기 부정법을 언급하기 위해서는 17세기 각각의 문헌에 대한 부정법의 고찰부터 이루어져야 한다. 그런 다음 17세기 부정법이 어떻다고 언급해야 한다. 그렇지 않고 몇몇 문헌에 나타나는 부정법을 중세국어나 현대국어의 부정법

---

* 성균관대 강사.
1) 졸고(1995 : 545) 참조.

과 같다고 해서 17세기 국어의 부정법은 중세국어나 현대국어의 부정법과 같다고 해서는 안 된다. 중세국어의 부정법에서도 살펴봤듯이, 중세국어의 부정법은 각 문헌마다 부정법의 쓰임이 달랐다. 마찬가지로 17세기 국어의 부정법도 문헌마다 쓰임이 다를 수 있기 때문이다. 따라서, 17세기 국어의 부정법을 체계화하기 위해서는 우선 17세기 각각의 문헌부터 고찰해야 한다. 그 일환으로서 본고에서는『권념요록』에 나타난 부정법을 고찰하기로 한다.

부정법을 크게 용언 부정법과 체언 부정법으로 나눌 수 있는데, 본고에서는 체언 부정법은 제외하고 용언 부정법에 대해서만 고찰한다. 용언 부정법에는 '아니' 부정법과 '몯' 부정법, 그리고 '말다' 부정법의 세 가지로 크게 나눌 수 있다. '아니' 부정법은 '아니'나 '아니ᄒ−'에 의한 부정법을, '몯' 부정법은'몯'이나'몯ᄒ−'에 의한 부정법을, '말다' 부정법은 '말−'에 의한 부정법을 말한다. 본고에서는 '말다' 부정법은 제외시키고, '아니' 부정법과 '몯' 부정법에 대해 통사적 측면에서 고찰하고자 한다.

'아니' 부정법과 '몯' 부정법은 다시 단형 부정과 장형 부정으로 나뉘는데, 이는 길이를 기준으로 나뉜 것으로 본고에서도 이를 따르기로 한다. 장형 부정문은 어간에 주로 '디'가 붙고, 그 뒤에 '아니ᄒ−'나 '몯ᄒ−'가 오는 형태, 즉 형태가 긴 부정문이다. 이에 비해, 단형 부정문은 어간 앞에 '아니'나 '몯'이 오는, 형태가 짧은 부정문이다. 그런데, 본고에서는 단형 부정문을 다시 둘로 나누어 단형 부정 I 과 단형 부정 II 로 나눈다. 단형 부정 I 은 단형 부정으로 나타낼 것이다. 이 형태는 어간 앞에 '아니'나 '몯'이 온다. 단형 부정 II 는 파생어일 경우, 예컨대 '어근+ᄒ−'로 된 경우에 그 부정형으로 어근과 'ᄒ' 사이에'아니'나 '몯'이 오는 '어근 아니ᄒ−/몯ᄒ−'의 경우를 말한다. 또, 목적어나 부사류 다음에 '아니ᄒ−'가 연결되는 경우도 단형 부정 II 로 취급하기로 한다. 단형 부정을 둘로 나눈 이유는'아니/몯 어근+ᄒ−'의 경우와'어근 아니ᄒ−/몯ᄒ−'의 경우처럼 형태의 길이는 같지만 그 구성 형태가 다르기 때문이다.

본고의 목적은『권념요록』에 나타난 이러한 부정법의 유형과 그 성격을 파악하고, 이를 통해 17세기 국어의 부정법의 유형을 체계화함에 있다.

본고에서 대상으로 삼은 자료는 다음과 같다.

    <간행년도>   <문헌>   <판본>
     1637년   권념요록   일엽본(一葉本) 영인본(홍문각 발행)

2. 『권념요록』에 나타난 용언 부정법

1) '아니'부정법

(1) 단형 부정
① 아니 어간
다음 예를 살펴보자.

  (1) 가. 랑아 자느냐 <u>아니 자느냐</u> <1b>
      나. 비록 틱령다이 아니나 <u>아니 자바 가디 몯홀더니</u> <4a>
      다. 랑군 부체이 원을 <u>아니 니즈면</u> <9b>
      라. 셔방을 닷고되 오직 어미 <u>아니 닷더니</u> <28a>
      마. 엇던 인으로 극락국애 <u>아니 나며</u> 엇던 연으로 미타불을 몯 보리오
      <33b>

예(1)은 단형 부정 '아니 어간'형이다. '아니 어간'형이 이 문헌에서는 용언이 동사일 경우에만 나오고, 형용사일 경우에는 나오지 않는다. 이 문헌에 '아니 어간'형이 나타난 것은 주목할 만한 일이다. 왜냐 하면, 16세기 문헌에는 '아니 어간'형은 드물게 나타나며, 시대가 흐를수록 단형 부정 '아니 어간'형을 보기가 힘든데 17세기 문헌인 이 문헌에서 단형 부정 '아니 어간'형을 볼 수 있기 때문이다. 15, 16세기 문헌에도 드물게 나타난 형용사일 경우의 '아니어간'형은 이 문헌에서는 한 예도 나타나지 않는다. 즉, 이 문헌에는 단형 부정 '아니 어간'형은 동사일 경우에 사용되었으며, 형용사일 경우에는 이 형이 사용된 예가 없다.

예(1 가)에서 보듯이, 앞서 쓰인 용언을 부정할 때는 — 이때 용언을 a라 한다면 — 'a (−) 아니 a'형식으로 나타나는 예가 두 번 나온다. 다시 말해, 'a 부정 a'일 경우에는 'a 아니 a' 형식, 즉 단형 부정형이 사용될 확률이 높음을 알 수 있다. 15, 16세기 문헌에서도 앞서 쓰인 용언을 부정할 때는 장형 부정 '어간+디 아니ᄒᆞ−'형보다는 단형 부정 '아니 어간'형의 부정형이 사용되곤 했다.2)

또, 이중 부정일 경우에도 단형 부정형이 사용될 확률이 높음을 알 수 있다. 예(1 나)에 나오는 부정형은 '아니 어간+디 몯ᄒᆞ−' 형으로 '아니' 부정과 '몯' 부정이 결합된 이중 부정이다. 이와 같은 이중 부정일 경우의 '아니 어간'형은 15, 16세기 문헌에서는 흔하지 않은 현상이다. 17세기 다른 문헌에서도 이와 같은 이중 부정일 경우에 '아니 어간'형이 나타나곤 한다.3)

요컨대, 16세기부터 시대가 흐를수록 단형 부정 '아니 어간'형은 점차 사라지는데 그나마 앞서 사용된 용언을 부정하는 'a 아니 a' 형과 이중 부정의 '아니 어간+디 몯ᄒᆞ−' 형은 다른 경우보다 쉽게 사라지지 않음을 알 수 있다.

② 아니 한자어근+ᄒᆞ−

다음 예를 살펴보자.

(2) 져 부쳐을 <u>아니 렴ᄒᆞ면</u> <7b>

예(2)는 '한자어근+ᄒᆞ−'에 대한 부정으로 '아니 한자어근+ᄒᆞ−'형이다. '아니 한자어근+ᄒᆞ−'형은 아주 주목할 만하다. 이 형은 단형 부정형이 많이 나타난 15세기 초반 문헌과, 16세기 문헌에도 드물게 나타났기 때문이다.4) '한자어근+ᄒᆞ−'의 부정형은 흔히 '한자어근 아니ᄒᆞ−'형이 아니면 장형 부정형인 '한자어근+ᄒᆞ+디 아니ᄒᆞ−'형으로 많이 나타난다. 그래서 '아니 한자어근+ᄒᆞ−'형을 보기가 힘들다. 비록 한 예에 불과하지만 예(2)는 17세기 문헌에도 '아니 한자어근+ᄒᆞ−'형이 나타남을 보여 주는 중요한 증거가 된다.

---

2) 졸고(1995 : 30) 참조.
3) 졸고(2000 : 3) 참조.
4) 졸고(1995 : 152, 449) 참조.

③ 어근 아니ᄒᆞ−

다음 예를 살펴보자.

   (3) 숑씨 열 ᄒᆞᆫ 회 ᄉᆞ이에 다론 친을 <u>ᄉᆞ랑 아니ᄒᆞ고</u> <12a>

예(3)은 '어근+ᄒᆞ−'형에 대한 부정형으로 '어근 아니ᄒᆞ−'형이다. 이 형은 15, 16세기 문헌에도 자주 나타났다. 단형 부정형 '아니 어간'형이 시대가 흐를수록 장형 부정형으로 바뀌어 가는데 비해, 이 '어근 아니ᄒᆞ−'형은 시대가 흘러도 자주 사용된다. 그런데, '어근 아니ᄒᆞ−'형을 장형 부정으로 보는 견해가 있다.[5] 즉, '어근 아니ᄒᆞ−'형을 '어근+ᄒᆞ+디 아니ᄒᆞ−'형에서 'ᄒᆞ+디'가 생략된 것으로 보아 장형 부정으로 본 것이다. 그러나, '어근 아니ᄒᆞ−'형이 처음부터 '어근+ᄒᆞ+디 아니ᄒᆞ−'에서 'ᄒᆞ+디'가 생략된 형이라 볼 수 있다면, 또한 '어근 아니ᄒᆞ−'형이 먼저였고, 나중에 'ᄒᆞ+디'가 첨가되어 장형 부정이 된 것으로 볼 수도 있다. 즉, 어느 것이 기본형인지는 논란이 될 수 있다. 15, 16세기 문헌에서도 이 두 형이 자주 나타났다. 그래서 15, 16세기 문헌을 비교해 보면 두 형태의 관계, 즉 '어근 아니ᄒᆞ−'형이 '어근+ᄒᆞ+디 아니ᄒᆞ−'형의 생략형이 아님을 알 수 있다. 15세기 문헌에는 다음 예(4)에서 보듯, '말ᄒᆞ디 아니ᄒᆞ−'형태는 나오지 않고 '말 아니ᄒᆞ−' 형태만 나온다.[6] '말ᄒᆞ디 아니ᄒᆞ−' 형태는 16세기 후반 문헌에 나온다.[7] 만약, '어근 아니ᄒᆞ−아니ᄒᆞ−'에서 'ᄒᆞ+디'가 생략된 형태라면 '어근+ᄒᆞ+디 아니ᄒᆞ−'형, 즉 '말ᄒᆞ디 아니ᄒᆞ−' 형태가 먼저 나오고, 그 다음에 '어근 아니ᄒᆞ−'형, 즉 '말 아니ᄒᆞ−' 형태가 나와야 한다. 그런데, 생략된 형태가 먼저 나오고 생략되지 않은 원래 형태가 나중에 나온다는 것은 이치에 맞지 않다. 또한, 문헌에 따라서는 '어근 아니ᄒᆞ−'형과 '어근+ᄒᆞ+디 아니ᄒᆞ−'형 둘 다 나오는 경우도 있다. 만약 한 형태가 다른 형태의 생략형이라면 둘 중 한 형태로 통일되어 사용됨이 자연스럽다. 한 문헌에

---

5) 류광식(1990 : 69~70) 참조.
6) 졸고(1995 : 199, 389) 참조.
7) 1577년에 나온 『계초심학인문』에 나온다. 졸고(1995 : 389) 참조.

서 생략한 형을 사용하다가 또 생략하지 않은 원래형을 사용하기도 하는 것은 자연스럽지 못한 현상이다. 따라서, '어근 아니ᄒᆞ-'형은 '어근+ᄒᆞ+디 아니ᄒᆞ-'형의 생략형은 아니다. 또, 16세기 후반기로 갈수록 장형 부정형이 많아지는데 장형 부정형을 띠는 것을 굳이 생략을 하여 단형 부정형으로 만들 필요가 없다. 이를 통해, '어근 아니ᄒᆞ-'가 '어근+ᄒᆞ+디 아니ᄒᆞ-'에서 'ᄒᆞ+디'가 생략된 형태가 아님을 알 수 있다.

(4) 가. 즘즘ᄒᆞ야 알며 <u>말 아니ᄒᆞ야</u> 信호문 <석보상절 十三 : 63a-1447년>
　　나. 모로매 즘즘코 <u>말ᄒᆞ디 아니ᄒᆞ야</u> <계초심학인문 : 7a 1577년>

이상을 종합해 볼 때, '어근 아니ᄒᆞ-'형은 '어근+ᄒᆞ+디 아니ᄒᆞ-'형에서 'ᄒᆞ+디'가 생략된 형으로 보기보다는 원래부터 '어근 아니ᄒᆞ-'형인 것으로 봐야 한다. 따라서, '어근 아니ᄒᆞ-'형을 '어근+ᄒᆞ+디 아니ᄒᆞ-'형에 대해서 단형 부정형으로 보고자 한다. 물론, '아니 어근+ᄒᆞ-'형의 단형 부정과는 다르지만 'ᄒᆞ+디'가 없다는 점에서 단형 부정으로 취급하기로 하며 이 형을 '단형 부정Ⅱ'로 부르기로 한다.

④ 어간+게 아니ᄒᆞ-
다음 예를 살펴보자.

(5) 누놀 ᄠᅳ매 다 보아 렴렴매 <u>닏게 아니ᄒᆞ리라</u> <31a>

예(5)는 '어간+게 ᄒᆞ-'형에 대한 부정형으로 '어간+게 아니ᄒᆞ-'형이다. 이 형은 15, 16세기 문헌에도 나왔다.[8] 이 형도 '어간+게 ᄒᆞ+디 아니ᄒᆞ-'형에서 'ᄒᆞ+디'생략 형, 또는 '디'자리에 '게'가 사용된 형으로 취급하기보다는 앞서 언급한 '어근 아니ᄒᆞ-'형과 마찬가지의 이유로 단형 부정Ⅱ로 취급하기로 한다.

---

8) 15세기 문헌 『내훈 : 2上 : 50a』과 16세기 문헌 『이륜행실도 : 36a』에 나옴. 졸고(1995 : 152, 340) 참조.

⑤ 어근+ㅎ+고져/코져 아니ㅎ-

다음 예를 살펴보자.

(6) 오디롤 두로 절호미언정 <u>왕싱코져 아니ㅎ로라</u> < 21a>

예(6)은 '어근+ㅎ+고져 ㅎ-'형에 대한 부정형으로 '어근+ㅎ+고져 아니ㅎ
-'형이다. 이 형은 15, 16세기 문헌에서 볼 수 있었다. 이 형도 장형 부정형
'어근+ㅎ+고져 ㅎ+디 아니ㅎ-'형을 감안하여 단형 부정Ⅱ로 취급하기로 한
다.

⑥ 체언+다이 아니ㅎ-

다음 예를 살펴보자.

(7) 왕랑을 엄히 미여 ᄀ져오라 ㅎ시니 <u>칙령다이 아니ㅎ면</u> 왕의 진심을
    <4b>

예(7)은 '체언+다이 ㅎ-'형에 대한 부정형으로 '체언+다이 아니ㅎ-'형이
다. 이 형은 16세기 문헌에 나왔다. 이 형은 자주 나오는 형은 아니다.

⑦ 어간+의문형어미 아니야〈의문문〉

다음 예를 살펴보자.

(8) 셔방을 <u>어루니르럼(럼)는야 아니야</u> <24a>

예(8)은 의문문에 대한 부정형으로 '어간+의문형어미 아니야'형이다. 이 형
은 15, 16세기 문헌에서는 '어간+의문형어미 아니냐/아니ㅎ냐'형으로 나타났
다.9)

---

9) 졸고(1995 : 269) 참조.

(2) 장형 부정

① 어간+디/지 아니ㅎ-

다음 예를 살펴보자.

(9) 가. ᄆᆞ매 부쳐 ᄶ홀 연ᄒᆞ야 스억ᄒᆞ야 디녀 <u>닛디 아니ᄒᆞ고</u> <33a>
　　나. 그 죄올 무러 <u>못디 아니ᄒᆞ고</u> <2a>
　　다. 댱뷔 일심으로 <u>믈러나디 아니ᄒᆞ야</u> <20a>
　　라. 졍계을 닷가 디뇨미 ᄯᅩ <u>올치 아니ᄒᆞ야</u> <19a>
　　마. 시혹 비ᄉᆞ며 이우러 <u>곧디 아니ᄒᆞ며</u> <24b>
　　바. 분터럭만도 다른 렴 <u>잇디 아니ᄒᆞ야</u> <30b>

예(9)는 장형 부정형 '어간+디 아니ᄒᆞ-'형으로서 동사, 형용사, 존재사 '잇
-'에 사용되었다. 다른 문헌에서는 잘 나오지 않는 존재사 '잇-'에 대한 부정
형이 나온 것이 특이하다. '어간+디 아니ᄒᆞ-'형은 15, 16세기 문헌에도 장형
부정형의 대표적인 형이었다. 예(9 라)는 형용사 '옳-' 사용된 것으로 이것은
'디'가 구개음화된 것이다. 이 문헌에는 '디'가 주로 사용되며 '디'의 구개음화
된 '지'도 사용되고 있음을 예를 통해 알 수 있다.

시대가 흐를수록 부정문은 궁극적으로 장형 부정 '어간+디 아니ᄒᆞ-'형으
로 통일되는 경향을 보인다. 그러나, 이 문헌에서는 이 형이 압도적으로 사용
되었다고는 말하기 어렵다. 이 형의 부정문이 16번 정도 나타나며, '아니 어간'
형의 단형 부정이 6번 정도, 단형 부정Ⅱ가 7번 정도로 나타난다. 이 사실을
통해 장형 부정이 단형 부정보다 조금 더 나타나는 정도임을 알 수 있다. 이것
은 이 문헌이 17세기 전반기에 속하므로 아직까지 장형 부정화가 더디게 진행
되었다고 할 수도 있다. 그렇지만 이 문헌보다 앞서는 시기의 17세기 전반에
속한 다른 문헌에 장형 부정이 압도적으로 많이 나타나는 경우가 있는 것으로
봐서10) 이 문헌이 17세기 전반에 속한 문헌이라서 장형 부정이 더디게 진행되
었다는 것은 타당성이 없어 보인다. 오히려 이런 현상은 15, 16세기 문헌처럼

---

10) 1617년 『동국신속삼강행실도(國新續三綱行實圖)』에는 장형 부정형이 단형 부정형보
　　다 압도적으로 많아 나온다.

문헌상 특징으로 취급해야 한다. 물론, 17세기 문헌은 15, 16세기 문헌 때보다는 단형 부정이 줄어들고 장형 부정이 많이 나타남은 사실이다. 이 점을 고려할 때 17세기 문헌의 경우 시기가 흐를수록 앞선 시기보다 반드시 장형 부정이 더 많이 사용되었다고 볼 수는 없다. 다만, 17세기 문헌의 경우 15, 16세기 문헌보다는 장형 부정화가 강해지고 있음은 사실이다.

② 한자어근＋치(＝ᄒ＋지) 아니ᄒ－

다음 예를 살펴보자.

(10) 구디 <u>허치 아니ᄒ고</u> <19b>

예(10)은 '한자어근＋ᄒ－'에 대한 부정형으로 원래 장형 부정 '한자어근＋ᄒ＋디 아니ᄒ－'형이다. 이 형은 15, 16세기 문헌에도 자주 나타났다. 여기서는 '디'가 구개음화된 '지'로 나타나며, 어근 말음이 모음일 경우 'ᄒ'의 'ᆞ'가 생략될 수 있는데 '허'가 이 조건에 해당되므로 'ᆞ'가 생략되었다. 그리고 'ᄒ'에서 남은 'ᇂ'과 '지'가 축약되어 '치'로 나타난 것이다. 그래서 '한자어근＋치 아니ᄒ－'형이 된 것이다. 이 형은 이 문헌에서 한 예가 나온다. '한자어근＋ᄒ－'형에 대한 부정의 경우 이 문헌에서는 '아니 한자어근＋ᄒ－'형의 단형 부정으로도 나타난 바 있다.[11] 이런 사실에서 '한자어근＋ᄒ－'형에 대한 부정일 경우 '아니 한자어근＋ᄒ－'형과 '한자어근＋치(＝ᄒ＋지) 아니ᄒ－'형 모두 나타남을 알 수 있다.

③ 어간＋디 아니ᄒ＋고져 ᄒ－

다음 예를 살펴보자.

(11) 부쳐 금계을 <u>밧디 아니ᄒ고져</u> 근명을 앗겨 <19b>

예(11)은 '어간＋고져 ᄒ－'에 대한 부정형으로 장형 부정 '어간＋디 아니ᄒ

---

11) '아니 한자어근＋ᄒ－'형 항목을 참조할 것.

+고져 ᄒ—'형이다. 15세기 문헌에 보이던 단형 부정 '아니 어간+고져'형이나 16세기에 보이던 '어간+고져 ᄒ+디 아니ᄒ—'형은 나오지 않는다.

④ 어간+디 아니며

다음 예를 살펴보자.

(12) 엇던 공덕이 더 <u>기디</u> 아니며 <33b>

예(12)는 장형 부정 '어간+디 아니ᄒ—'형에서 'ᄒ'가 빠진 형이다. 흔히 '어간+디 아니ᄒ—'형이 일반적이지만 종종 'ᄒ—'가 빠진 상태로 나오는 경우가 있다. 이 형은 15, 16세기 문헌에서도 나왔으며, 17세기 다른 문헌에도 나온다.[12] 어떤 경우에 'ᄒ'가 빠질 수 있는지에 대한 정확한 기준을 설정하기는 어렵지만, 대개 'ᄒ'뒤에 'ㄴ, ㄹ, ㅁ, ㅅ'이 올 때는 'ᄒ'가 생략될 수 있다.[13] 그러나, 현대국어에는 체언 부정문에 'ᄒ'가 빠진 이 형이 사용될 수 있으나, 용언 부정문에는 사용될 수 없는 형이다.

이상에서 '아니' 부정법에 나타난 부정 유형은 다음과 같다.

- 단형 부정
1. 아니 어간
2. 아니 한자어근+ᄒ—
3. 어근 아니ᄒ—
4. 어간+게 아니ᄒ—
5. 어근+ᄒ+고져/코져 아니ᄒ—
6. 체언+다이 아니ᄒ—

- 장형 부정
1. 어간+디/지 아니ᄒ—
2. 한자어근+치(=ᄒ+지) 아니ᄒ—

---

12) 졸고(2000 : 15) 참조.
13) 졸고(2000 : 16) 참조.

3. 어간+디 아니ᄒ+고져 ᄒ-
4. 어간+디 아니며

2) '몯'부정

(1) 단형 부정
① 몯 어간
다음 예를 살펴보자.

  (1) 가. 부쳐을 렴ᄒ니 열소리 <u>몯 초매</u> <29b>
     나. 엇던 연으로 미타불을 <u>몯 보리오</u> 33b>

예(1)은 단형 부정 '몯 어간'형이 사용된 것이다. 이 형은 이 문헌에는 동사일 경우에만 나타나고 형용사일 경우에 나타난 예는 없다. 15, 16세기 문헌에는 단형 부정 '몯 어간'형이 자주 나타나지 않았으며, 17세기 다른 문헌에도 이 형의 출현은 드물다. 그렇기 때문에 17세기 문헌인 이 문헌에 단형 부정 '몯 어간'형이 두 예나 나타난 것은 주목할 만하다. 17세기 전반기 문헌에도 단형 부정'몯 어간'형이 사용되었다는 것을 나타내기 때문이다.

② 몯 한자어근+ᄒ-
다음 예를 살펴보자.

  (2) 싱와 로와 병과 ᄉ와의 덛덛홈 업슨 곧을 <u>몯 면ᄒ니</u> <17b>

예(2)는 '한자어근+ᄒ-'에 대한 부정형으로 단형 부정 '몯 한자어근+ᄒ-' 형이다. 이 형은 15세기 문헌에서 사용되다가 16세기 문헌에서는 잘 사용되지 않았다.14) 그런데, 이 문헌에는 이 형이 비록 한 예지만 나타났다. 이것은 17세

─────────────────

14) 1518년 『번역소학(飜譯小學) : 9 : 73b』에서만 그 용례를 볼 수 있다. 그 외의 16세기 문헌에서는 그 용례를 찾아보기 힘들다. 졸고(1995 : 332) 참조.

기 전반기 문헌에도 이 형이 사용되었음을 보여주는 중요한 증거가 된다. 한자어근에 'ᄒ-'가 붙어서 된 경우에도 그것이 형용사가 아닌 동사일 경우에 '몯 한자어근+ᄒ-'형이 사용된다.

③ 한자어근 몯ᄒ-

다음 예를 살펴보자.

   (3) 가. 션홰 향화로 가질 가질 <u>여가 몯ᄒ야</u> <29b>
      나. 호위 일뎡 <u>몯ᄒᄂ</u> 사롬이 ᄒ다가 <34b>

예(3)은 '한자어근+ᄒ-'에 대한 부정형으로 단형 부정 '한자어근 몯ᄒ-'형이다. '한자어근+ᄒ-'에 대한 단형 부정형으로는 이 형이 '몯 한자어근+ᄒ-'형보다 사용이 빈번하다. '한자어근 몯ᄒ-'형은 15, 16세기 문헌에 나왔으며, 한자어근이 주로 2음절일 경우가 많았다.[15] 이 문헌에서도 이 형의 한자어근은 2음절이다.

(2) 장형 부정

① 어간+디 몯ᄒ-

다음 예를 살펴보자.

   (4) 가. 브텨 넘ᄒᄂ 사롬을 령을 조차 <u>미디 몯홀디니라</u> <5a>
      나. 이 모믈 <u>ᄀ디 몯홀로다</u> <11a>
      다. 나는 잠깐도 이런 이룰 <u>보디 몯ᄒ야시니</u> <11b>
      라. 경관 삼련 이월애 니르러 미리 ᄌ겨 <u>아디 몯ᄒ야셔</u> <27b>
      마. 엇던 죄뻑롤 슬이 <u>닏디 몯ᄒ며</u> <33b>

예(4)는 장형 부정 '어간+디 몯ᄒ-'형으로서, '몯'부정법에서 주된 부정법이다. 이 형은 15,16세기 문헌에서는 매우 주되게 사용된 부정형이었으나, 이

---

15) 졸고(1995 : 342) 참조.

문헌에서는 단형 부정형보다 한 예가 더 나온 정도다. 이 문헌에서는 동사일 경우만 이 형이 나타나고 형용사일 경우에는 그 예가 없다.

② 어간+디 몯게-

다음 예를 살펴보자.

(5) 부텨 념ᄒᆞᄂᆞᆫ 사ᄅᆞᆷ이 악도 듕애 ᄠᅥ러디믈 <u>보디 몯게라</u> <6a>

예(5)는 '어간+디 몯+게-'형으로서 장형 부정인 '어간+디 몯+ᄒᆞ+게-'형에서 'ᄒᆞ'가 생략된 형이다. 15세기 문헌에서는 나오지 않았으며 16세기 문헌에서는 '순수국어어근+디 몯+게 ᄒᆞ-'형은 나온 바 있다.[16] 그러나, '어간+디 몯+게-'형은 16세기 문헌에서도 나타나지 않았다. 이 형은 현대국어에도 사용되지 않는다. 그런 점에서 이 형은 이 문헌에 나타나는 특이한 부정형이다.

이상에서 '몯'부정법에 나타난 부정형은 다음과 같다.

• 단형 부정

1. 몯 어간
2. 몯 한자어근+ᄒᆞ-
3. 한자어근 몯ᄒᆞ-

• 장형 부정

1. 어간+디 몯ᄒᆞ-
2. 어간+디 몯+게-

3. 결 론

본고에서는 17세기 국어의 부정법을 파악하기 위해 17세기 문헌인『권념요

16) 1518년『이륜행실도(二倫行實圖) 44 : a』에 나온다. 졸고(1995 : 344) 참조.

록』에 나타난 부정법을 '아니'부정법, '몯'부정법에 대해 고찰해 보았다.

우선, '아니'부정법에 대해 고찰한 결과는 다음과 같다.

『권념요록』에 나온 '아니'부정법 중 단형 부정형은 '아니 어간', '아니 한자어근+ㅎ-', '어근 아니ㅎ-', '어간+게 아니ㅎ-', '어근+ㅎ+고져/코져 아니ㅎ-', '체언+다이 아니ㅎ-'등을 들 수 있다.

『권념요록』에 '아니 어간'형이 나타난 것은 주목할 만한 일이다. 15, 16세기 시대가 흐를수록 단형 부정 '아니 어간'형을 보기가 힘든데 17세기 문헌인 이 문헌에 단형 부정 '아니 어간'형이 나타나기 때문이다. 단형 부정 '아니 어간'형은 동사일 경우에 나타났으며, 형용사일 경우에는 이 형이 나타난 예가 없다. 16세기부터 시대가 흐를수록 단형 부정 '아니 어간'형은 점차 사라지는데 그나마 한 문장 안에서 앞서 사용된 용언을 부정하는 'a 아니 a(여기서 a는 같은 용언임)'형과 이중 부정의 '아니 어간+디 몯ㅎ-'형은 다른 경우보다 쉽게 사라지지 않음을 알 수 있다.

'아니 한자어근+ㅎ-'형이 나타난 것도 아주 주목할 만하다. 이 형은 단형 부정형이 많이 나타난 15세기 초반 문헌에도 드물게 나타났기 때문이다. 17세기 문헌에도 '아니 한자어근+ㅎ-'형이 나타남을 보여 주는 중요한 증거가 된다.

'어근 아니ㅎ-'형은 '어근+ㅎ+디 아니ㅎ-'형에서 'ㅎ+디'가 생략된 형이라기보다는 원래부터 '어근 아니ㅎ-'형으로 나타난 것이다. '어근 아니ㅎ-'형은 15, 16, 17세기 시대가 흘러도 자주 사용된다.

'어간+게 ㅎ-'형에 대한 부정형으로 '어간+게 아니ㅎ-'형, '어근+ㅎ+고져 ㅎ-'형에 대한 부정형으로 '어근+ㅎ+고져 아니ㅎ-'형이 나오며, '체언+다이 ㅎ-'에 대한 부정형으로 '체언+다이 아니ㅎ-'형이 나온다. 의문문에 대한 부정형으로 '어간+의문형어미 아니야'형이 나온다.

이 문헌에 나온 '아니'부정법 중 장형 부정형은 '어간+디/지 아니ㅎ-', '한자어근+치(=ㅎ+지) 아니ㅎ-', '어간+디 아니ㅎ+고져 ㅎ-', '어간+디 아니며'등을 들 수 있다.

이 문헌에 나오는 부정형 중 가장 많이 나오는 것은 동사, 형용사, 존재사

'잇-'에 사용되는 장형 부정 '어간+디 아니ᄒ-'형이다. 다른 문헌에서는 잘 나오지 않는 존재사 '잇-'에 대한 장형 부정형이 나온 것이 특이하다. 시대가 흐를수록 부정문은 궁극적으로 장형 부정 '어간+디 아니ᄒ-'형으로 통일되는 경향을 보인다. 그러나, 이 문헌에서는 장형 부정이 단형 부정보다 조금 더 나타나는 정도다. 이런 현상은 15, 16세기 문헌처럼 문헌상의 특징으로 취급해야 한다.

'한자어근+ᄒ-'에 대한 부정형으로 장형 부정 '한자어근+치(=ᄒ+디) 아니ᄒ-'형이, '어간+고져 ᄒ-'에 대한 부정형으로 장형 부정 '어간+디 아니ᄒ+고져 ᄒ-'형이 나온다. 또, 장형 부정 '어간+디 아니ᄒ-'형에서 'ᄒ'가 빠진 '어간+디 아니며'형이 나온다. 흔히 '어간+디 아니ᄒ-'형이 일반적이지만 종종 'ᄒ-'가 빠진 상태로 나오는 경우가 있다.

다음으로 '몯' 부정법에 대해 고찰한 결과는 다음과 같다.

이 문헌에 나오는 '몯'부정법 중 단형 부정형은 '몯 어간', '몯 한자어근+ᄒ-', '한자어근 몯ᄒ-'등을 들 수 있다.

단형 부정 '몯 어간'형은 이 문헌에는 동사일 경우에만 나타나고 형용사일 경우에 나타난 예는 없다. 15, 16세기 문헌과 17세기 다른 문헌에 이 형의 출현은 드물기 때문에 17세기 문헌인 이 문헌에 이 형이 나타난 것은 주목할 만하다. 17세기 전반기 문헌에도 단형 부정 '몯 어간'형이 사용되었다는 것을 나타내기 때문이다.

'한자어근+ᄒ-'에 대한 부정형으로 단형 부정 '몯 한자어근+ᄒ-'형이 나온다. 이 형은 15세기 문헌에 사용되다가 16세기 문헌에는 잘 사용되지 않았다. 이 형의 출현을 통해 17세기 전반기 문헌에도 이 형이 사용되었음을 알 수 있다.

'한자어근+ᄒ-'에 대한 부정형으로 단형 부정 '한자어근 몯ᄒ-'형이 나온다. 시대가 흐를수록 부정형이 장형화되어감에도 불구하고 이 형은 자주 나온다.

이 문헌에 나오는 '몯'부정법 중 장형 부정형은 '어간+디 몯ᄒ-', '어간+디 몯+게-'등을 들 수 있다.

장형 부정 '어간+디 몯ᄒ-'형은 '몯'부정법에서 주된 부정법이다. 이 문헌에서는 동사일 경우만 이 형태가 나타나고 형용사일 경우에는 그 예가 없다.

'어간+디 몯+게-'형이 나오는데 이 형은 장형 부정인 '어간+디 몯+ᄒ+게-'형에서 'ᄒ'가 생략된 형이다. 이 형은 15, 16세기 문헌에는 사용되지 않았으며 현대국어에도 사용되지 않는다. 그런 점에서 이 형은 이 문헌에 나타나는 특이한 부정형이다.

결국,『권념요록』에 나오는 부정법은 15, 16세기 문헌에 비해 장형 부정화의 경향을 띠지만, 장형 부정형이 단형 부정형보다 압도적으로 많이 나타나는 것은 아니다. 17세기 다른 문헌이 장형 부정형을 띤다고 해서 17세기 문헌의 부정형은 무조건적으로 장형 부정화되었다고 해서는 안 된다. 이 문헌처럼 단형 부정형도 장형 부정형 못지 않게 자주 나오는 경우도 있기 때문이다. 이렇듯, 각각 문헌은 각 문헌대로 잘 사용된 부정법이 있을 수 있으므로 그 문헌에 나오는 부정법을 세밀히 고찰할 필요가 있다. 이것은 17세기 국어의 부정형은 어떻다고 하기 전에 각각의 문헌을 세밀히 고찰한 뒤 17세기 부정법의 체계를 세워야 함을 일깨워 준다.

앞으로의 과제는 17세기의 다른 문헌에 나오는 부정법에 대해 고찰하여 17세기 국어의 부정법을 체계화하는 것이다.

▶ 참고 문헌 ◀

강신항(1990),『증보판 훈민정음 연구』, 성균관 대학교 출판부.
고영근(1981),『중세국어의 시상과 서법』, 탑출판사.
김동식(1980),「현대국어의 부정법 연구」,『국어 연구』42, 국어연구회.
남풍현(1976),「국어 부정법의 발달」,『문법 연구』3.
류광식(1990),「15세기 국어 부정법의 연구」, 건국대 대학원 석사논문.
서정수(1974),「국어의 부정법 연구에 관하여 – 변형 생성 문법적 분석 연구를 중심으로 –」,『문법 연구』1
송석중(1993),「한국어 문법의 재조명」,『통사 구조와 의미 해석』, 지식 산업사
안병희(1992),「국어사 자료 연구」, 문학과 지성사.
엄정호(1987),「장형 부정문에 나타나는 '–지'에 대하여」,『국어학』16.

이태영(1997), 「역주 첩해신어」, 태학사.
이태욱(1995), 「중세국어의 부정법 연구」, 성균관 대학원 박사학위 논문.
______(1999), 「16세기 국어의'아니'부정법의 유형과 성격」, 『성균어문연구』 34집,
    성균관대학교 성균어문학회.
______(2000), 「『번역 노걸대』에 나타난 부정법 고찰」, 『성균어문연구』 35집, 성균관
    대학교 성균어문학회.
______(2000), 「『첩해신어』류에 나타난 17, 18세기 국어 부정법 고찰」, 『인문과학』
    31집, 인문과학 연구소.
이홍배(1972), 「국어 부정문 기술에 있어서의 문제점」, 『어학 연구』 8·2.
______(1982), 「부정 표현 '아니'의 통사 범주와 그 의미」, 『어학 연구』 18·1.
임홍빈(1987), 「국어 부정문의 통사 의미」, 『국어 생활』 10, 국어연구소.
조남덕(1994), 『첩해신어의 개수 분석』, 서광 학술 자료사.
한재영(1994), 「16세기 국어의 구문 연구」, 서울대학교 대학원 박사학위 논문.
홍종선(1998), 「근대국어의 형태와 통사」, 『근대국어의 이해』, 박이정
Akmajian, A & F, Heny(1975), *An Introduction to the Principles of Transformational Syntax*;
    Cambridge : MIT Press.

명사 태그 집합과 품사 주석에 대하여[*]

박석문[**]

1. 서 론

정보 검색과 기계 번역을 위한 기본적인 과정은 언어의 분석과 품사 주석 말뭉치의 구축이다. 기계번역을 위한 자연어 처리의 기본 단계는 원시 말뭉치를 구축하여 형태소를 분석하고 품사 주석을 하여 품사 주석 말뭉치를 구축하는 일이다. 그 후에 품사 주석 말뭉치를 입력자료로 삼아 구문 분석 말뭉치를 구축하여 기계 번역을 위한 자료로 사용하는 것이다.

정보 검색은 품사 주석 말뭉치를 토대로 어떤 어휘가 어떤 환경에서 어떻게 사용되고 있는가를 확인하는 것이다. 품사 주석 말뭉치 구축을 위한 품사 태그 집합은 품사 주석 말뭉치의 활용이나 자동처리 능력에 따라 달라질 수 있다. 최근 품사 주석 말뭉치에 대한 관심이 높아지면서 품사 주석 말뭉치 구축의 표준화를 위한 문제가 제기되고 있다. 그래서 품사 태그 집합의 표준화 방안과 품사 주석 말뭉치 구축 방안이 제시[1])되고 있으나 아직 표준안으로 인정되어 활용되는 것은 없는 현실이다.

본고는 우선 어휘의 정보 검색에서 문장 내에서 주요 기능을 담당할 뿐만

* 본 연구는 2000년도 첨단정보기술연구센터 과제 '품사 부착 말뭉치에 대한 평가 및 품질 관리'를 통하여 과학재단의 지원을 받았음.
** 천안대학교 AItrc.
1) 품사 태그 집합에 대한 기존의 논의를 바탕으로 표준화 안을 설정한 것으로는 한국전자통신연구원(1999), 문화관광부(1998, 1999)가 있다. 품사 태그 집합에 다른 품사 주석 말뭉치는 한국과학기술원, 한국전자통신연구원에서 구축한 말뭉치와 문화관광부의 세종 계획을 통해 구축한 말뭉치가 있다.

아니라 단어의 통합 관계, 의미의 구분에 필요한 요소로 광범위하게 사용되는 명사를 중심으로 태그 집합을 설정하고 품사 주석 방안을 모색하고자 한다. 품사 주석을 위해서는 품사 태그 집합과 전자 사전이 구축되어 있어야 한다. 품사 태그 집합의 설정과 전자 사전에 어떻게 어휘를 등재하느냐에 따라 품사 주석 방안이 달라지기 때문이다. 전자 사전에 어휘를 등재하는 것은 분석 단위와 관련되어 있다. 형태 분석을 할 것이냐 어휘분석을 할 것이냐에 따라 달라진다. 본고에서는 말뭉치 분석을 형태 분석으로 설정하고 그에 따른 명사 태그의 계층적 분류를 시도하여 품사 주석 방안을 논의하고자 한다. 명사에 대한 품사 주석은 명사의 사용 빈도뿐만 아니라 명사 내부의 구조를 파악하는 데에 중요하다.

2. 형태 분석

품사 주석 단위를 어떻게 설정할 것이냐에 따라 품사 태그 집합과 전자 사전 구축이 달라진다. 그래서 품사 주석 단위를 형태 분석으로 할 것이냐 어휘분석으로 할 것이냐에 따라 명사 태그 집합은 달라질 수 있다. 왜냐하면 어기에 어떤 요소가 결합하여 형성된 단어를 분석할 것인지 말 것인지의 기준이 되기 때문이다. 따라서 말뭉치 분석을 형태 분석으로 할 것이냐 어휘분석으로 할 것이냐를 결정해야 한다.

형태 분석과 어휘분석에 대해 한영균(1996a : 255~256)은 '가급적, 강력하다'의 예를 들면서 형태분석은 둘 이상의 형태소로 이루어진 구성요소는 각각의 요소별로 분석하여 '가급+적, 강력+하-+다'로 분석하는 것이고, 어휘 분석은 복합어나 파생어 그 자체를 하나의 단어로 인정하여 '가급적, 강력하-'를 더 이상 분석하지 않는다는 것이다. 그래서 단어별로 분석하는 어휘 분석을 따르면 다음의 문장

공부를 잘 한다.
공부하는 것이 힘들다.

에서 '공부'는 '명사'로, '공부하–'는 동사로 품사 주석을 하는 것이다. 또한 파생어나 복합어도 하나의 단어이므로 더 이상 분석하지 않고 품사 주석을 한다. 즉, 접사가 결합하여 형성된 파생어 '불성실'이나 복합어 '밤낮, 경제생활' 전문용어인 '만성골수성백혈병'[2]을 하나의 단위로 다루어 모두 명사로 품사 주석을 하는 것이다. 그래서 위에 제시한 '공부'와 '공부하–'는 각각 명사와 동사로 품사 주석을 하는 것이다. 또한 파생어를 하나의 단위로 품사 주석을 하게 되면 접사라는 태그도 불필요하게 되어 품사 주석은 훨씬 쉬워질 수 있을 것이다.

그런데 자연어 처리에서 이들을 어휘 분석을 기준으로 품사 주석을 하게 되면 원시말뭉치에서 '공부'의 빈도수를 측정하고 싶을 때 '공부'가 명사로만 사용된 경우만 추출되고 '공부하–'로 사용된 경우의 '공부'는 추출되지 않는다. 그래서 '공부'라는 단어의 빈도수를 추출하고자 할 때에는 '공부'로 사용된 경우와 '공부하–'로 사용된 경우를 다 고려해야 되는데 어휘 분석으로는 '공부하–'의 '공부'가 포함될 수가 없다. 또한 파생어, 복합어, 전문용어까지도 모두 전자 사전에 등재해야 하기 때문에 전자 사전의 양은 급증할 것이고, 새로운 단어가 생성되었을 때 그들에 대한 품사 주석에 오류가 발생할 여지가 많아진다. 그러므로 어휘 분석은 자연어 처리에 어려움이 있다.

형태 분석은 모든 형태소를 전부 분석해야 하는 어려움이 있다. 그러나 형태소 분석기를 통해 모든 형태소를 분석하고 품사 태거를 가지고 품사 주석을 하면 전자 사전의 양을 줄일 수 있을 뿐만 아니라 품사 주석의 오류를 줄일 수 있을 것이다. 그래서 '밤낮, 경제생활, 만성골수성백혈병'은 '밤+낮, 경제+생활, 만성+골수성+백혈병'과 같이 형태 분석하여 각각의 형태에 적합한 품사를 부착해야 할 것이다. 물론 형태 단위의 분석은 정밀한 분석을 해야 하기 때문에 품사 주석을 자동 처리해야 하는 점에서는 어휘 분석보다는 어려움이 많을 것이다. 그렇지만 어휘 분석을 통하여 알 수 없었던 단어의 결합 관계뿐만 아니라 어휘의 사용 빈도 수 추출을 위해서는 형태 분석을 통한 품사 주석

---

2) 맞춤법 규정 50항은 전문용어를 단어별로 띄어씀을 원칙으로 하되, 붙여 쓸 수 있다고 규정되어 '만성골수성백혈병, 중거리탄도유도탄'을 예로 들고 있다.

이 바람직하리라 생각한다.

3. 명사 태그 집합의 설정

자연어 처리에 있어 명사 태그의 설정은 그 활용 정도에 따라 상당한 차이를 보인다. 구문 분석을 위한 품사 주석 말뭉치의 구축은 명사 태그가 구문론적 특징을 나타나는 경우에만 분류할 수 있다. 어떠한 구문론적 특징도 보이지 않는다면 명사를 분류할 필요가 없다. 또한 정보 검색을 위한 것이라면 어느 정도의 정보를 필요로 하느냐에 따라 명사 태그 세트의 크기는 달라질 것이다. 단순히 명사라는 범주만을 목표로 정보 검색을 한다면 명사 태그는 하나만 있어도 될 것이다. 그러나 형태·통사론적 특성과 의미의 특성과 관련된 정보를 원한다면 명사 태그 세트의 크기는 달라질 수밖에 없을 것이다.

우선 지금까지 제시된 한국과학기술원(KAIST), 한국전자통신연구원(ETRI), 고려대, 연세대, 포항공대, 문화관광부1(임홍빈·송철의(1998)), 문화관광부2(김홍규·강범모(2000))의 품사 태그 집합3) 가운데 명사 태그를 비교하면서 논의하기로 한다.

지금까지 제시된 품사 주석 말뭉치를 위한 명사의 태그를 비교하면 다음과 같다.

명사를 자립명사와 의존명사로 구분한 곳으로는 연세대와 ETRI가 있고, 연세대와 ETRI의 자립명사에 해당하는 것을 일반명사와 고유명사로 구분한 곳으로는 KAIST, 고려대, 포항공대, 세종1, 세종2가 있다. 또한 KAIST, 고려대, 포항공대는 일반명사를 서술성 명사와 비서술성 명사로 나누었고, KAIST와 고려대는 서술성 명사를 동작성 명사와 상태성 명사로 구분하였다.

---

3) 품사 태그 집합은 대분류, 중분류, 소분류 순으로 계층적으로 이루어져 있다. 본고에서는 품사 태그 집합의 소분류를 대상으로 비교한다.

표 1. 명사 태그 세트의 비교.

	KAIST	고려대	포항공대	연세대	ETRI (한국전자통신연구)	문화관광부1 (세종계획1)	문화관광부2 (세종계획2)
명사	동작성 명사	동작성 명사	서술성 보통명사	자립명사	자립명사	일반명사	일반명사
	상태성 명사	상태성 명사					
	비서술성 명사	비서술성 명사	비서술성 보통명사				
	고유명사	고유명사	고유명사			고유명사	고유명사
	단위성 의존명사	의존명사	의존명사	의존명사	의존명사	단위성 의존명사	의존명사
	비단위성 의존명사					비단위성 의존명사	
어기						어기	어기

의존명사도 단위성 의존명사와 비단위성 의존명사로 나눈 곳으로는 KAIST
와 세종1이 있고 다른 기관은 더 이상 의존명사를 분류하지 않았다. 그래서
명사에 대한 분류는 적게는 2개에서 많게는 6개에 이른다.

1) 자립명사와 의존명사의 분류

명사 분류의 가장 기본적인 기준은 자립성이다. 명사는 자립성의 유무에 따라
크게 자립명사와 의존명사로 구분한다. 자립명사는 문장에서 홀로 사용될 수 있
지만 의존명사는 그 앞에 관형어를 수반해야만 한다는 통합상의 제약이 있다.

사과가 많다.
나는 사과를 먹을 수 있다.

에서 '사과, 수'를 살펴보면 '사과'는 관형어 없이도 자립적으로 사용될 수 있
지만, '수'는 관형어가 없이는 사용될 수 없는 것이다. 이런 점에서 명사를 자
립명사와 의존명사로 분류한 연세대와 ETRI의 명사 분류는 타당하다고 할 수
있다. 그러나 품사 주석을 자립명사와 의존명사만으로 하였을 때 명사에 대한
구문 정보는 얻을 수 있지만 그들의 형태 결합 관계나 의미의 특성에 따른 정

보는 얻을 수가 없다.

2) 서술성 명사와 비서술성 명사의 분류

자립명사는 형태 결합 관계에 따라 분류할 수가 있다. 다음의

> 공부+하-
> 연구+하-
> 강력+하-

의 '공부, 연구, 강력'과 같이 '-하-'가 결합한 명사와

> 그릇, 사람, 책

과 같이 그렇지 않은 명사로 나눌 수 있을 것이다. 명사 태그 집합을 자립명사와 의존명사로 설정하면 '공부, 그릇'은 자립명사로 품사 주석을 할 것이다. 그러나 '공부'와 '그릇'은 형태적인 결합 관계가 다르다. 즉, '공부'는 '-하-'가 결합하여 서술성을 띨 수 있는데 '그릇'은 '-하-'가 결합할 수가 없는 것이다. 그래서 자립명사를 '-하-'가 결합할 수 있는 명사와 그렇지 못한 명사로 구분할 수 있다[4]. '-하'가 결합할 수 있는 명사는 서술성 명사로, '-하-'가 결합할 수 없는 명사는 비서술성 명사로 구분할 수 있다.

그런데 '-하-'가 결합할 수 있는 명사를 전부 서술성 명사로 품사 주석을 할 것이냐 하는 문제가 있다. 예를 들면,

> 공부를 잘 한다.
> 공부하는 것이 좋다.

---

4) 서정수(1996 : 455~459)는 비서술성 명사와 서술성 명사에 해당하는 것으로 실체성 명사와 비실체성 명사로 구분하고 그것들을 의미적인 관점과 구문론적 특성에 따라 그 차이를 설명하고 있다.

에서 두 문장 다 '공부'가 사용되었다. 그러나 하나는 '공부'가 자립적으로 사용된 것이고 하나는 '공부'에 '-하-'가 결합해 사용된 것이다. 이들을 전부 서술성 명사로 품사 주석을 하면 '공부'가 자립적으로 사용되고 있는지 '-하-'와 결합해 사용되고 있는지 알 수가 없다. 그래서 '공부'에 '-하-'가 결합한 경우와 그렇지 않은 경우를 구분해서 '-하-'가 결합한 경우는 서술성 명사로, 그렇지 않은 경우는 비서술성 명사로 품사 주석을 해야 할 것이다. 그리고 '-하-'와 결합하여 '공부'와 같이 동사가 되는 것은 동작성 명사로 '강력'과 같이 형용사가 되는 것은 상태성 명사로 품사 주석을 한다5).

　서술성 명사가 접미사와 결합하여 사용되는 경우와 그렇지 않은 경우를 구분하여 품사 주석을 하는 것은 서술성 명사가 접미사와 결합하여 사용되는 것과 자립적으로 사용되는 것의 사용 빈도를 추출할 수 있기 때문이다.

3) 의존명사의 분류

　의존명사는 앞에 반드시 관형어가 놓이는 통합 관계를 가진다. 의존명사는 다음과 같이

　　　사과를 다섯 개를 먹었다.
　　　오늘은 공부를 할 것이다.

와 같이 의존명사 앞에 수사를 취하는 단위성 의존명사와 수사 이외의 관형어를 취하는 비단위성 의존명사로 나눌 수 있다.6)

---

5) '부모되-'는 '부모된 도리'와 같이 관형적인 표현에만 사용되는 것이지만 '-되'가 결합하여 동사를 형성하였으므로 언어 현상에 충실하기 위하여 '부모'를 동작성 명사로 품사 주석을 한다.

6) 유재원(1997 : 137~139)는 의존명사의 하위 범주를 의존명사 앞에 놓이는 관형어와의 통합 관계와 뒤에 놓이는 단어와의 통합 관계에 따라 수량 의존명사, 일반 의존명사, 부사적 의존명사로 분류하였다.

4) 일반명사와 고유명사의 분류

자립명사는 형태 결합 관계에 따라 서술성 명사와 비서술성 명사로 분류하였다. 서술성 명사는 '-하-'가 결합하여 사용된 명사로 통사범주에 따라 동작성 명사와 상태성 명사로 구분하였다. 그런데 비서술성 명사는 '-하-' 가 결합하지 않고 자립적으로 사용된 명사로 형태적인 측면에서는 더 이상 분류할 수 없다. 그러나 의미적인 측면에서 지칭의 일반성과 특수성에 따라 일반명사와 고유명사로 구분할 수 있다. 예를 들면 '한강'은 특수한 것을 지칭하는 것이지만, '책'은 일반적인 것을 나타낸다. 그런데 이러한 구분은 의미의 일반성과 특수성만 나타낸다면 굳이 명사 태그를 세분류하면서까지 구분할 필요가 있을 것인가?

ETRI(1999a)는 고유명사가 가지는 형태・통사적인 특성이 일반명사와 동일할 뿐 아니라, 고유명사라는 분류 자체가 의미적인 분류이고 어떤 어휘가 고유명사인지, 아닌지를 판단하는 데에도 명확한 기준이 없으므로 말뭉치 태깅 시 작업자의 오류를 유발할 가능성이 높다고 하면서 고유명사를 품사 태깅 시의 작업자의 편의성 및 작업의 일관성, 정확성을 높이기 위하여 형태・통사적으로 차별성이 없는 즉, 의미적 판단이 요구되는 분류는 표준안에서 가능한 한 제외하면서 명사를 자립명사와 의존명사로 분류하고 의미적인 것으로 생각되는 고유명사7)를 자립명사에 포함시켰다.

그러나 고유명사라는 태그가 없으면 '한국 과학 기술원, 추락하는 것은 날개가 있다'와 같은 것을,

한국/ncn
과학/ncn

---

7) ETRI(1999a)는 고유명사 판단 기준이 명확하지 않은 것을 제시하고 있다. 즉, '개나리'는 고유명사인지, 보통명사인지, '한국통신'은 '한국의 통신'인지, 회사 이름인지를 분명히 판단할 수 없다. 그래서 잘 정의된 기준에 의해 정리된 고유명사 리스트가 확보된다면 자립명사로 태깅된 어휘 중 고유명사 리스트에 포함된 어휘를 찾아 내는 방식을 취함으로써 고유명사에 대한 정보 손실이 없을 것이므로 고유명사는 태깅 이후 단계에서 처리하는 방안을 제안하였다.

기술원/ncn
추락/ncn+하/xsv+는/etm
것/nbn+은/jxc
날개/ncn+가/jcs
있/paa+다/ef

와 같이 품사 주석을 하여 고유명사와 일반명사의 구분을 할 수 없을 뿐만 아니라 이러한 다어기 어휘소를 하나의 단위로 인지할 수가 없다. 그래서 의미의 특수성을 나타내는 고유명사의 검색이라는 측면에서 고유명사를 분류해야 할 것이다.

　또한 일반명사와 고유명사는 조사와의 결합 관계라든가 경어법에 대한 표시를 하는 것은 일반명사와 다를 바가 없지만, 여러 개 중의 하나를 선택하는 의미를 나타내는 '어느, 이, 그'등이나 복수의 개념이 들어 있는 관형어 '여러, 많은, 모든'과 잘 어울리지 못한다는 점에서 통합 관계가 달라진다.

　예를 들면,

　　*어느 한강이 더 유명하니?
　　*산나물은 그 오대산에서 많이 난다.
　　*이 대전이 한국에 있다.
　　*모든 부산이 큰 도시이다.
　　*여러 세종이 한글을 창제했다.

와 같다. 또한 복수 표지를 나타내는 '들'과 같은 접미사나 수량사구의 구성에서도 다음과 같이,

　　*인천들이 항구다
　　*세종들이 모여 있다.
　　*세종 다섯이

제약을 받는다[8]는 점에서 일반명사와는 다른 통합 관계를 가진다. 그래서

비서술성 명사를 일반명사와 고유명사9)로 구분해야 할 것이다.

위의 내용을 종합하면 명사 태그 세트는 자립명사와 의존명사로 나눌 수 있고 자립명사는 서술성 명사와 비서술성 명사로, 비서술성 명사는 일반명사와 고유명사로, 서술성 명사는 동작성 명사와 상태성 명사로 나눌 수 있다. 의존명사는 단위성 의존명사와 비단위성 의존명사로 나눌 수 있다.

일반명사 중 비서술성 명사는 조사와의 결합 관계나 경어법의 사용에 따라 유정성 명사와 비유정성 명사로 구분할 수 있을 것이다10). 즉, 유정성 명사는 '에게, 한테, 께'와 어울리지만, 비유정성 명사는 '에'와 결합한다.

    그이가 친구에게 책을 주었다.
    *그이가 꽃에게 물을 주었다. — 그이가 꽃에 물을 주었다.

또한 유정성 명사는 행동주가 될 수 있는데 비유정성 명사는 일반적으로 행동주가 되지 못한다.

    그 여자가 그 남자를 마구 때린다.
    *저 나무가 이 사람을 때린다.

그러나 유정성과 비유정성은 통사적인 측면에서는 구분될 수 있지만 일반명사와 고유명사에 각각 유정성과 비유정성이 있을 수 있어 형태적인 측면에서는 구분하기가 어렵다. 그리고 그들을 문장 내에서의 쓰임에 따라 판단할 수 있기 때문에 더 이상 세분할 필요가 없다. 따라서 위에 논의한 내용을 중심으로 명사를 계층적으로 제시하면 <표 2>와 같다.

---

8) 고유명사의 구문론적 특질에 대해서는 서정수(1996 : 487~488), 이익섭·채완(1999 : 133~135)를 참조하였음.
9) 고유명사는 문법적 특성에 의해 더 이상 분류할 수가 없다. 그러나 지칭하는 대상이 무엇이냐에 따라 여러 가지로 나눌 수 있을 것이다. 즉, 인명, 지명, 단체명, 사건명, 책명, 상품명 등으로 나눌 수 있을 것이다.
10) 유정성 명사와 비유정성 명사의 문법적 특성은 서정수(1996 : 443~445)를 참조하였음.

표 2. 수정된 명사 태그 세트.

1	2	3	4
명사	자립명사	비서술성 명사	일반명사
			고유명사
		서술성 명사	동작성 명사
			상태성 명사
	의존명사		단위성 의존명사
			비단위성 의존명사

위의 계층적인 표시를 보면 비서술성 명사에 일반명사와 고유명사가 포함되어 있다. <표 2>의 명사 태그 집합은 기존의 명사 태그 집합과 차이를 보인다. KAIST, 고려대의 품사 태그 집합을 보면 <표 3>과 같이 일반명사에 비서술성 명사와 서술성 명사가 포함되어 있어 <표 2>의 것과 사뭇 다른 계층적 차이를 보인다.

표 3. KAIST의 명사 태그 세트.

1	2		3
명사	보통 명사	비서술성 명사	비서술성 명사
		서술성 명사	동작성 명사
			상태성명사
	고유명사		고유명사
	의존명사		단위성의존명사
			비단위성의존명사

그러면 <표2>와 <표 3> 가운데 어느 것이 계층적으로 잘 분류되어 있는 것인가? 지금까지 형태·통사적인 측면을 토대로 만든 명사 태그 집합인 <표 2>가 <표 3>보다 더 적합하다고 할 수 있다. 그러나 자연어 처리에서는 원시 말뭉치에 충실하면서 품사 주석을 하기 때문에 '공부'와 '공부하다'는 구분해서 품사 주석을 하게 된다. '공부'는 비서술성 명사로, '공부하다'의 '공부'는 '서술성 명사로 품사 주석을 하여 동일한 '공부'가 그 쓰임에 따라 다르게 품사 주석이 된다. 서술성 명사에 해당되는 것이 '-하-'가 결합하지 않고 자립적으로 사용될 때에는 비서술성 명사의 일반명사가 될 수가 있다. 이것은 형태

결합 관계를 고려하여 자립명사를 서술성 명사와 비서술성 명사로 구분하였지만 실제 사용되는 명사가 언제나 하나의 범주에만 해당되지 않는다. 그래서 '공부'와 같은 명사는 비서술성 명사의 일반명사에 해당될 수도 있고 서술성 명사의 동작성 명사로 해당될 수도 있어 계층적 분류에 일관성이 없다.

그러나 자립명사를 의미와 통사적인 차이를 보인 일반 명사와 고유명사로 먼저 구분하면 하나의 형태가 비서술성 명사일 수도 서술성 명사일 수도 있는 것은 일반명사에 모두 속하는 것이기 때문에 계층적인 분류에 문제가 발생하지 않는다. 그래서 자립명사를 일반명사와 고유명사로 분류하고 일반명사를 비서술성 명사와 서술성 명사로 분류하는 것이 바람직하다.

따라서 지금까지의 논의를 바탕으로 명사 태그 집합은 <표 4>와 같이 제시할 수 있다. 이러한 계층적인 품사 태그 집합은 그 활용 여부에 따라 선택적으로 사용할 수 있을 것이다.

표 4. 계층적으로 분류한 명사 태그 세트.

1	2	3	4	
명사	자립명사	일반명사	비서술성 명사	비서술성 명사(ncn)
			서술성 명사	동작성 명사(ncpa)
				상태성명사(ncps)
		고유명사		고유명사(nq)
	의존명사	의존명사		단위성의존명사(nbu)
				비단위성의존명사(nbn)

4. 품사 주석 방안

품사 주석[11]은 일반 명사의 비서술성 명사와 서술성 명사, 의존명사, 복합명사, 고유명사와 전문용어인 다어기 어휘소를 대상으로 논의한다. 본고에 사용된 기호는 KAIST 품사 태그 집합을 기초로 <표 4>에 제시한 기호를 사용한다.

---

11) 말뭉치의 일반적인 품사 주석 방안은 한국과학기술원(2000), 박석문(2000)을 참조할 것.

1) 일반 명사의 품사 주석

일반 명사는 비서술성 명사와 서술성 명사로 분류된다.

비서술성 명사의 품사 주석은 '-하'가 결합하지 않은 명사에 한다. 예를 들면 '그는 학교에 갔다.'에서 '학교'는 '-하-'가 결합하지 않은 명사이므로 '학교/ncn'으로 품사 주석을 한다.

서술성 명사는 명사에 '-하-'가 결합한 형태로 '-하-'앞에 선행하는 요소와 '-하-'로 분석하여 품사 주석을 한다.

그는 열심히 공부하였다

에서 '공부하였다'의 '공부'는 '공부/ncpa'로 품사 주석을 한다. 품사 주석이 궁극적으로 자동 품사 주석을 위한 것이라면 '-하-'와 결합한 요소는 전부 서술성 명사와 접미사로 분석하여 품사 주석을 해야 할 것이다.

그런데 다음과 같이,

몸도 마음도 깨끗하게(깨끗/ncps＋하/xsm＋게) 하자.
따뜻한(따뜻/ncps＋한) 봄보다 서늘한(서늘/ncps＋한) 가을이 더 좋더라.

에서 '깨끗하다, 따뜻하다, 서늘하다'의 '깨끗, 따뜻, 서늘'은 자립적으로는 사용되지 않고 '-하-'와 결합하여 사용되는 것으로 자연어 처리에서는 이런 어근을 어떻게 처리해야 할 것인지 문제가 된다. 그래서 김홍규·강범모(2000 : 42~43)는 이들을 어기로 다루었다[12].

그러나 한국과학기술원(2000 : 312), 박석문(2000 : 15~16)은 '깨끗, 서늘'은 국어에서 자립적으로 사용되지 않지만 '-하-'가 결합하여 형용사를 형성할 뿐 아니라 부사 파생 접미사가 직접 결합하여 부사를 형성하고 있어 '깨끗, 서늘'이 기능면에서 상태성 명사와 동일하므로 상태성 명사로 품사 주석을 하였

---

12) 김홍규·강범모(2000 : 42~43)에서 어기는 '하다'가 결합한 어휘들 가운데 한 단어가 조사에 의해 분리될 수 있는 것들로 2음절 이상인 경우에 한하였다.

다. 그리고 '하다'에 선행하는 음절이 1음절일 경우 1음절이 자립적으로 사용되지 않는 경우에는,

'가하다' — 가하/pvg+다/ef
'약하다' — 약하/paa+다/ef
'강하다' — 강하/paa+다/ef

와 같이 더 이상 분석하지 않고 '가하-, 강하-, 약하-'와 같이 품사 주석을 하였다. 그리고 '-하' 앞의 요소가 1음절이라 하더라도 자립성을 가진 단어는,

'말하다' — 말/ncpa+하/xsv+다/ef
'일하다' — 일/ncpa+하/xsv+다/ef

와 같이 '말, 일'을 동작성 명사로, '-하-'를 동사 형성 접미사로 품사 주석을 하였다.13)

그러나 자연어 처리가 자동 처리를 전제로 품사 주석을 하는 것이라면 '-하-' 앞의 모든 요소를 서술성 명사로 품사 주석을 하는 방안을 모색해야 할 것이다. 그러면 자립적으로 사용되지 않고 언제나 '-하-'와 결합하여 사용되는 경우와 자립적으로도 사용되기도 하면서 '-하-'와 결합해서 사용되기도 하는 것으로 구분하여 정보를 얻을 수 있을 것이다. 그래서 자동 처리를 위한 품사 주석의 일관성을 위해서는 '-하-'에 선행하는 모든 요소를 서술성 명사로 품사 주석을 하는 것도 바람직하다.

2) 의존명사의 품사 주석

의존명사는 단위성 의존명사와 비단위성 의존명사로 구분하였다. 그래서 수사 뒤에 사용되는 의존명사는 다음의

---

13) 1음절에 '-하'가 결합하여 형성된 형태는 한국과학기술원(2000 : 312), 김홍규 · 강범
    모(2000 : 43), 박석문(2000 : 16~17)에서 동일한 방법으로 품사 주석을 하였다.

사과를 다섯 개/nbu를 먹었다.

'개/nbu'와 같이 단위성 의존명사로 품사 주석을 하고 그렇지 않은 관형어 뒤에 놓이는 의존명사는 다음의,

오늘은 공부를 할 것/nbn이다.

'것/nbn'과 같이 비단위성 의존명사로 품사 주석을 한다.

그런데 의존명사에 '-하-'가 결합하여 형성된 '듯하다, 양하다, 척하다'등이 품사 주석을 하는 데 문제가 된다. 이것은 맞춤법에서는 보조용언으로 다루고 있어[14] ETRI(1999a)[15], 김은혜·최기선(2000)은 맞춤법의 규정에 따라 보조 용언으로 품사 주석을 하였다. 그러나 '듯하-, 체하-, 척하-'를 보조용언으로 품사 주석을 하는 방법은 앞에 관형적인 성분이 온다는 분포적인 측면과 본용언 없이 보조 용언이 온다는 문제점이 있다[16]. 반면에 김흥규·강범모(2000 : 24~25) '듯하다, 척하다, 체하다'등을 '의존명사+접사'로 품사 주석을 하였다.[17]

그러나 '듯'을 서술성 명사로 품사 주석을 하지 않는다면 김흥규·강범모(2000 : 24~25)에서 제시한 것처럼 '-하-'를 접미사로 다루기보다는 박석문(2000 : 18~19)에서 논의한 것처럼 형용사로 다루어야 할 것이다. 그래서 '듯

---

14) 맞춤법 제47항에 보면 보조용언은 띄어 씀을 원칙으로 하되 경우에 따라 붙여 씀도 허용한다고 하면서

　　　비가 올 듯하다 — 비가 올듯하다
　　　잘 아는 척하다 — 잘 아는척하다

의 '듯하다, 척하다'를 보조 용언으로 다루고 있다.

15) ETRI(1999a)는 '듯하-, 척하-, 체하-'를 붙여 쓴 경우에는 이를 보조용언으로 품사 주석을 하고 '듯 하-, 척 하-, 체 하-'와 같이 띄어 쓴 경우에는 '듯 하-'는 의존명사+형용사로, '척 하-, 체 하-'는 의존명사+동사로 품사 주석을 하였다.

16) 이러한 문제점을 지적하면서 권재일(1986), 박석문(1994)은 '듯하-, 척하-, 체하-'에서 '듯, 척, 체'를 의존명사로 보고 '하-'를 본용언으로 취급하였다.

17) 김흥규·강범모(2000 : 24~25)는 서술성 명사라는 품사 태그가 존재하지 않기 때문에 '의존명사+접미사'로 품사 주석을 한 것으로 생각된다.

'/nbn+하/paa'로 품사 주석을 하는 것이 서술성 명사로 사용되는 것과 구분을 해 줄 뿐 아니라 다른 의존명사와의 관계도 고려할 수 있다.

또한 '듯하-, 척하-, 체하-'를 '의존명사+형용사'나 '의존명사+동사'로 품사 주석을 하면 '듯 하-, 척 하-, 체 하-'로 띄어쓴 경우에도 일관성 있게 품사 주석을 할 수 있어 정보 검색의 효율성을 높일 뿐만 아니라 전자 사전의 양도 줄일 수 있는 장점이 있다.

3) 복합명사의 품사 주석 방안

복합명사는 그 구조에 따라 여러 유형으로 나눌 수 있다.[18]

1) 손목, 길눈
2) 콧물, 곗돈
3) 새언니, 첫사랑
4) 굳은살, 작은아버지
5) 덮밥, 접칼
6) 잘못
7) 줄넘기, 말다툼
8) 살짝곰보, 왈칵샌님
9) 섞어찌개,
10) 나날, 사람사람

복합명사는 둘 이상의 어근 이상의 단위가 결합하여 형성된 것으로 그것을 분석하느냐 분석하지 않느냐에 따라 품사 주석의 방법이 달라진다. 복합명사 가운데 1)은 두 개의 명사가 결합하여 하나의 명사를 이룬 것으로 다음의 예,

학교생활/ncn
눈물/ncn

---

18) 복합명사의 구조 유형은 이익섭·채완(1999 : 71~75)를 참조함.

과 같이 어휘분석에 따라 하나의 단위로 품사 주석을 하는 것이 간단할 수 있다. 그러나 명사와 명사의 결합 관계를 파악할 수 없을 뿐만 아니라 그것이 복합명사라는 정보를 어디에서도 얻을 수가 없다. 그래서 복합명사를 다음의 예,

    학교/ncn+생활/ncn
    경제/ncn+정책/ncn

과 같이 분석하면 그들의 결합 관계를 통해 복합명사라는 정보를 얻을 수 있을 것이다.[19] 그리고 병렬 복합어와 마찬가지로 융합복합어 '눈물, 물거품'도

    눈/ncn+물/ncn
    물/ncn+거품/ncn

으로 품사 주석을 할 수 있을 것이다.

  그러나 위의 예 2~10)의 경우는 1)의 예와 같이 명사와 명사의 결합으로 이루어진 것이 아니다. 2)의 예는 명사+ㅅ +명사의 결합으로 이루어진 종속복합어이다. 그런데 현재 우리 나라에서 제안한 태그 집합으로는 2)의 예와 같이 사이시옷이 있는 복합명사를 분석할 수 있는 방안이 없다. 그 이유는 사이시옷에 대한 태그가 없어 사이시옷에 대한 품사 주석을 할 수 없기 때문이다. 그래서 지금까지는 사이시옷이 개재된 종속복합어는 다음의 예,

    콧물/ncn
    곗돈/ncn

---

19) 서상규·한영균(1999 : 90~91)은 [남북한[상호[불가침조약]]]을 예로 들면서 합성어가 단선적인 구조가 아니라 계층구조를 지닌다는 점에서 구성 요소 하나하나를 띄어쓰고 형태 주석을 하면 이러한 정보 파악이 어렵다고 하면서 하나의 단위로 다루었다. 그러나 복합명사를 분석해야 그 복합명사에 대한 계층 구조를 파악할 수 있어 우선 복합명사를 분석하여야 할 것이다.

과 같이 단일명사와 동일한 방법으로 품사 주석을 하였다. 그러나 2)와 같은
종속복합어를 단일명사와 동일하게 품사 주석을 해서는 그 단어가 복합명사
라는 정보를 얻을 수가 없다. 그래서 복합명사라는 정보를 제공하고 또한 복합
명사의 내부 구조를 파악한다는 형태론적인 측면을 고려한다면 다음의

코/ncn+ㅅ /??+물/ncn
계/ncn+ㅅ /??+돈/ncn

과 같이 종속복합어를 분석하여 품사 주석을 해야 할 것이다. 그러기 위해서는
사이시옷에 대한 태그가 설정되어야 할 것이다.[20]
　또한 위의 3)~10)의 복합명사는 어떻게 품사 주석을 해야 할 것인가? '새언
니, 첫사랑'은 '관형사+명사'의 구성으로 통사적 복합명사이다. 이 경우에도
이들을 분석하여 품사 주석을 해야 이들이 복합명사라는 정보를 얻을 수가 있
을 것이다.
　'굳은살'은 '굳+은+살', '덮밥'은 '덮+밥', '줄넘기'는 '줄+넘기', '살짝곰
보'는 '살짝+곰보', '섞어찌개'는 '섞+어+찌개'로 분석하여 이들이 복합명사
라는 정보를 제공해야 할 것이다. 만약 이러한 복합명사를 품사 주석 단계에서
분석하지 않는다면 이들이 복합명사라는 정보를 제공하기 위해서 복합명사라
는 또 다른 태그를 만들어 품사 주석을 하는 방안도 고려할 수 있을 것이다.

4) 고유명사와 전문용어의 다어기 어휘소에 대한 품사 주석

　고유명사와 전문용어의 품사 주석은 단일명사와 다어기 어휘소[21]로 구분하
여 논의하고자 한다. 단일명사의 경우 고유명사 '한강'과 전문용어 '문학'은
'한강/nq', '문학/ncn'으로 품사 주석을 한다. 그런데 다음의 '한국 대학교 사범
대학, 만성 골수성 백혈병'과 같은 고유명사나 전문용어는 맞춤법 총칙 2항의

---

20) 사이시옷의 처리 방안에 대해서는 박석문(2000 : 22)를 참조할 것.
21) 다어기 어휘소에 대한 유형 제시와 논의는 서상규 · 한영균(1999 : 88~90)을 참조할
　　것.

규정에 따라 단어별로 띄어 쓴 것이다. 그래서 위의 예에 대한 품사 주석은,

> 한국 대학교 사범 대학 : 한국/nq 대학교/ncn 사범/ncn 대학/ncn
> 만성 골수성 백혈병 : 만성/ncn 골수성/ncn 백혈병/ncn

과 같이 될 것이다.

그러나 맞춤법 규정 49항에 성명 이외의 고유명사는 단어별로 띄어씀을 원칙으로 하되. 단위별로 띄어쓸 수 있다고 규정하여,

> 한국대학교 사범대학

과 같이 쓸 수 있음을, 규정 50항에 전문 용어는 단어별로 띄어 씀을 원칙으로 하되, 붙여 쓸 수 있다고 규정하여,

> 만성골수성백혈병

과 같이 붙여 쓸 수 있음을 나타내고 있다.

이와 같이 다어기로 이루어진 고유명사나 전문용어에 대한 품사 주석은 두 가지 방법을 생각할 수 있다. 우선 고유명사의 경우 하나의 어절로 붙여 쓴 어휘를 형태 분석을 하여 각각의 형태에 품사 주석하는 방법과 둘째로, 고유명사의 내부 구조 분석을 한 각각의 형태에 적합한 품사 주석을 한 후에 그 전체를 고유명사로 이중으로 품사 주석을 하는 방법이다. 즉 다음과 같이,

> 한국/nq+과학/ncn+기술원/ncn
> nq[한국/nq+과학/ncn+기술원/ncn]nq[22]

---

22) 한국과학기술원(2000 : 315)는 고유명사가 하나의 어절로 붙여 써 있는 경우에는 형태 분석을 하지 않고 그 전체를 하나의 단위로 품사 주석을 하였다. 즉 '한국과학기술원'이 붙여 써 있을 때

> 한국과학기술원/nq

으로 품사 주석을 하는 것이다.

위의 두 가지 방법 가운데 첫 번째는 형태 분석을 통해 그 정보를 제공할 수 있지만 그 전체가 하나의 단위라는 정보는 얻을 수가 없다. 그러나 두 번째 방법은 고유명사의 내부 구조 분석과 정보 검색, 어휘 빈도 추출이라는 점을 감안하여 각각의 형태에 적합한 태그를 부여하고 그 전체를 고유명사로 품사 주석을 하여 하나의 단위라는 정보를 줄 수 있을 것이다.

또한 고유명사가 하나의 어절로 되어 있지 않고 여러 어절로 구성되어 있는 경우에도 다음의,

nq[한국/nq
과학/ncn
기술원/ncn]nq

nq[추락/ncpa＋하/xsv＋는/etm
것/nbn＋은/jxc
날개/ncn＋가/jcs
있/paa＋다/ef]nq23)

와 같이 품사 주석을 할 수 있다. 그래서 그 각각의 어휘에 합당한 태그를 부착하더라도 '한국 과학 기술원'이나 '추락하는 것은 날개가 있다'란 그 전체가 하나의 고유명사라는 것을 알 수 있도록 고유명사의 첫머리와 마지막 부분에 각각 nq[,]nq와 같이 이중으로 품사 주석을 하는 방법이다.

전문 용어의 경우에도,

ncn[만성/ncn 골수성/ncn 백혈병/ncn]ncn

와 같이 품사 주석을 하였다. '기술원'은 '명사＋접미사'로 더 분석할 수 있으나 본고는 명사에 대한 것만 다루고 있어 더 이상 분석하지 않았다.

23) 여기에 사용된 명사 이외의 품사 태그는 한국과학기술원의 품사 태그를 이용하였다. 그래서 xsv는 동사형성접미사, etm은 관형형어미, jxc는 보조사, paa는 형용사, ef는 종결어미를 나타낸다.

ncn[만성/ncn+골수성/ncn+백혈병/ncn]ncn

와 같이 띄어 쓴 경우와 붙여 쓴 경우를 차치하고 형태 분석 단위에 품사 주석을 하고 그 전체를 묶어주는 방법이 필요할 것이다.

그러면 고유명사나 전문용어가 붙여 써 있든 띄어 써 있든 언제나 동일하게 품사 주석을 할 수 있어 자연어 처리에 일관성을 유지할 수 있다는 장점이 있다. 그러나 자동 품사 주석을 위해서는 이중으로 품사 주석을 하는 것은 아직까지 어려움이 많다.

5. 결 론

정보 검색과 기계번역을 위한 품사 주석 말뭉치 구축을 위하여 기존에 논의된 품사 태그를 비교하여 명사 태그 세트에 대한 계층적인 분류와 품사 주석 방안을 논의하였다.

우선 명사에 대한 분류를 위해 기본적으로 분석 단위에 대한 검토를 하였다. 자연어 처리는 자동처리를 전제로 하고 있다. 그래서 자동 처리를 위한 방안으로 말뭉치 분석은 형태 분석으로 하였다.

명사의 분류를 위해서 자립성의 유무로 자립명사와 의존명사로 분류하였다. 자립명사와 의존명사만으로도 구문분석을 위한 품사 주석 말뭉치를 구축할 수 있다. 그러나 명사를 의미적인 측면도 고려하여 자립명사를 일반명사와 고유명사로 구분하였다.

명사의 형태적인 측면을 고려하여 일반명사를 원시 말뭉치에서 '-하'와 결합하여 사용된 명사와 그렇지 않은 명사로 구분하여 '-하-'와 결합한 명사를 서술성 명사로, 그렇지 않은 명사를 비서술성 명사로 분류하였다. 김홍규·강범모(2000)에서 어기로 논의되었던 것은 우선 자립성의 유무를 판단하기 어려워 서술성 명사로 품사 주석을 하고 2차 분석시에 '-하-'와 결합하는 것들을 추출하여 그것들을 정리하면 될 것이다.

    품사 주석 방안은 형태 분석을 토대로 일반명사, 의존명사, 복합명사, 고유
명사와 전문용어의 다어기 어휘소에 대한 품사 주석 방안을 제시하였다. 복합
명사와 다어기 어휘소는 형태 분석을 전제로 분석하여 각각의 형태에 품사 주
석을 하였다. 그리고 그것 전체가 하나의 단위라는 것을 보이기 위해서는 이중
으로 품사를 부착하는 품사 주석 방안도 고려할 수 있음을 논의하였다.

    품사 주석은 자동으로 처리하는 것을 전제로 하기 때문에 아직도 품사 주석
방안을 마련하는 것이 쉽지 않다. 특히 품사 태그 집합을 어떻게 설정하느냐에
따라 품사 주석 방안이 달라질 수 있어 품사 주석의 어려움이 있다. 그래서
형태 분석을 토대로 전자 사전의 구축과 품사 태그 집합의 표준화 안 제정이
시급한 문제라 할 수 있다. 품사 주석을 자동 처리할 태거는 표준화된 품사
태그 집합과 형태 분석을 토대로 구축된 전자 사전이 있어야 개발될 수 있기
때문이다.

▶ 참고문헌 ◀

권재일(1986),「형태론적 구성으로 인식되는 복합문 구성에 대하여」,『국어학』15.
김은혜·최기선(2000),「품사 부착 코퍼스 수정 방안에 대하여」,『제12회 한글 및 한
        국어 정보처리 학술발표논문집』.
김진규(1996),「자연언어 처리를 위한 한국어 품사 태그의 몇 가지 문제」,『한글』
        233.
김진규(1999),『한국어 품사 태그』, 도서출판 보성
김흥규·강범모(2000),『한국어 형태소 및 어휘 사용빈도의 분석』, 고려대학교 민족
        문화연구원.
문화관광부(1998),『21세기 세종계획 국어 기초자료 구축』, 문화관광부.
문화관광부(1999),『21세기 세종계획 국어 기초자료 구축』, 문화관광부.
박석문(1994),「'하-'의 구성에 대하여」,『한림어문학제1집』, 한림대학교 국어국문
        학과.
박석문(2000),「말뭉치의 품사 주석 방안에 대하여」,『반교어문연구』12.
서상규 편(1999),『언어 정보의 탐구』, 연세대학교 언어정보개발연구원.
서상규·한영균(1999),『국어 정보학 입문』, 태학사.
서정수(1975),『동사 '하-'의 문법』, 형설출판사.

서정수(1996), 『국어문법』, 한양대학교.

유재원(1997), 「자연어 처리를 위한 의존명사 하위 범주 분류」, 『제9회 한글 및 한국어 정보처리』.

이익섭·채완(1999), 『국어문법론 강의』, 학연사.

임홍빈·송철의(1998), 「한국어 정보처리를 위한 어절 분석 표지의 표준화 연구」, 『21세기 세종 계획 국어기초자료 구축』, 문화관광부.

최기선 외(1996), 「한국어 정보베이스를 위한 형태·통사 태그 표준에 관한 연구」, 『인지과학』7권4호.

한국과학기술원(1996), 『국어정보처리 기반 구축을 위한 연구』(3), 문화체육부.

한국과학기술원(1997), 『국어정보처리 기반 구축을 위한 연구』(4), 문화체육부.

한국과학기술원(2000), 『대용량 국어정보 심층처리 및 품질관리 기술개발』, 과학기술부

한영균(1995), 「현대국어 텍스트 데이터베이스 및 어휘 데이터베이스 구축」, 한국과학기술원

한영균(1996a), 「전산기에 의한 형태분석과 사전정보」, 『국어학』 27.

한국전자통신연구원(ETRI)(1999a), 「품사 부착 말뭉치 구축을 위한 태그세트 지침서」, 한국전자통신연구원

한국전자통신연구원(ETRI)(1999b), 「품사 부착 말뭉치 구축 지침」, 한국전자통신연구원

Graeme Kennedy(1998), *An Introduction to Corpus Linguistics*, Longman

Tony McEnery & Andrew Wilson(1996), *Corpus Linguistics*, Edinburgh

소설에 나타난 은유 분석 시론

엄정호[*]

1. 도 입

로만 야콥슨은 그의 유명한 논문 '언어의 두 양상과 실어증의 두 유형'에서 시의 경우는 은유가, 산문의 경우는 환유가 가장 저항을 덜 받는 언어 운용이 된다고 하였다. 아울러 그는 사실주의 경향의 문학은 환유가 주도적이라고 주장하였다. 그에게 있어 은유는 유사성에 근거한 계열 관계의 문제로서 선택과 대체의 문제이고, 환유는 인접성에 근거한 통합 관계의 문제로서 결합과 접속의 문제였다.

야콥슨의 이러한 주장 이래, 아니 그 이전부터 문학 작품의 은유 연구는 주로 시에 나타난 것을 중심으로 연구되어 왔다. 그러나 최근 조지 레이코프 등은 인간이 기본적으로 외부의 사상(事象)을 인지하는 방식이 기본적으로 은유적이라고 주장하면서, 우리의 개념 구조가 은유를 중심으로 조직되어 있다고 하고 있다. 이런 입장 아래에서라면 산문, 그 중에서도 소설 작품 속에서도 은유적 표현들을 풍부하게 찾을 수 있으며, 그 중에서도 어떤 개념적 은유가 특히 많이 사용되는가에 따라 그 작가의 주제 의식도 발견할 수 있을 것이라고 기대된다.

이 글은 레이코프 이론에 바탕을 두고 소설 속에 나타난 은유들을 분석하여, 소설 작품에서 은유가 사용되는 양상을 검토하며, 아울러 이러한 은유 표현들이 어떻게 작가의 의식을 은연중 표출시키는지 알아보는 것을 주목적으로 한

---

* 동아대 교수.

다. 이 경우 은유 표현이 풍부하게 노출될 수 있는 낭만주의 소설이나 환상 소설의 경우보다는 사실주의에 가까운, 비교적 건조한 문체의 작품을 선택하는 것이 더 분석의 타당성을 높이는 일이 될 것이다. 필자가 선택한 작가는 이균영으로, 동아출판사가 1987년에 기획한 우리시대 우리작가 전집 25권에 실린 소설들을 대상으로 분석한다.

그 전에 아직 레이코프 등의 은유 이론에 익숙하지 않은 문학 전공자들을 위하여 그의 이론에 대한 소개를 먼저 하겠다.

2. 인지적 은유 이론[1]

1980년 조지 레이코프와 마크 존슨은 '삶으로서의 은유'라는 책을 출판하면서 은유가 우리가 세상을 이해하는 방식인 개념 체계에서 얼마나 큰 자리를 차지하고 있는지 주장하기 시작하였다. 그런데 이들이 제시하는 '은유' 대부분이 얼핏 보기에 은유라고 느껴지지 않는 것이거나, 또는 많은 경우 '축어적'인 표현 방식이 없는 것들이다. 예를 들어 '물가가 올랐다'와 같은 표현을 전통적인 은유 이론가들은 은유라고 받아들이지 않을 것이며, 설사 은유라고 인정한다고 하더라도 죽은 것, 즉 사은유라고 말할 것이다. 그러나 '오르다'라는 동사가 물체의 상승 이동을 나타내는 것이며, '물가'가 물체는 아니라는 점에서 추상물을 구체물에 비교하여 말했으므로 이들이 '돌이 하품한다'와 마찬가지로 은유라고 본다는 것이 이들의 관점이다. 이들에게 있어 이 표현은 관습적인 은유 표현(사은유가 아니라)이며, 관습적이기에 은유라는 의식 없이 사용된다.

그렇다고 하여 이들이 니체나 후기 모더니스트들처럼 모든 언어 표현이 은유라고 주장하는 것은 아니다. 분명히 축어적인 표현들이 존재함을 인정하고 있는 것이다. 예를 들어 '풍선이 날아 올랐다'와 같은 표현은 축어적이라는 것이다. 이 표현은 구체적인 대상물의 공간과 공간 이동과 관계된 표현이다. 모든 은유적인 표현에 근본이 되는 축어적인 표현이 존재하는 바, 구체적인 대상

---

1) 이 절의 설명 내용 중 일부는 엄정호(1998)를 약간 수정하여 가져온 것이다.

물에 대한 표현과 공간 표현이 그것이다.

　이런 식으로 이야기하면, '은유'의 정의 자체가 문제가 될 것이다. 아리스토텔레스 이래 '은유'는 '개념을 나타내는 하나 또는 그 이상의 단어가 유사한 개념을 표현하는 정상적인 관습의 의미 바깥에서 사용되는 새롭거나 시적인 언어 표현' 또는 이와 유사한 방식으로 정의되었다. 이 정의는 은유가 일탈석 표현이라는 점, 유사성에 기초한다는 점, 그리고 언어 표현의 문제라는 점 등이 요체가 될 것이다. 레이코프 등이 이 세 가지 점에 대해 보이는 입장을 살펴 보자.

　일탈적 표현이라는 말이 성립되기 위해서는 은유 표현[2])을 축어적인 표현으로 대치 또는 환언할 수 있다는 전제가 필요하다. 레이코프 등은 '물가가 오르다' 같은 표현은 축어적인 환언문(paraphrase)을 만들 수 없으므로, 은유 그 자체로 사용될 수밖에 없고, 따라서 은유가 일탈적인 표현이라는 것은 잘못되었다고 주장한다. 이에 대한 반박으로, '물가가 오르다'가 은유적인 표현이라고 하더라도 이것은 사은유이며, 사은유는 축어적이라고 주장할 수 있겠다. 그러나 이들은 이 표현이 일련의 은유 표현들, 예를 들어 '너무 더우면 온도를 낮추어라; 지난 해 내 소득이 낮아졌다; 월급이 올랐다' 등과 마찬가지로 은유 '많음은 위; 적음은 아래'에 기초하고 있다는 점에서 관습적이고 개념적인 은유라고 주장한다.[3])

---

2) '은유 표현'과 '은유'라는 용어를 잠시 정리할 필요가 있다. 여기서 '은유'란 '많음은 위이다 ; 적음은 아래이다'와 같은 개념적인 것을 의미하고, '은유 표현'이란 이런 개념적인 것에 근거를 둔 개개의 언어 표현들, 즉 '물가가 오르다'와 같은 것을 말한다. 이런 구별은 막스 블랙(1979/1993)이 '은유주제(metaphor-theme)'와 '은유적 진술(metaphorical statement)'을 나눈 것과 동궤의 것이다.

3) 관습적인 은유와 사은유 사이의 구분은 사실 그리 쉬운 것이 아니다. 그리고 사은유가 과연 축어적인 것인가에도 충분한 논의가 필요하다. 여기서는 레이코프 등의 이론을 소개하는 것이 주목적이므로 더 깊은 논의는 하지 않고 이 주에서 약간의 문헌 소개만을 하겠다.
은유의 비교 이론이나 대치 이론을 주장하는 학자들은 사은유가 축어적이라는 근거 위에 서 있다. 이런 주장의 대표적인 논의는 데이비드슨(1978)이 있다. 그러나 비교 이론이나 대치 이론이 불충분한 이론이라는 것은 여러 학자들에 의해 거듭 지적되고 있다. 먼저 상호작용론의 대표적인 논의인 막스 블랙(1962, 1979/1993)이 있고, 화용론적 입장에서 은유의 해석 문제를 다루는 썰(1993)도 이에 대한 반박을 제시하고 있다. 관습적인 은유와 사은유의 구분을 위한 논의로는 트로곳(1985)이 있다.

　은유가 유사성에 기초한다고 하는 것도, 그리 단순한 문제가 아니다. 이들은 이미 있는 유사성에 기초하여 은유가 생성되는 것이 아니라 은유가 유사성을 창조한다고 말하고 있다. ‘시간은 돈이다’ 은유의 뒤에 있는 은유, ‘시간은 자원이다’, ‘노동은 자원이다’는 서로 유사한 것으로 ‘간주’된다. 그 이유는 이들 둘이 다 양화되고, 각 단위에 따라 가치가 할당되고, 의도적 목적을 수행하는 것으로 간주되고 또 점차적으로 소모되는 것이기 때문이다. 이 ‘시간은 돈이다’는 우리 문화의 산물이며, 또 우리 문화 안에서 무엇이 실재적인가를 결정하는데 관련되기 때문에, 시간과 노동 사이의 유사성은 은유에 근거하고 있으며 은유에 의해 창조된 것이다.4)

　그리하여 은유가 단순히 언어 표현의 문제가 아니라 사고 방식의 문제, 즉 개념의 문제라는 것이 레이코프 등의 주장이다. 이들은 우리 개념 체계의 많은 부분이 은유적으로 조직된다, 즉 덜 익숙한 사상(事象)을 다른 더 익숙한 사상의 관점에서 생각한다고 주장한다.

　이제 이들이 생각하는 은유를 정의할 수 있겠다. 이들에게 은유는 한 사상을 다른 사상의 관점에서 생각하는 방식이다. 그러므로 은유는 한 영역의 경험을 다른 영역의 경험의 관점에서 이해할 수 있게 해 준다. 이해의 대상이 되는 영역/사상을 목표 영역, 관점이 되는 영역/사상을 근원 영역이라고 부른다. 즉, 이들에게 있어 은유는 언어만의 문제가 아니라 사고와 추론의 문제이기도 하다. 언어는 부차적인 것이다. 근원영역의 언어와 추론패턴을 목표영역에 사용하는 것을 용인한다는 점에서 사고가 우선이라는 것이다.

---

4) 레이코프와 존슨(1980)은 은유가 유사성을 창조하는 방식을 다음과 같이 요약한다. ① 관습적 은유는 우리가 경험 안에서 지각하는 상관 관계에 근거한다. 이러한 은유는 개념을 규정하며, 우리는 그 개념의 관점에서 유사성을 지각한다. ② 구조적으로 다양한 관습적 은유는 지향적 은유와 존재론적 은유에서 생겨나는 유사성에 근거할 수 있다. ③ 대부분이 구조적인 새로운 은유는 구조적인 관습적 은유와 동일한 방식으로 유사성을 창조한다. 즉 그것은 존재론적이고 지향적인 은유들로부터 생겨나는 유사성에 근거할 수 있다. ④ 새로운 은유는 그 함의들을 통해서 부각, 축소, 은폐의 방식으로 경험의 범위를 선택한다. 그리고 그 은유는 부각된 경험의 전범위와 경험의 다른 어떤 범위들 사이에 유사성을 특징짓는다. ⑤ 유사성은 은유의 관점에서 유사성일 수 있다.
자세한 것은 레이코프와 존슨(1980), 22장 참조.

은유 표현에는 관습적인 것, 예를 들어 '물가가 오르다' 같이 우리의 일상 언어에 반영되고, 비혁신적인 것, 즉 판에 박은 것과 혁신적인 것 즉, '그 아이는 우리 가운데 섬이다' 같은 것이 있다. 그런데 우리의 사고 방식을 드러내는 개념적 은유는 이런 관습적 은유뿐만 아니라 혁신적인 은유 뒤에서 작용하여, 그 은유가 이해 가능한 것이 되도록 한다.

이러한 개념적 은유는 그 형성 방식에 따라 몇 가지로 나뉘어진다. 먼저 구조적 은유가 있다. 이것은 한 개념을 다른 개념의 관점에서 구조화하는 경우이다. '나는 성공적으로 나의 입장을 방어했다', '나는 그의 주장을 격파했다', '나는 그와의 논쟁에서 한 번도 이긴 적이 없다'와 같은 표현 뒤에 있는 은유 '논쟁은 전쟁이다'가 여기에 속한다. 논쟁은 언어로 하는 것이고 전쟁은 물리적 힘으로 하는 것이지만 그 사이에 구조적인 대응이 있다.

(1) 목표 영역 : 논쟁 　　　　근원 영역 : 전쟁

상대자	적수
입장	전선
비판	공격
옹호	방어
논박	격파
논거	무기

논쟁을 할 때 우리는 (적어도 부분적으로) 이러한 대응에 따라 행동하며, 그 행동을 이해한다. 이것은 '논쟁은 전쟁이다' 은유가 우리의 행동을 (적어도 부분적으로) 구조화하는 하나의 실례이다.

지향적 은유는 구조적 은유와 달리 어떤 개념을 다른 개념의 관점에서 구조화하는 것이 아니라 오히려 상호 관련 속에서 개념들의 전체 체계를 조직하는 것이다. 이 은유를 지향적이라고 부르는 것은 이들이 대부분 위-아래, 안-밖, 앞-뒤, 접촉-분리, 깊음-얕음, 중심-주변 등의 공간적 지향성과 관련이 있기 때문이다. 이 공간적 지향성은 우리가 현재와 같은 신체를 가졌고, 그 신체가 우리의 물리적 환경에서 현재와 같이 기능한다는 사실에서 생겨난다.

이 은유의 예로 '기분이 날아 오를 것 같다'[5], '나는 사기가 올랐다', '의욕이 솟구친다', '나는 우울증에 빠져들었다', '의욕이 솟구친다'와 같은 표현 뒤에 있는 은유 '행복은 위이다; 슬픔은 아래이다'를 들 수 있다. 이 은유의 근거로 움추린 자세는 전형적으로 슬픔이나 절망을 동반하고, 똑바로 선 자세는 긍정적인 정서 상태를 동반한다는 것을 들 수 있겠다. 행복과 같은 정서들과 (직립적 자세와 같은) 감각—운동 경험 사이에는 체계적인 상관성이 있기 때문에, 이것들이 '행복은 위이다'와 같은 지향적 은유 개념들의 근거를 이룬다. 즉, 공간을 명확하게 묘사하는 어떤 개념 구조든 우리의 지각운동 기능으로부터 나타나지만, 정서를 명확하게 규정하는 어떤 개념 구조도 단지 우리의 정서적 기능만으로부터 생겨나는 것이 아니라 감각—운동 경험과 상관성을 가진다.

존재론적 은유는 사건, 활동, 정서, 생각 등을 개체 또는 물질로 간주하는 은유이다. '열받는다', '끓는다 끓어', '뚜껑이 열린다', '드디어 그가 폭발했다'와 같은 표현 뒤에 있는 '화는 그릇 속의 액체다' 같은 은유가 그것이다. 이 은유의 대응 양상은 다음과 같다.

(2) 근원 영역 : 액체의 열　　　　　목표 영역 : 화
　　　그릇　　　　　　　　　　　　몸
　　　액체의 열　　　　　　　　　　화
　　　열 척도　　　　　　　　　　　화 척도
　　　그릇의 압력　　　　　　　　　경험화된 압력
　　　끓는 액체의 소동　　　　　　　경험화된 소동
　　　그릇의 저항에 대한 한계　　　　화를 참는 사람 능력의 한계
　　　폭발　　　　　　　　　　　　자제력 상실

이러한 존재론적 은유는 물리적 대상(특히 우리 자신의 신체)에 대한 우리의 경험에서 비롯된다. 존재론적 은유는 비물리적인 것을 물리적인 것의 관점에서 개념화하는 것인데, 이 역시 덜 명확히 묘사된 것을 더 명확히 묘사된 것의 관점에서 개념화하는 것이라 할 수 있다.

---

5) 레이코프와 존슨(1980)은 은유와 직유를 구분하지 않는다.

이런 개념적 은유는 모두 덜 익숙한 사상에 대한 '이해'를 위한 것이다. 이렇게 하기 위해 근원 영역의 개념을 목표 영역의 개념에 대응(또는 寫像, mapping)시킨다. '논쟁은 전쟁이다.' 은유에서는 (1)과 같은 대응이 있다. 이런 대응을 통해 논쟁의 개념을 이해한다. 이 때 근원 영역의 개념 조직은 변함이 없는 채로 목표 영역에 대응된다. 이것을 레이코프(1993)은 불변 원리라고 부른다.

(3) 불변 원리
은유적 사상은 목표 영역의 내재적 구조와 일치되는 방식으로 근원 영역의
인지적 위상학(즉, 이미지-도식구조)을 보존한다.

여기서 인지적 위상학이나 이미지-도식구조라는 말을 사용하는 것은 레이코프가 고전적 범주는 그릇의 논리로, 양의 개념은 선적 척도로 이해하기 때문이다. 즉 고전적인 삼단 논법인 X가 범주 A에 속하고 A가 범주 B에 속하면, X는 범주 B에 속한다는 것을, 어떤 X가 그릇 A안에 있고 A가 그릇 B안에 있으면 X가 그릇 B안에 있다는 그릇의 위상학적 속성과 그릇에서 범주로 가는 은유적 사상으로부터 나오는 것으로 보는 것이다. 양의 개념도 거리와 높이의 관점에서 이해한다.

물론 (3)의 불변원리에서도 암시되어 있지만 목표 영역의 구조는 자동적으로 사상의 가능성을 제한한다. 어떤 물건을 남에게 주면 준 사람은 더 이상 그것을 소유하고 있지 않게 되고 받은 사람이 그것을 가지게 된다. 그러나 은유적 표현인 '발길을 주다' 같은 경우에는 발길을 '주었어도', 준 사람이 여전히 발을 '소유'하고 있고, 받은 사람은 준 사람의 발을 가지고 있지 않다. '정보를 주다'의 경우도 이와 유사하다. 이헌 표현은 '행위는 이전이다.(Actions are Trasfers)'라는 은유에서 나온 표현으로 발길을 동작주에서 피동체로 이전되는 물체로 개념화한 것이다. 이 경우에 목표 영역의 내재적 구조가 그러한 행위가 지나간 뒤에 그런 물체가 존재하지 않는다고 말하게 된다. 즉 목표 영역의 구조는 불변 원리를 억누를 수 있다.

레이코프(1993)에 의하면 사건 구조 자체도 은유적으로 이해된다. 즉 상태, 변화, 과정, 행위, 인과, 목적, 수단 등의 개념을 포함하는 사건 구조의 다양한

측면이 인지적으로 은유에 의해 공간, 동작, 그리고 힘의 측면에서 특정지어진다는 것이다. 가령 "Do it this way(이런 방법으로 하라)"는 수단을 통로의 관점에서, "He is drifting aimlessly(그는 목적없이 방황했다.)"는 목적을 방향의 관점에서, "He got over his divorce(그는 그의 이혼을 극복했다)"는 난관을 장애물 중의 하나인 차단물의 관점에서 은유한 것이라는 것이다.

이러한 은유적 사상은 때때로 계층적 구조를 조직하기도 하는데, 이때 계층상 '하위'대응이 '상위'대응을 상속한다고 한다. 그 예는 (4)와 같다.

(4) 은유의 상속 계층
층위 1 : 사건 구조 은유
층위 2 : 목적이 있는 인생은 여행이다
층위 3 : 사랑은 여행이다; 경력은 여행이다

즉 '사랑은 여행이다'라는 은유는 사건 구조 은유의 하나로서 '목적이 있는 인생은 여행이다' 은유의 하위 은유가 된다. 이런 하위 은유는 하위 은유에 특수한 것을 제외하면 나머지는 상위 은유에서 상속받아 사상된다.

레이코프(1993)는 이러한 상속 계층이 일반화의 범위를 설명한다고 한다. '갈림길(crossroad)' 같은 단어의 경우, 중심 의미는 공간적인 것인 것이지만, 은유적인 의미로는 인생이나 사랑 관계, 경력 등에 사용될 수 있다. 이런 여러 단어의 용법은 '장기간의 의도적인 행위는 여행이다'라는 사건 구조 은유의 하위 은유를 통해서 어휘적으로 확장된다. 즉 상속계층을 따라 자동적으로 생성된다. 그러므로 계층의 각 층위에 따른 별개의 의미는 필요 없다. 한편 의미가 더 제약적인 어휘 항목이 왜 제약적인가도 설명할 수 있다. '사다리'같은 단어는 경력만을 지칭하지 사랑 관계를 의미하지 않는데, 사랑 관계 사건의 경우에는 그 구조 안에 상향 이동이 존재하지 않기 때문이다.

또한 추론적인 일반화도 가능하다고 한다. 난관을 여행에서의 장애물로 이해하는 것은 일반적인 사건에서만 일어나는 것이 아니라 목적이 있는 인생, 사랑 관계 그리고 경력에서도 일어난다. 상속 계층이 인생, 사랑, 경력에서의 난관의 이해가 사건 일반에서의 난관에 대한 그러한 이해의 결과임을 보장한다는 것이다.

그런데, 은유가 계층적으로 상위의 것일수록 낮은 층위에서의 사상보다 더 많은 언어에서 나타나는 경향이 있다고 한다. 즉 사건 구조 은유는 대단히 광범위하고(아마 보편적일 정도로), 반면 인생, 사랑, 경력에 대한 은유는 문화적으로 훨씬 제약적이라는 것이다.

한편 은유적 이해는 고립된 개념의 관점에서가 아니라 경험의 전 영역의 관점에서 이루어진다는 것이 이들의 주장이다. '논쟁은 전쟁이다' 은유는 논쟁을 전쟁과 같은 다른 기본 영역의 경험의 관점에서 개념화되고 정의된다는 것을 말해 준다. 그러면 무엇이 '경험의 기본 영역'이 되는가? 레이코프와 존슨(1980)의 주장에 따르면 각각의 기본 영역은 그들이 체험적 게슈탈트라고 부르는 것으로 개념화되는, 우리 경험 속에서 구조화된 전체다. 그러한 게슈탈트는 반복되는 인간의 경험 속의 구조화된 전체를 특징짓기 때문에 체험적으로 기본적이며 우리의 경험이 자연적 차원(부분, 단계, 원인 등)의 관점에서 정합적으로 조직화된다는 것을 나타낸다는 것이다. 또 그러한 자연적 차원의 관점에서 게슈탈트로서 조직화되는 경험의 영역은 자연적 종류의 경험이라고 한다. 자연적인 경험이란 우리의 몸과 물리적 환경과의 상호작용, 그리고 우리의 문화를 말한다.

이 '자연적' 경험은 인간 본성의 산물이지만, 우리의 몸과 물리적 환경과의 상호작용 같은 보편적인 경험이 있는가 하면, 문화마다 차이가 지는 경험도 있을 수 있다. 예를 들어 '시간 좀 빌려 다오', '많은 시간을 투자하였다'와 같은 표현 뒤에 있는 '시간은 돈이다'와 같은 은유는 근대 이후 임금 노동이라는 문화의 산물이다. 이러한 은유 개념은 시간에 대한 우리의 태도를 반영하는 바, 산업 사회와 비산업 사회 소속원 사이에 시간 준수에 대한 관념의 차이가 그것이다.

따라서 특정 언어에서 나타나는 개념적 은유의 분석은 그 언어를 사용하는 사회의 문화를 반영한다고 할 수 있다.[6] 또 특정 사건을 표현하기 위해 어떤 은유를 주로 사용하는가 하는 것은 은유 사용자의 사건을 이해하는 태도를 드

---

6) 필자는 사랑 은유에 대하여 이러한 분석을 시도해 본 바가 있다.

러내어 준다.7)

한편 개념적 은유가 그 언어 사용 사회의 문화를 드러내어 준다면, 개별 작가에게서 유달리 자주 사용되는 은유는 그 언어 고유의 문화뿐 아니라, 작가 자신의 세계에 대한 태도를 드러낼 것이라는 것을 기대할 수 있을 것이다. 이 글은 이런 목표를 달성하기 위해 시도된다.

3. 이균영 소설에 나타나는 은유

동아출판사 간(1987)『우리시대 우리작가』이균영 편에 실린 소설은 모두 9편이다. 이 중 일인칭 시점으로 서술된 작품은 「멀리 있는 빛」, 「바람과 도시」, 「동동」, 「살곶이다리」의 네 편이다. 결코 적다고 할 수 없는 비율을 차지한다. 이러한 일인칭 시점의 소설은 삼인칭 시점의 소설보다 상황의 묘사가 선택적이라고 할 수 있을 것이다. 한편 이 작품집에 실린 이균영의 소설들은 사건의 전개가 강조되는 서사적인 것이 아니라 주인공의 방황과 감정의 변화의 서술이 주가 된다는 특징을 지닌다. 김치수는 이 작품집 말미에 실려 있는 작품 해설에서 '잃어버린 시간을 다시 찾아가는 것'이 이 작가의 거의 모든 작품에서 기본적인 동기가 된다고 하고 있다. 잃어버린 시간을 찾아가는 방황은 육체적인 방황뿐만 아니라 심리적·감정적 방황이 포함되는 바, 이균영의 소설에는 이런 내용이 많다.

이균영의 소설은 대부분의 현대 소설이 그렇듯이 사실주의적인 것이다. 즉 직설적인 묘사가 주류를 이루고 있다. 그런 이유로 이균영의 소설에 은유가 특히 많이 사용되는 것은 아니다. 오히려 다른 작가의 경우보다 적다고 할 수 있다. 그러나 관습적 은유 표현이 곳곳에서 눈에 뜨이며, 부분적으로 새로운 은유 표현을 사용한 곳도 있다. 그리고 나타나는 은유의 많은 부분이 심리와 감정에 관한 것인 바, 작품의 특성과 걸맞는다고 할 것이다.

먼저 심리와 감정과 관계된 은유 표현을 살펴 보자.

---

7) 레이코프 자신이 걸프전에 대해 부시 대통령이 사용한 은유를 분석한 예가 있다.

 (5) 그러나 그는 마음을 쓰지 않았다 「어두운 기억의 저편」

   나의 미래에 대하여 커다란 불안감을 주었다 「멀리 있는 빛」

   정리되었다고 믿고 있던 나의 모든 마음을 다시 흔들어서 뒤죽박죽이

   되게 하였다. 「멀리 있는 빛」

   마음이 조금씩 가라 앉았다 「살아 있는 바다」

   강한 정이 솟구쳐 올랐다 「바람과 도시」

   정신을 잃어 버리지 않았다 「멀리 있는 빛」

   일단 마음을 놓는 듯 하더니 「어두운 기억의 저편」

   마음이 잡히질 않고 「멀리 있는 빛」

   괜히 마음이 끌려 「바람과 도시」

   나는 기분이 풀어졌다 「살곶이 다리」

 (6) 마음은 물체이다

 (5)에 제시되어 있는 표현들에서 마음은 사용할 수 있고 주고 받을 수도 있으며 잃을 수도 있는 대상 곧 물체로 은유되었다. 즉, 존재론적 은유의 한 예이다. 이 은유에서 마음이라는 물체는 때로 고체일 수도 있고(뒤죽박죽이 되다), 액체일 수도 있는(가라앉다, 솟구쳐 오르다) 등, 여러 모습으로 나타난다. 특히 감정이 변화하는 모습은 액체로서 나타난다고 할 수 있다.

 고체인 마음도 특히 '줄'로 은유되는 경우가 많다. '마음을 놓다', '마음이 잡히다', '마음이 끌리다', '기분이 풀리다' 등의 표현이 그것이다. 긴장과 이완[8]을 표현하는 '마음'은 '줄'로 나타난다.

 마음은 물체를 담을 수 있는 그릇의 관점에서도 은유된다.

 (7) 반드시 마음을 비울 수 있어요 「멀리 있는 빛」

   논문을 써야 할 때는 머리를 좀 비우세요 「멀리 있는 빛」

   나는 머릿속이 복잡해졌다 「바람과 도시」

 (8) 마음은 그릇이다

 이 은유 역시 존재론적 은유이다. 이 작품집에서 사용된 표현 말고도 다음의

---

8) 한자어인 이 '긴장'과 '이완'도 '줄'의 관점에서 은유화된 단어이다.

표현이 이 은유를 바탕으로 한 것이다.

    (9) 마음이 욕심으로 가득 찼다.
        마음에 여유가 있다/없다

    은유 (6)의 물체가 (8)에 다시 담길 수 있는 것으로 파악된다. 그리하여 (6)과 (8)이 동시에 나오는 표현도 사용될 수 있는데, (5)의 '정리되었다고 믿고 있던 나의 모든 마음을 다시 흔들어서 뒤죽박죽이 되게 하였다'나 (9)의 '마음이 욕심으로 가득 찼다'가 그것이다.

    마음 중에서도 감정을 온도로 표현하는 은유가 그의 자전적 소설인 「멀리 있는 빛」에 집중적으로 나온다. (10)의 예들은 다 「멀리 있는 빛」에 나오는 것들이다.

    (10) 드물게 보는 쌀쌀한 놈이라고 나를 욕할 것이다
         말이나 표정이 너무 쌀쌀하신 것 같아요
         조교 선생은 너무나 쌀쌀맞아
         쌀쌀한 말투였다
         냉정하게 군다거나
         한없이 따뜻한 기분이 들었다
    (11) 감정의 정도는 온도의 정도이다

    이 은유 표현들이 다 관습적인 은유이기는 하나, 이런 표현들이 「멀리 있는 빛」에 집중적으로 나온다는 것은 의미가 있다. 작가 자신의 자의식을 드러내기 때문이다. 몰락한 지주의 자손으로 집안이나 자신의 기대만큼의 성취를 이루지 못했다고 생각하는 소설 화자의 태도가 감정적 반응으로 나타나는 것이 이 예들이다.

    '잃어버린 시간'을 찾아가는 이균영의 소설에는 기억과 관계된 은유도 다양한 모습으로 여럿 나온다.

        (12) 또 다른 기억으로 떠올릴 수 있었다 「轉身」
            왜 이 자리에서 그 일이 떠오르는지 알 수가 없다 「살곶이 다리」
            갖가지 나의 콤플렉스가 떠올랐다 「멀리 있는 빛」
        (13) 기억은 물통 속의 물체다

기억은 가라앉은 것이 '떠오르는 것'이므로 물체이다. 한편 '기억'이 마음 속
에 있던 것이라면, 그것은 그릇 속에 있는 것이다((8) 참조). 그런데 '떠오르기'
위해서는 그 그릇이 액체로 채워져 있어야 한다.9) (13)의 은유는 이렇게 형성
된 것이다.
    '마음'의 경우와 마찬가지로 '기억'이 '통'으로 나타나기도 한다.

        (14) 드디어 나는 하나의 기억 속으로 떨어지기 시작하였다 「살곶이 다리」

이 은유 표현에서는 '기억'이 깊이가 깊은 통으로 나타나고 있다.
    (13)보다 더 자주 나오는 은유는, 「어두운 기억의 저편」에 집중되기는 하지
만, 기억을 영상에 비유하는 것이다.

        (15) 어두운 기억의 저편 「어두운 기억의 저편」
            그것들은 머릿속에서 어지러운 무늬로 피었다가 지고 「어두운 기억의
            저편」
            새벽의 첫 빛줄기와 같은 실마리를 택시 운전사의 영상에다 걸었다
            「어두운 기억의 저편」
            그러나 어떠한 사람의 윤곽도 잡히지 않았다 「어두운 기억의 저편」
            희미한 기억 몇 편이 그가 겪은 전쟁의 전부였다 「어두운 기억의 저편」
            죽음에 대한 기억도 퇴색해 버린 지 오래였다 「류머티즘」
            그녀의 모습이 내내 지워지지 않았다 「멀리 있는 빛」
            담배를 다 피울 때까지도 역시 그 얼굴을 붙들 수 없었다 「멀리 있는
            빛」
        (16) 기억은 영상이다

---

9) 떠오를 수 있을 만큼의 깊이가 있어야 하므로 '통'이라고 표현하였을 뿐이다.

이것은 기억을 시각적 영상으로 은유하는 것으로 구조적 은유이다. 영상은 '윤곽'과 '무늬'를 가질 수 있으며, '희미'할 수도 또렷할 수도 있다. 희미해지다가 잘 보이지 않게 되면, '어둡고'[10], '퇴색'해진다. 또렷하다면 '지워지지 않게' 되고, '붙들' 수 있을 것 같기도 하다.[11]

인간성의 상실에 대한 주인공의 방황이 두드러지게 나타나는 「바람과 도시」에는 그 제목에도 있듯이 '바람'에 대한 은유가 집중적으로 나온다.

   (17) 점퍼의 등에도, 기름기 없는 사내들의 머리에도 바람이 들어 있었다
      「바람과 도시」
      바람이 몸을 파고드는 듯 「바람과 도시」
      바람이 옷 속으로 파고들었다 「바람과 도시」
   (18) 바람은 물체다

이 역시 존재론적 은유이다. 그런데 바람이 '파고들' 경우는 강한 바람이라고 할 수 있고 이때는 날카로운 물체로 은유된다. 존재론적 은유의 가장 전형적인 경우가 '의인화'라고 할 수 있다. 「바람과 도시」에 나오는 '바람' 은유는 의인화된 경우가 많다.

   (19) 바람에 등을 밀리며 나는 계속 걸었다 「바람과 도시」
      걷다가 바람에 밀리면 …… 피해버리고 「바람과 도시」
      바람에 발걸음을 맡기고 걸어 다니는 사람 「바람과 도시」
      허어, 웬 놈의 바람이 「바람과 도시」
   (20) 바람은 사람이다

---

10) '어둡다'는 것은 한편 통 속 깊은 곳에 있는 물체이기 때문일 수 있는데, 그렇다면 이 은유 표현은 (13)에 속하는 것으로 볼 수도 있겠다. 한편 이 은유는 '의식'하지 못하고 있는 기억의 뜻도 가지고 있으므로 후술할 은유 (42) '의식은 위이다/무의식은 아래이다'의 예이기도 하다.

11) 그러나 '영상' 그 자체는 붙들 수 있는 것이 아니므로, '붙들다'는 표현은 '영상'을 다시 '물체'로 은유한 것이라 하겠다.

　　방황하는 주인공은 자신의 의지가 아니라 '바람'의 의지에 의해, '밀려' 다니거나, 행선지를 '맡긴다'. 자신의 기억하고 싶지 않은 과거와 인정하고 싶지 않은 현재를 드러내는 데에 적절한 은유라고 할 수 있다.
　　한편 다른 작품에는 '바람'이 '수레'로 은유된다.

　　　(21) 바람에는 아무 것도 실려있지 않았다 「살아있는 바다」
　　　　　새소리가 가끔 해풍에 실려올 때가 있었다 「살아있는 바다」
　　　　　태양과 소금기 실은 바람이 「동동」
　　　　　웃음을 바람이 멀리까지 흩뜨렸다 「류머티즘」
　　　(22) 바람은 수레이다

　　이 표현들에서는 '바람'이 '새소리', '태양', '소금기', '웃음'을 '싣는다'. 그리하여 원래 있던 자리에서 어디론가 옮긴다. 이동 수단으로서의 바람은 주인공의 원망(願望)을 이동시킬 수 있는 수단이기도 하다. 「살아있는 바다」와 「동동」에서는 이런 의미로서 이 은유가 사용되었다.

　　'말'도 역시 물체로 은유된다. 이 '말'이라는 물체를 담고 있는 그릇은 '입'이다.

　　　(23) 잡스런 욕설이 입 안에 가득히 쌓였다 「어두운 기억의 저편」
　　　　　아직 물으실 말씀이 남았나유? 「어두운 기억의 저편」
　　　　　고참병들은 입이 무거웠다 「어두운 기억의 저편」
　　　　　문득 혜수 이야기를 꺼냈을 때 「어두운 기억의 저편」
　　　　　사내 중 하나가 그에게 말을 붙였다 「어두운 기억의 저편」
　　　　　말도 더 꺼내지 못하게 하였다 「멀리 있는 빛」
　　　　　누가 먼저 그 말을 어떻게 꺼내느냐 「멀리 있는 빛」
　　　　　수술이란 말을 꺼낸 것도 이것이 처음이었다 「류머티즘」
　　　(24) 말은 물체이다/ 입은 말을 담고 있는 그릇이다

　　이 은유는 같이 나오는 경우가 많은 바, 이것이 명시적으로 표현된 것이 '욕

설이 입 안에 쌓였다'이다. 명시적으로 표현되지 않았다고 하더라도 '말'이 '꺼
내다'와 공기하는 경우는 두 은유가 같이 사용된 것이라고 할 수 있다.
  '말'이 더 구체적인 물체로 은유되기도 한다.

  (25) 그는 그 말을 받아 「어두운 기억의 저편」
      여관집 여자와 꼭 같은 물음을 던져 왔다   「어두운 기억의 저 편」
      마지막 말은 화투판을 향해서 던지는 것인 듯했다   「어두운 기억의
      저편」
  (26) 말은 공이다/ 대화는 공을 주고 받는 것이다

  '받고', '던지는' 것인 '말'은 공이라고 할 수 있다. 그렇다면 대화는 공을 주
고 받는 것으로 은유된다. 이 두 은유도 위의 경우와 마찬가지로 같이 출현하
는 경우가 많다. '받다', '던지다'에 이미 '주고 받는 공'이 다 표현된다.
  '대화'는 줄로 은유되기도 한다.

  (27) 이야기가 끊길까 「어두운 기억의 저편」
      아버지는 여기에서 말을 끊고 「轉身」
      내 말 끝을 붙들고 형이 웃었다 「바람과 도시」
  (28) 대화는 줄이다

  이균영의 소설에는 등장하지 않지만, '말을 이어가다'는 관습적인 은유 표현
도 이에 속한다고 할 수 있다.
  '줄'은 '관계'를 은유하기도 한다.

  (29) 반란군의 아들하고는 연을 끊었다고 「轉身」
      우리가 오빠를 묶어두고 있어요 「멀리 있는 빛」
  (30) 관계는 줄이다

  '줄'인 관계는 '끊어서' 연결을 차단할 수도 있고, 상대방을 '묶어서' 꼼짝
못하게 할 수도 있다.

어디를 쳐다보는 것으로 관심이나 인식을 나타낼 수도 있다. 이럴 때의 시선은 위의 경우처럼 긴 연결체로 나타나지만 '줄'이라기보다는 긴 막대기로 은유된다.

> (31) 한 줄기 가는 시선이나마 붙들고 있다 「살아 있는 바다」
> 당당한 눈길을 건네오던 여학생들 「멀리 있는 빛」
> 나를 쳐다보던 눈길을 거두고 다시 바늘대를 움직여 나갔다 「멀리 있는 빛」
> 시선을 거두고 「어두운 기억의 저편」
> 역시 그녀 쪽에 눈길을 준 채로 「살곶이 다리」
> 그의 눈길이 나에게 머물렀으므로 「살곶이 다리」
> 그에게서 눈길을 떼지 않고 있다 「살곶이 다리」
> 시선을 거두지 않은 채 다가갔다 「살곶이 다리」
> 초점이 흐려진 시선이라 천정을 붙들지 못했다 「어두운 기억의 저편」
> (32) 시선은 긴 막대기다

위의 예에서 '시선'은 멀리 떨어진 것을 연결시키지만, '끊는' 것이 아니라 '거두고' '떼는' 것이며, '묶는' 것이 아니라 '붙드는' 것이므로 딱딱한 물체로 은유된 것이다.

난관(難關)은 '벽'으로 은유된다.

> (33) 그가 결혼 문제에 부딪혀 「어두운 기억의 저편」
> 자기가 부딪힌 일에 스스로 해결을 지을 수 있는 「바람과 도시」
> 시험 중에 어려운 문제에 부닥쳤을 때 「바람과 도시」
> 어떻게 그 과거와 부딪혀 나가는가 「轉身」
> 내가 부딪히는 문제의 옳고 그름이 선명해져 「살곶이 다리」
> 나쁜 조건을 스스로 뚫어야 한다 「멀리 있는 빛」
> (34) 난관은 벽이다

'문제', '일', 회상하고 싶지 않은 '과거', '나쁜 조건' 등은 해소하기 어려운 난관이며, 이러한 ‘난관’은 ‘부딪히거나’, ‘부닥치는 것’으로 ‘벽’이라고 할 수 있다. 이러한 난관의 해소는 ‘우회할’ 수도 있을 것인데, 이런 표현은 나타나지 않고 ‘뚫는’ 것만이 나타난다.

뚫어야 하는 난관과는 달리 답을 구해야 하는 ‘의문’은 ‘실타래’로 나타난다.

> (35) 의문이 풀리지 않았던 것이다 「轉身」
> 　　 그 의문의 실마리를 찾아가고 있는 것이다 「어두운 기억의 저편」
> 　　 고심을 하다 해결의 실마리를 끄집어내는 데는 「멀리 있는 빛」
> (36) 의문은 실타래다

‘의문’은 실타래로서 뭉쳐져 있다. 이것을 해결하는 방법은 ‘실마리’를 찾아 그것을 ‘끄집어내’ ‘푸는’ 것이다. 잘못 풀어내 ‘엉킨다면’ 의문은 해결되지 않는다.

이와 마찬가지의 발상이 잘 생각나지 않던 ‘기억’을 회상해 내려는 노력에도 적용이 된다.

> (37) 기억의 실마리를 붙들어 내려는 시선이라 「어두운 기억의 저편」
> (38) 기억은 실타래다

이 경우 ‘기억’은 ‘실타래’처럼 얽혀 있다. 이것을 제대로 회상하기 위해서는 ‘실마리’를 ‘붙들어야’ 한다.

지금까지는 존재론적 은유와 구조적 은유를 주로 찾아보았다. 이제 개념적 은유 중 거의 모든 언어에 보편적인 지향적 은유의 예를 들어 보겠다.

> (39) 교육 경력이 더 높으면서도 「轉身」
> 　　 낮은 조명 때문에 「멀리 있는 빛」
> 　　 음악 소리를 조금 높여 주겠소? 「멀리 있는 빛」
> 　　 낮은 목소리로 울었다 「류머티즘」
> (40) 많음은 위이다/ 적음은 아래이다

레이코프와 존슨(1980)은 (40)과 같은 은유의 경우 우리의 물리적 경험에 근거한다고 주장하였다. 즉 많은 물건을 쌓아 놓으면 높아진다는 것이다. (39)의 예들은 '경력', '조명', '소리' 등의 추상적인 것이 나온 것으로 그 자체로는 '쌓을' 수 있는 것은 아니다. 이러한 것들은 먼저 '물체'로 은유된 다음에 다시 (40)의 방식으로 은유된 것이다.

> (41) 잠으로 빠져드는 일이 없었다 「멀리 있는 빛」
> 마비되었던 신경이 날카롭게 일어나는 다음날 「멀리 있는 빛」
> 쉽게 잠에 빠져들곤 하였다 「동동」
> (42) 의식은 위이다/ 무의식은 아래이다

이 예 역시 물리적 근거를 가지는데, 인간과 대부분의 포유 동물은 누워서 잠자고, 깨어 있을 때는 서 있다는 것이 그것이다.
모든 지향적인 은유가 물리적 근거만을 가지고 있는 것은 아니다. 문화적인 배경을 가지고 있는 지향적인 은유도 있다.

> (43) 나를 얕보는 놈은 하나도 없었다 「멀리 있는 빛」
> 선상님이라서 다들 높이 본다 「轉身」
> (44) 높은 지위는 위다/ 낮은 지위는 아래이다

우리의 문화에서 높은 지위는 (사회적) 힘을 가지게 되고, 이러한 힘은 물리적일 때 위를 차지한다.
한편 위/아래가 아니라 앞/뒤로 나타내는 지향적 은유도 있다.

> (45) 그들이 나보다 한 걸음 앞서 걷고 있다는 생각을 하였다 「멀리 있는
> 빛」
> 누구에게도 뒤지지 않는 사람이야 「멀리 있는 빛」
> 우리나라에서만 공부해선 뒤지기 쉬운 분야여서 「멀리 있는 빛」
> (46) 바람직한 상태는 앞이다/ 바람직하지 않은 상태는 뒤이다

이 은유 역시 문화적인 근거를 가지는데, 우리 사회에서 줄을 세울 때 바람직한 상태에 놓인 개체를 앞에 세우기 때문이다.12)

4. 논의와 결론

지금까지 이균영 소설에 나타난 여러 은유에 대해서 살펴 보았다. 여기서 우리가 확인한 것은 소설의 주제와 사용된 은유 사이에 상당히 밀접한 관계가 있다는 것이다. 가령 마음이나 감정 그리고 기억과 관계된 은유는 그 표현의 양도 상대적으로 많고 종류도 다양하게 출현한다. 그리고 이균영 소설의 주제는 대부분 '잃어버린 기억'을 찾아가는 것이다. 이러한 사실은 소설의 주제 탐색에 은유의 분석이 어느 정도의 공헌을 할 수 있다는 것을 보여준다. 아울러 레이코프 등의 은유 이론이 소설 작품의 분석에도 적용될 수 있다는 것도 보여준다. 물론 이러한 결론이 좀더 타당성을 얻기 위해서는 더 많은 작가의 더 많은 소설이 분석될 때에만 가능할 것이다. 이런 의미에서 이 글은 하나의 시론에 불과하다.

3장의 분석에서 특기할 만한 것은 하나의 사상이 은유될 때 그것이 물체로도, 그 물체를 담는 그릇으로도 출현하는 예가 있다는 것이다. '마음'과 '기억'에 관한 은유가 그것이며, '바람'도 넓게 보아 그렇다고 할 수 있다. 레이코프와 존슨(1980)은 한 사상이 여러 가지로 은유될 때 그들 사이의 관계를 정합성

---

12) 지금까지 제시한 은유 이외에도 이균영 소설에 나타나는 은유는 더 있다. 가령 '그러나 아무런 기억도 만날 수 없었다「어두운 기억의 저편」', '오전의 시간이 비어 있고「멀리 있는 빛」' 같은 은유 표현이 그것이다. 그러나 3 장에서 제시한 은유만으로도 이 논의의 취지는 충분히 달성되었다고 생각하여 더 제시하지 않는다.

작자 자신의 개인적인 체험에 근거한 은유도 존재한다.

(i) 불면증, 이 손님에게 요가는 아무런 효과도 없었다 「멀리 있는 빛」

그 손님이 찾아오는 밤이면 「멀리 있는 빛」

(ii) 불면증은 손님이다

「멀리 있는 빛」의 화자는 불면증에 시달린다. 이를 극복하기 위한 여러 노력을 하지만, 불면증은 좀체로 사라지지 않는다. 그렇다고 매일 밤을 불면증으로 고통받는 것은 아니다. 어느날 불현듯이 시작되는 것이다. 이러한 상황에서 '불면증'을 손님으로 은유했다.

이라는 말로 설명한다. 한 사상은 여러 측면을 가지며, 그 측면이 각각 서로 다르게 은유될 수 있다. 그러나 이들은 하나의 합치점을 가져 정합적인 전체 게슈탈트를 이룬다는 것이다. 이들이 정합성의 예로 제시하는 것 중 하나가 시간 표현과 관계된 것이다. '그 일은 일주일 전에 벌어진 것이다'같은 표현에서는 과거가 앞이지만, '앞으로 만날 여러 사람들'같은 표현에서는 미래가 앞이다. 이 표현들이 일관성이 없는 것은 사실이지만, 그렇다고 해서 모순관계는 아니라는 것이 이들의 주장이다. 이들에 따르면 '시간은 움직이는 물체'로 은유되며, 이 경우 미래는 우리들을 향해 움직인다. 이 때 (정지하고 있는) 우리의 관점에서 시간의 방향을 결정할 것이냐, 움직이고 있는 시간의 방향을 결정할 것이냐에 따라 앞 / 뒤 표현이 결정되므로 이 표현들 사이에 모순이 있는 것이 아니라 정합성이 있다는 것이다.

그러나 그들이 제시한 정합성의 예 중, 이 글의 그릇과 물체간의 정합성을 보인 것은 없다. 그리고 물체와 그릇 사이에 과연 정합성을 찾을 수 있는 것인지도 의심스럽다. 그런데 레이코프(1993)는 은유가 처소 / 물체의 짝으로 나타나는 경우를 다양하게 제시하면서 이러한 현상을 '이중성(duality)'로 부르고 있다. 역시 시간 표현의 경우, '시간이 흘러간다'의 경우는 시간을 물체로 은유한 것이고, '다음 주 안에' 같은 표현은 시간을 처소로 은유한 것이라는 것이다. 그렇다면 위의 '마음'과 '기억'의 예 역시 이런 이중성의 경우로 볼 수 있을 것이고, 은유의 이중성이 특정 언어에만 한정된 것이 아닌 상당히 보편적인 현상임을 보이는 예가 될 것이다.

앞으로 이런 은유의 이중성이 어떤 은유에서 더 나타나는지, 그 구체적인 모습은 무엇인지, 그리고 이런 이중성이 왜 존재하는지에 대한 연구가 이루어지기를 기대한다.

▶ 참고 문헌 ◀

김기수(1993), 『은유의 인지적 연구』, 경북대 박사학위 논문.
______(1997), 「삶과 죽음에 관한 한국어 은유 표현의 인지적 연구」, 『언어』 22-3, 한국언어학회.

김욱동(1999), 『은유와 환유』, 민음사.

박영순(2000), 『한국어은유 연구』, 고려대학교 출판부.

엄정호(1998), 「사랑은유에 대하여」, 『언어와 언어교육13』, 동아대 언어연구소.

이정민·이병근·이명현편(1979), 『언어과학이란 무엇인가?』, 문학과지성사.

이혼형(1991), 『시적 언어의 언어학적 분석』, 계명대 박사 논문.

정원용(1996), 『은유와 환유』, 신지서원.

한국기호학회 엮음(1999), 「은유와 환유」, 『기호학연구』제5집, 문학과지성사.

데이비드슨(Davidson), D.(1978), 「What metaphors mean」, *Critical Inquiry*, 5.

레이코프(Lakoff), G.(1987), 이기우 역(1994), 『인지 의미론』, 한국문화사(*Women, Fire and Dangerous Things*, University of Chicago Press).

레이코프, G.(Lakoff, G).(1993), *The contemporary theory of metaphor*, in Ortony(1993).

레이코프 G.와 M. 존슨(1980), 노양진, 나익주 역(1995), 『삶으로서의 은유』, 서광사 (Lakoff G. & M. Johnson(1980), Metaphors we live by, University of Chicago Press).

레이코프 G.와 M. 터너(1989), 이기우 역(1996), 『시와 인지』, 한국문화사(Lakoff G. & M. Turner(1989), *More than Cooleason*, University of Chicago Press).

블랙(Black), M.(1962), 전두환 역(1997), 은유(Metaphor), 이정민 외편(1979), 문학과지성사.

블랙(Black), M.(1979/1993), *More about metaphor*, in Ortony(1993).

빠쁘로떼(Paprotte), W.와 R. 더븐(Dirven) 편(1985), *The Ubiquity of Metaphor*, John Benjamins Publishing Company.

야콥슨(Jakobson), R(1956/1987), 신문숙 역(1989), 언어의 두 양상과 실어증의 두 양상 (Two aspects of language and types of aphasic disturbuances), 야콥슨(1987), 신문숙 역(1989), 문학과지성사.

야콥슨, R(1987), 신문숙 역(1989), 문학 속의 언어학, 문학과지성사(Language in Literature, Belknap Harvard).

썰(Searle), J.R.(1979/1993), *Metaphor*, in Ortony(1993)

오토니(Ortony), A. ed.(1993), *Metaphor and Thought*, 2nd edition, CUP

존슨, M.(1987), 이기우 역(1992), 『마음속의 몸』, 한국문화사[Johnson, M.(1987), *The Body in the Mind*, University of Chicago Press].

트로곳(Traugott), E.C.(1985), 「*Conventional*」 and 「*Dead*」 *Metaphors Revisited*, in Paprotte & Dirven(1985)

韓國國語國文學硏究

인쇄일 초판 1쇄 2001년 08월 25일
          2쇄 2015년 09월 23일
발행일 초판 1쇄 2001년 08월 30일
          2쇄 2015년 09월 28일

저 자 조건상 편
발행인 정찬용
발행처 국학자료원
등록일 2006.113.02 제2007-12호

서울시 강동구 성내동 447-11 현영빌딩 2층
Tel : 442-4623~4 Fax : 442-4625
www. kookhak.co.kr
E- mail : kookhak2001@hanmail.net
ISBN 978-89-8206-616-0 *93800
가 격 55,000원

*저자와의 협의 하에 인지는 생략합니다.